MAIN

W9-CYT-483

WITHDRAWN

MAIN

WITHDRAWN

BESTSELLER

Brian D'Amato es un artista cuyas esculturas y exposiciones han recorrido galerías y museos de todo el mundo, incluyendo el Museo de Arte Americano Whitney, el Centro de Artes Wexner y el Nuevo Museo de Arte Contemporáneo. Ha escrito para varias revistas, entre las que se incluyen *Harper's Bazaar*, *Vogue* y *Artforum*, y ha impartido clases de arte e historia del arte en la CUNY, la Universidad de Ohio y Yale. Su primera novela, titulada *Belleza* y publicada en 1992, se convirtió en un best seller en Estados Unidos y ha sido traducida a numerosos idiomas. *2012* es su segunda novela. Actualmente, Brian D'Amato divide su tiempo entre Nueva York, Michigan y Chicago.

BRIAN D'AMATO

2012

Traducción de
Daniel Melendez Delgado
y Eva González Rosales

City of Orange
Public Library
APR 2 5 2012
Orange, CA

DEBOLS!LLO

Título original: *In the Courts of the Sun*

Primera edición: diciembre, 2011

© 2009, Brian D'Amato
© 2011, Random House Mondadori, S. A.
  Travessera de Gràcia, 47-49. 08021 Barcelona
© 2009, Daniel Melendez Delgado y Eva González Rosales,
  por la traducción

Quedan prohibidos, dentro de los límites establecidos en la ley y bajo
los apercibimientos legalmente previstos, la reproducción total o parcial
de esta obra por cualquier medio o procedimiento, ya sea electrónico o
mecánico, el tratamiento informático, el alquiler o cualquier otra forma
de cesión de la obra sin la autorización previa y por escrito de los titulares del *copyright*. Diríjase a CEDRO (Centro Español de Derechos Re-
prográficos, http://www.cedro.org) si necesita fotocopiar o escanear algún fragmento de esta obra.

Impreso en los Estados Unidos de América

ISBN: 978-0-307-88299-8

Compuesto en gama, s. l.

BD 82998

21/12/2012

0

La primera cosa que vi fue un punto de color rojo sobre un campo turquesa. Luego apareció otro punto sobre éste, a la izquierda. Un tercero surgió cerca del primero, debajo, y luego otro... cinco, nueve, trece. Los puntos brotaban y se expandían, y allí donde se tocaban, se fusionaban. Fue entonces cuando me di cuenta de que eran gotas de mi propia sangre que caían desde mi lengua hasta una hoja de papel azul para sacrificios.

«Funciona», pensé. Santo Dios.

No era el año 2012. Era el 664. Marzo, día 20, según el cálculo maya, 3 Cascabel de Tierra, 5 Rana, en el undécimo *uinal* del undécimo *tun* del undécimo *k'atun* del décimo *b'ak'tun*. Eran alrededor de las 4.48 de la mañana.

Me pregunté si sería como uno de esos grandes cambios en la vida. Tan sólo asumible después de pasar por una situación inesperada y algo comprometida, como, por ejemplo: «¡Dios mío, la policía me está deteniendo!», «Me han apuñalado», «Me estoy casando», «Vaya, soy padre», «Me han hecho un triple *by-pass*» o «Esos edificios realmente se están derrumbando». Cada vez que sufres uno de estos cambios, lo sientes como si ni a ti ni a nadie le hubiera pasado nada remotamente parecido en la vida.

«Hijo de puta», pensé.

Seguía mirando fijamente la pequeña puerta trapezoidal que había frente a mí. El cielo tenía un color violáceo, pero aun así podía vislumbrar más estrellas de las que nunca hubiera visto. Eran conjuntos y parches de estrellas, casi todas, como mínimo, de cuarta magnitud.* Habían cambiado, claro, pero Taro había controlado la descarga, así que la punta del cigarro del Uno Ocelote, Algenib, en Pegaso, estaba en la misma posición dentro del trapezoide que antes, justo a la derecha del centro. Había una estrella nueva a la izquierda, a medio camino de Homam, y era lo suficientemente brillante como para ser Gamma Andrómeda. Deberían pasar un millar de años más o menos para que su resplandor se apagara. De otra manera, al-Khawarzimi le habría puesto nombre. «Alucinante y pasmosamente increíble —pensé—. Tenían razón. A la misma Bat-hora, en el mismo Bat-sitio».

Bueno, no es que estuviera exactamente en el mismo sitio del universo, claro, dado que el sistema solar se mueve mucho en 1.347 años, pero sí en el mismo punto de la Tierra, en una pequeña habitación cerca de la cúspide de la pirámide más alta de la ciudad de Ix, la cual más tarde se llamaría Alta Verapaz, en la Guatemala central. El santuario tenía una tonalidad anaranjada producto de la luz de las antorchas, y las columnas de glifos de los muros estaban pulidas y lisas, policromadas en negro, azul y carmín. La ciudad estaba en plena ebullición. Desde allí podía escuchar el gentío, o más bien podía sentir los cánticos a través de la roca. La cuestión era que, desde mi punto de vista, yo no me había movido en el espacio, pero en realidad...

Vaya... Casi digo que había viajado atrás en el tiempo, pero no quería empezar todo esto diciendo tonterías.

Lo cierto es que el viaje en el tiempo es imposible. Me refiero hacia el pasado. Si se quiere viajar al futuro, tan sólo hay que congelarse, pero ir hacia atrás es absoluta e inequívocamente imposible, para siempre jamás, por un número de sabidas razones. La primera es la paradoja del abuelo, la cual teoriza sobre la posibilidad de que puedas viajar atrás en el tiempo y matar a tu abuelo, lo cual provocaría presumible-

---

* Expresión astronómica que indica el grado de brillo de una estrella. *(N. de los T.)*

mente el que tú nunca hubieras existido, eso en primer lugar. La segunda es la que cuenta que, aunque viajaras atrás en el tiempo y no hicieras nada, casi con toda seguridad portarías en tu cuerpo algunas de las moléculas que tu yo más joven llevaba en su propio cuerpo, y como una misma molécula no puede estar en dos sitios a la vez, todo eso no podría ocurrir realmente. La tercera razón es, simple y llanamente, un problema mecánico. La única manera de ir al pasado que se conoce hasta ahora es el famoso camino del agujero de gusano, pero hacer que la materia atraviese un agujero de gusano es como poner una pieza de porcelana Meissen en una trituradora. Cualquier cosa que lo atraviese sale por el otro lado totalmente destrozada y comprimida.

Pero (siempre hay un pero) hay una manera de evitar todo esto.

Los Laboratorios Warren afirmaban que el hecho de que no se pueda mandar materia al pasado no significa que estén colmadas todas las posibilidades. Que no puedas mandar algo no quiere decir que no puedas mandar nada. Y en esa «nada», en resumidas cuentas, se incluye el electromagnetismo. Desarrollaron una manera de enviar descargas de energía a través de un pequeño tubo krasnikoviano construido artificialmente. Dieron con un patrón de descargas de energía capaz de llevar algo de información. De hecho, podían llevar un montón de información. La señal que mandaron atrás en el tiempo codificaba una vida entera de recuerdos destilados, básicamente todo lo que crea esa ilusión llamada consciencia de uno mismo. En este caso, mi consciencia.

Por supuesto, el siguiente problema era encontrar un receptor que proporcionase la capacidad de almacenaje necesaria. En la época a la que estábamos interesados en llegar no había platos de radares, discos duros o chips de silicio, ni tan siquiera antenas o radios. En el 664 d. C. tan sólo había un objeto que pudiera recibir y almacenar tal cantidad de información: un cerebro.

Empecé a ser capaz de mover mis globos oculares. También me percaté de que mi mano derecha, la cual estaba sujetando una especie de cuerda con pinchos, era ancha, fuerte y con una palma callosa. Mis uñas eran largas, y afiladas, y estaban adornadas con cornalinas en forma de T. Mis dedos estaban tatuados con bandas de color negro y rojo, como las serpientes de coral. Un brazalete de jade se extendía desde mi muñeca hasta casi mi codo. Las partes que tenía al descubierto de mi pecho y mi rodilla izquierda estaban embadurnadas con arcilla azul.

«Un punto para el Equipo del Viernes de Locura», pensé.

Realmente, estaba en el cuerpo de otra persona. Concretamente, estaba en el cerebro de alguien llamado 9 Colibrí Dentado.

Nosotros, los del Proyecto Warren, sabíamos muy poco sobre esta persona. Era el patriarca del clan Ocelote y el *ahau,* es decir, el rey, cacique de la ciudad de Ix, y de al menos dos mil pueblos y villas dentro de la órbita de Ix. Era el hijo de la duodécima ahau, 22 Bosque Ardiente y Dama del Ciclón. Tenía cuarenta y ocho años y sesenta y dos días. Había estado allí sentado alrededor de cuarenta y ocho horas, y ahora se preparaba para emerger al amanecer, para volver a ser coronado como ahau durante otro periodo de veinte años.

Junto a él había un cuenco con carbones ardientes, a unos quince centímetros a la izquierda de su rodilla. Sin pensar siquiera en ello, despegó un papel rectangular empapado en sangre que había sobre una estera y lo sostuvo sobre las brasas, permitiendo así que pudiera ver los glifos que había en la otra cara del papel: la frase «Vigílanos, protégenos» acompañada por el perfil de un águila.

Más concretamente era una arpía, *Thrasyaetus harpya.* En maya era *hunk'uk,* «Desgarra Oro», mientras que los aztecas lo llamaban «El Lobo con Alas». Era el emblema del clan, mi clan, el clan del dueño del cerebro que ahora mismo dirigía. El trozo de papel era un mensaje, la petición de mi clan para el Uno Ocelote, en el útero celestial. Automáticamente, doblé aquel trozo de papel hasta confeccionar una forma triangular, tras una complicada serie de movimientos, como si estuviera haciendo una grulla *origami*, pero yo, o mejor dicho, el cuerpo de mi dueño, había realizado aquella operación cientos de veces. Finalmente, dejó el mensaje sobre el cuenco. Debía de estar empapado con algún tipo de sales de cobre, porque chisporroteó y quedó consumido por una llama de color verde.

La lengua se me atragantó. Traté de sacarla, pero no pude.

Intenté tragar y después cerrar la boca con mi lengua dentro. Era como si mi cara estuviera congelada. No podía hacer ni tan siquiera un gesto.

«*¿M'ax eche?* —pensé en maya *ch'olan*—. ¿Quién eres?».

No espera.

No lo pensé. Fue algo más.

Fue como si hubiera oído una voz, pero sabía perfectamente que no había oído nada, excepto el murmullo del bullicio de la plaza de abajo y el retumbar apagado y rítmico de los tambores de cedro. Puede que fuera más como si lo hubiera leído, como si hubiera sido un rótulo que hubiera pasado por delante de mis ojos, y a pesar de que fue un mensaje silencioso, a su vez también fue un alarido, algo forzado, escrito en letras mayúsculas, como si lo hubiera pensado, sin pensarlo.

«*¿M'ax eche?*».

Demonios.

En ese cuerpo éramos más de uno.

Estaba solo en la habitación, pero no en aquel cerebro. Por Dios bendito.

La cuestión es que la primera parte del proceso del Viernes de Locura tenía como objetivo el borrar los recuerdos del receptor para así dejarle a mi consciencia el espacio suficiente para trabajar, pero, evidentemente, aquella parte no había tenido éxito, al menos no del todo. Todavía pensaba que él... era él.

«¿*M'ax eche?*».

«Mi nombre es Jed DeLanda», contesté pensando.

«¿*B' a' ax uka'ak chok b'olech ten?*».

Más o menos: «¿Por qué me has poseído?».

«No te estoy poseyendo —pensé—. Sí, estoy dentro, quiero decir, mi consciencia está aquí contigo, porque aquí la mandamos...».

«¿*T'eche hun balamac?* ¿Eres un Ocelote?».

«No —pensé, contestándole precipitadamente—. Quiero decir...».

Idiota, estúpido.

«Vamos, Jed —razoné—. Acuérdate de lo que te dijo Winston: "Si alguien te pregunta si eres un dios, tú di que sí". ¿De acuerdo?».

Allá vamos.

«¡Sí! —dije, contestándole con el pensamiento, un poco más conscientemente—. Soy el Ocelote. El Ocelote de Ocetaria. Soy el Ocelote, grande y poderoso».

«*Ma-i ij tec.* No, no lo eres».

«No, sí que lo soy», pensé.

Demonios, no era fácil mentir a ese tipo, parecía que oía todo lo que pensaba. E incluso a pesar de que parecía que sólo hablaba ch'olan, y de que yo estaba pensando en una mezcla de español, inglés y más tarde un ch'olan macarrónico, nos entendíamos el uno al otro a la perfección. De hecho, aquello, más que una conversación con otra persona, parecía una discusión con uno mismo, como si estuviera pensando: «Jed, tal vez deberías hacer esto», o «Jed, mejor deberías hacer esto otro», con la excepción de que la otra parte de aquel diálogo interno contestaba sin que yo realizara ningún esfuerzo y por conciencia propia, mientras que la parte restante, o sea, yo, tenía problemas para aclararse en todo aquel asunto.

«¿Por qué me has infectado? ¿Por qué me has poseído?».

«¿Qué? —dije, o más bien pensé—. He venido para conocer el Juego del Sacrificio».

Y eso era verdad.

«¿Por qué?».

«Bueno... porque...». Porque procedo de los últimos días de mi mundo, del decimotercer b'ak'tun, porque mi mundo sufre un grave problema y tenemos que aprender cómo funciona el Juego para ver si podemos salvarlo.

«Sal de mí», ordenó él.

«No puedo».

«¡Sal de mí!».

«Lo siento, de verdad que no puedo. Tú eres el que...».

«*Im ot'xen*. Sal de debajo de mi piel».

«No puedo —pensé como contestación—, pero mira, a ver qué te parece esto... podemos...».

«Entonces, ocúltate. Mantente agachado y en silencio», propuso.

Me callé. Todo aquello me empezaba a dar mala espina.

Mi mano se alzó hasta mi boca y se cerró sobre la cuerda con pinchos, que consistía básicamente en una cuerda con nudos que atravesaba una perforación que tenía en el centro de la lengua. Tiré de ella. Los cinco nudos espinados atravesaron el agujero a duras penas, haciendo que la sangre saliera a chorros antes de que la cuerda terminara de salir por el otro lado.

«Vaya... Qué doloroso», pensé.

De hecho, habría sido suficientemente doloroso para que mi antiguo cuerpo hubiera estado gritando durante una hora, pero el de ahora casi ni se inmutó. Y lo que es aún más raro, no sentí miedo. Ese viejo terror del hemofílico a todo lo que tenga que ver con sangre o sangrar del cual nunca me había podido desprender siendo Jed. Enrollé la cuerda y la deposité en el cuenco, de la misma manera automática con la que un piloto eyectado de su avión acciona su paracaídas. La cuerda se ennegreció y el humo de la sangre quemada y de sabor a cobre inundó la habitación.

Tragué una buena cantidad de sangre de una vez. Su sabor era fuerte. El volumen de los cánticos del exterior aumentó y, a pesar de que aquel ch'olan era muy diferente de la versión reconstruida que usábamos en el siglo XXI, todavía podía entender lo que decían:

—*uuk ahau k'alomte yaxoc.*

Gran señor, Gran Padre, Abuelo-Abuela, Jade del Sol, Jade del Ocelote, Captor del vigésimo quinto Duelista del Lago de las Tres Colinas, Captor del Milésimo Estrangulador del Cielo Roto...

Descruzamos nuestras piernas. Nuestras manos colocaron más firmemente el tocado de nuestra cabeza, el cual tenía el tacto de una almohada tiesa y dura, pero no pudimos evitar que nuestro rostro quedara embadurnado de sangre.

—Captor de la Decimoséptima Tormenta de Arena de la Montaña Calcinada, El que nos Alimenta, El que nos Protege, 9 Colibrí Dentado:

¿Cuándo resurgirás,

de tu caverna en los Cielos,

para oírnos, para vernos?

Avanzamos hacia la pequeña puerta y, agachando nuestra cabeza, la atravesamos a rastras hasta salir al aire libre. De repente, en un sobrecogimiento colectivo, se hizo el silencio entre la multitud de la plaza. El aire quedó aprisionado en tal cantidad de pulmones que casi llegué a sentir cómo bajaba la presión en el ambiente. Nos pusimos en pie. Las escamas de jade y los adornos de conchas con pinchos repiquetearon sobre nuestra piel. Parecía como si la poca sangre que nos quedaba en el cuerpo hubiera abandonado totalmente nuestra cabeza. Supuse que si aquél hubiera sido otro día cualquiera, el cuerpo que ahora albergaba se habría desmayado, pero ese día algún tipo de hormona sobreexcitada lo mantenía de pie y firme, y ni tan siquiera trastabillamos sobre nuestras sandalias de plataforma, las cuales eran más bien una especie de zancos, ya que tenían unas suelas de casi quince centímetros. Definitivamente, no parecía tener cuarenta y ocho años. Me sentía como si tuviera dieciséis. Qué extraño. Miré hacia abajo. Ix se extendía bajo nosotros, cubriendo el mundo.

Nuestros ojos quedaron petrificados durante aproximadamente dos segundos y medio antes de mirar de nuevo hacia Algenib, pero fue tiempo más que suficiente como para darme cuenta de que nadie de nuestro grupo del año 2012, o más bien nadie durante los siguientes quinientos años, tenía la más mínima idea del aspecto que tenía aquel sitio en realidad.

«Estábamos mucho más que equivocados», pensé.

De hecho, habíamos sido bastante tontos. Era como si hubiéramos estado andando por el desierto y al encontrarnos cinco de los doscientos seis huesos que componen un esqueleto básico, en lugar de intentar discernir simplemente el sexo, la edad, la herencia genética (o lo que sea que se pueda descubrir legítimamente de unos cuantos huesos y vértebras) para luego detenernos ahí, hubiéramos seguido adelante, escribiendo una biografía sobre la persona hallada, acompañándola de ilustraciones de color beige, o utilizando aguadas.

Y en ese momento, al conocer en primera persona todo aquello, me di cuenta de que no tenía casi ninguna semejanza física con lo que habíamos reconstruido en el futuro; tanto la personalidad como la vida diaria de aquel lugar, así como su sitio dentro del universo, eran totalmente diferentes a nuestras suposiciones de parvulario.

Las ruinas que habían sobrevivido hasta el siglo XXI apenas eran el cinco por ciento de la historia, tan sólo unas cuantas vigas de carga de una ciudad que, más que edificada, había sido tejida, atada, trenzada y cosida por cuerdas de juncos, cálamos y cañas. Una metrópoli de mimbre tan desconocida para mí que ni tan siquiera pude ubicar los monumentos que ya conocía. Fijamos nuestra vista al este, a lo largo del río, hacia el Cerro de San Enero, el pico más alto de la cordillera que rodeaba la ciudad de Ix. Ahora estaba en erupción y soltaba un constante hilillo de cenizas negras contra el color malva de un cielo que antecedía al amanecer...

«No, estoy equivocado», pensé.

Aquello no era un volcán. Debían de haber encendido una gran hoguera con madera de caucho, pero allá, las otras cordilleras también tenían el aspecto equivocado. En el futuro estarían totalmente forestadas, pero en ese momento estaban peladas, esculpidas en terrazas y plazas interiores, cayendo por las cuestas de las empinadas laderas como lagunas de cataratas, repletas de cabezas adornadas con tocados de esparto que las hacían resplandecer como la corona de la estatua de la Libertad. Había varios grupos de puntos, motas o algo parecido, que flotaban por encima y enfrente de las colinas y las torres, y durante medio segundo tuve que mirar la ciudad, pensando que los puntos eran una mera ilusión óptica de mis ojos, tal vez producto de la migraña, o puede que algún tipo de nematodos* iridiscentes estuvieran nadando en mi humor acuoso, pero al momento siguiente me di cuenta de que eran cientos de cometas del tamaño de un cuerpo humano. Estaban confeccionadas con plumas, redondas y pentagonales, todas con patrones de color blanco, negro y magenta, y flotaban sobre el candor del gentío, reflejando la ciudad como si fuera un lago en el aire.

La masa comenzó un nuevo cántico en una nueva clave:

—*Hun k'in, ka k'inob, ox k'inob.*

Un sol, dos soles, tres soles...

«No te distraigas —pensé—. Oriéntate, concéntrate. Encuentra un punto de referencia. ¿Dónde está el río?».

Tenía la impresión de que se había ensanchado hasta formar un lago, pero no podía ver ni rastro de agua. En su lugar, había toda una planicie teselada por lo que parecían ser barcazas y canoas gigantes. Entre las embarcaciones había enormes venas brillantes de color amarillo, compuestas por lo que parecían ser millones de margaritas que flotaban. Tuve la impresión de vislumbrar hileras dentro de otras hileras que se entrelazaban en la orilla opuesta, enormes almacenes y torres reforzadas, con salientes que desafiaban la ley de la gravedad, tan estructuralmente imposibles que no cabía otra posibilidad sino que fueran muy ligeras de peso, tal vez hechas de celosía y pasta de maíz, pero, tal y como he dicho, tan sólo fue una impresión, porque cada faceta, cada una de las superficies, tanto horizontales como verticales, desde la cima de la cordillera hasta la plaza que estaba justo debajo de nosotros, bullían de vida. Apretadas filas de *ajche'ejob,* la Gente Son-

---

* Género de helmintos que comprende gusanos redondos, filiformes y con boca que viven generalmente como parásitos. *(N. de los T.)*

riente, los ixitas, cubrían cada metro cuadrado de terreno, colgando de los postes, de las balconadas y las fachadas, formando una única masa pulsante, como las capas de pólipos que pueblan los dientes de un millar de años de un arrecife, gorgonas estiradas que sobresalían del mar. La única porción de terreno que no estaba cubierta de gente eran las inclinadas caras de las cuatro grandes *mulob,* las pirámides menores, que surgían de entre la turba como trozos cortados de carborundum, no mostraban ni un solo metro de su cuerpo de piedra. Todas ellas estaban estucadas, teñidas y tupidas de pétalos en franjas que combinaban los colores turquesa, amarillo y negro, y perfiladas, aunque algo mezcladas, como si fuera una exposición de repostería envenenada. Cada *mul* tenía una enorme cúspide emplumada con forma de panal de la que salía un espeso humo por sus muchas aberturas. ¿Cuántos miles de personas habría allí? ¿Cincuenta? ¿Sesenta? Tan sólo podía ver una fracción del total. Digamos que habría unas dos mil en la plaza de los Ocelotes, la cual tenía un área de unos mil seiscientos kilómetros cuadrados. Bien, ahora supongamos que allí había unas treinta plazas de esa envergadura en total. En total... bueno, en realidad no importaba.

Tenía que centrarme en la misión.

¿Dónde estaba 9 Colibrí Dentado?

Tenía que intentar encontrarlo.

—*Wak K'inob, wuk K'inob...*

Seis soles, siete soles...

Vaya.

Oh oh.

Algo pasaba.

Quiero decir, además de la razón por la que este hombre seguía en el interior de su cabeza. Además de eso, algo iba mal. Horriblemente mal. ¿Qué era?

Intenté escuchar sus pensamientos, de la misma manera que él escuchaba los míos. Y sí, oí algo, y también tuve *flashes* de imágenes: caras arrugadas de granjeros desdentados, niños desnudos con inflamaciones en el cuello saliendo de sus cabañas hechas de caña, con el paso de sus piernas combadas, huellas de pies ensangrentados sobre el pavimento amarillo sol, grandes y pesadas pelotas de caucho inflamadas atravesando el firmamento violeta, formando un arco mientras se aproximan hacia mí, y alejándose. No parecían los recuerdos de un rey. De alguna manera, el sentido de su identidad logró filtrarse, y entonces me di cuenta de que sabía su nombre: Chacal.

No era 9 Colibrí Dentado. Era Chacal.

Y tampoco era el ahau. No. Yo (él) era el jugador de pelota. Sí. Nos habíamos equivocado. Habíamos metido la pata, de mala manera.

Este tío estaba vestido como el ahau, y allí estaba, en la habitación especial del ahau, pero no era...

—*Bolon k'inob, Nahum k'inob* —cantó el gentío.

Nueve soles, luego diez soles, once soles, doce soles...

Era una cuenta atrás. Al menos eso parecía, estaban contando hasta diecinueve.

¿Quién puñetas era aquel tío? No era el ahau, pero iba a jugar...

La certeza me golpeó la cabeza como la lluvia torrencial. Estaba haciéndose pasar por 9 Colibrí Dentado.

«Y esto no es una revalidación del trono —pensé—. Es una ofrenda, un sacrificio».

Un feliz y voluntarioso sacrificio. Estaban haciendo una cuenta atrás antes del lanzamiento, o mejor dicho, antes del salto. Al llegar a diecinueve, se volvería al cero, y yo saltaría.

Maldita fuera.

Qué estúpido había sido, debería haber pensado en aquella obvia posibilidad.

De hecho, ahora que pienso en ello, incluso recuerdo haber estado leyendo algo sobre este tipo de cosas. Creo que fue en un artículo en la *JPCS** llamado «Autosacrificios de mandatarios en la América precolombina». La teoría era que, en tiempos antiguos, tiempos realmente antiguos, anteriores incluso a éstos, el ahau tan sólo ostentaba el cargo durante un

---

* *JPCS, Journal of Physics,* una publicación de análisis y reseñas realizada por la Asociación Americana de Profesores de Física. *(N. de los T.)*

k'atun. Un k'atun es un vicenal, un periodo de veinte años. Por lo tanto, antes de que el ahau se volviese anciano y achacoso, extendiendo toda su vejez por el cuerpo político, cedería la ciudad a un sucesor más joven y se suicidaría, pero en algún punto de aquel proceso, algún genio había decidido facilitar las cosas y mantener al mismo tiempo las formalidades. Así, había ideado aquella gran ceremonia donde se transferirían su nombre y sus insignias reales a alguien, sin que hiciera falta un doble, o que el elegido se le pareciese siquiera, simplemente, un prisionero, un voluntario, o lo que fuera, y esa misma persona portaría su identidad, actuando como ahau durante cinco días. Cuando esos cinco días pasaran, se sacrificaría a sí mismo. Sería como quemar la efigie de alguien. Una efigie viviente. Luego, cuando todo hubiera acabado, el anterior ahau, el verdadero, realizaría otro ritual en el cual se autoasignaría un nuevo nombre para permanecer en el cargo durante otros k'atun.

Genial. Al menos sabía lo que estaba pasando, y lo que estaba pasando era que estaba de mierda hasta el cuello en un cuerpo que no era el mío, totalmente solo, sin nadie que me pudiera ayudar. De hecho, nadie que conociera había nacido aún, y todo me llevaba a la presunta intención de tener que matarme a sí mismo.

¿Y después, qué?

De acuerdo. No es bueno caer víctima del pánico. Todavía podía salir de ésta bien parado.

«Vale, no estás en el interior del tipo correcto. De momento es tan sólo un pequeño contratiempo, ¿no?».

Gracias a Dios, teníamos un plan de emergencia preparado por si ocurría algún tipo de contingencia de este tipo, tan sólo por si acaso.

Además del Equipo Chocula y el Equipo del Viernes de Locura (sí, me doy cuenta de que estoy hablando utilizando demasiada jerga privada), Warren había reunido a un grupo de investigación lingüística llamado el Equipo de los Yanquis de Connecticut. Su trabajo consistía en crear un menú de procedimientos que realizar y/o decir en el caso de verme en un problema de este tipo. Me instruyeron hasta el punto de aprendérmelos tan bien como la letra del «Cumpleaños feliz». Por ejemplo, el procedimiento apropiado para esta contingencia recibía el nombre del «Habla del Volcán». De acuerdo. Lo repasé un par de veces en mi mente, adaptando las palabras a aquella sorprendentemente extraña versión de ch'olan. Ya está. No va a haber ningún problema.

¿Listo? Pues suéltalo. «Soy el que va a apagar»... y todo lo demás. Oirán la predicción, esperarán a ver si es cierto, y luego, cuando ese montón de barro escupa, seré demasiado valioso como para ser sacrificado. De hecho, me montarán mi propia cabaña, un modesto palacete de cincuenta habitaciones, trescientas o cuatrocientas concubinas complacientes y puede que una o dos pirámides. O puede incluso que me hagan ahau. Sería como un Jim de la Jungla* recién estrellado su avión en la selva. Tan sólo enciende tu Zippo y los caníbales te sacarán de la marmita y te llamarán *bwana*. Sin tan siquiera esforzarte. ¿De acuerdo? De acuerdo.

Respira hondo...

Vamos allá.

Nada.

De acuerdo. Ahora sí. Vamos allá.

Nada.

Venga, ahora es la buena. Grita. ¡Ahora!

Nada.

Joder.

Vamos, Jed, sabes lo que tienes que decir. Suéltalo ya.

«Soy el que voy a apagar el Sol». Abrir la boca. Abrir la boca. Todo lo que tengo que hacer es abrir la boca.

Mi...

Mi boca.

¡Joder, joder!

Venga, tío, vamos.

* Historieta de aventuras estadounidense protagonizada por un aventurero de la selva; fue publicada por primera vez el 7 de enero de 1934 por el guionista Don Moore y el dibujante Alex Raymond. *(N. de los T.)*

—¡¡Nnnnnnnn!!

Todo mi cuerpo se tensó e intenté con todas mis fuerzas separar mis mandíbulas, pero el único efecto físico que conseguí fue un dolor distante, como si estuviera mordiendo una roca.

Dios, Dios... ¡Dios! Esto no puede estar sucediendo. Chacal no puede controlar este cuerpo. Es mío. Vamos, muévete. Haz algo. Retuércete, lanza un alarido. Levanta una mano.

Nada.

Levanta una mano.

Nada.

Levanta una mano. ¡Levanta una mano! Levanta un dedo.

Mierda.

La hemos liado. La hemos liado pero bien. Idiota, idiota, idiota, idiota.

Bajamos cinco peldaños en dirección a la base de la escalera. Luché con todas mis fuerzas, pero no surtía efecto en absoluto. Era como si estuviera atrapado dentro de un robot industrial, como el que salía en la película *Alien*; un robot que andaba por su cuenta siguiendo una programación previa, al mismo tiempo que yo, desde su interior, no era capaz de encontrar los mandos de control. Nos detuvimos. Nuestros pies se asomaron por el borde del final de la escalera, hacia el vacío.

Yo sabía que estábamos exactamente ante una caída vertical de treinta y cinco metros sobre la superficie de la Plaza del Ocelote, o a una en diagonal de ciento dieciséis metros a través de los doscientos dieciséis escalones que componían la escalera. Ahora, parecía dos veces más alta, y no porque yo fuera más bajito de lo que era antes. Miramos hacia abajo, hacia la espiral de planos menguantes. El vértigo tiró de nosotros. La escalera de color turquesa refulgió con restos de lo que parecía una espuma rosa, probablemente una mezcla de cerveza de maguey* y la sangre de anteriores sacrificios. Los escalones estaban perfilados por piedras triangulares que los hacían parecer serra-

---

* Planta crasa de gran tamaño, con hojas grandes acabadas en punta y flores amarillentas, que tiene un tallo que puede alcanzar los diez metros. (*N. de los T.*)

23

dos, como las cuchillas de una sierra mecánica. La arquitectura como arma.

La idea era caer escalera abajo con la mayor gracia posible; para cuando llegase al final, lo haría en pedacitos. Luego recogerían esos trozos de mí, seguramente los mezclarían con un estofado tamal* y los repartirían por toda la tripirámide.

Aquello sí que era mala suerte. Puede que me hubiera confiado demasiado. Pensé que simplemente volvería atrás en el tiempo hasta aquí y no me encontraría ningún problema, reconfortado en el interior de un cerebro limpio y bonito, en una gran chalupa** y, como jefe al cargo, podría hacer todo lo que yo quisiera. Así tendría una buena oportunidad de empaparme bien de todo lo que respecta al Juego. De paso construiría mi tumba a mi gusto y, mientras, me correría la vida padre, sin ningún problema.

«Bueno, ya basta —pensé—. Cíñete a la realidad».

La realidad era que, simplemente, yo no tenía el control sobre las neuronas motoras de Chacal. Tan sólo iba de acompañante, colgando en alguna parte del córtex prefrontal. Él estaba total, reverente y estúpidamente obcecado en matarse, de una manera heroica y espectacular, en muy pocos segundos.

Catorce soles, quince soles...

El tono de los cánticos subió. Me animaban, me jaleaban y, de hecho, sentí la necesidad de saltar, de flotar lo más alto posible, dada su expectación. Estaban esperanzados, ansiosos... tan sólo querían de mí un pequeño sacrificio. Parecía que cualquiera que estuviera en mi lugar saltaría

---

* Es un nombre genérico dado a varios platos americanos de origen indígena preparados generalmente con masa de maíz cocida envuelta en hojas de la mazorca o de la misma planta de maíz, plátano, bijao, maguey, aguacate o incluso papel aluminio o plástico. Pueden llevar relleno o no, el cual puede contener carne, vegetales, frutas, salsa, etc. Además, pueden ser dulces o salados. *(N. de los T.)*

** Embarcación pequeña, generalmente con cubierta y dos palos para las velas. *(N. de los T.)*

atrapado por aquella excitación. Puede que incluso fuera lo correcto.

No. Cancela ese pensamiento. Vamos, Jed. Dale una patada a ese pelele hasta mandarlo al asiento del acompañante, agarra bien fuerte el volante y dale la vuelta al puto coche. Todos se lo tragarán, sin ningún problema.

«¡MA! —dijo Chacal, retorciéndose a mi alrededor—. ¡NO!».

Sentí una constricción que apretaba mis pensamientos, una especie de llave de judo mental, y durante un tiempo indeterminado sentí de lleno el pánico puro que produce el ahogo y la claustrofobia. Pasado un momento, creía que había empezado a gritar, puro y blanco terror. Me repetía a mí mismo:

«DiosmíoDiosmíoDiosmíoDiosmío».

Luego, tan sólo pude oír la consciencia de Chacal riéndose, casi celebrándolo. De hecho, parecía que estaba a punto de tener un orgasmo.

Y allí estaba él, el viejo Jed, en su último momento antes de la desconexión al olvido, la cual le parecía cada vez más atractiva.

«Estoy bien jodido. Esto es, así es la muerte. Esperaesperaespera. Libérate. Vuelve en ti. ¡Piensa!».

Romper la línea, reagruparse, emplear una nueva táctica.

Lo que tenemos que hacer aquí es... convencer al viejo Chacal para que se una a nuestra causa.

Vale, está bien.

«¿Chacal? —le pregunté mentalmente—, tranquilicémonos un momento. Respiremos hondo. No tienes por qué hacer esto».

Silencio. Tan sólo se hizo el silencio.

«¿Chac? ¿Compadre? Deja que te diga algo, ¿de acuerdo? De acuerdo. Todo lo que ves a tu alrededor no lo es todo. Hay todo un mundo por descubrir más allá. Tan sólo échales un vistazo a mis recuerdos. Puedes verlos, ¿verdad? Revísalos... Europa, Asia, ordenadores, chicle... ¿Ves lo relativo que es todo? Mira mis recuerdos. Ni tan siquiera sabías que la

Tierra era redonda. Guay, ¿no? Y hay un montón de cosas más. ¿No te hace todo esto tener al menos una pequeña duda?».

«Eres una babosa-uay costrosa, e intentas engañarme con tus mentiras», pensó Chacal.

«¿Eh? —pensé—. No te he entendido del todo, pero por lo menos estamos dialogando. Eso es bueno, ¿no, Chacal? Escúchame. Sabes que no te estoy mintiendo. Ahora somos un equipo, estamos en esto juntos, cosa que a mí me parece muy bien. ¿Qué te parece a ti? Creo que nos podemos llevar bastante bien. ¿No, Chacal?».

«Estás contaminado y controlado por el miedo. No dejaré que manches éste, el lugar más puro y limpio de todos».

«Genial —pensé—. ¿Qué importa? Venga, Chac, despierta. Te están utilizando».

«Es demasiado tarde para ti, y yo ya he tomado la más responsable de las decisiones».

«De acuerdo, de acuerdo, respeto mucho todo eso, pero al menos te das cuenta de que no existe ningún Ocelote, ¿no? Ni en el Útero Celestial, ni en ningún otro lado. Eso es tan sólo propaganda. ¿Sabes lo que es la propaganda? De todas formas, la cosa es que, si en su momento el hacer esto era la decisión correcta, ahora la decisión correcta, incluso en lo que respecta a ayudar a tu familia, es escuchar lo que tengo para ofrecerte, y entonces...».

«Silencio, babosa».

Diecisiete soles, dieciocho soles...

«De acuerdo, mira, Chac, vamos a hacer una cosa. ¿Por qué simplemente no me dejas que diga lo que tengo que decir y vemos qué pasa? Te prometo que, tanto para ti como para mí, el panorama mejorará mucho».

«No quiero oírte más».

«Un segundo. De verdad que tengo algo muy importante que hacer. En un par de días serás el jefe de todos. Aplastarás a tus enemigos, recompensarás a tus amigos. ¡Aprovecha el momento! Puedo hacer magia. Tan sólo tengo que decir unas palabras...».

«¡NO!».

Y ésa iba a ser su última palabra al respecto.

A mi alrededor, algo empezó a apretar aún con más fuerza. No podía respirar, ni siquiera podía pensar.

«Nnn...».

De acuerdo, vamos, Jed. Todavía es posible que te puedas hacer con el control de los movimientos de este tío. Puede que, en realidad, él no sea la consciencia dominante. Puede que simplemente él crea que lo es. Probablemente sea cuestión de perspectiva. De carácter. De tomar el control. De ser persona por una vez.

Vamos, simplemente muéstrale quién es el tipo duro aquí. ¡Dilo!

«Soy el que viene a apagar el amanecer».

Dilo. Vamos, Jed, hazte valer por una puta vez.

«Soy el que viene a apagar el amanecer».

Vamos, ¡dale la vuelta a la tortilla! Libérate.

«Soy el que viene a apagar...».

Vamos, Jed, viejo amigo. Resiste. La resistencia NO es fútil. Esfuérzate.

—Nnnnn...

¡Jed! ¡Ahora! Debes hacer algo. Habla, grita, gruñe, haz lo que sea...

—Nnn... ¡Joder!

Fue como estar profundamente constipado, sonándote, sonándote, y sin conseguir que saliera nada.

—Sol cero.

Vamos, Jed. Salva el proyecto, salva el planeta, salva tu culo, vamos, justo en este momento tienes que hacer algo, tienes que hacer algo inteligen...

La Qarafa de Megacon

1

Pero, un momento, tal vez me esté adelantando.

Tal vez esté contando demasiado de una vez. Tal vez antes tengamos que contestar algunas cuestiones básicas. Después de todo, esto es una especie de declaración. Tenemos algunos puntos que concretar, así que tal vez tendríamos que ponernos un tanto serios y no modestos o recatados, para así recordar cómo demonios terminé en esta situación. Quizá no puedas escapar a un pequeño pellizco del pasado, de la misma manera que no puedes escapar del futuro.

Mi nombre es Joaquín Carlos Xul Mixoc DeLanda. A diferencia de la mayoría de los indios mayas, nací en un hospital de verdad, en una pequeña ciudad llamada San Cristóbal Verapaz, en la Alta Verapaz, en el sudeste de Guatemala, a unos cincuenta kilómetros del golfo de Honduras. SCV está a unos ciento cuarenta y cinco kilómetros al noreste de CG, que es la Ciudad de Guatemala, y a unos quince kilómetros de T'ozal, el pueblo, o más bien, la aldea, donde crecí. Mi día de nombramiento, que en realidad es más importante que el día de mi nacimiento, fue tres días después, el 2 de noviembre de 1974, o, en nuestro calendario, 11 Aullador, 4 de Blancura, en el quinto uinal del primer tun del decimoctavo k'atun del decimotercer y último b'ak'tun. Exactamente, un millón ochocientos cincuenta y ocho mil setenta y ocho *k'inob,* o soles, o amaneceres, o días, desde el primer día de la Cuenta Larga del calendario, el 4 Cacique, 8 Huevo Oscuro 0.0.0.0.0, o también 11 de agosto del 3113 a. C., no más de unos trece mil novecientos veintiocho días antes del último sol, el 4 Cacique, 3 Pájaros Amarillos, en el último día del último k'atun del decimotercer b'ak'tun. Es decir, antes del 21 de diciembre del 2012 (después de Cristo), día que, como seguramente ya habrás oído, será el día en el que el tiempo se detendrá.

Mi padre era medio hispano, hablaba *k'ekchi* y, de alguna manera, era un intelectual, según los estándares locales. Trabajaba en el Instituto Indígena de Santiago, en Ciudad Guate, dirigiendo el rudimentario sistema escolar de la zona. Mi madre hablaba ch'olan, el cual, de todos los dialectos mayas vivos, era el que más se parecía al maya antiguo del sur. Su familia se había trasladado desde Chiapas a principios de 1930 y ahora era parte de un pequeño enclave ch'olan al sur de su núcleo principal. Aprendí más que la mayoría de los niños del lugar sobre nuestra cultura, la historia de nuestro país, quiénes éramos, o lo que fuera, y aun así tampoco sé mucho. Sabía que en los tiempos pasados habíamos sido arquitectos y reyes, pero que ahora éramos pobres. No sabía que nuestra cultura estuviera muriendo. Vivía en nuestra *akal*, una casa de paredes de granito y techo de paja... Caray, crecí bajo un techo de paja, por Dios, a veces apenas puedo creer por todo lo que he pasado. Nuestro *jon-ka'il*, la plaza del pueblo, era el centro de nuestro pequeño universo. Cuando miro hacia atrás, todo eso se me hace bastante tosco, pero realmente supongo que por aquel entonces no sabía menos sobre historia que la media de los niños que iban a escuelas públicas americanas. Es probable que la mayoría de la gente tuviese al menos una vaga idea sobre la existencia de un grupo de pirámides muy antiguas de camino al sur. Tal vez, un grupo más pequeño de esas mismas personas pudiera decirte que allí, antaño, vivían los pueblos azteca, tolteca, inca y maya. Puede que un montón de gente haya visto la película sobre los mayas de Mel Gibson, o tal vez hayan viajado a Ciudad de México para ver las ruinas de Teotihuacan, pero sería difícil dirigirse a Estados Unidos y que alguien te pudiera decir, por ejemplo, cuáles son las diferencias entre el pueblo de los aztecas y el de los toltecas, o que supieran de la existencia de pueblos de la misma valía pero infinitamente menos famosos, como los mixtecas, los zapotecas o los tarascos, dentro de la zona que abarca desde México central hasta Honduras, a la que nos referimos como Mesoamérica, o incluso que los incas vivieron a unos cuantos miles de kilómetros al sudoeste, en otro continente, y por lo que a los mayas nos concernía, podrían haber estado en Neptuno.

Además de las geográficas, entre el afloramiento de estas dos civilizaciones también hubo grandes distancias temporales. Los toltecas llegaron a su cenit aproximadamente en el año 1100. Teotihuacan quedó totalmente abandonada entre el 650 y el 700, lo que llamaron el Periodo Clásico Tardío maya duró entre el 600 y el 850 a. C. y para cuando los aztecas empezaron a iniciar su civilización, unos seiscientos años después, los mayas estaban en un avanzado estado de decadencia política. Según lo que se sabe por los primeros estudios de la zona mesoamericana, los mayas eran como los antiguos griegos, y los toltecas y los aztecas eran como los romanos. Claro que la única cosa que los mayas tenían en común con los griegos era su genialidad.

Ahora, por supuesto, de aquellos tiempos sólo se puede decir lo que era sorprendente de cada cultura. Un día, mientras estaba en la escuela, cambiaron todas las inscripciones y carteles del museo de arte de la universidad, así que, en lugar de poner «Fetiche de Estiércol, Tribu Ookaboolakonga, siglo XIX», se leía «Fetiche de Estiércol, Civilización Ookaboolakonga, siglo XIX». Como si cinco chozas y una talla fueran ya una civilización.

Pero el hecho más triste es que las culturas son como los artistas: tan sólo unos cuantos son verdaderos genios, y de todas las culturas geniales del mundo, la maya es la que parece haber cardado la lana para que otros se la lleven. La escritura fonética tan sólo se ha inventado tres veces en la historia: una vez en China, otra en Mesopotamia y otra con nuestros ancestros mayas. El cero tan sólo se ha inventado dos veces: una vez cerca de donde está ahora situada Pakistán y otra, antes que ésa, en la cultura maya. Los mayas eran especiales, y eso es todo lo que necesitas saber.

No hay mucha gente que sepa todo esto, probablemente por dos razones. Una se debe al más puro prejuicio. La otra es que probablemente ninguna otra civilización, y con total certeza ninguna otra civilización con cultura, ha sido tan tajantemente erradicada de la faz de la Tierra, pero aun así quedan más de seis millones de hablantes del idioma maya, más de la mitad de ellos viven en Guatemala, y muchos todavía sabemos bastante sobre los tiempos pasados.

Mi madre, concretamente, sabía algo, pero yo, por aquel entonces, no podía notar nada especial en ella, más allá de que para mí era la persona más importante del mundo. Supongo que en realidad no lo habría notado de no ser por aquello que me enseñó alrededor de 1981, durante la época de lluvias en la que enfermé. Mi padre tuvo la encantadora ocurrencia de ponerlo «en la muerte».

2

Cogí lo que ellos creían que era la fiebre dengue. Era más peligrosa de lo que es en estos días, sobre todo por las hemorragias pulmonares y los estornudos de sangre que me provocaba. Finalmente resultó ser una deficiencia de factor ocho, es decir, hemofilia del tipo B. Me pasé los siguientes tres meses envuelto en mantas al lado de la estufa, contando las gotitas rojas que había en mis sábanas de algodón y escuchando a los perros. Mi madre me daba de comer papilla de maíz y leche de Incaparina* mientras me contaba cuentos, a veces en español, a veces en ch'olan. Todos los demás, incluso mi hermana pequeña, trabajaban en la finca, en las zonas bajas. Una tarde estaba tumbado, intentando no vomitar, cuando me di cuenta de que un caracol se deslizaba subiendo una parte húmeda de la pared de granito. Era como un cono esférico verde azulado, con la forma de un corcho de pescar y con rayas naranja y negras. Un *Liguus fasciaticus bourboni*, tal y como aprendí más tarde. Mi madre me dijo que el caracol era mi segundo *chanul*, el «chanul del brujo», o lo que es lo mismo, un familiar.

Todos los mayas tienen un chanul, o, utilizando una palabra clásica maya, un *uay*. Normalmente, el uay está fuera de tu cuerpo, pero al mismo tiempo es una de tus almas. Si tienes hambre, él tiene hambre, si alguien lo mata, tú también mueres. Algunas

* La Incaparina es un suplemento proteico y vitamínico producido en Guatemala. *(N. de los T.)*

37

personas están más próximas a su uay que otras, y algunas, muy pocas, pueden metamorfosear su cuerpo en el cuerpo del uay y así deambular por ahí como un animal. Es un poco como los animales familiares de los libros de «La Materia Oscura»,* aunque en este caso el animal está más próximo a ti. En realidad ya tenía un uay, un *sa'bin-'och*, una especie de erizo, pero de acuerdo con lo que decía mi madre, el caracol iba a convertirse en un uay más importante para mí. Era un uay muy poco frecuente, y no parecía demasiado poderoso, pero un montón de uays de algunos brujos eran pequeños y estaban ocultos.

Al mismo tiempo, mi madre empezó a entretenerme con un juego de contar. Al principio me imaginé que sería para enseñarme la numeración básica. Pronto empezamos a jugar todas las tardes. Solía desplegar una estera junto al lugar donde yo estaba tumbado. En el suelo de tierra escarbaba veinticinco pequeños agujeros en forma de cruz con una cuchara. La idea era visualizar la cruz como si estuviera en el cielo y tú estuvieras tumbado boca arriba, con la cabeza en el azimut** actual del Sol al sudeste:

Luego solía echar sobre la composición una fina tela de color blanco y apretaba levemente con el dedo sobre cada uno

---

* «La Materia Oscura» (en inglés, His Dark Materials) es una trilogía de novelas fantásticas escritas por el británico Philip Pullman. *(N. de los T.)*

** Azimut, acimut (Astr): Arco del horizonte medido entre un punto fijo y el círculo vertical que pasa por el centro de un objeto en el cielo o en la tierra. *(N. de los T.)*

de los agujeros; después masticaba un poco de tabaco y untaba algo del jugo producido sobre su muslo izquierdo. Cuando aprendí a hacer aquello, hizo que yo repitiera aquella acción sobre mi muslo derecho. De uno de sus preciados tupperware sacaba su gran tesoro, una bolsa de amuletos, piedras y demás cosas, y derramaba varias judías *tz'ite,* las cuales son realmente difíciles de encontrar, ya que proceden de un árbol coralino. Luego desparramaba sus guijarros de cuarzo; siempre me dejaba cogerlos para que los llevara hasta mi ojo y viese cómo rebotaba la luz en su interior. Nunca entendí por qué realizaba el siguiente paso: se pintaba una línea gruesa y negra a lo largo de toda su cara. Comenzaba por el punto más alto de su oreja izquierda, pasaba por debajo de su ojo izquierdo hasta llegar a su labio superior y luego seguía hacia abajo por su mejilla derecha hasta llegar al borde de su mandíbula.

El procedimiento habitual era que ambos cogíamos al azar un puñado de semillas de un cuenco y las esparcíamos por los bordes de la tela, a izquierda y derecha de los agujeros, mientras pedíamos la ayuda del protector del día. Luego, mi madre golpeaba el suelo cinco veces y decía:

«Hatz-kab ik,
Ixpaayeen b'aje'laj...».

Que quiere decir:

«Ahora tomaré prestada
la brisa del sol.
Hoy tomaré prestada
la brisa del sol de mañana.
Ahora me estoy enraizando,
ahora me estoy centrando,
diseminando semillas negras,
y diseminando semillas amarillas,
añadiendo calaveras blancas,
y añadiendo calaveras rojas,
contando los soles verde-azulados,
contando los soles grisáceo-marrones».

En ch'olan, la palabra «calavera» también se utiliza para denominar a la mazorca. Luego, contábamos las semillas por turnos, las metíamos en recipientes en grupos de cuatro y utilizábamos las habichuelas para marcar la fecha de día. A continuación, mi madre sacaba un único cristal de cuarzo carneliano del tamaño de una uña. Ése era el corredor.

Al igual que las fichas de un parchís, los corredores se movían por todo el tablero de juego, usando un generador aleatorio de números. En lugar de usar un dado, usábamos granos de mazorcas con un punto negro en uno de sus lados. Los lanzábamos y contábamos cuántos habían caído del lado con el punto negro. A diferencia del parchís, el número de granos que lanzabas variaba según donde estuvieras en el Juego. Había diferentes protocolos de conteo. Por ejemplo, si tu último grupo tenía tres contadores, a veces podías dividirlo en dos grupos, uno de dos y uno de uno, y usar uno como el principal y otro como el impar.

Y el Juego se complicaba también en otros aspectos. Había un montón de partes de preguntas y respuestas, empezando por cada una de las doscientas sesenta combinaciones de días, nombres y números posibles en el calendario ritual. Cada uno de aquellos nombres quedaba insertado con los otros trescientos sesenta nombres de los días solares. Aquellas combinaciones tenían sus propios proverbios adjuntos y sus propios significados, dependiendo de otros aspectos de su posición. Así, al igual que el I Ching* o el Yoruba Ifa,** el Juego generaba pequeños fragmentos que, juntos, podías leer como frases completas, y por eso había tantas combinaciones. Era como conversar contigo mismo de una manera en la que no podías concebir las respuestas. A menudo, mi madre decía que la que hablaba era santa Teresa, la cual era, de alguna manera, como la diosa del Juego, la que lo interpretaba para nosotros. Cuan-

---

* Es un libro oracular chino cuyos primeros textos se suponen escritos hacia el 1200 a. C. Es uno de los Cinco Clásicos Confucianos. (N. de los T.)

** Sistema de adivinación geomántico africano. (N. de los T.)

do aparecía algo malo, sin embargo, decía que el que hablaba era san Simón. San Simón era un hombre barbudo sentado en una encrucijada de caminos, en el centro del Juego, y a quienes muchos aún llaman Maximón.

Por lo tanto, el Juego era una mezcla de mapa, ábaco y calendario perpetuo. Los movimientos del guijarro de cuarzo, el corredor, ofrecían multitud de variables, dependiendo de lo lejos que quisieras llegar leyendo, y de cuánto ibas a dejar en manos de la intuición. A veces, antes de realizar dos movimientos que parecían razonables, era mejor hacer tan sólo uno. También había una manera especial de hacer que la intuición sirviera a tus propósitos. Mi madre me enseñó a sentarme y esperar al *tzam lic*, es decir, «El resplandor sangriento», una especie de escalofrío, de crispación que se siente bajo la piel, tal vez algún tipo de microespasmo muscular. Supongo que lo podríamos llamar estremecimiento. Cuando lo sientes, su intensidad y su localización en el cuerpo te dicen cosas sobre el movimiento a realizar en cuestión. Por ejemplo, si se produce en el borde interior de tu muslo izquierdo, donde está la marca de tabaco, puede significar que un pariente masculino viene a verte, procedente del nordeste, y si sientes lo mismo pero en la parte exterior, es posible que sea una sugerencia de que el visitante es una mujer. Normalmente, mi madre intentaba descifrar (no quiero utilizar la palabra «predecir») tan sólo las cosas básicas, a menudo relativas a las cosechas, como, por ejemplo, cuándo atacaría la siguiente plaga de insectos. Muy a menudo eran simples consultas respecto al tiempo meteorológico, con el corredor rojo representando al Sol y los otros a las nubes o a las montañas. A veces utilizaba un corredor para representar a los parientes o a los vecinos, para intentar ayudarlos en grandes eventos como los casamientos, o, si caían enfermos, para encontrar una manera de que se sintieran mejor. Recuerdo que una vez le pregunté si podíamos jugar para la abuela paterna de mi primo materno, la cual tenía un mal de estómago, y mi madre detuvo el juego a la mitad. Mucho después me di cuenta de que la causa fue que había visto que la pobre mujer no se iba a recuperar.

Como mi madre decía, el Juego no funcionaba demasiado bien con las cosas simples o pequeñas. Había veces que yo pedía descubrir si mi padre volvería a casa aquel día. Al principio, ella se resistía a hacer aquel tipo de predicciones, por ser demasiado triviales, pero finalmente me dejaba mover el cuarzo alrededor de un marcador para Tata, y a ella se le daba muy bien jugar contra él. Entonces mi contador se mantenía por delante de las semillas de mi madre, mientras ella me perseguía. Si al final ella hubiera atrapado mi contador, por ejemplo, en el recipiente del noroeste, aquello habría significado que volvería a casa con nosotros muy tarde, ya que el pueblo más cercano del noroeste estaba muy lejos. Sin embargo, si terminaba en la parte central, eso significaba que estaba a punto de llegar a casa. Y siempre lo hacía: a los pocos minutos, estaba agachándose para traspasar la puerta.

Nada de eso se parecía a la buenaventura ni a la astrología, ni a cualquier otro disparate por el estilo. Era más bien el Juego... empecemos a llamarlo «el Juego del Sacrificio», a pesar de que me doy cuenta de que aún no he introducido la idea correctamente. Bueno, pues era como el Juego del Sacrificio; te ayudaba a discernir conscientemente cosas que tu mente ya había percibido con anterioridad. Una vez, uno de mis tíos dijo que en los tiempos pasados la gente tenía ojos de búho que les permitían ver a través del techo del cielo, a través de las montañas y en el interior de las cuevas de los muertos y los no-natos. Si alguien enfermaba podías mirar a través de su piel, directamente a sus órganos, para dar con su mal. Podías ver tu propio nacimiento a tu espalda y tu muerte frente a ti. Sin embargo, ahora, en la actualidad, nuestros ojos se han nublado y tan sólo permiten ver una pequeña fracción del mundo, o sea, lo que está en la superficie. Yo practiqué mucho. Durante el primer día de mi doceavo tz'olk'in, es decir, cuando tenía ocho años y medio, mi madre me inició en el modo de vida de los *h'men*.

Esta palabra ha sido traducida como «guardián del día», «guardián del tiempo», «guardián del sol» o incluso «contador de tiempo». Literalmente, en ch'olan, significaría «totalizador del sol» o «alto contador de soles», o, para simplificarlo, «contador de soles». Un contador de soles es básicamente el chamán de la aldea, una alternativa pagana al sacerdote católico. Respondíamos a cuestiones. Por ejemplo, deducíamos si un paciente estaba enfermo porque algún allegado fallecido le estaba incordiando desde el más allá, así como las ofrendas que debía realizarle a éste para hacer que dejara de molestarle y las hierbas a colocar alrededor de su casa para acelerar la recuperación del mal. ¿Cuándo debo quemar mi milpa (o sea, el campo de trigo familiar)? ¿Es un buen día para hacer un viaje en autobús a la capital? ¿Sería aquél un buen día para ser bautizado? Todo ello mezclado con un poco de catolicismo, por lo que incluso usábamos pequeños fragmentos de liturgia. De una manera un tanto malsonante, se puede decir que éramos los brujos de la tribu. La razón por la que se nos denominaba «contadores de soles» es que nuestra principal tarea era la de estar al tanto de los rituales tradicionales del calendario. Todos los pequeños rituales de ofrendas que realizábamos, incluso todo lo que tenía que ver con el Juego del Sacrificio (al cual se le puede llamar, de manera malsonante, «echar la buenaventura»), eran cosas secundarias.

Para el ch'olan, las cosas siempre venían por pares, especialmente las cosas malas. Dos años después, me hice con mi fardo de contador; así es como se hacía.

Una cosa a destacar en lugares como Guatemala es que la conquista todavía seguía vigente. En Guatemala, por contarlo de una manera rápida y concisa, las cosas se asentaron para la mayoría de los indígenas a finales del siglo XIX y a principios del XX, y ya a comienzos de los años cincuenta no les iba tan mal; pero en el verano de 1954, la CIA, a petición de la United Fruit Company,* los amigos de las Bananas Chiquita, urdie-

---

* La United Fruit Company (UFC) (1899-1970) era una multinacional estadounidense que destacó en la producción y el comercio de frutas tropicales (especialmente plátanos y piñas) en plantaciones del Tercer Mundo, sobre todo en Latinoamérica, Estados Unidos y Europa. *(N. de los T.)*

ron un golpe de Estado contra el presidente electo y colocaron a Carlos Castillo Armas como dictador pelele. A pesar de hacer todo lo que el «Pulpo» (como llamábamos a la UFC) quería, comenzó una inmediata política de limpieza étnica contra los mayas. Las Naciones Unidas calculan que alrededor de doscientos mil mayas fueron masacrados o desaparecieron de 1958 a 1985, lo que sitúa a Guatemala en la posición más baja del *ranking* de derechos humanos del hemisferio occidental. Para nosotros fue el peor periodo de nuestra existencia desde la invasión española del siglo XVI.

El Congreso de Estados Unidos canceló oficialmente su ayuda al gobierno en 1982, pero la administración Reagan siguió apoyándolo secretamente, mandándole armas y entrenando a los oficiales del ejército guatemalteco con técnicas de contrainsurgencia en la Escuela de las Américas de Fort Benning. Puede que unos cuantos fueran sinceramente anticomunistas plenamente concienciados de que las guerrillas eran una amenaza, pero el noventa y siete por ciento no lo eran, y ya para 1983, cuando el genocidio llegó a su cenit alcanzando la cifra de unos cuarenta aborígenes por día, la guerra no era nada excepto el saqueo de bienes inmuebles. Dispusieron, por ejemplo, que «Todos eran guerrilla», y así procedieron. Un año después, cualquier campo productor de cosecha había sido ocupado por los ladinos.*

En Estados Unidos, la mayoría de la gente pensaba que la CIA era una especie de sociedad secreta eficiente y lustrosa, con empleados bien parecidos y dispositivos futuristas. Los latinoamericanos sabían que simplemente eran otro cártel, grande, arrogante y mejor financiado que la mayoría, que realizaba regalos para los grandes vendedores de droga y perjudicaba a los pequeños. En los años setenta y ochenta, los militares construyeron miles de pequeñas pistas de aterrizaje en la zona rural de Guatemala, supuestamente para ayudarnos a transportar mercancía a los mercados extranjeros pero,

---

* En América Central, los indígenas o mestizos hispanizados, especialmente si usan el español como primera lengua. (*N. de los T.*)

en realidad, para lo que servían era para que pudieran dejarse caer por allí cuando quisieran, o cuando necesitaran dar algún golpe mortífero. Sólo alrededor de T'ozal había un par de docenas. Uno de los muchos tíos de mi padre, un parcelista llamado Generoso Xul, delimitó y quemó varias milpas de tierra común que estaban demasiado cerca de una de ellas. A finales de julio, Generoso desapareció. Mi padre y unos cuantos más fueron a buscarle. En el segundo día de búsqueda encontraron sus zapatos colgando de un árbol de eucalipto, lo cual era algo así como la señal de «Está durmiendo con los peces» que dejaban los mafiosos americanos.

Mi padre habló con una persona que conocía de la resistencia local, una especie de subcomandante Marcos local llamado Teniente Xac, o, tal y como se llamaba a sí mismo, Tío Xac. El Tío Xac le dijo que él, al menos, suponía que los Soreanos «le habían dado agua» al Tío G., es decir, que lo habían asesinado. Después de eso, mi padre cogió a todos los parcelistas, y a sus hijos, y les pidió que vigilaran el tránsito de aviones, que apuntaran sus códigos de registro en papel de cigarrillos y que se los hicieran llegar. Así se hizo con una lista bastante numerosa. Un amigo en la CG los comprobó con la Base de Datos de la Agencia de Aerotransporte, ya que, para esta gente, Guatemala era un lugar por el que circular tan libremente que ni siquiera se molestaban en cambiar los códigos de registro, y descubrió que una gran cantidad de estos vuelos eran conducidos fuera de Texas y Florida, de mano de Skyways Aircraft Leasing, que según se supo mucho más tarde era una tapadera, y los aviones procedían de las tierras de John Hull en Costa Rica. Hull. Esto podría sonar un tanto «conspiranoico» si no estuviera tan bien documentado. Por ejemplo, el documento del subcomité del congresista Kerry titulado «Ayuda Privada y los Contras: Informe General» fechado el 10/14/86, fácilmente accesible a través de la Librería Presidencial de Ronald Reagan, sita en la Avenida Presidencial, 40, Simi Valley, en California, dentro de los «Destacamentos legales de Fuerzas de la Casa Blanca, Registro: Caja 92768», cuenta cómo un ciudadano estadounidense envió dinero y cocaína sin cortar al equipo de Oliver North. La mayor parte del dinero fue a su vez reenviado a los Contras en El Salvador, pero el cártel de North, los compinches de Bush, y el grupo de Ríos Montt, que no era otro que el presidente títere de Guatemala por aquel entonces, pillaron un buen cacho. Mi suposición es que el Tío Xac esperaba ampliar la lista en algún punto, ya fuera para concentrar toda la atención sobre los Soreanos, una gran familia de la región que todo el mundo odiaba, o para desacreditar las próximas elecciones generales. Todo eso demostraba lo ingenuo que era.

El día de Navidad de 1982 tuve otro episodio de neumonía con pérdidas de sangre, así que mis padres me llevaron al Hospital de las Hermanas de la Caridad de San Cristóbal. Supuestamente, yo estaba delirando y febril. Una de las monjas más jóvenes, sor Elena, cuidó muy bien de mí, preocupándose en todo momento por mi recuperación. Aquello me hizo cogerle gran aprecio. Estoy seguro de haber pensado en ella todos los días de mi vida desde entonces, puede que incluso cada hora, al menos mientras no estoy en estado de trance.

Todo fue por mi culpa.

A los cuatro días de estar ingresado, el 29 de diciembre de 1982, durante la fiesta de la Sagrada Familia, sor Elena me dijo que las fuerzas gubernamentales habían rodeado T'ozal e interrogado a todas las cofradías, una especie de comités formados por los ancianos de las aldeas. Más tarde me enteré con mayor profundidad de lo que había pasado. Un helicóptero Iriquois americano con altavoces había hecho acto de presencia y, formando círculos como un pez enorme dentro de un lago, ordenó a la población que se congregase en la plaza del pueblo, lugar donde iban a designarse los puestos para las patrullas civiles del año siguiente. Para entonces, los soldados ya marchaban por dos caminos secundarios apenas utilizados. De acuerdo con lo que me contó mi amigo José Xiloch, o, como lo llamábamos nosotros, Ni Hablar, que fue testigo de los hechos desde la distancia, casi nadie intentó ocultarse o huir. La mayor parte de los soldados eran medio mayas, reclutados por Suchitepéquez, pero también había dos hombres altos de pelo rubio y botas de la USMC con ellos. Todo el escuadrón estaba dirigido, inusualmente, por un comandante, Antonio García Torres.

Tan sólo dos personas murieron en la plaza aquel día. A mis padres y a seis de sus amigos los metieron en un camión y se los llevaron a una base militar en Coban. Aquella tarde, los soldados quemaron el centro civil del pueblo con once miembros de la resistencia dentro; ésta era la técnica de intimidación de moda por aquel entonces. También fue la última vez que alguien vio a cualquiera de mis hermanos, aunque aún no se ha esclarecido qué fue lo que pasó con ellos. Mucho más tarde descubrí que mi hermana terminó en un asentamiento de refugiados en México. El ejército pasó dos días obligando a los vecinos a demoler el poblado y luego los montaron a todos en camiones para llevárselos a otra parte.

T'ozal es una de las cuatrocientas cuarenta aldeas que el gobierno guatemalteco oficialmente registra como «destruida». Finalizando las cuentas, treinta y ocho personas murieron y veintiséis desaparecieron. Estoy convencido casi con certeza de que mis padres fueron torturados con la técnica conocida como *El submarino*, o lo que es lo mismo, asfixia por inmersión, y de que seguramente terminaron en uno de esos barriles enormes donde sólo puedes acuclillarte (todo por mi culpa) y mirar arriba, hacia el cielo. Un testigo afirma que mi padre murió mientras intentaban ahogarle con una capucha empapada en insecticida. Lo que ocurrió en realidad todavía no ha sido esclarecido. A mi madre, como a la mayoría de las otras mujeres, la obligaron a beber gasolina. Sus cuerpos fueron, casi con toda seguridad, lanzados al interior de una de las ocho fosas comunes que se encontraron en Alta Verapaz pero, hasta ahora, el Centro de Documentación e Investigación Maya no ha podido encontrar restos que coincidan con mi ADN.

Me llevó años empezar a cuestionarme el motivo por el cual mis padres me habían apartado de su lado. Tal vez fue porque imaginaron que habría problemas, o puede que fuera idea de mi madre, que, usando previamente el Juego para descubrir un peligro procedente del G2, o policía secreta, tal vez viera algo.

Una semana después, las monjas recibieron la orden de trasladarme a mí y a cuatro niños más de T'ozal, incluyendo a José «Ni Hablar» (el cual se ha convertido en el amigo más viejo que me queda) a la capital, Ciudad Guate. Desde allí, posteriormente, nos enviarían a otros campos de relocalización. Apenas recuerdo el orfanato católico, porque me escapé el primer día, aunque, a decir verdad, no fue una huida, ya que simplemente salí por la puerta. Camino a la ciudad me encontré con un hospital infantil mucho mejor provisto. Se denominaba simplemente AYUDA y estaba dirigido por ICSU, La Iglesia de Cristo de los Santos de los Últimos Días, o mormones, denominación que rechazaban. Había rumores que decían que estaban enviando niños desde allí hasta Estados Unidos, país que por aquel entonces yo visualizaba como un jardín de las delicias con arbustos de patatas fritas y ríos de granizado. Había una mujer enorme con el cabello resplandeciente situada en la puerta trasera que dudó durante un minuto para luego, contra todo pronóstico, dejarme entrar. Tan sólo la vi un par de veces más después de aquello, y nunca supe cómo se llamaba, pero aún pienso en ella cuando veo a alguien con ese color de pelo rubio-cromado. Más tarde, cuando me registraron como posible huérfano, me trasladaron a algo llamado Escuela Plantación del ICSU del Valle del Paraíso, en las afueras de la ciudad.

Me llevó mucho tiempo descubrir qué era lo que le había pasado a mi familia. De hecho, aún no lo sé. No hubo ningún momento en el que supiese a ciencia cierta si mis padres habían muerto; todo fue un mal trago sin fin que apenas podía aceptar. Los sábados en el EPVP los teníamos libres, y se permitía a los parientes, si alguien tenía alguno, visitar a sus íntimos en la parte de atrás de la escuela. Cada sábado por la mañana tomaba prestado un libro de matemáticas de los cursos superiores. Me gustaba esconderme en un recoveco fresco que había entre dos muros de granito color manzana. El suelo de linóleo también era color manzana. Simplemente, me quedaba allí. Nadie apareció nunca intentando encontrarme. La Mara, la banda local, se mofaba de mí por ello, pero realmente terminé abstrayéndome. Los sábados todavía tengo problemas. De hecho, me pongo ansioso y me descubro a mí mismo mirando continuamente por la ventana, o revisando mi correo electrónico diez veces cada hora.

Estuve en el EPVP casi dos años antes de entrar en su Programa de Recolocación de Nativos Americanos, el cual era en parte una fundación de adopción de refugiados, y, justo después de mi decimosexto cumple-nombre tz'olk'in, es decir, justo después de cumplir once años, una familia apellidada Ødegârds, con algo de ayuda financiera por parte de la Iglesia, me llevó a Utah.

Para ser justo, debo decir que la ICSU hizo un montón de cosas buenas por los nativo-americanos. Por ejemplo, ayudaron a los zuni a hacerse con el pleito más grande que el gobierno de Estados Unidos haya tenido a lo largo de su historia con una nación india. Además, realizó una cantidad enorme de obras de caridad por toda Latinoamérica, y todo esto a pesar del hecho de que la Iglesia era todavía, y lo seguiría siendo hasta 1978, de supremacía blanca. Creían que algunos nativos americanos, los de piel más clara, eran descendientes de un patriarca hebreo llamado Nephi, principal protagonista del Libro de los Mormones, pero ¿a quién le importaban sus verdaderos motivos? Me ayudaron a mí y a otros muchos. No podía creer la cantidad de dinero que tenían los Ødegârds. Una cosa era tener agua corriente, y otra tener una cantidad ilimitada de «Angelitos», que era como llamábamos en Guatemala al malvavisco, tanto en forma semisólida como semilíquida.

En cierta manera, pensaba que Estados Unidos nos había invadido y que yo era un prisionero al cual habían transportado a una lujosa prisión en la capital imperial. Me llevó bastante tiempo enterarme de que, para los estándares estadounidenses, ellos eran una familia de clase media-baja. Quiero decir, que era la clase de familia que decía sopa en lugar de cena, e incluso cena en lugar de almuerzo, con un azulejo pintado en la cocina en el que se podía leer «Galletas Azucaradas del Niño Jesús de Mantequilla y Amor», compuestas por ingredientes como «Una cucharadita de comprensión» y «Una pizca de disciplina». Además, eran considerados unos «intelectuales». Vamos, que me costó un tanto convertirme en el cínico sofisticado que pretendo ser hoy en día.

Aun así, el señor y la señora Ø eran muy amables, o más bien intentaban ser amables, pero empleaban tantas energías en mantener sus falsas ilusiones que no les quedaba mucho tiempo que pasar con cada uno de sus hijos. Además, mis hermanastros eran horribles. Puesto que no podían disfrutar de televisión por cable o videojuegos, se relajaban torturando animalitos, aunque, por supuesto, sus padres pensaban que eran querubines enviados por Dios.

No hace falta decir que nunca me convertí a la ICSU, o, tal y como decían ellos, nunca fui «ayudado a entender», lo cual quiere decir que nunca fui consciente de que formaba parte a tiempo completo de la ICSU. De acuerdo con el programa, se suponía que no debían hacer eso hasta que fuera un poco más mayor, así que para cuando me hice más mayor, ya había empezado a darme cuenta de que bautizar a ancestros que llevan mucho tiempo bajo tierra, la imposición de manos, o portar enormes varas masónicas no era del todo un comportamiento que pudiera denominarse... «normal», ni tan siquiera en el norte. Incluso me llevaron a una iglesia católica una o dos veces, pero ni olía como las iglesias de Guatemala, ni tenía sus santos o los típicos cuencos de ofrendas en el suelo, así que les dejé bien claro que ni se molestaran. Se lo tomaron bastante bien, a su manera. De hecho, todavía llamo a mamá y a papá Ø de vez en cuando, a pesar de que no los aguanto. Cuando pregunto por mis hermanastros, siempre han dado a luz otro par de gemelos. La combinación de ideología y fármacos de fertilidad hace que se multipliquen como conejos.

Como alternativa a convertirme en un santo en vida, me recondujeron a una serie de actividades secundarias. Comencé a jugar en el Equipo de Ajedrez y en el Equipo de Monopoly. Los de Nephi K-12 me obligaron a aprender a tocar el violonchelo, el instrumento de orquesta más humillante, y encima yo no era bueno tocándolo. Siempre he creído que la música es la matemática para tontos. Me quitaba de en medio, yéndome a la biblioteca muy a menudo, memorizando las fotos y los dibujos de los diccionarios, para luego entretenerme recordándolos. Aprendía a leer inglés memorizando a H. P. Lovecraft, y ahora la gente dice que hablo como en esos libros. Rechazaba educadamente participar en el juego de atrapar manzanas del barreño en la fiesta de Halloween de la escuela. Bueno, en realidad, salí corriendo y llorando de la sala multiusos. Creía que aquello era una tortura. Luego estuve con el Equipo de Programación, el Equipo de Videojuegos y el Equipo de Juegos de Estrategia. Tal vez pienses que alguien involucrado en tantos equipos tendría mucha relación con los otros estudiantes, pero en mi caso no era así. La mayor parte del tiempo lo pasaba ingresado a causa de la hemofilia. Por eso, a mí y a otros cuantos enclenques nos hacían sentar sobre unas esteras, para pretender que levantáramos pesas e hiciéramos ejercicio. En el único deporte que fui bueno alguna vez fue en el tiro al blanco. Toda la familia estaba como enloquecida por las armas, cosa que a mí no me parecía mal. Me uní también al Equipo de Matemáticas, a pesar de opinar que el pensar en las matemáticas como un deporte de equipo era una idiotez. Era como pertenecer a un equipo de masturbación. Una vez, mi entrenador de matemáticas me dio un montón de problemas de topología y se sorprendió de que los pudiera resolver todos en un santiamén. Él y otro profesor me hicieron otras pruebas y terminaron considerándome una especie de erudito de los calendarios que podía calcular cualquier fecha de cualquier año, en lugar de memorizarlas, como hacían algunos, aunque todo aquello se lo podría haber dicho yo desde el principio. La verdad es que no era una habilidad demasiado destacable. Es una cosa que puede hacer una de cada diez mil personas, como la de poder lamerse uno sus propios genitales. Por aquel entonces estaba en el Equipo de Peces Tropicales. Construí mis primeros sistemas de tanques con la manguera del jardín y un par de viejos tupperware. Decidí que cuando creciera sería jugador de ajedrez profesional. Llevaba mi casco de skateboard siempre puesto en el autobús. También decidí que cuando creciera sería un jugador profesional de Sonic the Hedgehog. Se me incluyó, con el nombre de «J», en un estudio de *Medical Hypotheses** titulado «Habilidades Hipernuméricas Increíbles en los pacientes adolescentes con síndrome postraumático». En lugar de seguir aprendiendo a tocar el violonchelo, aprendí a construir violonchelos. Escuchaba a los Cocteau Twins en lugar de a los Motley Crüe. Gané mis primeros mil dólares comprando y vendiendo cartas del juego *Magic. El Encuentro*. Me puse un nombre de cateto. Me terminé el *Ectasy* yo solo.

Una serie de nuevos tratamientos pusieron mi hemofilia bajo control, pero mientras tanto fui diagnosticado con un «Desorden de estrés postraumático relacionado con problemas de desarrollo emocional», junto a una «Memoria eidética** esporádica». Supuestamente, los síntomas de un síndrome de estrés postraumático son parecidos a los del síndrome de Asperger,*** pero yo no era autista, al menos no de la manera habitual. Por ejemplo, me gustaba aprender nuevos idiomas, y no me importaba «la disposición exploratoria en nuevas situaciones pedagógicas». Un doctor de Salt Lake me dijo que síndrome de estrés postraumático era un término vacío que en realidad no cubría el significado de lo que yo tenía, o de lo que no tenía. Me imaginé que eso quería decir que no conseguiría ninguna beca por ello.

En septiembre de 1988, una graduada en antropología vino de la UJB, la Universidad Joven de Brigham, para hablar a los preuniversitarios y ayudarles a encontrar un camino en la vida. Nos mostró vídeos de los viejos kivas y las danzas

* Publicación médica que ofrece ideas poco convencionales dentro del ámbito médico. *(N. de los T.)*

** Es la capacidad de recordar cosas oídas y vistas con un nivel de detalle casi perfecto. *(N. de los T.)*

*** El síndrome de Asperger impide al que lo sufre percibir las señales de reconocimiento de los estados emocionales ajenos. *(N. de los T.)*

zuni para la cosecha de maíz, y justo cuando ya me estaba quedando dormido empezó a mostrar pirámides mayas. Me preguntó de dónde era. Se lo dije a toda la clase. Unos cuantos días después nos dejaron, a mí y a los otros pieles rojas, salir de la escuela e ir a una conferencia dentro de un Programa de Escolaridad para los Nativos Americanos que se estaba impartiendo en Salt Lake. Se realizaba en el gimnasio de un instituto, e incluía actividades como la talla de piedras y la pintura facial con acrílicos Liquitex. Un profesor en prácticas me presentó a otra profesora, llamada June Sexton. Cuando le dije dónde había nacido, empezó a hablarme en un yukateco bastante bueno, cosa que me sorprendió mucho. En algún momento de nuestra charla me preguntó si alguna vez había jugado al Juego del Mundo, y cuando vio que no sabía a qué se refería, me aclaró que también recibía el nombre de *alka'ka-lab'eeraj,* Juego del Sacrificio, una expresión muy aproximada a la que mi madre usaba. Le dije que sí y trajo una caja Altoids llena de semillas rojas del árbol tz'ite. Al principio no pude jugar, ya que tuve algo que podría haber identificado como oleada de nostalgia, o más bien el primo pobre de la nostalgia, pero cuando me centré, echamos un par de partidas. Me contó que un colega matemático estaba trabajando en un estudio sobre la adivinación maya y que le encantaría aprender mi versión del juego. Le contesté que no habría problema, pero que lo tendría que hacer después de las clases. Cualquier cosa con tal de salir de las clases.

Por increíble que parezca, una semana después, una furgoneta de color verde de un lugar llamado FARMS* (Fundación para la Investigación y Estudios Mormones) apareció justo antes de la hora de comer y me llevó al norte, a las montañas, a la UJB en Provo. June me llevó a un desvencijado edificio y me presentó al profesor Taro Mora. Parecía un viejo sabio, como Pat Morita en las películas de *Karate Kid,* a pesar de que tan sólo tenía cuarenta años. Su oficina no tenía nin-

---

* El orden de las siglas en inglés forma la palabra FARMS, cuya traducción al español es «granjas». *(N. de los T.)*

gún tipo de decoración. Tenía una pared repleta de libros y revistas dedicadas al Go, un juego oriental que se juega con fichas blancas y negras, mientras que la otra pared estaba repleta de cosas dedicadas a la probabilidad y a teorías de juego. Trabajaba en simulación de catástrofes. Me contó que coleccionaba versiones del Juego del Sacrificio procedentes de toda América Central, pero la variante que yo conocía tan sólo era conocida, de oídas, por un par de sus colaboradores, y difería del juego habitual en un par de fórmulas bastante importantes. Primero, en la mayoría de los lugares, el cliente dice «Por favor, pregúntele a las semillas/calaveras esto por mí», y el contador de soles hace todo lo demás; pero según la manera en que mi madre me enseñó, el cliente jugaba contra el contador de soles. Segundo, mi madre confeccionaba un tablero con forma de cruz, mientras que los otros contadores simplemente disponían al azar las semillas formando una única fila de montoncitos sobre un trozo de tela. Tercero, a mí me enseñó el juego una mujer. Eso era extremadamente raro. En el noventa y ocho por ciento de la región maya, los contadores eran únicamente hombres. Taro dijo que, si bien él no era antropólogo, suponía que mi madre podría haber representado este papel como última superviviente de alguna tradición cho'lan de alguna sociedad secreta femenina que, de otra manera, habría desaparecido inmediatamente después de la Conquista.

Taro y yo nos reunimos una vez a la semana hasta que finalizó el semestre, momento en que volvió a New Haven. Para entonces yo ya me había enterado de que era el jefe de investigación de algo llamado «el Juego del Parchís», y de que él y los estudiantes graduados de su laboratorio sostenían la teoría de que todos los juegos modernos, o al menos casi todos, descendían de un único ancestro, un protojuego. Primero intentaron reconstruirlo buscando y reuniendo todos los juegos tribales de Asia Central, pero, en poco tiempo, la investigación los llevó a América.

Un montón de antropólogos de aquel entonces desecharon tal idea. Todo aquello recordaba levemente a esa teoría arqueológica casi de culto de Thor von Danekovsky y el cuenco de barro.

Pero Taro era realmente un matemático y, la verdad, todo aquello le importaba bien poco. Era un investigador nato y una de las pocas personas que trabajaban en las teorías de catástrofes, la física de los sistemas complejos y la teoría de juegos de recombinación, o TJR. La TJR es, básicamente, la teoría de los juegos como el ajedrez o el Go, en los que las piezas conforman unidades diferenciadas de fuerza en el espacio. Los economistas, los generales... se han valido durante toda la historia de las teorías clásicas de los juegos, o lo que es lo mismo, apostar, especialmente desde la Segunda Guerra Mundial; pero la aplicación de la TJR tan sólo se ha venido utilizando desde los noventa. La idea de Taro era que usar una versión reformada del Juego del Sacrificio como un interfaz humano podría mejorar significativamente los modelos estratégicos, como la simulación económica, las batallas, o puede que incluso el tiempo. Realizó con éxito ciertos experimentos con esta teoría antes de conocerme, pero me comunicó que deseaba tener éxitos aún más espectaculares antes de publicar nada. La gente de su laboratorio realizó docenas de reconstrucciones diferentes de cómo suponía que debía ser el juego de mesa original. Todos empleamos centenares de horas, tanto antes como después de terminar las clases, intentando discernir cómo sería, pero lo que nos impedía avanzar era que, incluso estando seguros de cómo era el diseño del tablero, no había manera de saber cuál había sido exactamente el protocolo de conteo en el pasado, ni cuántas semillas, o guijarros, o lo que fuera que utilizaran, se usaban durante el juego, así que Taro intentó abrir otra vía de investigación. Empezamos a utilizar escáneres cerebrales.

Yo todavía conservaba mis guijarros de cuarzo de Guatemala. De hecho, era lo único que todavía conservaba de mi antigua vida, ya que las semillas tz'ite se habían corrompido hasta transformarse en un polvo rosado y terminé sustituyéndolas por Skittles.* Yo tan sólo había desparramado, es

---

* Caramelos de colores masticables con sabor a frutas. (N. de los T.)

decir, practicado con el Juego del Sacrificio, unas cuantas veces desde que llegué a Estados Unidos; pero cuando comencé el juego de nuevo, disponiéndolo en la sala Ganzfeld, en aquel sótano de Provo, parecía que yo fuese una especie de beneficiario especial de algo que iba mejorando a medida que no se practicaba. Al principio teníamos a un número de personas al otro lado del edificio actuando en diferentes situaciones mientras yo intentaba predecir qué sucedería. Lo hice bastante bien. Luego nos dimos cuenta de que funcionaba aún mejor si los sujetos del experimento perdían dinero, resultaban heridos, sufrían daños o cualquier cosa igualmente real. Después de unos meses, empezamos a trabajar con sucesos del mundo real. La expansión del virus del sida, la primera guerra del petróleo... el tipo de cosas sobre las que era mucho más difícil disponer de un posible control. Seguimos acertando, mejorando y mejorando dentro de una agonizante curva ascendente de éxito. Taro me dijo que mi habilidad con los calendarios me ayudaba a jugar con mayor velocidad, pero que en realidad no estaba jugando en profundidad, o lo que es lo mismo, que no estaba suficientemente concentrando. Bueno, en realidad, yo era un adolescente, ¿cómo se suponía que me iba a poder concentrar en algo? De todas formas, al cabo de cinco años empecé a trabajar con Taro en Yale. Habíamos dejado atrás las pruebas de aislamiento y habíamos vuelto a intentar deducir el diseño del tablero del juego original. Para cuando me fui, estábamos utilizando dos corredores y jugábamos en un tablero que funcionaba mucho mejor, aunque aún no pensábamos que fuera el diseño original. Aquello hacía el juego más flexible, pero también más sencillo de jugar, incluso cuando era más complicado que el diseño de mi madre.

Me separé de Taro por algo bastante estúpido. Pensé que mi matrícula la pagaba el Fondo de Berlencamp y el laboratorio de Yale, pero luego descubrí que el dinero procedía de FARMS, o sea, los mismos lunáticos para los que él había estado trabajando en Provo. Durante un tiempo supe que la fundación era un centro de investigación dedicada, entre otras cosas, a demostrar que los indios americanos eran descendientes de la tribu de José. Cuando entré de lleno en mi fase de odio Panamá-maya, la cosa empezó a fastidiarme y se lo eché en cara. Aquello disgustó a unos cuantos. Yo era un ingrato. Bueno, de todas formas, me dijo que FARMS no era ni siquiera la fuente original del dinero, y que, de hecho, el dinero venía de la misma gente que había fundado aquel laboratorio. También me dijo que no podía revelarme de quién se trataba realmente. Yo me mosqueé y cogí la puerta. En el mejor de los casos, seguramente se trataría de un proyecto comercial, un puñado de economistas con instintos mercenarios e ideas para romper el mercado.

Pero al mismo tiempo también hubo otros cambios. Antes de que Taro dejara Utah, nos reunió con un grupo de la Universidad de Texas que estaba trabajando con cierto tipo de terapias para tratar algunos problemas de falta de afecto emocional que yo supuestamente padecía. Se aseguró de que yo no estuviera en el grupo de control, para que así tuviera que tragarme todo el pastel. Por aquel entonces, me gradué (aunque a duras penas) y salí de New Haven echando leches. Había empezado a reproducir algo parecido a emociones reales. Empecé a aprender cosas nuevas respecto a los humanos. Por ejemplo, recuerdo la primera vez que me sentí intrigado por todos los secretos que escondían las expresiones faciales y lo que significaban, o cómo la gente intentaba ocultar sus emociones o falsear las que no sentía. Qué situaciones tan raras. Todo un mundo entre sombras de política interpersonal me estaba esperando. Máscaras, sutilezas, afectos y simples y puras mentiras. Me empecé a percatar de mi propia apariencia, o, mejor dicho, aprendí que tenía apariencia. Perdí quince kilos. Me leí un libro que se titulaba *Cómo conquistar chicas para torpes.* Hice 182.520 abdominales. Me trasladé a Grand Avenue, en Los Ángeles. Conseguí conquistar a varias chicas para torpes. Decidí ser ornitólogo. Empecé a utilizar el Juego para realizar inversiones. Conseguí algo de dinero con eso, tal vez tan sólo fuera suerte. Tenía algo de motivación, porque durante aquellos días el tratamiento profiláctico para la hemofilia B costaba alrededor de trescientos mil dólares al año.

Si no los tenías, te pasabas todo el tiempo preocupado por darte un golpe o hacerte un corte, para luego tener que estar taponando las goteras como Super Mario. Dejé la ornitología porque la encontraba demasiado sencilla. En realidad, la gente ya sabe todo lo que hay que saber sobre los pájaros. Decidí hacerme profesional en el tema del ajedrez. Me curré mi *ranking* dentro del FIDE* hasta llegar al 2.380. El 11 de mayo de 1997, cuando la Deep Blue venció a Kasparov, abandoné la idea de convertirme en un jugador de ajedrez. ¿Qué sentido tenía? Era como convertirse en una máquina automática. Decidí que me trasladaría a Seúl y estudiaría para convertirme en jugador profesional de Go. Aprendí algo de coreano. Luego resultó que tenía que aprender algo de chino para aprender coreano, así que empecé a estudiar chino. Abandoné la idea de convertirme en jugador profesional de Go porque resultaba que en Asia no tenían empanadas de achiote. Ahí fue cuando decidí convertirme en biólogo marino. Dejé Los Ángeles y me trasladé a Miami. Abandoné la idea de hacerme biólogo marino porque estar estudiando muestra tras muestra de mar e intentando catalogar todo tipo de sustancias químicas nocivas era muy depresivo. Así que decidí estudiar biología y especializarme en la quimiosensación.** Abandoné la labor de construir violonchelos por culpa de todo el barniz, la cola y las lacas. Decidí estudiar *olfatología*. Luego abandoné la idea de ser químico porque ese campo se ha industrializado tanto que al ritmo que van las cosas tendremos suerte de terminar con una sola molécula en condiciones. Decidí dejar las ciencias completamente y dedicar todo mi tiempo a escribir una novela. Me trasladé a Williamsburg, en Brooklyn. Escribí un par de artículos sobre videojuegos y otros para todo tipo de revistas, como *Wired* y *Artforurn*, incluso para *Harper's Bazaar*. El editor de ésta me dijo que era indispensable utilizar un tono irreverente a la par que grosero. Fui de aquí para allá

* Acrónimo de Fédération Internationale des Échecs, la Federación Internacional de Ajedrez. *(N. de los T.)*
** La sensación hacia estímulos químicos. *(N. de los T.)*

bebiendo malta sola y conquistando más chicas para torpes. Esa fase no duró mucho. Empecé a realizar inversiones en activos por internet. Abandoné la idea de ser novelista porque, a medida que iba conociendo más y más cosas sobre ese mundillo, me iba dando cuenta de que hoy en día se espera que los novelistas cubran un espectro muy amplio de temas a tratar. Se supone que debes estar interesado en cierto tipo de cosas, como, por ejemplo, las emociones, las motivaciones, la expresión, las relaciones, la familia, el amor, las pérdidas, el amor y las pérdidas, género, raza, la redención, las mujeres, los hombres, las mujeres y los hombres, la identidad, la política, la identidad en la política, los escritores, Brooklyn, escritores que viven en Brooklyn, lectores que desean ser escritores que viven en Brooklyn, uno mismo, el otro, uno mismo contra los otros, el poscolonialismo, crecer, los suburbios, los setenta, los ochenta, los noventa, crecer en los suburbios durante los setenta, los ochenta, los noventa, el vecindario, lugares, gente, gente que conoce a gente, personajes, más personajes, la vida interior de los personajes, la vida, la muerte, la sociedad, la condición humana y, probablemente, Irlanda. Y por supuesto, no tenía interés en ninguna de esas cosas. ¿Quién quiere oír hablar sobre la vida interior de unos personajes de novela? ¡Si ni tan siquiera estoy interesado en mi propia vida interior! Decidí convertirme en jugador profesional de póquer. Me trasladé a Reno, Nevada. Durante esos días, había tantos pardillos en las mesas que casi cualquiera que pudiera contar podría hacerse con un montón de dinero. Conseguí ganar algo de dinero. Hice algunas cuentas en algunos casinos de las reservas indias en Utah, Arizona y Florida, dando con nuevas maneras de timar al hombre blanco. Conseguí ganar algo más de dinero. Abandoné la idea de quedarme dentro del circuito de póquer profesional porque estaba haciendo más dinero con los activos de bolsa por internet del que hacía en las mesas, y con una necesidad mucho menor de interactuar con la gente. Seguí escribiendo mi columna en la revista *Strategy* por afición. Conseguí algo más de dinero.

Dinero. Bueno, sí, se supone que debería comentar esto.

En el 2001 ya tenía el suficiente como para hacer lo que yo quisiera, si no me hubiera importado llevar chaquetas de confección. Fui a ver a Ni Hablar, mi viejo «cuate» de T'ozal. Todavía pertenecía al grupo de resistencia Enero 31, el cual se había convertido en un grupo clandestino después del «alto el fuego» de 1996. Pasé unos cuantos años en Guatemala. Trabajé con sus amigos de las CDR, que eran las Comunidades de Resistencia, y, sin llamar la atención, intenté descubrir qué era lo que (por mi culpa) les había pasado a mis padres. También fui por aquí y por allá preguntándoles a un montón de viejos contadores de soles sobre el Juego. Decidí que el grupo de Taro estaba en lo cierto. Había una versión del juego más compleja y completa del Juego del Sacrificio, pero ahora era tan sólo una sombra en la memoria colectiva. La mayor parte de los viejos *h'menob'* utilizaban la misma versión abreviada, que funcionaba más que nada por instinto, al igual que los pacientes de Alzheimer que no pueden seguir jugando al bridge, pero se siguen divirtiendo con una buena mano del solitario básico.

Nunca conseguí dar con una pista que me llevara a la versión completa del Juego del Sacrificio, pero mi objetivo secreto me metió en tantos problemas que aún hoy, en el 2011, la Policía Nacional tiene una orden de arresto a mi nombre. García-Torres aún estaba, como es típico en Guatemala, en el ejército, ahora como general. Ni Hablar y yo ideamos una tapadera para él... Cuáles eran sus hábitos, por qué sitios se dejaba caer, qué antros de peleas de gallos solía visitar, dónde vivían sus guardaespaldas personales... todo, pero, al parecer, no hice muy buen trabajo porque una noche, Ni Hablar, que tenía un coyote por uay y podía caminar en silencio en la oscuridad de la noche, apareció aporreando la puerta de atrás y me dijo que había oído que los G2* iban a por mí. Mis opciones, según me dijo él, eran salir de allí antes del amanecer o probablemente desaparecer, pero para siempre. Capté el mensaje. Me trasladé a Indiantown, un asentamiento de emigran-

* Sección del ejército guatemalteco. *(N. de los T.)*

tes mayas en el lago Okeechobee, a unos treinta y dos kilómetros al interior de la orilla atlántica de Florida.

En Florida se corrió la voz de mi habilidad con el Juego del Sacrificio, así que me surgieron un par de clientes. Sin embargo, no creo que hubiera podido ser un buen contador de soles dentro de una comunidad. El principal problema era que, en un pueblo, me refiero a un pueblo tradicional, un contador tenía que beber mucho, y a mí el alcohol nunca me ha sentado bien. Por lo que a mí concernía, el C_2H_6O era la droga de los pobres, sin importar cuánto tiempo lo dejaras envejecer. Otro problema era que el arte consistía, en su mayor parte, en saber escuchar, en ser un inexorable pilar tradicionalista de la comunidad, un depositario de la sabiduría local. ¿Qué tenía todo eso de divertido? También tenías que ser un psiquiatra con bastante intuición, una persona que supiera tratar a los demás. La mayoría de los contadores, francamente, también pasaban mucho tiempo realizando pantomimas. Lectura en frío,* investigación previa del sujeto, ganchos, incluso algún que otro juego de manos.

Y además de todo eso, no podía fingir una religiosidad de manera convincente, y odiaría haber estado dirigiendo a la gente como cualquier médium de la tele. Era demasiado depresivo ver cuán desesperados e ingenuos somos. Más de una vez me han dicho que se me da bien contar soles porque la cosa en realidad es más bien una estafa que otra cosa. Cuando hacen encuestas sobre las profesiones más admiradas, y las menos, «Adivino» normalmente está el penúltimo en la lista, justo por delante de «Televendedor».

Lo cual nos lleva a la pregunta: «Si en realidad puede hacer todo lo que dice, ¿por qué Jed no es rico?».

Bueno, la respuesta a eso es bastante sencilla.

En realidad, lo soy.

---

* Diversas técnicas que se emplean para que un sujeto convenza a otros de que sabe mucho más acerca de alguien de lo que conoce realmente. (N. de los T.)

3

Odio mi autobiografía. Uno termina odiando todo lo que tiene que ver con las autobiografías. La autobiografía es el segundo género literario más detestable, justo por debajo de los haikus en inglés. La última vez que fui a una librería de verdad (bueno, de todas formas tan sólo fue para tomarme otro cannabis-presso), cogí una autobiografía de Ava Gardner para leer mientras me bebía el cannabis-presso y la primera línea ya decía: «En Johnston County, Carolina del Norte, no eres un granjero si no tienes un buen burro». Era como para contestarle: «Bueno, Ava, muy bien, pero francamente, si no estás en la cama con Howard Hughes, Frank Sinatra, Johnny Strompanato, Artie Shaw, Mickey Rooney, o alguna combinación de los arriba mencionados al llegar al final de esta página, tu libro va a ir de cabeza a la estantería de los saldos, a menos que vayas a compararme los genitales del burro con los de Sinatra...».

Todas las autobiografías son iguales, son siempre en plan: «De acuerdo, tan sólo por haber atraído un poco de atención, ahora te voy a relatar el 99,94 por ciento de lo que me ha pasado, que además es el mismo tipo de basura por la que ha pasado todo el mundo». Así que si de todo esto sacas algo, no será sobre mí; si bien es cierto que mi vida aparece en ciertos puntos, os lo aseguro, todo esto no trata sobre mí, trata sobre el Juego.

De acuerdo, vamos a hablar, aunque sea brevemente, de la utilización del Juego como mina de oro. Avancemos un poco.

En el cuarto de la Hoguera del 4 Búho, 4 Amárico, 12.19.18.17.16, o lo que eran en nuestro calendario las 4.30 a. m. del viernes 23 de diciembre del 2011, el índice Nikkei cerró a 1.2, informándome mediante una estimación de que mi cartera de inversiones combinadas ascendía a cinco millones de dólares. Me tiré al suelo (me gustaba pasar el tiempo tirado en suelos de piedra o cemento, mirando hacia la gran pantalla que había colocada en el techo bajo de mi anterior casa, situada en la parte occidental de Indiantown, dentro del único edificio libre del lago Okeechobee, Hogar del sapo estrogénicamente hermafrotizado. La casa no era realmente una casa, sino más bien una tienda de peces tropicales que se había ido a pique llamada La Parada de Jenny Reefin. Me la dieron en traspaso de deudas y arreglos, y la estaba convirtiendo en una especie de experimento de doce metros cuadrados, los que componían una única habitación que hacía las veces de dormitorio y salón. La única luz que entraba en la habitación era el resplandor actínico de color azul del tanque cilíndrico de 1.500 litros de los nudibranquios, básicamente, una especie de moluscos muy llamativos con la concha interior.

«Maldición —pensé, parpadeando a la pantalla—. Después de años y años de vagar por el mundo, por fin he encontrado una manera de utilizar el Juego del Sacrificio para ganar dinero de verdad».

Por supuesto el Juego no funcionaba en los casinos, tardaba demasiado. Tampoco ayudaba con la lotería, porque estaba demasiado involucrado con el azar puro. Para que el juego funcionase, debías hacerlo sobre algo que realmente conocieras. Básicamente, te ayudaba a darte cuenta de ciertas cosas, lo cual no es lo mismo que predecir el futuro, pero era muy efectivo para ir desgranando a tientas en la oscuridad. Sí que funcionaba, en cierto grado, con los caballos y con los calendarios deportivos, especialmente el baloncesto, pero antes tenía que estudiarme y aprender todo lo que pudiera sobre los caballos que iban a participar en la carrera, y para cuando me ponía a ello y lo intentaba un par de veces, apenas me daba tiempo a realizar la apuesta antes de que sonara la campana, así que busqué algo que fuera menos precipitado. Empecé a tomarme en serio la inversión en bolsa pero, en realidad, todo ese asunto de las inversiones era mucho más aleatorio de lo que yo creía, y casi me había dado por vencido cuando intenté meterme en el mercado de valores del maíz.

La ventaja con los activos de bolsa se encuentra en que el ciclo de la cosecha es muy lento. Además, la verdad es que no había mucha gente jugando en la mesa, así que confeccioné informes sobre los inversores individuales más grandes y los empecé a tomar por jugadores ausentes en un gran Juego del Sacrificio. Normalmente, realizaba unas veinte simulaciones climáticas a gran escala, y luego compraba unas cuantas posiciones ambiguas* de algo que tuviera pinta de no ser muy fiable. En poco tiempo conseguía discernir el camino a seguir. Hacía seis meses había conseguido mi primer medio millón, y ya estaba entrando en el club de usuarios de aviones privados.

«Ahora que me acuerdo —pensé—, tengo que guardar parte del dinero y emplearlo. Buena idea. Vender 3.350 contratos en diciembre a 223.00 en mercado abierto».

Luego hice clic con el ratón sobre REALIZAR TRANSACCIÓN, conté el número de ceros dos veces y ahí fue cuando me dejé caer al suelo.

«¡Me cago en la leche! —pensé—. ¡Soy el rey! ¡Soy el puto rey del mundo!».

Por fin era de los que comen, y no de los que son comidos. Fue como si mis ojos se me hubieran movido de ambos lados de la cabeza hacia justo la parte delantera, ofreciéndome una visión binocular. Depredador y no presa. Lo próximo sería que el viejo Jed se convirtiera en trillonario.

¿Y ahora qué?

«Bueno —pensé—. Un gran poder conlleva una gran responsabilidad. Debo usar mis habilidades para hacer el bien».

Llamé a Todd Rosenthal al Napples Motorsports. Se des-

---

* Estrategia de combinación de opciones que consiste en comprar una *put* y una *call* con un precio de ejercicio idéntico. *(N. de los T.)*

pertaba con los gorriones, así que ya estaba en marcha desde primera hora de la mañana. Cogió el teléfono.

—Está bien. Me quedo con el «Cuda» —dije. Era un Aztec rojo metalizado de 1.070 con capota plegable, todo en su estructura original, con todos los sistemas nuevos y con unos fantásticos componentes al que ya le había echado el ojo hacía tiempo. Encima, lo conseguí por 290.000 dólares solamente. Me dijo que tendría los papeles arreglados para las nueve de la mañana, así que no me dio tiempo ni de arrepentirme.

Qué bien se siente uno cuando aporta su granito de arena a hacer de éste un mundo mejor. No quería que cualquier pringado desperdiciara su dinero mal conseguido en una obra de arte como aquélla. Ya tenía un Road Runner del 73 aparcado fuera, y un Barracuda en el garaje de Villanueva, pero aún no me había hartado de comprar. Tengo bastante mal gusto. Aquello era más por diversión que otra cosa.

Bueno, ¿y ahora qué? Tal vez alguna propiedad a orillas del mar. Una isla medianita, una rebanada de pan, un zumito, un jacuzzi de 1.500 litros, un par de estrellas del porno japonés y un glaciar Vatnajökull de pura roca colombiana. Placeres nimios. Las zorras orientales siempre quieren liquidez. Y ante eso no tendrían ningún problema.

Naturalmente, la racha no duró mucho. Dos horas después estaba aún en mi lugar especial del suelo, parpadeando hacia las pantallas que estaban encima de mi cabeza. Estaba haciendo varias lecturas para una cliente (una de las pocas personas de las que nunca tuve el valor de desentenderme) llamada madre Flor de Mayo, de la Escuela Rural de la Gracia. La pobre mujer tenía dudas sobre si retirarse ese año.

—¿Podré caminar después de la operación? —preguntaba su voz por el teléfono.

—Deme un momento —le contesté.

Estaba teniendo algunos problemas, la mujer se sometería a una operación quirúrgica a la mañana siguiente y, por alguna razón, el Juego parecía funcionar mejor con las cosas que iban a suceder más tarde, pero en ese mismo día.

—Estoy dispersando las semillas amarillas y las negras.

Códex.

La palabra surgió dentro de de las Búsquedas en alta Prioridad de Google en mi pantalla. Hice clic sobre ella. Normalmente, si aparece una de estas búsquedas de forma repentina suele proceder de algún posteo raro o algo parecido, como de la Fundación para la Investigación de la Historia Mesoamericana, procedente del webring Cyberslugs, o algo así, pero esta vez era un artículo del *Time*.

UN ANTIGUO LIBRO...

Vaya. Tzam lic.

O lo que es lo mismo, se me pusieron los pelos de punta.

UN ANTIGUO LIBRO CON NUEVAS REVELACIONES SALE A LUZ EN ALEMANIA

El Códex Nürnberg, un libro maya de ocho páginas que había estado atrayendo el polvo y las especulaciones en su ubicación en el Museo Nacional desde 1850, había salido por fin a la luz pública.

La foto de portada mostraba la mitad superior de una página de un códice maya, un delicado dibujo de lo que ellos llamaban el Jaguar del Nenúfar sentado en un campo de glifos clásicos de la época, en el 900 d. C.

Ni Hablar, pensé.

—¿Joaquinito? ¿Está usted ahí? —preguntó la voz de madre Flor.

—¿Madre? Perdóneme —dije—. No estoy teniendo mucha suerte con las calaveras esta noche. ¿Cree que podría venir mañana para intentarlo de nuevo?

Dijo que por supuesto. Yo le di las gracias y colgué.

Aumenté la foto del códex, acción que, gracias a ese pináculo del éxito humano llamado ratón láser de Logitech, hice simplemente moviendo un solo dedo, para ampliar aún más los glifos que se veían. Vaya. La caligrafía me parecía posclásica, aunque tampoco es que fuera un falsificador experto.

Las falsificaciones en la actualidad son o muy malas o muy buenas, y por lo que había oído del libro de Nürnberg, tenía un origen bien claro. La gente había ido a estudiarlo, a intentar leerlo, durante al menos quince años. Tal vez fuera una copia posclásica de un texto clásico.

Uno de los grupos de fechas parecía bastante extraño. Lo amplié. Perdió bastante definición, pero pude ver lo que parecía un 7 Quetzal, un 7 Murciélago de la Muerte, 12.19.17.7.7, o sea, 2 de junio del 2010 d. C., fecha de la implosión del acelerador de partículas de la Universidad Tecnológica de la Mixteca, en Oaxaca. Dos miembros de un grupo zapatista tzotzil habían ido a prisión por un supuesto sabotaje. Se les atribuía la autoría del accidente, aunque supongo que tanto yo como cualquier otra persona que pensara de manera coherente sabría que no eran culpables de nada en absoluto. Las vistas aéreas de la zona de la explosión mostraban un profundo cráter en una zona que cubría medio kilómetro cubierta por completo de una fina capa de polvo que se había fundido hasta adoptar un color verde oscuro parecido al de la obsidiana.

Hummm...

Después de llegar a Europa procedente del Nuevo Mundo, este libro, confeccionado con páginas de corteza de higuera y de más de mil años de antigüedad, probablemente se ha fundido sobre sí mismo en lo que parece un único cuerpo. Los investigadores se han visto incapaces, hasta la fecha, de separar estas páginas pegadas como un acordeón, debido a la utilización de una técnica maya consistente en imprimir las páginas con una especie de componentes adhesivos extraídos de las pieles de animal. La solución: el uso del Microscopio Acústico de Escaneado Profundo, o MAEP, el cual puede «ver» la tinta a través de las páginas pegadas.

«Éste es el mayor descubrimiento en nuestro campo desde el descubrimiento de los palacios de Cancuen en el año 2000», afirmaba el profesor Michael Weiner, un investigador de los Estudios Mesoamericanos en la Universidad de Florida Central, y el director del proyecto de desciframiento. «Tan sólo una pequeña parte de la literatura maya sobrevivió a la Conquista», continuaba, refiriéndose a la invasión española del territorio americano, la cual comenzó alrededor del año 1500 d. C.

Ah, «esa» conquista de América.

El Códex, cuyo contenido va a ser publicado el próximo año en su mayor parte por la prestigiosa publicación *Revista de Ciencia Etnográfica*, es uno de los únicos cuatro «libros» mayas conocidos que escaparon de las manos de las autoridades católicas.

Weiner y su equipo de investigación permanecen en silencio respecto al contenido exacto del libro. Sin embargo, los rumores que se han extendido a través de la comunidad de eruditos en la historia maya dicen que el libro contiene ilustraciones sobre un «diagrama de adivinación» con forma de cruz, una especie de juego utilizado para predecir el futuro, así como una serie de misteriosas, aunque certeras, predicciones de catastróficos sucesos, muchos de los cuales ocurrieron siglos después de que el libro se escribiera.

La civilización maya floreció en América Central entre el 200 d. C. y el 900 d. C., fecha de su misteriosa desaparición. Los mayas fueron una civilización muy avanzada con un complejo sistema de escritura, así como unos expertos en campos como las matemáticas, la astronomía, la arquitectura y la ingeniería, tal y como evidencian las numerosas pirámides que construyeron desde Honduras hasta México, en la provincia de Yucatán, en lo que es ahora un destino vacacional de moda. Más misteriosa e inquietante fue la excepcionalidad de su vida espiritual. Los mayas realizaron sangrientos rituales y sacrificios humanos, así como un intrincado sistema de calendarios interconectados que seguía los movimientos de las estrellas, pudiendo realizar, gracias a esto, increíbles predicciones de sucesos futuros. Los estudiosos de los mayas han estado siempre muy familiarizados con al menos una de estas fechas, y, en los últimos años, esta misma fecha se ha convertido en materia de conocimiento incluso para los no especialistas en el tema: 21 de diciembre del 2012, o, como popularmente se le conoce, el cuarto Ahau.

Se referían al *Kan Ahau*, ox K'ank'in, o 4 Cacique, 3 Amarillez, 13.0.0.0.0. El clásico cuento del Fin del Mundo. Qué estupidez.

Tal vez debería mencionar que tengo un pequeño «gran problema» de actitud hacia esa fecha en concreto desde que cursé séptimo de primaria. La gente continuamente me preguntaba cosas sobre ella y yo siempre terminaba explicando que el afirmar que aquello marcaba el día del Juicio Final era exagerar mucho, mucho, mucho. El día 21 era un día importante en el calendario, sin lugar a dudas, pero no era necesariamente el final de nada. Es sólo un gran bulo que se ha ido extendiendo por culpa de algunos cretinos profundamente espirituales que hay por ahí, insatisfechos por la carencia de grandes catástrofes a comienzos del segundo milenio cristiano y por el hecho de que el 11-S cogió a sus gurús totalmente desprevenidos. Así que lo que han hecho ha sido buscar otra fecha mortal. Cada vez que se dice que el mundo va a terminar en breve, el compromiso con la Iglesia aumenta. Simplemente por si acaso.

Incluso si alguien tiene tan sólo una octava parte de sangre nativa americana, esos atolondrados se acercarán actuando como si pudieran ver una especie de aura espiritual a tu alrededor. Si durante una película aparece un personaje indio, las posibilidades son de veinte a una de que ese personaje tenga al menos alguna habilidad extrasensorial, probablemente telequinesia, manos sanadoras o incluso, en algunos casos, un tercer ojo.

Lo del 2012 es lo peor. Todo el mundo tiene una interpretación diferente y el único común denominador entre todas esas interpretaciones es que todas están equivocadas. Los mayas siguieron el rastro de un asteroide que va a chocar contra la Tierra en esa fecha. Los mayas dejaron sus ciudades, huyeron a Venus y ésa es la fecha de su regreso. Los mayas sabían que en esa fecha habrá un enorme terremoto, una erupción volcánica, una plaga, una nueva era glaciar, una subida del nivel del mar, o todo a la vez. Los mayas sabían que en esa fecha, los polos de la Tierra se invertirán. Los mayas sabían que en esa fecha, nuestro Sol amarillo se apagará y un sol azul lo sustituirá. Quetzalcoatl va a resurgir en un vórtice dimensional montado en un platillo volante de color verde jade. El continuo fluir de la universalidad del mar con el cielo, con la tierra y con la verdad divina se va a autopropagar a través de una explosión cósmica para que el tiempo vuelva a su botella. Los aurochs y los mastodontes correrán en estampida por la 1-95. El continente perdido de Mu resurgirá por la Zona de Fractura de las Galápagos. El Madhi verdadero, Joseph Smith Jr., aparecerá en los Altos del Golán llevando una camiseta de U-2. Shirley MacLaine abandonará su forma humana actual y se mostrará como Minona/ Minerva / Mama Cocha / Yoko / Mori / Mariammar / Mbabamuwana / Minihaha. Scarlett Johansson dará a luz un visón blanco. El NASDAQ caerá tres mil puntos. Los cerdos volarán, los mendigos conducirán cochazos, los chicos serán chicos...

Aunque, por otro lado, hay que admitir que la exactitud de la fecha, 21/12/12, le da un significado algo siniestro que le hace a uno estremecerse. Quiero decir, no es como lo de Nostradamus. Sus predicciones eran tan vagas que casi cualquier cosa podía encajar en ellas. Por supuesto, nosotros, quiero decir, nosotros los mayas, siempre hemos estado seguros de nosotros mismos.

Ésta es la última fecha de la largamente esperada Cuenta Larga, el increíblemente preciso calendario ritual maya, que puede ser bastante preciso y correlativo al calendario cristiano. Dentro de un año a partir de ahora, de esta fecha, el actual ciclo de tiempo maya llegará a su fin.

Weiner no presta atención a ninguna de estas posibilidades postapocalípticas: «No teníamos previsto sacarlo a la luz hasta dentro de un año, después del 21. La gente se puede poner muy ridícula, y, además, estamos deseosos de terminar con esta investigación».

Sin embargo, también hizo estas declaraciones: «Con todas estas especulaciones sobre el cometa, creo que daremos a conocer algunos de los puntos más interesantes de estos descubrimientos relacionados con el Ixchel».

¿Podrían los mayas haber sincronizado su calendario con la presencia del cometa Ixchel? Sus descubridores de la Universidad de Swinburne, en Nueva Gales del Sur, lo bautizaron con el nombre de una diosa maya por pensar que así era. Pronto se hará visible a simple vista. Ixchel realiza una órbita alrededor del Sol cada 5.125 años, lo cual significa que habría sido visto por última vez en el 3011 a. C., Año Uno del calendario de Cuenta Larga maya.

Si alguna civilización pasada pudo calcular de manera precisa su vuelta, esa civilización fue la de los mayas.

Hay algunos apocalípticos que siempre necesitan otra amenaza sobre sus cabezas. Esta vez se trata de esta enorme bola de roca y gases congelados que pasará por la Tierra casi rozándola, a unos ochenta mil kilómetros de distancia.

Para los 2,3 millones de mayas que aún viven en América Central, la fecha presagia algún suceso que ocurrirá cerca de su hogar. El 21 también ha sido tradicionalmente considerado como el límite para las conversaciones dentro de los nuevos esfuerzos por confeccionar un tratado entre el protectorado inglés de Belice, un pequeño estado de América Central, y la República de Guatemala, que en el 2010, por cuarta vez en cien años de desacuerdos, ha solicitado la soberanía de Belice como vigésimo tercera provincia, o departamento.

Si la oportunidad pasa, ese día seguramente acarreará una nueva era de infortunios para los mayas, pero una resolución favorable podría dar comienzo a un nuevo periodo de paz en esta zona tan conflictiva del planeta.

Los esfuerzos de Estados Unidos para mediar en el proceso de paz han sufrido complicaciones a raíz de las acusaciones vertidas por el ejecutivo mexicano. El gobierno de México echó las culpas de la explosión del acelerador en el 2010 en la ciudad oaxacana de Huajapán de León (suceso en el que murieron treinta mil personas) a grupos zapatistas que luchan por los derechos de los indígenas, revolucionarios indios que operan en las fronteras de Guatemala y Belice. Si la región no se estabiliza, también habrá problemas mediáticos. Muchos observadores temen que el Comité Olímpico Internacional pueda favorecer otras sedes en lugar de Belice para los Juegos de Verano del 2020.

¿Qué pistas contiene el Códex Nürnberg? Junto a los datos astronómicos típicos de los textos mayas, el libro menciona tanto la fecha en la que el acelerador explotó como un fenómeno celestial que bien podría ser el cometa Ixchel. Predecir el futuro basándose en imágenes de los «portadores de años» que a su vez son imágenes de conejos, ciempiés...

Vaya.

El viejo pinchazo de tzam lic bajo mi muslo izquierdo. Hay algo que no mola con esa palabra: ciempiés. No tengo ni idea de lo que es, y por supuesto cuanto más intento deducirlo, más se desvanece. Ya me ocuparé de eso luego.

... ciempiés, venados azules y jaguares verdes, puede estar un poco cogido por los pelos. La interpretación de estos textos va a ser, cuando menos, un proceso largo y laborioso.

Aparte del Códex, ¿tiene el juego de la adivinación algo que enseñarnos? El profesor Taro Mora, físico especialista en modelos de predicción, ha estado estudiando los juegos mayas con la ayuda de Weiner y piensa que así es. Mora, de sesenta y ocho años de edad, pasa la mayor parte de las dieciocho horas que trabaja a diario «enseñando a los ordenadores a que se enseñen a sí mismos». El profesor muestra un gran entusiasmo sobre el potencial de este códice.

«Hay mucho que aprender sobre las antiguas aproximaciones que se hicieron hacia la ciencia. Al igual que usamos el Go (un antiguo juego de estrategia chino) para ayudar a los ordenadores a desarrollar una conciencia básica, podemos usar otros juegos para enseñarles a conseguir otras cosas», comenta Mora.

Exactamente, Taro. Ésa es la manera de exaltar el entusiasmo, si es entusiasmo lo que tienes.

Al preguntársele si el juego contenía algunas pistas sobre el posible fin de los tiempos, Mora bromeó:

«No, pero si el universo desaparece, al menos sabremos que los mayas tenían alguna idea al respecto».

¿Puede este día del Fin estar prediciendo algún desafortunado suceso en la región maya? ¿Tal vez en el mundo entero? Y si es así, ¿qué podemos hacer nosotros para evitarlo?

Muchas de las respuestas que se reciben sobre estas cuestiones suelen ser: «Si estás donde los mayas, haz lo que hacían los mayas». Miles de visitantes de todo el mundo, y de todas las clases sociales, están preparando viajes a Chichén Itzá y a otros famosos emplazamientos mayas, esperando poder ver al cometa, ver el ocaso y pedir a los dioses antiguos otros cinco mil años más de humanidad; y aunque la mayoría de nosotros no llegaría tan lejos, también debemos considerar la posibilidad de que los misteriosos mayas llegasen a un nivel de espiritualidad interior tan profundo que les permitiese ver su futuro y, por lo tanto, también el nuestro.

«Pendejos», pensé.

No, espera, yo era el pendejo.

Dejo a Taro solo una temporada, mejor dicho, una década, y la que lía. Me sentía como si hubiera estado guardando unas acciones durante treinta años para venderlas el día antes de que pegaran un subidón.

«Bueno —pensé—, la verdad es que no puedo esperar hasta que se decidan a publicarlo. Necesito ver ya ese tablero de juego. Ya. Inmediatamente».

Busqué la página web de Taro. En ella pude leer que Taro estaba en la Universidad de Florida, y que el laboratorio estaba siendo subvencionado con fondos del Programa de Intercambio Empresarial de la UCF. Indagando un poco, también pude descubrir que la financiación de este programa procedía del modelo de equipo para catástrofes de la División de Simulación Comercial del Grupo Inversor Warren. Recordaba esa compañía porque era una gran empresa en Salt Lake, y unos años antes ya había visto en Barron que habían acusado algunos problemas éticos en un asunto de energías alternativas. Bueno, qué más da.

Intenté entrar con la vieja contraseña del filtro de Taro. Todavía funcionaba, así que ya podía mandarle un correo electrónico a su cuenta personal. No se me ocurría ninguna excusa para escribir, así que simplemente le dije que había leído el artículo y que me preguntaba si sería posible vernos en breve, por ejemplo, ese día por la tarde. Luego hice clic sobre el botón de Enviar y lo mandé.

Cambié las pantallas y las puse en modo de monitorización de los tanques. Me indicaban que el tanque del Golfo estaba bajo en calcio, pero no tenía las fuerzas suficientes como para resolver el problema.

«Puede que Taro no conteste a mi correo —pensé—. Bah, sí lo hará».

Una de las mejores cosas de estos tiempos es que puedes perder el contacto con alguien durante años para luego recuperarlo con dos simples clics de ratón. O incluso con uno. Excepto en el caso de que necesites demasiadas excusas.

Vaya... 4 de Ahau. 21/12/12. De nuevo en la brecha.

Bueno, por lo que a mí respecta, esperaré al 22. Nada pasa antes de moda que un Apocalipsis que nunca termina sucediendo, ¿verdad?

4

El Barracuda tenía ya un nuevo parabrisas. Mientras lo conducía hacia Orlando, comprobé quiénes eran los nuevos patrocinadores de Taro: el Grupo Warren. El director general del grupo resultó ser Lindsay Warren, ese gran filántropo de Salt Lake City que construyó el estadio para los Juegos Olímpicos de Invierno en el 2002. Hacía tiempo había ido a un par de hospitales con su nombre. Seguramente había estado subvencionando las investigaciones de Taro desde los días en los que estaba en la FARMS. Hace cuatro años, el Grupo de Compañías Warren fue, definitivamente, uno de los conglomerados de más rápido desarrollo de Estados Unidos, si bien, en la actualidad estaban cerca de la bancarrota, y, por lo que pude descubrir, no estaba muy claro qué era lo que les había hecho zozobrar. Tal vez ese rápido crecimiento lo experimentaron usando el Juego.

Warren tenía tentáculos en toda clase de campos, desde el esotérico, hasta el más mundano e insignificante. Fabricaba material deportivo y conmemorativo, también herramientas de motivación, métodos de dirección para los departamentos de recursos humanos, software de «Espacio de Creencias»*

---

* El «Espacio de Creencias» es un algoritmo dividido entre varias categorías distintivas. Estas categorías representan los diferentes dominios de conocimiento que la población tiene en el «Espacio de Búsqueda». (*N. de los T.*)

y entretenimiento interactivo. Cualquier cosa para un siglo lleno de clientes con un montón de tiempo libre. Justo en ese momento estaban promocionando un nuevo producto llamado «Lustrosos», una especie de zapatos con ruedas de baja fricción que se deslizaban con suma facilidad por un tipo de asfalto tratado de una manera especial. También hacía contratos aeroespaciales y de investigación. En el 2008, uno de sus laboratorios comerciales salió en todos los titulares con el anuncio de que habían creado un microagujero de gusano. Mencionaron algo muy sofisticado y de moda a lo que llamaban Protocolo de Transferencia de Conciencia, del cual se decía que iba a ser más importante que el Proyecto del Genoma Humano, aunque para su culminación aún faltaba al menos una década. Aun así, en su último informe anual, parecía que su gallina de los huevos de oro era la construcción de entretenimiento (salones de la fama, franquicias de parques de atracciones y lo que ellos llamaban «Socioimaginería»).

«El Grupo Warren es el líder en desarrollo de Comunidades Intencionales (CI)» según se leía en su página web. Aparentemente, aquella división había iniciado actividades dentro del circuito de representaciones... Gente que representaba sin descanso batallas de la guerra civil, para luego producir todas esas cosas que venden en las ferias del renacimiento y conseguir el contrato para la construcción de la feria anual de la comunidad de Star Trek. Ahora, una década después, habían llegado al noventa y cinco por ciento de ocupación en un lugar de unos veinticinco kilómetros cuadrados llamado Erewhynn, a unos ochenta kilómetros al norte de Orlando. Se suponía que tenía que ser una especie de villa del siglo XVIII de Cotswolds. Los aldeanos trabajarían en distintos puestos de artesanía, hablarían diferentes dialectos escoceses, celebrarían Michaelmas,* festivales medievales y todas esas tonterías. Luego abrieron otra zona de entretenimiento llamada El Arrecife del Lago Azul, dentro de su propia isla en las Bahamas. Había una nueva fiebre por el Japón medieval en el norte de Califor-

* Festividad que se celebra el 29 de septiembre. (*N. de los T.*)

nia, y también había planes para expandirse en Latinoamérica y Oriente. En una página web llamada «Warren da Asco» se podía leer que la compañía quería desarrollar países «boutique» con moneda y constituciones propias. Esto suponía dar su apoyo al movimiento «retribalizador» con el objetivo de meterse en política y de adoctrinar a los indígenas, lavándonos así de paso el cerebro; esto, básicamente, era lo que daba asco.

El laboratorio del campus de la UCF estaba en una hacienda que más bien parecía un gueto de empollones. Todavía se podían ver las líneas de separación en el césped recién cortado. Incluso el día después de Navidad, todo el mundo parecía estar trabajando. Había gorilas de seguridad por todas partes. Hablaban entre ellos todo el rato, y a veces con Taro, a través de esas cosas de la oreja que funcionan con *bluetooth* y que hacen que la gente me parezca ganado procesado. Bueno, pues ahí estaba yo, de vuelta, arrastrándome, o eso pensé. ¿Estaría todavía Taro cabreado conmigo? Tal vez tendría que preguntárselo... «Oye, Taro, ¿todavía estás cabreado conmigo?». No, tal vez no fuera buena idea. No debería ponerle en ese apuro. O tal vez no debería ponerme a mí mismo en ese apuro. Probablemente se imaginaría que me había dado cuenta del error que cometí. Con razón. Sé que creía que no era nada más que otro mercenario, y me sentí bastante decepcionado, pero en ese momento no recordaba exactamente por qué pensaba aquello en aquel entonces.

Taro me recibió al pasar la tercera puerta. No parecía haber envejecido mucho, pero lo recordaba tan jovial como un buda sonriente y ahora más bien era un Hsun Tzu, seco y malcarado. Como todos los japoneses, sólo parecía medio japonés. Todavía vestía con su vieja bata de color azul de la Universidad de Tokio.

—Qué alegría verte —dijo. Sostuvo mi mano durante un segundo. Para él, aquello era como lamerme la cara. Su piel era suave, seca, frágil, delicadamente estriada, como la coraza de un nautilus de papel.

—Qué alegría verte —contesté.

Parecía estar realmente encantado de verme. Bueno, en realidad siempre había sido algo cándido y puro. Si decía que se alegraba de verme, es que se alegraba de verme. La verdad es que habría pegado que le diera un abrazo, pero simplemente le estreché la mano. Ninguno de nosotros dos éramos de los que demostraban sus sentimientos. No soy de ese tipo de latinos. Soy Injun. Algo así como «Gran Jefe Cara de Piedra no mostrar sus sentimientos».

—Gracias por dejar que me pasara por aquí —dije mascullando—. ¿Sabes?, me siento un poco mal apareciendo así de repente, después de tanto tiempo.

—No tienes por qué —contestó él.

No tenía acento. Quiero decir que tenía un leve acento de Oxbridge, pero ni rastro de acento japonés. Sin embargo, para hablar, utilizaba ese español tan preciso que te indicaba que el idioma oriental todavía estaba por ahí pululando en algún lugar.

—Entiendo que, a veces, las cosas se ponen difíciles.

A pesar de todo, me sentí inundado por esa sensación cálida e imprecisa, como si fuera una cuchara enorme repleta de helado y alguien empezara a verter mantequilla caliente sobre mí. Odio que me pase esto. La relación maestro/alumno es una de las más raras que existen. Bueno, puede que se imaginara que me pondría en contacto con él tan pronto como leyera el artículo del *Time*.

—Veamos qué tal está el paciente —dijo.

—Genial —contesté yo.

«Bajemos al laboratorio y veamos qué hay en el ¡laaaboratooooriooooo!».

Pasamos por otras dos puertas, para luego entrar en un ascensor con cerradura. Brrr... Allí helaba. Bajamos tres plantas hasta el subsótano. La fría habitación de Taro estaba justo al final de un largo pasillo. Presumí que todo aquel lugar no era más que un complejo industrial de I+D. Había cartelitos en algunas puertas del laboratorio con inscripciones como MATERIALES DE BAJA FRICCIÓN o RESPUESTA HÁPTICA. Taro sostuvo su mano sobre un escáner y a los pocos segundos la puerta se abrió con un siseo.

La habitación tenía unos doce metros de largo y unos cinco

de ancho, todo alicatado en blanco morgue clásico e iluminado con un millar de fluorescentes. Lo único destacable del conjunto era el ordenador que estaba situado en el centro de la habitación con un tanque de lucite* del tamaño de una furgoneta Ford Explorer en un extremo. MAON, o lo que era el Motor de Aprendizaje 1.9, estaba suspendido dentro del tanque. Era una cosa enorme de color negro con la forma de un gran reloj de pared. Cables y más cables salían del fondo del tanque y se extendían a lo largo del suelo epóxico hasta llegar a un grupo de refrigeradores y bombas Eheim, así como varias unidades de almacenamiento Acer 6000, todo apilado contra varios muros de granito sin ventanas. Cuatro estudiantes graduados supervisaban sin descanso las estaciones de trabajo en las cuatro esquinas de la habitación, murmurando para sí en EAN.**

—Hemos sustituido la mayoría de la silicona de los chips por germanio alterado —comentó Taro—, pero la disipación termal aún se mantiene casi a trescientos vatios. Así que por ahora lo refrigeramos como un Cray antiguo. El refrigerador está compuesto por el mismo tipo de plasma que se usa para las transfusiones de sangre sintética.

Me condujo hasta el tanque como si fuera un turista en el Museo Británico. Le eché un vistazo. Cuando lo mirabas de cerca, veías que la cosa negra enorme no era en absoluto recia o sólida, sino que más bien era como una enorme pila negra de placas de circuitos de la densidad del papel más fino. Las distorsiones producidas por el calor salían de las placas en forma de espiral, atravesando el líquido cristalino, como las ondas de difracción sobre una autopista en verano.

—Qué ingenioso —dije.

Carajo, qué frío hacía en aquella habitación. Estaríamos a unos quince grados.

«Me va a hacer falta una puñetera manta si voy a tirarme aquí mucho tiempo», pensé.

* Material plástico transparente que reemplaza al vidrio. *(N. de los T.)*

** Ensamblador de Alto Nivel. *(N. de los T.)*

—Por supuesto, esto es sólo la CPU —dijo—. Las unidades están en otro edificio. Y los discos duros... bueno, en realidad no sé dónde están todas las unidades de almacenamiento. La mayor parte en Corea.

—¿Es muy rápido? —pregunté.

—Ahora mismo funciona casi a seis petaflops.*

—Vaya. —Me sonó bastante «caro».

—Por el momento, MAON está procesando doscientos sesenta y seis mundos simulados, adelantado a unos diez minutos de nuestro mundo real. Cada uno de ellos está ejecutando simultáneamente más de cinco millones de ramificaciones del árbol que es el Juego del Sacrificio. Cada uno de estos juegos es una partida de tres guijarros.

—¿Cuántas transacciones estás simulando al día?

—Unas veinte mil diarias —contestó él—. En realidad no sé nada sobre las transacciones actuales.

—Oh —dije. Aquello era una de las cosas que más me gustaban de Taro. La mayor parte de la gente se habría vuelto recelosa ante aquella pregunta y habría contestado algo como: «¿Quién te ha dicho que estamos realizando ninguna transacción?». Pero él no era así.

—¿Te gustaría echar una partida contra él?

Contesté que estaría encantado.

—¿Has jugado alguna vez con tres guijarros?

Le dije que sí. Como ya he explicado, creo, con anterioridad, eso significa que juegas con tres corredores, es decir, el guijarro representa lo que sucede realmente, y su propósito es huir de los guijarros perseguidores, que representan diferentes potenciales. En realidad, aquello no suponía que fuera tres veces más difícil. Es más, disparaba la dificultad 3^3 veces, lo cual lo hacía veintisiete veces más complicado. Era igual

* Equivale a 10^{15} flops. FLOPS es el acrónimo de Floating Point Operations Per Second (Operaciones de Punto Flotante por Segundo). Se usa como una medida del rendimiento de un ordenador, especialmente en cálculos científicos que requieren un gran uso de operaciones de punto flotante. (N. de los T.)

que la dificultad que encerraba un problema de mate en tres movimientos; encerraba mucha, mucha, mucha más dificultad en su resolución que un mate en dos movimientos. De todas formas, yo solía jugar con dos guijarros, pero también había estado entrenando con tres guijarros. Supuse que me las podría apañar, podría jugar contra la máquina. En realidad, los ordenadores jugaban al Juego bastante mal.

Taro me pasó un taburete nada estable y me senté frente a un viejo monitor NEC 3-D. Él se acercó a la superficie de formica y empezó a teclear sobre un panel.

—¿Sabías que la media de los cerebros humanos funcionan a una velocidad de dos billones de operaciones por segundo? —dijo su voz por encima del tecleo.

—Bueno, cuesta bastante estar dentro de la media —contesté yo.

—Además, luego procesamos otros seis o siete billones de operaciones propias para compilar el paralelismo.

Asentí, escuchándole, aunque podría haber deducido eso mismo yo solo con facilidad.

—Luego, tenemos que duplicar todas esas operaciones para que quede un registro de seguridad. Y ahí es cuando empezamos a procesar alrededor de veinte millones de operaciones por segundo, pero mientras siga trabajando a esa media de velocidad y no tengamos que almacenar nada dentro del mismo MAON, creemos que será más que suficiente.

—Genial —contesté.

«¿Suficiente para qué?», me preguntaba. ¿Para crear una nueva raza de superseres no orgánicos poseedores de todo conocimiento? Bueno, al menos tendré alguien con quien hablar. Sí, cuando llegue el momento del enfrentamiento final entre el hombre y la máquina, sé muy bien de qué lado estaré.

—Aun así, no creo que pueda superar a un jugador humano —dijo—. Incluso si conseguimos hacer que MAON sea tan grande computacionalmente como un cerebro humano, incluso si conseguimos que sea tan inteligente como un cerebro humano, eso no significa que sea igual de intuitiva.

El Juego del Sacrificio era como el Go, y, a diferencia del

ajedrez, la gente aún lo jugaba mucho mejor que los ordenadores. Un jugador de categoría media-baja podía vencer con facilidad al mejor programa de Go del mundo. El Go es un juego muy descriptivo, muy cercano a lo que los programadores podrían llamar un entorno limpio. El Juego del Sacrificio era mucho más «anecdótico», estaba mucho más conectado al mundo, y por lo tanto, cinco millones de veces más descontrolado.

—Bueno, no subestimes tu trabajo —dije—, al menos no ante un comité de subvenciones.

—Ellos ya están al tanto —contestó—. Es por eso por lo que nos hemos vuelto tan... corporativos. A estas alturas del proyecto, MAON es de igual o mayor valía que cualquier asistente que tenga.

Diciendo esto, me llevó junto a un grupo de monitores OLED.*

—Esto ayuda a mejorar el trabajo de los adders** recién instalados. Es como el ajedrez avanzado.

Se refería a cuando los jugadores de ajedrez jugaban consultando dos ordenadores. Asentí con gesto de haber comprendido lo que decía. Taro tomó asiento; yo también.

—Ahora mismo, estamos trabajando con cinco estudiantes jugadores —me contó—. Dos de ellos aprendieron el Juego en comunidades mayas; los otros, aquí, en nuestras instalaciones. Uno de ellos es bastante prometedor. No había sido contador antes.

Esperé a ver si decía: «Aun así, no te supera, maestro», pero no lo dijo. En lugar de eso me enseñó algunas gráficas sobre las que me señaló los picos de cada situación de lo que empezamos a llamar «Evento Espacial Mundial». Básicamente, nos confirmó que el Juego tenía un índice de acierto mayor en lo que se refería a la forma en que responderían grupos enteros de personas en situaciones críticas.

* Organic Light Emissor Diode (Diodo Orgánico de Emisión de Luz). *(N. de los T.)*

** Circuito electrónico que suma dos números en un ordenador. *(N. de los T.)*

—Esto, por supuesto, nos es muy útil —dijo Taro—, y con el tiempo resultará muy beneficioso.

Pero no era el tipo de predicción que querían sus avalistas. Por ejemplo, el Juego no era muy bueno haciendo predicciones del mercado per se, pero sí sobre lo que harían las personas en el mercado. Puede que pienses que esto, básicamente, es lo mismo, porque los mercados dependen de la psicología, pero en realidad también hay un montón de factores no-humanos que hacen que el mercado fluctúe: los retrasos en las fábricas, la fluencia del capital, la meteorología... y así una cosa tras otra, y mezclar todo esto con la psicología humana requería grandes dosis de interpretación. Es una de esas cosas que sería muy difícil, por no decir imposible, enseñarle a un ordenador.

Así que Taro tenía, más o menos, el mismo tipo de problemas que yo... pero, aun así, se me ocurrió una idea. Supongamos que la media de sus operaciones comerciales simuladas, digamos, un 0,02 por ciento de la industria estándar, es más que suficiente para que una pequeña compañía pueda ganar un par de millones por minuto. Durante esos días, el más mínimo cambio podía convertir cualquier cosa en un monstruo devorador del mercado. El Grupo Warren bien podía estar camino de convertirse en la compañía más poderosa del mundo. A pesar de que ya pareciese ser bastante grande, era más que probable que estuvieran gastando más de lo que estaban ingresando, lo que explicaría por qué mantenían tan en secreto aquel asunto del Juego. Tendrían que haber estado jactándose de los resultados de sus inversiones a voz en grito, a no ser que hubiera alguna razón específica para no hacerlo. La gente ya no desechaba el estudio de los juegos como método de inversión. Más bien todo el mundo estaba intentando hacerse con un trozo del pastel. Todo el mundo quería contratar al próximo Johnny von Neumann.*

* Matemático húngaro-estadounidense, de ascendencia judía, que realizó contribuciones importantes en física cuántica, análisis funcional, teoría de conjuntos, informática, economía, análisis numérico, hidrodinámica (de explosiones), estadística y muchos otros campos de la matemática. (*N. de los T.*)

O puede que simplemente no quisieran trabajar con el dinero de otras personas, sino ver cómo sus propias cuentas bancarias engordaban. Puede que Lindsay Warren y otros accionistas principales quisieran comprar de nuevo las acciones públicas antes de que nadie se enterara de nada, o puede que simplemente temieran que el gobierno descubriera que detrás de todo aquello había también intereses militares y se hiciera con todo. Puede que incluso hubiera alguna razón por la que sentirse verdaderamente inquieto, ¿no? Supongamos que Warren, o cualquier otro, cogiera el Juego y lo llevara al siguiente nivel. ¿Y luego qué? ¿Iban a seguir creciendo hasta hacerse con todo y con todos? Es como si Taro hubiera estado dirigiendo el Proyecto Manhattan, excepto por el hecho de que, en lugar de estar trabajando para el Departamento de Guerra, había estado recibiendo fondos de Marvel.

Puede que difunda en internet todo lo que sé sobre el Juego. Puede que lo haga dentro de un par de horas. He estado pensando en hacerlo desde hace algún tiempo, y ya tengo la mayor parte escrita. Así, al menos todo el mundo tendrá las mismas oportunidades. He estado evitando hacerlo porque... bueno, por diferentes razones. Me siento como si todavía no lo hubiera descubierto todo. Todavía es difícil de aprender, y más difícil es hacerse con él. También, tengo unas cuantas cosas que quiero hacer previamente para cubrirme las espaldas, antes de llamar la atención con cualquier movimiento. Bueno, para ser franco, no iba a mencionar esto, pero puede que deba hacerlo contigo, ahora que nos conocemos un poco mejor. La verdad es que había estado ahorrando para invertir en un contrato blindado para García-Torres. No era una cosa fácil de realizar durante aquellos días, ya que la gente que contratabas tendía a dejarte tirado incluso en el caso de que terminara el trabajo. Otra cuestión era que dudaba de si sería buena idea dar a conocer al mundo el Juego. Puede que verdaderamente ocurriera igual que con las armas nucleares. El hecho de que algún político facineroso haga uso de ellas está mal, pero es preferible a que cada uno de los imbéciles que hay en este mundo haga uso de ellas.

Excepto que la cuestión en realidad era: si los Warren estaban intentando mantener el asunto oculto... ¿por qué habló Taro con *Time*? Si no pudieron evitar que el Códex fuera publicado, ya que demasiados *mayistas* conocían su existencia, puede que le hubieran pedido que dijera algo que en realidad no fuera nada revelador.

—¿Te gustaría ver el tablero que estamos utilizando? —preguntó Taro.

Yo contesté que por supuesto.

—No debería enseñártelo, porque es del más absoluto secreto, pero ya que nos ayudaste a desarrollarlo, supongo que podemos confiar en ti.

Le di las gracias.

«Maldita sea. Se me han adelantado», pensé.

De hecho, todo se me estaba cayendo encima.

Taro pulsó sobre un icono en la pantalla.

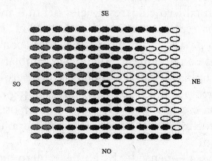

«Vaya», pensé.

Simple. Elegante. A veces miras algo y se te hace obvio que es perfecto.

«Maldita sea, ¿por qué no se me habrá ocurrido a mí?».

—Oh —dije—. Y... ¿dices que este tablero está basado en el Códex Nürnberg?

Asintió con un sí rotundo.

Pasé la siguiente media hora trasteando con el tablero, viendo las diferentes asignaciones del calendario mientras me hacía con el sistema. No era muy difícil de adaptar a lo que yo ya había ideado. Uno tiende a pensar en los juegos de mesa como si siempre tuvieran el mismo tamaño, nueve casillas para el tres en raya, sesenta y cuatro para el ajedrez... pero eso no es del todo cierto. Algunos maestros enseñan ajedrez a sus alumnos primerizos en tableros de treinta y seis casillas. El Shogi, el ajedrez japonés, tiene ochenta y una casillas. Un tablero estándar de Go tiene trescientos sesenta y un puntos, pero incluso los jugadores más clásicos a veces echan partidas rápidas en tableros de ochenta y una casillas. Los jugadores clásicos del tres en raya juegan en tableros más grandes, o incluso multidimensionales. En el Japón feudal, los generales y los cortesanos solían jugar al Shogi en tableros de seiscientas veinticinco casillas, repletas de toda clase de extrañas fichas, como dragones azules, lobos rabiosos e incluso elefantes borrachos. En los episodios dos, tres y veinte de la primera temporada, y en el catorce de la tercera, Kira y Spock jugaban al ajedrez en un tablero con tres niveles del que ahora puedes conseguir una réplica exacta en Franklin Mint. En el Juego del Sacrificio pasaba lo mismo. Podías jugar con un tablero más grande, o con uno más pequeño, sin cambiar las reglas o incluso sin cambiar la estrategia demasiado, pero podías tardar mucho tiempo en ser de nuevo un buen jugador si cambiabas de una escala a otra. No podría hacer otra cosa más que tontear con ese nuevo sistema de juego durante diez años como mínimo.

«Maldita sea —pensé—. Éste es el tablero de verdad. Si hubiera estado utilizando esta versión, habría podido hacer billones, en lugar de millones».

La compañía de Taro debía de estar comprando acciones con esta cosa. Si no lo hacían, es que eran tontos. Bueno, no hay que preocuparse, sino centrarse.

—Creo que estoy listo para probarlo —dije.

—De acuerdo —dijo Taro—. Tengo preparada la primera pregunta.

Saqué mi paquete de tabaco de mascar de mi cartera.

—*Ajpaayeen b'aje'laj k'in ik'* (Hoy tomo prestada la brisa...)

Golpeé la pantalla cinco veces para soltar algunas «semillas» virtuales sobre el tablero y eché un vistazo a mi espalda, hacia MAON. Varias ondas surcaron el líquido mientras aquella cosa empezaba a pensar verdaderamente. Asentí, indicando que ya estaba preparado.

Taro me pasó unas cuantas preguntas sin importancia, bolas lentas, pero luego empezó con una remesa de preguntas más directas. De repente, el nuevo tablero se me hizo más grande de lo que me había parecido al principio, como si mis corredores pudieran perderse en los pantanos, para no volver hasta poco después del Big Crunch. Y MAON era muy bueno. Uno de los mejores a los que me había enfrentado, y muy rápido además, pero, para ser la primera vez que me enfrentaba a él, no lo hice tan mal como esperaba. El Juego era una de las pocas facetas de la vida en las que no me subestimaba.

—Nuestro alumno predilecto está en su salsa —dijo Taro después de dos horas de juego—. ¿Te gustaría echar una partida para una predicción en tiempo real?

Le dije que por supuesto. Sin embargo, noté cómo el corazón me latía con fuerza. La competición nunca se me había dado demasiado bien.

—De acuerdo —dije.

«Gracias», pensé.

Sí, tan sólo necesitaba un poco de motivación. Incluso lo haría mejor con el foco de una lámpara de xenón apuntándome a la cara y unos cuantos electrodos enganchados en el escroto.

Empecé a acordarme de por qué dejé el proyecto.

En la habitación había algo de tensión. Dos personas pasaron por mi lado como una exhalación. Una era una chica del sudeste asiático, algo rechoncha y con gafas, a quien Taro me presentó como Ashley Thies; la otra, un chico que parecía medio maya llamado Tony Sic. Nos dijimos hola en inglés, y luego Sic dijo en yukateco que le habían dicho que yo era de Alta Verapaz. Le contesté que sí. Taro tenía un equipo de personas muy estricto, pero tampoco es que aquello fuera como el ejército. Sic me dijo que acababa de llegar de jugar al fútbol.

Iba vestido con unos pantalones cortos y una viejas Diadora RTX 18s, las cuales, si no recuerdo mal, eran un calzado deportivo bastante profesional. El olor a sudor también estaba presente. Empecé a respirar por la boca.

—¿Tu coche es ese que está ahí fuera? —me preguntó en inglés.

—Sí —contesté.

—Es impresionante.

—Gracias, pero tiene ya unos cuantos kilómetros.

—Mi hermano mayor tiene uno igual en Mérida, con la diferencia de que el suyo está hecho de partes de otros, como Frankenstein.

Le comenté que había trabajado en el Museo de Mérida durante dos meses. Me preguntó si conocía el que estaba en la calle 48, y le dije que no, que estaba en la 58, y le sonreí.

Atravesamos otra puerta para entrar en un pasillo amplio y vacío. Las paredes, el suelo y el techo eran de bloques de DuraStone,* lo cual se supone que debía dificultar la tarea de ocultar cables o transmisores que se pudiesen usar para falsear los datos de una prueba. Sic abrió una puerta de acero y entró en una habitación, solo. Yo entré en otra, cuatro puertas más abajo. Era una habitación también de granito e iluminada tan sólo por un único tubo fluorescente situado en el techo. También había un viejo monitor LCD, una silla que parecía bastante incómoda, una videocámara que funcionaba con baterías, un grabador EEG y una superficie de formica con una pantalla táctil.

«Maldita sea —pensé—. Van en serio. Deben de tener algún tipo de problema y ahora necesitan a un experto, ¿no? Pues muy bien».

Ashley pegó los electrodos del EEG a mi cabeza, aunque tuvo algunos problemas por culpa de la cantidad de pelo que tenía.

* Producto resistente a ralladuras y a las temperaturas más altas; ofrece larga duración sin defectos y es fácil de limpiar e higiénico. *(N. de los T.)*

—De acuerdo, ahora te vamos a dejar.

Se refería a que me iban a dejar allí solo. Iba a decirles que no era claustrofóbico, pero en lugar de eso simplemente murmuré algo, como era habitual, y me callé. Sic y yo íbamos a jugar exactamente con los mismos datos y el mismo tiempo, y Taro iba a supervisar toda la prueba mientras nos vigilaba por vídeo. No había ningún tipo de conexión entre las dos habitaciones, así que no había manera de que ejerciéramos ningún tipo de influencia el uno sobre el otro. Sic y yo no estábamos jugando exactamente el uno contra el otro, sino más bien compitiendo, considerando a Taro como un cliente normal y corriente, mientras jugábamos contra un dios ausente.

Saqué mi bolsita de tabaco, cogí un poco y me dispuse a empezar. Sic hizo lo mismo.

—Estáis preparados? —preguntó Taro a través del altavoz. Su voz se había transformado en un sonido sintetizado que impedía que diera información alguna a través de su tono. Sic debió de responder que sí. Yo dije que sí.

«Voy a acabar con esto en el primer asalto —pensé—. No me va a costar nada».

El vídeo empezó a grabar la prueba.

5

Era una transmisión en directo de lo que parecía ser una cámara de seguridad situada sobre una plaza, en lo que evidentemente era un pueblo o una ciudad islámica. Era de noche, pero el sitio estaba iluminado por una luz de color azul, de lo que supuse eran focos militares. Una enorme turba de hombres vestidos con sucias túnicas blancas llenaban la parte de abajo de la pantalla. La sangre de los autoinfligidos cortes de la cabeza bajaba por sus cuellos a chorros. Parecía esmalte negro. En medio de la plaza había una enorme verja con diez o quince soldados. Éstos tenían bigotes, ropa de camuflaje y lo que parecían SA-120, pero no pude verles ninguna insignia. Mantenían un porte recto e impasible, intentando no parecer nerviosos. Detrás de los soldados estaba lo que parecía ser un edificio del gobierno, puede que una embajada, de color blanco, con pilares blancos también y un par de oscuras puertas de madera de estilo victoriano. En ellas había unos carteles, pero todo estaba demasiado borroso como para poder leerlos. El vídeo no tenía sonido, y había unos rectángulos de color azul que parpadeaban de vez en cuando en la esquina derecha superior e inferior de la pantalla, bloqueando cualquier mensaje que el servicio de noticias hubiera podido insertar. Algunas de las personas del bullicio llevaban carteles hechos a mano, e incluso éstos habían sido pixelados.

«Maldita sea, debería haber hecho mis deberes», pensé.

Alguien que supiera un poco más sobre el estilo de los

hombres del mundo islámico, así como de sus cortes de barba, podría haber deducido algo más. ¿De dónde puñetas eran aquellas imágenes? Bueno, parecía que no quedaba suficiente luz de sol, y presuponiendo que aquellas imágenes fueran en directo, lo cual yo suponía, deduje que era demasiado tarde como para ser el Medio Oriente, ya que en la longitud diecisiete grados todavía debía ser de día. Así que, finalmente, resolví que debía de tratarse de la parte norte de la India. De acuerdo. De sus cabezas manaba sangre porque... bueno, no creo que fuera ninguna celebración islámica, ni tampoco hindú, que yo supiera, así que estarían protestando por algo específico.

«Vamos a ver. Supongo que tampoco se trata de una gran ciudad, así que digamos que ese edificio que se ve es el ayuntamiento y no una embajada, y que aquellas enfebrecidas huestes musulmanas quieren... ¿Qué es lo que quieren? No es que quieran arrasar con todo, sino más bien entrar en el edificio, ¿no? Puede que sea porque temen que, cuando la guerra comience, la mayoría hindú los linche. O algo así. Nada me ha dado la más mínima pista sobre lo que van a hacer».

Me quedé mirando la escena, memorizándola. Un minuto después la pantalla se quedó en blanco.

—De acuerdo —dijo la voz de Taro—. Ahora nos gustaría que ambos nos contestarais a tres preguntas. La primera: ¿Conseguirá la turba saltar la verja y atacar el edificio? La segunda: Si es así, ¿cuándo ocurrirá? Y la tercera: Si todo esto ocurre, ¿tendrán éxito a la hora de hacerse con el edificio? Tenéis treinta minutos. ¿Alguna pregunta?

«Sí, claro —pensé—. ¿El lápiz marrón es igual que un lápiz del número 2, o tal vez...?».

—De acuerdo, no hay preguntas —dijo Taro—. Por favor, comenzad.

Solté mis semillas virtuales por el tablero. Botaron un poco alto, pero, en realidad, aquello no importaba. La cuestión era que había mucha aleatoriedad en el asunto de la pregunta realizada (en este caso, los sucesos en el continente asiático), del mismo modo que en el tablero también había bastante aleatoriedad. Por supuesto, el equipo de Taro estaba aplicando sobre aquel metraje todo el software que tenían a mano para recabar cualquier tipo de información que pudieran obtener sobre la localización. Tenían los mismos programas de modelación de catástrofes producidas en aglomeraciones de aquel tipo que usaban los DHS para responder a las revueltas, así como cualquier cosa que hubiera sido producida durante el proyecto MAON. Aun así, yo podía superar todo aquello, ¿verdad? Y así, dispuse mi guijarro de corredor en el centro.

Básicamente, el objetivo del Juego del Sacrificio es atrapar al corredor. Si juegas con un solo corredor, significa que uno tan sólo lleva una ficha y su oponente el resto. Esto hace que algunas personas se extrañen, a pesar de que hay una gran cantidad de juegos de mesa que, jugándose aún en nuestros días, en pleno siglo XXI, son similares a éste. Algunos de los más famosos, por ejemplo, son: Liebres y Sabuesos, Gansos y Lobos y algunos otros por el estilo. En Asia son muy populares. De todas formas, siempre han sido clasificados como juegos altamente asimétricos. En todos, uno de los jugadores siempre juega con pocas fichas, pero muy poderosas, y el otro juega con el resto, que son más lentas y poseen menos habilidades. Si eres un corredor (o el Ganso, o la Liebre, o como quieras traducirlo), tu objetivo es huir de los cazadores, o perseguidores. En Liebres y Sabuesos, por ejemplo, que se juega en un tablero de damas, este objetivo es salir por el otro extremo del tablero. En el Juego del Sacrificio, empiezas con una fecha en concreto, en el centro del tablero, y para ganar necesitas llegar a una de las cuatro casillas de salida, situadas en las esquinas. Llegar hasta allí es difícil, no sólo por todos los cazadores que hay, sino porque tus movimientos están parcialmente sujetos a un factor aleatorio. Durante el Juego, el corredor deja un registro indicando por dónde ha pasado. Cada vez que termina su movimiento en una casilla, o mejor dicho, en un punto, tiene que dejar una piedra que señale el punto en el tablero. Ese rastro es como la historia real, al contrario que el resto del tablero, que es como un laberíntico abanico de posibilidades. Cada vez que te mueves, una fecha queda marcada. Así que el tablero se convierte en una especie de calendario perpetuo, de esos que solían tener cuatro anillas y que usan siete fichas, por cada día de la semana, y treinta y una más por los días del mes. Así como cada vez que te mueves en el espacio del tablero dejas un rastro, también dejas un rastro en el tiempo representado. Y si eres capaz de leer a través de ese rastro, extrapolarlo y pronosticar el próximo movimiento, como resultado te estás moviendo en el futuro.

Cualquier juego verdaderamente bueno crea una especie de efecto de trance en los jugadores que se lo toman en serio. En el caso del Juego del Sacrificio, aquello tenía una particularidad difícil de describir. Puede que de pequeño jugases al parchís —¡o a alguna de sus versiones, como el Sorry!—, por ejemplo, y puede que también te acuerdes de lo emocionante que era jugar, moviendo los dados y las pequeñas fichas o piedrecitas fuera de tu casilla de salida hacia el recorrido; lo que se siente al meter tu última ficha en «casa», a tan sólo unas cuantas casillas de tu oponente; lo frustrante que resulta ser comido y tener que volver a la salida justo cuando ibas a finalizar tu odisea, y, sobre todo, que lo único que te hace capaz de soportarlo es el placer de poder hacerle lo mismo a tu contrincante.

Durante un momento, no había nada que te hiciera abandonar el juego, ni tan siquiera dejar la habitación. El juego era la realidad más esencial, e incluso el parchís, la versión occidental del juego, era un juego de niños. El Juego era el núcleo de un buen montón de juegos de adultos, como, por ejemplo, el backgammon, y, por supuesto, el Monopoly. El que todavía es el juego de tablero más famoso del mundo es, básicamente, una especie de Monopoly. En todos ellos hay una frenética excitación que es difícil de superar y que hace más difícil aún el poder resistirse.

Creo que lo que pasa en el Juego es que te lleva justo al centro de un remolino caótico. Estás surfeando sobre la ola de la mismísima probabilidad, en la que ambos extremos del universo, la determinación y la probabilidad, chocan de frente y ascienden, pero que, curiosamente, en este pequeño mundo se hace casi manejable. Con tus dos dados creas las diferentes olas: esa ola básica con una cresta que rompe en el siete y esa ola poco frecuente con un hueco en el dos y una cresta rompiendo en el doce. Incluso para alguien que no sepa matemáticas, lo que percibes es una danza hipnótica, como cuando de pequeño te quedabas mirando los colores de una vieja barra de barbería.

Mi corredor estaba a dos casillas de la esquina noroeste. No parecía estar en muy buena posición. A corto plazo, vamos. Había algo entre brumas, a lo lejos, como una sensación de que todo aquello tenía cierta premura, como una fecha límite, pero no podía discernir bien de qué se trataba. Maldición.

—Los manifestantes van a atravesar la verja de manera caótica dentro de dos horas y media —dije—. Intentarán tomar el edificio, pero no lo conseguirán. Un buen puñado de ellos, yo diría que unos cincuenta, van a encontrar la muerte, o van a ser heridos gravemente.

Taro asintió por los altavoces. Desconecté los cables de mi cabeza antes de que Ashley entrara en la sala de conferencias.

La manifestación seguía en la pantalla de pared, ahora con sonido, y todos seguían atentos a los acontecimientos. Se dio a conocer que los hechos estaban ocurriendo en algún pueblo al norte de Calcuta, que el edificio que se veía era una oficina de los Rifles de Asma, la fuerza de contrainsurgencia del nordeste, y la turba, una concentración de *mohajirs*, refugiados musulmanes, intentando rescatar a su líder, que estaba cautivo en el interior del edificio. Tampoco es que me molestase no haber dado con todos esos datos antes, pero, supuestamente, había también turbas hindúes amenazándolos fuera de cámara.

Sic entró en la sala con Taro. Se sentaron frente a una mesa. Fue un momento un tanto extraño.

—Bueno, ¿qué has descubierto tú? —me preguntó Sic.

Le dije lo que pensaba. Me contestó que él creía que iban a atravesar las protecciones en menos de media hora, y que se harían con el edificio. Yo le contesté con un «Mmmm...» con toda la profesionalidad amistosa que podía aparentar en aquel momento.

Taro dijo que las estimaciones profesionales, tanto de los observadores de la NSA como de su propio software, indicaban que los manifestantes se dispersarían antes de que hubiera ninguna baja. Todos asentimos. Ashley Thies se levantó para volver al poco rato con una bandeja con chocolate, milanos de menta y una selección de té algo barata. En la pantalla, el único cambio notable en la situación era que alguien había decidido encaramarse a un sitio y había comenzado a soltar bravatas en urdu. Todos nos sentamos alrededor de la enorme pantalla, como si fuéramos un grupo de votantes alrededor del televisor la noche de las elecciones. De hecho, aquello se asemejaba mucho a la noche de las elecciones presidenciales del año 2000; la noche que parecía nunca acabar y en la que cada vez que creías que todo se había ido al traste, asomaba otro soplo de esperanza, tan sólo para dejarte más tiempo delante del televisor mordiéndote las uñas y lleno de ilusión, a pesar de que todos sabíamos, en el fondo de nuestros corazones, que la velada terminaría en desastre.

Veinte minutos después, uno de los hombres trepó la verja. Alguien disparó su carabina al aire, produciendo una detonación sorda y amortiguada. Dos segundos después, la verja se cubrió de gente. Entonces resonaron un par de detonaciones más. Alguien se precipitó desde la verja, pero no quedó claro si había recibido un disparo o simplemente se había resbalado. Fue un tanto difícil deducir qué pasaba a partir de entonces, ya que la verja ocupaba dos tercios de la pantalla, pero, menos de cinco minutos después, alguien colgó una bandera, unos caracteres arábicos sobre un fondo negro, desde la segunda ventana del edificio.

Estaban dentro. Yo la había cagado. Sic había acertado. No podía ni mirar a Taro. Iba a levantarme, para ver si podía vomitar o algo en el cuarto de baño, pero nadie pareció moverse. Me rasqué una herida que me hice con un trozo de coral en mi dedo índice izquierdo. No se estaba curando bien. Maldita *Millepora alcicornis*. Luego dije que me iba afuera a respirar algo de aire.

—Espera, sigamos viendo lo que pasa —dijo Sic—. Todavía no ha acabado.

Le contesté que enlazaría mi teléfono al sistema de la habitación. Me llevó un minuto encontrar de nuevo el ascensor, y para cuando llegué fuera estaba hiperventilando.

La brisa fresca me reanimó un poco. ¿Cómo podía la gente soportar el aire acondicionado? Lo entendería si fueran de Finlandia o algo así, pero no lo eran. Sic era de los trópicos y, sin embargo, parecía poder soportarlo.

Maldito bastardo.

Bueno, ¿y ahora qué? Estaba en mitad de lo que parecían dos kilómetros y medio de arquitectura de campus enladrillada y barata, con un montón de incómodos accesos junto a arbustos autóctonos del lugar. Me senté en una de aquellas cosas de ladrillo. El cielo se había vuelto verde grisáceo, casi grasiento, más o menos del color web-safe #6699CC, haciendo que todo el panorama tuviera un aspecto siniestro, como si hubiera sido traducido al alemán. Desolación, supongo que sería la palabra. Desolado. Frío. No pude resistir y miré mi teléfono.

Parecía que había sintonizado mal un canal de la tele, pero cuando me acerqué más a la pantalla, lo que creía que eran interferencias resultó ser en realidad una nube de polvo. La gente estaba gritando y el reportero decía que no sabía lo que estaba pasando. Me quedé observando. Después de un rato, parte del polvo desapareció y tan sólo pude ver que gran parte del edificio ya no existía. La voz del reportero decía que «parecía» que el edificio había volado por los aires. No dijo quién era el responsable, pero incluso yo, y eso que no sé mucho de explosivos, podría haber adivinado que aquella explosión había sido demasiado grande como para que la hubiera producido una cantidad de explosivo transportada por un solo hombre. Alguien dentro de la comisaría debía de haber dispuesto la carga antes de que la multitud atravesara la verja, para luego detonarla cuando alcanzaran el edificio, haciendo así el mayor daño posible.

«Bueno, ¿y qué si he estado un poco fuera de tiempo? —pensé—. Sic la ha pifiado mucho más. O sea, que, al final, ¡he acertado! Toma. Chúpate ésa, tarado. ¡Soy el rey del mambo!».

Bueno, tranquilidad. Había gente muriendo. Si te fijabas bien entre tanto escombro, podías ver dos cuerpos retorcidos en la parte inferior de la pantalla. Parecían esculpidos de la misma plastilina gris que lo cubría todo. «Mierda, soy un idiota». Odio cuando te ves desde fuera y te das cuenta de que simplemente eres un idiota. Desearías estar más enfadado contigo mismo, porque eso te haría ser mejor persona, a pesar de que el desear estar más enfadado es casi peor que estar ya de por sí más enfadado.

¿Verdad?

6

Alrededor de dos horas más tarde, o más exactamente, a las 4.32.29 p. m., de acuerdo con lo que marcaba la pantalla, llegué a las oficinas de Warren Entertainment, en la parte occidental del lago Tohopekaliga, al sur de Orlando. Mi victoria sobre Sic me había proporcionado una entrevista con Marena Park, la jefa de Taro, así como la directora de la División Interactiva. Busqué cosas sobre ella en Google y descubrí que era una recién llegada a Warren. Había sido directora creativa en el complejo Game World de Disney, en Epcot, hasta hacía dos años. Después, Warren la contrató para que trabajara en Neo-Teo, en el que creo que es mi FPS* favorito. La mayoría de los jugadores profesionales de Go, o póquer, o de lo que fuera, no llamaría «juegos» a videojuegos como ése, y, hablando estrictamente, la verdad es que no son ni juegos ni simulaciones y, sin embargo, sigo jugando a algunos de ellos como manera de expulsar mis malos humos. Neo-Teo era básicamente una versión consumista para tontos de la mitología maya, un juego en el que recorres diferentes palacios de estilo parecido a los que te puedes encontrar en Puuc,** cogiendo abalorios de poder y

* First-Person Shooter: Género de videojuego basado en una perspectiva en primera persona, inspirado siempre en alguna temática bélica o de combate con armas de fuego. *(N. de los T.)*

** La zona Puuc, región Puuc o ruta Puuc, es una zona que se sitúa al sur de la ciudad de Mérida, en el estado de Yucatán, en México. *(N. de los T.)*

atravesando jaguares con una lanza. Había un montón de inexactitudes y recursos baratos que al principio me llegaron a cabrear, pero aquel videojuego tenía algo que enganchaba peligrosamente, y ahora, si bien no era un adicto, sí era un jugador habitual. El ambiente, diseñado por la señora Park, estaba muy conseguido. Todo estaba adornado con esas volutas de humo enroscadas y esas líneas acabadas en flechas o ganchos tan frecuentes en la alfarería maya clásica. Más tarde ganó un Oscar por el diseño de producción de la película basada en el juego.

Todo esto me hizo preguntarme de nuevo qué demonios estaba haciendo una persona como ella allí, trabajando en el proyecto de Taro. No era una científica, así que, ¿qué conexión tenía con todo aquello?

Ahora todos los negocios pertenecían al gran negocio del espectáculo. Había una especie de puerta enorme, donde tuve que pararme frente a unos gorilas para identificarme. Por la manera en que me inspeccionaron deduje que la señora Park debía de ser bastante importante. El guardia me dio una acreditación que yo enganché a mi muñeca.

Conduje, hasta que aparqué justo donde me habían dicho. El complejo era una amenazante dispersión de edificios bajos de Dryvite, de muy buen gusto, dentro de un parque lleno de árboles, con una gran escultura verde compuesta de tres anillos gigantes entrelazados que se reflejaban en un estanque con forma de riñón. El edificio principal tenía seis plantas, y era más grande que los demás. El cristal dejaba el interior oculto. Entré por una zona donde el aire había sido muy procesado. El gran recibidor tenía colgado un clerestorio de las salas de conferencia y ejercicio, así como un enorme abeto Douglas con ornamentos esféricos que hacían las veces de pantallas de vídeo y que mostraban las caras sonrientes de los Niños de las Distintas Tierras. Una mujer muy amable me dio la bienvenida diciendo mal mi nombre, luego me llevó a toda prisa hasta una especie de atrio donde había un Healty Gourmet Café y un puesto de pizza. Un grupo de Jóvenes Aunque Sobradamente Tecnológicos pasaron junto a nosotros, algunos llevando Segways, y otros lo que supuse que serían Sleekers.

—Ya casi estamos, es allí arriba —dijo, haciéndome señas—. Será divertido, ya verás.

—Muy bien —contesté yo con un tono un tanto agudo.

«Imagina lo que tiene que ser trabajar aquí —pensé—. Lo próximo será una ducha dentro de la oficina».

—El profesor Mora me ha dicho que hablas la lengua de los mayas —me dijo.

Lo pronunció de tal manera que podría haber rimado con parias.

—Bueno, sí, maya ch'olan, sí —contesté.

—Creo que es realmente fascinante —me dijo.

Era una mujer alta, con una larga cabellera de rizos rubios y, según me pareció a mí, un tanto ovinos.

—¿De verdad se lo parece? —pregunté.

—Sí, como lo de venir de Sudamérica y todo eso.

—América Central.

—¿Perdón?

—No somos de Sudamérica —contesté—. Somos de América Central, más o menos al norte de Panamá.

—Oh, qué interesante —dijo entre risas.

Subimos una rampa hasta la segunda planta, pasando de largo por lo que parecía una sala audiovisual.

—¿Sabes qué? —dijo «pelosabundantes»—. Hace dos fines de semana fui a un taller de iniciación con Halach M'en.

—¿Y?

—Nos enseñó a hacer Atrapa Sueños mayas.

—Genial. ¿Y para qué sirven?

—Nos dijo que los mayas eran espiritualmente muy avanzados.

—¿De verdad?

—Ya hemos llegado —dijo.

Me condujo hasta una sala de espera con el suelo negro y varios sofás de color verde, como si fuera el negativo de una escena de *2001, Una odisea del espacio*. Allí, la recepcionista nos llevó a un sitio que era como una planta de comercio donde aparentemente los trabajadores eran muy felices dentro de sus cubículos de cristal personalizados, con máquinas expendedoras de café y de chucherías, e incluso con máquinas de Capresso y pequeños frigoríficos con notas pegadas del estilo «Leche de Amaranth, aquí». Pasamos por una zona alfombrada, hasta que al final del trayecto la mujer asomó la cabeza por una puerta entreabierta. Quien fuera que estuviera dentro le tuvo que dar permiso, porque, seguidamente, me hizo entrar.

Marena Park estaba sentada, con las piernas cruzadas, frente a la mesa de su despacho, mirando la enorme pantalla de su ordenador portátil. Era de ese nuevo tipo de ordenadores ultramodernos que pueden sentir las manos de su dueño por la habitación, ya que, según vi, la mujer estaba dibujando algo con su dedo en el aire.

Era más bajita de lo que mostraban sus fotos, de hecho yo le sacaba una cabeza, por lo menos. Su cara, a su vez, carecía de rasgos, haciéndola más coreana de lo que aparentaba en un principio, pero en cierto modo me pareció más atractiva de aquella manera. «Una cara que parecía una luna llena», como decían en *Las mil y una noches*. Llevaba una especie de vestido de patinadora estilo Issey Miyake,* tableado y de un gris poliamida, como si procediera de una época futura atlética a la par que lujosa. Levantó el dedo índice, indicando que esperáramos un momento. Parpadeé y miré a mi alrededor. Había una pecera de unos cuatrocientos sesenta litros empotrada en la pared; estaba llena de carpas oranda. Intenté no respirar demasiado fuerte. Los sistemas inmunológicos de esos bichos son una auténtica mierda. Tienen la endogamia tan metida en el cuerpo que tendría asegurada una con tan sólo golpear dos veces en el cristal. Había un tablero de Go hecho de madera de katsura en el suelo, al lado de la mesa, junto con un par de cuencos, los cuales probablemente tendrían un juego de viejas piedras de Go de color rosa intenso, muy difíciles de ver hoy en día. Si todo era como yo había pensado, todo el juego debería valer unos cuantos cientos de miles de dólares en Esta-

* Diseñador de moda japonés especialista en combinar magistralmente diseño y tecnología en la exploración conceptual indicativa de lo natural, tanto en sus colecciones como en sus diseños. *(N. de los T.)*

dos Unidos. La ventana que estaba tras la mesa daba al noroeste. Desde allí podías ver la esfera de Epcot flotando sobre el follaje de color verde, como si fuera una vieja pelota de fútbol en un estanque lleno de moho. La mujer miró hacia arriba.

—Hola, dadme un segundo —dijo.

Tenía una vocecilla aguda, pero no era estridente, como la de un jockey de carreras. Se hizo una pausa.

—... pues tradúcelo al sánscrito, o lo que mierda sea que hablen allí. ¿Qué problema hay?

Tardé un segundo en darme cuenta de que tenía al teléfono a alguien. No me senté. También me di cuenta de que mi corazón estaba golpeando con fuerza mis costillas. Me metí las manos en los bolsillos y me acerqué a mirar la gran estantería tchotchke que había en la pared de mi derecha. El objeto más grande e imponente que había en ella era un reloj de bronce con forma de esqueleto que parecía datar de la década de los cincuenta. Tenía cinco manillas. Cuatro de ellas parecían surcar el calendario maya, y la última, la más grande, seguía a paso lento la fecha gregoriana, desde el 3113 a. C., hasta el 21 de diciembre del 2012. También había un anillo de glifos retrato, pero no parecían guardar ningún sentido. Tal vez era algo que, simplemente, había hecho alguien. Junto a éste, había otro reloj, uno más pequeño con una esfera masónica de forma triangular. Tenía inscritas las palabras «Walktham / 17 Piedras Preciosas/ Te aprecio. Amigo». La hora marcaba casi las «compás» en punto. El resto de las cosas de la estantería eran trofeos, pequeñas copas de plata de Go y de escalada, un par de Webbys, un premio del World Shareware, un montón de premios de la Crítica de la E3, dos pirámides de cristal de la Academia de las Artes y las Ciencias del Entretenimiento y un montón de cosas de las que nadie había oído hablar nunca. Y justo en la parte de atrás, como si quisiera aparentar que no le importaba, un Oscar vestido con un traje a escala 1/6 de Neo-Teo, de pie, como Jesús rodeado y adorado por un grupo de nefitas.*

---

* En el Libro del Mormón, los nefitas son un supuesto pueblo descendiente o asociado a Nefi, un profeta que, según el texto, abandonó

«¿De verdad le caigo bien? —pensé—. ¿Yo? ¡El pequeño rey del mundo? Me gustaría tener a alguien a quien poderle dar las gracias. Bueno, supongo que podría dárselas a Satanás, que es el que me ha permitido estar aquí, a cambio de mi alma».

En la pared de la estantería había un dibujo de un niño en el que se veía a Santa Claus sujetando un enorme mando a distancia universal y dirigiendo a un grupo de ciervos robóticos. El dibujo estaba sujeto con cinta adhesiva sobre un marco cromado de la señora Park, la cual, de manera evidente, tenía pulgares prensiles. El marco colgaba boca abajo de una alcayata amarilla. Encima, se podía leer «Ascendencia en solitario "Esvástica de Chocolate" E7 6c, Hallam, Vista Respaldada, Gritstone, 14/9/09». Junto a él, había otro marco, que quedaba empequeñecido en comparación con el anterior. Tenía un primer plano rebosante de esos exagerados azules y rosa que sacaban las Kodak de los años cincuenta. Era la cara de un joven coreano con una chaqueta de las Fuerzas Aéreas Norteamericanas, de pie junto a un general de cinco estrellas que me resultaba algo familiar, ambos delante de un viejo B-29 con un par de dados pintados, una hermosa rubia y las palabras «Doble o Nada» en el morro. Había una anotación escrita a mano en la esquina superior izquierda de la fotografía en la que se podía leer: «A Pak Jung. Gracias por tus Servicios, han sido más que suficientes — S.C.A.P. General Douglas C. MacArthur, Kadena. 27/12/51».

—Sí —dijo la mujer al vacío—. Adiosnara.

Luego, sus ojos se fijaron en mí.

—Hola.

No se levantó. Casi considero una bendición que la gente no acostumbre ya a estrecharse las manos, pero en este caso no me habría importado un poco de contacto carnal. Le contesté con otro «hola», a la vez que me preguntaba si debía decirle quién era o si ella ya lo habría imaginado. No lo hice.

Jerusalén a instancias de Dios en el 600 a. C., viajó con su familia al hemisferio occidental y llegó a América aproximadamente en el año 589 a. C. *(N. de los T.)*

—Taro me ha dicho que eres el mejor —dijo la señora Park.

—Eso es muy halagador.

—Apuesto a que juegas al Go, ¿verdad?

Asentí con la cabeza. Tal vez me había estado observando mientras yo examinaba el tablero. Siempre me resulta extraño que la gente pueda adivinar cosas sobre mí. Es como si estuviera en el Planeta de los Telépatas. Por supuesto, todo era producto del desorden de estrés postraumático.

—¿Y eres bueno?

—Sexto dan. *Amateur.*

—Pasmoso —contestó—. Yo soy de quinto dan. Tal vez podamos echar una partida alguna vez.

—Sí, sería fantástico —le contesté. De hecho, quinto dan es de por sí un rango bastante impresionante, especialmente si tenemos en cuenta que la mayoría de la gente de la industria del entretenimiento tendría problemas a la hora de echar una partida a las damas.

Al Go se le considera un arte marcial en Asia, y el dan es el rango. Por lo tanto, tener un sexto dan es como tener un cinturón negro de sexto nivel. Aun así, todavía no estaba ni tan siquiera cerca de ser un jugador profesional. De todas formas, el sexto y el quinto dan están muy próximos, por lo que podríamos echar una buena partida. Ella y yo, jugando toda la noche en el tatami de su *loft* cuádruple de techos altos, impresionantemente minimalista, en los brazos de los acordes de Jello Biafra, mientras me disculpo por machacarle de nuevo con setenta y un puntos y medio de ventaja... cuando de repente, ella aparta el tablero de un manotazo y me agarra del...

—Por favor, *Setzen Sie sich* —dijo.

Me senté. El sillón parecía cómodo, se amoldó a mi forma, y mis pies quedaron colgando en el aire durante un segundo.

—Por cierto, soy un gran fan tuyo —dije—. He jugado a tu videojuego durante horas.

—¿De verdad? Gracias... ¿Qué nivel tienes?

—Treinta y dos.

—Oh, eso es fantástico.

—Gracias.

Incluso sabiendo que era su creación, me avergonzó un poco reconocer el tiempo que le había echado a ese juego.

—La cosa es que... —dijo ella— aun teniendo en cuenta que yo lo hice casi por completo, en realidad, no sé nada sobre los antiguos mayas.

«No me digas», pensé.

—Tal vez mientras jugabas ya te habías dado cuenta —me dijo, como desafiándome a afirmarlo.

—Bueno...

—No pasa nada, es todo fantasía. Sé que históricamente no es nada exacto.

—Ya —dije yo.

En ese momento me di cuenta de que no me había quitado el sombrero. Maldición. Llevaba siempre esa cosa porque me resultaba extraño no llevar la cabeza cubierta, y todavía se me olvidaba quitármelo cuando pasaba al interior de un edificio.

«Mejor me lo quito ahora —pensé—. No, espera, mejor no, ya es demasiado tarde, pero seguro que piensa que soy un tipo raro si no lo hago. No, mejor no lo hago. Ésta es mi apariencia. Apariencia de alguien con sombrero. Mejor estar cómodo, ¿no? Así que el sombrero se queda».

—Creciste hablando maya, ¿no? —me preguntó Marena.

—Sí —dije, quitándome el sombrero—. De hecho, de donde yo vengo, el nombre concreto de la lengua es ch'olan.

—Taro me dijo que eres de Alta Verapaz.

—Sí.

—¿Has oído alguna vez rumores o cualquier otra cosa sobre unas ruinas que hay por allí, alrededor de... Kabon?

—¿Perdón? ¿Te refieres al río Cahabón?

—Exacto. Michael me dijo algo sobre una zona en forma de herradura.

—¿Río abajo, hacia T'ozal?

—Sí, creo que sí.

—Aquello está lleno de ruinas —contesté—. La gente sabe que las colinas no son naturales. Mis tíos solían decir que los jorobados las habían construido, antes de La Inundación.

—¿Qué jorobados?

—Bueno, imagínate. Enanos mágicos de barro, gente de piedra, trolls, lo que fuera. Yo siempre me los imaginé como enormes tipos hechos de roca, con grandes cabezas.

—Oh, vale.

—¿Por qué? ¿Acaso conoces la zona?

—Tan sólo por los mapas, pero Michael estaba intentando conseguir permiso para excavar en las tumbas reales, antes de que abrieran el embalse y todo quedara inundado.

—Bueno, al menos...

—¿Sabes?, tal vez no debería decir esto, pero no pareces un nativo americano.

—No, no pasa nada, estoy acostumbrado. Los mayas no nos parecemos mucho a los navajos o a cualquier otra tribu. A veces nos confunden con gente del sudeste asiático.

—Tampoco te pareces a un asiático, o a un latinoamericano —me dijo, sonriendo para que no sonara demasiado grosero.

Parecía que temía sonar un tanto racista, pero era cierto, en realidad no me parecía mucho a nadie. Los mayas tendemos a ser bajitos y rechonchos, pero yo tomé mucho calcio en Utah, ya que, por extraño que parezca, era tolerante a la lactosa, y había aterrizado en un sitio donde la leche era casi la única bebida legal, así que crecí hasta alcanzar una altura de 1,75. De peso, rondaba los setenta kilos, de modo que no es que tuviera que ir a comprar al departamento de tallas grandes precisamente. Además tenía la cara bastante chupada. Un maya de pura cepa normalmente tendría una cara ancha, parecida a la de un halcón visto de lado y a la de un búho visto de frente, pero yo tan sólo tenía algunos rasgos tropicales. A veces, cuando la gente escuchaba mi apellido, me preguntaban si era de Filipinas. Sylvana, una especie de ex que tengo, me decía que, con mi pelo largo, parecía una versión mala de Keanu Reeves en *El pequeño Buda*. Pensé en comentarle eso a Marena, pero al final decidí cerrar la boca. Me haría un poco el misterioso, para variar.

Cuando vio que no decía nada, pareció preocuparse.

—No encontrarás el juego de Ix ofensivo, ¿verdad? —me preguntó.

—Oh, no...

—Eh... Temía que hubiéramos hecho a los mayas un tanto... bueno, ya sabes...

—¿Salvajes?

—Eso...

—Bueno... —contesté— al menos, no los hicisteis demasiado cursis.

—No.

—Estoy seguro de que las cosas eran bastante duras en aquellos tiempos.

—Sí, con la gente arrancándose los corazones los unos a los otros y esas cosas...

—Bueno, en realidad los mayas no hacían esas cosas —dije—. No tan a menudo como la gente cree.

—¿De verdad?

—Puede que más tarde, a partir del 1400 o así, pero en el periodo clásico no. Lo de los corazones es una cosa más mexicana.

—Oh, vaya, perdona. Aun así, sí practicaban el canibalismo y eso, ¿no?

—No lo sé —contesté—, puede que tan sólo fuera propaganda española. Es verdad que hacían sacrificios humanos de vez en cuando, lo que no se sabe con certeza es si se los comían o no.

—De nuevo te pido disculpas.

—De todas formas, ¿y qué si lo hacían? Quiero decir, hoy en día, el canibalismo casi está de moda, es como el golf.

—Sí, casi —dijo, riendo.

—Ya sabes, en Inglaterra se practicaba el canibalismo medicinal en el siglo XIX.

—¿Te refieres a eso del polvo de momia?

—Sí, de la misma manera que creían que la sangre de alguien que había muerto de manera violenta podía curar la epilepsia. En los Campos de Lincoln Inn, los farmacéuticos solían desangrar a la gente que acababa de ser ahorcada para luego mezclar su sangre con alcohol. El producto resultante lo podías comprar en la Farmacia Harris.

—Increíble.

—Sí, e incluso en algún lugar existió una suerte de... cómo llamarla... una secta que practicaba el canibalismo consensual cristiano. Se llamaba la Iglesia de la Comunión Extrema, o algo así.

—Bueno, algo así había escuchado. Seguramente, sería otra dieta para reducir el peso.

—Puede.

—Supongo que tienes razón, no pasa nada. En realidad, yo me comí mi propia placenta.

Eso me dejó helado.

—Perdona, ¿te he incomodado? —me preguntó.

—Bueno...

—Oye... —me dijo—, Taro también me ha dicho que te sabes todos los trucos astronómicos existentes.

—¿De verdad?

—Sí.

—¿También te ha contado que cojo los *frisbees* con la boca?

—Vamos, hombre...

—Está bien, elige una fecha.

—¿Una fecha? ¿Cuál? —me preguntó.

—Cualquiera.

—Ok... 29 de febrero del... 2594.

—Ese año no será bisiesto.

—Vale, pues entonces 28 de febrero.

—Caerá en viernes —contesté.

—Te estás quedando conmigo.

—No, de verdad.

—¿Sí?

—Sí. Sin embargo, también puedo decirte que el sol saldrá, si es que por entonces sigue saliendo, a las 6.50 a. m., y que se pondrá aproximadamente a las 6.58 p. m.

—Claro —contestó ella—, y yo soy Anastasia Romanov.

—Pues espera, que hay más. Ese día, Venus será visible a las 8.57 a. m., aunque no podremos verlo, como es normal, y se pondrá a las 9.56 p. m. Saturno lo hará a las 4.34 a. m.

—No me lo creo.

—Míralo en Google.

—No importa —dijo ella, con una gran sonrisa—. Pasmoso.

Evidentemente, «pasmoso» era el nuevo «increíble».

—¿Cuánta gente es capaz de hacer eso?

—No conozco a ningún otro. Hay gente que puede hacer otras cosas...

—Vaya... —dijo ella, casi riendo entre dientes.

«Sí —pensé—, tengo una mente maravillosa, de acuerdo. Podré resolver todos los cubos de Rubik que me pongáis por delante, las hojas de Sudoku que no hayáis sido capaces de descifrar, incluso calcularé vuestros impuestos en base dieciséis, pero enseñadme el libro».

—¿Es verdad que hablas doce idiomas? —me preguntó esta vez.

—Oh, no, qué va —le contesté—. Tan sólo hablo tres, a menos que cuentes los dialectos mayas. De ésos puedo hablar la mayoría.

—O sea, que hablas el inglés, el español y el maya.

—Exacto, puedo entender algunos otros, e incluso leerlos. Puede que me maneje con ellos lo suficiente como para comprar tomates.

—¿Cuáles, por ejemplo?

—Los normales: alemán, francés, griego, nahuatl, eh... mixteca, otomi...

—Ahora dime —me dijo—. ¿Qué piensas sobre el fin del mundo? ¿Crees que ocurrirá?

—Eh... Bueno...

Dudé.

«Nos hemos topado con un problema», pensé.

Por un lado, el tema me ponía bastante nervioso. Por otro lado, no tenía ninguna prueba fehaciente, y, por supuesto, quería decirle que tenían un problema, y que yo podría ayudarles a resolverlo, pero de nuevo empecé a percatarme de que la señora Park iba a ser un tanto más difícil de tratar que mis «chicas alegres».

—Bueno —contesté—, no, no en base a cualquier cosa que yo conozca. ¿Por qué está la gente de por aquí tan pesada con ese tema?

—Algunas personas lo están, luego creo que vino Taro y dijo que era posible que esa teoría fuese algo que sólo involucraba... bueno, no es que eso no fuera de por sí importante.

—No, claro que no, no te preocupes —contesté.

—De verdad, ¿qué es lo que piensas?

—Bueno, en sí es una fecha importante, la verdad —contesté—. En tiempos antiguos, habrían celebrado un gran festejo y habrían hecho que todos los viejos escribas o lo que fuera que tuviesen se reunieran para decidir qué hacer a partir de entonces. Puede que incluso hubieran construido un nuevo calendario.

—Nada del otro mundo, entonces.

—No lo creo.

—Ajá —dijo, casi decepcionada—. ¿Es verdad que los mayas adoraban el tiempo, o algo así?

—Bueno, eso es decir demasiado. Digamos que ninguna otra cultura ha estado nunca tan obsesionada con el tiempo.

—Pero siempre estaban con todas esas fechas imposibles, con esos nombres tan estrafalarios, y con tantos números.

—En realidad, si les enseñáramos a los niños la numeración maya, la encontrarían mucho más sencilla que la árabe. Más bien son como fichas de dominó, líneas y puntos.

—Sí, bueno, pero Taro intentó una vez darme algunas fechas con esa numeración y no me enteré de nada, y eso que los códigos se me dan bien.

—Tienes un reloj precioso.

—Gracias. Antes pertenecía a John Huston, ya sabes, el director de cine, el de *El tesoro de Sierra Madre*. ¿Sabes quién es?

—Sí. Qué guay.

—El equipo de Neo-Teo me lo regaló después del tema de la AIE.

—Es genial.

—En realidad, todavía no he descubierto cómo funciona, aunque me han dicho que andar, anda.

—Bueno, no es tan difícil —le dije.

—¿Eso lo dices del mismo modo en que afirmas que el calendario maya no es tan difícil?

—Bueno, sí. Hay algunas complicaciones, pero la idea básica es muy sencilla, si... Bueno, mira, no lo veas como un reloj, míralo como un cuentakilómetros de un coche. Quiero decir, los de los coches antiguos, antes de los coches eléctricos.

—De acuerdo.

—Cada número del contador corresponde a una parte del kilometraje, ¿de acuerdo? Cuando uno de esos contadores llega a nueve y vuelve a cambiar a cero, el contador que hay justo a su izquierda gira treinta grados. Un doceavo. Excepto con las fechas mayas, casi todas las marchas están en base doce, doce partes, excepto una que tiene dieciocho. Hay otro contador importante que tiene trece partes nada más, que es el calendario ritual, el que tiene los nombres. Así, cada trece veces veinte días, la misma combinación de nombre y número aparece. Digamos que es el día Cero Murciélago, como hoy. De esta manera, dentro de doscientos sesenta días, habrá otro día Cero Murciélago. Un día se hace importante cuando varios ciclos se dan en el mismo tiempo, como...

—Como cuando el cuentakilómetros va a alcanzar otros cien mil kilómetros más y los niños, desde el asiento de atrás, observan expectantes el momento.

—Exacto —dije—, excepto por el hecho de que cada vez será un tun diferente, en grupos de trescientos sesenta días. Luego tenemos que un k'atun son veinte tuns, y que veinte k'atuns hacen un b'ak'tun, y dieciocho de éstos hacen un...

—Ok, lo pillo.

—De acuerdo. Pues eso es todo lo que hay que saber, exceptuando que para Venus se hacen las cuentas de manera diferente; hay que tener en cuenta otras cuestiones astronómicas, así como para los aniversarios, y los seres sobrenaturales... cada día tiene un protector y una amenaza diferente. Es algo parecido a como han sido asignados los días de nuestro calendario a los santos católicos, excepto...

—Excepto que es bastante más complicado.

—Bueno, en realidad, tenemos cosas muy parecidas hoy en día. Por ejemplo, algunos de esos días especiales, como las olimpiadas, o las elecciones presidenciales, que son cada cuatro años; y luego están las elecciones senatoriales cada seis años, pero éstas son escalonadas, e igual que aquí hay ciclos económicos dentro de planes de cinco años, allí hay langostas de diecisiete años y bambúes de ciento treinta años. Y aquí, a su vez, no sé, John Travolta vuelve a alcanzar la fama cada quince años y medio, aproximadamente.

—De acuerdo, también lo pillo.

—De todas formas, a lo único que le tienes que prestar atención es al ciclo solar. Son trescientos sesenta días, el tz'olk'in, formado por veintenas y trecenas, los cuales forman los ba'k'tuns, de doscientos cincuenta y seis años de duración. Durante el tz'olk'in se fija el asiento cíclico y el principal...

—¿Qué es el asiento cíclico?

—Bueno, es como cuando en un país hay una capital provisional. Como si estuviera de cambio. Cuando finalmente se elige una ciudad, o un distrito religioso donde edificar el templo, ése también será el lugar donde todos los reyes se reunirán para determinar la política internacional, o cuándo se celebrarán los festivales, o lo que sea, para que luego, al cabo de veinte años, ese distrito religioso desaparezca en un sacrificio ritual. Borran y parten todos los símbolos e inscripciones, y mientras la familia real se marcha, derriban edificios, efigies y monumentos. Luego, este distrito se convierte en un lugar tabú, prohibido, y durante los siguientes veinte años, la capital se traslada a otro lugar.

—¿Por eso los mayas dejaron todas sus ciudades?

—Bueno, se puede decir que sí, que ésa tal vez sea la razón por la cual los mayas abandonaron todos sus centros ceremoniales, pero...

—De todas formas —dijo ella—. Entiendo que utilices el Juego del Sacrificio para comprar en bolsa.

—Acciones.

—Sí, bueno. Y lo haces a mano, ¿verdad?

Se refería a que no utilizaba ningún ordenador.

—Bueno, aún utilizo el software antiguo de Taro —le contesté—, pero en su mayor parte, sí, a mano.

—¿Tienes una bolsita con cuentas o algo parecido?

—Eeeh... sí.

No me dijo que se la enseñara. Demasiado insinuante, tal vez.

—Bueno, la verdad es que no soy astrólogo ni nada parecido —dije—. Lo que hago no tiene nada de místico ni sobrenatural.

«Oye —pensé—. Te enseño mis bolitas si tú me enseñas tu libro».

—Pero, aun así, el Juego te permite predecir cosas, ¿no?

—Bueno, eso de predicción suena a algo parecido a lo que hace una adivina.

—Oh —dijo.

«No seas tan honesto la próxima vez, Jed —pensé—. Si ella no termina por creerse que eres especial, no te va a dejar que veas nada, ¿de acuerdo? Por otro lado, también está la estrategia de venderse barato. De todas formas, no es que vayas a quedar con ella para una cita ni nada parecido, aunque hay que reconocer que la chica está muy bien. Todo lo que ahora necesitas es que te enseñe el Códex, ¿de acuerdo?».

—Así que —continuó—, ¿me estás diciendo que los antiguos mayas en realidad no realizaban profecías?

—Bueno, no, no exactamente. En realidad creo que ellos no las veían como profecías. Eran como algo permanente, como un sabor característico, una personalidad puntual que cada día tenía de manera natural. Es algo así como el almanaque del granjero, que le indica, por ejemplo, si tal día va a llover o nevar; pero en lugar de dar ese tipo de aviso, nos dice cuándo va a haber una peste, o una guerra, o cosas así. Entonces, los «sabores» se van descubriendo y desarrollando a lo largo del tiempo. Así, si hoy, por ejemplo, hubiera una gran batalla sangrienta, el hecho de que sucediera impregnaría de un sabor violento el día a partir de esa fecha. Es como cuando un aniversario real es día de fiesta.

—Ya lo capto.

—Pero la cuestión es que el Juego no te va a otorgar ninguna visión del futuro. Simplemente, es un aporte a tus suposiciones.

—¿Y cómo lo hace?

—Bueno, simplificándolo mucho, supongo que te acelera el cerebro de alguna manera. O tal vez te permite concentrarte de una mejor manera. Es un «creatiempo», así que...

—Espera, ¿qué es un «creatiempo»? ¿Quieres decir un pasatiempo?

—No, no... es simplemente jerga de StrategyNet. Utilizan esa palabra para denominar al tiempo alternativo que genera cada juego en sí. Es como si... ya sabes, un juego de estrategia por turnos usa una medida diferente de tiempo a la de aquellos que no están basados en tiempo real, o en su duración, sino en los sucesos que ocurren en el mismo juego. ¿Me sigues?

—Sí.

—Básicamente, el juego se mide con un ritmo, es decir, con los movimientos. Así, si un jugador hace un movimiento que finalmente no le lleva a ningún sitio, pierde ritmo y tiempo. El tiempo cronometrado es una cosa que no interviene para nada en la dinámica de un juego con un tiempo propio.

Ella asintió, dando a entender que lo había comprendido.

—Y si tu movimiento no sigue el contexto y el ritmo del juego, como por ejemplo, si no saltas lo suficiente, o si no creas tus herramientas lo suficientemente rápido, o lo que sea, todo se lentifica.

Ella volvió a asentir.

—Así, el tiempo de juego es tiempo medido a través de estados de cambio, sin una duración constante.

Asintió de nuevo.

Esta vez decidí cerrar el pico.

—Así que, básicamente —dijo ella—, lo que haces es leer lo que ves.

En Go, «leer» significa predecir la próxima secuencia de movimientos. Los jugadores profesionales de Go pueden leer con antelación hasta cien movimientos antes de que se produzcan.

La cosa era que, aquellos de nosotros que jugaban juegos «serios» (y con «serios» me refiero a lo que los matemáticos llaman «un juego no trivial», como Go, ajedrez, shogi, bridge, póquer, el Juego del Sacrificio y algunos videojuegos, como por ejemplo los de la serie Sim) sabemos, o nos creemos que sabemos, que hay un mundo con más sentido que está ahí fuera, un mundo que está sintonizado a una onda mucho más potente, pero el hecho de saberlo nos convierte automáticamente en exiliados. Por supuesto, eso nos hace sentirnos superiores a cualquiera, a pesar de que todos los demás suelen ser más felices, tener mejor salud y disfrutar de un éxito socioeconómico mayor. Por eso nos volvemos intolerantes.

—Aun así —dijo—, leer es suficiente para tener un éxito considerable.

—Supongo.

—Deduzco por tanto que has hecho más de un trato bueno.

—¿Puedo preguntar quién opina eso?

—La firma —me contestó, dándole a aquella palabra una inflexión venenosamente «grishamista».*

—Ya...

—No te preocupes.

—De acuerdo.

—De todas formas, ¿has visto algún Apocalipsis...? Quiero decir, si has visto alguna catástrofe acechando para dentro de un año, o algo así.

—¿Quieres decir en la fecha del 4 Ahau? ¿El final del calendario?

—Exacto. El 21 del 12 del 12.

—No, no he visto nada —contesté—. Por ahora al menos, no.

—Supongo que eso está bien.

Tenía la sensación de que nos estábamos aproximando al fin de la conversación, como el sonido de una botella cuando está terminándose de llenar.

«Vamos, Jed, ¿cómo podrías hacerte indispensable para esta mujer? Impresiónala con algún tipo de pose persuasiva y espectacular. O no. Mejor ni lo intentes. Tan sólo pregúntale algo».

---

* De John Grisham, escritor de éxito conocido por sus *thrillers* judiciales. Sus cifras de ventas superan los 250 millones de ejemplares en todo el mundo. En el pasado se dedicó a la abogacía y a la política, y figuró en las filas del partido demócrata. *(N. de los T.)*

—Oye, tengo una pregunta —dije.

—Dispara.

—¿Por qué está subvencionando un departamento de entretenimiento una investigación de Taro? Quiero decir, todo esto no entra precisamente dentro de la industria del espectáculo.

—Hoy en día, todo es espectáculo —contestó ella.

—Está bien.

«Tú enséñame el libro —pensé—. Tú enseñar libro a mí. Enseñar libro. Libro. A mí».

—De todas formas, a Lindsay siempre se le ha dado bastante bien equilibrar el nivel de entretenimiento con otras cosas, ya sabes, por eso los estudios hicieron el *remake* de *Las naves misteriosas*, porque habían comprado Botaina... ¿Y no era acaso una compañía de sistemas cerrados hidropónicos?

—Sí.

—Pues se ocupó de que ambas cosas fueran enlazadas.

«Mmm... genial —pensé—. La creencia en la supervivencia. Más estupideces mormonas. Preparándose para las adversidades. No querrás conocer a Jesús con el estómago vacío».

—Mantiene el nivel de supervivencia alto —dijo ella.

Evidentemente, se había imaginado lo que estaba pensando.

«Maldita sea —pensé—. Odio la metapsíquica».

—Bueno —dije—. Sí, crecí en Utah...

—Ah, vaya.

—... por eso sé algo del tema mormón y esos rollos de la supervivencia.

—Vale.

—Vale.

—A lo que iba. Lindsay es una figura importante y todo eso. Ha sido elegido por los Diecisiete.

—Vaya.

El Concilio de los Diecisiete es el núcleo central de la Iglesia de los Últimos Días, algo así como el Colegio Cardenalicio.*

* Cuerpo formado por la totalidad de los cardenales de la Iglesia católica. Sus miembros son asesores y consejeros del papa. *(N. de los T.)*

—Pero ahora apenas hablo con esa gente. Ya sabes.

—Sí.

—Son algo tenebrosos —dijo ella.

—Sí.

«Bueno —pensé—. Ha sido amable por su parte intentar que todo sea más ameno».

—Pero Lindsay es un hombre mucho más inteligente que el resto de esa gente. De todas formas, ellos financian cosas que nadie se atreve ni a mirar.

—¿Como la fusión fría?

—Sí —contestó ella—, pero también otras mil cosas.

—Exacto.

Habían sido bastante afortunados al no tener que vivir y/o trabajar en la zona del Salt Lake. Los sucesos a los que Marena y yo nos estábamos refiriendo eran, primero, el anuncio totalmente erróneo, en 1989, por parte de la Universidad de Utah, de haber realizado una fusión fría con éxito, y luego, el escándalo de la lanzadera espacial *Challenger*. En este último asunto se descubrió que los congresistas mormones habían presionado para que la construcción de la lanzadera estuviera a cargo de Morton-Thiokol. La empresa recortó millones de dólares del proyecto y, como muchos podrán recordar, desarrollaron un producto poco «efectivo». Y éstos eran tan sólo dos ejemplos de otros muchos. Era una especie de chiste. De hecho, la Iglesia todavía subvencionaba muchas investigaciones bastante disparatadas, al igual que financiaba algunos tipos de ciencia alternativa en el sudeste. Las organizaciones mormonas gastaban millones de dólares cada año en proyectos como la detección del espíritu, la memoria genética, la investigación genealógica asistida del ADN, la arqueología de culto, amenazas TEOTWAWKI* y una docena de pseudologías más. De hecho, tocaron fondo en 1998, cuando un grupo de investigadores del Instituto Layton para la Física Aplicada afirmaron que habían procesado espuma cuántica y creado un

---

* The End Of The World As We Know It; es decir, el fin del mundo tal y como lo conocemos. (*N. de los T.*)

universo de bolsillo. Eso quería decir que probablemente aquélla sería la primera vez desde el Big Bang en la que se habría formado un universo duplicado en el interior del nuestro. También anunciaron que los dos universos serían idénticos en el momento de la fisión, pero que debido a la arbitrariedad subatómica, empezarían a divergir con bastante velocidad. Cuando un entrevistador de la CNN le preguntó al jefe del proyecto dónde estaba el nuevo universo, él contestó: «Estamos dentro de él». No es sorprendente, pues, que los resultados de sus experimentos no tuvieran trascendencia alguna.

—De todas formas —dijo Marena Park—, es más fácil estudiar el informe sobre el presupuesto, ya estamos investigando algunas otras cosas sobre los mayas.

—De acuerdo —dije.

Se hizo otra pausa.

«Bueno, genial —pensé—. Supongo que eso significa que no me necesitáis para nada. Saldré de aquí enseguida, con el rabo entre las piernas...».

—Así que puedes leer el maya, ¿verdad? —me preguntó.

—Bueno, sí, se me da bien, pero ya sabes, no es como leer cualquier cosa. Los mayas no utilizaban frases, y todo quedaba sujeto a interpretaciones.

—Bueno, entonces supongo que querrás echarle un vistazo al Códex Koh, ¿no?

—Ah, por supuesto. Me encantaría —dije.

«¡¡Sí!! ¡¡Sí!!», pensé.

—La cosa es que aún no está publicado, así que se supone que no debería dejar que nadie lo viera. Es el secreto más oculto desde la operación de nariz de Natalie Portman.

—Oh.

Otra pausa.

—Bueno —dijo—, si quieres trabajar con Taro de nuevo, tal vez puedas entrar cuando empiece la siguiente fase del experimento, pero me temo que eso no ocurrirá inmediatamente.

—Ya entiendo.

«Gracias por el planchazo. Eres un fracasado, Jed».

Mi mano apretó con fuerza el brazo de la silla donde estaba sentado, presionando inadvertidamente el pulsador para ajustar su altura. Sentí una oleada de decepción a un nivel casi molecular, como un golpe de fuerza G invertida en el cenit en la Torre de Poder de Superman* de Six Flags, Texas.

«Bueno, que le den, probablemente esto es tan sólo parte del engaño. Están intentando convertir todo esto en algo parecido a lo de los Manuscritos del Mar Muerto. Tal vez incluso no tengan nada y el Códex no sea más que un montón de tablas de Venus, unos cuantos nombres antiguos. Tal vez, incluso, tan sólo sea una antiquísima receta de guacamole...».

—¿Quieres ver la página en la que habla del Fin de los Días? —preguntó Marena—. Supongo que podría enseñarte esa página, no creo que causara ningún problema.

—Oh, vale.

«¡Oh, santísimo Dios de los cielos! ¡Sí!».

—De acuerdo.

Diciendo esto, se dio la vuelta y, sin mirar, sacó un teléfono con pantalla de un cajón y lo descolgó. Yo acerqué mi silla disimuladamente, pero no mucho.

—¿Quieres que antes firme algo que te exima de responsabilidad o algo parecido? —le pregunté.

—No hace falta, quedo en tus manos.

—Mejor dicho, yo estoy en las vuestras.

Dejó el teléfono encima de la mesa, le dio la vuelta y me lo pasó. Tenía una pantalla OLED-3D de nuevo diseño en la que no se podía distinguir ni un solo píxel. La pantalla mostraba nítidamente aquella página, en alta resolución y en tres dimensiones. El texto se vislumbraba tras la película de Zeonex.

Dado que el sol no había tocado aquellos antiguos papeles de corteza en siglos, el texto había conservado sus tintes originales. La imagen hiperespectral se había incrustado un poco más en el papel y se podía notar cómo palpitaba entre aquellos oscuros contornos, como antiquísimos vidrios de colores.

---

* Una de las montañas rusas más grandes del mundo. (*N. de los T.*)

7

El juego de tablero se hallaba en el medio de aquella página, flanqueado por dos figuras. Un cacique con insignias reales de la estirpe del jaguar estaba sentado a la izquierda, con los brazos cruzados. De acuerdo con las notas de Michael Weiner, que flotaban de manera molesta sobre la imagen, probablemente era un ahau llamado 9 Colibrí Dentado, el cual gobernó desde el 644 al 666 en una ciudad de Alta Verapaz que el equipo de Weiner había identificado como Ixnich'i-Sotz, o, como los vecinos del lugar llamaban ahora a las ruinas, simplemente Ix. El glifo que se podía ver sobre la otra figura, que estaba sentada, encarada hacia el futuro en la parte sudoccidental del tablero, parecía estar leyendo algo en el Ahau-Na Hun Koh, o «Dama 1 Diente».

La parte inferior derecha de su cara estaba pintada de negro, así como su mano derecha, que quizá a través de un *lapsus peniculus* parecía tener siete dedos. Su vestimenta se asemejaba parcialmente al estilo de Teotihuacan, la por entonces capital de la parte alta de México. Había un pájaro Muwan, y bajo él la figura de una serpiente bicéfala, y bajo todas ellas, la criatura que los mayistas han bautizado como el Monstruo Cauac, un personaje robusto y costroso, una mezcla entre cocodrilo y rana, con las mandíbulas abiertas, preparado para comerse todo lo que aparecía en la ilustración. Una fila de glifos en la parte superior indicaba que el Juego se estaba practicando en 9 Cacique, 13 Encuentro, 9.11.6.16.0, jueves, 28 de julio del 659. Una segunda fila en la parte inferior indicaba la fecha del comienzo del calendario mesoamericano. Luego, en la mitad inferior de la página, había un bloque de diez glifos.

Era, sin lugar a dudas, parte de un aviso. Una tabla de traducción de fechas importantes, con los eventos astronómicos clave marcados, así como anotaciones de los sucesos futuros, históricos e hipotéticos, que se producirían durante esas fechas. Algunas de las cifras estaban escritas con las variantes de cabeza estándar y otras tenían anotaciones señaladas con barras y puntos. Había señales cronológicas por todo el dibujo.

Vaya...

Por otro lado, si sólo te fijabas en los verbos, parecía que todo estaba concebido como un récord, como una «puntuación», tal y como lo llamamos en el ajedrez, de una partida de pelota. La terminología parecía similar a la que los mayas usaban en su Juego de Pelota sacramental. Éste era, según mi opinión, una mezcla entre el balón prisionero, el voleibol y el fútbol, pero jugado con una única pelota de caucho del tamaño de un balón de baloncesto, la cual debía hacerse rebotar, usando para ello principalmente las caderas. De todas formas, sin importar lo raro que pareciera el dibujo, si aquella página era tan sólo una de las ochenta que componían el libro, aquel Códex era una bendición.

El mayor problema para los epígrafes mayas era que pocos textos habían sobrevivido. Para una gran cantidad de palabras, tan sólo existía un único glifo como ejemplo.

Marena debía de estar hablándome de nuevo, porque parecía que yo no le había contestado.

—¿Jed? —me preguntó.

—¿Eh? Perdona. Me he distraído. Para mí, ver todo esto es un poco... apabullante.

—¿Te puedo llamar Jed?

—¿Eh? Oh, claro. Quiero decir, estamos en Estados Unidos. Incluso gente que no me había hablado nunca antes me llama Jed.

—Vale. ¿Qué piensas de todo esto?

—Bueno... —empecé a decir—. El lenguaje utilizado, definitivamente, es del periodo clásico. Yo lo dataría entre el 1100 y el 1300 d. C. más o menos.

«¿Me estará haciendo algún tipo de examen? —me preguntaba—. ¿Algo así como que si no doy con algo en concreto, no llego al siguiente nivel?».

—Exacto —dijo Marena—. Michael dijo que era una copia de hacía setecientos u ochocientos años, o sea, de época precontacto.

—¿Mencionó Michael Weiner si el personaje de la Dama Koh era definitivamente de una zona maya? ¿O era de Teotihuacan?

—No lo sé —contestó—. No nos lo dijo. ¿Así es como se pronuncia, como tú lo has dicho?

—¿Qué? Ah bueno, sí. TE-O-TI-GUA-CAN.

—Caray, he hecho hasta un juego sobre el tema y, aun así, sigo pronunciándolo mal.

—Bueno, yo no me preocuparía mucho por eso —contesté yo—. Nadie sabe demasiado sobre ese lugar, y en esa desinformación general va incluido si ése es su nombre real.

—¿De verdad?

—Sí, es un lugar muy misterioso.

Eso era cierto. Nadie sabía qué idioma hablaban allí, o cómo se llamaban a sí mismos, ni quiénes eran sus descendientes, pero, de entre todas las cosas que la gente no conocía al respecto, la más importante, o mejor dicho, de entre todos los misterios del lugar, el que nadie conocía era cómo aquella ciudad podía autoabastecerse, cómo había llegado a florecer más que cualquier otra ciudad y a perdurar en el centro de Mesoamérica durante más de ochocientos años. Después de que fuera destruida, toda la zona pareció conservar aún el poder que albergaba. Setecientos años después, cuando pertenecía a los aztecas, fue el emplazamiento de la ciudad más grande del hemisferio occidental, y ahora, quinientos años después, lo era de nuevo.

—¿Y qué más te llama la atención de la página? —preguntó Marena.

—Bueno, las fechas parecen bastante claras —dije—, pero algunos verbos son un tanto difíciles de interpretar. Apuesto a que muchos de los que veo son variantes únicas. Debería pasar algún tiempo con esto y mis diccionarios.

—Si quieres te puedo pasar la traducción que ha hecho Michael Weiner —me dijo ella.

Acepté. El texto maya se podía leer en un gris claro por detrás de la traducción inglesa, que aparecía sobrescrita en un azul luminoso. Al parecer, Weiner había sido capaz de traducir el noventa por ciento del texto.

—Hummm —dije.

De manera extraoficial, admitiré que no había ningún error. Siempre había pensado que Michael Weiner era un tanto patán, pero puede que no lo fuera tanto al fin y al cabo. De todas formas, no lo conocía personalmente. Tan sólo lo había visto un par de veces en *Los Secretos de los Antiguos*. Tenía una impresionante voz de barítono con acento neozelandés y una barba que, de alguna manera, se había hecho famosa en el panorama arqueológico del Nuevo Mundo. El Discovery Channel lo intentaba mostrar como una especie de Steve Irwin[*] de los estudios mesoamericanos.

Siempre se le podía ver, según decían, paseando por el mercado de Teotihuacan, al que él denominaba «El Rodeo Drive del México antiguo». Claro, colega, y tú eres el Benny Hill de la arqueología.

«Aun así —pensé—, seguro que ya ha recabado bastante información de esta página».

Todo lo que sabemos de los mayas es frustrantemente terso y conciso. Éste era el glífico maya escrito más narrativo que había visto, y aun así tampoco decía mucho. La primera frase, *b'olon tan*, significaba «la Novena Entrada», lo cual sugería que había otras ocho entradas o registros en las páginas que aún no había visto. Eso significaba que el Juego se jugaba con nueve corredores individuales, en lugar de sólo con uno. La palabra corredor podías traducirla del original como «canto», o incluso como «pelota». Esto debería hacer el juego unas 260^9, es decir, 1.411.670.956.537.760.000.000.000 veces más difícil de jugar que en la versión de un único guijarro de Taro con la que yo había estado practicando. De todas formas, parecía que cada vez que un jugador era capturado, esto ocurría en una intersección diferente del tablero, y que cada una de esas intersecciones correspondía a una fecha única en el calendario maya.

En la página que estábamos viendo, cada una de esas fechas (las cuales Weiner había dispuesto de manera que quedaran correlativas con las de nuestra era) tenía debajo una columna de glifos que indicaban algo acerca de lo que había

---

[*] Stephen Robert o Steve Irwin (22 de febrero de 1962-4 de septiembre de 2006) fue un ecologista australiano y una celebridad televisiva. *(N. de los T.)*

ocurrido, o sobre lo que iba a ocurrir, ese día. La mayoría de ellas eran simples sucesos meteorológicos, pero casi al final de estas columnas aparecían las relaciones históricas. La primera línea de glifos, junto a la decimosegunda entrada, empezaba con 3 Diente, 15 Buitre Enjoyado, 10.14.3.9.12, una fecha que Weiner había convertido, de manera correcta, a la siguiente fecha de nuestro calendario: 30 de agosto de 1109. Utilizando su bolígrafo de subrayado, Weiner había escrito: «¿El abandono de Chichén?».

Como cualquier guía turístico podrá decirte, Chichén Itzá era la ciudad maya más grande de ese periodo. La siguiente fecha con la que nos encontramos era la del 14 de mayo de 1430. La indicación que había dejado era: «Los guerreros mexicanos toman Champotón». En aquella época, Champotón, en Campeche, recibía el sobrenombre de «El asiento de k'atun», lo cual significaba que aquella ciudad era lo más parecido que había a una capital del Imperio maya.

Todo aquello me sonaba demasiado específico, pero cuando hice clic en la pantalla emergente, pude leer que Weiner había recogido información geográfica de aquel lugar partiendo de unas cifras astronómicas. Le había dado a cada uno de los sucesos una latitud, y cuando hice clic sobre los glifos astronómicos, parecía que la correlación era correcta. Cada grupo tenía la frase «Localización de» seguida por una fecha separada para el primer cenit solar, es decir, el primer día de la primavera, cuando el Sol está directamente por encima de la Tierra, el cual, como es obvio, se va retrasando a medida que te mueves en dirección norte.

—¿Sabías algo sobre todo eso de las latitudes? —me preguntó Marena.

—¿Perdón?

—Nunca he visto ninguna inscripción maya donde específicamente den un punto de latitud. Quiero decir, puedo ver cómo lo derivas, pero sin lugar a dudas, es un nuevo pliego.

—¿Podría ver las otras páginas?

—Bueno... Está bien —me contestó—, pero no se lo digas a nadie.

Miró hacia abajo y pulsó sobre una gran pantalla. La imagen anterior pasó de página. No era otro dibujo, pero indicaba que el siguiente suceso sería en el 1498, en Mayapán, y decía algo sobre «La gente que ríe», o sea, los ixitas, los cuales iban a ser engullidos por «cornalinas», o sea, rubíes, metafóricamente, pústulas. Weiner había anotado: «¿La viruela que llegó con *La Española*?».

La decimoquinta entrada tenía fecha del 20 de febrero de 1524. El Códex tenía subrayada la frase «Lágrimas (bajo el) Gigante de Cobre», y bajo ésta, Weiner había escrito: «El último núcleo de resistencia maya se rinde a Pedro de Alvarado en la batalla de Xelaju». La siguiente tenía una fecha que conocía como si la tuviera tatuada en la muñeca de mi brazo. 10 Filo, 16 Huevo Oscuro, 11.17.2.17.18, o lo que es lo mismo, 12 de julio de 1562. Weiner lo había marcado como «Auto-da-fé, Mani». Ése fue el día en el que fray Diego de Landa quemó todos los restos literarios y bibliotecas mayas que quedaban en Yucatán. Siempre había tenido la esperanza de no estar emparentado con aquel bastardo.

Tuve una sensación muy graciosa al respecto.

«Esto tiene que ser una falsificación», pensé de nuevo.

Lo único que pasaba es que el libro no tenía el aspecto que solían tener las falsificaciones. Era demasiado raro. Los buenos falsificadores tendían a ser demasiado conservadores. Y no sólo era raro en lo que ya he descrito, sino en que también había demasiados glifos que no tenían formas habituales. Aquél era el tipo de texto que sólo esperas poder encontrar en una ciudad que ha estado perdida durante varios siglos, lo cual me hacía suponer que un falsificador realmente experto podía haber preparado todo aquello... excepto por el hecho de que al mismo tiempo me daba la sensación de que era verdadero. Todo aquel asunto estaba envuelto por el discordante anillo de la verdad.

—¿Te mencionó Taro cuántos guijarros pensaba él que utilizaban? —pregunté.

—¿Perdón? —me contestó Marena.

—Ehh... El número de corredores que utilizaban en las partidas del Juego.

—No tengo ni idea de a qué te refieres.

—No importa, ya le preguntaré a él personalmente más tarde.

La decimoséptima entrada, 13 de marzo de 1697, Martín de Ursúa y Arizmendi capturaron al Ahau Kan Ek', el rey de Nojpetén, en Tayasal, en el lago Petén Itzá, la última representación de la cultura tradicional maya. Aquél fue el último lugar donde aún seguían la Cuenta Larga. Después de esta entrada, apareció otra con la fecha 29 de julio de 1773, el día del gran terremoto en la Antigua Ciudad de Guatemala, cuando decidieron trasladar la capital desde donde estaba hasta donde está ahora; y luego, la del 4 de mayo de 1901, el día que el general Bravo ocupó Chan Santa Cruz, el último bastión de los rebeldes mayas de Yucatán. La entrada anterior a la antepenúltima era la del 9 de noviembre de 1954. Haciendo una traducción un tanto libre, podemos leer:

El último b'ak'tun.
El decimoséptimo k'atun.

Primer Tun.
Uinal Cero.
Y decimotercer Sol.

6 Báculo, 4 Blancura,
Kaminaljuyu,
no Kaminaljuyu:

Suficientes han sido Engañados,
por los ahau del otro lado.
Y nosotros cargamos la culpa.

Huimos
de los hombres que apestan a estiércol.

Nos escondemos entre los matorrales,
como monos, como ratas.
Nos preparamos para lo gris.

Aquella fecha correspondía con aquella en la que Castillo Armas entró en Ciudad Guate durante el golpe de Estado de la CIA; y a partir de ese momento, como creo que ya he contado, las cosas empezaron a ponerse realmente mal. Después, tan sólo había tres fechas más. La primera de ellas era la que ya había visto en el artículo del *Time*, la fecha de la explosión en Oaxaca:

Último b'ak'tun.

Decimonoveno k'atun.
Decimosexto tun.

Séptimo uinal.
Sol cero.
4 Cacique.
18 Venado.

Ahora,
bajo la Choula,
nuestros nombres no Existen.

En un apacible lago de cuchillos,
nosotros cargamos con la culpa.

La última fecha era la importante. Faltaba poco más de un año para que se cumpliera. Kan Ahau, Ox K'ank'in, es decir, 4 Cacique, 3 Pájaros Amarillos, 13.0.0.0.0, o 21 de diciembre del 2012, el último día del calendario maya, y la fecha que la gente crédula y malagüera certifica como el fin del mundo.

El último b'ak'tun.
El último k'atun.
El último tun.
El último uinal.

El último sol.
La última hoguera.
4 Cacique.

3 Amarillez.
Con los ojos claros,
el que se Desprende de la Carne ve,
Cuatrocientos niños,
y su testimonio.

Son más que antes,
y aun así, no hay ninguno.

Imploran que se les dé
una cosa que el que se Desprende de la Carne
tan sólo les puede negar.

Haz la cuenta
de sus festivales.

Haz la cuenta
de sus torturas:

Un conteo que se consigue fácilmente.

Mira ese emplazamiento
de negación, de traición:
Aun así, no lo verás.

Mira en todas direcciones.
El que se Desprende de la Carne, aún
puedes atraparlo y aun así
no podrás ver su rostro.

Soles sin nombre.
Nombres sin soles.

Toma dos, de doce:
Totaliza al Bromista

El Ocelote Soberano.

«Vaya...», pensé.
No tenía aquello nada claro. Tenía que meditar sobre ello.

¿Qué era aquello que estaba tan próximo?

Volví sobre la penúltima fecha: 9 Imix, 9 K'ank'in, 12.19.19.0.1, o lo que es lo mismo, miércoles, 28 de diciembre del 2011. Cinco días desde hoy. La anotación decía:

> El último b'ak'tun
> es el decimonoveno k'atun.
>
> El decimonoveno tun,
> uinal cero, primer sol.
>
> En el 9 Cascabel de Mar, 9 Amarillez:
> Ahora algunos huyen hacia el norte,
> Hacia la ciudad de
> los peregrinos diurnos.
> Termina en el Sol Cero.
> Y mientras un Brujo lanza fuego
> desde los filos, desde las piedras.
> Y nosotros cargamos la culpa.

Weiner también había dejado una traducción un tanto más literal de los tres glifos que había en la última entrada:

TERMINA EL
SOL CERO

LUGAR DE LOS PEREGRINOS DIURNOS

FABULOSA ESCALINATA

Era cierto que el glifo situado más a la izquierda, esa cabeza con una mano en la barbilla, podía significar cero, pero también significaba la culminación, o el comienzo. La mano significaba que el tipo se iba a arrancar la mandíbula, uno de los supuestos métodos de crueldad y castigo favoritos de mis ancestros, pero supongo que tenía sus beneficios cuando eras el dueño de la mano, y no el de la mandíbula.

Pero el segundo glifo, la mano que intenta alcanzar la pieza de bisutería sin llegar a conseguirlo, definitivamente, significaba «el fin» o «final». El glifo del camino o el peregrinaje era una traducción un tanto literal y directa, pero el segundo elemento del cuarto glifo, el que tenía forma de equis, era algo que no había visto nunca.

Bueno, siempre cabe la posibilidad de que quien fuera que hubiera hecho todo esto tampoco lo tuviera muy claro. Puede que tuviera un par de ideas sueltas que luego mezcló. Era lo mismo que me había pasado a mí en el laboratorio de Taro. Percibes esas nociones, esas imágenes flotando, pero no puedes unirlas, ni en el tiempo ni en ningún lugar, ni con ningún suceso, y a menudo, si finalmente suceden, nunca lo hacen de la manera que habías pensado.

De todas formas, bueno... Los datos astronómicos parecían correctos, pero el tema de las latitudes no estaba claro. Era bastante confuso, algo sobre «Más allá del Sol que está sobre nuestras cabezas». Weiner lo había interpretado como una indicación justo por encima del Trópico de Cáncer. De hecho, había dejado escrito «¿Monterrey, en México?», como posible localización del suceso. Lo demás...

«Un momento —pensé—. Maldita sea. No me jodas. No puede ser. En absoluto, no puede ser. Esto tiene que ser una tomadura de pelo».

—¿Estás buscando en el veintiocho? —preguntó Marena.

—Sí.

—¿Y qué es lo que tienes en mente?

—La verdad es que me resulta raro.

No lo había mencionado antes, pero ya había dado con unos resultados muy curiosos por mi cuenta con aquella fecha. El caso es que no me gusta sonar como un médium de pacotilla.

—Entonces ¿va a ser un mal día?

—Bueno, eso dependerá del lugar en el que estés. Es como si fuera una especie de... brisa maligna.

—De acuerdo. ¿Qué es lo que piensas de lo que Michael afirma de todo esto?

—Bueno... Lo primero que tengo que decir es que creo

que el primer glifo indica el nombre de un emplazamiento, de un lugar. No es que sea tan sólo la palabra «ciudad», tal y como Weiner ha pensado. Especifica el nombre de una ciudad en concreto.

—¿Y de qué ciudad se trata?

—Mira esto —dije, acercándole el teléfono y poniéndome justo a su espalda.

Ella se echó hacia atrás y su cabello rozó mi frente.

—El infijo tiene un... uh...

—¿Qué es un infijo?

—Algo que pones en medio de una palabra. En este caso, en mitad de un glifo. El inglés, por ejemplo, tiene prefijos y sufijos, pero no infijos.

—¿Folletear?

—¿Eh?

—Folletear, sería un buen ejemplo de infijo, ¿no?

—Ah, sí, sí, sería un buen ejemplo, sí.

—*Mian hamnida.* Prosigue, por favor.

—Bueno, el topónimo es el pictograma de en medio. Me refiero a esta cosa con forma de equis que forma cuatro pirámides pequeñas, ¿lo ves?

—Sí.

—Weiner no ha sabido interpretarlo, pero es totalmente diferente a cualquier otro glifo. Es un cosmograma que se parece mucho a un tablero del Juego del Sacrificio. Conoces la investigación que Taro está llevando a cabo del Juego, ¿verdad?

—La verdad es que sé muy poco sobre ese tema.

—Bueno, el tablero de juego tiene cinco direcciones, ¿vale?

—¿No cuatro?

—Cuatro siguiendo los puntos cardinales, y luego, el centro.

—Ah, vale, vale.

—Pero lo importante es que cada dirección tiene un color diferente. ¿Me sigues?

—Sí. De hecho, todos los nativo-americanos, y muchos asiáticos, visualizan las direcciones de esa manera.

—¿Ah sí?, ¿lo hacemos? Bueno, da igual. ¿Te habló Taro sobre Jaipur?

—¿Qué?

—De la ciudad de Jaipur, en la India.

—*Aniyo.* —Sacudió la cabeza de un lado a otro para que los que no hablaran coreano pudieran entender que aquello significaba no.

—De acuerdo, bueno, mira. Todo el tema de la investigación de Taro gira en torno a que él postula que una versión del Juego del Sacrificio fue la madre de todos los juegos modernos, ¿me sigues? Tal vez incluso de todos los juegos. Ya sabes, incluso el ajedrez y el Go utilizan una simetría cuadrilateral, o sea, que, originariamente, eran juegos para cuatro jugadores, al igual que pasa con el mah-jongg, el bridge, el backgammon...

—Creí haber entendido que era como el parchís —dijo ella.

—Exacto —contesté—, el descendiente más parecido al que la gente aún juega es el parchís. El parchís, el *brahman** sagrado de los juegos. Ya hay cientos de versiones de este juego vigentes por todo el mundo. Asimismo, el mismo tablero del parchís es un *thanka*, ¿no?, ya sabes, un mandala. Para meditar y esas cosas.

—Mira, me estoy empezando a sentir un poco estúpida. Soy diseñadora de juegos, y ahora es como si me faltaran por aprender un montón de cosas sobre ellos.

—Bueno, en realidad, esto sólo son fantasías esotéricas.

—Bueno.

—De todas formas, me refería a que los mandalas no sólo están ahí para que los miremos. Se puede jugar con ellos, o incluso se puede caminar sobre ellos, como sucede en el caso de las pagodas del sudeste asiático, que están construidas sobre un plano que es un mandala, incluso podríamos decir que sobre el plano de un tablero de parchís. De la misma manera que las catedrales están construidas con forma de cruz, a lo largo de toda Asia te encuentras con todos esos templos, estupas y wats...

---

* Es un término sánscrito que hace referencia a la deidad absoluta del hinduismo. Etimológicamente, *brahman* (brahmán) tiene el significado de «expansión». *(N. de los T.)*

—Ay, Dios mío...

—Toda la ciudad de Jaipur está construida sobre un plano con forma de tablero de parchís.

—*Ah, narohodo* —contestó ella, lo cual quería decir «Lo entiendo».

Estaba exagerando los recursos asiáticos. Una de las cosas buenas que tiene el ser étnico es que al menos tienes un acento con el que puedes hacer el tonto sin temor a quedar en ridículo.

—Pero hay un montón de versiones nativo-americanas del mismo juego, y no me refiero tan sólo al Juego del Sacrificio. A la versión azteca se le llamaba *patolli*. Moctezuma lo jugó con Cortés. Al igual que en Asia, no era tan sólo un juego con un diseño especial. Las Cortes del Juego de Pelota maya, así como probablemente sus pirámides, e incluso a veces sus ciudades, estaban construidas de esa manera, y al igual que en Jaipur, hacían procesiones y rituales, entre otras celebraciones, en las cuales iban de una dirección a otra para escenificar una cosa u otra... Bueno, captas la idea, ¿no?

—Sí, creo que sí.

—Cada sección del tablero, o de la ciudad, es decir, cada una de las direcciones, tenía un dios diferente, así como días diferentes, momentos del día diferentes, e incluso comidas diferentes, lo que fuera. El Sudoeste y el Noroeste escenificaban de alguna manera la tierra y el mundo subterráneo, y el Nordeste y el Sudeste eran algo así como el cielo y las estrellas. El centro, como ya he dicho antes, era la quinta dirección.

—¿Y por qué no seis direcciones, usando, por ejemplo, el arriba y el abajo?

—Arriba y abajo son una cosa totalmente diferente. Están como, por decirlo de alguna manera, en las otras veintidós capas del universo. El centro es una dirección más concreta, como esas señales de «Usted está aquí»... Creo que me estoy enrollando mucho con esto.

—No, no, por favor —dijo ella—. Continúa.

—Las direcciones también están asociadas con el tiempo. El Este es el futuro y el Oeste es el pasado. El Noroeste era femenino, y pensaban en él como lo hipotético, y el Sudeste era masculino y lo interpretaban como «dirigirse al centro del asunto».

«¿Me estaré mostrando seguro y confiado? —me pregunté—. Siéntate un poco más recto. Eso es. ¡Pero no tan recto!».

—Perdona, creo que me he perdido —dijo ella—. ¿Qué tiene todo esto que ver con el nombre de ese lugar?

—Todo esto viene a que a mí me parece que el tercer glifo es una especie de mapa en miniatura del centro de una ciudad de estilo maya. Ellos pusieron esto de «Fabulosa escalinata», pero en realidad lo que quiere decir es algo así como «Lugar del Templo».

—Ya.

—Y el sufijo significa algo así como «El asiento del k'atun». Así que, pase lo que pase dentro de tres días a partir de ahora, va a pasar en una ciudad que está delimitada en líneas generales por cuatro colores, o cinco, contando el centro, y que es vista por sus habitantes como el centro del mundo, o al menos, el centro de algo importante.

—Entonces es un emplazamiento maya.

—No, no lo creo. Yo creo que en realidad se trata de algún núcleo ceremonial activo en estos días, no de unas ruinas ni nada parecido, ya que hay un glifo con forma de esterilla en la frase que significa «El asiento del k'atun».

—¿Qué significaba eso de «cartón»?

—Un periodo de veintiún años en el calendario solar.

—Ah, vale.

—Por eso, «El asiento del k'atun» significa que se están refiriendo a la ciudad más importante de las dos últimas décadas. Como la capital de algún sitio. De todas formas, se trataría de una ciudad muy importante que ahora mismo estaría a rebosar.

—De acuerdo, entonces es probable que se refieran a Washington. Vaya, todo esto asusta un poco.

—Bueno, tal vez —dije yo—, pero yo creo que Washington no encaja en el esquema.

—¿Por qué no?

—Creo que Washington es una ciudad demasiado común. Esta palabra especifica que es una especie de distrito del templo. Una ciudad espiritual, no gubernamental. Puede que la gente ni viva allí. Es como si hicieras una peregrinación para garantizarte el favor de alguna persona muerta, pero poderosa. Durante el trayecto, tienes que realizar algunas tareas, pero una vez llegas, los edificios y las salas, y todo lo que se encuentre en el centro de la ciudad, sólo pueden ser ocupados para realizar unas labores específicas durante el gran festival, o lo que sea. Además, Washington no tiene colores propios, ni sus distritos están asociados a nada que tenga que ver con el tiempo, amén de que encima está mucho más al norte de la localización de las latitudes que Weiner ha descifrado.

—De acuerdo —dijo ella—. Entonces ¿a qué lugar crees tú que se refieren?

—Bueno, pues tiene que ser un lugar con un montón de gente de todo el mundo; personas que han tenido que realizar un viaje muy largo para llegar hasta allí, tal vez incluso en algún momento preciso de su vida o al alcanzar una edad concreta. Y, como ya dije, tiene que ser un lugar místico, sagrado, con una configuración específica. Quiero decir, con cuadrantes codificados para las diferentes direcciones. Cada dirección estaría asociada a un color diferente, y a un periodo diferente de tiempo.

—Venga, dispara, ¿por cuál apuestas? —me preguntó.

—Disney World —contesté yo.

8

—¿Qué? —dijo Marena.

—Lo digo en serio —contesté.

—Tío, ahora mismo se puede decir que casi estamos en Disney World. Puedes ver Epcot desde aquí.

—Sí, de hecho lo vi.

—Trabajé en Las Ratas durante muchos años. En realidad, todavía vivo en lo alto de ese lugar. Walt construyó mi casa.

—Lo siento, no sé qué decir, excepto que tal vez me equivoque, y que el libro también puede estar mal interpretado.

—De todas formas, la cosa es... Mira.

Marena se dio de nuevo la vuelta para mirar por la ventana, hacia Disney World, mientras se separaba de la mesa. Era bajita, pero esbelta.

—Mira, en Disney World los colores no están dispuestos como tú has dicho. Fantasyland está codificada por el color púrpura, pero de todas formas, el código de color no es ni tan siquiera visible, ya sabes, tan sólo lo ves en los carteles, en las cosas de los empleados, en los túneles y en poco más. Además, la cosa esa del tiempo tampoco la capto; quiero decir, supongo que Adventureland y Frontierland sí, ésos están ambientados en el Oeste, por lo que ahí sí está representado el pasado, ¿no?

—Sí —contesté, poniéndome en pie.

—Y Tomorrowland está al este. En ese caso, la cosa es obvia, pero en el sur está Main Street USA.

—Sí, y podría tomarse como el presente, ¿no? —contesté yo—. O como mucho, el pasado más reciente.

—Bueno, vale, pero ¿y Fantasyland? Está al norte, y en este caso no representa ningún periodo de tiempo en particular.

—Puede que en este caso estemos viendo lo hipotético —dije yo—. En el sistema maya, se le llama «Lo que no se ha revelado».

—Ya... —dijo, y después de una larga pausa, añadió—: Joder.

—Sí.

Parecía preocupada, pero no sabía lo en serio que se estaba tomando todo aquello.

—De acuerdo —dijo—. Entonces ¿qué crees que va a pasar?

—Bueno, no lo sé. No estoy muy seguro de lo que indican las anotaciones, no es que sean...

—¿Qué?

—Bueno, una cosa sí es segura. Mira, Weiner tradujo los glifos circunstanciales de este día como, eh... «Brujos que lanzan fuego desde los filos, desde las piedras», ¿verdad?

—Así es.

—Lo cual no está mal, pero parece que no consiguió captar todo el significado que tiene. Quiero decir, lo tradujo, pero no lo interpretó.

—Entonces ¿qué crees que significa?

—No lo sé —contesté—, pero, por ejemplo, en uno de los idiomas de los mayas «brujo» significa «Invoca Pústulas».

—¿Y eso qué es?

—Pues alguien que es capaz de hacer que te salgan yagas desde lejos. Como si pudiera hacerte enfermar con tan sólo pensarlo. Brujos.

—De acuerdo.

—Pero la cosa es algo más parecido a «Alguien que hace que salgan pústulas». Algo así como alguien que trae el infortunio, o la enfermedad.

—Entiendo.

—Y luego, la parte de lanzar fuego, es más bien el sujeto. O al menos, eso opino yo. Y con «fuego» se puede referir a la luz, a la luz del día, o algo así. Y luego está lo de la «piedra». Yo creo que más bien se refiere al «centro de una piedra», o el interior de un guijarro, o algo así.

—Entonces, según tú, ¿qué es lo que dice realmente?

—Algo así como, eh... «La luz emite sus pústulas desde el interior, desde la roca. Y nosotros cargamos con la culpa».

—De acuerdo —dijo ella.

Se hizo otra pausa.

—¿Y ya está?

—Eso es lo que sé por ahora.

—¿Y va eso a ayudarnos a saber algo más de lo que ya sabemos?

—Hum, puede que no.

Reculé un poco. Se hizo otra pausa. Ésta fue un tanto más fría.

—Con esto no tenemos suficiente, ¿no? —preguntó—. Quiero decir, no podemos ir por ahí diciéndole a la gente que tenga cuidado... de cualquier cosa.

Sacudí mi cabeza, negando.

—De acuerdo, mira... —dijo ella—. El caso es que... no tengo ni idea de por qué tenemos que preocuparnos por esto, o por qué tenemos que temerlo.

—Sé lo que quieres decir —le contesté.

—Además, siempre tiene que haber alguna predicción catastrófica.

—Sí, la verdad es que sí. —En realidad no quería decir eso—. Y por supuesto, siempre existe la posibilidad de que el libro sea un timo muy bien pensado.

Pero seguramente podía oler cómo estaba pensando en ello.

—¿Qué es lo que piensas realmente?

—Bueno, creo que esto realmente es algo, así que me lo tomaría totalmente en serio, pero puede que me equivoque. Debería echar un par de partidas.

—Te refieres al Juego del Sacrificio.

—Sí.

—Buena idea —dijo.

Caminó tras su escritorio y recorrió un pequeño camino

en forma de ocho. No sabía si sería correcto que yo me pusiera a caminar, así que simplemente me quedé tras mi silla.

—También podríamos pedir una segunda opinión. O unas cuantas más.

—Sí.

Nos quedamos allí de pie durante un rato. Aquello definitivamente terminó por enfriar el ambiente aún más. Finalmente, yo fui el que habló.

—Tal vez deberíamos llamar a Taro y preguntarle qué es lo que opina.

—De acuerdo —dijo Marena—. Llámalo tú, yo quiero mirar un par de cosas más.

Así lo hice. Eran las seis de la tarde, o sea, que estaría llegando al final de su jornada laboral de diecinueve horas. Aun así, Taro estaba aún en el laboratorio. Nos dijo que tendríamos que pasarnos por allí. Dije que tal vez lo hiciéramos, pero no sabía si Marena me acompañaría. Se había puesto su teléfono auricular y estaba dando órdenes por él.

—Mantente atento al tema —le dijo a alguien—. Oye, échale un vistazo a esto.

Eso era a mí.

Le dio la vuelta a uno de los monitores. En él pude leer que durante esos días del año «Orange County recibe alrededor de doscientos cincuenta mil visitantes», y mostraba una lista de eventos en el área de Greater Orlando. Habría un festival callejero jamaicano, un espectáculo de coches conceptuales, otro de coches clásicos, incluso habría un espectáculo aéreo. También una cabalgata de despedida por el retiro de alguien y otra cabalgata de Disney por el estreno de *Blancanieves II*; un Festival de Invierno de Realumbramiento de Árboles, en Vacaciones Alrededor del Mundo; otro de Las Navidades del Grinch en la Universal, y un espectáculo especial llamado «Espectáculo luminotécnico de la Familia Osbourne» en los estudios de la MGM. También habría una ceremonia de apertura por la Copa de la Capital (los Magic estaban haciendo una exhibición en el campo) y un partido de los Buccaneers en el Centro Cívico, así como una exhibición de los marines en el CitiWalk, sin olvidar el Torneo Padres e Hijos de Golf en el ChampionsGate. La MegaCon, el enorme salón de cómic, fantasía, ciencia ficción, videojuegos, juguetes y todo lo demás, había sido adelantada dos meses este año, y se inauguraría durante el tercer día en el Nuevo Auditorio William Hendrix. El Concilio Internacional de las Islas Estado se iba a celebrar también en la ciudad, así como otras veintiocho convenciones menores más, incluyendo las de odontólogos, virólogos, vendedores de terrenos, techadores, suministradores para techadores, diseñadores web, manufactureros de juguetes eróticos y profesionales de créditos hipotecarios. En otra parte del Estado había unas maniobras de la Marina que partían de la base de Fort Lauderdale, una gran regata en Tampa y una Fiesta Pan-Latino en Miami. En circunstancias normales me habría dormido antes de terminar esta lista, pero en ese momento me parecía lo suficientemente terrorífica como para no sonarme aburrida.

—¿Has visto algo que te llame la atención? —me preguntó ella.

Le contesté que no, pero que de todas formas no me esperaba encontrar nada, porque la cosa de la «adivinación» no funcionaba así.

—Me gustaría tener un poco más de psíquico —le dije—, pero no lo tengo. Para que funcione, primero debo tomar asiento y...

—Da igual, olvídalo —me dijo—. ¿Qué crees que debemos hacer? Suponiendo que tengas razón.

—Hum...

—Porque me parece que ya supondrás que, si ahora nosotros dos empezamos a hacer llamadas y a escribir cosas en internet, no creo que haya muchos que se tomen esto en serio.

—No. —A pesar de todo lo demás, me gustó la manera en la que dijo «Si ahora nosotros dos».

—Y me refiero también a los laboratorios de Taro, quiero decir, han estado trabajando para algunas agencias gubernamentales, pero la mayor parte de las predicciones que hicieron eran tan sólo dentro del ámbito económico, y se las guardaron para ellos. No hay informes, ni recogidas de datos, ni nada.

—Sí, sé lo que quieres decir —dije.

—Tampoco es que las cosas fueran a cambiar mucho si ellos también hablaran, pero... Con todo esto lo que quiero decir es que tendremos que recabar algunos datos más.

—Sí, definitivamente.

Cogió lo que parecía ser una vieja pitillera esmaltada de cigarrillos Ronson de color verde de uno de los cajones de la mesa y sacó un Camel sin filtro. Lo miró, lo volvió a poner en la pitillera y metió ésta de nuevo en el cajón.

—De acuerdo —dijo ella—, una cosa es cierta. Lindsay tiene unas conexiones muy buenas en el DSP —dijo ella.

Supongo que se refería al Departamento de Seguridad Patria.

—Puede que a través de él podamos avisarles de que hay un problema. Siempre será mejor que si mandamos nosotros mismos el mensaje.

—Me parece buena idea —contesté yo.

Sí, realmente sonaba bien, si es que iba a ocurrir de verdad, pero la siguiente tarea a realizar era escribir todo lo que sabía en tantos blogs como me fuera posible, incluyendo toda la información sobre el Juego, lo del software de Taro, el Códex... todo. Alguien más debía saber algo.

Marena me miró. Tuve la inquietante sensación de que sabía lo que estaba pensando. Sentí el impulso de darme la vuelta, correr hacia la puerta, encerrarme en una oficina vacía y empezar a escribir los mensajes.

«Cálmate, Joaquín —pensé—. Es tan sólo la paranoia de las repúblicas bananeras. No va a haber ningún escuadrón de la muerte que vaya a venir a atraparte y a llevarte con ellos».

—¿Por qué no vas a ver a Taro mientras yo le llamo? —me preguntó.

Empecé a contestarle, pero su secretaria, o bueno, perdón, su ayudante, avisó desde la puerta de que tenía una cita con alguien llamado Laurence Boyle a las cinco.

—De acuerdo, ya me pondré en contacto con Lindsay —dijo.

Se despidió con una mano, como si yo ya estuviera atravesando la puerta. Es como si me estuviera diciendo: «Lo siento, estoy atendiendo una conferencia por la línea dos con Kim Jon Il, David Geffen y el papa a la vez».

Decidí escurrirme y salir de la oficina.

La mayor parte del personal de oficina había dejado ya las instalaciones, pero «pelosabundantes» me acompañó hasta el coche. Las oficinas eran muy chulas; por fuera eran completamente de color gris y estaban decoradas. El conjunto daba una sensación extraña, parecía como si estuvieras entrando en lugar de salir. Encendí los inyectores de factor VIII y conduje hasta el laboratorio de Taro.

«Bueno, al menos no me ha dicho que mantuviese la boca cerrada —pensé—. Supongo que sabía que yo no le haría caso, o puede que simplemente me haya etiquetado como un paranoico desde el momento en que puse un pie en su oficina».

Taro y yo hablamos durante una hora. Me dijo que no estaba seguro del asunto de Disney, pero que lo tendría en cuenta. También me dijo que el autor del Códex seguramente jugaba al Juego con nueve guijarros, o lo que es lo mismo, con nueve corredores.

—Incluso aunque eso pueda parecer imposible —me dijo.

Yo también le dije que me parecía imposible. Una partida con nueve guijarros tiene 9^9 posibles movimientos más que una partida con un solo corredor. Un juego con un solo corredor tiene una media de 10^{24} movimientos. Así que una partida con nueve guijarros tendría más movimientos que electrones en el universo.

Eran aproximadamente las ocho cuando me senté frente al monitor. Saqué mi bolsa de tabaco, me acomodé bien y empecé a trastear con tres corredores, buscando cualquier cosa que me sonara a algo relacionado con el Códex. Era bastante difícil. Uno de los estudiantes de Taro me trajo algunas empanadas picantes. También vino Tony Sic. Taro le contó mi idea sobre el veintiocho. Fue a una sala de aislamiento y empezó a trabajar en ello. Dos contadores novatos llegaron más tarde. No eran mayas, sino coreanos, o al menos del arquetipo típico de jugador. No los conocía de nada. Se sentaron y empezaron a trabajar como si fueran ya verdaderos expertos.

Marena no nos llamó hasta pasadas las diez de la noche. Habló con Taro un rato y luego conmigo unos dos minutos. Evidentemente, ella y otros de su cohorte habían tenido una reunión. Me dijo que a Michael Weiner, el mayista televisivo, le había parecido todo una mierda, por supuesto. También me dijo que Laurence Boyle, quienquiera que fuera, había hablado con algunas personas en las oficinas principales de Orlando, pero no había nada especial que decir al respecto. Nadie estaba seguro del caso que nos harían.

—Ni tan siquiera quiero mencionar la conexión maya —me dijo—. Sonaría como si estuviéramos «Tras la pista de los astronautas del pasado» o alguna chorrada parecida.

En lugar de eso, prefirió guardarse los resultados de las investigaciones de simulación de Taro en plan sorpresa. Al menos esas pruebas tenían alguna credibilidad académica. Y al menos Taro la apoyaría en eso. También dijo que no quería ser un alarmista, pero que yo ya «había tenido cierto éxito en mis aciertos» con anterioridad. Me pregunté qué habría querido decir con eso de «cierto éxito». Si se refería a aquel asunto de las series mundiales de 1992, me alegré al recordar por qué dije que no me sentiría cómodo haciendo aquella llamada.

—Así que deberías tomar sus interpretaciones de manera muy seria —le dijo Taro antes de colgar.

—Vi al tipo del DSP esta mañana —me dijo—. Te contaré qué pasa.

Dije que genial. Volví al teclado, aún con la sensación de que había algo que Taro no me estaba contando. Bueno, qué más daba.

Me froté otra porción de tabaco, a pesar de que la parte baja de mi pierna ya estaba vibrando. Parecía como si mis piernas se estuvieran despertando después de una larga siesta, como decimos por mi pueblo.

«Bueno, *Ajpaayeen b'aje'laj k'in ik*».

De acuerdo.

¿Cuál era la pregunta?

Bueno, para hacer la pregunta correcta, tenías que hacer las cosas bien. No podías estar suponiendo sin conocer bien cuáles eran las cosas con las que contabas. A veces no tenías que saberlo todo al dedillo, pero sí tenías que saber algo. Normalmente, esas cosas aparecían leyendo un montón de noticias, así que hice clic sobre TITULARES.

Titulares de última hora: *Jorge Pena, Homer 89 marca un nuevo récord de temporada... Cinco estudiantes de la Universidad de Michigan asesinados en una reyerta... Dos muertos en la Torre del Terror de los Estudios Universal... Bangladesh exige una explicación por el derribo de un helicóptero de transporte... Epic Vanesa, de Bob Zemeckis, basada en la vida de la artista Vanesa Bell, se estrena hoy en todas las pantallas... Un hombre muere en un concurso de escupitajos... Un ciclón arrasa la parte central del país.*

Vaya...

Asigné al hipotético autor de la hipotética catástrofe, al cual llamé Dr. X, el color negro. Luego asigné las masas de población al amarillo. Yo cogí el color rojo, como era habitual, y dejé el blanco en reserva, como también era habitual. Y ya que estábamos intentando adivinar algo que ocurriría dentro de tres días, tan sólo utilizaría tres pasillos exteriores. Luego asigné los soles.

Bueno.

Me concentré en mi uay durante un par de minutos, lo suficiente como para sentir mi cuerpo vibrar. Como creo que ya he dicho, mi uay era el caracol, pero lo imaginé como un caracol de mar, para así poder moverme un poco más rápido. Esparcí, conté las semillas y empecé a dirigirme hacia el veintiocho, 9 Cascabel de Mar, 9 Amarillez. Terminé justo junto a la línea de la incertidumbre. Pronto debería empezar a saltar. Supongo que es un poco difícil imaginarse a un caracol saltando, pero si los miras cuando están en el agua, en realidad es lo que hacen. Saltan de una roca lentamente hacia la otra.

«De todas formas —pensé—, la cosa va a ir más o menos así. Derecha. No, por ahí no. Vale, ahora que caigo, seguramente tirará por aquí. No, espera, definitivamente, tiene que ser por aquí. Claro. Él avanza, yo avanzo, él reacciona, pasa eso, pasa lo otro, luego reacciona ante eso. De acuerdo. Claro que sí. Bueno, espera un momento. No».

Maldita sea. Todavía captaba algo, como una sensación de cosas, como si... no sé, como formas dando vueltas en una neblina roja, grupos amorfos de algo que giraba muy lentamente, a un ritmo mudo, pero en realidad no era nada que pudiera descifrar o reconocer.

Jugué durante cuatro horas. Me tomé un descanso. Jugué durante otras cinco horas. Casi al amanecer, todos nuestros contadores se reunieron alrededor de la máquina de café exprés y compararon sus apuntes. Todos obtuvimos resultados similares. Todos coincidimos en que nos preocupaba algo en aquella misma zona ese día, pero el suceso era muy vago, demasiado difuso, y nadie lo habría situado en Disney World sin haberlo sacado antes del Códex. No podía ni pensar en seguir jugando, así que eché un sueñecito en el suelo de una sala de aislamiento, para luego volver a casa conduciendo la mañana de la víspera de Navidad.

Hice algunas labores de mantenimiento. Revisé mi refugio perpetuo por si al día siguiente pasaba algo. Enchufé un disco duro lleno del software *top-secret* de Taro en mi ordenador y lo instalé.

«¡Confía en mí!», pensé.

Me llevó una hora hacer que funcionara correctamente, y cuando empecé a jugar, no pude sacar nada más de lo que saqué antes. El periodo que había justo detrás del veintiocho estaba literalmente en blanco. No es que eso significara que el mundo se iba a acabar justo ese día. Todas las causas y los efectos estaban demasiado intrincados como para poder descifrarlos. MAON no había conseguido sacar nada tampoco, pero, al fin y al cabo, ninguno de nosotros pensó que pudiera hacerlo.

«No tiene suficientes datos», pensé.

No importaba cuántas fuentes de información leyera, en realidad, no sabía lo que significaban. No importaba cuántas partidas pudiera estar jugando a la vez. La velocidad no lo es todo.

Nunca celebro las Navidades. Ni tampoco Pascua, aunque supuestamente sí lo hago cuando estoy haciendo cosas de curandero. Tampoco los cumpleaños, ni tan siquiera los fines. Nada.

Pero esta vez, y con especial ahínco, no estaba celebrando las Navidades. Me pasé todo el día trabajando con el juego. Números como el 85, el 209, el 210 y el 124.030 seguían apareciendo una y otra vez, pero no podía sacar nada de ellos. Marena me llamó a las seis. Se oían los alaridos y las risas de unos chiquillos por detrás. Dijo que el DSP estaba dispuesto a subir el nivel de amenaza a «Elevado» en Orange, Polo, Osceola, Hardee, DeSoto y los pueblos de alrededor el día 28. Dijeron que tanto el departamento de policía como el de fuego/bomberos estarían en alerta de evacuación durante todo el día. Supongo que eso significaba que la gente iba a poder salir con mayor facilidad del peligro si algo salía mal.

«O simplemente, que han lubricado los engranajes», pensé.

Bueno, de todas formas, la señora Marena ha hecho bien su trabajo. ¿Debía yo hacer algo más? ¿O a lo mejor mi intervención simplemente pondría peor las cosas?

A finales del día 27, nadie había podido sacar nada más del asunto. Me refiero a nadie del laboratorio de Taro. Y yo tampoco. La única cosa que quedaba en la que ponerse a trabajar era la traducción de Michael Weiner. Había unas cuantas cosas sobre eso que todavía me seguían intrigando, especialmente todo aquello de las «pústulas». Tal y como creo que ya he dicho, la frase se refería a una bruja, o a un brujo, pero aquí, más que como sustantivo, se estaba utilizando la palabra como verbo, algo así como «Brujear». No sabía que se pudiera utilizar esa forma verbal en ningún lenguaje maya, si bien es cierto que el lenguaje antiguo era diferente al actual, pero aun así... de todas formas, con esto tampoco íbamos a ninguna parte.

«Valiente mierda —pensé—. Te estás obsesionando con esa parte. Tal vez todo el problema es ése, que me estoy convirtiendo en un atajo de nervios».

Me di por vencido a los dos minutos de empezar la hora H. Fuera lo que fuera a suceder, sucedería.

El día 28 amaneció espléndido en la Florida central, excepto por una niebla un tanto más tenebrosa de lo normal. La alerta del DSP llegó a los servicios informativos locales, pero le hicieron poco caso. La gente estaba un tanto floja aquellos días. Para que prestasen atención al tema se necesitaban unos cuantos cientos de personas ya muertas, aunque, para ser justos, tampoco puedes hacer que todo el mundo se ponga de pie simplemente porque un equipo de modelos de previsión de catástrofes (además de los otros cinco que Taro imaginaba que ya estarían trabajando en el tema, incluido el propio del DSP, con un hardware al menos tan sofisticado como MAON y del cual se sentían muy orgullosos) dijera haber tenido una sensación totalmente especulativa y poco concreta de que algo malo iba a pasar en algún lugar muy poblado, en una fecha sin determinar. Incluso estando como yo estaba, lejos de Orlando, me sentí un poco afectado por la situación. Allí donde viera una frase extraña o sin venir a cuento, mis dientes casi empezaban a castañetear. Aun así, lo peor que pasó en el Distrito del Parque fueron un par de avisos de incendio falsos y un grupo de gente intoxicada por la comida en La Casa de Pinocho. No es que fuera nada apocalíptico, así que me acosté a medianoche.

¡Por Dios, estaba realmente cansado!

Había estado despierto aproximadamente veintiocho horas, lo cual tampoco era nada nuevo para mí. Padezco de SFSR, Síndrome de la Fase del Sueño Retrasada, pero supongo que también sería por culpa de un leve estrés. Me parecía que iba a dormir demasiado. Había un perro ladrando en algún lugar; no era el pequeño Xoloitzcuintle de los Villanueva, sino un ejemplar más grande, uno que no había oído antes y que me recordaba al perro del desierto. Creo que aún no he contado esa historia, aunque ahora que lo pienso, mejor, porque es un tanto deprimente. Claro que ya que la he mencionado... Puñetas. Bueno, en resumen, el perro del desierto era un terrier mezclado con sabueso y coyote, bastante feo y de color gris y amarillo, que Ezra, el mediano de mis tres hermanastros, decía que le había atacado mientras caminaba por un campo de golf, aunque yo no me creí una palabra de eso. De todas formas, teníamos un montón de cajas de transportes de ovejas, correas y cosas así en el molino de yeso. Ezra había metido al perro en una de ellas. Cuando me lo enseñaron, le faltaban las patas delanteras, en su lugar tenía dos muñones. Tal vez había sido herido con algo, o tal vez había quedado atrapado en una verja, o incluso alguna trampa se las podía haber arrancado. Puede que pienses que debería haber muerto desangrado, pero no, parecía que las heridas se le estaban curando, y allí estaba, intentando ponerse en pie sobre el suelo de zinc de la caja, intentándolo y cayendo continuamente, mientras nos miraba con ojos aterrorizados. Lo tenían allí sin agua ni nada. Le pregunté a Ezra que...

—¿Estás ahí, Jed? Soy yo.

¿Eh?

Pulsé el botón del telefonillo de la puerta.

—Ya no vendemos pescado —empecé a decir con una voz ronca, pero cuando llegué a la palabra «vendemos» me di cuenta de que todavía estaba en la cama, y de que ya era mediodía. Evidentemente aún estaba atontado.

—¿Jed? —me preguntó la voz—. Soy yo, Marena.

«¡Vaya! —pensé—. ¿Qué está haciendo ella aquí, en mi habitación?».

No es que fuera exactamente una habitación. Era una Mitsubishi *capseru*, una cápsula, o mejor dicho, uno de esos habitáculos para dormir con temperatura climatizada y a prueba de sonido que tienen en los hoteles japoneses baratos.

—Es urgente, por favor, despierta. —Su voz procedía de mi teléfono, lo cual me extrañó un tanto porque no recordaba haberle dado mi número.

—Hola —dije, comprobando si aún podía hablar. Mi voz sonó igual que la de Jack Klugman, así que lo intenté de nuevo—. ¡Hola! —Mejor. Busqué el teléfono, pulsé sobre RESPONDER y finalmente contesté la llamada—. Hola —dije alegremente.

—Oh, por fin. Estás vivo —me contestó ella.

—Bueno, yo tampoco diría tanto...

—Tenemos un pequeño problema en Disney World. Probablemente, no sea nada, pero ya sabes...

—¿Qué? ¿El culo de Balaam?

—¿Perdón?

—Oh, nada, nada, perdona.

Seguramente sería algo del sueño interrumpido. A pesar de que ya lo había olvidado todo, tenía la sensación de haber estado moviéndome por un espacio enorme y complicado.

—¿Jed?

—Hola, hola, sí.

«¿Qué? ¿Cómo? —pensé—. ¿He estado durmiendo todo el día? Ni de coña. Si lo hubiera hecho, ahora mismo me sentiría con el cerebro metido en un cubo de vómito».

Encontré el reloj y pulsé el botón de TIME. Unos caracteres láser de color verde cruzaron el techo.

2.55.02 PM... 29-12-11... 2.55.05 PM

—¿Qué puñetas está pasando? —le pregunté.

—No lo sé —me dijo su voz—. Tan sólo es un pequeño problema, pero el amigo que tengo allí trabajando me ha dicho que no se trata de ninguna intoxicación alimenticia y que hay ochenta personas involucradas.

—Oh.

«¿Gente involucrada en qué? —pensé—. ¿En su muerte? ¿Enfermos? ¿Haciendo ruido?».

—De todas formas, estamos en la 441 de Orange Avenue —me dijo—. Estamos cerca, así que deberíamos pasar para ir a echar un vistazo, por si acaso.

—¿Pasar por dónde, por aquí? —Estaba a unos setenta y cinco kilómetros de aquí.

—Sí —me contestó.

—Eeeh... Claro.

«Ni hablar —pensé—. No puede presentarse aquí ahora. Todo está lleno de caracoles muertos y mudas de tarántula. Si hay una cosa que he aprendido respecto a las tías es que no soportan a los invertebrados».

—Bueno, y ¿cómo es que vienes para acá sin avisar, mujer? Quiero decir, es genial, pero, ya sabes...

—Porque hay viento del sudeste —me contestó.

—Ah.

«Oh-oh... —pensé—. Gas. Mierda».

—Oh, vale. ¿Sabes dónde estoy?

«Por supuesto que lo sabe», pensé.

Había intentado hacer desaparecer mi dirección de la guía, pero los días en los que de verdad podías conseguir tal cosa hacía tiempo que habían pasado.

—Sí, mira, mejor hacemos una cosa, ¿te parece bien si sigues por la estatal hasta U.S 98 y nos vemos allí? Estoy en el coche, nos podemos ver allí en treinta minutos.

—Hummm...

—Espera un momento. Sí, venga, sal —le dijo a alguien que iba con ella en el coche—. No, estoy aún en ello. Venga, adiós. Perdona, Jed. Nos vemos entonces en cuarenta minutos, ¿de acuerdo?

—De acuerdo.

—Pues venga, te doy un toque cuando llegue.

—Adiós.

Ella había empezado a contestarme con otro «adiós», pero yo colgué, como suele hacer la gente, antes de que acabara la frase.

«Seguro que no es nada —pensé—. De todas formas, todos los días ocurren cosas malas. Cada minuto. Así que seguramente será una coincidencia, no demasiado increíble, además».

Seguramente, lo único que pasaba es que ella estaba ansiosa por que ocurriera algo, o que simplemente quería hacerme bailar. Tal vez incluso tuviera un brote de fiebre escarlatina, así que, sumado a mi variedad amarilla, las dos juntas harían una anaranjada llama de la pasión. Seguro que tiene a una pantera como uay.

«Mejor me daré una ducha».

Antes miré los titulares.

INICIO>NOTICIAS>LOCALES.

TODOS LOS DISTRITOS DEL PARQUE HAN SIDO CERRADOS.

Mierda.

9

La historia que se leía bajo los titulares decía que alrededor de
las tres de la tarde del día anterior, la gente empezó a tener
«accesos de vómito y a mostrar otros síntomas, como eritema
y vértigo». A partir de ahí, simplemente desarrollaba esa parte de la historia. No se parecía mucho a lo que esperábamos, y
no mencionaba para nada el gas. Busqué mediante palabras
clave, pero todo lo que encontré fue un hilo en un foro de los
trabajadores del parque en el que hablaban de que «todo el
mundo se había vuelto loco» y de que «había una cola de dos
horas en urgencias». Nadie mencionaba nada sobre gas, ni
nada parecido.

«Esto no nos va a llevar a nada —pensé—, simplemente
le ha entrado el ansia de que ocurra algo. Bueno, qué más da.
De todas formas, te gusta, ¿no? Es una cita fácil. Bueno, pues
a ello».

Salí de mi cápsula, entré y salí del WC, me aseé con varias
Toallitas Super Sani-Cloth Germicidas en lugar de duchar-
me, me froté los dientes con una toalla en lugar de cepillárme-
los, fui a la máquina de café exprés, me metí en la boca una
cucharada de crema de malvavisco. Comprobé los medidores, la temperatura del tanque, los colectores de proteínas, los
alimentadores, los monitores de los químicos, el sistema que
conectaba la casa con el teléfono, los nutrientes. El pelo, el
aliento, el desodorante. Me vestí con una muda limpia de mi
uniforme de invierno, reseteé los alimentadores automáticos,

los dosificadores, las alarmas, me tomé otra cucharada de malvavisco y salí por la puerta.

Hacía calor para ser diciembre. Qué más daba. La cartera, las llaves, el monedero, el pasaporte y el teléfono. La máscara antigas, el kit de primeros auxilios y las medicinas. El sombrero, los zapatos, la camisa, el servicio...

Vaya.

Volví adentro, a la Zona de Catástrofe Beta, encontré la vieja caja fuerte de Jenny, cogí las dos carteras tobilleras. Pesaban bastante y estaban abultadas, posiblemente porque cada una de ellas llevaba treinta Krugerrands,* diez mil dólares en billetes de cien y dos mil en viejos billetes de veinte. Me ajusté bien las carteras, simplemente por si las cosas realmente se salían de madre y terminábamos como en *El último hombre vivo sobre la Tierra.* De acuerdo, alarmas, cerradura principal, candado... y nos vamos.

Hacía demasiado calor para ponerse la chaqueta, pero me la dejé puesta. El lago Okeechobee estaba plácido, pero no tan reluciente como la piel de un pez espada. Una bandada de cuervos estaban alborotados por algo al final del embarcadero. Por lo demás, el barrio estaba igual que siempre, irremediablemente banal, incluso. Tal y como nos gusta. El Cuda parecía muy cómodo entre el viejo Mini Cooper y la furgoneta Dodge, dentro de mi pequeño parking de diez plazas. A ver si lo sacaba a quitarle el polvo con unos cuantos derrapes cuando le cambiara esas viejas Geoffrey Holders por unas Pirelli 210.

Caminé a lo largo de tres manzanas. El señor y la señora Villanueva, así como sus pequeños, estaban fuera, trabajando en el jardín. Todos me dieron los buenos días, como si fuera Squire Stoutfellow.

«¿Debería advertirles para que salgan todos de aquí? —pensé—. Bueno, en realidad no hay razón para hacerlo, ¿no?».

---

* Es una moneda de oro sudafricana que fue acuñada por primera vez en 1967 a fin de ayudar al oro sudafricano en el mercado. Las monedas tienen curso legal en Sudáfrica, pero realmente no fueron proyectadas para ser usadas como dinero. *(N. de los T.)*

Un par de transportes de tropas aéreos, tal vez C-17, iban rumbo oeste a unos tres mil metros. Se dirigían hacia Mac-Dill. Me crispa los nervios lo ruidosos que pueden llegar a ser esos trastos. Mi teléfono vibró. Me puse el auricular en la oreja y saludé. Marena me contestó que ya se estaban acercando a la 710.

—De acuerdo —dije—, si coges la 76, hay un Baja Fresh. Allí estaré.

—No estamos yendo por la autopista.

Hummm...

—De acuerdo, entonces, entonces... estaré a unos cien metros de...

—¿Puedes encender tu localizador?

—Oh, vale —dije—. De acuerdo.

Encontré la función justo debajo de donde se leía «Comunicaciones GPS» y la pulsé.

—De acuerdo, ya te veo —dijo.

«No —pensé—, estás viendo un punto que me representa».

Salí como pude hacia la carretera y me quedé allí, aguantando las embestidas de viento que provocaban los camiones.

«Me cago en la puta —pensé—. Esto es una mierda».

Tenía cargadas las Local6.com en la pantalla del móvil e intentaba ver algo mientras entornaba los ojos por culpa de los reflejos del sol. Aparentemente, en los alborotos no se habían visto involucradas unas cuantas personas: habían sido un centenar. La policía había reaccionado realizando una Maniobra de Contención Activa, es decir, les había disparado con el sistema antidisturbios.

«Tampoco es que suene como una gran amenaza —pensé—. Tan sólo un tanto alarmante».

—Eritema significa algo así como piel enrojecida, ¿no? ¿Puedes cogerlo al comer comida intoxi..?

Un enorme Cherokee negro se salió de la carretera y paró en seco. En su matrícula se podía leer «I ♥ Mi Ciudad». Supongo que ahora ♥ era otra letra del alfabeto. La puerta del acompañante se abrió y una oleada de miedo real me hizo pensar que iba a ser arrestado.

«Cálmate, *mano* —pensé—. Vienes de un sitio donde "desaparecer" se ha convertido en un verbo transitivo, es normal que te eches a sudar a chorros si ves un enorme coche negro aparcando a tu lado, pero Estados Unidos aún es un sitio donde esas cosas no pasan, ¿no?».

Me metí dentro de aquella urna de tapicería negra y dije hola. El coche olía, en orden descendente, a vinilo, zumo de frutas y algo que se aproximaba al Shiseido Zen.* Arrancó antes de que cerrara la puerta. Pude ver las News6 en la esquina de las dos pantallas gemelas del salpicadero, así como oír en voz baja la retransmisión de las noticias.

—Aquí Anne-Marie García-McCarthy. Hola, Ron, encantada de verte.

—Igualmente, Anne-Marie. ¿Cómo están los niños?

—Bien, vamos bien, gracias —dijo Anne-Marie.

—Bueno, eso es todo, saludos a todo el mundo —dijo Ron, luego hizo una pausa—. Los Magic y los Jaguars comenzaron su...

—Jed, éste es Max —dijo Marena—. Max, Jed. ¿Qué te había dicho?

—Hola —contestó una vocecilla.

Me di la vuelta y saludé. La persona con la que me encontré parecía una pequeña Marena masculina que se hubiera hecho una permanente en el pelo, para después empapárselo en té barato. Estaba todo recubierto de cosas. Llevaba unas gafas Sony VRG sujetadas en su cabeza y una enorme sudadera de Simba, el Rey León, comiéndose a Bambi. Supuse que apenas llegaría a los nueve años. Todo el asiento de atrás estaba repleto de envoltorios de comida rápida. Miró mi sombrero, luego me miró a mí, y luego a mi sombrero de nuevo.

—Encantado de conocerle —recordó decir.

—Mira esto —me dijo Marena, señalando la señal «Condiciones externas» de la pantalla de su salpicadero. «Tractor con trailer volcado, vía de la derecha». El aviso de un punto naranja parpadeando estaba a un centímetro de nuestra loca-

---

* Perfume de venta en tiendas. (*N. de los T.*)

lización actual, en Port Mayaca. «Tiempo de espera estimado: 45 minutos».

—¿Adónde vamos? —pregunté.

—Hacia el sur.

—¿Y no podrías dar la vuelta y girar en redondo para tomar esa carretera secundaria y así evitar la caravana?

—Buena idea —dijo.

Encontró una salida en mitad de la hilera y giró el coche hacia la izquierda con una fluida vuelta completa, como si fuera un catamarán. Una alarma sorda vibró y un enorme aviso en letras grandes y rojas apareció en la pantalla que había en la parte superior del parabrisas:

«Advertencia: La ruta seleccionada es ilegal y poco segura».

Marena introdujo una contraseña de doce caracteres en el teclado que tenía el volante. Los avisos de las pantallas desaparecieron, pero la alarma siguió zumbando.

—*Shi pyong shin, ¡a shi!* —murmuró, maldiciendo en zergiano.*

—Puedo solucionarlo —dijo Max. Se inclinó sobre la parte trasera de los asientos delanteros, presionó el teclado y silenció aquel chisme activando la conducción silenciosa del coche.

—Gracias —dijo Marena mientras él volvía a su guarida—. Ponte el cinturón —le dijo—. ¿Cómo estás? —me preguntó seguidamente a mí.

—Estoy bien, aunque tampoco he podido descubrir mucho de lo que está pasando —le contesté.

—Bueno, lo revisaremos más tarde —me dijo. Tal vez no quería hablar de eso con el chico allí.

—Soy bueno programando coches —me dijo Max—. Soy el hombre que susurraba a los coches.

—Eh, sí, eso es evidente.

—Mira lo que puedo hacer —dijo—. *¡Nigechatta dame da!*

El viento empezó a rugir con fuerza a nuestro alrededor y luego entró la luz. Había abierto la capota.

---

* Los Zerg son una de las tres razas del videojuego StarCraft, junto con los Protoss y los Terran. (*N. de los T.*)

—¡Bien hecho, chico!

—¡De nada! —me contestó.

—¡Sí, genial, pero me gustaría que pudiéramos hablar! —gritó Marena—. ¿Sabes cómo cerrarla?

—Sí, claro, mira —contestó él—. *¡Saite!*

—Impresionante —dije cuando se hizo de nuevo el silencio.

—Sí —contestó Max—. ¿Siempre llevas ese sombrero?

—¿Cómo? —le contesté—. No, no. A veces me pongo otros.

—Pero ¿siempre llevas un sombrero?

—Bueno, sí, eso sí —contesté yo.

—Pero no te pasa nada malo en la cabeza, ¿no?

—No, como puedes ver. Es sólo que hay algunos indios que no nos sentimos cómodos si no llevamos un sombrero puesto.

—¿Tienes uno de plumas?

—No, eso son otro tipo de indios. Tal vez no lleváramos de ésos, pero muchos de nuestros sombreros más antiguos llevaban pieles de animales.

—¿Y tienes visiones?

—Bueno, no, todavía no. Lo siento.

—Oh, qué mal —contestó él.

—Sí.

—¿Juegas al Neo-Teo?

—Sí, claro, me encanta.

Intenté abrir mi teléfono con el pulgar, pero se me terminó resbalando.

—¿Qué escudo tienes? —me preguntó.

—Creo que treinta y dos.

Suspiró por la nariz con desprecio.

—Yo setenta.

—Vaya —dije—. Oye, pero ¿Neo-Teo no lo hizo tu madre?

—Sí —dijo—. ¿Qué avatares tienes?

—Bueno, yo llevo un Macaw del Clan de la Sangre.

Nuevamente, suspiró con desprecio.

—Ya... ¿Quieres hacer una *quest* en los cañones?

—Bueno, no creo que sea tan bueno como para...

—Te subiré de nivel.

—Ah, bueno, eh...

—No creo que Jed quiera jugar ahora —dijo Marena.

—¿Y si posponemos la partida para más tarde? —le dije a Max.

—¿Cuándo? —me contestó él.

—Ya veremos —dijo Marena.

—Odio los «Ya veremos» —dijo él.

—Si subes un par de escudos, es posible que puedas ayudar aún más a Jed cuando venga a casa —dijo Marena.

Max lanzó un resoplido de resignación, se puso un visor en los ojos, unos auriculares en las orejas y empezó a hacer pequeños gestos con sus guantes de control. De vez en cuando daba un manotazo hacia un lado o hacia otro, lo cual significaba que estaba utilizando la pistola de impactos. Al menos no escupía.

—Apuesto a que piensas que estoy exagerando.

—Bueno, no...

—No pasa nada. Soy madre, a veces me entra el pánico. Es como si hubieses decidido salir huyendo el lunes y pensaras que tal vez no estás lo suficientemente lejos todavía... Es... ya sabes, es como si tuviera la hormona de «protege-a-tu-progenie». Cualquiera que venga hasta mi casa y mire mal a mi niño va a ver cómo le arranco la arteria carótida de un bocado.

—Creo que estás haciendo lo correcto.

«Creo que esto es una auténtica estupidez», pensé.

Cargó las CNN locales en la pantalla del salpicadero. Lo primero que se vio fue una imagen de archivo del rostro de Mickey en Disney World.

—Activar audio —dijo ella.

—Aquí Anne-Marie García-McCarthy informando en directo desde el Winter Haven —dijo—. Volveremos a las seis. Devolvemos la conexión, Ron.

—Muy bien, Anne-Marie —dijo la voz de Ron—. Gracias por estar ahí. Todos estaremos esperando lo próximo que tengas que decirnos. Hola, soy Ron Zugema, desde Orlando —dijo antes de hacer una pausa—. Todos los distritos del parque de Orlando informan de que alrededor de quinientos visitantes están recibiendo tratamiento médico debido a lo que parece ser una intoxicación masiva. Las autoridades del hospital dicen que al menos ocho pacientes ya han muerto como resultado de la acción de toxinas desconocidas.

Una pequeña y casi nostálgica punzada de miedo aguijoneó mi abdomen, como ese viejo amigo que aún no está tocando la puerta de tu casa, pero que te ha escrito, o te ha hecho saber de alguna manera, que se dejará caer por allí un día u otro.

—También hay un comunicado no oficial confirmando una gran cantidad de fallecidos como resultado de este incidente, pero, como hemos dicho, esto aún no ha sido confirmado. A estas horas, tanto a los residentes como a los visitantes se les ha aconsejado evitar la zona central del parque, así como permanecer en alerta por la presencia de vehículos médicos en la zona. Esto es...

Marena me miró. Sus ojos me decían: «Esto no es un desarrollo favorable de los acontecimientos».

No, no lo era. Le devolví la mirada. De hecho, era...

Volvió a mirar la carretera, dejándome con la mirada en la boca. Su estilo de conducción se asemejaba un poco al de un principiante ocupado en avisar a todo el mundo de que se ponga el cinturón, comprobando los airbags, o lo que fuera que se utilizara ahora para proteger a conductor y acompañante; pero ni lo mencioné.

—Soy Ron Zugema, informando —dijo Ron de nuevo—. Te damos paso, Kristin.

—Gracias, Ron —dijo una rubia en la pantalla—. Parece que estén sufriendo una situación muy trágica allí. Hola a todos, son las tres y treinta y dos de la tarde, aquí en WSVN TV. Soy Kristin Calvaldos. De nuevo, está siendo un invierno de pesadilla para los aficionados al fútbol...

Marena apagó la pantalla.

—¿Qué crees tú? —me preguntó.

—No lo sé —contesté—. No parece un gran... quiero decir, cuando hay gente que muere, siempre parece...

—Lo sé —dijo—. Esas cosas pasan.

—Sí.

—Entonces, si no es nada, lo siento por sacarte de la cama.

—No, no pasa nada —dije—. Me encanta ir en coche. De pasajero.

—Voy a hacer un par de llamadas —dijo.

—Está bien —dije, poniéndome también un auricular.

Jamás hay que darse por vencido. Empecé a llamar y a escribir correos electrónicos a algunos amigos. Ahí me di cuenta de que tampoco es que tuviera muchos. Empecé a llamar a comercios e instituciones, como el Centro Comunitario y la Escuela Rural Gracia. No había nadie en casi ningún sitio. No sabía qué decir, así que tan sólo los daba por avisados y les decía que los llamaría más tarde. Mientras tanto, intentaba dar con alguna noticia nueva a través del teléfono. La red iba muy lenta y un montón de webs me daban un error 404. Finalmente, entré en un grupo llamado TomTom Club, del tipo que entra dentro de la categoría «no oficiales». Era uno de los primeros servicios de noticias «entérese en directo» *amateur*, y era frecuentado por libertarios, veteranos enfurecidos, teóricos de la conspiración y gente de movimientos «Legalízalo todo». Estaba compuesto por una pareja de viejos *hackers crackers* que monitorizaban la frecuencia de la policía y los militares, se quedaban con lo mejor que oían y lo publicaban en tiempo real, junto con sus propios comentarios personales. La gente decía que, fuera lo que fuese lo que había ocurrido en el parque, había muchas más muertes de las que habían mencionado en las noticias. Las salas de urgencias estaban a rebosar en el Parque Memorial Regional de Orlando. También decían que había un incendio en Kissimmee que bien podía haber sido iniciado por alborotadores y que, supuestamente, los guardias de Epcot impedían salir a la gente que quería irse.

—De acuerdo, llámame —dijo Marena, quitándose su auricular de la oreja para luego frotársela—. Todo el mundo dice que todos los problemas están en Orange County —me dijo—. Lo mejor que podemos hacer es seguir hacia el sur.

Yo contesté de forma pasiva, dando a entender mi conformidad o algo así.

—Jeep, dime el tiempo de viaje aproximado hacia Miami —dijo.

Inmediatamente, apareció un rótulo en la pantalla del salpicadero que básicamente nos informaba de que a partir de ese momento cualquier tiempo de trayecto quedaría multiplicado por dos. La miré, pero ella seguía mirando hacia delante. Viendo su perfil, me pareció menos guapa y más regia.

Cogió la salida hacia la 91, acortando al dirigirse hacia un enorme Winnebago. Un avión de aspecto muy extraño pasó tronando a menos de sesenta metros de altitud. Max dio un respingo, sujeto como estaba por su cinturón de seguridad.

—¿Qué tipo de avión es ése? —preguntó.

—No tengo ni idea —dijo Marena.

—Es un Grumman AEW Hawkeye —le dije yo—. La cosa que sobresale toma muestras de aire.

—¡Hala! —dijo Max, dándose la vuelta para poder ver cómo se alejaba.

—Sí —dije, mostrando mi acuerdo.

—Mira esto —dijo Marena bajando la voz—. El primer informe procede del Magic Kingdom, hace menos de una hora.

Luego pulsó dos iconos para poner una vista de satélite en la pantalla.

—Asiento de pasajero —dijo al vehículo.

También apareció en la pantalla de mi parte del vehículo. Me esperaba ver algún mapeado antiguo de Google, pero la web de donde procedía se llamaba 983724jh0017272.gov, y lo que mostraba era en tiempo real, en lugar de proceder de cualquier sistema de noticias de la NOAA. Era militar. De hecho, se podía leer 3-324CC6/28000m/W 1399m/ORLANDO ACTUAL.

Reconocí el perímetro del lago Apopka a la izquierda, pero la vista era tan general para mí que apenas pude discernir otras delimitaciones.

—Oye, es genial —dije—. Yo no puedo pillar eso.

—Apuesto a que ahora crees que trabajo para el gobierno.

—Bueno, ¿sabes?, en realidad creo que todo el mundo...

—Tan sólo necesitas una línea de código y ya puedes pillar eso.

—Es increíble —dije—. ¿Y se puede hacer un zoom?

—No, pero lo hace por sí mismo cada par de minutos.

—Genial.

Rodeó un conejo que ya estaba medio aplastado en la carretera.

—¿Por qué está pasando todo esto hoy? —preguntó—. ¿Por qué no ocurrió todo esto ayer?

—No lo sé. ¿Acaso no se pusieron enfermas algunas personas ayer?

—Sí, creo que sí.

—Hum.

—Entonces, piensas que los dos sucesos están relacionados, ¿no? —me preguntó.

—Bueno, en realidad, no —dije—. Tal vez sea más... bueno, no sé, puede que quien lo haya hecho también haya visto el Códex.

—Nadie ha visto el puñetero Códex. Puedes contar con los dedos de una mano cuánta gente lo ha hecho. Seguro que no es una casualidad.

—Seguro que no.

Marena hizo unas quince llamadas en cinco minutos. A las noticias de la CNN, a las Bloomberg locales, a los servicios de urgencias, a la policía de Orlando, a la policía estatal y también a la policía de los Distritos del Parque. Por lo que pude oír, todo parecía vago y difuso. Llamó a la escuela de Max, a las oficinas de Warren en Orlando y al menos a cinco amigos, a quienes aconsejó que salieran de la ciudad. Se aseguró de añadir un mensaje en cada una de las llamadas. También intentó ponerse en contacto con Taro (llamó al laboratorio y a sus distintos teléfonos), pero no lo consiguió. Aquello no iba bien, maldición, pero su iniciativa me inspiró a contactar con Ni Hablar, que se encontraba en México, y a enviarle un mensaje de correo electrónico para decirle que me llamara. También contacté con la señora Villanueva para pedirle que metiera a toda su familia y a cualquier otra persona que conociera en el camión y que pusieran rumbo al sur. Me preguntaba «¿Qué?» y «¿Por qué?» continuamente, pero yo al final sólo pude decirle «Por favor». Luego intenté ponerme en contacto de nuevo con Ni Hablar.

—Tengo que parar en un ATM —dijo Marena.

Le pregunté si me estaba hablando a mí. Me dijo que sí.

—Yo tengo algo de dinero —le dije.

—No, de verdad que tengo que parar. Creo que llevo cinco céntimos en el bolsillo.

—Y yo te digo que he traído mi reserva de emergencia. Tengo... una buena suma. No tienes por qué parar. Además, puede que los cajeros no funcionen.

—¿Cuánto es una buena suma? —me preguntó. Se lo dije. Ella estuvo de acuerdo. No pararía. Parecía bastante aliviada. Había una especie de sensación generalizada de miedo en el coche. Ambos temíamos volver al parque de atracciones antes del día siguiente, incluso tratándose como seguramente se trataba de una *folie à deux.**

—Lo siento —dijo una voz de mujer en mi teléfono—, pero el abonado con el que está intentando contactar tiene el teléfono desconectado o fuera de cobertura...

—¿Tú también tienes problemas con tu teléfono? —me preguntó Marena.

—¿Yo? —pregunté—. Bueno, más o menos.

—... por tan sólo cincuenta centavos —dijo la voz sintetizada—, puede realizar de nuevo la llamada en intervalos de dos minutos...

—No puedo contactar con nadie —dijo Marena—. Voy a intentar llamarte, ¿de acuerdo?

Le dije que sí y colgué.

—Llamar a Jed DeLanda —dijo Marena a su teléfono.

De manera muy estúpida sostuve el mío con la mano, como si aquello pudiera ayudar en algo cuando la señal tenía

---

* Trastorno psicótico que puede traducirse como «locura compartida». *(N. de los T.)*

que llegar a una antena, dirigirse hacia el espacio exterior y, por último, regresar a la antena para llegar a mi teléfono. De todas formas, la llamada no llegó.

—Nada —le dije—. Lo siento. Puede que éste sea uno de esos días en los que tiran del enchufe y dejan a todo el mundo sin conexión.

Cambié a Panaudio, un nuevo servicio que funcionaba a través de todos los VoIP,* y que supuestamente podía llegar a cualquier parte. Al menos, eso pensaba el FBI, que se servía de él. Marena hizo lo mismo, y sí, conseguimos realizar contacto. Fue una sensación muy agradable. Sin embargo, fuera del coche, las comunicaciones seguían difíciles. Pude contactar con algunas personas, pero no con la gente de Indiantown, ni con Ni Hablar. Skype, UMA y otros tres grandes VoIP estaban fuera de servicio.

«Afróntalo, Jed, la ventana desde donde advertir a la gente, recibir ayuda de ella, o hacer cualquier otra cosa, ha...».

Ladeé un poco mi pantalla para que Marena no pudiera ver qué estaba haciendo y entré en Schwab.** Disney había cerrado sus stocks. Mala señal. Miré algunos valores en la bolsa de Chicago. El maíz había subido. Joder, esos cabrones no se pierden una. Una de las mejores cosas que tienen los cereales es que siempre suben después de una crisis, incluso si es una crisis pequeña. Si el presidente se da un golpe en el dedo gordo del pie, el maíz sube. Por otro lado, si nos estábamos encaminando a la Tercera Loquesea Mundial, el mercado de valores iba a quedar muy diezmado. El dinero seguramente se devaluaría, y el oro, e incluso el paladium, y todo lo que pudiera bajar en una verdadera recesión, porque en una verdadera recesión económica, todo el mundo se va a tomar por...

—¿Mamá? —dijo Max junto a mi oreja—. ¡Mira! ¡He llegado al Noveno Infierno!

---

* Es un grupo de recursos que hacen posible que la señal de voz viaje a través de internet empleando un protocolo IP. *(N. de los T.)*

** Sitio web especializado en la inversión de bolsa *on-line*. *(N. de los T.)*

—No puedo mirar ahora mismo, cariño —contestó Marena—. Aunque es genial.

—Sí, realmente impresionante —dije yo.

—Le echaré un vistazo en cuanto lleguemos —dijo Marena—. Oye, mira eso —dijo, señalando por su ventanilla hacia arriba.

Un par de zepelines aerostáticos se deslizaban hacia el horizonte, con sus cuerdas sueltas oscilando como los bigotes de un pez gato.

Max miró hacia arriba. Luego se volvió a sentar, se conectó de nuevo al juego y descendió hasta Bolgia Nono. Lo mismo que nosotros. Fui a la página de Alertas Civiles a través de mi móvil.

Allí se podía leer el siguiente mensaje:

«Ha sido un aviso para todas las personas que actualmente se estén desplazando hacia el sur o el sudeste».

Oye, eso es lo que estábamos haciendo en ese preciso momento. «El resto de las personas, por favor, permanezcan en sus casas o lugares de trabajo».

Mierda.

Verifiqué el sistema de seguridad de mi casa en Indiantown. Las puertas aún estaban cerradas, el generador funcionaba y, por lo que veía en las cámaras, todo iba bien, así que comprobé las lecturas de la pecera. Maldita sea. Mi granja de corales gorgonianos había enfermado. Los niveles de amoníaco eran muy altos. Durante años, había estado preparando esa granja para que pudiera mantenerse por sí sola durante una semana, pero en la práctica, parece que no funcionaba. ¿Dónde coño estaba Lenny? Tres días más y aquello sería Love Canal II.* Miré mi perfil en Strategynet. Tan sólo había dos personas conectadas, las dos de Japón.

---

* Love Canal es un lugar cercano a las cataratas del Niagara, en el estado de Nueva York, que se convirtió en un centro de controversia de atención internacional cuando se descubrieron 21.000 toneladas de residuos tóxicos enterradas por Hooker Chemical bajo las casas del barrio. (N. de los T.)

«Por favor, preciso ayuda para analizar los datos de la situación actual en el área de Orlando, Florida. Estamos en mitad de la zona y precisaría cualquier información. Es urgente. Gracias. Jsonic», escribí.

Cogimos la 95 y nos dirigimos hacia el sur. El tráfico en la autopista era más denso de lo normal, pero no tan malo como habría imaginado que sería al principio del fin del mundo, y respecto al humor de la gente, por lo que veía en su forma de conducir, también estaba dentro de la normalidad.

«Bueno... Lo que va a ser realmente difícil si las cosas se ponen mal es comprar armas», pensé.

Volví a entrar en Schwab y compré tres mil acciones de Haliburton, de Bechtel y Raytheon. Luego se me ocurrió comprar algunas de GE. En un principio, no hubo problema a la hora de adquirir las acciones, pero luego, cuando intenté ver cómo iban, leí el aviso de que todas las acciones bursátiles habían quedado suspendidas. Joder. Guardé el pequeño teclado portátil. Escuché el sonido del cierre de seguridad al encajar. Miré a mi alrededor. Por el zumbido que empecé a oír, intuí que otro avión estaba pasando por encima de nuestras cabezas, pero no tenía ganas de bajar la ventanilla para oírlo. La verdad era que la presencia de aquellos aviones tenía sentido. Tal vez fuera el momento de apoyar la mano en el hombro de la señora Park, para darle un poco de seguridad. Por otro lado, cabía la posibilidad de que me la mordiera.

—... No importa, está bien —le estaba diciendo al teléfono—. Simplemente pon un colchón en el suelo o algo, ¿de acuerdo?

—Tío, ven para acá —dijo Max a alguien en el juego—. Blister ha caído.

—Bueno, ¿conoces ese hotel, el Roanoke, en Collins Avenue, el que pertenece a la firma? —dijo Marena—. Nos acogerán. Aunque es posible que te den una habitación pequeña.

Le dije que por mí estaba genial, aunque, por lo visto, nos íbamos a tirar cinco horas más metidos en el coche. Pasamos junto a una valla que anunciaba «La Experiencia Antropoide en la Isla Selvática Cacatúa» y que mostraba un vídeo en repetición de un ciempiés escolopendra cargando hacia la cámara.

Estaba pensando en algo.

—Oye, estaba pensando que... —empecé a decir— todo este asunto...

—*¡Aigo jugeta!* —dijo Marena, mirando a la pantalla del salpicadero.

La vista desde el satélite había hecho zoom automáticamente, tal y como dijo que haría, pero aún me llevó aproximadamente un minuto adivinar qué era lo que estábamos viendo. Los lugares te resultan muy diferentes cuando los ves desde arriba. Ves las alquitranadas azoteas, todo ese follaje y todo lo demás. Finalmente, logré identificar la Space Mountain, y luego las recortadas torres del Castillo de Cenicienta. Por lo visto, aquello se había centrado en el Magic Kingdom.

Congelé la imagen, puse el cursor en el centro del parque, o sea, en el patio exterior del castillo, al final del Main Street USA, o lo que ellos llamaban «la intersección». Ahí hice zoom.

«Dios bendito —pensé—. Lo sabían, los muy hijos de puta lo sabían».

10

En la intersección, se cruzaban en la intersección, se juntaban en una rotonda. En el centro, todo un jardín de gladiolos y poinsetias rodeaba la estatua de los «Compañeros», las figuras de bronce de Walt y Mickey Mouse. Había restos de lo que parecía ser confeti gigante alrededor del jardín y la rotonda, así como varias aglomeraciones bajo los árboles y los quioscos. Si los árboles fueran, por ejemplo, pequeños modelos de una maqueta de tren, los restos de confeti serían del tamaño normal, totalmente fuera de escala. Una aglomeración en el centro, aproximadamente a la una en punto desde la perspectiva de la estatua, se me empezó a hacer rara y familiar a la vez, y a medida que la resolución se iba adaptando, y la imagen iba adquiriendo más y más nitidez, aquella acumulación se convirtió en un enorme disfraz de Pluto, el perro de Mickey, tirado boca arriba sobre las baldosas, con su cola negra y puntiaguda apuntando al oeste. No lo pude ver bien, pero juraría que aún había alguien dentro del traje. A su lado había otro disfraz, parecía el Visir de *Aladdin*, acurrucado al borde de la pantalla. Entorné los ojos para observar de nuevo el confeti. También había cosas angulosas y retorcidas de color blanco entre las acumulaciones y, de repente, sin tener una gran revelación ni nada parecido, me di cuenta de que eran cuerpos de todos los tamaños, aunque muchos de ellos eran pequeños. Joder. Intenté hacer sombra con las manos por el resplandor del sol en la pantalla y la miré desde más cerca. Todos estaban retorcidos, abrazados o protegiéndose. Madre de Dios, se movían. Rodaban sobre sus cuerpos, se estremecían. Mierda. Por Dios. Eran niños. Muchas de aquellas formas eran niños, sin lugar a dudas. Dios, Dios, Dios. Tenían muy mal aspecto. A veces viendo a alguien, incluso a un kilómetro de distancia, sabes que no se va a salvar. Y allí había muchos que entraban dentro de esa categoría. ¿Dónde estaban los servicios de emergencia? ¿Dónde estaba la policía? ¡Madre del amor hermoso! ¿Qué coño estaba pasando? Por la disposición en la que estaban, supuse que habían enfermado en otras partes del parque y que luego se abrieron paso hasta aquella parte central, para luego no seguir avanzando. ¿Desde cuándo estaba ocurriendo aquello? No podía hacer más... no sé, no más de...

—Esto pinta muy mal —dijo Marena.

—Esto no debería haber pasado —dije—. Quiero decir, esto no es lo que pasa durante una intoxicación de comida.

—Claro que no, cojones —dijo ella, girando la cabeza para mirar a Max. Desde ahí no podía ver las pantallas, pero nos estaba mirando con un ojo por debajo del visor mientras seguía jugando; se balanceaba levemente al tiempo que electrocutaba monstruos con rayos invisibles.

—Tiene que ser algo como el VX* —dije—, o algún tipo de...

—¿Qué es eso?

—Es gas.

De manera automática, en mi propio pensamiento, no pude evitar acordarme del personaje de *El profesor chiflado* que decía aquella misma frase.

—De algún tipo, mortal, utilizado como arma y...

—De acuerdo, ten cuidado, no vayas a decirnos algo sustancialmente horripilante. ¿De acuerdo? Tan sólo está fingiendo que no puede oírnos.

* El VX es un arma química de guerra creada por el hombre y clasificada como un agente nervioso. Los agentes nerviosos son los agentes químicos de guerra más tóxicos y de más rápido efecto que se conocen. (*N. de los T.*)

—¿Qué? —pregunté—. Oh, perdón.

Tardé un segundo en darme cuenta de a qué se estaba refiriendo. Max estaba escuchando. Y me llevó dos segundos más comprender por qué estaba utilizando aquellas palabras tan rebuscadas. Así, seguramente, él no podría entendernos. A veces soy un poco lento.

—Es que, a esa gente no le ha dado tiempo ni de huir, simplemente, se han...

—Tranquilidad, ¿vale? —dijo ella. Su mano salió despedida hacia delante y apagó mi pantalla. La miré inmediatamente, tenía la vista en la carretera. Su mandíbula se estaba moviendo, como si estuviera rechinando los dientes.

—No digas ni una palabra.

—Perdón.

«Idiota, Jed, eres un idiota. Un idiota cuádruple. De acuerdo. Tranquilízate —pensé—. No asustes al niño. De todas formas, alguien en el juego seguramente le informará dentro de poco de lo que está pasando».

Tuve otro estremecimiento, de esos que uno, a medida que se va haciendo mayor, sustituye por tristeza, rabia o por un simple estado de shock.

Niños. Maldita fuera. Niños. ¿Cuántos habría allí? Puede que tan sólo hubiera ocurrido en el Magic Kingdom, y no por todo el parque. Puede que la mayoría de ellos salieran antes de verse afectados. Joder. Intenté sacarme de la cabeza el sonido del llanto de un niño. Era lo peor del mundo. No soy un gran fan de la raza humana en general, pero supongo que uno es menos duro con los pequeños. Antes de que se vuelvan unos creídos y unos idiotas irremediables. No es que quisiera tener a uno rondando por la casa, o algo así, pero...

«Maldita sea —pensé—. Tengo esa máscara NBQ (eso significa que protege contra el riesgo Nuclear, Bacteriológico y Químico) y me la he dejado en casa. Qué idiota. La vieja Heckler & Koch P7 también está allí, pero no tengo licencia, así que no habría sido muy inteligente ir por ahí con la pistola encima. De todas formas me la tendría que haber traído. Viendo las...».

El coche pegó un salto y yo me golpeé la cabeza contra el salpicadero.

—¡Ay! —grité—. Estoy bien.

—No cuadra. Lo de los disfraces —dijo Marena.

—¿Qué... qué? —dije yo.

—Esos enormes disfraces de los personajes de los dibujos. Ahora siempre los llevan policías. Llevan máscaras de gas, aire acondicionado y guantes detectores de metal, además de radios y tásers, entre otras cosas.

—Puede que ocurriera todo demasiado rápido, o que fuera algo que pasó a través de los filtros.

—Ya... —contestó ella.

Pasamos junto al canal Lodazal de los Hambrientos. Un cartel anunciaba «Autopista en memoria del lerdo».

«Y seguidamente —pensé—, el Río de la Muerte y el Valle de la Humillación. Asegúrate de parar en la Ciudad de la Destrucción y recoger al Señor Desesperación».

—Oye, resucitadme —dijo Max a través del micrófono a alguien en el juego—. La próxima vez, cuando ella haya caído, activamos todos nuestros DPS sobre la Bruja de Jade. Y vamos a dejarla para el final, porque la Bruja de Jade tiene la armadura más resistente, por eso se va debilitando muy lentamente.

—De todas formas, tienes razón.

—No estoy de acuerdo —dije yo—. La he pifiado. Debería haber...

—Escúchame bien, Jed. Sé que no te conozco lo suficiente como para decirte esto, pero no empieces con esa retahíla, ¿de acuerdo?

—Eh... vale, de acuerdo.

Debería haberle preguntado algo, o haberle dicho algo, o haber hecho algo que ahora no podía recordar.

—De todas formas, si lo hubiéramos prevenido, el Códex se podría haber equivocado.

—¿Qué? No. No, no, no. Esto no funciona así —dije—. No estamos tratando con ninguna ley sobrenatural. Tan sólo con la de la probabilidad.

—De eso nada.

—No es que podamos ver el futuro, simplemente es observar lo que está pasando, cotejarlo y hacer un informe detallado.

—No me lo creo.

Ella no respondió, así que yo también me callé.

«Maldita sea —pensé—. Debería haber hecho una amenaza de bomba por teléfono o algo así, habría ganado algo de tiempo. Todos esos niños estaban pasando un día estupendo, eran felices y toda esa mierda, y, de repente, todo se jodió para siempre. Cuando se trata de niños, no es tanto el sufrimiento, es la decepción. Por supuesto, el mismo hecho de crecer ya de por sí es decepcionante, pero cuando este tipo de cosas pasan de repente, y te cercioras de que no hay ninguna excusa aceptable, entonces llegas a la conclusión de que habría sido mucho mejor si el mismísimo mundo jamás hubiera existido».

Puse las noticias locales en mi teléfono.

—... La oficina de la policía estatal en Orange County —dijo la voz de Kristin en mi auricular— está desmintiendo los primeros informes que anunciaban un ataque con gas tóxico, ya que tales afirmaciones carecen de fundamento. ¿Ron?

—Gracias, Kristin. Las autopistas están inundadas —dijo la voz de Ron—, como las rampas, los accesos a carretera, incluso las calles del extrarradio. Los visitantes y los vecinos de Florida huyen de la parte central del estado, respondiendo al temor no confirmado de que se hubiera producido un ataque con agentes químicos sobre Orlando, a pesar de los avisos de la Guardia Nacional en los que se advierte a los ciudadanos de que es aconsejable permanecer en casa. Es tarde... (Pausa dramática) para realizar ninguna evacuación. En la capital vacacional del mundo, esto es...

Apagué el sonido.

«Joder —pensé—. No saben una mierda, o eso, o es pura desinformación».

—Mira, Jed, te digo una cosa —dijo Marena.

—Dime.

—Incluso si al final resulta que no hay razón para salir zumbando, creo que deberíamos seguir, ¿de acuerdo?

—De acuerdo.

—Y el consenso general dice que el sur parece un lugar seguro, ¿no? Así que voy a seguir por la 95 por ahora.

—Claro.

—Perdona por haberte sacado de casa sin razón, pero...

—Oh, no —contesté yo—. En realidad, tengo que darte las gracias por salvarme. Si me hubiera quedado por allí, seguramente ahora...

—Ni lo digas —dijo ella.

—De eso nada —dijo Max—, no puedes echar un partido de Poktapok contra el Noveno Cacique de la Noche a menos que hayas subido por encima de sesenta y cinco.

Volví a activar el sonido de mis auriculares.

—... Ataque de proporciones desconocidas —decía la voz de Ron—, posiblemente, con algún tipo de arma aeroquímica. Teniendo esto en cuenta, la amenaza podría trasladarse vía aérea y llegar a zonas más amplias. Dados los síntomas tardíos que se han presentado, todavía no se ha definido una zona específica en la que determinar las bajas. Volveremos después de esta breve...

Cambié y empecé a ver C-SPAN. Había un tipo que parecía un doctor hablando a una especie de comité. Estaba dando una lista de síntomas. Enrojecimientos, picores, fuertes dolores de cabeza, edemas y desorientación. Las abrasiones de la piel no sanan. Las víctimas ingresadas en el Centro de Tratamiento de Cáncer Moffit, en Tampa, vieron cómo viejas erupciones de herpes se les volvían a abrir, al igual que ocurría a los que habían padecido hongos, o incluso acné. De hecho, empecé a sentir de nuevo un intenso picor en la parte de atrás de mi cuello, y no pude resistirme a rascarme la zona. Me prometí no hacerlo de nuevo y cargué la página de YouTube. El primer vídeo tenía la cabeza y los hombros de una oronda, obesa y enorme señora ocupando toda la imagen capturada del vídeo. Incluso en la pequeña pantalla de mi teléfono podías ver erupciones de color rosa con un punto rojo a lo largo de toda su frente, así como en la mejilla izquierda. Pulsé sobre el icono en forma de flecha.

—Estábamos en Disney World —dijo—. Estábamos allí celebrando la Navidad. —Hablaba entrecortando las palabras entre largos y agonizantes hipidos—. Y ahora mi marido... está... o Dios mío, ni siquiera puedo describirlo... simplemente ha sido horrible, ¡horrible!

En ese punto detuvo su narración y aspiró fuerte por la nariz.

—Todo mi cuerpo está hinchado, no puedo levantar mis brazos. Todos estaban hinchados. ¡Estábamos allí de vacaciones, por amor de Dios! ¡Era Disneylandia, pero se convirtió en un horror! ¡En un horror!

Quité el vídeo.

«Esto no suena bien, nada bien», pensé.

Busqué algo de información sobre VX. Cada página que encontré decía que el primer síntoma eran náuseas, seguidas de picazón o espasmos. Luego dificultad para respirar. No decía nada de sarpullidos ni llagas. ¿Tal vez se trataba de algún tipo de gas lacrimógeno? Claro que las víctimas tampoco parecían haber tenido problemas en los ojos. Aquello, definitivamente, no sonaba como botulismo, o ántrax, o ricino, o cualquier cosa parecida.

Pasamos junto al aeropuerto de North Palm Beach. La gente y los aviones parecían estar dando vueltas, pero ninguno despegaba. Por encima de nosotros, el sol se filtraba a través de los pinos.

Miré de nuevo las noticias. No había nada nuevo, ni tampoco informaban de nada de lo que habíamos visto en las imágenes del satélite. Bastardos. Todos eran unas marionetas del Estado. Fui yendo de mensaje en mensaje, a través de los foros de noticias no oficiales. Al menos en algunos de ellos, algunas personas ya habían visto la imagen del satélite y, por supuesto, se estaban subiendo por las paredes, pero nadie parecía saber nada.

«Maldita sea», pensé.

Crees que estás en la era de la Información, pero luego, cuando algo como esto pasa, la información aparece curiosamente en cuentagotas. Y ahí es cuando te entra la risa tonta.

A menos que, tal y como aprendes con suma rapidez cuando estás invirtiendo en bolsa, o simplemente cuando sabes algo de algo (aunque no me refiero a los conocimientos que puedas tener sobre gatos, o estrellas del pop), la información sobre lo que está pasando en realidad siempre se da con cuentagotas.

—¿Le has dicho a alguien algo que yo no sepa? —me preguntó Marena—. Me refiero al Códex.

—No —contesté yo.

—¿Y sobre las fechas que aparecían en el Códex?

—No le he dicho nada a nadie —le dije—. Soy un completo paranoico. Tengo veintitrés contraseñas diferentes, y cambio una de ellas cada dos días. No le digo nada a nadie. Taro lo sabe.

—De acuerdo, te creo —me contestó—. Perdona —dijo mientras entrábamos en la 95.

—No pasa nada —dije—. De hecho, yo también me lo estaba preguntando.

Si alguien había visto u oído algo respecto a las fechas del Códex, tal vez hubiera decidido que dependía de él que aquello sucediera. Tal vez se tratara de alguien como aquel tipo de China que mató a dos mil o no sé cuántas personas con ricino en aquel estanque. Cuando fue capturado, dijo que intentaba matar a todo el mundo porque se suponía que el día del Juicio llegaría dos meses después. Vamos, el tipo de gente que cree que Dios necesita que le echen una mano.

Pasamos junto al lago Worth, en Lantana, y por Hypoluxo. Había avenidas a ambos lados, con gasolineras, restaurantes, hoteles, hamburgueserías, puestos de tacos, Almejas Sheila Chichi, una sucursal del club de golf Golf 'n' Flog, establecimientos de tarotistas, de tatuadores, de masajes taoístas, de mascotas exóticas, de *piercings,* de *piercings* astrológicos, de electrónica, de aparejadores, de aparejos electrónicos, de mascotas normales, vendedores porno, de mascotas porno, de tatuajes vegetarianos y de comida macrobiótica vegetariana, aunque también hacían hamburguesas y *piercings* genitales.

«Lo que no pillo —pensé— es qué coño tiene todo esto que ver con los mayas. ¿Tal vez haya un montón por aquí? O puede que ésta sea la parte en la que dice "Tenemos que cargar con la culpa". Tal vez algún maya deba cargar con la culpa. Incluso puede que sea yo, joder. Todo por mi culpa. Incluso cuando no lo es».

Cogimos la salida hacia Boca pero, para cuando íbamos por Deerfield, nuestra velocidad media era de cincuenta kilómetros por hora. Las farolas de sodio naranja de la autopista se encendieron. Mi cerebro, el cual no controlo muy bien, seguía pensando en el Códex. Tal vez por eso la gente de Warren esperó hasta el día 18 para contar el descubrimiento del Códex al *Time*; así, si algo pasaba, sería demasiado tarde como para reaccionar, o puede que alguien de la compañía simplemente supiera algo desde antes, o incluso puede que la compañía estuviera detrás del ataque.

«No, otra vez estás con tu paranoia».

—Supongo que deberíamos haberte pedido tu opinión antes —dijo Marena.

—No sé qué decir frente a eso —contesté.

—Di lo que estés pensando.

—Bueno, en realidad todo esto... bueno, ya sabes, parece una curiosa coincidencia.

—¿Qué quieres decir?

—Nada, sólo que, ya sabes, el libro llevaba ahí desde hacía mil trescientos ochenta y cuatro años, y ahora, en tres días, la penúltima fecha va y... Bah, no importa.

—¿Qué intentas decir?

—Nada —contesté—, tan sólo es que...

—¿Qué es lo que quieres que te diga? —me preguntó. Su voz tenía un tono que parecía un cuchillo afilado sobre una jugosa manzana—. Vale, en Warren son un tanto siniestros, algo así como una corporación mercenaria, como SPECTRA. Nosotros hemos expandido todo esto, me refiero a todo lo que ha pasado, hemos falsificado el libro maya, y ahora... ahora vamos a eliminarte. Con la diferencia de que, entonces, te lo tendríamos que haber contado todo para luego dejarte en alguna trampa diabólica de la que pudieras escapar. ¿Qué tal te suena eso?

—Me suena bastante improbable —le contesté—. Lo que pasa es que...

—Puede que hayamos sido nosotros dos —dijo entonces—. ¿Has pensado en esa posibilidad? Tal vez, con tan sólo hacer saltar la alarma, hemos provocado que ocurra. Alguien vio que el nivel de alerta iba a subir mañana, así que decidió que lo que fuera que iba a pasar, lo haría hoy.

—Mira —dije—. Lo siento, hagamos como si no...

—No empecemos a especular —dijo ella.

—De acuerdo, sí, yo...

—Calla, lo digo en serio.

Mi boca se cerró de golpe.

«Maldita sea —pensé—. Ahora me odia».

La miré de reojo. Tal vez no debería decir que su boca era una raja en la pared, pero es que lo era. Tal y como creo que he dicho antes, tengo problemas a la hora de detectar las emociones de las personas.

«No es que parezca que le caigas muy bien, Jed. Míralo con perspectiva. Lo que pasa es que se estaba haciendo la chula, pero la verdad es que está absolutamente aterrorizada, y no por sí misma, sino por Max. Es una madre. Y las madres no son humanas. Toma eso en consideración. Es posible que no lo puedas llegar a entender, pero tienes que tenerlo en cuenta».

Llegamos al río Miami, desde donde podíamos ver el océano. Tenía un aspecto engañosamente atractivo con aquella luz crepuscular. Una ambulancia apareció por el centro de la desierta autopista que llevaba hacia el norte. En la parte de atrás se podía leer «DIRIGIDA POR CONTROL REMOTO». Al menos no estaban exponiendo a los empleados del gobierno a riesgos innecesarios. En Cutre Ridge, el tráfico estaba casi congelado y avanzaba a una media de treinta kilómetros por hora. Seguramente, la gente habría empezado a escuchar rumores. Había una especie de sensación no definida en el movimiento de los coches de alrededor que deduje procedía de la huida de una amenaza que todos esperaban que al final resultara ser imaginaria. Un grupo de F-18 pasó tronando por encima de nosotros, rumbo al norte, hacia la zona roja. Cuando llegamos a Naranja, éramos tan sólo otro tronco dejándose llevar por la corriente del río. Los cláxones sonaban a nuestro alrededor. Nos dieron un par de empellones, la gente atravesaba la fila para colarse. Marena también dio un par de embestidas marcha atrás, aún más fuertes. ¡Crunch! Max opinaba que aquello había sido genial, como en los coches de choque. Una banda de chicos puertorriqueños pasó junto a nosotros en sus Yamaha, avanzando entre los coches.

«Eso sí es avanzar —pensé—. ¿Y si robara una? Cualquier cosa con una bandera confederada me valdría. Deberíamos asaltar a alguien. ¿Cabríamos los tres en una única moto? No, olvídalo».

—Mamá, tengo sed otra vez —dijo Max.

—¿No queda otro zumo de naranja ahí atrás? —dijo Marena.

—Ya me lo he bebido.

—¿No puedes esperar un poco? —preguntó ella—. Si paramos antes de llegar al barco, pillamos algo, ¿vale?

El chico estuvo de acuerdo.

Volví a revisar el hilo que había empezado en Strategynet. Sorprendentemente, la gente había colaborado. Había cincuenta y ocho mensajes, algunos incluso con diagramas. Desiriseofnationsnerd dijo que le sonaba a algún tipo de arma sónica de la DSLA,* tal vez del mismo tipo de las que los israelíes utilizaron en la incursión de Gaza del 2009. Un amigo de internet, un jugador de Go de Los Ángeles llamado Statisticsmaven, había dibujado los estallidos en el mapa de uno de sus wargames y dijo que, viendo la distribución y el tiempo de expansión, el agente desconocido era obviamente un veneno aéreo de acción rápida, un tanto más pesado que el aire, porque no se había seguido expandiendo. Un tío llamado Hell Rot estaba de acuerdo con él, y dijo que antes se había equivocado, pero que ahora estaba seguro y que aquello le parecía

* Dispositivo Sónico de Largo Alcance. (N. de los T.)

envenenamiento por radiación. Bourgeoiseophobus estaba respondiéndoles furiosamente, diciendo algo poco habitual:

Para k algo se haya metido en sus pulmones o en su corriente sanguínea ayer, para luego morir, dbe de haberse tratado de una DOSIS ENORME, digamos de al menos 10 SIEVERTS.* Xra eso, deberías sostner 2 jeringazos enormes de 239PU en kda mano, y meerles un trayazo con ambas a la vez. Un spía ruso tardó 3 semanas en morir y había ingerido 10°+microgramos de 210Po. DE NINGUNA MANERA se trata de radiación. Mantén la boca cerrada si no sabes de lo que hablas, lerdo.

«210 —pensé—. Número 84, imbécil».

Tuve esa sensación de horror, esa que te hace sentir como si te metieran un tubo de extracción en tu intestino delgado.

Relax, relax. De acuerdo. Relax.

Me senté y me relajé, de la manera que hacía cuando tenía unos cinco años. Como siempre, finalmente, el nerviosismo se disolvió.

—Es polonio —le dije.

—¿Cómo? —preguntó ella.

Intenté explicárselo de una manera no muy articulada. Me llevó un tiempo y, cuando terminé, no pareció muy convencida, pero al menos se lo tomó en serio.

—Lo escribiré —dijo.

Se refería a que se lo haría saber a Lindsay Warren, y a través de él a su conexión secreta en el DSP.

Empezó a marcar en el teléfono, moviendo el ratón digital con un dedo de la mano izquierda. De vez en cuando echaba una mirada de precaución a la carretera que tenía delante.

«Maldita sea —pensé—. Después de todo lo que hemos pasado vamos a morir en el típico, y por otro lado totalmente evitable, accidente de coche. ¿No es irónico? Bueno, en realidad no lo es. No, Alanis, no lo es. Es una mierda».

---

* El sievert (símbolo Sv) es una unidad derivada del SI que mide la dosis de radiación absorbida por la materia viva, corregida por los posibles efectos biológicos producidos. 1 Sv es equivalente a un julio por kilogramo (J kg-1). *(N. de los T.)*

—¿Es «polonio» o «pollonio»? —me preguntó.

Le dije cómo se escribía. Siguió escribiendo mensajes en su móvil, mientras yo seguía mirándola de reojo, intentando deducir qué paquete de encriptación estaba utilizando, sin conseguirlo.

«Seguro que el DSP creerá que hemos sido nosotros —pensé—, y no que nos estamos ocupando del tema. A pesar de que lo hacemos».

Terminó con sus mensajes. Se dejó el teléfono en el regazo.

«De acuerdo —pensé—, intenta pensar. Si es envenenamiento por polonio, eso significa que hay un amplio espectro de grados de exposición. Ahora mismo, podríamos estar bien, o podríamos estar tan calientes como los goznes del mismísimo infierno, y ni tan siquiera lo sabríamos. Podrían pasar meses antes de que cualquiera de los síntomas habituales se diera a conocer, eso sí, acabaría con nosotros en un pispás. Bueno, no lancemos la voz de alarma hasta que suceda. Maldita sea, no entiendo nada de nada de nada».

Su teléfono pitó y, poniéndoselo en la oreja, escuchó el texto del mensaje recibido.

—De acuerdo, me han asegurado que se han puesto a ello —me dijo después de un minuto escaso.

Expresé mi entusiasmo y le pregunté si sus amigos del Pentágono le habían dado alguna pista de por qué seguíamos vivos.

—Simplemente me han dicho que sigamos hacia el sur y que dejemos a los SE hacer su trabajo.

—De acuerdo —le contesté yo.

«¿Los SE? —me pregunté—. Acaso ha querido decir... Bueno, tal vez sería mejor no parar, a menos que sea para conseguir algunas píldoras de yodo. Sólo por si... bueno, mejor no pensar en ello siquiera. El tráfico se está agilizando. Una parada más y estaremos en cualquier parte lejos de aquí, para siempre».

Seguimos rectos hacia el sur, en dirección a Florida. Eran las 7.14 p. m. Marena hizo zoom en un mapa de GoogleTraffic. Por lo visto, tan sólo estábamos a unos diez coches del punto donde la autopista por la que viajábamos cambiaba de un alarmante color rojo a un tranquilizador color verde. Por ahora, los cláxones seguían sonando con un tono casi continuo, como si la gente se recostase completamente sobre ellos, formando así parte de la coral de desesperación. A nuestra izquierda tan sólo había un horizonte de aspecto bastante barato, de color rosa y turquesa, como los adornos de algún hotel decó de Ocean Drive. Al menos, aquél parecía un bonito sitio para morir.

Marena se removía en su asiento. En la página de la CNN decían que había cientos de coches a los que les habían prendido fuego, tanto en Winter Park como en Altamente Springs, y tan sólo en Orange County había al menos otra docena de incendios descontrolados. Sobre las imágenes habían puesto un mapa de Belle Glade, una ciudad menor al sur de Okeechobee. Comentaban que una especie de milicianos *skinheads* habían asaltado un tráiler de inmigrantes en aquella ciudad porque pensaban que se trataba del cuartel general de La Raza, a los cuales supongo que culpaban de los incendios. Dieciocho personas habían sido asesinadas.

«Lunáticos con antorchas —pensé—. Los hechiceros imperiales cabalgan de nuevo. Mierda».

La imagen cambió hasta mostrar una vista aérea a baja altura de otros seis cadáveres yaciendo en el asfalto.

—Odio los cadáveres —dijo Max.

—Bueno, tal vez no deberías estar mirando esto —le contestó su madre, pulsando un icono en la pantalla y haciendo que ésta cambiara para mostrar un episodio de Bob Esponja.

—¿Qué ha pasado con la «Advertencia a los Espectadores»? —me preguntó en voz baja.

Yo le contesté que tal vez no pudieron encontrar un sinónimo de una sola sílaba para la palabra «advertencia».

—¿Estamos en peligro? —preguntó Max.

—No —dijo Marena—, el peligro ha quedado atrás. Veamos el episodio.

—¡Mira! ¡Es Patricio! —dijo Bob Esponja.

Nos tranquilizamos un rato. Intenté llamar al Centro Comunitario de Indiantown. Nada. Lo intenté con el TomTom-

Club. Alguien llamado BitterOldExGreenBeretCracker decía que no había ninguna estrategia islámica tras el ataque, sino la acción de un grupo nativo-americano que se llamaba Búfalo Blanco. Sus razones no quedaron muy claras. Bourgeoiseophobus dijo que tal vez se trataba de los Hawkingers, quienesquiera que fueran. Un porteador llamado Gladheateher dijo que estaba seguro de que se trataba de la Nación del Islam. Bob Esponja había vencido a Calamardo en un concurso de baile country. Finalmente, Marena no lo pudo soportar.

—No aguanto más, voy a salir y a echar un vistazo —dijo.

—Te acompañaré —le contesté mientras me desabrochaba el cinturón.

—No, yo me ocupo de esto.

Rebuscó algo en su bolsa, sacó una broche-cámara de considerable tamaño, con los tres anillos que componían el logotipo de Warren Borronean, se lo enganchó en la solapa y lo encendió.

—Yo también quiero salir —dijo Max.

—No, perdonad, chicos, pero prefiero que me esperéis aquí —dijo—. Simplemente quiero salir y ver qué está pasando.

—De verdad —le dije—, puedo...

—Sé lo que estoy haciendo. No me va a pasar nada. ¿Cuál era el nombre de la base militar?

—¿Te refieres a la que tenemos más próxima? —pregunté—. Homestead.

—Eso —dijo ella—. De acuerdo. Escuchadme bien los dos. No dejéis que nadie entre en el coche, pase lo que pase, o sea cual sea el uniforme que lleven. Yo llevo encima mi teléfono y dejaré la línea libre, así podréis ir viendo lo que la cámara vaya recogiendo por la televisión. Volveré en dos minutos.

Max y yo nos miramos el uno al otro y luego le dijimos que vale.

Dejó el motor del coche encendido, abrió su puerta y se deslizó por el estrecho espacio que había quedado entre el coche y el quitamiedos. En el coche se metió una bocanada de calor húmedo. Yo me pasé al asiento del conductor. Estaba demasiado alto, pero no me atreví a cambiar la configuración automática. Max saltó al asiento delantero y se quedó mirando la pantalla. Yo también.

Me sentía castrado. Bueno, al menos no era la primera vez. Empezando por la parte más alejada de la caravana, los coches empezaron a quedarse sin resuello, y el pitar del claxon fue desvaneciéndose hasta que desapareció. La vista que ofrecía la movida transmisión de vídeo emergió tras un grupo de culos obesos.

—Perdónenme, enviada especial —dijo su voz, resonando con autoridad a través de la transmisión que recogía el micro. Sorprendentemente, las nubes de tejidos adiposos se apartaron para dejarla pasar. Unos cuantos murmuraron algunas protestas, pero tampoco le preguntaron adónde iba. Imbéciles. Vi por un instante a una pequeña, tenía todo el pelo trenzado y tirante, y una enorme cuenta de adorno justo entre los ojos.

—¡Nathaniel! ¿Tienes que ir a hacer popó? —dijo una voz nasal en algún lugar.

—Lo siento, enviada especial —dijo Marena—. Disculpe, disculpe, enviada especial, déjeme pasar.

Consiguió abrirse camino hasta un estrecho espacio abierto entre la multitud y una línea de contención hecha con barricadas de tráfico con franjas de color naranja y plata. Un oficial de la policía militar con un casco transparente que le cubría completamente la cabeza movía hacia atrás y hacia delante una especie de espada de luz de color rojo que hacía aparecer la palabra PELIGRO en el aire. Desde el punto de vista del pecho de Marena, el atasco se extendía por la larga rampa de salida que llevaba a Florida, pero tras las barricadas, había una amplia y vacía carretera que se desenrollaba como si fuera un pergamino hacia el sur, hacia Cuba.

Marena se acercó hacia un policía.

—Buenas, agente —le dijo al hombre del casco—. ¿Podría decirme qué podemos hacer para ayudar?

—Claro, señora. Vuelva a su vehículo y espere su turno para tomar el desvío —dijo con una voz metálica y autómata.

Seguramente configuraban el sonido de los altavoces de esa manera, para hacerlos parecer más amenazantes.

—La Guardia Nacional nos indicó que fuéramos hacia el sur —dijo, mintiendo.

—Lo siento, señora, pero...

—Volveríamos por donde hemos venido si pudiéramos tomar la carretera norte, pero no quisiéramos desobedecer una orden federal...

—Ambas rutas necesitan estar libres para los vehículos de emergencia; además, no hay ninguna razón por la que dejar la zona. Todo lo que tienen que hacer es volver a sus hogares o lugares de trabajo —dijo, para luego darse la vuelta.

—Escúcheme, oficial Fuentes —dijo, poniéndose de nuevo frente a él, a la vez que leía el nombre de su placa—. Seguro que usted tiene niños, ¿verdad? ¿Sabe lo que está pasando? Pues que la gente de Homestead le ha puesto aquí a tramitar con el ganado mientras ellos cogen a los suyos y salen pitando, y usted se llena de mierda hasta las rodillas. A usted lo van a matar aquí, mientras que su jefe está bebiendo tequila en una tranquila playa. ¿Me entiende? Así que creo que debería apartar algunas de esas barricadas y dejar que al menos la gente tome la carretera norte. ¿Qué le parece?

—A-4, ¿me recibes? —dijo por un micrófono en su casco—. ¿Pedro? Soy Bob, en la Zona Cinco. Tenemos un problema.

—Nathaniel, ¿de verdad que no tienes que ir a hacer popó? —dijo la voz de aquella mujer de nuevo.

—Mire, estoy grabando todo lo que estamos hablando. ¿De acuerdo? —dijo Marena—. Y si resulta que esta gente muere hoy, todo el mundo lo va a saber. Ésta va a ser una de esas historias que llaman la atención a todo el mundo, y usted... usted se convertirá en un símbolo del mal de este país, y nunca será capaz de ir a ningún sitio sin que la gente lo señale. Deberá dejarse barba y volver a San Juan.

—Muy bien, ahora, retírese, por favor —dijo el oficial—. En pocos minutos vendrá una patrulla que la acompañará a su vehículo.

Marena se quedó allí de pie, mirándolo, durante un segundo o dos. Él la miró de nuevo.

—Entonces, no tienes popó, ¿verdad? —dijo la Voz Nasal Femenina.

—¿Qué es esa cosa amarilla que tiene colgando? —me preguntó Max.

—Es un tanque de nitrógeno —le dije—. Si los filtros de su máscara fallan, puede abrir la válvula de eso y tener unas cincuenta bocanadas de aire extra.

—Oh, vale —dijo Max—. Está guay.

Fuentes perdió el duelo de miradas y se volvió. Marena también se dio la vuelta y se encaró a la pequeña multitud compuesta por una treintena de motoristas que se habían acercado a ver qué pasaba. Lo que se vio en la pantalla a continuación fue algo confuso, pero tres segundos después estábamos viendo la parte inferior de todos, como desde un ángulo diferente, y cuando Marena miró hacia sus pies, vimos que se había subido al capó de un viejo Subaru verde que estaba de los primeros en la fila. De ahí pasó a estar de pie sobre unos tubos cromados entre dos grupos de tablas de surf, las cuales veíamos de vuelta, vigilando a la multitud. De lo que podíamos discernir entre las temblorosas imágenes que recogía la lente de su gran angular, parecían gente mundana, la sal, el azúcar y la grasa saturada de la tierra, todos vestidos de blanco, por alguna razón.

—Muy bien, ¿me prestan todos un momento de atención, por favor? —le dijo a la multitud, proyectando su voz desde el diafragma—. Siento tener que hacer esto, pero creo que tal vez tengamos diferencias de opinión con respecto a las autoridades, de todos modos, si todos nos ayudamos los unos a los otros, conseguiremos solventar este problema rápidamente.

Todos se quedaron mirándola.

—Nathaniel —dijo la mujer de nuevo—. No vas a hacer popó entonces, ¿no?

—Me llamo Marena Park. Soy periodista, informadora y madre, y estoy aquí en la intersección de la 1 con la 821, frente a una barricada levantada a toda prisa para bloquear todos los caminos que llevan al sur. Ya somos muchos los que nos estamos empezando a preocupar por cómo las autoridades están llevando este asunto, y ahora mismo estaba haciéndoselo saber al único oficial que parece estar al cargo. Ahora quiero saber lo que ustedes tienen que decir. El oficial Fuentes me ha dicho que no podemos tomar ni la 1 ni la 997 para alejarnos del epicentro del ataque porque los oficiales de la Base Homestead quieren usar esas vías primero.

—Eso no es lo que yo he dicho —dijo la voz del oficial a lo lejos. Marena la ignoró—. Y no es cierto que...

—Ahora, el oficial Fuentes, que está aquí vestido con un traje completo antiataques químicos, no hace nada y, por lo tanto, nosotros tampoco obtenemos nada. Mi GPS me dice que ambas rutas están limpias de tráfico hasta los Cayos. Ahora, no quiero ser yo la que lleve la voz cantante, quiero saber lo que piensan.

Me imaginé los ojos de Marena saltando de rostro en rostro. Ninguno de ellos dijo nada, excepto una mujer joven que estaba murmurando algo en un tono plano, como si fuera a empezar a lanzar gritos.

—¿Qué es lo que piensa usted? —preguntó la voz de Marena. Estaba claro que había hecho contacto visual con alguien, pero no pude ver quién era—. ¿Cree que se nos está diciendo la verdad, que lo que realmente deberíamos hacer es sentarnos y esperar, o que todo esto no es más que una nube de desinformación?

—Entiendo lo que quieres decir, querida —dijo alguien.

Max descubrió de quién se trataba e hizo zoom en su cara antes que yo. Marena miró hacia una pequeña anciana de no más de metro cincuenta, cuarenta kilos y unos noventa y cinco años de edad; tenía el pelo azul, al igual que sus ojos, y una piel mortecinamente blanca.

—Gracias por su apreciación, señora —dijo Marena.

—¿Saben?, el noventa y cinco por ciento de lo que oyen hoy en día es pura mierda.

Se hizo un momento de silencio. Incluso la señora Popó se había callado.

—Mi madre siempre está haciendo este tipo de cosas —dijo Max en un tono confidencial.

—Tu madre es muy valiente —le contesté.

—De acuerdo. ¿Quién más tiene una opinión? —preguntó Marena, aparentemente mirando a su alrededor.

—Necesitan esas carreteras para que los trabajadores puedan desplazarse —dijo alguien—. Saben lo que están haciendo.

—Bien, ahora hemos oído una opinión de la parte contraria. De acuerdo. ¿Cuántos...?

—Tengo que informarles de algo —dijo el oficial Fuentes, pero el casco que llevaba no tenía altavoces, cosa que se hacía evidente porque no se le podía oír demasiado bien. Alguien con una voz mucho más potente habló en su lugar. Era un contribuyente cuarentón de pelo oscuro, con una caterva de chiquillos que, supuse, iría a devolver a su madre después de pasar el día de visita que le correspondía en el Magic Kingdom.

—No les importamos una mierda —dijo—. Si seguimos hacia el sur, tal vez sigamos viviendo; si nos quedamos aquí, en el interior, vamos a morir. Tan simple como eso. Ese tío está metido dentro de un traje espacial, pero a la vez nos dice...

Después de aquello, las cosas se tornaron confusas de nuevo. La mujer de los murmullos ahora chillaba claramente.

—¡Vamos a morir! ¡Vamos a morir!

Unas cuantas personas más habían salido de sus coches y se estaban acercando, preguntándose los unos a los otros qué demonios estaba pasando. El oficial amistoso estaba diciendo algo sobre medidas antiterroristas necesarias en la zona, dada la situación.

—A ver, todos, escúchenme —dijo Marena por encima del alboroto—. Yo digo que nos dirijamos hacia donde las autoridades dicen que no lo hagamos.

Ante aquello, surgieron un par de «¡Sí!» de apoyo, e incluso un anticuado «¡Así se habla!». Aun así, otras personas seguían protestando. Nathaniel, creo, dijo algo sobre sus ganas de hacer popó. No podía ver al agente Fuentes por ningún lado, pero supongo que, siguiendo el procedimiento estándar de enfrentamiento contra una turba, se habría retirado a su coche.

—Muy bien, veamos... escuchen, hagamos una votación —dijo Marena—, y sobre todo, centrémonos. Si no hacemos esto juntos, al final no conseguiremos nada, ¿de acuerdo? Vamos, necesito saber lo que piensan.

Las voces en competencia se acallaron un poco, pero no pararon.

—De acuerdo —dijo—. Primero, todos los que piensen que la policía militar tan sólo está actuando en nuestro bien de corazón y que, conforme a esto, nosotros deberíamos dar la vuelta en nuestros coches y esperar en casa, por favor, que toquen el claxon una vez, o que griten las palabras «en contra», ¿de acuerdo? Las palabras para cumplir lo que se nos pide, y esperar, son «en contra». ¿Lo han entendido todos? Muy bien. Una, dos, y tres. Hablen.

Hubo un griterío destacable en el que se podían discernir las palabras «en contra» de manera bastante clara.

—Genial —dijo Marena.

En aquel momento, parecía tener el noventa y cinco por ciento de la atención de los que estaban allí.

—Ahora, todos los que piensen que el ejército no está velando por nuestro bien, que de hecho le importamos un pimiento, y todo el mundo que quiera atravesar esas barricadas, siempre con el recuerdo de que no nos pueden arrestar a todos... bueno, en realidad estoy bastante segura de que no nos van a arrestar a ninguno, ni siquiera a mí... y, en definitiva, todos los que estén de acuerdo en seguir adelante, toquen sus cláxones en pitidos cortos, o por favor, digan las palabras «a favor». ¿De acuerdo? Una, dos, tres... «a favor».

Obtuvo un buen montón de «a favor».

—Muy bien —dijo.

La turba no es que se alzara, pero sí que avanzó, sin ninguna algarabía ni vítor, simplemente, unos dispersos «¡Eso es!» y «¡Vamos allá!». Aun así, se había plantado una pica.

«¡Vaya! —pensé—. La libertad dirigiendo al pueblo... ¡A por la Bastilla!».

El padre divorciado fue el primero en levantar una de aquellas barricadas, echándosela al hombro, mientras que otro coche empujaba otra y todos empezaban a pasar. Marena se bajó de donde estaba subida, y, escurriéndose por entre el gentío, intentó llegar hasta nosotros sin acercarse demasiado a nadie más. Alguien la llamaba, pero ella simplemente lo ignoró. Los coches de nuestro alrededor empezaron a moverse lentamente hacia delante.

—*Byon shina* —dijo ella en un murmullo.

—Mamá, los coches se están empezando a mover —dijo la voz de Max por la línea abierta entre ellos.

—Llego en un santiamén, muchachote —le contestó ella.

Finalmente, la vimos aparecer ante nuestros propios ojos a través del parabrisas. Para entonces, los coches, los camiones y los RV estaban rugiendo, ansiosos por empezar la marcha. Se acercó, entró, cerró la puerta y pulsó el icono de conducir, y todo eso en lo que casi pareció un único movimiento fluido.

—Tengo que ir a «hacerlo» mamá.

—¿Puedes aguantar un poco? —le preguntó.

Max contestó que sí. Pasamos lentamente junto a las barricadas, y al poco tiempo, las margaritas amarillas parecían estar lloviendo en horizontal hacia nosotros.

—Eso ha sido... Eso ha estado muy bien —dije—. Yo nunca habría podido... Eres como...

—¿Juana de Arco? —me preguntó.

—¿Cómo sabías lo que iba a decir?

—No ha sido nada. En realidad, en la empresa trabajamos mucho en Recursos Humanos, hay unas cuantas palabras clave y...

—No, no, lo digo de verdad. ¿Cómo sabías que esa anciana estaría de tu lado?

—Bueno, hay muchos detalles a los que agarrarse en ese tipo de situaciones. La gente hace pequeños gestos que muestran si están de acuerdo contigo o no.

Aceleró aún más. Parecía que al final no seguiríamos la idea de meternos en aquel hotel de Miami.

—Vaya.

—Hay un *resort* de la empresa en Cayo Oeste. Allí nos resultará muy fácil coger un avión.

—Genial.

«Si es que conseguimos llegar tan lejos», pensé.

—Y si no conseguimos llegar más lejos —dijo ella—, al menos, estaremos cerca del mar, y serán capaces de mandarnos un barco si nos quedamos bloqueados. Tengo un PPE bastante alto.

De repente, se oyó el rugido corto de un avión militar sobrevolándonos.

—Lo siento —dije—, pero no sé de qué son esas siglas.

—Procedimiento de Protección de Empleados. Un seguro. La compañía emplea sus recursos para mantenerme a salvo.

—Oh, eso es genial.

—Max, deja de hacer eso —dijo ella.

—¿Por qué? —dijo Max.

—Porque es voluntad de Dios y estás haciendo llorar al niño Jesús.

—De acuerdo, de acuerdo.

Supuestamente dejó de hacer lo que fuera que estaba haciendo. Miré la CNN en mi móvil. En el rótulo que pasaba por la pantalla se podía leer que unas cuantas personas en Chicago, Seattle, así como en otras ciudades mucho más alejadas, como Lima, habían sido ingresadas con síntomas parecidos a los que habían sufrido las víctimas en Disney World. La mayoría de ellas habían enfermado en aeropuertos, así que era muy posible que hubieran viajado desde Orlando el día anterior. Fuimos a toda velocidad hacia Miami. Por alguna razón, todo parecía un tanto más apagado de lo normal. Pensé que el tráfico en esa zona sería una verdadera pesadilla, pero la atravesamos sin problemas. Puede que todo el mundo estuviera en la playa. Después de pasar la ciudad, te encuentras con unos once kilómetros de pantano, y luego, si sigues por un terraplén, la carretera nacional 1, sobre Blackwater Sound, y Cayo Cruz, a ocho kilómetros llegas a Cayo Largo. Le eché un vistazo a la red, buscando a White Buffalo. Había un sitio web, pero tan sólo tenía un logo, unas cuantas citas de Leonard Peltier y una contraseña para acceder al contenido de la web. Parecían un subgrupo de los MIA, o lo que es lo mismo, el Movimiento Indio Americano. En la CNN decían que Disney Horror, tal y como lo llamaban ahora, había sufrido oficialmente un Incidente Masivo con Víctimas. Era encantador ver lo directos que eran. Los enlaces de Drudge decían que, según algunos informes médicos que habían oído por radio, la nube de la muerte, fuera lo que fuese aquello, no sólo había pasado por el Magical Kingdom, sino que también había afectado la zona que se extendía al sur del lago Tohopekaliga y hacia el oeste, hasta llegar al centro de Orlando, con una extensión máxima que alcanzaba el lago Harris, al noroeste. También había núcleos independientes con víctimas con los mismos síntomas en lugares muy lejos de esas zonas, pero ya que la gente se había estado moviendo durante todo el día, o desde su exposición al mal, no estaba claro cuán lejos había llegado la nube. Alguien llamado Octavia Quentin, de la que se decía era una Diagnosticadora de Riesgos para el DPS, afirmaba que algunos de los síntomas eran «Obvias intoxicaciones por envenenamiento por metales pesados y/o exposición a altos niveles de radiación ionizada».

«Invoca Pústulas —pensé—. Invoca Pústulas. De la piedra. Luz de una piedra».

Las News6 decían que los informes de disturbios se habían multiplicado desde los Distritos del Parque, e iban aumentando.

—El pánico está haciendo que se extienda aún más el miedo —dijo la voz de algún supuesto experto—. Es lo que llamamos una reacción que se sostiene a sí misma.

El procedimiento de evacuación de emergencia de la zona de Orlando no había tenido éxito, y ahora el tráfico en la parte central del estado estaba totalmente parado. Los aeropuertos de Kissimee, Lakeland, Lake Wales y Vero Beach no estaban abiertos. Hospitales que estaban a cierta distancia, como el de Tampa/St. Pete, Gainesville o Fort Lauderdale habían recibido tantos pacientes por helicóptero que habían quedado desbordados. Los trabajadores de protección civil se negaban a socorrer a las luciérnagas, que es como llamaban a la gente que pudiera estar contaminada. Me pregunto si aquello sería como lo que le ocurrió a los afectados por radiación de Hiroshima y Nagasaki. La palabra era algo así como *hibachi*, pero ahora mismo no la recuerdo exactamente. La presencia policial escaseaba, ya fuera porque estaban vigilando alrededor de los hospitales o porque, simplemente, no querían mostrarse. Había bandas que se habían organizado para realizar saqueos, y no se limitaban a romper escaparates, sino que se llevaban a peso el inventario de las tiendas electrónicas para cargarlo en camiones, formando flotas enteras de vehículos repletos.

El tráfico se paró de nuevo en Cayo Ciervo Gordo. Aun así, a diferencia de casi todo el estado, todavía seguíamos avanzando, porque una vez salías del terraplén, ya no te encontrabas con más entradas que te llevaran fuera de los Cayos. En la web de tráfico que estaba consultando Marena parecía que a un par de kilómetros detrás de nosotros nadie se estaba moviendo. La verdad era que había hecho lo correcto: correr a la primera señal de peligro. Cuando la paranoia acierta, siempre lo hace dando en el centro de la diana. Max estaba mirando a través de su ventanilla hacia el cielo. Yo también miré en aquella dirección. Estaba repleto de aviones, o más bien rastros del paso de aviones militares dibujando nudos gordianos compuestos por estelas, de todas las formas y tamaños, como un tiburón buscando frenéticamente comida. Los EF2000 eran como tiburones martillos, los Harrier AV-8 eran tiburones azules, los Globemaster, como grandes blancos, y los Starfighter como tiburones toro. Incluso vi algunos B-2 que se parecían a mantas raya. Comprobé el sistema de alarmas en mi hogar. No se habían activado. Intenté contactar de nuevo con Ni Hablar, sin éxito.

—Mamá, tengo mucha hambre —dijo Max.

—¿Ya has terminado con todo lo que hay por ahí? —le preguntó ella.

Contestó que sí. Ella le dijo que debería esperar una media hora más, ya que estábamos realizando una misión secreta, aunque nos quedaba poco para terminar. Intenté calmarme.

«Lo mejor que puedes hacer ahora, Jed —pensé—, es no contagiar a la conductora tu nerviosismo».

Estábamos llegando a Islamorada, donde están los verdaderos Cayos. Desde ahí ya no puedes ver la costa de la península de Florida, tan sólo el terraplén conectando las concentraciones de coral verde de las islas y, a la derecha, la vieja y oxidada vía de tren. En la CNN parecía que habíamos dejado Miami justo a tiempo. Había disturbios en Pompano Beach, y en Hialeah una muchedumbre de gente inmersa en un profundo pánico había atravesado una línea de defensa del ejército. Los soldados habían decidido disparar con el nuevo fusil antidisturbios que dispara BlandiBlub pegajoso, o lo que quiera que fuera aquella masa viscosa.

«Bueno —pensé—. Al menos todavía podemos ver las cosas *on-line*. No hay necesidad de que nos perdamos un minuto de este agonizante holocausto. En la era de los *reality TV*, todo es fantástico».

Pasamos junto a un cuartel de la Guardia Costera en el extremo sur de Cayo Plantación. Extrañamente, estaba desierto, sin barcos en los diques ni coches en el aparcamiento. Había cadenas para los aviones al noroeste.

—Bueno, supongo que al final es así —dijo Marena.

—¿Perdón?

—Lo de los Invocadores de Pústulas. La gente, quiero decir, las víctimas, tienen un montón de pústulas.

—Sí, parece que sí.

—Supongo que ya habías caído en la cuenta de eso antes.

—Sí.

Se hizo una larga, gris y apesadumbrada pausa. Finalmente, me miró.

—Mira —me dijo—. ¿Sabes de alguna...?

11

La línea central de marcas reflectantes de la carretera despedía un extraño color fucsia y el pavimento brillaba con un fulgor exageradamente amarillo, así que al principio creí que estaba amaneciendo de nuevo, pero la verdad era que el sol se había puesto hacía un rato. Un momento después se produjo una especie de impacto, acompañado de un sonido como fangoso, que hizo vibrar las ventanillas de los coches. Poco después, aquel primer sonido fue transformándose en un terrible HRURWWWWWRSHHH que finalmente terminó en lo que debía de ser el residuo de la explosión en sí, un único y despiadado FWOMP. Notamos cómo el coche fue succionado hacia atrás y a la derecha, mientras el aire rugía a nuestro alrededor, hacia el centro de la explosión.

—¡Cariño! —gritaron los labios de Marena en silencio.

Su brazo derecho se lanzó hacia atrás para coger el de Max. Uno de los brazos del niño salió igualmente disparado hacia delante, entre los asientos, hacia el volante, pero ella impidió que el chaval lo agarrara, llevándose su mano a la cintura. Yo me di la vuelta para mirarlo. Su cabeza estaba metida entre los asientos, y sus labios estirados hacia atrás, mostrando los dientes. La gravilla tamborileó por las membranas de acero del Cherokee. El agua golpeó el parabrisas, e incluso pude ver trozos de coral y lo que parecían ser escamas de pescado. Los limpiaparabrisas apartaron todo aquello justo a tiempo para que otra capa se formara de nuevo. Curiosamente, los coches que estaban delante de nosotros seguían chorreando. Se notó una leve aceleración en el avance de los vehículos, casi se podía ver la expresión de los conductores y escuchar lo que decían.

—¿Qué coño? ¿Qué carajo? ¿Estamos muertos?

Todo aquello había pasado demasiado rápido como para que la gente reaccionara.

—No ha sido una bomba nuclear —dije yo—. No ha sido una bomba. No ha sido una bomba.

Pero Marena, como era obvio, todavía no podía oír nada. Todavía estábamos en ese espacio de silencio, con el tono telefónico resonando en los oídos en una eterna corchea y la sensación de estar recuperándonos de una herida grave. Miré a mi alrededor, bastante atontado. No vi ningún fuego, pero había una especie de cuña que se iba ensanchando a las cinco en punto. Parecía tan irreal que tardé un minuto en darme cuenta de que aquello era vapor. ¿A qué distancia estaría? Entre el resplandor y el sonido habría pasado no más de un segundo, pero en realidad tampoco lo recordaba muy bien. ¿A unos cuarenta kilómetros, tal vez? No, seguramente, más cerca. Volví a mirar a Marena. Los dedos de su mano izquierda estaban aún sujetando el volante. Lo estaba apretando con tanta fuerza que estaban totalmente blanquecinos. Creía que iba a romperlo en dos. Sus labios le preguntaban a Max si estaba bien. La voz de Max no le contestó nada, así que, transcurrido un rato, ella le volvió a preguntar y, finalmente, cuando pudimos volver a oír algo, el pequeño dijo algo así como: «Estoy bien, estoy bien».

Me di cuenta de que estábamos en el kilómetro 624, en el Puente de Cayo Indio, pasado el Matecumbe Superior. En algún punto del trayecto, Marena me preguntó algo, probablemente si estaba bien.

—No ha sido una bomba —dije—. No ha sido una bomba nuclear.

—¿Estás bien?

—No ha sido una bomba. Mira, las ventanas están, quiero decir, no están rotas, por eso... por eso estamos bien. No ha sido una bomba.

—Contéstame. ¿Estás bien o no?

—¿Yo? —dije—. Estoy bien.

El olor a quemado se empezó a meter a través del sistema de procesamiento del aire.

—De acuerdo.

—No ha sido una bomba nuclear —dije yo.

—Ya lo sé —contestó ella.

—¿Estáis tú y Max bien? —pregunté yo. En algún momento, sin que yo me percatara, el niño se había puesto en su regazo.

—Sí.

—De acuerdo.

—Estamos bien. No creo que fuera ningún silo de municiones ni nada parecido —dijo.

Para entonces, la niebla ya casi nos había envuelto. Su centro se había ido oscureciendo.

—¿Qué?

—Creo que ha sido una tubería.

—¿Una tubería?

—Sí, de gas natural o algo así.

Una gran parte de la zona que habíamos dejado atrás había quedado ennegrecida por la humareda oscura. Humo aceitoso.

—A no ser que haya sido un incendio en un depósito de combustible.

Me di cuenta de que mis dientes estaban castañeteando.

—¿Nos va a pasar algo malo?

—No, estamos muy alejados de cualquier problema —dijo Marena.

—Jed, ¿nos va a pasar algo malo?

—No, mujer, esta zona es segura. Estamos sobre el agua, y la carretera no se va a incendiar.

—Está bien —contestó. Juzgando el tono de su voz, parecía algo más que asustada. Ya había oído antes ese tono, en los CPR. Los niños se asustaban, pero si veían que los adultos seguían en calma, se les quitaba el miedo al momento. Todavía no sabían que era normal.

—Max, necesito que te comportes como un hombrecito —dijo Marena—. Tú ya sabes un montón de estas cosas.

—Explotará de nuevo en cualquier momento —dijo.

—No, eso no pasará —contesté yo—. Hay válvulas y esas cosas. Cualquier resto de combustible sería consumido hasta donde empezó el escape. Además, las tuberías no están cerca de la carretera, sino en alguna parte del golfo.

—Ah, vale —contestó.

«En realidad —pensé—, no me extrañaría que otra tubería explotara, a no ser que toda esa sección quede totalmente drenada si hay algún incendio o explosión. La verdad es que no tengo ni idea».

Les dije que tenía que salir un segundo y ver qué había pasado. Hacía calor, pero la verdad era que había hecho calor durante todo el día, y la temperatura tan sólo había subido un poco en la dirección que había tomado la explosión. A lo lejos se oían algunas sirenas, y más lejos aún resonaba un megáfono por encima del gemido de un avión. Unas cuantas personas de los coches de nuestro alrededor también habían empezado a salir de sus vehículos. Yo cerré la puerta del mío y subí al techo. No vi ni incendios ni accidentes de importancia en las proximidades, pero delante de nosotros había docenas y docenas de coches cruzados entre sí en diferentes ángulos.

«Maldición —pensé—. Se acabó el poder seguir adelante. Seguramente esto seguirá así hasta Cayo Oeste, hasta llegar al dormitorio de Ernest Hemingway. Nadie va a ir a ningún lado en un futuro próximo. Aunque, pensándolo bien, futuro próximo son dos palabras que están perdiendo su significado por momentos».

—Jed, vuelve al coche —dijo Marena a través del sistema de altavoces del vehículo.

Y así lo hice. Bajo mi chaqueta, la que fuera mi camisa más patéticamente estilosa estaba empapada en sudor. Era como si estuviera en un concurso de «Imbéciles chorreando en sudor». Marena apagó el motor, pero dejó el aire acondicionado funcionando con sus baterías autónomas.

Parecía bastante calmada de nuevo; de hecho, considerando toda la situación, lo estaba llevando bastante bien. Nos tranquilizamos y permanecimos ahí, escuchando. El sol se estaba ocultando en el horizonte. Marena alargó el brazo para tocar su pantalla del salpicadero y una serie de membranas tintadas aparecieron sobre las ventanas de la parte derecha del coche. El entorno parecía sombrío y distante. Al cabo de un rato, Max volvió al asiento de atrás. Marena empezó a pulsar botones en su teléfono. Yo también saqué el mío. La CNN ahora decía que técnicos de alguna parte que habían estado en los Estudios Universal y que llevaban dosímetros habían registrado lecturas de radiación letal. Habían informado a la policía el día anterior por la tarde, pero, aparentemente, nada más se había descubierto.

«Si fuera eso, ¿no deberían haberse dado cuenta a estas alturas otras personas?», pensé.

«¿O es que acaso la gente del DHS nunca comprueba sus contadores Géiger? Además, un nivel de radiación alto afectaría a todos los medidores eléctricos, activaría todas las alarmas de incendios y quemaría todas las radiografías de las clínicas, de los dentistas, así como otro centenar de cosas más. ¿Y nadie se ha dado cuenta? Aunque habría que investigar el asunto para estar seguro. Ayer escuché no sé qué sobre unas alarmas de incendios, ¿no? Mierda, hay tres trillones de páginas en internet y ni una... Bah, da igual».

Miré de nuevo en YouTube. El vídeo destacado era una toma estática de la interestatal 75, en algún lugar al norte de Ocala. Los coches que se dirigían al norte llenaban las seis vías a ambos lados de la autopista, para luego agolparse y quedarse totalmente incapaces de avanzar en un punto, como la grasa en una arteria condenada. Cuatro filas aparentemente interminables de peatones avanzaban entre los coches, formando una deprimente procesión. La gente cargaba con bolsas de basura llenas hasta los topes y con garrafas de agua colgadas de varas para poderlas llevar sobre el hombro. Dos cadáveres, o tal vez dos personas demasiado cansadas, yacían junto a la mediana. Era el tipo de cosas que había visto multitud de veces cuando era niño, pero ahora, como el resto de las personas, tan sólo podía presenciar escenas como aquélla a través de la televisión, después de algún holocausto en África o Asia. Que aquello ocurriera aquí me parecía tan extraño como a cualquier otro estadounidense, aunque esta hilera era diferente a cualquier otra hilera de refugiados: la gente de esta escena andaba con un paso extraño y lento. Al principio creía que estaban avanzando sobre un terreno especialmente difícil o algo así, pero luego resolví que aquel caminar se debía a que no querían acercarse demasiado los unos a los otros. Era como si cada una de sus partículas corporales se pudiera contaminar al tocar a uno de sus congéneres; así que se paraban continuamente, esquivándose y cambiando de dirección. Toda la masa discurría con una especie de andar paranoico.

«Partículas de polonio —pensé—. Mierda, tal vez deberíamos habernos cambiado la ropa. Con que un par de granos de esa mierda se hayan quedado pegados, podría explosionar, o ser inhalado, o cualquier otra cosa. Joder. Soy un idiota por no haber pensado en ello antes».

Como un idiota me quedé también pensando en Marena quitándose todas sus prendas, mostrando aquellos centímetros cuadrados de tersa y tentadora piel. ¿Debería decírselo? Y entonces ¿qué? Deberíamos pedirle ropa a cualquiera que estuviera por allí, no podríamos ir por ahí desnudos, digo yo. Bueno, a lo mejor el chico sí podría. En realidad, ninguno de nosotros había estado expuesto en la zona de la explosión, pero sí era cierto que había mucha gente por allí, gente que podría haber llevado partículas pegadas en su cuerpo, y, si nos desnudábamos, nuestra piel podría absorberlas directamente, ¿no? ¿Qué posibilidades habría? No sé, podía haber unas... Bah, olvídalo. Debería ser Enrico Ferni para poder deducir todo eso. Así que decidí mantener la boca cerrada.

Fuera, en el desafortunado mundo real, el azul se despidió del cielo. Los faros no funcionaban. Aun así, la noche parecía más brillante que el día que habíamos tenido, con el enorme caparazón de neblina reflectando aquel calor anaranjado que derretía las piedras.

—Bueno, al menos hay una cosa buena —dijo Marena, tal vez para sí misma solamente.

Me quedé mirándola.

—Me acaba de llegar un mensaje de SE —dijo a continuación.

—Perdona —dije—, pero ¿qué es SE?

—Oh, Soluciones Ejecutivas. Nuestro contratista de seguridad. Comprueban nuestros coches, negocian con secuestradores, etcétera.

—Ah. Oye, un momento, si has recibido un mensaje suyo, tal vez podamos...

—No, pero saben dónde estamos. Me han dicho que saben dónde estamos por el localizador vía satélite. Tenemos un barco en camino.

—Genial —dije—. ¿Estás segura de que los guardacostas les dejarán acercarse tanto?

—Supongo que sí.

Esperamos un rato más. Desde mi lado tan sólo podía ver fuegos artificiales con forma de crisantemos de color verde, volando y explotando en medio de la zona que se extendía ante nosotros. Alguien en el TomTomClub había dicho que aquello era la comunidad musulmana de Homestaead celebrando el ataque. Fuera, algunas personas trotaron entre los coches, pasándonos y dirigiéndose hacia el sur. La CNN decía que los federales habían perdido el contacto con el Departamento de Policía de Miami, entre otros muchos. Mala señal.

«Me pregunto cuándo empezarán los asaltos y los saqueos por aquí», pensé.

Miré a mi alrededor por la ventanilla, pero todo el mundo parecía estar en el interior de los coches tranquilamente. Drudge* decía algo sobre que varios doctores opinaban y estimaban que al menos una quinta parte de la población de Orlando había quedado expuesta, lo que significaba que durante las siguientes semanas, ese mismo número de personas

* Sitio web de noticias de corte conservador. *(N. de los T.)*

presentaría síntomas. También informaban de que en Belle Glade seis de cada diez personas aseguraban vía telefónica que pensaban que las luciérnagas eran zombis, o víctimas de algún tipo de brujería. De hecho, uno de ellos afirmaba que, en su vecindario, sus vecinos y él estarían dispuestos a «ocuparse del asunto», lo cual indicaba seguramente que estarían dispuestos a cargárselos y luego quemarlos. En StrategyNet hablaban de cómo ni una sola de las agencias gubernamentales había sido capaz de predecir esta cascada de pánico.

—Es un sistema extremadamente complejo —decía Bourgeoiseophobus en un mensaje—. Y ahora mismo, está moviéndose fuera del control de Florida, expandiéndose, porque se alimenta a sí misma. A cuanta más gente adviertas, más grande se hará.

A mí eso me sonaba bien.

Perdimos la conexión de internet. Reinicié y la volvimos a recuperar. Le eché otro vistazo a YouTube. Había vídeos de galerías comerciales ardiendo, de lesiones de piel y más hileras de refugiados esperando para poder subirse a los autobuses escolares que estaban transportando a la gente.

Otro vídeo mostraba a unos enanos hinchados y jorobados con trajes cromados y máscaras SCBA montando todo un campamento de arcos de luces y tiendas de campaña de color azul fuera de lo que quedaba del aeropuerto de Miami. Carroñeros nocturnos que morirían en breve, transportando a una mujer que parecía muerta bajo un enorme hongo psilocino fuera de la fiesta del Sombrerero Loco, con una desolada Fantasyland Street como escenario y un par de elefantes suspendidos en el aire; todo envuelto en el claroscuro producido por una única luz de emergencia, como esa escena de Pinocho, cuando la Isla del Placer está desierta porque los chicos se han convertido en burros. En otro, se veía a un tipo, que parecía el único objeto en movimiento en kilómetros a la redonda, deteniéndose perplejo tras pasar un grupo de coches abandonados en la West Gore Street, en el centro de Orlando. En otro un grupo de ancianas reunían gasolina en un descampado, como... bueno, no sé a qué se parecía aquella escena. Una niña de diez años atravesaba una espesa niebla de color marrón para dirigirse hacia una luz naranja parpadeante.

—¿Jed? —preguntó Marena.

—¿Sí?

—Tengo que hablar un momento con Max.

—De acuerdo. —Supuse que se refería a que quería un poco de intimidad con su hijo—. ¿Tienes unos auriculares grandes? O si quieres puedo sacar la cabeza por la ventanilla y así no oiré nada.

—No, no, no pasa nada —dijo ella—. Simplemente, te lo comentaba.

Tal vez pensaba que el chico se pondría menos nervioso al estar yo delante, para intentar aparentar que era más valiente o algo así.

—¿Max?

—Dime.

—Tenemos que hablar de algunas cosillas.

Max contestó que de acuerdo.

«Maldita sea —pensé—. Cómo me gustaría no estar aquí en este momento».

Max estaba en esa edad en la que pretendía ser un chico ya mayor, pero en la que todavía tenía un viejo y deshilachado oso de peluche en su mochila. No quería dañar sus sentimientos viéndolo llorar, así que me puse mis auriculares, con el sonido ambiente a todo volumen, y me apoltroné en mi asiento, pero no sirvió de nada. Intenté concentrarme en las noticias para darles algo de privacidad, aunque no fuera verdadera privacidad, sino ese tipo de pseudo-privacidad japonesa que se da cuando no puedes soportar oír a alguien, y entonces desconectas y no lo escuchas.

Pero, aun así, seguía escuchándolo todo.

—Mira, cariño —le dijo Marena a su hijo en voz baja—. Sabes que hay alguna posibilidad de que me pase algo, ¿no?

Supongo que él respondería: «Ajá».

—Bueno, pues ahora supón que me caigo y me quedo dormida, o que algo me hace caer inconsciente.

—Pero ¿es que va a pasar algo así?

—No, pero es una pequeña posibilidad. Si eso ocurriera, te quedarás en el coche, con la puerta cerrada, incluso si yo no tengo buen aspecto, ¿de acuerdo? No salgas nunca, ni vayas a ningún lado con extraños. Jed se ocupará de ti, y le obedecerás en lo que diga. Pero si Jed enfermara, o si no estuviera aquí, simplemente, quédate en el coche y espera. No hagas nada a menos que quien te lo diga lleve un uniforme de policía, o una placa que parezca real. De lo contrario, quédate en el coche con las puertas cerradas, aunque toquen o aporreen para que les abras. Si eso ocurriera, no te preocupes, los cristales no se romperán, y habrá policía, así que no tienes por qué tener miedo. La única razón por la que sí es necesario que salgas del coche es si se produce algún fuego a tu alrededor, o si simplemente hay mucho humo, o si hay un montón de policías con placas; en ese caso debes hacer lo que ellos te digan. Nunca te alejes de tu teléfono, y deja tu reloj encendido. Me he puesto en contacto con los servicios de emergencia y tienen localizado tu teléfono, así serán capaces de encontrarte en caso de que sea necesario, por eso no tienes que separarte de tu teléfono, porque no siempre serán capaces de localizarte en todo momento. ¿De acuerdo?

—Sí.

—No te subas a ningún barco si no estás seguro. ¿Te acuerdas de Ana Vergara? Probablemente esté en el barco. Si lo ves necesario, pide hablar con ella. Te estoy contando todo esto porque sé que eres un chico muy mayor y muy valiente, y que podrás controlar la situación.

Se hizo un silencio. Hummm... Estoy seguro de que no dijo nada respecto a ningún padre.

—¿Cariño? —le preguntó ella una vez más.

—Sí —dijo él de mala gana—. Pero ¿cómo de pequeña es esa posibilidad?

—Muy, muy, muy difícil que ocurra, pero dado que estamos en una situación un poco imprevisible, tengo que recordarte todo esto para poder quedarme más tranquila.

—Si empiezas a morirte, tendremos que llevarte a ese sitio de criogenización, ¿no?

—Bueno, si una ambulancia me recoge, ellos sabrán adónde tienen que llevarme, pero no pienses en eso ahora. Puede que ni siquiera haya tiempo para eso, ni para una ambulancia. No debes quedarte conmigo, sino con quien yo te diga que vayas, ya sea Jed u otra persona. ¿De acuerdo?

Max se sentó en su asiento, enfurruñado. Creo que incluso lloró un poco.

«No puedo soportar esto —pensé—. Ésta es una de las muchas razones por las que no hay que tener hijos: verlos descubrir cómo es el mundo en realidad es muy triste».

Marena empezó a decirme algo y pareció calmarse.

Esperamos. Una enorme avalancha de gente caminaba hacia el sur, alrededor de nosotros, avanzando a través de los coches agolpados. Algunos llevaban gente en camillas, o empujándolos en carritos. Algunos de ellos parecían bastante maltrechos.

«Esta gente ha abandonado sus coches —pensé— con la intención de llegar a Cayo Oeste. Tienen demasiada prisa como para hacer algo más que algún que otro robo anticipado».

Empecé a tener la certera sospecha de que Soluciones Ejecutivas era tan sólo una alucinación deseada. El día siguiente sería bastante deprimente y sombrío. «Supongo que a partir de ahora lo único que haremos será retro-evolucionar hasta la era Paleolítica y empezar a cazar tiburones usándonos los unos a los otros como cebo».

—¿Jed? —me preguntó Marena.

—¿Sí? —le pregunté, alzando un poco la cabeza.

Estoy aquí para protegerte, nena, y estoy listo para hacerlo. Oye, ¿qué es lo que estás haciendo? ¿Estás segura de que el niño está dormido? Mmmmmm... eso está pero que muy...

—¿Qué es un ZEA? —dijo Marena mientras leía una transcripción C-SPAN.

—Oh, sí, eh... Seguramente se refieren a la Zona de Efecto del Arma —dije—. Como si fuera una bomba sucia. En realidad se trata de mantener a las tropas fuera de una ciudad, o lo que sea, hasta que la radiación desaparezca. Ya sabes, si la vida media* es tan sólo de una semana, el...

—¿Quién haría esto? Me refiero, a alguien de por aquí...

—No tengo ni idea —contesté—. Tal vez sea, no sé, un plan-cripto-conspiratorio-de-falsa-bandera-CIA-NSA-DHS-cheney-charlisle-Halliburtoniano. O al menos, eso es lo que suelo creer.

—¿Qué es el DHS? ¿No es un aeropuerto?

—Es la Defensa...

—Mira —dijo ella, interrumpiéndome—. Si algo me pasara... bueno, te podrás hacer cargo de Max, ¿no?

—Por supuesto que lo haré —dije—. Jesús, ¿quién piensas que soy? Bueno, mejor no contestes.

—Mantén mi teléfono cerca y la gente de Soluciones Ejecutivas vendrá y os sacarán de aquí lo más rápidamente posible. Ellos te dirán qué hacer, a quién tienes que llamar y todo eso.

—De acuerdo. ¿Tienes algún tipo de palabra clave?

—¿Qué? Ah, no, no. Ya te conocen. Simplemente, identifícate.

—De acuerdo.

—De todas formas, tal vez lleguen en un minuto. En el último mensaje, me dijeron que su hora de llegada aproximada sería las nueve de la noche.

—Ahora mismo son las once.

—Lo sé.

Intenté pensar en algo inteligente, esclarecedor y relativamente masculino que decir, pero supongo que no soy Bill Maher, ya que no se me ocurrió nada. Ella volvió a dirigir su atención al televisor. Yo miré lo que había sobre el polonio en la CHEMnetBASE. Descubrí que la vida media de un isótopo 210 es tan sólo de 138.38 días, así que, sí, podía utilizarse para una bomba de nitrógeno con la que limpiar de gente una base o una ciudad que alguien quisiera ocupar con un ejército unos

* La vida media es el promedio de vida de un núcleo antes de desintegrarse. (N. de los T.)

días más tarde. El 209 es menos tóxico, pero tiene una vida media de al menos ciento tres años. Así que si se deja una buena cantidad en algún sitio, nadie podría pasearse por allí en algún tiempo. De acuerdo, eso son dos tipos de polonio, pero ¿qué pasaba con ese otro que también aparecía, el 124,030?

«Será mejor que ni pienses en eso».

Coño, qué frustrante. Y qué aterrador.

Internet se cayó de nuevo.

Mierda, esta vez lo intenté varias veces, pero no conseguimos nada.

¿Qué sentido tenía todo aquello, de todas formas? Seguramente habíamos estado expuestos en algún nivel. Tan sólo tendríamos que esperar un poco, un poquitín, y las piernas empezarían a hacérsenos más y más pesadas, y el pelo se nos quedaría entre los dedos cuando lo alisásemos con la mano.

Frustrante. De acuerdo. Calma.

El cerebro tiene unos agentes para el miedo que, si esperas lo suficiente, le terminan dando una patada, y quería hacerlo sin que mis acompañantes se dieran cuenta.

A medianoche quedó bastante claro que Max no podría pasar otro minuto más sin comida. Tuvimos una breve discusión sobre si cualquier cosa que tomáramos en ese lugar podría estar contaminada, pero al final salí del coche en busca de forraje. A unos quinientos metros detrás de nosotros encontré un Dodge con gente aún dentro. A través de la ventanilla les hice ese gesto con el que se ruega al conductor que baje la ventanilla. El tipo que estaba a ese lado del coche sacudió su cabeza. Parecía mexicano, lo que era una ventaja para mí. Empecé a decirle lo que quería en un español de los bajos fondos mientras removía ante él un buen fajo de billetes. Al final decidieron que tampoco sería tan malo hablar conmigo. Me aseguré de que eran de Miami, de que venían de allí y de que no había nada en el camión procedente del norte de Miami. Le compré una bolsa de Rancheritos, una de Pulparindos y un buen montón de bebidas por unos ochocientos dólares.

«Bueno, al menos esto ha salido bien», pensé mientras volvía.

La noche era húmeda. Podías oler cómo las algas marinas empezaban a pudrirse. Fue como un aviso de todo lo que estaba por llegar. Se oyeron varios tronidos de artillería en la parte interior. En algún lugar, bastante lejos, pero no lo suficiente como para no ponerte nervioso, podías oír gritos y cristales rompiéndose.

«Maldita sea, debería haber preguntado a esa gente si tenían alguna pistola que pudiera comprar. Tal vez debería volver. O ver si puedo hacerme con una de esas pegatinas que dice: SI PUEDES LEER ESTO, ESTÁS DENTRO DEL ALCANCE DE MI ARMA. Sin problemas».

Para cuando volví al Jeep ya tenía planeado lo que iba a decir. Diría que había encontrado un camión con artículos de limpieza, así que había comprado cinta adhesiva, el mango de una fregona, un tubo de cartón y un bote de detergente. Lo pegaría todo, para después pintarlo con grasa y que pudiera pasar por una Gauge de doce milímetros en la oscuridad. Me sentaría en el techo durante toda la noche y cuando apareciera alguna banda de saqueadores me enfrentaría a ellos con una mirada fría como el acero, y por la mañana, Marena estaría tan agradecida por mi hombría que se arrodillaría ante mi bragueta casi enfrente de su pequeño Maxwell, y luego...

—Jed, entra en el coche —dijo Marena a través de una rendija abierta de la ventanilla. Se puso en el asiento de atrás mientras cogía a Max y abrió de repente la puerta del pasajero—. Lo digo en serio.

Me metí y les pasé todo lo que había conseguido. Esperamos. Luego les dejé que me convencieran para que me comiera una bolsa de Pulparindo y una lata de Inca Kola.

El hacer de cuerpo se puede convertir en un verdadero problema en este tipo de situaciones, y uno no quiere verse envuelto en esa clase de dilemas más de lo necesario, incluso cuando está en un puente. Les dije que tal vez deberían descansar un poco, y que no tendrían nada de lo que preocuparse porque yo no podría pegar ojo seguro. De hecho, cualquier otro día tampoco lo podría haber hecho, no a esa hora, y no bajo aquellas circunstancias. Marena estuvo de acuerdo. Yo volví a centrarme en mi pantalla del salpicadero. Por lo menos aquello seguía funcionando. Básicamente, fuera lo que fuese lo que estuviera sucediendo, tan sólo te podías limitar a mirar una pantalla, pero al menos, en los tiempos que corren, aquello era una cosa bastante cómoda y sencilla de hacer. El rótulo de la CNN decía que la Casa Blanca y el Departamento de Defensa no consideraban siquiera que aquello fuera un ataque terrorista.

«Aunque aún no tenemos ninguna pista sobre quién ha sido el responsable de este acto», así como tampoco «está claro qué material tóxico se ha utilizado». También en la CNN, la misma doctora Quentin estaba respondiendo a algunas preguntas, afirmando que, en efecto, era cierto que las partículas encontradas en las muestras recogidas en la zona No-Go* eran isótopos de polonio, el cual era un material muy caro y muy difícil de encontrar. «Es prohibitivamente costoso para una dispersión a esta escala», fueron sus palabras. Alguien del comité le preguntó de dónde procedía aquel polonio, y ella respondió que no estaban seguros al respecto, pero que sospechaban que aquellos isótopos podrían haber sido confeccionados en Rusia antes del colapso de la Unión Soviética.

Nos quedamos allí sin hacer nada un rato.

Algunas personas, entre las que me cuento, tienen el cerebro un tanto retorcido, y un efecto colateral de tener un cerebro retorcido es que el miedo, la ira y cualquier emoción grande aparece de una manera un tanto más abrupta que en los neuróticos normales. Así que seguía sufriendo esas subidas y bajadas en mi nivel de miedo; intervalos en los que el cerebro se desconectaba y me precipitaba hacia otra cosa totalmente diferente. Terminaba pensando en el Códex, o en el Juego, o incluso en la última lectura de nitrato de mi tanque, para luego preguntarme por qué aquello no iba bien, por qué debería estar más preocupado de lo que estaba, que si no lo hacía por mí, por lo menos debería hacerlo por los demás,

---

* Una zona NO-GO es un lugar donde las autoridades han perdido el control y se ven incapaces de hacer que se cumpla la ley. (*N. de los T.*)

para luego volver a calcular cuándo dejaría el gas natural del generador del tanque de energizar el recolector de calcio. Al cabo del rato me di cuenta de que Marena le estaba cantando a Max en coreano.

Me quedé escuchando. Vaya. Cantaba muy bien.

«Puñetas», pensé.

Acababa de conocer a aquella mujer, pero sentía como si hubiéramos pasado más que Lewis y Clark, más que Bonnie y Clyde, que Kirk y Spock, que Siegfried y Roy, todos juntos.

Max se durmió. Eché un rápido vistazo atrás. Estaba acurrucado, dormido acompañado del estrés como sólo los niños pueden hacer. Los ojos de Marena estaban también cerrados. Me di cuenta de que en su mano derecha tenía un spray de pimienta. Como si aquello fuera a arreglar algo. Tal vez debería ir a la parte de atrás también. Ofrecer un cómodo y robusto hombro masculino. Bueno, mejor no, aquello sería ridículo.

Intenté ver si internet funcionaba de nuevo. Todo lo que podía captar era la radio, como en los años cincuenta. Habíamos sido bombardeados, y aun así, las noticias tan sólo mostraban unas repetitivas imágenes de vídeo, una y otra vez, mientras la gente seguía intentando llegar a los refugios. También había imágenes en verde y negro de visión nocturna de niños en actitud muy violenta, rompiendo escaparates, prendiendo fuego a los coches y cosas aún peores. Un trío de niños ya mayores grabándose a sí mismos mientras le gritaban adiós a una casa en llamas. Otro vídeo más largo mostraba una banda de niños mexicanos pasándoselo en grande en unas galerías comerciales desiertas, con un toque muy raro a lo *The Warriors*. Otro vídeo que se estaba haciendo muy famoso, aparte de los que ya lo eran en los blogs y otras redes sociales, era uno de una niña de dos años intentando darle *cornflakes* para comer a su madre muerta.

En algún lugar ahí fuera, bastante lejos, ya que las ondas sónicas se pueden mover muchos kilómetros en las zonas planas con aguas tranquilas, alguien estaba gritando de esa manera aguda tan característica cuando te estás desangrando. Afortunadamente, la gente normal nunca puede hacer nada, ni hablar, ni dormir, ni ver a su familia al completo, ni siquiera morir agónicamente, sin su música favorita de fondo, así que la mayoría de los ruidos quedaban silenciados por el sonido más próximo de dos enormes altavoces, uno con el tema hip-hop «Countdown», y el otro con esa estúpida canción de los Pixies sobre el mono, *If man is Five, if man is five,* una y otra vez, *if man is five, then the devil is six, then the devil is six, then the devil is six»...**

* Si el hombre es el cinco, entonces el demonio es el seis. *(N. de los T.)*

12

El cielo era del color del canal Playboy de televisión.

«Es tarde», pensé.

Había una especie de sonido pulsante, latiente, en la lejanía. «¿Qué ha pasado? Debo de haberme quedado dormido».

Los altavoces todavía seguían retumbando. Las gaviotas graznaban en algún lugar.

«Venga, espabílate».

BAMBAMBAMBAMBAMBAM.

Di un respingo, sobresaltado, y me golpeé la cabeza con el lujoso techo acolchado del coche. Inmediatamente, me di la vuelta. Una figura oscura estaba golpeando la luna trasera del coche. Marena también se había dado la vuelta, con su spray de pimienta preparado.

«Mierda. Saqueadores, violadores, saqueadores violadores paletos. *Deliverance*».

—¡¿Qué?! —le gritó Marena a la figura.

—¿Mamá? —preguntó Max.

—Soy la comandante Ana Vergara, de Soluciones Ejecutivas.

Lentamente, el globo de terror que estaba creciendo en mi abdomen fue desinflándose.

«Sorprendente —pensé—. Al final sí que han venido. Tienes que aprender a tener un poco más de fe en las cosas, Jed».

—Nos vamos —le dijo Marena a Max—. Justo a tiempo para tu desayuno.

Salimos afuera. El aire olía a goma quemada.

—¿Tienen gofres en el barco?

La mujer lo ignoró.

—Son ustedes tres nada más, ¿verdad? —preguntó.

Estaba de pie entre el coche y el quitamiedos, con sus piernas separadas en esa postura tan militar. Era una mujer sin atractivo, del mismo tipo que Cynthia Rothrock, pero vestida de SWAT, con unas gafas de sol Wiley X, unas botas militares, una especie de insignia y una Glock colgada del cinto, todo rematado con un enorme auricular con micrófono. No sonreía lo más mínimo.

—Exacto —dijo Marena.

Yo, mientras, miraba a mi alrededor. Había buitres que volaban formando espirales a unos sesenta metros de altura.

Un poco más arriba, un avión se dirigía hacia el norte. Pasando las marismas al sureste, el mar estaba repleto de navíos de los guardacostas y el ejército. En la parte baja del terraplén, entre nosotros y las antiguas instalaciones herrumbrosas del viejo ferrocarril, el agua estaba casi en calma total, brillando debido a los escapes de combustible de multitud de tuberías rotas.

«Bueno, eso va a acabar con la poca vida marina que quede en los arrecifes», pensé.

Aun así, el golfo estaba más bonito que nunca, formando remolinos de onduladas líneas paralelas de todos los colores de un arco iris alienígena. Había todo tipo de cosas en el agua, cosas que no te gustaría estar viendo de cerca, como trozos de coral, cascos de barco, vigas de casas, raíces de manglar, ruedas, cadáveres de pelícanos, secciones enteras de láminas de vinilo, trozos de césped, racimos de uva de playa... de repente, una oleada de terror convulsionó mi cuerpo cuando vi aparecer un cadáver flotando en el agua. Era una señora gorda, con la cabeza aún bajo el agua y su vestido de los domingos subido hasta la cintura, lo cual dejaba al descubierto una ropa interior de un color levemente más blanco que el de sus muslos.

«¿Qué le habrá pasado? —pensé—. ¿Por qué la habrán lanzado al agua?».

Vaya mierda. Me di la vuelta hacia el mar. La vista mejoraba bastante. Contaminación por combustible, pero al menos no había cadáveres flotando.

—¿Necesitan asistencia médica? —preguntó Vergara.

Le dijimos que no. De repente, me di cuenta de que unas cuantas personas se estaban reuniendo tras ella. Estaban bastante sorprendidas. Hasta ahora no había atraído la atención de nadie. De alguna manera, se las había arreglado para llegar en una lancha y subir hasta la carretera elevada del terraplén sin que nadie se percatara de su presencia.

Me di la vuelta y pude comprobar que la gente estaba empezando a acercarse hacia nosotros desde otra dirección, corriente abajo. Andaban de manera rápida, casi haciendo *jogging,* como los zombis de *El amanecer de los muertos*, con la singularidad de que éstos daban más miedo, porque todavía no habían muerto.

«Será mejor pasar de esta gente —pensé—, ya que de lo contrario podríamos acabar como barbacoa de estos paletos».

Comprobé que llevaba conmigo todas mis cosas: la cartera, el teléfono, el pasaporte, las billeteras de los tobillos, la chaqueta, los zapatos... Todo correcto.

Vergara nos condujo más allá del quitamiedos. Había algo sujeto a él por unos enormes garfios de aluminio. Mientras tanto, las cosas se estaban empezando a poner tensas. La gente empezaba a mirarnos con los ojos entrecerrados. Un tipo que parecía un personaje de una película de vaqueros se acercó. Tenía una pose chulesca, como si hubiera salido de una novela de S. E. Hinton.

—Oigan, ¿aonde van a ir con *essse* bote? —dijo siseando.

—Señor, será mejor que se mantenga apartado —dijo la señora Vergara—. Esta gente está siendo arrestada. Si quiere acompañarnos, es usted libre, pero entonces también tendré que arrestarlo y esposarlo. ¿Me entiende?

El valiente terminó acobardándose un poco. Por un microsegundo, sus ojos se fijaron en la pistola que llevaba la mujer, y para cuando consiguió reunir bastante valor como para contestarle, el momento ya había pasado. La cosa que estaba esperándonos resultó ser uno de esos toboganes que se despliegan, como esos túneles de juego que usan en las guarderías. Nos deslizamos a través de él y finalmente conseguimos llegar, junto con todas nuestras cosas, hasta el bote. Era una GatorHide de unos seis metros de eslora. Había un tipo al timón, manejando un motor silencioso de Yamaha. Arriba, Vergara recogió aquel pasadizo hinchable y escaló la roca hasta la lancha. Nos pusieron chalecos antibalas y zarparon.

Nos llevaron hasta una Bertram de sesenta metros. Si mirabas de lejos su puente, podría hacerse pasar por el de una patrulla guardacostas.

«Así que así es como se consigue evacuar ese 0,01 por ciento», pensé.

Me sentía como Alphonse Rothschild saliendo de Viena hacia Anschluss en un coche-tren para él solo. Aparentemente, la embarcación tenía una especie de boya preparada para enviar una señal codificada de radio, como las que usaban los coches diplomáticos cuando se dirigían a la Unión Europea, o cuando sacaban a algún senador de un aeropuerto que hubiera recibido una amenaza de bomba. Era corno un pasaje de salida del infierno. Incluso me llegué a sentir un poco culpable por todo aquello. Todos sabemos que el gobierno de Estados Unidos tan sólo era otra mafia, que las amistades que los Bush tenían entre las familias más ricas de Arabia Saudí salieron como alma que lleva el diablo el 11-S, y que después de que Khalid fuera arrestado en Pakistán, fue secuestrado en la prisión y despachado hacia Guantánamo por los gorilas de Blackwater. Pero aun así, cuando recibes un tratamiento especial, cuando hasta has pagado por él, tal y como nosotros habíamos hecho, te sientes un tanto raro. Sin embargo, no me quejo.

La tripulación se aseguró de que me quitara la ropa y la dejase en una bolsa cromada para su posterior análisis, descontaminación, limpieza y planchado. Luego me la devolverían. Me condujeron a un pequeño camarote con su pequeña ducha y se aseguraron de que me diera un buen baño. Luego me vestí con una sudadera azul de la Escuela Naval que me quedaba bastante holgada, me acosté en la estrecha litera del camarote y me quedé viendo los Boletines de Emergencia en la pequeña pantalla que había justo encima de mi cabeza. Había un mapa con puntos y manchas esparcidos por todo el sudeste; cubrían gran parte de la Florida peninsular. La voz de fondo seguía diciendo adónde ir y qué hacer, sin decir por qué. Cambié a la CNN.

«... Personas evacuadas sin vehículos están recibiendo permiso para dejar los refugios. Se les está permitiendo que se vayan», decía la voz. Un rótulo en la parte superior de la pantalla anunciaba que el presidente había convocado un Acto de Insurrección, lo cual daba al personal militar poderes locales. También anunciaba el traslado de otras cinco mil personas. La estimación de muertes por los disturbios, los incendios y las explosiones, como por ejemplo la de las tuberías junto a nuestro coche, ascendía a dieciocho mil.

«Mierda», pensé. La verdad es que todos los sucesos afortunados son bastante parecidos los unos a los otros, pero cada gran desastre es siniestro a su manera. Esta vez no había sucedido con la futurista instantaneidad de Oxaca, o la arcaica y natural rabia de los tsunamis y los terremotos. Tampoco hemos presenciado un festival pirotécnico como en el 11-S. Nosotros (a pesar de que estoy intentando no utilizar ese pronombre, creo que en este caso queda justificado) pensábamos ser conocedores del advenimiento del Apocalipsis, y cuando todo esto ocurrió, fue como si no hubiéramos estado preparados en absoluto. Nuevamente, ciegos ante los acontecimientos.

«Mierda», pensé.

Puse el canal Bloomberg. Habían puesto un vídeo que mostraba el interior de un almacén con hileras e hileras de cuerpos metidos en bolsas y rodeados de hielo seco, por lo que todo el lugar estaba lleno de una especie de neblina, como en una vieja película del hombre lobo. La voz de fondo decía que el personal de la sala de emergencia se negaba a tratar a más pacientes a no ser que lo pudieran hacer dentro de un traje de aislamiento. Hasta entonces, algunos hospitales estaban usando la teleconferencia para comunicar a los pacientes, así como a sus familiares, cómo tratarse a sí mismos. En la parte baja de la pantalla, y ésa es una cosa por la que a todo el mundo le encanta Bloomberg, el rótulo que daba a conocer los informes de bolsa seguía su recorrido de derecha a izquierda. La bolsa estadounidense todavía estaba cerrada, pero en el extranjero, el mercado cíclico seguía bailando. Esperé hasta que salieron los datos del maíz. ¡Ja! Otro dólar y medio.

«Bueno, no te emociones —pensé—. Eres un huele-carpetas. Te beneficias del terror. Deberías avergonzarte».

Perdí la conciencia.

Me despertaron en el puerto de Nichols Town. Era casi de noche. Un helicóptero Kiowa apareció para llevarnos a una pista de aterrizaje privada en Fresh Creek, cerca de la estación.

—¿Qué tal estás? —me preguntó Marena por los auriculares.

—Estoy bien —dije—. ¿Adónde irás cuando esto termine?

—A la firma, pero ahora nos llevarán en avión hasta el Asentamiento, en Belice.

—¿Adónde dices? —pregunté.

—El Asentamiento. Con el significado que emplean los Mormones.

—Ah, vale, un asentamiento.

Se refería a una pequeña comunidad misionera, la cual, con el tiempo, tal vez se convertiría en un templo.

—Es tan sólo un complejo deportivo en el que está trabajando Lindsay —dijo Marena—. Creo que el carácter religioso más bien es por el tema de los impuestos.

—Ya.

—De todas formas, hablando de eso, estaba pensando que estaría bien que nos acompañaras.

—Oh... bueno, gracias.

«Maldita sea —pensé—. Me están secuestrando. Cállate, no te pongas paranoico, no tiene ningún sentido pensar esas cosas».

—Sería una buena idea seguir el trabajo que estás realizando con Taro —dijo ella—. ¿No crees? Voy a hacer que me den luz verde al proyecto.

—¿Qué proyecto? —le pregunté—. ¿Vas a hacer otra película sobre los mayas?

—No, no va a ser una película. Voy a ver a Lindsay para que nos suelte algo más de dinero para investigar el Códex, y luego voy a hacer lo que sea necesario.

—¿Quieres decir hacer lo necesario para salvar a la humanidad y todo eso?

—Bueno...

—¿Por qué iría Lindsay Warren a ayudarte a hacer nada? Me refiero a que... bueno, mira, no quiero ser un aguafiestas, no quiero desanimaros ni nada de eso, pero... ¿No son las grandes corporaciones las que están acabando con el planeta y todo eso? Al menos, no colaboran en salvarlo.

—Bueno, si no obtiene un margen de beneficios en algo, supongo que cambiará la cuenta de subvención, la pasará a la suya personal.

—Oh, vale.

—De todas formas, no estoy de acuerdo contigo. Creo que piensa que salvar el planeta puede ofrecerle muchos beneficios.

—Ya.

—De todas formas, si no quieres venir a Belice, podemos llevarte de vuelta. Esta gente va a volver de todas formas.

«Es el momento de tomar una decisión rápida», pensé.

—¿Dónde está Belice? —le pregunté.

—Está... en las colinas, al oeste, bueno, más bien al sudeste de Belmopan, creo.

—Mira, no puedo ir a Guatemala —le dije—. Tengo algunos problemas legales por allí.

—¿Quién ha dicho nada de ir a Guatemala?

—Bueno...

—De todas formas, todas las fronteras están cerradas, casi están en guerra con Guatemala.

—Lo sé, pero, mira, parece que vais a ir muy cerca de la frontera, y... no quiero ser ingrato ni nada parecido, te agradezco mucho que hayas tenido la confianza suficiente como para...

—No te andes con milongas —dijo—. Llama a tu abogado por teléfono y dile que esté listo para echarle un ojo a tu contrato, ¿de acuerdo?

—De acuerdo, jefa... ¿Contrato?

—¿Ves? Ésa es la actitud que queremos.

—De acuerdo, jefa.

—Perfecto.

Había dos aviones sobre la hierba. Uno era un Cessa que habían alquilado para Max. Alguien llamado Ashley, que era algo así como la asistenta familiar de Marena, o el ama de llaves, o lo que fuera, y José, un tipo que trabajaba para ella, estaban esperándole en el interior. Todo aquello me parecía un derroche. No entiendo por qué el niño tenía que hacer un viaje solo. Iban a ir a Kingston, y luego, cuando se aseguraran de que no había ningún problema, volverían a Estados Unidos. Max empezó a subir la escalera, se paró, volvió y me dio algo.

—Toma, podrías necesitarlo —me dijo.

Era una pequeña figura de un robot fofo y de color azul. Estaba algo húmedo de tenerlo en la mano.

—Genial —dije—. Gigantor. Gracias.

—No, es Tesujin 28.

—Oh, es cierto, gracias.

—Es un puntero láser —dijo.

—Oh, es increíble. Nunca había tenido uno de éstos.

El avión se puso en marcha, deslizándose por la pista, y finalmente despegó. Otro avión ocupó su lugar. Era un Piaggio Avanti, una aeronave de doce asientos y dos propulsores con una proa con forma de cabeza de tiburón martillo. Tenía un enorme logotipo de la corporación Warren en el ala, y las letras WAS (por Warren Aerospacial) en un verde fluorescente con copyright llamado Esmeralda Warren. Un tipo gris, hosco y enorme con una camiseta de Don Ho fue el primero en salir. Me dio la mano. No me la apretó, pero simplemente al estrechársela sentí que sabría perfectamente cómo dislocar un brazo con un único golpe debilitador en la arteria axilar y luego retorciendo el húmero hasta sacarlo de su sitio.

—Jed, éste es Grgur —dijo Marena.

—Encantado de conocerte —dijo él, mintiendo con lo que parecía un acento serbio carente de todo humor.

Yo también mentí: dije que también estaba encantado de conocer a... «¿Grr, Grr? —pensé—. ¿Qué clase de nombre de tipo duro es ése? Seguro que su verdadero nombre era Evander o algo así».

Finalmente nos subimos al avión. Me había imaginado la cabina como si hubiera sido sacada de la gira del 74 de Led Zeppelin, Orgytrailer, pero en realidad era una espaciosa versión de la cabina de cualquier otro avión, forrada de cuero y madera de olmo, todo en colores sopa, beige y champiñón, con leves toques de ocre y detalles en gris pardo.

Había dos pasajeros más en el avión: un tipo con aspecto de misionero que sufría de acné, y una mujer de los laboratorios Lotos (los cuales supongo que también habrían sido adquiridos por el Grupo Warren) llamada doctora Lisuarte. Era una mujer pequeña y eficiente, de piel oscura, con un chaleco de pescar y un pelo que tenía el aspecto de haber estado recogido en un moño muy tirante desde el siglo XX.

—Se supone que debería hacerles un examen completo —dijo.

Yo estuve a punto de negarme, pero no quise crear problemas. ¡Qué demonios! Nos sentaron, nos abrocharon los cinturones y luego nos dieron de comer. Durante todo ese tiempo no hablamos. Finalmente, despegamos. Cuando alcanzamos los novecientos metros de altitud, el sol apareció y desapareció a través de las ventanillas durante un minuto o así, y luego desapareció por debajo de nosotros. A los dos mil quinientos metros de altitud, Lisuarte me dio dos leves golpecitos en el hombro. Después me condujo a la parte de atrás del avión. Éste había sido construido para el transporte de ejecutivos, y no para emergencias, pero allí habían instalado todo lo necesario para asistir cualquier emergencia médica. Todo lo que se podría encontrar en una ambulancia, y además algunos extras más que estaban allí por mí.

Me senté en una silla para flebotomías. Lisuarte me hizo un embarazoso chequeo completo en el que se incluía comprobar mi tiroides tres veces. El tubo GM que tenía era tan sensitivo que cuando le dio la vuelta, poniéndolo vertical, activó la alarma antiincendios, obligándola a desconectarla.

Parecía estar limpio.

«Bueno, al menos es un alivio —pensé—. Otros cien bits de buenas noticias como ésta y estaré de vuelta listo para jugar».

Me dio unas cuantas tabletas de potasio de yodo, por si las moscas. También había un equilibrador de fluidos para edemas, y lo que parecían una serie de analizadores de alto calibre, de los que se encuentran en un laboratorio especial. Supuse que habrían llevado hasta un espectrómetro.

Por supuesto, la mujer insistió en comprobar mi capacidad arterial, aunque fuera tan sólo para sacar una nueva aguja autodirigida. Luego puso los resultados de los análisis en pantalla, y echándoles un vistazo me parecieron bastante correctos, pero, por supuesto, ella quiso seguir dando la tabarra con el tema.

—Podríamos doblar tu factor ocho, ya sabes, por si acaso.

—Eh... sí, claro, gracias.

—También tenemos algo de 0 negativo. Lo tenemos en la nevera, abajo, en el Asentamiento.

—Genial —dije—, pero no tenían por qué haberse molestado, me la podría haber bebido igualmente.

—Hablando del tema, ¿alguna vez has oído hablar de las características de la sangre de lacandón?*

Yo negué con la cabeza.

—Bueno, pues tenemos un par de lacandones en la unidad de transporte de animales. Ya sabes, indios lacandones. Tienen un componente extra en su sangre. Un coagulante que nadie más tiene. Supuestamente, está ahí como parte de su habilidad natural para sanar rápidamente.

—¿De verdad?

—Sí.

* Los lacandones son un grupo indígena maya que habita en la selva Lacandona en la frontera entre México y Guatemala, más específicamente en el estado de Chiapas, México. (N. de los T.)

—Tal vez debería dar también un par de tragos de eso.

—Eso no serviría de nada —contestó.

—Ya...

—Voy a confeccionar un kit especial de antídotos para las picaduras de serpiente, y quiero que lo lleves contigo continuamente.

Entonces empezó a hablarme de cómo las serpientes de cascabel y los lagartos Gila, así como otras alimañas, tienen esas cosas que hacen que produzcas grandes cantidades de trombina* (que tiene el mismo uso adhesivo que las células T), y cómo pueden llegar a tu cerebro, causándote graves daños si ya tienes sustancias coagulantes, pero, por otro lado, si metes la pata y te pasas con las antitoxinas, podrías convertirte en una esponja humana, haciendo que tu cerebro terminara recibiendo una descarga. Es un equilibrio muy difícil de mantener.

Mientras hablaba seguí asintiendo, intentando aparentar que ya sabía todo lo que estaba diciendo.

—De todas formas, ¿por qué debería morderme nada? —pregunté.

—El lugar todavía está en construcción —contestó ella—. La zona aún está rodeada por la jungla. La última semana un grupo de monos aulladores robaron toda la mantequilla de cacahuete de la cafetería, y hace un mes, un trabajador enfermó bastante por culpa de una picadura de serpiente.

—¿Por una fer-de-lance?

—¿Perdón? —dijo ella.

—Si era una Barba Amarilla.

—Ah, sí, exacto. Toxina hemorrágica.

—Sí.

—Aun así —dijo ella—, imagina que te pica un ciempiés, o algo así de exótico. Me gustaría tener todo tu historial, y releerlo, para así poder dar con el grupo de antígenos enseguida, antes siquiera de que a nadie le dé tiempo a practicar

* La trombina es una enzima del tipo de las peptidasas. No es parte de la sangre, sino que se forma como parte del proceso de coagulación sanguínea. *(N. de los T.)*

un corte en la mordedura. Si, finalmente, no tienes más remedio que cortar, quiero que antes esperes una hora y cuadripliques la dosis de desmopresina. Por supuesto, lo primero que deberías hacer es llamarme, si puedes.

—Gracias —murmuré, intentando no sonar ingrato.

—Sabes que no debes tomarte una aspirina ni nada parecido, ¿verdad?

—Ni tan siquiera sé cómo sabe la aspirina.

Empecé a levantarme para irme, pero me hizo sentarme de nuevo.

Como toque final, me inyectó mefloquina, Ty21a, la vacuna contra la hepatitis A, y diez tipos diferentes de aceite de serpiente, como si fuera el puñetero barón Von Humboldt antes de empezar la búsqueda de las fuentes del Amazonas. Cuando volví a mi asiento, mis nalgas ardían como... bueno, no sé como qué. Como a alguien que le ardieran mucho las nalgas, no sé... ¿Una puta de las Vegas la mañana después de que termine La Convención de Gordos Anónimos?

«Estás en plena forma —pensé—. Jed, eres una nenaza. Deberías haberle dicho que no y ya está. Que le den a las compañías de seguros. Son unos paranoicos. ¿Por qué no me encierran en una enorme burbuja de polipropileno y santas pascuas?».

Miré por la ventanilla un rato. Agua. Luego miré a Marena. Estaba sentada «junto» a mí, pero aquellos putos asientos de primera clase tenían tanto espacio entre ellos que era como si estuviéramos en distintas zonas horarias. Al igual que yo, había estado mirando el mismo reportaje sobre el desastre una y otra vez. Ahora estaba enganchada al teléfono. Miró hacia atrás y me preguntó si estaba bien. Le dije que sí.

—Espero que hayáis mirado mis informes médicos —dije.

—Oh, sí, sí —dijo ella—. Lance los estudió a fondo. Perdona, en realidad eso es ilegal.

—No pasa nada. Simplemente es que, ya sabes, no es tan fácil de hacer, ¿no?

—Para esta gente no es nada —contestó ella—. Si les pidieras que encontraran el DIU de la reina Elisabeth, lo harían en diez minutos.

Volvió a lo suyo. Encontré un puerto USB en el brazo del asiento, así que conecté mi teléfono. Entré en internet, pero todas las páginas a las que suelo ir, o estaban caídas, o no las habían actualizado. Otra mala señal. Me coloqué los auriculares (¿me rendí?) y me puse a ver la CNN.

—Gracias, Alice. Soy Alexander Marning, retransmitiendo desde el Centro de Noticias de la CNN en Atlanta, gracias por seguirnos. —Alguien cuyo nombre era Alexander Marning siguió hablando después de una pausa—. El Horror de Disney World es ya el periodo más difícil para el sudeste del país en muchas décadas, y ha provocado una gran conmoción por todo el mundo, pero el desastre, además, ha afectado de una manera especial no sólo a los residentes en Florida, sino también a los reporteros que están cubriendo la historia. Brent Warshowsky nos habla para contar más de lo sucedido. ¿Brent?

Mejor que escuchar lo que tenía que decir Brent, cambié a C-SPAN. En los subtítulos se podía leer: «La catástrofe de Disney World fue debida a una "Bomba Sucia" silenciosa, según un investigador de la Agencia Federal de Administración de Catástrofes».

La representante de Octavia Quentin estaba testificando nuevamente, esta vez frente a un comité del Senado.

—... Forenses indican que la fecha fue aproximadamente la media tarde del día 28 —dijo la mujer—, y es cierto que las partículas se transportaron por el aire, pero son muy pesadas, debido a su recubrimiento, así como pegadizas. De modo que, a pesar de la alta radiación en la zona No-Go, suponemos que muy pocas de estas partículas han podido ser arrastradas por el viento, y muchas menos se verán transportadas por ese mismo viento en los meses venideros.

—Pero han encontrado partículas en las corrientes de agua, ¿no es así? —preguntó una voz que se parecía a la de Dianne Feinstein.*

* Es una política estadounidense, actual senadora senior de Estados Unidos por el estado de California. (N. de los T.)

—Sí, así es —dijo Quentin—. Mientras que la vertiente del lago...

«Esto es un tostón», pensé.

Apagué aquello y me arriesgué a echarle otra mirada a Marena. Todavía estaba liada escribiendo en su teléfono. Me incliné hacia delante y le eché un vistazo a la pantalla. Trabajaba bosquejando una elaborada fantasía arquitectónica, con estanques reflectantes y ornadas pirámides redondas. Después de trazar unas cuantas franjas rosa y rojas en las pirámides, parecía frustrada, y empezó a dibujar una línea de peregrinos desnudos volando por el fondo en enormes pájaros sin la capacidad de volar, como las diatribas. Se volvió para mirarme.

—Lo siento —dije—. No quería espiarte.

—No pasa nada —contestó ella, casi gritando.

Cuando se dio cuenta, se quitó los auriculares.

—Dibujas muy bien.

¿No sonaría aquello poco apropiado, dadas las circunstancias? Después de una gran tragedia, ¿cuánto tenías que esperar para poder sonreír de nuevo? Hay algunas personas que tienen como un instinto especial para este tipo de cosas, pero yo no. Yo soy el que se ríe en los funerales, o el que se amuerma en una fiesta.

—Oh, gracias —dijo con un tono avergonzado.

—No, en serio. ¿Es algo para Neo-Teo II?

—Sí.

—Es raro que en realidad resultes ser una artista.

—¿Por qué es tan raro?

—No es que sea raro, es sólo que, ya sabes...

—¿Qué?

—Bueno, tan sólo es que, ¿cómo terminaste interesándote por algo así?

—¿Como qué? ¿Te refieres al Juego del Sacrificio?

—Sí.

—Siempre me han gustado los juegos.

—Ya...

—Bueno, y ya sabes, Lindsay siempre va a estar financiando a Taro —contestó—. Y luego, cuando Neo-Teo fue un éxito, Lindsay pensó que podría echar un vistazo a este asunto del juego en el que estamos metidos.

—De acuerdo, pero el Juego del Sacrificio no tiene nada que ver con la industria del entretenimiento.

—No, pero podría convertirse en algo que podría implementar, o dar a entender algo como el Juego del Sacrificio.

—Creo que me he perdido —dije.

—Bueno, mira —dijo—. Mi opinión es que la historia siempre avanza a través de etapas diferentes, ¿de acuerdo? Desde el siglo XVIII, el paradigma dominante del mundo, que era la religión, ha pasado a ser la ciencia. Me sigues, ¿no? Y ahora, en el siglo XXI, la cosa vuelve a cambiar, esta vez hacia el tema lúdico.

—Te sigo.

—Los juegos son una especie de tercera teoría. Es una cosa que está entre el arte y la ciencia, pero no es simplemente una mezcla de ambos.

—Estoy de acuerdo —dije—. Yo, como gran seguidor de los juegos...

—Claro, claro, pero lo que quiero decir es que, ahora mismo, ahí fuera hay un montón de gente jugando a todas horas, excluidos de casi todo.

—Sí, y eso es conveniente, ¿no?

—Claro, pero la cuestión es que soy de la opinión de que tiene que haber una razón para ello.

—¿Como qué?

—Como... bueno, esto puede sonarte un tanto espiritual y moña.

—No, sigue.

—Bueno, ¿no te parece que muchas de esas personas están jugando a esos juegos con, no sé cómo decirlo, con desesperación?

—¿Desesperación?

—Con mucha intensidad y con demasiada urgencia.

—No sé, pero siempre he jugado a muchos juegos, así que tal vez no sea la persona indicada para responder...

—Parece que estén buscando algo continuamente —dijo—.

O tal vez... otra manera de verlo es que un montón de otras cosas, otro tipo de producciones, o actividades, o trabajos, o lo que sea, están empezando a quedarse obsoletos. La gente sabe intuitivamente que los juegos son el futuro. Todo el futuro social. Todo el futuro de la humanidad.

—Bueno, de eso no estoy tan seguro.

—Sí, tal vez no, pero yo lo siento así. Siento como si todas las cosas que diseño, incluso cuando son baratas y violentas como Neo-Teo... creo que al menos estoy yendo en la dirección apropiada. Todavía estoy en el negocio de la Utopía. ¿Tiene todo esto algún tipo de sentido? Creo que te estoy dando la tabarra.

—No, no —dije—. No me estás dando la tabarra. De hecho, lo que me dices suena bastante coherente.

—Por eso es por lo que todo el asunto que Taro se trae entre manos me parece tan interesante. Es como si estuviera intentando encontrar qué es lo que pasa con los juegos.

—Sí, supongo —contesté yo—. La verdad es que sí es excitante. Tal vez deberías aprender a jugar al Juego del Sacrificio.

—Me encantaría. Sobre todo ahora que tengo tanto tiempo libre.

—¿Lo tienes?

—Estoy bromeando.

—De todas formas, te enseñaré.

—Genial, entonces, tenemos una cita —dijo cerrando su teléfono y sus ojos, al mismo tiempo que se echaba hacia atrás.

«Vamos —dijo mi Cary Grant interior—. Bésala».

«Perdón —pensé—. No puedo hacerlo».

«Gallina —dijo Cary, antes de desvanecerse en una bocanada de Lucky Strike».

Mierda.

Tenía que hacer algo. Intenté acceder a los registros de las cámaras de mi casa por trigésimo novena vez. La verdad es que me sorprendí cuando finalmente pude conectar. Los filtros y los transformadores de los recolectores de proteínas habían dejado de funcionar, uno a uno, entre el miércoles y el jueves, pero las cámaras seguían funcionando gracias a su sistema de backups UPS. Vi cómo, una a una, iban muriendo. La colonia de *Nembrotha** que había recolectado en Luzón, a las que tenía planeado adjudicarles (siempre que comprobara que no se trataba de *chamberlaini*)** el nombre de Las Chromodores, por aquellas franjas verde esmeralda que cruzaban sus cuerpos y por el naranja chillón que refulgía en sus cabezas conejales. Y las esponjas, con sus bandas amarillas y ultravioleta, se estaban moviendo de lugar, como si fueran pequeñas concertinas, sobre el coral, disolviéndolo hasta hacerlo fosfatina.

Todo por mi culpa.

Lloré. Lo admito, pero nadie pudo ni verme ni oírme. Llorar es una cosa muy barata. Llorar es lo que hacen las estrellas del pop en la tele. A través de la ventanilla, más allá de la oreja de Marena, pude ver la costa de Belice, negro sobre azul, con una doble hilera de puntos luminosos moviéndose a través de una autopista que llevaba hacia el sur, como si fueran glóbulos a través de tubos intravenosos.

* Tipo de babosa marina. *(N. de los T.)*
** Otro tipo de *Nembrotha*. *(N. de los T.)*

13

Volamos hacia el oeste sobre Un Mejor Mañana y El Valle de la Paz, ambos, seguramente, zonas de asentamientos de refugiados, y luego viramos hacia el sur, hacia las montañas mayas. Marena seguía hablando por teléfono. Yo estaba bastante enfurruñado.

—Oye, hay un buen montón de buenas noticias —me dijo finalmente.

—¿Ah, sí?

—Tony y Larry Boyle, bueno, a Larry no lo conoces, han estado con Taro esta mañana. Está bien.

—Oh, genial.

El capitán dijo por el sistema de altavoces que aterrizaríamos en dos minutos. Nos estábamos aproximando a una gran zona circular, repleta de luces eléctricas y hogueras campestres.

Desarrollos Warren había construido dos recintos en un amplio altiplano. Estaba a unos veinticinco kilómetros al sur de las ruinas de Caracol, y a tan sólo seis kilómetros de la frontera guatemalteca. El complejo tenía unos ocho gloriosos kilómetros cuadrados de saludable bosque, perfectamente circular, con una única carretera de aproximadamente un kilómetro y medio de diámetro (de la cual Marena me dijo que además tenía una superficie totalmente convertible por la que podían circular humanos, caballos y vehículos) formando lo que era el borde exterior de las instalaciones.

—Oye, ¿por qué estamos dando vueltas? —dijo Marena.

—¿Perdón? —le pregunté—. Oh...

Marena le estaba hablando al piloto a través del pinganillo que tenía en la oreja. Estaba callada, escuchando la respuesta que le estaban dando.

—De acuerdo, recibido —dijo, dándose la vuelta hacia mí—. Me ha dicho que el control de tráfico aéreo nos está registrando. Como si estuviéramos infestados de tifus.

—Vaya...

—Pues sí.

Bajamos seiscientos metros. El centro del círculo del estadio principal, o Hyperbowl, tal y como lo llamaban, surgía de una jungla oscura.

Era una enorme hogaza de cristal electrocrómico, una estructura que parecía casi terminada bajo su red de andamiajes, iluminada por un grupo de reflectores de halita y espolvoreada por las chispas azules de los soldadores.

—Todo esto tendrá que ser reformado para los Juegos Paralímpicos —dijo Marena.

Estaba pensando en algo.

—Ya sabes, los Juegos Olímpicos Especiales. Son dentro de seis años.

«Si el mundo existe para entonces», pensamos los dos a la vez.

—Todo esto es algo más que un montón de rampas, tienen que construir unas pistas especiales, con baños portátiles o lo que sea que vayan a poner.

Me contó que el trato se había cerrado hacía ocho años. Como parte de la apuesta que Belice hizo para ser sede de las XXXIII Olimpiadas, el Grupo Warren se había ofrecido para construir unas instalaciones autónomas a unos noventa kilómetros de la capital, con el fin de evitar la pobreza de la ciudad, así como los problemas de transporte.

—Lo más gracioso de todo es que dejaron que Belice fuera la anfitriona de los juegos, y eso que nunca han ganado una sola medalla, y no lo harán hasta que la borrachera de ron se convierta en prueba olímpica —dijo—. ¿Quieres un chicle de nicotina?

—Oh, no, gracias. Ahora mismo estoy con la vicodina.

—Después de los juegos, vamos a convertir las pistas en hoyos de golf, para así hacer de todo el complejo un destino vacacional, un espacio con decoración y motivos mayas, y actividades relacionadas con Neo-Teo. Además de disponer ahí de una reserva de jaguares, así como de una población subsidiaria de alrededor de diez mil artesanos mayas de la zona.

—¿A que no eres capaz de repetirlo todo de nuevo?

—No, pero estoy segura de que tú sí.

—Sí, la verdad es que sí podría.

—¿De verdad? A ver, dime.

—Snos, repst, farc, nayam —dije—. Hum, lacold, nas...

—Está bien, ya lo capto —contestó ella—. Mira, ahí hay una tienda.

El piloto dio la vuelta y voló directamente hacia un camino asfaltado que llevaba al Asentamiento o, como debería llamarlo realmente, el Asentamiento™, aproximadamente a un kilómetro del complejo olímpico.

Las ruedas entraron en contacto con la tierra. Nuestra velocidad fue aminorando, viramos, reculamos y, finalmente, nos detuvimos.

Allí nos quedamos esperando, hasta que se abrió la puerta de embarque.

Siempre que respiraba la primera bocanada de aeroplacton centroamericano me invadía una oleada de nostalgia, sin olvidar el aroma a caballos mezclado con el cemento fresco, con una nota final de una alta cota de ozono.

Desembarcamos del avión. Bajo la iluminación de una perfilada luz blanca, había siete personas esperándonos en la pista de aterrizaje.

Dos de ellos eran guardias de seguridad de Warren que iban vestidos con un uniforme de color verde. También había un inspector beliceño con una camiseta blanca de manga corta que estaba revisando los pasaportes de todo el mundo. Luego estaban lo que podríamos denominar una representación de bienvenida de los ancianos* del Asentamiento. Ninguno de

* En la mayoría de las congregaciones religiosas protestantes, la figura del anciano es la de alguien con un alto cargo de responsabilidad y decisión. (N. de los T.)

los dos que vinieron superaba los treinta años de edad. Uno de ellos llevaba una sudadera con un dibujo de un tipo vestido con una toga y una especie de bastón de mago silueteado ante una puesta de sol. Debajo se podía leer la frase «Moroni, 421 AC» escrita en Papyrus Bold,* «El Último de los Buenos©».

Nos preguntaron si estábamos bien, y si nuestra gente estaba bien. Me entraron ganas de contestar que mi gente no había estado bien desde hacía quinientos años. Todos me estrujaron la mano.

«Son momentos como éste —pensé— los que hacen que me alegre de ser zurdo».

Finalmente, nos condujeron ante dos enormes agentes del Departamento de Seguridad Patria.

«Genial —pensé—. Allá vamos».

¿He mencionado que en el 2001 me pasé ocho días en una cárcel de Guatemala?

«Me sorprende —pensé— que esos dos gorilas se hayan tomado su tiempo para cerciorarse de que somos quien decimos».

Uno de ellos había escaneado nuestros pasaportes mientras nos tomaba fotos con su teléfono, esperando una respuesta de sus demoníacos señores, dentro de su cripta secreta bajo el Pentágono.

Nos preguntaron si teníamos intención de dejar el emplazamiento en construcción, y les dijimos que no. Luego nos preguntaron si nos podríamos poner en contacto con ellos por teléfono al anochecer. Les contestamos que por supuesto. Parecía como si estuviéramos bajo libertad condicional. Luego, concertaron una cita con Marena para la mañana siguiente. Durante todo ese tiempo, yo me comporté como cuando quiero hacer ver que no se me da bien hablar en inglés.

Me parecieron muy divertidos, aunque a mí todo el mundo me parece divertido.

No nos dijeron por qué nos iban a mantener tan vigilados, pero, claro, nosotros ya éramos «personas con interés en el ataque a Disney World».

* Tipo de letra tipográfica. (N. de los T.)

—Bueno, dejen que empiece a hablarles de todo esto que tenemos aquí montado —dijo el anciano-anciano, el que no llevaba sudadera.

Le dio a Marena una tarjeta de identificación y la ayudó a ponérsela en su chaqueta. Por un momento pareció que le estaba poniendo la flor para el baile de graduación. Luego me dio otra y dejó que me la pusiera yo solo. Era una pantallita brillante que mostraba un texto hecho con puntitos verdes desplazándose, con un clip con forma de mandíbulas de cocodrilo en la parte posterior.

Sin haber tenido que hacer nada, aquello ya mostraba mi cara, sacada de una foto de la página web *Strategy Magazine*. Había pedido su retirada hace años. Lo siguiente que nos dieron fue una tarjeta de teléfono.

—También tenemos una contraseña para nuestra LAN* —dijo—. Pueden utilizar su teléfono o dispositivo portátil con acceso a internet para saber cuál es su situación en el mapa, o para contactar con el personal del Asentamiento, así como el calendario de actividades, el horario del Viernes de Locura, el horario de comidas, así como otra información que les será útil.

—Gracias —contestó Marena.

—Sin embargo —dijo—, si se quitan la tarjeta identificativa, les reventará la cabeza...

... Lo siento, estaba bromeando.

Bueno, en realidad no dijo eso. En realidad soltó un... «Buuueno».

Luego nos llevó hacia la zona este, hacia el complejo deportivo. Los oficiales caminaban detrás de nosotros con cierto toque orgulloso-de-ser-un-robot.

Con cada paso, las plantas de mis pies se hundían unos pocos milímetros más en el ardiente asfalto. Grgur me preguntó si quería que me llevara la mochila, pero yo le dije que la usaba para cubrir mi chepa, así que cogió las dos pequeñas bolsas de Marena y siguió caminando a unos quince metros por delante

---

* Una red informática interna. (*N. de los T.*)

de nosotros. Atravesamos un grupo de Quonset* así como varios hangares prefabricados. Varias polillas invisibles rozaron nuestras orejas camino a su cremación en los focos de tungsteno.

—Eh, Jed —dijo Marena.

—¿Sí?

—¿Sabes por qué estos burros tienen toda esa pringue de color rosa por las patas?

—Sí.

—¿Por qué?

—Bueno, ¿ves lo canijos que están?

—Sí.

—Eso facilita que los murciélagos vampiro vayan a por sus tobillos —dije—, o a por sus pantorrillas, o a por sus partes. Tienden a atacar a las mismas víctimas noche tras noche. Por eso, los propietarios de los burros los pintan con esa cosa rosa. Tiene propiedades anticoagulantes. Los murciélagos macho son los que normalmente cazan. Así, el papá vampirito se bebe toda la sangre con esa sustancia y luego vuela de vuelta hasta donde están su mujer y sus niños. Más tarde, todos se van a dormir boca abajo en ese árbol, por ejemplo. ¿Vale?

—Sí.

—El papá vampirito se cuelga a una altura mayor y regurgita, así todos beben. Los más pequeños son tan frágiles que mueren de hemorragia debido al anticoagulante.

—No es que me arrepienta de haber preguntado —contestó ella—. Es que me arrepiento de haber nacido.

—Lo siento.

El complejo principal tenía dos verjas de dos metros y medio de alto cada una, con un espacio de unos ocho metros entre ellas y un pequeño corredor entre las dos puertas. Por lo menos no tendríamos que encontrarnos los perros que estaban patrullando aquella zona de nadie. Unos cuantos nos echaron unas miradas bastante fieras. Eran dos Pastor Nazi, medio ciborgs, con pequeñas cámaras montadas en la cabeza y dientes cromados.

* Estructura prefabricada y muy ligera de hierro galvanizado con la forma de un semicilindro volcado. (N. de los T.)

Al cruzar al otro lado de la verja entramos en una plaza de estilo militar con varios edificios anchos de base y de un piso de altura. Había reflectores montados en cada una de las esquinas de sus tejados de zinc. Alguien con visión había cortado un cedro español de trescientos años y lo había tallado en forma de cono, para luego ponerlo en un foso lleno de cemento junto a una bandera en el centro de la plaza envuelto con una red de al menos diez mil LED de color verde y rosa parpadeantes. Eso era la cosa con más gusto que podías encontrar en aquel lugar.

Un par de misioneros pasaron a nuestro lado, montados en bicicleta.

«Cristiandad —pensé—, erradicadores de las religiones más interesantes de los últimos dos mil años».

Frente a nosotros, en la parte más lejana de la plaza, el anciano barbudo había llegado a nuestro edificio y estaba teniendo problemas para abrir la puerta.

Grgur dejó nuestras maletas y empezó a darle su opinión sobre cómo tenía que pasar la tarjeta por la cerradura.

—Mira esto —le dije a Marena. Pulsé el botón ENSANCHAR en el puntero láser de Max y pasé el rayo sobre los reflectores más cercanos. El haz de luz reflejó una horda violeta de insectos y un par de cuerpos un tanto más grandes.

—Eso son murciélagos —dije—. Quiero decir murciélagos insectívoros, no...

Marena dio un respingo al ver la escena.

—Perdona, pero si quiero gritar en medio de la noche, ya me pongo a ver C-SPAN.

—Lo siento —dije, estrechando de nuevo el láser hasta que sólo formó un punto. Luego lo bajé por un muro que había frente a nosotros, hasta llevarlo al centro de la puerta, aún cerrada, justo fuera del ángulo de visión de Grgur. Casi se echó cuerpo a tierra. Es como si hubiera desaparecido por la esquina más lejana del edificio.

«Caray —pensé—. Qué reflejos más buenos tienen por aquí. ¿Qué es esto? ¿Un campo de entrenamiento de la Spetsnaz?».

Simulé no darme cuenta y seguí jugando con el puntero, dibujando círculos en el suelo. Finalmente, Grgur volvió, resoplando y con su mano derecha oculta a su espalda. Se tiró un poco de los pantalones mientras, con mucho disimulo, se volvía a colocar todo en su sitio.

—¿Está usted bien? —le preguntó Marena.

—Sí —dijo en un murmullo.

Yo estaba haciendo el tonto, mirando a Marena para no tener que mirar a los ojos a Grgur pero, por supuesto, él lo sabía, y yo sabía que él lo sabía, y eso también lo sabía él, etcétera, etcétera.

«Buen trabajo, Jed, ahora ya tiene una verdadera excusa para odiarte. Genial».

La puerta finalmente se abrió. Atravesamos una corriente de aire procesado, con leves toques de líquido refrigerante y yeso fresco. Pasamos por la máquina de fichar de los empleados, coronada por un cartel donde se podía leer «AVISO/ SE PROHÍBE LA ENTRADA SIN PERMISO», y fuimos a parar a un enorme pasillo con luces fluorescentes y una alfombra rasposa de color rojo en el suelo.

—No, gracias —le estaba diciendo Marena a A1—. Lo que de verdad necesito es ver cinco minutos a Lindsay.

—Creo que ahora mismo no se encuentra en condiciones de hablar con nadie —dijo el anciano más joven—, aunque se alegra de que estés aquí.

—¿Sabe que Taro Mora está aquí? —dijo A1—. Y el SSC está funcionando. Incluso tenemos preparada su vieja habitación.

Marena les dio las gracias. Alguien me dio una tarjeta para la cerradura electrónica y me llevó hasta mi celda. Perdón, hasta mi habitación. Marena dijo que volvería en unos minutos y cerró la puerta.

Aquello parecía una imitación barata de la habitación de un hotel de lujo. Había una orquídea *cypripedium* dentro de un jarrón de cristal, y una especie de triángulo de cartón doblado en el que te informaban de que los servicios de habitación y hospitalidad procedían la de la Corporación Internacional para Retiros Marrito, y que el Restaurante Café Finn todavía no estaba operativo, pero que el desayuno sería servido en las zonas de almuerzo de siete a diez, que no se podía fumar en toda la zona y que una enfermera y un consejero espiritual estaban a nuestra disposición veinticuatro horas al día. Finalmente, me avisaban de que, si lo deseaba, podía ser despertado por un mensaje espiritual en lugar de por una simple llamada estándar.

«Mejor no, gracias —pensé—. Preferiría ser despertado por André el Gigante derramando cinco litros de Clorox helado en mi cara mientras me pega un rodillazo en las gónadas».

Deambulé un poco por la habitación, tal y como se hace en los hoteles. El cuarto de baño estaba repleto de artículos de lujo pero, por supuesto, no había condones. Estaba el típico Libro del Mormón en el escritorio. Había un montón de panfletos de excursiones, el primero tenía como título *Aventuras Guatemaltecas,* y mostraba una foto de un bebé maya de expresión vacía vestido con el traje típico frente a un 16 Estela de Tikal.*

«Puede optar por ver a los mayas en piedra... o en persona —decía el papel—. Visite Guatemala, la tierra del misterio».

«Genial —pensé—. Puede elegir exterminar a los mayas con piedras, o meterlos de por vida en la cárcel. Visite Guatemala, la tierra de la tristeza».

Me senté en la cama, me conecté con mi teléfono al LAN y encontré el mapa de «Usted está aquí». Escribí «Residencia de Marena» y apareció un punto azul no muy lejos de mi punto rojo. Hice zoom; justo al final del pasillo, por lo que parecía. Dejé la habitación y seguí el punto. Se oía el sonido de un televisor al otro lado de la iluminada aunque desierta habitación, así que entré. Olía como una oficina, que es lo mismo que decir Comme des Garçons Odeur 53, pero sin el glamour. Con un toque de café instantáneo. En mi teléfono, el punto azul estaba prácticamente encima del ámbar. Vaya... Había una fila de máquinas expendedoras en el centro de la

---

* Escultura en piedra que representa a una figura humana vestida con ropaje maya. Data del año 849 d. C. *(N. de los T.)*

habitación. Me acerqué a una y pasé mi tarjeta de débito por la pequeña vagina (ranura).

«Vaya, el dinero todavía es válido», pensé.

Me compré dos bolsitas de gominolas.

—... De los reporteros que están cubriendo esta historia —dijo alguien en la televisión.

Rodeé las máquinas. Al otro lado, Marena, Taro y otros cuantos estaban sentados o apoyados alrededor de los tres lados de una mesa oval, mirando un enorme televisor en una suerte de soporte de madera. La sobremesa de formica blanca estaba repleta de cosas de picar, copas y todo un muestrario de lo último en tecnología de comunicación personal.

Marena me hizo gestos con la mano para que me acercara.

—Brent Warshowsky nos pide paso... —decía la televisión—. ¿Brent?

—Gracias, Alexander —dijo Brent—. Periodistas en la Crisis: ¿Demasiado cerca de la noticia?

Pasé junto a Taro y en silencio le dije hola. Él cogió mi brazo durante un minuto, realmente agradecido de verme.

«*Setzen dich,* aquí, a mi izquierda», me dijo Marena con gestos.

—Estoy hablando con Anne-Marie García-McCarthy en este reportaje especial desde Miami en la WSVN TV —seguía diciendo Brent en la tele. En el texto que cruzaba la parte superior de la pantalla se podía leer: «Informativo especial: Cómo cubren el desastre los reporteros»—. Esta mañana temprano, realizó una emotiva entrevista con un consternado esposo en Overtown, el cual había perdido a su mujer durante la tragedia.

—¿Cómo se encuentra, señor? —preguntó Anne-Marie.

El tipo dijo algo, pero como estaba llorando, no pude entenderlo.

—¿Y dónde está su casa? —preguntó ella.

—Ya no tengo. Mi esposa y yo estábamos allí, intentamos salir, intentamos salir, salir, salir, salir, y, eh, había fuego, y...

—Y ahora, ¿quién le va a acompañar?

—Nadie.

—¿Dónde está su esposa ahora?

—No queda nadie.

—¿Dónde está su esposa?

—No está, se ha ido.

—¿No puede encontrar a su esposa?

—Lo intenté, lo intenté, intenté sujetar su mano, y ella... el fuego... Oh, Dios, hacía tanto calor, allí quiero decir, y no pude sujetarla, y me dijo que saliera, que cuidara de los niños, y de nuestros nietos...

—Bueno, señor, díganos cuál es el nombre de su esposa, así tal vez podamos ayudarle a encontrarla...

—No hay razón, se ha ido.

—¿Y cuál es su nombre?

—Lakerisha.

—¿Y el suyo?

—Jc Calhoun.

—Bueno, tan sólo por si acaso los equipos de rescate puedan encontrar a Lakerisha Calohoun...

—No hay razón, se ha ido. Ella se quemó por completo. Era mi... mi pequeña... y se quemó por completo.

—Los reporteros y periodistas se enfrentan a un escenario difícil a la par que emocional —dijo la voz de Brent—. Anne-Marie, gracias por unirte a nosotros esta noche. Mientras se enfrenta a una situación tan dramática como la que acabamos de ver, Anne Marie en la línea de frente...

—¿Puedes quitarle el sonido, por favor? —dijo Marena. Alguien lo hizo.

Todos nos miramos los unos a los otros en un silencio espeso.

—Siento interrumpir —dije yo—, pero me gustaría saber si hay alguna noticia nueva...

—No, pero quédate por aquí —dijo Marena—. Aunque aún no hay nada ni en las noticias.

—De acuerdo.

—Conoces a Laurence Boyle, ¿verdad? —dijo ella.

Me saludó. Era el anciano de la pista de aterrizaje. Probablemente, estaba intentando presentármelo, y por alguna razón no me había dado cuenta, como era habitual.

—Laurence es el VP de ID para Investigaciones Warren —dijo Marena—, a Taro y Tony ya los conoces.

Todos nos dijimos hola. Nos alegramos de encontrarnos todos bien. Taro parecía cansado. Sin embargo, parecía absurdamente saludable.

—Y éste es Michael Weiner —dijo, señalándome una montaña de carne que había a su lado.

—Encantado de conocerle, señor —dijo con un marcado acento neozelandés que denotaba que había sido adiestrado para hablar en público.

Dicen que la televisión aumenta veinte kilos, pero en aquel caso parecía haber sumado cien. Era enorme. Parecía ese tío new-age que tanto habla sobre la salud, Andrew Weil, con el mismo tipo de barba exageradamente poblada, y la misma calva brillante, como si tuviera la cabeza boca abajo.

«Bueno, al menos tiene un aspecto personal», pensé.

Extendió su brazo a lo largo de todo el pecho de Marena y me aplastó la mano amistosamente.

—Bueno, sigamos —dijo Marena—. ¿Qué estabas diciendo, Taro?

Taro a menudo se detenía un momento antes de seguir hablando. Aquella vez no fue una excepción, pero en lugar de esperar, Michael Weiner se le «coló» en la conversación.

—Los apocalípticos —dijo Weiner—. Esto no es más que el efecto ballesta.

14

—Sí —contestó Marena.

—Lo siento, no sé quiénes son ésos —dijo Laurence Boyle.

—Taro estaba diciendo que...

—Espera —dijo Boyle. Estaba trasteando con su teléfono—. Escucha, voy a empezar a grabar de nuevo la conversación para Lindsay, sólo por si a alguien se le ocurre algo. ¿Le parece bien a todo el mundo?

Todo el mundo asintió.

—De acuerdo, por favor, hablad con claridad, y yo me aseguraré de que esto llegue a buenos oídos, y cuidado con las blasfemias. ¿De acuerdo? —dijo, pulsando la pantalla de su móvil—. De acuerdo, allá vamos. ¿Por dónde íbamos?

—La teoría es que el efecto ballesta hace que reaccionen los apoca... ¿Cómo has dicho que los llamáis?

—Los apocalípticos.

—Todo esto se ha hecho pensando en destruir a toda la especie humana —dijo Weiner—. La teoría es que, quienquiera que fuera quien ideara la dispersión de polonio, no lo ha hecho solo. Tampoco creemos que sean muchos, en otro caso, ya se habrían identificado.

—Sí —dijo Marena—. La cuestión de este asunto de los apocalípticos es que cada vez hay más gente.

—¿Más gente dónde? —preguntó Boyle.

—Más gente que tiene tanto el deseo de hacer un gran daño,

como las razones para ejecutarlo —contestó ella—. Ésa es la teoría de Taro.

—Oh, no, no, muchas gracias, Marena, pero estás equivocada —dijo Taro—. La teoría no es mía. La teoría de los apocalípticos es un problema común que últimamente ha aumentado considerablemente dentro del campo de la previsión y el estudio de las catástrofes.

—Bueno, entiendo, entonces —dijo Boyle, mirando la transcripción del ordenador que había cargado en su móvil—. Profesor Mora, ¿puede contarnos brevemente de qué se trata?

Taro se detuvo un momento.

—Mira, coge esto —susurró Marena—. Ni tan siquiera lo he tocado —dijo, deslizando una taza de papel en mi parte de la mesa.

—Bueno, un apocalíptico en potencia —dijo Taro— es alguien a quien le encantaría poder matar a todo el mundo de la Tierra, incluyéndose a sí mismo. Un apocalíptico de hoy en día podría ser una de esas personas que le encuentran significado a provocar lo que ha ocurrido.

—De acuerdo —dijo Boyle—, pero tampoco puede haber tantas personas así de chaladas.

—Bueno, ha habido varios intentos —contestó Taro, con un tono de voz un tanto más fuerte, mientras pasaba a modo «lectura en una conferencia»—. En Pakistán dos veces, y luego en Oaxaca. Durante la Guerra Fría hubo varios incidentes, y probablemente muchos de los que no conozcamos su existencia.

—Es posible —dijo Boyle.

—El problema no es saber cuántos son, si diez locos o diez mil. El problema es que, en algún momento, una de estas personas tendrá la oportunidad de ver cumplidos sus deseos, y de acuerdo con el efecto ballesta, esto ocurrirá más pronto que tarde.

—¿Me podrías explicar el término de nuevo? —preguntó Marena.

—¿Perdón? —dijo Taro.

—El de «efecto ballesta».

—Oh, claro —contestó él—. Creo que fue en 1139 cuando

el Concilio Luterano intentó prohibir el uso de la ballesta porque decían que aquello conduciría al fin de la civilización, ya que, por aquel entonces, un soldado ordinario armado con una ballesta podía matar a un caballero armado, o a su montura.

—Pero en realidad, las ballestas no es que causaran mucho daño —dijo Marena.

—No —contestó Taro—, y más tarde, ya en 1960, los fabricantes de munición usaban aquella cita como ejemplo para tranquilizar a la gente respecto a las armas nucleares.

—Entiendo —dijo Boyle.

—Sin embargo, las ballestas sólo podían matar una persona a la vez —dijo Taro—, y por tiro. Y resultaban bastante caras para aquella época. Las armas nucleares mataron a muchas personas con un coste por muerte mucho menor. Más o menos un par de dólares por persona, y, aun así, su coste sigue siendo muy alto. Sin embargo, hoy en día tenemos muchos tipos de armas devastadoras a la par que baratas, además de ser muy fáciles de fabricar. Eso es lo que pasó en Irak. Los juegos de guerra que Estados Unidos realizó a la hora de planear la ocupación no contaron con este tipo de tecnología, es decir, con los explosivos plásticos, e incluso con la dinamita, que ya estaba en manos de mucha gente. El Pentágono usaba modelos antiguos, de cuando los explosivos plásticos eran caros y difíciles de conseguir. Pero entrado el siglo XXI, el C4 era muy barato y asequible. Así, un único atacante podía matar a mucha gente y causar daños por valor de millones de dólares a cambio de un coste moderado. Otra manera de entender todo esto es considerar la democratización masiva de la tecnología, unida a un crecimiento de la población de usuarios potenciales, y me estoy refiriendo a los terroristas suicidas.

—Sí, puede ser —dijo Boyle—, pero nunca conseguirán destruirlo todo y, además, no puede haber muchas personas que ansíen hacer tal barbaridad.

Taro se detuvo un momento.

Yo le di un sorbo a lo que tenía aquella taza de papel. Era un té verde enfriado en seco y recalentado al instante, con bolas de tapioca. Un refresco de niños. Qué más daba.

—Casi todo el mundo ha experimentado un momento en su vida en el que está lo suficientemente enfadado como para querer acabar con todo —dijo Taro—. De acuerdo con nuestras emulaciones actuales, en algún momento de un futuro cercano, alguien que, digamos, está algo menos apegado a todo y posee un poco más de sabiduría tecnológica que la media se sentirá así y acabará con todo.

—¿Y eso cuándo ocurrirá? —preguntó Boyle.

—Bueno, podemos hacer un gráfico —dijo Taro, empezando a bosquejar en su teléfono—. De hecho, se puede simplificar con tres simples vectores. Veamos, esta línea más gruesa, a la cual denominaremos A, es el aumento del acceso a la tecnología. Esto se deriva en un grupo de subvariables, como el índice de crecimiento de internet y la medida en la que cosas como explosivos o los elementos de un laboratorio de vacunas virales bajan de precio. A esta línea más fina la denominaremos P, y representa el número de personas que podemos considerar como «bajo estrés», es decir, en riesgo extremo de sufrir una radicalización personal. Los apocalípticos. A la tercera línea la denominaremos E. Es la línea de puntos. Representa el crecimiento en la prevención realizado por el DSP, así como otros cuerpos y agencias antiterroristas por el mundo entero.

Pasó el dibujo hacia otras pantallas. Marena me mostró la suya.

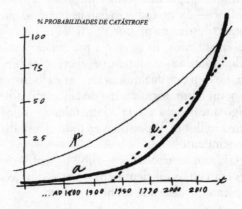

—Son demasiadas matemáticas para mí —dijo Boyle.

«Imbécil», pensé yo.

—Una de las razones por las que P está tan pronunciada es porque contiene una reacción interna, por culpa de la competición. ¿Sabéis esas personas que entran en los supermercados, en las oficinas, en las escuelas o donde sea y se ponen a disparar a gente? Pues últimamente están dentro de una competición por ver quién tiene el recuento de cadáveres más numeroso. Por supuesto, esto se debe parcialmente a que ahora hay hasta páginas web que realizan este tipo de recuentos. La gente imita las acciones anteriores, y cuando alguien ve algo espectacular, como por ejemplo el 11-S, se inspira e intenta superarlo.

—¿Así que lo que estás diciendo es que, básicamente, es una moda? —dijo Marena—. Vamos, que es como decir que la profesión de asesino en serie estaba en auge en los noventa, para luego dar paso a la de terrorista, y que ahora lo que está en boga es ser un apocalíptico y llevarte a todo el mundo contigo.

—Espera un momento —dijo Michael Weiner—. ¿Cuánta gente quiere destruirlo todo?

—Exacto —dijo Boyle—. ¿De verdad hay gente capaz de hacer eso?

—Seguro —contestó Marena—. Seguro que hay un montón de gente capaz de hacerlo.

—Hay mucha gente que ya ha expresado el deseo de hacerlo —dijo Taro—, y no todos lo han hecho desde una institución mental o desde una prisión.

—Hace veinte años, lo guay era programar virus informáticos —dijo Marena—. Ahora lo es el crear los biológicos.

—O sea, hoy en día, cualquiera con un ciclo formativo en bioquímica y un laboratorio casero de cinco mil dólares podría crear algo que matara a toda la humanidad —dijo Taro—. Hay cincuenta millones de personas en todo el mundo con ese nivel de conocimiento.

—Pues estamos bien jodidos —dijo Michael Weiner.

—Antes eran cosas de científicos locos —dijo Marena—. Ahora, simplemente necesitas un biólogo loco.

Estaba subrayando cada frase para la transcripción, así Lindsay, o quienquiera que la escuchara, podría publicarlo todo en foros o donde fuera.

—Sí, se puede decir así —dijo Taro—, o se puede ver desde otra perspectiva. Imagina que a cada una de las personas de este mundo le diéramos una bomba con la capacidad de destruir todo el planeta. Es bastante probable que alguien la detonara a los pocos minutos de tenerla. De hecho, bastantes personas se darían prisa en activarla, para asegurarse de que son los primeros en hacerlo. Otorgándole a esto más incertidumbre de la necesaria, aún estas curvas convergen en un punto. Un punto que tenemos muy próximo, puede que tan sólo a unos meses.

—Más o menos en la fecha final del calendario maya —dijo Marena.

—Sí, aunque la fecha exacta de cuándo ocurrirá siempre será aproximada, pero estadísticamente, estoy totalmente convencido. Ocurrir, ocurrirá, y lo hará dentro de poco.

—Pero ¿es que no hay nadie que esté intentando detener a esos locos? —preguntó Boyle.

—Sí —dijo Taro—. Ésa es la curva E. Como puedes ver, no se cruza con ninguna de las otras antes de que junten.

—Entonces, lo que tenemos que hacer es que la curva E ascienda —dijo Marena mientras doblaba los bordes de su taza de té hasta formar una precisa espiral retorcida en cuyo final se balanceaba, hacia arriba y hacia abajo, la base circular de la taza.

—Sí, nosotros, o tal vez otro —dijo Taro.

Nadie dijo nada durante un rato. Abrí una de las bolsas de gominolas, en ella se podía leer «Gominolas del Gourmet. Una macedonia de frutas tropicales fusionada». Me comí tres gominolas y, cuando ya me sentí satisfecho, dejé el resto encima de la mesa. Tenían forma de esferas irregulares y eran de todos los colores.

—¿Alguien quiere? —pregunté.

Nadie quiso.

—Bueno, gracias por el apunte —dijo Boyle—, pero necesito decir lo que creo que va a decir todo el mundo cuando oiga esta historia. Siempre ha habido quien temía y avisaba del día en el que el cielo iba a caer sobre nuestras cabezas y, sin embargo, al final siempre resultaba que estaban equivocados. La gente pronostica continuamente el fin del mundo. Se decía que en el año 2000 el mundo iba a terminar. Luego se decía que la explosión del acelerador en México había creado un mini agujero negro en el centro de la Tierra y que ése iba a ser el motivo del fin del mundo.

Miró a todo el mundo, nadie dijo nada.

«Qué raro es todo esto».

En realidad no esperaba que fuera Boyle el que pusiera objeciones, ya que era el perfecto mormón. El arquetipo mormón siempre suele ser una persona bastante crédula, y siempre ven el fin del mundo a la vuelta de la esquina. Sin embargo, aquel tipo era bastante escéptico. Bueno, tal vez estuviera estereotipando de nuevo. Marena abrió su boca, pero luego se detuvo. Tenía la impresión de que iba a soltarle algo en plan: «Pues así es, muchacho, créetelo sin más, porque está más allá de tu comprensión».

Intenté alegrar el ambiente.

—Mejor no usemos ese término —dije—, es despectivo. Llamémosle mejor «Un agujero de color».

Nadie se rió del chiste. Ni tan siquiera sonrieron.

«Joder, soy un imbécil», pensé.

Taro habló de nuevo.

—Es cierto. Mucha gente ha estado anunciando a los demás el fin de los tiempos durante mucho tiempo. Y hasta ahora, que nosotros sepamos, el mundo no se ha acabado, pero ésa es la falacia de la inducción. No se puede...

—¿Podría explicar eso, por favor? —dijo Marena.

—Esto es como la gallina de Russell —dijo—, simplemente, tienes que ignorar según qué hechos que...

—Lo siento, pero mejor explicas eso de la gallina para el registro —dijo Marena.

—Oh —dijo Taro—, por supuesto. Bertrand Russell nos cuenta la historia de una gallina que llegó a creer que el granjero era su amigo. Después de todo, el granjero la alimentaba diariamente, y nunca le había hecho ningún daño. La gallina creía que el granjero la cuidaría para siempre. Sin embargo... Un día el granjero llegó y, en lugar de alimentarla, le cortó la cabeza. Lo que nos enseña todo esto es que la inducción es a menudo una lógica falsa.

—No estoy muy seguro de que todos, incluido yo, hayamos entendido eso último —dijo Boyle.

Se hizo una pausa.

Yo volví a mirar a Marena. Sus ojos se encontraron con los míos durante un segundo. «Maldición —decían—. Ese bastardo de Boyle está intentando hacernos la puñeta. No quiere que este proyecto siga adelante, seguramente porque no estará recibiendo parte del dinero que de otra manera iría a su propio departamento de mierda. Nos tiene fichados, y ahora estará esperando a pillarnos justo cuando digamos algo estúpido, o demasiado optimista, o lo que sea, y, cuando lo hagamos, irá corriendo a ver a Lindsay para envenenarlo con sus palabras».

Los dos miramos a Boyle. Había empezado a decir algo, pero Marena lo interrumpió.

—Mirad —dijo—. Siempre habrá algún chalado que crea que un meteorito va a chocar con la Tierra mañana por la mañana. Por ahora, nada parecido ha ocurrido, pero si algún día levantaras la vista y vieras un meteorito gigante aproximándose, seguramente no pensarías que aquello no iba a destrozar la Tierra simplemente porque hubiera un montón de chalados advirtiendo de ese hecho hace años, ¿no?

—Exacto —dijo Taro—. Necesitamos evaluar la situación mundial actual, pero basándonos sólo en sus méritos y no en lo que otras personas han dicho a lo largo de estos años. Por ejemplo, otra evidencia clara es que tampoco hemos encontrado signos claros de civilizaciones extraterrestres, a pesar de que todo apunta que existen. Muy probablemente, se volaron los unos a los otros cuando llegaron a este nivel de desarrollo tecnológico.

Se produjo otro incómodo silencio.

—Mira lo que has hecho —me dijo Marena.

—¿Qué? —contesté.

—Mira lo que has hecho, las has puesto en orden —dijo, dando golpecitos sobre la mesa—. Mirad esto —les dijo a todos, menos a mí.

Yo miré hacia donde estaba golpeando. Sin darme cuenta, había estado poniendo las gominolas en orden de color y forma, y, en caso de que hubiera duplicados, también por tamaño.

—¡Que me aspen! —dijo Boyle.

—Ah, sí —dije yo—. Me molestaba que estuvieran tan revueltas las unas con las otras.

Empujé todos los caramelos, deslizándolos por la mesa hasta mi otra mano.

—Lo siento.

—Y uno de los mejores argumentos en favor de los apocalípticos —dijo Taro— es que no nos hemos encontrado con ningún viajero del futuro.

—¿No es eso la cosa esa de Novikov? —preguntó Boyle.

—Bueno, puede que... —dijo Marena, de nuevo interrumpiendo.

—No —dijo Taro, dejando a Marena con la palabra en la boca—. No, eso no puede aplicarse a nuestro presente. La razón más obvia por la que no tenemos visitas de gente del futuro es porque, simplemente, no va a haber futuro.

15

Once horas después, MAON estaba de nuevo en línea, sin que hubiera quedado muy claro si es que alguien había estado supervisando las instalaciones en la universidad, si había vuelto a la vida él solo, o lo que fuera, pero el caso es que había vuelto. Taro, su ayudante, Ashley2, Tony Sic, tres de los estudiantes en prácticas de Taro y yo mismo estábamos en el laboratorio del profesor en el Asentamiento. Era todo un muestrario de instalaciones, asombrosos monitores de la marca Sony y sillas *ergoesféricas*, muchas de las cuales estaban a medio desenvolver, todo metido de manera apresurada en un enorme sótano lleno de pasillos bajo el complejo auditorio tabernáculo del Asentamiento. En aquel sonido del tintinear de llaves casi podías oír el pánico.

Laurence Boyle nos había pedido que invirtiéramos todos nuestros esfuerzos en encontrar al «Doctor X», el presunto cerebro que estaba detrás del Disney Horror.

—Si conseguís dar con él, conseguiremos mucho más dinero para invertir en la siguiente fase.

Yo no tenía muy claro en qué consistía la siguiente fase, pero Taro y yo supusimos que aquellos que se movían entre bambalinas habían convencido a Boyle para que los mejores jugadores se pusieran a trabajar sobre el apocalíptico, aquel que iba a provocar lo que fuera a ocurrir el 21 de diciembre.

En este punto, Taro habló. Nos dio incluso un discursito, siempre a su manera, en el que nos instaba a dar por hecho que lo que decía el Códex era correcto. El 21 iba a ocurrir lo que él llamaba «un incidente directo», y si lo que queríamos era prevenirlo en todo lo posible, tendríamos que ponernos a trabajar ya. Teníamos que ser como detectives tras las pistas. A mí todo aquello se me hizo como si hubiéramos llegado a la cima del género de investigación de asesinatos misteriosos... o sea, que teníamos que atrapar a alguien que todavía no había hecho nada, que no había dejado ninguna pista y que podría ser cualquiera en todo el planeta.

Y no sólo eso, sino que además, por ahora, no podíamos empezar a buscarlo. Obviamente, para mí esa persona era un «él». A pesar de que intentaba tener una mentalidad abierta, no quería ignorar mi primera idea (que era la de buscar a un «él»). Para simplificar las cosas, básicamente, teníamos que hacer un programa que nos permitiera escudriñar todo un universo de datos y de alguna manera dar con el apocalíptico.

Todos los jugadores usábamos el Juego del Sacrificio 3.2, una nueva versión del software que había sido actualizado con datos del ataque en Orlando. Cada uno de nosotros intentaba jugar hasta el último segundo de la fecha límite, que era la fecha del Disney Horror, y llegar hasta la misma posición final, esa que se cumpliría dentro de 357 días a partir del actual, el 4 Ahau.

Intentamos comprimir enormes cantidades de datos digitales, en su mayoría listas de millones de nombres, direcciones y profesiones, en las 260 casillas que componían el tablero de juego. Cada uno de nosotros tenía al menos otra pantalla por detrás con algo. Yo tenía puesto el canal Bloomberg. Me interesan más las noticias económicas que de otro tipo, y el rótulo de la pantalla decía que los costes económicos de los sucesos de Disney World ascendían al trillón de dólares, sin contar lo que cubrían las compañías de seguros. También me enteré de que mi última compra de trigo había triplicado su valor. Joder. Dinero con las malas noticias.

«Empieza a acostumbrarte, Jed, te estás haciendo cada vez más rico, bastardo. Lástima que no haya nada en lo que gastarlo aquí abajo. ¿En qué demonios estoy pensando? No habrá nada en lo que gastarlo si dejamos de existir, así que vuelve al trabajo».

Me conecté a MAON.

«De acuerdo —pensé—. Deja de hacer el tonto, es el momento de ponerse serio».

Saqué mi bolsa de tabaco de mascar y me puse un poco en la boca. Introduje mis contraseñas y desafié a MAON a un juego con cuatro corredores que terminara en el 4 Ahau. Naturalmente, aceptó, ya que todavía no era lo suficientemente inteligente como para ser perezoso.

Miré a mi alrededor. Nadie me estaba mirando. Así que también me puse algo de jugo de tabaco en el muslo. Aquello parecía un poco como si me la estuviera cascando. Hice mis ofrendas en las direcciones oportunas y desparramé los guijarros y las semillas.

Nunca antes había intentado jugar con cuatro guijarros. En realidad, no había tenido ninguna razón para hacerlo. Es como si un jugador de Go decidiera por propia voluntad jugar en un tablero de 29x29, o como si un jugador de ajedrez hiciera un tablero de 144 casillas, con dos reyes en cada bando. Si jugaras así, en realidad no estarías echando una partida a ese juego, sino que estarías recreando una especie de escaramuza sangrienta de dos ejércitos de idiotas en un fangal.

«Bueno, aun así, hazlo —pensé—. Joder, hazlo».

Limpié la pantalla, me levanté y me encontré con la ayudante de Taro, Ashley2.

—¿Crees que podríais apagar algunas de las luces de arriba? —le pregunté.

Eran los típicos fluorescentes blanquecinos y deprimentes.

Me contestó que lo preguntaría. Volví a mi cubículo. Tony Sic pasó por mi lado y me dijo hola. Antes había oído que subía por la escalera detrás de mí. De acuerdo, aquí estamos.

En el cubículo.

Joder.

Antes no importaba lo que ocurriese, pasaba el noventa y siete por ciento de mi tiempo sentado frente a una pantalla introduciendo datos. Hice una fortuna, ciudades colapsaron, ciudades se reconstruyeron, perdí una fortuna, el mundo se revolucionó, hice otra fortuna, los dioses se aparecieron, los dioses murieron, los universos se dieron la vuelta sobre sí mismos, aquello no importaba. Aún seguía metiendo datos y más datos.

«Afróntalo, Jed, eres un robot que introduce datos. Métete en tu cubículo, cierra el pico y ponte a ello».

La mitad de las luces se apagaron.

Aaaahh... aquello estaba mucho mejor. Volví al juego.

Empecé lentamente, como si las partidas fueran icebergs que se estuvieran formando en algunas partes y colapsándose en otras, de forma pausada y brumosa, ya que las masas tienden a solidificarse fuera de las nieblas, o a derretirse en su interior. Cada nuevo corredor llevaba la cuenta de los movimientos de los anteriores corredores. Era como si hubieran ido apuntando todo el registro de movimientos, para luego comprimirlos en uno. Para cuando mi cuarto corredor salió a escena, era como si hubiera ascendido a una posición más elevada y pudiera ver cientos de kilómetros en todas direcciones: un mar de salidas falsas, desvíos y callejones sin salida, con sus anillos exteriores comprimidos por la curvatura de la Tierra.

Un paso, otro, otro. El viernes es oscuridad. Después, dos días de nada, y luego, el lunes, que es luz. Bueno, de todas formas, ya estaba en 1 Cascabel de Tierra, 0 Estera, o lo que es lo mismo, 2 de abril del 2012, cerca de la fecha final que siempre obtuve en las otras partidas. Espera. Da marcha atrás. De acuerdo, entonces la división estaba en 408. Inténtalo de nuevo. 948,389. Bien. Eso está mucho mejor. Las imágenes empezaron a acudir a mi mente. No eran visiones, ni nada parecido, tan sólo recuerdos de imágenes de la televisión y cosas así, pero a la vez estaban envueltas en una sensación, como si algo parecido fuera a ocurrir, como por ejemplo, una convención de globeros, achicando agua de un sumidero.

Solté las semillas de nuevo, reduciendo las posibilidades. Algunas de las alternativas más brumosas terminaron por desaparecer. Algunas, las de más duración, perduraron. Vamos, vamos, cada vez menos y menos. Al final, tan sólo quedaban un centenar de escenarios principales, luego veinte, sí, bueno, no, desaparecían muy rápidamente, perdí el rumbo, demasiados caminos, demasiadas posibilidades. Había seguido y seguido sin pararme a mirar las ramificaciones. Esos veinte escenarios, esas veinte posibilidades, eran tan sólo unos cuantos millones. Mierda, mierda, mierda, las cosas pintaban mal, muy mal. De acuerdo. Volvamos. Aquí está. Venga, inténtalo. No, sin salida. De acuerdo. Prueba este otro. Sin salida. Este otro. Sin salida. Mierda, qué desesperación. Los icebergs chocaban entre sí a mi alrededor, provocando un sonido parecido al de diez mil pit bulls aullando sumado al balar de diez mil terneras. Tiene que haber una manera de solucionar esto. Por aquí, por aquí. Vale, el borde de un precipicio. No puedo pensar. Por aquí. No, por aquí no. Un puente roto. Por aquí no, ni por aquí, ni por aquí. Todos los caminos llevan a la muerte. Roma. Muerte.

Demonios.

Hice clic sobre el icono de ABANDONAR.

En la pantalla, el tablero ni se inmutó, pero en mi cabeza, era como si lo hubiera lanzado por la mesa y todas las semillas y guijarros hubieran quedado esparcidos por el suelo de linóleo. El reloj marcaba las 4.33 p. m. Me aparté del monitor. Estaba hecho polvo.

—Hola —dijo la voz de Marena.

Le di la vuelta a mi silla de despacho, pero lo hice demasiado rápido, así que tuve que frenarla torpemente para quedarme mirándola de frente. Luego me di cuenta de que debería levantarme, porque ella era una mujer y todo eso, pero como se estaba apoyando contra el muro del cubículo, todo se hacía aún más raro, así que me quedé como estaba.

—¿Estás bien? —me preguntó.

—Hola —contesté—. Sí, sí, estoy genial.

—He recibido un memo de... —empezó a decir—. Espera, ¿arregló tu abogado todo el tema del papeleo?

—Oh, sí —dije—. Sí, se ocupó de ello.

Había olvidado mencionar que el día anterior contacté con mi abogado, Jerry Weir, de Grey, Timbred & Weir, por teléfono. Estaba listo para trabajar, incluso con la civilización occidental desmoronándose. Jerry tendría una reunión en su lecho de muerte. Incluso en su sepelio. Había cogido su rotulador rojo de contratista y me había dicho que no firmara nada hasta que aceptaran todas las anotaciones que él había hecho. Sorprendentemente, lo hicieron. Así que ahora era un asociado a tiempo parcial del Grupo Warren, una de las empresas de más rápido crecimiento y progresión del mundo. Y, tal y como estaba comprobando por mí mismo, un lugar de trabajo la mar de diverso.

—He recibido un memorándum de Personal, y todavía tenemos un par de preguntas que hacerte —dijo Marena.

—De acuerdo.

—Lo siento, querían que la doctora L se ocupara, pero les dije que yo me encargaría, aunque si prefieres que te las haga ella...

—Oh, no, no...

—Son para el seguro —dijo ella, sacando su teléfono.

—Claro —dije yo—. Siempre es prudente tener un seguro.

—Sí.

—Oye, hablando de eso, ¿tenemos un seguro contra el Apocalipsis?

—Tío, sé que todo esto es una chorrada —contestó ella—, pero es que es una corporación.

—Sí, de acuerdo.

—De acuerdo, lo primero es sobre el tema de la hemofilia. ¿Sabes si alguna de las medicinas que tomas interfiere con algún medicamento psiquiátrico?

—No que yo sepa —dije.

—¿Estás tomando algún medicamento que no estuviera en la lista de prescripción que nos has dado?

—No.

—¿Alguna otra droga?

—Cafeína.

—No es necesario poner eso.

—Como unas quince tazas al día.

—Bueno, no lo voy a poner de todas manera, pero, la verdad, deberías tomar menos café.

—Sí, mamá.

—Bien —dijo, escribiendo algo en su pantalla—. Lo siguiente es otra cuestión médica. Aquí dice que cuando llegaste a Estados Unidos, te diagnosticaron un... desorden de estrés postraumático, con síntomas parecidos al síndrome de Asperger.

—Sí —contesté.

—¿Afecta eso de algún modo a tu comportamiento?

—Bueno, no de una manera disfuncional, que yo sepa —dije—. ¿Por qué?, ¿parezco un tipo raro?

—A mí no —contestó ella—, pero ya me conoces.

—Bueno, a veces puedo parecer algo raro. O eso me dicen. Dicen que me intereso más en los objetos que en la gente.

—¿Es eso verdad?

—No, tampoco me interesan los objetos.

—Entonces ¿en qué estás interesado?

—¿Y cuál es la diferencia? La gente son cosas que se mueven y dicen cosas, ¿no?

—Bueno, les diré que te he preguntado y que estás bien —dijo ella.

—Gracias.

—No pasa nada. Yo también tengo un síndrome.

—¿De verdad?

—Sí. El síndrome de Laurin-Sandrow.

—¿Y es grave? —le pregunté.

—No es un problema grave. Pasa desapercibido.

—Oh, vale.

—¿Qué tal lo lleváis, chicos? —preguntó la voz de Boyle. Los dos nos volvimos a la vez. Él y Taro entraron.

—Ya hemos terminado —dijo Marena.

—¿Está Tony Sic por aquí?

—Está en eso del Centro de Cuidados —dijo ella.

—¿Qué tal se te está dando con cuatro guijarros? —me preguntó Taro.

—No muy bien —le contesté.

«Vaya —pensé—. Cuidado, son tus jefes, Jeddo. Se supone que deberías estar irradiando un aura de cauteloso optimismo. Tengo otra idea».

—Puede que... —comencé a decir.

—Creo que deberíamos usar cinco guijarros para ver si podemos solucionar el problema —dijo Taro.

—¿Y no podríamos montar una partida de... nueve guijarros, por ejemplo? —preguntó Boyle.

—Ni tan siquiera sabríamos cómo empezar —dijo Taro—. Cada guijarro, cada nuevo corredor es como poner otra rueda en la máquina de enigmas.

No creo que Boyle captara la referencia.

—Tenemos que seguir trabajando —le dijo a Taro, conduciéndolo hacia la escalera. Marena se fue con ellos.

—Escríbeme un mensaje cuando acabes con esto —me dijo.

Me despedí levemente con la mano y me senté en mi silla. Hummm...

Algo raro estaba pasando. ¿Qué era lo que estaba haciendo Tony Sic? Ah, sí, estaba en ese Centro de Cuidados.

Aquello me sonaba familiar. Puede que hubiera estado en uno de esos Espacios de Cuidados en algún momento. Era una especie de hospital para niños o algo así. Uno de los complejos sin ánimo de lucro de Lindsay Warren. ¿Tal vez fue en Salt Lake? Aquello no cuadraba. ¡Ah, claro! Eso era, no lo asociaba con todo el tema de la hemofilia.

Tal vez fuera el Centro de Cuidados del Asentamiento. ¿Tenía Sic hijos? Nunca le oí decir que no.

Aquello tampoco me cuadraba. Tenía la sensación de que aquel Centro de Cuidados tenía que ver con algo, algo más abstracto. Algo matemático.

Puse otro trozo de tabaco en mi boca. Digan lo que digan de la nicotina, tiene la capacidad de prender incluso estando bajo cero.

El Centro de Cuidados me recordaba algo. Dos cosas. Algo de la pasada noche, que no recuerdo, o que no comprobé. ¿El Viernes de Locura? Alguien había mencionado algo de Viernes de Locura. ¿Qué era? ¿Tan sólo una antigua comedia?* ¿Algo que iba a pasar en viernes? Tal vez sería alguna festividad local. Más tarde pensaría al respecto. ¿Qué más había pasado la pasada noche que fuera raro? Aparte de todo, claro.

Bueno, había sido un poco raro que Taro sacara el tema del viaje en el tiempo en aquella última conversación. Bueno, en realidad no fue tan raro, tratándose de Taro. Al igual que muchos matemáticos, él y yo siempre estábamos hablando de cosas así. Siempre se ponía especulativo, pero en aquel momento, algo me sonó raro. ¿Qué fue? Taro dijo que no había futuro porque todavía no habíamos tenido la visita de ningún viajero del tiempo. De acuerdo. Entonces, Boyle preguntó algo... sí, también me acuerdo de eso. Preguntó si todo aquello no era por culpa de Novikov.

Yo sabía quién era Novikov. Era el creador del principio de autoconsistencia, el cual presentaba una manera que permitía la manipulación temporal sin que aquella anticuada y desacreditada teoría del multiverso entrara en juego. Básicamente, era un teorema sobre cómo el viaje en el tiempo no causaba necesariamente contradicciones físicas. Pero ¿cómo sabía Boyle todo aquello? No era un matemático. De hecho, era bastante lerdo, además nadie le había cuestionado, y ya que estaban, ¿por qué no habían mencionado el hecho de que el viaje en el tiempo es una cosa imposible de realizar? Incluso ese Michael Weiner lo había dejado pasar, y eso que estaba buscando la manera de hincar su pica por cualquier medio.

Y algo más, alguna referencia que no confirmé...

Viernes de Locura. Hoy viernes. No.

Roy Vierr. Roy Kerr.

La teoría de espacio tiempo de Roy Kerr.

Abrí el Firefox. Busqué «Kerr espacio» en Google. Había miles de referencias. Hice clic sobre la primera.

---

* *Freaky Friday* (1976), *Un viernes de locura*. Es una comedia en la que una madre y su hija intercambian su cuerpo. *(N. de los T.)*

Los agujeros negros de Kerr son como los agujeros de gusano —decía la Wikipedia—, *porque, a causa de sus dos horizontes de sucesos,* sería posible evitar la atracción de un agujero negro, siempre y cuando el agujero negro estuviera dentro de la métrica de Kerr.*

«Mierda —pensé—. Mierda puta. No es posible».

En la parte baja de mi espalda empezó un pequeño cosquilleo. No era que una luz descendiera sobre mí para iluminarme, fue tan sólo el típico escalofrío que se tiene con los grandes descubrimientos.

De repente, las siglas SSA acudieron a mi mente procedentes de la nada. A1 había dicho algo sobre que «el SSA ya estaba en marcha».

¿De qué palabras eran las siglas SSA? De acuerdo. Servicios Secretos Australianos. Sociedad Secreta de Autistas.

SuperConductor SuperAcelerador.

«Hostia puta», pensé.

Esto es. Esto es. Hostia puta, puta, puta...

Taro no sólo estaba actuando tangencialmente de aquella manera hipotética que siempre utiliza. Estaba en algo. Ya habían hablado de los viajes en el tiempo con anterioridad.

«No es posible».

Puse en mi teléfono el mapa del Asentamiento y busqué la señal de Taro. Su punto de color púrpura no estaba por ningún lado. ¿Cómo se atrevía a apagar su punto? Tal vez estuviera en algún lugar secreto e ilocalizable del complejo. Demonios. Lo intenté de nuevo, esta vez con Marena. Su punto azul apareció en la zona de dormitorios-alojamientos. Posiblemente en su habitación. Así que fuera lo que fuese lo que estuvieran haciendo Taro, Tony y Boyle, ella no estaba con ellos.

---

* El horizonte de sucesos es una superficie imaginaria de forma esférica que rodea a un agujero negro, en la cual la velocidad de escape necesaria para alejarse del mismo coincide con la velocidad de la luz. Debido a la atracción del campo gravitacional extremadamente intenso, ninguna cosa dentro de él, incluidos los fotones, puede escapar. *(N. de los T.)*

Humm... Me levanté, caminé, todo lo deprisa que pude, hacia la salida, subí por la escalera, ya que los ascensores no funcionaban todavía, y salí a la luz del día, a través del patio alquitranado, hasta el dormitorio. El largo pasillo estaba atestado con recargadas figuras de santos vestidos de la manera más hortera posible. Aquella mañana había llegado un cargamento por avión, y llegaban más y más cada hora.

En la página web de la LAN del Asentamiento, bajo el menú «Información Importante», nos advertían de que no los llamáramos refugiados, que eran americanos. Llegué a la puerta de Marena. Llamé. No hubo respuesta. Iluminé su punto y pulsé sobre URGENTE.

Esperé un momento. Al poco rato su voz sonó.

—¿Qué? —me preguntó.

—Es urgente —dije sin resuello.

—Estoy en la ducha.

—De verdad. Es muy, muy urgente.

—Espera un minuto.

Dos minutos después, abrió la puerta. Tenía puesto un enorme albornoz de color verde con una toalla a juego sobre la cabeza, como si fuera un sombrero de plumas. Su cara aún estaba húmeda. En cualquier otro momento habría estado lo suficientemente atractiva como para distraerme. Sin embargo, simplemente le dije que era muy, muy, muy importante que hablara con ella. De manera ultraprivada.

—Vamos afuera —me contestó.

Como me ocurre a mí, y a un montón de asiáticos, y supongo que a más y más gente cada día, su instinto, cuando quería un ambiente privado, en lugar de meterse en una habitación y cerrar la puerta, le pedía ir afuera, donde podías ver que nadie estaba escuchando. Me condujo más allá de la sala de descanso y la lavandería, hasta llegar a la parte de atrás del edificio, haciendo un surco de varios centímetros en la tierra con el albornoz. Estábamos en una especie de rincón sombrío entre los rebordes de vinilo del edificio y unas barras de hierro que sobresalían del hormigón.

—Vale, ¿a qué viene tanta urgencia? —me preguntó.

Mis pulmones estaban sin aire, como si hubiera vuelto al K-12 mientras llamaba a la vez a Jessica Gunnison para una cita. «De acuerdo, a por ellos, Jed. Di algo».

—Bueno, estaba pensando en las teorías espacio temporales de Kerr —dije.

—¿Qué pasa con ellas? —me preguntó. Al menos, no pretendía hacer como si no supiera de qué estaba hablando.

—Sólo que, ya sabes, si de verdad queremos saber cómo jugaban los antiguos al Juego, deberíamos preguntárselo personalmente.

—¿Y qué sugieres que hagamos para conseguirlo? —me preguntó. Me costó un poco oírla por el estruendo del turbopropulsor de otro avión que estaba aterrizando.

—No sé, tal vez vosotros tenéis una máquina del tiempo —le dije.

«Maldita sea —pensé—, no ha sonado para nada casual».

—¿Estás de cachondeo? —me preguntó Marena, quitándose la toalla de la cabeza. Para ser tan pequeña, tenía una cabellera larga y voluminosa, y ahora que estaba toda enredada y de punta, parecía un troll de la suerte—. Las máquinas del tiempo no funcionan.

—¿No depende eso de lo que hagas con ellas?

—¿Qué quieres decir?

—No es... Es como eso de «Los Viernes de Locura».

—¿Quién te ha hablado de «Los Viernes de Locura»?

—Vamos, que no van a poder mandar ningún objeto físico.

Tiró la toalla de la cabeza al suelo y se llevó las manos detrás de la cabeza para recogerse el pelo en un enorme moño. Me miró a los ojos. La parte baja de su iris color dorado y marrón recibía directamente la luz del sol, así que lo veía como un toroide* al borde de un pozo negro. Miré al interior de su pupila, con la esperanza de atisbar un movimiento, una dilatación, o algo que... La gente piensa que los ojos son dos

---

* En geometría, el toroide es la superficie de revolución generada por una curva plana cerrada que gira alrededor de una recta exterior coplanaria. (N. de los T.)

ventanas abiertas al alma, pero, en realidad, son tan mudas y opacas como cualquier otra cosa.

Sonó su teléfono. Mientras su mano iba hacia su bolsillo para apagarlo, rompió la inspección de miradas.

—Le dije a Max que lo llamaría —dijo.

—Van a mandar una onda, o algo parecido. El SSA crea una singularidad pura, un agujero de gusano, o algo parecido, para así poder traer los pensamientos de alguien de nuevo hasta aquí.

—Hummm —dijo ella—. Bueno, supongo que alguna vez le habrás echado un vistazo a algún libro de física, ¿no?

Yo seguí parloteando algo, pero probablemente de mi boca sólo salieron tonterías, porque mi cabeza estaba muy ocupada intentando no dejarse arrastrar por un remolino de enorme potencial.

En uno de los cuentos del rey Arturo, Merlín tenía un tablero de ajedrez con piezas que se movían por sí solas y, lo que era incluso más sorprendente, nunca perdían una partida. Hoy en día, muchos de nosotros hemos conseguido vivir para ver cosas como ésa, y también las hemos visto crecer y madurar, así que, erróneamente, damos su existencia por hecho, pero una vez, en 1998, le mostré mi Excalibur 2400* a un contador de soles adicto al ajedrez en Santa Eulalia (en las tierras altas de Huehuetenango, o sea, en la quinta puñeta de a tomar por saco) y se podía sentir la fuerza de la avalancha de tecnología en el miedo y la fascinación que contemplabas en sus ojos. Se quedó jugando con aquella cosa horas, sentado en una caja de combustible Pemex en una bodega, pulsando los botones del aparato mientras se bebía una botella de Ruy López tras otra, y perdiendo partida tras partida durante toda la noche. Al final terminé regalándoselo. Y ahora, tras el aterrizaje en la Luna, la decodificación del ADN y el refinamiento del radio, yo estaba sintiendo esa misma fascinación.

Hijo de puta. Hijo de la gran puta.

Marena se dio la vuelta para salir de aquel pequeño escon-

---

* Deshidratador de comida casero. *(N. de los T.)*

drijo y caminó en dirección a un «cañón» artificial entre una enorme excavadora y una mezcladora, que coincidían en sus motivos apotropaicos hechos de franjas amarillas y negras.

La seguí.

—Y Tony Sic va a ir —dije.

—¿Ir adónde?

—De vuelta.

—¿De vuelta? ¿Te refieres al pasado?

—Sí.

—Eso no es exactamente lo que...

—Préstamelo durante un minuto —dije—. Te prometo que te lo traeré de vuelta antes de irme.

«Puto Sic —pensé—. Sic Puto. Puto Sic. Ese bastardo asqueroso. Él sí va a verlo. Va a saber cómo es. Yo no. ¡Cabrón!».

La gente dice que el sexo, la codicia y el miedo son las tres grandes motivaciones, pero, en realidad, los celos superan a todas ellas, las otras ni tan siquiera se les acercan.

—Mira —dije—. De verdad. Yo puedo hacerlo mucho mejor que él. Le vapuleé con los tres guijarros, conozco el Juego infinitamente mejor que él. Lo que él aún está estudiando yo ya me lo sabía al dedillo con cinco años.

Se hizo una pausa corta pero incómoda. Otro helicóptero pasó rumbo oeste, patrullando la frontera.

—Mira —dijo finalmente ella.

Se sentó sobre una señal de cemento recién puesta, cruzó de manera invisible una pierna sobre la otra y, de una manera muy dietrichiana, encendió un Camel. Me quedé allí de pie, intentando no empezar a caminar en círculos como solía hacer.

«Vamos, Jed, mantente firme. Ten al menos una sola gota de sangre fría. Ella sabe que ansías verlo con todas tus fuerzas, pero tienes que evitar que ella sepa cuánto».

—Bueno, no es que yo sea la que manda en todo esto —me contestó—. Sea lo que sea lo que va a pasar con Tony, ya está en marcha...

—Puedo hacer cualquier cosa con el Juego —dije. Me di cuenta de que mis manos estaban moviéndose delante de mi cara, así que me las metí en los bolsillos—. No importa lo complicada que se pueda hacer la situación. Puedo solucionarla.

—No sabes lo que están planeando en realidad. Ni tan siquiera yo sé lo que están planeando.

Por un momento aguantó la respiración durante un rato. Finalmente exhaló.

—De todas formas, ahora estoy en problemas.

—No me importa lo que ya tengan planeado —dije.

De hecho, yo quería entrar en esos planes.

—Tengo motivación de sobra como para hacerlo bien. Tengo más motivación que, que... no sé... que el Instituto Lee Strasberg al completo.

—De eso estoy segura.

—Puedes estarlo.

«De hecho, daría mi testículo derecho —pensé—, y mi brazo derecho, mi ojo derecho, mi pierna derecha, incluso la parte derecha de mi cerebro. Todas mis partes no dominantes...».

—De todas formas, ahora que te lo he dicho, tendré que hacerme el *seppuku.** —Tiró su cigarrillo al suelo y puso los pies sobre la gravilla con sus zapatos, también a juego con el albornoz, del número treinta y siete color verde cocodrilo. Fue un gesto muy elocuente que hizo con bastante soltura.

—¿Ayudaría que te rogara? —pregunté—, porque puedo rogarte, y lo haré. Tengo que verlo, tengo que ser yo.

—Vamos a ver lo que pasa en las próximas horas —me dijo. Se pasó las manos por la cara como si se estuviera aplicando una crema de realce facial—. ¿Sabes?, no es tan fácil hacer que la gente cambie completamente.

—Por favor —dije yo—. Tengo que ser yo.

* Suicidio ritual japonés. (N. de los T.)

16

En el 9 Cabeza Muerta, 19 Blancura, 11.14.18.12.6, o sea, viernes, 8 de noviembre de 1518, cuando la armada de la Nueva España marchó por un amplio terraplén oriental hacia Tenochtitlan, la capital azteca, la cuarta ciudad más grande del mundo, repleta de canales como Venecia, en medio de un lago que cubría ciento cincuenta y cinco kilómetros cuadrados en el centro de México, Bernal Díaz, testigo ocular de los hechos y uno de los lugartenientes de Cortés, dijo que aquel pastel resplandeciente de palacios y pirámides surgiendo de las aguas «era como una visión de los reinos de Amadís; muchos de nuestros soldados preguntaron si aquello era un sueño».

El cuento de Amadís de Gaula era una copia de la leyenda del rey Arturo. Fue escrito en 1508 por un tal García Ordóñez de Montalvo, un escritor bastante mediocre, aunque bien es cierto que este texto es un romance bastante popular, más o menos, el equivalente al Tom Clancy de aquellos tiempos, tratando un tema bastante popular, antes de que Cervantes hiciera una parodia sobre el tema. Y el hecho de que este mercenario de la letra estuviera pensando en algo como aquello mientras ayudaba a iniciar el genocidio más grande de la historia del planeta inquieta bastante.

Pero lo peor de todo esto, la verdadera putada, es el hecho de que realmente era un romance fantástico. La conquista, o al menos la primera parte de ella, se inspiró realmente en las fabulosas historias épicas del periodo. Los españoles viajaron hasta aquel increíble lugar, penetraron en aquel espléndido y feroz imperio, se encontraron con un pueblo exótico, los torturaron, superaron increíbles dificultades y se hicieron inmensamente ricos, pero luego tuvieron que vivir su sueño, y ése fue el problema. Los humanos siempre encuentran una manera de materializar sus alucinaciones, pero de lo que verdaderamente hay que cuidarse es de la capacidad que tiene la gente de coger sus pasiones y, tal y como dice Irene Cara, hacer que ocurran. Aun así, en aquel momento, cuando me di cuenta, poco a poco, tal y como fueron sucediendo las cosas, no me dio por pensar en todo aquello.

Fui a las tierras de Amadís, a la dimensión onírica de infinitas posibilidades, donde la galaxia invierte su polaridad, Lolita te susurra al oído y Moby Dick surca los mares.

Marena nunca me diría qué era lo que estaban planeando exactamente, pero yo me imaginé que no era el típico viaje temporal de las historias de ciencia ficción, porque estaba bastante seguro de que aquello era imposible. Por la manera en la que me lo pintaba, la cosa sonaba como una especie de visión remota, ni muy activa, ni muy peligrosa. Me imaginé a mí mismo sentado confortablemente en el laboratorio de Taro, disfrutando de una emisión de realidad virtual *quintisensorial*, procedente de alguna parte de las tierras mayas, mientras él observaba cómo dos contadores jugaban una versión de nueve guijarros del Juego del Sacrificio.

Sin problemas.

Marena me dijo que la idea de sustituir a Sic por mí en lo que ellos llamaban «El Proyecto Conde Chocula» (por lo visto, todas las operaciones secretas de las Industrias Warren eran nombradas con nombres de cereales) ya se le había ocurrido a ella, y que incluso había mencionado mi nombre como reserva, pero la gente del Centro de Cuidados le había dicho que Sic tenía algunos puntos clave que le daban ventaja sobre mí. Cuando le pregunté cuáles eran, ella me dijo que tal vez el principal fuera la estabilidad mental. Otro era que ya habían realizado algunas pruebas. No creo que quisiera darme más detalles del asunto.

Me dijo que hablaría con Taro sobre el tema, y que lo que ahora tenía que hacer era volver al trabajo, o tomarme unos cuantos calmantes y tranquilizarme. Ese mismo día volvimos a hablar por teléfono a eso de las 8.40 p. m.

Me contó que estaba cenando en «Combinados Lindsay» y que ya diría algo a mi favor. Le di las gracias. Me tomé mi Vicodín. Taro me llamó a las 11 p. m. Me dijo que Marena le había contado el tema y que se lo pensarían. Me dijo que no podía decirme nada más sobre el proyecto y que hablaría a mi favor.

Me quedé toda la noche en una agonizante vigilia. A eso de las 7.00 a. m. ya estaba de vuelta en el laboratorio. Sic no estaba allí. Insistí en jugar una partida contra él, A2 dijo que ellos, o mejor dicho, Ellos, con mayúsculas, no querían hablar siquiera con él nunca más. Puede que tuvieran miedo de que lo fuera a asesinar. Me las arreglé para volver al trabajo con el Juego, pero, por supuesto, no pude concentrarme.

Al día siguiente, el 31, Marena me dijo que me iban a poner a prueba, lo cual me ponía en la lista de candidatos. Esa misma tarde, los imbéciles del Asentamiento se reunieron en el Hyperbowl para ver cómo el profeta actual daba su charleta frente a una pantalla de unos seis pisos de altura. Después, hubo una sesión de cánticos junto al Show del Coro del Tabernáculo. Yo, de verdad, de verdad que quería ir, pero por alguna razón no pude. Me quedé y comprobé cómo iban las cosas por casa. En Indiantown no iban muy bien. La mitad de la gente que conocía estaba aún en paradero desconocido. En lugar de disgregar a los desplazados hacia otras ciudades, lo cual causó multitud de problemas durante lo del Katrina, FEMA construyó un único centro de refugiados en Camp Blanding, localidad que ahora tenía dos millones de habitantes.

En los blogs, BitterOldExGreenBeretCracker afirmaba que las naciones del Islam estaban detrás de aquellos ataques del miércoles, que habían sido anunciados como el segundo advenimiento por un científico loco llamado Yakub, quien supongo sería una suerte de Anticristo. Hell Rot decía que las partículas de polonio se habían dispersado con algún tipo de sistema humidificador demasiado complicado para que cualquier grupo independiente de *hackers*/terroristas/loquesea pudiera diseñarlo, y que, por lo tanto, el ataque seguramente había sido perpetrado por el propio gobierno. Este último tenía, aunque fuera de pasada, algo de razón. El problema con las conspiraciones no es que no existieran. De hecho, hay un montón de ellas en marcha. Cada vez que hay una conspiración respecto a un suceso X, nacen unas cuantas miles de teorías que no son ciertas, algunas de las cuales han sido iniciadas por los mismos conspiradores. Hay tantas medias verdades camuflando las verdaderas que incluso décadas después no hay manera de saber qué fue lo que realmente pasó, excepto que esta vez...

La prueba comenzó de inmediato. Pensé que se trataría de algo que, si me esforzaba, podría hacer mejor que nadie. En lugar de eso, resultó ser una cosa que estaba totalmente fuera de mi control.

Comenzó con seis horas de chequeos médicos y pruebas cardiovasculares. Determinamos que, aparte de la minusvalía que tenía, la cual podría poner en riesgo mi vida, estaba en media/buena forma, no porque yo quisiera, o porque me gustara el ejercicio, sino porque, si eres un hemofílico, o te mantienes en plena forma o mueres. A esto le siguieron catorce horas de test mentales básicos, entre los que se incluían ejercicios de memoria (fáciles), puzzles secuenciales y espaciales (casi igual de fáciles), exámenes lingüísticos (aún bastante fáciles), muestras emocionales (las cuales supuse que habría fallado, como de costumbre) y habilidades interpersonales, como intentar deducir si alguien en una grabación de vídeo estaba mintiendo (totalmente comprensible). Luego realizaron nuevas pruebas emocionales. Me enchufaron y me empezaron a poner imágenes de niños enfermos y perros destripados, como si yo fuera Alex DeLarge.* Luego realicé unas cuantas pruebas personalizadas, entre las que se incluía una sesión de polígrafo en la cual, hasta donde puedo decir, intentaron determi-

* El protagonista del libro *La naranja mecánica. (N. de los T.)*

267

nar si era responsable y cuáles eran mis motivaciones. Dios sabe qué resultados obtendría en esa prueba. No estaba seguro de cuán honesto necesitaba ser respecto a mis verdaderas motivaciones. Quiero decir, mi motivación aparte de salvar la situación. No es que no estuviera preocupado por el tema de los apocalípticos, ¿quién no lo estaría? Pero no era mi razón personal. Ni tampoco lo era Marena.

Por supuesto, pensaba que ella estaba bien, y portarse como un héroe es un instinto natural, ¿verdad? Bueno, si necesitaba salir con alguien más importante, por mí guay; aquélla era mi manera de ser importante, no sólo rico e importante, sino un héroe y, además, importante, tremendamente importante. Algo que hiciera que cualquier cosa que hubiera hecho en el pasado, sin importar lo retorcido y pérfido que hubiera sido, fuera olvidada.

Pero aquélla tampoco era mi motivación principal.

La verdad es que tenía mis propios planes. Los tenía prácticamente desde el día que nací. ¿Has oído hablar alguna vez de esos casos en los que se supone que van a nacer gemelos pero que uno de los dos es absorbido en los primeros meses del embarazo, y que esos niños cuando crecen, aunque no sepan nada del suceso, siempre se sienten como si echaran de menos a alguien? A mí no me pasó eso, pero siempre he tenido la sensación de estar buscando algo que he perdido. Algún lugar, a lo mejor. No es algo pequeño. Es algo que tiene que estar ahí, al girar la esquina, pero que nunca encuentro. Y ahora, por fin, estoy deshaciéndome de esos pequeños demonios personales de color gris que han estado pateándome el culo durante toda mi asquerosa vida. Quiero que me traigan de vuelta mis libros. Quiero que traigan mi golpeada, violada, infectada, abandonada y todo-lo-malo-que-acabe-en-ada cultura de vuelta. Y lo quiero ahora. Un tema algo trillado, sí, pero del todo cierto.

Imagina que eres un niño en el exilio que vive en algún sitio asqueroso, como la Atlántida, el gueto de Varsovia, Kripton, Bosnia, Guatemala... donde sea, y antes de que tus padres te manden a tomar por saco, te dan un par de piezas de un viejo puzzle. Los bordes están gastados, pero los colores de sus crípticos retazos de la imagen general son profundos, y muy atrayentes. Imagina que los llevas contigo durante toda tu puñetera vida, pero por mucho que los miras, tan sólo tienes vagas nociones de lo que forman parte, de lo que representan.

Un día, de repente, escuchas que alguien tiene el dibujo, o la foto, o lo que sea, al menos una parte. ¿Qué harías tú? ¿Qué es lo que haría Jesús? ¿Qué es lo que haría cualquiera?

Bueno, lo que yo iba a hacer, lo que iba a conseguir, era que me eligieran a mí en lugar de a Sic. ¡Iba a conseguir atravesar el espacio-tiempo! Y también iba a afrontar lo que tuviera que afrontar. Iba a traer a mi puñetera civilización de vuelta, todo gracias a la esponja húmeda de 1.535 centímetros cúbicos que tenía por cerebro.

17

El cuarto día, miércoles, Marena llamó y me dijo que estuviera listo a primera hora de la mañana del viernes para conocer al jefazo. Era el último obstáculo. Uno podría pensar, o no, que primero me querría conocer y ver si estaba capacitado antes hacerme las pruebas, pero Lindsay Warren era una de esas personas que estarían perdiendo su precioso tiempo si se pararan en mitad de la calle para recoger unos cuantos miles de dólares que se le hubieran caído. Todo lo que habíamos hecho antes, por lo tanto, era el procedimiento estándar, al igual que el banquete que le preparaban a Luis XIV en cada una de sus partidas de caza por si se dejaba caer por allí.

Marena me dijo que el plan seguía siendo que fuera Sic el que viajara. La estabilidad y las habilidades sociales siempre vencen a la brillantez. Y Sic parecía un modelo profesional. Bueno, un modelo profesional de los catálogos de ropa de la Patagonia. Aun así, había tres personas que todavía tenían que votar para decidir si el elegido sería Sic o yo. Lindsay, alguien llamado Snow y alguien llamado Ezra Hatch. Aquellos votos decidirían el resultado de la votación de una manera u otra. No sabía lo que Boyle y Michael Weiner habían votado. Ni siquiera lo que había decidido Marena, a pesar de que le caía bien. Bueno, y Taro, claro. Taro creía... bueno, de acuerdo, sabía, que a veces era un poco fanfarrón, pero seguramente también me apoyaría. Sin embargo, Boyle me odiaba, y Mierd-

Weiner también me odiaba. Así que, seguramente, aquello terminaría en dos contra dos. Bueno, Lindsay seguramente tendría ocho votos.

Soy de la opinión de que nada ocurre por méritos propios. Incluso cuando se trata de algo como, digamos, una versión del último recurso ante el fin del mundo, sigues dependiendo del hecho de si les caes bien o no, de qué aspecto tienes, de a qué sociedades secretas no pertenecías en New Haven y de si tu nombre termina o no en vocal. Lo típico.

Pasé dos días agonizando. La mañana del viernes, Laurence Boyle se reunió conmigo y con Marena en una habitación de techo bajo, ancha y totalmente vacía en las instalaciones temporales del departamento de I+D del Asentamiento, en un edificio con aspecto de búnker, bajo el estadio. Nos estaba esperando a las 7.06 a. m. con un collarín médico que hacía que su cabeza pareciera asomar por un tubo y un traje oscuro.

Pasamos junto a un par de filas de cubículos, y de todos salía el sonido característico del tecleo de ordenador. Unos cuantos de los que estaban allí estaban echando una partida al futbolín en la sala de descanso. Miraron a Marena como si fuera la reina Amidala.

—¿Esas habitaciones bajan dos pisos más? —preguntó, o más bien dijo Boyle—. ¿Todo está dedicado a la programación y pruebas para el sistema de fijación de objetivos desde tierra?

—Te refieres al UAV, ¿no? —preguntó Marena sin que en realidad pareciera que le importara demasiado.

—Sí —contestó Boyle.

Nos condujo hasta un ascensor de esos que ascienden a través de un tubo de cristal. Estaba vigilado por un guardia con uno de aquellos uniformes verdes.

—Ahora mismo estamos justo debajo de la parte occidental del campo de juego multiusos —me dijo Boyle.

Asentí respetuosamente y miré mi mapa «Usted está aquí».

—Buenos días —canturreó Julie Andrews.

Con un aire bastante estúpido, miré a mi alrededor.

—Por favor, agárrense a una de las barandillas de seguridad mientras se inicia el ascenso.

Me di cuenta de que era el mismo ascensor el que estaba hablando, y es que su voz era lo suficientemente humana como para engañar a un profesor de vocalización ciego.

—¿Señor? —preguntó Marena al secuaz del ascensor—. ¿Podría, por favor, hacer que esa mujer se callara? Gracias.

El tono que utilizó fue bastante seco y cansado.

Después del desayuno, o mejor dicho, después de dos tragos de un expreso, me confesó que se acababa de enterar de que su amigo Yu Shih había muerto en un incendio en Vero Beach.

Comenzamos a ascender. Tras el cristal estaba todo oscuro, pero la luz cayó sobre nosotros mientras salíamos del complejo subterráneo y nos dirigíamos hacia el interior de un gigantesco cono elipsoide invertido. De mala gana, me quedé bastante impresionado.

—Estamos entrando en la zona de asientos del Estadio Hyperbowl —dijo Julie.

Se produjo un extraño efecto de perspectiva mientras nuestra caja transparente se arrastraba hacia la directriz, como si las filas de escaleras que había sobre nosotros avanzaran y retrocedieran a la vez.

A pesar de haberlo intentado evitar, finalmente me agarré a una de las barandillas acolchadas. En la parte más alejada del campo de césped, cuatro atletas bastante altos y vestidos con sudaderas verdes estaban dándole patadas a una pelota de fútbol luminosa. Mi nariz estaba rozando el cristal y dejó una pequeña marca al respirar.

—Ese que está ahí abajo es Mohammed Mazandar —dijo el guardia que nos acompañaba en el ascensor. Me imaginé, tal vez un poco tarde, que me estaba hablando a mí.

—¿Quién? —pregunté.

—El alero —me dijo, como si fuera un niño de dos años.

Supongo que me quedé mirándolo con una mirada vacía.

—El jugador de baloncesto —continuó.

—Oh —contesté yo finalmente—. Genial.

«A quién coño le importa», pensé.

¿Por qué demonios existe esa presunción automática entre los tíos por la que todo el mundo con un cromosoma Y tiene que estar aunque sea remotamente interesado en los deportes? Yo, cuando me cruzo con un desconocido, no se me ocurre preguntar: «Oye, colega, ¿puedes creerte que ayer Natalia Zhukova ganó el EEC Interzonal? 17 se come a f5, g se come a f5, ¡y 18 hace jaque a g1! ¿No es increíble?».

Aunque también es cierto que no me sentiría de aquella manera si hubiera confraternizado un tanto más en la escuela y no hubiera sido un puñetero empollón piel roja.

—Estamos entrando en el primer nivel de las gradas —dijo Mary Poppins.

—Disculpen, estoy intentando apagar esta cosa —dijo aquel cuasipolicía, mientras trasteaba en el panel de control. Por un momento pensé que había visto que una de las funciones disponibles era la de autolimpieza.

—Cuando esté finalizado, el Hyperbowl de Belice podrá albergar más de ciento ochenta y cinco mil aficionados, convirtiéndolo así en el tercer estadio deportivo con más capacidad de espectadores del mundo.

«Eso es progreso —pensé—. Supongo que la cosa es "Tú lo construyes, ellos lo enseñan", a menos que sea el decorado de *Waterworld*».

—Escúchame —dijo Marena—. Tienes que acordarte de no maldecir ni blasfemar delante del anciano Lindsay, ¿de acuerdo?

—Ah, claro —dije.

Me tomé aquel consejo muy en serio, viniendo como venía de la señora boca-de-cloaca.

—Recuerda que yo me crié con esta gente; me refiero a los mormones.

—Es una especie de deidad —me dijo—. Supuestamente, cuando era archidiácono, convirtió a más gente que nadie.

—Qué bien.

Empecé a tener la sensación de que aquella entrevista iba

a ser un poco más decisiva de lo que ella había previsto en un principio.

—Estamos llegando al nivel decimocuarto —dijo doña *Sonrisas y lágrimas* cuando estábamos llegando a lo que en realidad era el nivel decimotercero—. Bienvenidos a la zona de palcos privados.

Nos arrastramos unos metros más antes de pararnos. Se hizo una pausa. Luego se hizo otra, más larga aún. Luego, resonó un sonido átono de sintetizador, y la parte norte del muro se abrió con un poderoso, comprensible, aunque seguramente innecesario siseo.

El resto de aquel complejo con forma de anillos estaba aún en la última fase de construcción, pero la habitación en la que nos encontrábamos ya estaba lista para salir en la portada de *Diseños e interiores*. Estaba hecha de olmo y roble, como la típica caseta de prensa de un hipódromo de los años treinta. A nuestra izquierda, una luna de cristal impoluto daba al campo, y los anillos exteriores que comprendían los diez mil asientos vacíos de color verde daban una sensación de vértigo que me provocó el ansia de saltar a través de aquella cristalera a prueba de balas y rodar y rodar cuesta abajo hasta el final de las gradas. Debajo de la ventana, una mesa hacía ángulo con una enorme pantalla de plasma digital que ocupaba toda la anchura de la habitación. Había al menos cincuenta ventanas con una retransmisión diferente en cada una: datos de la bolsa, deportes, cámaras de vigilancia, vistas del resto de las obras en construcción, «Good Morning America», un especial de Miss Universo e imágenes de uno de los disturbios de la India, que habían aumentado desde los sucesos caóticos que pronostiqué en el laberinto de Taro. De una de las ventanas surgía la voz de Anne Marie Chipperwit diciendo:

—Orlando. Las consecuencias. Una ciudad en busca del significado.

No había nadie alrededor. Era uno de esos extraños momentos vacíos. Marena se desplazó hasta la parte más alejada. La seguí. El tío del ascensor se quedó en la puerta. Tras él, las puertas del ascensor se cerraron lentamente, tal y como lo hacen las puertas, antes de terminar de cerrarse completamente, para luego succionar todo el aire que había entre ellas y crear un cierre al vacío.

Dejé de mirar la pantalla y me centré en las estanterías. «Vaya», pensé.

Me imaginaba a Lindsay Warren como una especie de villano de una película de Bond, pero la verdad es que al menos en las películas en las que trabajó Ken Adams, los villanos de Bond tenían muy buen gusto. El Dr. No tenía un Goya y Scalamanga tenía una máscara de jade amarillo de Teotihuacan en su vestíbulo, pero la decoración de las oficinas de Lindsay era tan cutre que hacía que Carl Varney pareciera Palladio. La mayor parte era decoración con motivos deportivos, como pelotas autografiadas, sudaderas y jerséis, balones y bates, incluso discos de jockey. También me percaté de dos viejos mitones agrietados de color marrón firmados por Jack Dempsey, con una foto enmarcada de la infame cuenta larga tras él. También había una placa en el muro que anunciaba que toda la madera utilizada había sido recogida de viejos naufragios en el golfo de Honduras, y la placa del suelo indicaba que aquellas baldosas de granito rosado habían sido transportadas desde la entrada de la Liberty Plaza después de que quedara totalmente destruida en el 11-S. Llegamos al extremo norte de la habitación, a lo que parecía la mesa personal de Lindsay Warren, a pesar de que aquel lugar no podía ser el despacho principal, ya que no gozaba de la más alta tecnología. Había un modelo de un F-17 Hornet, un antiguo Nabisco de color dorado con compás y lupa de aumento y un trofeo de lucite, con las palabras ᗡ⊦⊣⊐ ⊈⊣⊔⊐⊓⊓⊣ ⍑⊔⊓ ⧇⊐ ⧇⊐⊓ grabadas, con un pequeño grupo de abejas reales suspendidas en su interior. Junto a él, una pelota de béisbol Rawling dentro de una pirámide de cristal. Con unas fuentes Bradley Hand en negrita, la pirámide estaba gritando MARK MCWIRE #70. Era esa famosa pelota de béisbol que costaba tres millones de dólares.

Por el precio de esa pelota de béisbol se puede salvar a treinta mil niños del sida. La pared más cercana estaba repleta de graduados y premios humanitarios, así como artículos enmarcados del *Financial Times.* Uno mostraba un enorme retrato de familia, un enorme clan, muy feliz, con todos los arquetipos americanos, mostrando sus dientes frente a una fachada que pude reconocer.

«Con un gran regalo, los investigadores del Estudio de Enfermedades Neuronales de UTA», se leía al pie. Seguí leyendo el texto que acompañaba a la foto:

«Lindsay R. Warren, un hombre de negocios de Salt Lake City, hijo del héroe de la guerra de Corea Ephraim "Stick" Warren, el cual donó 1,5 billones para la investigación y cura del mal de Alzheimer, así como otras patologías del sistema nervioso. Aquí lo podemos ver junto a su familia. El señor Warren está a la derecha, sosteniendo a tres de sus dieciocho nietos, junto a su esposa, Miriam. Su familia se reunió frente al hospital de Salt Lake City que ostenta su nombre».

Había fotos de Lindsay Warren con Gerald Ford, Michael Jordan, Bush I, Bush II, Tiger Woods, la familia Osmond, Gladis Knight, James Woolsey y Bono. Incluso había una foto suya de cuando era joven en la que se le podía ver frente a un camión USO junto a John Wayne, Wikki Carr y Ronald Reagan. Casi esperabas poder verlo en una foto en grupo con J. Edgar Hoover, Jesucristo y los cinco hermanos Marx. Bajo las fotos había una estantería repleta de Colt Peacemaker y viejos 1911, así como otras pistolas patrióticas. Todas menos una tenían un cierre en el gatillo. La excepción de los cierres era una Beeman/FWB C8822-CO de disparo rápido, que reposaba en un terciopelo azul claro dentro de una caja de madera. Tenía una inserción de una medalla de oro olímpica con una inscripción grabada: «En Sincero Agradecimiento por su Excelencia, Juan Antonio Samaranch 24/02/02». Volví a recorrer la enorme sala con mi mirada hasta la puerta por donde habíamos entrado y, sí, había una diana de metal y plastilina colgada de la pared con una serie de agujeros del calibre 0.177 bordeando el centro de la diana. Cowboys. Pueblerinos del planeta Kolob. ¿A quién le importa ya la puntería? Estos días incluso las pistolas de agua tienen miras láser.

—Se encuentran en la sala de videoconferencia —dijo una voz de mujer.

Pertenecía a una especie de secretaria o recepcionista que se había materializado desde algún lugar y que resultó ser Ashley1. Nos condujo a Marena, a Boyle y a mí alrededor de la mesa, y luego a través de una puerta situada a la izquierda, a un vestíbulo cubierto con paneles de madera. Éste conectaba el campo con las profundidades del Super-Donut que lo rodeaba. Una única puerta estaba abierta al otro extremo. La atravesamos y llegamos a una enorme y tenuemente iluminada sala de conferencias que tenía forma de cubo, sin ventanas, pero con unas enormes cortinas de terciopelo blanco colgando de todos lados. También había lonas protectoras de plástico extendidas de pared a pared. Salimos por una puerta situada en la parte más alejada.

—Perdonen el desorden —dijo Lauren—. Cuando lo limpiemos y traigamos al equipo de hospitalidad... bueno, va a tener un ambiente muy especial.

Abrió otra puerta que nos condujo hasta otro cubo de conferencias más grande que el anterior. Estaba cubierto con unos murales bastante malos que mostraban la vida en el Pleistoceno, en los cuales se podía observar unas prósperas praderas repletas de megaterias, gliptodontes y familias de lo que parecían ser los primeros homínidos, sospechosamente caucasianos. En la pared de enfrente también se podían ver anticuados mapas del hemisferio occidental, con una línea dorada que lo cruzaba para representar, según supuse, la ruta de los jareditas* saliendo de la bahía de Chesapeake hacia América Central. Nuevamente, cruzamos la habitación para llegar a otra puerta, la cual nos condujo directamente al tercer cubo de conferencias.

* Los jareditas son personas descritas en el Libro del Mormón, y en el Libro de Esther, como descendientes de Jared y su hermano, en los tiempos de la Torre de Babel. De acuerdo con el Libro del Mormón, este pueblo cruzó el océano con botes y se estableció en América. La existencia de estos jareditas es negada por los principales historiadores y arqueólogos. *(N. de los T.)*

Éste era más pequeño que los otros dos, tan sólo tendría unos noventa metros cuadrados.

«Hay algo raro aquí. Oh, ya veo. Claro. Las paredes, el techo, el suelo enlosado, la mesa de reuniones cuadrada, e incluso las sillas Aeron vacías, todo parece ser ligeramente translúcido, como si estuviera hecho del mismo cristal mate oscuro».

Me pregunté si sería algún tipo de material adhesivo parecido a la película fotográfica; así, si se ponía algún tipo de programa de Realidad Virtual modificado en las enormes pantallas de plasma que hacían las veces de paredes, techo y suelo, la superficie de la decoración y los muebles mimetizarían con todo, desapareciendo prácticamente de vista y permitiendo así experimentar, sin la necesidad de ponerse ningún visor, la sensación de estar atravesando un desierto durante la puesta de sol, o de estar buceando en una cueva helada, o incluso de estar en tu episodio favorito de *Dawnson crece*, cualquier cosa. Ahora mismo las tres paredes mostraban lo que se suponía era un salvapantallas, compuesto por unas ligeras volutas de humo azul grisáceo sobre un verde oscuro. También había cuatro ventanas abiertas esparcidas por la pared que había frente a nosotros. La más pequeña estaba situada en la parte más a la izquierda, y en ella se podían ver las noticias anunciando otra oleada de problemas en el subcontinente. La segunda, más grande, mostraba una imagen computerizada en un giro continuo de un Sleeker, una zapatilla deportiva de apariencia muy avanzada, con unas suelas planas y sin tracción. La pantalla más grande mostraba una especie de diorama digital en 3D. Parecía una verdadera ventana que daba a un paisaje artificial pero, aun así, increíblemente boscoso. Dos ángeles luminosos flotaban entre los árboles en la parte superior izquierda, y en el centro había un hombre vestido de negro, arrodillado, dándole la espalda a la cámara. Era el profeta, Joseph Smith.

Cuatro hombres caucasianos de mediana edad estaban sentados en el extremo más próximo de la mesa de reuniones, picoteando de unos platos repletos de magdalenas de salvado y trozos de fruta. También había algunas tazas y una tetera llena, como era obvio, de té de hierbas, así como una tarta de chocolate, aparentemente intacta, con un tenedor pinchado. Uno de aquellos hombres era completamente calvo, otro tenía el pelo plateado y otro casi no estaba calvo y tenía una perilla muy poco señalada. El cuarto era el más joven y el único que estaba hablando; tenía barba de dos días.

—... Lo más importante de Sleekers es que no necesitas hielo —dijo con voz fingidamente masculina—. Hacen que te muevas de manera recta, como si lo hicieras en una superficie lisa, pero son más ligeras, y frenan mejor. Así, alcanzas bastante velocidad, pero también puedes plantarte y lanzar la pelota.

—Y los niños. ¿De verdad les va a gustar esto? —preguntó el calvo.

—Claro —dijo el joven—. De hecho, es como si pusiéramos de moda un deporte poco conocido. Como el snowboard, por ejemplo. Una tendencia de cosecha propia, con una mezcla de alto octanaje de espíritu en equipo e individualismo. Tengo una visión muy concreta del juego. Sería como sentir el compañerismo de «todos para uno» del fútbol y el carisma de los personajes de la lucha libre.

—Pero no estará todo preparado como en la lucha libre, ¿no?

—No, por supuesto que no —dijo el joven—. Será un deporte real.

—Esperad un segundo —dijo el calvo, que se puso en pie y luego giró unos treinta grados para mirarnos. Los otros tres hombres se volvieron en sus sillas, y al unísono, hicieron el amago de ponerse en pie.

—No hace falta que se levanten —dijo Marena—. Por favor.

Caminó por el lado de la mesa, abrazó al joven y medio abrazó, o simplemente les dio la mano, a los otros. Laurence hizo lo mismo, menos en lo de los abrazos. Yo me quité mi sombrero. Todavía se me olvidaba quitármelo cuando entraba al interior de los sitios. Todavía iba con la chaqueta que llevaba puesta durante el ataque, perfectamente limpia y planchada en la tintorería del Asentamiento, e incluso llevaba una corbata, una antigua J. C. Penney *funebrerie* de las rebajas, así que me sentía con un aspecto marginalmente respetable, pero a esa gente seguramente seguiría pareciéndoles un inmigrante que pretendía vestir bien.

Marena me atrajo hasta el grupo y me presentó, empezando por el calvo. Su nombre era Anciano Snow, y no tenía un solo pelo en la cabeza, a excepción de las cejas y las pestañas. Ni tan siquiera estoy seguro de que tuviera uñas. Me estrechó la mano con un fuerte apretón, bastante fuerte para ser un anciano. El siguiente tendría unos sesenta años y su nombre era Ezra Hatch. Tenía un inquietante casco de pelo plateado en la cabeza y llevaba una suerte de chaqueta deportiva un tanto pija, a juego con los pantalones. Debajo de todo aquello, probablemente, llevaría unos calzones de Jesús. Me estrechó la mano como si fuéramos viejos compañeros de piso de la época universitaria. El tipo de la perilla se llamaba Orson, o algo así. Tenía puesta una sudadera del Grupo Warren. Todos eran bastante agradables y simpáticos. Espera. Vamos a ser más específicos. Uno podría creer que su actitud estándar era aquella exagerada jovialidad familiar, que es lo que la gente de Estados Unidos tiene en lugar de maneras, pero la verdad es que todo aquello quedó totalmente emborronado por los acontecimientos que estábamos viviendo. Todavía estábamos dentro de ese periodo tan extraño que concurre cuando hay un gran desastre en el que todo el mundo se siente obligado a ser simpático, pero sin que nadie lo sienta verdaderamente.

Lindsay Warren era el joven, el que estaba hablando. También resultó ser el más alto. Avanzó tres pasos hasta nosotros, cojeando claramente a causa de, según intuí yo, una lesión de fútbol, habría apostado por ello cinco a uno. En Utah, era prácticamente una característica obligada para el hombre de negocios estándar de mediana edad. Camina un par de calles por la Temple Avenue un domingo por la mañana, y te puedo garantizar que al menos tres Long John Silvers no muy viejos pasarán por tu lado con un paso inconstante en su camino hacia la salvación. Llevaba unas zapatillas deportivas Warren de color verde y un chándal UNICEF con motivos de dibujos a todo color de los Niños de Diferentes Tierras. Todo lo que necesitaba para completar el disfraz era el pelo naranja y una nariz de tomate. Tenía una de esas caras anglosajonas de facciones duras y bronceadas gracias al sol del campo, aunque bien parecidas en conjunto, con arrugas supraorbitales, como si fueran las marcas gemelas del Monumento Nacional del Arco Delicado.

¿Qué edad tendría ahora? ¿Cincuenta? ¿Tendría las canas teñidas?

Me inspeccionó con una vieja mirada de marinero mientras me agasajaba con el más firme y seco apretón de manos que jamás se hubiera dado. Dejó totalmente adormecidos los pocos nervios carpianos que me quedaban. Estrechar las manos siempre había sido un gesto un tanto incómodo para mí. Si le pusieran nota, los míos tendrían una media de cuatro sobre diez.

—Encantado de conocerle —me dijo.

18

—El placer es mío —contesté yo—. Pasé bastante tiempo en uno de sus hospitales.

—¿De verdad? ¿El Salt Lake Central, tal vez? —preguntó. Asentí contestando a su pregunta.

—Oírlo me es sumamente gratificante, la señora Warren y yo estamos muy orgullosos de él. Supongo que ahora se sentirá mejor, ¿no es así?

—Eso me dijeron —contesté.

—¿Qué se cuece por aquí? —preguntó Marena.

—Es mi cumpleaños —contestó Lindsay—. Hoy cumplo cincuenta y dos años.

—Muy bien llevados —contesté yo.

—¿Cómo? —preguntó él.

—Los años, que no se le notan —contesté—. De ahí lo de «bien llevados»... Lo siento.

—Oh, no, no. Tienes toda la razón —contestó él, sonriendo—. Siempre se me ha dado bien cargar con cosas.

—Pues tú tendrías que ver lo que puede hacer él —dijo Marena—. Es como Dustin Hoffman en *Rain Man*.

«Muchas gracias», pensé.

—Sin todos los demás problemas que tenía el personaje —contestó ella, un tanto avergonzada.

—Qué interesante —dijo Lindsay.

—¿Les gustaría comer algo? —preguntó Ashley1.

Le contestamos que no y le dimos las gracias.

—¿Qué tal un poco de té de jazmín?

—Oh, no, muchas gracias, tal vez una taza de café sí me vendría bien —contesté.

—Lo siento, pero no tenemos café, aunque tenemos chocolate caliente, o tal vez pueda hacerle un poco de...

—El chocolate estará bien, gracias —contesté.

«Jesús —pensé—. Esta gente está tan santificada que no tienen ni cafeína».

—En un momento —dijo ella, dejando la sala por la puerta por donde habíamos entrado.

Puede que aquélla fuera la única puerta de acceso.

—Las chicas ya lo habían dispuesto todo para la celebración —dijo Lindsay—, pero viendo lo que ha pasado en el mundo, no nos sentimos demasiado festivos.

—Oh, sí —dijo Marena—, aun así, felicidades.

—Gracias —contestó mirándome de nuevo—. De acuerdo, ahora, a ver, ¿cuál es mi horóscopo maya?

—¿Qué día fue usted bautizado? —le pregunté.

—En martes.

—Eso es el 2 Jaguar, 2 Crecimiento —contesté yo—. Ése es un día dedicado a la realeza, el que tendría un rey, por ejemplo. Sólo que esto no es exactamente un horóscopo. Tendría que pedirme que le realizara el pronóstico de un día en concreto.

—Bueno, me parece bien. ¿Qué pronóstico me puede hacer para hoy?

—Bueno, hoy 3 Venus, 16 Crecimiento. Es un muy buen momento para usted, para que comience un proyecto, o un viaje, o algo parecido a eso.

En realidad no mencioné el hecho de que aquel día estaba auspiciado por el Corazón de las Montañas, y que eso podía también significar la existencia de una traición de, por ejemplo, otro jaguar. Habría sonado un tanto barato.

—Bueno, entonces tal vez podamos comenzar ese proyecto —contestó él, volviéndose hacia los otros tres hombres, que se habían vuelto a sentar.

—Tan sólo dos cucharadas, por favor.

—Aquí tiene —dijo Ashley1, entusiasmada, acercándome una humeante taza de espesa dulzura. En un lado, se podía ver el logo de Warren, con la inscripción «Warren trabaja para mí».

—¿Sabes?, le eché un ojo al informe que hizo Larry sobre el libro maya —dijo Lindsay—. Un informe muy completo, he de decir; pero aún no veo muy claro que vengan reflejadas todas esas fechas.

—¿Qué es lo que no ve claro en concreto? —preguntó Marena, sentándose, o más bien, echándose hacia atrás y hacia delante en el respaldo de una silla, mientras ponía los pies en el asiento.

Boyle se acercó hasta la mesa, pero no se sentó. Hatch y Snow simplemente estaban sentados donde lo estaban antes, y Orson, como mínimo, parecía fascinado.

—¿Por qué habéis deducido esas fechas y no otras? —preguntó Lindsay—. Tiene que haber multitud de ellas que tengan las mismas características nefastas —dijo, ahora mirándome directamente—. ¿Por qué no el 11-S, o el desastre del Katrina, por ejemplo?

Aquello era algo sobre lo que Taro y yo habíamos hablado multitud de veces, pero, para alguien que no estuviera especializado en el tema, era una buena pregunta.

—Bueno, en realidad no lo escribieron para que nosotros lo leyéramos —contesté—. El libro seguramente fue confeccionado por un único clan felino...

—¿Clan felino?

—Una especie de familia real.

—Oh, vale.

—Y seguramente, su único interés sería qué les podría pasar en el futuro a sus descendientes. El 11-S o el Katrina no afectaron a muchos indios mayas que digamos, y es por eso por lo que todo lo que narra el libro acontece cerca de la zona maya, con la posible excepción de los acontecimientos ocurridos en Orlando.

—Comprensible —dijo Lindsay, apoyando un cachete en el borde de la mesa.

Tan amistoso como parecía, también tenía un aura de persona rica y relajada que no estaba acostumbrada a que otros le hicieran preguntas, o que eligieran los temas de conversación. Estaba seguro de que no iba a pedirme que me sentara.

—Pero entonces ¿por qué pensáis que ese suceso que supuestamente va a ocurrir dentro de un año nos va a afectar a todos? Tal vez esa última fecha tan sólo significa que sus últimos descendientes morirán este año.

—Eso tiene sentido —dijo Boyle.

—Bueno, en realidad la respuesta a eso tiene menos que ver con el Códex y más con otro tipo de cálculos —contesté—. Además, a través de los diferentes escenarios durante el Juego, tengo la sensación de que hay un problema muy grave con esa fecha.

—Entonces, eres de los que creen que el mundo va a terminar yéndose al garete.

—Bueno, por lo que estoy empezando a pensar, es bastante posible, o digámoslo de otra manera, probable; y por supuesto, si es el fin del mundo, también lo será de los mayas.

—Pero tampoco es seguro al cien por cien.

—Bueno, estoy bastante seguro, pero no puedo darle ninguna razón concreta. Según los registros del Juego, quiero decir...

—Entonces, tal vez estemos viendo más de lo que hay en el libro —contestó él—. ¿No cree? Puede que en realidad no haya tal problema.

—Bueno, personalmente, ahora estoy completamente convencido de que sí lo hay —contesté—. Hace una semana no lo estaba. Sin embargo, durante todo este tiempo jugando, no he visto una manera de evitar ese gran problema. Es difícil de describir. Es una sensación que no creo que puedas sentir si no practicas el Juego.

«Joder, este tío no es tonto —pensé—. A diferencia de la mayoría de los mormones, parece ser bastante escéptico».

La mayoría de esta gente se pasa toda su vida esperando que el Fin de los Días empiece al minuto siguiente. Bueno, puede que esta vez tuvieran suerte. Hasta un cerdo anósmico encuentra una trufa de vez en cuando.

No había duda de por qué habían construido aquel complejo en las colinas. Imagina los miles de metros cuadrados de búnkeres que debía de haber bajo tierra. Cincuenta años de provisiones en comida congelada y Tang sin azúcar. No veas qué panorama.

—De acuerdo, entonces, dígame, Jed, ¿qué es lo que se siente practicando el Juego?

—Bueno, empiezas con lo que se le llama «enraizarse», lo que es centrarte a ti mismo en el mundo.

No sólo empecé a sentirme aterrorizado, también me sentí bastante incómodo. Siempre que hablo del Juego me parece estar dando una insufrible charleta New Age, y no sé cómo evitarlo.

—Entonces, cuando buscas un movimiento, un suceso, esperas a lo que nosotros llamamos un alzamiento en la sangre, una especie de sensación de hormigueo. Una sensación física, quiero decir.

—¿Dónde?

—Puede ser en cualquier parte del cuerpo. Normalmente, procede del mismo tuétano del hueso, no es sencillo de explicar, pero cuando empiezas a sentirlo, y empiezas a moverte a través del tablero, sientes como si estuvieras viajando. Tienes consciencia de la cantidad de caminos que tienes delante, pero en este caso, presientes que tras la fecha final, no hay más caminos.

—De acuerdo, suficiente —dijo Lindsay—. Sigamos. Supongamos que vosotros encontráis la manera de jugar... ¿cómo lo llamáis?, ¿con nueve guijarros?

—Sí.

—Ni tan siquiera me voy a molestar en preguntar qué significa eso, pero supongamos que encontráis la manera y, aun así, tampoco solucionamos nada. Imaginemos que finalmente el juego simplemente nos dice: «Sí, el mundo se ha hartado, y no hay nada que podáis hacer».

«Otro pensamiento inteligente —pensé—. ¿Le habrá hecho a Sic esas mismas preguntas? ¿O tal vez fueron diferentes? Tal vez debería haberle preguntado a Marena antes de venir aquí. Qué idiota he sido».

Casi obtuve una respuesta cuando se contestó a sí mismo.

—Bueno, supongo que entonces no tendremos nada de lo que preocuparnos, ya que de todas formas, no podremos hacer nada.

—Bueno, supongo —contesté—, pero, personalmente, no lo creo. La cosa está en que la manera de evitarlo debe de estar impresa en lo que es.

«Eso no tiene sentido, Jed», pensé.

—Déjeme que se lo explique de otra manera. Lo que tiene que comprender es que ellos no pensaban que estuvieran escribiendo ninguna profecía, más bien lo veían como un avance de las noticias, no como un suceso sobrenatural.

—De acuerdo.

—Los antiguos tampoco pensaban en términos progresistas. De hecho, veían la historia como un proceso de decadencia, y para hacer que el mundo siguiera dando vueltas tanto como fuera posible, tenían que hacer cierto tipo de cosas. Por ejemplo, con los mayas, incluso un suceso histórico como la guerra era un acto sagrado, un acto que había que realizar en un momento determinado y de una manera concreta. Primero tenías que ser purificado, y Dios sabe cuántas cosas más. Puede que hasta suene más sencillo de lo que era en realidad. Tal vez sacrificando a esta o a aquella persona, por ejemplo, o incendiando este o aquel bosque, estuvieran cambiando la historia.

—De acuerdo, suficiente —dijo Lindsay—, pero ¿por qué siempre tiene que ver con incendios, asesinatos o guerras? Quiero decir, todo lo que cuenta ese libro es malo. ¿Por qué?

—Bueno, creo que el Juego fue diseñado para centrarse en lo negativo. Eso te ayuda a identificar las concentraciones de problemas.

—Por eso la versión software bursátil siempre pronostica los hundimientos del mercado.

Lindsay sonrió ante el comentario.

—Ahí está el verdadero valor —afirmó, volviéndose hacia mí—. ¿Sabes? —dijo con un tono de voz muy confidencial—, puede que hayas oído que en el 2009, después del desastre en el negocio inmobiliario, casi estábamos en bancarrota.

—No, no lo sabía.

—Pues lo estábamos, pero mantuvimos a los coyotes alejados del rebaño, confiando todas nuestras inversiones a las simulaciones de vuestro amigo Taro. Antes, tan sólo ascendíamos medio punto o así sobre las ganancias anuales, pero con Taro, a principios del año pasado habíamos aumentado nuestras ganancias en un noventa y dos por ciento.

—Vaya —dije.

«¿A quién le importa? —pensé—. Esto parece *Los últimos días de Pompeya* y este tipo se está preocupando por el margen de beneficios. Qué frívolo. Aunque, pensándolo bien, un treinta y dos por ciento instantáneo es verdaderamente...».

—Pero tal y como dice Larry, el software funcionó increíblemente bien cuando el mercado se puso al alza.

—Como dije, fue fantástico adivinar cuándo se iba a hundir el mercado —dijo Boyle—. Casi todos los beneficios que hicimos con el trabajo de Taro procedieron de la reducción de grandes inversiones antes de las crisis.

—Un movimiento inteligente —contesté yo.

—Bueno, tú haces inversiones en el maíz, ¿no? —preguntó Boyle.

—Sí —dije.

—Bueno —dijo—, seguro que sabes a lo que me refiero.

Asentí algo inseguro con la cabeza.

—¿Sabes qué? Sin embargo, parte del trabajo de Taro tiene derechos de uso.

—Sí, ya lo sé —dije—. No utilizo el trabajo de Taro para mi propio lucro.

Aquello no era del todo cierto pero, por otro lado, yo nunca había firmado nada que no fueran los típicos formularios para investigaciones universitarias, y de eso hacía mucho tiempo, antes incluso de que cambiáramos el tablero del Juego por primera vez. Y además, Warren estaba usando algo que yo también había descubierto, algo en lo que había puesto sobre la pista a Taro, años después de nuestra «presentación» en la escuela.

—Sin embargo, hablábamos de problemas importantes —dijo Lindsay—. Volvamos a ellos. Todo lo que dice ese Códex es malo, y todo va a pasar.

—Exacto —dije—, pero no todo lo que se puede prever con el Juego si lo practicas día tras día se cumple. Al menos, entre otras muchas cosas, ha ayudado a mantener a algunas personas alejadas de los problemas. ¿No es así?

—Exacto —contestó Lindsay.

—Así que nuestra previsión es que la fecha del 4 Ahau será un día tal y como el de hoy —contesté—, pero a mayor escala. Si el Juego fuera infalible, si describiera el suceso de una manera más específica, entonces no podría ser nada que pasara *impercibible*.

«¿Existe realmente esa palabra? Qué más da, tú sigue».

—Especialmente porque casi siempre su causa va a ser antropogénica, es decir, por mano del hombre. Es tan sólo el último eslabón de la cadena.

—¿De qué cadena?

—De la cadena de causa y efecto. Lo que quiero decir es que, bueno, pensamos que el Juego es un como un «Siga leyendo» de una telaraña de catástrofes que se expande en todas direcciones desde el punto en el espacio-tiempo en el que el Juego se está practicando.

—Entonces me dice que lo que usted llama telaraña, esos desastres, tienen una misma causa.

—Eso es. No es que tengan características en común simplemente. Es que son parte de un proceso más grande, como si fueran las batallas dentro de una misma guerra. Es por eso por lo que no hay ningún desastre natural especificado en el Códex. El Juego no funciona muy bien con los sucesos naturales. Meteorológicamente, por ejemplo, tan sólo lo hace un poco mejor que los programas que el Cuerpo Meteorológico de la Fuerza Aérea usa. Tan sólo funciona con el mundo humano.

—Entonces, si algún asteroide gigante fuera a estrellarse contra la Tierra, o algo... algo parecido, algo que no pudiera predecirse... Entonces ¿qué?

—Eso habría mandado al garete todo el proceso. Nunca habrían podido pronosticar eso, y además, eso no es lo que ha pasado. Sea cual sea el proceso identificado, todavía está en marcha.

—Lo capto.

—Así que la cuestión no es que hubieran pronosticado lo que iba a suceder en Disney World, es que sabían que una progresión se había puesto en marcha, y que en el futuro, esa misma progresión precisaría que hubiera un centro de peregrinaje en esa misma localización, en ese momento justo del tiempo, para que las cosas siguieran su curso.

—Pero, aun así, eso no nos dice lo que necesitamos saber —dijo Boyle.

«Cierra el pico, Boi-na», pensé.

—Lo que necesitamos saber es si una versión del Juego de nueve guijarros nos permitiría adelantarnos a los acontecimientos.

Los ojos de Lindsay se encontraron con los de Boyle durante un segundo, así que yo miré a Marena. Ella con su mirada me dijo: «Sí, Boyle es un gilipollas, nos va a apuñalar por la espalda en cuanto pueda; de hecho, nos dispararía por la espalda a larga distancia, falseándolo todo para que pareciera que lo hizo otro, y luego...».

—Bueno, es tan sólo un gran porcentaje —dijo Marena—, no un cien por ciento, pero, como podrán comprobar en el informe, he hecho que dos laboratorios externos verifiquen los cálculos de Taro, y ambos confirman que no son erróneos.

—Mírelo de esta forma —dije yo—. La versión que estamos jugando ahora del Juego con cuatro guijarros funciona bastante bien con los sucesos humanos a, digamos, tres días vista. Una partida con nueve corredores podría funcionar mil veinticuatro veces mejor, así que en términos de pronóstico sería...

—Tomaremos eso como un sí —dijo Lindsay.

Se hizo una pausa. Lindsay miró a Marena. Yo miré a Marena. Ella miró de vuelta a Lindsey, así que yo también.

—Por lo visto, en aquel entonces, ellos ya sabían cómo jugar de esa forma, y nosotros no —contestó.

Asentí, tomando un sorbo de chocolate caliente. Mmmm... Algo insípido, pero aun así agradable.

—Eso es controlar mucho el asunto, ¿no cree? En aquellos tiempos, su pueblo tenía la sartén por el mango, ¿no?

—Bueno, supongo —dije.

«¿Me habrá dejado "bigote" el chocolate?», pensé.

—Lo hicieron bastante bien durante un tiempo, pero por supuesto, no fue para siempre.

Los ojos de Marena se encontraron con los míos. Me decían: «Véndelo un poco mejor». Idiota.

—Ahí es adonde quiero llegar —dijo Lindsay.

Tan rápido y discretamente como me fue posible, me limpié el labio superior con el inferior.

—Si los mayas sabían tanto, ¿por qué no se apoderaron del mundo?

—Tal vez saber no fuera suficiente —contesté yo—. O puede que hubieran podido, pero que, por alguna razón, perdieran la oportunidad.

—¿Por qué?

—La causa puede ser que el empleo del Juego es una habilidad especializada. Tal vez lo mantuvieron demasiado en secreto.

—Así que no dejaban que otros sacaran agua del pozo, ¿no? —me preguntó.

—Muy posiblemente fuera eso —contesté—. De todas formas, ya sabe, toda tecnología se queda anticuada y deja de usarse con el tiempo. Es como las primeras personas que llegaron por primera vez a Tasmania, hace diez mil años o más; ellos ya tenían alfarería, canoas y redes de pesca, pero para cuando realizaron su primer contacto con extranjeros, habían olvidado cómo fabricarlos. De hecho, habían olvidado hasta cómo hacer fuego. Tenían que esperar a que un rayo impactara sobre un árbol para poder hacer una hoguera.

—Es por lo mismo por lo que nadie sabe hoy en día hacer un buen helado de soda, ¿no cree? —preguntó Lindsay.

—Exactamente —dijo Boyle.

—También es cierto que las prioridades de los antiguos mayas no eran las mismas que las nuestras. Puede que incluso no quisieran apoderarse del mundo —dije.

—Bueno, incluso en la actualidad, no todos quieren hacerse con el mundo —contestó Marena—. Por ejemplo, yo no quiero.

—Exactamente —dijo Lindsay, retrayendo su muñeca para mirar su reloj, un Oyster Perpetual de plata con una correa de piel de becerro. Hizo esto en lugar de leer la lectura digital que había a la derecha de la pantalla, que como todos los cronómetros computerizados de hoy en día, estaba sincronizado con el reloj de cesio del Nacional Institute of Standards and Technology, en Boulder, Colorado, a una exactitud de picosegundos. No entiendo por qué entonces eligió fiarse de un instrumento de lectura mucho menos preciso, con un movimiento mecánico que apenas había cambiado desde el siglo XVIII. Miré cómo la segunda manilla cambiaba del dos al tres. Finalmente, decidió qué hora era—. Bueno, son casi las cinco —dijo—. Será mejor que nos pongamos manos a la obra —dijo luego mirándome a mí—. Podremos tratar este tema de nuevo más tarde.

—Genial —dije yo.

Estaba intentando decir algo más inteligente, o menos estúpido, cuando Marena me salvó.

—Bueno, de todas formas, Jed, tengo que justificar mi presencia aquí durante unos minutos —dijo.

Uno podría decir que se refería a que iban a votar a mi favor en ese momento. Ella, mientras, me conducía a la puerta.

—Esperad un momento —dijo Lindsay—. Déjame que te dé una copia de esto. Los estoy repartiendo como caramelos, lo sé, pero no puedo hacer nada para evitarlo. Es el orgullo de ser padre por primera vez.

Alcanzó una maleta forrada en piel porcina de encima de la mesa y le dio la vuelta para abrirla. Dentro, había un e-book dedicado, el cual había firmado a lo largo de toda la pantalla con una especie de cuchillo suizo multiusos que tenía un estilete. Estiró el brazo y me lo dio.

—Oh, muchas gracias —dije.

La firma era azul oscura, con unas motas doradas que se extendían por las letras como las burbujas que recorren los adornos de una máquina de discos de bar. Tardé alrededor de un segundo en leer el título que había debajo en la pantalla.

ESPÍRITU DE EQUIPO
DESVELANDO LOS SECRETOS DE MOISÉS, JESÚS,
LOMBARDA Y JACKSON.
La eterna sabiduría del trabajo en equipo que te dará ese empujón
que necesitas, tanto en la competición
como en la familia y en tu vida espiritual.
Por el Emprendedor Internacional Lindsay R. Warren.
Con una introducción escrita por el Dr. Stephen Covey, Ph. D.

Deslicé el texto hacia abajo para hacer ver lo interesado que estaba.

Uno de los capítulos tenía por título «Controlar el poder del dolor». De las esquinas de la pantalla surgían pequeños anuncios de ese mismo texto. Versiones audiovisuales del libro, versiones infantiles, versiones subliminales, material para profesores, cursos y seminarios, así como residencias espirituales y zonas de retiro, pósters motivadores y brazaletes energéticos indios.

«Doctrina para la sección crédula», pensé.

Respuestas fáciles para el Nuevo Pueblo. Controlar el poder de la autodesilusión.

Nuevamente, tuvimos que darnos la mano todos a todos antes de poder dejar la habitación. Me escabullí a través de las habitaciones vacías.

«Maldición —pensé—. Se nota que les caigo mal. Seguro que votan a Sic, mierda, mierda, mierda».

El reservado estaba vacío. La voz de Anne-Marie todavía surgía de un altavoz en algún lugar; contaba que la una vez próspera (supuestamente) ciudad de Orlando era ahora todo desolación y muerte.

—Pero los efectos sociales y económicos a largo plazo tan sólo acaban de empezar —decía.

Miré por una de las ventanas. Vaya, aquel lugar era increíblemente grande. Se podrían meter dos Cosmodomos de Salt Lake allí y todavía quedaría sitio para incluir el Taj Mahal y algunas porciones de pizza.

El cable del funicular empezaba en lo que sería el kilómetro cero, y desde allí el campo era perfectamente simétrico. Algunas ilusiones ópticas lo hacían parecer un enorme óvalo que mirase hacia uno de forma directa. Sorbí otro poco de chocolate, dejé la taza y puse mis manos sobre la mesa que había en aquella habitación.

—¿Y ahora qué?

—Hola —dijo Marena tras de mí.

Y antes de darme la vuelta, tan sólo por el sonido de su voz, sabía que había sido elegido.

«Estoy dentro —pensé—. Voy a verlo. He ganado».

Era el australopithecus de *El amanecer del hombre* en *2001, Una odisea del espacio,* lanzando al aire el fémur. Era Marie Curie entrecerrando los ojos ante aquella motita de 0,0001 gramos que era más brillante que el sol. Era el nuevo Prometeo. ¡Qué sensación!

Me volví, para verla con ambos pulgares levantados.

19

Campeche, México, es una ciudad amarilla en Yucatán, con el golfo puesto en el lado equivocado. La Calle 59 era estrecha y calurosa, repleta de bocinazos de autobús y con un perenne olor a alcantarilla. Lo que ahora llaman música rakjano, la cual supongo que será básicamente Ozomatli al triple de revoluciones por minuto, surgía a todo volumen de lo que parecía una bodega. Entré y compré seis Shasta Tamarino, cinco paquetes de malvaviscos de la Rosa, cinco velas y un cartón de 555, todo en una bolsa de papel marrón, como se hacía hace años. Recorrí de vuelta la calle hasta llegar a una pequeña puerta en la parte sur de la iglesia de San Francisco. La fachada y la mayor parte de la nave habían sido construidas en 1694, pero habían sido repintadas centenares de veces, así que parecía como si le hubiera brotado una capa de corteza de abedul. Tenía ese olor tan característico de mirra mezclado con piedra pulida. Antes de entrar, mojé la punta de mis dedos en una pila y realicé la señal de la cruz sobre mi corazón.

Mi nombre es Jesús, el hijo de Yahvé, ésta es mi tranca, tomad y comed. ¡Paz!

Maldito acondicionamiento de la niñez.

El padre Manuda todavía estaba de pie en el altar. Estaba intentando hacer funcionar el nuevo sistema de sonido, comprado con nuestro dinero, según supuse. Tenía el amplificador principal demasiado cerca, bajo el micrófono, y cuando alcanzaba notas altas, aquello se acoplaba y resonaba por aquellos muros de mármol rosa. No me vio, así que pasé al lado de un par de monjas ya mayores, de esas que todavía llevan toca y grandes baberos blancos. Eran dos miembros de uno de los pocos conventos de madres clarisas que quedaban.

Por lo que yo sé, a lo largo de los últimos siglos, la orden casi había colgado el cartel de «cerrado» al negarse a comprometerse con el tema de la austeridad. Supuestamente, eran bastante duras. Las monjas pasaban todo su tiempo sin hablar, de rodillas sobre suelos de piedra y comiendo gachas de cebada.

Los otros dos parroquianos eran dos viejas tzotzil con dos bufandas de lana y huipiles* de algodón, de color blanco y bordados con motivos de ranas y del Señor de colores verde y rojo. Ropa de trabajo diaria. Cuatro palomas sarnosas revolotearon por toda la bóveda.

Caminé por la nave hasta el segundo transepto** y me detuve frente a un nuevo retablo de santa Teresa de Ávila, quien, como creo que ya he contado, era la patrona del Juego del Sacrificio. También es la santa patrona del ajedrez, y los dolores de cabeza, lo que la tiene que mantener bastante ocupada. Clavé una de las velas en una púa y la encendí con un Zippo, así como las otras cuatro que había junto a ella. Volví al transepto que me correspondía y luego me dirigí hacia una pequeña parte de la capilla.

Casi toda la habitación estaba ocupada por lo que parecía un ataúd agrietado, cerrado pero con cristales a sus laterales.

«El ataúd de la santísima abadesa Soledad», se podía leer de la mano del sacerdote. Hacía tiempo que se sabía que había sido una especie de santa local no oficial. En ese momento tan sólo éramos dos en aquella habitación. Me acuclillé y, a pesar de que tenía un verdadero problema con las monjas, de mis

---

   * Huipil (del náhuatl *huipilli*) es una blusa propia de los trajes indígenas de México y Centroamérica que está adornada con motivos coloridos y generalmente bordados. (*N. de los T.*)

   ** En la arquitectura religiosa, nave transversal que en las iglesias cruza ortogonalmente a la principal. (*N. de los T.*)

días en las Hermanitas de la Caridad, tuve que reprimir las ganas de arrodillarme. El tiempo había desgastado el cristal, pero aun así se podía ver una pequeña calavera como de un niño de cinco años metida en una red de *opus araneum,** con la piel amarillenta, como si fuera pasta de *strudel*, estirada hacia atrás, destacando sus dientes grises. La cobardía cruzaba mi mente una y otra vez, pero no sé exactamente lo que hice para espantarla de mi cabeza y fui a ello. Básicamente, lo que hice fue repetir: «Qué coño, este mundo es una mierda» una y otra vez, con convicción. Ni tan siquiera había que emplear un método de respiración especial.

Me aparté, caminando junto al recorrido de la cancela hasta llegar al otro extremo, tras el altar.

«De verdad que soy tonto —pensé—. No me la están jugando. ¿Por qué deberían? Y sobre todo, no de una manera tan elaborada. Bueno, pero asegurarse tampoco va a doler. No te va a pasar nada. La situación está controlada. No estamos en ningún lío. No te asustes».

De acuerdo.

Delante de mí y al final de segundo transepto había una pequeña puerta de acero y, como si estuviera en mi casa, la abrí y me metí dentro de la vieja rectoría. Al otro extremo de la habitación había un patio y, en el extremo más alejado de éste, un ala que se usaba como convento de la Orden de las Damas Pobres. Tomé un camino que ya conocía, una serie de dieciocho pequeños escalones en zigzag que llevaban hasta la segunda planta, la cual era tan sólo un enorme salón con cinco pequeñas puertas en cada uno de sus lados.

Grgur estaba en la celda número cuatro, trasteando con un ordenador portátil. Llevaba un polo y unos pantalones grises Ralph Lauren, como si fuera el ayudante de dirección de una línea de cruceros. Le saludé con la mano. Él asintió, sonriendo.

«Me alegro de que esté aquí», pensé.

Realmente, iluminaba el lugar.

* Tipo de tejido engarzado. *(N. de los T.)*

Entre el instrumental que allí se podía encontrar había dos monitores de treinta pulgadas, dos cajas que parecían ser dos grandes altavoces, una barra de acero de un metro y medio de altura, dos cosas circulares montadas sobre dos trípodes que parecían platos normales de radares portátiles, en lo que parecían dos parabólicas de plexiglás de unos setenta y cinco centímetros de diámetro, con dos cajas cilíndricas cubiertas de esponja donde debería estar situado el micrófono. Bordeé la estancia de Grgur hasta llegar a una pequeña habitación blanca con una pequeña ventana abierta por la que entraban algunas moscas; sin embargo, el lugar parecía más bien una sauna comida por el moho. Había una especie de catre, un crucifijo colgado en la pared y un lector de electrocardiogramas. Aquella combinación de elementos me hizo sufrir un *flashback* de cuando tenía seis años en el hospital de San Cristóbal...

La celda estaba atestada de gente. Taro y su Ashley (a la que llamaban Ashley2, y no, tal y como pensé al principio, Ashley Doss, para diferenciarla de las otras Ashley) estaban sentados en el suelo con una estación de trabajo, mientras que Marena y la doctora Lisuarte hablaban a través del arco de la ventana. Hitch, el cámara, al cual llamábamos así porque era un aspirante a director con el aspecto de un joven Alfred Hitchcock hispano, estaba intentando colocar un micrófono en el marco de la puerta. Ofrecí a todo el mundo por si querían algo de lo que estaba comiendo, pero a nadie le apeteció, así que me acabé la última caja de Shasta. La cosa tenía como un sistema de autorrefrigeración, y temía que aquello hubiera echado a perder su sabor, volviéndolo insípido... ¡pero no! Todavía conservaba aquel sabor amargo de producto posterior al Tang de la era de la Guerra Fría, el gran sabor de los ésteres y los aldehídos, antes de que los fabricantes de sabores se volvieran demasiado listos. ¿Podías encontrar este tipo de bebida aún en Estados Unidos? La doctora L me dijo que deberíamos empezar en aquel momento, y yo lo vi tan bueno como otro cualquiera, así que le dije que de acuerdo.

«Vaya, vaya. Está bien. Tranquilízate, sé una persona madura, por el amor de Dios».

Me senté con las piernas cruzadas sobre el catre. Supuestamente, estaba orientado igual que la camilla original, así como el crucifijo también estaba en el mismo punto en el que estaba cuando sor Soledad murió. Por supuesto, de alguna manera, aquello era un tanto exagerado.

No necesitábamos hacer todo eso. El punto, en el espacio real, en el que esa habitación había estado en aquella época, en aquella fecha, ahora estaría a millones de kilómetros de distancia; así que teóricamente aquello era como si estuviera de nuevo en el Asentamiento, o en el laboratorio de Orlando, o en cualquier otro sitio, pero la idea era que sería menos desorientador para mí si en ese momento estaba en el mismo lugar que por aquel entonces, con la misma clase de ladrillos de almizcle y yeso a mi alrededor, el mismo patio exterior, y los mismos sonidos de la ciudad. A pesar, por supuesto, de que por aquel entonces había más ovejas y cabras que personas por la calle. Incluso debería ser a la misma hora del día, pero no la misma estación del año.

—No te importa que esté aquí, ¿no? —preguntó Marena.

Le dije que no, que me gustaba ver cómo mi madre desplumaba a las gallinas muertas, así que aquello debería ser lo mismo.

«No creo que me haya escuchado», pensé.

Un amenazante zumbido empezó a sonar, de repente, tras mi cabeza. La doctora L ni tan siquiera había cogido aún las tijeras. Estaba pasándome la rapadora como si fuera McCormick Harvester, el cual, supuse, era ancestro suyo.

—¿Cómo te ha ido con el padre Cuál-es-su-nombre? —pregunté.

—Un auténtico calvario —me contestó Marena—. Le hemos ofrecido suficiente dinero como para comprar todo este puñetero pueblo, y no lo han querido.

—No tendrán en qué gastárselo por aquí —dije.

—No es para reírse, voy a tener que llamar a su jefe y pagarles otra escuela.

—¿Quieres decir que vas a hablar con Dios?

—No, no, con el cardenal —me dijo ella—. Apuesto a que

Dios me habría pedido la mitad de lo que me han pedido ellos.

—Qué desperdicio.

La doctora Lisuarte terminó la parte izquierda de mi cráneo.

—Sí, e incluso tuvimos que añadir dos cajas de El Tesoro.

Todo el asunto duró dos minutos. Me sentía débil. No es que fuera Sansón, o que tuviera mucho apego, aunque fuera inconscientemente, a mi pelo indio, pero era tan sólo que mi casco de huevo de avestruz estaba volando por el aire.

—Listo —dijo Lisuarte.

Me toqué la nuca, moviendo tentativamente la mano, como si fuera la sonda lunar Lunik 2. En las partes más...

—Oye, te favorece mucho —dijo la voz de Michael Weiner.

No lo había visto entrar, ya que, por supuesto, no había llamado a la puerta ni nada parecido. Le di las gracias. Él me palmeó la espalda. ¡Ay! Allí había demasiada gente. Michael le preguntó a Taro qué tal iban las cosas. Taro le contestó que ya estábamos listos. La doctora Lisuarte le dijo que en diez minutos. Aquello se estaba convirtiendo en una verdadera rutina para ellos.

—De acuerdo, veamos —le dijo Michael a la cámara—. La hermana estiró la pata a eso de las nueve de la mañana del 28 de noviembre de 1686.

«¿No va a sonar eso muy irreverente por televisión? —me pregunté—. Este tío va a ser tonto toda su vida».

—No dejó esta celda durante al menos su último mes —dijo, prosiguiendo, o mejor dicho, parloteando—, pero era consciente porque firmó su última voluntad el día 24. Luego, el 27, dijo estar lista para recibir la última comunión. De todas formas, tampoco se sabe mucho sobre ella, pero creo que si vamos a por la mañana del 25, estaremos en buen camino.

«Claro, "vamos", dice el tío —pensé—. Egomaníaco. Ya no estás en ese canal de arqueología tan famoso, capullo».

—Nos iremos a la hora entre maitines y vísperas. Se supone que durante ese momento tienen que estar solos, así que, teóricamente, no habrá nadie más.

—O eso esperamos —dijo Marena.

—Voy a palparte la cabeza —dijo la doctora Lisuarte.

Le dije que de acuerdo, mientras no lo hiciera por todo el cráneo. Sin embargo, sí que lo hizo. Es muy extraño sentir unos dedos que no sean los tuyos en el cuero cabelludo. Excepto los de mi madre, me refiero a mi verdadera madre, la de cuando yo era pequeño. Tuve un recuerdo de mí mismo sentado en su regazo mientras ella me curaba una herida que me había hecho en la frente, frotándome cenizas blancas para parar la hemorragia. Lisuarte me preguntó si me parecía bien que me inyectara, para comenzar la cuenta atrás. Le dije que por supuesto.

Que les den a los recuerdos.

Sacó dos jeringas. La cosa no iba a ir con spray ni nada parecido. Me puse algo tenso. Como la mayoría de los hemofílicos, también tenía belenofobia, o lo que es lo mismo, miedo a los objetos punzantes.

—De acuerdo —dijo—. ¿Qué tal si empezamos con los cuarenta miligramos de Adderall?

—Genial —dije.

No le mencioné que para mí aquello era el equivalente a una taza de té verde.

Me pasó una esponja por la parte interior de mi pierna derecha, para, seguidamente, clavarme allí la aguja. ¡Ay! Luego vinieron los 3,8 cl de Prohance. Era una solución de un contraste medio paramagnético llamado gadoteridol. Hacía que cada minimomento en el cerebro apareciera claro y sonoro en la pantalla, como las fisuras de los labios de Angelina Jolie.

—Muy bien, échate hacia atrás —me dijo, y así lo hice.

La gomaespuma de una barata almohada institucional se ablandó y amoldó bajo mi delicada cabeza. Tenía puestos los pantalones de un chándal CONCACAF y una camiseta de Neo-Teo, con lo que ya me sentía de por sí bastante vulnerable. Me preguntó si estaba listo para quedarme sentado durante seis horas. Le dije que sí. Me preguntó si quería ir al baño. Le dije que no.

«Cuando quiera ir, te lo diré —pensé—. De hecho, tú me

sostendrás la cuña, asquerosa. Eres Clara Barton, la mujer-lobo de la Cruz Roja».

—De acuerdo —dijo—. Voy a colocar algunas marcas posicionales.

Escuché un siseo y tuve la sensación de que algo se diluía por mi occipucio.

—¿Quieres que lo guarde? —me dijo Marena.

Se refería al pelo, el cual había recogido al completo. Le dije que sí, que gracias, que quería hacerme un pequeño muñeco suicida vudú con él.

Lisuarte y A2 me pusieron en la cabeza lo que parecía un gorro de baño. Estaba hecho de ese material con el que envolvían las viejas botellas de soda, el cual, supongo, sería inmune al electromagnetismo.

Marena les ayudó a levantar un magnetoencefalógrafo portátil, consistente en un grueso anillo de metal con una capa de esmalte, del tamaño de una rueda de Vespa y con dos cables saliendo de su interior. Lo llamábamos la taza del WC succionadora, ya que la cabeza se te quedaba encajada allí y te chupaba el cerebro. La verdad es que no tenía muy buena pinta. De hecho, nada de lo que había allí hacía que aquello pareciera una operación de alta tecnología. Una de las cosas que dijo Taro que más llamó mi atención fue que todo aquel equipamiento tecnológico que estaban usando había estado por allí desde los setenta, y que ellos simplemente lo habían ensamblado.

Dejaron aquel gran anillo encima de la almohada, para que yo introdujera mi cabeza por la obertura. Luego lo enroscaron alrededor de mi cabeza, ajustando el material del que estaba hecho el gorro con la abertura del anillo gracias a la sujeción de varios trozos de espuma, de forma que, el labio inferior del anillo daba justo con mis cejas. Lisuarte me preguntó si estaba muy apretado, yo le contesté que no, que estaba bien ajustado. Ella terminó de engancharlo y, finalmente, lo encendió. Empezó a sonar un zumbido sordo procedente de los electroimanes, que giraban y giraban dentro del anillo a unos doscientos treinta kilómetros por hora. Las otras veces que me había probado aquella cosa, tenía miedo de que una astilla de metal de algún hueco o algo así saliera disparada y se me clavara en el globo ocular, pero, evidentemente, aquello no tenía ninguna esquirla ni nada parecido. A2 abrió un trípode con un gran monitor en uno de sus brazos y dispuso la enorme pantalla OLED justo debajo del crucifijo.

—¿Puedes ver el monitor? —me preguntó.

—Acérquelo un poco más —dije yo.

Ella me lo acercó un poco más, para luego inclinarlo un poco hacia abajo.

Ahí.

En la pantalla se podía ver mi materia gris, dividida en partes translúcidas como si fuera mi bolsa de viaje vista a través del sistema de rayos X del aeropuerto.

—¿Taro? —preguntó Marena—. ¿Está usted listo?

—Le estamos enviando la señal principal —contestó él.

—¿Qué tal te sientes? —me preguntó Lisuarte. Me había dado una mezcla de aripiprazol y lamotrigina unas horas antes, supuestamente para ayudarme a pensar con mayor claridad, y no de manera obsesiva. La verdad es que no estaba muy seguro de que lo estuviera, pero dije que me sentía bien.

—Muy bien, empecemos el escaneo —dijo Lisuarte.

Yo levanté un pulgar como gesto de aprobación.

—Estarás perfectamente —dijo Marena—. Recuerda, se trata nada más que de estar motivado.

—Sí —contesté.

—He apostado hasta mis bragas por ti.

—Genial.

«Humm... —pensé—. Eso ha sonado muy sugerente».

En los últimos días había notado que Marena y yo nos habíamos aproximado bastante, justo al borde de *intimidadlandia*, o al menos así lo sentía yo, pero últimamente parecía más bien que nos habíamos aproximado allí de manera asintótica,* para tal vez nunca llegar a ningún lado. Además, para mí, de todas formas, el hecho de que cruzáramos o no

---

* En matemática, que se acerca a un límite espacial pero nunca lo toca. (*N. de los T.*)

aquel nivel se me estaba haciendo cada día un problema más gordo.

—Voy a empezar el EMT en tu hemisferio izquierdo —dijo Lisuarte. Se refería a la estimulación magnética transcraneal, la cual ofuscaba los sucesos electrónicos en una parte determinada de mi cerebro. Esto, supuestamente, estimulaba a las otras partes para que trabajasen más, haciendo así sus estructuras más visibles en el escáner.

—De acuerdo, nos gustaría tener un poco de privacidad —dijo Marena—. ¿Sería posible? Gracias.

Taro y todos los demás dejaron la habitación. Durante las siguientes horas, tan sólo estaríamos Marena, Lisuarte y yo, aunque, por supuesto, el resto estaría viéndolo todo fuera, a través de una cámara de vídeo, aportando además ingeniosos comentarios.

—De acuerdo —dijo Marena—. ¿Podemos empezar?

Le contesté que adelante. Le dije que fuera ella quien leyera las indicaciones en lugar de Lisuarte. El equipo de PTC, o sea, de Protocolo de Transferencia de Consciencia, había votado y decidido que le parecía bien, ya que, como creo que ya he dicho, todo era en beneficio mío, a pesar de que hubieran querido el nuevo equipamiento de campo antes de la gran prueba; pero la cuestión era que, si finalmente no funcionaba correctamente, no podría decirnos nada. Un fallo podría significar simplemente que sor Soledad estaba demasiado enferma como para moverse, o algo así. Si eso sucedía, simplemente trasladaríamos el lugar de pruebas del proyecto.

Sin embargo, si aquello funcionaba, y siempre de acuerdo con los cálculos del equipo Warren, los beneficios psicológicos serían inmensos.

Me medio senté en el catre. Lisuarte me cubrió con una sábana muy fina, con la intención de que aquello me tranquilizara, supuse. Humm. De hecho, me estaba sintiendo un tanto ligero. Me concentré mirando el crucifijo, intentando ponerme en una suerte de «estado emocional medieval».

«Ese Jesucristo de plástico tenía un enorme paquete tras ese taparrabos. Baila para mí, Señor mío, Señor mío Jesucristo. Enséñame esa caja torácica. Enséñame ese metatarso. Métete ese madero por el culo, sucia divinidad sagrada. Has sido un Dios muy malo. Lámeme los pecados, Reina de Reinas. ¡Ay, Dios mío! ¡Ay! Las tierras se abrirán así como las tumbas, y los muertos se alzarán y caminarán. ¡Asssíííí! ¡Asssíííí!».

—De acuerdo, pues vamos allá —dijo Marena.

Masticaba un chicle de nicotina, pero podía hablar con él sin que resultara desagradable.

—¿Podrías decirnos qué hiciste ayer?

Se lo dije.

—De acuerdo. ¿La ciudad de Samarcanda es la capital de...?

—Kazajistán.

En la pantalla, un silencioso relampagueo verde parpadeó entre los nubarrones de mi córtex ventromedial.

—¿Qué hora es?

—La una y once minutos.

—¿Qué día es hoy?

—15 de marzo del 2012. 7 Báculo, 6 Huevo Oscuro. En el calendario chino es el vigésimo tercer día del segundo...

—De acuerdo. ¿Qué han dado hoy en las noticias?

—Bueno, el FBI ha arrestado a ese grupo llamado «Hijos del Kukulkan», lo cual, supongo, tendrá algo que ver con lo de «Cargar con la culpa» que indicaba el Códex.

Los HDK eran un nuevo grupo pseudos-zapatista de Austin, una especie de versión maya de la Nación de Aztlán. Supuestamente, habían asumido la responsabilidad del Disney World Horror. Por otro lado, Ni Hablar decía que el subcomandante Carlos, que era más o menos el cabecilla, al igual que lo había sido del grupo «31 de enero», le había dicho que el HDK no tenía nada que ver con el ataque.

—Sí —dijo Marena—. ¿Qué más?

—Un buen mogollón de gente... quiero decir, alrededor de ocho mil personas que habrían quedado expuestas a las partículas de polonio han salido de los campos de cuarentena y han acampado en las afueras de Washington D. C. La Casa Blanca ha dicho que van a tener que interceptar la marcha para evitar que lleguen al Congreso. Estiman que se han utilizado unos doscientos cincuenta kilogramos de polonio 210 en la zona No-Go, así que no habrá manera de que nadie entre allí durante bastante tiempo sin protección, a lo que se suma el hecho de que encima hay una carencia aguda de trajes de protección, ya que la mayoría de ellos están en Pakistán, y el ochenta por ciento de los trajes que quedan en Estados Unidos están en un estado defectuoso. Luego han puesto esas imágenes de todos esos cadáveres, y el intento del gobierno de cerrar YouTube porque no quiere que la gente pueda tener acceso a ese tipo de material, mientras que la ACLU* ha interpuesto una demanda para que todo salga a la luz. Y parte del material es bastante... crudo.

Estaba acordándome del vídeo de la gente de la Mega-Con. Era de la planta de la pantalla principal, en un salón gigantesco. Alguien había trasladado las casetas de los expositores a la zona central, y allí habían muerto por lo menos doscientas personas en el tumulto que se formó. Y es que la gente que se encuentra mal tiende a buscar el contacto humano con otras personas. La mayoría de los cuerpos estaban todos contorsionados, con las bocas abiertas en gritos mudos. Todos ellos cumplían la norma de sufrir de sobrepeso, y aproximadamente la mitad iban disfrazados de orcos, hiperboranos, klingons, o lo que fuese, dándole a todo una sensación bastante medieval, como una montaña de enemigos muertos que hubiera dejado atrás, por poner un ejemplo, Tamerlán,** excepto por el hecho de que todo estaba iluminado por esa luz fluorescente de color verde; y luego, a medida que el videobot se iba acercando cada vez más a la escena, veías que muchos aún sostenían en sus manos cosas como varitas mágicas de Harry Potter, amuletos Sith y todo tipo de talismanes. Luego, la cámara del videobot se acercó tanto que permitía ver lo hinchados que estaban los cuerpos, e incluso, las mos-

* American Civil Liberties Union (Unión de Derechos Civiles de América). (N. de los T.)

** Tamerlán fue un conquistador turco-mongol del siglo XIV. (N. de los T.)

cas que había encima de ellos, dando la sensación de que casi podías oler la putrefacción a través de la pantalla.

—¿Qué más? —preguntó Marena.

—Bueno, bastantes familiares de las víctimas estaban exigiendo que se les hiciera entrega de los cadáveres de sus seres queridos, pero las autoridades y la opinión pública seguían oponiéndose en redondo, afirmando que al hacerlo podría haber una nueva contaminación de polonio 209, y que tal vez lo que harían sería mandar algunos robots excavadora, y tal vez algunos sacerdotes, o lo que se precisara, con trajes protectores, para así poder enterrar los cuerpos en algún lugar dentro de la zona No-Go.

Ahí me detuve, porque ella no decía nada. Supuse que era porque la gente del Asentamiento veía tantas regiones de mi cerebro iluminadas, que decidieron no estimular nada más.

—Luego hicieron algunas declaraciones unos soplagaitas en el EPA —dije—. Decían que incluso aquello levantaría demasiado polvo, y que lo mejor sería dejar toda la zona sin tocar nada, dejando los edificios como monumentos. Luego había otra facción que quería al menos derribar los edificios y cortar todos los árboles, porque afirmaban que, si se declarara un incendio, el fuego esparciría aún más el polonio; pero supongo que ahora el plan será intentar que los Servicios Forestales impidan que se inicie ningún fuego. Respecto a los cuerpos, han creado una nueva cláusula en la legislación de Florida, lo que ellos llaman la solución Pompeya, en la que grupos con trajes de protección aplicarán un producto sobre los cuerpos realizando un proceso de plastinización, al estilo Von Hagens. Algo así como aplicarles una capa con spray de pintura dorada, o apañarlos de alguna manera para, simplemente, dejarlos allí, y luego, una vez que no haya más partículas en el aire, podérselos entregar a los familiares extrayéndolos del lugar con dirigibles no conducidos. Aunque todo eso me ha sonado bastante estúpido, pero...

—Muy bien, ¿y qué más? —preguntó Marena.

—El ayatolá Razib dice que ese ataque fue... bueno, predicho en el Corán. Ted Haggard dice que ha sido un castigo por la ley federal que permite a los gays casarse. El recuento oficial de víctimas entre el envenenamiento, los incendios y los disturbios está alcanzando la cifra de cuarenta y cinco mil personas. Aproximadamente un tercio de la población del sudeste de Estados Unidos está aún bajo la ley marcial. Un buen puñado de gente sufrió grandes pérdidas de sangre en Tampa. Dicen que se levantaron pálidos, totalmente exprimidos, o algo así.

—Me refería a qué más han dicho en las noticias, además de lo de Disney World.

—Eh, veamos... Hay una guerra civil en Bangladesh. También está lo de ese terrorista, Hasani, al que capturaron el mes pasado, el que tiene esa enfermedad terminal, supuestamente, y para el que la voz del pueblo está pidiendo una sentencia de tortura, ¿no? Pues hoy el presidente ha firmado una cláusula especial respecto a los protocolos de la Convención de Ginebra, así que es posible que salga adelante. Las acciones del maíz en julio han subido un treinta por ciento, y el oro está a un coste de seiscientos dólares la onza, y...

—Está bien. Quiero decir, no, que no está bien lo que está ocurriendo, sino que lo has hecho bien.

—Gracias.

—Bueno —dijo mirando al teléfono—. De acuerdo. ¿Cuál es la raíz cuadrada de diecinueve?

—Cuatro coma... a ver un segundo... tres cinco nueve.

—Creo que el que puedas hacer eso es muy sexy.

—¿Eh? Oh, gracias.

«¿A qué ha venido eso? —me pregunté—. ¿Está flirteando? No me importaría en absoluto atravesar su agujero de gusano. ¿O es parte de la prueba? Avergonzarme un poco, calentarme... Probablemente sea eso. Míralos, qué listos que son».

—¿Cuál es la primera Ley de la Metafísica de Kiri-Kin Tha? —preguntó a continuación.

—¿Qué? —dije yo.

—¿Cuál es...?

—Espera un momento —dije—. Ya me acuerdo. Nada no es real, o algo así.

—Nada irreal existe —dijo ella.

—Eso.

—Ahora te voy a dar una serie de sustantivos —dijo Marena—, y quiero que los recuerdes para luego escribirlos cuando hayas llegado a tu destino.

—Bien.

—Zapato, borrador, carpa, cráneo, globo, carretilla.

—Ya los tengo —dije yo.

También memoricé una nota personal para mí, algo que se me acababa de ocurrir, que nunca le conté a nadie, y que nunca dije en voz alta. La contraseña que Houdini utilizaba para comprobar si existía otra vida después de la muerte: «Rosabelle, cree».

—De acuerdo —dijo la doctora—. Ahora vamos a cambiar esta vista que tenemos en la pantalla para mostrarte algunas imágenes.

—Aquí tenemos la primera imagen —dijo Marena.

Era una foto de Ronald Reagan en *Stallion Road*. Aparecía en pantalla a todo detalle en gloriosos LED orgánicos.

—Esto me da repelús —dije yo.

Mis amígdalas seguramente estarían pulsando, mientras parpadeaban con la advertencia PELIGRO PELIGRO PELIGRO.

—Ahora, contesta cuando pregunte.

La imagen cambió a la de un vídeo de unas crías de ganso caminando en línea junto a su madre.

—¿De qué color son los calcetines que llevas puestos?

Ésa me cogió por sorpresa, pero la supe contestar. El no saberlo la verdad es que habría importado. De hecho, a menudo los recuerdos vienen a tu cabeza, o sea, se activan más rutinas neuronales a la vez, cuando no sabes la respuesta.

Vaya. En la pantalla, una enorme comadreja marrón, o un hurón, o algo así, había entrado en escena, y ya había hecho pedazos a cuatro de los seis pequeños gansos. La madre estaba aleteando alrededor de aquella dantesca imagen, graznando de desesperación. Mierda.

—Bueno —dijo—. Repasemos el mensaje número uno por última vez.

Le dije que de acuerdo. Por centésima vez volvimos a hablar sobre qué escribir y dónde dejarlo.

—Bien —dijo—. Bueno, háblame de la historia esa tuya con el perro.

«¿Qué?», pensé.

Nunca le había hablado de eso a nadie. Tal vez hubiera hablado de ello entre sueños durante una de esas eternas pruebas EEG en el Asentamiento. Seguramente me administraron amitol sódico o algo así. Bastardos.

—¿Jed?

—Perdón —contesté—. Yo no, quiero decir, esto no...

—Lo sé —dijo ella—. Es una pregunta sorpresa. Por favor, contéstala.

Se hizo una pausa.

«Genial», pensé.

Comencé a contarle que mis hermanastros habían cogido al perro, que no tenía patas delanteras, tan sólo muñones con los surcos de los cartílagos, que sus ojos estaban impregnados en miedo y que ese mismo miedo había desaparecido un tanto cuando me quedé junto a su caja mirándolo. Le hablé de cómo intenté resolver la combinación del candado, sin conseguirlo; cómo intenté forzarlo, sin conseguirlo; cómo intenté volver a poner aquellas finas barritas de hierro derechas de nuevo. No sé cómo pude, quería ponerlas iguales de nuevo, para que mis hermanastros no supieran que había sido yo, pero tan sólo tenía ocho años y no sabía hacer nada mecánicamente serio. Aquel cajón de embalaje era una especie de cosa de la alta industria, fabricada para meter cerdos o algo así. El perro sabía lo que estaba haciendo, y parecía confiar en que lo sacaría de allí. Al principio no fue fácil contarle todo eso a Marena, especialmente por el sentimiento de culpa que sentía. Mi voz se iba tornando poco a poco ronca y monótona, pero puede que algo en el *farmacóctel* que me habían soltado me hubiera hecho soltar la lengua, porque no me detuve. Les conté que le llevé una lata de Mountain Dew y que se lo eché en un pequeño hueco que había en el zinc del suelo de la caja. El animal casi se tiró de cabeza lamiéndolo mientras se apo-

yaba en sus codos, y me miró con aquella expresión repleta
de gratitud en sus ojos perrunos, casi con un atisbo de esperanza. Luego le di una bolsa de galletas Rold Gold, a las que
yo le había quitado la sal, y le encantaron, y removió sus orejas a la vez que meneaba su cola cortada, y se bebió el resto
del Mountain Dew. Lo feliz que se estaba poniendo, mirándome con esa confianza perruna. Les hablé de cómo veía que
estaba haciendo lo correcto, que era poderoso y que podría
dejarle salir cuando quisiera, que me acompañaría y sería mi
amigo; de cómo me decía que se las apañaría a pesar de no tener patas delanteras, que de verdad que sería mi mejor amigo;
de lo suave que tenía el morro cuando lamió mi mano, con su
nariz esponjosa y seca, pero no tanto como lo estaba antes; de
cómo pasó la lengua por mis magullados dedos cuando intenté doblar el suelo de la caja con una barra de metal y no pude,
y de cómo intenté esto y lo otro, y de cómo, al final, simplemente me di por vencido, echándome de espaldas al suelo,
llorando, mirando mis manos ensangrentadas, con los nudillos y las yemas de los dedos heridas por múltiples sitios, sabiendo que si no volvía a la casa y me curaba aquellas heridas
no pararía de sangrar; y de cómo entonces acaricié al perro
por detrás de las orejas con mis dedos, y de cómo le dije que
volvería, pero que ahora tenía que irme, y que me esperara,
que era un buen perro, y cómo volví a casa atravesando las
parcelas de caravanas vacías a la luz de las farolas de la autopista, frustrado más allá del significado de la palabra «frustrado», como si hubiera estado golpeando el universo con una
piedra. Que fue uno de esos momentos en los que ves con
claridad plena lo terrible de la existencia, que todo simplemente es la desesperación de los inocentes, la transmutación
de sus esperanzas en mierda a una velocidad de vértigo, y de
cómo toda aquella tortura simplemente tenía que detenerse
algún día. Cuando llegué a casa, aún podía oír los quejidos
caninos de mi amigo, pero en realidad eran más sorbidos,
como los de un humano de dos años con dolor de oído. Luego otro...

—Vale, está bien —dijo Marena.

Probablemente, Lisuarte le habría avisado por el auricular de que ya tenían recogida suficiente actividad de mi córtex límbico. Al fin, Jed Mixoc de Spock mostraba verdaderos sentimientos.

—Ahora, vamos a empezar con las estimulaciones.

Se refería a las estimulaciones neuronales.

Mostré mi acuerdo y cerré los ojos. Transcurrieron diez segundos de normalidad antes del primer *flash* de color verde.

—Verde —dije yo.

—Bien —me contestaron.

Pasaron otros cuantos segundos y luego se oyó el sonido de la lluvia.

—Oigo lluvia —dije.

También me percaté de que alguien había encendido una barrita de sándalo. Luego me di cuenta de que sería uno de los estímulos.

—Incienso —dije.

—Muy bien —contestó Marena.

Sonidos, olores e imágenes parpadeando y desapareciendo. Oí unos violines dando un G menor, una parte del *Concierto para piano número dos* de Prokofiev. Olí a goma quemada, y a canela.

«Alguien está trasteando con mis lóbulos temporales», pensé.

Y finalmente, un dulce aroma maderero, como a libros viejos. Vi la cara de Silvana, sentí picazón en mi pecho y un pinchazo en mis costillas. Vi rostros de personas que no recordaba, pero que debía de haber conocido en algún punto de mi vida. Vi el rostro de mi madre. Estaba sonriendo. Vi el espeluznante entramado de las vetas de la madera de la puerta de mi cuarto en casa de los Ødegârds, la que se me asemejaba a un carnero demoníaco con pajarita. Me acordé de una excavadora Tonga de color naranja que desenterré de un solar, y con la que jugué durante días y días. Me acordé de uno de los primeros peces que tuve, un *Glossolepis incisus* que bauticé con el nombre de Generoso y que un día se volvió arisco y beligerante, hasta el punto de matar a los otros peces de la

pecera, incluidas las hembras, para luego morirse él mismo.
Pensé en cosas en las que no sólo no había vuelto a pensar
desde hacía años, sino en las que es posible que no hubiera
pensado nunca desde el día en el que ocurrieron. De manera
extraña, todas parecían ir marcha atrás, y fuera de secuencia
las unas con las otras, para luego ir hacia delante de nuevo,
como si primero hubieran sido desfragmentadas y luego re-
contraídas en nuevas pistas de mi disco duro para poder ser
reproducidas. E incluso a veces me sentía tan perdido que había momentos en los que pensaba que yo era ése, me refiero a
ese yo que podría encontrarse a sí mismo allí, varado en el siglo XVII, y aquí tenía la esperanza, e incluso rezaba a deidades
que eran malvadas a la par que inexistentes para que aquél no
fuera yo, para que no fuera yo el que iba, para que yo fuera el
que se quedaba aquí, porque si yo fuera finalmente el otro,
podría no volver.

20

Puede que tenga que aclarar esto un poco.

Sabemos que cuando, por ejemplo, Kirk, o McCoy, o cualquiera, utilizaban el teletransportador del *Enterprise*, lo que hacían era hacer una copia de sí mismos, para desintegrarse, mientras que la información copiada viajaba a través del rayo transportador hasta dondequiera que fuese a reintegrarse de nuevo, utilizando los átomos de esa zona. Todos pensábamos lo mismo: ¿por qué desintegrar a tu capitán cuando no tendrías por qué hacerlo? ¿Por qué no saltarse la desintegración, e integrarlo directamente en el destino simplemente? Así habría dos Kirk, y uno se podría quedar en el puente. De hecho, ¿a quién le interesa el teletransporte si tienes la posibilidad de la duplicación? ¿Por qué no hacer un montón de Kirk?, así cada nave de la Flota Estelar podría estar capitaneada por uno. Bueno, de alguna manera, podríamos decir que el Sistema Espacial de Kerr hace uso de ese mismo principio. Es decir, mientras estaba en aquel catre, con aquella cosa en mi cabeza, no me desintegré, ni tampoco me sacaron de mi cabeza. Ni tan siquiera me durmieron, al menos no más que si me hubieran hecho una foto.

Estaba dentro de mí, despierto, consciente, e incluso pensando con relativa claridad. No sentía nada.

O puede que sea mejor decir que el «yo» que se había quedado, el que permanecería en el mismo sitio después de que tomaran la foto, ése era el «yo» que no sentía nada, pero la foto en sí, una versión mucho menos afortunada de Jed DeLanda, sería como ese segundo Kirk hipotético, el que terminaría en la superficie del planeta para negociar con los romulanos, o lo que fuera. Ese Jed mucho menos afortunado estaría atrapado en el cuerpo de una vieja pustulosa y desdeñada. Mierda. Supuestamente, morir de viruela es bastante doloroso. Puede que le hayan dado algo de opio. No, probablemente, no.

«Ese otro Jed está bien jodido —pensé—. Lo siento, Otro Jed, pero tenemos que hacer esto».

Por supuesto, en el escenario interior, ese otro Jed tan sólo es un patrón, un arquetipo, sin que tenga manera de tener consciencia de sí mismo. Es simplemente un código escrito con un protocolo especial (la P del CTP) que había sido desarrollado originariamente por el Proyecto del Apellido de la Humanidad y que, de muchas maneras, era similar a un ensamblador de alto nivel. De hecho, ya que el código había sido transmitido digitalmente, se podría decir que era un número, un número con más de un trillón de dígitos, pero un número íntegro, al fin y al cabo, como cualquier otro.

A lo largo de las siguientes seis horas, el escáner EEG/MEG realizaría una película en 3D del comportamiento de mi cerebro en acción: trillones de sucesos eléctricos y químicos, más o menos provocados y cotejados por el cuestionario que hicimos anteriormente. Las neuronas generarán unos picos distintivos en el voltaje, y las reacciones químicas liberarán cantidades detectables de calor e infrarrojos. Cada uno de esos microsucesos será procesado por un software analítico que triangulará su posición en una localización específica. Luego, quedará clasificada por situación, fuerza, tiempo y, fuera, en una de las cajas del salón, quedará integrada en un espacio matemático que revestirá la señal electrofisiológica en una matriz de información bioquímica y metabólica. Finalmente, todo esto deberá ser codificado dentro de una señal de datos. El código, presumiblemente, representará todo lo que he pensado con mi conciencia. Una bolsa del tamaño de los Alpes con todos mis recuerdos, actitudes, hábitos de cálculo, de racionalización, y otras múltiples y contradictorias imágenes de mí mismo. Todo lo que pudiera crear una ilusión de mi ser, o lo que es lo mismo, cogerlo de mi interior, sin llegar a ser ni una ilusión, ni algo plenamente convincente.

Luego, esos dos mil trillones de bits de información que conforman mi conciencia, o mi identidad, mi ego o, por llamarlo de alguna manera, mi CDS, mi Conciencia de Ser, fluirán a través de un par de amplificadores de señal de 2.4 Ghz, esas cosas que parecían altavoces, y luego a través de un cable de fibra óptica paralelo a través de todo el vestíbulo, para finalmente subir por la escalera, hasta llegar a una pequeña antena de transmisión en la azotea de la rectoría. La antena rebotará mi CDS a un satélite de Comunicaciones Intercelulares Espartaco, puesto de nuevo en marcha a través de inimaginables conexiones con el Pentágono, y de ahí, a una estación de recepción cerca de México D. F. Desde este punto irá, a través de unos cuantos satélites ordinarios de transmisión de datos, a un superconductor supercolisionador de Alta Velocidad, un nuevo anillo acelerador con una circunferencia de 14.065 kilómetros, el cual, de acuerdo con el informe preliminar del experimento, está cerca de CERN, en la frontera franco-suiza. De ahí, los datos irán a parar a un banco de discos duros en el complejo colindante, en el que se pueden almacenar hasta seis mil trillones de bits.

Eso, de todas formas, era bastante menos que los cuatro mil cuatrillones de bits que saldrían de mi cabeza durante esas seis horas, así que nos enfrentábamos a un serio problema de almacenamiento. De hecho, no había suficiente memoria informática en todo el planeta para almacenar la información. Se necesitarían alrededor de veinte billones quinientos mil discos duros. Parte del problema era que simplemente la información iba en formato digital, y no analógico.

El único dispositivo con la capacidad de almacenamiento suficiente sería otro cerebro humano, y la humana en la que estábamos interesados estaba marchita y hecha polvo desde hacía tiempo. Así que lo tendríamos que ocupar cuando todavía funcionaba.

Como imagino que sabrás, a lo largo de este último siglo, y

especialmente a lo largo de la última década o así, se ha hablado mucho de viajes en el tiempo. Puede que sea porque la gente empieza a acostumbrarse a que algunas de esas previsiones más propias de la ciencia ficción se terminan haciendo realidad. Con toda la capacidad de los nuevos ordenadores, con el turismo espacial, la cirugía con nanobots, con todos los libros del mundo, la música, la transmisión de vídeo portátil, la vida artificial, los paneles de invisibilidad, la criogenia y el sexo computerizado, la gente asume que alguien puede estar cerca de dar con la clave en el tema del viaje temporal. No hay duda de que ha habido un buen montón de fraudes científicos sobre esto. Es un caso parecido al de la alquimia en la Edad Media. Por aquel entonces era algo como: «Claro, dame mil monedas de cobre y te las convertiré en nueve de oro para el día de San Pancracio». Ahora es más como: «Denos un billón de dólares y le traeremos a Cleopatra hasta su oficina antes del almuerzo».

Desafortunadamente, el tiempo es una nuez un tanto difícil de partir. O mejor dicho, el pasado es una nuez un tanto difícil de partir. Es fácil ir al futuro, incluso con la criogenia existente hoy día, pero al ir hacia atrás te encuentras con dos grandes problemas.

El primero, por supuesto, es la paradoja. Durante un tiempo, la forma principal por la que la gente intentaba esquivar este obstáculo era contemplando la posibilidad de la existencia de universos paralelos. Podías ir a tu pasado, hacer lo que quisieras, incluso matar a tu abuelo, y tu futuro habría cambiado con respecto al futuro del que originariamente procedías, pero con esta teoría surgían algunos problemas. Por ejemplo, si tenías todos esos universos para elegir, ¿por qué no ir a un universo paralelo donde todo fuera genial, donde, pongamos por caso, comprases Google en el año 2004, donde el chocolate con leche apenas tuviese calorías y donde Bill O'Reilly* nunca hubiese existido? Pero el mayor problema no era éste.

---

* Es un presentador de televisión, director de un programa de radio, escritor, columnista y autoproclamado comentarista político de corte conservador. (N. de los T.)

De acuerdo con la mejor teoría y la mejor evidencia experimental actuales, no hay un número infinito de universos, y si los hubiera, no podríamos ir a ninguno de ellos. La energía de nuestro ahora que irradian los agujeros negros del pasado terminaría saliendo en nuestro pasado, no en un número infinito de pasados; e incluso, volviendo a la teorización, si éste no fuera el único universo existente, el número de universos existentes sería bastante reducido. Todo esto no significa que éste sea especial, por supuesto. Cuando cubrimos este tema en una de las reuniones, Marena dijo:

—Es como si tan sólo hubiera un solo episodio de *Chic Chesbro*, y aun así siguiera siendo malo.

Ninguno de nosotros, incluido yo, pilló la referencia.

Taro lo explicó un poco mejor. Decía que por el Departamento de Física se decía que «el Multiuniverso es una teoría barata, con un alto coste de universos». Cuando alguien no podía hacer que una ecuación llegara a cero, siempre había quien decía: «Oh, y el resto debe haberse filtrado hacia otro universo». Aquello no era tan sólo un escaqueo en toda regla, sino que, además, con el paso del tiempo, alguien conseguía resolver la ecuación sin problemas. Así que el sueño policósmico no era más que eso, un sueño.

El otro gran problema con el viaje en el tiempo era que cualquier cosa que mandaras al pasado tenía una posibilidad del cien por ciento de acabar espaguetizado.

Hablando de forma más exacta.

Encontrar, o incluso crear, un agujero negro no es un gran problema. En éstos, la energía va hacia atrás en el tiempo continuamente. Más específicamente, el pasaje de tiempo de su interior no está plenamente relacionado con la manera en la que pasa en el resto del universo, y de hecho, tiende a ir al revés, que es por lo que los agujeros negros terminan desapareciendo con el tiempo. Ahora mismo, por ejemplo, hay energía de un futuro distante que surge a través de singularidades, a no demasiada distancia de la Tierra. Eso no nos hace ningún bien, pero el caso es que, a pesar de que no es estrictamente imposible soltar algo en un agujero negro para que sea expelido en algún punto de nuestro pasado, lo haría aplastado y estrujado a un nivel atómico, posiblemente convertido en energía pura. Esto significa que, ordinariamente, no se puede mandar información a través de ellos. Se podría soltar dentro una enciclopedia, pero todo lo que se obtendría, en el pasado, sería una onda de calor y luz, sin nada significante.

Pero, pero, pero... se puede mandar algo que es nada, o sea, que no tiene masa. Puedes mandar energía.

En el superconductor supercolisionador, la corriente de datos de mi CDS tiene procesado un mapa de ondas de información muy potente. Esto también comprime a la vez la señal, colapsando la distancia entre las ondas, así que una información que tardaríamos horas en descargar aquí, hoy en día, tardaría menos de cuarenta segundos en hacerlo al otro extremo del agujero. Una pistola gamma dispara una corriente de energía basada en el patrón de ondas dentro del camino espacial Kerr, formando un círculo perfecto en el centro del torus del colisionador. La corriente viaja alrededor del anillo unas seiscientas mil veces, acelerando hasta el punto donde su fuerza centrífuga le hace salirse del anillo a través de un túnel tangencial, donde hay una instalación electromagnética nueva especialmente diseñada para crear y dejar suspendidos miniagujeros negros krasnikovianos.

Han pasado cuatro años desde que el grupo del Gran Colisionador Hadron anunciara que habían creado un agujero negro microscópico. Crear un agujero de gusano es más o menos un proceso similar, pero de alguna manera algo más fácil. Los agujeros negros tienen Horizontes de Sucesos que no son más que quebraderos de cabeza. Los agujeros de gusano no tienen. Lo que sí tienen son dos aberturas, y siempre se necesita que haya dos, pero los agujeros negros tan sólo tienen una. Para mantener abierto el agujero negro durante una cantidad de tiempo provechosa, especialmente en la superficie de la Tierra, se necesitaría la energía de varios soles.

Los cuidados y alimentación de un agujero de gusano son también mucho más sencillos de realizar, pero incluso para un agujero de gusano normal y corriente, si podemos llamar a alguno así, todavía se precisaría de conocimientos de ingeniería muy avanzados, y de un buen montón de energía. Tu agujero básico, pongamos un tipo Schwarzschild, dentro de un espacio-tiempo $R^2 \times S^2$, algo así como $ds^2 = -(1-r^2/r)\, dt^2 + (1-r_s/r)\, -1dr^2 + r^2\, d\Omega^2$, donde Ω es tu parámetro de densidad, y donde $r_s = 2G\, M/c^2$, y $\Omega d^2 = d\theta^2 + \sin^2 d\varphi^2$, y por supuesto, M es la masa molecular, G es la constante gravitacional, φ es el ángulo, r el radio y d es la distancia.

Así que, si se mide durante un rato, podrá verse que su «garganta» tiene unas fuerzas atrayentes muy potentes y, al no encontrar demasiada energía opuesta, terminará por colapsarse. Esto es tan sólo parte del sistema agujero negro/agujero blanco, pero la variedad Krasnikov tiene una métrica Kerr de $ds^2 = \Omega^2(\xi)[-d\,\tau^2 + d\,\xi^2 + K2(\xi)(d\theta^2 + \sin^2\theta d\varphi^2)]$, donde Ω y K son funciones positivas y $K = K0\cos\xi/L$ a $\xi\varepsilon(-L,L)$, $K0 = K(0)$, donde K es constante de ξ. Así que es muy, muy estable. Es estático, satisface la condición de carencia de energía, no requiere de materia exótica y es esféricamente simétrico. De hecho, al principio ni tan siquiera parece un agujero negro, pero si se transforman las coordenadas mediante $r = B - 1\, \Omega\, 0\, \exp B\xi$, con $T=B\tau$, entonces podrá hacerse todo lo plano que se quiera, simplemente aumentando el valor de r. Incluso puede doblarse para crear un agujero de gusano utilizable con una longitud de $\Omega 0L$, con una garganta de un radio de $\min(\Omega\, K)$. Por supuesto, para hacerlo lo suficientemente ancho, digamos, para que una cápsula espacial pudiera atravesarlo, habría que añadir un par de planetas al caldo de fusión, pero una versión muy pequeña no precisa de una cantidad tan grande de energía, o para mantenerse, eso es, para evitar que terminara hundiéndose en el núcleo de la Tierra. El punto más angosto de nuestro bebé es tan sólo un poco más ancho que un átomo de hidrógeno, pero mientras sea más ancho que un simple fotón, la información podrá ser transmitida a través de él. Los rayos gamma en realidad están compuestos por multitud de longitudes de onda diferentes, algunos de ellos incluso entrando dentro del espectro de rayos X duros, más que rayos gamma, pero vamos a seguir llamándolos rayos gamma porque suena mucho más retro-guerra-fría-space-operístico. Decimos que estos rayos gamma se centrarán en la boca del agujero de gusano, convergiendo en su garganta, para luego dispersarse en un ángulo que debería bañar toda la pequeña celda de sor Soledad con una película de mi vida.

Pero incluso con todo esto, por culpa de las fluctuaciones cuánticas, puede que precise más energía que la que el SCC puede albergar para mantener el agujero a ese tamaño abierto durante algo más que algunos microsegundos. Por eso, el mayor logro del laboratorio fue no tener que depender de eso. Se podía crear un nuevo agujero de gusano en el mismo «lugar», por decirlo de alguna manera. O, más concretamente, en la misma curva predecible en la hipersuperficie de Cauchy,* para luego hacer otro, y otro. Los rayos gamma que codificarían mi conciencia serían luego insertados a través de la serie de agujeros, y para cuando salieran por el otro extremo, estarían alineados exactamente en el punto que hay detrás de nosotros en el continuo espacio-tiempo, es decir, en el pasado.

De hecho, la parte más difícil era la siguiente, en la que teníamos que dar con los ángulos correctos. A2, quien además de estar trabajando para Taro tenía una licenciatura en física experimental por la Universidad de Ciencia y Tecnología de Pohang, decía que esta fase precisaría más horas de trabajo que todos los otros elementos del Sistema Espacial Kerr juntos.

Si te quedas sentado en un sitio sin moverte, al cabo de un minuto te habrás movido 136.794 kilómetros desde el punto del universo en el que estabas cuando empezó el minuto. Así, si el rayo que tiene codificado mi CDS aparece en el pasado en el mismo sitio donde se originó, aparecería en mitad de ningún sitio, en algún sitio entre el Sol y Alfa Draconis. Así que el proceso necesita de un pequeño ajuste. Por supuesto,

---

* Es una hipersuperficie espacial cuyo dominio de dependencia es todo el espacio-tiempo, es un conjunto acronal. (*N. de los T.*)

nuestro GPS mandaría la posición exacta al equipo suizo; así, en el sitio en el que estuviéramos tampoco supondría un problema. Pero también tendrían que extrapolar nuestra posición hacia el pasado, para así poder identificar el punto en el espacio-tiempo donde tendrían que estar todos, o al menos la mayoría de los átomos de esta habitación transcurridos exactamente 170.551.508 minutos.

Esto requiere un ajuste de al menos 1 dividido de 10^{32}, y por supuesto, los datos sobre la situación exacta de la Tierra en esa época no existen. Incluso utilizando los viejos informes sobre eclipses, así como todos los registros astronómicos que se pudieran encontrar, el margen de error para ir al 664 d. C. era demasiado grande. Eso sin contar que el Sol también se mueve, claro. Al igual que la Tierra se contrae y se expande. Zangotea alrededor de su núcleo plástico. Recibe lluvias de meteoritos, y la acción del viento cósmico. Así que estando más allá de la precisión astronómica, tuvieron que ceñirse a probar, fallar y volver a probar. Empezaron lanzando energía hacia el centro de un enorme bloque de madera recién cortado, dispuesto sobre una mesa en una habitación del sótano. Angularon el rayo para que surgiera cinco minutos después, lo que sería ya en el espacio exterior, a unos cuantos de miles de kilómetros de donde estaba ahora. Los rayos gamma sacudirían los isótopos de carbón en el centro del bloque, así se precipitarían un poco más rápido que los de la superficie. Cuando tuvieron esta parte dispuesta, empezaron a apuntar cada vez más hacia el pasado, dirigiendo el rayo hacia partes de edificios históricos en los viejos pueblos mineros, así como en los asentamientos abandonados de alrededor del cañón Bryce, impactando sobre la posición conjeturada con la suficiente radiación como para convertir el uranio 238 de los cimientos casi en plomo, extrayendo luego muestras, haciendo pruebas sobre ellas, normalmente sin poder sacarles nada, para luego volverlo a intentar unos cuantos metros más allá de los cimientos del edificio, y un par de millones de metros hacia delante, o hacia atrás, en el camino de la Tierra a través del espacio.

Aquellos cálculos se fraguaban con variables bastante complejas. Incluso el movimiento interno de la Tierra, el cual tal vez induzca a pensar que no tenía que ser demasiado influyente, se convirtió en un problema.

Como probablemente sepáis, ahí abajo todo es bastante líquido y denso a la vez, por lo que a veces esta situación hace que el movimiento de rotación sea en contadas ocasiones bamboleante. Incluso controlando eso, tendrían que tenerse en cuenta cosas como las placas continentales, la erosión, los cambios del nivel de la Tierra frente al núcleo del planeta, los cambios de órbita a causa del paso de los cometas y un centenar de cosas más. Y además, había problemas similares con la translación del Sol y la Vía Láctea. Aun así, y a pesar de todo, a lo largo de los dos últimos años habían conseguido tener una imagen más o menos clara de dónde estaba nuestro planeta en el pasado, extendiendo una línea helicoidal imaginaria desde la superficie de la Tierra hacia el espacio, fuera del sistema solar, fuera de la Vía Láctea, y más allá, hacia el centro de nuestro universo siempre en expansión.

Con un poco de suerte, el otro extremo del agujero negro no tendría que ir tan lejos. No necesitaron montarlo en una nave espacial para llevarlo hasta Vega o algo parecido. Simplemente, podía formarse aquí, justo en la Tierra, con nosotros, y desde aquí podríamos angularlo para que la energía que depositaran en él emergiera en posiciones diferenciadas en el espacio, de la misma manera que podía salir en diferentes momentos en el tiempo. De hecho, todo el proyecto se había iniciado tiempo atrás, durante 1988, como parte del programa de viaje en el espacio-tiempo de la NASA. Desde los noventa, la Warren había seguido estas investigaciones y había trabajado más en el aspecto temporal del proyecto. Al igual que hoy, el programa estaba hospedado en uno de los servidores del Centro de Investigaciones Ames en Mountain View, California, el cual permitía saber cómo impactar sobre cualquier punto de la superficie de la Tierra en un segundo concreto de cualquier siglo pasado. Era como disparar una flecha al aire y darle en un ojo a una avispa trafamadoriana en el extremo más alejado de Titán.

Pero suponiendo que todo funcionase, la corriente de datos emergería en un punto concreto del espacio en el momento exacto en el tiempo, en este caso, en la celda de sor Soledad, tres días antes de su muerte. A2, la ayudante de Taro, había hecho un bosquejo en una pizarra del concepto para la última presentación que se le realizó a Boyle.

Como en el Sistema Espacial de Kerr, el Protocolo de Transferencia de Conciencia no había sido desarrollado originariamente para la proyección temporal. Había nacido de unas raíces un tanto humildes, para crecer lentamente a lo largo de las décadas. En los ochenta, tan sólo eran pruebas en las que ponían a nadar a unas planarias* a través de laberintos muy simples en la Universidad de Illinois en Champaign. Un gusano plano podía aprender la rutina, mientras los investigadores registraban los impulsos de su pequeño nódulo neuronal, para luego bombardear con un patrón de rayos X basados en ese registro a un segundo gusano, aprendiendo así éste cómo nadar a través del laberinto en menos tiempo. El objetivo era desarrollar una técnica quirúrgica que pudiera reconstruir partes de cerebros donados, para hacer así más fáciles los trasplantes.

A principios de los noventa, sin embargo, la universidad empezó a realizar este experimento con macacos, y ya en el 2002 el Grupo de Investigación Warren realizó sus primeras pruebas sobre humanos con enfermos terminales voluntarios de la India y Brasil. Dos años atrás habían terminado lo que dijeron que era la última prueba en tiempo real sobre humanos, que era aquel primer experimento que mencionó Marena hacía unos días en el Asentamiento, descargando el CDS de Tony Sic en la cabeza de un hondureño de sesenta años que se estaba muriendo de cáncer de estómago. No hubo pérdida perceptible de los recuerdos esenciales de Sic, ni de habilidad cognitiva, ni de personalidad.

O al menos eso me dijeron.

Sin embargo, tenía la sensación de que también habían he-

* Nombre común de ciertos gusanos planos de la clase turbellaria perteneciente al filo de los platelmintos. (N. de los T.)

cho otras pruebas de las que no le habían hablado a nadie. Habían hecho al menos una prueba para mandar los datos de Sic hacia la mente de alguien al pasado, de eso estaba seguro, pero no pude encontrar ninguna prueba que me lo confirmara.

—Algunas cosas son tan ilegales que en realidad nadie quiere oír hablar de ellas —me dijo una vez Marena, a pesar de que las únicas «irregularidades» que había descubierto desde que llegué allí eran algunas multas de tráfico.

Y al fin y al cabo, lo que íbamos a hacer era algo productivo y que estaba bien. Antes de que comenzaran con mi CDS, el equipo suizo nos había enviado una descarga de fotones dentro de un patrón diseñado para confundir irreversiblemente la mente de Soledad o, tal y como A2 lo expuso, «para desbaratar la materia gris del objetivo». Obviamente, las llamadas funciones menores de su cerebro, como las habilidades motoras y sensoriales, quedarían intactas.

Así, lo que ellos llamaban el «enjuague» no borraría ningún «recuerdo racional», es decir, el conocimiento semántico y espacial (cosas como saber hablar, o bajar una escalera), sino que más bien actuaría sobre sus recuerdos episódicos. Se podría decir que lo que estábamos haciendo era más bien hacer como una impresión de una foto, o casi un holograma. Un negativo holográfico tiene un registro 2D de los índices en los que los haces de luz rebotan sobre un objeto, y cuando se pasa la luz por detrás de este negativo, esculpe las ondas de nuevo en su posición, como si el objeto aún estuviera allí. Cada bit de un holograma tiene una imagen completa. Si cortas un negativo por la mitad, y haces que lo atraviese un haz de luz, todavía serás capaz de ver la imagen completa, en 3D, aunque con un poco de pérdida de detalle, pero, aun así, se necesita un ojo humano para poder verlo.

Como el holograma, el registro de mi conciencia era tan sólo una plantilla, útil tan sólo como una manera de reescribir otro sistema, y, como creo que he mencionado antes, con la tecnología actual, el único sistema lo suficientemente grande y complejo a utilizar para que todo funcionase era otro cerebro humano.

Lo bueno de esto era que nada de todo ese contenido, o sea, de mi CDS, tenía que ser interpretado. Más allá de asegurarse de que iba lo más completo posible, ninguna de las otras personas o programas funcionando en la transferencia tenían por qué saber nada sobre el patrón que había codificado mi memoria, o sobre la causa de tal pensamiento o cual acción, o al menos, no más de lo que debe saber un cámara sobre la cara de la que está tomando una foto. Mientras los intervalos entre cada cúspide de onda estuvieran sincronizados con extrema exactitud con las emisiones del hipocampo (ya que la mayoría de los recuerdos a largo plazo pasan a través de él), los córtex deberían actuar como si estuvieran recibiendo esa información del verdadero dueño del cuerpo.

Por supuesto, los fotones gamma tenían mucha carga, por lo que podrían producir daños graves. Es por eso por lo que el bisturí gamma es el mejor instrumento de la microcirugía. En este caso, el huésped, como a ellos les gustaba llamarlo, vamos, como si estuviera invitándonos, estaría expuesto a casi dos sieverts de radiación, y si bien no es que fuera una dosis mortal, sí sería suficiente para adquirir un buen par de tumores, o trastocar incluso cosas más personales, como por ejemplo, el recuerdo de la apariencia de su padre, o lo que llevaba puesto durante su primera comunión, convirtiéndose así en una amnésica anterógrada.

Así que, a fin de cuentas, lo que estábamos haciendo no difería mucho de un asesinato. Bueno, siendo honestos, íbamos a cometer un asesinato.

De acuerdo con lo que afirmaba Taro, que no era neurobiólogo, pero que a su manera polimática sabía mucho sobre esta investigación, las primeras pruebas eran un poco «inconsistentes». Los sujetos habían recibido y retenido parte de los recuerdos inducidos, pero no los suficientes; o también, en ocasiones éstos eran malinterpretados, o se confundían con algunos que no habían sido eliminados del propio huésped. Puede que aquel pobre hondureño se estuviera preguntando ahora si él era él, o Tony Sic.

Sin embargo, durante este último año de investigación, habían encontrado una solución a este problema. La redundancia masiva. Los sesos no pueden almacenar un único recuerdo o habilidad, o lo que sea, en un único punto, sino que se distribuye a través de varias redes neuronales diferenciadas, y a veces incluso, a través de los córtex. Así que decidimos mandar cada «paquete gamma» una y otra vez. Si uno de mis recuerdos no se quedaba en una parte en concreto del cerebro de Soledad, todavía tendría la oportunidad de que se quedara en alguna otra zona en la siguiente tanda. Esta estrategia también nos dio ventaja en el hecho de que la memoria tiende a no sobrescribirse. Eso es, cuando las neuronas estuvieran en ese estado amnésico/confuso, justo después del «enjuague», eran especialmente proclives a formar nuevas conexiones, pero una vez que la microrregión del cerebro había codificado un bit de recuerdos, se quedaban más o menos en aquella microrregión, así que el siguiente recuerdo inducido debería buscar otro sitio donde albergarse.

Presumiblemente, si el cerebro objetivo estaba todavía sano, todo lo que necesitaba para ser yo estaría recogido en algún lugar. Incluso si esa antigua afirmación que dice que tan sólo utilizamos el diez por ciento de nuestro cerebro fuera cierta, todavía habría sitio suficiente para almacenar gran parte del envío, aunque no es que eso fuera a importar aquella vez.

De todas formas, ya que las ondas habían estado transmitiéndose desde hacía horas, su cerebro no se freiría. En lugar de eso, experimentaría algo parecido a una serie de convulsiones, demasiado localizadas como para interrumpir la conciencia, para luego empezar a sanarse a sí mismo. Realizaría nuevos adjuntos y ejecutaría nuevas rutinas. Estabilizaría su EEG y, mientras esto iba sucediendo, especialmente durante las primeras horas, pero también en los días subsiguientes, empezaría a descartar los recuerdos duplicados con el fin de hacer sitio a los nuevos. Reaccionará, aprenderá y actuará normalmente, y de la misma manera que nuestro cerebro da sentido a los destellos de los nervios sensoriales y motores, convirtiendo el ruido en más o menos un sueño coherente, el cerebro de la abadesa sanaría mientras construía nuevos recuerdos que irían correlati-

327

vos a los míos. Llegaría incluso a construir una manera de entender el mundo que sería muy parecida a la mía, tanto que podría empezar a pensar por sí misma como yo; sin embargo, recalibrar su cerebro nunca lo convertiría en una réplica exacta del mío. Más bien sería como si ella estuviera viendo una detalladísima película de mi vida, y luego, tras dejar el cine, se diera cuenta de que no podía recordar su propia vida y empezase a pensar que en lugar de ésa, la suya era la mía.

De hecho, si todo iba como debía, ni tan siquiera se daría cuenta de la diferencia. Estaría en su catre, mirando a su crucifijo, y empezaría a olvidar cosas. Sentiría cierto rubor en su rostro a medida que su corriente sanguínea recorriera su columna vertebral y sus arterias carótidas, al mismo tiempo que millones de neuronas reaccionarían una y otra vez hasta el punto de la extenuación. Técnicamente, habría un periodo muy corto de desgaste neuronal, y después, otro periodo refractario más extenso de supresión. Su respiración, su digestión, todo, presumiblemente, funcionaría normalmente, pero lentamente olvidaría quién era y dónde estaba, hasta que finalmente olvidaría cómo hablar.

Pero luego, como los músculos que se reafirman a sí mismos después de una sesión de pesas, sus neuronas realizarían las nuevas conexiones, y en muy poco tiempo tendría construido un sentido de identidad que, si me fuera posible conocerlo, reconocería como mío propio.

Pero por supuesto, no me sería posible conocerla. En 1686, la abadesa viviría dos días más, haría un par de cosillas, cosas secretas que no quedarían guardadas en los registros de la historia, y luego, moriría justo a su hora. Yacería con el hábito con el que murió, sin ser embalsamada, o tan siquiera lavada, ya que durante esos días, las prometidas de Cristo creían que su sempiterna pureza las libraría de la putrefacción, así que su cuerpo se «curaría» durante un año en una habitación bien ventilada en el almacén. Luego sería trasladada a donde estaba ahora, y si aún era capaz de ver con aquellos ojos desinflados y arrugados, el cristal del pequeño ataúd le dejaría ver en el arco de la capilla las siluetas de sus doloridas hermanas, llorando, rezando, hablando en susurros, para luego ver a nuevas hermanas y a sacerdotes, y luego, a extraños de fuera del convento, y luego a más extraños, pero vestidos de manera muy rara, mirándola a través de los cristales, sin rezar ni nada.

Una tarde, una intensa luz de colores lo inundaría todo desde la nave, y cada tarde después de ésa volvería. Las velas que la habían iluminado tantas noches seguirían menguando, pero nunca desaparecerían, y luego, en una de esas innumerables tardes, todas idénticas, vería a Marena, a la doctora Lisuarte, a Grgur, a Hitch y a mí entrando en aquella parte de la iglesia, algo nerviosos por tener que profanar su cadáver.

—¿Podrías levantar a esa reina? —le preguntó Marena a Grgur, quien seguía a Hitch—. Gracias —dijo, dirigiéndose al sacerdote.

Habían dispuesto una lámpara halógena en el retablo, y al encenderla, se deshizo cualquier detalle gótico que hubiera podido tener la escena. El padre Panuda entró con una especie de pequeño taburete y se sentó frente al ataúd. Sacó un aro hecho con hilo de pescar verde, donde habría seguramente un centenar de llaves, y cuando encontró la correcta, abrió el viejo cerrojo Yale, para luego intentar abrir la tapa de roble oscuro, pero se quedó atrancada. Poniéndose en pie, tiró de ella. El ataúd se levantó un poco pero la tapa siguió cerrada. Hitch encontró una especie de palanca en miniatura entre sus herramientas y lo intentó, pero tampoco surtió efecto.

Finalmente, Grgur encontró un par de enormes clavos de cabeza cuadrada a principio y final del marco de la tapa, y los consiguió sacar con su navaja multiusos. El padre Menudo pegó otro tirón y meneó todo el ataúd, hasta que finalmente se abrió. Nos llegó una vaharada de aromas vegetales, como a albahaca y a rosas viejas. Tanteó entre la nube que se había levantado, apartando un par de ramilletes, *bouquets* o lo que fueran. Los pétalos se esparcieron, flotando por el aire.

—Mejor nos ocupamos nosotros —le dijo Marena, hablando en un español sorprendentemente correcto.

El sacerdote asintió, bendijo el lugar de nuevo y luego nos dejó. Tres de nosotros nos quedamos quietos durante un minuto, mirando el cadáver.

—Esto es una blasfemia —dijo Hitch.

Pude oír cómo su brazo se movía haciendo la señal de la cruz.

—De todas formas, vamos a ir al infierno —dije yo.

—Ahora por listo, te va a tocar a ti moverla —dijo Marena.

—Oh, no, la veo muy bien en tus manos —le contesté yo.

—No, de verdad, vamos.

—Estoy seguro de que tú podrías ocuparte del tema mejor que yo.

—Ya, pero será más divertido si lo haces tú. Lo digo en serio.

—De acuerdo —contesté yo, agachándome.

Lisuarte creía que todavía estaba un poco acelerado y me dio un spray de noraefron, así que para entonces estaba un poco colocado. Me acerqué hasta el ataúd y empecé a apartar capas de lana, para después pasar a lo que parecían enaguas o telas de algodón, todo a la altura de la entrepierna. Estaban como aceitosas y tan quebradizas que se terminaban partiendo allí por donde las doblaba. Estaba completamente momificada, así que debajo de aquellos tejidos su piel se conservaba bastante bien, con un color casi verde oscuro, goteante, sobre aquella especie de delicada pelvis abstracta a lo Henry Moorish. Palpé la espina ilíaca anterior, y luego bajé haciendo un ángulo de cuarenta y cinco grados, presionando para encontrar el sínfisis púbico. Formé un gancho con dos dedos y los inserté por debajo. Allí estaba todo cubierto por aquella piel dura y curtida, y bajo ella había una especie de sustancia hebrosa y grasienta. Cera de tumbas. Mis dedos finalmente encontraron lo que parecían dos aletas de piel, como las hojas secas de una planta de jade. Introduje mis dedos en la vagina, encontrándome con algunas adipociras que se desmenuzaban al contacto. Pobre señora. Yo ya había hecho aquello con algunas... digamos, «señoras algo maduras» tiempo atrás, pero aquello era todo un récord. Tan sólo relájate, nena. De repente, mi dedo se topó con lo que parecía el coxis, y me di cuenta entonces de que allí estaba lo que yo andaba buscando, lo cogí con la punta de los dedos. Una oleada de alivio mezclado con ansiedad hizo que mis arterias se inflaran hasta hacerme parecer el muñeco de Michelín. Saqué mi mano e hice que la cosa rodara alrededor de mi palma. Era una pequeña caja hexagonal, del tamaño aproximado de una tableta de calcio grande, negra, pero supuse que aquello era a causa del cobre. Estaba encostrada con trocitos de cera de tumba, los quité con mi pulgar. No era un relicario. Supongo que sería una cajita para agujas, o algo parecido. Lisuarte sacó una caja luminosa, una lupa y una toalla que colocó sobre el suelo. Yo dejé aquella cosa sobre la toalla y luego me quedé mirándola. Una sustancia en uno de sus extremos parecía cera roja para sellar. Después de estar un minuto liado con unas tenacillas y un raspador dental, conseguí que se abriera la pequeña cajita. Dentro había un pergamino negro. Lo saqué y lo puse sobre el plástico; parecía hecho de metal. Empecé a desenrollarlo cuidadosamente, con lo que me di cuenta de que aquello era realmente un trozo de lámina triangular recubierta por una capa de plata, de aproximadamente el tamaño y la forma del señor de la Capilla de la Buena Esperanza. Tal vez lo hubiera arrancado de una píxide o algo así. Bueno, mejor dicho, tal vez yo lo hice. Al principio no parecía tener nada escrito, pero cuando respiré sobre ella, pude ver algunas líneas rayadas en la superficie con una aguja, en una mezcla de escritura garabateada y mi propia escritura de mano zurda.

«Noto Fagas».

«¿Noto fagas? —pensé—. ¿Qué demonios es fagas?».

Tampoco reconocía ni las letras ni los números. La verdad es que en aquel momento no sabía si me sentía asustado, decepcionado o confundido. Es como si me hubiera puesto derecho después de estar una hora boca abajo. Más tarde Marena me dijo que me había puesto las manos en los hombros porque pensaba que me iba a caer de espaldas, pero en aquel momento, yo no las sentí.

—Bueno, felicidades a todos —dijo después de lo que yo supuse que había sido un silencio bastante largo.

No dije nada.

—¿Jed? ¿Estás bien?

—Sí —contesté.

—¿Qué pasa?

—Está todo mal escrito.

21

Nos infiltraron de manera muy zen, muy silenciosamente, como anguilas en aguas oscuras. Tengo que admitir que fue una operación perfecta, y no la clase de patosas incursiones que suelen hacer los militares. Supongo que no puedo decir mucho de la guerra de todas formas. Puede que sea porque, como pasa con todos los políticos de Latinoamérica, siempre es la misma historia.

Tres días después del ataque de Orlando, Guatemala dijo que Estados Unidos era ahora un estado disfuncional, y que cualquier acuerdo realizado bajo la presión de Estados Unidos y la OTAN debía ser renegociado «visto el nuevo panorama político», exigiendo además que Belice cediera a sus inspectores plenos poderes policiales. El porqué existían es una larga historia, pero básicamente, un montón de criminales e indígenas guatemaltecos luchadores por la libertad habían pasado a ser proscritos en Belice, y los guates querían llevar a varios de ellos a juicio. El problema era que Guatemala siempre ha considerado a Belice como su vigésimo tercer departamento, y cada cierto tiempo se empeñan en demostrarlo.

Naturalmente, los beliceños negaron este poder y encarcelaron a los inspectores. Los guatemaltecos mandaron tropas a la frontera. El 29 de enero, un SSM beliceño armado con una carga explosiva detonó cerca del pueblecito de Petén. El gobierno de Belice informó de que el misil acabó con la vida de cinco soldados en una planta de fabricación de armas químicas. Los guates dijeron que habían matado a 142 civiles en una escuela. El Parlamento guate declaró el estado de guerra. Por supuesto, unas semanas atrás, el gobierno de Estados Unidos se habría involucrado, pero ahora tenía sus propios problemas. Para cuando estábamos preparando el cambio, el 17 de marzo, sábado, la reyerta ya se había convertido en un «bombardeo esporádico» cerca de Benque Viejo del Carmen. No es que sorprendiera a nadie. De todas formas, aquello supuso que no fuera yo la única persona de todo el equipo que no deseaba cruzar la frontera de Guatemala. Tal vez, si no hubiera sido por mí, seguramente se habrían abierto paso sobornando y falsificando documentos, pero en lugar de aquello decidieron hacerlo a la antigua usanza, es decir, saltando la valla de la frontera. Primero nos llevaron a cinco de nosotros (a Marena, a Michael, a Grgur, a Hitch y a mí), y los demás los llevarían al día siguiente, por un camino diferente, para luego encontrarnos en las afueras de San Cristóbal Verapaz.

Estábamos a unos cuarenta kilómetros al sur del Asentamiento, en una pequeña población llamada Pusilha. Supuestamente, había sido un pueblo bastante importante a finales del Periodo Clásico, pero ahora ya no lo parecía. Estábamos sentados bajo unos toldos en una cabaña Quonset que algunos arqueólogos habían construido hace años. Oh, con «estábamos» me refiero a que estábamos allí los cinco «espaldas mojadas», con Ana Vergara, que era el mismo tipo de «chica-boina-verde» que nos había rescatado en los Cayos de Florida, y su segundo al mando, un tipo con pinta de comando llamado... un momento. Tal vez aquí deba seguir nuestra política de no repetir los nombres de los pequeños accesorios que utilizamos para perpetrar crímenes.

Esperamos en la oscuridad. Había dos mesas, un montón de viejos bastidores, y cantidades ingentes de pinceles y brochas. Michael se había decidido a echar una cabezada bajo el toldo. Hitch se había sentado mientras revisaba su equipamiento. Marena charlaba con Ana. Los helicópteros revoloteaban por encima de nosotros, *fuckfuckfuckfuckfuckfuckfuck,** todo el día, de norte a sur, siguiendo la línea de la frontera. Ana me había dado un enorme sobre Tyvek lleno de lo que ella llamaba bebés muertos. Yo inspeccioné su contenido a la luz de mi teléfono móvil. Dentro había un pasaporte estadounidense y una regordeta cartera de cuero. El pasaporte era nuevo y pertenecía a un tal Martín Cruz, una persona real (un periodista viajero, de hecho) que actualmente se encontraba en Ciudad Guate. Me pasé medio día memorizando su biografía y diferentes escritos. Abrí la cartera. Había dos tarjetas de crédito internacionales con un tope de cinco mil dólares, una American Express Thulium, un carné de conducir a nombre de Martín León, con la foto de carné que me hicieron en Warren, 1.155 dólares en billetes de veinte y de cinco, y 2.400 quetzales guatemaltecos, los cuales tendrían un valor aproximado de doscientos dólares. Aún no sé por qué le pusieron el nombre de tan valioso pájaro a una moneda tan devaluada. También había varias cosas gastadas o usadas que ayudarían a establecer la identidad de Martín Cruz, como facturas, recibos de taxis, etcétera. Finalmente, también había una tarjeta de prensa internacional de la revista *National Geographic.*

«Oh-oh», pensé.

—Eh... ¿Marena? —pregunté.

—¿Sí? —dijo arrodillándose para luego sentarse con las piernas cruzadas.

—Bueno, ya sabes. El *National Geographic* es una tapadera de la CIA.

—Ya, ¿y? —me preguntó.

—Pues que tengo este pase de prensa suyo.

—Sí.

—Y bueno, se me viene a la cabeza la pregunta de «¿qué demonios está pasando?».

—¿Qué quieres decir?

—Quiero decir que para quién estamos trabajando realmente.

* *Fuck*, joder, en inglés. *(N. de los T.)*

—Pues sólo para Lindsay —me contestó.

—¿Y eso me lo garantizas tú?

—Sí, hasta donde yo sé, sí —dijo, para luego hacer una pequeña pausa—. Mira, estoy segura de que Lindsay habrá pedido al Departamento de Estado que le devuelvan un par de favores, pero sí, te puedo asegurar que los «Hombres de Negro» no saben nada. Vamos, utiliza tu cerebro. Si cualquiera en D. C. supiera algo de esto, ya los tendríamos encima.

—No lo sé —contesté yo—. Últimamente hacen un montón de cosas raras.

—Esto está demasiado lejos del ámbito de cualquier agencia gubernamental.

—Es que, de verdad, soy muy, muy alérgico a los tíos de las agencias. Ya sabes lo que me pasó, son unos matones.

—De acuerdo —dijo ella—. Rájate si quieres.

—No me estoy rajando —contesté yo—. Simplemente quiero saber si estás segura, completamente segura...

—No estoy completamente segura de nada, excepto de que no puedes buscarle las vueltas a todo. De todas formas, esa tarjeta es tan sólo por si nos cogen, y eso nunca va a pasar.

—Ni Hablar va a explotar como me la vea.

—Bueno, pues muy bien. Es tu amigo. ¿Qué quieres que te diga?

—Nada, nada —contesté—. No importa.

—Mejor.

—Excepto una cosa. Te pido por favor que nadie mencione al *National Geographic* cuando Ni Hablar esté cerca, ¿de acuerdo?

—Se lo diré personalmente a todo el mundo —me contestó ella.

—Gracias.

Seguidamente nos sentamos.

«Probablemente tenga razón —pensé—. Seguramente, sabrá lo que está haciendo».

Levanté la vista para buscar a los de Soluciones Ejecutivas. A pesar de que se habían incorporado en Sudáfrica, parecía que últimamente habían realizado la mayor parte de su trabajo en

Latinoamérica, protegiendo pozos petrolíferos, o cosas así, y, según supuse yo, ayudando en operaciones antinarcóticos. De hecho, parecían ser un gran recurso para según qué operaciones. Puede que Cruz incluso escribiera para *National Geo* alguna vez, aunque no había visto nada de eso en su informe. De todas formas, la mayor parte de la gente que trabaja para ellos lo hace de una manera lícita, ¿no? Y además, mi identificación probablemente no fuera tan importante. Michael Weiner tenía las verdaderas. Lo sabía porque me enseñó la documentación que llevaba. Estaba junto a las cartas y los permisos de los diferentes administradores guatemaltecos, entre los que se incluían la Secretaría General del Estado. Supuse que algunos eran producto de sobornos, y otros, de falsificaciones. SE tan sólo iba a utilizar un equipo de cuatro personas para introducirnos. Luego, como precaución estándar, realizaríamos una pequeña acción evasiva yendo a través del festival de San Cristóbal Verapaz. Allí habría más apoyo del SE, en búsqueda de cualquiera que pudiera estar siguiéndonos. Se supone que pasaríamos un par de minutos en la plaza, en el punto donde el gentío estuviera más apretado, para luego salir del pueblo en dirección opuesta a la que habíamos utilizado para llegar allí. Después de eso, una vez estuviéramos a las afueras, en la espesura, estarían esos cuatro de apoyo y seis SE más vigilando el perímetro.

«Eso hace diecinueve personas en total —pensé yo—, al menos que yo sepa».

Más Ni Hablar, mi viejo compadre perteneciente al 31 de Enero, del que creo que ya he hablado, nuestro salvoconducto.

Nos habíamos reunido con él esa misma noche y me había acompañado durante todo este rato, actuando como mi guardaespaldas personal. Yo insistí en que fuera así. Con él llegábamos a veinte personas. No es que fuera el mejor número para un equipo de infiltración.

«Bueno, cálmate —pensé—. Simplemente, céntrate en conseguirlo. Acepta la ola de energía».

—Perdona —dije.

—No pasa nada —dijo Marena, apartándose para sentarse donde estaba antes. Maldita fuera.

«Tiene buen aspecto», pensé.

Yo me había quedado en el Asentamiento todo el tiempo desde que volvimos de la prueba con la santa, entrenándome en lo que llamaban el Proyecto Chocula, pero Marena había vuelto para estar tres días con Max en Colorado, y ahora parecía bastante despejada. Tenía puesto un vestido a lo *Jungle Jane*, como si viniera de hacer las labores del hogar en la casa que tenía en los árboles, junto a Cheeta y Tantor.

Nos quedamos escuchando a los grillos. Tenían un efecto tranquilizador, pero parecía como si faltara algo en todo aquel entorno sonoro. Marena suspiró.

«¿Me acerco? No, ahora no, está cabreada contigo. Deja que sea ella la que dé el primer paso. De todas formas, si no lo hace, no hay esperanza alguna».

—Muy bien, todos atentos —dijo Ana—. Comprobemos nuestros comunicadores.

Todos nos los insertamos en las orejas. Supuestamente, el sistema era de última generación: estegranofiaba las transmisiones; esto significaba que si alguien interceptaba nuestras comunicaciones, le sonarían como los mensajes de la radio de la policía. Tan sólo los receptores con una copia de nuestro chip podían escuchar nuestra verdadera conversación.

—¿... tás escuchando? —dijo la voz de Ana Vergara en mi oreja.

—Asuka, informando —dijo Marena.

—Pen-pen, todo bien por aquí —dije yo.

Michael y el tipo de la cámara también dijeron más o menos lo mismo. Dios mío, tenemos nombres en clave. Qué gilipollez. Esta gente actúa como si estuvieran en una operación para derrocar a Castro.

Dejamos la choza y nos dirigimos durante casi dos kilómetros hacia el río Moho. Ana iba delante, y yo era el segundo en la fila. Había suficiente luz de luna como para ir sin los infrarrojos. Los rastrojos de maíz dieron paso a los cedros achaparrados. Empezó a inundarme ese buen rollo que te entra cuando caminas por la noche acompañado. Incluso cuando la situación es algo tensa, tal y como lo era ahora, había algo alentador en todo aquello. El rastro de pisadas se estrechó hasta formar un finísimo camino de cabras. Ana giró su cabeza hacia atrás un par de veces para mirarme. Finalmente, se detuvo, se volvió y me miró esta vez fijamente a los ojos, cara a cara.

—Señor DeLanda —dijo—. No hay minas en esta zona.

El tono que empleó indicaba que había reprimido una frase del estilo «Maldito gusano de barriga amarilla». De todas formas, tenía razón. Había estado mirando dónde pisaban mis pies para ponerlos justo donde habían estado los suyos.

—De acuerdo, de acuerdo —dije—. Lo entiendo.

«¡Señor!», pensé.

Miró de nuevo al frente y siguió su marcha. Yo le seguí el ritmo.

El camino ahora cruzaba un grupo de árboles cecropia. Bajo nuestros pies, el suelo era cieno y cañaverales muertos. Frente a nosotros, el Moho era un vacío negro de unos diez metros de ancho. Normalmente, tan sólo era un arroyo, pero ahora, con las inundaciones, era hasta navegable corriente arriba. Ana nos condujo a lo largo de la orilla hasta llegar a una parte en forma de herradura. Tan sólo pude ver una figura regordeta y achaparrada, metida en el agua hasta las rodillas, con una lancha a su lado. Su popa había entrado en la orilla, y tenía instalado un motor silencioso Minn Kota. Los seis nos metimos en la embarcación. Michael fue el último en subir, e hizo que todo se tambaleara y removiera, como si fuéramos finalmente a volcar. El tipo achaparrado nos apartó, saltando sobre la borda. Tenía unas gafas de visión nocturna con GPS, la herramienta militar estándar que te dice dónde estás en todo momento con una exactitud de medio centímetro. Deceleró un poco para llevarnos corriente arriba, a lo largo de la fantasmal orilla. Supuestamente, había redes a lo ancho del río, pero, de alguna manera, la gente de la avanzadilla las había quitado sin levantar alarmas.

«Tienen que tener infiltrados», pensé.

Me refería a la parte guatemalteca. Bueno, no había por qué preocuparse de ello. Un mono aulló en las colinas al norte. Me sentí algo extraño deslizándome así en mitad de la oscuridad. Pasaron unos cuantos aviones, ninguno con luces, ni con la suficiente lentitud como para vernos. Nos agachamos un par de veces. Por aquí cultivaban cardamomo, porque podías olerlo desde allí.

El resplandor de las luces de propano nos iluminó. Estábamos llegando al pueblo de Balam.

En mi oído, mi auricular pitó.

—Atentos, Equipo A —dijo la voz de Ana a través de los auriculares—. Informen.

—Kozo, recibido —dijo la voz de Michael.

Todos dimos nuestro informe. El barco se detuvo bajo un árbol gumbo limbo bastante distintivo. Dos figuras bajaron hasta la orilla para encontrarse con nosotros. Una de ellas medio sujetó la embarcación con una rama, señalándonos las raíces por las que deberíamos pisar para no hundirnos en el barro. Avanzamos en hilera por el camino. La gente del SE nos miraba por encima del hombro con esa mirada de desdén en plan «¿Éstos-son-los-nuevos-reclutas?», pero probablemente sería todo producto de mi imaginación. Todos asentimos con la cabeza los unos a los otros. Vergara nos recondujo a través del camino. Parecía como si estuviera siguiendo el curso del río, avisándonos de que nos quedaban unas dos horas de marcha, más o menos. Le seguimos.

Caminamos durante unos dos kilómetros y medio a través de viejos maizales y campos de tréboles de forraje. Una especie de pequeño avión a propulsión pasó volando por encima de nuestras cabezas, del norte hacia el sur, sin ningún tipo de luz, haciendo por un momento un surco en el agua.

«No va a por nosotros», me dije a mí mismo.

Supuestamente, ya no hacían reconocimientos aéreos. Ahora todo dependía de los satélites, o de pequeñas sondas que apenas se podían ver u oír. En el bando guate, aún utilizaban sónares terrestres y sensores caloríficos, pero había tantos cerdos y venados, y demás cosas, que eran más o menos inútiles, a menos que fuera un ejército entero quien recorriera la zona vigilada. Se levantó una brisa del este que nos llevó olor a caballos. Recuerdo caminar con mi hermano pequeño cuando yo era aún niño, en una noche similar, temiendo que los arranca-pieles, esqueletos bandidos que se disfrazaban con ropas hechas con pieles humanas durante el día, surgieran de entre los maizales tras nosotros.

Saltamos otra empalizada y fuimos avanzando como pudimos hacia la carretera 13. Desde allí pudimos oler que la habían alquitranado recientemente. Vergara nos hizo seguir en línea, luego nos detuvimos durante dos minutos. Ella siguió hacia el norte al lado de la carretera, luego se volvió y nos hizo una señal para que la siguiéramos. Así lo hicimos. La luna había desaparecido tras los árboles, pero aún había luz suficiente como para seguir adelante. Un camión apareció de repente detrás de nosotros con los faros encendidos. Era un antiguo Ford Bronco de 1980, el transporte preferido de los granjeros inmigrantes en toda Sudamérica. Tenía una cabina casera de madera en la parte de atrás con el logotipo de Squirt pintado. Nos apartamos, pasó junto a nosotros y luego se detuvo unos diez metros más adelante. El conductor se quedó en la cabina. Un miembro del SE salió del asiento del copiloto y otro más salió de la parte de atrás. Cuando los pies del segundo tocaron el suelo, reconocí la silueta de Ni Hablar, tal vez por su postura, por su manera de andar, o tal vez por algo aún más sutil. Casi echo a correr hacia él. Había envejecido de esa manera en la cual la gente parece mucho más mayor sin que se pueda notar en nada en particular. Simplemente, parecía más gordo, o más bajo, como si fuera una misma escultura hecha de otro material. Tal vez tan sólo fuera por una expresión que no se adopta cuando se es más joven. Aun así, es raro ver a alguien de nuevo, especialmente en aquel lugar, y sentir esa energía que te recorre cuando estás a punto de estallar en lágrimas o lo que sea, pero aquél no parecía el momento apropiado.

—¿Qué tal vos? —me preguntó, dándome un abrazo.

—¡Cabrón! —contesté yo—. ¿Qué onda mano?

—Sano como un pimpollo —dijo él, mientras nos dábamos la mano al estilo 31 de Enero—. ¿Y qué onda? ¿Al fin compraste el Barracuda?

—Tengo dos. Podemos competir.

—Oigan, muchachos. ¡No pierdan el tiempo! —dijo la voz de Ana en mi oído, hablando en español—. Nomás vengan para acá.

Ana se sentó en el asiento del copiloto. El resto de nosotros, incluidos los dos tipos del SE, nos apilamos en la parte de atrás. Estaba repleto de sacos de nailon para el maíz vacíos. Presenté a Ni Hablar a todo el mundo. Todos saludaron, pero ninguno parecía tener ganas de charlar.

—Pues, vos —le dije a Ni Hablar en español al oído—. ¿Cómo ves esto?

—Me da un poco de pena, vos —dijo él—. ¿Confías en estos cerotes?

—No sé —contesté—. ¿Tú confías en alguien?

—Confío en que Dios se cague en mi cabeza.

—Eso es verdad.

—Esa Ana, en los noventa trabajó para los embotelladores —dijo.

Con «Embotelladores», se refería a la «famosa compañía de refrescos», un viejo término utilizado por los URNG* para referirse a la Cola. Fue jefe de operaciones en Latinoamérica y en el Departamento de Estado de Estados Unidos. Y antes de eso, trabajó en Operaciones Especiales en Latinoamérica, dentro del viejo grupo de Hill Casey/John Hull/Oliver North.

—Oye, mira —dije—. No quiero hacer esto sin ti, pero si ves algo que no te gusta, puedes irte cuando quieras.

Me contestó que no era necesario, que confiaba en mí y en lo que le había dicho que íbamos a cobrar, y que se quedaría. Le recordé que tampoco era que nos fueran a pagar mucho, y él contestó que ya estaba al tanto de eso. Le mencioné el tema del *National Geographic*, y él me dijo que ya se lo había imaginado.

—Qué bueno verte, de verdad —dije—. Gracias.

Me relajé un poco. Tenerlo por allí hacía que parte de mi paranoia se disolviera. La verdad era que no conocía a aquella

---

* Unidad Revolucionaria Nacional Guatemalteca. *(N. de los T.)*

gente desde hacía mucho, excepto a Taro, y todavía no estaba del todo seguro de dónde me estaba metiendo. Realmente quería que al menos uno de los que estaban allí estuviera de mi lado, y tanto mejor si no tenía conexiones en Warren.

—De nada, hombre —me contestó el.

Alargó sus brazos hasta tocar el vinilo del techo y lo empujó como para comprobar su solidez. Le pregunté qué tal iban las cosas en los CPR. Me dijo que no había rastro del Tío Xac, y que todo el mundo daba por hecho que estaba muerto.

—Vi a Sylvana el año pasado —dijo—, en Tenosique.

—¿Qué tal está?

—Casada.

—¿Con el *pisado* de la ONU? —le pregunté.

—Con Simón.

—¡Mierda!

—Me das pena, mano.

—Como piense en esa mierda, me hago *lata*.

Seguidamente le pregunté sobre él y sus planes de contingencia, pero me contestó señalando al techo, con lo cual quería hacerme ver que hablaríamos de eso más tarde. Supongo que hacía lo correcto. Por lo que podíamos saber, aquella gente podría tener hasta nanomicrófonos escondidos entre las mierdas de rata que había por allí.

—Me voy a dormir, mano —me dijo, comenzando casi inmediatamente a respirar con aquel ronquido seco suyo.

Tenía la capacidad militar de quedarse dormido casi en cualquier sitio en cuestión de segundos. De todas formas, la parte de atrás de un camión con aire acondicionado para él sería como una suite en el Tallyrand de Crillon. Miré de reojo a Marena, pero no pude ver mucho. Medio inflé una almohada de nailon y me eché sobre ella. Seguía preguntándome si debería intentar realizar algún tipo de acercamiento hacia ella, tal vez hacer como si me quedara dormido en su hombro, o preguntarle si podía hacerlo.

No, mejor no hacer nada.

Tal vez ella hiciera algo.

Pero no lo hizo.

Redujimos la velocidad y delante apareció un cartel indicativo, iluminado por una única bombilla.

CAMPAMENTO MILITAR ALTA VERAPAZ.

Aquello estaba escrito junto a la imagen pintada de un comando militar bastante enfadado, con un escudo de un cráneo negro y dos tibias en su interior, sobre las palabras GUARDIA DE HONOR.

Justo antes de que pasáramos por allí, giramos hacia la izquierda, hacia un camino de gravilla, y después volvimos a girar ciento treinta grados, hacia un cartel amarillo que señalaba el sudoeste, el camino que nos llevaría al pasado reciente.

22

Aparcamos el camión a un kilómetro de San Cristóbal de Verapaz. El sol se estaba poniendo. Desde allí se podía escuchar a las bandas de marimba tocando en los corridos, compitiendo, mientras los altavoces tronaban con una versión del viejo tema de Ricardo Arjona «El tiempo en una botella». El camión dio la vuelta y se fue. Nos dividimos en dos grupos para atraer menos la atención. En uno iríamos yo, Marena, Ni Hablar, Lisiarte y Ana Vergara, y el resto en el otro, y así empezamos a caminar.

Tenía muy malos recuerdos de aquel lugar. En el hospital de ese pueblo fue donde me enteré de la masacre de T'ozal.

Con aquella pequeña fiesta que se estaba celebrando por San Anselmo, la idea era mantenernos a distancia de la algarabía de gente y cruzar el pueblo a pie. Tal y como dije, supuestamente habría cuatro miembros del SE por allí, vigilándonos, a la vez que supervisaban que nadie nos siguiera.

Nuestra apariencia me preocupaba un poco. Lisuarte llevaba un vistoso sombrero que le quedaba bien. Marena vestía como una estudiante New Age; imitaba esa apariencia a la perfección, con lentejuelas y pequeñas cuentas turquesa alrededor de su cuello y una mochila North FACE con una pegatina en la que se podía leer TIBET LIBRE pegada. Sin embargo, Grgur iba dando la nota. Bueno, tal vez podría pasar por un traficante de heroína turco. Qué más daba.

Pasamos junto a unos cuantos perros y cerdos que andaban por allí sueltos, y luego nos encontramos con grupos de dos o de cuatro indios. Todo el mundo nos saludaba. Los forasteros llaman mucho la atención en este tipo de sitios, pero también son bienvenidos, normalmente.

Vi algunas caras que creí reconocer, así que me quité el sombrero, pero no pensaba que nadie me pudiera reconocer con la cabeza afeitada. Tan sólo mi propia madre lo haría. Maldije al acordarme de Ni Hablar, pero supuse que tendría sus propios métodos para pasar inadvertido. De todas formas, había dicho que no había pasado por allí en los últimos quince años. Un tipo delgaducho nos saludó, y pudimos ver su dentadura de plata, la firma de la medicina dental centroamericana. Los mosquitos nos estaban acribillando y los niños se arremolinaban a nuestro alrededor, intentando vendernos cohetes.

—Atención, Equipo A, procedan con cautela.

La voz de Ana resonó en nuestros oídos. Pude sentir cómo todos nos pusimos un poco tensos, aunque intentábamos caminar de la manera menos sospechosa posible. Las luces nos alumbraban desde el valle mientras nos apartábamos y saludábamos con la cabeza a cuatro militares uniformados que iban en un *jeep*. Pasaron por nuestro lado a toda velocidad sin prestarnos atención. ¡Ay! Tal y como pensaba, al mirarlos me costó no imaginar cómo sus cabezas explotaban tras el haz de luz roja de una mira telescópica.

«Calma. Son reclutas nuevos, ni tan siquiera estaban por aquí por aquel entonces. Respira —pensé—. Fagas. ¿Qué puñetas serán las fagas? ¿Qué notaba yo, que lo denominé fagas? Algo malo, supongo. ¡Ay, gevaltarisco! Puede que simplemente estuviera febril y delirara. ¿Tal vez simplemente quería escribir «Rosabelle, cree... ya que noto fagas»? ¿Tal vez era que llevaba puestas unas fajas? No creo que llevara nada puesto para quitármelo después... Noto fagas... ¿Qué son las dichosas fagas?».

El camino giró hacia la calle principal. Había luces rojas y blancas, como las que se cuelgan en Navidad cruzando la calle, junto a farolillos de papel crepé. Sin embargo, el enorme farol que colgaba sobre el cruce de calles estaba apagado, y teniendo en cuenta que por ahí se suele tener mucho cuidado con estas cosas, supuse que el apagón oficial todavía estaba vigente. Como si el Reino Unido fuera a lanzar un ataque aéreo desde las Falklands sobre un país que no puede costearse ni toallas de papel.

Había edificios que servían a la vez como hogar y como comercio a ambos lados de la calle, con cada casa pintada de un color diferente, del turquesa al melocotón, pasando por el amarillo limón y el azul oscuro. También tenían logotipos dibujados a mano de Orange Crush, gaseosa Jupiña y cerveza El Gallo. El último edificio era un establecimiento de venta de hielo, pero antiguamente era la Oficina del Comisariado de la Unión Frutera, algo así como la tienda de la compañía, y al verlo me hirvió la sangre. Todo era muy a lo B. Traven.*

Los pueblos son muy raros. Parece que no pueden ser más cerrados o cuadriculados, para que luego resulte que cuando uno se fija, lo sean aún más. Es como la historia de *El increíble hombre menguante*, y eso que esto no era ni tan siquiera un pueblo de verdad. Cuando era pequeño, ir allí era como dejar el pueblo más aburrido del mundo para ir a Manhattan.

El hospital del Sagrado Corazón estaba justo dos manzanas de edificios más allá, si a eso se le podía llamar edificios. Casi se podía ver desde donde me encontraba. Me quedé mirando un edificio de dos plantas que había cruzando la calle. En una de sus paredes pintadas de color rosa había una mancha verdusca debajo de uno de los quicios de una ventana que me resultó muy familiar. Al cabo de un rato me di cuenta de que aquél era el sitio donde los soldados nos habían hecho estar cuando nos alinearon.

«Mierda de *flashbacks*».

* Es uno de los tantos seudónimos de un enigmático novelista que escribió en alemán (identificado como Bernhard Traven Torsvan) y que es famoso en Estados Unidos principalmente por haber escrito la novela *El tesoro de Sierra Madre*, en la que se basa la película homónima protagonizada por Humphrey Bogart. *(N. de los T.)*

El G2, que es, o era, el Departamento de Contraterrorismo de Guatemala, vino una mañana a montar lo que ellos llamaban una «celebración». Llegaron en enormes camiones del ejército americano con gigantescos altavoces para convocar a todos los vecinos, a mí, con mi pequeño traje de saco incluido, así como a todos los demás niños del hospital que más o menos podían andar. Nos pusieron en fila de acuerdo a nuestra altura, yo todavía no sabía para qué, y nos hicieron estar allí bajo el sol mientras el oficial al mando nos daba un discurso de dos horas sobre cómo el concilio de la ciudad de T'ozal, así como los de otros dos pueblos, nos habían traicionado por ser todos comunistas a las órdenes personales de Castro. También nos habló de la suerte que teníamos por tener una economía de libre empresa, de que tendríamos todo lo que quisiéramos si no éramos unos perezosos, de cómo iba a cambiar el país, no como con el mandato de García. Y mencionó el hecho de que el gobierno había mantenido su promesa de respetar a los indios, y dijo que asimismo iban a respetar los derechos de los prisioneros hasta que fueran juzgados en una corte marcial apropiada. Luego sonó «Guatemala feliz» por los altavoces, una y otra vez. Sesenta y ocho veces, de hecho. Tras unas pocas emisiones, paraban para que hiciéramos el juramento a la bandera, al estilo americano, para luego poner de nuevo el himno. «... No profane jamás el verdugo...», etcétera, etcétera, y luego, más discurso. Finalmente, leyeron la lista de redisposiciones. En ella se incluía a todos los del pueblo. Uno de cada cuatro fueron eliminados por «dar cobijo a cubanos», que era como llamaban a cualquiera que tuviera supuestas simpatías con los rebeldes. Nuevamente, tocaron el himno, y todo se volvió a repetir hasta que los propios soldados estuvieron tan aburridos que empezaron a golpear a la gente. Había más de tres mil indios y mestizos en la plaza, pero nadie se movió, simplemente se quedaron allí, y no se trataba de resistencia pasiva, sino del temor a ser disparados si salían corriendo. La hermana Elena (y puedo jurar que al pensar en ella es como si estuviese viendo su ancha cara en alta definición, con todos sus poros y su atisbo de bigote sobre el labio superior) y otras monjas intentaron llevarnos de vuelta al hospital. Yo no entendía lo que estaba pasando, y estaba aterrorizado. ¿Qué les había pasado a mis padres?

Así, a diferencia de los demás niños del barrio, yo no tuve que ver cómo le prendían fuego a mi casa, ni tampoco cómo violaban a mi madre y a mis hermanas, ni ver a mi padre ser interrogado y luego ejecutado. Estaba lejos de casa. Supongo que ni me imaginé lo que había pasado hasta tiempo después. En aquella época no podía imaginar a mi madre asustada de nada, pero ahora tengo incrustada la imagen del terror en sus ojos y de la sangre en su pelo, con una enorme lata de gasolina frente a ella, y sé que no me equivoco.

Todo por mi culpa.

—Más despacio, vos —me dijo Ni Hablar al oído—. Vamos a ir caminando con calma.

Por lo visto no quería que llamáramos demasiado la atención.

Nos escurrimos hasta una plaza. Allí había congregadas unas quinientas personas para ver la procesión. Una caterva de niñas vestidas aún con el uniforme de la escuela parroquial, totalmente Coca-Colonizadas con auriculares con *bluetooth* y pasadores de Hello Kitty, pasaron por otra plaza, en la que había varios jugadores de fútbol vestidos con jerséis azules que se pavoneaban mirando a su alrededor, luciendo lo jóvenes y lo llenos de energía que estaban. Luego pasamos junto a un puesto que vendía roscos y buñuelos. Allí le compré a Marena una bolsa de empanadas de achiote, y cogí dos para mí. Cuatro soldados estaban jugando al dominó en una mesa plegable bajo una pérgola de plástico. Levantaron la cabeza para mirarnos, y en sus caras se podía ver lo desentrenados que estaban, con sus viejos L85A1 puestos uno al lado del otro en un extremo de la mesa. Aquello hizo que me acordara de mi padre y mis tíos cuando yo era pequeño, sentados alrededor de una gran mesa, agitando aquellos extraños dientes moteados mientras me quedaba dormido. Luego pasamos junto a unos gringos que se habían quedado fuera, en la periferia, otro grupo de lo que supuse eran turistas alemanes, y otro más formado por lo que estoy casi seguro eran tres misioneros evangélicos. No vi a ninguno de los vigilantes del SE, pero claro, se supone que uno no...

Oh. Perdón. De repente, nos cruzamos con un grupo de misioneros mormones. Temí que pudieran reconocer a Lisuarte, pero no parecieron hacerlo. Probablemente, no serían del Asentamiento de Belice. Había todo un ejército de esos «huevos» yendo en bicicleta por toda Latinoamérica, separando a los pobres de voluntad del rebaño para futuros *intelecticidios*. Alguien...

Oh, se me olvidaba. En Petén llamamos a los mormones «huevos» porque son blancos, como los huevos, y siempre van en parejas, como los testículos. Por supuesto, suena mucho mejor cuando has estado recolectando café durante catorce horas.

Alguien terminó de cargarse «La tapa cuarenta», y una pequeña banda empezó a tocar «O salutaris». Seguimos la corriente de gente que cruzaba la calle norte-sur, la cual terminaba haciendo una cuesta hacia las colinas. Trece cofrades, viejos con esplendorosos trajes a rayas y grandes sombreros, venían calle abajo procedentes de una de las grandes ermitas del norte. Nueve de ellos llevaban grandes cruces de color verde foliadas, mientras que el último grupo de cuatro llevaba un palanquín con una vieja estatua de san Anselmo hecha con pasta de maíz. Tenía una tiara de obispo, ojos pesarosos y una gran barba verde bifurcada.

Fui pasando mi peso de un pie a otro. Miraba buscando dónde estaba Ni Hablar. Lo encontré, y él miró hacia atrás. Nos quedamos observando la procesión durante medio minuto. Luego, Ni Hablar se abrió camino entre el gentío, moviéndose hacia el oeste. Lo seguí. Marena, Lisiarte y Ana me siguieron a mí.

En la tercera calle residencial que cruzamos, un grupo de mujeres quiché pasó frente a nosotros. El quiché es un grupo de las lenguas maya utilizado por gente que vivía al oeste de allí. Las mujeres llevaban velas, flores buganvilla y paquetes sin abrir de tabaco Marlboro, así que supuse a quién iban a visitar. No lo había visto en esa ciudad, pero por allí estaba. Le pregunté a Marena si todavía tenía alguna de aquellas pirámides Cohiba. Buscando entre las cosas de su mochila, me contestó que aún le quedaban unas quince. Finalmente me dio seis.

—Dadme un minuto —dije—. No tardo nada.

Y diciendo esto, seguí a las cuatro mujeres.

—Pen-Pen, ¿adónde va? —dijo la voz de Ana en mi oído—. Vuelva.

—Necesito hacer una cosa —dije yo en un murmullo.

—No le recibo bien —contestó ella—. Permanezca en el grupo.

—Esperen un momento tan sólo —dije yo.

Creía que iba a salir corriendo para ponerse delante de mí, pero Ni Hablar se puso de alguna manera entre ella y yo, y cuando consiguió apartarlo para poder verme, yo ya estaba frente al edificio. Las cuatro mujeres, que ya habían entrado, se arrodillaron y añadieron sus velas a los cientos que ya había encendidas sobre el suelo.

El curandero estaba sentado dentro, frente a una mesa plegable. Se me hacía familiar, pero no reconocí su nombre, y él no me reconoció a mí. Le saludé inclinando mi afeitada cabeza. Me miró un tanto de soslayo, pero me devolvió el saludo inclinando la suya, como diciendo «Adelante».

Las mujeres terminaron y se fueron. Yo me adentré sorteando los grupos de flores, botellas y velas que había dispersos por el suelo. Marena me seguía.

—Esto te va a parecer una tontería —dije.

—Oh, no —contestó ella, nada convencida.

Finalmente, me encontré con una pequeña palangana de plástico frente a mí. Me detuve, mojé mi mano y me persigné. De inmediato, al ver que después de tantos años, aún seguía programado, me sentí avergonzado. Marena miró el agua y por un terrible segundo pensé que iba a escupir su chicle dentro.

Maximón estaba sentado, observándonos, en la parte de atrás del santuario, junto a un ataúd vacío. Llevaba gafas de sol y lazos alrededor de su cuello y hombros. Era más grande de lo normal. Normalmente, los curanderos están vestidos de forma desvencijada, pero éste seguro que utilizaba un viejo maniquí de escaparate para su ropa. La mano que estaba apoyada sobre el extremo de su bastón era bastante femenina, con las uñas pintadas de un rojo luminoso, o tal vez con un esmalte rojo anaranjado. Su rostro lucía como si estuviera recién pintado, y su negro mostacho brillaba a la luz. Sus piernas eran muy anchas, y en su regazo había un cuenco con quetzales mezclados, una botella de soda Squirt y otra de aguardiente.

Me arrodillé para tocar el suelo.

—Saludos, don Maximón —dije en español—. Le encuentro muy bien —seguí hablando mientras me ponía en pie—. Le estoy agradecido a cada momento, a cada hora, a cada año, y también le agradezco al santo de hoy, san Anselmo, y al curandero de san Cristóbal, por traerme aquí hoy. Le he traído algunos obsequios.

Arrodillándome de nuevo, le pasé unos cigarros envueltos en una tela, a modo de ofrenda. Se habían conservado en perfectas condiciones, e incluso con todo el humo que había allí, se podía oler cómo su aroma picante inundaba la habitación. Maximón sonrió burlonamente, como siempre, y casi me pareció que asentía con la cabeza.

Me puse en pie.

—Gracias, señor —repetí—. Dios grande, Dios pequeño, Dios mediano, ya que hay uno que es más grande, y otro que es más pequeño, y uno que se preocupa de la tierra, de nuestros pies y de nuestras manos. Por favor, bendíceme. Cuentas con nosotros las semillas rojas, las semillas negras. Cuentas con nosotros los guijarros, los cráneos. Este, Norte, Oeste y Sur, tú ves todos los caminos. Nos vigilas cuando vienen los terremotos. Nos das la noche y nosotros te damos el poder. Todos los muertos que están muertos nos han enseñado cómo cuidarte, y así se lo enseñaremos nosotros a los neonatos, y a los nonatos. Así son las cosas. Te lo agradecemos, santidad. Por favor, perdóname ahora que te voy a dar la espalda. Salud, don Maximón.

Me di la vuelta, caminé un poco, me volví de nuevo para asentirle al curandero, puse otros quinientos quetzales, alrededor de unos sesenta y cinco dólares, en una caja de El Gallo que había junto a su mesa, para las novenas, y me fui. Volvimos por la calle principal. Ana echó una terrible mirada que denotaba su enfado.

«Bueno, mejor seguros que disculpados», pensé.

—¿Eso era algo así como un santo católico? —me preguntó Marena.

—Bueno, digamos que uno que está fuera del registro —le contesté yo—. Se supone que no es una imagen para los buenos católicos, sino para los ligeramente malos.

—Oh.

Seguimos recorriendo el pueblo hacia el oeste, con aquella luna de color marrón flotando sobre nuestras cabezas.

«*Wenn sie auf der Erde so wenig, wie auf dem Monde*», pensé, pretenciosamente.

Luego bajamos por el valle, hasta llegar a uno de los muchos caminos que había bajo la cordillera de los Cuchumatanes. A un kilómetro a las afueras del pueblo, el camino se bifurcaba hacia el sur, siguiendo el río. Desde allí se podía oír su caudal, justo fuera de la vista, y también se podían oler los caños cortados y el barro, y luego algo así como a jengibre, y más tarde, bajo todos aquellos olores, como un atisbo de ámbar gris, todavía desvaneciéndose de los residuos secos del fondo de un frasco de Guerlain Samsara que te hubieras encontrado en una vieja caja polvorienta en un rastrillo, una tarde calurosa: la feromona del hogar.

23

Las pestañas de Sylvana rozaron mi hombro de la manera en que lo solían hacer cuando soñaba; pero no era ella, era algo diferente, algo que me obligó a rascarme.

«¡Vivo! ¡Es algo vivo! De acuerdo, ya lo he atrapado. Vaya. Ahora se ha escurrido por la parte de atrás de mi mano y ha salido corriendo por mi brazo. Quítatelo. Quítatelo».

Me removí entre espasmos de repulsión prelingüística. La pequeña lagartija marrón cayó de mi muñeca y se fue corriendo a través del nailon metalizado de la lona del suelo.

«Hay que joderse».

Urbanita a mi edad. Ya no estaba acostumbrado a los bichos ni a toda esa mierda rural. Miré qué hora era en mi teléfono. Las 3.04 p. m. Me cago en la puta. Llego tarde.

Bueno, y a todo esto, ¿dónde demonios estaba? La luz ambiental era de un color azul purpúreo. Pestañeé, mirando al techo. Era alto, de vigas curvas.

Ah, vale. Estaba en las ruinas de Ix. Michael nos dijo que aquél era uno de los palacios.

Me salí del húmedo saco de dormir y me senté en el suelo. Al parecer todo el mundo había salido afuera. La habitación era una antigua sala de audiencias maya, una especie de recepción, de unos quince metros y medio de largo y unos seis de alto hasta la cúspide, con un único portón de entrada en el centro del muro occidental. La puerta estaba cubierta con una lona de nailon azul purpúreo. En el periodo clásico había un enorme mural en la pared posterior del cual aún quedaba aproximadamente un veinte por ciento. Se podía ver claramente una figura a la izquierda, subiendo una escalera, y después, esto más desdibujado, se vislumbraba un templo a la derecha, con volutas de humo con forma de rana saliendo de él. Pero, por lo visto, en las últimas décadas, el agua se había filtrado y había borrado casi todo lo que había pintado sobre el estuco. Aun así, la habitación estaba bastante libre de humedad en esta época del año. La avanzadilla de Ana había enterrado el guano de murciélago, pero todavía se podía oler. También habían apilado gran parte del equipo allí, por lo que el tercio norte de la habitación estaba repleto de tubos de drenaje de petróleo, varias cajas de brocas, taladradoras, cuatro motores Honda 90 hp, tres martillos neumáticos y un par de enormes cajas amarillas que contenían dos robots tuneladores, cortesía de Yacimientos Petrolíferos Schulumberger. Uno de los dos tenía instaladas varias luces y una cámara de vídeo. El lugar parecía un desguace de la época precolombina. Cerca de la zona de descanso había dos enormes generadores de gas y unas cuantas baterías eléctricas. Un grueso manojo de cables salía reptando por la puerta, en dirección norte, hasta el montículo A. También había dos refrigeradores de laboratorio de tamaño medio, una aspiradora, una máquina para el tratamiento y empaque de los desperdicios aspirados, varios rollos de aluminio para las pruebas de carbono 14, un sistema de ventilación que aún estaba en su embalaje, dos bombas de agua, un presurizador, dos cajas con dos sierras para piedra con sus cuchillas circulares (también de Schlumberger) y los típicos aparejos arqueológicos: palas, impresoras de etiquetas, cajas de luces, brochas, escobas y varios marcos de cribado. Más o menos, el equipo suficiente para hacer que un grupo de estudiantes graduados pudiesen trabajar en un programa de estudios interino durante una década, pero no es que se fuera a llevar a cabo ningún tipo de estudio doctoral, ni nada por el estilo.

«No vamos a utilizar ni la mitad de todo esto —pensé—. Bueno, tal vez la próxima vez no haga...».

Un momento.

NOTO FAGAS.

Hummm...

NOLO FAGAS.

Intenté calmarme un poco.

NO LO HAGAS.

Joder.

No vuelvas a los viejos tiempos. No confíes en esta gente. No vayas más allá en esta locura. No lo hagas.

Vaya...

Me quedé allí tumbado, pensando, mientras miraba de reojo el trapezoide de luz azul que era la lona azul de nailon que cubría la única puerta de aquel antiguo cubil. Mis dientes castañetearon un poco.

¿Que no lo hiciese por qué? ¿Acaso no podía haber sido un poco más específico? ¿Acaso era aquello una abominación ante Dios? ¿Tal vez no era una cosa beneficiosa? ¿Tal vez porque me estuviera perdiendo el final de temporada de *Gossip Girl*?

«Pues qué bien —pensé—. Mi subconsciente ha tardado cuatro días en resolver un juego de palabras. En mi teléfono lo habría resuelto en unos seis segundos».

Y ahora, esta noche, tenía una cita con un tío que estaba muerto.

¿Y ahora qué? ¿Qué vas a hacer al respecto? ¿Rajarte? ¿Salir corriendo junto a Ni Hablar hacia la espesura y esconderte en Honduras? ¿Simular un ataque de ansiedad? ¿Decir simplemente que no?

Ahora entiendo por qué Tony Sic no se había enfadado cuando salí elegido en lugar de él. Yo me sentí muy avergonzado por ello, mientras que él parecía habérselo tomado con bastante filosofía. Tal vez por aquel entonces ya tuviera sus dudas.

«Jed, eres un idiota redomado».

«Corta el rollo. Esto no te hace ningún bien».

Bueno, vamos a juntar las piezas. Es hora de despertar al gigante. Me rasqué el tobillo. Encontré un calcetín azul que durante la noche se había arrastrado de alguna manera desde el fondo de mi bolsa, pasando por mi cabeza, hasta aquella colchoneta inflable sobre la que estaba echado. Dentro del calcetín había cinco grupos de paquetitos sujetos por unas gomas elásticas. Cogí el sobre de Expreso Vienés, lo abrí con los dientes y vertí un poco de polvo sobre mi lengua. Puag. Ya está. Lo eché para abajo con un par de malvaviscos. Luego cogí dos enormes Toallitas Super Sani-Cloth Germicidas, efectivas contra la tuberculosis, la salmonela, el VIH y el SARS, y me limpié con ellas todo lo que alcancé a limpiar antes de causarme una torcedura. Seguidamente encontré un paquete de «No más cepillados de dientes» con unas letras enormes de color azul hielo. Me pasé aquella toallita por cada uno de mis treinta y un dientes, y pasé la otra cara, que estaba impregnada en pasta, por mi lengua reseca. El cuarto paquete tenía una toallita de 10 × 15 centímetros empapada en un gel dermoprotector que neutralizaba los efectos de desecamiento de los germicidas. Luego abrí un collar antipulgas Hartz Avanzado 3 en 1 y me lo puse sobre la rodilla derecha. Los mordiscos de artrópodos y la hemofilia no hacen buena mezcla. Hice una pelota enorme con todos los envoltorios y restos de toallitas y me la metí en el bolsillo. Luego me puse mi auricular y salí por una de las esquinas de la lona que tapaban la entrada.

—¿Una taza de té? —me preguntó Michael.

Él, Lisuarte y el chico que parecía un comando estaban sentados sobre una estera, como si fuera un picnic. No vi a Ni Hablar por allí, pero había dejado dicho que iba a dar una vuelta. Le di las gracias a Michael por la oferta, pero la rechacé. Sin embargo, aquello parecía una invitación para que me sentara y los acompañara, así que me agaché para sentarme junto a ellos. Estábamos a la sombra de un enorme edificio que había sido la parte occidental de una gran plaza de ochenta metros. Michael afirmaba que esa plaza podría haber formado parte de las estancias masculinas del palacio del clan del Ocelote Ixiota. Los otros edificios estaban cubiertos de matojos, como si fueran pequeños cerros. El edificio en el que nos habíamos asentado habría pasado desapercibido si los SE no hubieran limpiado la entrada. La zona que había sido el patio parecía haber sido utilizada como maizal hacía unos años, pero ahora estaba llena de ortigas y helechos. Todo el complejo estaba a medio camino de lo que fue la falda de la montaña escalonada. Se hallaba a doscientos cincuenta metros colina arriba desde el río, y a unos cien metros al sur de la pirámide más grande del lugar, a la cual el gran Sylvanus Morley había llamado Montículo A, y que nosotros, con mejor epigrafía, conocíamos como el Mul del Ocelote. Pero con toda aquella espesura y follaje no se podía ver ni el río ni el Mul; ni siquiera, a excepción de unos cuantos parches abiertos, el cielo.

Al lado de Michael había una enorme caja Otterbox* llena de paquetes de gelatina y miel, y unos cuantos zumos, así como patatas de maíz, barritas de proteínas y más cosas. Yo me hice con un paquete de Land O'Lakes y un *tetrabrik* de medio litro de Undine, que por el nombre supuse que se trataba de la última superbebida positrónica para deportistas. Mi última Ziploc** llena de medicinas y vitaminas estaba todavía en mi mano izquierda, así que intenté abrirla. Se oyó un pequeño siseo mientras la latita de CO_2 de dentro lanzaba su contenido, enfriando así instantáneamente el líquido de la bolsa hasta alcanzar la temperatura de ocho grados. Puse dos píldoras en mi boca y empecé a beber. En ese momento noté que mi mano izquierda se había quedado pegada a la bolsa, helada, así que la despegué como pude y me volví a tragar otras dos cápsulas, éstas congeladas, con un buen trago de la superbebida, o de lo que fuera aquello. Michael me pasó algo. Era una barrita de granola.*** La saqué del envoltorio y le di un buen bocado. «¡Mejora!», decía el envoltorio.

Y eso es lo que hicimos. Esta barrita tiene un cincuenta por ciento más de proteínas que nuestras barritas de granola tra-

---

* Cajas herméticas para protección y rugerización de sistemas electrónicos. (*N. de los T.*)

** Marca de bolsas de plástico para envase que se autoenfrían al abrirlas. (*N. de los T.*)

*** Compuesto de cereales, sésamo, miel y frutos secos. (*N. de los T.*)

dicionales. De esta manera, no tendrá que preocuparse de dónde sacar las fuerzas, ya que eso lo haremos nosotros por usted. En Bear Naked™ creemos que la verdadera fuerza es ver cada línea de meta como el siguiente punto de salida. Así que, adelante, ponga sus miras un tanto más altas. No importa lo lejos que esté su meta, tan sólo cuánto ha avanzado. Ésta es la granola que le llevará allí.

«Genial», pensé.

Me bebí el tercio que quedaba de la superbebida, estrujé el *tetrabrik* junto con los envoltorios y la bolsita, y lo eché todo a la basura.

—¡Ay! —dijo la voz de Marena en alguna parte—. Cabrona.

Miré a mi alrededor, fuera de la milpa.* Ana y Marena estaban luchando en medio de un terreno llano. Creo que estaban practicando *hup kwon do* o algo así. Ana le estaba enseñando a Marena a hacer una devastadora patada en la espinilla.

«La pelea más sangrienta de las marimachas de la Lucha Libre. Ana, la Dómina, contra la mujer Chacal de Abu Ghraib».

—¿Fécula de maíz? —preguntó Michael.

«¿Cómo?», pensé.

—¿Cómo? —dije.

Me mostró una caja abierta de Argo. Miré su interior.

—¿Por qué? —pregunté.

—Bueno, normalmente le ofrezco a la gente que no está acostumbrada al excursionismo —contestó él—, pero suelen irritarse por el sonido de masticar.

—Oh —contesté yo—. Bueno, no, gracias, no me apetece.

—¿Te has comido esa cosa de mantequilla? —me preguntó el Chico Comando.

—¿Eh? —contesté, mirando el papel de envoltorio vacío—. Bueno, yo...

—¿A pelo? —me preguntó seguidamente—. ¿Te has comido la mantequilla a pelo?

---

* Agroecosistema mesoamericano de origen prehispánico cuyos principales componentes son maíz, frijol y calabaza. *(N. de los T.)*

—Supongo que los indios siempre tendremos ese toque tercermundista.

—¿Sí, no? Apuesto a que no puedes decirme cuántos cigarrillos llevo en el bolsillo —dijo golpeándose el bolsillo izquierdo.

—No, la verdad es que no puedo. No soy un adivino.

—Mira, también nos quedan dos brotes de pita —dijo Michael, ofreciéndomelos también.

Le di las gracias pero los rechacé. Seguidamente le pregunté qué zona había sido designada como letrina. Me señaló la parte más al sur del campo. Me puse en pie y me dirigí hacia allí.

—Cubre tu rastro —me dijo la voz de Ana al oído. Di el mensaje por recibido asintiendo con la cabeza.

«Tortillera —pensé—. No me importa cuántos contras eliminaras para Hill Casey».

Seguí adelante. Supongo que Ana era una de esas mujeres que entraron en los marines deseando que le adjudicaran alguna misión de combate y que, cuando vio que el gobierno de Estados Unidos no la iba a dejar ir a ninguna de esas misiones, dejó el ejército rápidamente y se convirtió en soldado de fortuna para otros países, o para el sector privado. De todas formas, seguro que tenía unos bíceps de la anchura de mis piernas. Maldita fuera. Me estaba costando sacar una de aquellas toallitas húmedas del paquete. Joder, debería haberme quedado en el saco de dormir.

Mi oído zumbó.

—Activar sistema —dije.

Y el sistema se activó.

—Es Kozo —dijo Michael—. Mirad, son buenas noticias.

Volví y me agaché para entrar de nuevo en la sala de audiencias. Hitch y el Chico Comando estaban allí, justo en la entrada, liados con algunos aparatos de audio. Michael y Lisuarte estaban en la parte de atrás, encorvados sobre un monitor.

—Tenemos novedades de la oficina central —dijo Michael.

Yo tomé asiento.

—¿Habéis visto esas marcas en el nicho del ahau? —me preguntó.

—Sí —contesté yo. En realidad, las había memorizado, aunque creo que él ya lo sabía.

—Bueno, pues la recoronación, el ritual de la sentada del k'atun, se hizo al amanecer del vigésimo, ¿no? En el 664.

—Exactamente —dije. En la descarga que estuvimos realizando veinte minutos antes de que saliera el sol, 9 Colibrí Dentado estaría dentro del nicho, esperando para mostrarse en la plaza de la asamblea.

—¿Recuerdas lo de San Martín? —me preguntó.

—Sí —contesté yo.

—Max te manda recuerdos —dijo Marena.

No la había visto entrar. Le saludamos mientras nos pasaba los mensajes, para luego desconectarse y colgar su teléfono. Era un móvil nuevo, macizo, encriptado en una funda negra, que guardaba en un bolsillo de velcro en su manga.

—Una pregunta —dijo Marena—. ¿Qué es eso de San Martín?

—Es un volcán de la costa de Veracruz —dijo Michael—. Entró en erupción más o menos en la fecha de destino.

—Ah, sí —dijo ella—. Claro.

—Bueno, pues le estaba diciendo a Jed que la dendrocronología no ha podido estipular la fecha exacta —dijo él—, pero el Departamento Yanqui de Connecticut ha conseguido deducirla. Échale un vistazo a esto —dijo, girando el monitor para que lo pudiera ver. Mostraba la primera línea de un antiguo texto litúrgico en inglés. Lo habían escaneado.

KOI꒒ꓤOIS ꓛꓫ∩IꗷꓴS DꓘSꓲRIꓭꓧ ꓴXꟿꓫXꟿꓧ

Pulsé sobre el botón de TRANSCRIPCIÓN.

Kalendis aprilibus[,] postridie quinqué panum
Multiplicationem[,] anno consecrationis
Praesulis nostri wilfredi[,] anno domini DCLXIV[,]
Indictione V...

Hummm... Vale, muy bien. Hice clic sobre TRADUCCIÓN POR SRM/CFSU.

Crónicas, Columcille (abadía, isla Iona, en las islas Hébridas Escocesas)

En las calendas de abril, el día después de la multiplicación de las cinco hogazas de pan, en el año de la consagración de nuestro obispo Wilfred, en el año del Señor de 664, durante la quinta indicción, se le envió lo siguiente al señor Oswiu (de Northumbria):

«Acudimos a su caridad para aliviarnos de los agobios de nuestro donativo por espacio de dieciséis días [,] mientras que el Señor de las Huestes azota ante nuestra advertencia de los pecados de la Tierra, y con él las Cortes del Juicio[,] y decimos que[:] Primero, que siete mañanas atrás, en el tercer día del Señor después de la imposición de las cenizas [24 de marzo, 664] cuando nuestras novicias terminaron sus quehaceres de maitines [alrededor de las 7.15 a. m.], nos alarmaron los truenos de una tormenta de verano, a pesar de que el firmamento estaba totalmente despejado. Segundo[,] que al día siguiente antes de la hora prima [el amanecer], Paulus pastor [de Iona], acompañado de unos peregrinos, realizó un largo viaje a pie descendiendo de su abadía totalmente aterrorizado y afligido, con sólo lamentos surgiendo de sus bocas, mientras se creían totalmente abandonados por nuestro Redentor[,] ya que antes de maitines [alrededor de las 5 a. m.] una enorme ola, como si del cuerpo de Leviatán se tratara, descendió sobre las costas occidentales[,] seguida de dos más, y luego de otras de menor severidad. Los muelles de ambas poblaciones, así como los navíos y las redes de pesca quedaron destruidas[,] junto con diecinueve almas que se ahogaron, Dios tenga piedad de sus almas».

—¿No os deja esto pasmados? —dijo Michael—. Eso significa que podemos fechar la erupción del volcán, con una precisión de horas.

—Bueno... —empecé a decir yo.

—Genial —dijo Ana, sonando muy poco convencida.

Se había acercado sin que nadie se percatara, y estaba leyendo por encima de mi hombro. Más allá de la puerta de lona azul, el día empezaba a oscurecer. En la lejanía retumbó un trueno.

—¿Cuánto tarda una ola en cruzar el océano? —preguntó Marena.

—Bueno, Irlanda está a unos... ocho mil kilómetros de Veracruz, y pongamos que la ola avanzaba a una velocidad de seiscientos kilómetros por hora, ¿no? —dije yo—. Pues entonces...

—El caso es que lo consiguió —dijo Michael—. La erupción principal se produjo en... un segundo... alrededor de las 4.30 a. m. del 22 de marzo, hora local.

—Es increíble —dije yo.

—Sí, sorprendente —dijo Marena.

—Sí, además, ¿sabéis qué? —dijo Michael—. Taro dice que los antiguos no predijeron esto antes de que pasara. Por lo visto, el Juego del Sacrificio no funciona muy bien con las catástrofes naturales.

—No a menos que el contador sepa bastante sobre catástrofes naturales.

—Exacto.

—¿Te han dicho que están seguros de que la gente de Ix tuvo que sentir la erupción? —pregunté yo.

—Me han dicho que tuvo una intensidad de 8.5 —contestó él—. Lo sentirían hasta en Panamá.

—Sí.

—Además, está el tema del eclipse que se produjo unas semanas antes.

—Es verdad.

Se refería a un eclipse total de sol que había sido posible ver en la zona en la que estábamos el 1 de mayo del 664 d. C. También fue visible en Europa, e incluso en Bede. Por supuesto, los contadores de soles mayas sabían con antelación que se iba a producir ese eclipse. De hecho, probablemente lo calcularan con una exactitud de horas, pero hoy en día lo podíamos calcular al segundo, así que eso nos podría dar un margen.

—De todas formas, son dos predicciones que nos pueden servir como guía —dijo Michael.

—Buen trabajo —dije yo.

Michael sacó un monitor plano más grande y lo puso en el suelo, entre nosotros.

—¿Estás listo para ver lo último que hemos conseguido? —preguntó con el aire de alguien que se ha levantado temprano para ponerse a trabajar mientras algunos de nosotros seguíamos durmiendo.

Asentí con la cabeza.

—Ésta es la última actualización del mapa del subsuelo.

En la pantalla apareció una imagen tridimensional de la ciudad de Ix. Se podían ver los estratos de tierra, roca, así como las corrientes de agua bajo los esqueletos infográficos verdes de los edificios. Marena y Ana se sentaron. Ni Hablar estaba de pie detrás de nosotros.

—Lo mejor de este software es que te permite hacer filtros por densidad, así como por algunos productos químicos —dijo Michael—. Así tan sólo nos muestra una roca, y no mucho más.

Diciendo esto, iluminó y borró todo lo que estaba por debajo de 2,6 g/cm^3, que era más o menos la densidad de la piedra caliza. Lo que quedó parecía una esponja de mar aplastada, salpicada por encima con los bloques de los templos y los palacios y rodeada por lo que parecían pedacitos de algo. Al principio creía que Michael tenía poco más que ofrecer, aparte de su personaje de televisión, pero ahora casi me estaba impresionando.

—Bueno. Éste es el sistema de cuevas actual, el cual podemos visualizar mapeando todo el espacio abierto subterráneo como un cuerpo sólido.

Seguidamente, borró todo lo que estaba sobre una densidad de 1,25 kg/m^3 o por encima de una temperatura de quince grados centígrados. Todo lo que quedó fue una estructura semitransparente de color púrpura que empezó a rotar lentamente.

—¿Eso es lo que se ha procesado en estas dos últimas horas? —pregunté.

—Sí, señor —contestó él—. ¿No es maravilloso?

Le contesté que sí. Era bastante sorprendente. Durante los noventa, en los primeros días de los radares de profundidad terrestre, había que escarbar alrededor de un plato antena del tamaño de una rueda; pero ahora, una pequeña antena encima del Montículo A bastaba para ofrecernos una panorámica digna de las mejores orejas de murciélago de toda la zona subterránea a tres kilómetros a la redonda. Hacía que el mejor sónar buscador de bancos de peces fuera como darle con un palito al agua.

—Parece que en el décimo b'ak'tun, las cavernas eran más grandes —dijo—. Una gran parte se ha colapsado recientemente. Geológicamente hablando, claro. Durante los últimos cientos de años, quiero decir. Luego, mira, por aquí, yendo más allá por la parte occidental de la montaña, ¿ves?, hay una cadena de cuevas debajo. Aparentemente, estas inferiores todavía están intactas. Eso quiere decir que estarán húmedas y formándose.

—Bueno, yo en realidad ya tengo experiencia haciendo espeleología —dije.

—Oh, pues es genial —contestó él—. Mira, podemos ver todo esto con algo más de detalle —dijo ampliando una zona mientras movía la barra de una ventana en la que se podía leer «ESCÁNER ACÚSTICO DE TÚNELES».

Pasó el barrido y empezó a realizar un troceo virtual de la sección hasta llegar a la roca.

—Vamos a ver si hay calcio.

Tecleó algo en una ventana en la que se podía leer «MÓDULO ÓSEO».

El software empezó a definir la vista basándose en la diferencia entre la media de calcio de la piedra caliza, que era casi una pura $CaCO_3$, con un cuarenta por ciento de Ca, y la de la hidroxilapatita, que tenía un treinta y tres por ciento. Los huesos tenían un setenta por ciento de hidroxilapatita, y las piezas dentales casi un noventa y siete por ciento. Mientras eliminaba así la caliza, la imagen se disolvió en trocitos, como masas de huevos de rana engarzados a lo largo de las cavernas y en amplias zonas cerca de la superficie.

—La mayor parte seguramente sean restos animales —dijo Michael—, pero tiene que haber también restos de enterramientos, especialmente bajo los montículos principales, o en cualquier parte de las cuevas pasadas las zonas de penumbra, y estas tres cosas... Bueno, mejor míralo tú mismo —dijo, iluminando tres bultos rectangulares bajo la parte occidental del Montículo A—. Estos tres registros son muy ricos en calcio. Por las lecturas de tamaño que hemos tomado bajo esta cota, no creo que sean restos animales. De hecho parecen grupos de cuarenta individuos. En términos comparativos, se parecen mucho a las catacumbas romanas.

—Uh —dije yo.

—Así que creo que la escalera interior se usaría probablemente para conectarlos entre sí. Esperamos que puedas llegar hasta uno de ellos. Para que así... bueno, ya sabes, para que así luego podamos encontrar... bueno...

—Mi cadáver —contesté yo.

—Eh... sí. Exactamente.

24

Fuera llovía, repiqueteando como si unos aburridos dedos descarnados tamborilearan sobre la lona impermeable. Me dirigí hacia la parte de la habitación que usábamos como almacén y me senté en un Cabela inflable, entre dos pilas de equipamiento. En la zona de trabajo, las chicas estaban ocupadas en pequeños proyectos de mantenimiento de campamento, un tanto ostentosos, según mi opinión. El Chico Comando se había puesto un par de anticuados auriculares Marantz y giraba los diales de un enorme receptor Raytheon con la lentitud con la que lo haría un ladrón de guante blanco, en un aburrido avance, capa tras capa, de todas la bandas locales, radar, radio, VHF y UHF, así como otras bandas radiofónicas más exóticas, en busca de presencia militar o de escuchas. Me senté echándome hacia atrás sobre la caja de un compresor. La humedad rondaba el noventa por ciento, pero la fría piedra hacía que se estuviera bien, aunque parecía que uno fuera convirtiéndose lenta y placenteramente en una rana. Había un bloque en forma de T puesto en un lugar un tanto irregular en el muro que había sobre mi cabeza, a un metro bajo el arco mensular, que no podía dejar de mirar.

Ni Hablar se puso a mi lado. Estaba húmedo, y no dijo una palabra.

—¿Qué es lo que estabas haciendo ahí fuera? —le pregunté.

—Hay al menos cinco SE en la parte occidental —dijo, sacando un paquete de 555 sin filtro—. En la parte oriental, no estoy seguro de cuántos hay, pero su «jefe» parece que está mosqueado por algo. Le ha dicho a todo el mundo que no vaya a los campos que salgan de aquí.

—Estarán haciendo lo que saben hacer —dije.

Soltó un gruñido a modo de «supongo» y se encendió un cigarrillo con un viejo Zippo. Sentí cómo Ana lo miraba desde la otra parte de la sala, como diciéndole «Perdone, ésta es zona de no fumadores», pero, sorprendentemente, no le llamó la atención.

—De verdad que tengo ganas de empezar con el tema del tío barbudo —dije.

Me refería a que tenía ganas de empezar a planear el golpe a García-Torres, el oficial que estaba al cargo cuando mis padres fueron asesinados y del cual sabía que tenía una gran barba.

Ni Hablar exhaló una larga bocanada y siguió mirando al techo, acción que significaba que Soluciones Ejecutivas estaba a la escucha, y que de hecho, probablemente, estuviera grabando todo lo que hacíamos. Audiovisualmente y puede que incluso bioquímicamente. El humo flotó hacia el techo, entrando en el ancho surco del arco mensular, como si fuera la niebla por encima de un canal.

—No me importa —dije yo—. Lo que quiero es hacerlo.

—Si realmente quieres que pase, ¿por qué no pillas ECA y tiras para su casa? —me preguntó Ni Hablar. Con ECA, se refería a «Explosivo de Contacto con el Aire».

—Porque, ya sabes, quiero hacerlo bien, y de todas formas, ahora soy un rico cobarde. Es hora de empezar a echarle dinero a este asunto.

—Veré lo que puedo hacer.

—Busques lo que busques, quiero que duela —dije.

Hacía tiempo que había decidido que G-T tenía que saber que iba a morir. La gente que explota, o es tiroteada por la espalda, o en la cabeza, apenas se da cuenta, y así, ¿qué sentido tenía?

—Vayamos paso a paso —dijo Ni Hablar.

—En serio, ¿cuánto crees que me costará?

—Cinco dólares.

—Vale.

—Y no, yo no seré quien lo haga —dijo, fumándose en una larga calada más de la mitad de lo que le quedaba, para después apagar el resto en uno de los lados de un extintor de mano.

—No quiero que seas tú el que lo haga —dije—. Quiero que estés en buena forma para que ayudes con el siguiente.

«También espero que el mundo siga existiendo durante estos próximos nueve meses —pensé—. Justo para que pueda llevar a cabo mi terrible venganza. Después de eso... ¿A quién le importará nada?».

Alguien encendió una lámpara al otro lado de la enorme sala. Fue entonces cuando me di cuenta de que había dejado de llover y estaba oscureciendo. Ni Hablar se enderezó y cerró los ojos. No había recordado ese hábito suyo hasta ese momento.

Yo también me levanté. Me dirigí a la zona de monitores. Las pantallas decían que eran las 5.49 p. m.

Marena se acercó.

—Vamos a dar un paseo —dijo.

Me pareció bien. Ana se materializó y le susurró algo al oído; seguramente, le advertía que me vigilara para que no saliera corriendo. Yo me dirigí a la salida.

—Estaré atenta —contestaría seguramente Marena.

Salí al exterior apartando la lona. Marena me seguía.

«Atado con una correa extensible», pensé.

A pesar de que no tenía un localizador en mi oreja, a pesar de que posiblemente me tuviera que infiltrar como pudiera. Bueno, no podía quejarme. Era la mayor inversión que hubieran hecho en su vida. Millones y millones de dólares que iban a pasar a través de mi córtex frontal en forma de descarga eléctrica.

Marena se puso delante y fue camino abajo a través de una senda para ganado junto al río. Estaba a punto de sacar la linterna del kit de supervivencia aprobado por el SE, cuando me di cuenta de que aún había luz suficiente para ver. El camino pasaba entre esos delgados y retorcidos árboles *ixnich'i'zotz*, ya que era fácil pasar por entre sus raíces. Casualmente, ixnich'i'zotz significa «árbol de los colmillos del murciélago». En la antigua ciudad los llamaban así porque sus pequeños frutos tenían espinas como colmillos. La maleza se notaba húmeda bajo mis botas de piel de serpiente. El SE había colocado una lancha boca abajo en la ribera, donde se podía mantener oculta entre el follaje. Nos sentamos allí. Todavía no había oscurecido completamente, pero el agua estaba ya de color negro. El cauce se encontraba a unos diez metros de donde estábamos sentados, así que no parecía intimidatorio. El coro de insectos se había callado, pero aún tenía la sensación de que faltaba algo.

Marena se había sentado junto a mí, pero no enfrente. Curiosamente, no me di cuenta.

—¿Estás bien? —me preguntó.

—Sí, muy bien, gracias —contesté, pero seguramente sonaba bastante apático y distante. Puso su mano en mi hombro durante medio segundo.

—Estás hiperventilando —me dijo.

—Bueno, normalmente lo hago.

—¿Has ido ya a nadar? —me preguntó.

—No.

—Yo he ido esta mañana, es genial. Michael ha confirmado que en aquellas aguas no viven cocodrilos. Ni pirañas.

—Tiene sentido —dije—. Las pirañas viven en otro continente.

—Ah —dijo.

Llevaba puesto una especie de top y unos pantalones cortos, y no paraba de contonearse.

«Quieto, Nerón».

—Perdona, no quería incomodarte.

—Oh, no —dije, intentando disimular pero sin apartar la mirada, lo cual era igualmente estúpido—. Siempre estoy incómodo.

—Bueno, simplemente no te pienses lo que no es —dijo mientras hacía equilibrios a la pata coja para quitarse los pantalones.

Su cuerpo era sexy de una manera étnica. Delgado, ligero,

prieto y redondeado en los bordes, y la manera en la que llevaba ese porte euroaristocrático sin pretenderlo... era muy juvenil.

Claro que allí todos éramos adultos. Bueno, en realidad, no. Marena tenía muy poco vello púbico, pero no parecía rasurárselo. Simplemente lo tenía escaso.

—Nunca he pensado lo que no es en mi vida —dije.

Era demasiado tarde para irme y abandonar el juego, así que puse mi mano frente a mi bolsillo con el fin de recolocar disimuladamente mi magnífica verga para que adoptara su posición derecha, pero ella ya se había dado cuenta del movimiento.

—No te avergüences, un montón de tíos han tenido erecciones delante de mí al verme desnuda.

Sus pezones estaban igualmente erectos, muy insinuantes ante aquella luz grisácea de la luna, como si fueran trufas en miniatura de La Maison du Chocolat.

—Estoy seguro, quiero decir, biológica... mente...

Se acercó a la orilla de puntillas y saltó luego al agua sin salpicar ni una gota. Aproveché para terminar de poner en su sitio mis cosas. El ser un tío a veces es una cosa muy vergonzosa; es como si, después de doscientos millones de años, desde que nos separamos de los artrópodos, aún nos quedara un músculo hidráulico en el cuerpo. Bueno, en la mitad aproximada de los cuerpos humanos existentes. Adivinad a cuál me estoy refiriendo. Es como si fuera un saltamontes listo para saltar en todo momento. Las mujeres son mamíferos, y los hombres, insectos. De repente, su cabeza y sus hombros surgieron de debajo del agua.

—Joder, está fría, pero es muy refrescante —dijo.

—De lo peor que te vas a tener que preocupar es de si hay tortugas grandes —dije—. Aunque también tendrías que tener cuidado con las sanguijuelas.

—Chorradas —dijo ella—. Seguro que no te atreves a meterte.

—Bueno...

—Oh, espera, tenemos que tener en cuenta el tema del acoso sexual. El hecho es que tú eres un subcontratado, así que, técnicamente, yo no soy el que te tiene contratado.

—Eh, bueno, ya —dije—. No te preocupes por...

—Incluso así, podrías hacer que me despidieran, pero eso tampoco sería un problema. De hecho, si pudieras hacer que sucediera, dejaría de preocuparme de algo como esto que estamos haciendo, sería la mar de feliz...

—Por favor, no le des más vueltas —dije.

«Hummm... Me pregunto si esto nos llevará a algo interesante». Había estado pensando en ella durante semanas y semanas, y ahora, a la hora de la verdad, me estaba aturrullando.

—De acuerdo —me dijo—. Venga, ven, el agua está oscura.

—Encantadoramente oscura y profunda, sí.

—Sí, como yo. Venga, no seas un cagueta.

—¿Pasa algo si me tiro con la ropa puesta? Me sentiría raro si la oscuridad profunda golpea de repente mi cabeza afeitada.

—No, así no vale. Tienes que quitarte toda la ropa, quedarte desnudo, tal y como tienes el alma.

—¿Y si Gulag aparece de repente y quiere matarme?

—¿Te refieres a Grgur? —me preguntó.

—Sí. Perdón, pero es que ya sabes, tiene un nombre como el de Trog, o Grout... ya sabes, nombres de cavernícolas.

—En realidad su nombre es la versión croata de Gregory.

—Oh, qué gracioso.

—Y no creo que vaya a aparecer.

—Bueno...

—De acuerdo —dijo ella—. O te metes en el agua, o me vas a decepcionar.

Al final me convenció. Me quité las botas no sin cierta dificultad, para luego quitarme toda la ropa que llevaba encima. Sin embargo, me dejé puesto el auricular. Avancé esquivando cosas que no veía, imaginándome que de un momento a otro iba a pisar un cráneo o algo parecido. Como todos los ríos del trópico, el agua estaba fría, pero de una manera peculiar. El fondo era una mezcla de guijarros y cieno. Antes siquiera de saber que la tenía cerca, Marena me puso una mano en la cabeza y me la empujó hacia abajo, hundiéndome bajo el agua. Tan sólo tragué un poco. Intenté recomponerme antes de salir de nuevo a la superficie.

—Tu cabeza tiene un tacto un tanto raro —me dijo—. Eres como un cerdito pigmeo.

—Sí —dije, mientras notaba cómo algunas partes de mi cuerpo se enrojecían bajo el agua.

—Escucha —dijo a continuación—. Quiero follar contigo, pero estoy demasiado excitada para hacer eso de los preliminares y esa clase de tonterías, ¿te parece bien?

—Uh... claro. Sí. Genial.

«Coño... coño... ¡Coño!».

—¿Estás seguro? ¿Estás listo?

—Sí, seguro —dije.

Ridículamente, estaba tan nervioso como en el baile de fin de curso del instituto.

«Un momento, ¿no vamos a tomar precauciones?», pensé de manera vaga.

Aunque seguramente habría visto mi informe médico, claro. No es que fuera un saco de gérmenes y virus, y yo estaba seguro de que ella estaba completamente sana, ¿no? Sí. Tenía un hijo, por amor de Dios. Eso le hacía ser una mujer sana. Me preocupaba que alguien pudiera estar escuchando, pero supuse que estaríamos fuera de alcance de cualquiera de las parabólicas de Ana.

—No te estoy obligando, ¿verdad?

—No —dije—. Quiero decir, este lugar es muy romántico y...

—Toda esta jungla es romántica y toda esa mierda, sí.

Se subió a una especie de roca que había frente a mí. No es que pesara mucho, de todas formas, en el agua pesaría como una niña de diez años.

«¿Por qué estará pasando esto ahora? —me pregunté—. ¿Qué motivos tiene? ¿Animarme? ¿El desahogo de la tensión sexual es algo común entre los compañeros de trabajo en los puestos propensos a provocar estrés? ¿Quiere que me encuentre totalmente relajado durante la Gran Descarga? ¿Es porque voy a morir, en cierta manera? No importa. A caballo regalado...».

—Eh, no te preocupes, no es sexo por compasión —me dijo ella, leyendo mi mente.

—¿Eh? No, no, el sexo por compasión está bien. Quiero decir... Que me apetece.

—Me gustas, y me pones. Lo que pasa es que últimamente he estado un poco preocupada. Cosas de madres.

—Sí, ya.

—Pues venga, vamos.

Se sumergió y volvió a salir casi enseguida, sacudiendo la cabeza como lo haría un perro labrador, para después salir a la orilla. Yo fui detrás. Todavía se podían ver algunas siluetas en la noche. Ella se quedó de pie junto a la estrecha línea de cieno que había entre el cañaveral y el agua, como si fuera una mini-playa. Se escurrió el pelo y luego se lo recogió bien tirante. Podía estar todo lo cerca de ella que quisiera, y aun así dudé, pero antes de que pudiera hacerme con el control de nada, agarró mi... bueno, no sé cómo llamarla. ¿Masculinidad tumescente? ¿Morcón de pimienta? ¿El pajarito? De todas formas, ella me la había agarrado, y me la retorció, como su pelo.

—Mira esto —dijo ella—. Estoy haciendo unas cuantas pruebas con estas cosas.

Se arrodilló para acercarse a coger una cosa de los bolsillos de sus pantalones cortos. Lo desenvolvió y me mostró uno de esos condones nuevos que tan sólo cubren el glande.

—Se te ajusta a las caderas.

Intenté, a duras penas, ponerme aquel gorro. Tenía una especie de superpegamento no permanente, o lo que fuera, en la parte interior, y me hacía sentir un poco raro, pero era mejor que las viejas bolsas de patatas.

—Venga, ven —dijo ella—, pero sólo por delante, ¿eh? Sé que suena a anticuada, pero no tengo energías ahora mismo para hacer un anal.

—No, no, así está bien —dije—. Espera un segundo, estoy intentando ajustar esto por la parte que pega...

—Venga, tienes hasta que cuente tres. Uno, dos, dos y medio... Hummm... excelente.

Pasó sus brazos alrededor de mi cuello, alzándose hasta

llegar a mi cara. Sus piernas también me atraparon, atrayendo a mi lo-que-fuera hacia su... ¿Baticueva? ¿Concha? ¿Almeja? Bueno, al final, lo había conseguido.

—Guau —dije yo.

—Sí. ¿Qué te parece? ¿Ves cómo lo tengo?

—Sí, la verdad es que sí —dije. Aquello era como intentar ponerse un vestido cuatro tallas más pequeño.

—Es la vaginoplastia que me hice el año pasado.

—Oh, creía que fuiste por la cicatriz de la cesárea.

—Y por eso fui, pero ya sabes, las chicas modernas vamos de nuevo de vez en cuando, es como ir a que te blanqueen los dientes.

—Sí, está muy... bien pensado.

—Mira, ésta es la cicatriz que me dejó Max —dijo llevando una de mis manos hacia su línea del biquini. No pude sentir nada, excepto piel libre de grasas, pero luego distinguí una larga curva con un pequeño relieve, tan delicada como la tela esmaltada de mi Plymouth del 73, si bien el chico había nacido en el 2004.

—Hicieron un buen trabajo, ¿eh? —me preguntó.

—Eh, sí, supongo que en los tiempos que corren, tener a un niño es tan fácil como... hummm... que te hagan la manicura.

—Sí, más o menos... ¡Uuuhhnnnnnn!

No creía poder aguantar mucho más, así que me arrodillé, y puse su arqueada espalda sobre el cieno.

—Tío —me dijo.

«Tía», pensé en decirle, pero en lugar de eso, intenté besarla. Ella me respondió, brevemente. Su rostro tenía el sabor agridulce del dietiltoluamida del Ultrathon, mezclado con el sudor de una chica como Shasta.*

—Debes estar de broma, nadie folla en la postura del misionero ya... —dijo ella.

—Vale, espera... —empecé a decir yo.

* Shasta es un personaje ficticio creado por C. S. Lewis en el libro *El caballo y el muchacho* de su saga «Las crónicas de Narnia». (*N. de los T.*)

—No, está bien —contestó ella—. Es nostálgico, como parte de esa moda retro-sesentera.

—Mmm —dije yo—. Unh, uhn.

Sonaba bastante estúpido. Estaba intentando llevar el tema de una manera guay, pero por supuesto a ella le gustaba más ver cómo perdía los papeles. Flexionó sus glúteos medios, juntándolos, y no sé por qué, se me vino a la mente la imagen de verme a mí mismo succionado por una especie de lavadero de coches celestial, mientras estaba boca arriba en algo así como de cinta transportadora, con un montón de esponjas y trapos limpiándome. De repente, me di cuenta de que su dedo gordo estaba a un par de falanges de mi... ¿Ojete? ¿Puerta de atrás? ¿Agujero negro? De todas formas, estaba allí por otro motivo. No es que no lo pareciera, pero lo que hacía era tener una mejor agarradera, como si yo fuera una bola de jugar a los bolos. Empecé a poner una nave entre nosotros, pero ella la apartó de un manotazo, volviéndola a poner sobre su hombro.

—Déjate de posturitas, tú simplemente sigue bombeando, ¿de acuerdo?

—Qué romántica eres.

—El romanticismo es para chicas.

Seguí sus instrucciones al pie de la letra. Ella me recolocó para que ambos estuviéramos trabajando sobre el mismo punto, el vértice del delta. Lanzó un chillido rudimentario.

Ah, la vocalización involuntaria. Mi favorito.

—Así está genial —dijo ella—, sigue en ese ángulo.

Cogimos un poquito de ritmo. Supongo que la velocidad no se considera un logro en la actividad erótica contemporánea, pero a veces lo que más pone es dar caña, especialmente en momentos como aquél, en los que había concentrado toda aquella inquietud y temor durante semanas. De hecho, y puede que haya olvidado mencionarlo antes, últimamente estaba todo el rato aterrorizado, con los dientes apretados continuamente, siempre a punto de ponerse a castañetear. Así que, en lugar de un momento placentero, lo que verdaderamente teníamos era, al menos por mi parte, una acumulación de agonía y una repentina y total, aunque transitoria, liberación.

—Venga, ¡ahora! —dijo ella.

—¡RRrrrrshhhh! ¡Cabrona!

A mi mente acudió la imagen del *Hindenburg* en esa portada de Led Zeppelin. Oh, la humanidad y la recesión desde la cúspide de ese sonido de sonidos...

nnngngngngngbbbbBBWOMP!!!Zzhwoooohzhngzhzhng

«Joder. Bueno, eso sí que ha sido un orgasmo».

¡Ay! Me había mordido la oreja.

—¡Ay! —dije.

—Perdona —dijo Marena.

El pequeño Elvis abandonó el edificio.

Me empujó en el pecho con su superfuerza para apartarme del camino, despegándose de mí como una monja autoritaria quitando una tirita de un solo golpe.

Vaya. Me habían remojado, enjabonado, restregado, lavado, secado, encerado y me habían dado unos últimos retoques con una manopla.

—Cristo —dijo ella—. Creo que he tenido un orgasmo falopiano.

—Sí, eh, me he dado cuenta —dije.

«¿Eso existe realmente?», pensé.

Me arrastré, literalmente, hacia un lado. Mi sobreanalizado cerebro se sentía como si le hubieran inyectado diez centímetros cúbicos de dopamina.

—Perdón —dije finalmente—. Estoy sin resuello.

—Muy bien. ¿Echamos otro?

—¿Eh?

—Tengo una caja de las «pastillitas azules», podemos empezar de nuevo en dos minutos.

—Por mí vale —dije.

«Qué máquina», pensé.

—Dame eso —me dijo, tirando de aquel artículo masculino de última moda y haciendo un globo de... ¿Cómo debería llamarlo? ¿Néctar? ¿Zumo? ¿Leche?

Aquello que tenía puesto se estiró y se estiró, y justo antes de que me hiciera una herida, el plástico adhesivo se separó de mi piel.

—¡Ay! —dije.

—Bien —dijo ella—. ¡Ah! —dijo mientras doblaba el brazo hacia atrás con una impresionante flexibilidad—. ¡Maldita sea! —Los mosquitos estaban empezando a dar con nosotros.

—¿Cómo quitas el pegamento? —le pregunté—. ¿Hay algún?...

—Espera —dijo ella.

Entonces me di cuenta de que nuestros auriculares estaban pitando.

—Atención, equipo, al habla Keelorenz —dijo la voz de Ana—. Hemos registrado movimientos en el GR que no nos gustan. Acudan a la base enseguida.

Chico Comando, Michael, la doctora Lisuarte, Grgur y Hitch confirmaron que ya estaban allí. Se hizo una pausa antes de que la voz de Ni Hablar también se oyera.

—*Capisce*, aquí Shigeru —dijo a regañadientes.

—Sistema activado —dije yo—. Aquí Pen-pen, recibido.

—Asuka, recibido —dijo Marena—. Por favor, necesitamos más datos.

—Van a pie —dijo Ana—. Son de diez a quince unidades en movimiento. Del tamaño de una patrulla. Están a unos veinte kilómetros. Creo que podremos trasladarlo todo en tres horas, así que nos encaminaremos al Montículo A. De esta forma, si finalmente siguen avanzando, por lo menos tendremos tiempo de cumplir el paso uno. Así que quiero a todo el mundo de vuelta a la base. ¿Entendido?

—Recibido —dijo Marena—. Danos dos minutos. Corto.

Se hizo una pausa corta y luego me miró.

—Pongámonos en marcha.

25

—Quisiera dar las gracias a la academia —dijo Marena, mirando escalera abajo a una audiencia imaginaria—, así como a Steven, James, Francis, Marty y, especialmente, al círculo. Los de confianza.

Levantó los brazos sobre su cabeza en la típica pose de victoria.

—¡Soy la reina del mundo!

—Alguien va a terminar escuchándote ahí arriba —dijo la doctora Lisuarte.

—Perdón —dijo Marena, disculpándose mientras bajaba la escalera.

Lisuarte, Hitch, Michael, yo y unos cuantos montones de cajas Otter, transformadores, receptores, monitores y cámaras estábamos agachados en la parte inferior de la pirámide del Ocelote, con la puerta al nicho de ahau detrás de nosotros. Nos dirigimos al sudeste a través de un profundo valle fluvial a lo largo de unos tres kilómetros y medio. Desde allí se podía ver un garabato blanco que era el río, segmentado por los troncos de los árboles, y en el lado opuesto a la orilla, el contorno de las colinas más cercanas, las cuales habían formado antiguamente entre todas un mulob. Tras ellas, el anillo de cordilleras naturales se alzaba hasta la hendidura del pico de San Enero.

Tal y como creo que mencioné, el Mul del Ocelote era la pirámide más alta de Guatemala. De acuerdo con el informe

Morley, originariamente había sido gigantesco, casi tan grande como la llamada Pirámide de la Luna en Teotihuacan, pero los árboles empezaron a crecer entre las rocas, el valle quedó totalmente obstruido y el templo, en su punto más alto, a unos diez metros por encima de nuestras cabezas, había quedado totalmente desmantelado. Lejos quedaba ya aquella edificación imponente que fue antaño.

Los contadores de soles del pueblo quemaban copal* y barras de chocolate ahí arriba. Los envoltorios de Ibarra y los trozos de cacerolas de barro crujían bajo nuestros pies.

—Estaré dentro —dijo Marena, traspasando la pequeña puerta que había frente a nosotros.

—Muy bien, Jed, lo primero que tenemos que hacer es orientarte visualmente —dijo la doctora Lisuarte.

—Vale —contesté yo.

La luna llena todavía estaba baja y amarillenta. El conejo sangriento, el que ven los maya en la Luna, el que con una oreja forma el Mare Fecundatis y con la otra el Mare Nectaris, estaba en su madriguera, o sea, en el halo lunar, lo cual significaba que iba a llover pronto, pero, por ahora, irradiaba la suficiente luz como para que yo pudiera seguir las instrucciones.

Durante unos minutos miré a mi alrededor.

—Creo que recordaré dónde estoy —dije.

—De acuerdo, vamos —me dijo Lisuarte.

Yo fui por delante. La entrada trapezoidal era lo suficientemente grande como para que una persona pequeña pudiera atravesarla arrastrándose sobre sus manos. Había presente un olor a roca vieja, aunque, dado que la mayoría de las rocas son bastante viejas, debo decir que más bien era un olor a roca vieja que llevaba en el mismo sitio bastante tiempo. Marena estaba tecleando en su estación de trabajo. La mitad de su cara estaba iluminada de azul, por el resplandor de la pantalla del portátil, y de rojo, por las ligeras lámparas astronómicas que

---

* El copal es una resina vegetal del árbol del género Bursera. En la época prehispánica se lo conocía como *copalquáhuid*, árbol de copal, y a su resina como *copalli*, incienso. (*N. de los T.*)

Hitch usaba para grabar cuando había poca luz. La sala tenía unos dos metros y medio de profundidad, y un metro y medio de ancho, así como un espacioso techo de otro metro y medio de ancho. Tres de sus cuatro paredes estaban esculpidas con glifos, pero más o menos el sesenta por ciento de ellos habían quedado ilegibles. Michael nos dijo que estaban en mejor estado la última vez que estuvo allí, en 1994, pero que la lluvia ácida la había erosionado, provocándole un cáncer de piedra a la caliza. En la pared posterior había una especie de nicho, el cual, de acuerdo con lo que decía Michael, era una entrada hacia la escalera, ahora repleta de escombros, que llevaban al interior.

Nosotros tres, las cajas, los cables y la tapa del váter, o sea, el anillo del escáner de la cabeza (el cual pesaría alrededor de ochenta kilos y debía de estar colgando del techo anclado a éste con varias sujeciones), estaríamos algo estrechos en aquel cubículo, pero no era una tarea imposible.

«Menos mal que no hay sitio para Michael», pensé.

Y menos mal que no estaba por allí tampoco el Ogro. De hecho, no había aparecido por allí para nada, ahora que me daba cuenta. Puede que Marena hubiera captado el mensaje de que me daba repelús. De todas formas, supuestamente, él y Chico Comando, junto con Ni Hablar, iban a salir más tarde para intentar echarle un vistazo más de cerca a la patrulla que se estaba acercando, o lo que fuera aquello.

Lisuarte le echó un vistazo a mi cabeza con sus manos de látex. Me reclinó sobre una colchoneta inflable y puso una bolsa de arena debajo de mi cuello para que así pudiera ver el cielo a través de la puerta.

Me di cuenta de que Hitch había montado una de sus pequeñas cámaras justo encima, en el quicio de la puerta.

La doctora me pegó los electrodos y los medidores de respiración, enganchó lo de la presión sanguínea en mi dedo corazón derecho y me metió un par de drogas y algunas cosas más mientras yo observaba los glifos de la puerta. Algunas de las inscripciones databan de principios del siglo IV, pero el primero, el que estaba justo a la derecha de la puerta, era muy interesante. Databa del 11 Cascabel de Tierra, 5 Codorniz,

9.10.11.9.17, es decir, el 15 de junio del año 644 d. C. A aquella fecha le seguía una frase verbal que Michael había interpretado como el anuncio de la muerte del 14 Lagarto de Niebla, el tío de 9 Colibrí Dentado, y anterior ahau. Casi fuera de mi campo de visión había un bloque de texto fechado un uinal después, el 5 de julio. Conmemoraba la ascensión, o entronización, como queramos llamarlo, de 9 Colibrí como patriarca del clan Ocelote y ahau de Ix a la edad de veinticuatro años. La tercera inscripción estaba en la pared de atrás, y no la podía ver desde allí, pero estaba fechada en un k'atun, o lo que es lo mismo, veinte años, en el 3 Cascabel de Tierra, 5 Rana de Lluvia, y conmemoraba la segunda ascensión de 9 Colibrí Dentado, o lo que es lo mismo, su reinstauración como K'alomte' Ixob y el Ahau Pop Ixob, o Señor de la Guerra de Ix y Maestro de la Estera. En el primer k'atun de mandato presidió el segundo periodo más grande de expansión de Ix. Se hizo con la victoria sobre las ciudades de Ixtutz y Sakajut, apresando a sus ahaus y, obviamente, siguió ostentando el poder. Antes de su segunda entronización tuvo que pasar una vigilia en su cubil, probablemente, durante dos días completos. Después emergió el vigésimo día, el del equinoccio de primavera, para mostrarse a su pueblo. Ése era el momento que buscábamos.

Había otras dos inscripciones dinásticas más, también en la pared de atrás. Estaban demasiado dañadas como para poder leer su contenido, excepto las fechas. La primera era del 13 Cascabel de Mar, 9 Amarillez, 9.11.12.5.1, o lo que es lo mismo, 19 de noviembre del 664 d. C., y la última, 8 Huracán, 10 Búho Enjoyado, probablemente, 13 de mayo del 692 d. C. La única parte legible de esta última inscripción era la palabra «tejer» o «tejiendo», pero no estaba muy claro si finalmente era un nombre o un verbo.

—Ikari, informa —dijo Ana.

—Signos vitales correctos —dijo la voz de Lisuarte. Supuse que los no vitales seguían su típica letanía desastrosa—. Estamos listos.

—Grabando —dijo Hitch.

—De acuerdo, equipo, tenéis luz verde —dijo la voz de

Ana. Ella y Chico Comando estaban en alguna parte de la base de la pirámide, probablemente metidos en el barro mientras embadurnaban sus caras con pintura de camuflaje.

—Vamos allá —dijo la voz de Michael.

«Vamos allá, vamos allá. Ve tú para allá, si te parece. Todo esto parece estar mucho más elaborado de lo necesario. Desde mi punto de vista, claro. De hecho, ésta no es ni tan siquiera la parte más importante de la misión. No tendríamos ni por qué estar haciéndola aquí. Podríamos haber estado haciendo todo esto en el Asentamiento y habría sido más fácil».

De todas formas, teníamos que salir, ya que, para cuando terminara la descarga, empezaríamos a hacer excavaciones en aquellas tumbas. Es verdad, estábamos allí para excavar. Aun así, la idea principal era repetir la operación que hicimos con la monja, o sea, ponerme en el mismo sitio para así minimizar las posibilidades de confusión al otro extremo.

«Confusión —pensé—. Espero que ése sea el mayor de mis problemas».

—Cómo estás? —me preguntó Marena.

—Pen-pen está listo —le contesté.

—De acuerdo. ¿Michael? —dijo ella.

«No lo hagas».

—Bien, bien —dijo Michael a través de nuestros auriculares, con su voz más televisiva—. De acuerdo... Ahora mismo son las dos de la mañana. Estaremos transmitiendo durante tres horas y dieciocho minutos. Así que... todo el personal a sus puestos.

«Cállate —pensé—. Cállate, cállate, cállate. No, espera un segundo, Jed. Sé amable. Recuerda que tiene sesenta años, está dando todo de sí, seguramente estará sudando a chorros y...».

—Intentaremos apuntar al 20 de marzo de 664 d. C. —dijo Weiner—. A la misma Bat-hora, en el mismo infestado Bat-nicho, aproximadamente mil trescientos cuarenta y siete años, once meses, veintiocho días, veintidós horas y cero minutos atrás en el tiempo, hacia los buenos tiempos pasados.

«Genial —pensé—. Ahora, CIERRA EL PUTO PICO. CIERRA... EL... PUTO... PICO».

—¿Has terminado? —le preguntó Marena.

—Listo —dijo Michael—. Mantén los...

—Vale, corto los canales GC —dijo ella seguidamente.

En mis auriculares se escuchó un clic. Ya no estaba en el aire. Gracias a Dios.

—De acuerdo —dijo Lisuarte—. Tenemos cuatro minutos para que el sistema haga sus comprobaciones, y entonces empezaremos el cuestionario.

—De acuerdo —dije yo.

Lisuarte salió por la puerta para así poder comprobar los datos del gran monitor. Puede que también fuera porque Marena le había mandado el mensaje secreto de que se quería quedar a solas conmigo. Ya sabéis, entendimiento entre mujeres.

Marena se puso de rodillas y me besó.

—Hola —le dije.

—¿Cómo lo estás llevando? —me preguntó ella.

—Bien. No. Increíble.

—Pasmoso.

—Sí.

—Oye, ten mucho cuidado con las enfermedades parasitarias. ¿De acuerdo? —me dijo—. Intenta beber tan sólo agua que haya sido previamente hervida, o al menos, agua de pozo.

—Sí, ya lo sé.

—Allí también bebían una especie de té de la hoja del arbusto de donde se saca la quinina, ¿no? De hecho creo que tendrán hasta repelente de insectos. Mmm... Intenta incluir más proteínas de las que ellos toman en tu dieta. También puedes comer huesos de pavo.

—Sí, mamá.

—Ah, y también hacían un té con las hojas de los pinos muy rico en vitamina C; intenta tomar también mucho de ése.

—Espero que el estar sano sea el mayor de mis problemas.

—Sí.

—A lo mejor me acusan de ser un brujo y terminan echándome de comer a los peces.

—Bueno, a lo mejor te llevas una sorpresa. Los mayas de

hoy en día son de las personas más agradables y amistosas del planeta, ¿no?

—Sí, bueno, gracias.

«Es verdad —pensé—. Somos gente muy amistosa. Por eso todo el mundo se ha aprovechado de nosotros en estos últimos quinientos años. Siempre hemos sido un poco: "Claro, siéntate a mi lado, toma un poco de tamal y ahí tienes a mi hermana por si quieres violarla"».

—De todas formas, no te metas en peleas ni cosas por el estilo, ¿eh?

—Sí, seré bueno.

—Ni tampoco hagas nada grandilocuente. No intentes reformar el sistema ni nada parecido, como conquistar todo el continente.

—De todas formas, no creo que pudiera —le contesté—. Hasta lo que yo sé, nadie se hizo con todo el continente durante esa época.

—Vaya, es verdad —dijo ella—. Es que aún no pillo completamente el tema de Nabokov.

—Novikov —le dije yo. Se refería al principio de autoconsistencia de Novikov.

—Eso.

—Bueno, simplemente no voy a hacer nada que contradiga lo que ya conocemos respecto al pasado.

—Sí, de acuerdo, pero la parte que no entiendo es que, ya sabes, si en realidad ya has hecho todo lo que tenías que hacer allí, entonces ¿por qué simplemente no cavamos en las cuevas ahora y así evitamos el tener que enviarte?

—Porque todavía no he estado allí. Ni Hablar también me preguntó sobre ese tema y...

—Pues ésa es la parte que no pillo. Siento como si tuviéramos otra... ya sabes, como la paradoja del abuelo.

—Bueno, es como si... En lo que respecta a nosotros, a ti y a mí, me refiero, el pasado es un registro histórico, ¿de acuerdo? Puedo ir hacia atrás y hacer un montón de cosas, pero nada de lo que yo haga va a cambiar la historia que conocemos. Aunque afortunadamente no sabemos mucho sobre esa ciudad, o más bien, sobre toda la zona en general. Así que el radio de actividad no es que esté demasiado cerrado, ¿me sigues?

—Sí —dijo ella—, pero digamos, por ejemplo, que vas e inventas la pólvora. Eso cambiaría el registro histórico.

—No, no. Podría intentarlo, pero si lo hiciera, la pólvora no terminaría naciendo para el resto del mundo allí. No que nosotros sepamos, al menos. Puede que lo hiciera y que la gente la usara durante un tiempo, para luego olvidarla, perdiéndose además todos lo que hubieran podido escribir allí al respecto. Eso podría ocurrir, y luego, supongamos que, mañana, por ejemplo, encontraras una vasija de mil doscientos años por aquí con pruebas. Eso sí podría ocurrir.

—No sé, aún no me queda muy claro.

—Es más fácil de entender si simplemente haces las ecuaciones —dije—. Hablando claro, mira, es como intentar hacer un origami de un escarabajo rinoceronte con un Post-it.

—Sí, bueno, tengo que hacer los deberes, ¿no?

—Yo no me preocuparía por ello.

—No estoy preocupada, tan sólo un poco nerviosa.

—Bueno, gracias.

—De nada. Eres mi amigo.

—Tal vez no debería mencionar esto, pero me estoy poniendo meloso.

—Sí, bueno, ya hablaremos de eso después.

—Vale.

«Qué dura —pensé—. ¡Qué dura, dura, dura es!».

Como he dicho, últimamente estaba en un continuo estado de terror. Primero, durante el Disney World Horror, como todo el mundo, vamos, y luego, por el tema del 4 Ahau. Y para cuando me empezaba a acostumbrar a la situación, llegó el momento de empezar a preocuparme por los líos en los que me podría meter en las antiguas tierras mayas. Es como si tuviera un trozo de hielo en mi estómago que llevase derritiéndose todo el mes, pero que nunca terminase de hacerlo. Incluso así, durante las últimas dos semanas también había estado, contradictoriamente, deseando meterme en ese rayo para terminar ya con todo esto. Quiero ser Jed, el yo que va a terminar allí. Ahora estaba empezando a sentirme como si quisiera terminar siendo el yo que se queda aquí, en el siglo XXI, incluso si finalmente no quedara un mañana por vivir. Por Marena.

«Vamos, Jed, no sueñes. ¿Qué te hace pensar que ella está por ti? Ella es un Corvette rojo. Simplemente, deja que las cosas pasen, o no pasen, ¿de acuerdo? De acuerdo».

Lisuarte se volvió a agachar para pasar por la puerta.

—Todo parece correcto —dijo.

—De acuerdo.

Ella y Marena bajaron la tapa de váter hasta los sacos de arena que me servían de apoyo.

—Échate para atrás. Ahora levántate un poco. Vale —dijo la doctora guiándome la cabeza, metiéndomela en el anillo y haciendo que coincidiera con las sujeciones—. ¿Estás cómodo?

—Sí, así está bien —dije. Tan cómodo como una pitón en un zapato.

—Bueno, pues empecemos. ¿Estás concentrado?

—Absolutamente.

—De acuerdo —dijo Marena.

Le pedí que me hiciera el cuestionario de nuevo, y todo el mundo estuvo de acuerdo. Ella se quedó quieta un momento, escuchando su auricular.

—Taro nos dice hola —dijo.

Allí, en el Asentamiento, él y el equipo CTP le estaban dando las preguntas y evaluando mis respuestas.

Le devolví el saludo.

—De acuerdo. Es T menos veinte segundos, empecemos la grabación —dijo Lisuarte.

Tocó la pantalla de su teléfono y, con un discreto zumbido, los imanes alrededor de mi cabeza empezaron a acelerar a toda máquina. Me concentré en la imagen del firmamento del equinoccio que se veía a través de la pequeña puerta de entrada. Incluso podías ver el cometa Ixchel, una leve estela azul que cruzaba Capricornio.

—Todo listo —dijo Lisuarte.

—De acuerdo, Jed —dijo Marena—. Primera pregunta.
¿Cuánto es el factorial de nueve?

—Eh... Espera a ver... 362.880.

—¿Qué día es hoy?

—22 de marzo del 2012 —contesté yo. Sin que tuviera
sentido, nos habíamos estado refiriendo a nuestro día-D como
el Viernes de Locura, cuando en realidad hoy no era viernes—.
1 Divinidad Natural, 12 Huevo Oscuro, y ...

—Vale. ¿Qué noticias han sido las más importantes hoy?

—Bueno, hay un proyecto para que todos los enfermos
terminales de Florida hagan vídeos de despedida y que éstos
sean expuestos en una especie de museo. Unos ocho mil o así
son de niños.

«Oh —pensé—. Ella es madre. No hables de niños muertos. A pesar de que Max esté bien, la vas a preocupar».

Había visto un par de esos vídeos por la mañana, supongo
que por un estúpido sentido del deber, y todavía estaban ron-
dándome la cabeza. Aquélla era la clase de cosas que podrían
partirle el corazón al mismísimo Joe Stalin. Cambié de tema.

—Estados Unidos está cayendo en un gobierno que es
una especie de totalitarismo chino —dije—. Hay un punto de
control en cada esquina. También está lo de la operación
Coste de la Libertad, que centraliza todo el control de las
Fuerzas Armadas en un único brazo ejecutivo.

Como no dijo nada, seguí hablando.

—Lo más loco de todo esto es que todas esas divisiones
del cuerpo militar se están atacando las unas a las otras, haciendo que se quintupliquen las bajas sufridas en el primer
ataque. Básicamente, se está acabando con el hábeas corpus,
así que lo mejor que se puede hacer en este momento es irse a
Suiza. Hay una larga lista de espera para transfusiones de pla-
quetas, y cada noche hay sangrientos disturbios en Tampa y
Miami. La zona No-Go la han situado oficialmente en el monumento nacional, así que ahora es el *qarafa* más grande del
mundo.

—¿Qué significa *qarafa*?

—Es como una ciudad de los muertos. Una necrópolis.

—¿Abuja es la capital de..?

—¿Eh? Ah, eh... ¿Nigeria?

—Deletrea caleidoscopio.

—C, A, L, mmm... I, D, O, S, C, O, P, I, O.

En lugar de decirme cuáles había acertado y cuáles no, lo cual, de todas maneras, tampoco importaba mucho, se quedó callada, escuchando a alguien del Asentamiento.

—De acuerdo, me dan luz verde —dijo.

Todas mis pequeñas preocupaciones se fueron diluyendo mientras morían ahogadas bajo cuatrillones de unidades Planck de espacio-tiempo a una velocidad de un metro por nanosegundo. Por supuesto, yo no debería sentir nada durante la experiencia del viaje, no más que cuando haces una llamada por el móvil y la resonancia digital de tu propia voz viaja a través del espacio y de dos satélites para acabar al otro lado del mundo.

—Vamos a revisar los puntos de la misión una vez más —dijo Marena.

—De acuerdo.

Quería que aquello fuera lo último que se me podía olvidar, incluso si los tumores empezaban a surgir anticipadamente. Ah, ¿es que se me ha olvidado decirlo? La descarga tenía un efecto secundario algo molesto. El cerebro de 9 Colibrí Dentado absorbería tanta radiación gamma que tendría bastantes posibilidades de desarrollar varios cánceres en un año. Calculamos que tendría ocho meses para aprender el Juego y mandar la información de vuelta al siglo XXI. Después de eso...

—De acuerdo —dijo ella—. ¿Trece?

26

—Seguir su rutina —dije.

—De acuerdo —contestó Marena.

La idea era que lo más importante una vez que estuviera en el cuerpo de 9 Colibrí Dentado, incluso si para entonces estaba confundido y desorientado, era que no me invadiera el pánico y dejarlo todo en automático, o sea, seguir con sus hábitos de movimiento y gestos. Luego, cuando volviera a los baños, o a la zona de descanso, o al harén (como yo esperaba), o donde fuera, tendría tiempo de descansar y despejarme.

—¿Doce?

—Si hace falta, nombrar la fecha de la erupción para hacerme escuchar.

Eso significaba que, si metía la pata en algo, o si algo iba mal y me sentía amenazado, soltaría un discurso que Michael había escrito prediciendo la erupción del San Martín, dieciséis horas después del entronamiento. El discurso también haría que la gente creyera que estaba en peligro inmediato, y que yo era la única persona capaz de salvarlos a todos de la oscuridad, una vez sucediera. Era una parte muy interesante de un verso ch'olan, y estábamos bastante orgullosos de él.

—Once.

—Reunirme con mi grupo facilitará las cosas —dije.

La idea que teníamos a este respecto era que lo que tenía que hacer, una vez acabados los rituales y ya en los quehaceres de la vida diaria de dar órdenes a los que tenía a mi alrededor, era extender lazos con mi gente.

—Serás como un jefe de la mafia —dijo Michael—. Tendrás que hacer que las cosas funcionen sirviéndote de las personas clave. Así, aun cuando no sepas qué está pasando, o qué decir, los tendrás cerca para saber cómo actuar y aprender de nuevo el comportamiento a seguir.

Habíamos estado ensayando un montón de frases, como «Dime ahora mismo qué es lo que sabes sobre X», o, por si preguntaban algo, «¿Y qué es lo que pasaría si fuera así?». Ese tipo de cosas.

—Diez.

—Aprender y hacerme con el control de la versión del Juego con nueve guijarros.

Tenía que saber cómo conseguían jugar al Juego con nueve corredores y, además, intentar, si era posible, recrear el Juego que había sido registrado en el Códex Nürnberg. Si lo conseguía, sería capaz de saber qué iba a ocurrir en el 21 del 12 del 12, y así el equipo Chocula no tendría que echar más partidas, simplemente, actuar según mis anotaciones.

Sin embargo, este último punto me sonaba algo ambicioso. Confiaba en poder aprender mucho más del Juego, pero tenía mis dudas. Michael y compañía confiaban en que el Juego fuera una cosa de lo más común allí, aunque se limitase a ser un secreto de la clase alta. Yo, además, no estaba seguro de lo bien que podría jugar al Juego utilizando la masa gris de otro.

Cuando me hice con este trabajo, pensé que lo había conseguido gracias a las pruebas de motivación, pero más tarde, Taro me dijo que fue por mi capacidad caléndrica. De acuerdo con lo que me dijo, el laboratorio CTP había dicho que ese tipo de habilidad podría transferirse al cerebro huésped, lo cual me daría más posibilidades de hacerme con el Juego de nueve guijarros en menos tiempo.

«Han tenido suerte de dar conmigo», pensé.

Básicamente, la gente del CTP dijo que mi consciencia debería ser capaz de trabajar con casi cualquier material que encontrara. Supuestamente, si el cerebro huésped llegaba al menos al nivel medio de inteligencia, tendría la arquitectura mental suficiente como para ser capaz de reflexionar de manera efectiva de todas las maneras en las que sabía pensar. Es decir, tendría ciertas habilidades con el Juego, un nivel de memoria por encima de la media, y puede que incluso fuera capaz de algunos trucos matemáticos.

—Y si luego resulta que el tipo es un lerdo —dijo Lisuarte—, probablemente te sentirás como si siempre estuvieras un poco resacoso, pero aun así podrás seguir tomando decisiones correctas, porque tú seguirás siendo tú mismo con tus propios hábitos de pensamiento.

En aquel momento me dio la impresión de que la doctora quería parecer más confiada de lo que en realidad estaba. Aun así, por las evidencias que teníamos, 9CD no pareció ser ningún lerdo. De hecho parecía bastante astuto. Bueno, de todas formas, le cogeríamos por sorpresa, y después al olvido. Pobre desgraciado.

—Nueve.

—Si apunto todo lo que voy conociendo, iré por el buen camino.

—Ocho.

—Encontrar un punto seco y apropiado para dejar la caja de madera con el mensaje.

Gracias al tiempo que había pasado estudiando, tenía un buen mapa de Alta Verapaz memorizado y, a un nivel de detalle más básico, de toda Mesoamérica. En el mapa habíamos diferenciado ochenta y dos partes que eran secas, podían excavarse y no habían sido objeto de ninguna excavación arqueológica, explotación minera o construcción arquitectónica ni en la era precolonial, ni en la colonial, ni en la moderna. Cuando enterrara mis notas, empacadas con cera, sal y goma, debía estar seguro de que nadie encontraría aquello en los siguientes mil trescientos años.

—Siete.

—Hacer una cruz de magnetita visible desde el cielo.

Enterraría las notas en el centro de una cruz imaginaria de unos ciento cincuenta metros. Cada punto de la cruz debería tener una aglomeración de magnetita de unos diez kilos, o de hierro meteórico, más conocido como calamita o piedra imán, también sellados con cera. En unas cuantas horas, de vuelta ya en el 2012, es decir, tan pronto como terminara la descarga, los tres satélites de mapeado Spartacus se desconectarían para el tráfico normal y empezaría el escaneado. Para mayor seguridad, habían escogido una zona que cubría casi toda Mesoamérica, que iba desde el paralelo veinte, que cruzaba Monterrey, en México, hasta el doce, que atravesaba Managua. Cuando uno de ellos registrara la señal electromagnética en forma de cruz, un helicóptero de SE despegaría con un grupo de excavadores para desenterrar las notas y llevárselas al equipo de Michael en el Asentamiento. Si todo iba según lo planeado, estarían leyendo esas notas en menos de veinticuatro horas.

—Seis —dijo ella.

—Buscar una tumba con una tonelada de ladrillos.

Ése era el comienzo de la segunda parte de la operación: la Tumba de Ámbar. En caso de que con las notas no pudiera cubrir toda la información necesaria, es decir, si al final resultaba que el Juego era más una cuestión de habilidad que un procedimiento descriptible, tendríamos otra oportunidad. Aquello sí que era intentar un tiro entre un millón, y era la razón por la que habíamos dispuesto todo aquel equipamiento en el palacio. Si teníamos suerte, mi cerebro volvería, cuidadosamente plastificado. Con este fin, necesitaría encontrar una catacumba que pudiera cerrar desde el interior; así los reyes rivales y los ladrones de tumbas, o cualquier otro, no podrían entrar de ninguna manera. De ahí la frase «tonelada de ladrillos».

—Cinco.

—Encontrar los ocho componentes del gel para así poder revivir.

Necesitaba preservar mi cerebro, e incidentalmente mi cuerpo, o, para ser exactos, el cuerpo y el cerebro de 9 Colibrí Dentado, pero con mi mente en un coloide de acción rápida. Era algo en lo que Alcor* había estado trabajando desde hacía

* Fundación para la Extensión de la Vida. *(N. de los T.)*

décadas como criogenia alternativa, aunque sólo durante estos últimos años habían empezado a obtener buenos resultados. En el Asentamiento habíamos visto unos cuantos vídeos de los resultados en los macacos. Debo decir que los animales parecían en perfecto estado, una vez que se acostumbraban a sus nuevos cuerpos.

De todas formas, los Laboratorios Warren habían adaptado la receta para el tipo de herramientas e ingredientes de «baja tecnología» (bueno, más bien de «no-tecnología») que me iba a encontrar. Había memorizado los ocho ingredientes en orden alfabético. Alcohol, betún, cera de abeja, resina de copal, entre otras cosas. También había memorizado cómo refinarlos y mezclarlos. Supuse que me harían repetirla más tarde. De todas formas, los últimos días que estuve en el Asentamiento, realicé el mejunje desde cero unas cuatro veces, y sólo la pifié una vez. Era un maestro cocinando aquella receta. No habría ningún problema.

—Cuatro.

—Ajustar las bolsas de contrapeso para que la puerta pueda cerrarse.

—Tres.

—Sellar las notas, colocar las bolsas y hacer pipí.

Por seguridad, dejaría una segunda copia de las notas sobre el Juego conmigo. Las bolsas de contrapeso harían que la losa se fuese posando lentamente sobre la tumba. Lo último es porque no queríamos que ningún fluido, excepto la sangre, pudiera contaminar el coloide.

—Dos.

—Calentar el gel, punzar las bolsas de arena, hacer que mi gente salga de la tumba.

—Uno.

—Abrirme las venas y descansar.

Ésa era la parte que menos me gustaba.

—Cero.

—Meterme en el gel y despertarme como un héroe.

Esa parte tampoco me entusiasmaba. Tenía que lastrar mi cuerpo con sacos de arena, incluyendo uno que iría atado a mi cabeza, acostarme en aquella gelatina calentucha, meter la cabeza, exhalar, contar hasta diez e inhalar.

—Bien —dijo Marena—. De acuerdo, pongámonos en marcha. Nómbrame tres películas de Fellini.

—Ehh... *Satiricón*, *La strada* y *Roma*... no, espera, quita la última, me gusta más *Ocho y medio*.

—Repite este número al revés: 9049345332

—2335439409 —contesté yo.

—Muy bien. Si pintas cada cara de un tetraedro de rojo y azul, ¿cuántos patrones de colores distintos puedes conseguir?

—Eh, cinco.

—¿Qué nos puedes decir de tu madre?

«Mierda —pensé—. Sabía que algo así iba a pasar».

Lisuarte lo había mencionado cuando mirábamos los gráficos de la otra descarga, durante la prueba con la monja. Habían decidido que querían sacarme un poco más de emoción para que llegara también al otro cuerpo. Atravesar unas cuantas capas más del hipocampo. Bueno, qué más daba ya. Empecé a contar cómo mi madre me había enseñado lo que era el Juego, y cómo nos metimos en aquel lío de las fincas. Puede que fueran las drogas, o el ánimo, o algo, pero de repente me encontré con que estaba balbuceando, contando cuando me llevaron al hospital, y cómo me enteré allí de que había sido arrestada en T'ozal, y de cómo consideraba aquello culpa mía. Todo por mi culpa. Todo por mi culpa. Mierda. Mierda puta.

—Los Soreanos tienen problemas —dije.

Recordé que era por la mañana, porque me dieron una tostada de pan blanco.

—Los Soreanos están en graves problemas.

—¿Por el teniente Xac? —me preguntó por entonces sor Elena.

Por supuesto, era un niño bobo de siete años. Por lo visto se me había olvidado que no podía hablar de ello, o puede que estuviera extremadamente enfadado, o puede que simplemente quisiera llamar la atención.

—Mi padre y el Tío Xac van a quemar la casa Soreano —dije.

Maldita fuera. Maldita fuera. Todo por mi culpa. Me concentré en la visión de la puerta, en Homan, Zeta Pegaso, la cual estaba apareciendo en la puerta con un leve resplandor que anunciaba el amanecer abajo, a la izquierda. No es que fuera una estrella extremadamente brillante, pero era un brillo amarillo muy bonito en aquella desolada parte del firmamento entre Formalhaut y Vega. Fue entonces cuando me di cuenta de que había dejado de hablar. Se hizo un silencio.

—De acuerdo —dijo Marena, tal vez un par de decibelios por debajo de lo habitual—. Bien, ahora, por favor, resuelve esto, si x es x al cubo cinco veces sobre x al cuadrado más siete x igual a cero.

El cuestionario continuó una hora más. A las tres y cuarenta y cinco, Lisuarte me sugirió hacer una pausa de un minuto. A pesar de que estábamos ya cargando, claro. Marena me dio un sorbo de Undine a través de una pajita.

—Gracias —le dije—. Supongo que debería... hummm.

Despedirse no tenía ningún sentido, ya que, como cualquiera que estuviera conmigo podría comprobar, yo no me iba a mover de allí. Después del cuestionario, ni tan siquiera me dormiría. Simplemente sacaría mi cabeza de aquel ano de metal y me incorporaría. Y mi yo que se quedaría aquí no se daría cuenta de nada.

Pero si yo era el yo que iba a encontrarme conmigo una vez allí... bueno...

—Me gustaría despedirme de parte de mi gemelo idéntico —dije.

—Sí —dijo Marena—. Rómpete una pierna, chico.

—Gracias.

—Vas a arrasar.

—Gracias —dije de nuevo; en ese momento me di cuenta de que me estaba agarrando la mano. Vaya. Aquello era ternura. Estaba esperando algo así.

—De acuerdo —me dijo—. Sigamos adelante. ¿Cuál fue tu primera esponja?

—Un par de *Hermissenda crassicornis*.

Fuera estaba empezando a amanecer, o puede que simplemente el cielo me pareciera verdoso por culpa de aquella luz roja. Ixchel todavía era visible. Tenía un color casi anaranjado. Tosí.

—¿Cuál fue tu primera novia verdadera?

—Jessica Gunnison.

—¿Quién le ponía la voz a Mickey Mouse?

—Un segundo —dije.

Me dolía la lengua. Seguí mirando a Ixchel. Ahora estaba casi roja y, por alguna razón, Vega, la cual estaba aún en la parte superior izquierda, también parecía roja. Seguidamente, una tercera estrella se hizo visible justo debajo, y luego hubo cinco, luego nueve, y luego trece. Los puntos crecían y se unían entre ellos, hasta que me di cuenta de que eran gotas de sangre que caían de mi lengua sobre una petición doblada para el Ocelote, arriba, en el útero celestial. El sonido del tronco de un mahogany gigante rozando se podía oír a través de la piedra de la pared.

—¿Jed? —dijo la voz de Marena.

Estaba bien, o al menos, intentaba estarlo, pero mi boca estaba llena de dolor y sangre. Había algo que estaba olvidando.

«No te preocupes», intenté decir, de hecho estaba bastante bien, aunque también me sentía como si no hubiera dormido desde hacía tiempo. Inhalé una bocanada de aire impregnado en resina. Estaba algo pegajoso con todo aquel espectro de olores de humo, tabaco salvaje, geranios silvestres, cilantro, goma, cristales de ámbar y algo que permanecía aún más oculto, algo antiguo, repleto de felicidad, sí... sí... era... chocolate.

Espera.

Había olvidado algo, no.

DOS

El opuesto del Cinnamon

27

Nos sacamos la cuerda espinosa pasándola a través de nuestra lengua y la quemamos. Luego nos arrastramos por debajo de la puerta y bajamos cinco escalones, hasta quedarnos al borde de aquella escalera mortal.

El Pueblo que Ríe, los ixitas, se postraron ante nosotros, comenzando la cuenta atrás, contando cada número de manera pausada y lenta, mientras giraban sus escudos emplumados en un movimiento que iba de delante hacia atrás, haciendo así que todo el campo humano cambiara del color rojo al verde azulado, para volver luego al rojo.

«Maldita sea —pensé—. No teníamos ni idea de cómo era esto».

Tenía una idea preconcebida de cómo sería la ciudad, y al final resultó ser tan diferente que por un segundo pensé que, de alguna manera, me había equivocado de lugar, que no habíamos apuntado bien hacia Ix y que estaba en Khmer, o en la Atlántida, o en el futuro, o en otro planeta.

«Vamos, Jed, oriéntate. Ese pico es el San Enero, lo que pasa es que está todo edificado. Joder».

Las cosas aparecían y desaparecían de mi visibilidad a través de las espirales de plumas doradas. Un cautivo gritó abajo, en alguna parte, para terminar el aullido con una especie de cacareo ahogado.

«Me cago en la... —pensé—. Realmente, ¡ha funcionado!».

Eché mi cabeza hacia atrás para tragarme una buena cantidad de mi propia sangre.

«Mmm... deliciosa —pensé—. Tantos sabores, a aceite de maíz, cobre, umami, agua del mar... realmente es lo mejor del mundo. La forma por la que una vena color púrpura oscuro cambia de repente a un color escarlata vivo, para luego adoptar el de la tierra de siena, cambiando luego otra vez al de la amatista negra, para finalizar arrugándose hasta convertirse en esas croquetas chiclosas espolvoreadas con esas delicias picantes que...».

«¿*M'ax eche*? ¿Quién eres? ¿Eres uno de los cuatro cuatrocientos?».

«Eh, ¿qué coño ha sido eso?».

«¿Eres uno de los trece? ¿O uno de los nueve?».

«¿Ése soy yo?».

«Sal de mi piel».

«Maldita sea. Yo no estoy al mando. El objetivo no ha sido borrado, y encima, estoy atrapado».

«*Uuk ahau k'alomte' yaxoc...* Gran señor, Gran Padre, abuelo-abuela, sol cero, sol recién nacido».

«Mal asunto, Jed. Lugar equivocado, momento equivocado. No, espera. El momento es el correcto, casi es el sitio correcto también, pero el cuerpo... el cuerpo es totalmente el incorrecto. Coñocoñocoño... ¡Coño!».

El nicho del ahau.

Claro, se le llama el nicho del ahau, así que el ahau debería estar ahí, ¿no? Pues no.

«El personaje de Chacal es el doble de 9 Colibrí Dentado. Autosacrificio por decreto. Me van a lanzar a los tiburones humanos, y luego, en un par de días, 9 Colibrí Dentado resurgiría de la tumba, o mejor dicho, de la cocina, y volverá directo para sentarse en el trono. Maldita sea, fuimos unos idiotas. Buen trabajo, chicos, y tú tampoco te libras, Jed. Eso te pasa por confiar en ellos. ¡Idiota! Te aguantas, mala suerte. Haz algo. Recuento de bajas. Reagruparse... Mierda, Dios me salve María, llena eres de... bah, a la mierda. Falange, párpado, esfínter, lo que sea, muévete, muévete, muévete. Ay, madre mía, joder, Dios, joder,

joder, joder. Estoy atrapado, congelado. Metido en ámbar. Un pisapapeles de lucite de *souvenir*. A ver, concéntrate. Muévete. Concéntrate. Muévete. Abre la boca. ¡Di algo!».

Nada.

«Me está entrando claustropánico. Mierda, mierda, mierda, mierda».

«Bueno, a ver, que esto está chupado. Simplemente, vamos a gritar, ¿de acuerdo? Simplemente, hazlo».

Everybody does it, everybody's doin' it, birds do it, bees do it, even educated fleas do it, let's do it, let's do it...*

«Dejamos de existiiiiir. Ay, madre de Dios. Dale a esta gente una buena dosis letal de respeto y se pondrán en cola para besarte el culo».

Jesucristo por Dios amén.

Última oportunidad. Venga, vamos.

«¿Chacal? Somos colegas, ¿vale? No me hagas esto. Al menos escúchame. Mira, piensa en el tema. ¿Cuántas veces le ocurre esto a alguien en su vida? Esto que te está pasando no es para ignorarlo. No importa lo que ésos te hayan dicho, dame la oportunidad y todos caerán a nuestros pies. Podemos hacernos con todo este sitio. Juntos, tú y yo. Chang y Eng. Sin sudar siquiera. Dame diez días y tendremos a esos lameculos Ocelotes besándonos los pies. Nadie podrá pararnos. Venga, dilo, dilo».

Nada.

«Escucha —dije intentando sonar convincente—, si pudieras pararte un segundo a pensar y disfrutar el momento, creo que podría sacarte de ésta, pero antes tendrías que escucharme, así que, por favor, escúchame, escúchame un momento, tú escúchame y verás, por favor...».

Silencio. No se lo estaba tragando. Su cabezonería estaba matándome.

«Oye —pensé, intentando llamar su atención—. Piensa. Intenta entender lo que te estoy diciendo. Esto no es el centro del universo. Por el amor de Dios. Tan sólo es América Cen-

* Letra de la canción «Let's Do It». *(N. de los T.)*

403

tral, y si simplemente dejas que te diga un par de cosas, tú no morirás, y yo haré que salgamos de ésta».

—Cuatro soles, cinco soles.

El oído de Chacal era mejor que el mío. Es como si hubiera podido escuchar claramente cada una de las voces, y además decir si el que lo decía estaba sano o enfermo, si era joven o viejo, si tenía todos los dientes o no. Lo que sí podía asegurar era que cada voz creía, que cada una de aquellos que estaban allí sabía que era esencial para que el colectivo consiguiera conjurar al Ocelote desde su caverna celestial.

—Ocho soles.

Miramos hacia abajo, hacia la muerte. Varias lianas de humo negro y gomoso subían hasta llegar a nosotros desde dos incensarios gigantes en la base de la escalera, en el eje del vórtice. Joder con esos escalones. Eran escalones que no iban para arriba. Sólo para abajo. De acuerdo con los cálculos de Michael, cuando alguien del peso medio de los mayas de ese periodo, es decir, cuando alguien con el peso de Chacal, daba el gran salto, llegaba al suelo en 2,9 segundos, más o menos lo que tarda una bola en recorrer el pasillo y golpear los bolos, y en la mayoría de los casos lo hacía, al menos, en dos grandes trozos.

«Sí, en menos de un minuto seremos relleno de tamal, nuestra cabeza será otra pelota en el partido de fútbol cósmico, y a todos nos van a dar por atrás en el 2013, y cuando digo todos, me refiero a todos, porque a ellos también les van a dar».

«Vamos. Joaquín, coge la sartén por el mango. Tan sólo mueve un poco la boca, sólo para dar con la sinapsis, aprieta el botón LEVANTA PIERNA. Vamos. Espera. ¿Acaba de movérseme la pierna un poco? Yo creo que sí. ¡Yo creo que sí! Otra vez. Inténtalo otra vez».

Nada.

Una escama de ceniza revoloteó rozando nuestra frente y creí poder ver el uay de Chacal, su animal, volando por encima de nosotros. Era un búho gris. Aquél fue un momento de equilibrio absoluto. Los seiscientos veinte músculos de mi cuerpo se pusieron en tensión. Creo que supe predecir hacia dónde me dirigía, hacia una oleada de emoción sin ego, hacia una sensación en la que yo era un pescado plateado saltando sobre un mar esmaltado. Luego no era un pescado, sino todo el banco, y luego toda una marea, todos saltando al unísono, nadando entre la brisa del viento. Tomamos un último aliento.

«Demonios. Marena va a preguntarse qué demonios ha pasado. Pensará que la he cagado. Venga, inténtalo de nuevo. ¡Muévete!».

Nada.

—*Wuklahun tun...* —Diecinueve soles...

Última oportunidad desperdiciada, se acabó.

«Bueno, al menos podré verlo —pensé—. Eso ya es algo».

«Estoy listo».

Por favor, un segundo más. Por favor.

Mis pies se arrastraron para ponerse en la losa de lanzamiento. Encontraron el punto exacto. Agaché mi enjoyado cuerpo hasta adoptar una posición felina, ansioso por saltar hacia las escaleras.

«Lo hice —pensé—. Nunca seré esclavizado por los Masticadores Nocturnos».

No tendría que abrirme camino luchando a través del mundo acuático subterráneo. Los del humo me tratarían como si fuera realmente el mismísimo 9 Colibrí Dentando. Me llevarían directamente al útero del decimotercer caparazón del cielo, directo a las llamas. Finalmente, podría descansar. Me habría ganado el olvido».

—Veinte, veinte roldanas de sol.

Ése es el número que te pedimos.

Ocelote, sobre nosotros, ven a nosotros, bendícenos.

Se hizo el silencio. En algún sitio, una paloma zureó.

«Oye —pensé—. Será mejor que pienses en algo, algo realmente int...».

Una única voz resonó en algún lugar elevado detrás de mí. No era una voz humana.

«Es un macaco —pensé—. No, es un mono araña entrenado. O puede que sea algún tipo de instrumento de viento, una *guira* de piedra, una carraca de hueso, cualquier cosa menos una persona».

Pero en algún lugar de mi marea de nuevos recuerdos, sabía que era humana, que era la voz de un enano, magnificada por un megáfono gigante y distorsionada por los mil planos angulados que componían la ciudad. Era masculina, pero estaba por encima de la voz de una contratenor, como si fuera la del mismo Alessandro Moreschi, el último *castrato*. También guardaba una extraña inexpresividad. Tal vez era una carencia total de duda. Es como si aquella voz nunca pudiera ser cuestionada. No es que estuviera acostumbrada a dar órdenes, más bien era, por definición, como si nunca hubiera pronunciado algo que no fuera una orden. Era como si en la mente del dueño de aquella voz no cupiese la posibilidad de que pudiera ser desobedecido jamás.

En algún doblez de mi nuevo cerebro podía sentir que Chacal sabía a quién pertenecía aquella voz, y pasado un instante, yo ya también lo sabía. Era la voz de 9 Colibrí Dentado, el ahau y k'alomte' de Ix.

Dijo:

—*¡Pitzom b'axb'âl!*

Lo cual, en una traducción un tanto libre, quería decir: «¡Haced el saque de pelota!».

Era el momento de lanzarse.

28

—¡*Ch'oopkintikeen k'in ox utak!*

Era yo. Lo había gritado yo.

«¡Lo conseguí! —pensé—. ¡Controlo a Chacal! ¡Yu-huuuu, Jed!».

Silencio. Un grajo verde graznó en algún lugar.

De acuerdo. Vamos por lo siguiente. Diferenciación verbal. Recuerda el cambio de consonantes. *Ch'opchin*, no *ch'oopkin*. Céntrate en el hecho de que se llaman a sí mismos *ajche'ej winik*. La Gente que Ríe. Respira desde el diafragma. Venga, a ello.

—¡*Ch'oopchintikeen k'in ox utak!* —dije, intentando proyectar la voz sin pegar alaridos.

Soy el que cegará
por lo tanto al tercer sol,
catorceavo k'atun,
en 12 Viento,
en 1 Rana,
el del Norte
explotará en úlceras,
escupirá su negrura,
en las colinas, en los valles.

Y sólo yo podré salvaros de su cólera.

Vosotros, el Pueblo que Ríe, necesitaréis...

«*WA'TAL WA'TAL WA'TALWA'TALWA'TAL*», su mente gritaba en la mía: Para, para, para, para, para.

Me atraganté a sesenta y una palabras del final. «Vamos, maldita sea, deshazte del todo de él. A través de la oscuridad... a través de...».

Nada. Mierda. Estaba ladrando sin producir ningún sonido, como un perro viejo. Tenía una sensación, una terrible sensación. Algo como vergüenza, pero mucho más profundo, nació en mi interior como una arcada de vómito ácido. Caló en mi mente, llenándomelo con una única palabra.

—¡AJSAT!

Como todas las palabras importantes, no se podía traducir literalmente, pero había una palabra en nuestro idioma que se aproximaba mucho en su significado, especialmente si se está utilizando en una situación de gran presión social, como por ejemplo, en un tiro a puerta en un partido importante, digamos, en cuarto de primaria.

«¡Perdedor! Me has hecho perder, me has hecho perder, PERDER, PERDER, PERDER. Soy un perdedor por tu culpa. PERDEDOR».

«Chíngate —pensé—. Jódete. Jódete doblemente».

Intenté apartarme del borde, pero mi cuerpo no se movió. Algo surgió de entre la ciudad, un sobrecogimiento colectivo. ¿Qué estaban pensando? De alguna manera, avanzamos un poco más sin llegar a caer. Veía cómo la multitud, congelada sin moverse, se acercaba en perspectiva hacia nosotros, mientras que aquellos escalones cortantes hacían lo propio. Mis ojos se concentraron en los dientes de piedra del tercer escalón empezando por arriba, el que me iba a destrozar la cara.

«Estoy muerto —pensé—. Eso será la última cosa que vea, y la imagen se me quedará marcada en mi hemisferio izquierdo, para luego hacer un fundido en negro lentamente. Ay, mamá. Por favor...».

De repente, empecé a ver cosas raras en mi área de visión remota. Una especie de pelota de playa de mimbre pasó por mi izquierda, botando escaleras abajo. A su cuarto bote, se destrozó, creando una especie de explosión de ¿plumas? Verde y magenta. No, no, una se acercó precipitadamente hacia nosotros. Vaya, eran colibríes.

«No, no es un efecto subjetivo —pensé—. Definitivamente no estamos cayendo. De alguna manera, estamos suspendidos, o mejor dicho, alguien nos está sujetando por detrás».

Una enorme vasija de barro, al menos tan grande como una de esas vasijas para el aceite del tamaño de una persona (¿se llamaban *pithoi*?) del palacio de Knossos, formó un arco sobre mi cabeza, se asentó lentamente en el séptimo escalón y se hizo trizas en una vaharada de humo amarillo y negro. La humareda fue en aumento y nos envolvió. Eran abejas. Otras cosas volaron a mi alrededor: orquídeas, margaritas, pequeños trozos de jade y tortas blancas que volaban como *frisbees* sobre las escaleras. Cuando nos dimos la vuelta, o más bien cuando nos dieron la vuelta, de espaldas al sol, encaramos la puerta del santuario. Una enorme boca negra de lamprea en la cara de una enorme rana-gato, coronada con una macedonia de vegetales.

«No me dejéis caer de espaldas, eso sería demasiado indigno...».

¿Había pensado yo eso, o había sido Chacal?».

Para mayor sorpresa, también me di cuenta de que no estábamos respirando.

«Moriremos, arderemos».

Bueno, ése sí era Chacal.

«Oye, perdona, no estaba...».

«Cero, cero».

Gak. Miedo claustrofóbico, pánico.

«No nos ahogues, por favor, respira, respira, necesito respirar, esto es una putada, respira, coño».

Gak.

Unas manos me sostuvieron por los lados mientras una cosa viva, enorme, gigante, llegaba frente a la puerta de entrada. Al principio, lo que llamarían una parte de mi percepción puramente asociativa, o prediagnóstica o lo que fuera, vio a un pájaro, y no cualquier pájaro, sino un forocaroide, un carnicero incapaz de volar dos metros y medio de la época del Mioceno, con garras de veintidós centímetros y con una cresta ocelada del tamaño de un cerdo de un año; pero la parte

Chacal de mi ser, la cual por ahora estaba de mi parte, sabía lo que era. Era una Gran Casa, es decir, un aristócrata, con su sombrero ceremonial al completo, aunque sombrero no era una palabra lo suficientemente fuerte como para denominar a aquello. Era como una prótesis hinchada y abombada, una construcción vegeto-mecánica sintético-cubista *avant la lettre*. Una de aquellas largas plumas de su cresta acarició mi frente, y así pude comprobar que era artificial, una composición de cientos de plumas rojas de guacamayo cosidas en una vara de bambú. Extendió una garra y me agarró por la barbilla. Miré bajo su pico de papel maché, en la parte inferior de su molleja, y me pareció como si aquel pájaro se hubiera tragado a alguien. Había una pequeña cabeza, tan calva como la de una tortuga, arrugada como el coral cerebro y de un rojo brillante, deslumbrándome con sus ojos de color naranja fuego. Pude sentir que Chacal lo conocía personalmente, que, de hecho, le era cercano y querido, y luego me di cuenta de que ya sabía que era el *bacab* rojo, el bacab de oriente. Era 2 Cráneo Enjoyado.

«Mátame —pensó Chacal—. Absuélveme. He traído la desgracia. Renunciad a mí, y matadme».

Vergüenza. Maldita sea. Intenté pensar. Aquello no tenía que ver conmigo, pero Chacal y yo compartíamos emociones de la misma manera que dos gemelos pueden compartir la sangre, y me estaba hundiendo con él en las arenas movedizas cósmicas de lo que era la más grande de las vergüenzas. Era una emoción que conocía, pero que no había sentido desde... bueno, no sabía desde cuándo, pero supongo que cualquiera puede recordar algo de su niñez, como por ejemplo, aquel partido de fútbol al final del cual los otros niños se aliaron para empezar a pegarte con aquellos enormes trozos de corteza de cedro rojo procesada. Revivir esas sensaciones, cuán desesperadamente intentaste mantenerte entero, y no derrumbarte en el suelo, mientras todos se reían. La carencia de diferencia entre el odio que sentías hacia los que se metían contigo, y la imperiosa necesidad de su aceptación... A aquello le tenía que añadir que para Chacal no existía la esperanza del refugio eventual que puede que otro sí tuviera al borde de la pista de fútbol. No había padres esperándole en casa, ni tampoco ninguna monja simpática y buena, ni un futuro de maduración, nada. Tan sólo había tenido una salida, y yo la acababa de cerrar. Mi visión se centró en el brazo de 2 Cráneo Enjoyado, en los abalorios de jade que había alrededor de su muñeca, en la parte superior de su brazo, con aquel enorme trozo de cinabrio quebrado en escamas, sujeto entre la piel colgante, en el único mechón de pelo negro que surgía a través de las escamas, como un *aporocactus* del Mojave. Quiero decir que los cactus epifíticos crecen, normalmente...

Oh, vaya, se me iba la cabeza. Había pasado aproximadamente un minuto desde que habíamos dejado de respirar. Estaba teniendo uno de aquellos mareos de sombras grises que tenía cuando era pequeño, me cortaba y casi moría desangrado. Una voz aguda, que pensé que venía de 2 Cráneo Enjoyado, agujereó el zumbido de dióxido de carbono que teníamos metido en el cerebro. Creí haber escuchado la palabra *luk'kintik*, «deshonra». Había algo en aquel tono, algo que tal vez fuera suplicante, implorante. Unos dedos calientes se metieron en mi boca. Todavía tenía la sensación de estar cayendo hacia una mar color rojo oscuro. «¿Estoy rodando finalmente escaleras abajo?», me pregunté. Por favor, dejadme caer y no me agarréis. Dejadme rodar, es lo que quiero, es lo que quiero.

29

Me di cuenta de que conocía las dimensiones de la caja mucho antes de poder verla, o incluso sentirla. Era un tanto corta para estirarme, y un tanto baja para poder sentarme. Tan sólo podía doblarme sobre mí.

«Me pica. Me pica el ojo, ráscame.

No puedo. Manos atadas.

Sed».

Intenté tragar y no pude ni cerrar la boca. Lo volví a intentar, pero fue una tragada seca que tan sólo empeoró las cosas. Ay. Mierda.

Tenía la noción de que estaba en posición fetal sobre mi lado izquierdo, o no, casi era sobre mi lado derecho. Tenía el hombro entumecido. El pie derecho también. ¿O era el izquierdo? Sería más fácil de decir si pudiera verlos. De cualquier forma, el lado de mi cuerpo que daba con el suelo estaba totalmente dormido, y el otro era una bolsa de dolores y tirones.

«Me sigue picando».

También me di cuenta de que me estaba retorciendo, intentando restregarme el ojo izquierdo contra uno de los lados de la caja. Finalmente, lo conseguí.

«Ahhh. Menos mal. Vaya...».

Creía que había dejado de retorcerme, pero aquello se seguía moviendo. Definitivamente, no era yo el que se movía. Era la caja. Hacia delante y hacia atrás. No, mejor dicho, se estaba balanceando. Estaba colgando de algún sitio. ¿A qué altura?

Puse mi mejilla contra el lado de nuevo. Su superficie era rugosa, como trabajada. No estaba en una caja de madera. Era de mimbre. Estaba en un cesto. En una cesto de mimbre.

Bueno, al menos aquello tenía sentido. Era una celda acolchada, sin suelo donde machacarse la cabeza o resquicios por los que deslizarse. Querían mantenerme vivo. Más o menos. No sabía por qué no podía cerrar la boca. Tenía un bola enorme de algo metido, así no podría morderme la lengua. Me estiré un poco y rodé sobre mí mismo, empujando las paredes de mi prisión.

Tendría un brazo de ancho y dos de largo, y en algún lugar de mi desordenada cabeza me di cuenta de que estaba pensando con la medida en brazos de los mayas, es decir, en unidades de unos sesenta y seis centímetros, y no en pies o metros. Su altura sería de un brazo y medio, así que no era lo suficientemente larga como para estirarse, ni lo suficientemente alta como para sentarse. Maldita sea. La claustrofobia empezó a hincharse de nuevo en mi garganta. Me imaginé que estaba a punto de caer, pero entonces conseguí pensar con claridad, creo que fue porque mi cuerpo nuevo estaba demasiado cansado, y por lo tanto mi otro yo estaba en la misma condición.

«Cálmate. Está bien, Jed. Estás vivo. Mantén la calma, porque si entras en pánico, estás listo».

Sed.

Puede que fuera algo de las corrientes de aire, o del calor acumulado que estuviera irradiando de los muros de piedra que me rodeaban, pero estaba bastante seguro de que estaba enclaustrado en un pequeño patio, y de que sería media tarde. Me quedé escuchando. Había una especie de rechinar procedente de algún lugar, y también se oía ese graznido tan característico de los pavos, e incluso un perro, no un cachorro, sino un perro adulto, ladrando, muy, muy lejos. Y más allá de todo eso, también pude oír un distante, pero penetrante, coro de innumerables miembros, el nostálgico y sentimentaloide sonido de las mujeres haciendo *waahob*, tortillas, y pasándose la masa de maíz de mano en mano. Era exactamente ese

413

sonido, el mismo que permanecía inalterado desde la niñez de Jed. Quiero decir, desde mi niñez. E incluso más allá de eso, creí poder oír los ecos de las llamadas al inicio del juego, y el sonido seco del botar de una pelota.

Vaya.

Tuve una imagen visual del juego, del Juego de Cadera, me refiero, y no era mía. Era de Chacal.

Un bosque y una franja limpia entre los desperdicios, con montones de troncos apilados y más desperdicios a cada lado. Era una suerte de campo de Juego de Pelota. Dos niños desnudos están frente a mí, con un grupo de gente detrás de ellos, de pie junto a la parte final del campo. La cara de uno de los niños está empapada en sangre, y por un segundo pienso que está siendo castigado, pero entonces oigo, o recuerdo algo, como una algarabía, y también recuerdo que golpear la pelota con su cara es un movimiento ganador, un gran logro.

Sin embargo, aquello fue todo lo que «vi» antes de que se combinara con el recuerdo del último partido de Chacal, el que había sido un espectáculo público, un uno contra uno que lo enfrentó a 9 Colibrí Dentado y en el que el ahau se hizo pasar por 7 Hunahpu, el héroe gemelo, y Chacal representó al Noveno Señor de la Noche. Eso significaba que Chacal era el malo. Fue un partido nocturno, iluminado por cientos de antorchas. 9 Colibrí Dentado simplemente estaba de pie, al otro lado del campo, con una máscara cubriéndole el rostro y unas sandalias a modo de zancos, pero aun así se hacía evidente que era un enano acondroplásico. Los tramoyistas, o mejor, los «invisibles», como se les llama en el teatro Noh, manejaban una pelota de papel hueca colgada con finos hilos de unas varas muy largas y hacían que la esfera se balanceara hacia atrás y hacia delante, como si fuera un pájaro en un espectáculo de marionetas. Por supuesto, aquello no engañaba a la audiencia, pero tampoco lo pretendía. En lo que respectaba al efecto espiritual, aquellos movimientos servían de igual manera que los reales.

Dos de los rostros que «vi» pertenecían a gente real, que existía, y que supuse conocería de mi equipo de Juego de Pelota. Uno tenía una cara de rasgos suaves, y su nombre, creí recordar, era Hun Xoc, o lo que es lo mismo, 1 Tiburón; y luego había otro, más regordete, con una cara un tanto infantil, y más ancha, llamado 2 Mano, pero me era difícil discernir todo aquello mientras nadaba entre mis recuerdos, era como si... De nuevo la misma cuestión, ¿qué se siente realmente al ser parte de otra persona? Es como levantarse en una oscuridad total y darte cuenta de que estás en una enorme casa que no conoces, repleta de mobiliario y objetos, y de la cual tienes que salir. Yo creí que era un auténtico maya, pero ahora me daba cuenta de que tan sólo era un yanqui bravucón que no tenía ni idea de nada, y que desde mi cuerpo, desde mi mente, era de una raza totalmente diferente. Por ejemplo, todavía sabía que la Tierra, o como nosotros la llamamos, *mih k'ab'*, tierra cero, o el cascarón primigenio de la creación, era redonda, con forma de globo, pero, si no pensaba en ello, sentía que el mundo era diferente. No esférico, ni plano, sino más bien como unas tortillas aplastadas una encima de la otra. Cada uno de los estratos que formaban iba dentro del siguiente, como las capas de una cebolla cortada por la mitad, y cada una de esas capas estaba repleta de vida.

«Me ahogo.

Vamos, respira.

La cosa de la boca. Puede que sea una esponja. Ábrela. De acuerdo. Ahora ciérrala. No puedo. Ay. Regurgito ácido».

Intenté aspirar una buena bocanada de aire a través de mi garganta reseca y mi gráfico del dolor alcanzó otro pico, pero lo ignoré de una manera que Jed no habría conseguido. El cuerpo de Chacal era muy resistente, de eso no cabía duda. Sin embargo, aquello no me servía de mucho si no me podía mover. Tan sólo quería tragar. Intenté que mi lengua se viera involucrada en la operación. ¿Dónde estaba? ¿Cortada? No, espera, todavía está ahí. Buena lengua. Arriba, arriba chica.

Tenía mi lengua pegada al paladar. Finalmente, conseguí apretar los dientes, aunque no encajaban muy bien. Intenté tragar de nuevo, pero seguía teniendo la boca y la garganta resecas, y dolía un montón.

Ay, ay. Espera un poco.

Empujé su lengua (mi lengua) hacia aquello que tenía en la boca y la retorcí, intentando excavar en busca de líquido. Finalmente, conseguí que mi lengua se empapara un poco de algo agrio, luego continué dando alrededor de la esponja, mojando con aquella sustancia aquellas fisuras y bultos de mi boca que no reconocía.

«¿Dónde está mi...? Vale, no tengo. Y además, pasa algo con mis dientes».

No es que fuera nada malo, tan sólo diferente. Los dos incisivos superiores habían sido esculpidos para que tuvieran la forma de una L chata. Es decir, aproximadamente un tercio de cada diente, en su primera mitad, había crecido normalmente, pero luego había terminado de desarrollarse doblándose hacia la derecha y hacia la izquierda, como una especie de espolones a los que les faltaba un trozo. Nunca me había dado cuenta de lo acostumbrado que estaba a pasar mi lengua sobre mis antiguos dientes. Aquellos pequeñines puntiagudos y afilados me eran totalmente extraños. De hecho, podría cortarme con ellos si no tenía cuidado. Vaya. En la parte izquierda parecían faltar dos molares. Ah, claro. Perdí uno en el partido contra 1 Bastón en los 39 Campos, y también otro contra 2 Serpiente de Cascabel, donde marqué cuatro tantos y maté a...

«No —pensé—. Yo no. Chacal. Es Chacal quien tiene una trayectoria como jugador del Juego de Pelota. Cuidado.

De acuerdo, abre los ojos.

Ay. No puedo.

Voy a estornudar.

Maldita sea. Esto al final ha terminado siendo una *Schande.** ¿Por qué demonios me tiene que estar pasando todo esto? Yo debería ser el que se ha quedado allí, en el 2012. Ese otro yo seguramente está ahora durmiendo en un saco de dormir con Marena. Bastardo. No tiene ni idea. Un momento. ¿Estoy teniendo celos de mí mismo? Deja de obsesionarte. Mantente unido.

* Una desgracia. (*N. de los T.*)

416

De acuerdo, abre los ojos.

Nada.

Bueno, pues esto es genial. Un proyecto de más de seiscientos millones de dólares y termino metido en una cesta, como si fuera una merienda campestre. ¿Cuánto tiempo se supone que me van a tener aquí? ¿Días? Tengo sed. ¿Y qué pasa con el volcán? ¿Habrá pasado ya? De ningún modo. No he estado aquí durante tres días, no puede ser. De todas formas, me dijeron que sería imposible que aquello pasara desapercibido, que incluso a aquella distancia, el tronido haría que mi tímpano retumbase. Supuestamente, después de uno o dos días, las nubes de ceniza se alzarán lo suficiente para que se pueda ver su fulgor desde toda Mesoamérica.

Puede que estén esperando a ver si pasa lo que les he dicho. Puede que aún tenga una oportunidad, y al menos, Chacal no está presente. O mejor dicho, no medio pienso que soy él. Es que es eso, ¿no? El ser es algo que piensas que eres, y no que eres en realidad.

Ay. El picor de los ojos sí es real. Ráscatelos. De acuerdo, me flexionaré y...».

Crac.

Tenía los dedos de una mano libres. Cada uno de ellos hizo una serie de crujidos y pequeños estallidos acompañados de una punzada de dolor que, sin embargo, recibí con alegría.

Ay.

«Muy bien, ahora, saca el otro brazo de debajo de... Espera, ¿dónde...?

¡Mierda! ¡Está amputado!».

Pánico.

Palpé con mi otra mano lo que creía que era el muñón.

«Nada, mierda. Espera. Estás moviendo algo, solamente es que tienes la mano equivocada en la parte equivocada. Qué raro.

Eh... Puede que me hayan dado la vuelta y ahora sea diestro. Hummm...

Sí, es eso. De acuerdo».

Conseguí que mi mano buena frotara a la que estaba entumecida, pero siguió dormida. Era como intentar mover el cursor del ratón por la pantalla cuando el ordenador se te queda colgado.

«Ponte las manos sobre los ojos. Ay. Mierda. Hazlo otra vez. Ay. Mis manos siguen deteniéndose antes de llegar a donde deben. Ah, ya sé por qué es. Las tengo atadas delante de mí, y luego están atadas por una cuerda más larga a la tapa del cesto. Mierda».

Intenté hacer lo contrario y llegar con la cara a mis manos, pero tampoco pude. Puede que mi pecho también estuviera atado al fondo. Sí, eso era. Maldita fuera.

Sed.

Aspiré otra bocanada de aire. Por alguna razón, un hedor dulzón pero repulsivo me trajo a la mente la imagen del perro, el perro con aquellos dos grandes muñones en sus patas delanteras. Sí. Era un olor a pus, o algo, de una de las heridas abiertas, el aroma de la piel enferma. Mierda. Probablemente, era la mía.

Espera.

Escucha.

El chirrido que creo que mencioné antes se estaba haciendo más audible, hasta el punto de que, más que chirrido, era una especie de maullido. ¿Un gato? No, parecía humano. Aquello era un lamento.

Intenté abrir de nuevo los ojos antes de darme por vencido del todo. ¿Era un niño pequeño? No, era... vaya, era una persona mayor. Un viejo.

Aquel llanto por fin encendió el disco duro de Chacal. Se me apareció la imagen de una línea de ocho o diez cestos enormes de mimbre colgando de una especie de pérgola, frente a una pared. La imagen incluso tenía sus colores específicos. Los dos cestos de la derecha eran de un mimbre verde, pero los que estaban a la izquierda estaban bañados por el sol, lo que les hacía tener un color grisáceo. Puede que incluso éste fuera el mismo patio, me refiero en el que me encontraba, o puede que fuera un sitio como éste, pero de todas formas, sabía, gracias a Chacal, que cada uno de los cestos tenía un prisionero, que yo estaba en el del extremo de la derecha, y que lo que estaba oyendo era la respiración de los demás cautivos. Y aquel olor dulzón asqueroso era su piel podrida, desprendiéndose lentamente de su carne, y los lamentos... los lamentos procedían de los cestos más viejos, en los que los prisioneros llevaban años, años y años.

«Vas a estar en esta caja durante mucho, mucho tiempo. Tal vez durante un k'atun entero, si tengo la suficiente mala suerte».

Eso eran veinte años, posiblemente hasta el mismo día de mi muerte. Así conseguían martirizarte más. Más dolor era igual a más lluvia. Más lluvia era igual a más cosecha.

«Joder, eso es. De eso se trata. Ésta es la última cosa que voy a ver. Éste es el último lugar en el que voy a estar. Para siempre. Jamás. Ay, Dios. Ay, Dios. Ay, Dios».

Caer en un profundo pánico no es como estar soñando, o desmayarte, pero también cuesta recordar lo que has vivido en ese momento. Supongo que me estuve removiendo durante un rato, probablemente gritara, o puede que uno de los otros prisioneros lo hiciera, para luego, intentar abrir otra vez mis ojos.

«Abre los ojos. Vamos. Tengo que ver. Concéntrate en los ojos».

Me flexioné y me estiré. Nada. Tenía unos cuantos músculos orbitales que ni sabía que tenía. Me flexioné de nuevo. Todavía nada. En un punto me di cuenta, por el dolor, o por la fuerza de las ataduras, o puede incluso porque Chacal hubiera visto cómo se lo hacían a otras personas, de que mis párpados habían sido cosidos. Madre de Di...

Espera.

«Hay alguien fuera. Cerca. No debería haber meneado tanto esta cosa. ¿Qué están haciendo? ¿Vigilarme? Tengo sed. No, no lo hagas. No dejes que...».

El cesto se precipitó. Algo me golpeó. Todo estaba demasiado brillante, incluso con los párpados cosidos. ¿Podía ser la erupción? Espera...

30

El cesto se abrió de golpe y yo salí rodando. Alguien me sujetó, pero no parecían manos. Más bien parecían unas manos
metidas en unos mitones. Noté cómo cortaban las cuerdas,
pero no tuve la oportunidad de percibir los detalles de mi rescate. Eran demasiado profesionales, como los policías que te
pueden cachear, esposar y meterte en el asiento de atrás del
coche patrulla en menos de diez segundos. El sol quemaba mi
piel como el aceite caliente, y en el ambiente flotaba un extraño sabor como dulzón. Mi cuerpo yacía boca abajo sobre las
baldosas.

La sangre manaba de mi pierna helada, y me escocía como
el diablo alrededor de las llagas de mi espalda.

De repente, un par de patos graznaron sobre mi cabeza.
«Definitivamente, esto no ha sido por culpa de la erupción
del volcán».

Mi mano, o mejor dicho, la que era mi mano derecha, palpó una especie de espolón alargado entre la polvorienta roca.
Lo mantuve bajo mi dedo índice, presionándolo con fuerza.
Cuando uno se da cuenta de que algo no marcha bien, se agarra a cualquier cosa lo más rápidamente que puede para cerciorarse de que sí, de que existe, y de que aquello está pasando
realmente.

Al menos yo lo hago.

Era media tarde y, sin ver el sol, sólo sintiendo el ángulo
de reflexión de la luz que me daba, el sentido de orientación

de Chacal funcionó a la perfección. Estábamos encarados hacia el sur, pero era un sur diferente al sur que conocía Jed. Eso es, todo el sentido de la orientación era completamente diferente. Como casi todo el mundo del siglo XXI, yo tendía a pensar que el Norte estaba arriba y el Sur abajo, el Este era la derecha y el Oeste, la izquierda, sólo porque ésa era la manera en la que quedaba siempre representado en los mapas; pero para Chacal, el Sudeste era arriba, y el Nordeste era abajo. Y todo lo que veía, o sea, el mundo entero, parecía estar un tanto inclinado hacia el oeste, con...

Una voz gutural de tenor medio cantó y medio gruñó hacia mí.

—*Into'on ho tuulo*
Ta'änik-eech...

    —Los cinco saludamos,
    A quien está por debajo de nosotros.
    ¿Quién te ha fastidiado?
    ¿Quién te ha fastidiado, Hombre Pus?

El dueño de aquella voz estaba a unos diez brazos de distancia. Por las palabras que estaba utilizando, sabía que era un contador del clan Arpía, algo así como un sacerdote de familia, y por la misma voz... sí, me vino la imagen de una persona desde los recuerdos de Chacal. Alguien con quien había tenido problemas, físicamente, quiero decir, y eso que no era un enano. De hecho, casi creía recordar su nombre, era...

    —Ofrecedle agua amarilla,
    aceite rojo y cerveza roja,
    agua blanca, aceite protector,
    y cenizas blanquiazules.

Empezó a llover. Era una lluvia caliente que procedía de todas direcciones. Mierda. Eran meados. Instintivamente, me contraje formando un ovillo con mi cuerpo, con mi pierna entumecida aún sin responder.

Al menos había cuatro personas a mi alrededor, y cada una de ellas demostró tener una superabundancia tremenda de líquidos.

«Pero ¿qué coño es eso? ¿Urofilia? No lo están haciendo por joder. Es una especie de purificación, ¿no? Puede».

Alguien dirigió su torrente hacia mi cara, a la vez que creí oír una risilla reprimida, pero puede que tan sólo lo imaginara.

«No dejes que te humillen —me dije a mí mismo—. Bueno, tranquilo, si ni tan siquiera te conocen. ¿Qué más da? Pero aun así, es difícil mantenerse ecuánime cuando te están... por Dios. ¿Cuándo van a terminar? Vamos, apuntad ya para otro lado, tíos, ya habéis dejado claro el mensaje. Bastardos, más que bastardos. Esperad a que esté al cargo de todo esto y veréis. Vais a tiraros el resto de vuestros días en el turno de letrinas, y eso significa que vosotros haréis de letrinas».

Con el tiempo, terminaron su meada. Entonces, algo diferente empezó a derramarse sobre mí de nuevo, algo resbaladizo y que picaba, alguna mezcla de *b'alche*, cerveza de la flor de la lila, y aceite. Tenía un terrible hedor a ácido fórmico que, en estos tiempos en los que no existía el Don Limpio aún, debía de estar hecho con hormigas trituradas. Las partes de mi espalda que estaban al descubierto me escocían como si ardieran. Como Jed, habría gritado como una *banshee*, pero Chacal se había instruido a sí mismo para no gritar jamás, sin soltar siquiera un gemido. Uno de sus primeros recuerdos, y uno a los que más acudía, ya que había aparecido ya varias veces en mi cabeza, era uno en el que estaba completamente desnudo en la hierba, dejando que una marabunta de insectos se diera un festín en su piel, para ver cuánto podía resistir sin siquiera torcer el gesto. Intenté desembarazarme de la mordaza que aún tenía puesta en la boca, pero aquel limpiador se abrió paso hasta mis fosas nasales y penetró hasta que me llegó a la garganta.

—*Ku'ti bin oc* —dijo una voz diferente, en un lenguaje diferente al ixita que yo parecía entender.

—Dadle la vuelta.

Los nervios de Chacal dieron un respingo, como si hubiera probado algo que me repugnara. Aquella voz le hacía parecer una versión maya de Timoteo, el ratón del circo de la película *Dumbo*. Supuse que aquel tono hacía a aquella persona miembro de alguna casta intocable.

Me dieron la vuelta y me estiraron. Dos nuevos salpicones de aquella cosa me empaparon, y luego, durante unos instantes, me dejaron allí, sobre las baldosas, retorciéndome y chorreando. Alguien me quitó la mordaza y me dio un trago de agua fresca. Vaya. Aquello fue una sensación indescriptible. La lamí como si fuera un perro frente a un aspersor de jardín. Me di cuenta de que me sujetaban otra vez, pero, de nuevo, no eran unas manos. Llevaban guantes de piel de venado. Tenían que protegerse a sí mismos de mi impureza. Luego me rasparon con lo que supuse que eran conchas. Me frotaron todo el cuerpo, incluso esas partes que son algo difíciles de alcanzar, no sé si sabes a lo que me refiero. Me sacaron lo que supuse que eran los últimos restos de la pintura azul de los sacrificios hasta de debajo de mis uñas. Me untaron, o más bien me lustraron, al completo con algún tipo de aceite. Era bastante lubricativo, y poseía esencias a vainilla y geranio. Tal vez tuviera un propósito. También me impregnaron el pelo con aquel aceite, o lo que quedaba de él. Cuando los guantes tocaron el muñón de lo que antes del cuasi sacrificio era mi coleta, o lo que fuera, otro de aquellos arrebatos de vergüenza instintiva subió por mi garganta. Bastardos. Luego me espolvorearon con algo que debían de ser las «cenizas blanquiazules» de las que hablaban antes. Yo me quedé allí quieto, dejándolos hacer, como una torta de aceite bajo una lluvia de azúcar.

Intenté imaginar que estaba en una sesión de masaje y tratamiento corporal completo en Georgette Klinger, 980 Madison Avenue, pero no conseguí vislumbrarlo bien en mi mente.

Me ataron las manos por delante con una cuerda ligera, dejando dos cabos largos a ambos lados, y luego anudaron otra cuerda alrededor de mi pecho y mi cuello, con dos vueltas, como si fuera la sujeción de un cuerpo. Finalmente, me sujetaron por debajo de los brazos y me levantaron. Como ya he dicho, el cuerpo de Chacal estaba acostumbrado al maltrato.

Pude sentir su fortaleza. Su cuerpo era fuerte, de una manera muy diferente a como lo son los de los atletas de la actualidad. No tenía músculos ni abdominales, sino la solidez de alguien robusto, como si ni un autobús pudiera derribarme. Incluso después de aquella pérdida de sangre, y los días de ayuno que habían precedido a aquella chapuza de sacrificio, no desfalleció.

Intentaron hacerme andar, de hecho, yo mismo lo intenté, pero mi pierna estaba todavía fuera de servicio, así que terminaron llevándome en volandas, con mis pies arrastrando por el pavimento.

Por las sombras que pasaban sobre mí, tuve la impresión de que habíamos pasado por una abertura en el muro del patio, y luego, por la manera en la que nos movíamos, me pareció que subíamos por un camino en pendiente. Una brisa me proporcionó una sensación de espacio que podía significar que habíamos llegado a un lado occidental de la colina. Después de subir dieciséis escalones, giramos hacia la derecha, nos introdujimos en una sombra y subimos otros dieciséis escalones hasta llegar a un corredor oscuro. Giramos hacia otro corredor aún más estrecho. Allí había un fuerte olor a tabaco, como si estuviéramos en el interior de un humidificador gigante, y puede que por debajo también hubiera ciertos toques de aroma a vainilla. Nos detuvimos. De repente, se produjo un sonido como si alguien apartase una pesada cortina. La atravesamos y llegamos a un salón de piedra.

Una luz de color cereza se coló entre mis escocidos ojos. Me sentaron en una parte del suelo que tenía algo fino y suave puesto a modo de estera. Me recogieron las piernas, poniéndomelas debajo del cuerpo, y siguieron «esculpiéndome» hasta que adopté la típica posición en cuclillas del prisionero. En ese momento, todo se detuvo.

—El que está sobre nosotros te invoca a sus pies —dijo la voz de tenor en un cántico a mi izquierda. La habitación carecía de cualquier tipo de eco, como si fuera un estudio de grabación.

Luego se hizo otra larguísima pausa.

En algún momento, alguien tuvo que dar una orden, porque dos enormes manos me agarraron, sujetándome la cabeza, mientras que otros dos...

«Mierda, me van a dejar ciego, mierda, mierda».

Empezaron a cortarme los hilos que sujetaban mis párpados, cortando las puntadas con una pequeña cuchilla. Habría luchado, por supuesto, pero el cuerpo de Chacal no se movía. Más tarde me di cuenta de que ya no me estaban sujetando. Conseguí abrir un ojo. La primera cosa que vi fueron mis genitales rasurados colgando entre mis muslos.

«Hummm —pensé—. Ésta es nueva. La mayoría de los mayas del siglo XXI no están circuncidados, pero yo nací en un hospital de verdad, donde tenían sus propias ideas».

Lo siguiente de lo que me di cuenta fue de los callos de mis rodillas, los cuales las hacían parecer dos coliflores, y de las lágrimas de sangre que se estaban derramando sobre mis muslos verdes. ¿Verdes? Y luego, la cicatriz de un antiguo golpe en mi arco ilíaco, seguramente debido al golpe de una pelota, y finalmente, un glifo de color violeta oscuro del tamaño de un mechero Zippo tatuado en mi pecho. Desde algún lugar de nuestro cerebro compartido, Chacal reconoció aquel tatuaje como mi rango dentro del Juego de Pelota, 9 Cráneo, exactamente. Había algo rojizo por todo el suelo, pétalos de algo. Geranios, pero no eran realmente rojos. Había algo más. De hecho, toda mi piel estaba tintada con un color verde, y no era el aceite que me habían untado. El color era muy diferente, y tampoco era ningún tipo de droga, ni una película de sangre que hubiera cubierto mis ojos a causa de las puntadas de mis párpados. Ya lo sospeché allí arriba en el mul, pero para entonces estaba bastante ocupado en otras cosas, así que simplemente creo que lo dejé pasar.

Los ojos de Chacal eran diferentes. Los colores no eran los que yo percibía como Jed. Mi piel no era exactamente verde. Era más bien como ese falso verde que obtienes al mezclar pintura amarilla y negra, pero tampoco era exactamente eso. La alfombra de pétalos de geranios silvestres que cubría el suelo, la cual debería haber sido una alfombra de color naranja profundo, era de un color magenta fluorescente. Había algo muy extraño. ¿Sería Chacal ciego a algunos colores? Tal vez era tetracromático, alguien que veía cuatro colores primarios, en lugar de tres. Sí, podía ser, excepto por el hecho de que los pocos casos documentados de tetracromáticos eran mujeres.

«Espera, rebobina, medita un poco más este tema».

—2 Cráneo Enjoyado,
te invoca,
a sus pies, cautivo.
Enfréntate a él y óyelo.

Fue el voz de tenor. Alcé mi cabeza, centrando mi vista en las rojizas tinieblas. Estaba en el centro de una enorme sala cuadrangular, de unos quince brazos de longitud en cada lado. Los muros parecían brillar con un resplandor rojo escarlata, o mejor dicho, del color que Jed vería como rojo escarlata. Yo veía un terrorífico azul-rojizo-loquefuera, digno del cadáver de un ahogado. Los muros a izquierda y derecha estaban inclinados hacia dentro en un ángulo de unos treinta grados; así, la pared hacia la que estaba mirando era un enorme triángulo isósceles, con su vértice superior a unos treinta brazos del suelo. No había ningún tipo de puerta, excepto la que nosotros habíamos atravesado, la cual estaba directamente a mi espalda. Cuando mi vista finalmente empezó a funcionar de nuevo correctamente, pude comprobar que las paredes parecían estar iluminadas desde atrás. De hecho, estaban cubiertas de tapices (paneles tejidos con lo que parecían ser plumas del gaznate de un trogón* de color rubí, anudadas con un trabajo de trenzado de juncos y cañas) que reflectaban indirectamente la luz que procedía de una pequeña abertura; esto hacía que el ángulo superior del trapezoide que había en el muro de detrás parecía arder a la luz del sol.

* Nombre que se les da a unas treinta y nueve especies de aves de colorido plumaje de la familia de las *Trogonidae*. (N. de los T.)

Había seis personas en la habitación. Tres de ellas eran los guardias que me habían llevado hasta allí. A dos los tenía agachados a un lado y al otro, y podía sentir el calor que irradiaba un tercero a mis espaldas. Cada uno de ellos sostenía una especie de palo o maza, supongo que para poder controlarme a más de un brazo de distancia. Al ver de cerca una de las cabezas de las mazas, me di cuenta de que no eran de piedra, sino de una especie de cosa espinosa y puntiaguda. También había alguien más a tres brazos frente a mí, y un poco a la izquierda. Era un jorobado, de un tamaño casi normal, pero con una enorme cabeza, redonda, con la mitad de la cara pintada con franjas azules y un sombrero puntiagudo emplumado que lo hacían parecer un guacamayo. Supongo que puede parecer algo tonto, pero por aquí, o al menos en mi nueva y precondicionada mente, me parecía lo contrario a ridículo; de hecho, me parecía una persona tan seria que te quitaría la respiración.

Y luego, a cuatro brazos directamente frente a mí, apareció de entre la penumbra 2 Cráneo Enjoyado, que se sentó con las piernas cruzadas en un amplio banco de doble cabecero mientras fumaba un enorme cigarro a través de su fosa nasal izquierda.

Su cuerpo estaba vuelto unos cuarenta y cinco grados hacia mí, pero en lugar de mirarme directamente, miraba a lo que parecían unos ayotes oscuros del tamaño de una panera, o tal vez a unos cuencos de madera, no estoy seguro, cada uno de los cuales estaba remachado con piedras verdes y blancas con el glifo awal, el cual quería decir «enemigo». Llevaba puesta una especie de falda o *kilt* con una amplia banda que le llegaba casi hasta el esternón. Tan sólo le podía ver la *profil perdu* de una cabeza encogida cosida por el pelo a la parte de la banda que le quedaba atrás, para que así no estuviera encarada hacia él, sino a su espalda, con aquella expresión petulante. Aparte de las pulseras, las esclavas y las sandalias, la única prenda de ropa que llevaba era un complicado turbante puesto sobre su frente con una orquídea de vainilla artificial, hecha, según creía, con plumas de águila blanqueadas. Un colibrí de gaznate verde, uno de verdad, disecado, con unos ojos pulimentados que parecían reales, flotaba frente a la orquídea, sujeta por un tallo invisible, como si el tiempo se hubiera detenido a punto de que clavara su pico en el néctar. Me confundió durante un segundo, porque durante el entrenamiento se habían empeñado en meter mis pensamientos en la cabeza de 9 Colibrí Dentado, quien, como recordarás, era el chau de la familia gobernante, los Ocelotes, y el *k'alomte'*; pero las cosas por aquí eran un tanto más comprometidas que eso. 9 Colibrí Dentado era tan sólo un nombre, uno de los nombres revelados y no revelados del k'alomte', y no tenía nada que ver con el tótem o el uay o lo que fuera, no más de lo que alguien llamado Pez de Abril tendría que ver con haber nacido en abril, o con ser un pez. Así que el colibrí en el sombrero de 2 Cráneo Enjoyado no se refería a nada que tuviera que ver con los colibríes, aunque sí podría querer decir, metafóricamente hablando, que a aquella gente le gustaba mucho la vainilla. De hecho, medio recordaba que los granos de vainilla eran algo muy importante en la Casa de la Arpía, y uno de sus principales recursos en *su nouveau richesse*.

Bajo la orquídea, su frente se inclinaba en un ángulo bajo, conectando con un pequeño puente de madera que eliminaba la separación de sus cejas y terminando en una línea que conectaba con el hueso central de su nariz. En las comisuras de su boca surgían espirales formadas por puntos tatuados que le llegaban hasta los párpados. A pesar de su bronceada piel, no parecía viejo, pero lo era. Gracias a los conocimientos de Chacal, al menos sabía con exactitud que ya había pasado su segundo nacimiento, es decir, que estaba por los cincuenta y dos años, e incluso creí recordar que tenía alguno más.

Sus ojos se encontraron con los míos. La gente suele decir que hay cierta negrura en los ojos de alguien que ha matado a mucha gente. No creo que sea verdad. Algunos de los gatos más sanguinarios del mundo tenían los ojos más convincentemente expresivos, pero lo que sí había en ellos era un temple, un desdén habitual, como el que probablemente ven los cerdos en los ojos de los matarifes. Tuve la sensación de que me estaba enfocando el foco de un helicóptero de la policía en una retransmisión en directo del canal de noticias. Automáticamente, mis ojos se llenaron de lágrimas y bizqueé. Miré a los ayotes del suelo. Se estaban moviendo, arrastrándose sobre unas pequeñas patitas. Tardé unos segundos en darme cuenta de que eran armadillos, cada uno con el caparazón claveteado con azuritas. Estaban atados al suelo por un lazo que tenían alrededor de las orejas.

—¿Quién es Mickey Mouse? —me preguntó 2 Cráneo Enjoyado. Mi corazón no dejó de latir, pero se contrajo hasta formar una pequeña bola dura.

Aquel hombre estaba hablando en inglés.

31

No había pronunciado todas las vocales bien, así que más bien sonó como «Meh-kay ma-ohs», pero no me equivocaba. ¿O sí? No, no, de ninguna manera. Mi cabeza primero se quedó ligera como el aire, y luego me pareció extremadamente pesada.

—Yo, postrado, me expongo a ti que estás por encima —dije automáticamente. ¿Lo había dicho en ch'olan o en inglés?—. Mickey Mouse no es una criatura viva —dije en inglés—. Es un personaje de dibujos animados, un dibujo.

Seguidamente, se hizo un silencio.

—¿Quién es el ahau pop Ditz'ni?

—¿Qué? —pregunté—. Ah, vale. El ahau Disney murió dos k'atunob' antes de mi época —contesté—. Era el que le ponía la voz a Mickey Mouse.

Mis respuestas no estaban siendo todo lo respetuosas que debieran, así que añadí: «Os digo, mi señor».

—¿Es Mickey Mouse su uay?

—No, Mickey es tan sólo una efigie. Es... un muñeco, un *b'axal*.

—¿Es Jed-kas tu uay? —me preguntó 2 Cráneo Enjoyado.

Nunca hubiese imaginado que una voz tan aguda, casi chillona, pudiera ser tan autoritaria, pero al fin y al cabo, «autoridad» era una palabra muy débil en realidad.

—¿O lo es Mickey?

«Esto no va bien», pensé.

El sufijo que había pegado a mi nombre era -*kas*, lo que significaba algo así como «Tú que estás postrado trece escalones por debajo de mí», lo cual era lo más bajo que se podía estar en la escala social. Es la declinación que un ahau utilizaría para hablarle a un cabeza hueca, a un bárbaro, a alguien que ni tan siquiera fuera un enemigo oficial de los maya, sino simplemente una no-persona.

—No —contesté—. Ninguna de las dos cosas.

Por un momento, nos quedamos en silencio.

«¿Cómo demonios ha pasado esto? —me pregunté—. No ha podido aprender a... Espera, espera un segundo, ya sé cómo. Seguro que estuvo allí».

2 Cráneo Enjoyado había estado allí, dentro del nicho del rey, en el mul, al menos durante una parte del tiempo, es decir, parte de los ocho minutos en los que estuvo abierta la pantalla de descarga. Cuando mi conciencia se mezcló con la de Chacal, también debió de introducirse en la de 2 Cráneo Enjoyado. Dios bendito.

—¿Qué has venido a robar? —me preguntó.

—No he venido a robar nada —contesté yo.

Se hizo otra pausa. Me di cuenta de que quería que lo mirara, así que levanté la cabeza, pero mi nuevo cuerpo evitó establecer un contacto visual, ya que se suponía que no podías hacerlo con los superiores que había por el lugar. En lugar de eso, centré mi mirada en los glifos que tenía tatuados en su pecho. No eran parecidos a ninguno que hubiera visto con anterioridad. Se trataba de algún tipo de lenguaje secreto. En ese momento, 2 Cráneo Enjoyado sostenía su cigarro entre su pulgar y su dedo índice. Con un movimiento de la mano lleno de gracia, lo depósito en un pequeño cuenco. Ese gesto me recordaba a algo... pero no conseguía dar con lo que era... Ah, sí, era como el que vi en un camarero japonés sirviendo el té. Creo que fue en Naoe, cuando estuve allí con Sylvana; un anciano nos sirvió y dejó al final la cuchara de madera justo al borde de la jarra de agua, de aquella manera tan especial. Pero 2 Cráneo Enjoyado lo hizo un tanto más brusco y absorto en sus pensamientos, de una manera arrogante que no era para nada japonesa, o asiática, o navajo, o parecida a ninguna otra cultura. Era totalmente maya. Sentí sus ojos como si fueran un par de cuchillas abriendo mi pecho y la longitud de mis brazos, pasando junto a mis venas hasta la punta de mis dedos, para luego volver a mi cara en busca de pequeñas expresiones que pudieran habérsele escapado. Claro que, si tenía todos mis recuerdos en su mente, ¿por qué no sabía lo que estaba pensando? Puede que su cerebro recibiera una cantidad menor de datos que el de Chacal. O puede que fuera más resistente y los hubiera expulsado.

«Vamos, piensa. ¿Qué coño está pasando aquí? Veamos: 2 Cráneo Enjoyado entregó a Chacal a 9 Colibrí Dentado para que le sirviera como doble, ¿no? Así que, en algún punto de la ceremonia, probablemente como última voluntad, 2 Cráneo Enjoyado entró en el nicho del rey con Chacal, y seguramente recibió una buena dosis de mi propia mente, pero parece que también ha conservado la suya en buenas condiciones. Al menos controla su propio cuerpo, aparentemente».

Santo Dios, qué partida de idiotas habíamos sido. Aunque ahora que me acuerdo, Taro mencionó que podía haber un «esparcimiento», tal y como él lo denominó. Por supuesto, yo lo ignoré. Sin embargo, habían hablado incluso de codificar mi conciencia en un impulso más grande que tal vez pudiera impactar sobre varias personas. El santuario que estaba en el mul era la única estructura en la zona que tenía una buena disponibilidad para la operación, ya que los muros de piedra podrían contener cualquier esparcimiento del impulso EPR. De todas formas, si me hubieran insertado por toda la zona, quién sabe qué podría haber pasado. Tener un montón de Jed y medio-Jed corriendo por ahí probablemente habría significado un montón de problemas, incluso en el siglo XXI.

—Has venido a aprender a jugar contra los del humo —dijo.

Desde alguna parte, Chacal dedujo que con «los del humo» se refería a lo que un occidental moderno habría traducido como «los dioses». ¿Estaba hablando sobre el Juego? Tenía que ser eso. ¿Sabría jugar? Puede que fuera un contador de soles. Tal vez todos los *ajawob* de las grandes casas eran contadores de soles hasta cierto punto. Al menos había llegado al lugar indicado. ¿Debía preguntarle por el Juego?

—¿Hay más como tú por venir? —me preguntó en ch'olan ixita.

—No, probablemente no venga nadie nunca más.

«No des más explicaciones», pensé.

—Crees que te puedes enterrar a ti mismo vivo. Ponerte en adobo, esperando trece veces mil trescientas lluvias.

—No, no exactamente —dije.

—Planeas mantener tu cuerpo mirando hacia el cielo en tu b'ak'tun en tu k'atun dentro de tu piel abandonada.

Con «tu cuerpo mirando hacia el cielo» se refería a que lo quería mantener «vivo». Por aquí, a los muertos se les entierra boca abajo.

—Tú, superior a mí, que estás iluminado... —intenté decir.

—Y cuando te matemos, ¿también te vas a desdoblar en mí, para morir en mi interior también? —preguntó 2 Cráneo Enjoyado.

«¿Qué? —pensé—. Mierda. Mejor no le pregunto directamente».

De repente, tuve una idea.

—¿Jed? —pregunté—. Soy Jed DeLanda también, ¿sabes? Tú y yo somos gemelos.

—Yo no soy Jed.

«Oh-oh», pensé.

—Tú, superior... —empecé a hablar, pero la mano derecha de 2 Cráneo Enjoyado se abrió, rotando lentamente hacia la izquierda, y por lo que Chacal sabía, aquél era un gesto que ordenaba «silencio», así que cerré mi boca de golpe. 2 Cráneo Enjoyado pasó su mirada por encima de mí, hacia el jorobado.

Los guardias que estaban flanqueándome me levantaron de nuevo en volandas. El jorobado zanqueó hacia mí y se paró a unos tres brazos de distancia. Me estudió con su mirada. Yo intenté no alterarme. Chacal conservaba el nombre de aquel personaje en alguna parte de su mente, de aquello estaba seguro.

Tenía unos brazos cortos y atrofiados, como los de un T-Rex. Los dedos de su mano derecha eran unos dedos sindáctilos, y su boca estaba sonriendo permanentemente, mostrando una dentadura superior con huecos del tamaño de un diente separando cada una de las piezas. Aquello tenía que ser el resultado de algún tipo de síndrome, como el de Morquio.

«¿Qué edad tendrá? Parece viejo, pero la gente con este tipo de enfermedad, en esta época, no vivía más allá de los cuarenta. Mierda, ¿cómo leches se llama? Era algo así como 10 Oruga Fumadora o ½ Tortuga Falsa, algo así. Ah, ya me acuerdo. Es 3 Caracol Azul».

Era un *ajway*, es decir, una especie de sacerdote de familia, sólo que sacerdote suena como si formara parte de una gran organización, y aquel tipo parecía un contratista privado. Tal vez chamán se aproximara más a la idea que tenía en mente, aunque así suena como si fuera un siberiano con cuernos. ¿Tal vez teúrgo? ¿O es una denominación demasiado fantasiosa? No, no está mal. De todas maneras, estaba bastante seguro de que él, 3 Caracol Azul, el teúrgo del clan Arpía, era el mismo que tenía la voz de tenor. Sí, seguro. Incluso me llegaron a la mente varias imágenes de él bailando alrededor de algo en alguna ceremonia. Al menos estaba aprendiendo a acceder a los recuerdos de Chacal. El truco consistía en pensar en ch'olan, pero no la versión del siglo XXI, sino el dialecto ixita, y no forzarlo, simplemente había que dejar que las palabras se asociaran con las ideas...

3 Caracol Azul puso su abanico de hojas de tabaco en un plato, cogió algo que no pude ver, se puso en pie y se quedó quieto durante un minuto por lo menos. Nadie parecía ni tan siquiera respirar, y menos que nadie, yo; tanto, que hasta pude oír la sangre pulsando en mis oídos. Al cabo del rato me di cuenta de que 3 Caracol Azul estaba olisqueando el aire.

«Algo está pasando —pensé—. No es que sepa cómo se comporta esta gente normalmente, pero, definitivamente, tengo la sensación de que están siendo muy cautelosos respecto a algo, y ese algo no soy yo. Es como si estuviéramos en la casa de otro, y ellos no quisieran que los descubrieran. Pero, aun así, ésta es la sala de audiencias de 2 Cráneo Enjoyado, o el salón del trono, o lo que sea, ¿no? O puede que no, puede que tan sólo sea una especie de establecimiento temporal... De todas formas, el momento de mi aparición, y la manera en que lo hice, debe de haber descolocado un poco a todo el mundo».

Por lo que discernía gracias al cerebro de Chacal, bueno, aquello era, por lo menos, difícil, pero, para simplificar, si Ix fuera la Inglaterra de 1450, los Ocelotes serían algo así como la casa de Lancaster. Estaban al cargo de todo, pero no eran nada populares, aunque sí unos derrochadores. El clan Arpía de 2CJ sería como la casa de York, subordinados durante un largo periodo de tiempo que, a su vez, fueron ganando poder, hasta el punto de estar empezando a pensar en hacerse con el poder. Además, había otras tres casas que eran totalmente leales a Ix. Dos de ellas apoyaban al clan Arpía, pero la otra, el clan de los Murciélagos Vampiro, estaba inseparablemente unida a los Ocelotes.

De modo que los Ocelotes seguramente utilizarían la chapuza que se había producido en el mul para atacar a los Arpías.

Pues muy bien.

3 Caracol Azul dio una vuelta por la sala, y luego otra. Caminaba muy, muy lentamente, más lentamente que un santón sufí, que ya es caminar lento. Cada vez que pasaba por uno de los cuatro puntos cardinales, palmeaba una especie de tambor de arcilla que llevaba en su mano izquierda con una especie de dedal que llevaba puesto en su dedo índice. Estaba comprobando que no hubiera ningún eco, supongo, o buscaba algún *uayob* que pudiera estar espiándonos, animales cambiaformas, ojos volantes, homúnculos o vete tú a saber qué. Sus ojos pasaron por los doce rincones que tenía aquella habitación, saltando de uno a otro sin orden, lo cual fue muy desconcertante. Pero tampoco parecía que los moviera de una manera errante. En realidad, parecía más bien que podía fijar su vista en dos objetos diferentes totalmente separados, como hacen los camaleones. Finalmente, se detuvo, se inclinó y cogió una hoja de tabaco fresco que utilizó para recoger, a modo de cuchara, unos polvos o cenizas que había en un plato. De-

rramó una hoja entera de aquello sobre su hombro y otra en el pecho.

Se hizo otro silencio y luego empezó a golpear uno de los lados del tambor con un ritmo seco y continuo. Ya fuera por Chacal, o porque resultara obvio, sabía que aquello significaba que aquel lugar estaba limpio, y que se esperaba que volviera a mirar a 2 Cráneo Enjoyado. Intenté hacerlo.

«Concéntrate en esa cosa que tiene en el puente de su nariz, no en sus ojos».

—¿Por qué me elegiste a mí, y no al k'alomte', nacido en los cielos? —me preguntó 2 Cráneo Enjoyado. Se refería a 9 Colibrí Dentado. 2 Cráneo Enjoyado y sus iguales eran ahau *popob*, «Señores de la Estera», pero, como creo que ya he dicho, el k'alomte' era como un emperador, o un cacique.

—Y así lo hicimos —dije en ixita—. Queríamos, buscábamos, a 9 Colibrí Dentado. Todo esto ha sido... un accidente.

Dije esa última palabra en inglés porque no había ninguna palabra ixita que significara «accidente», «oportunidad», o cualquiera de esas cosas.

—¿Por qué has elegido este sol? —me preguntó, refiriéndose a la fecha.

—Lo elegimos porque lo encontramos en un códex, quiero decir, en el registro escrito de una partida del Juego.

Se hizo otro silencio. No dijo que no me hubiera entendido, pero tuve la sensación de que su inglés no llegaba a entenderlo todo. Tenía que tener menos de mi conciencia en su interior que yo. Si eso tiene algún sentido. Tal vez tan sólo había captado plenamente la emisión del pulso, tal y como hizo Chacal. Él conservaba aún casi toda su conciencia. No es que Chacal hubiera sido borrado del todo, sino que tal vez tan sólo una pequeña parte de mí había logrado llegar a su interior. A pesar de que, seguramente, aquella pequeña parte bastaría de sobra para la mayoría de la gente. Repetí la frase, esta vez en ixita.

—¿Y te has agachado tras la ahau-na Koh? —me preguntó.

—¿Cómo? ¿Acaso la he conocido? —pregunté—. No, no, tan sólo leímos sobre ella en el Códex.

Otra pausa. Pensé que lo siguiente que me iba a preguntar sería por qué había elegido aquella ciudad en particular, en lugar de cualquier otra, pero no lo hizo. Puede que, por lo que a él concernía, Ix fuera el centro del universo, y que, por tanto, nadie pudiera estar en otro sitio que no fuera aquél.

«Lo que es extraño —pensé— es que no parece sorprenderse de todo lo que está pasando. Ni tampoco se siente violado, o tan siquiera molesto, pero presiento que la idea de decirle que vengo del futuro tampoco cambiaría mucho las cosas. Por aquí, el futuro es más bien como un lugar. De hecho, supongo que los uayob, o las almas, o lo que fuera, del futuro y el pasado pasaban por aquí continuamente».

—¿Con qué me recompensarás por mi hijo? —me preguntó.

«¿Qué? ¿Soy responsable de la pérdida de su hijo?».

Demonios, aquello no sonaba bien.

«¿Han sustituido al hijo de 2 Cráneo Enjoyado por mí en el mul? Mierda, seguro que aquello era lo que había pasado. Buen trabajo, Jedediah. Realmente estás intentando con todas tus fuerzas caerle bien a esta gente. Sin embargo, los gobernantes suelen ser un tanto susceptibles con sus primogénitos. ¿Me disculpo? ¿Cómo?».

—Yo, por debajo de ti, no te entiendo —dije.

—Me has faltado al respeto —dijo.

—No, realmente yo te guardo un inmenso respeto —dije casi sin voz—. Me disculpo, pero no te entiendo.

«Y realmente, no lo entiendo, coño».

—Sé cosas que pueden ayudarnos —dije—. A dos soles de hoy va a tener lugar una lluvia de fuego en el nordeste —dije, empezando a hablar de nuevo en inglés—. Una erupción volcánica.

—Yo que estoy por encima de ti conozco de esos sucesos —dijo—. Los sumadores del Ocelote me advirtieron hace veinte soles. Tú, por debajo de mí, no me estás ofreciendo nada.

«Oh —pensé—. De acuerdo. Genial. Al diablo con la gran profecía. Me cago en la puta. ¿Qué más teníamos en la mochila? Vale, de acuerdo, intentémoslo con el Discurso contra las Contingencias».

—Yo, por debajo de ti, pagaré esta deuda de alguna manera. Puedo construirte un muñeco que lanza jabalinas gigantes, pelotas que explotan en llamas, cuencos perfectamente redondos.

—Yo, por encima de ti, no necesito la ayuda de un hediondo.

Evidentemente, aquello estaba por encima de cualquier intento de acuerdo.

Cambié al inglés.

—Puedo ayudarte a defenderte de los Ocelotes —dije—. Podrás convertirte en k'alomte'.

Busqué en mis recuerdos cómo se hacía la pólvora. Podíamos hacer una cantidad demostrativa en pocos días, simplemente, con un poco de guano de esas cavernas en la parte norte, y buscar algo de nitratos...

Movió su cabeza de una manera que me cerró la boca incluso antes de saber qué significaba: «Tienes nuestro permiso para quedarte en silencio».

—Estás hablando con la boca llena de arena —dijo—. Los caciques de este b'ak'tun no permitirán tal cosa.

«¿Qué? —pensé—. Alerta roja».

—Espera —empecé a decir.

—*X'imaleech t'ul k'ooch mix-b'a'al* —dijo—. Caminas como si no tuvieras nada en tu hatillo.

Éste era uno de esos idiomas en los que comprendes al instante. Básicamente, eso significaba: «Por lo visto, no tienes nada que ofrecerme».

—Traeré mi mundo al tuyo —dije—, para que renazca aquí. Otorgaré a tus descendientes sus nombres de nuevo, su tiempo, su historia, todo.

—¿*B'a'ax-ti'a'al chokoh upol?* —me preguntó—. ¿Por qué debería importarme eso?

En realidad, no era una pregunta.

—Tal y como el que está por encima diga —contesté automáticamente—, pero...

—Entonces, te permito que saques a tu Jed de mí.

Oh-oh.

«Debería saber que no puedo hacer eso —pensé—. ¿No? Puede que simplemente haya captado algunos extractos de mi mente, o puede que su ego sea demasiado grande como para aceptarlo, o incluso puede ser que no sepa quién soy yo. Puede que simplemente crea que soy una especie de tenebroso demonio alado que susurra en su oído... Bueno...».

—Pero tú, por encima de mí, podrías aprender de él —dije.

—Llévate a tu reflejo fuera de mi piel, ahora —dijo 2 Cráneo Enjoyado.

En lo profundo de su voz hubo un atisbo de estremecimiento.

«Se está cabreando —pensé—. Se siente sucio. Tenerme en su interior le descalifica. Cree que le van a dejar a la puerta del puto Club VIP Celestial, o yo qué sé. Mierda, mierda, mierda. ¿Debería confesarle que está pegado a mí para siempre? No, se cabreará aún más. Es el momento de mentir como un bellaco».

—Lo haré, pero me llevará mi tiempo —dije.

Una cuchillada de dolor cruzó mi cuerpo desde mi estómago hasta mi ojo izquierdo. Algo en el sistema nervioso de Chacal se salió de la guía ante el pensamiento de ocultarle algo a su gran-padre-madre. La idea de mentirle a este tío no estaba dentro de la Gestalt* de Chacal.

«Mantente, por amor de Dios, no vayas a dejar de respirar. Tú respira. Respira».

—¿Cuánto tardarás?

—No puede hacerse sin los preparativos debidos —dije, medio en ixita medio en inglés—. Debemos realizar las ofrendas correctas, necesitamos encontrar un tipo de hierba en especial...

«Sí, once hierbas secretas y especias —pensé—. Se lo tragará».

---

* Configuración funcional de elementos separados, como la emoción, la experiencia, etc. *(N. de los T.)*

Noté cómo sus ojos palpitaban sobre mi piel, buscando alguna señal, algún temblor.

—¿Qué vas a necesitar? —me preguntó.

Le dije que si me daba papel y pincel le podría hacer un bosquejo. Lo que fuera con tal de entretener el tema. Le dibujaría una catapulta, tal vez incluso una ballesta... Extraños motores para la maquinaria de la guerra. Si conseguía que se interesara en los dibujos, olvidaría el resto de...

—Sácame tu uay gusano de mi estómago. Ahora.

«Ahora» es lo que dices cuando das por zanjada una espera. Era como decir: «Hasta aquí hemos llegado».

Dudé. Repetí la mentira que le había dicho antes. Me miró fijamente.

Cuando yo era un niño, Chacal creía que 2 Cráneo Enjoyado podía oler sus pensamientos a través de las paredes, que en las noches sin luna, adoptando la forma de un águila-arpía, 2 Cráneo Enjoyado sobrevolaba sus pueblos, escudriñando los cuerpos dormidos de sus esclavos a través de las chimeneas del techo de sus chozas para protegerlos, pero también para atravesar a los traidores y sacarles los ojos; e incluso ahora, en la mente de Chacal no estaba muy claro que aquello no fuera real. Me sentía como un sargento chusquero intentando engañar a un general de cinco estrellas.

2 Cráneo Enjoyado o, ahora que lo conocemos mejor, lo llamaremos 2CE, debía de haber dado algún tipo de señal, porque de repente apareció otra persona en la habitación. Supuse que habría atravesado alguna puerta secreta a través de uno de los tapices de las paredes. Era un hombre de mediana edad sin descripción posible. Llevaba un turbante gris sin ningún motivo particular discernible. Tenía un rostro delgado, como de profesor de literatura de instituto. Era una versión maya de George Bush padre. Se agachó para poner en el suelo una bandeja redonda con tres patas, a un brazo de distancia delante de mí. Había algo en la bandeja. Se volvió hacia 2 Cráneo Enjoyado y dobló su brazo para poner su muñeca derecha sobre su pecho izquierdo, con el brazo paralelo al suelo. Era casi el antiguo saludo romano, o el antiguo saludo militar francés. Tal

vez sea un tipo de constante cultural universal. Miré lo que
había en la bandeja. Era una forma bulbosa, bamboleante, negra y humeante, como si fuera una berenjena hervida.

—Oh, tío —dije en inglés—. ¿Qué es eso? ¿Un feto para
un sacrificio?

No conseguí provocar ninguna reacción. Algunas personas se toman a sí mismas demasiado en serio. El tipo nuevo
cogió la cosa de la bandeja con la mano que tenía libre. Tenía
una especie de tubo-para-soplar. Hubo un momento de desorientación, pero, antes de que me diera cuenta, los guardias me
habían cogido para colocarme en la «Posición Eterna». De repente sentí cómo una anguila eléctrica se metía por mi ano.

¡¡¡EEEEEEOOOOWUUUUGHHHHHFFFFF!!!

Yi... ha. Enculado por primera vez.

Vi las estrellas, incluso constelaciones enteras. Ahí estaban Dragón y Escorpión, y Nébula Pesa estaba justo al lado.
Y luego, todo acabó, excepto por aquella sensación de notar
cómo un líquido caliente se escurría por entre mis piernas y
un calor se expandía desde mis intestinos hacia mi piel.

Vaya, era como tener pelos en los globos oculares.

Los guardias me dejaron caer en peso muerto sobre el
mar rojo.

—Gracias, señor. ¿Puedo repetir? —dije. Mi aliento hizo
que varios pétalos se levantaran.

El vuelo. Esperaron. Esperé. No tuvimos que esperar mucho. Es lo que tienen los enemas de drogas, que actúan enseguida.

En los noventa se puso de moda tomar K, un tranquilizan-
te sintético muy popular entre los veterinarios que hace que
los humanos se pongan muy, muy contentos. Se tomaba mucho en los pubs gays, y se lo metían por el culo. Yo tan sólo lo
probé un par de veces, bueno, vale, dieciséis veces, pero era
algo espectacular. Ibas del «uffff» al «yuuupi» en cuestión de
segundos.

Yo ya estaba empezando a sentir que la gravedad estaba
menguando.

—Cuando saques a tu gemelo *ixnok'ol mak* de mi estómago —me preguntó 2CE—, ¿seguirá la putrefacción ardiéndome en la cabeza?

Tardé un minuto en darme cuenta de a qué se estaba refiriendo. Ixnok'ol mak significaba algo así como «uay malicioso» o puede que «lombriz parasitaria, de una variedad inteligente». Supuestamente, la idea de la posesión demoníaca era universal, así que aquello tampoco me sorprendió tanto. Pero con lo de la putrefacción en la cabeza... bueno, creo que se refería al cáncer.

«Maldita sea, si no ha retenido todos los recuerdos de Jed, ¿por qué ha tenido que quedarse con ése?».

El caso era, tal y como he mencionado con anterioridad, que el proceso de descarga no era del todo benigno. Básicamente, los rayos de luon impactarían sobre el objetivo, es decir, el cerebro de Chacal, con una potencia de catorce mil mrads, más o menos el equivalente a trescientas mil placas de rayos X. Debido a que su longitud de onda iba sintonizada a sus tejidos neuronales, no le causaría cáncer de piel o leucemia, pero el cerebro posiblemente desarrollaría tumores espinales que se empezarían a formar ese mismo día. La doctora Lisuarte había dicho que en siete u ocho meses, incluso si el objetivo no era propenso al cáncer, el crecimiento sería el suficiente como para «inhibir las funciones normales». Las posibilidades de que yo siguiera viviendo durante más de un año eran de una contra cincuenta. Así que en lo que a mí se refería, tenía un calendario bastante apretado. Y 2CE... bueno, no creo que él hubiera recibido una radiación tan intensa, pero probablemente también estaría en problemas. Iba a morir, puede que no en nueve meses, pero tampoco moriría de viejo. Me pregunté si le quedarían más de cinco años. De acuerdo. ¿Qué era lo que tenía que hacer? ¿Morir? No, prevaricar.

—Jed uay nos ha sido donado. A ambos. Como esclavo. Nos otorgará grandes ventajas. Jed ha venido para protegernos a nosotros y a nuestros descendientes.

Silencio.

«Maldita sea, eso ha sido una estupidez», pensé. Me sentí abotargado y dolorido, como un pie con un torniquete bien apretado. Esperaba que me hubieran metido cualquier cosa para atontarme, pero, en lugar de eso, estaba haciendo lo opuesto. Era un sintetizador. Los pétalos que estaban bajo mis muslos se endurecieron hasta convertirse en patatas fritas de piedra, y las corrientes de aire que se enroscaban a mi alrededor parecían tiras de piel de tiburón.

—Dile a tu *xcarec-uay* que deje mi cuerpo.

—Lo haré —contesté—, pero no puedo hacerlo ahora mismo. No tengo las herramientas necesarias.

«No te compliques», pensé.

Mi mano buena se deslizó involuntariamente entre los pétalos del suelo y sentí como si la metiera dentro de un nido de cucarachas gigantes que se removían bajo mi palma.

—¿Qué herramientas? —me preguntó.

—Es una cosa mental, y hay un procedimiento a seguir, pero precisa de práctica.

«Dios, estoy intentando venderle sesiones de terapia».

—¿Y después qué? —preguntó.

Se refería a qué pasaría si aquello no funcionaba.

—Bueno, luego, si consigo hacer llegar mis registros al 2012, seré capaz de terminar desde allí —le dije en ixita.

No me contestó, sino que tableteó con los dedos un momento.

—Al igual que tú, superior a mí, tienes que ver al uay de Jed, yo necesito ser preservado en gel, en un coloide, un líquido que se pone duro, al igual que la resina del copal* se convierte en cristales.

Silencio.

—La suspensión en betún preservará las conexiones con mi cerebro lo suficiente como para que pueda ser copiado —dije, recitando exactamente el proyecto de sumario de Taro—. Es decir —dije esta vez en ixita—, impedirá que mi alma, mi *b'olonob*, escape.

---

* El copal es una resina vegetal del árbol del género Bursera. En la época prehispánica se le conocía como copalquáhuitl, «árbol de copal», y a la resina como copalli, «incienso». *(N. de los T.)*

B'olan era de hecho una de las tres o cuatro cosas que la gente de aquí tenía como alma. Era al que se podía ver en las sombras y los reflejos, el que tendría que abrirse camino a través del Xib'alb'a para servir a sus señores antes de que se le permitiera disolverse en nada. Las otras almas eran el uay, que es el animal, y el *p'al*, que se quedaba con los restos cuando alguien moría. También estaba el *chal*, el «aliento», a pesar de que tal vez era demasiado exagerado llamarlo «alma».

—Después de eso, mis almas te ayudarán, siempre por encima de mí. Lo harán, después de...

Me quedé inmóvil. Mis músculos no respondían. Y no era sólo por la sensación que me producía ver el enorme respeto que Chacal le profería a 2 Cráneo Enjoyado, ni por la convicción que tenía de que éste era un ser sobrenatural, aunque, estrictamente hablando, en esta mente nada era sobrenatural, simplemente, algunos seres eran más naturales que otros. De todas formas, la cuestión era que 2CE irradiaba autoridad por todos los poros de su piel, y así habría sido también de no tener ni idea de quién era. Detrás de él, los muros parecían fluir, como si fueran las paredes de una caja de cristal derritiéndose hasta formar lava.

—¿Ahí es cuando yo, superior a ti, espero tu vuelta, con la esperanza de que tú, inferior a mí, vuelvas para llevarte a tu gemelo? —me preguntó.

—Tú, superior a mí, nunca tendrás que esperar nada —dije, mintiendo—. Lo haremos justo en el mismo momento.

—¿Y qué es lo que enviarás para sacar a tu uay?

—Una jabalina de luz —dije—, una especie de rayo.

No hizo ninguna otra pregunta. Tal vez no lo hizo porque simplemente no entendía las respuestas, así que se lo intenté explicar en ixita.

—Desde mi propio k'atun mandaré exactamente el mensaje correcto a través del camino por el que yo vine. Llegaré hasta aquí y me borraré, me sacaré de ti.

Silencio.

«Tal vez se lo esté tragando —pensé—. Espera, no pienses de esa manera. Así no se debe mentir. Cree lo que dices. No cambies tu historia de nuevo, mantente en calma».

Estaba empezando a tener la sensación de que al final no había mordido el anzuelo.

De repente, tuve una inspiración.

—También podemos ir juntos —dije—. Podemos introducirnos juntos en la tumba para que después tu alma sea mandada de vuelta.

Me miró. Mis ojos huyeron de los suyos y se centraron en la hebilla de su cinturón. Brillaba con un fulgor dorado.

—Tú, inferior a mí, ¿intentarías engañarme? —dijo casi en un susurro.

—No —dije—. No lo haría.

El miedo, como una de esas latas de refresco que se enfrían automáticamente al abrirlas, apareció en mi intestino delgado.

Mierda, mierda.

Vale que el sistema nervioso de Chacal evitara que me sobresaltase, pero la mente era de Jed, y Jed era una nenaza, una nenaza aterrorizada.

—¡Saca tu parásito de mi interior o morirás retorciéndote de dolor!

Empecé a decir algo, pero no pude.

«Maldita sea, hoy voy a morir».

Nunca he sido muy buen actor, y en ese momento, entre las drogas, el hecho de que estaba en un cuerpo nuevo y el público presente no...

El personaje con el aspecto de George Bush, el cual imaginaba que era el *b'et-yaj*, es decir, el torturador, se sentó a mi izquierda y subió sus dedos hasta mi mejilla. Parecía como si estuvieran hechos con parte de sus intestinos. Cuando llegó a mi ojo izquierdo, abrió mis párpados, los sujetó, casi con amabilidad, y, con su otra mano, alzó un incensario en miniatura.

—*Hun tzunumtub tz-ik-een yaj* —canturreó el torturador. Habló con el idioma que usan las mujeres, e incluso con una voz femenina. Mantuvo el incensario debajo de mi ojo. Vi un atisbo de un ascua incandescente y una voluta de humo espeso que subía lentamente hacia el techo.

Generalmente, los chilis me gustan. Poblano, serrano, ro-coto, habanero... Puedes pelarlos, picarlos, cocinarlos y ser-virlos. Y al principio no parecían picar tanto. Puede que fuera por las especias que usaban, o porque la reacción se vio retra-sada por la bufotina o lo que sea que se estuviera extendiendo por mi corriente sanguínea. Pero aquello, al principio, tan sólo me causó un leve cosquilleo, como si atravesara una ha-bitación en la que alguien estuviera cortando una cebolla. El torturador bajó y cubrió el incensario. Hubo algo en la mane-ra en que lo hizo que activó en mi memoria un recuerdo de mi propio padre dejando en el suelo una botella de Squirt con las mismas especias quemándose, así que me mordí el labio para detener aquella oleada de nostalgia.

El torturador cogió una hoja de tabaco y dispersó el humo. Noté cómo uno de los guardias que me sujetaban re-primió la tos, como si el hecho de toser pudiera hacer que fuese degradado, lo cual sería seguramente lo que ocurriría si finalmente no conseguía aguantarse el impulso.

La sequedad se extendió desde el borde de mis párpados, alrededor de mi globo ocular, hasta lo que sentí que era la base de mi nervio óptico, pero yo, o mejor dicho, el cuerpo de Chacal, no quería darles a aquellos tipos la satisfacción de verlo parpadear.

—Llévate a tu gemelo —dijo 2 Cráneo Enjoyado.

—Así lo haré —dije yo casi sin mover la boca—, pero de-bes dejarme empezar.

Un fluido surgió de mi nariz, y los pequeños demonios del polvo se retorcieron bajo mi párpado. Probablemente, cualquiera que no proceda de la cultura del chili habrá tenido la inocente experiencia de morder un trozo de pizza picante o meterse entera una rodaja de habanero verde de nivel diez. Esa clase de picor y dolor es fácil de identificar. Bueno, pues éste era igual, excepto por el hecho de que no quedó confina-do en mi boca, sino que se expandió por todo mi cuerpo. Como ya dije, el cuerpo de Chacal tenía esa capacidad mara-villosa de desconectarse, de separarse del dolor físico, pero casi podía notar cómo mis párpados se iban cerrando, como si fueran las puertas de un ascensor, lentamente. Mis músculos orbitales se contrajeron. Intenté mantener mi otro ojo abierto, pero antes intenté parpadear. Entonces sus dedos abrieron aún más mis párpados al mismo tiempo que se volvía hacia 2CE y sonreía. 2CE también lo miró, y fue como si pudiera oír su risa entre dientes, sin producir ningún sonido, a pesar de que su rostro no se movió. Ahora, mi globo ocular bailó en la cuenca. Cuanto más apretaba los párpados de mi otro ojo, más me ardía, más lágrimas surgían y más seco parecía, y finalmente, todo estalló. La capsaicina penetró en las células de mi globo ocular, lanzando una sobredosis a mi espina dorsal. Grité, casi, pero no completamente, en silencio, más bien con un interminable siseo. Noté cómo en aquel momento una vergüenza automática saltaba en el interior del cerebro de Chacal. Aquella vergüenza demoledora, de color marrón, que el Síndrome de Oprah había aplicado para casi empapar la vida emocional de principios del siglo XXI. Fue como si su cuerpo supiera que mi debilidad lo había deshonrado.

—¿Cómo lo extraerás?

—¿Tengo que mostrarte cómo? —contesté yo.

—Saca a tu gemelo ahora.

«De acuerdo —pensé—, racionaliza. Bien. Supongamos que no podemos engañar a este tío. Así que actúa en consecuencia».

—No puedo —dije casi sin aliento—. Mira en los recuerdos de Jed, busca a Taro Mora. Verás que no tengo la habilidad para hacerlo, no puedo, no puedo.

—Sácalo —dijo 2 Cráneo Enjoyado.

—Yo, inferior a ti, no tengo la habilidad para hacerlo —dije, intentando no gritar—. No puedo sacarme de tu cabeza, por la misma razón por la que no puedo sacarme de mi cabeza.

Se hizo el silencio.

—Pero tú y yo podríamos colaborar —dije—. Los Jed que hay en ti y en mí pueden ocuparse de los Ocelotes casi en un instante, de verdad, creo que ganaríamos. Los destrozaríamos, los destrozaríamos.

«Estás balbuceando —pensé—. Cierra el pico».

Pero no pude. Me escuché a mí mismo hablando de fuegos artificiales y de rotación de cultivos, pero todo surgía como un galimatías. Genial.

—Mickey Mouse va a ir a por ti por esto —dijo mi voz en alguna parte—. Es un semidios muy poderoso, y amigo mío, y te hará pagar lo que me... ¡Ay! ¡Ah!

Debía de hacer otra señal, porque el torturador empezó de nuevo otro cántico.

—*Hun tzunumtub tz-ik-een yaj.*

Mis músculos orbitales automáticamente se estrujaron con tal tensión que pensé que mi globo ocular se iba a salir de la cuenca. Fue entonces cuando me di cuenta de que era una cosa pavloviana, una pequeña fórmula que decían antes de cada lacerazo. Nuevamente, me acercó aquel incienso al ojo. Mi ojo chisporroteó como un huevo frito.

«Te están tostando el ojo —pensé—, pero no les pidas que paren. Eso tan sólo empeorará las cosas. Aunque bien pensado, ¿cómo podría empeorar esto? Bueno, esta gente parece bastante profesional, podrían hacer que empeorara. Podrían poner un CD de Alicia Keys, por ejemplo».

—Dime entonces cómo obligar a tu gemelo a que se vaya.

—Yo obligué a Chacal a abandonar mi cuerpo —conseguí decir—. Tú puedes hacer lo mismo con Jed. No puedo decirte cómo hacerlo. Simplemente, hazlo.

Se hizo un largo silencio. Supongo que se podría decir que fue una pausa muy incómoda, aunque en este punto eso suena un poco tonto. De repente, el torturador retiró sus dedos. Mi ojo se cerró de golpe. Las lágrimas brotaron de las glándulas lacrimales, y pude oír cómo golpeaban en el tejido de mi pecho. Algo muy suave se aposentó en mi ojo, el escozor de mi ojo bajó de inmediato, hasta que se convirtió tan sólo en un cosquilleo, como si alguien hubiera vaciado mi cuenca, limpiándola con un dedo mágico. Aunque, por supuesto, no estaba vacía, todavía estaba llena con un globo ocular del tamaño de una pelota de croquet. El torturador todavía realizaba cánticos a la Arpía con una voz maternal. Un dedo estaba untando algo en mi ojo, cubriéndolo con un tipo de savia que olía a aceite de ajo, aunque creo que en el Nuevo Mundo no había muchos ajos. ¿Había?

Supongo que necesitaban el ojo sano de nuevo para poder repetir el proceso, una vez, y otra, y otra. Alguien me roció desde su boca un chorro de agua salada. Las manos me soltaron la cabeza, y la sacudí casi automáticamente, como lo harían los perros. Luego me secaron el ojo con un mitón. Me sentía tan bien que tuve una estúpida oleada de gratitud.

—Así que has acabado conmigo —dijo 2 Cráneo Enjoyado.

Empecé a explicarle que tenía unas dosis más baja de luones.

—¿*B'aax ka*? —preguntó—. ¿Cuánto tiempo?

—Más de dos y menos de siente vueltas del tz'olk'in.

—¿Cuánto exactamente? —volvió a preguntar.

—Ése es el cálculo más aproximado que te puedo dar —contesté—, mira en mi cabeza, no...

—*Hun tzunumtub tz-ik-een yaj* —dijo el torturador.

Aquello fue como escuchar un tamborileo de timbales que sabes que va a acabar en un tronar de platillos ciclópeos (como en «Los cruzados en Pskov») y que no puedes hacer nada para detenerlo.

Mi cuerpo se contrajo entre las cuerdas, luchando por conseguir alcanzar el ojo con la mano, el dedo, o lo que fuera, pero fue imposible. Caí en ese insoportable dolor que era la frustración imperativa, el picor que exige ser rascado más que cualquier cosa que pueda exigir tu cuerpo, incluido el oxígeno.

Creía haber sentido grandes dolores en mi vida, cuando era Jed, como cuando me ensartaban agujas para los test sanguíneos, por ejemplo. Siempre sentí que preferiría eso a la nada eterna, pero era tan sólo ignorancia. La muerte es un millón de veces preferible al dolor de verdad. Después de un tiempo indeterminado, mi ojo, o mejor dicho, las células del tejido que rodeaban mi ojo, se sintieron bien de nuevo; de hecho, se sintieron estupendamente bien, y allí estaba mi mano, entre los pétalos del suelo. Sí, los veía perfectamente, así que alcé mi mirada.

2CE estaba agachado ante mí. Había concentraciones de

sudor cubriendo su rostro, como escamas de un lagarto Gila. Sus manos estaban dentro de unos enormes mitones de piel de tiburón. Sus dedos estaban cubiertos con pasta de chili. Me cogió la cabeza y me la sacudió, como un perro matando a una ardilla.

—¡Llévate a este parásito! ¡Ahora!

Ni tan siquiera tuve la oportunidad de contestarle antes de que sus pulgares se hundieran en mis ojos. Esta vez grité realmente. Grité mucho, y durante un buen rato, y luego, cuando aspiré para tomar aire, me di cuenta de que estaba aspirando los humos de más chili, ya que estaban sosteniendo el incensario bajo mi boca. Sentí... bueno, en realidad creí que a mi cuerpo le habían dado la vuelta desde dentro y lo habían hundido luego en ácido.

En algún punto, me di cuenta de nuevo de que ya no sentía dolor. Una jovial brisa acarició mi rostro. Me percaté de que estaba boca abajo en el suelo, con la cabeza de lado. Abrí mi ojo bueno y vi algo muy raro. Una enorme y nariguda pseudo-rata gigante con los pelos de punta. Sus ojos negros y brillantes miraban directamente a los míos. Era uno de los armadillos, que me estaba lamiendo un ojo. Me aparté con una absoluta repulsión prehumana, pero aún estaban sujetando mi cuerpo, de modo que todo lo que conseguí fue retorcerme.

—*Hun tzunumtub tz-ik-een yaj* —dijo el torturador.

Pasar grandes dolores estira el tiempo, así que no sé cuántas veces 2 Cráneo Enjoyado me dijo: «Saca a tu uay de mi cuerpo». Puede que diez veces, puede que cien. Finalmente, su voz se acalló por debajo de la del torturador, que gritaba cosas en mi oído en un lenguaje barriobajero. Entonces fue cuando me di cuenta de que no sólo me estaban torturando, sino que también estaban intentando exorcizar a Jed de Chacal. Pensaban que, si conseguían espantar al Jed que tenía en mi interior, el gemelo, el que estaba en 2 Cráneo Enjoyado, se iría con él. De repente, el torturador empezó un cántico de unción de bálsamos «*Ukumil can...*», por lo que me inundó una oleada fresca de esperanza, como cuando el camarero en el restaurante donde te has comido ese habanero acude al rescate con un batido de mango y lo coloca bajo tu nariz... Todo para que luego el torturador no me untara nada. No fue dolor, sino más bien la frustración de esperar el ungüento, para que luego sacaran de nuevo el chili.

Tres billones de años después, apenas quedaba nada de mí, tan sólo una enorme bola reptiliana de terror, pero en cierto punto tuve la sensación de que se estaban dando por vencidos. Un poco más tarde, oí la voz de 2CE decir: «*Ch'an*». Suficiente.

—*Xa' nänb'äl een ek chäk'an* —dijo 3 Caracol Azul—. Le haremos entrar en la senda.

Tal vez fuera mi percepción alterada, pero en sus voces noté un tono de urgencia que no había antes, como una tensión invisible, pero presente.

Los guardias me cogieron y me llevaron afuera, hacia la humedad vegetal del exterior. Esta vez no necesité ninguna venda sobre mis ojos, por supuesto, pero lo que sí pude ver fue que la noche había caído. Me llevaron en volandas a lo largo de cuarenta escalones hacia un enorme almacén de madera. Me ataron a un catre dentro de un círculo formado por antorchas chisporroteantes. Intenté relajar mis músculos para aceptar cualquier otro dolor que quisieran proferirme. Un cosquilleo frío subió por mis piernas y brazos hasta mi pecho.

«¿Qué mierda está pasando ahora?», me pregunté, no por primera vez. Me estaban colocando unas sandalias con suelas muy finas, así como un fajín bastante apretado alrededor de la cintura. Finalmente me colocaron algo en la cabeza, sujeto con fuerza. Era una especie de gorro de piel con inserciones de madera. Lo ajustaron a mi cabeza con goma y lo que parecían intestinos secos.

Por un momento me intenté convencer de que tan sólo era la doctora Lisuarte pegándome los electrodos a la cabeza, de que nada de aquello había ocurrido, pero aquel frío cosquilleo siguió subiendo hasta llegar a mi cuello. Involuntariamente me contraje y me retorcí. Mi ojo bueno se abrió y pudo ver, durante medio segundo, que lo que me producía aquel cosquilleo era un largo pincel encrespado, como si fuera un pincel de caligrafía chino. Con él estaban pintando glifos en distintas partes de mi cuerpo. Me quedé mirando los patrones zigzagueantes que componían los tatuajes del brazo que estaba sujetando el pincel e instantáneamente supe, de la misma manera que sabes que una persona que lleva una camiseta de rayas blancas y negras en un partido es el árbitro, que aquella persona era un *ajjo'omsaj*, es decir, un vestidor, o mejor dicho, un «preparador». El hecho de que aquellas líneas en zigzag fueran marrones y no azules significaba que era un *emsa'ajjo'msa*, un preparador menor, una especie de intocable que podía manejar sin problemas cosas impías y sucias. Intenté girar mi cabeza hacia los lados para ver qué estaban haciendo los otros, pero no pude, había una especie de enorme tope que impedía que la pudiera mover, una especie de enorme sombrero, con un par de tallos o cañas ramificadas...

«Puede que sean cuernos —pensé—. No, no lo son, son astas».

Me estaban disfrazando de venado.

Me movían a empujones. El ambiente estaba cargado y rancio. Intenté tocarme la cara con una de mis manos, pero mis brazos estaban atados a mis costados. Dos personas parecían llevarme a cuestas, enrollado en una especie de alfombra, mientras subíamos una pendiente. Intenté aguzar el oído.

De repente dejamos de movernos. Me tiraron en el césped sobre el que estábamos caminando. Desde allí, logré escuchar algunas palabras.

Era 2CE. Decía algo sobre que había invitado a todas aquellas personas como parte de su castigo, y que por eso les ofrecía ese venado en sacrificio, con sus más sinceras disculpas. Anunció también planes para realizar un festival más apropiado en un futuro próximo. De manera muy tonta, me sentí culpable ante 2CE y todo el clan Arpía, incluso sabiendo que iban a matarme. Di cuatro vueltas sobre mí mismo mientras desenrollaban la alfombra en la que iba metido. Aire. Fue como sumergirse en alcohol frío. Estaba de espaldas, vestido con un traje hecho de pieles, alumbrado por la luz de las antorchas. Una oleada de jolgorio y agradecimiento surgió de todas partes, pero se cortó de repente cuando alguien hizo un gesto pidiendo silencio. Entonces sonaron cuatro golpes y un coro de «Nosotros, inferiores a ti, te lo agradecemos» en las voces de treinta o cuarenta jóvenes *k'iik'ob'*, literalmente, «sangres» de la alta aristocracia. Los «sangre», o guerreros, son todos los miembros masculinos de la comunidad que hubieran sido iniciados en una de las sociedades de guerreros. Así que, en términos prácticos, significaba «de alta cuna» y «capaz», alguien que había nacido o había sido adoptado en las grandes casas y, usualmente, de unos dieciocho años de edad. Alguien me sujetó la boca, la abrió y me introdujo en ella un pegote de un sirope espeso y caliente, mezcla de b'alche, miel, una especie de sangre y algo más, uno de sus ingredientes ultrasecretos, supuse, que le dio a todo aquel engrudo una textura pastosa, pero mi garganta estaba tan marchita que fue como un delicioso trago de néctar, así que me lo tragué. Un tercer par de manos, también con uno de esos putos mitones puestos, me ayudaron a abrir los ojos. El izquierdo estaba todavía demasiado irritado como para ver mucho, pero el derecho estaba casi bien.

Los tres preparadores y yo estábamos en el centro de un círculo, o más bien, en el centro de un nonágono, de unos veinte brazos de diámetro y delimitado por nueve pequeñas antorchas ancladas sobre un césped quemado recientemente. Estábamos en la cima de una colina, y no en una zona residencial, así que, por lo menos, estaríamos a unos cuantos kilómetros del distrito ceremonial de Ix. Había otro círculo aún más amplio, delimitado por unas cincuenta antorchas, pero no había luna suficiente para ver qué había más allá de él.

Los guerreros se arremolinaron alrededor de la circunferencia. Conté hasta treinta y uno de ellos. Mi nueva cabeza no podía contar igual de rápido que la cabeza de Jed, pero aún podía hacerlo bastante rápido. Finalmente, supuse que habría unos cuarenta, ya que a esta gente le gustaba hacer las cosas de veinte en veinte. Cada uno de los guerreros tenía una jabalina un poco más alta que él. Al igual que la mayoría de las lanzas, las jabalinas estaban divididas en dos partes. La parte que se clavaba estaba lo suficientemente suelta para que se soltara al impactar. En lugar de con una piedra afilada, terminaban en una punta de madera. La parte larga de la jabalina, por donde se sujetaba, estaba envuelta en piel, de jaguar para los Ocelotes y de mono para los otros clanes. Los guerreros llevaban unos *kilts* hechos con piel de venado y una amplia banda de algodón con dos agarraderas extra en la parte de atrás. Llevaban sandalias con suelas de goma, como las mías, y sus pieles habían sido ungidas con aceites para la caza nocturna, pigmentadas de rojo con grasa de perro. El pelo lo llevaban recogido en tirantes coletas que sobresalían de espirales y que luego doblaban a lo largo de la cabeza hacia la cara. Más de la mitad de ellos iban muy a la moda. Al igual que en la India, si podías permitirte comprar comida, te la ponías de prenda.

Los recuerdos de Chacal estaban discurriendo libremente por nuestro cerebro. Debido a los entramados bordados de sus *kilts*, así como a sus pinturas, sabía perfectamente que eran guerreros de las cinco grandes casas ixitas. Los guerreros del clan Ocelote llevaban lunares de color púrpura pintados en sus pantorrillas, y los guerreros del clan Murciélago Vampiro, que estaban muy relacionados con los Ocelotes, pero cuyo patrón direccional estaba al nordeste, llevaban franjas verticales de color negro y naranja a lo largo de sus piernas. Los del clan Itz'un, o lo que es lo mismo, los del clan Armadillo, del nordeste, llevaban franjas blancas, y los del clan Guacamayo, que representaban el sudeste y que eran el apoyo más grande del clan Arpía, llevaban topos amarillos. También había guerreros del clan Arpía, con franjas rojas y negras que parecían alargar sus piernas.

«Genial —pensé—, incluso mi propia familia va a competir para ver si puede ser ella la que acabe conmigo».

No podía incorporarme para mirarlos a los ojos, pero tan sólo por sus voces ya sabía que Chacal conocía a varios de ellos. Por lo visto, estaban realizando una especie de cómico pavoneo. Se contoneaban y posaban, estudiándome con exagerada profesionalidad, como si aquello fuera una carrera de caballos y yo el caballo favorito.

—*Ymiltik ub'aj b'ak ij koh'ob impek' ya'la'* —oí decir a alguien—, yo me quedaré con las astas y los dientes, pero mis perros se harán cargo del resto.

También hubo varias risas.

«Son el Pueblo que Ríe. La sal de la vida, vamos».

—No, yo me quedaré con las astas, tú puedes quedarte con el pene, y mis perros se harán cargo del resto —dijo otro.

«Genial —pensé—. He vuelto al instituto».

A pesar de mi estado, los miré a la cara y traté de dar con alguna respuesta ingeniosa. El guerrero que había hecho aquel comentario, un joven Armadillo, se agachó para mirarme a la cara, cogiéndose sus carrillos, bizqueando los ojos y poniendo una cara que le hacía parecerse a Harpo Marx. Sin saber por qué, empecé a reírme junto a los demás. Aquello me pareció la cosa más divertida del mundo. Por supuesto, estar en aquella situación era una putada, pero, de cualquier forma, tampoco importaba. Por lo menos seguía vivo. Le puse una carota como respuesta, y obtuvimos aún más risas. ¿Qué importaba de qué lado estuvieras? El mundo no iba a acabarse por echar unas risas, ¿no? Me di la vuelta para mirar el círculo. Reconocí unas cuantas caras, algunos eran amigos. Algunos me sonrieron, con genuina aprobación. Yo les devolví la sonrisa. Había empatía en el ambiente, pero era una empatía que no evitaba que me fueran a hacer lo que me iban a hacer, porque, de otra manera, tal vez recibieran el mismo tratamiento ellos mismos.

Los preparadores me pusieron en pie y erguido. Me sujetaron por las astas. El tipo que iba al frente cogió un cuchillo enorme y se arrodilló junto a mí. Tuve un momento de terror prematuro, ya que creía que me iba a despellejar allí mismo, pero simplemente me rozó un poco con el borde dentado, haciendo líneas paralelas a lo largo de mis piernas. Mientras miraba a mi alrededor, vi que algunos cazadores estaban haciéndose lo mismo a sí mismos. Luego, enterró su mitón en un plato con un polvo que parecía polen y lo aplicó en los pequeños cortes que me había hecho.

¡Ay!

Unas vaharadas de calor subieron por mi pierna. Mis pies tenían contracciones, y prácticamente se movían solos. Aquella cosa era algún tipo de polvo de ortigas. Me llenó de vida y a la vez me insensibilizó el cuerpo.

Fuera del círculo, los guerreros estaban palmeándose las piernas con el mismo polvo, empujándose y bromeando entre ellos. Finalmente, los preparadores soltaron mis apéndices y salieron del círculo hacia el círculo de los guerreros. Me tambaleé, pero intenté mantenerme sobre mis pies, con mi enorme y pesada cabeza bamboleándose hacia los lados. Varios siseos en forma de saludos, que eran la versión mesoamericana de los aplausos, llegaron hasta mis oídos.

Los cazadores se pusieron firmes, exactamente igual que los niños de primaria se ponen en pie cuando un profesor entra en la clase, y se apartaron para dejar que un personaje anciano con pinta de estadista entrara en el círculo. Se acercó a mí para darme algo que llevaba en su mano. Automáticamente, asumí la postura «haz-conmigo-lo-que-quieras». Él desenrolló una tira de piel de venado blanco delante de mí. Dentro había cuatro pequeños celtas, hachas de mano ceremoniales. Los volvió a enrollar en la piel. Luego vertió unos granos de cacao de una cesta cónica. Los granos formaron una pequeña montaña y, con la eficiencia de un antiguo *croupier* repartiendo cartas, metió ocho de ellos en una bolsa hecha con escroto de venado. La cerró con un nudo. Acudí a los recuerdos de Chacal para registrar lo ocurrido y así poder estimar cuánto costaba aquello. Por supuesto, la economía era tan diferente que no se podría cambiar aquello a ninguna moneda del año 2012. Quiero decir, un buen quetzal pluma de cola bien valía dos esclavos masculinos, así que, haciendo un cálculo grosso modo, mi precio andaba por los ocho mil dólares americanos. Cuarenta acres y un mul. Enrollaron aquello, junto con la bolsa, en un trozo de tela de algodón más grande y se la dieron a los preparadores para que me la ataran detrás del cinto. Cuando acabaron, se apartaron de mí e hicieron señas al grupo de guerreros. Se fueron, no sin antes quitar unas cuantas antorchas del perímetro del nonágono, como indicación del sitio por donde debía salir.

—Ch'een'b'o'ol —dijo con una voz cantarina, como la del un subastador del Viejo Mundo—. Hagan sus apuestas.

Más allá de la abertura que habían hecho en el círculo, aquello parecía un mercadillo de medianoche que hubiera organizado el Museo Natural de Historia. Al menos habría cuatrocientas personas más allí, todos estirándose para poder echarle un vistazo a los cazadores. Había grupos, tiendas, carros y docenas de esteras verdes repletas con todo tipo de cosas: balas de algodón, pilas de algún tipo de corteza aromática, bolsas de granos de cacao, *bouquets* de plumas, corazones de obsidiana verde, hachas de mano, grupos de *kutzob'*, pavos neotrópicos sujetos con correas, y pilas de madera y contadores de arcilla, lo cual, supuse, serían como las fichas de un casino. Los oficiales llevaban una especie de capas blancas y negras, y tocados de mono. Evidentemente, eran corredores de apuestas. Caminaban entre la gente y mantenían un registro de las apuestas gracias a los pequeños trozos de papel que conservaban en una cesta. Al borde del gentío pude ver lo que sospechosamente parecían dos cuerpos brillantes y despellejados que colgaban juntos en un enorme trípode parecido a la estructura de una cabaña tipo.

«Víctimas del precalentamiento. Bueno, no pienses en ello».

Escuché al público e intenté enterarme de cómo iban las apuestas. Por lo que pude oír al principio, parecía como si todas las apuestas fueran sobre qué guerrero iba a cogerme primero. Finalmente, oí a algunas personas apostando por mí. Aquello me hizo sentir bastante mejor, hasta que me enteré de que el tanteo final iba ocho a uno en mi contra. Alguien estaba en desacuerdo con la persona situada a mi izquierda, y por momentos aquello se estaba convirtiendo en una discusión. Por un minuto pensé que a lo mejor se empezarían a pelear unos contra otros y que yo podría salir de allí de una pieza, pero todo se resolvió cuando dejaron pasar a otra persona para que me pudiera estudiar de cerca. Era un tipo bajito, de pinta desaliñada, al que no se le podía tocar. Por lo visto tenía ciertos privilegios, porque, poniéndose un par de mitones, me levantó los brazos y me separó las piernas. Luego palpó el estado de mis músculos. Aquello fue bastante degradante, pero pude soportarlo. Dijo algo sobre que yo estaba en bastante buena forma, y las apuestas se pusieron un poco más a mi favor, hasta quedar en cinco contra uno.

«Esto pinta mal, Jed —pensé—. No hay ninguna esperanza. Bueno, sí, alguna quedará, seguro que lo conseguiré, pero, de verdad, nadie apuesta tan fuerte si no es sobre seguro. Estás listo, chaval».

—*Tz'o'kal, tz'o'ka* —dijo el contador—. Apuestas finales.

Era como decir algo así como «No va más».

El público se calló. Algunos de los guerreros se quitaron piezas de joyería y se las dieron a sus «escuderos» para que las guardaran. Detrás de mí, alguien sopló un cuerno que sonó como un *shofar*.* Todo el mundo se volvió al noroeste. Yo también miré en esa dirección. Fuera, en la oscuridad, justo donde las estrellas desaparecían, los fuegos se fueron encendiendo, uno a uno, y perfilaron la ondulada figura de la siguiente cordillera, como una tira de luces de Navidad. ¿A qué distancia estaban? Aproximadamente a medio kilómetro, por lo que parecía desde mi posición. Sin embargo, no podía ver lo que había en el valle que tenía que atravesar. Mierda.

Gracias a Chacal sabía (claro que, llegados a este punto, cualquiera se lo podría haber imaginado) que, si conseguía traspasar aquella línea, quedaría fuera del menú, libre para ir a donde yo quisiera. Por supuesto, tendría que exiliarme durante un tiempo, ya que estaba demasiado contaminado como para ser un guerrero de nuevo. Me esperaba el destino del vagabundo, o tal y como se dice en ixita, escoria sin corazón que se esconde de pueblo en pueblo. Intenté idear algún tipo de plan gracias a las brumosas nociones que Chacal tenía sobre la geografía local, pero al final lo único que se me ocurrió fue ir al *sacbe* del norte, es decir, la carretera sagrada, y quedarme allí hasta que llegara a las siempre-cambiantes fronteras entre las zonas controladas por los Yaxchilán y sus antiguos enemigos, los Ti ak'al, cuyo imperio estaba ahora a punto de colapsarse. Posiblemente, me robaran y me comieran, en ese orden, la primera noche, e incluso si me libraba de eso, ¿qué podría hacer después? Me quedaba menos de un año de vida. Puede que simplemente me sentara. De todas formas, no me sentía con demasiadas ganas de jugar al Juego.

* El *shofar* es instrumento de viento fabricado de cuerno de venados y utilizado en la tradición judía. (*N. de los T.*)

Participar en aquello era terriblemente humillante, pero si me quedaba allí, seguramente practicarían más métodos nefarios de tortura conmigo. Lo mejor que podía hacer era coger una de esas lanzas y tragármela, y dejar que el mundo se fuera al infierno dentro de mil trescientos años.

«Son demasiados años los que nos separan como para preocuparme. Que le den».

Hubo cuatro golpes de tambor. Después se hizo el silencio y 2 Cráneo Enjoyado habló:

—*Tz'on-keej b'axb'äl.'*

Yo salí del círculo y, con toda la dignidad posible, pasé entre el grupo de guerreros y los toros Ixob' del exterior del círculo. No miré a ninguno de ellos. Todos se retiraron y me dejaron pasar, pero en el momento en el que crucé la línea de antorchas, los guerreros empezaron a cantar a coro.

—Nueve niños corren tras un gordo venado y dicen:

«Tu cabeza es ligera y tu culo pesado, venado.

Las dos orejas del venado se convirtieron en las cucharas del noveno niño...».

Era una de esas canciones que van de generación en generación, como la de «Un elefante se balanceaba». Chacal, como cualquier otro niño ixita, habría crecido escuchándola. Nadie me tuvo que explicar las reglas para saber que en cuanto llegaran a la última palabra, *ts'ipit*, que era «anillo», los guerreros podrían abandonar el círculo exterior. Y entonces, empezaría el juego.

—«Las astas del venado se convirtieron en el rastrillo del octavo niño».

Corrí terraplén abajo.

—«Laz pezuñas del venado se convirtieron en los cuatro martillos del séptimo niño. El culo del venado es la bolsa del sexto niño...».

Paso. Paso. Pasopaso. Pasopaso. Zanja. Salta. Árbol. Rodéalo. Chacal no era un cazador, pero sus pies pisaban sin tropezar entre la espesura. El canto de las cigarras resonaba a mi paso. El olor a pino y menta asaltaba mi nariz.

«A pesar de estar metido en el lío que estoy —pensé—, me siento increíblemente bien».

De hecho, el siguiente árbol lo saltaría en lugar de rodearlo.

—«Los intestinos del venado se convirtió en el collar del quinto niño...».

«Sin problemas. Todavía ni han empezado».

Salté sobre el borde del primer terraplén y por un instante creí que estaba boca abajo, precipitándome al vacío. Había más estrellas abajo que arriba, pero titilaban y se movían en constelaciones amorfas. En los dos segundos que siguieron a aquello pensé que estaba corriendo hacia un lago, pero cuando pasé por encima de las primeras estrellas me di cuenta de que el resplandor que había debajo de mí se debía en realidad a luciérnagas, un ejército de lucecillas verde-blanquecinas revoloteando entre los helechos y las jacarandás.

«Debemos estar al este de Ix —pensé—. En tierras Arpías. Probablemente, en algún lugar entre los pliegues de las cordilleras de caliza que ensartaban la sierra de Chamá, y que luego iban desapareciendo en dirección al lago Izabal. De acuerdo, intentemos calcular la distancia. De la cima al cortafuego habrá aproximadamente medio kilómetro, así que, ¿hasta dónde tendré que correr? ¿Kilómetro y medio? Puede que dos. Uno cuesta arriba. ¿Y qué?, puedo hacerlo. ¡Ay, que me caigo! Un arbusto. Por aquí no han quemado el terreno desde hace tiempo. Tengo que deslizarme hasta la base de la cordillera y meterme en el campo de tréboles y margaritas. Arriba. Arriba. Arriba. No puedo ver la Cordillera de Fuego desde aquí. Avanza. Amplía. De acuerdo, ya estamos de nuevo en el camino».

La canción del campamento base seguía resonando, y noté que yo había empezado a seguir su ritmo. La cuesta estaba cubierta de eucaliptos y ceibas. Algunos eran como paraguas gigantes; otros, tan sólo árboles jóvenes. Algunos troncos no tenían hojas, otros las tenían secas o eran troncos resecos, pero estaban dispuestos de una manera muy regular y demasiado espaciados los unos de los otros como para ser un bosque natural. Seguramente, habían sido plantados, o bien habían sido arrancados sistemáticamente. De hecho, si se ignoraba la manera en la que los árboles habían sido afestonados con manojos de hojas de tabaco, atadas con lazos multi-

461

colores, como ofrendas al compañero de clan cuyo uay estaba alojado en el interior de cada árbol, y si se ignoraba también el hecho de que había más árboles muertos que vivos, uno casi se podría imaginar que estaba en un típico parque inglés. Tras de mí, las voces de los guerreros se alzaban mientras llegaban al final de su cántico:

—«La quijada del venado es el tenedor del cuarto chico...».

«Rápido, rápido. Te estás moviendo bien. Los instintos de Chacal están a pleno rendimiento. Tenemos puesto el piloto automático de adrenalina. Tan sólo tienes que hacer funcionar el córtex superior de tu cerebro. Izquierda. Pasopaso. Pasopaso. Salta. Árbol. Árbol. Alrededor. Salta. Ten cuidado, terreno desnivelado. Barreras. Esto es una carrera de obstáculos».

Me sentía extrañamente ligero. No podía ser tan sólo por la juventud del cuerpo de Chacal, o porque fuera mucho más fuerte de lo que yo había sido jamás, incluso después del rapapolvo que le habían dado. Seguramente se debía a que ahora era más bajito. Por eso es por lo que los críos pequeños tienen tanta energía: no es tan sólo porque no sepan el pozo oscuro que es el mundo, también porque no tienen mucho peso que levantar. ¿Qué altura tendría ahora?

«Si no hubiera estado tan ocupado antes, me habría podido comparar con el metro y medio que medía el dintel que había dentro del Nicho del Rey. La media de altura de los hombres mayas de clase alta de este periodo era de un metro sesenta, y yo tan sólo estoy un poco por encima de la media. Así que debo de medir un metro sesenta y cinco o setenta. Jed medía un metro ochenta y cinco. La fuerza aumenta al cuadrado de tu altura, pero tu peso aumenta al cubo de tu altura. Vale, ahora supongamos que mi G es de... ¡Ay! Pincha. Cuidado. Derecha. Pasopaso. Pasopaso. No te distraigas. Todavía no has llegado a casa».

—«La nariz del venado se convierte en la pipa del tercer niño... Los sucios dientes del venado se convierten en los dados del segundo...».

«Puedopensarpuedopensarpuedopensarpuedopensar. Tropiezo. Tengo mis manos puestas sobre mis astas. Voy a ver si me lo puedo quitar. No. Están pegados. Pegados al cuero cabelludo como si realmente me hubieran crecido desde el cráneo. Olvídalo. Concéntrate».

—«El esfínter del venado es el anillo del primer chico, el esfínter del venado es el anillo del primer chico».

La palabra *b'aac*, «anillo», se alargó hasta terminar en una algarabía de voces y el pateo de unos pies pequeños sobre la tierra.

«Y ahí salen volando. No mires atrás. Corre. Hacia delante. Hacia delante. Árboles. Entre los troncos. Izquierda. Derecha, no, izquierda. Ahora derecha. Izquierda de nuevo. Casi estamos a medio camino. Lo estamos haciendo bien».

Los pasos sonaban a mi espalda como una llovizna de verano sobre un camino de tierra.

«Que les jodan. Izquierda. A la espesura. No dejes que se te enganchen las astas. Mira abajo. La mano izquierda que cubra los ojos. El brazo derecho que proteja el cuerpo. Esquiva las ramas. Piensa, luego corre. Todavía estamos por delante de ellos. No te preocupes. Cuando llegues al valle entre las dos colinas el camino es cuesta abajo, pero está lleno de ramas y despojos. Cuidado. Las ramas y los despojos hacen ruido al pisarlos. Ruido es igual a muerte. Silencio es igual a vida. Corre hacia delante. Otro medio kilómetro. Puede que lo consigamos. Una enorme cuesta. ¡Ay! Paso. ¡Ay! Ortigas. El dolor se agarra a mis piernas. Tenedores en el camino. Bueno, si me retrasa a mí, también los retrasará a ellos.

Detente. Escucha.

Un grupo se acerca. ¿Cuántos son? ¿Cuatro? Puede que se dividan más veces. Son buenos rastreadores. Vuelve sobre tus huellas y luego cambia de dirección. No, espera, no es buena idea. Sólo funciona con los zorros. Adelante. Silencio. Paso. Paso. Este juego no está nada mal. Después de todo, un juego es simplemente la...».

—¡Unf!

El cuerpo de Chacal reconoció ese sonido: era el gruñido que alguien profería cuando lanzaba una jabalina, así que nos echamos cuerpo a tierra automáticamente.

La lanza pasó a un metro y medio o así, silbando por encima de nuestra cabeza. Y realmente, pasó silbando, en un tono «mi» agudo.

«Ha aterrizado muy cerca. Se habrá enganchado en un árbol o algo así. Debo encontrarla. No, no hay tiempo».

Patiné el resto de la cuesta, hasta llegar a un barranco entre las dos colinas. Por debajo y por encima los guerreros se silbaban los unos a los otros, siguiendo los códigos de caza del clan. Estaban barriendo y avanzando hacia la colina en parejas, cubriendo toda la pendiente. La clásica maniobra de caza.

«Para un momento. ¿Vamos directos? Sí, simplemente, corre. Colina arriba. Vamos».

Se oyó un silbido.

«Otra. Agáchate. Maldita sea. Espero que no me puedan ver entre los árboles. ¿Podrán? Están disparando a oído. Tan sólo están tanteando. No te preocupes. Mantente fuera de su radio de acción y no te pasará nada. Gira a la izquierda. Mierda. Las astas se han enganchado. Oigo a dos de los cazadores más rápidos jadeando colina arriba tras de mí. Me cosquillean los blancos fáciles que estoy ofreciendo en mi espalda. Ramas. Apártalas. Arráncalas. Parras. ¡Ay! Mi cuello. Maldita sea».

Otro impacto.

«Cuidado, por arriba. Abajo. Agáchate. Abajo. No les ofrezcas un blanco fácil. Mantén los árboles entre ellos y nosotros. Llega hasta la línea de antorchas de alguna manera. Encuentra un hueco. Maldita sea. Este sitio no ofrece la misma cobertura que un bosque natural. Es más bien como esconderse entre los pilares de una columnata. Tienes que ir moviéndote sin parar de árbol en árbol. De acuerdo. Hacia arriba. Las astas me desequilibran. La cabeza me pesa. Maldita sea. Tengo una imagen de mí mismo en la cabeza, como uno de esos prehistóricos alces irlandeses con las astas tan grandes y pesadas como dos Yamaha. No me extraña que se extinguieran. Tengo que quitarme esta mierda».

Clavé las yemas de mis dedos en las correas de cuero que había alrededor de mi cabeza, pero estaban pegadas a mi piel con algún tipo de goma o resina.

«En silencio. Corre en silencio. Son demasiado rápidos. Tú sigue adelante. Voy a vomitar. Eso es lo que pasa cuando corres más rápido de lo que puedes, que vomitas. Ahora sí que largo...».

Escuché mis propias arcadas, pero creí haberlo hecho en silencio. De todas formas, tampoco había nada que devolver.

«Sigue adelante. Vamos. No te preocupes por averiguar de dónde sacas tus fuerzas, lo importante es hasta dónde te llevarán. Vamos, vamos. Gira por la cuesta hacia el sur. No podré soportar este esfuerzo mucho tiempo. Tengo un nudo de dolor en mi corazón. En mi pulmón. No importa. De nuevo se ha hecho el silencio. No hay más gritos. Todavía vienen tras de mí, seguro. Escucha. Aminora la marcha. Estás haciendo demasiado ruido. Silencioso, invisible e inteligente. La línea está justo ahí arriba. Tan sólo un poco más. Tú sigue adelante. No, espera».

En ese punto, me detuve.

«Mierda. Se me están acercando por la izquierda. Maldita sea. Las ramitas crujen. Mejor ve por... No, espera. Estás haciendo otra vez demasiado ruido. Te estás exponiendo. Quieren llevarme hacia los otros. Piensa. ¿Hacia dónde vamos? Están por encima de ti, esperándote, mientras el resto se dispersa».

Unos cuantos rastreadores estaban siguiendo mi rastro mientras subía la cuesta; el resto se había abierto en abanico frente a mí y ahora se estaba acercando.

Los que estaban frente a mí se habían parado para escuchar.

«Mantente en calma. Corre o morirás. Vamos a tener que ir hacia las antorchas desde otro punto. Desde la izquierda. Vale, retrocede».

Caminé sobre mis pasos en silencio. Mis pies sabían hacerlo, así que volví hacia el valle. El suelo estaba limpio, pero algunas ramas de los eucaliptos llegaban a la altura del pecho. Tendría que tener cuidado. Giré bordeando la pendiente. Ahora estaba mirando hacia el sudeste. Por primera vez vi un resplandor en la sierra, un resplandor que el cerebro de Chacal conocía muy bien. Eran los fuegos del templo de Ix.

«Gira hacia el oeste e inténtalo de nuevo. Probablemente esperan que vayas en el sentido contrario a las agujas del reloj.

Todo aquí va en contra de las agujas del reloj. Ve en el sentido de las agujas del reloj».

No podía ver la cordillera, pero con las estrellas, era como tener un GPS. Mirando hacia 9 Cabeza Muerta, es decir, Régula, estaría justo por allí.

Discerní que al menos habría diecisiete pasos peligrosos desde el césped quemado hasta la línea de antorchas.

Pues vamos.

Me dirigí hacia la colina en una amplia curva. Intentaba salir de la línea de árboles y dirigirme hacia occidente todo lo que me fuera posible.

«Algo se acerca».

Me eché cuerpo a tierra casi sin saber por qué.

Cht-Tzii-thkg.

«Mierda. Salta. Me caigo. No, he conseguido agarrarme. Coño, mi cuello. Dios. Alguien me ha cogido por las putas astas».

Doblé la cabeza hacia delante, pero la mano seguía aferrada a mi asta derecha. Tiré hacia a la izquierda, pero fue demasiado tarde. Me tenía atrapado. De repente, sin pensarlo, arqueé mi espalda y le clavé toda mi cornamenta. Hubo un momento de resistencia y una corta exhalación de aire. Cuando me doblé de nuevo hacia delante, la mano del cazador se soltó de su asidero, y yo me volví para encararlo. Sus piernas decían que era del clan del Ocelote, y como mucho tendría trece o catorce años. Tenía una melena muy larga, que parecía estar gritando: «Eh, venga, cógelo por aquí». Sostenía su mano derecha sobre su clavícula derecha, donde le había alcanzado a clavar una de mis astas. Me reposicioné y salté como una rana sobre su cara. La fuerza del impacto pasó de su cráneo al mío, como si fuéramos un par de bolas de billar.

«Come cuernos, hijo de la gran puta».

En un solo movimiento, cogió mis cuernos y los retorció, estilo Teseo contra el Minotauro. Dejé que me derrumbara, cogí con la mano uno de los nudos frontales de su cinto y proyecté mis cuernos de nuevo contra su cuello. Esta vez tropezó de espaldas y, cuando arqueé de nuevo mi espalda, sus manos se soltaron.

«¿Tengo el cuello roto? No, de ser así no podría moverme».

Di un paso hacia atrás y miré de lado al Ocelote. La parte derecha de su cabeza brillaba en la oscuridad. Tenía marcas de sangre bajo su ojo. Se quedó pasmado, mirándome.

«No te preocupes. Se ha quedado bloqueado. Apártate de él. Está perdiendo sangre, se está debilitando. Mantenlo a distancia hasta que se desmaye. Por otro lado, tal vez sólo debería correr. ¿O tal vez debería matarlo para que no pueda dar la alarma? Bah, qué tontería. Tan sólo corre. De todas formas, puede que ya se sepa dónde estoy. Velocidad. Corre. Llega hasta donde tienes que llegar y serás libre. Libre como una abeja. Libres, tú y yo. ¡Ay!... Mierda, ¿qué ha pasado?».

De nuevo estaba boca abajo en el suelo. Me di la vuelta para intentar levantarme. Mi pierna izquierda estaba caliente. Una jabalina me había dado en la parte de atrás del muslo, unos cinco centímetros por encima de la rodilla.

«Mierda, me han dado. Mierda, mierda, mierda. Despuntadas o no, estas cosas hacen bastante daño. Al menos, la herida no tiene profundidad. Joder, maldita sea».

Mientras comprobaba la herida, me di cuenta de que la jabalina todavía estaba intacta, en el suelo. Y mientras la miraba, se fue alejando de mí a través de la hierba, como si fuera la cola de una serpiente. La cogí por la parte que estaba cubierta de pieles, justo por donde la parte reemplazable encajaba con la principal. Alguien intentó evitar que la cogiera. Yo tiré de ella, mirando hacia delante. Era el mismo guerrero Ocelote.

«Tío, asúmelo. Te he vencido».

Nos miramos el uno al otro, pero no hubo ningún tipo de comunicación real.

«Bien —pensé—. No pidas ayuda. No abras la boca y te salvarás».

Intenté quitarle la jabalina de las manos, pero no quería soltarla. Bajé mis cuernos hasta interponerlos entre nosotros. Me puse en cuclillas para tratar de elevarme y ponerme de nuevo en pie mientras sostenía todavía el astil de la jabalina.

«Está bien, Jed, simplemente, no dejes que se te escape».

Giré hasta ponerme detrás del árbol, todavía apoyado en

el astil de la jabalina, rodeándolo en el sentido contrario a las agujas del reloj. Y mientras intentaba mantener el tronco de veinte centímetros de diámetro entre nosotros, lo utilicé para apoyar mis pies, a la vez que soltaba el astil que sostenía con la mano derecha, para pasarla a través del tronco y agarrar a mi perseguidor por una banda de cuero y jade que tenía en la parte superior izquierda de su brazo, haciendo lo propio con la otra mano. Ahora lo tenía cogido por ambos brazos, con los pies apoyados en el árbol que teníamos entre nosotros.

Pareció dar un respingo al contacto de mi piel con la suya. Por un momento, perdió el equilibrio; sus pies estaban aún en el suelo, mientras que los míos estaban apoyados contra el tronco. Tensé mi presa sobre la banda de cuero, me eché hacia atrás y me alineé en paralelo con el tronco.

Sonó un precioso ruido cuando su pecho chocó de plano contra el tronco. Los músculos de sus muñecas se aflojaron por un instante, pero aun así no soltó la otra parte de la jabalina. Yo estiré mi brazo izquierdo hasta su muñeca. La agarré y volví a tirar. Esta vez, incluso a través del tronco de madera, mis pies pudieron sentir cómo su mandíbula se hacía trizas.

«¡Come tronco, imbécil! ¡Éste es el poder de la lucha sucia!».

Dijo algo, maldiciendo, y luego empezó a lanzar una especie de aullidos para así dar a conocer su posición a todo el mundo. Cabrón. Seguramente había decidido que si él estaba acabado, yo también lo estaría.

«Cállatecállatecállate —pensé—. Me estás jodiendo, y tú estás muerto».

Giré por la derecha del tronco. Solté su hombro sólo el tiempo suficiente para cogerlo por la parte de atrás de la cabeza y, agarrando su moño enroscado, lo volví a golpear contra el tronco. Sentí que algo salía disparado del cráneo, y por la resistencia que ofrecía ahora, podría decirse que había perdido su rigidez, como un huevo desquebrajado, pero no lo suficiente como para poder quitarle su membrana. Los aullidos se detuvieron.

«Estás acabado. ¿Lo pillas? Soy el mejor y me voy a encargar de esto. Ahora, encima, voy armado. Tengo una jabalina, tengo una jabalina —canturreó mi mente—. La línea de antorchas está justo ahí arriba. No está lejos. Vamos».

De repente, oí unos extraños sonidos a mi espalda. Como si fuese un animal olisqueando.

«Están intentando detectar el olor de mi sudor. Y de mi sangre. Mierda».

Silencio.

«Inhala. Aguanta. Exhala. Más suavemente. Inhala. Sincroniza tu respiración con el sonido de los grillos de alrededor. Mézclate. Sé un arbusto. Aun así, podrán olerme. Será mejor que me mueva. Ahora. No, espera».

Ya fuera por la situación en sí o por el mismo miedo, lo cierto es que algo activó de nuevo los recuerdos de Chacal. Recordé los inicios de sus días de entrenamiento, una especie de test de personalidad en el que los *pilománticos*, los vaticinadores del Juego de Pelota, le llevaron al interior de la cueva espiritual de los Compañeros del Juego de Pelota. Caminaban entre la oscuridad sin antorchas, siguiendo el camino que marcaban los temblores en el suelo. Luego lo dejaron desnudo dentro de un sarcófago de piedra, solo. Para cuando hubo pasado un tiempo que él creyó que fueron días, las voces empezaron a hablar. Al principio tan sólo fueron susurros lejanos.

—*Qué es esto, huele como alguien que nunca hubiera estado aquí, comámonoslo, mastiquémoslo.*

Eran los *uayob* de los antiguos jugadores de pelota caídos en desgracia. Venían para llevárselo a Xib'alb'a. Se iban acercando cada vez más y más. Le exigían que les confesara los nombres secretos que él había jurado no divulgar jamás, le ordenaban que abandonara su ataúd y que fuera con ellos. Al final las voces empezaron a sentirse justo a su lado, en un tono tan alto y tan cerca que parecían rodearlo por todos lados. No recordaba si terminó gritando con ellos en un huracán de alaridos, pero lo que sí recordaba era que no huyó, que no había confesado ningún nombre y que no se movió. Cuando se lo llevaron al día siguiente, aquel niño de ocho años que un día se convertiría en Chacal pasó del punto de poder sentir un demencial terror interior a algo más, y para cuando se dio cuenta de que las voces que había escuchado eran las de los *pilománticos* hablando a través de tubos que llevaban hasta un sistema de ventilación en el ataúd, aquello no cambió nada. Los niños que habían sobrevivido a esta y otras pruebas habían nacido con un corazón de piedra, o habían desarrollado uno. Eran opacos al sufrimiento. La gente del siglo XXI habría dicho que el trauma causado por las primeras pruebas había acabado con sus emociones diarias, sembrando una ira que podría explotar en cualquier momento y sin provocación.

Aquí, superar esa prueba significaba que podían ser guerreros. Una hoja crujió a unos seis metros delante de mí.

Corrí.

«Mierda, me he precipitado».

Una jabalina silbó a mi izquierda. Salté hacia la misma izquierda, rodando hacia delante y alzándome luego con el mango de la jabalina en una mano. Por un segundo pensé que lo había hecho todo a la perfección, pero a continuación mi pierna derecha se quedó muerta bajo mi peso.

«¿Me han dado? —pensé—. Si me han dado, ¿por qué no siento nada? ¿Demasiada adrenalina o qué?».

Me repuse lo suficiente como para dejarme caer de rodillas y rodar encogido. Un guerrero del clan Armadillo cargó sobre mí. Empleó la parte de atrás de su jabalina como si fuera una maza. Yo clavé la parte de atrás de la mía en el suelo y esperé la colisión. A mi derecha había dos cazadores más a unos trescientos brazos de distancia, con sus jabalinas en ristre, listas para lanzarlas. Uno de ellos era un Ocelote, y el otro, un niño de los Arpías con una dulcísima cara redonda.

«Sé cómo se llama, Chacal ha jugado al Juego de Pelota varias veces con él, es un nuevo iniciado dentro del equipo de la Arpía, su nombre... su nombre es Hun Xoc. 1 Tiburón».

«De acuerdo —me dije—. Esquiva a esos tres idiotas y habrás llegado a la meta».

Incliné mi jabalina en dirección al Armadillo. Él se movió del sitio donde estaba apuntando y giró hasta ponerse a mi espalda. Levantó su lanza para aplastarme la cabeza, pero yo me volví para esquivar el golpe. Por un momento, y sin ninguna razón aparente que yo pudiera ver, el chico dudó y dio medio paso hacia atrás.

«Ah, claro, estoy contaminado. Idiota supersticioso».

Abrí mis brazos, bajé la cabeza y me abalancé contra él. Terminó de dar el golpe de maza, pero tan sólo consiguió rozarme la frente, no sin antes chocar contra mi cornamenta, astillándome dos cuernos.

«Te has cargado el trofeo, colega».

Me sacudí el aturdimiento de la cabeza, cogí mi jabalina y realicé un arco de veinte centímetros sobre el suelo. El tío del clan Armadillo saltó y cayó sobre su pie izquierdo, pero el movimiento hizo que el refuerzo de la parte delantera se resintiera: la jabalina se partió en dos. Él trastabilló y cayó al suelo, en la hierba. Sin necesidad de pensarlo, eché la jabalina hacia atrás para coger impulso. Por un instante fue como si su piel fuera tan fina y tersa a la luz de las estrellas que podría ver a través de ella. Centré mi ataque allí donde la arteria ilíaca palpitaba, justo en el interior de la entrepierna. Le clavé la parte astillada y sin cabeza, con fuerza. Se produjo ese momento pegajoso de resistencia mientras la madera se abría paso a través de la piel, el músculo y los ligamentos, hasta que encontré el petróleo, una arteria reventó y conseguí ese chorro de sangre.

«¡Eso es! ¡Sangra! ¡Sangra! ¡Ja, ja! Vaya. Al final resulta que soy un tipo malo de verdad».

El Armadillo fluyó en silencio, y la única reacción de su cara fue tal vez una leve decepción en sus ojos. Me aparté de él rodando y me apoyé en el astil de mi jabalina para ponerme en pie.

Cojeé un poco. Por alguna razón, me acordé del número ocho.

En el transcurso del paso de un segundo, me di cuenta de que el chico Armadillo estaba muerto. Al mismo tiempo, también me di cuenta de que era la primera vez que había matado a alguien. La gente decía que tu primera vez puede hacer que te invadan oleadas de culpabilidad y júbilo, para luego dar paso a una compasión que puede incluso llegar a hacerte llorar. Una parte de mí esperaba sentir al menos una de esas cosas, pero en su lugar sentí algo que se me hizo extrañamente familiar. Era la misma sensación que tenía cuando me iba de compras y compraba algo caro, como, por ejemplo, un Plymouth Barracuda, o como cuando pulsaba el botón del ratón para hacer una puja realmente alta en eBay en los últimos cinco segundos de la subasta.

Se produjo el mismo pico de tensión, y luego, liberación y respiro, y más tarde, un sabor que se fue desvaneciendo, una combinación entre el remordimiento del comprador y la satisfacción del propietario. Era como si hubiera comprado al Armadillo, como si hubiera separado su cuerpo de su uay y ahora éste estuviera merodeando y olisqueando a mi alrededor, listo para seguirme allá adondequiera que yo fuera. Si hacía las cosas bien, impediría que tomara venganza en mí, incluso podría llegar a ser mi mascota. O mejor, mi esclavo, pero todo eso se mezclaba con una sensación como de culpabilidad, sin que fuera realmente culpabilidad. Era más bien una cosa física, como si estuviera mancillado, como si hubiera pisado una mierda de perro, como si hubiera estado jugando con residuos radiactivos y tuviese que ir luego a descontaminarme. No parecía haber nada malo en mi personalidad, era tan sólo que había estado muy cerca de la muerte, y la muerte era infecciosa.

Finalmente, me di cuenta de que estaba sintiendo todas esas cosas, y no las cosas que yo esperaba sentir cuando matara a alguien, porque en realidad no era la primera vez que mataba. Había matado antes. Chacal había matado antes a gente, a siete personas, para ser exacto, en el campo de Juego de Pelota.

«No estoy sintiendo lo que debería estar sintiendo —pensé—. Bueno, lo que debería estar sintiendo Jed. Estoy sintiendo lo que sentiría Chacal».

Sí, yo estaba al mando de su cuerpo, pero mis emociones eran suyas. Y la razón de eso era que todo su sistema nervioso estaba intacto, y al fin y al cabo, era el suyo. Claro, estaba ese pequeño patrón endosado a su córtex frontal, que le indicaba que aquello era mío, y no suyo. El ser de uno mismo no era una gran fuerza cósmica, sólo un papel muy fino y frágil.

El Ocelote bajito apareció a mi derecha, soltando su grito

de guerra. Tenía asida su jabalina como una lanza, con la intención de ensartarme. Me agaché y rodé. Reaccionó rápidamente, así que me preparé para salir corriendo, pero me di cuenta de que estaba lo suficientemente cerca para hacer algo: le lancé un gran escupitajo de sangre justo en el pecho, una gran salpicadura de mucosidad roja.

«Toma, ¡microbios y bacterias!».

El muchacho dio un respingo hacia atrás. Tras él, podía ver al guerrero Arpía quedarse atrás. ¿Por qué? Tal vez estuviera también asustado de la infección. O tal vez estuviera de algún modo de mi lado. No, simplemente era que le daba pavor tocarme. Soy impío. Irracionalmente, me sentía insultado. Por amor de Dios.

El Ocelote bajito volvió. La luz de las antorchas de arriba se reflejaba en sus ojos, y algo en el interior de Chacal sabía que si él miraba hacia las antorchas, no podría verme con la misma nitidez con la que yo lo veía a él. Me agaché y desvié su jabalina con mi mano izquierda. Luego dirigí mi lanza justo hacia su boca. Le di de lleno en algo blando.

«Toma tonsilectomía, tío».

Salté hacia atrás y retorcí la lanza contra su mejilla. No hizo ni un sonido, ni tampoco se apartó. La ética del macho. Simplemente, perdió un poco el equilibrio hacia atrás, para luego recuperarlo y echarse de nuevo hacia delante. Le herí. Mi astil rebotó contra su jabalina. Sonó un pequeño crujido y sus manos soltaron su lanza.

«¿La intento coger? No, es demasiado tarde. Hora de bailar. Paso, paso».

Ocho pasos colina arriba pude oír el ruido metálico de las joyas en movimiento. El guerrero Arpía se preparaba para lanzar. Un disparo fácil.

«Maldita sea —pensé—, deberías haberlo hecho».

Me preparé para el impacto del proyectil en mi columna, pero la jabalina voló por el aire pasando por mi izquierda, con ese típico y hermoso sonido del tiro errado. Dos saltos más. Oí al guerrero Arpía saltando sobre algo y cayendo.

«Qué raro. Idiota incompetente. Tal vez haya perdido la

inspiración. Olvídalo. Simplemente, llega de una puta vez a la línea de antorchas y deja los detalles para después. Sigue adelante, y ten el oído alerta».

Respiraban en silencio y corrían con la ligereza de los zorros, así que normalmente no podías oír sus pisadas, pero sus abalorios del cuello tintineaban los unos contra los otros, y el aire silbaba a través de los llamativos pendientes a medida que se iban acercando por mi derecha; incluso pensé que podía sentir el calor de sus cuerpos. ¿Cuántos había allí? Yo no quería retrasar mi avance ni tan siquiera para girar la cabeza.

«Tan sólo escucha, escucha entre pisada y pisada».

Tres, tres estaban lo suficientemente cerca como para interceptarme. Uno se acercaba por la izquierda. Dos, más alejados, por la derecha. Otros venían desde más lejos.

«No te preocupes por ellos. Ahora párate un segundo, respira y piensa qué hacer».

Me preparé para ponerme a correr en serio. La parte de atrás de mi muslo aún me dolía, como un grifo que se cierra, convirtiendo el chorro de agua en un continuo, pero lento, goteo. Sentí un golpe de terror, pero de ese viejo terror a morir desangrado. Recogí algunos rastrojos y me los apliqué en la herida del muslo.

«Ahora mismo lo que necesitas es sangre en tus venas, olvídate de las bacterias. Y sí, tiene que ser ahora mismo, no más tarde. Para ti, ya no hay ningún más tarde».

Pude sentir que quedaban más de los que yo creía, tanto a mi derecha como a mi izquierda. Y cuando corriese hacia la sierra, entraría en el radio de acción de algunos de ellos.

Me di cuenta de que estaba riendo, y no en silencio.

«Cállate, idiota».

Puede que tal vez estuviera gimoteando. No parecía estar llevando aquello de una manera muy estoica. Chacal no se comportaría de esta manera...

Un momento. ¿Qué había sido eso?

No había nadie, pero...

Hummm...

Estoy seguro de que había alguien allí. Había alguien justo a mi lado, pero no había nadie... Era alguien, en mi interior...

«¡Chacal?

¿Estás ahí?

Dios mío. Está aquí, está mirándome, está disfrutando con esto, maldito...

Silencio. Ahí vienen».

Volví sobre mis pasos hacia un grupo de mirtos.

«Vamos, venid a por mí, maricones. Os arrancaré la nariz a bocados. Agáchate, sé un guijarro.

Creo que éste sería el mejor momento para idear. Eh... Silencio...».

Alguien entre la línea de antorchas y mi posición canturreó:

—Tu cabeza es ligera y tu culo pesado...

«Mierda, esto no está funcionando. No. Estoy muerto. Soy hombre muerto, muerto, muerto. Oigo pasos a mi alrededor. Cuatro personas. No, cinco. Ocho. Demonios. De acuerdo, estoy bien. Me estoy moviendo. Lentamente, como un cangrejo. Como un cangrejo parapléjico. Acéptalo, no voy a ir a ningún lado. Demasiado lento. Demasiado lento».

—«Las astas del venado se convirtieron en el rastrillo del octavo niño. Las pezuñas del venado se convirtieron en los cuatro martillos del séptimo niño. El culo del venado es la bolsa del sexto niño...».

«Maldita sea. Corre. Cómo me gustaría estar muerto. Cómo me gustaría estar muerto. Cómo me gustaría estar muerto».

—La nariz del venado se convierte en la pipa del tercer niño... Los sucios dientes del venado se convierten en los dados del segundo...

«De todas formas, hay otra versión de mí, en algún lugar, ¿no? Excepto que pensar en eso no reconforta para nada cuando tú eres la única consciencia que está muriendo. Estoy muerto, eso, eso. Eso es lo que se siente, eso es lo que va a ser.

Bueno, ¿a qué tanta espera? Es...».

33

Algo iba mal, y no tenía que ver sólo conmigo.

Se hizo el silencio.

No era nada que se me hubiera pasado por la cabeza, ya que estaba bastante ocupado en aquellos momentos. Durante todo aquel tiempo, había estado corriendo por mi vida, la noche había sido ruidosa, pero tampoco costaba mucho oír las pisadas de los perseguidores, ni distinguirlas del rugir del mar o de los sonidos nocturnos.

En ese momento, un sonido muy peculiar se estaba elevando por todos lados. Como un crepitar, como si miles de barajas de cartas salieran disparadas de las manos de diez mil prestidigitadores. Mi mente, o tal vez la de Chacal, separó varios flaps y flops de aquella cacofonía y se dio cuenta de algo muy importante.

Un número increíblemente grande de alas estaban empezando a moverse, como si todos los pájaros y murciélagos del mundo alzaran el vuelo. Era demasiado exagerado. Aquello no podía ser. Y no podía ser sobre todo porque los pájaros no lloran. Casi todas las estrellas desaparecieron a la vez. El cielo invisible burbujeó y crujió, pero la única vocalización fue el ultrasonido de los murciélagos.

Pop.

Sentí la presión en los oídos.

La bestia subterránea rugió y un pánico claustrofóbico inundó mi existencia. El suelo se licuaba. Me tiré al suelo, a pesar de que el mundo se estuviera desintegrando. Tendría un trozo de asteroide al que agarrarme si todo saltaba en pedazos hacia el espacio exterior. En algún momento me di cuenta de que aquel estruendo iba remitiendo y de que la silueta de uno de los cazadores estaba de pie, frente a mí, mirándome, con una maza, o un bastón, en su mano izquierda.

«Ha pasado —pensé—. Es el volcán de San Martín».

Maldita fuera, habían acertado. Taro, Marena, el Departamento de Connecticut, incluso Michael Weiner. Por una vez, habían hecho algo bien. Había estado cerca de algunas erupciones menores en Guatemala, y había vivido un terremoto bastante serio en San Pablo Villa de Mitla, en febrero del 2008, pero aquello era de otro calibre totalmente diferente. Incluso la tierra bajo mis pies retumbaba como el bombo de una batería. A seiscientos cincuenta kilómetros, el volcán había entrado en erupción, y parecía que estaba reventando colina arriba. Bueno, ya sabes, las erupciones son un poco...

Uh...

34

Durante cuarenta y cinco segundos, y por primera y única vez en mi vida, creí que había vida después de la muerte.

Intenté gritar, pero el extremo de la maza del guerrero me golpeó en el abdomen. Yo intenté agarrarlo por las piernas, pero una segunda persona me cogió por detrás, agarrándome los brazos. Intenté darle una patada, pero el primer guerrero se había sentado sobre mis piernas. Le escupí, pero no reaccionó. Luego me retorcí. Tampoco sirvió de nada.

Pánico.

«De todas formas me van a despellejar. ¡Que le den a la erupción! No parece importarles. No importa en absoluto. Me van a despellejar. OhDiosohDiosohDios».

El guerrero, el del clan Arpía, Hun Xoc, dejó su maza en el suelo y apretó mi frente contra la hierba.

«Qué raro —pensé—. No lo siento. No puede ser. Tiene que haber algo más, dadme un poco más, esto no puede ser todo, no puede ser».

Me abrieron la boca, bajándome la barbilla inferior, para meter su pulgar entre los dientes centrales y debajo de la lengua. Aún no sentía nada. Me la retorcieron a la izquierda y a la derecha. La mandíbula se me partió entre espumarajos de saliva y sangre. La lengua salió detrás, moviéndose de una manera bastante cómica.

«Es raro —pensé—. Eso tiene que ser muy doloroso. Ahora mismo debería haber superado cualquier umbral del dolor».

Pero es que, además, era como si lo estuviera viendo desde fuera, como si la escena se estuviera produciendo a mi lado. Había cuatro guerreros rodeándome, todos del clan Arpía. Uno de ellos, el bajito de cara ancha, sostenía una pequeña antorcha, como una vela de cumpleaños. Otro me cortó la parte inferior de los brazos y me dislocó las muñecas, con el suficiente cuidado como para no desgarrar la piel, así ambas manos se curtirían con el resto de la piel sin dificultad. Aquél fue el momento más esperanzador que había experimentado en mi vida. Llegué a pensar que aquello era mi cuerpo astral recién surgido, que se estaba dedicando a deambular por allí mientras observaba el tratamiento que me estaban aplicando antes de que me desollaran.

Enseguida me di cuenta de que era demasiado estúpido para creérselo.

Todavía podía sentir mis heridas, el peso de los dos guerreros agarrándome, e incluso una hormiga que estaba subiendo desde uno de los cardos del suelo por mi espalda. Y lo más importante: a pesar de que el cuerpo que estaban desnudando tenía una cola de caballo cortada como la mía, y una cara, o lo que quedaba de ella, como la mía, él no era el mismo yo. Su antebrazo tenía un moretón de un impacto de pelota, pero el mío estaba bien, y los callos de sus rodillas no eran tan grandes e impresionantes. Además, la manera en que estaba viendo la escena tampoco cuadraba. No estaba flotando en el aire sobre ellos como haría un ectoplasma. Todavía tenía los pies en el suelo, y parpadeaba para que el polvo y la sangre salieran de mis ojos.

«Ése no eres tú —pensé—. Entérate. Ése es otro tío. A pesar de que sea del mismo tamaño, edad y corpulencia, e incluso teniendo casi los mismos lunares, ese tío no eres tú.

¡Ay!

Mierda.

¿Qué me pasa en el pecho?».

Bajé los ojos lo suficiente como para verlo. Uno de los guerreros tenía una pequeña cuchilla de obsidiana entre dos dedos y la estaba insertando en mi pecho, en la base del esternón. Hizo un arco convexo en forma de U hasta mi clavícula y luego bajó simétricamente hasta realizar la forma de una almendra. Esta vez sí me lo estaba haciendo a mí, y no al sustituto. Pinchó sobre una parte específica de mi piel y tiró hacia arriba.

«¡Ay! ¡Ay! Esto sí que duele. Las palizas, los chilis, el enema, todo eso ha dolido, pero, joder, esto... ¡Ay! ¡Esto sí que duele! ¡AH!».

Una tira de piel de dos centímetros y medio de ancho y diez de largo salió. Por un momento, el despellejador la sostuvo ante mí, reluciente con sus pequeñas células de grasa globulares. La débil luz ambiental brilló a través de ella. Reconocí la columna de glifos azules que la atravesaba por el centro. Era mi tatuaje de rango dentro del Juego de Pelota, nueve cráneos.

¿Me desmayé? No lo sé. Después de todo, desmayarse es algo que sólo se puede inferir una vez se han sufrido sus efectos. Noté una energía oscura. En algún momento, varias esteras de algodón me envolvieron y aprisionaron. Dos pares de manos me dieron la vuelta y sentí cómo me enrollaban de nuevo. Había varias jabalinas conmigo en aquel rollo, supongo que a modo de camuflaje. Y ahora, y a pesar del entrenamiento de Chacal, estaba llorando, gimoteando.

—¿Por qué? ¿Por qué?

Tenía la convicción de no estar muerto, de no ser un fantasma, de estar todavía allí atrapado y de que el que estaba metido entre las esteras no era yo.

35

Un sabor, o el recuerdo de un sabor, algo que de alguna manera reconocí como leche materna, fue lo primero que sentí, y luego, los otros recuerdos afloraron. Tardé un momento en darme cuenta de que no eran míos, sino de Chacal. Sabía que tenía un cuerpo, porque cada milímetro cuadrado de su superficie me picaba como si tuviera pimienta bajo la piel, y no me podía rascar, ya que apenas podía moverme entre mis sujeciones.

«Necesito rascarme, necesito rascarme».

Luego, los picores exteriores se concentraron en mi pecho, donde había perdido lo que parecían varios centímetros cuadrados de piel. Luego, todo eso se disolvió, y todo mi ser se concentró en la garganta, que no era otra cosa sino un enorme desierto salino de Nazca, seco, seco, hasta que, muchos siglos después de estar sin lluvias, alguien sacó mi rostro a la luz del sol, me lo roció con una especie de papilla salada de maíz y me lo volvió a cubrir. Durante la lenta curva descendente de alivio, me empecé a dar cuenta de que todavía tenía legua. Hinchada como un pepinillo en vinagre, pero todavía estaba allí. Mi rostro estaba cubierto tan sólo por un fino tejido de algo que era como una estopilla. Afortunadamente podía respirar a través de él casi con total normalidad. Estaba casi anocheciendo, y un equipo de porteadores transportaba aquel estrecho y largo bulto en el que yo me encontraba a través de los zigzagueantes caminos de la colina, hacia el este, subiendo una cuesta, hacia las tierras altas, y pasando sobre puentes de cuerda que cruzaban las rugientes corrientes de aguas.

«¿Por qué se han molestado en salvarme?».

Los del clan Arpía querían confundir a las otras grandes casas. Eso debía de ser. Querían que todo el mundo en Ix pensara que yo estaba muerto. Bueno, pues mejor, ¿no? 2 Cráneo Enjoyado había cambiado de idea. Había decidido que tal vez yo podría serle útil en algo. Me quería mantener con vida.

Vaya... Tal vez 2 Cráneo Enjoyado planificó la caza para que coincidiera con mi predicción respecto a la erupción volcánica.

Sí, eso ha sido. Ahora que tengo oportunidad de pensar en ello, no habría tenido ningún sentido que todos aquellos tipos hubieran estado jugando al *protopaintball* si hubieran creído que el cielo les iba a caer encima de un momento a otro. Deberían haber estado en su casa, postrados ante sus iconos caseros, musitando plegarias a sus implacables dioses. Seguramente, 2CE se imaginó que mi estimación de la erupción debía de ser más ajustada de lo que cualquiera de sus geomantes podría predecir. Si es que habían pronosticado algo. Puede que tan sólo estuviera quedándose conmigo al decirme eso. De todas formas, me imaginé que el big bang se produciría dentro del horario establecido, y que, al fin y al cabo, la población no esperaba que aquello supusiera un gran problema. Tal vez pensaran que tan sólo se producirían un par de petardazos con algunas chispas en el horizonte, así que organizó la cacería del venado para que terminara más o menos sobre ese momento, más o menos a las cuatro de la mañana del día 27. Así que, cuando pasó todo aquello, es posible que todos los guerreros de la partida de caza lo fliparan. Excepto los del clan Arpía, que lo sabían. Y así, en mitad de la confusión, los Arpías me cogieron por sorpresa para quitarme ese trozo de piel, mis tatuajes del Juego de Pelota; eso era una prueba que no se podía falsear. Se lo coserían a otro y tratarían de ocultar las costuras.

Sí. De acuerdo, aquello tenía sentido. Así que el guerrero Arpía, el de la cara de niño, Hun Xoc, cuando me lanzó aquella jabalina a metro y medio, había fallado a propósito, y fue por eso por lo que los Arpías siempre me estuvieron hostigando sin acabar conmigo. Me estaban siguiendo por toda la cacería, vigilándome.

¿Qué habría pasado si alguien de los otros clanes me hubiera capturado? Probablemente tuvieran algún plan para hacer el cambio después, o tal vez no. Probablemente, si eso hubiera pasado, simplemente, me habrían dado por perdido.

Bastardos. Bueno, de todas formas, no pasó así.

Así que acerté, ¿no? Pronostiqué aquella erupción mil veces mejor que su gente. ¿Significaría aquello que me había ganado algo de estatus?

El camino estaba atiborrado de tráfico. Largas caravanas a pie, con sus perros ladrando delante y detrás; mensajeros que pasaban junto a nosotros a toda velocidad, meneando sus maracas de aviso. Los sentidos de Chacal advirtieron algo sombrío en aquella algarabía, como si todos tuvieran prisa por volver a casa. Refugiados, seguramente. Las jacanas* trinaban, un tanto escandalosamente, tal vez confundidas por la erupción, pero la mente de Chacal aún podía decirme por aquellos trinos que seguramente estaba ya anocheciendo. La marcha aminoró. En un par de ocasiones el bulto en el que estaba metido pasó de mano en mano, como si fuera una canoa que estuvieran moviendo por caminos de tierra. En algún punto me empezaron a transportar derecho, atado a un tablero, a través de un montón de sombras y muy poca luz.

Los porteadores recitaban una especie de rosario, una lista de los nombres no asumidos de sus ancestros, pero aquél no era un cántico de jornada laboral como cualquier otro. Las voces tenían mucha calidad. De vez en cuando me apretaban y escuchaban mi respiración para asegurarse de que seguía vivo. Ocasionalmente nos deteníamos y uno de los porteadores me quitaba la estopilla de la cabeza, me abría la boca y me quitaba la enorme bola de algodón. En esos momentos, yo apenas po-

* Es una especie de ave Charadriiforme de la familia Jacanidae habitual en los humedales de Sudamérica y Panamá. (N. de los T.)

día soltar un gruñido. Luego me echaba una rociada de aquello que me estuvieran dando para que estuviera grogui, me limpiaban el interior de la nariz, me volvían a meter el algodón en la boca y volvían a ponerme el velo en la cara.

Finalmente, avanzar con aquel bulto, por lo visto, se hizo demasiado dificultoso, porque me dejaron en el suelo y me desenrollaron al aire libre. Me quitaron la venda que tenía sobre los ojos y respiré.

El firmamento tenía un color azul crepuscular. No había nubes, ni efectos obvios de una erupción volcánica en el golfo, excepto por aquella ansiedad presente en el trino de los pájaros. La cara de Hun Xoc me miró y, antes de que pudiera reaccionar, dos pares de brazos me pusieron en pie y me ayudaron a mantenerme firme. Ninguno de ellos dijo nada. Yo no me sentía en disposición de decir nada tampoco. Tan sólo respiraba a grandes bocanadas. Tenía un gran trozo de algodón manchado de cenizas sobre mi pecho. Alguien, puede que uno de los intocables, me vertió algo de aguamiel en la boca y yo intenté tragar unos cuantos tragos. Parpadeé. Estábamos en la cara sur de la cordillera, recorriendo un camino cerca de la cima de una amplia cuesta. A nuestra izquierda la inclinación era de unos cuarenta y cuatro grados, con grandes rocas serpentinas sujetas por una red natural de lianas amarillas. A nuestra derecha, la cuesta descendía noventa o cien metros hacia una línea de pinos Montezuma. Tras ellos se podía vislumbrar un poblado, con grupos de pequeñas casas, graneros y almacenes, todo construido con piedras procedentes de la montaña, sin cortar, selladas con una pasta roja y cubiertas por palmas de xit. Las franjas rojas y negras de los muros indicaban que era un poblado Arpía, pero en algunos de los edificios centrales también había toldos y marquesinas de color negro con topos turquesa, y pérgolas. El cerebro de Chacal los reconoció como residencias de miembros del clan Ocelote. No había ningún mulob', ni estructuras para rituales. Tal vez aquél fuera un pueblo profano, con un gemelo sagrado en algún otro lugar. En el centro, sobre una plataforma escalonada, había una cisterna grande y elaborada, y esclavos con el pelo corto y tiras grises de tela en los lóbulos de sus orejas. Sus cuerpos también estaban cubiertos de rayas grises, y caminaban de manera cansada con grandes cestos para el agua de color blanco cargados a sus espaldas. Más allá del poblado había otra sierra igual que ésta, en la que estábamos. Y a lo lejos, levemente visible, otra cordillera. No había una sola línea de humo en todo el valle, lo cual significaba que la época de la quema todavía no había comenzado. Tal vez había sido pospuesta por la erupción. Frente a nosotros había una escalera esculpida, inclinada con un ángulo muy marcado hacia abajo y con una extensión de unos veinte metros en una amplia roca granítica. Seguramente, realizarían una línea de seguridad a mi alrededor, para ver si podían ayudarme a bajar.

Habría unas veinte personas en aquel grupo. Cuatro eran guerreros Arpías. Seis era *liksajob*, o guardias, es decir, guerreros de uno de los clanes subordinados del clan Arpía que no podrían ser nunca guerreros de verdad, sin importar lo buenos o duros que llegaran a ser. Todos me miraron como si fuera un intrincado problema. Nadie dijo nada. Me atención saltó hacia Hun Xoc. Él también miró hacia atrás de la misma manera que los demás, pero con un poco más de simpatía, y se empezó a acercar hacia mí. Chacal le había ayudado en su entrenamiento en lo que se podría denominar la Liga Juvenil del Juego de Pelota. Era inusualmente oscuro y esbelto como para pertenecer a los guerreros de una gran casa. Y lo más extraño era que su nombre sonaba casi como la traducción inglesa de su propio nombre, *one shark*. Un par de perros de caza de pelo corto y marrón chocolate también se acercaron para olerme. Eran como los xolos mexicanos, y del tamaño de un dálmata.

Un ganso graznó por encima de nuestras cabezas. Se dirigía al sudeste en la época equivocada del año. Se estaba alejando del volcán.

Hun Xoc se dio la vuelta para mirar al resto del grupo y empezó a reordenarlos para la bajada por la escalera. Fue entonces cuando me di cuenta de que me sujetaba ambas muñecas con una de sus manos envuelta en un mitón.

Tan sólo tenía un hombre delante de mí, otro intocable era el siguiente; a continuación los perros, y luego, la escalera.

El ganso giró a la derecha, hacia el sur.

«No vas a tener mejor oportunidad, hazlo ahora», dijo la voz de Chacal en mi cabeza.

Me retorcí ante la sujeción del intocable, me liberé, pasé a través de todos aquellos ojos sorprendidos, me agaché ante el primer escalón y salté sobre el borde. Incluso antes de escuchar la precipitación en mis oídos, la vergüenza y el nerviosismo atravesaron mi cuerpo. Me reí nerviosamente mientras surcaba el aire, y mi parte de Jed también rió, sintiéndose plenamente libre por primera vez, aunque sabía que no era yo exactamente. Chacal se había reafirmado, como si se sintiese exultante de cocaína...

Mi hombro derecho explotó tras el impacto con una roca. Reboté una vez y me di la vuelta lentamente en mi espacio. Mi cadera izquierda se partió seguidamente, pero el impacto fue más bien pastoso, casi indoloro. Debería haber cogido impulso, pero en lugar de eso estaba decelerando. Estaba cubierto de manos. Habían saltado tras de mí y me habían agarrado el cuerpo, protegiéndome, incrustando sus rodillas y sus codos en las rocas. Unos cuantos gruñeron, pero no gritaron. Rodé sobre mí mismo unas cuatro veces, como si estuviera en el centro de una gran bola de nieve de los Looney Tunes, pero en lugar de ser de nieve, ésta era de carne. Aterrizamos y nos detuvimos con un remolino de gorgojeos.

«Tengo que ahogarme. Tengo que sacar todo el aire de mis pulmones. No. Yo no. Chacal. Chacal está aguantando la respiración. ¿De verdad puedes aguantar la respiración hasta morir?».

Chacal pareció contestarme que podía hacer cualquier cosa.

Las cosas empezaron a disolverse, como cuando te vas a desmayar. Alguien me echó la cabeza para atrás por el pelo, y pensé, con la voz de Chacal.

«Por fin voy a ser decapitado. Yo, por debajo de ti, te lo agradezco, padres-madres, tomad mi cabeza, eso es lo que...».

36

«Así que estabas ahí agazapado —pensé para Chacal—. Estabas esperando el primer momento sin supervisar que llegara para saltar y descubrirnos a ambos. Patético».

Chacal no contestó. Sin embargo, yo sabía que estaba allí. Podía sentirlo agachado, taciturno, en un pliegue del córtex, anudando, coagulando, enrollando...

«Sé que estás oyéndome —pensé—. Has disfrutado al verme aterrorizado cuando nos estaban persiguiendo. Te lo has pasado muy bien sintiéndome asustado. Eres patético. Aun así, si quieres suicidarte, ¿por qué no has tomado el mando durante la persecución?».

Sin respuesta.

«Podrías habernos estrellado la cabeza contra una roca. Pero no lo hiciste. No querías que te capturaran, ¿verdad? Eso es, ¿no? Te parece bien suicidarte, eso es estupendo, pero no quieres ser humillado por un par de Ocelotes, ¿verdad?».

Nada.

«Hum. Bueno, si quieres enfurruñarte, estupendo».

Perfecto. Bien, ¿por dónde iba?

Vale, para empezar, esta vez estaba realmente drogado. Y parecía un narcótico simple, quizá ololiuqui o algún otro derivado de la campanilla.* Así que no hay demasiado que recordar. Sabía que me habían portado de nuevo durante mu-

---

* Ipomoea violácea. (N. de los T.)

cho tiempo, al principio horizontalmente y, después, verti-
calmente. Y ahora estaba acostado sobre una estera en el interior de una cabaña de juncos que olía a recién construida o,
podríamos decir, a recién amarrada. Tenía una mordaza de
esponja en la boca y una cosa pegajosa sobre los ojos. Tenía
las manos atadas frente a mí (lo que parecía un lujo a aquellas
alturas, comparado con tenerlas atadas a la espalda) y los pies
atados juntos, aunque los tenía demasiado hinchados e insen-
sibles para poder afirmarlo con seguridad. La cornamenta y,
hasta donde yo podía sentir, el resto de los elementos del disfraz de ciervo habían desaparecido. Se oía un torrente en alguna parte, quizá el viento contra las ramas desnudas, y tenía
la impresión de que había agua cerca. Quizá había pájaros,
porque estaba casi seguro de que acababa de amanecer.

«Tengo que asegurarme de que estoy al mando», pensé.
Me retorcí un poco. «Sí, creo que tengo la sartén por el mango. Por ahora, en cualquier caso. Cuando la mente de Chacal
estaba a cargo, el sentimiento era más parecido a...»

¿Cómo era, en realidad? Es una pregunta difícil. En general supongo que era como... No lo sé. Era como el sabor de la
sal. Como el sonido de una viola. Como una esfera cuatridi-
mensional.

Algo era diferente.

El ritmo de la gente que nos transportaba había aminora-
do y ya no era regular, como si estuvieran llegando a su destino. El aire era distinto.

«Conozco este lugar», pensó Chacal de repente. Había
un sentimiento en él que yo no había sentido antes; no era
rabia, ni pánico, sino una especie de creciente inquietud.

«El Lugar De Donde Proviene Nuestra Arcilla».

Estábamos cerca de Bolocac, la aldea de Chacal. Obtuve
una imagen de un paso forestado, y el sonido del torrente se
convirtió en un borboteo de rápidos y, tras ellos, el constante
sonido blancuzco de una catarata.

«Vaya. Pareces un poco alterado», pensé para él.

No respondió, por así decirlo.

«¿Sabes? —pensé—. Estoy seguro de que podríamos llegar a un acuerdo para compartir este cuerpo. ¿Qué te parece si te quedas con él cuando estemos comiendo, o teniendo sexo, y el resto del tiempo yo...?».

Aire. Me di cuenta de que no estaba respirando. Tomé aliento. Nada. Oh, joder.

Encontré una conexión con el cuerpo y succioné. Respira. Vamos...

Lo conseguí. Resoplé para aclarar mi nariz. El aire que aspiré tenía un dulce y frío olor a arcilla, y toques de otros aromas, a maíz asándose, a algo parecido al chapote, y una pizca del hedor de la grasa quemada que se usa para los trabajos de enlucido cuando se pone rancia. También estaba el perfume del cardamomo, en alguna parte, o quizá algo que olía casi como él. ¿Una orquídea, quizá?

«Mi olor —pensó Chacal—. Mío».

Me ahogaba otra vez. Vamos. Hazte con el control. Agarra ese sistema nervioso. Era como jugar a ese juego donde tú y otro amigo del parvulario de tamaño similar os sentáis en un sube y baja y cada uno intenta mantener su extremo en el suelo. La más ligera inclinación hacia atrás, o una apenas perceptible reducción del centro de gravedad de tu cuerpo, puede marcar la diferencia entre quedarse abajo o ser impulsado hacia arriba, y cada uno os volvéis tan extrasensibles al peso y la posición del otro que empezáis a sentiros como si fuerais gemelos siameses.

Aspira. Vamos.

Ahora bien, a pesar de lo que hayas oído, en realidad no es posible suicidarse tragándose la propia lengua. Lo máximo que puedes hacer en la mayoría de las situaciones en las que existe una limitación del suicidio es arrancarte la punta de la lengua, y quizá parte de los labios, de un mordisco, mantenerte escupiendo la sangre, y esperar que, cuando pierdas el conocimiento, hayas perdido la suficiente para morir. Pero ni siquiera eso es seguro. De hecho, un sargento de la marina lo intentó en Irak en el 2004, justo después del Salat-al-Isha,* y

* Oración de la noche. (N. de los T.)

los rebeldes lo encontraron a la mañana siguiente y lo revivieron. Y, en cualquier caso, la mordaza de esponja había evitado hasta entonces que Chacal hiciera algo así. Pero se habían dado casos de víctimas de secuestro que habían muerto por asfixia provocada por sus mordazas, y eso era lo que él pretendía.

Tragué una bocanada de aire. «No voy a dejar que nos asfixies hasta la muerte». Encontré una conexión hasta mis pulmones y me retorcí, apretando los brazos y las piernas como si fueran dientes. «Soy tan duro como tú, y estoy al mando...».

«Hacia el este nuestro aliento es detenido.
Hacia el norte se detiene.
Nuestro aliento está muerto.
Se detiene, se muere, se detiene...».

«Mi aliento», pensé, pero allí no había aliento. Me tensé y me retorcí pero no entró nada. Estaba agotando sus pulmones. Oh, joder, sólo estoy cloqueando, haciendo gárgaras, mis oídos zumban como el surco cerrado al final del primer corte del vinilo original de *Metal Machine Music*. Mi corazón se apresura escalera arriba. Trece pisos. La lengua se hincha hasta convertirse en un bulto del tamaño de una pelota de tenis. Se está volviendo verde grisácea...

«Se detiene, se termina...».

Déjalo escapar. Déjalo. Esto no pinta bien. La gente que ha estado a punto de ahogarse dice que hay un momento en el que tienes que dejar escapar el aire aunque sabes que el agua va a entrar y a matarte. Pero Chacal tenía la cosa esa de la fuerza de voluntad en marcha, e iba a hacerlo, iba a ahogarnos con nuestro propio dióxido de carbono, y por un segundo sentí que estaba hundiéndome hacia un suelo marino con remolinos de eléctrica-ultramarina *Phyllidia varicosa** y corales rubí. Deja que pase. Déjate caer un momento...

* Molusco cefalópodo de vivos colores. *(N. de los T.)*

Crack. Embistieron contra mí.

Golpe en el estómago.

Jadeo. ¡Ja! Aire. Reacción involuntaria.

Unos dedos sostuvieron mis dientes separados, exploraron mi boca y extrajeron la mordaza como un tapón de un sumidero. El aire entró y mi pecho se hinchó. Dulce. Pop. Los goznes de la mandíbula se fracturan. ¿Ahora qué? Gracias, maldito Dios. Temía que os hubierais quedado dormidos frente al interruptor. Idiotas. Justo a tiempo. Alguien metió un palo de algo en mi boca para mantenerla abierta, sí, sí, no, no, no,nononono...

«Cállate —pensé—. Quieren mantenerme con vida. ¿Lo pillas?».

«Muérete, vamos a morirnos, sin más. Muramos, muramos...».

Me levantaron y alguien me hizo una especie de maniobra de Heimlich en el abdomen, pero yo estaba aún al borde de la inconsciencia. Chacal no puede hacerme morir, ¿verdad? Eso no es posible. Están manteniéndome con vida, con vida, con vida...

Golpe. Lo exhalé todo. Las manos con mitones me sentaron de nuevo. Yo estaba respirando, en algún lugar. Pasos a la derecha...

«Asustado, estás muy asustado. Estás sucio, contaminado. Estás asustado, asustado...».

«Vale, lo que sea, ¿y qué?», pensé en respuesta. Sin embargo, estúpidamente, me sentía... bueno, me sentía avergonzado. Estaba asustado, por supuesto, y por supuesto, Chacal lo sabía, y sabía que yo sabía que lo sabía. No es que tuviéramos demasiada privacidad en nuestra relación. La verdad, ahora que lo pensaba, era que la emoción más fuerte y persistente que había sentido hasta entonces había sido la vergüenza.

«Eres demasiado ignorante para estar asustado —pensé para él—. Eres como todos los demás, te crees cualquier cosa que te digan cuando estás...».

«Tú no perteneces al decimotercer b'ak'tun —pensó Chacal hacia mí—. Te lo has inventado. Te has inventado toda tu vida. Piénsalo, imágenes atravesando el aire, canoas que navegan hasta la luna, una caja del tamaño de tu lengua que sabe más que tú... Todo eso es una mentira ridícula».

«Bueno, ya sé que parece un poco improbable —pensé—. Pero no, no me lo he inventado. No podría haberlo hecho. Nadie podría inventarse la espiral del ADN, o China, o a Anna Nicole Smith. Es así».

«¿B'aax? ¿En serio? ¿Qué es más probable, que existan esas cosas, o que tú seas un demonio embustero?».

«No tienes curiosidad —pensé para él—. La verdad es que estarías interesado en el lugar de donde vengo si tú mismo fueras más interesante. Pero eres como cualquier otro paleto aburrido».

Incluso mientras lo pensaba, sonaba un poco flojo, como si estuviera sentado en una sala de interrogatorio con un sheriff de Texas intentando explicarle la diferencia entre barroco y rococó. Además, estaba de malhumor. Lo que más me había decepcionado de todo aquello era que Chacal no se hubiera sentido impresionado por lo que conllevaba mi presencia. Pensé que la segunda vez que se encontrara conmigo, por así decirlo, se sentiría completamente sobrecogido, y que la cosa sería algo del estilo de, *Yessuh, massa Jed, suh.* Pero no le había impresionado en absoluto. Era todo desprecio. Yo siempre había sentido resentimiento, odio y todo eso también, pero en Chacal había puro, verdadero y seguro desprecio. Desprecio clasista, racista y de cualquier otro tipo acabado en «ista». Si no eras un Arpía o un Ocelote, apenas servías para comer. Quiero decir, para ser comido.

«Qué cabrón», pensé. Conocer, definitivamente, no es perdonar. Podría haberlo matado. Pero no tenía sentido pensar en eso. Incluso aunque pudiera golpearme en la cabeza, o algo así, eso era lo que Chacal quería, ¿no?

Por otra parte, tenía algo de razón... el siglo XXI parecía un poco improbable. Desde el lugar donde yo me retorcía, en cualquier caso. Un poco arbitrario. Bueno, pero aunque me hubiera inventado algo...

Guau. Espera. Espera. Por ahí se llega a la locura.

Ahora los mitones habían sido humedecidos con aceite de palma y estaban masajeándonos, frotándonos...

«*Ah cantzuc che* —gritó la mente de Chacal—. Tienes el mal del tercer ojo. —Es decir, que estás loco—. *¡¡¡Ah cantzuc che!!!*».

«Entiendo que estés molesto —pensé en respuesta—. No todos los días descubres que tu concepción del universo es totalmente falsa. Pero, aun así...».

«*B'ukumil bin cu...*».

«A ver si te enteras —pensé—. Es a ti a quien nadie quiere. A 2 Cráneo Enjoyado no le importas. A quien quiere conservar es a mí».

«No».

«Sí, es verdad, sabes que es verdad».

«Sólo te mantiene con vida para poder torturarte».

«No, me mantiene con vida para algo potencialmente provechoso. Estás acabado, perdedor».

«*Ah cantzuc che, ah cantzuc che...*».

¡Ay! Mierda. Están suturándome el pecho. Aunque suturar no sería la palabra adecuada, ya que lo sentía como si estuvieran usando agujas de tejer lana y cables. Un millón de puntadas después noté que estaban aceitándonos de nuevo, mientras nos daban la vuelta como si fuéramos un bebé al que estuvieran cambiando el pañal. Los sentimos anudar un taparrabos bordado alrededor de nuestras ingles y empujar una bobina a través de nuestros distendidos lóbulos. Cepillaron y volvieron a adornar nuestro alborotado cabello. Supuse que estaban atándole extensiones. Me sentía como un shihtzu en una exhibición canina. Nos pusieron brazaletes de escamas de piedra en las muñecas y nos ataron una piedra ornamental del Juego de Pelota en la palma de la mano derecha. Nos pusieron una especie de tocado bastante pesado en la cabeza y un yugo ceremonial de piedra, también del Juego de Pelota, demasiado pesado para usarlo en un partido de verdad, alrededor de la cintura. Finalmente, nos embadurnaron con un polvo que Chacal sabía, por el aroma, que era cinabrio y ceniza de huesos. Con, por supuesto, un toque de vainilla. Yo estaba seguro de que teníamos tan buen aspecto y olor como para que incluso un dios nos comiera. Sin embargo, no estábamos allí para eso.

Los preparadores nos hicieron incorporarnos, así que dejé que Chacal nos mantuviera en equilibrio (estaba al mando de nuevo, de algún modo, aunque justo ahora no estaba dando problemas). Nos guiaron por una puerta baja. Dimos nueve pasos hacia la luz. Nos dejaron en el suelo y nos colocaron en una rígida y suave estera. El jefe de los preparadores (quien, me fijé, no usaba mitones) quitó los pegajosos vendajes, o lo que fueran, de mis ojos y limpió la mugre restante. Se abrieron con un parpadeo.

Estábamos en un profundo y arbolado desfiladero, de cara al este, a veinte pies de la orilla de un estrecho riachuelo. Todo estaba protegido, verde y vertical, como una pintura de Hiroshige de las cataratas Fudo. Podíamos oír el agua cayendo en cascada desde varias alturas en lo que parecía ser el borde de un desfiladero de piedra caliza a unos cien pies sobre nosotros (incluso ahora, pensé yo, o Chacal, al final de la estación seca), pero no podíamos verlo.

Alrededor de nuestra esterilla, un cuadrado de quince brazos de césped había sido quemado y cubierto con magnolias silvestres, como una nevada artificial. Estaba salpicado de cestas poco profundas de distintos tamaños, cada una rebosando ostentosamente con una ofrenda distinta: cuentas de color coral, hojas de hacha de jade, cigarrillos, rollos de algodón sin tintar, granos de vainilla, granos de cacao... Quizá demasiados tesoros juntos para un tipo llamado Chacal, el cual, después de todo, era sólo un trabajador de los alrededores. Cinco hombres se sentaban en el lado este del cuadrado y 2 Cráneo Enjoyado estaba en el centro, en una gruesa estera trenzada con un patrón que simulaba la piel de una serpiente. Vestía una mascara de águila arpía y un tocado. Sostenía un halcón de cola roja, vivo, en su muñeca derecha, no enganchado, como en la cetrería del Viejo Mundo, sino atado por las patas a un grueso brazalete de madera. A duras penas veías su piel bajo todas aquellas ropas de jade. En el centro de su pecho había un enorme espejo ovalado, como un cristal de Claude,* tallado de una única pieza de pirita.

Joder, tenía un aspecto estupendo.

Dos representantes de la hermandad arpía de Poktapok** se sentaban a su derecha. El primero era Hun Xoc, que tenía un rostro amable y divertido. Era el principal bloqueador, o defensor. Junto a él había un guerrero mucho mayor que parecía una versión pequeña y desaliñada de Ben Grimm, la Cosa de *Los Cuatro Fantásticos*. Sentí que una oleada de afecto por él atravesaba a Chacal, a pesar de (o debido a) que el tipo había golpeado a Chacal casi hasta la muerte en varias ocasiones. Su nombre y título aparecieron en mi cabeza: 3 Apisonados, el encargado del yugo de la hermandad arpía de Poktapok. El título significaba, básicamente, que era el entrenador. Era el tío segundo de Chacal, y primo adoptado de 2CE, y su apodo era 3 Pelotas, por la sencilla razón de era más macho que nadie. Antes de convertirse en el mentor de Chacal y en su primer padre adoptivo, había sido un legendario bloqueador que nunca había sido derrotado pero que había sido gravemente herido durante su último partido, hacía dieciocho estaciones de guerra. En aquel partido había quedado bien jodido de una parte que ya tenía de hecho jodida, y ahora su mano izquierda estaba paralizada, convertida en una garra disfuncional, y había sólo dos dientes y un ojo sobresaliendo entre los pliegues de coliflor de su amplio rostro. Pero aún tenía el aspecto de poder romperte el cuello con su mano buena, y de arrancarte la cabeza de cuajo si te acercabas demasiado. Dos aldeanos locales se sentaban en el lado femenino de 2CE, es decir, a su izquierda: primero, un caballero rústico con un alto sombrero cilíndrico de color azul, el actual sacerdote de la pequeña aldea. Era un *chocero* (la clase que vive en

* El cristal de Claude, o Espejo Negro, es un pequeño espejo ligeramente convexo con la superficie tintada con un color oscuro. Eran usados por artistas porque reducen y simplifican el color y rango tonal de las escenas que reflejan. *(N. de los T.)*

** *Pok-ta-pok* es el juego de pelota azteca. *(N. de los T.)*

chozas redondas en lugar de en las casas cuadradas donde vive la élite) y estaba fuera de lugar socialmente en aquel grupo, pero aun así se mostraba solemne. Chacal lo conocía, por supuesto, pero además me proporcionó (me refiero a mí, a Jed) la mayor oleada de nostalgia que había sentido desde que había llegado allí, ya que se parecía en un noventa y ocho por ciento a Diego Xola, uno de los *cofrades* de T'ozal, el pueblo donde nací. Las cosas no habían cambiado demasiado, pensé, o no lo harían en el futuro. Cerca de él (sentado en el suelo, porque no tenía categoría para merecer una estera) estaba mi padre biológico, es decir, el de Chacal. Era un *milpero* con aspecto rudo y sorprendentemente joven, con mala dentadura y la frente arrugada de portar cargas con un mecapal.* Su sombrero de ala ancha tenía un aspecto playero y casi moderno, parecido a los de la década de los sesenta. Su nombre era Wak Ch'o, o lo que es lo mismo, 6 Rata, un típico nombre de campesino de las chozas. De algún modo yo sabía que la madre de Chacal estaba muerta, aunque no es que le hubieran permitido estar por allí cerca de no estarlo, de todos modos, y tampoco es que aquello hubiera provocado demasiada impresión en Chacal. Pero tenía hermanos, y no estaban allí. Vaya. De todos modos, cualquiera pensaría que ver a su padre de nuevo habría tenido que desencadenar emociones como amor, o tristeza, o lo que fuera en Chacal, ¿verdad? Pero si aparecieron, yo no las sentí. En aquel momento, lo único que sentía desde Chacal era vergüenza. O quizá su emoción era algo más específica que eso, más parecida a... ¡oh!, ya lo sé. Era más parecida al miedo escénico.

Sólo había otras dos personas que yo pudiera ver desde allí. 3 Caracol Azul, el jorobado tenor gutural, estaba al fondo, a la derecha. Vestía una capa de plumas azules y un tocado corto en forma de espiral que le hacía aparentar que era todo

---

* Faja de cuero con dos cuerdas en las puntas de la que se sirven los mozos de cordel y los indios para llevar carga a cuestas. Se colocan la faja de cuero en la frente y pasan las cuerdas por debajo de la carga. (*N. de los T.*)

cabeza y boca, como uno de esos peces abisales de estómagos elásticos. Y finalmente, al otro lado, a unos quince brazos de distancia, un alto guerrero Arpía estaba en un pequeño bosquecillo de espinosas guayabas.

Además había tres ayudantes de cámara tras nosotros, pensé (mientras contaba a todo el mundo), y había alguien más, sentado muy cerca, a nuestra derecha, a quien se suponía que yo no debía mirar. Si había algún guardia o porteador por allí, estaba fuera de nuestra vista.

—¡*Te'ex!* —gritó 3 Caracol Azul casi en mi oído con su excitada voz—. ¡Tú!

Consiguió la atención de Chacal inmediatamente. Para él fue como lo que yo sentí cuando tenía quince años y un poli salió de la nada con un megáfono, gritando: «¡Oye, tú! ¡Pancho! ¡Tú, el del sombrero de marica! ¡Quieto!».

—¡¡*Te'ex m'a' ka' te!!* ¡Tú, chico posterior al final con piel de mierda!

—¿Quiénes fueron tus madres y quiénes fueron tus padres? ¿No lo sabes? El feto-despojo no lo sabe.

2 Cráneo Enjoyado levantó su mano hacia nosotros y giró la palma hacia arriba. Esto significaba que si yo (o más bien Chacal, ya que estaba a cargo de nuestro cuerpo a tiempo parcial justo en ese momento) tenía algo que decir, sería mejor que lo hiciera ahora.

Grité:

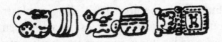

—¡*Cal Turnen hum pic hun, pic ti ku ti bin oc!* —Es decir: Padre-madre, bendíceme. ¡Dame la muerte!

O mejor dicho, Chacal lo gritó. O quizá debería decir que él nos hizo gritarlo. No podía moverse, por supuesto, no porque la voz fuera mágica, sino sencillamente porque, si eres un Arpía, aquélla era una voz a la que obedecías. Pero él sabía lo que estaban a punto de hacer, y no quería. Él quería que lo mataran, que nos mataran, en su cuerpo, su viejo cuerpo. Le parecía bien morir, por supuesto, pero quería llevarme a mí y a su cuerpo con él.

2CE volvió su palma hacia abajo. Petición rechazada. 3 Caracol Azul tomó la indicación y comenzó a persuadirnos en su cantarina y educada voz infantil:

—Tú, 1 Chacal. Gran marcador de Poktapok, rompedor de huesos. Tú, el rojo, tú, el fuerte. Vencedor en Ix contra 22 Serpiente de Cascabel, contra los Ocelotes. Vencedor en 20 Cortes contra Cacique 18 Lluvia Muerta de los Jaguares. ¿Por qué estás sentado aquí vistiendo esa horrible piel? Aquí está la tuya de verdad. Tus tres entes están aquí. Aquí está tu árbol. Aquí está tu piel. Aquí está tu halcón-uay. Todos para recibirte. Están todos aquí, tus padres, tus hermanos mayores, tus hermanos menores, tus compañeros de equipo...

Ante la palabra árbol, nuestros ojos se concentraron al otro lado del riachuelo, en la arboleda de guayabas. Cada uno de los árboles tenía un par de viejas ofrendas colgando de él, pero uno de ellos estaba totalmente engalanado con nuevas serpentinas de algodón, cintas con cáscaras naranja de Spondylus, y montones de cartas de ofrenda manchadas de sangre. Incluso aunque no hubiera tenido sus recuerdos para orientarme, habría podido imaginarme que aquél era el *motz* de Chacal, su raíz, es decir, un árbol que había sido plantado, o al menos dedicado, cuando Chacal nació.

Y 2CE era el halcón, por supuesto. ¿Qué pasaba con la piel?

Rompiendo el protocolo, Chacal dirigió nuestros ojos a la derecha. A cuatro brazos de nosotros, un adolescente desnudo estaba agachado en las flores en posición suplicante, sonriendo con una ligeramente estúpida y beatífica sonrisa que yo suponía que era el efecto de las drogas del momento presacrificio. Era más joven que Chacal, aunque su cabello decía que había pasado su última iniciación, por lo que estaba oficialmente en la misma fase vital. Seguramente tenía un día de cumpleaños y un nombre parecido, lo que era más importante que su edad real. Su rostro se parecía sólo un poco al mío, bueno, a lo que yo recordaba como Chacal a través de la osmosis. Y ni siquiera tenía una buena idea de aquello, ya que los espejos por allí eran algo raro, y el agua estaba bajo tierra y se consideraba peligroso mirarla, así que Chacal sólo había visto su propio reflejo un par de veces. Aun así, sus tatuajes faciales eran los mismos que los nuestros, espirales dobles de diminutos puntos que emergían de las esquinas de sus labios y se extendían hacia sus mejillas, y tenía una marca fresca en el mismo punto sobre la cadera donde Chacal tenía la enorme cicatriz del Juego de Pelota.

Justo lo que necesitaba, pensé, otro transplante de cerebro. Así que supuse que el otro representante, el de la cacería del venado, era el representante falso. Éste era el real. Como fuera.

—Éste es tu jardín, Tu residencia, tu hogar, tu hamaca. ¡Aquí! ¡Justo aquí! Deja ese saco o te despreciaremos, renunciaremos a ti...

«Bueno, oye, ¿Chacal? —pensé—. A mí esto me parece una elección muy clara. Vamos, ya han empaquetado todas tus cosas. Date por aludido, Clint».

Él no respondió, pero pareció hincharse, como un seno obstruido en un avión despresurizándose. 3 Caracol Azul se había agachado a mi izquierda, como un recién nacido de un centenar de kilos. Elevó un tarro cilíndrico de algo hasta nuestra boca y, ya sea porque estábamos aún sedientos, o porque Chacal no podía evitar ser, al menos físicamente, obediente, nos lo bebimos. Arg. Ya había probado algunos cócteles asquerosos por allí, pero éste en concreto era totalmente desconcertante. Al principio parecía completamente insípido, algún tipo de caldo con un trasfondo oxidado y una textura cerebral como la de las mollejas, pero cuando esto pasó, comencé a pillar su regusto calcáreo. Me recordaba a algo... Oh, sí, ya lo sé. Era como esa bebida de broma que solíamos hacer en la escuela llamada Destornillador Phillips: vodka y leche de magnesia. Ahora me sentía como si tuviera una esponja seca en el estómago que estuviera hinchándose hasta alcanzar el tamaño de una pelota de fútbol, ¡no!, de baloncesto, ¡no!, de una pelota de playa. Noté que el residuo de la copa era de un color violeta azulado. ¿Sirope de maíz azul, quizá? A continuación, 3 Caracol Azul tomó un espinazo de pez raya con una mano y dos pequeñas copas de barro con la otra. Se inclinó hacia delante y sentí sus hinchados dedos punzando el lóbulo de mi oreja. Lo atravesó con la espina y la sacó con un ligero sonido de rasgado.

Las orejas sangran un montón, así que en menos de un minuto las copas estuvieron llenas. Mis dos ayudantes se adelantaron, tomaron las copas y, usando esponjas, comenzaron a pintar, o mejor dicho, a embadurnar, al representante con mi sangre. Cuando estuvo cubierto de rojo, y ya casi secándose y convirtiéndose en marrón, volvieron hasta mí y mi yugo de poktapok. En mi interior Chacal dijo algo como «No, no, no», pero no con palabras.

«Estás acabado —pensé—. Eres historia. Date el piro, vampiro».

Mientras tanto, los ayudantes seguían ocupados conmigo. Cubrieron mi lóbulo y limpiaron la sangre sobrante de mi pecho. Cortaron los brazaletes que acababan de ponerme. Desabrocharon el tocado de mi cabeza. Tomaron mi taparrabos, mis anillos de piedra de los pies, todo. Cuando estuve desnudo, colocaron todos mis ropajes sobre el pobre adolescente. El joven se tambaleó bajo el peso. Volvieron y limpiaron con una tela áspera los tatuajes de sangre de mis mejillas. Rasparon los enormes callos de jugador de poktapok de mis rodillas y codos. Apuesto a que, si mis ojos hubieran sido de distintos colores, o algo que me hubiera identificado como Chacal, me los habrían arrancado también. Me dolía todo. Había sufrido demasiados cambios.

En ese momento, 3 Caracol Azul estaba dirigiéndose al representante, hablando con las voces de los padres, abuelos, bisabuelos y presuntos ancestros fundadores de Chacal, y a todos los nombró, y todos estaban, presumiblemente, viviendo aún en algún lugar en el interior de la arboleda de árboles de guayaba, o en las colinas tras ellos. Cada una de las entidades que tomaba rogaba a Chacal que se uniera a ellos.

«Parece un buen trato —pensé para Chacal—. Si yo fuera tú, saldría de este viejo cuerpo y me metería en el de ese chico justo ahora».

Con el rabillo de nuestro ojo vi cómo los ayudantes cortaban un trozo de piel del pecho del representante, como el que habían suturado en el mío. Sin interrumpir su arenga, 3 Caracol Azul les tendió algo. Era la tira de glifos que me habían arrancado del pecho durante la cacería del venado. Quizá habían fabricado un sustituto mientras tanto y lo habían cambiado de nuevo. O quizá la piel del representante de la cacería del venado no estaba aún disponible. Quizá habían conseguido llevárselo a casa. Lo que fuera. En cualquier caso, comenzaron a coserlo en el pecho del representante con hilo de intestino atado a una aguja de espina sin ojo.

—*K'aanic teech chaban* —dijo 3CA. Bruscamente. Ésta es tu última oportunidad.

Colocó un cuenco amplio en la estera, entre mis rodillas, y levantó una vistosa espátula de vomitar de jade, o mejor dicho, una *vomicus espatula*, para usar la palabra apropiada. Genial, pensé. ¿Sería tan amable el verdadero Chacal de vomitar? Bajó mi mandíbula inferior (por un segundo tuve una punzada de miedo pensando que iba a rompérmela) y entonces, con la otra mano, insertó la vara en mi garganta.

Buarg...

El seno se desbordó, la presión se liberó y yo eructé. Tres olas de agrio vómito líquido amarillo rompieron contra mi garganta y se esparcieron en el interior del cuenco. Pensé que me había dado la vuelta de dentro a fuera. Me derrumbé sobre la estera. Estoy muerto, pensé, han podido conmigo también. Con el rabillo del ojo vi que el representante tomaba el cuenco y se lo bebía de un trago. Cuando terminó, le sirvieron una copa de b'alche en el cuenco, lo removieron y le obligaron a beberlo también. Al otro lado del riachuelo, el guerrero alto al borde de la arboleda levantó una enorme hacha negra de esteatita por un largo mango, amenazando con talar el árbol de nacimiento de Chacal.

—Yo, el indigno Chacal, tomo con gusto esta vasija —dijo el chico, atragantándose, tan pronto como pudo hablar. Lo había estado ensayando, por supuesto, pero estaba claro que se lo creía todo. Era un gran honor para él. En realidad, eso era decir poco. Para él era como una boda real. Era una verdadera pequeña lady Diana Spencer. Sí, eres un chico con suerte, está bien...

Espera.

Chacal se había ido.

Era verdad. Yo no me había dado cuenta hasta entonces, pero se había ido.

El guerrero bajó el hacha.

Me sentí vacío y estúpido, como si, además de todo lo demás, hubiera vomitado veinte pies de intestinos y dos tercios de mis neuronas. Pero al menos era yo quien tenía el sentimiento. Uno de los ayudantes (uno distinto ahora, no un intocable) buscó en una bolsa y espolvoreó un puñado de plumas blancas, o lo que realmente pensé que era un águila boca abajo, sobre mi cuerpo mojado.

Cada uno de los nueve invitados de honor caminó hasta el nuevo Chacal, le dieron la bienvenida y volvieron a sus puestos. 2 Cráneo Enjoyado fue el último. Extendió su pie y el nuevo Chacal tocó su planta. Era un honor inusual. Cuando volvió a su estera, 2CE cogió una caracola grabada con nubes de sangre y la sopló, como Tritón. Tenía un sonido débil y aprensivo. Todos esperamos.

Se produjo el fragmentado sonido de unas pequeñas campanas de barro, como el cascabel de Lázaro, tras nosotros, desde el noroeste. Yo no miré alrededor, pero pronto el *nacom* de los Arpías, es decir, el sacrificador de 2 Cráneo Enjoyado, caminó lentamente hasta entrar en mi campo de visión, como si poseyera todo el tiempo del universo. Su piel estaba ennegrecida con carbón y tenía un negro turbante erizado con negras plumas de sinsonte maullador y una gigantesca máscara negra que lo hacía parecer el gemelo malvado del Pato Lucas. Las neuronas del cerebro de Chacal no querían mirarlo ni pensar en él, pero mi mente encontró su nombre, de todos modos: 18 Salamandra. Lo seguían dos niños pequeños, unos gemelos de unos ocho o nueve años con la piel carbonizada como la suya.

—Padres-madres, bendecidme, dadme la muerte —susurró el representante (o quizá debería llamarlo el nuevo Chacal).

Los dos ayudantes del nacom ayudaron al pobre chico a tumbarse sobre la estera y sostuvieron sus brazos y piernas mientras el sacrificador hacía una incisión transversal a través de su abdomen. Abrió el corte bajo las costillas, aún sosteniendo el cuchillo, usándolo para apartar el diafragma y separar el corazón de la aorta y la vena cava. Necesitó veinte segundos, más o menos, pero al final sacó el corazón, dejando el cuchillo en su lugar, y lo colocó en un plato de gachas de maíz. Se suponía que yo no debía estar mirando, pero todo el mundo parecía haberse olvidado de mí, y mantuve un ojo en ellos aún tumbado en mi estera. Resulta que un corazón puede seguir latiendo un tiempo después de ser extraído; de hecho, aquél incluso siguió rociando una llovizna rosada durante unos quince latidos antes de comenzar a bombear sólo aire, empezar a hacer pequeños chirridos y venirse abajo. Observé mientras los ayudantes del nacom levantaban al nuevo Chacal en una cesta grande, lo curvaban como si fuera un perro dormido y ataban la tapa de mimbre sobre él con cuatro complicados nudos que representaban los glifos de cuatrocientas veces cuatrocientos, un sinónimo de eternidad. Evidentemente, no querían que volviera arrastrándose de la muerte. Incluso antes de que hubieran terminado, 3 Caracol Azul estaba de pie sobre mí, con los ojos entornados por el sol y su pintura corporal de arcilla azul corriéndose por el calor, pidiéndome que prometiera no contarle a nadie mi nombre interior, el nombre de mi nuevo uay. Yo lo prometí. Si alguien descubría alguna vez tu nombre real, podía usarlo en una maldición, y entonces te convertías en un objetivo fácil para cualquier bicho demoníaco que mandara a buscarte. Se inclinó, susurrándolo en mi sangrante oreja, y me dijo que lo repitiera. Yo lo intenté, pero era difícil hablar con una bocanada de algo que no parecía ser sangre ni vómito, así que tragué lo que pude de ella y el nuevo ayudante secó el resto de mi barbilla. 3 Caracol Azul debió de pensar que estaba paralizado, porque me golpeó un lado de la cabeza con el nudillo e hizo que el ayudante retrocediera. Yo susurré el nombre. Me hizo repetirlo dos veces antes de retroceder y anunciar mi nuevo nombre exterior, o revelado. Como la mayoría de los nombres que incluían animales, éste no tenía nada que ver con mi uay:

—10 Escinco —dijo—. Terminado.

«Qué putada —pensé—. Siempre me tocan los nombres que menos molan. Joder».

A mi espalda, alguien había prendido fuego a la choza. Supongo que era un artículo desechable de un solo uso. Levanté la cabeza y vi a los ayudantes del *nacamob* colocar la gran cesta sobre sus hombros y comenzar a alejarse, seguidos por una hilera de porteadores con el resto de los *tchotchkes*. El padre de Chacal y el sacerdote los siguieron por el camino hasta la aldea, agitando maracas para mantener alejados a los Xibalbans. Yo me sentía solo. 2 Cráneo Enjoyado desató al halcón. Éste no se movió, al principio, así que lo ahuyentó hasta que se alejó batiendo furiosamente las alas entre los árboles.

37

Me apremiaron durante el largo camino entre la subida y la bajada de una colina. Yo estaba aún bastante débil por... bueno, por todo. Cuando caí dormido me transportaron. Me dieron agua caliente. Hun Xoc, que estaba al mando de la operación, tomó un cono de sal de su propia bolsa de viaje y me dejó lamerlo. En cierto momento noté que estaba moviéndome de un modo gracioso. Estoy balanceándome, pensé, estoy al final de una cuerda. Quiero decir, no en sentido figurado. Estaban bajándome horizontalmente, como una viga, fuera de la luz, hasta un espacio lleno de sonidos de eco, susurros y olor a chocolate, a orina, a pino y a piedra mojada. Estaba oscuro. Otras manos tomaron la carga, la desataron de las cuerdas y la portaron durante unos cuarenta pasos; luego la dejaron en el suelo y me desenrollaron sobre un montón de cascarilla de maíz. Cuando mis ojos se adaptaron, resultó que estaba en una amplia caverna que, después de mi encierro, parecía tan grande como el Hyperbowl. El montón de cascarillas estaba cerca de una hornacina de almacenamiento apuntalada con troncos de cedro y abarrotada con montañas de vainas de cacao sin limpiar y curtidas pieles de venado apestando a amoniaco natural, tan lejos como era posible de una zona de luz solar verdosa que bajaba de un irregular oculus a treinta brazos de distancia y quince de altura, bordeado con lo que, a primera vista, pensé que eran raíces expuestas y más tarde descubrí que eran estalactitas. El espacio estaba lleno de andamiajes, puntales, cuerdas, contrafuertes y rejillas de secado, pero su característica principal era lo que debía de ser la escala de cuerda más larga del mundo: una hilera de unos sesenta leños enganchados en gruesos cables trenzados, colgada desde un peldaño a nuestro lado del suelo hasta el borde opuesto del oculus. Cinco obreros casi desnudos estaban en la escalera, como marineros en las velas cuadradas de un navío, bajando una carga de pieles de ciervo sin curtir. Había al menos treinta obreros más en la cueva, y algunos de ellos debían de haber estado mirándonos con mucha curiosidad, porque Hun Xoc, que ya había bajado, les ladró que volvieran a lo que estuvieran haciendo. Me incorporaron, pero aún necesité dos personas para ayudarme a caminar, no porque estuviera tambaleándome por todos los malos tratos que había recibido (aunque tampoco habían ayudado), sino porque la conciencia de Chacal se había ido y yo estaba aprendiendo a controlar mi nuevo cuerpo. Lo peor era intentar girar a la izquierda y terminar girando a la derecha en su lugar. Me condujeron alrededor de un enorme impluvio natural en el suelo, y pasé junto a un cocinero con ropas de mujer que estaba palmeando las tortillas del desayuno sobre tres pequeños hogares. Supuse que era lo que los antropólogos llamarían un berdache, un indefinido sexual que hacía el trabajo de las mujeres en un lugar masculino. Una especie de chimenea de barro se elevaba sobre el hornillo, casi como el conducto de una estufa, y giraba sobre el lado de la escala hacia el exterior. Tuvimos que pasar por debajo de una rejilla con un par de cigüeñas jabirú recién cazadas y atadas por el cuello, y montones de patos moscovitas desplumados... que, a pesar del nombre, no venían de Moscú. Me di cuenta de que aún estaba hambriento. Pasando la zona de la cocina había una plataforma elevada de madera donde una pareja de viejos contables de los Arpías con vinchas de mono estaban contando medidas de semilla de maíz y pasándoselas a sus ayudantes, quienes vertían los granos en paquetes y los ataban con hilos coloreados. Rollos de lienzo engomado y hatos de banana de puros tamaño torpedo estaban amontonados en una especie de palés de mimbre, lejos de las paredes, pero fuera del alcance de la lluvia. Es lógico que los Arpías llevaran a cargo de aquel pueblo trescientos años, pensé. Son supervivientes.

Me sacaron de la sala principal y me llevaron hasta un oscuro tajo diagonal que guiaba a un pasaje lateral, medio natural y medio tallado en la roca, con un peligroso techo de espículas sobre nuestras cabezas y un suelo irregular con una inclinación de treinta grados. Antes de que entráramos totalmente en la zona oscura, se detuvieron en el centro de una especie de recámara y llamaron de nuevo a los ayudantes. Esperamos. Los ayudantes aparecieron y me lavaron de nuevo. Al menos no tienes que ocuparte de tu aseo personal por aquí. Cuando estaba en la universidad, salí una temporada con aquella mujer de la India (de hecho, había sido Miss India, aunque no espero que se lo crea nadie) y me sorprendió descubrir que nunca se había lavado el pelo ella misma, ni una sola vez, en toda su vida. Resultó que no es algo inusual en la India, donde las doncellas tienen doncellas, y éstas, a su vez, también tienen doncellas. Así que, por aquí, incluso un preso como yo podía conseguir un estilista. Cuando terminaron me hicieron levantarme, y entramos en la total oscuridad, tanteando el camino a lo largo de un encrespado recorrido cortado en el suelo de piedra caliza. Nos adentramos en espiral, más profundamente, en la montaña. Había menos ventilación allí, y menos olores salubres. Mis pies notaron que el suelo se elevaba con arcilla y que el pasaje se ampliaba hasta una habitación con forma de L, iluminada tenuemente por la luz diurna. Allí, las paredes habían sido talladas hasta formar estantes, estaban abarrotadas de jarras sin adornar y, sobre ellas, de filas de pequeños ancestros de barro con aspecto miserable. Una estantería sostenía una hilera de esa clase de estatuillas pornográficas de madera de viejos hombres con aspecto de gárgolas metiéndoles mano a mujeres jóvenes. Cada una era más chabacana que la anterior. Bueno, así que aquí tienen mal gusto también. No todo lo del pasado es genial. Uno tiende a pensar eso porque, generalmente, sólo se salvan las cosas buenas, y las únicas veces que descubres que la mayoría de las cosas del pasado eran basura es cuando todo termina preservado a la vez, como en Pompeya. Joder, aquélla sí que era una ciudad hortera. El Coconut Grove* de la Antigüedad...

Me empujaron a través de una cortina hecha de piel de ciervo que no había visto y me condujeron por una rampa de treinta pasos de largo iluminada por antorchas hasta otra cortina, ésta cubierta de abalorios de nácar. Había un anciano guerrero Arpía sentado frente a ella, y él y el capitán de los porteadores intercambiaron un código de bienvenida sin sentido. El anciano guerrero se incorporó, levantó la cortina y se hizo a un lado contra el muro para dejarnos pasar. Olía al aroma a cardomomo de la pimienta silvestre de Jamaica. Hun Xoc y yo nos agachamos para entrar en una pequeña cámara terciaria del tamaño de un frigorífico, y entonces pasamos a través de otra pequeña puerta hasta una sala con forma de burbuja del tamaño de un garaje que alojara a un solo coche. No había luz natural, pero había dos velas de junco (juncos untados en sebo) quemándose en el extremo opuesto y, en lugar de que el humo llenara la estancia, éste prácticamente desaparecía por una grieta en la pared opuesta, capturado en una constante brisa fría. Sólo por el aire podías decir que aquello era lo que los espeleólogos llamaban «una habitación seca», es decir, una habitación protegida de la lluvia y lejos del curso de cualquier agua corriente, con paredes no porosas que no enmohecían. El muro opuesto era artificial, y estaba hecho de bloques cortados, pero las paredes de los lados habían sido excavadas de la cueva natural, y a nuestra derecha, dos grises estalagmitas de polvo calizo sedimentado habían quedado relativamente intactas. La más grande estaba tallada con la forma de un antiguo medio busto de un cacique Arpía. Su fecha de asentamiento era aún legible, 9 Ahau, 3 Sip, en el primer día del octavo b'ak'tun... el 7 de septiembre del año 41 d. C., es decir, 244 días después del asesinato de Calígula. Había viejas jarras de ofrenda tapadas alrededor de su base, la

* Coconut Grove es un barrio del lado sur de la ciudad de Miami. (N. de los T.)

mayoría de ellas rotas. El resto de la biblioteca (o quizá debería decir de la sala de archivos, la *geniza*) estaba llena de pulcros montones de arcones del tamaño de paneras. Cuatro de ellos estaban abiertos, y en uno podía ver un códice medio enterrado en sal de roca.

Incluyéndonos a Hun Xoc y a mí, había ocho personas en la habitación. 2 Cráneo Enjoyado estaba sentado en un cojín en el extremo opuesto, con las piernas envueltas en una manta de algodón guateado. Un enorme guardia estaba en cuchillas a su derecha, mirando el suelo. Se tensó cuando llegamos pero no levantó la mirada. Era aproximadamente una cabeza más alto y el doble de pesado que los demás, y además era mayor que el resto de los guardias que yo había visto, lo que quizá significaba que confiaban en él. Llevaba unas ligeras almohadillas acolchadas sobre los hombros y las caderas y, de acuerdo con los tatuajes de sus pantorrillas, durante su carrera militar había ofrecido ocho prisioneros a 1 Arpía. Dos hombres más estaban en cuchillas entre el guardia y yo, también en el lado izquierdo de la habitación. El primero era un delgado anciano con una manta oscura sobre los hombros y con la cabeza cubierta por una especie de velo bajo un sombrero, como un salacot con una mosquitera. No podía verlo bien, pero me resultaba familiar. Había algo raro en sus antebrazos, pero no lograba descifrar qué era. A continuación, junto a mí, estaba el mismo escriba disfrazado de mono que había visto antes, en la emplumada habitación roja. Tenía una larga y delgada brocha atada a su dedo índice, y siguió con lo que estaba haciendo sin mirarnos, copiando recuentos de algo en hojas de palma seca en descuidadas y rápidas columnas de puntos y barras. De hecho, la palabra escriba sonaba un punto grandilocuente y monástica para él. Llevaría menos a engaño decir que era la combinación de un taquígrafo y un contable. O quizá deberíamos traducir su título literalmente: «recordador».

Otros tres hombres se sentaban junto a la pared de la derecha. El tío abuelo de 2CE, 12 Liberación, era el que más cerca estaba de mí, y a continuación estaba el tatarabuelo de 2CE, 40 Comadreja, y, finalmente, alguien más, cuyo sudario era demasiado viejo y quebradizo para que pudiera leerlo, sentado a la izquierda de 2CE. Estaban muertos, por supuesto, y semimomificados... Básicamente, eran cabezas reducidas, seguramente rellenas de pimienta malagueta y colocadas sobre un montón compuesto por un par de huesos clave, cúbitos, peronés y todo eso. Cada una estaba colocada sobre una pequeña plataforma parecida a una mesa de café india, todas en fila contra el muro izquierdo. Sus cráneos serían enterrados en otra parte para su seguridad, así como el resto de sus huesos, sus esposas favoritas, y esas cosas. Presentes, pero sin derecho a voto.

2CE extendió las manos con un gesto floreciente, el equivalente maya a un abrazo.

Hun Xoc me colocó en la esterilla de un subordinado. Cerré los ojos y automáticamente mi mano izquierda se movió hasta mi hombro izquierdo. Oí que Hun Xoc se agachaba tras de mí. 2CE habló:

—Una vez más, saca tu gusano.

«¿Qué demonios?», me pregunté. Pensaba que ya habíamos pasado por eso. A aquellas alturas, ya sabía lo suficiente sobre el protocolo vigente por allí para saber que, si no tenía nada que decir, lo mejor que podía hacer era mantener la boca cerrada. Miré el suelo. «Joder —pensé—. Aún está pensando en matarme. Joder, joder, joder».

—Te he lanzado la novena pelota de poktamok —dijo. Era como decir: «Ésta es tu última oportunidad».

Levanté la mirada.

—¿Jed? —llamé—. Sal de ahí, ¿vale? O al menos asfíxiate. Por favor. Hazlo por el equipo.

Por supuesto, hubo una pausa, y por supuesto, no pasó nada. Si el Jed de su cabeza hizo algo especial al oírme, 2CE no dijo nada al respecto.

—¿Alguna vez te ha escuchado? —preguntó 2CE al final.

Contesté que no lo sabía.

Sugerí, delicadamente, que 2CE debería ser capaz de purgarse de mí del mismo modo en el que había hecho que yo me deshiciera de Chacal.

—¿Qué está diciendo el Jed de tu interior? —pregunté.

—Está gritando —dijo 2CE.

Me estremecí. Joder. Imagina a ese pobre y retrasado yo larval allí dentro, retorciéndose bajo el látigo de la indomable voluntad de 2CE. Guau. Debe de ser una auténtica mierda...

—Los veo pero no conozco sus nombres. En mí, tu vida es como un montón de cuencos rotos —dijo, sonando inseguro por primera vez.

Uh, pensé. Bueno, al menos ahora estamos hablando. Estaba empezando a aprender a confiar en las respuestas automáticas del cuerpo de Chacal, a preocuparme por las grandes decisiones y a dejar que su cuerpo se ocupara de lo demás instintivamente. Esta vez, él conocía la manera correcta de no responder y, sin perder un segundo, chasqueé la lengua y señalé:

—Como dices tú, superior a mí.

«No ofrezcas información —pensé—. Cuanto más le cuentes, más prescindible serás. ¿No es así? Te necesita a su lado para que le ayudes a dar sentido al extraño revoltijo de su cabeza. No es que no pueda torturarte hasta sacártelo todo, claro. Pero quizá no quiere torturarte, en realidad. Quizá no es tan malo, quizá sólo es que se ha cabreado porque se ha sentido violado. Cualquiera se habría sentido así. ¿No es cierto?».

Joder. Ahora empezaba a sentirme irracionalmente culpable. O quizá no tan irracionalmente. Después de todo, yo era un colonialista cefálico. «Olvídalo, pensé, no empieces a sentir pena por él. Te mataría sin pensarlo».

—Tú, inferior a mí. Me has costado un hijo. Y has arruinado nuestra reputación —dijo.

«¿Qué? —pensé—. ¿Un hijo? Oh, vale».

Como creo que he mencionado, ya había imaginado lo que había ocurrido: que el hijo de 2CE había sido sacrificado en mi lugar cuando arruiné la ceremonia en el mul. No sabía si fingir que no sabía nada, o no hacerlo, así que pedí más información.

—Yo, inferior a ti, ahora pido absolución, pero yo, inferior a ti, no comprendo cómo originé esta catástrofe. Cómo se desarrolló.

Fue lo más cercano a hacer una pregunta directa que pude conseguir, ya que el lenguaje hacía casi imposible que un inferior preguntara a un superior. E incluso esto no era educado. Aun así, 2CE contestó. Me dijo (de un acusativo modo formal) que dos años solares antes le habían pedido que entregara al clan gobernante, los Ocelotes, un regalo para conmemorar el renombramiento y toma de su patriarca, 9 Colibrí Dentado, mientras el «nuevo pelota», o el perdedor, se tiraba por el mul en lugar de 9 Colibrí Dentado.

Entonces, durante la ceremonia, cuando Chacal arruinó todo el tema al perder aparentemente la chaveta, 2CE había hecho que Chacal fuera encerrado y reservado para más tarde (para un «asesinato excremental», como dijo) y envió a un mensajero hasta sus dos hijos principales, que habían estado en la formación del clan Arpía en la plaza de la base del mul. El hijo mayor, 23 Fresno, subió inmediatamente la escalera. Los preparadores lo pintaron rápidamente con el azul sacrificial, y se tiró.

2 Cráneo Enjoyado hizo una pausa.

«Joder —pensé—. No importa lo fría que tengas la sangre, perder a un hijo tiene que doler. *Aquí está el pedernal y la madera, pero ¿dónde está el cordero para la ofrenda de fuego? ¿Me disculpo de nuevo?*».

De algún modo no me parecía bien. En lugar de eso dije que haría cualquier cosa que pudiera para compensarlo.

Él dijo:

—Tú, inferior a mí, tendrás que entregar más que tu cabeza, más que veinte veces veinte *tunob'* de dolor, más que los hijos de tus ancestros.

«Lo siento», pensé.

Él dijo:

—Además los hijos de 8 Humeante se persuadieron a sí mismos. Y el hijo de 3 Lejano siguió al sol en la cacería del venado.

Esto significaba (y me llevó un minuto descubrirlo) que los tres guerreros a los que había ganado durante la cacería se habían sentido tan humillados que se habían abierto un agujero a través de su músculo platisma (justo bajo la barbilla), habían pasado una cuerda por el agujero, la habían extendido a través de la boca, atado y después anudado la cuerda a un árbol, o algo así, y se habían tirado hacia atrás, arrancándose su propia mandíbula.

Y por si esto no fuera lo suficientemente malo, añadió que uno de los guerreros Arpías había sido asesinado, y cuatro heridos, en mi intento de suicidio durante la travesía. Uno de los guerreros heridos había quedado lisiado para siempre, y estaba pidiendo que lo mataran.

Debían de haber salido heridos algunos porteadores, también, pensé. Pero, por supuesto, esto no le importaba. Comencé a decir que no fui yo quien saltó por la ladera, sino Chacal, pero me detuve. 2CE ya sabía eso, y no importaba. Yo aún tenía la responsabilidad del suceso.

E incluso todo aquello no era nada, dijo, comparado con lo que podríamos llamar daños político-religiosos. La gente estaba diciendo que la escandalosa cagada de Chacal en el mul había enfermado a las divinidades de la tierra y que había convertido lo que debería haber sido un pequeño acceso de tos en un ataque de los que te hacen vomitar los intestinos. Hoy, los mensajeros habían llegado desde la costa con informes de lo enorme que era en realidad la erupción en San Martín. Como siempre, los tipos más pesimistas estaban diciendo que era el final del mundo.

«Bueno, jolines —pensé—, quizá llevarme el merito de la erupción en el discurso en el mul no fue realmente una idea brillante. Oh, bueno, todo no pueden ser alabanzas, ¿verdad?».

—Así que —dijo, llegando al final de su letanía de males—, ¿qué puedes ofrecer para compensarlo?

—Aún sé algunas cosas que van a ocurrir...

—¿Como el ataque del dios de la tierra? —preguntó.

Yo dije que sí.

—9 Colibrí Dentado ya había nombrado ese sol, hace dos tunob.

Joder. ¿No había sido más precisa mi predicción?, pregunté.

Él me contestó que sí, y que usó esa información para programar la cacería del venado a favor del viento en el momento preciso. ¿Qué más sabía yo?, preguntó. ¿Qué le pasaría al clan Arpía después de su muerte?

Tuve que decir que no lo sabíamos, pero que, hasta donde podíamos decir, Ix sería abandonada antes de veinticinco años. O, al menos, la mayor parte de la tierra regada de aquella zona se volvería incultivable, los residuos profesionales y los depósitos de basura caerían casi hasta cero, y ya no habría más edificios de piedra ni monumentos allí.

—¿Y qué me pasará tras la muerte, en el siguiente k'atun? —me preguntó.

¿Qué? Oh, se refería a su cabeza y a su esqueleto. Le dije que no lo sabía. Él no se movió, y el tono de su voz no cambió, pero de algún modo supe que estaba perdiendo la paciencia rápidamente. ¿No debería saber ya esas cosas?, me pregunté. Eché una mirada a su rostro y me sorprendió un poco una cosa que pensé ver. Había algo allí, tras los imperturbables ojos, algo que quizá era casi debilidad, o más bien reproche, o incluso desesperación. Preguntó por el heredero que había previsto, 17 Empujón. Resulta que éste no era su otro hijo, sino su sobrino favorito, a quien había enviado a Oxwitzá, el área de Belice que en el siglo XXI sería llamada Caracol.

Dije que no lo sabía, pero que no recordaba el nombre coronando ninguno de los monumentos. Esto no va bien, pensé.

—¿Y nuestros descendientes nos amamantarán con nuestras luces? —preguntó. Quería decir que si quemarían ofrendas para él y su familia en sus distintos aniversarios.

Comencé a hablar sobre cómo aún había un respeto generalizado por los ancestros en lo que podíamos llamar las comunidades tradicionales mayas, y sobre cómo quemaban ofrendas en algunas de las festividades, y todo eso, pero cuanto más decía yo, menos convincente sonaba aquello. Concretamente, comencé a decir, en lo que se refiere a vuestros nombres... bueno, sinceramente, al final del siguiente b'ak'tun, tu nombre seguramente será olvidado incluso por tus propios descendientes, y tus inscripciones, como mucho, serán visibles durante sesenta k'atunob', hasta que las cubra el polvo y sean mal traducidas por un puñado de ladrones de tumbas con doctorados.

—Será así, a menos que yo vuelva —dije, pensando en lo que me pareció un cambio de tema inteligente. De hecho, le dije que podríamos incluso escribir todas sus hazañas y la historia de toda su dinastía, que yo lo llevaría de vuelta conmigo y me aseguraría de que mi gente prestara atención a su persona.

Tomó aire audiblemente. Era como decir: «Tienes permiso para callarte».

Lo hice.

Me preguntó qué iba a pasar con las restantes doscientas cincuenta y seis luces del tun actual.

—10 Humo de Jade, de K'an Ex, se sentará sobre 4 Lluvia, 17 Final —dije—. Capturará a 2 Provocador de Chispas de Lakamha veintitrés luces después de eso.

[Nota para mí mismo: demasiados nombres confusos. Volver y explicar qué demonios está pasando. JED].

—¿Y cuánto de ese humo guiará mi camino? —preguntó 2CE. O lo que es lo mismo, ¿por qué debería preocuparme?

—Quizá ningún humo —dije. Joder. Estaba quedándome sin material de primera. Quizá debería preguntarle directamente sobre el Juego. No, no deberías. Estás aún sobre arenas movedizas.

—¿Qué más?

«Joder. Vamos, JD, piensa. Quizá sólo tienes que inventarte algo. Algo que no haya visto ya. Pero, no, en realidad es un tipo bastante astuto. No intentes engañar a alguien que está demostrando ser más listo que tú. Déjalo decidir, sin más, que puedes ser de ayuda en el clan. Vale».

—Puedo ayudar a que el clan Arpía se imponga en cualquier lucha —dije. Mi ixita sonaba un poco forzado, pero al menos ahora podía charlar en él sin tener que pensar demasiado antes—. Mira las armas en los recuerdos de Jed.

—¿Qué armas? —preguntó.

Le describí explosiones y dije que tenía que haber algo en mis recuerdos. Él pareció entenderlo. Le expliqué que podía preparar pólvora en menos de veinte días de procesado.

En lugar de responder, 2 Cráneo Enjoyado encendió un cigarro con una vela de junco. Se puso un dedo sobre una de sus fosas nasales y succionó el humo a través de la otra.

—Si alguien viera un arma como ésa —dijo—, si alguien oyera hablar de ella, diría que la hemos comprado de un lanzador de costras.

Los lanzadores de costras son gente que te transmite enfermedades de la piel al respirar sobre ti desde lejos. Por extensión, el término se refiere a cualquier persona que se dedique a fabricar maldades esotéricas, es decir, como las brujas y los hechiceros. Un lanzador de costras podía ser humano, o no totalmente humano, y él o ella podían estar vivos, o muertos, o ninguna de las dos cosas. Pero, fuera como fuera, si eras uno de los pilares de la comunidad, como era el caso de 2CE, no hacías tratos con ellos.

Quizá, dije, nosotros (mentalmente puse el *nosotros* en cursiva) podríamos preparar un par de arcos al principio, y entrenar a un equipo de guerreros para que los usaran. Los arcos serían una novedad por allí (lo que es, por sí mismo, muy extraño, si te paras a pensarlo, pensé), pero nadie creería que son sobrenaturales.

—Sé lo que son los arcos —dijo—. Los cabezas achatadas del bosque disparan pájaros con ellos. No pueden ser tocados por los cabezas inclinadas.

Con cabezas inclinadas se refería a nosotros, la élite maya, quienes, como creo que he mencionado, tenían las frentes con una pronunciada pendiente. Se hacía envolviendo a los recién nacidos en una especie de marco con una tabla sesgada que les presionaba el rostro, y eran consideradas elegantes y de rigor. Cabeza achatada se refería a cualquiera que no pudiera permitirse esas cosas, tanto los eslavos domésticos como los extranjeros o, en este caso, las tribus incivilizadas.

—Pero, incluso sin armas nuevas, puedo ayudar al engrandecimiento de tu clan —dije—. Las artes que conozco no son sólo para construir cosas. Son un modo distinto de planear estrategias.

—¿Quieres decir un modo mejor? —dijo 2 Cráneo Enjoyado.

No necesariamente, dije. «Podrían ser peores. Bastardo quisquilloso —pensé—. Bueno, al menos he conseguido que hable. Vale. Lo que tengo que hacer ahora es conseguir que piense que puedo ser el mejor consejero desde Karl Rove».

—Supón que algunos de nuestros guerreros son emboscados por un asaltante —dije—. Si disparan a matar, en formación, en lugar de intentar coger prisioneros, ellos...

Me cortó con un sonido de «¡Zzzzzz!», el equivalente a «Shhhh».

—Los Hachas están cerca —medio susurró—, en nuestra familia, en nuestros hogares.

¿Hachas?, me pregunté. No sabía qué eran, pero tuve una sensación automática de las neuronas de Chacal, que me decía que eran gente viva mucho más poderosa que nosotros.

—Cuando tú, superior a mí, dices Hachas... —pregunté—, ¿te refieres a los Ocelot...?

—¡¡ZZZZZZI!!

Me callé. Mantuve los ojos en el suelo. Se produjo un silencio, roto tan sólo por el sonido de la brocha del mono recordador sobre las hojas secas. Le eché una mirada con el rabillo de mi ojo izquierdo. Hizo un par de trazos más y se detuvo. Me di cuenta de que estaba tomando notas de nuestra conversación en una especie de taquigrafía. Vaya...

Conté otros diez latidos. Alcé la mirada hasta 2CE. Detrás del humo del tabaco, su rostro era como la madera. Sus ojos se habían endurecido. «Jed, estúpido —pensé—. Estúpido, estúpido».

—El cacique de los Hachas ha sido visto merodeando por aquí, con su piel de cacería —dijo 2CE. Debía de referirse a 9 Colibrí Dentado, pensé. Y creen que 9 Colibrí Dentado puede metamorfosearse en un ocelote, y deslizarse en los pueblos de sus subordinados por las noches, y escucharlos a través de los muros de piedra con su superoído felino. Y si alguna vez se me olvida, y digo el nombre real de alguien, esto alertaría a su uay errante. Y entonces estaría metido en un lío. Perfecto. Entendido.

Aun así...

—No es posible que aún te creas eso —dije—. Mira en mis recuerdos y sabrás que eso no puede hacerse.

2CE no contestó. En lugar de eso, tomó una larga bocanada y me echó el humo a la cara. Al principio me sentí ofendido, pero entonces me di cuenta de que no había pretendido insultarme. Estaba intentando purificar el lugar de cualquier Jed-polución que persistiera. Incluso después de haber pasado por todos los rituales purgatorios del manual, yo era todavía el trasmisor de la enfermedad. El humo era mucho más fuerte que el del producto del siglo XXI. Tabaco silvestre, pensé. Arg. Como ya he dicho, lo masticaba pero no lo fumaba, excepto cuando tenía que hacer alguna ofrenda, a Maximón, o algo así. Pero ahora... hum. Era muy raro, pero me di cuenta de que quería un cigarro. Supongo que aquél era otro de los hábitos asentados de Chacal. Arg. Humm. Arg y humm, al mismo tiempo.

Me senté. «Vale —pensé—, esta vez deja que él hable primero. Y no intentes convencerlo sobre cosas que no va a llegar a entender. No intentes hacer que comprenda la visión científica del mundo. Si aún cree en brujos y en dioses jaguar, déjale».

Y además, estaba empezando a comprender que, en aquella sociedad, nadie estaba nunca a solas. Incluso el modo en el que 2CE tenía a aquella otra gente allí justo ahora (mientras estábamos teniendo una conversación que él quería mantener en secreto), bueno, para él, aquello era como estar a solas. Por allí, incluso si no tenías la conciencia de alguien más en tu cabeza, físicamente casi nunca estabas solo. Nadie dormía solo, ni siquiera con otra persona más, sino que en la misma pequeña habitación estaba la familia entera, y en las clases superiores, sirvientes y guardias, además. Nadie comía a solas. Nadie viajaba solo, nadie trabajaba un campo solo y nadie vivía solo. Cuando la gente llegaba a separarse un minuto del resto del lote, tendían a ponerse muy nerviosos. Así que, incluso en la vida ordinaria, e incluso si eras sólo una persona normal, no había oportunidades para los secretos.

—Entonces ¿qué debo hacer yo, superior a ti, contigo? —preguntó. Decidí mostrar un poquito de carácter.

—Tú, superior a mí, ya debes tener un propósito para mi persona —dije—. De otro modo, ¿por qué te tomarías todas estas molestias?

Después de tres latidos pensé que estaba sonriendo, no por su boca, sino por uno de los hoyuelos de sus mejillas. Al menos, aquel tipo tenía un poco de sentido del humor.

—¿Qué te hace pensar a ti, inferior a mí, que te he salvado para algo agradable? —preguntó.

Oh-oh... No supe qué decir.

—Aún te quiero en la oscuridad —dijo. Fue como decir: «Todavía estoy furioso contigo».

Levanté la mirada y, a pesar de mí mismo, lo miré a los ojos. Se produjo un poco ortodoxo contacto. Por allí pocas veces se mira directamente a los ojos. Aun así, no pude apartar la mirada.

Sus ojos no eran amistosos.

—Bien, tú, inferior a mí —dijo—, te debo una oscura deuda. —Hizo una pausa—. Voy a hacerte muchas cosas.

«Oh, *chíngalo* —pensé—. Piensa en algo».

Miré alrededor frenéticamente. Miré al guardia. Estaba aún agachado, inmóvil, a dos brazos a la derecha de 2CE, con el rostro vuelto y mirando un punto vacío de la esterilla de algodón rojo. Miré al mono recordador. Había dejado de escribir y estaba limpiando su brocha en una taza de agua de cuero. Miré los montones de cestas y fardos. Miré al tipo viejo del velo.

Me di cuenta de lo que había de raro en sus brazos. Eran peludos.

Como seguramente sabes, los nativos americanos no tienen demasiado vello corporal. Yo tengo, exactamente (me refiero a mi cuerpo de Jed, el que está seguramente relajándose con una piña colada en estos momentos), cinco pelos en el pecho. Y ese cuerpo es apenas un tercio hispano. Por aquí, en estos viejos días... bueno, no he visto vello facial o corporal en absoluto. Pero sabía que no era algo impensable, porque en el siglo XXI yo había visto más de una de esas figurillas mayas con barba. Quizá tienes que ser de alguna familia especial para tenerlas, o tienes que sobrepasar los setenta años de edad, o algo así. Lo miré más detenidamente. Tenía un guijarro en la mano. Y por el modo en el que lo sostenía...

Es un contador de soles, pensé.

No era de extrañar que le hubieran permitido estar allí durante todo el tiempo, escuchándolo todo... cuanto más supiera tu contador sobre tus negocios, mejor. Es decir, mejor será capaz de leer para ti. Por supuesto, tiene que ser de fiar, alguien en quien confíes totalmente. Como un confesor. Este tipo, seguramente, era el único del clan. Quizá era incluso, en cierto modo, una especie de cautivo, ya que conocía demasiados secretos.

Me dirigí al contador.

—Yo, igual a ti, solicito un Juego —dije.

38

La cabeza del contador se ladeó ligeramente bajo el velo.

—Yo no poseo nada ahora mismo —continué—, pero lo que pueda encontrar para dar, en esta luz, o en la siguiente, o en la siguiente, lo ofreceré, a ti y a la Dama Turba, que es la Acunadora de esta Noche, 9 Oscuridad, 11 Rana de Lluvia. —Era lunes, 28 de marzo del 664 d. C.—.Y a Mam y a la Mujer que Espera, los jugadores del Juego.

Silencio.

El velo se movió. Yo interpreté el movimiento como que la cabeza que estaba debajo se volvía para mirar a 2CE. Miré a 2CE. Él me devolvió la mirada. Se produjo de nuevo el chocante contacto visual, y, antes de que me volviera, pensé que había visto una especie de sabiduría cansada tras sus amarillentas lentes, no algo pasivo o plácido, sino una conciencia divertida de lo que era posible, y de lo que no lo era.

2CE dijo:

—Mi contador, inferior a mí, 7 Aguijón, lee sólo para sus jefes, pero puede jugar un duelo contra ti.

«Oh, mierda —pensé—. Un duelo. Genial. 7 Aguijón, ¿eh? Encantador». Me pregunté si me matarían si perdía. Seguramente, pensé.

De repente, el guardia dio media vuelta rápidamente y se colocó frente a nosotros, preparado para lanzarse hacia delante y estrangularme. 2CE debía de haberle hecho alguna señal. Avisó al guardia en un lenguaje que Chacal no conocía.

Me di cuenta de que el guardia era sordo. Seguramente lo habían ensordecido intencionadamente. Y había estado mirando hacia otro lado, así que seguramente no había leído nuestros labios. Pensé que 2CE le estaría diciendo que me sacara de allí y me llevara a alimentar a los armadillos, o a lo que normalmente alimentaran con gente, pero, en lugar de eso, el guardia avanzó en cuclillas hasta la parte de atrás de la habitación y, con una sinfonía de crujidos y rasgones, subió sobre un montón de cestas. Miré de nuevo a 2CE, y después a 7 Aguijón. Había desenrollado su velo y se había quitado el sombrero. Era mayor que 2CE. En su larga trenza había mechones grises, y su rostro habría sido indescriptible si no hubiera llevado barba. Pero la llevaba, y, allí, esto era sorprendente. No era espesa y tenía cuatro pulgadas de largo, más o menos, pero era respetable y estaba anudada en el interior de un cilindro, como las barbas de los faraones egipcios, así que no pude evitar quedarme mirándola. Su cuerpo era delgado y viejo, y no llevaba tatuajes, excepto una hilera de cuatro puntos azules del tamaño de un céntimo en su hombro izquierdo. Pero éste era peludo. Sus ojos eran húmedos y amistosos. Acercó la mano derecha a su codo izquierdo, que era lo más parecido a estrechar las manos, o asentir, o lo que fuera que se hiciese en este tipo de situaciones. Yo hice lo mismo, excepto que, como era mayor que yo, toqué mi brazo justo por encima del codo. «Hola, tío —pensé—. Hola, de contador a contador. La Hermandad de los Jugadores. Sin problema».

Sin levantarse, 7 Aguijón se volvió para encararme. Yo me volví para que quedáramos frente a frente. Sacó una bolsa de tabaco, vertió algunas hojas y se metió aproximadamente la mitad de ellas en la boca. Yo tomé el resto. Masticamos. «Joder, esta cosa es fuerte», pensé. Colocó un cuenco con arena entre nosotros. Yo froté parte del jugo del tabaco contra mi muslo (no había mancha en el muslo de Chacal, me di cuenta, así que ésta era su primera vez) y escupí el resto en el cuenco de arena. Un minuto más tarde él hizo lo mismo, y apartó el cuenco. Mientras tanto, el guardia había vuelto con un rollo de dos brazos de largo de gruesa tela. La dejó entre nosotros y la desenrolló. Fue como si el árbol de Navidad del Rockefeller Center acabara de surgir de repente, totalmente encendido, en la pequeña y sombría habitación.

Era un tablero de juego tejido con plumas. Los cuadrantes de tiempo brillaban en carmín y en un mantecoso ámbar, e incluso el cuadrante negro era tan brillante que sentías que podías caerte dentro. Era uno de esos artificios maravillosos que no puedes creer que hayan sido hechos por dedos humanos, como los tapices de Gobelin, digamos, o los brocados de seda de Rajshahi, o aquella redecilla de Romeo Gigli engalanada con cristales que Kristin McMenamy llevaba en la portada de *Vogue Italia* en octubre de 1993. Era octogonal, en lugar de cuadrado, y en vez de tener cubos circulares, como los tableros que nosotros hacemos a partir del diseño de Taro, éste sólo tenía un copete de esmeralda quetzal en cada uno de los doscientos sesenta puntos. Pero yo estaba decepcionado. Esperaba que hubiera algo nuevo para mí en el diseño, algo que pudiera ayudar a responder las preguntas que había traído conmigo... pero, en lugar de eso, sin importar lo hermoso que fuera, era bastante parecido al modelo que Taro había creado a partir de la imagen del Códex.

Maldita sea.

2CE abandonó su cojín, avanzó de rodillas hasta nosotros y giró la estera un par de grados en sentido antihorario, de modo que las direcciones de los colores fueran correctas. Como resultado (intencionadamente, supuse), 7 Aguijón estaba en el sureste, la dirección de los Arpías, y yo estaba jugando por el negro suroeste.

Como un buen árbitro, 2CE declamó las reglas. Esta versión era parecida al Juego uno-a-uno del que yo había jugado un par de rondas con Tony Sic, pero era más similar a algo a lo que mi madre y yo solíamos jugar. Aunque no teníamos el enorme tablero, por supuesto. De cualquier modo, era un poco como Hundir la flota, ya que cada uno tiene cinco puntos en el tablero correspondientes a sus tiradas, y hay que adivinar los puntos de tu oponente y evitar que él adivine los tuyos. Pero para adivinar tienes que mover tu piedra hasta ese lugar, así que puedes además bloquear al otro con tus semillas, hasta cierto punto. Y también puedes intentar despistarlo, bloqueando puntos señuelo y todo eso. De cualquier modo, no puedes mentir (sobre todo porque 2CE sabe cuáles son los puntos) pero puedes disimular y desorientar. Supongo que puede decirse que es también un poco como el Estratego (que es uno de mis juegos favoritos), porque casi no se deja nada al azar, pero tampoco requiere una información perfecta. Por supuesto, es distinto al Juego del Sacrificio real que se usa para leer los días de alguien, pero no totalmente distinto. Quizá es tan diferente como el *gin rummy* del póquer.

El guardia sacó un tarro con un agujero en el lateral. 7 Aguijón (que aún no había hablado, excepto en lenguaje de signos) apartó la mirada. Yo puse mi mano en el agujero. 2CE miró el interior del tarro. Tenía que elegir cinco números entre 0 y 260. Intenté hacer mis elecciones tan aleatorias como fuera posible (lo que no es nada fácil), y se las mostré a 2CE. Saqué la mano del tarro. 2CE metió la suya, sostuvo el tarro para que yo pudiera verlo y repitió mis elecciones. Todo era correcto. A continuación me volví e hizo lo mismo con 7 Aguijón. Cuando hubieron terminado me volví de nuevo hacia el tablero. 2CE me prestó una piedra de cuarzo y nueve semillas del árbol tz'ite. 7 Aguijón sacó su propia piedra y sus semillas. Ambos tocamos el suelo con la mano derecha, junto al tablero. Era como asentir antes de comenzar una partida de Go. Ya que era mayor que yo, 7 Aguijón movió primero. Dispersó las semillas y movió su piedra de cuarzo hasta 11 Ahau.

Yo diseminé las semillas. Moví. Él movió.

«Vale. Creo que voy a ir por aquí, no, espera, iré por este lado. Vale, primero pasa estoy entonces él reaccionará a eso con lo otro, vale...».

Maldición. No podía pensar del mismo modo en el que lo hacía cuando estaba en mi cuerpo de Jed. Moví, de todos modos. 7 Aguijón movió también.

«Vale. Vamos, Jed. Vamos, cerebro de Chacal. Concéntrate».

Pensé. Estaba empezando a sudar. Ya que no teníamos reloj, me imaginé que 2CE interrumpiría y demandaría un movimiento si tardaba demasiado tiempo.

Vale. Vamos. Por aquí. Por ese lado. Aquí. Allí. Al menos Chacal tiene un CI alto —pensé—. Imagínate lo malo que podría haber sido. Podría haber quedado atrapado dentro de un idiota. Además, el Juego en realidad sólo es un modo de potenciar la visión lógica. No tienes que ser el mayor exprime-números. Aunque tampoco vendría mal». Moví. Movió. Moví. Movió.

Humm.

Moví.

Correcto, 7 Aguijón hizo una señal. ¡Ja! Había conseguido uno de sus números.

Vale. Estaba empezando a cogerle el tranquillo a usar la cabeza de Chacal. Al menos mis antiguas habilidades no estaban todas en los niveles inferiores de mi cerebro. Estuvieran donde estuviese, habían hecho el viaje junto a mí. Taro tenía razón, como siempre.

7 Aguijón adivinó uno de mis números. Yo conseguí otro de los suyos, y después otro. En el movimiento ciento noventa y dos, 7 Aguijón puso ambas manos sobre la estera, señalando que se rendía.

Joder, pensé. ¿Ya está?

Me había sentido decepcionado antes, pero ahora (incluso a pesar de que se suponía que debería haberme sentido feliz por haber pasado el examen) estaba destrozado. «Mierda —pensé—, este tipo no sabe nada. ¿Es sólo un inepto que 2CE ha traído para desconcertarme?». O quizá no eran mejores en el Juego en el pasado de lo que lo éramos nosotros en el presente. Quizá todo esto era una pérdida de tiempo. O quizá había terminado en el lugar equivocado. Genial, estoy aquí fuera, en el culo del mundo, con un puñado de perdedores aficionados. Maldición, maldición, maldición.

7 Aguijón señaló algo. 2CE le devolvió el gesto. No pillé lo que estaban diciendo. 7 Aguijón gesticuló un «de acuerdo». Tomó un pellizco de tabaco de su bolsa y se lo metió en la boca.

—*T'aac a'an* —dijo 2CE—. Revancha.

—De acuerdo —asentí.

El guardia tendió a 2CE un enorme cuenco de arcilla. Estaba lleno de sal. 2CE tocó la sal, la revolvió y sacó dos pequeñas botellas de barro, ambas selladas con cera. Puso la primera botella sobre un pequeño trapo de algodón sobre la estera, frente a él, y dobló la tela sobre la botella. El guardia le tendió un percutor. Cuidadosamente, 2CE golpeó la botella con la roca. Desdobló la tela. Un extraño aroma azul, algo que ni yo ni Chacal habíamos olido antes, creció en la habitación. 2CE revolvió los restos de la botella con la larga uña del dedo índice, lacada en negro con incrustaciones rojas. Recogió un diminuto y reseco pedazo de lo que parecía cera marrón (era del tamaño de una pastilla de Advil) y lo dejó en el cuadrante rojo, sobre el tablero, frente a 7 Aguijón. El contador se sacó el pegote de tabaco de la boca, lo amasó junto al pequeño abalorio y se metió la bola de nuevo en la boca, entre los dientes y su labio superior. No lo masticó. 2CE rompió la segunda botella. Había una pizca de grueso polvo amarillo en el interior. Parecía queso parmesano rancio, rallado. 2CE cogió una porción diminuta de polvo con la uña de su dedo meñique y, cuidadosamente, elevó el dedo sobre el tablero. Lentamente, 7 Aguijón se inclinó hacia delante, puso la nariz en posición y lo esnifó. Se sentó de nuevo, derecho. 2CE cubrió las drogas restantes con un par de cuencos de calabaza.

—Mi contador, inferior a mí, 7 Aguijón, solicita ayuda del Viejo Salinero —dijo 2CE.

Me llevó un minuto darme cuenta de a qué se refería, pero, básicamente, el Viejo Salinero era uno de los dioses del Juego, y Viejo Salinero, o polvo de Viejo Salinero, era, además, el nombre de la droga. Hay que recordar que, por aquí, todo estaba personificado. No podías decir «la lluvia viene desde el sur», tenías que decir «Chac, el Hombre Amarillo, viene». El maíz era Padre-madre 8 Hueso, y el chocolate era Señor Kakaw. El Pequeño Hurukan era el demonio del atardecer, y la niebla era la Dama Cogulla. Y llaman al viento María. De cualquier modo, chasqueé un «de acuerdo». Elegimos números de nuevo. Era mi turno de mover primero. Esparcí mis fichas y moví.

7 Aguijón dudó un poco antes de su primer movimiento. Parecía normal, pero sus ojos estaban desenfocados, o supongo que sería más correcto decir que estaban concentrados muy lejos de allí.

Él movió. Yo moví. Él movió. Yo moví. Dudó y movió. Maldición. Consiguió mi primer número. Moví. Moví. Moví. Moví. Consiguió mi segundo número. Moví. Moví. Me fijé en que había hileras de moco saliendo de las fosas nasales de 7 Aguijón y extendiéndose sobre sus mejillas, y los mocos son un característico efecto secundario de la mayoría de los psicodélicos. No se los limpió y, extrañamente, yo no me sentí asqueado al mirarlos. En el movimiento número cuarenta sólo me quedaba un número, y él aún tenía cuatro. No tenía remedio. Me rendí.

Joder. ¿Qué era aquella cosa? Viejo Salinero, ¿eh?

El guardia encendió un nuevo grupo de velas de junco. Incluso aunque sabía que estaba siendo maleducado, me eché hacia atrás un poco y crucé las piernas. Estaban rígidas, pero también acostumbradas a permanecer cruzadas durante largos periodos de tiempo, y de algún modo sabían cómo no quedarse dormidas. Quizá porque no había cambios en la temperatura del aire, y apenas había indicadores de tiempo, no estaba cansado ni hambriento, y apenas estaba sediento, aunque supuse que habíamos estado sentados allí durante al menos tres horas.

«Vale —pensé—. Desempate».

Chasqueé indicando que quería jugar otra partida.

2CE señaló que le parecía bien. 7 Aguijón chasqueó «Desafío aceptado».

Miré los dos cuencos boca abajo. Miré a 2CE.

Él me devolvió la mirada, sabiendo lo que yo estaba pensando.

«Habla», chasqueó. Yo supuse que tenía que pedir aquella cosa.

—Yo, inferior a ti, solicito jugar con la ayuda del Viejo Salinero —dije.

2CE cogió un pellizco del polvo marrón de su alijo y lo dejó en el tablero, frente a mí. Era menos de la mitad de la cantidad que había dado a 7 Aguijón. Tomé un poco de tabaco, lo mastiqué, lo saqué de la boca y lo amasé junto al polvo. Estaba a punto de metérmelo en la boca cuando 2CE me detuvo, poniendo su mano sobre la mía.

«Frótalo en tu muslo», señaló.

¿Por qué?, me pregunté. 7 Aguijón lo tomó por vía oral. ¿Por qué no podía tomarlo oralmente? Quizá estaban menospreciándome. Bueno, vamos allá.

Lo froté en mi muslo.

—El Viejo Salinero es un vetusto hombre verde —dijo 2 Cráneo Enjoyado—. Puedes reconocerlo por los puntos de su mejilla y el fardo a su espalda. Si llega en canoa, estará sentado en el centro.

—Ah, vale —señalé—. Estaré atento.

2CE puso el primer cuenco vacío boca abajo de nuevo y levantó el otro. Yo me estremecí un poco, por alguna razón. Incluso aunque aquella cosa no había entrado en mi boca, creía que podía saborear algo, una especie de gusto inhumano, a flores sintéticas, como si lo recordara del chicle de moras, o de Shasta, o de Froot Loops, o algo así. 2CE sacó una pizca de la otra cosa con la uña de su dedo (sólo cuatro o cinco granos, por lo que podía ver a la luz de las velas de junco, seguramente menos de una décima parte de la cantidad que 7 Aguijón había esnifado) y lo sostuvo frente a mí. Oh, bueno, aspiré aquella cosa (algo en lo que antiguamente yo era todo un profesional) y me senté de nuevo.

No ocurrió nada. Pensé que 2CE le daría a 7 Aguijón otro toque, pero quizá estaba aún volando con el golpe anterior. Bueno, como fuera.

Era el turno de 7 Aguijón para mover primero. Esparció las fichas y movió. Yo dispersé las mías. Moví. Movió. Moví. Movió.

Hum.

Tenía un gusto a sal en las comisuras de la boca, y me di cuenta de que los mocos estaban corriendo por mis mejillas.

Es un efecto secundario ordinario del LSD y de la mayoría del resto de los alucinógenos (me refiero a la nariz moqueante), pero, fuera lo que fuese aquella cosa, no hacía que me sintiera como si hubiera tomado un alucinógeno. De hecho, no hacía que me sintiera de ningún modo, aún.

Arg, pensé. Sin embargo, no me toqué la cara. Tenía la sensación de que el moco era una manifestación sagrada, un estigma de los participantes del Juego. Quizá eso era lo que significaban algunos de aquellos frisos de mejillas tatuadas. Mocos, no sangre.

Me di cuenta de que 7 Aguijón había movido hacía tiempo. Miré el tablero. Era ya bastante obvio dónde estaban dos de sus tres números. Había unas briznas de algo en el aire entre el tablero y yo, y al principio pensé que era una tela de araña, pero cuando me fijé en ello más detenidamente, pude ver que era una pizca del humo del cigarro de 2CE, colgando inmóvil en el aire. «Será mejor que mueva», pensé. Cogí mi guijarro... pero no, mi mano estaba aún colocada sobre mi rodilla. Intenté moverla y no pareció reaccionar, y por un momento sentí el terror de la parálisis creciendo en mi estómago, pero entonces vi que mi mano se había movido, ligeramente, que estaba ya a unos centímetros de mi rodilla y se dirigía lentamente hacia el guijarro de cuarzo, que estaba a unas quince pulgadas en el borde derecho de mi lado del tablero. Intenté moverla más rápido, luchando contra lo que parecía aire congelado, y cogió velocidad, desplazándose casi una pulgada hacia la derecha en lo que pareció un minuto y medio.

¡Vaya!

Normalmente, cuando estás jugando una partida, tu propio tiempo se ralentiza, así que no te das cuenta de cuánto llevas allí hasta que, digamos, te das cuenta de que el exterior está oscuro. Pero, ahora, el tiempo a mi alrededor se había ralentizado. O, mejor dicho, el polvo del Viejo Salinero era una droga cronolítica, algo que aceleraba las sinapsis en el cerebro sin provocarte una apoplejía o hacerte sentirte confuso, o frenético, o lo que fuera. Pestañeé y la oscuridad marrón de mis párpados rodó hacia abajo tan lentamente como una gruesa nube pasando sobre mi cabeza. Por otra parte, mis pensamientos no eran tan lentos, de hecho parecían más claros. Hice un par de cálculos mentales para comprobarlo. Enseguida estuve seguro de ello, y no sólo eso, sino que estaba seguro de que tenía una enorme cantidad de memoria operativa disponible, más de la que había tenido como Jed, que era un montón. Cuando miré el tablero y pensé en todas las fechas y contingencias extendiéndose hacia el futuro, me sentí como si estuviera de pie bajo una cascada de dados. Y tenía tiempo de sobra para mirar alrededor, coger uno y leerlo; de hecho tenía tiempo de concentrarme en todos y cada uno de ellos, y de memorizar las posiciones de éstos mientras caían junto a mí, y de calcular cómo caería cada uno de ellos finalmente.

Quizá es esto, pensé. Quizá tengo que llevar esta cosa al equipo. Aunque cuando Taro lo descubra, estará decepcionado. Él habría querido una respuesta matemática, algo que pudiera enseñar a MAON. Sin embargo, parece que es algo que está más relacionado con la intuición. Bueno, un punto para el *wetware*.

Finalmente, completé mi movimiento, 7 Aguijón movió (observé una de sus uñas y fue como mirar la luna cayendo a través del cielo), y me las arreglé para mover de nuevo, aunque a esas alturas ya sabía lo que iba a hacer él y estaba empezando a aburrirme un poco y a mirar a mi alrededor, girando mis ojos lentamente en sus cuencas. Observé una bocanada de humo manar de la nariz de 2CE como una estrella de mar saliendo lenta y laboriosamente de la grieta de un coral. Observé el cabello saliendo en ondas del rostro de 7 Aguijón como hojas de primavera brotando en una montaña cubierta de árboles. Observé la llama de la vela de junco oscilando hacia atrás y hacia delante tan lentamente como una mujer rasta en una asamblea espiritual. En el movimiento número diecinueve planté mi guijarro sobre el último número de 7 Aguijón. Ni siquiera tuvo tiempo de rendirse.

Hostia puta. Dame un par de bolsas de diez de esa mierda y volveré al siglo XXI y no sólo localizaré a los apocalípticos, resolveré la Conjetura de Hodge, crearé un ortoedro perfecto y descubriré cómo mantener el formato entre las distintas ediciones de Microsoft Word. Ningún problema. 7 Aguijón hizo una señal de sumisión (algo como decir: «Felicidades, buena jugada») y se incorporó lentamente. Sus rodillas crujieron como dos avellanas. Pasó tambaleándose junto a mí y salió de la estancia de la cueva. El faldón de piel de ciervo silbó a mi espalda. Yo aún estaba sintiendo esa especie de remordimiento de ganador que siempre te sobrecoge cuando acabas de machacar a alguien. Me di cuenta de que no tenía sensibilidad en las piernas y comencé a levantarme yo también, pero se produjo una oleada en mis oídos como si dos mangueras de incendios rociaran sangre contra el interior de mi cráneo, y un flujo de náusea como un globo lleno de bilis se infló en mi intestino delgado. Me caí débilmente. Alguien estaba echándome agua en el rostro, y cuando conseguí abrir los ojos vi que era un guardia. Un guardia distinto, no el guardia sordo. Giré la cabeza para mirar alrededor, pero noté un estallido de dolor en el cuello y tuve que rendirme. Moví una mano. ¡Ay! Estaba completamente rígido, como te quedas si tomas un montón de codeína y duermes durante horas sin moverte. Me di cuenta de tres cosas: que había perdido el conocimiento, que había pasado un montón de tiempo y que quizá, quizá, si conseguía llevar ese polvo del Viejo Salinero hasta los tipos en el último b'ak'tun, podríamos tener una oportunidad.

39

El guardia me hizo beber un poco de agua. Me masajeó con rudeza (algo a lo que el cuerpo de Chacal estaba acostumbrado) y consiguió que me sentara derecho. Por último, me dio una especie de pasta de chocolate sin endulzar que se suponía que debía lamer de una pequeña copa. Lo hice. Apostaría a que llevaba la misma cafeína que cinco expresos. 2 Cráneo Enjoyado entró en la habitación y se sentó al otro lado del tablero de juego, donde 7 Aguijón había estado sentado. Llevaba la misma indumentaria básica que antes, con las mismas cadenas de jade y de conchas de Spondylus, pero parecía que se había aseado. Quizá había estado en una sauna. Oí a alguien, otro guardia seguramente, entrar y sentarse a mi espalda, pero mis modales estaban mejorando y no me volví para mirar.

—Así que el Viejo Salinero ha llegado a ti la primera vez —dijo.

«Sí», asentí.

—Eso es una buena señal.

Me contó que la mayor parte de la gente no obtiene demasiado de él la primera vez que lo conocen. Como con la mayoría de las drogas, pensé. Excepto que, si eso no era demasiado, ¿cómo era cuando llegabas a acostumbrarte a ello? Apuesto a que si jugara MAON con esa cosa sería capaz de localizar a los apocalípticos en nada de tiempo. Y yo sólo había tomado un cuarto de la dosis, como mucho... y había estado a punto de matarme, de todos modos.

2CE sacó un cigarro nuevo, lo encendió en un carbón y aspiró. Yo lo observé. Repentina y sorprendentemente, me ofreció uno. Le di las rituales «gracias». Él me contestó con el habitual «de nada». Lo encendió en los carbones y me lo tendió.

Tuve problemas para levantar la mano para cogerlo. Según parecía, parte del característico trasfondo del polvo del Viejo Salinero era la sensación de que eras víctima de la gravedad selectiva, como si te hubieran inyectado en sangre sesenta libras de perdigones de plomo. Aun así, me las arreglé para cogerlo y metérmelo en la boca (conozco eso de «Allá adonde fueres...», pensé, pero aún no estaba preparado para hacerlo nasal) y succioné el humo. Tenía un fuerte gusto vegetal, con un toque a chocolate y una pizca de menta, sílex y gasa, al final. Joder, estaba bueno. El cuerpo de Chacal era devotamente adicto.

Bueno, quizá el viejo 2CE estaba al menos un poco impresionado, pensé. Le di una buena paliza al tipo ese, 7 Aguijón, ¿no? «Pero no lo menciones —pensé—. No insultes a su contador. Por incompetente que pudiera ser el tipo».

—Teníamos un contador de ocho-calaveras, pero murió —dijo 2CE, aparentemente leyendo mi mente.

No sabía qué era aquello ni qué decir. Quizá significaba que su antiguo contador jugaba con ocho piedras activas. Si aquello era verdad, debía de ser realmente brillante. Aunque no lo había entendido, chasqueé un «lo comprendo».

—7 Aguijón es un contador de tres-calaveras —dijo 2CE—. Estábamos intentando conseguir un siete-calaveras, de Cielo Roto. Pero, supuestamente, el clan de los Guacamayos le había hecho también una oferta.

Yo asentí. Así que había una competición entre los clanes para conseguir a los mejores contadores. Pasaba igual en el lugar donde nací, en Alta Verapaz; distintos poblados intentaban atraer a los mejores curanderos.

Se suponía que un inferior no podía preguntar a un superior, pero quizá debía arriesgarme. «Se está abriendo a mí —pensé—. Tenemos un lazo especial, ¿no?».

—¿Y quién crees tú, superior a mí, que es el mejor contador de soles? —pregunté.

—11 Remolino es el único contador de nueve-calaveras de Ix —dijo—. Sólo existen treinta y un nueve-calaveras.

Por la declinación quedaba claro que se refería a que sólo existían ésos en el mundo entero. Dijo que 11 Remolino había sido agregado al clan Ocelote cuando era un niño pequeño, casi hacía sesenta años, y que ahora era legendariamente poderoso. De hecho, dijo 2CE, podría concentrarse mientras hablaba como nosotros. Pronto descubriría que la cacería del venado había sido una farsa, me localizaría en uno de sus Juegos y los Ocelotes enviarían un escuadrón para que me capturara.

Pregunté por qué los Ocelotes estaban aún enfadados con nosotros (y mentalmente enfaticé el «nosotros») si les pusimos las cosas fáciles en la caza del venado. Justo después de preguntar me arrepentí. Era o una pregunta estúpida, o una pregunta molesta, pensé. Cuidado.

Pero si le molestó, 2CE no lo mostró. Dijo que la razón era que la mayoría de los Ocelotes seguramente habían asumido que habíamos arruinado el sacrificio en el mul a propósito. Pero las raíces del descontento venían de lejos. Los Ocelotes habían sido la familia líder en Ix casi desde que ésta había sido fundada en, supuestamente, 9 Ahau, 3 Sip, 8.0.0.0.0. En ese día, 1 Ocelote había reclamado las cuevas acuáticas de la montaña y había dividido la tierra alrededor de la montaña entre su familia y los ahaus del resto de las cuatro otras familias principales, incluyendo, supuestamente, la de 1 Arpía.

Por supuesto, incluso aunque ese 1 Ocelote hubiera existido realmente, 9 Colibrí Dentado, el ahau actual de ahayob, seguramente no era un descendiente directo de él, como había hecho creer a todo el mundo. Aun así, nadie estaba dispuesto a desafiar su control hereditario de las aguas dulces (esto es, del regadío, y por tanto, de la agricultura ixita casi por completo) o de su monopolio de esclavos, que venía del hecho de que era el único ixita que podía iniciar la guerra. Los Ocelotes, además, controlaban los deberes del colectivo de Ix, o lo que es lo mismo, los rituales y lo que podría llamarse el sacerdocio. Y tenían monopolizados los derechos de cacería en la mayoría de los lugares y sobre ciertos animales, el derecho de pedir dádivas a los viajeros (gravar las carreteras) y el derecho de distribuir los botines de la guerra, el único derecho de negociar con jade, etcétera, etcétera, etcétera. Poseían un día de cada uinal (un mes de veinte días), y cinco días extra de cada tun, el año solar de trescientos sesenta días. Y lo más importante de todo: tenían el monopolio de las drogas del Juego, que eran indispensables, y que los mensajeros armados de la estirpe de los Cola de Golondrina traían una vez cada cuatro años desde México.

«Genial —pensé—. Así que, básicamente, todo esto va de narcos».

2CE dijo que existía, además, una segunda droga del Juego (una que 7 Aguijón nunca había probado) llamada polvo del Viejo Timonel.

—Si alguna vez conoces al Timonel, verás que es incluso mayor que el Viejo Salinero —dijo—. Es tan viejo que su piel es gris oscura. Llega con un largo remo en la popa de la canoa.

Me sonó como si el Viejo Salinero fuera la personificación de la droga cronolítica, y el Viejo Timonel fuera el dios de algún tipo de supuesta droga topológica... Es decir, no en el sentido químico-celular, sino como algo que colapsa el sentido del espacio de uno mismo. Y, supuestamente, las dos drogas juntas tenían un efecto sinergético.

—Los contadores dicen que, cuando tienes a los ancianos juntos, ambos proyectan tanta luz en tu sangre que es como en los días de nuestros Grandes Padres-Madres, cuando podían ver las entrañas de las piedras.

Aun así, dijo 2CE, incluso con el monopolio sobre las drogas del Juego, el clan de los Ocelotes no era inexpugnable. Se había debilitado durante los últimos k'atunob. Había demasiados guerreros Ocelotes con carísimos estilos de vida y no demasiado que hacer. Y se estaban empobreciendo más y más.

—Sus nuevos uayob son renacuajos —dijo 2CE. Se refería a algo parecido a lo que se decía antiguamente en Europa: «Su sangre se está empobreciendo». Por alguna razón, las últimas generaciones de la familia real de Ocelotes tenían tendencia al retraso mental, nacían muertos y cosas así. 9 Colibrí

Dentado era enano, y nadie fuera de su familia más cercana lo había visto nunca sin máscara. No podía ser porque estuvieran comiendo en platos de plomo, como los antiguos romanos, pero algo debían estar haciendo mal. Y últimamente, habían administrado incompetentemente sus propiedades y despilfarrado los recursos en festividades y en rimbombantes proyectos de construcción. En su última celebración, por su victoria en el amañado Juego de Pelota, usaron, y después quemaron, las plumas de cuarenta mil ochocientos coligáis verdes de oídos violeta, cada uno de los cuales valía más de un mes de trabajo de un esclavo. Y ése era sólo uno de los veinte tipos de plumas usados.

Mientras, el clan Arpía, el clan Guacamayo y, en menor grado, el clan de los Roncadores se habían enriquecido. Habían organizado rutas de comercio a larga distancia cada vez mayores, desde Sonora hasta muy al sur, a Panamá. 2CE llevaba el comercio de chocolate de la región como una fundación vertical. Los milperos que sembraban los árboles de cacao y que recolectaban el grano eran esclavos de la casa, o dependientes de ésta. Las docenas de poblados que quitaban la cascarilla al grano, lo fermentaban, lo secaban y lo tostaban (el chocolate necesita muchos procesos) estaban todos dirigidos por miembros de su extensa familia. Los comerciantes de larga distancia estaban emparentados con él de algún modo. E incluso la mercancía que volvía, como sal u obsidiana, era almacenada en una de las aldeas de 2CE mientras se decidía el mercado correcto y el momento apropiado para vender.

Últimamente, el clan Arpía se había convertido en el mayor acreedor de los Ocelotes, y como otros reinados alrededor del mundo, los Ocelotes estaban perpetuamente faltando al pago. Aunque él no lo dijo de ese modo, por supuesto. Lo más parecido que podías decir en ixita era que los Ocelotes se estaban volviendo «no bienvenidos». Es decir, que no estaban respondiendo recíprocamente a los regalos. En lugar de ceder algunas de sus posesiones, como algunos de los derechos del agua, simplemente seguían cavando el hoyo. 9 Colibrí Dentado había empezado a demandar «regalos de bienvenida», o lo que es lo mismo, aranceles extra, de las mercancías que cruzaban por las carreteras de los Ocelotes.

Pregunté por los otros tres grandes clanes de Ix. 2CE dijo que, a dos de ellos, los Guacamayos y los Roncadores, les gustaban tan poco los Ocelotes como a los Arpías. Pero al igual que los Arpías, estaban unidos a los Ocelotes a través de redes de matrimonio y adopción. El abuelo de 2CE era el cuñado del tío abuelo de 9 Colibrí Dentado. La hermana de 9CD era la tía del patriarca del clan Guacamayo. El patriarca del clan de los Roncadores había adoptado a dos de los hijos de la sobrina de 9CD. Y etcétera, etcétera. Y gran parte de los derechos de estas distintas familias derivaban de sus relaciones con el clan gobernante. Atacar a los Ocelotes no estaba bien visto socialmente, al igual que matar a un miembro de la familia aún parece más malvado, de cara a la gente, que matar a un extraño. Y esto podría desestabilizar el sistema de tal manera que el resto de los clanes, inmediatamente, comenzarían a pelear entre ellos. Y por supuesto, tendrías que olvidarte de aquellos familiares tuyos que estuvieran «visitando» en ese momento el complejo de los Ocelotes.

E incluso si todos esos problemas, de algún modo, desaparecieran, 9 Colibrí Dentado sería aún un dios viviente. Ser el Gran Padre-Madre de un clan felino era como ser el papa en la Italia del Renacimiento. No importa qué clase de imbécil sea el papa, la gente creerá que tiene el oído de Dios. Incluso los mercenarios, que no se detendrían ante nada, no lo atacarían a él. Y si lo derrocaras, sería mejor que te asegurases de convertirte en papa tú mismo, y deprisa. Si 2CE llegara al poder, los Ocelotes se verían forzados a sentarlo en su montaña, a reconocerlo como su heredero legítimo. Se inventarían alguna historia genealógica que demostrara que 2CE era un descendiente directo de 1 Ocelote, y entonces, en una elección fingida en el *popol na*, la Casa del Consejo, lo «elegirían» como su ahau. Pero, según dijo 2CE, no había posibilidades de que ocurriera algo así.

Por supuesto, incluso en una sociedad premonetaria, la riqueza significa poder, y quizá, si se permitía que las cosas siguieran su curso durante otro par de k'atuns, los Arpías se volverían tan ricos que podrían contratar mercenarios para que los ayudaran a tomar a los Ocelotes, o se casarían con ellos, o pondrían al resto de lo clanes de su parte, o algo así. Pero los Ocelotes no permitirían que las cosas siguieran su curso. Querían limpiar la pizarra ahora, antes de que los Arpías se volvieran más fuertes, y estaban esperando cualquier tipo de insulto de los Arpías que pudiera comenzar un conflicto. Casi lo encontraron en el modo en el que yo arruiné la ceremonia de toma de posesión de 9CD en el mul. Y, desde entonces, han vuelto con algo incluso más amenazador.

—Los Ocelotes nos han desafiado —dijo— a un gran Juego de Pelota, y he nombrado este sol: 1 Extensión, 0 Reunión.

Eso era a ciento seis días desde hoy. De acuerdo con 2CE, los grandes Juegos de Pelota sólo podían tener lugar cuando entraba un nuevo portador anual, que era una vez cada cuatro años. Habían pasado ocho años desde el último partido que jugó el equipo de los Ocelotes contra los Arpías. Antiguamente, hace k'atuns, los Juegos de Pelota más importantes eran partidos entre los mejores ahaus y guerreros reales cautivos de otras ciudades. Se daba al ahau la oportunidad de demostrar que aún era fiel a las reglas. Otros Juegos de Pelota funcionaban como duelos entre hermanos, hijos o cuñados de los reyes, y resolvían conflictos que de otro modo habrían llevado a una guerra civil. «Pero en nuestro propio y degenerado b'ak'tun», como lo llamó 2 Cráneo Enjoyado, los caciques eran generalmente representados por jugadores profesionales pertenecientes al clan, como yo, Chacal. A veces un clan desafiado podía, incluso, reunir a una especie de equipo de estrellas de jugadores prestados o libres de otras ciudades. Pero los Arpías no podían hacer eso esta vez sin perder toda su reputación frente al mundo. En el equipo de los Ocelotes serían todos de la casa, así que el equipo defensor tendría que estar formado por guerreros Arpías.

Y en la mayoría de las situaciones esto habría estado bien. El equipo del clan Arpía lo había hecho bien durante las últimas tres temporadas de guerra. El equipo había sido una buena fuente de ingresos para 2 Cráneo Enjoyado, tanto por las victorias como por los acuerdos comerciales que éstas le habían proporcionado. Pero esta temporada, el equipo de los Ocelotes sería igual de bueno, o mejor. Y, dijo 2CE, que Chacal estuviera fuera de juego no iba a ayudar.

«Lo siento», pensé.

2CE me dijo (no con tantas palabras, sino más entre líneas, si la conversación tuviera líneas) que teóricamente era un honor ser invitado a jugar contra la familia gobernante, pero que, en la práctica, esto generalmente era un desastre. Por tradición, la mayoría de los miembros de cada clan solía apostar una enorme cantidad de su patrimonio en el juego. 2CE sería presionado para que pusiera más de la mitad de sus propiedades por su equipo. Y sus aliados y familiares a su cargo, y otros partidarios, apostarían, colectivamente, incluso más. Si los Arpías perdían el partido, perderían una enorme parte de sus propiedades, pero se mantendrían con vida y sin esclavizar, al menos durante un tiempo. Como los Arpías estaban ganando últimamente, los Ocelotes seguramente iban a jugar sucio. Los Arpías seguramente tendrían que responder ante esto, y habrá una guerra civil instantánea. O los Ocelotes se las arreglarían para amañar el partido desde el principio, comprando a los árbitros, o con cualquier otra estratagema. Entonces, o elegirían campo o, si los Arpías objetaban, comenzarían atacando. De un modo u otro los Arpías estaban jodidos. Era una estafa clarísima, pero no importaba. No puedes rechazar un desafío. Por aquí, si pierdes la reputación, lo pierdes todo.

«La gran puta», pensé. Bueno, al menos estaba empezando a comprender lo que no había entendido antes: que el clan de los Arpías estaba bajo una enorme cantidad de presión. Quizá en cualquier otra época yo habría sido capaz de sacar adelante el torno de alfarero, o algo así. Pero, fueras a donde fueres, los jefes de la mafia como 2CE y 9CD estaban siempre a un par de centímetros de una lucha territorial. Y ahora, después del fiasco del mul, 9CD estaba buscando una excusa para forzar el tema. E iba a ganar.

«Esto es desesperado», pensé. Estoy en el bando equivocado. Debería escapar de aquí y desertar hacia los Ocelotes. Excepto porque... A) No llegaría ni a la puerta de aquí, y menos a la puerta de allí, y B) ellos no me entenderían del modo en el que él lo hace. Con un poco de suerte conseguiría que me comieran sin torturarme antes...

Oh-oh.

Tenía la horrible sensación de que 2CE estaba adivinando lo que yo estaba pensando. Quiero decir, lo de intentar pasarme al otro bando.

Miré a 2 Cráneo Enjoyado. Me miró. Yo no aparté la mirada.

Al principio pensé que estaba esperando a que diera la orden de que me mataran. Pero, mientras manteníamos el contacto visual, segundo tras segundo, me di cuenta de que estaba sintiéndome casi enlazado a él. Quizá era sólo el síndrome de Estocolmo.

O que, cuando estás en un punto extraño, te aferras a la persona que es más parecida a ti, incluso aunque esa persona esté totalmente dispuesta a pillarte. «Quizá no es, realmente, un mal tipo. Quizá tiene tanto de mí en su interior que se siente cercano a mí...

Espera. No te acomodes. Acaba de proporcionarte las peores horas de tu vida. ¿Recuerdas?».

—Ata tu uay a su poste por la noche —dijo. Era como decir: «No te hagas ideas equivocadas». Pero lo dijo con un ligero tonillo humorístico.

«Uf —pensé—. Vale. Cambia de tema».

—Quiero jugar otro Juego. —Dije que quería probar el polvo del Viejo Salinero de nuevo para descubrir si 11 Remolino estaba realmente acercándose a mí, qué debían hacer los Arpías a continuación y qué hacer con el partido de Juego de Pelota. No dije que era mejor que 7 Aguijón, pero era obvio que yo lo pensaba.

Dijo que no tendría otra dosis hasta después de un par de días. «Tienes que limpiarte de ello», dijo. Es decir, las dosis deben incrementarse a lo largo de los años. Pero, incluso si desarrollara tolerancia, no sabría tanto como 11 Remolino. Hay secretos sobre el Juego que los contadores de pocas calaveras no pueden saber, y que los contadores de muchas calaveras generalmente no les enseñan. Los reyes no quieren que los contadores de su clan entrenen a demasiados aprendices porque un enemigo podría capturar a uno de ellos. La mayor parte de los contadores, incluso aquellos que llegan de las ciudades mayas, fueron entrenados en Tamoan, y sólo un par dejan la ciudad en cada k'atun.

¿Tamoan?, me pregunté. Yo no conocía el nombre, pero éste desencadenó una asociación en Chacal, una triada de enormes pirámides.

2CE dijo que de los treinta y dos nueve-calaveras vivos de los que él sabía, dieciocho estaban en Tamoan. Los otros catorce se hallaban repartidos por diferentes reinos de Mesoamérica, con uno, o como mucho dos, por ciudad. Y a menos que yo estudiara con uno de ellos, no podría convertirme en un nueve-calaveras. Y de todos modos no podría hacerlo, porque yo era demasiado viejo.

Lo comprendo, asentí. Maldición.

—E incluso aunque consiguieras que uno de ellos te enseñara, quizá no aprenderías nada —dijo. Por cada contador de nueve-calaveras había cuatrocientos que nunca conseguían llegar hasta allí.

«Chorradas», pensé, yo lo haría bien. Pero no lo dije.

E incluso si resultaba ser un buen estudiante, siguió, aún no sería capaz de jugar el Juego con nueve piedras sin años de práctica. De los treinta y un nueve-calaveras, muy pocos tenían menos de cuarenta años. Sin embargo, añadió, algunas de las mujeres eran más jóvenes.

Pregunté por qué.

—El Viejo Salinero es más amistoso con las mujeres —dijo—. O eso dicen.

Sí, pensé; o eso, o es que son mejores jugando.

Además, dijo, sólo le quedaba un poco más, y se estaba poniendo rancio. No tenía tanto que ver con la dosis como con lo fresco que fuera. Aquella cosa no mejoraba con la edad.

Y los Ocelotes no iban a permitir que se hiciera con más. Supuestamente, ellos también se estaban quedando cortos.

—Y además de todo eso —dijo—, 11 Remolino te encontrará a ti primero. Tienes que ser un nueve-calaveras para engañar a un nueve-calaveras.

Era frustrante, pero tuve que admitir que tenía algo de sentido. Era como los niveles en ajedrez, o en Go, que son tan sólidos que no consigues demasiados resultados inesperados. Como en el mundo del Go, digamos que si eres un profesional de primer dan, tus probabilidades de vencer a alguien del noveno dan en una partida eran una a treinta. E incluso aunque me haba sentido asombrado durante el Juego anterior, aún estaba jugando con una sola calavera. No podía imaginar jugar con más de cuatro, y menos con nueve.

Hablando de eso, había algo que quería preguntar... oh, vale.

—¿11 Remolino es de verdad el único nueve-calaveras de Ix? —pregunté—. ¿Qué pasa con la mujer del Códex, la ahauna Koh?

—La vi en el libro de tu gusano —dijo 2 Cráneo Enjoyado—. La *k'aana'obol* de la Dama Koh —su tía materna más anciana— es mi *e'ta' taxoco' obo l'ta'taxoco*.

Eso significaba que era la hermanastra del primo segundo del abuelo materno de 2CE. «Me alegra haber aclarado eso», pensé.

Dijo que la Dama Koh había nacido hacía veintiocho años solares en un poblado a unas dos jornadas al norte de Ix. Había mostrado señales físicas de ser contadora de soles. Uno de los signos era que tenía once hijos en las manos, es decir, once dedos. Cuando tenía siete años, los Ocelotes dispusieron que ella y otro par de niños de las familias mayas de clase alta fueran enviados al complejo de Cascabel de Estrellas en Tamoan. Y el mismo número de niños de las familias de clase alta de los *tu'nikob'* de Cascabel de Estrellas, los sacrificadores o sacerdotes de las ofrendas o, literalmente, «amamantadores», fueron enviados al sur desde Tamoan hasta las ciudades mayas. Supongo que era parte del sistema invitado/anfitrión, pero en este caso sonaba casi como un programa de intercambio de estudiantes. La mayor parte de los aprendices mayas no darían la talla y volverían de Tamoan en un par de años, pero Koh se había convertido en una de los cuarenta contadores de soles de la Hermandad de Cascabel de Estrellas. Mientras tanto, su pueblo natal había sido absorbido por los Ti'kalob, y su familia había sido capturada. 2CE no sabía si habían sido ejecutados, o si eran aún prisioneros.

—El Códex decía que ella estaba en Ix —dije.

2CE dijo que eso no era verdad. Había leído el Códex en mis recuerdos, dijo, y lo único que decía era que ella era de Ix.

Maldita sea, pensé. Bueno, la verdad es que aquel glifo era un poco ambiguo. Joder. Uno más de un enorme desfile de apabullantes contratiempos. Así que Michael Weiner había dado por sentado que ella estaba por aquí, sin más. Idiota.

—¿Y qué pasa con el Juego que aparece en el Códex? —pregunté.

—Tengo una copia de ese juego —dijo 2CE—. Aunque ella lo jugaba para los Ocelotes.

Genial, pensé. Es un puto *best seller*. Aunque supongo que tiene sentido. Quiero decir: si estuvieras caminando por las ruinas de Orlando, algún día, en el futuro, y sacaras un antiguo y desvencijado libro de entre un montón de trastos, ¿de qué habría más probabilidades, de que fuera alguna cosa secreta con un significado especial increíblemente relevante o de que fuera sólo *Orlando para Torpes*, o *La Biblia de las Buenas Nuevas*, o *El club de los chalados: La novela*?

Le pregunté dónde se había jugado el Juego. Dijo que ella lo organizó en Tamoan, como regalo a sus familiares en el sureste.

—Tú, superior a mí —pregunté—, ¿Tamoan es el nombre para Teotihuacan?

—No conozco ese nombre —dijo.

Le dije que me refería a una enorme ciudad con tres grandes mulob' y cientos más pequeños. Dije que estaba a unos treinta y cinco *k'inob* (jornadas, días completos de viaje, si das por sentado que en un día de caminata a paso ligero se hacen unas treinta millas) hacia el oeste por el noroeste.

2CE chasqueó en un modo oclusivo que era como decir «Correcto».

«Vaya», pensé.

Teotihuacan era un nombre azteca. Pero los aztecas, que vieron la ciudad por primera vez en el siglo XIV, lo único que sabían de ella era que se había convertido en una ruina gigantesca, y ni ellos ni nadie más sabían cuál había sido su nombre real. Decían que era el lugar donde el Cuarto Sol y la Tercera Luna habían nacido. Y como creo que ya debo haber dicho, ésta era la ciudad más grande del hemisferio oeste, con al menos doscientas mil personas, del tamaño de Londres en 1750.

2 Cráneo Enjoyado dijo que Teotihuacan (como deberíamos llamarla también, por consistencia), estaba sólo a una jornada desde el lugar donde el tiempo había comenzado, en 4 Cacique, 8 Oscuridad, 0.0.0.0.0., es decir, 13 de agosto del año 3113 a. C. En esa fecha los mayores Grandes Padres-Madres, la Bruja Verde y Huracán, habían construido una ciudad llamada Tola, con cascadas cautivas en rojas torres de coral y plazas teseladas con amatista y jade. La primera gente de carne y hueso vivió allí hasta 4 Cacique, 18 Bosque, 7.0.0.1.0 (es decir, hasta el 25 de junio de 353 a. D.). En ese día, Broma, el Mascador de Sol, destruyó la ciudad con un ciclón de puñales ardientes. Nueve supervivientes se escondieron en una cueva y más tarde siguieron a un buitre hasta el lugar de una terma secreta a unas treinta millas al este. Después de veinte días sin sol, en 11 Cacique, 18 Cubrirse, fundaron una nueva ciudad, Teotihuacan. Los supervivientes se sangraron (juraron) que en la nueva ciudad nadie haría nunca nada jactancioso, es decir, que nadie se arriesgaría a irritar a Broma o a alguno de los otros jugadores. Ningún ahau se elevaría sobre los demás. En lugar de eso, la ciudad sería administrada por un consejo de patriarcas formado por personas de las dos subdivisiones de la tribu. Todos los de la ciudad pertenecerían a una u otra de estas poblaciones; o al lado rojo, que poseía los actos de guerra, o al lado blanco, que poseía los actos de paz. Ninguno de los patriarcas se ensalzaría por su nombre, ni en discursos ni en inscripciones escritas y, de hecho, escribir era

un arte poco respetable. Al amanecer y al anochecer toda la gente del valle se presentaría bajo el cielo y ofrecería humo a los jugadores. No había desviación de esta rutina, ni a causa de la guerra, ni del tiempo, ni de la enfermedad, ni de cualquier otra razón. Y por ciento diecisiete años, así había sido.

El imperio de Teotihuacan se había extendido por el mundo. Tenían lo más parecido a un ejército regular en el hemisferio oeste, con infantería instruida que marchaba en formación y disparaba descargas de dardos desde lanzadardos. Los líderes militares de Teotihuacan habían tomado ciudades mayas como Ti'kal o Kaminaljuyú, y habían fundado allí sus propias dinastías. Cientos de ciudades y miles de aldeas enviaban regalos preacordados a la ciudad cada año. Teotihuacan controlaba el comercio de obsidiana, que llegaba de las minas cercanas, y ésta era la razón por la que, en algunos dialectos, el imperio era llamado K'kaalom K'sic, el Reino de las Cuchillas. Pero esto, además, les proporcionaba hematita, sal de roca, esclavos del norte de la región, y una docena de cosas más. Y tenían el monopolio de polvo de Viejo Salinero y de Viejo Timonel.

Aun así, durante los dos últimos siglos, el imperio se había debilitado por las costuras. Cada año había más y más gente (o supongo que podríamos llamarlos bárbaros) en el exterior de sus fronteras, intentando conseguir un poco de acción. A pesar de la infantería, algunos puestos de avanzada de la frontera eran asaltados casi cada día. Y peor que eso, algunas aldeas advenedizas del interior del imperio estaban faltando a los tributos, ignorando a los recaudadores y vendiendo más barato de lo estipulado por el sindicato. Por ejemplo, el imperio estaba, supuestamente, totalmente a cargo del comercio de sal, pero últimamente, los ixitas y otros estaban comprando sal marina directamente de las aldeas de la costa. Y la propia ciudad de Teotihuacan se veía acuciada por lo que la gente del siglo XXI llamaría problemas de urbanidad: superpoblación, tuberculosis, recesión económica, resentimiento rural y, recientemente, lo que los del siglo XXI llamarían cuestiones religiosas o, como él lo llamó, «gente gritando y tirando piedras alrededor de la Casa de Cascabel de Estrellas».

No podía durar mucho más. Como creo que ya he mencionado en alguna parte, los arqueólogos habían datado el final de la fase principal de la ciudad entre el 650 d. C. y el 700. Pero, a pesar de todos los avances en datación por el ADN de los alérgenos, en datación por radioisótopos y una docena de tecnologías de datación, en el 2012 no habían llegado a concretar más la fecha.

No es que aquel sitio fuera a caer exactamente en un agujero de la memoria. Alrededor del 1000 d. C. los toltecas serían la civilización dominante en las tierras altas mexicanas y, aunque no está claro si estaban relacionados con los teotihuacanos, seguramente es justo decir que la mayor parte de su cultura, en última instancia, derivaba de Teotihuacan. Y trescientos años después de eso, los llamados aztecas tomaron lo que quedaba del sistema cultural tolteca y lo volcaron en un imperio que en 1518 sería casi tan grande como el imperio de Teotihuacan lo era ahora mismo.

De cualquier modo, lo principal era que el imperio seguramente no se había derrumbado aún. 2CE dijo que pensaba que esto era, principalmente, porque los dos *popolob'* de Teotihuacan (bueno, quizá en este caso deberíamos traducir popolob' como «sínodos», porque eran consejos religiosos, así como seculares) cortarían la distribución de polvo de Salinero y Timonel a cualquier régimen cliente que dejara de apoyarlos. La red de contadores de soles, que era como un gremio internacional, podría tensar la cuerda un poco, pero en algún momento se quedarían sin existencias y necesitarían más de la fuente. Sospechaba, me dijo, que los sínodos habían cortado la distribución últimamente porque querían desencadenar pequeñas guerras entre distintas ciudades mayas, con la intención de mantenerlos débiles. Más que nada, el Juego era un pacificador. Cuando los gobiernos no podían predecir lo que iba a pasar, era cuando se volvían paranoicos, y entonces era cuando la situación empeoraba.

Y por supuesto, dijo, los contadores de Teotihuacan tenían polvo fresco cada temporada de paz, y por eso era por lo que eran capaces de salvaguardar la ciudad tan bien durante tanto tiempo. Podían ver acercarse las amenazas desde una gran distancia, tanto espacial como temporal. Pero eso no duraría mucho más.

2 Cráneo Enjoyado se detuvo. Y cuando digo que se detuvo, es que se detuvo de verdad. Incluso aunque tenía el pecho desnudo debajo de todas aquellas joyas, no podías verlo respirar.

Me senté. Tomé una larga calada. «Joder, esto es fuerte. Uf. Bueno, esto te pondrá cabeza abajo, te sacará el cambio de los bolsillos y se lo gastará en un tren nocturno».

—Yo, inferior a ti, tengo una pregunta —dije—. ¿Es verdad que el último sol de Teotihuacan no ha sido aún nombrado?

Me contestó que no, que él supiera.

—Pero puedo ver en tu gusano —dijo— que la ciudad no durará otros dos k'atunob.

Asentí.

—Cuando el imperio haya desaparecido, los Ocelotes sufrirán —dijo 2CE—. Aun así, será demasiado tarde para nosotros.

«No me jodas —pensé—. A mí sólo me quedan siete meses antes de que mi cerebro se convierta en puré de patatas».

Se produjo otra de esas insufribles pausas. Se me estaban quedando las piernas dormidas, a pesar de su entrenamiento. Quizá debería pedir otro chute de algo.

—Tú, superior a mí, ¿por qué están tirando piedras alrededor de la casa de Cascabel de Estrellas?

Dijo que no lo sabía exactamente. Pero el problema venía de tiempo atrás. Cascabel de Estrellas era el mayor de una clase de seres que no sólo no son humanos, sino que no están siquiera emparentados con ningún ancestro. Supongo que podríamos llamarlos dioses, también, y por eso eran gente importante. De hecho, como alguien dijo una vez, todo está lleno de pequeños dioses. Quizá una palabra mejor para definir al Cascabel (y para las divinidades de la tierra, los cuatro Chac y un montón de bichos menores como las montañas y los lagos) sería «elementales». Cada uno de ellos tenía un santuario, y amamantadores, y seguidores, en todos los grandes pueblos. Pero justo ahora, en 664, el culto al Cascabel estaba creciendo más rápidamente que el de cualquiera de los otros.

Y, como seguramente sabes, continuó creciendo. Más tarde, Von Humboldt llamó al Cascabel «Dragón Maya». Morley lo llamó «Serpiente Emplumada», y Salman Rushdie lo llamó «Pájaro Serpiente». El nombre yucateco del Cascabel, Kukulkan, se hizo bien conocido, y su nombre nahuatl, Quetzalcoatl, se hizo tan famoso que es incluso un personaje de Warcraft.

Como el cuerpo del Cascabel es la Vía Láctea, las sociedades que le son devotas no están conectadas con ningún clan concreto, o color. Teóricamente, los abarcaba a todos ellos. Así que había un internacionalismo asociado al culto que lo hacía, en cierto modo, un elemento subversivo. Incluso así, aún tenía apoyo real. En Ix, y yo supuse que en cualquier ciudad maya, cualquier persona de importancia debía de ser miembro de varias sociedades religiosas, además de la de sus propios ancestros, y ciertamente todos los grandes clanes ixitas hacían donativos al Cascabel. El mul del Cascabel de Estrellas en Ix era pequeño, pero antiguo, bien cuidado y rico.

Pero en Teotihuacan el Cascabel tenía una importancia especialmente grande. Y esto era una molestia creciente para los intereses antiguamente afianzados. Supuestamente (y las noticias se retrasaban unos veinte días) los hijos del Cascabel estaban prometiendo más y más oblacionadores, es decir, seguidores, cada día. Los dos grandes sínodos teotihuacanos (quienes poseían las dos pirámides gigantes, las que los aztecas llamarían más tarde Pirámide del Sol y Pirámide de la Luna) aún permitían que el culto se desarrollara, pero habían estado incrementando las restricciones sobre él y, aparentemente, esto era lo que había desencadenado la revuelta. Después de eso, los cuarenta contadores del Cascabel se habían convertido, básicamente, en prisioneros políticos bajo permanente arresto domiciliario en su complejo en el extremo sur de la ciudad.

«Vaya...», pensé.

—¿Es la Dama Koh leal a los Ocelotes? —pregunté.

Hubo otra pausa. Yo me estiré para desentumecer los músculos, como queso *scamorza* en una pizza caliente. De repente, 2CE se rió. Era la primera vez que lo oía reírse, y fue como la carcajada de un Santa Claus encantador. Yo comencé a reír también.

Koh estaba íntimamente relacionada con los Ocelotes, dijo. Por otra parte, la habían enviado fuera de Teotihuacan, pero ella no quería marcharse.

Quizá añoraba el trópico, pensé. La mayor parte de la gente del trópico que no está en el trópico añora el trópico.

Sí. Quizá la cuestión era probar un acercamiento indirecto, llegar a los Ocelotes desde fuera.

«Vale, Jedster. A por ello. 2CE ha empezado a pensar que realmente puedes hacer algo, algo esencial, algo que puede sacarnos a todos del apuro. De otro modo, ¿por qué te mantendría con vida? Y él no puede alejarse. Pero tú puedes».

Sugerí a Ahau 2 Cráneo Enjoyado que quizá yo, inferior a él, debería visitar Teotihuacan.

40

En la novena de las orquídeas (es decir, en la primera guardia de la noche, justo después de la puesta de sol), 2 Cráneo Enjoyado me presentó a la sociedad Arpía 11 Caravana de Víboras. Era una nueva organización (o podríamos llamarlo una nueva hermandad, o incluso una nueva corporación) que había sido creada aparentemente para una negociación comercial no planificada, pero con el propósito real de llevarme a Teotihuacan.

Nos sentamos en esteras de plumas en la quemada cumbre de una cónica colina baja que quedaba protegida entre dos pliegues más altos de sierra. Estábamos aún lo suficientemente cerca de Pueblo Cacao (que era como llamaban a la capital de 2CE) y había un toque a chocolate en el aire. Yo miré hacia el suroeste. Los diecinueve guerreros miembros de la sociedad (los guerreros generalmente viajaban en k'atob, es decir, en veintenas, compañías de veinte) estaban sentados, mirándome, en un semicírculo, con las piernas y los brazos cruzados. Mucho más tarde, el sioux oglala en el reparto de *Buffalo Bill's Wild West* se sentaría de un modo parecido y llegaría a ser llamado «estilo indio». Pero cuando esta gente se sentaba, no era sólo sentarse. Era un estado de compacta disposición, como un resorte cónico comprimido. 2 Cráneo Enjoyado (el Bacab del Este, Padre-Madre del clan Arpía, Torturador de Jed DeLanda, *el Tontorrón*, y Gran Chalupa del Cotarro) estaba sentado junto a mí, en mi lado masculino, el derecho. 3 Caracol Azul, el enano cantarín, caminaba tambaleándose frente a él, disponiendo fardos en la estera de las ofrendas. Habló con su voz de niño sabelotodo:

—Todos nosotros, inferiores a él, escuchemos: Nuestro tallista. Nuestro Padre-Madre, modelador, disolvente, 2 Cráneo Enjoyado va a hablarnos. Nosotros escucharemos. Bajo él, esperaremos agachados, atenderemos.

2 Cráneo Enjoyado dijo:

—Yo me dirijo a vosotros, junto a mí.

Y todo el mundo excepto yo contestó:

—Nosotros, inferiores a ti, te responderemos a ti, superior a nosotros.

—¿Aceptareis este regalo, tomaréis esta carga? —preguntó 2 Cráneo Enjoyado. Su voz no era más alta que la de los demás, pero parecía llegar más lejos, y su eco parecía volver desde lejanos acantilados invisibles. Yo sabía que era famoso como orador, pero hasta ahora no había entendido por qué.

Se produjo una pausa para que los guerreros me examinaran. Yo los miré fijamente. Hacer y mantener el contacto visual era un arte marcial por aquí. Si lo hacías, tenías que estar listo para pelear. Ellos me devolvieron la mirada. Hun Xoc y su hermano menor, 2 Mano, estaban sentados juntos en el extremo derecho de la hilera. Habían sido el primer y segundo defensa, y fueron los que estuvieron buscándome durante la cacería del venado. Hun Xoc y 2 Mano eran dos de las cuatro personas de la caravana que sabían, aproximadamente, qué era lo que había pasado, es decir, que yo había sido Chacal y que ahora era otra persona. Los otros guerreros habían visto jugar a Chacal, pero no lo habían visto de cerca, y hasta ahora, ninguno de ellos parecía sospechar nada. El viejo a su izquierda se llamaba 18 Lluvia Muerta. Era nuestro Administrador de Cargas, que era como ser el director financiero de la sociedad. Era regordete, de piel suave y aparentemente de natural bondadoso. El holgazán de su derecha era el recordador, uno distinto del que 2CE tenía en su cueva. Era un tipo bajito y ligero de ojos saltones y rasgos simiescos. A continuación, en el extremo izquierdo había un personaje enjuto, con ojos hundidos y la piel quemada por el sol, llamado 12 Caimán. Era el hermano del marido de la sobrina de 2CE, y su título principal era Encargado de las Cosas Largas. Esto significaba, básicamente, «señor de armas», y era el líder bélico, y además el *nojuchil*, o capitán de la compañía. Tenía unos dientes irregulares poco atractivos y dos bultos en el hombro donde pedazos de puntas de sílex estaban aún incrustadas en su carne. Los lados de su torso estaban marcados con tatuajes memoriales de un hermano de alto rango que fue asesinado en un asalto en Motul. Corría el rumor de que podía ver en la más completa oscuridad porque su abuelo había sido un tejón. Era el mayor del grupo. A continuación, a su derecha, con los colores de los oblacionadores, había un guerrero menor llamado Hun Aat, o sólo Aat, o lo que es lo mismo, «Pene», que era un acólito de 3 Caracol Azul. Era la cuarta persona que sabía lo de Chacal. Iba a ser nuestro ritualista y nuestro contador de soles oficial. «¿Cuánto sabrá sobre el Juego? —me pregunté—. Seguramente menos aún que 7 Aguijón. Dios, menuda panda de perdedores. Vale, quién más... Joder, este momento de silencio está durando demasiado, ¿no? Quizá van a venir de verdad y a comenzar a darme codazos, y a encontrar algo mal, y a rechazarme. Todo esto se va a ir al carajo. Joder, joder, joder, y...».

De repente, los guerreros extendieron las manos derechas sobre sus hombros izquierdos en un saludo extendido y hablaron, casi al unísono:

—Nosotros, inferiores a ti, no nos merecemos este regalo, pero lo conservaremos, cuidaremos de él.

«Uf —pensé—. Me alegra que lo hayamos aclarado».

—De modo que éstos son tus propios hermanos mayores. Tus propios hermanos menores —me dijo 2 Cráneo Enjoyado—. Síguelos, sírveles, no te debilites, no me avergüences.

Yo respondí:

—Yo, inferior a ti, pasaré sus pruebas.

—Estás aceptado. Hemos terminado —declaró 2CE.

Me levanté y giré trescientos sesenta grados en sentido antihorario, ofreciéndome a cada una de las cinco direcciones. Después me arrodillé en el suelo, con ambas manos en la frente, presentándome a mi familia. El Encargado de las Cosas Largas caminó hacia delante primero y me ofreció una cerbatana como presente. «Gracias, es justo mi talla». Lo siguiente que conseguí fue un fresco tallo de *wi'kal*, que olía a menta, y una especie de capa corta hecha de algodón acolchado. Todo el mundo las llevaba cuando hacía frío. La palabra poncho no lo describía totalmente, porque éstos son redondos u octogonales, y el corte sigue todo el camino hasta el borde, pero la palabra capa suena como si requiriera cierto trabajo de costura, y quizá una caperuza. Bueno, voy a llamarlos mantas. La mía tenía un borde rojo y negro de garras intercaladas, como el resto de las de los guerreros Arpías. Su centro era de una especie de bambú, pero estaba envuelto en piel de venado serpenteando para dar forma a mi nombre y a mis signos genealógicos. El tallista principal del encargado había estado despierto dos días para tenerla lista. Después de eso, todos los guerreros restantes avanzaron y me dieron algo... Un par de sofisticadas sandalias con suela de caucho, un par de carretes para las orejas, una red de correas y arneses de cuero, un brazalete negro para la muñeca derecha, una ristra con veinte dardos con las puntas metidas en pequeñas piñas piñoneras para mayor seguridad, una máscara de viaje, un tarro de veneno para la piel, un tarro de veneno oral, una bolsa para mis cosas personales sagradas, una bolsa para mis cosas personales no sagradas, una manta sencilla... de todo menos un quetzal en una higuera. Finalmente, 2 Cráneo Enjoyado me dio una lanza con una férula protectora de plumas de águila, lo que significaba que, además de ser un dardero, era también miembro de la guardia de su familia. Un par de porteadores entraron en el círculo, elevaron a 2 Cráneo Enjoyado sobre sus hombros, lo giraron en las cuatro direcciones terrestres y comenzaron a bajar la colina por el este. Tan pronto como quedaron fueran de la vista, fuimos libres para marcharnos. Los guerreros se levantaron y se prepararon. Mi acólito se acercó a mí y encorvó su cuerpo en una bola, que era como hacer una reverencia. Era la primera vez que lo veía, pero ya sabía que su nombre provisional, antes de convertirse en guerrero, era Mierda de Armadillo. Tenía trece años. Quizá debería llamarlo escudero en lugar de acólito... pero eso haría que sonara como si yo fuera algo parecido a un guerrero, o un samurái, y no era así. No aún. Quizá debería llamarlo asistente personal, pero eso expresaría que era como un monaguillo. Bueno, la verdad, supongo, es que me avergüenza llamarlo como realmente se les llama a él y al resto de los acólitos. Pero se supone que ya que hemos llegado juntos tan lejos, debo soltarlo, nunca mejor dicho. Son llamados *a'anatob*, feladores. La razón es que, cuando estás en un asalto, o cazando, o lo que sea, se supone que no puedes tener sexo con nadie ni nada porque esto reduciría tu lo-que-sea masculino, e incluso peor que eso, su olor podría alertar a los uays merodeadores de tus enemigos; peor aún, si tu semen se quedara por ahí en extraños orificios, tus enemigos podrían encontrarlo y usarlo para conjurar costras sobre ti. Sin embargo, la mayoría de los guerreros que están en los asaltos, o las cacerías, o en las caravanas (que, ritualmente hablando, son lo mismo que cacerías), eran hombres entre catorce y veinte años. Así que puedes imaginar que la regla era difícil de cumplir. Y por eso, de vez en cuando, los internos tienen que ocuparse de nuestros apetitos carnales. De este modo lo mantenemos todo dentro de la propia casa, por así decirlo. Ésta es una de esas cosas del tipo «Secretos de las Logias de Guerreros».

Uf. Bueno, me alegro de habérmelo quitado de encima.

De cualquier modo, Mierda de Armadillo cargó con mis nuevas cosas por los carretes de las orejas. 12 Caimán hizo una señal para que todo el mundo se pusiera en pie. Los guerreros saludaron en las direcciones de las aldeas de sus ancestros, y yo los copié, sintiéndome observado, como si estuviera en mi primer día de instituto, y los seguí a través de la improvisada puerta ceremonial.

Sin discusiones, bajamos por la ladera de la colina hasta su base en dirección este. Los no guerreros (algo así como «personal de asistencia») estaban cargados y preparados en un camino recién regado. Iban en el siguiente orden:

- Seis precursores, o exploradores de avanzada.
- Cuatro vigilantes de serpientes, con grandes brochas como rastrillos de hojas, calabazas aguadoras y sonajas.
- Un par de mensajeros formales con largas flautas de madera atadas sobre sus hombros, como heraldos.
- Cuatro exploradores de flancos.
- Diez porteadores cargados con armazones de mimbre vacíos a la espalda, como los enormes porteadores de bebés que usan los yuppies.
- Nueve porteadores a cargo de los tres grandes trineos de arrastre.
- Cinco porteadores individuales, cada uno de ellos con una enorme cesta cilíndrica a la espalda sostenida por una cinta que cruza sus frentes. Son reemplazos de emergencia por si perdemos los trineos.
- Dos hermanos de un extraño y pequeño clan con un incomprensible lenguaje cuyo trabajo hereditario es portar, comprar, purificar y distribuir el agua potable.
- Un masticador, es decir, alguien entre catador, cocinero y boticario.
- Dos adiestradores de perros, cada uno a cargo de quince gordos perros comida/almohadón, y diez perros cazadores/guardianes.
- Cuatro personas de muy baja clase a los que llamaré cepilladores. O quizá sea mejor «asustamoscas», ya que su trabajo principal es mantener a los bichos lejos.
- Un sastre, o ayuda de cámara.
- Un artesano de sandalias.
- Un encargado de las máscaras, que está a cargo de todos los ropajes, no sólo de las máscaras.
- Dos armeros, o herreros de lanzas, al servicio de 12 Caimán.
- Un cuidador de fuego con sus pedernales y brocas y una cesta de carbones calientes.
- Un sandalero distinto para los que no son guerreros.
- Un cocinero distinto para los que no son guerreros.
- Cuatro personas que podríamos llamar intocables. Dos

eran recolectores de heces humanas con sus veinte perros. El único trabajo de los perros era comerse nuestros excrementos, de modo que los enemigos no pudieran hacerse con ellos y usarlos en las maldiciones. Los otros dos humanos eran nacamob o sacrificadores, y se quedaban apartados del resto de la hilera como un par de cuervos esperando a que una bandada de buitres rojos abandonara una res muerta. Podían cometer cualquier asesinato que fuera necesario, y además ocuparse de los cadáveres. Los cuatro, y sus porteadores, si los tenían, nos seguirían o en un bote separado, o a cuarenta pasos de distancia detrás de nosotros y un poco a uno de los lados para que no contaminaran nuestro camino.

- Nueve avanzados, o exploradores. Cuatro de ellos eran acosadores y los otros cinco eran lo que llamamos «mensajeros de cuatro luces», es decir, corredores hábiles y sigilosos que tenían la tarea de llevar las drogas del Juego e información de vuelta hasta 2CE desde Teotihuacan. Supuestamente, eran capaces de correr durante cuatro días y sus noches, con dos de ellos portando un mensajero de repuesto dormido sobre sus espaldas, aunque estoy seguro de que esto era una exageración.

- Finalmente, había una retaguardia de cuatro. Tres se quedarían atrás y vigilarían la cola. El otro se mantendría cerca de la hilera para asegurarse de que a nadie se le cayese siquiera un abalorio del cabello. Además, espolvoreaba chile tras nosotros para erradicar nuestro rastro, ceremonialmente y, hasta cierto punto, olfativamente.

Así que en total había ciento veinte personas, sin contar a los perros. De este modo, había cinco ayudantes de clase baja para cada guerrero. Lo que realmente no era propio de primera clase por allí. Pero 2CE quería un grupo lo suficientemente parecido a una patrulla para contener a los asaltantes y permitirme escapar, pero no lo suficientemente parecido a un ejército para resultar amenazador.

Se produjo una pausa. La hilera se comprimió.

18 Lluvia Muerta señaló algo. Los diecinueve guerreros y yo (o supongo que debería decir orgullosamente «nosotros, los veinte guerreros») nos deslizamos a nuestros puestos en el centro de la hilera, con 12 Caimán en la cabecera y el segundo guerrero de rango más bajo en la cola. Yo era el guerrero de rango más bajo, pero estaba rompiendo el protocolo al viajar en el centro, con Hun Xoc delante de mí y 2 Mano detrás. Nuestros veintiún acólitos marchaban tras nosotros.

«De todos modos —pensé—, vamos a romper esta unión, y a seguir con el plan. Tomemos la carretera de ladrillos amarillos hasta Tamoan».

12 Caimán hizo una señal al primer avanzado. Éste salió corriendo. Silenciosamente y sin embrollos, la hilera se puso en movimiento y se deslizó hacia delante como un tren magnético abandonando la estación sin ni siquiera un siseo de vapor. Los perros trotaban junto a nosotros sin un gemido. Incluso los cachorros no pensaban en ladrar, a menos que se les dijera que activaran la vigilancia. Con apenas un par de crujidos de los trineos y un chirrido o dos de una de nuestras doscientas cuarenta sandalias aceitadas, nos dirigimos al noroeste por una serie de riscos escalonados hasta un valle cultivado. El paso era casi una carrera. Realmente podíamos ir más rápido, pero necesitábamos aparentar normalidad. «Un-dos —pensé—. Un-dos. No hay problema. Un-dos».

El camino corría a lo largo del lado masculino de un riachuelo casi seco, y cada cuarenta brazos teníamos que pasar por un dique de irrigación que se bifurcaba hacia otra recién quemada milpa, un rectángulo carbonizado que jadeaba esperando un poco de lluvia. Después pasamos junto a dos milpas en barbecho, de estaciones anteriores, y junto a otra quemada, con el esqueleto de un granero temporal a medio construir. Algunos de los campos quemados estaban aún ardiendo lentamente, pero los árboles en las franjas de los huertos de sericultura que corrían entre las milpas aún tenían todas sus hojas y no había señales de que los incendios hubieran quedado fuera de control. La noticia era que los incendios se habían extinguido sin accidentes graves en todas las aldeas Arpías ixitas. Era una enorme buena profecía y una señal de que, a pesar de todos sus problemas, 2CE aún llevaba la organización con mano férrea.

Y parecía que estábamos saliendo del pueblo, muy bien. Y yo me sentía bien. Quizá las cosas estaban mejorando. Y al menos teníamos un plan, o una somera noción de un plan. Tan pronto como llegara a Teotihuacan, de algún modo, conseguiría audiencia con la Dama Koh. 2CE y yo habíamos acordado que no le diría quién era yo realmente... Es decir, nada de Jed, ya que, de todos modos, ella no se lo creería, y tampoco sobre Chacal, si podía evitarlo. En lugar de eso intentaría inventarme algo corto que pudiera conseguir su atención. La convencería de que tenía información especial sobre el inminente final de Teotihuacan, y ella nos dejaría llevarla afuera de la ciudad. Como dicen en las fuerzas de seguridad y en la industria del espionaje, yo intentaría ponerla de nuestro lado. Entonces, tan pronto como hubiera tomado notas sobre cómo hacerlo, enviaría todo eso de vuelta a 2CE con un equipo de mensajeros de cuatro luces. A cambio, 2CE enterraría una caja de piedra sellada con una muestra de las drogas y mis notas sobre el Juego. La caja estaría en el centro de una cruz de hierro magnético, de modo que el equipo de Marena pudiera encontrarla. Y a esas alturas podría considerar que mi misión estaba básicamente completada. Los datos volverían al año 2012, y el Equipo Chocula actualizaría el Juego y localizaría a los desencadenantes del desastre, y el mundo volvería al redil, y toda la gente podría cabalgar hasta un atardecer de Blu-ray.

Todo el mundo excepto yo, claro está. Yo estaría atascado aquí, en el pasado. Sin embargo, era por eso por lo que había una fase-2. Mientras yo hacía el camino de vuelta hasta Ix, 2CE estaría usando su operación de manufacturación de la droga del Juego como ficha de negociación. Si controlaba la distribución, los contadores de nueve piedras del mundo tendrían que acudir a él. Además, decía, si tenía una cepa más potente del producto, 7 Aguijón sería capaz de competir con el contador de los Ocelotes, 11 Remolino. Yo no estaba tan seguro de eso, ya que no pensaba que 7 Aguijón tuviera tanto talento. Quizá 2CE había querido decir: «Incluso 7 Aguijón sería capaz de...». De cualquier modo, si 2CE se las arreglaba para proclamarse k'alomte', o al menos, para neutralizar la amenaza de los Ocelotes, y si yo conseguía volver a tiempo, entonces haríamos básicamente lo mismo que antes. Pero usaríamos una caja de piedra mayor y más elaborada, ya que mi cuerpo entero iría en el interior.

Por supuesto, no tenía totalmente claro por qué 2CE pensaba que yo sería capaz de hacer todo esto. Excepto porque quizá, una vez estuviera fuera de Ix y menos constreñido en lo que podía hacer, sería capaz de usar mi otredad como ventaja. Supongo que 2CE pensaba que, si había conseguido llegar tan lejos (hasta aquí, hasta el pasado, e incluso hasta el interior de su cabeza), debería, al menos, darme una oportunidad. Y él sabía que yo estaba profundamente motivado. Aparte de llevar aquella cosa de vuelta al 2012, yo no tenía otras ambiciones personales aquí, porque ni siquiera iba a vivir demasiado tiempo. Y no tenía ningún otro lugar adonde ir. Él me poseía. Además...

¿Qué ha sido eso?

Mis ojos revolotearon automáticamente de lado a lado, como las orejas de un ciervo, escudriñando en busca de movimiento. Sólo ardillas en las ramas. Un chotacabras gorjeó. El camino se redujo a un sendero. Por ahora estábamos lejos de cualquier aldea real, pero aún en lo que supongo que podríamos llamar las reservas de caza de los guerreros Arpías. El sendero se hizo más y más enrevesado, girando alrededor de gigantescos troncos. Incluso los ojos de Chacal apenas podían ver nada a la luz de las estrellas, pero mis pies, automáticamente, encontraban los puntos donde los otros habían pisado antes que yo. Nadie que nos siguiera sería capaz de decir cuántos éramos. No por las huellas, en cualquier caso. Y alguien que estuviera en la selva, un trampero, un contrabandista o un espía, por ejemplo, que no estuviera justo junto al camino, a duras penas oiría nada. Un-dos. Un-dos. Podía sentir la hierba carricillo aplastada a través de las capas de piel de venado, estera de junco y caucho de mis rígidas sandalias nuevas. Pasamos junto a tres pequeñas aldeas, todas ellas de los nuestros. Después de la tercera, Hun Xoc se retrasó y me sacó de la fila. Dos de los guerreros más jóvenes, así como cinco más que eran de mi tamaño y estaban vestidos como yo por seguridad, mejor dicho, por mi seguridad, hicieron lo mismo. Hun Xoc me susurró que mis rodillas aún necesitaban sanar en los lugares donde los callos habían sido lijados. Yo dije que estaban bien. Él me tocó la derecha. Estaba supurando. Hizo una señal a los porteadores. Cuatro de ellos salieron de la hilera y se arrodillaron. Nosotros cuatro, es decir, incluyendo a Hun Xoc, subimos a los pequeños asientos, con las piernas alrededor de las cinturas de los porteadores. Mi porteador se levantó, pasó los brazos por mis rodillas, las presionó contra sus costados, se apresuró hacia delante, encontró mi sitio anterior en la hilera y siguió caminando.

A unas dieciocho millas de nuestro punto de partida la ruta giró en dirección norte, bajando las montañas hasta una foresta sin cultivar y entrando en una especie de túnel abierto en el negro follaje. Había un sonido torrencial más adelante, el bostezo del Tío Abuelo del Camino Amarillo, que guiaba al norte hasta el desierto salado y el límite blanco del mundo.

41

Desfilamos colina abajo hasta un negro valle lleno de la energía de iones negativos del río. La formación aminoró la marcha y se agrupó. Yo era una «carga de jade», es decir; «algo que había que proteger», así que cinco de los guerreros se agruparon a mi alrededor. Entre sus cuerpos yo sólo podía discernir las chozas silueteadas de los pescadores contra un cinturón gris de agua, el río que más tarde sería llamado río Sebol y que ahora era llamado Ka'nbe, el Camino Amarillo. Tenía menos de treinta brazos de amplitud allí, sólo un poco por encima de su caudal de invierno, y no parecía navegable, pero había al menos cuarenta pequeñas canoas para diez hombres amontonadas en la orilla más cercana. En menos de tres minutos, los de menor clase habían desatado los fajos de carga, los habían sacado de los trineos, envuelto en tela engomada y, tomando instrucciones de los barqueros, cargado en el interior de los cascos. Ni siquiera había una antorcha por ninguna parte. Pero me imaginé que, seguramente, podían hacer todo aquel proceso con los ojos cerrados, de todos modos.

Nuestros porteadores desmoronaron los trineos. Nos quitamos las sandalias. 12 Caimán ofreció un fardo a una enorme roca que contenía parte del uay del río, y los barqueros nos guiaron al resto de nosotros hasta las canoas. Los guerreros iban en las últimas cinco, excepto los dos botes de retaguardia que seguirían a las diez barcas desde atrás. Cada canoa tenía ocho pasajeros, cuatro guerreros y sus ayudantes sentados entre el propietario del bote, que se mantenía de pie en la proa con una vara larga, y el timonel, en el timón. Me pusieron en la segunda embarcación empezando-por-el-final, la posición más segura. Cuando subí, el casco se hundió bajo mis pies. No era madera, sino juncos tejidos, mejor dicho, atados. Noté esa vieja sensación de cambio de estado que te aprisiona cuando entras en el mundo flotante, con sus distintas leyes físicas, y nos lanzamos corriente abajo. Las estrellas se disolvían a medida que las nubes las atrapaban y nos adentrábamos en esa horrorosa clase de imprecisa oscuridad. Ni siquiera entonces los barqueros encendieron las antorchas de proa. Siguieron impulsándonos por intuición y ayudados por los ocasionales brillos de los hongos bioluminiscentes y de las luciérnagas. Unos ojos tapetales parpadearon entre invisibles troncos de árboles: monos, kinkajús y búhos; incluso, suponía, jaguares. Pasamos a través de montañas aurales de diminutos chasquidos que descubrí que eran el sonido de las orugas mordisqueando las hojas, a través de zonas donde el rascar de la quitina de cientos de tipos de ortópteros ahogaba todos los demás sonidos, y a través de cinturones del innumerable croar de las ranas, como hordas de antiguos motores de tractores diésel intentando, sin éxito, arrancar, un sonido que en mi propia infancia, es decir, en la de Jed, tenía el mismo alegre significado que ahora: lloverá pronto; y que, si te paras a pensarlo...

Eso era. Eso era lo que se me había escapado del paisaje sonoro de 2012, cuando estaba allí con Marena.

No podían haber muerto todos, pensé. ¿No?

Supongo que sí podrían haberlo hecho. Esos policíclicos hidrocarburos aromáticos son una mierda demasiado fuerte. Joder.

E incluso con todo aquel ruido, los oídos de Chacal me decían que había algo que no iba del todo bien. Quizá era demasiado ruido. O quizá el tono estaba mal. Quizá era que no había ningún búho. Los búhos son muy inteligentes, pensé. Saben que, en lo que se refiere al clima, la erupción lo alborotará todo.

Y los otros guerreros lo sentían también, ¿no? Había una rigidez en su paso que no debería existir... y no era sólo por mí. Y no era sólo estrés político. Todo el mundo, en realidad, estaba un poco más nervioso de lo normal. La actividad sísmica hace que se te crispen los nervios. Temblores. Gigantes en la tierra, en aquellos días.

Cuando el río se amplió pasamos junto a otros grupos de canoas, algunos con velas de junco en sus proas, y antes del amanecer estábamos ya mezclados en una corriente de tráfico comercial. Sentamos un paso rápido y sobrepasamos docenas de embarcaciones. A veces podía oír a 12 Caimán, en el segundo bote de la vanguardia, gritando a los pescadores que sacaran sus redes del centro del canal. Justo antes del amanecer el Camino Amarillo se mezcló con el Camino Gris, el posterior río San Diego, en un pueblo llamado Lugar Siempre Estruendoso, cuyas ruinas serían conocidas mucho más tarde como Tres Islas. Como Tiro, la pequeña ciudad había sobrepasado su península, y nuevos edificios crecían saliendo directamente del agua. Conseguí vislumbrar el fuego perpetuo de los ojos del pequeño mulob', y los barrenderos limpiando una plaza de mercado sin árboles iluminada por altas antorchas parecidas a farolas. A la luz del día, el agua era del color y la textura del gastado linóleo, y las orillas eran una sucesión monótona de huertos de sapote de color verde aguacate y de *halach yotlelob* a medio construir, es decir, graneros elevados o cobertizos de secado. En el segundo treceavo del día, el río se unió con el más amplio y rápido Ayn Be, el Camino de los Cocodrilos, que sería llamado río Pasión. Se atisbaba una ciudad llamada Chakha', Agua Roja, que sería El Ceibal, un hinchado montón blanco de palacios y almacenes apiñados alrededor de una colina como una pila de terrones de azúcar, de modo que no podías saber lo que era construcción y lo que se había cortado de la piedra, y que después desapareció cuando el río dobló de nuevo al sur. Justo cuando oímos rápidos más adelante, los barqueros nos acercaron a una orilla pavimentada, y un grupo de porteadores descargó y elevó las canoas sobre sus cabezas, y corrieron por el camino de sirga. Mientras los porteadores me elevaban y se apresuraban tras ellos, atisbé las cascadas entre las cabañas y agrupaciones, unas extrañamente regulares cataratas sobre suaves plataformas blancas de incrustada piedra caliza. Hun Xoc dijo que eran escaleras de sacrificios que los niños del lodo habían construido durante el tercer sol. Nos lanzamos a través de unos rápidos de segunda clase a lo que podríamos llamar el Camino Blando del Tío Abuelo Aullador, que más tarde sería el río Usumacinta.

Suele llamarse al Usumacinta el Nilo maya. Pero el Nilo fluye en línea recta a través de desiertos llanos, y los anega y recesa más o menos según lo previsto. El Usumacinta gira alrededor de montañas y a través de desfiladeros, y se amplía y aminora la velocidad mientras se desliza a través de las tierras bajas en largos meandros circulares. Incluso así, en un país sin ruedas, ni caballos, ni siquiera llamas, era el único deporte del pueblo.

El amanecer rezumaba un malva grasiento y saturado. El color significaba que no había nubes ordinarias sobre nosotros. Era ceniza de San Martín. En el segundo treceavo del día, Pa'Chan, Cielo Roto, es decir, Yaxchilán, apareció en nuestro lado femenino. La ciudad cubría el centro de una herradura, de modo que, como Constantinopla, estaba rodeada de agua en tres partes y fortificada en la cuarta. Las fachadas del palacio encaraban el río para publicitar la riqueza de sus clanes, y cinco tramos de amplias escaleras de peregrinaje zigzagueaban subiendo la colina principal hasta una acrópolis con cinco mul. Era un sitio perfecto porque los extranjeros podían pasar cerca y hacer el viaje completo desde la herradura, pero no podían ser fácilmente atacados desde el agua. El agua aún era demasiado rápida allí para tomar tierra fácilmente, pero, aunque hubiera algún sitio bueno donde hacerlo, e incluso si alguien lo intentara, podían lanzar redes cruzando el río por encima y por debajo de los invasores y encerrarlos allí.

Rodeamos la última curva de la colina y pasamos bajo el *halach be*, el gran puente suspendido, dos inmensos muelles cuadrados de treinta y seis pies de base y sesenta pies de altura, con una calzada de seiscientos pies y una envergadura de doscientos tres pies en el centro. Actualmente, en el 664, era el puente suspendido más grande del mundo, y nada de aquella longitud sería construido en Europa hasta que terminaran el puente Charles, en Praga, en 1377. Justo enfrente del puente había una hilera de cuarenta cautivos desnudos a lo largo de la orilla pavimentada, colgados en postes como espantapájaros amarillos. O mejor dicho, según vi cuando nos acercamos más, eran sólo sus pieles disecadas. Es decir, las pieles incluían las manos y los pies, pero las cabezas eran falsas, quizá hechas de calabaza, y estaban amarillos porque habían sido curados con látex. Sus extremidades estaban hinchadas y sin articular, como salchichas. Me pregunté si estarían rellenos de barbas de elote. Hun Xoc nos dijo que cuatro de ellos eran guerreros del clan de los Murciélagos Vampiro de Ix, que habían sido apresados en una chapuza de asalto seis años antes. Mientras hablábamos, nuestro bote guía se acercó a la orilla y uno de los hombres de 12 Caimán saltó. Se dirigió al terraplén, subió tres gradas, corrió por el cuadrado hasta los tipos vampiro, añadió uno de nuestros fardos al montón de ofrendas a sus pies y, justo cuando parecía que íbamos a dejarlo atrás, saltó a nuestra última canoa. Nuestros otros guerreros le dedicaron un enorme silbido, el equivalente a una ovación. Fanfarrón.

Mientras pasábamos bajo la sombra del puente parecía haber nieve a nuestro alrededor. Levanté la mirada. La superficie de la carretera, a cincuenta pies sobre nosotros, era de diez pies de ancho, y estaba sostenida por un conjunto doble de cuerdas que parecían de seis pulgadas de espesor. La gente estaba de pie allí arriba, observando los cientos de canoas, una hilera de hombres e, inusitadamente, un grupo de mujeres solteras del clan principal. Una de las mujeres estaba agitando una cesta de algo blanco y dejándolo caer en una larga espiral sobre el tráfico del río. Hun Xoc se inclinó precariamente sobre la borda, cogió uno de los copos y se lo comió para atraer la buena suerte. Eran palomitas de maíz.

En nuestro lado masculino, los edificios crecían en tamaño y terminaban antes de que me diera cuenta de que estábamos mirando al mayor rival de Yaxchilán, Yokib'. También lo llamaban «la Princesa de las Ciudades Joya», y mucho más tarde sería llamado Piedras Negras. *Yokib'* significa «entrada» o «quicio», y se supone que había una cueva allí que te guiaba directamente al patio de poktapok principal de Xib'alb'a, el Inframundo. Yaxchilán era una ciudad melocotón, Ix era turquesa, pero Yokib' era amarilla y, de hecho, era todo de un horrible amarillo intenso, casi exacto al amarillo de cadmio medio, con franjas negras de modo que, incluso en la difusa luz cenicienta, la ciudad era difícil de mirar, como un valle geométrico de parpadeantes moarés, como si hubiera sido pintada por Bridget Riley. El mul principal era amarillo puro, con un andamio saliendo del resplandor lleno de trabajadores que estaban barnizando el estuco, como avispas repavimentando sus avisperos. Supuestamente, el armazón definitivo de la pirámide había sido construido hacía un k'atun, cuando la ciudad erradicó a dos de sus pueblos rivales y tomó miles de prisioneros, con cal hecha de los huesos de los cautivos, como el Palacio de Barro y Sangre de Dahomey. Conté cincuenta y cuatro cabezas expuestas en la puerta del río. No era un gran número, y además parecían tan frescas que supuse que eran imitaciones de madera. Entonces, mientras pasábamos junto a ellas, vi que las más antiguas, en los postes más bajos, estaban arrugándose. Así que eran reales, pero habían sido limpiadas, saladas, extendidas sobre formas de barro, aceitadas y maquilladas, y seguramente las cubrían cuando llovía. Sus nombres y fechas de captura habían sido tatuados en sus frentes, seguramente mientras aún estaban vivos, y sus labios cosidos habían sido rellenados de algún modo para parecer vivos. Sus ojos habían sido reemplazados con piedras blancas, así que parecían estar mirándote. Seguramente su cerebro y su lengua y lo demás habían sido sacados desde abajo para que no se pudrieran. Al menos no eran tan retorcidos como los tipos aquellos de la pirámide de Caana. O, en ese tema, los que solían dejar que los gusanos se reprodujeran en los Temple Bar hasta 1746.

Ya cerca de la orilla no nos detuvimos, ni siquiera para tomar agua. Las canoas de los vendedores se acercaron a nosotros y compramos mientras nos movíamos. Nuestros recolectores de heces vertieron nuestra orina por la borda y alimentaron a los perros con los excrementos. Parecía gustarles. Quizá eran una raza especial con un fetichismo innato. Más tarde, los recolectores envolverían las heces de los perros en hojas de alocasia y las entregarían a los encargados locales, que se acercarían en botes rodeados por nubes de moscas del estiércol. Nuestros avanzados se apresuraron por el camino de sirga, asegurándose de que había un equipo completo esperando en los siguientes rápidos. En el siglo XXI la gente siempre dice: «Oh, ya no hay tiempo para nada, la vida moderna es demasiado apresurada, no como antiguamente, antes de los teléfonos móviles, o la tele, o lo que sea», pero, si algo he aprendido sobre el pasado, es que no era más pausado que el presente. No si eras parte de la paranoica élite, en cualquier caso, siempre apresurándote para organizarte antes de que otro te quite la silla. Y las fechas límite son siempre fechas límite. Como creo que he mencionado antes en algún sitio, iba a producirse un elipse solar en lo que nosotros llamaríamos 1 de mayo. 2CE había dicho que el teotihuacano seguramente cerraría las fronteras cinco días antes de eso, el 6 Muerte, 14 Ciervo, que era sólo veintidós días a partir del presente. En ese día la población total del Gran Teotihuacan comenzaría a observar «silencio», y nadie podría entrar o salir del valle hasta después de que el sol hubiera vuelto a su camino. Hablando de eso, contrariamente a la creencia popular, los eclipses no eran algo que sólo conociera la élite. La noticia se extendía, y, cuando se acercaba el día, todo el mundo y su Gran Padre-Madre estaba preparado para la acción. La ciudad se llenaría de gente. Aunque suena más parecido a una vigilia, o un velatorio, que a una fiesta.

De cualquier modo, la cosa es que, cuando 2CE dijo que llegaríamos a Teotihuacan en veintisiete días, yo había pensado que era una quimera. Había 658 millas, por el amor de dios. Si fueras en línea recta, en coche habrían sido unas 1.250 millas, y eso sería usando las principales autopistas modernas. Y en ese momento no sólo no teníamos coches, sino que ni siquiera teníamos ruedas. Y el caballo más cercano estaba en Irlanda. Recordé algo sobre cómo el ejército de Napoleón en Austria cubrió 275 millas en veintitrés días, y en esa época fue considerado un milagro. Por otra parte, un ejército no tiene relevos de porteadores. Cada uno de esos pobres soldados franceses tuvo que cubrir cada centímetro con sus propios pies. Y no importaba la dureza con la que los guiara el emperador, tenían que acampar cada noche al menos por un tiempo corto. Parecía que nosotros íbamos a estar moviéndonos día y noche, y durmiendo, bebiendo, comiendo (principalmente caracoles de río crudos, cecina de pavo y *ch'anac*, una especie de pasta de maíz mezclada con sangre de perro y solidificada), despiojándonos, defecando y dios sabe qué más en las espaldas de nuestros porteadores. Supuestamente, los relevos de corredores incas podían llevar un mensaje de Cuzco a Quito, en Ecuador, en menos de cinco días, y eso está a unas mil millas. ¿No es así? Aunque ésos eran rápidos. Pero, aun así, si un senderista experto con una mochila pequeña puede hacer veinte millas al día, imagino que, si seguimos consiguiendo porteadores nuevos, nosotros podríamos hacer cincuenta. Y cuando estemos en el agua... bueno, veinte millas al día es algo realmente extraordinario si hablamos de viajes en canoa. Pero eso es con una canoa de dos personas; una mayor irá más rápido. Así que si conseguíamos remeros nuevos en la costa, digamos que podríamos hacer casi cincuenta millas al día, incluso en el océano. Así que, tirando por lo alto, digamos que tenemos que cubrir mil seiscientas millas, y en ese caso quizá nuestro programa no es tan imposible. Asumiendo que no haya retrasos por la climatología y cosas así. Aunque aún sonaba un poco ajustado. Pero estos tipos hacían esto todo el tiempo, ¿no? Y, de todos modos, 2CE no tendría ninguna razón para cabrearse conmigo por algo así. Quizá teníamos una oportunidad.

En una ciudad llamada Donde Ellos Hirvieron 3 Tortugas (más tarde sería llamada Ruinas Aguas Calientes) pasamos junto a nuestra primera caravana enemiga. El pueblo era un exceso de complejos multiescalonados en ambas orillas, con dos puentes de cuerda sobre nosotros y un extraño mul del clan gobernante en nuestro lado femenino que estaba cubierto con muñecas de madera de media altura. Supongo que eran ofrendas para un festival específico, pero estaban elaboradamente talladas y vestidas, y con un enorme derroche de color, por lo que el lugar daba una sensación casi tamil de sobrecarga visual. Una cadena de grandes y adornadas canoas estaba parada en una especie de ghat bajo el mul, y Hun Xoc dijo que el amarillo y el verde de sus banderines significaba que eran sobrinos de K'ak Ujol K'inich, el ahau del clan Jaguar de Oxwitzá, es decir, Caracol, que había estado en un constante estado de *vendetta* con los cinco clanes principales de Ix durante cuatro k'atunob.

Se extendió por la fila que nuestros remeros mantendrían el paso, y que todos fingiríamos no ver a los Oxhuitzob' a menos que ellos nos saludaran primero.

Hasta el momento habíamos intercambiado algún tipo de saludo con todos aquellos junto a los que habíamos pasado. Nuestros barqueros saludaban a la gente a la que conocían, a veces efusivamente, y a veces con apenas un ligero movimiento del hombro derecho, el equivalente a un asentimiento. Evidentemente, nuestro viaje comercial era algo que ocurría regularmente, aunque éste estaba un poco fuera de temporada y resultaba inusualmente apresurado.

Pero los botes Jaguar nos hicieron una señal, y nosotros aminoramos la marcha y nos desviamos hacia ellos como si estuviéramos planeando saludarlos a todos. En las aguas poco profundas, nuestros barqueros dieron la vuelta a sus remos extralargos y los usaron como pértigas. Pude notar que los guerreros de nuestra canoa se tensaban, y la mano de Hun Xoc se movió una pulgada hacia el hato de lanzadardos y mazas que había anudado bajo la borda. No es nada, pensé. Tenían fuera el aroma de la paz, y nosotros también lo sacamos. Eso significa que cada bote tenía una pequeña figura de la cabeza de un animal, un mascarón de proa, amarrado a un baurés corto, con hilos de incienso saliendo de sus fosas nasales. Pastillas de goma de acacia y de tabaco en polvo consumiéndose le decían a todo el mundo que no llegabas con intenciones violentas. Mientras nos acercábamos, pude localizar a su líder en el último bote. Llevaba un alto tocado de gato, tenía el cuerpo ennegrecido y el rostro blanqueado, y nos examinaba con ojos profundos. Los cinco guerreros que estaban duplicándome y yo vestíamos amplios sombreros cónicos de paja como los *nonlas* vietnamitas, y yo intenté inclinar la cabeza hacia abajo sin romper la postura. Chacal había jugado contra el equipo de Poktamok Agouti de Oxwitzá, y había ganado. Algunos de esos gatos debían de haber visto el partido.

«Todo va a ir bien —pensé—. Nadie va a sacarte de contexto». Como la mayoría de los jugadores de pelota, Chacal había jugado, y también había aceptado premios, vistiendo un casco animal que le enmascaraba más de medio rostro. Incluso las mejores figurillas de él eran vagas, poco parecidas. Y por eso, con las extensiones de cabello, la falta de callos, los nuevos tatuajes y maquillaje corporal, y el hecho de que había perdido tanto peso que nadie pensaría que alguna vez había sido jugador de poktapok, esperábamos que ningún forastero pudiera relacionarme con Chacal. La idea de 2CE había sido que yo intentara fingir estar enfermo, o quizá ser un poco retrasado, y así la gente no hablaría conmigo demasiado. Y, por supuesto, no debía mirar a nadie a los ojos.

El cantor de 12 Caimán cantó una canción de bienvenida. Un heraldo saltó al agua y tendió al ayudante del tipo de la cara blanca un fajo rojo de tabaco, jade y nuestro característico chocolate en polvo.

Se produjo una pausa. A través de los años, Ix había perdido cientos de guerreros a manos de esa gente en una guerra que era sólo una hebra de la eterna telaraña de venganza que hacía que el mundo siguiera tal como era. Al menos era una guerra limitada, individualizada, no una movilización total. Era como si tuvieras que preocuparte por si alguien ha jurado que va a salir a por ti, concretamente, o como si te metes en el césped equivocado, donde no deberías haber pisado. Era como si te encontrases con los gamberros dando vueltas por el centro a la luz del día y cruzases la calle para evitarlos. O podríamos decir que era como en Oriente Medio, donde puede haber, o mejor dicho, generalmente hay, una guerra en desarrollo y aun así hay vuelos comerciales saliendo y aterrizando todo el tiempo, hileras de autobuses turísticos en las fronteras y civiles por todas partes en la zona de combate.

Pero los canales navegables eran, además, una especie de iglesias, así como mercados y lugares de intercambio de mercancía. Habían sido los únicos mercados comunes durante un millar de años. Cuando estabas en el agua, te encontrabas bajo la protección de Jade Hag, quien había excavado el río en los días del tercer sol, antes de que llegara Guacamayo Siete. Un ataque en el río era tan raro y despreciable como los Pazzi atacando a Giuliano de Medici en el *Duomo*. Cualquiera que hiciera algo violento estaba en peligro de ser desgarrado, no sólo por los vigilantes locales, sino por su propio grupo. Además, el cliché que dice que caminar por un pueblo tradicional es como caminar por la sala de estar de alguien es absolutamente verdad. Por aquí, vayas a donde vayas, eres el invitado de alguien, y ambos estáis tejidos en una telaraña de hospitalidad recíproca. En lugar de lidiar con pasaportes, sobornos y dinero de billetes, dabas regalos y conseguías regalos más baratos a cambio. Y si tus regalos no eran lo suficientemente buenos, o si dabas algún problema, la gente se acordaría, y esto volvería a ti más tarde, y de algún modo, peor.

Por fin, alguien en uno de los otros botes Jaguar cantó en respuesta la antistrofa de la canción de bienvenida, alguien más nos dio un fajo de la que fuera la mierda de ellos y nos fuimos.

—Te ha mirado —me dijo Hun Xoc a través de sus labios inmóviles, como un ventrílocuo.

Cuando estuvimos fuera de su vista me hizo ponerme una máscara ligera, y mis cinco dobles hicieron lo mismo. Supongo que vestir una máscara parece raro, pero el hecho es que en Europa la gente vestía máscaras también hasta el siglo XIX. Hombres y mujeres llevaban máscaras de viaje para evitar el polvo de las carreteras, y en parte era porque, como los respiradores hoy día, se suponía que te protegían de algunas enfermedades, pero sobre todo servía para no ser molestado. Incluso en Estados Unidos, en 1950, montones de mujeres normales vestían aún sombreros con velos, ¿no es cierto? No es tan extravagante. Y además, el concepto de disfraz no era común por aquí. Si te ponías una máscara, no significaba que estuvieras escondiendo algo sino, más bien, que estabas honrando, o de hecho encarnando, al ser cuya máscara era. Las máscaras te hacían más parecido a cualquier cosa de lo que realmente fueras.

Un peligro mayor que ser localizado era que parte de nuestra caravana se separara, o fuera emboscada, o atacada, o las tres cosas, y que alguien se llevara algo para un enemigo que, finalmente, regresaría a los Ocelotes. Por supuesto, todos los guerreros de la caravana y un par de sus ayudantes sabían que Chacal no había sido asesinado en realidad al final de la caza del venado. Pero les habían hecho entender que dos de lo que podríamos llamar almas de Chacal, su uay y su nombre interior, habían dejado su cuerpo en el exorcismo. Ahora, sólo la respiración de Chacal estaba aún aquí, y sus otras almas habían sido reemplazadas por la mía.

Típicamente, 2CE había planteado la situación como un descubrimiento positivo: 10 Escinco Rojo, dijo, había llegado de la montaña del clan Arpía antes de su tiempo de nacimiento para advertir al linaje que estaban en peligro, y para ayudarlos a perseverar.

El jefe de nuestra retaguardia estaba esperando en el siguiente porteo. 12 Caimán, 18 Lluvia Muerta y Hun Xoc se hicieron a un lado y se reunieron con él. No me pidieron que fuera parte de ello, y susurraron en un rebuscado lenguaje que yo no conocía. Pero, cuando volvimos al agua, Hun Xoc me dijo que la retaguardia decía que había un grupo de veintitantas personas siguiéndonos en botes y, quizá, en porteadores por la orilla. Los guardias no dijeron de dónde eran, y por lo poco que habían sido capaces de escuchar, estaban hablando en ixita coloquial. El guardia jefe había dicho que pensaba que sus tocados significaban que eran del clan Siluro de Xalancab, cerca de Kaminaljuyu, que era un clan neutral respecto a los Arpías y los Ocelotes; pero, por otra parte, nadie había reconocido a ninguno de ellos, así que podía ser un disfraz. Los Siluros eran un clan críptico que no salía demasiado, así que habría sido un engaño fácil.

Hun Xoc dijo que 12 Caimán había preguntado si se movían o gesticulaban como tiradores monos. La palabra podía significar «cazadores de hombres» o «asesinos». El jefe de los exploradores de avanzada dijo que no podía decirlo. Pero definitivamente no estaban intentando ponerse a nuestra altura. 12 Caimán preguntó si parecía que supieran adónde iban, o si sólo iban siguiéndonos. Pero el guardia no lo sabía.

—Si tuviera que apostar diría dos a uno a que son Hachas —dijo Hun Xoc. Como creo que ya he mencionado, Hachas era el alias de los Ocelotes. Los llamaban así porque tenían el derecho de usar un tipo especial de hacha larga en combate.

Quizá 9 Colibrí Dentado nos había localizado cuando estaba merodeando por allí con su uay nocturno, dijo Hun Xoc. Quizá había llegado a sospechar que Chacal estaba aún vivo. Si los Ocelotes me capturaban eso probaría que los Arpías habían perpetrado una farsa blasfema, y 9CD podría apoderarse de todo lo que poseía el clan Arpía, incluyendo los bienes, los derechos del agua y de la tierra, y la gente, sin demasiada protesta de los otros clanes.

Yo no supe qué decir. «Por si acaso, no me tires por la borda hasta que estés seguro», pensé. Lo siguiente que pensé fue en preguntar si nuestros perseguidores no habrían sido enviados por el mismo 2CE, pero me detuve a mí mismo a tiempo. Si esto era así, o Hun Xoc no lo sabía, o estaba intentando engañarme.

Además, era bueno para esos tipos pensar que yo estaba más cerca de 2CE de lo que realmente estaba. Me habían dejado entrar en un par de cosas, me habían permitido sentarme con los niños grandes en el almuerzo, pero tenía la sensación (bueno, llamémoslo certeza) de que tenían además órdenes de mantener un ojo sobre mí todo el tiempo. Yo nunca me despertaba sin encontrar a uno de ellos observándome. Nunca dejaba la hilera de guerreros sin 2 Mano, o Mierda de Armadillo, corriendo más allá de lo que yo lo hacía, flanqueándome. Y me había dado cuenta de que nunca me dejaban acercarme a las sandalias extra, o a la comida, o al agua.

Y en realidad, 2CE tenía razón para estar preocupado. Por supuesto, yo tenía que confiar en él. Uno acepta el trato porque es el único trato posible. Pero la pequeña cuestión de que me hubiera torturado seguía saltando en el fondo de mi mente. E incluso con toda la pompa y el lujo en lo de adoptarme, y todos los lazos afectivos, e incluso por mucho que un extraño en una tierra extraña quiera tener una familia, aun así, en mis momentos más *selbst ehrlich*, tenía que admitir que no tenía ninguna razón para pensar que tuviera mis intereses en el corazón. Y sus objetivos no eran los mismos que los míos. Él, realmente, quería la receta secreta de la salsa especial. Si podía romper el monopolio teotihuacano de las drogas, sería capaz de escribir su propio cheque. Pero, a medida que avanzaba mi acecho... bueno, si pensaba que podría escapar de los guerreros, encontrar algún pueblecito solitario, hacer algunos trucos para poner a los locales de mi parte, reunir una patrulla de asalto, pillar algún contador de soles de alguna de las ciudades más pequeñas (y supuestamente había al menos cuarenta y cinco contadores de nueve piedras en Mesoamérica, aparte de los setenta y tantos de Teotihuacan) y conseguir muestras de las drogas y enterrarlas para que el Equipo Chocula las encontrara (y en verdad no necesitan más de un miligramo o dos de cada una para ser capaces de analizarlas), entonces, quizá yo podría... Bueno, pensándolo, ahora todo eso sonaba un poco desalentador. Pero la cuestión es que era posible, al menos, y 2CE tenía que estar preocupado por si yo lo intentaba.

De modo que mi apuesta era que, si lo intentaba, o si siquiera comenzaba a planear intentarlo, me encontraría a mí mismo trinchado como un pavo en Navidad en apenas un segundo.

Aun así, pensé, quizá esto es lo que debo hacer. No olvidemos que la Dama Koh era la autora del Juego del Códex,

¿no es así? Incluso si no era la contadora más conocida por aquí (y de acuerdo con 2CE, tampoco sería 11 Remolino, que pertenecía a los Ocelotes de Ix, ni Tapir Hervido, que trabajaba para Pacal el Grande, en Palenque), aún podría ser la mejor persona para tener de nuestro lado. Quizá era algo realmente especial, una de los grandes contadores, del tipo que, como 2CE había dicho en cierto momento, sólo aparece una vez en un b'akt'un. Quizá si consigo entrar a verla, todo lo demás llegue rodado. Ella lo sabría todo, y lo aclararía para nosotros. Quizá está localizando a los apocalípticos justo ahora. Llevaré esos nombres de vuelta al Equipo Chocula, y el mundo del siglo XXI estará a salvo. Quizá incluso ha añadido un par de alijos extra. Cuando/si vuelvo, seré más rico que el príncipe Alwaleed bin Talal bin Abdulaziz.

«Así que sigue adelante, Jed. Por ahora. No le des más vueltas».

Pregunté si la gente que nos estaba siguiendo podría ser de Teotihuacan. Hun Xoc dijo que podían haber sido contratados por alguien de aquí, pero ¿por qué querría nadie hacer eso? Y la Dama Koh (o la Vigesimosegunda Hija de los Tejedores del Orbe, como la llamó para no alertar a su uay al pronunciar su nombre) no los habría contratado porque es una contadora de nueve-calaveras. Ella, de hecho, ya habría visto que nos acercábamos en alguno de sus Juegos.

Exacto, dije. No lo creo, pensé. No importa lo buena que sea, el Juego aún no es una bola de cristal...

El mar.

Era ese precámbrico olor a sal o, más exactamente, a cosas que adoran la sal. Miré a mi alrededor, a los demás. Se sabía que estaban oliéndolo también por el modo en que sus movimientos se habían hecho más rápidos. Estábamos casi al borde del mundo seco. Al día siguiente estaríamos en el golfo, en las rutas comerciales del Imperio de los Cuchillos y de los Lagos de Alas.

42

Dos canoas marinas y sus tripulaciones estaban esperando con los avanzados en el punto de encuentro en la costa, una playa oculta a tres millas al norte del canal. No había sido un secreto, porque había unas trescientas personas de aspecto desaliñado por los alrededores en una franja de mantecosa arena rota por grietas de lava negra y el cadáver de un tiburón limón vibrando en la orilla, donde rompen las olas. Se produjo un retraso cuando los propietarios de las canoas dijeron que, debido a la erupción, los remeros temían ser hervidos y comidos por las divinidades de la tierra, y tuvimos que adentramos en tierra, donde generalmente se considera lugar seguro. Así que, naturalmente, nos cobraron un precio mayor incluso que el que habían acordado aceptar un par de horas antes. Además, tuvimos que contratar a un personaje local llamado *k'al maac*. Era como lo que en Sudáfrica llaman *inyanga*, un doctor del agua, alguien que te mantiene a flote cantando y vertiendo aceite de bebé en aguas problemáticas, y todo eso. Me imaginé que era sólo otro farsante, pero más tarde lo vi usando una extraña y, para mi gusto, simplista versión del Juego para dilucidar el agua del mar. 18 Lluvia Muerta hizo el regateo, y finalmente cargamos. Nuestra retaguardia se quedó en la orilla. Miraron alrededor para ver si estábamos siendo seguidos y alcanzarnos más tarde. Ofrecimos sangre a los Acunadores del Noroeste y partimos.

Supongo que puede parecer que no puedes meter a doscientas personas en dos canoas, pero éstas no eran Old Town. Me imagino que cada una tenía unos noventa y cinco pies de largo, y ocho pies de ancho en el punto más amplio. Eran piraguas hechas de troncos de caoba del tamaño de Luna, Reina de las Secuoyas. La canoa guía tenía un largo cuello en la proa con una pequeña cabeza como un elasmosaurus, y la segunda, en la que íbamos nosotros, tenía una especie de cosa parecida a una langosta con antenas. Sus cascos negros estaban escalados con glifos naranjas y blancos, y brillantes por el aceite de manatí. Además, tenían doseles que las hacían parecer barcazas de Cleopatra, pero 12 Caimán hizo que la tripulación los quitara para ganar velocidad. No había velas por ninguna parte. «Quizá debería enseñarles cómo construir una —pensé—. Pero mejor no. No atraigas la atención».

Cuando conseguimos pasar a salvo las grandes olas, los guerreros parecieron relajarse. Finalmente, por primera vez desde que dejamos el Pueblo Cacao, charlaron.

—¿*Ac than a Duch tun y an I pa oc' in cabal payee tz'oc t pitzom?* —preguntó una voz—. ¿Te acuerdas de cuando jugamos aquí y golpeaste el ojo del delantero?

Me llevó un segundo darme cuenta de que me estaba hablando a mí.

—¿*B'aax?* —preguntó. Era como decir: «Hola, Tierra a 10 Escinco».

Era 2 Mano, el hermano de Hun Xoc. Estaba sentado a mi lado. Hun Xoc estaba sentado frente a mí, y la otra gente importante de la canoa eran 2 Polilla Retornadora (el recordador) y 4 Lengua de Sierra, uno de mis dobles. Nuestros acólitos se sentaban a nuestra izquierda. Yo me volví.

—*Ma'ax ca'an* —dije—. Ése no era yo.

—Bueno, caímos, y tú le lanzaste la pelota y le golpeó en la nuca, y sus pañuelos evitaron que se rompiera el cuello, pero el ojo se le cayó. —2 Mano era grande y rechoncho. Tenía los ojos saltones y echaba hacia atrás los párpados de su ojo derecho, haciéndolo sobresalir tanto como era posible—. Y aún podía ver con el otro ojo, así que intentó meter el perdido de nuevo en la cuenca y no pudo, y después no supo qué hacer con él, y sabía que estaba a punto de desmayarse y no quería que nosotros lo cogiéramos. Así que se lo comió.

—No me acuerdo de eso —dije.

—Tienes que comer un cuenco grande de tapioca —dijo Hun Xoc a 2 Mano. Era un modismo por «relájate». Chacal estaba bajo una especie de *damnatio memoriae*, e incluso preguntar por algo que me había pasado antes del Cambio estaba demasiado cerca de romper la regla de que mi nombre anterior no debía ser dicho. Pero 2 Mano no prestaba mucha atención a cosas como ésas.

Podía escuchar a 4 Lengua de Sierra intentando contener una risita.

—¿Eso ocurrió de verdad? —pregunté.

—No fue totalmente así —dijo Hun Xoc.

—Fue exactamente así —dijo 2 Mano.

—¿Te acuerdas de 22 Costra? —me preguntó 2 Mano.

Señalé que no.

—Era uno de los jardineros de 3 Pelotas —le interrumpió Hun Xoc—. Tenía un aspecto desagradable, con muchas verrugas, y solía ir siempre solo a la sauna. Una vez, 22 Serpiente de Cascabel entró con él y vio que tenía la punta del pene cortada. Y no nos quiso contar a ninguno cómo había pasado.

—¿Recuerdas cuando descubrimos cómo pasó, con Pelo de Mierda? —preguntó 2 Mano.

—¿Me lo estás preguntando a mí? —pregunté. Él asintió.

Yo negué con la cabeza. Miré a 2 Mano a través de mi máscara. ¿Cuánto se creía?, me pregunté. ¿Esto qué era, mi rutina para la amnesia? No estaba atacándome directamente, pero había algo de reserva en él. De cualquier modo, ¿cuánto se creía de todo aquello el resto de la gente de la canoa, o el resto de la gente de la expedición, que había oído todo lo que yo había dicho por último? ¿Se creían todo lo que 2CE había dicho, o estaban sólo siguiéndole la corriente? No eran idiotas. Por otra parte, no había una enorme tradición de secularismo escéptico por aquí. Seguramente variaba. Algunos de ellos se lo creerían todo y otra gente pensaría que sus líderes político-religiosos tendían a exagerar las cosas.

Y por supuesto, incluso si se lo creían, debían de estar cabreados conmigo por joder a Chacal. Aparentemente, eso había sido parte del discurso que 2CE les había dado; les había contado que yo había venido para rescatar a Chacal también... pero, aun así, debía de haber algún resentimiento por ello. Y miedo también, seguramente. No estaban seguros de que yo fuera humano.

«De cualquier modo, no te pongas paranoico. No todo tiene que ver contigo».

2 Mano siguió:

—Bueno —dijo—, en el camino de vuelta del partido, nos quedamos en esa aldea de alfareros, y allí había una *k'aak* —es decir, una chica de clase inferior— que quería follarse a todo el mundo. A todos los jugadores. Tenía el cabello largo con mechones castaños. Y siempre andaba por allí, y la llamaban Pelo de Mierda. ¿Te acuerdas?

—No —dije. La verdad es que en alguna parte me estaba sonando una campana, pero necesitaba más contexto para recuperarlo.

—Entonces ¿no te acuerdas de que estabas dormido y 1 Morfo Negro te frotó *c'an aak'ot* en el pene?

Chasqueé que no, de nuevo.

—¿Qué pasó? —preguntó 4 Lengua de Sierra.

—Bueno, Ch... éste se despertó —dijo 2 Mano— y comenzó a saltar arriba y abajo sosteniéndose el pene y gritando: «¡Mi pene es demasiado grande! ¡¡¡MI PENE ES DEMASIADO GRANDE!!!». Aparentemente el c'an aak'ot es una especie de alucinógeno fálico tropical. Y estaba corriendo por el patio cuando vio a Pelo de Mierda, y dijo: «¡Ajá!». Y la agarró y comenzó a follársela por el culo. Así que, después de un rato, se sentía mejor, y estaba limpiándose el pene, cuando Pelo de Mierda empezó a saltar por allí. Empezó: «¡Ayyy, ayyyyy, ay, ay, ay!».

Como habrás adivinado, 2 Mano estaba ahora imitando voces y realizando una vigorosa pantomima, casi balanceando el bote.

—De modo que se agachó y comenzó a cagar. Y salió toda la mierda, y nosotros seguíamos allí, mirando. Y entonces comenzó a cagar sus intestinos. Y salía más y más intestino de su culo, y se ondulaba debajo de ella, y entonces uno de los perros llegó y salió corriendo con el extremo, y eso sólo sirvió para que saliera más y más. Así que empezó a comérselo, y salió más y más, y entonces Pelo de Mierda puso esta cara de dolor, y una parte de su intestino salió con un bulto en ella. Y entonces, éste —se refería a mí— le quitó el intestino al perro y empujó el bulto fuera del extremo masticado hasta que cayó al suelo. Era una pequeña cosa escuálida, y estaba toda arrugada y llena de verrugas. ¡Era la punta del pene de 22 Costra! Así que éste empezó a decir: «¡Reconocería este pene en cualquier parte! ¡Es el de 22 Costra! ¡Que alguien corra a llamarlo! ¡Lo encontramos! ¡Lo encontramos!».

Los acólitos estaban mordiéndose los labios para evitar reírse. 3 Polilla Retornadora y 4 Lengua de Sierra estaban riendo a carcajadas. Los remeros, afortunadamente, no comprendían el lenguaje de nuestro clan.

—Todo eso es nuevo para mí —dije. Entonces comencé a reír también. Quizá es eso lo que pasa. Que tienes que estar allí.

—Ya es suficiente —dijo Hun Xoc—. Se acabó. Los Hachas olerán nuestra erección.

Quizá he olvidado mencionar esto, pero no se suponía que fuéramos a hacer nada demasiado sexual en aquel viaje. Los viajes de larga distancia eran lo mismo que una cacería sagrada. Ni siquiera puedes tener una erección secreta si puedes evitarlo porque, como Hun Xoc dijo, del mismo modo que se suponía que esto asustaría a los animales, podía permitir que los enemigos nos olieran al acercarnos. Pero, por supuesto, los guerreros eran principalmente adolescentes, y por supuesto, hombres.

—Tenemos que ser *sac kanob* —siguió Hun Xoc. Es decir, terciopelos. La expresión significaba que, en mayor medida que cualquier otra serpiente, el terciopelo era rápido, difícil de localizar y, sobre todo, silencioso.

2 Mano se sentó.

—Además —dijo Hun Xoc—, estás contando más de lo que realmente ocurrió. Sólo salió una parte muy pequeña de sus intestinos. —Se echó hacia atrás y se metió un pellizco de tabaco de mascar en la boca.

Ya estaba oscuro. En las Cortes del Sol no había crepúsculo. Cuando pasamos la hoguera de Comalcalco giramos al noroeste (dirección muerte), manteniéndonos perpendiculares a las estrellas de Teotihuacan, los Buitres y la Herida de los Buitres, como se llama a Thuban, que era la estrella polar en 3113 a. C., al principio de la Larga Cuenta, y su sombra roja, Draconis. Podía ver su rojo más claramente de lo que lo había visto antes, incluso con un telescopio. Hun Xoc dijo que nos estábamos acercando lo suficiente a las estrellas para escucharlas susurrar cuando tocaban el agua. Podía escuchar lo que querían decir, un sonido como el chisporroteo de colillas de cigarro cayendo en un charco, pero, por supuesto, eran sólo las olas. Las fitobacterias destellaban en cada golpe de remos, como chispas entre pedernales. Justo antes del amanecer, que es el mejor momento para la recogida, me incliné sobre la borda (haciendo un esfuerzo para no mirar mi nuevo reflejo, porque siempre me cagaba de miedo) e intenté listar los invertebrados. Había camarones pimienta, por supuesto, y largas hileras rojas de krill, pero había además de esas enormes medusas cnidarias, y una especie de gigantes ctenóforos de color lavanda parecidos a un monte de Venus que no reconocí. Una vez vi un gusano marino que estaba seguro de que no estaba descrito, pero cuando extendí la mano para intentar cogerlo, en el agua había tantas medusas venenosas que me atontaron la mano y lo perdí.

Nuestra retaguardia nos alcanzó a mediodía. Iban en una estrecha canoa parecida a una piragua de carreras con diez piragüistas activos y diez descansando. Hun Xoc y los otros guerreros tenían las manos en sus lanzadardos, pero el bote estaba cubierto por bandas de flores de papel con los colores de los Arpías y, cuando se acercaron, los guerreros los reconocieron. Nuestros botes se acercaron a la orilla, al sotavento de un banco de arena.

El jefe de la retaguardia saltó al interior de nuestra canoa y se movió hasta la parte de atrás. El timonel dejó su puesto y él y los demás se movieron hacia delante para que nosotros cinco, incluyéndome a mí esta vez, pudiéramos hablar.

Había una enorme patrulla persiguiéndonos, dijo el guardia, diez o quince personas como mínimo, la misma gente que había estado siguiéndonos la pista en el río.

No pude resistir la tentación de mirar al este. Había un montón de embarcaciones en el agua, pero él dijo que estaban demasiado lejos para que los distinguiéramos desde allí.

12 Caimán ordenó a los exploradores de avanzada que llegaran al puerto, compraran dos botes más pequeños y siguieran a la gente que estaba siguiéndonos a nosotros. Mientras tanto, nosotros los dejaríamos atrás. Si sabían adónde nos dirigíamos, dijo, se quedarían en el agua. De otro modo, se detendrían en cada puerto para descubrir si habíamos pasado por allí.

—Y no os pongáis a nuestra altura de nuevo hasta que estéis seguros de eso —dijo.

El resultado de aquello fue que, en lugar de tomar tierra aquel día, proseguimos nuestro camino al norte por el noroeste, alejándonos del golfo y pagando a los remeros nuestro primer extra por velocidad. Más tarde, aquella noche, reajustamos nuestra ruta hacia el oeste e intentamos borrar nuestro rastro. Los vigías continuaron vigilando el horizonte tras nosotros, protegiendo sus ojos con pieles enrolladas como telescopios, pero la atmósfera se estaba nublando y no podían vislumbrar nada sospechoso.

A la mañana siguiente el agua se arremolinaba con iridiscentes rocas pulidas de ballenas muertas y moteado de carpas hinchadas. No podía ver, o sentir, el polvo cayendo sobre nosotros, pero vimos gris alrededor de sus branquias y, si pasabas una gasa de algodón mojado sobre tu cara, se volvía negra. La matanza había atraído a todas las gaviotas del mundo. No estoy exagerando. Estoy seguro de ello. Algunas eran del tamaño de cuervos, y otras eran tan grandes como pteranodones. Cuando dejamos atrás el andrajoso esqueleto blanco de, creo, una marsopa, se levantaron tantas gaviotas de ella que algunos de los remeros pensaron que estaban naciendo de su cuerpo. Las moscas también habían tenido un importante pico de población, y no había suficiente viento para mantenerlas apartadas, pero Mierda de Armadillo hizo un buen trabajo, cepillándome constantemente con un plumero de cabello humano, y cambiando de un brazo al otro cada pocas horas. Pobre Mierda de Armadillo, qué trabajador.

En nuestra novena noche fuera de Ix, el golfo se volvió picado, y amarraron las canoas con largas tablas para hacer una especie de catamarán. Teníamos que alejarnos incluso más de la orilla en caso de que el viento se volviera más fuerte y nos empujara hacia las rocas. «Esto es un huracán», pensé. Somos cebo de mero. Demasiado para el Curandero del Agua. Él será el primero al que tiraremos por la borda. Pero aquella mierda pasó sobre nosotros y, a lo que supuse que eran las tres de la mañana, la gran luna naranja se deslizó de detrás de las nubes como medio Valium de 5 mg y se dejó caer al agua. *So auch auf tener Oberfläche sich noch im krystallinischen Zustand befände.* Al día siguiente casi navegamos hasta el puerto en las olas muertas. El pueblo era un puesto de avanzada teotihuacano llamado Donde Fueron Cegados, en el lado norte de lo que más tarde sería la Laguna de Alvarado. Era, principalmente, un complejo de terrazas de lodo del estilo de los ghat que guiaban hasta un estuario poco profundo abarrotado de canoas, barcazas y tripulaciones hablando en cincuenta idiomas diferentes. Había un enorme campamento de salineros curando ratas del pantano y corvinas, e incluso con el viento, había cierto hedor a pescado fermentándose y una sensación general de malas vibraciones.

Mientras los tipos grandes regateaban, 2 Mano y Mierda de Armadillo me colocaron en una especie de cabaña portátil de mimbre, como una especie de máquina de bañar. Saqué mi material de escritura y un códice en blanco con cubiertas sencillas. Iba a usar carboncillo, pero entonces 3 me consiguió algunos fragmentos de hematita que hacían marcas muy claras en el yeso, como las puntas de plata, y lo preparé todo.

Escribí y codifiqué mi más reciente nota a casa:

[descifrado]

NUEVA PALABRA CLAVE: AWHNNBAGHSDDLPF-
SETQHYTAHBDSZ

Jed DeLanda
Tacoanacal Pana' Tonat (Alvarado)
Equipo Chocula
Ruinas de Ix, Alta Verapaz, RG

Miércoles, 31 de marzo, 664 a. C., sobre las 11.00 a. m.

Queridos Marena, Taro, Michael, Jed, et al:
Os habréis dado cuenta de que, en mi primera carta, intenté describir algunos de los colores locales, cómo eran, y pronto me rendí. En esta entrega me ceñiré a los negocios. Como mencioné, mi primera prioridad en Teotihuacan será conseguir una audiencia con la mujer del Códex N. Ahau-na Koh. Esto es lo que sé, hasta ahora, sobre ella:

Nació, o le dieron el nombre, el 1 Ben, 11 Chen, 9.10.13.13.13, en un lugar llamado Caña Podrida, que es una pequeña ciudad en B'aakal, en la periferia de Lakamha, Palenque. Era miembro de la familia gobernante allí, que eran aves en lugar de felinos y descendientes de la abuela materna de 2CE. Cuando tenía cinco años mostró signos, y una contadora de la Sociedad Cascabel de Lakamha le enseñó el Juego. Era especialmente apta, y seis años más tarde la sociedad la envió a Teotihuacan para que estudiara con los Tejedores del Orbe, una especie de convento de contadores del culto al Cascabel allí.

Incluso si esto hace que las cosas parezcan más complicadas, supongo que debo mencionar que los Tejedores del Orbe (fueron nombrados así en honor a la araña aracneomorfa gigante, la *Nephila clavipes*) eran parte del Aura, o Buitre, o Blanco, o Época de Paz, facción y sínodo de Teotihuacan.

Esto era seguramente para ayudar a solidificar los lazos entre Lakamha y Teotihuacan. Incluso aunque Koh tuviera que renunciar ceremonialmente a su familia biológica para convertirse en parte de la orden del Cascabel, la conexión aún ayudaría a su familia políticamente, sobre todo si volvía. 2CE mencionó que cuando la Dama Koh dejó a su familia, los líderes de todos los clanes aviares en el área enviaron regalos. 2CE le dio un contorsionista especialmente dotado llamado 0 Puercoespín, que era aún, supuestamente, su bufón favorito. En Teotihuacan era una de las pocas contadoras jóvenes que se convirtieron en una nueve-calaveras, una adepta que sabe cómo usar, y quizá formular, las drogas del Juego. La gente dice que habla con las moscas y que cambia la piel cada estación. Como algunos otros miembros mayas de su orden, se ha decidido que, o Koh no regrese al área maya, o que se evite su marcha, debido a las tensiones entre los hijos del Cascabel y los clanes gobernantes. La gente dice que sus ropas han sido tejidas por arañas, que recuerda haber estado en el vientre de su madre y que puede mudar su piel. El culto al que pertenece, la Sociedad del Cascabel de Estrellas de Teotihuacan, fue fundado por un transplantado ahau maya llamado 11 Xc'ux Tsuc (Serpiente Coral), que asentó su linaje en la ciudad el 9 de agosto de 106 d. C. Ha crecido constantemente a través de los siglos. Mientras tanto, los dos consejos fueron dominados por el clan Aura (Aura Común) y el clan Cola de Golondrina. Pero hace unos ochenta años los dos clanes principales y sus linajes afiliados se movieron para reajustar el predominio de sus propios protectores, especialmente Huracán, o el Hombre Marchito, y Koatalatcacalanako, una mujer de agua con colmillos a quien llaman la Bruja Jade. La Sociedad Cascabel fue subyugada y forzada a construir un muro que bloqueara la vista de la pirámide del Cascabel desde la plaza del mercado de Teotihuacan, cuyo paisaje dominaba previamente. Así que quizá los Tejedores del Orbe se están viendo presionados de algún modo, y quizá estén dispuestos a hacer un trato conmigo para conseguir salir de una mala racha. Bueno, ya veremos.

No se me ocurre una estrategia mejor. Tengo que admitir que he pensado en escabullirme de algún modo e intentar hacerme el Lord Jim.* Quizá pueda conquistar alguna aldea en

* *Lord Jim* es una película británica de 1964 basada en la novela del mismo nombre de Joseph Conrad. Narra la historia de un oficial de la marina desterrado a Sumatra que termina encabezando la lucha de unos nativos oprimidos, que lo apodaron Lord Jim. *(N. de los T.)*

el culo del mundo y después, cuando su tiro con arco esté en forma, volver a Ix y arrasar el lugar. Pero eso me llevaría un tiempo que no tengo.

Además, me pregunto si hay algún modo mejor de ocuparme del Juego, y de las drogas del Juego. ¿No hay por aquí algún otro contador de soles de nueve-calaveras, cerca de Ix, a quien podamos capturar y conseguir que descubra el pastel?

Pero cuando le mencioné eso a 2CE, me presentó tres buenas objeciones. Por una parte, cualquiera de los contadores de soles del clan felino preferiría morir antes que ser capturado. Morir no era nada para ellos, se suicidan sólo con que los mires raro. E incluso si capturaras a uno de ellos y evitaras que se suicidara, aún no habría modo de que te dijera nada. Existe el mito de que nadie aguanta para siempre bajo una hábil tortura, pero no es totalmente verdad, al menos no por aquí. De acuerdo con 2CE, puedes mantener a alguna gente gritando veinticuatro horas al día, siete días a la semana, durante veinte años, y no te dirán ni la hora. Segundo, los contadores en esta parte del mundo sólo tienen pequeñas reservas de las drogas preparadas. Lo que 2CE realmente quiere es la receta completa, y las plantas reales, o lo que sea, si puedo llevarlas de vuelta vivas.

A propósito, tenía razón en cuanto a que no podemos robar el alijo de los Ocelotes. Como vimos en el radar, hay una red de cuevas bifurcadas en el interior de las montañas tras el mul de los Ocelotes. Justo ahora están, supuestamente, excavando la tumba de 9 Colibrí Dentado en una de ellas. Dicen que hay una pequeña colonia de amamantadores allí abajo que rara vez sale. Y se ocupan de las drogas. Incluso si encontramos dónde están, se las tragarían y se suicidarían antes de dejarnos cogerlas. Tienes que darte cuenta de que los sobornos no funcionan a menudo con los clanes principales. Esta gente es absolutamente incorruptible.

Hace cuarenta años, los Ocelotes asesinaron al último de los mejores contadores de soles del resto de los linajes. 2CE es sólo un cuatro-calaveras, e incluso así es ahora el contador de soles de mayor rango del clan Arpía, así como su ahau. Su propio contador, de ocho-calaveras, murió hace años, y ahora el único contador de más de cuatro calaveras que queda en Ix es 0 Remolino, que pertenece a los Ocelotes. A estas alturas, al menos hasta donde se sabe, todos los jugadores de nueve-calaveras de fuera de Teotihuacan están comprometidos con linajes jaguarianos.

Si éstos han sido invalidados por nuevas alianzas, y si a ella la podremos persuadir o no, es algo que permanece desconocido.

Parece, además, haber algunos conflictos entre los contadores femeninos y masculinos. Se cuenta que, antiguamente, la mayoría de los contadores eran mujeres, y que algunos contadores masculinos se hacían castrar para mejorar su nivel de juego. Alguna gente dice que las contadoras de soles son más precisas, pero que están siendo oprimidas por los hombres. El grupo de Koh, aparentemente, solventa el problema efectivamente convirtiéndose en hombres. Supuestamente, Koh y el resto de las contadoras del Cascabel tienen incluso esposas, es decir, esposas femeninas, o concubinas, o lo que sea. Aunque quizá esto es sólo un rumor salaz.

2CE dice que si vuelvo con el paquete, corno hemos planeado, pretende obsequiar a los líderes de los linajes de Ix que no sean Ocelotes con dosis de las drogas, afirmando que su habilidad para fabricarlas es una prueba de que él, y no 9CD, es la persona que 1 Ocelote, el mítico fundador de Ix, quiere que gobierne la ciudad. Esto podría debilitar a los Ocelotes lo suficiente para que 2CE consiguiera el apoyo de los otros clanes principales de Ix. Cuando definitivamente estén de su lado, encontraría alguna excusa para desconvocar el Juego. Idealmente, los otros grandes clanes obligarían a los Ocelotes a dejar el poder y elegirían a 2CE como ahau. Entonces, si 2CE viviera lo suficiente, dejaría Ix y fundaría su propia ciudad en algún sitio, al este. Por lo que podemos decir de los restos arqueológicos, la familia de 2CE sobreviviría en el poder en alguna otra ciudad durante al menos doscientos años.

2CE me prometió que si le llevaba a Koh o algún otro jugador de noveno nivel, así como algún modo de producir las drogas, él se aseguraría de que yo fuera puesto en una tumba sin marcas, con las magnetitas en el patrón correcto, y todos los químicos y la información. Por supuesto, me doy cuenta de que esto es asumir demasiadas cosas. ¿Es sincero? Bueno, por supuesto, voy a tener que vigilarlo hasta el final. Pero supongo que puedo decir que, durante nuestras furtivas conferencias, 2CE y yo, en realidad, nos hemos hecho casi íntimos, a pesar de todo. Nos entendemos el uno al otro. Y hasta donde puedo decir, aún no me ha mentido.

Adjunto cincuenta y seis páginas sobre lo que he aprendido sobre el Juego hasta ahora. Veréis que en el poco tiempo que hemos tenido antes de dejar el pueblo, 2CE me ha enseñado un montón de reglas y estrategias «nuevas» (para nosotros). Además me ha instruido en algunos puntos de etiqueta que dice que me permitirán jugar con cualquier contador de soles maya.

Seguramente estarás preguntándote si 2CE me ha enseñado tanto sobre el Juego como habría podido. Bueno, yo también me pregunto eso. Por lo pronto, sé lo suficiente sobre el Juego para ser capaz de decir que, incluso aunque hubiera estado estudiando con 2 Cráneo Enjoyado durante diez años, sería afortunado de llegar al nivel de jugar con seis piedras. Y, por supuesto, eso no sería nada parecido a hacerlo con nueve. Seguramente pasaría años jugando, y nunca sería capaz de leer más allá de un solo k'atun por delante en lo no revelado, así que ocho sería imposible. De modo que tengo que conseguir un contador de nueve piedras trabajando en esto, o MAON tendrá que mejorar muy rápido, o la droga tendrá que hacer un montón del trabajo por nosotros, o estamos jodidos. Pero, o bien 2CE estaba escondiéndome algo, o bien hizo que su contador perdiera aquel Juego a propósito... bueno, no puedo saberlo. Yo no lo creo. Pero, como sabes, nunca he sido demasiado bueno juzgando a la gente.

2CE me ha prometido que si estas notas vuelven de este viaje sin mí, intentará enterrarlas con cualquier otro material sobre el Juego del Sacrificio que pudiera encontrar, así como con el patrón de magnetita, como hemos hablado, tan cerca como sea posible del área del objetivo. Aunque no soy demasiado optimista sobre las posibilidades de 2CE después del Juego de Pelota... Sin embargo, me siento optimista sobre lo de llegar a Teotihuacan a tiempo y comenzar lo que ha de ser una fase más fructífera de esta operación.

Gracias de nuevo por vuestra confianza...

Os deseo lo mejor,

JDL
Adj.

43

A las cataratas Nacouitan las llaman Xcaracanat, Lugar de la Placenta, porque las divinidades de la tierra habían sido mutiladas aquí durante la creación, cuando sus ojos se convirtieron en manantiales, termas y cuevas, y el océano surgió del charco de sangre en el que estaba muriendo. 18 Lluvia Muerta dijo que la diosa tenía bocas en las rodillas, codos, muñecas y un montón de articulaciones más, y que cualquier erupción era tan sólo ella pidiendo a gritos de nuevo suficiente carne y sangre para mantenerse con vida a pesar de las heridas. Dio a los sacrificadores un porteador con el que no estábamos contentos. Los guerreros se sentaron y esperaron en un refugio para viajeros, regateando con los comerciantes. Hun Xoc volvió del camino, y se agachó junto a mí.

—Hemos contratado dieciocho tortugas de dos piernas —dijo. Se refería a que habíamos tenido que comprar esclavos, que no eran buenos porteadores.

Asentí. «Bien».

No se trataba sólo de ahorrar dinero, dijo. Existían muy pocos porteadores profesionales. Sería mejor agotar a un grupo de esclavos sin experiencia y venderlos, o dejarlos junto al camino, y contratar reemplazos sobre la marcha.

Chasqueé. «Por supuesto».

Chasqueé «Bien» dos veces, para darle énfasis. Aunque quedaban doscientas cuarenta millas hasta los Lagos de Alas, casi justo al oeste. Si viajábamos veinte horas al día podríamos llegar antes del Gran Toque de Queda. Pero los caminos se estaban llenando.

Hun Xoc me miró. Yo le devolví la mirada.

—¿Estoy hablando a Chacal, o a 10 Escinco? —preguntó. No venía a cuento, pero era su manera de pillarte con la guardia baja.

—Chacal se ha ido —dije—. Mi nombre real es Jed DeLanda.

—¿Jed DeLanda? —preguntó.

—Así es —dije. Lo pronunció exactamente del mismo modo que yo lo había hecho. Era un cazador, y estaba siempre practicando la imitación de las llamadas de los animales.

—Y bien, Jed, igual a mí, ¿de dónde vienes, en realidad?

—De un lugar cercano a Ix —dije.

—¿De cuándo vienes?

—Vengo del decimotercer b'ak'tun —dije.

—Supongo que 2 Cráneo Enjoyado, superior a nosotros, no ha creído que tuviéramos que saber eso.

—No.

—Ya. —Hubo un instantáneo contacto, y miró hacia delante de nuevo—. ¿Es como aquí?

—Bueno, sabemos un montón de cosas —dije—. Y la gente construye un montón de cosas, ciudades incluso mayores que Teotihuacan... En el decimotercer b'aktun no estaríamos caminando por aquí, estaríamos volando en una especie de trineo sobre rodillos. Pero llevan los rodillos con ellos, así que no tienes que estar reemplazándolos. E iríamos mucho más rápido que ahora.

—Entonces ¿tú has estado en la Ciudad de las Cuchillas antes de ahora?

—Sí, pero en el decimotercer son sólo piedras vacías.

—Y tú, igual a mí, ¿sabes qué hay realmente al noroeste de Teotihuacan?

—Sí.

—¿Qué hay?

Contesté que había mucha más tierra, y después océanos, y después más tierra en el otro lado del mundo, que era redondo como una pelota. Dije que la gente y las cosas no se caen de la parte de abajo porque la pelota las atrae, del mismo modo que una magnetita atrae a otra magnetita. Mencioné que la Tierra gira alrededor del Sol, que es realmente una pelota en llamas mucho más grande.

—Pero la piel cero está también en llamas —dijo.

Yo contesté que sí, que el centro de la Tierra estaba caliente.

—¿Eso está debajo de Xib'alb'a? —preguntó.

—Xib'alb'a no existe —dije. Quizá estaba sintiéndome un poco irritable.

—Yo sé que existe —dijo—. La he visto.

Richard Halliburton, que ha estado en todas partes dos veces, dice que la gente se sorprende cuando le preguntan cuál es el país más bello en el que ha estado y él contesta México. Y aunque ha sido destrozado a conciencia desde que él lo vio, no es una sorpresa para la gente de allí, o de los alrededores. Y un montón de gente afirmaría que la vieja carretera desde Veracruz hasta Puebla es la ruta más hermosa de México. Aun así, cuando se está intentando batir el récord de velocidad de viaje por tierra, uno no está de humor para hacer turismo. Sólo seguíamos adelante, caminando trabajosamente.

El camino seguía colina arriba. Pasamos junto a tantos pueblos que perdí la cuenta después de cuatrocientos cincuenta y cinco. Sólo imagínate la frase «pueblo tras pueblo» con unos puntos suspensivos tras ella para dar a entender que sigue así para siempre. Cada uno tenía su propio y patético pequeño mul, a veces dos, en el centro de un anillo de cabañas. Remolinos de niños desnutridos y pandillas de desechos de la sociedad intentaban timar a los caminantes de aspecto más desvalido. En cierto momento de la última hora de la tarde estábamos corriendo (o mejor dicho, nuestros porteadores estaban corriendo, y nosotros espoleándolos) entre bajas colinas grises, fuera de la vista de cualquier otra caravana, y escuché una bandada de pájaros acercándose a nosotros desde el norte. Lo que tenía de raro era que, por los gorjeos, parecía estar compuesta de pájaros distintos (gaviotas, estorninos, cuervos y guácharos, todos juntos, algo impensable) y entonces, cuando llegó sobre nosotros, vi que era una bandada de cientos de guacamayos de color escarlata, enormes cosas rojas, azules, negras, blancas y amarillas, como chimpancés voladores con disfraces de payaso, pero con colas largas y gordas. Hun Xoc, que estaba apenas a un par de pasos frente a mí, saltó de la espalda de su porteador, salió de la hilera, ahuecó las manos alrededor de su boca y cantó hacia ellos:

¡Ah yan, yan tepalob' ah ten Ix tz'am!
Ah ten popop u me'enob nojol...

Todos vosotros, guacamayos, todos vosotros, cosas
    orgullosas, decidles a la gente de Ix,
en nuestras tierras del sur,
decidles a nuestros abuelos, decidles a nuestros hijos,
a nuestros hermanos, a nuestras mujeres,
cantad en nuestros jardines, en nuestros patios,
que nos esperen con paciencia, con valentía,
que nos esperen, que nos esperen, que nos esperen,
    que nos esperen, que nos esperen...

La bandada se expandió y se comprimió, y pareció darse la vuelta de dentro afuera mientras los pájaros giraban en medio círculo sobre nosotros, volando en formación. La ventisca de color hacía que pareciera que el blanco del cielo se había descompuesto en sus componentes primarios. Un par de deyecciones cayeron, sin darme. Una golpeó a Mierda de Armadillo en el pecho. «Bueno, para eso es para lo que está aquí», pensé. Los pájaros recogieron la canción de Hun Xoc y la cantaron de nuevo en un millar de estridentes pero muy pasables imitaciones de su voz, repitiéndola una y otra vez, y perdiendo intensidad mientras se dirigían al sur: «*T'u men, t'u men*, espéranos, espéranos...».

Aquella noche, 12 Caimán cambió el paso a una caminata para que pudiéramos estirar las piernas sin cansarnos demasiado. Era como lo que suelen hacer los *boy scouts*, treinta pasos de caminata y treinta pasos de carrera, excepto que nuestros plazos solían ser más cercanos a diez mil pasos. En 31 Manos, que estaba en alguna parte cerca de Córdoba, Chtlaltépetl entró en nuestro campo de visión. Era y es el volcán más grande de México. Su nombre español sería Orizaba, y 12 Caimán lo llamó «Donde el Hombre Costra Saltó al Corazón de Fuego». Había una espiral de algo elevándose de su cima, pero supuse que era sólo una nube. Por lo que podía recordar, la última erupción se había producido doscientos y pico años antes de aquel momento, y no habría otra grande hasta 1687.

Una sombra cruzó el camino, y por un momento pensé que era la tormenta, o quizá la columna de humo piroclástica de alguna erupción cercana, pero me di cuenta de que eran pájaros, o más bien palomas. Mientras un par descendían en picado cerca de nosotros, tuve problemas para identificarlas en mi cabeza. Tenían los pechos abultados de un cálido tono de rojo sin nombre, y entonces me di cuenta de que eran palomas migratorias. Todas a la vez cambiaron de dirección, y el cielo por completo dio la sensación de ser un bosque de álamos blancos y temblones porque, cuando fueron golpeadas por una ráfaga de aire repentina, giraron el plateado dorso de sus alas, y entonces la sensible ola que iba cruzando el continente salió en tropel hacia el oeste, hacia Nacananomacob, los Lagos de Alas. Una hora más tarde todavía quedaban algunas rezagadas. Era increíble que fueran a extinguirse, pero de algún modo, era más increíble que fuera a haber una época en la que sólo quedara una, y que esa una muriera a las 12.30 p. m. del 1 de septiembre de 1914. A mediodía tuvimos que hacer una parada corta en Topacanoc, o lo que es lo mismo, en Colina de la Nariz, a causa de un tabú direccional. O quizá en lugar de «direccional» debería decir «vectorial». Es decir, cuando estás caminando en una dirección dada, estás presentándote a una deidad protectora concreta, en una montaña concreta, y tienes que respetarla. En este caso, Hun Zotz, o 1 Murciélago, que vive en el oeste, no iba a estar disponible hasta que anocheciera. No quisieron decirme cuál era el problema, pero me dio la sensación de que quizá era que él era ella, y que le había llegado su celestial periodo. Aquello era insanamente frustrante. «No desesperes —pensé—. No importa lo lejos que esté tu objetivo... sólo que te estás moviendo hacia él. Esto es lo que te llevará allí».

En la quinta novena de la noche, el Mascador Rojo atacó. Significa que se produjo un eclipse parcial lunar. Supuestamente, el ojo del Mascador era como el de un búho, y podía vislumbrar movimiento en la oscuridad. Y favorecía a los Ocelotes. De modo que tuvimos que detenernos y acampar allí donde estábamos, en un campo en barbecho demasiado cerca de la carretera. Los gritos crecieron a nuestro alrededor, la mayor parte de ellos lejanos, pero algunos más cerca de lo que nos habría gustado, de gente intentando asustar a la sombra. Eran viejas voces graznando una antigua forma de cualquiera que fuera el galimatías que hablaran por allí, y los extravagantes dialectos de los viajeros y refugiados que estaban alojados en Choula. Y después incluso perros y monos ardilla y gatos monteses se pusieron a ello, ladrando, chillando y bufando. Me subí en los hombros de Mierda de Armadillo y miré atrás sobre las altas hierbas, al podrido pueblo. Los cincuenta y dos nichos en el lado visible del viejo mul con aspecto de hormiguero brillaron cuando los amamantadores avivaron sus fuegos.

La herrumbrosa sombra alcanzó el *Mare Vaporum*. Se produjo un espantoso acorde de lo que los oídos de Chacal conocían bien: las delgadas trompetas mexicanas de réquiem. Era la primera vez que las oíamos en nuestro viaje, y me provocaron un escalofrío automático. Ochocientos cincuenta y cuatro años más tarde los aztecas las tocarían para intentar asustar a Cortés. El mul brillaba y humeaba como un volcán. Finalmente, la sombra roja del Mascador desapareció (justo como estaba planeado, como me habría gustado haberles dicho, pero estaba intentando no llamar la atención) y se produjeron vítores y pitadas que finalmente murieron en una competición de cuatro o cinco versiones del mismo tipo de himno de gaita, repetido sin cansancio en una fuga sin metrónomo. La diosa-Conejo apareció en la cima del mul de carbón rojo y dudó un momento, como si estuviera decidiendo por qué lado bajar. Yo no volví a quedarme dormido, pero dormité.

Al amanecer, los exploradores volvieron y dijeron que había una especie de revuelta en Donde Vuestra Abuela Vivía (eso sería alrededor de San Martín Texmelucan), en la ruta principal hacia el lago, así que decidimos tomar la ruta al sur más cercana al altiplano, sobre el Paseo Cortés. La carretera subía colina tras colina, como erosionados peldaños de gigante. Pasamos cientos de acres de bosque recién quemado, salpicado de humeantes hornos, como si fueran colmenas gigantes. Muy pronto, incluso los pocos árboles que habían dejado por razones religiosas desaparecerían. Pinos y sabanas tomarían las cimas. La gente de allí vivía en casas de adoquines y cultivaba un maíz negro de granos diminutos. Agrupaciones de trocitos de obsidiana brillaban entre las rocas. La obsidiana era para Teotihuacan lo que el acero era para Inglaterra, o Alemania, durante la Revolución Industrial. Había una inagotable necesidad de ella en todo el mundo y, como el acero, parecía ser un factor para alguna especie de virus de militarización. El olor del cedro estaba por todas partes, no por los árboles vivos, sino por los grupos que llevaban esa madera desde los bosques del nordeste. Por la noche, la temperatura caía a cuarenta, y para nosotros parecía polar. Nuestros perros se quejaban y golpeaban matorrales de enebro y, sorprendentemente, 2 Mano mató una perdiz con una jabalina lanzada a mano. Sólo para castigarle por romper la paz, 12 Caimán hizo que se la regalara a uno de los locales. Mi rodilla estaba mejor e intenté correr, pero a medida que las cimas entraban en nuestro campo de visión, me quedé sin respiración, como todos los demás, y me dejé caer en la silla de un porteador. Dejemos que el proletariado se ocupe de eso. Yo pasaba de intentar ser políticamente correcto.

Cuando digo cimas me refiero, por supuesto, a Itzaccihuatl y Popocatépetl a nuestra izquierda y, lejos a la derecha, al volcán Tláloc. Nuestros nombres para ellos eran 1 Casa Hunahpu, 7 Casa Hunahpu y el Chac Hirviente. La mayoría de ellos llevaban muertos desde la Edad de Hielo, pero Popo estaba mostrando algo de actividad, quizá empático con San Martín, y el polvo salía de su cima este. Aun así, pensé, fue una erupción muy pequeña, quizá un 1.5 o así en la escala VEI. Si estuviéramos en 1345, 1945 o 1996, estaríamos metidos en un lío.

Nuestro vigésimo día fuera de Ix fue soleado con intervalos de nubes que se dirigían al este. A mediodía cruzamos el punto más alto del paso. Los Lagos de Alas, es decir, el lago de México, se extendía a 4.770 pies verticales bajo nosotros, acunado entre los valles de ambas sierras. Desde ahí podías ver que era amplio y sin olas, que sus orillas estaban onduladas por volcanes y montañas y que era de color verde menta junto a las orillas por el reflejo de los arbustos y los juncos, pero que su color se difuminaba hacia aguas abiertas tan suave y reflectante como una piscina de mercurio. Podía verse que el punto más alejado de la orilla opuesta estaba a unas cuarenta millas de distancia, y se veía que la cuenca estaba habitada, que las orillas estaban abarrotadas de aldeas, y que el lago estaba marcado con pasos elevados y plagado de canoas, embarcaciones y gigantescas balsas circulares.

«Bueno —pensé—, al menos puedo dejar de preguntarme por qué el sitio se llama Nacananomacob, los Lagos de las Alas».

Congregaciones de *bach haob'* y *halach bach haob'*, egrettas e ibis blancos, y hordas de *kuka'ob'*, tigrisomas, caminando en bucles junto a la orilla, y más allá, en la zona verde, *bich ha*, es decir, grullas canadienses, se movían por allí rígidamente en líneas y filas, como infanterías napoleónicas cubiertas de hielo. Una población de pájaros negros con las alas rojas se elevó batiendo las alas con el sonido de todas las puertas de taberna del viejo Oeste oscilando en sus oxidadas bisagras. Durante algunos segundos, sólo podían verse algunos trozos de cielo azul entre los enjambres hitchockianos antes de que cambiaran de idea colectivamente y se posaran de nuevo. Nacananomacob, pensé. *Nephelococcygia.* Nefelococigia. Nubecucolandia.*

* Ciudad de los pájaros en *Las aves*, comedia griega de Aristófanes. *(N. de los T.)*

Descendimos en ese tipo distinto de aire que hay en los altos lagos, donde hay tanta humedad como pueda existir, pero demasiado fina para contener excesiva agua. Desde abajo podías comenzar a ver lo urbanizada que estaba la zona. Las mejores islas habían sido edificadas hasta que estuvieron tan abarrotadas de casas como Mont Saint-Michel. La gente se había visto obligada a construir sus cabañas más y más lejos en el interior del lago, en bases de rocas, en zancos o, según parecía, sobre nada. Hablando de eso, el Gran Teotihuacan, como cualquier otro sitio que fuera «Gran», tenía un noventa y cinco por ciento de chabolas. 12 Caimán dijo que la mayoría de esa gente había estado viviendo de la caridad, dependiendo de distintos clanes y miembros de diferentes sociedades de auxilio. Supuestamente, la de Cascabel era una de las mayores. Repartían largos pasteles trenzados de tapioca como churros, y la gente pagaba directamente por ellos sin contribuciones ni impuestos divinos. A unos doscientos pies sobre el nivel del lago pasamos una isobara y el aire tuvo un nuevo sonido. Un *kos*, un halcón reidor, se lanzó sobre una cadena de cercenas verdes, pero ellas batieron las alas y se alejaron. Camarillas de martines pescadores verdes molestaban a los menores. Un águila pescadora se lanzó en picado al agua, burbujeó debajo durante un minuto y subió sin nada. Un par de *halach pocob*, jabirúes, con cabezas negras, cuerpos blancos y cuellos rojos, como monjas dominicas con las gargantas cortadas, salieron de los juncos con aspecto despreocupado, como si supieran que la pena por matarlas era la muerte mediante la amputación del pene. Se produjeron enervaciones de palomas incas y triples redundancias de pichones. Había cosas allí fuera de las que nunca había visto una imagen, y no se trataba sólo de alevines, o de cambios en el plumaje, o cosas así. Básicamente, aquello era suficiente para provocar a David Allen Sibley un ataque al corazón. Supongo que no puedo poner esto en mi lista de objetivos conseguidos, pensé. El NAS no lo apoyaría. Una multitud estaba gritando bajo nosotros, y cuando pasamos junto a ellos resultó que, a pesar de la atmósfera tensa, se estaba celebrando un Juego de Pelota *amateur*. Estaban golpeando una enorme pelota de madera con palos torcidos parecidos a *hurleys*. Dejamos el partido atrás y bajamos la colina mezclados con un río de postulantes enmascarados, alrededor de largas rampas en espiral. La mayor parte de ellos portaban cestas de huesos. Es decir, portaban los esqueletos de sus padres para añadirlos a los osarios de la ciudad eterna, de modo que pudieran esperar junto a los fundadores consagrados de sus linajes. Incluso allí, los pájaros estaban por todas partes. Creerás que es imposible que alguien viva aquí y pase hambre. Sólo tendrías que extender la mano en cualquier dirección y sacarías la cena del aire. Y por cada mil que cogieras de lo que fuera, diez mil volverían siempre.

Al menos, eso parecía que pensaban los habitantes humanos. Pasamos junto a centenares de talleres abiertos en los patios de almacenes bajos encalados en blanco, y dos de cada tres pertenecían a artesanos que trabajaban con plumas. Los tramperos sacaban pájaros vivos de redes enrolladas, rompían sus cuellos y los dejaban en montones mientras un contable dejaba caer una cuenta en uno de los varios cuencos y mantenía un conteo total en un cordón con nudos. Una mujer los defenestraba y quitaba las pieles, y otra los desplumaba, los lavaba y los clasificaba. Era como una línea de producción en cadena pre-Ford, con cada persona haciendo sólo algunas operaciones. Algunas familias se especializaban en desplumar en vida bichos protegidos, y lo único que podías oír cuando pasabas junto a ellos eran garzas y chachalacas gritando en una agonía dantesca. Vimos miles de ellos tambaleándose desnudos por los patios, picoteando pescado muerto y granos de maíz, y agitando sus alas sin plumas como brazos talidomidas. Ésta era una civilización basada en las plumas, tanto como Inglaterra se había fundado en la lana. «E incluso así —pensé—, les traemos dos trineos llenos de más plumas». Aunque, si te paras a pensarlo, todas nuestras pieles de pájaro eran de tonos que ellos no tenían. Estaban llenas de negro, blanco, gris, marrón, beis, azul claro, rosa y rojo. Les habíamos traído colores del nuboso bosque, violeta, magenta, azul oscuro, turquesa y verde esmeralda.

La multitud nos rodeó. Estaba empezando a pensar en la mayor parte de ellos como *ma'ala' ba'ob*, es decir, gente inferior a las suelas de tus zapatos. Por mucho que intentara mantenerme populista, por aquí el racismo parecía ser una virtud.

Seguimos empujando para salir del tropel. A veces lo único que podía ver a través de las cabezas eran millas de redes de pesca plegadas y secándose en altos postes ahorquillados. Hun Xoc me susurró que 14 Herido debería haber acudido a recibirnos en el otro lado del lago, como mínimo. Sabían que íbamos a llegar desde hacía cuatro días, y de mano de nuestros propios mensajeros (no teníamos palomas mensajeras, y aunque hubiera habido una especie de sistema de código de señales de humo en el camino desde la costa, no habríamos querido usarlo), pero aun así, eso debería haberles dado tiempo suficiente para prepararse.

—14 está realizando la parte de 7 Guacamayo —dijo. Quería decir, básicamente, «Está dándose aires».

—Vaya... —Chasqueé.

Miré hacia delante con los ojos entornados. Había una hilera de lo que parecían arcos ceremoniales separando la carretera de un amplio paso elevado de color blanco que se extendía dos millas a través de una especie de estuario hasta el brazo de agua principal. De cerca, los pilares resultaron ser postes con calaveras.

«Joder —pensé—. Esto nos hace parecer salvajes. A nosotros, los mayas, digo. En casa sólo colgamos a un par de famosos, y a algún granuja ocasional. Por aquí parece que se cargan a cualquiera que los mira raro, y luego cuelgan cada cabeza como si fuera algo especial».

Las del extremo oeste estaban tan erosionadas que apenas podías decir que fueran humanas. Esos tipos no tenían sentido del humor.

Regalamos o sobornamos nuestro paso a través del paso elevado. En la siguiente península, los peones de la costa nos metieron en dos balsas, cada una con cuarenta remeros, que nos llevaron al noroeste de Tamoanatowacanac, es decir, al lago portuario de Teotihuacan. Pasamos una isla que era una salina gigante, con esclavos de cabello corto sacando agua del lago con grúas con contrapeso como cigoñales y vertiéndola en acres de tinas cubiertas de blanco. Un ibis escarlata me miró como si supiera más que yo.

«Thoth* —pensé—. ¿Y qué dios eres aquí?».

La costa había sido igualada y alineada con muros provisionales verdes y grises hechos con miles de árboles caídos, todos alineados con las ramas hacia el lago, de modo que los atacantes tuvieran que abrirse paso a través de ellas. Tomamos tierra en un hueco del muro y, con tanta dignidad como fue posible, que no es demasiada cuando estás bajando de un bote, tomamos tierra en Babel.

---

* Thoth es la deidad egipcia con cabeza de ibis, dios de la sabiduría, el aprendizaje y las artes. (*N. de los T.*)

44

¿Sabes que algunas ciudades como, digamos, Marrakech, o Benarés, o la que sea, parecen encantadoras en el canal Viajar, pero cuando estás realmente allí el olor y la mugre te hacen desear estar de vuelta inmediatamente en, digamos, Tenafly, o de donde sea que vengas, sin importar ese donde sea? Tamoanatawacanac era como Benarés pero sin música filmi. Debía de haber ocho mil personas, al menos que yo pudiera ver, pululando por la costa, intentando llegar a otro sitio. Hice que mis porteadores me elevaran para que pudiera ver sobre la multitud. Estábamos en una especie de circuito abierto, o *pomerium*, de un millar de brazos de amplitud, con el muro de la costa tras nosotros. Hacia el este, había una alta prisión coronada por destartaladas torres de vigilancia. Había una cualidad ad hoc en aquel lugar, esa sensación que tienes cuando ves un parque como dios manda convirtiéndose en un Reaganville, con gente zarrapastrosa acampando, en tiendas, en carpas, debajo de mantas, debajo de nada, debajo de los demás. Veintenas de lanzadores de jabalina Colas de Golondrina se abrían paso lentamente a través de la turba, amenazando a peregrinos demasiado agresivos con mayales de fibra de palma. Un guerrero al final de cada escuadrón sostenía un poste de treinta pies con un enorme escudo redondo de plumas de unos cinco brazos desde la parte de arriba. Cada escudo tenía un motivo distinto, lo que, supongo, era el emblema del escuadrón. Y al final de cada poste, estaba la bronceada piel de alguien que había ido a algún sitio, o hecho algo que no debía, agitándose lentamente como la banderola mojada de un museo.

En este mundo tus ropas eran tu pasaporte, y el grupo de lanzadores de jabalina nos ayudó a conducirnos a través de la plebe. Miembros sólo, pensé. Pasamos junto a varios grupos de personas. Por ahora podía distinguir los clanes y las nacionalidades por sus ropas y adornos corporales y, como extra, el conjunto de Chacal de principalmente desdeñosas asociaciones de estatus saltaba automáticamente. Por ejemplo, el tipo de saris naranja que vestía una gente bajita y sucia significaba que eran Cacaxtlans, y aquellos de allí, esos cabeza-abovedada altos y enjutos con (joder, estoy usando derogatorios, que es de buena educación aquí pero malo, malo, malo, en el siglo XXI), esos tipos enjutos con la precancerosa piel craquelada por el sol eran Chanacu, proto-Mixtecas, de las montañas alrededor de Zempoaltépetl. El grupo que iba atado con una cuerda, altos ectomorfos con las costras frescas y bolsas de arena de penitencia atadas a los tobillos no eran esclavos, sino Yaxacanos, gente del lejano noroeste del valle, expiando una deuda negra. Esa fila de pequeños, pálidos, furtivos, casi desnudos personajes con las grandes tapas en los labios y el corte de pelo de cacerola con una capa de arcilla vienen de muy, muy lejos, del sur, quizá incluso de Costa Rica, y venden pequeñas ranas e insectos hechos de oro repujado, que era aún una enorme novedad por aquellos lares. Un rey menor zapoteca, cubierto de escamas de concha de un vibrante amarillo, pasó junto a nosotros montado en los hombros de un hipertelórico gigante de casi siete pies de altura. Había dos tipos de personas con aspecto occidental: Taxcanob' de la costa del Pacífico, y otra tribu que yo no ubicaba, una especie de pescadores con pieles de anguila y dientes de tiburón. Cuatro de ellos estaban agachados junto a una cruz grabada en el pavimento, jugando una sencilla versión del Juego. El resto estaba por ahí, charlando ruidosamente. «Qué juego más tonto», pensé. La diferencia entre el Juego del Sacrificio real y lo que ellos estaban jugando era como la diferencia entre un torneo de bridge y el juego de las familias, multiplicado por cien. Hun Xoc señaló un grupo de altos norteños de aspecto pueblerino con pieles de venado que supuestamente habían viajado durante años por los desiertos del norte y que habían llegado (esto es difícil de creer, pero posible) desde uno de los incipientes imperios del maíz junto al Ohio Misisipi. Comerciaban con un tipo de piedra azul recién introducida, tremendamente cara y aún desconocida en los estados mayas: la turquesa. Delante de nosotros se produjo el sonido de alguien recibiendo una paliza, y a nuestra izquierda, un hombre-estera ambulante, es decir, una especie de subastador independiente, se había establecido para vender hijos de peregrinos para que sus padres pudieran entrar. Levantó a un niño de cuatro años desnudo sobre su cabeza para mostrarlo, sosteniéndolo por la cuerda que ataba sus pies a sus muñecas, de modo que el niño cayó hacia delante, chillando. Una patrulla de guerreros mayas con un ambicioso corte de cabello pasó junto a nosotros; eran yucatecanos, y los tipos de las marcas pirografiadas en forma de espiral en el lado izquierdo de sus cuerpos eran colimanos que estaban aquí para vocear la cerámica que reemplazaría las cosas que se rompieran durante el Silencio. Aparentemente (y yo no estaba demasiado seguro de eso aún) la idea era que cualquier cosa con alma, lo que básicamente significaba cualquier cosa con una función, como un arma, o una herramienta, o incluso un cuenco, podía ser poseída fácilmente durante la vigilia y comenzar a atacar a sus dueños. Me imaginé a una regordeta ama de casa azotando los brazos alrededor, en la oscuridad, esquivando a un furioso enjambre de menaje de cocina de terracota. De cualquier modo, se supone que hay que romper todas esas cosas y comenzar de nuevo. Quizá era sólo una estrategia de marketing para poder vender más cosas a los demás. En lugar de una planeada obsolescencia, que significaría que tendrías que salir con un nuevo modelo demasiado a menudo, lo habían simplificado con una planeada obliteración.

Avanzamos hacia la prisión. Haceos a un lado, los VIP se abren paso. Entrar no parecía fácil. Una cadena de guerreros

Colas de Golondrina en fila de tres bloqueaba la única abertura del muro. Tras ellos, a través del vapor de cientos de saunas, podías ver una colina con terrazas abarrotada de almacenes recién techados y montones de troncos de árboles cortados y dados forma. Estaba pensando que seguramente habíamos hecho todo ese camino para nada, cuando me di cuenta de que estábamos colocándonos en formación de recibir hospitalidad, y de que 12 Caimán estaba siendo saludado por un quincunx de guerreros que habían salido de la nada. Hun Xoc me señaló a uno de ellos: el famoso 14 Herido, el sobrino adoptivo de 2CE.

Llevaba lo que parecían más joyas de las que requería la ocasión, pero era un poco más bajito que la media de la nobleza maya, y tenía una indescriptible mirada bajo su media máscara. Era el líder de lo que podríamos llamar la comisión comercial del clan Arpía en Teotihuacan. En realidad, era un poco más complicado que eso, porque los Arpías eran parte de una especie de federación internacional de linajes relacionados con las águilas, y él hacía negocios con un montón de ellos. Pero el punto clave es que se ocupaba de gran parte del comercio de las tierras bajas y que, aunque no era un ciudadano de Teotihuacan (lo que es en realidad una definición bastante incierta), supuestamente tenía un montón de amigos en las altas esferas.

14 Herido estaba en el centro de cuatro guerreros adoptados. Eran expatriados del rural Ixob, seguramente refugiados, que habían sido unidos por la sangre, de un modo u otro, a su clan. A pesar de los rostros mayas, tenían cierto aire de extranjeros, por las mantas dobladas en ángulos y por las pieles brillantes de la roja grasa de perro. Llevaban *tanasacob*, que eran una especie de colgantes con forma de peine que se introducían a través de un *piercing* en el tabique nasal y colgaban sobre la boca. Me recordaban a los bigotes victorianos, recatados, en cierto modo, pero también amenazadores. Hacían que un rostro fuera sorprendentemente difícil de leer. La razón para ellos, supuestamente, era que en aquella ciudad presuntamente libre de violencia, los dientes eran considera-

dos demasiado agresivos para mostrarse. Decían que los malos vientos portadores de costras salían de las bocas de la gente. Lo que no está demasiado lejos de la verdad, si te paras a pensarlo. Era como un amuleto contra el mal de ojo, excepto que era para el mal de boca. Si tu *tanasac* se caía, se suponía que debías cubrirte la boca con la mano como una mujer japonesa al reír.

No fue sencillo, pero nuestro cerebro colectivo se hizo cargo, y se las arregló para abrir un pequeño espacio entre la muchedumbre.

—Por favor, dejadnos festejarlo con vosotros, no rechacéis nuestros pasteles —dijo 14 en un melifluo tono de voz de viejo fumador. No se podía ver demasiado de su rostro, pero sus ojos tenían un aire guasón.

—Gracias a vuestros señores por acoger a nuestros guerreros —dijo 12 Caimán como muestra de respeto.

Hun Xoc desenrolló una estera de regalo, y 12 Caimán depositó un fardo de nuestros mejores cigarros en ella.

Hicimos el baile de bienvenida completo. 14 Herido tocó su hombro, saludándome respetuosamente, pero no como igual, una especie de saludo de «Hola, hermanito». Ya habían acogido a 12 Caimán y a dos guerreros más antes. Pero no había estado en Ix desde hacía veinte años, y gracias a Dios, ni él ni su clan habían visto nunca a Chacal. Le devolví el saludo como mi superior. No era el momento de ponerse de malhumor por una orden jerárquica. Mientras, los porteadores que habían venido con nosotros estaban deambulando por el círculo como una cuerda enrollándose en el interior de un cubo. 14 dijo que estaba ansioso por compartir chile con nosotros, y que los Colas de Golondrinas habían decidido cerrar las carreteras antes, así que tendríamos que movernos.

«Bien —pensé—, ¿qué hemos estado haciendo todo este tiempo? ¿Tumbarnos por ahí comiendo bombones? Gilipollas».

Formamos como un batallón de instrucción en nuestro patrón de reunión-con-relativamente-importantes-extraños. Era, básicamente, medio círculo de guerreros, con 12 Caimán en el centro y tres filas de ayudantes, de rango decreciente, en cuclillas tras nosotros. Me pusieron a un lado, en la posición del segundo-más-joven, de modo que no tendría que hablar nada.

Por allí todo era como estar entre bastidores. Tenías que conocer a alguien. 14 ya tenía una acuerdo con los Colas de Golondrina. El muro de guerreros se abrió lentamente y se cerró tras el último hombre de la caravana, como una ameba comiéndose un rotífero. Si esto hubiera sido algún tipo de puerta normal en lugar de una humana, algunos de la chusma podrían haberse colado. Ahora estábamos en un incómodo espacio entre la prisión y el paso a unos mil brazos colina arriba. Había altos montones de leña y mantas de algodón secándose en hilera, como si estuviéramos en el patio colectivo de algún parque de caravanas. Había más espacio aquí, y encontramos un área vacía. Los porteadores, que habían estado cargando los trineos sobre sus cabezas, por fin los vaciaron y se los llevaron aparte. Parecían molestos por desmantelar a sus viejos colegas. *Mis cadenas y yo nos hemos hecho muy amigos.* Un grupo de individuos de aspecto extraño, de un clan de Teotihuacan llamado las Grullas, que parecían ser como inspectores de hacienda, echaron un vistazo a la mercancía. 12 Caimán y el jefe de las Grullas dispusieron el regalo a la colina, que era como un arancel de entrada. Un contable caminaba alrededor atando nudos mariposa a una enorme y enmarañada cuerda de cuentas. Separamos nuestras armas y un par de objetos prohibidos, como la tela verde, cualquier cosa hecha de piel de serpiente y el equipo de poktapok. Los juegos con pelotas grandes eran considerados un tipo de guerra o, supongo que podríamos decir, un arte marcial, y por eso estaban prohibidos aquí. De hecho, el único deporte de pelota legal era el episodio de lacrosse que acabábamos de ver, que no tenía ningún sistema de apuestas oficial. Me di cuenta de que Hun Xoc y el resto de los jugadores se ponían cintas adornadas sobre los callos del Juego de Pelota en sus rodillas y brazos. Por aquí, los jugadores profesionales eran considerados individuos de dudosa reputación.

—¿Se me permite sacar la mierda de mi estómago? —preguntó 2 Mano al contable en la lengua de nuestro clan—. ¿O tengo que dejarla ahí?

El contable respondió que no entendía.

—Porque la quiero de vuelta cuando nos marchemos —dijo 2 Mano.

Todos tuvimos que ponernos mantas grises oscuras y nos colocamos tanasac, esas cosas como peines para la boca. La mía había sido hecha para mí (no puede vestirse la de otra persona) y aun así no me encajaba. Maldita cosa. Supuestamente no puedes llevar el rostro desnudo en ninguna parte del valle sagrado. Induso los menores tenían que atar un trapo sobre sus bocas, como bandidos del Oeste. De cualquier modo, no podría imaginar una pieza de joyería masculina más molesta. He visto anillos para el clítoris de cuatro pulgadas que eran más cómodos. Seguramente.

El ayudante de las máscaras corría de atrás hacia delante preparándonos, como un peluquero antes de un desfile de moda. Mientras tanto, los acólitos comprobaron nuestras aptitudes. Nos trataban con deferencia, pero aun así teníamos que hacer lo que decían. Supongo que era como el chambelán, o quien sea que le diga al príncipe de Gales que camine por aquí o por allí. Cada uno de nosotros (incluidos los esclavos) tuvimos que repetir un pequeño juramento de paz, tanto en nuestra propia lengua como en teotihuacano, que había aglutinado palabras sin fin y sus extrañas vocales, y que era incomprensible para la mayoría de nosotros. El juramento decía que nunca levantaríamos un arma ante nadie, que siempre cubriríamos nuestras bocas y que estaríamos presentes para amamantar el crepúsculo y el amanecer. A continuación, cada uno de nosotros tuvimos que tirar un artículo de ropa a una hoguera. Resultó que los vestidores habían atado un sencillo lazo alrededor de nuestros tobillos sólo para eso. «Tíos, os habéis ganado la propina», pensé. Había estado a punto de tirar mi taparrabos. Luego todos tuvimos que cruzar una línea de parras con campanillas que hacían de límite del uay, es decir, algo que el tipo equivocado de individuos invisibles no podían cruzar. Finalmente, los acólitos que portaban los incensarios nos rebautizaron con humo salido de un tubo gigantesco, y nos dieron a cada uno una pequeña cosa de barro.

Yo miré la mía con esa sensación de «Gracias, ¿qué demonios hago con esto?», como cuando te pasan esa pipa de arcilla y el tabaco en la graduación de Yale. Era un bulto rectangular de barro sin esmaltar, recién salido del horno, con dos agujeros, o huecos, o depresiones. Oh, vale. Los huecos estaban llenos de carbón en polvo mezclado con copal y perfumado con bergamota. Era un quemador de incienso.

Nos despedimos, giramos al este y subimos la amplia carretera con el lago a nuestra espalda. Me di cuenta de que, en cierto momento, cuatro hombres altos vestidos como acólitos Colas de Golondrina se habían unido a nosotros. «Son guardaespaldas —pensé—. Espías». 12 Caimán había dicho que tendríamos *tsazcalamanob*, «guías» o «anfitriones», y que no los reconoceríamos hasta que dijeran algo. «Bien. Finge que son botones. Es por tu propio bien».

Teotihuacan sólo tenía un par de fortificaciones y algunas murallas bajas de piedra en algunos lugares clave. Tuve la sensación de que, durante mucho tiempo, la ciudad había creído que era invulnerable a causa de su magnificencia. Últimamente, habían construido barricadas móviles de madera, campos frisios, como lo habrían dicho en los viejos días del calvario, es decir, troncos de árboles desnudos con troncos puntiagudos más cortos intercalados perpendicularmente en grupos de tres, cada pocos brazos, haciendo una formación de afilados trípodes. Pasamos junto a cuatro grupos de esclavos que estaban arrastrando esas cosas hasta los puntos donde, a partir del día siguiente, los colocarían en la carretera. Había además tres fosos secos recién cavados, con estacas punji en el fondo, que cruzamos por puentes de madera. Uno tenía un aspecto tan inestable que bajé de mi porteador y crucé yo mismo a pie. 12 Caimán me miró con los ojos hundidos, lo ignoré y subí de nuevo a mi corcel humano.

Los pájaros se dispersaron. La partida de lacrosse tras nosotros perdió entusiasmo y se silenció. Un trueno creció a nuestro alrededor, o quizá no fue un trueno... sino tambores, pensé, enormes tambores de agua, tan total e inexplicablemente satisfactorios como un Re grave en un timbal, manando en oleadas con largos descansos entre ellos, *bombombom- bombom, bom... bombombombombom, bombombom... bombombombornbombom,* y me di cuenta de que el ritmo eran los números del día, *Wak, Kimi, Kanlahun Sip,* 6 Muriendo, 14 Ciervo, una y otra vez en un patrón único que nunca era repetido, 6... 14... 9... 11... 11... 12... 6..., *bombombombom, bombombombom... bombombombom... bombornbombombombom...* Era el ángelus, el ofrecimiento crepuscular. Nuestro grupo aminoró la marcha y se detuvo. Me hicieron una señal para que desmontara. Joder. De ahí en adelante caminaríamos. Los palanquines no estaban permitidos en la ciudad santa, y no se autorizaba que pudieras montar en la espalda de alguien a menos que estuvieras incapacitado.

Todas las caravanas se habían detenido. Todo el mundo miraba hacia delante, hacia el noroeste. Los pájaros volvieron a posarse. Sacamos nuestras candelarias. La masa de ruido procedía de la cima frente a nosotros, de la ciudad santa. Los tambores respondían desde muy lejos, al otro lado de los lagos, y llegaban con medio latido de retraso para sincronizarse con los ecos. Vamos, pensé. «Rock the Casbah».* El retumbar llenó los valles, y el mundo pareció estremecerse. Los tambores de las casas más pequeñas cogieron el ritmo, hasta que éste se rompió en centenares, y después millares, de voces menores y menos disciplinadas que se disolvieron en una indescifrable vibración global, como todos los tambores militares que Ludwing hiciera alguna vez. Los iluminadores estaban pasando entre las caravanas con varas de ocote,** y uno de

* «Rock the Casbah» es una canción de The Clash, de su álbum *Combat Rock* (1982). La canción trata de una manera cómica y sarcástica la reciente prohibición del rock and roll en Irán por el ayatolá Jomeini. La letra del tema habla sobre un supuesto levantamiento de la gente para criticar la medida procediendo a «rock the casbahs» (en español «rockear la alcazaba»). *(N. de los T.)*

** Madera resinosa para encender fuego. *(N. de los T.)*

ellos encendió mi quemador de incienso. Susurró algo sobre que era fuego fresco del mul Huracán. «¿Le doy una propina a este tipo?», me pregunté automáticamente, pero se había ido. Ah, el aroma de la resina purificadora. Éste es el olor de la frescura. ¡Ay! Me había quemado el pulgar. Joder. Le di la vuelta a aquella cosa y la sostuve al nivel de mi frente para que el humo no respirado pudiera flotar hacia arriba. Al otro lado, mujeres, bebés y tambaleantes ancianos se apiñaban en los tejados de los almacenes y sostenían sus incensarios. Nadie en el interior de la órbita de la ciudad se libraba de presentarse al sol en el amanecer y el atardecer. Aunque tuvieras un centenar de años de edad, aunque fueras tetrapléjico, aunque estuviera lloviendo a cántaros, de hecho, especialmente si llovía, para decir gracias por la maldita lluvia, tenías que estar allí. Y si no estabas, y por lo que fuera no te echaban a patadas de la ciudad, te colgaban. Así que un poco de aire fresco era obligatorio.

Los tambores se disolvieron en un cántico, un ulular de garganta en un lenguaje que parecía tener menos consonantes que el hawaiano. Yo sólo murmuré bajo el peine de mi boca. Más tarde escuché que, supuestamente, nadie recuerda qué significan esas palabras. Quizá todo el mundo las murmura sin más.

El cántico se desvaneció. Como todos los demás a mi alrededor, cogí un poco de arena del camino y apagué mi incienso. Subimos el último tramo de amplios escalones blancos hacia el fresco aire del paso, a través de una entrada ceremonial y sobre la cima del círculo.

—¿*B'aax ka mulac t'een?* —preguntó 2 Mano—. Pero ¿dónde está la ciudad?

Ciudad de las Cuchillas

45

Un lago de niebla llenaba el valle bajo nosotros, con tan sólo el amplio cono de Cerro Gordo (la Montaña Blanca de la ciudad) delineado contra el cielo gris. Nos detuvimos en un paso en el extremo sur de la cuenca, y el camino descendía frente a nosotros entre grandes villas estucadas, en una larga cuesta que yo sabía que era una suave llanura aluvial. Esto no es niebla, pensé, es azul. Esto es humo, ofrendas de copal de varios cientos de miles de esos pequeños incensarios. Y, justo en el último segundo, una capa de humo se detuvo en la parte de arriba de la cuenca de aire inmóvil, de modo que pudimos ver una luz naranja, y después tres, en la niebla, casi a nuestro nivel: una lejos, encuadrada por Cerro Gordo, y dos más cerca y a la derecha. Entonces vimos unas siluetas hinchándose bajo ellas y descubrimos que las luces eran las hogueras en las cúspides de los tres grandes mulob, el mul de la Bruja de Jade en el extremo norte, el más alejado de nosotros; a continuación el gigantesco mul del Huracán, a su derecha; y después, más cerca, a la derecha y menor que los otros dos, el mul azul índigo de los Hijos del Cascabel de Estrellas. Otras fogatas resplandecían en la atmósfera gris, cada una en la cima de otros cientos de mulobs, no tan altos como los tres mayores, pero tampoco bajos. Y entonces, mientras el humo se elevaba y disipaba, más y más cosas se solidificaron *brigadoonísticamente,**

* *Brigadoon* es una película de 1953 basada en un musical de Broadway. Narra la historia de una pequeña aldea encantada, Brigadoon,

abandonando la niebla, cosas muy, muy, muy sólidas que crecían en una lenta adicción, como cristales de alejandrita en un tanque de laboratorio, un esqueleto de escala molecular metamorfoseándose en una joya para gigantes.

Cuando la vi por primera vez, en ruinas, mil trescientos cincuenta y un años después, yo era un urbanita de finales del siglo XXI un poco displicente de los viajes en avión y los rascacielos, pero aun así me abrumó. Para un mesoamericano del siglo VIII no había duda posible de que aquello debía ser el paraíso en la tierra, la mayor ciudad que había existido nunca y que existiría jamás. No había duda de que había sido construida por los dioses antes de que los hombres existieran, ni de que sus gobernantes actuales fueran descendientes de esos dioses, que se encontraban sentados inexpugnablemente en el centro de las veintitrés conchas del universo. No hay palabras en ingles, español, ch'olan, klingon, ni en ningún otro lenguaje, que pudieran describir el sobrecogimiento espiritual que provocaba ese lugar ante el peso de su poder. Antes de que pudieras ver la multitud, ya la oías, o la sentías, como si hubieras puesto la mano en el exterior de una colmena; y más tarde veías que las superficies, todas las superficies horizontales, estaban cubiertas de motas naranjas, y negras, y grises, que el lugar estaba abarrotado.

«No es posible que toda esa gente pueda caber dentro —pensé—. Ésa no puede ser su población ordinaria. Deben de quedarse a dormir en el exterior, unos encima de los otros. Creciendo, creciendo...».

Como en Ix, sólo una diminuta proporción de la construcción había sobrevivido hasta el siglo XX. Pero, a diferencia de Ix, esos fragmentos habían sido excavados y restaurados a principios del XX. Yo había pasado un par de semanas allí en 1999, y conocía bien el mapa arqueológico. Ahora podía ver lo chapucera y errónea que había sido la restauración

---

que permanece dormida y recobra la vida sólo por un día una vez cada cien años, preservándose así de la corrupción y la maldad exterior. *(N. de los T.)*

del INAH.* Pero incluso aunque hubiera sido perfecta, había tantas cosas que no perdurarían, tantas cosas que eran nuevas, que yo apenas reconocía el lugar que había estudiado. Lo que los turistas veían era sólo el centro de la zona teocali, piedras y polvo en mitad de la nada. Ahora, ese centro era sólo una parte más elaborada de una concentrada metrópolis que se extendía más y más, una formación de intercaladas colmenas que se parecían más a una sola edificación que a muchas, y que estaban repartidas sobre todo el valle y las colinas, hacia arriba, y alrededor de Cerro Gordo; un paisaje de agresiva artificialidad, como la que asociarías con lugares como Hong Kong, o Las Vegas, y no con el mundo premoderno. No había calles visibles, ya que las calles eran callejones estrechos entre amplias casas o complejos de apartamentos familiares, de modo que las áreas residenciales se parecían más a una ciudad de Oriente Medio que a una del Viejo Mundo, excepto por pequeños detalles, como los colores y el estilo. Como Manhattan, la ciudad estaba orientada un poco al noroeste, en este caso 15.25 grados, para alinearse con Kochab, y la larga y derecha cadena de patios en los niveles más bajos que los aztecas, mucho más tarde, llamarían Calzada de los Muertos, se extendía directamente frente a nosotros. En realidad no era una calzada, y por el aspecto de las cosas hoy día, ni siquiera era una ruta procesional, sino una serie de plazas enlazadas, llenas de torres en las que ni siquiera se había pensado durante las reconstrucciones. Supongo que, por claridad, debería llamarlo el eje principal. Ahora podía ver que el mul del Huracán era negro y rojo, que el de la Bruja de Jade era negro y blanco y que el mul del Cascabel era negro y azul celeste. El mul del Huracán amenazaba como un ataque al corazón contra las colinas, como «Guau, esto es más que grande, está en una escala distinta, esto no ha sido construido por humanos». Podías sentir el volumen, la gravedad vertical, en el corazón, como si fuera una bola de acero en una superficie inclinada

* Instituto Nacional de Antropología e Historia, México. (N. de los T.)

rodando hacia él. El mismo fuego había estado ardiendo continuamente durante cuarenta y cuatro años, desde la última interrupción en el ciclo, pero lo extinguirían dentro de once luces para que no desafiara al Bromista, el Mascador Negro. Entonces, cuando el eclipse terminara, lo encenderían de nuevo con el mismo sol. La cosa tenía una certeza adormecedora que, sencillamente, no permitía la posibilidad de desacuerdo. ¿A quién se le ocurriría pensar siquiera en sublevarse contra eso?

También podíamos ver claramente el mul de la Bruja de Jade (mucho más tarde, la llamada Pirámide de la Luna) al mirar hacia abajo, al final de la titánica calzada. Estaba demasiado lejos para ver con nitidez a través del humo y el vapor, pero parecía tener motas de algo enjambrándose alrededor. ¿Pájaros? ¿Algo en mis ojos? El tercer gran mul, el azul, la única edificación azul de la ciudad, la Casa de la Hermandad del Cascabel de Estrellas, estaba donde debía estar, agresivamente colocada en el extremo sureste del eje principal, como una torre deslizándose sobre la ficha del rey. Era menor que las otras pero estaba infinitamente más adornada y, aun siendo más pequeña, era enorme. De hecho, quizá era un poco mayor de lo que sería en la versión reconstruida, siglos más tarde, ya que ésta descubriría una fachada anterior. Tenía más que un toque del Sur Maya en ella, con su superficie de serpientes entrelazadas, pero incluso aquí, el diseño había sido geometrizado, o mexicanizado, o «cubistizado», o lo que fuera, de modo que encajaba y no encajaba con el resto de la ciudad. Un poco de asimetría que, en este caso, quizá era más desestabilizante.

En el centro del eje principal, en la enorme plaza frente al mul del Huracán, había un cuarto elemento que no estaba en mi mapa mental. 2CE no lo había mencionado, y no había sido reconstruido por los arqueólogos. ¿Cómo podrían haberlo perdido? Joder, era grande, un enorme cono escalonado que se elevaba como un pulgar verde y que era casi tan alto como el mul. Cuando enfoqué la vista, resultó ser una especie de pagoda abierta con trece plantas o plataformas, cada una de las cuales se alzaba unos cinco brazos sobre la anterior. La gente hormiga que pululaba por allí estaba desnuda y pintada con rayas grises, lo que significaba que eran esclavos. Decidí que aquello debía de estar construido con juncos y madera verde, y que seguramente era el *xcanacatl*, esa especie de hoguera-de-las-vanidades de la que 12 Caimán me había hablado. Eso significaría que estaría terminada y abarrotada de ofrendas a tiempo para la oscuridad, y que, después de que los amamantadores ahuyentaran al Mascador, lo encenderían con el fuego nuevo del segundo amanecer.

Los rostros del mul de la Bruja de Jade bajaban el eje principal como un general pasando revista, pero los rostros del mul de Huracán se revolvían contra el vacío. Había sólo una plaza de tamaño medio en el otro lado el eje principal para equilibrarlo, aunque sin conseguirlo. El hinchado armatoste miraba fijamente hacia el oeste, y había cierta sensación de soledad, o pérdida. Había una pregunta en el aire, como si vieras a un atleta clásico de mármol con un brazo levantado, y ese brazo estuviera roto por el hombro y tú te preguntaras: «¿Está saludando? ¿Está tirando una jabalina? ¿Está levantando una espada?». O, quizá, como si oyeras la primera parte de una estrofa musical sin terminar y fuera tan perturbadora que intentaras terminarla tú mismo, y tararearla. Había una extraña sensación de expectación... Una sensación de algo no totalmente incompleto, sino sencillamente en espera, como lo que sentiría Miss Havisham* tras preparar una mesa del tamaño del mundo para un invitado importante, un prestigioso forastero de fuera, que habría de llegar pronto.

---

* Miss Havisham es un importante personaje de la novela de Charles Dickens *Grandes esperanzas* (1861). *(N. de los T.)*

46

Nuestros porteadores dudaron. El mío murmuró una corta oración protectora en una lengua local («Abuelos, cuidad de mí», o algo así), pero 12 Caimán hizo que se pusieran en camino de nuevo, y nos movimos hacia delante, y abajo. El peine de mi boca estaba goteando saliva y me dolía el tabique nasal. Como el camino tenía escaleras, no tenía que zigzaguear como las carreteras del Viejo Mundo, y un par de veces pensé que me caía hacia delante. Olas de olores a chilis secándose, maíz hirviéndose, heces quemándose y el arcilloso aroma del sílex y la obsidiana recién astillada pasaron a través de nosotros. Los sonidos constantes de chasquidos y chirridos crecían hasta nosotros desde los talleres, como cientos de escarabajos y cicádeas jeroglíficas. Un secretario de rostro blanco del clan Aura vino y nos tomó los nombres, los títulos y las cantidades, y lo anudó todo en un lío de cuerdas como un quipu inca.

Nos reagrupamos. Sólo quedamos veinte personas en nuestro grupo. Eso no parecía una buena señal. Nos movimos de nuevo. A medida que el mul del Huracán crecía de nivel con nosotros, sus ángulos cambiaron en un inexplicable ritmo. Sus pisos entraban en nuestro campo de visión y se desvanecían de nuevo, empinado, y menos empinado, y de nuevo más empinado, en algún tipo de progresión lógica.

Cuando estábamos casi al nivel del suelo del valle, a una media milla del distrito teocali, giramos al este para salir de la ruta comercial hacia lo que me imagino que podríamos llamar un callejón peatonal. Estaba abarrotado de gente, y los hombres de 14 se pusieron en la cabecera de nuestra fila, balanceando una especie de mayales para sacar a la chusma del camino. *Place, place, pour le Reverend Père Coronel*. Nos movimos lentamente junto a una hilera de puertas que habían sido recientemente tapiadas, o mejor dicho, rellenadas de piedras y atadas con cuerdas. Vaya... ¿Esperaban problemas? ¿Demasiados marineros en el pueblo?

Los ciudadanos se colocaron a nuestro alrededor, a ambos lados. Nos miraban fijamente, no con hostilidad, pensé, sino de un modo inexpresivamente curioso que era perturbador. Quizá era sólo la pintura. Los rostros mayas sólo se pintaban en un par de ocasiones especiales. Los teotihuacanos pintaban sus rostros cada vez que salían. Pero además, la pintura facial era agresivamente abstracta, con rayas oscuras sobre los ojos que camuflaban los rasgos y hacían que todo el mundo pareciera el mismo, excepto por los puntos que representaban al clan, y que yo no podía leer, de todos modos. Algunos de ellos tenían úlceras, o pústulas, bajo la pintura, y realmente muchos de ellos no parecían demasiado saludables. Se oían un montón de toses y chillidos.

«Por aquí hay tuberculosis —pensé—. Es un sumidero de población. Seguramente hay un montón de infecciones parasitarias, quizá algunas pestes sin clasificar... Bueno, genial, eso es todo lo que necesitamos».

Continuamos hacia delante. La multitud se espesó. Estaba comenzando a sentirme un poco repelido por aquel lugar. Quiero decir, sobre las otras diez mil sensaciones espeluznantes. ¿Qué estaba molestándome?, me pregunté. No era que el lugar fuera caótico, ya que, de hecho, había cierta limpieza sintoísta en la ciudad. Y no estaba llena de caracteres dudosos. Si acaso, había casi un aire de clase media en la gente junto a la que pasábamos. Seguramente eso no pasa en una ciudad maya. En Ix, o eras un pez gordo, o no lo eras. Quizá era sólo que las paredes allí estaban todas frotadas con carbón y parecía carboncillo, un mudo negro mate con destellos. Estar en una ciudad negra produce una extraña sensación. Por otra parte, no era tan uniformemente negro como debía de haber sido en el pasado. El pavimento (donde había) era de piedra roja, y había telas de colores en las ventanas superiores, franjas de conchas, y el follaje que caía de los tejados daba al lugar un exuberante toque a lo Jardines Colgantes de Babilonia... Aun así... quizá era sólo que no había inscripciones escritas. No, nada de señales, nada de monumentos con glifos, nada de carteles pegados, nada de nada. De hecho, 12 Caimán había dicho que no existía una versión escrita de la lengua oficial. Quizá escribir se consideraba un exceso suntuario. En cualquier caso, excepto un par de contables que habían aprendido a escribir de escribas mayas importados, los teotihuacanos eran iletrados. Y aun así, mantenían un control administrativo férreo. Giramos al norte, al interior de un callejón aún más oscuro.

¿Por qué teníamos que estar en el distrito blanco, es decir, en el lado negro?, me pregunté. Apuesto a que el lado rojo del pueblo es más agradable. ¿Y por qué demonios se llama al lado negro lado blanco? Es como lo que en Estados Unidos llaman los estados rojos, sin ser rojos. Y que, de hecho, son los estados más anticomunistas. Son ganas de confundir a la gente.

Todas las familias de la ciudad pertenecían a una de las dos divisiones principales. La división Aura, o blanca, o «pacífica», vivía en general en el lado oeste (negro) del eje principal. Allí había cientos de grandes linajes blancos, pero el más importante era el linaje Campanilla. El patriarca de los Campanillas era alguien llamado 40 Agutí, que 2CE decía que era, además, el padre adoptivo local de la Dama Koh, y el arconte del sínodo Blanco. Supuestamente, también le llamaban Señor de la Paz. La otra, la división roja, los Colas de Golondrina, estaban tradicionalmente guiados por el linaje Puma. El Señor de la Guerra, el jefe del linaje Puma, era alguien con el extraño nombre, al menos para mí, de Zurullo Enroscado. Los Auras, tradicionalmente, comerciaban con la agricultura, la asignación del agua, lo que podríamos llamar «religión», los trueques, y la mayor parte de la artesanía. Los Colas de

Golondrina se ocupaban de la guerra, así como de la fabricación de las armas y del comercio con el exterior. Cualquiera pensaría que tener una división así sería una receta segura para los problemas, pero como no existía el intramatrimonio en el interior de las divisiones (es decir, que una mujer Aura tenía que casarse forzosamente con un hombre Cola de Golondrina, y viceversa), los dos grupos estaban fuertemente interrelacionados y eran mutuamente dependientes. Durante siglos, el equilibrio entre ellos se había mantenido así. Esto podía haber sido propiciado, además, por una ética casi socialista. Los líderes de los clanes no eran honrados fuera de sus propias familias, y la ciudad no estaba gobernada por una sola persona, sino por dos consejos compuestos por los jefes de los cien o más linajes principales de cada división.

Hicimos otro giro en un callejón más estrecho. Estaba lleno de gente que prácticamente tenía que retroceder para poder apartarse de nuestro camino. Un poco más adelante, por fin, nos detuvimos. El heraldo de 14 subió los peldaños de una escalera. Todos lo seguimos, unas dos plantas arriba, hasta la blanca luz solar.

Habíamos llegado casi a la misma altura que el mul del Huracán y teníamos una buena vista del barrio blanco. Tejados planos de terrazo se extendían por todas partes, rotos con flores y huertos frutales que crecían en superficiales lechos de limo de lava y estiércol. Columnas de vapor de sauna subían desde respiraderos ocultos y desaparecían rápidamente en el aire seco. Un par de los complejos subían hasta casi tres plantas, pero la mayoría de ellos eran de la misma altura, de modo que podías caminar por las pasarelas de un edificio al siguiente, como se hace en los pueblos, o en los barrios viejos de las ciudades de la África musulmana. A nuestra espalda, los porteadores llevaban los bultos. Pasé la señal de «preparado» hacia delante, y caminamos en dirección norte sobre traqueteantes puentes de tablas. Hun Xoc señaló unas hileras de enormes tarros tapados en los bordes de los tejados y dijo que estaban llenos de agua, por si acaso se producía un incendio. Por fin, subimos al tejado de la casa comercial de los Arpías.

Era parte de un complejo de edificios mayor que alojaba a las familias mayas pertenecientes a clanes aviares de un par de ciudades distintas. Algo estaba pasando en la calle frente a nosotros, pero no podía verlo. Sonaba como si alguien estuviera recibiendo una paliza. El felador de 14 tuvo que gritar hacia la calle para preguntar qué estaba pasando, y se produjo otra reducción del paso mientras alguien gritaba hacia arriba y se lo explicaba todo, y entonces la voz de alguien más sonó y lo explicó todo de nuevo, de un modo distinto. Joder, que no tenemos todo el día, pensé. Me acerqué a 12 Caimán.

—Enviemos un mensajero a la Dama Koh —dije en la lengua del clan Arpía.

—Deberíamos esperar hasta que estemos a cubierto —dijo, refiriéndose a «en el interior». Dijo que no era una buena idea dejar nuestra mercancía donde cualquiera pudiera verla.

Eso es verdad, pensé. La gente se estaba reuniendo a nuestro alrededor, en los otros tejados, para ver qué estaba pasando.

—Vale —chasqueé.

Volví a mi puesto en la hilera. Me balanceé hacia arriba y hacia abajo sobre mis pies.

14 volvió y explicó lo que habíamos estado oyendo. Aparentemente, los acólitos del sínodo de Campanilla, que supongo que eran como violentos talibanes religiosos, habían matado a una mujer por haber bostezado durante la vigilia crepuscular.

12 Caimán nos ordenó que bajáramos a la calle. Dijo que no podríamos entrar a través de las puertas formales. En lugar de eso, bajamos por una mitad escala, mitad escalera, hasta un pequeño patio. Era un cuadrado de unos treinta brazos, vacío excepto por un altar en el centro y un enorme ancestro de madera en cada esquina, con una única puerta en cada muro. Automáticamente, formamos en el lado este del patio, la dirección por la que habíamos llegado. El grupo de 14 se quedó en el oeste. Prácticamente el clan entero, que eran al menos cincuenta personas, habían acudido a mirarnos, embobados. Se produjo un momento incómodo. Se suponía que uno tenía

que pedir permiso para ir a una casa, antes de estar en esa casa. Pero nosotros ya estábamos allí. Aun así, 12 Caimán hizo una señal con el pie y nosotros sacamos los cigarros e hicimos nuestra rutina de bienvenida. Me pareció que 14 Herido y sus hombres seguían vigilándome con el rabillo del ojo. Sabía que algunos de ellos habían visto jugar a Chacal. Aun así, yo tenía un aspecto totalmente distinto, ¿no? Era probable que yo les pareciera, sin más, un personaje carismático. Había llegado a darme cuenta de que tenía cierto carisma personal, o cierta presencia física, mucho más potente de la que había tenido como Jed. Chacal había sido un atleta profesional, y aunque intentaba atenuar mis movimientos, su cuerpo aún se movía como uno de ellos. Era como cuando te topas con algún jugador de baloncesto de primera, puedes decir en un segundo que es alguien especial. Sufrí una ráfaga de miedo escénico. 2 Cráneo Enjoyado me había instruido en los saludos correctos para que los usara con la familia de 14, el modo distinto en el que tendría que caminar por Teotihuacan, cómo agacharme junto a alguien, o mantenerme erguido sobre alguien más, dónde debía sentarme en relación a 12 Caimán, al hogar, a mis propios asistentes, en qué palabras es correcto alzar la mirada, cuándo debo mirar el suelo, y etcétera, etcétera, etcétera. Pero, incluso así, mi rango en el grupo no estaba demasiado claro, y eso dificultaba las cosas a todo el mundo. Y por aquí, podías ofender a alguien sólo con, digamos, mirar en la dirección equivocada.

«Ten cuidado —pensé—. No te pongas nervioso, pero ten cuidado».

Hun Xoc se acercó un poco más, para hacer mi rostro un poco más difícil de ver o para mostrar su apoyo.

«Gracias —pensé—. Eres un buen tipo».

14 nos guió hasta una de las grandes figuras de madera, la que estaba en la esquina suroeste. Era una horrible mujer gruesa, casi desnuda, sentada, un poco por debajo del tamaño real, y no era un ancestro, como yo había pensado, sino quizá la Bruja de Jade. 14 y un ayudante sostuvieron aquella cosa por los tiradores que tenía en los hombros y las rodillas, y la

levantaron. Sólo subió la mitad frontal. Es decir, la estatua se abrió como una almeja, y la sección anterior del cuerpo se separó por completo, con la mitad de cada brazo, y la mitad de cada una de las piernas cruzadas, hasta las pantorrillas. Los pies, y la mitad posterior, se quedaron en la base de piedra. Aquella cosa estaba rellena de pequeños muñecos de arcilla pintada, unos sesenta. Estaban por todas partes, no sólo en la sección del torso, sino sujetos en el dorso de los brazos y el interior de las piernas, llenándolo todo. Supongo que cada uno representaba a alguien de la casa de 14. Quizá las muñecas *matryoshka* eran una idea parecida. Un ayudante vino con una bandeja con veinte muñecos, uno por cada uno de nosotros, y nos quedamos allí, de pie, mientras un pintor marcaba cada uno con colores, para individualizarlos.

Eché una mirada a Hun Xoc. «¿Qué nueva locura es ésta?», decía su expresión. Aparté la mirada para no sonreír. El pintor me tendió mi muñeco. Era una cosa rechoncha hecha con un molde cutre, con un enorme tocado estilo Teotihuacan, no como yo, en absoluto, excepto por las franjas rojas en el fajín. Pero, ahora que lo veía bien, supuse que era yo. Esperé mi turno y entregué el muñeco al acólito. Lo anudó en una cuerda que sobresalía del armazón bajo la nalga izquierda de la estatua. ¿Significaría algo ese enclave?, me pregunté. 12 Caimán dudó un momento antes de entregar su figurita. Aquél era un amaneramiento mexicano, no maya. Me dio la sensación de que 12 Caimán sentía que 14 Herido era demasiado nativo. Cuando todos estuvieron dentro, cerraron la cosa de nuevo. A pesar de mí mismo, me dio la sensación de que la pared del cuerpo estaba cerrándose sobre mí, y de que estaba a salvo, y seguro, en aquel gran organismo cívico, con cero libertad individual. Quizá pasaba lo mismo con todas las cosas en Teotihuacan: todo eran pequeños mulob apiñados alrededor de grandes mulob, pequeñas plazas encerradas en plazas mayores, y todo dependiendo de algo más.

Ahora que éramos familia, por fin, nos invitaron a la sauna. Mientras desfilábamos hasta el arco norte, 12 Caimán puso algunas excusas y él, Hun Xoc, 3 Polilla Retornadora (nuestro recordador/declamador/contable) y yo nos las arreglamos para desgajarnos y meternos en una puerta lateral. No era educado, pero 12 Caimán había estado en la casa antes y sobrepasaba en rango a todos los demás de allí.

Necesitábamos un poco de privacidad, pero la primera habitación en la que probamos tenía un horrible olor, y resultó proceder de un grupo de cinco esclavos. Tenían unos ochenta años de edad y estaban agachados pacientemente en la esquina de una pared, atados juntos con una ceremonial cuerda de luz. Uno se estremecía con las moscas que se posaban sobre sus hombros, pero no las espantaba. Demasiado pasivo. Cruzamos otro patio. Había cisternas, aguacates en cestas, mantas de algodón amarillo secándose sobre rejillas y mujeres con *quechquemitls* amarillos (es decir, las cosas triangulares que las chicas visten aquí en lugar de huipiles) secando tiras de algo en un tonel. «Todo muy normal —pensé—. Relájate». Encontramos una habitación más oscura, desierta. Parecía una cueva provisional de bandidos, con líos de ropa amontonados contra los muros y enormes tinajas cuya forma daba a entender que contenían sal pura. Uno de los ayudantes de 14 nos siguió hasta el interior, pero 12 Caimán lo miró de aquel oscuro modo suyo y el ayudante retrocedió. Hun Xoc desató su carga, y sacó el regalo que habíamos traído para la Dama Koh. Era una caja del tamaño de una cabeza con cuatrocientos diminutos gorjales (pieles de garganta) de violáceos trogones machos. Cuando la abrió para comprobarlos, parecieron brillar en la penumbra como una pila atómica. Era un regalo increíble, representaba cientos de días de trabajo, y quién sabe cuánto valía.

47

Una de nuestras peculiaridades es que, a pesar de todos nuestros libros, realmente no teníamos una cultura escrita. Quiero decir, cosas como memorandos, o epístolas. En realidad, no enviábamos material escrito a la gente, y las pocas veces que lo hacíamos, siempre se trataba sólo de escritos ceremoniales acompañando a alguna cosa, como una tarjeta con un regalo. Nadie entregaría una nota a alguien y saldría corriendo. Para eso usábamos a los recordadores, gente como 3 Polilla Retornadora, que hablaban diez lenguas, eran corredores acreditados, tenían práctica resistiendo torturas y podían escuchar un largo discurso una vez y recitarlo de nuevo en cualquier momento del futuro sin pérdidas ni errores. Supongo que yo era así, cuando tenía mi viejo cerebro. Excepto por lo de correr y lo de la tortura, claro. Así que lo que estaba haciendo ya era una novedad. Bueno, a esas alturas, quizá tenía que desechar lo de no llamar la atención. Cualquier cosa para conseguir la atención de esa mujer. Incluso si eso levantaba un par de cejas.

12 Caimán preguntó si Hun Xoc o yo teníamos algo que añadir al mensaje que 2CE había elaborado. Dijimos que no. Recitó el mensaje. 3 Polilla Retornadora lo repitió. Era tanto una petición de una audiencia, como una advertencia de que nosotros, como emisarios de parte de la familia de Koh, teníamos la obligación de informarla sobre una amenaza. Pero no sabíamos cómo lo recibiría ella. Sus lealtades podrían estar divididas.

12 Caimán dijo que, durante el camino hasta allí, había descubierto exactamente dónde estaba la Dama Koh. Me pregunté si habría sido lo suficientemente discreto con el interrogatorio. «Bueno, es bastante cauteloso —pensé—. Está bien. Estoy seguro de que está bien». Nos dijo que se encontraba en la edificación este de su convento. Entonces, para mi sorpresa, dijo que teníamos que esperar dos novenas, y que iba a enviar a dos de los hombres de 14 Herido con nosotros.

«Escolta local —pensé—. Joder. Demasiada gente para mantenerse en secreto».

Esperamos en la antecámara del pabellón de la sauna con 14 Herido y su felador, un hijo de 14 llamado Yuca Izquierda. Nos arreglaron el cabello. Siempre tenías que ir de punta en blanco. Supongo que es como ser famoso, una mujer famosa, con algo que promocionar, que se ve obligada a acudir a una espantosa gala tras otra, malgastando horas cada día en el arreglo del cabello y en el maquillaje cuando podría estar aprendiendo griego. Hun Xoc y yo estábamos haciéndonos un corte de pelo al estilo teotihuacano, con óleo disolvente local y sin abalorios, ni nudos. La mayoría de los ixitas serían demasiado orgullosos, o incluso podríamos decir, demasiado patriotas, para hacer algo de ese tipo, pero nosotros queríamos ser capaces de mezclarnos con la gente si teníamos que hacerlo. Gracias a Dios, nos quitamos las barras de la nariz.

Los teotihuacanos eran célebremente lacónicos, no tan charlatanes como los de Ix, y 14 Herido y su pequeña corte habían escogido esta peculiaridad como estilo personal. Pero 12 Caimán lo había apartado del resto, inteligentemente, y ahora 14 estaba contándonos que en aquel momento había, al menos, un millar de mayas nativos viviendo allí (aunque no es que tuviéramos «maya» como concepto, sólo los nombres de las diferentes ciudades-estado), y de todos ésos, sólo unos treinta eran de Ix. De estos, dieciocho eran de clanes dependientes de los Arpías y vivían en su casa, y los otros eran de linajes aliados con los Ocelotes. Comparados con el centenar de ti'kalan que había aquí, era una comunidad pequeña. Y como últimamente 14 Herido había tenido que evitar a los Ocelotes, me imaginé que, seguramente, se sentía muy solo.

12 Caimán preguntó dónde se reunían los Ocelotes. Si había alguien a quien teníamos que evitar en Teotihuacan, eran ellos.

—Afortunadamente para nosotros, los Ocelotes tienen que vivir con los Pumas —dijo 14—. Y los Pumas están poniéndose imposibles.

En opinión de 14, la situación actual de Teotihuacan no podía durar demasiado. Chalco, Zumpanco y otras cinco ciudades-estado de la enorme zona económica del valle de México (que habían sido todas resignadas subordinadas de Teotihuacan durante siglos) estaban ahora faltando a los pagos del tributo. Y, lo que era más grave, no estaban enviando suficiente madera para combustible a los hornos de caliza de la metrópolis de Teotihuacan. 14 no dijo nada más sobre aquello, pero mi apuesta era que, con el paso de los años, la deforestación había provocado la inundación, la erosión y el deslizamiento de tierra que habíamos visto en la caminata a través del valle.

Incluso así, dijo, más inmigrantes que nunca, especialmente Demasiado-Altos, estaban filtrándose en la ciudad. Dijo que los Demasiado-Altos eran el mayor problema de Teotihuacan. Había «cuatrocientas veces cuatrocientas veces cuatrocientas familias de ellos», que era un modismo por un montón. Si todos los Demasiado-Altos se reunieran, invadirían el lugar por completo. Eran descendientes de los coyotes, y por eso era por lo que olían tan mal. Tenían que ser erradicados.

El problema era que la ciudad estaba obligada a hospedar a cualquiera que apareciera. Bueno, basado en lo que había escuchado de su lengua, supongo que lo que pasaba con los Demasiado-Altos es que eran la misma gente cuyos descendientes, o familiares cercanos, como fuera, serían conocidos como toltecas. Así que tenía curiosidad por ellos. Pero 14 dijo que los Demasiado-Altos eran un clan inferior de «pedreros de niebla» (no sabía qué significaba aquello, y no tuve oportunidad de preguntar) que habían sido expulsados de su propia ciudad y estaban invadiendo el valle buscando cosas que robar. Por lo que yo puedo decir, su ciudad estaba a un centenar de millas al norte de allí. No podía identificarla como ningún lugar del que yo supiera. 14 afirmó que él había estado allí, y que era un primitivo lugar maloliente donde los niños comían heces y las manadas de coyotes corrían a través de los patios.

—Los Pumas salen a cazarlos en las colinas —dijo—. Pero no pueden hacer eso en el interior del valle.

Se habían estado produciendo peleas callejeras y revueltas, y los centinelas Puma se habían vuelto insoportablemente prepotentes. En el transcurso de las últimas estaciones de paz ya se había producido escasez de comida y se habían visto «costras marrones» (una especie de peste) en las áreas más empobrecidas de la ciudad. Ahora, con las lluvias irregulares, la cosecha que estaba por llegar se esperaba que fuera la peor en setenta y un años.

Así que, finalmente, dijo, había una tensión creciente entre la Hermandad del Cascabel de Estrellas y los sínodos de las dos grandes divisiones. Por el modo en el que lo explicó, me pareció que era una situación parecida a la de Roma en el siglo II d. C. El culto del Cascabel de Estrellas estaba disfrutando de un resurgimiento, especialmente entre las tribus crueles y los que vivían en cabañas, es decir, los clanes de menor casta que estaban constantemente gravitando hacia la ciudad. La Hermandad del Cascabel estaba recibiendo más y más seguidores o conversos cada día, gente afiliada tanto en la división blanca como en la roja que estaban insatisfechos con lo que podríamos llamar la estratificación de la sociedad teotihuacana. Sonaba como si la Hermandad del Cascabel ofreciera una religión menos hierática, menos basada en los ancestros, con un protector global cuyo cuerpo no estaba ubicado en un santuario concreto de la tierra, sino en la misma Vía Láctea. 14 dijo que muchos de estos nuevos conversos eran devotos de la carismática Dama Koh, en concreto.

El culto del Cascabel era una especie de movimiento protestante, como el de Akenatón mucho antes, o el de Lutero mucho después. Allá donde tengas un sindicato de sacerdotes operando durante mucho tiempo, se acumulará una enorme cantidad de riqueza, y la gente comenzará a llenarse de resentimiento. Y justo ahora los Cascabeles estaban poniendo en marcha una tendencia de floreciente popularidad entre los desposeídos. El Silencio comenzaría dentro de seis días, por lo que quedaban cinco días antes del eclipse. Durante ese tiempo la ciudad estaría a oscuras, y todas las fogatas serían extinguidas, incluso los grandes fuegos de las cimas de los mulob. Aunque había un Silencio regular cada cincuenta y dos años, aquél no había estado programado, lo que era incluso más atemorizante. Esos cinco días no estarían protegidos por ningún jugador amistoso, ni ancestro, ni nadie, porque no eran reales, apenas días que pudieran nombrarse, sólo errores cósmicos. La gente se sentiría a la deriva en una pesadilla de horario flexible a la merced de los descorazonados y maléficos uayob. Un montón de gente, evidentemente, esperaba superarlo gracias a «caminar en la espalda blanca del Cascabel», es decir, pedirle protección cuando todos los demás los hubieran abandonado. En cualquier caso, cada día iba a ser más difícil ver a la Dama Koh. Tendríamos que ponernos en marcha pronto.

Aun así, con todo aquello, 14 no parecía demasiado preocupado. De hecho, más que nada, lo que parecía era displicente. Quizá se había empapado de parte del mito de la eternidad de Teotihuacan. Por supuesto, era verdad que aquel lugar había sido más estable que las ciudades mayas. Si un ahau maya la jodía un par de años seguidos, la administración provocaría el cambio, ya fuera por abdicación forzosa, o por golpe de Estado. O el lugar sería visto como contaminado y abandonado. Teotihuacan era distinto. Pero eso no significaba que fuera a durar para siempre.

14 Herido se detuvo. 12 Caimán estaba en silencio. Ni él, ni Hun Xoc, ni yo habíamos mencionado a la Dama Koh. Y le habíamos dicho a 2 Polilla Retornadora, el recordador, que no contara a su escolta adónde iba.

Últimamente, siguió 14, los centinelas del Puma habían estado acosando a los conversos en el camino desde el mercado hasta el Fórum del Cascabel (la Ciudadela), y hacía dos días una familia de conversos había sido asesinada. Los parientes estaban demandando una restitución de los Pumas, y la gente decía que los Colas de Golondrina habían roto su acuerdo con las lluvias.

De modo que, con todo lo que estaba pasando, el «masticamiento» (el eclipse que se produciría en ocho días) sería un momento peligroso.

Pausa. 12 Caimán miró a Hun Xoc, y después a mí. Tenía aquella espeluznante mirada de oficial al mando, pero no dijo nada. Nosotros tampoco lo hicimos.

—Tú, igual a mí, ¿has honrado a nuestros Grandes Padres, así como a la Dama Koh? —preguntó 12 Caimán. Por lo que nosotros sabíamos, la mujer podría no estar bajo arresto domiciliario. 12 Caimán estaba intentando asegurarse de que estaba aún con vida.

14 Herido no respondió directamente. En lugar de eso, dijo que él y los demás Arpías de Teotihuacan solían ver a la Dama Koh en las procesiones del Cascabel, pero que, últimamente, había dejado de acudir. Pero dijo que, como un par de los otros amamantadores del Cascabel, también se decía de ella que era una gran oradora, y existía el rumor de que últimamente había estado recibiendo promesas de personal de servicio de muchos de los cientos de personas que estaban, cada día, uniéndose a la Hermandad del Cascabel.

—Se dice que hace cuatro estaciones de guerra alguien la denunció al sínodo Puma —dijo—. Y aquella misma noche, un escorpión entró a la casa del confidente y le picó, y sus ojos se salieron de sus cuencas y se quedó ciego. —También dijo que ella había predicho la inundación hacía tres estaciones de paz, que sólo veía a los líderes de un par de grandes linajes devotos del Cascabel y que no tomaba más clientes nuevos, que tenía dos esposas y que podía «leer el k'atun no nacido», es decir, que podía ver veinte años en el futuro—. Y puede hablar con las arañas, y hacerlas tejer redes de colores, o cuerdas, y banderolas.

Miré a Hun Xoc. Él bajó los ojos (un encogimiento de hombros maya), dando a entender: «Bueno, es posible. Cosas más raras se han visto».

—Los dos sínodos no confían en ella —dijo 14.

Aparentemente, la Dama Koh estaba cerca de la cima, pero no en la cima, de una sociedad u orden llamada los Hijos de los Tejedores del Orbe. Eran mujeres quienes, por razones rituales, podían actuar y hablar como hombres, y vestir ropas masculinas. Supongo que podríamos llamarlas travestidas, aunque eso sonaría un poco frívolo. ¿Epiceno? No, eso sonaría afeminado. Humm. Quizá deberíamos llamarlas «andróginas». Aunque eso sonaría un poco biológico, pero qué más daba. De cualquier modo, durante los dos últimos tunob, dijo, Koh y el resto de los Tejedores del Orbe, y también la correspondiente orden de amamantadores del Cascabel formada por hombres biológicos, se habían convertido prácticamente en rehenes. No lo dijo de este modo, pero a mí me sonó como si los centinelas Pumas los hubieran puesto bajo una especie de arresto domiciliario.

Un mensajero silbó. 12 Caimán silbó en respuesta, dando a entender: «Tienes permiso para entrar». Se agachó y susurró algo a 12 Caimán. 12 Caimán se excusó y se marchó. Yo lo seguí al interior del pequeño pasillo. 12 Caimán se volvió y me susurró que 3 Polilla Retornadora había vuelto, y dijo: «La vara de cedro se ha roto», es decir, que la Dama Koh no nos recibiría.

48

12 Caimán, Hun Xoc y yo encontramos a 3 Polilla Retornadora y lo llevamos, a él y a su guardia, hasta el almacén donde habíamos visto las tinajas de sal para limpiarlo. Dadas todas las subidas y bajadas que requería viajar por aquella ciudad, aquel hombre seguramente había corrido tres millas en cada sentido, y estaba sudando e intentando no jadear. La luz del sol atravesaba el oculus en un ángulo bajo. Era ya el equivalente a las 4.00 p. m. Demasiado tarde. 3 Polilla Retornadora dijo que estaba tan seguro como podía estarlo de que la Dama Koh había recibido personalmente el mensaje. Envió las plumas de vuelta con otro regalo casi tan grande como el nuestro, de modo que no pudiéramos considerarlo un insulto. Sus «umbraleros» (es decir, sus porteros) dijeron que todos los hijos de los Tejedores del Orbe «ya habían comprometido su tiempo para amamantar al Mascador», dando a entender que estaban ayunando antes del eclipse.

12 Caimán, generalmente, daba órdenes, pero, en este caso, me preguntó a mí qué era lo que quería hacer.

Contesté que íbamos a ir de todos modos.

—Le enviaremos otro regalo de igual tamaño —dije—. Igual, o más grande.

Pasaríamos directamente a las armas pesadas. Envié a Hun Xoc a conseguir algunas cosas de los bultos principales.

—Aquello estaba abarrotado —dijo 3 Polilla Retornadora.

Nos contó que, si volvíamos, debíamos ir en dirección sur, tan cerca como fuera posible de los ejes principales. Estaban sacando a la gente de las castas menores del distrito teocali, dijo, así que allí habría menos tráfico. Pero parecía que la gente de clase alta tenía permiso para estar allí al menos hasta la puesta del sol. 12 Caimán le dijo que había hecho un buen trabajo. Hun Xoc volvió con los brazos cargados de equipo.

Me decidí por dos artículos. El primero era una capa de plumas de guacamayo verde. Valía un poco más de doscientos diez esclavos jóvenes, lo que significaba que costaba tanto como el resto de aquel viaje.

Bueno, si 2CE tenía que endeudarse por esto, ése sería el menor de sus problemas. Lo entregaríamos a la Hermandad del Cascabel, no a la Dama Koh, de modo que tendrían que aceptarlo y quemarlo en el altar. Eso obligaría a la mujer a darnos las gracias personalmente. El segundo era una pequeña tinaja blanca llena de lo que parecían diminutas hojas secas del tamaño de un sello Scott #76 Jefferson de cinco centavos. Tenían los bordes simétricos y dentados, y eran de un rosa brillante, con marcas negras biomórficas, como rostros de Rorschach. Eran las pieles secas de una letal variedad de rana flecha de los bosques de Ix. Significan peligro... concretamente: «Prepárate, consigue dardos».

Pregunté a 12 Caimán si las pieles parecerían una declaración de hostilidades. Él contestó que no. Esas cosas tenían un significado prefijado, y él era un viejo guerrero que los conocía todos. Volvimos a cerrar la tinaja. Era una pieza recién cocida, con una representación en glifos de dos de los ancestros que 2CE y la Dama Koh tenían en común. El mensaje implícito era que estábamos recordando a Koh sus obligaciones familiares.

12 Caimán me miró. Yo le dije que aquello era lo suficientemente importante como para aflojar el bolsillo un poco más.

Recité:

En el décimo b'ak'tun, en el cuarto k'atun, en el decimo-sexto tun, en el uinal cero [agosto, año 530 d. C.], la Anguila Blanca [el cometa Halley] pasará en llamas sobre nosotros.

En el décimo b'ak'tun, en el octavo k'atun, en el decimo-tercer tun, en el undécimo uinal [febrero, año 607 d. C.], la Anguila Blanca pasará en llamas sobre nosotros, de nuevo.

En el décimo b'ak'tun, en el duodécimo k'atun, en el undécimo tun, en el tercer uinal [abril, año 684 d. C.], la Anguila Blanca pasará en llamas sobre nosotros, de nuevo.

Antes del decimocuarto uinal del decimonoveno tun del duodécimo k'atun, en el décimo b'ak'tun [en algún momento antes de enero del año 692 d. C.], Teotihuacan caerá y será abandonada.

Terminado.

Ninguno de esos datos estaba en el Códex Nürnberg, ni en ningún otro archivo del Juego del que yo hubiera tenido noticia por parte de 2 Cráneo Enjoyado. Pero eran todos sucesos reales. 2CE me había dicho, además, que todo el mundo sabía lo del cometa Halley. Pero nadie había sido capaz de predecir sus reapariciones exactamente, ni usando el Juego, ni con ningún otro método. Le dije que no era nada raro, porque su periodicidad es cualquier cosa menos regular. Se necesitan instrumentos modernos para localizarlo, cada dos años, y en realidad esto no lo descubrieron hasta la década de los sesenta. Koh tendría que estar intrigada. ¿No es así?

Hice que 3 Polilla Retornadora lo repitiera. Lo pilló a la primera. Lo enviamos.

—No esperaremos una respuesta —dije—. Le daremos cuatrocientos latidos. —Un modismo para indicar una hora—. Entonces, nos plantaremos en su puerta.

12 Caimán parecía un poco receloso ante eso, pero era mi persecución, así que no dijo nada.

Hun Xoc, Yuca Izquierda (uno de los hijos de 14) y yo nos marchamos a través de un patio libre. Otros invitados de la casa de 14 estaban ya preparándose para dormir en el tejado de terrazo, pero nosotros pasamos sobre ellos, bajamos hasta el estrecho callejón norte y nos dirigimos al este, hacia el eje principal.

—Mantengámonos en silencio —dijo Hun Xoc. No quería que nadie nos oyera hablando ixita.

Yo había insistido en que vistiéramos máscaras de ofrenda ligeras en lugar de la barra de la nariz que me estaba volviendo rabioso (no hay nada peor que un mal *piercing*), y teníamos puestas las mantas locales con un patrón de escorpiones rojos y grises bordados que significaban, sencillamente, que estábamos apartados, por el momento, de las responsabilidades de nuestro clan, y que pretendíamos hacer ofrendas a la lluvia por toda la ciudad. Así que no podía saberse a qué linaje pertenecíamos. Aun así, no estábamos haciéndonos pasar por teotihuacanos. Eso podría traernos problemas de verdad, si nos pillaban. Miré alrededor. Parecía que habíamos perdido a los espías, si puede llamarse espías a quienes no son para nada un secreto. Supongo que era como en las últimas décadas de la antigua Unión Soviética, cuando la gente sabía quiénes eran los vigilantes, o gran parte de ellos. Quizá estaban saturados de trabajo, por toda la gente nueva que había en la ciudad. La confusión trabajaría a nuestro favor. De cualquier modo, no estábamos haciendo nada subversivo, ¿no? Quiero decir, aún.

Giramos a la derecha hacia un oscuro callejón parecido a una callejuela de Oriente Medio. Tenía unos cinco brazos de ancho y estaba a menos de una manzana de distancia desde el eje principal, así que, espacialmente hablando, era similar a caminar por un (mucho más estrecho) Madison Avenue y echar un vistazo a Central Park en cada esquina. Estábamos tomando una ruta distinta de la que 3 Polilla Retornadora había usado. Él debería estar llegando a la casa de los Tejedores del Orbe en aquel mismo momento. Debíamos darle a Koh algo de tiempo para escucharlo. Para entender su mensaje, y para llorar, si era necesario. Vi una enorme culebra de nariz ganchuda, regodeándose en el muro bajo. Eran muy escrupulosos por aquí en cuanto a no fastidiar a las *Squamata serpentes*. La situación era parecida a la de la India, con los monos del templo o las vacas sagradas. Los beneficios colaterales incluían una baja población de ratas y un relativamente alto número de muertes por mordedura de serpiente, que eran publicitadas como algo bueno, ya que significaban que el Cascabel de Estrellas había enviado personalmente a uno de sus nietos para acompañar a tu uay hasta la concha decimotercera.

A unas dos manzanas al sur cruzamos una especie de límite invisible que daba a un área nativa de Teotihuacan. La sección norte-noroeste de la ciudad, de donde veníamos, alojaba a algunos de los embajadores mayas más ricos. Pero las casas eran más viejas y pequeñas, y la zona tenía cierto aire maya. Supongo que era como los barrios étnicos de cualquier ciudad. Para seguir con la comparación con Nueva York, aquello era como caminar por Mulberry Street y cruzar el límite italo-chino del canal. Un trío de torpes Demasiado-Altos, que estaban bastante lejos de su propia zona, salieron de una arcada lateral. Hun Xoc revoloteó entre ellos y yo. Yo lo miré a través de mi máscara, dándole las gracias.

«No hay de qué», me señaló con los ojos.

«¿Sabes? —continué—, no me fío de este tío, Yuca Izquierda».

«No te preocupes —me contestó Hun Xoc con la mirada—. No le contaremos nada. Y lo vigilaré como si fuera un ladrón».

Las casas eran más grandes y nuevas aquí, y todas tenían al menos dos plantas, con piedra y yeso abajo, y listones y yeso arriba. Comerciantes y peregrinos pasaban junto a nosotros con saludos mudos, siempre en grupos de tres o más. Todos tenían cierta furtividad en la mirada, como si todos tuvieran misiones tan delicadas como la nuestra. Pasamos junto a un grupo de recolectores de heces que se agacharon con deferencia a nuestro alrededor sobre sus pestilentes tinajas. Los centinelas de los Pumas avanzaban por el centro de la calle en grupos de cinco. Supuestamente, les gustaba pescar a la gente, e incluso meterse en las casas y confiscar cualquier accesorio que pudiera ser considerado ostentoso.

La ciudad tenía un tipo especial de silencio. En las ciudades mayas siempre había alguien cantando, pero supongo que aquí las canciones sólo se usaban en ciertos momentos. Así que podías oír pisadas, y los pájaros, y, a veces, los chasquidos del pedernal y el quejido de las sierras de piedra sobre la madera, pero no mucho más; y los gruesos muros daban a todo una reverberación pedrosa que cocía todos estos sonidos juntos en una especie de tarareo líquido. Parecía que la mitad de la gente llevara barras nasales y que la otra mitad, quizá las personas más tradicionales, vistieran velos o máscaras. Menos mal, pensé. Estaba empezando a sentir esa especie de cansancio de viaje que sufres cuando has visto demasiados rostros humanos. Empiezan a parecerte, en gran manera, el mismo, y en absoluto interesante. Las máscaras eran todas iguales, impasibles rostros hechos de corteza enyesada, o del tipo local de papel maché hecho de pasta de maíz, blanco crema con ojos almendrados, justo la esencia vacía de un rostro sin expresión, sin edad identificable, sin sexo, sin raza. No estaban muertos, pero tampoco completamente vivos. Así que, con las máscaras, las largas mantas, el silencio y la falta de árboles o hierba en las calles, lo único natural que veía era el cielo cambiando de color sobre mi cabeza, y el ocasional puentecito sobre un canal.

Cuando estuvimos bien al sur del mul del Huracán giramos a la izquierda, hacia el eje principal. Había cinco guardias Pumas en la esquina, y el sobrino de 14, Yuca Izquierda, habló en Teotihuacano con ellos, sin acento. Ellos lo saludaron, someramente, y nos observaron pasar.

«Bueno —me pregunté—, ¿dónde están las nenas?». Por supuesto, aquélla era un área ceremonial, así que estaba segregada. Pero, incluso en las calles laterales, apenas veías mujeres, y tampoco muchos niños. Era como una ciudad musulmana en la que las exclusivas mujeres eran consideradas demasiado valiosas para dejarlas salir de casa. Al menos, así es como explican la segregación a los suyos.

«Este lugar está sacándome de quicio —pensé—. No, no querría vivir aquí».

El lugar era grande pero aun así distinto a lo que una persona del siglo XXI esperaría de una ciudad. Era más como una colección de pueblos. Podías vivir aquí tu vida entera y no entrar nunca en la parte de la ciudad que estaba justo junto a la tuya. Si lo hicieras, sería como caminar por la sala de estar de un extraño. Y si lo hicieras, tendrías que pasar algo de tiempo con la primera persona con la que te toparas, hablando sobre quiénes eran tus familiares y los suyos, y si no podías encontrar ningún pariente en común, te daría una paliza. Además, no había ninguna razón para salir. No había restaurantes (eso era un concepto desconocido) y no había ninguna tienda, sólo los distintos mercados de plazas. No había teatros, a menos que contaran los dramas religiosos en las distintas plazas, y ésos eran sólo para miembros. No había entretenimientos, a menos que cuente visitar la casa de algún pariente y escuchar a los cantores en su patio. Bueno, supongo que eso cuenta. Pero ya sabes a lo que me refiero, no podías salir e ir a ver un espectáculo. De hecho, la gente, en realidad, no salía, no tal como nosotros lo entendemos. No salen a dar paseos. No salen al campo a respirar aire fresco los fines de semana. No dejan a sus niños en la escuela. Tampoco es que trabajen durante todo el día. Me imagino que la mayoría se ocupa de sus obligaciones con la familia, con el linaje, con el clan, con la división; se ocupa de las cuentas con el patrón, de la vida, de la no-vida, y, especialmente, de la muerte. Hacían cosas que nosotros, es decir, los tíos del siglo XXI, llamaríamos ceremoniales. Para ellos, sin embargo, eran prácticas. Pero la cuestión era que aquel lugar tenía ciertas vibraciones antihedonistas, un ánimo sumiso, santo, como en Jerusalén. Quizá era sólo piedad contagiada por todos aquellos peregrinos. Y, como Jerusalén, también estaba demasiado poblada, y el ambiente demasiado tenso. Era obvio que había distintos cultos en conflicto. Y casi podías sentir, aunque me temo que estoy haciendo sólo un ejercicio de proyección, que, como muchas otras capitales gigantescas, había crecido durante demasiado tiempo y su centro se estaba pudriendo. Yo no había pasado unos días agradables en Ix, pero ahora sentía morriña de ella. A pesar de su sistema jerárquico, las ciudades mayas tenían una cualidad permanentemente festiva; en alguna parte, siempre estabas oyendo risas de gente. A pesar de los teocalis, los pájaros y las flores, este sitio era adusto.

Nos abrimos paso a través del centro de la plaza. Durante un segundo, me sentí paralizado por una línea de fuerza que radiaba el mul de la Bruja de Jade y que me hizo detenerme como si estuviera mareado. Hun Xoc me tocó, y lo seguí hacia el sur. La multitud era espesa pero se movía. Como siempre, había escaleras en la calzada. No me cansaron (ya había pasado esa fase), pero la subida y bajada me creaba una sensación de trance. Bandas de colores oscuros y claros en las paredes y pavimentos creaban una especie de ilusión pop art, así que no siempre podías ver la diferencia de niveles, o lo cerca que estaban los muros, o dónde debía estar el siguiente peldaño. Era como si pintaras rayas horizontales en una escalera: la gente que la bajara tropezaría y caería. Joder, Marena disfrutaría en este sitio, pensé. Debería traerla...

Cuidado, me señaló Hun Xoc. Estaba avanzando rápidamente, y había una patrulla de Pumas acercándose. Hun Xoc quería mantenerse lejos de ellos. Giramos a la derecha, hacia el enorme mercado de fetiches (que supongo que es la traducción correcta para aquel sitio, ya que era el lugar diseñado para el comercio de cosas como figurillas, drogas, esclavos, espadas, colgantes y lo que fuera, es decir, cosas con almas relativamente poderosas). De cualquier modo, no teníamos tiempo para comprar. Giramos al este y nos adentramos en la Ciudadela, la Corte del Cascabel.

Era tanto imponente como acogedora, mayor y mejor terminada que cualquier otra de las plazas, y se elevaba bastante sobre el nivel medio de la ciudad, con doce plataformas enormes y amplios tramos de treinta y un peldaños, cada uno guiando arriba desde tres lados. Podías ver por qué los españoles habían pensado que era una fortaleza. En su extremo este, el tercio superior del mul del Cascabel sobresalía sobre un incongruente muro alto. Supuestamente, los dos sínodos habían amenazado con elevar los impuestos sobre los del Cascabel a menos que construyeran la barrera. Aparentemente, pensaban que si el mul fuera menos imponente, eso reduciría el número de conversos de la Hermandad del Cascabel. Pero parecía haber tenido el efecto contrario. El lugar estaba abarrotado, era obviamente el santuario más popular de la ciudad. Nos abrimos paso hacia el suroeste, donde pudimos ver los almenados tejados de las sacristías del Cascabel en el sur del mul. Uno de ellos debía de ser el del los Tejedores del Orbe.

El primer grupo junto al que pasamos era otra veintena de guardias Pumas. Allí parecía haber más de ellos, vigilando a los devotos del Cascabel. El siguiente fue una manada de ancianas. Era la primera vez que veía mujeres por allí fuera, sin hombres. A diferencia de las plazas del norte, la corte tenía cierto aire de integración, lo que significaba que había un montón de personajes andrajosos. 14 Herido había dicho que los hijos de la Anguila Celeste administraban su caridad y celebraban los juicios desde allí, pero aquello parecía más una plaza pública que un espacio religioso. No había tenderetes ni apretones de mano visibles, pero era obvio que allí se desarrollaban un montón de negocios: trocadores haciendo tratos, contables con ábacos en plena suma y corredores de apuestas aceptando apuestas. Las viejas ciudades, realmente, sabían aprovechar sus espacios públicos. Para hacer negocios sin dinero ni teléfonos se necesita un fórum, ágoras o *piazze*. Pasamos junto a un grupo de gente joven jugando al *taxac*, que era un complicado juego verbal, y al *kak*, que se juega con las manos. Me fijé en que el pavimento bajo mis pies era negro, y entonces, mientras pasábamos junto al gran altar central, se volvió brevemente amarillo, y después rojo. Estaba diseñado según los cuadrantes del Juego, con colores muy brillantes. Habían empleado algún tipo de tinte, supuse, para empapar la piedra caliza. Pasamos junto a un par de oráculos del Cascabel con sombreros azules que parecían estar vagando entre la multitud, respondiendo preguntas. Espíritu misionero, pensé. Caminamos alrededor de nudos de gente que, inclinada sobre cuencos en llamas, hacía ofrendas al Cascabel o, a través del Cascabel, a familiares ausentes, ancestros cuyos nombres o restos habían sido perdidos. La mayoría de las personas que no eran de la ciudad me parecían apoderados. Cada uno de ellos representaba, seguramente, a un centenar de granjeros aterrorizados de Dios sabe dónde. Yuca Izquierda dijo que la sequía había llevado más gente que nunca hasta la Anguila Celeste, es decir, el Cascabel de Estrellas. Dijo que el sínodo Cola de Golondrina y el de los Auras poseían sus propias familias de contadores de soles, pero que los contadores de la Hermandad del Cascabel seguían siendo considerados los mejores. 14 había dicho que era porque sabían escribir y habían preservado una biblioteca demasiado grande para que una persona, o incluso una universidad entera de griots,* lo recordaran. Algunos de ellos eran inmigrantes mayas, como la Dama Koh, así que quizá habían estado manteniendo una isla de literatura. Supuestamente, Koh atendía a los extranjeros, como a los Demasiado-Altos, usando distintos lenguajes en sus ofrendas. Al Cascabel no le importaba, dijo Yuca Izquierda. Y el Cascabel no pedía regalos caros, sólo música, menta, humo de tabaco y un par de hebras de tu propio cabello.

Los tambores crecieron a nuestro alrededor. El movimiento de la multitud aminoró la velocidad y se detuvo.

Los tambores resonaban por toda la ciudad, y podías oír cómo se expandían hacia las colinas, y más allá. Era un ritmo que no había escuchado antes, una especie de siniestra cadencia de cinco golpes.

—Dicen que están cerrando los límites de la ciudad —dijo Yuca Izquierda—. Dos días antes. —Estaban cerrando la ciudad para la vigilia, y nadie iba a poder entrar o salir.

«Joder», pensé. Miré a Hun Xoc. «Bueno, ahora estamos atrapados aquí —me respondió su mirada—. Saquémosle todo el provecho posible».

* Los griots son narradores tribales africanos cuya labor es preservar la tradición oral. (N. de los T.)

Cuando los tambores se detuvieron, la multitud volvió a sus negocios, pero más apresurados y más silenciosos. Joder, vaya mierda, pensé. Había estado pensando en intentar pillar un par de dosis de las drogas del Juego en alguna parte y salir echando leches de aquel pueblo de paletos antes de la vigilia. Habría sido demasiado bueno para ser verdad.

Proseguimos nuestro camino por la abarrotada escalera. Había guardias Pumas mirándonos desde el otro lado, así que mantuve la cabeza baja y sólo eché un rápido vistazo al mul del Cascabel. Estaba diseñado para que pareciera como si hubiera sido tejido de dos especies de serpientes gigantes, o mejor dicho, de dos aspectos de la Cascabel: la Cascabel Marina, que era sinuosa y naturalista, y la Cascabel Celeste, que era estilizada y geométrica, con los azules ojos saltones de Chaac y dientes equiláteros. La hermandad femenina de Koh vivía en uno de los dos complejos del ala sur de la Corte del Cascabel, y su contrapartida masculina vivía en el otro. Mirando los edificios no podías decir cuál era cuál. Estaban construidos de láminas de madera pulida en un estilo antiguo, sin nada parecido a ventanas, sólo alguna abertura ocasional. Sus fachadas estaban tintadas de azul en lugar de en color naranja, como era normal en aquel lado. Las puertas eran todas diminutas, talladas con rostros espeluznantes pero no demasiado llamativos. La mayor parte de las puertas principales tenían un guardia o dos sentados en el exterior. ¿Eran un elemento permanente o estaban allí solamente porque las cosas habían estado revueltas últimamente? Familias de solicitantes, teotihuacanos, Demasiado-Altos y otros abarrotaban el callejón. No tenían sacos de dormir, y no había ninguna fogata. Estaban sólo sentados, o en cuclillas, temblando. No era raro que Koh no quisiera hablar con nosotros. Estaba rechazando a la gente en manadas.

Avanzamos a través de ellos y, un par de veces, sobre ellos. Una o dos personas se quejaron un poco, pero el sistema de castas nos permitía alejarnos sin más. Éramos guerreros, y ellos eran gente insignificante, y eso era todo. Yuca Izquierda nos condujo hasta uno de los edificios, no hasta la puerta, sino hasta el lado de la puerta. No se llamaba con los nudillos. Sería demasiado agresivo. O silbabas tan suavemente como fuera posible, o esperabas hasta que alguien saliera. Pero había tres *dvorniks* agachados frente a la entrada de la corte, jugando a la versión con apuestas del *patolli* sobre un manchado tablero de tela. Todos se incorporaron. Nos presentamos. No quisieron entrar, y dijeron que no serviría de nada que nosotros lo hiciéramos, pero Yuca Izquierda parecía haber congraciado con ellos en su última visita, porque los dejó inmersos en una discusión sobre que, aunque sólo estuviéramos emparentados con la Dama Koh por cinco familiares, eso no significaba que ella quisiera que la gente dijera que había «apisonado sus hogares», es decir, que había violado la regla de hospitalidad. ¿Lo haría?

Nos dijeron que esperáramos. Uno de ellos entró. Me sentí como si estuviera a finales de 1989, hablando con Armando, el portero de Nell's.

Esperamos. «Esto es una tontería», pensé. Quizá Koh es sólo una mala jugadora, de todos modos. A veces me pregunto eso. Es decir, me hago la pregunta obvia: ¿cómo es posible, si el Juego de nueve piedras es tan poderoso, que los más importantes contadores de soles no gobiernen el mundo?

Por supuesto, la respuesta es que estaban gobernando su mundo.

«Están, sólidamente, a cargo de este lugar —pensé—, y del resto de Mesoamérica, incluso aunque dejen que los clanes felinos se ocupen de los temas políticos».

Lo que me preguntaba era, ¿por qué no se habían extendido hacia el llamado Viejo Mundo, sirviéndose del Juego?

Fernando Braudel solía pedir a sus estudiantes que descubrieran por qué la China del siglo XIV, que tenía una marina de guerra enorme, y papel dinero, y todo eso, no había descubierto América. Su propia mejor respuesta era que no lo habían necesitado. A todos los que tenían el poder en China les iba muy bien, y lo único que les quedaba por hacer era conseguir un mayor arraigo. Así que, quizá los contadores de soles no necesitaban apoderarse de ningún sitio más. Había siempre un montón de inercia en ello. Podía ser más poderosa que la innovación, la ambición o cualquier otra cosa. Si las cosas iban bien, ¿por qué hacer que el bote se tambaleara? Las buenas ideas no siempre funcionan. A veces mueren a pesar de (o debido a) ser tan buenas. La máquina diferencial de Babbage* no fue construida hasta un centenar de años después de ser inventada. En Polinesia tenían alfarería al principio, y luego olvidaron cómo hacerla. Los romanos tenían cemento, y después de que perdieran la receta nadie lo trabajó de nuevo hasta 1824.

Miré alrededor. Hacía ya bastante frío. Me recordó a la primera vez que viví en Ciudad de México. Me sorprendió lo frías que eran las noches allí. Olía a algún tipo de incienso amargo. Una familia de Demasiado-Altos que había estado abriéndose camino por el otro lado del callejón se quedó inmóvil, mirando el suelo.

Algo iba mal. ¿Ahora qué?

* Charles Babbage presentó el modelo de su máquina diferencial en 1822. Su propósito era tabular polinomios usando un método numérico llamado el método de las diferencias. No fue construida hasta 1991. *(N. de los T.)*

49

Los teotihuacanos no eran gente ruidosa, pero siempre podías sentir que había tropecientos de ellos por allí. Habíamos estado oyendo voces durante todo el día, arañazos, martillazos, el chasqueo de las tortillas y el pedernal, el zumbido del enjambre de gente. Ahora era como si todo el mundo hubiera desaparecido. Todos los sonidos humanos se habían detenido.

No había rituales crepusculares como los que teníamos en los estados mayas. Había sólo un incómodo silencio. Aquí, incluso en una conversación regular, evitabas mencionar la puesta del sol. Sólo decías «más tarde» o «esta noche temprano».

Miré a Hun Xoc. Él exhaló, que era el equivalente maya a poner los ojos en blanco. La gente lo miró, como diciendo, «¡Pssss! ¡Que hay eco!».

Escuché. Aún había un mar de sonido allí fuera: los chillidos de las gaviotas, los perros, el titeo de los pavos y el chirrido ultravioleta de los murciélagos, pero el mundo humano estaba conteniendo el aliento.

Maldición, pensé. Las cosas estaban poniéndose un poco tensas por allí. Miré a mi alrededor, a los solicitantes. Tenían los ojos clavados en el suelo, o en algún punto de sus mantas, en cualquier sitio excepto en el cielo. La mujer sentada junto a mi pierna derecha estaba temblando, y no pensaba que fuera de frío, o de enfermedad, sino de miedo. Después de ochocientos años, la ciudad aún temía la oscuridad.

Por fin, mientras el sol se hundía en alguna parte, los hombres de Koh vinieron y nos guiaron, a través de un patio de color azul, hasta una sauna. Nos desnudaron, nos aceitaron y nos envolvieron en nuevas ropas, unas faldas de algodón violeta y fajines con enormes mantas sobre ellos. El violeta era un color neutral, es decir, no neutral en el sentido del diseño, sino que no era propiedad de ningún clan en concreto. Los guardias nos guiaron a través de un laberinto de oscuros pasajes, quizá sólo para confundirnos, y a través de otro pequeño patio, hasta el interior de una diminuta habitación rectangular. Había siete figuras sentadas en un banco, mirándonos desde la penumbra, como si hubiéramos interrumpido algo, que es lo que suponía que habíamos hecho. Cinco de ellos estaban vestidos como hombres y llevaban mantas azules con motivos de diamante. Vestían sombreros que eran como enormes turbantes que escondían la mayor parte de sus rostros. Incluso así, sabía, por los *piercings*, que la mayor parte de ellos eran teotihuacanos nativos, quizá conversos de los Tejedores del Orbe, de clase alta. Uno de ellos era un tipo fornido con la nariz rota. El bordado negro y naranja de su manta lo identificaba como un personaje que 14 nos había dicho que estaría allí: 1 Gila, el líder del clan Gila, una gran división mercantil Aura que se había convertido al Cascabel. Un hijo suyo estaba con él. Ambos parecían muy duros. No los saludamos, ni siquiera demostramos haberlos reconocido. A menos que fueras a hacer una presentación formal, lo que llevaría bastante tiempo, era mejor que fingieras no ver a los demás. A continuación había dos personas en la habitación que estaban vestidas como mujeres, y que pensé que quizá eran mujeres de verdad. Quizá eran las esposas de Koh. También había un tipo que me imaginé que debía de ser un payaso, o un bufón, porque llevaba una especie de disfraz de puercoespín. Cuando mis pupilas se dilataron pude ver que había un perro en la esquina, detrás de nosotros, y montones de pequeños tarros y cuencos, y una amplia bandeja, lujosamente cubierta de nieve derritiéndose, dispuesta en el suelo sobre capas de deslumbrantes alfombras azules y blancas. Había un mural en la pared detrás de ellos, con bancos de gnomos ani-ñados retozando junto a un volcán bajo el agua.

Según dijo 14, aquélla era una casa comunitaria comparti-da por cinco o seis familias. Y las familias estaban compuestas exclusivamente por mujeres. Sin embargo, no se pensaba en ellos como en matrimonios lésbicos. Hasta donde yo sé, por lo que él me había contado (y esto no era totalmente coheren-te) las hijas de los Tejedores del Orbe no eran todas andrógi-nas. Sin embargo, veintenas de ellas eran presentadas social-mente como familias heterosexuales normales, donde algunas de las mujeres tomaban roles masculinos y otras tomaban los femeninos. La Dama Koh era una de las «guerreros», lo que, en términos antropológicos, le permitía entrar en los espacios rituales masculinos, por ejemplo, en el teocali del mul del Cascabel. Supongo que la cuestión...

Guau. ¿Qué demonios...?

El perro se alzó sobre sus patas traseras. Me recorrió un escalofrío. Era un humano.

Era enana, con un alargado rostro de ánade, y estaba casi desnuda. Su piel estaba teñida de verde, pero en aquella luz parecía negro. Mientras se tambaleaba como un pato alrede-dor de la chimenea, me recordó a un pingüino. Sin embargo, no me dieron ganas de reírme. No es acondroplásica, como 3 Caracol Azul, pensé. Tenía lo que suele llamarse enanismo primordial, o enanismo de cabeza de pájaro. El síndrome de Seckel. Recordé que no suelen vivir demasiado. Seguramente era aún una adolescente. Además, creo que eran generalmen-te retrasados, pero ella parecía funcional. Hizo una señal de escuchar. Se agachó un poco más bajo.

—Tú, superior a nosotros... la Dama Koh sólo habla... con un solicitante a la vez —dijo. Su voz tenía un espeluznan-te monotono parecido al de un gato, y hablaba en teotihuaca-no masculino, que tenía un sonido duro.

—Yo, inferior a vosotros, cumpliré la petición —dije. Miré a Hun Xoc.

Él miró a su espalda, dudando. Esto iba contra su directi-va de mantener los ojos sobre mí en todo momento. Aun así, no podía hacer nada para evitarlo. Mi audiencia con la Dama Koh era el objetivo principal de la misión. Se encogió de hombros, como diciendo: «Está bien, como sea».

«Gracias por tu confianza», le dije con la mirada.

La enana había levantado una de las alfombras. Había un agujero cuadrado bajo ella. Como en la corte francesa de Luis XIV, allí se volvían locos con las trampillas, los pasadizos y las mirillas. La enana se metió en el agujero con la cabeza por delante, como el Conejo Blanco. Yo metí una pierna en el interior para saber si era profundo, encontré un suelo en pendiente, me agaché en aquella cosa y me arrastré detrás de ella. Mis rodillas se enganchaban en mis faldas y me hacían tropezar. El túnel se inclinó unos treinta grados. Repté a través de la oscuridad durante unos quince brazos y llegué a una puerta que era como una ratonera, en mitad de un pasaje que estaba abierto hasta el cielo. La enana me guió a través de otra puerta pequeña cubierta con una cortina de piel al interior de una oscura habitación cuadrangular de unos ocho brazos. Estaba en un nivel inferior a la habitación anterior, pero el techo estaba al mismo nivel, así que la bóveda estaba a casi veinte brazos sobre nuestras cabezas, y daba la sensación de que estábamos en el fondo de un pozo. Había un rastro de azul en un alto oculus cubierto de cuero aceitado que supuse que daba a un patio interior. Las paredes estaban cubiertas de lo que parecían escalas de metal. Había un brasero sencillo de terracota con un par de carbones extinguiéndose, dos cestas grandes, un par de batidores de moscas en una pequeña rejilla y un soporte de hueso con una antorcha de mirto que ardía con llamas verdosas. La capa de plumas verdes que habíamos enviado y el tarro de pieles venenosas estaban retorcidos en una esquina como un par de gatos dormidos. Y había un peculiar aroma en el aire que no podía describir.

No era el olor amargo del exterior, y no eran las bayas del árbol de la cera de la antorcha, que tenían un hedor entre la gaulteria y el aceite de linaza. Olía... bueno, a mí me parecía lo contrario a la canela, si es que existe algo así. Aunque los olores no son como los colores. No hay primarios ni secundarios. Pero supongo que eso hace que sea posible un nuevo olor, en un sentido en el que no es posible un nuevo color. Balanceé los pies e intenté ajustar el pliegue de mi manta con un suave movimiento practicado. En lugar de eso, se me cayó, como una morsa con tres aletas.

«Dios, qué torpe soy —pensé—. Tengo que aprender a ponerme esta cosa».

La enana correteó a mi alrededor, y se fue por el camino por el que habíamos entrado.

Yo me coloqué en una posición de medio-súplica, encarando el brasero sumisamente. El suelo bajo mis muslos estaba cubierto con algún tipo de esponjosa esterilla, y había sido rociado con pétalos de geranio para rechazar mi polución.

Me senté. Me sentía raro. Después de un minuto, me di cuenta de por qué: era la primera vez que estaba solo en una habitación desde que me desperté metido en aquella cesta, en el complejo de prisioneros de 2CE. Ya era mala suerte que aquél no fuera un buen momento para huir de mis niñeras.

La piel susurró. Pasos de niño se acercaron a mi espalda. No habría demostrado buenos modales si me hubiera vuelto, así que seguí sentado. Una ligera figura bajita (de no más que un brazo y medio) se tambaleó a mi alrededor, inclinada en un báculo adornado con lazos azules. De modo inseguro, se sentó al otro lado del brasero y dejó el báculo frente a ella. Era una mujer anciana con una manta de hombre.

Me estremecí un poco, sólo interiormente, esperaba. Su rostro estaba tan arrugado y marchito que parecía que estaba hecho de guijarros que hubieran sido pegados juntos. Tenía el cabello de color negro y la piel era pálida. Sus ganchudas manos estaban cruzadas sobre su regazo. Su cabello tenía que ser una peluca, sus ojos estaban tan hundidos que yo, a duras penas, podía ver un brillo en ellos.

2CE se había equivocado sobre su edad. Pero ¿cómo era posible? ¿O había sido, de algún modo, envejecida con un veneno, como Viktor Yushchenko?

Se acomodó y sostuvo sus manos sobre el brasero, calentándolas, aunque la temperatura de la habitación era de al menos ochenta grados. Estaba bastante seguro de que no había entrado nadie más, lo que era extraño. Nada de guardias. Quizá la gran dama no tenía miedo de ser atacada.

La Dama Koh abrió la arrugada y oscura palma de su mano hacia arriba. «Di algo», pensé. Hablé con el dialecto que se usaba en Ixian entre iguales masculinos:

—*Tzitic uy oc caba ten lahun achit* —dije. Es decir, inferior a ti, mi nombre es 10 Escinco—. Nuestra familia me ha nombrado tu hermano (es decir, pariente) del clan Arpía de Ix, el decimoctavo hijo (adoptivo) de 2 Cráneo Enjoyado.

—¿Y quién es tu padre? —preguntó—. ¿Y qué otros nombres tienes, además de 10 Escinco?

—2 Cráneo Enjoyado es mi padre —dije.

—¿Y quién ilumina tus despertares? —preguntó. Yo no había respondido al asunto de los otros nombres, pero, como todos los buenos interrogadores, Koh no repetía una pregunta infructuosa, al menos no justo a continuación.

Se lo dije. Es decir, le di los nombres de los días ceremoniales de las Grandes Madres de 2 Cráneo Enjoyado.

—¿Y quién ilumina a tus Grandes Padres?

Se lo dije. Es decir, enumeré los nombres correctos del linaje Arpía en el que me había adoptado 2CE.

—¿Y cuándo te convertiste en hermano de los guerreros Arpías?

—Hace treinta y tres luces.

—¿Y quién te ha dado tu grandeza? —Es decir, ¿qué contador de soles era mi mentor? Su voz sin dientes sonaba mayor que su piel, como un tronco quemado siendo arrastrado por un camino de grava húmeda.

—7 Aguijón —dije—. De los Arpías de Ix. —En mis oídos no sonó convincente.

«Sólo estás nervioso —pensé—. Lo estás haciendo bien. Relájate».

—¿Y por qué no confías en el hijo de 14 Herido, Yuca Izquierda? —preguntó—. ¿O es que habla demasiado?

—Confío en él. —Vaya, me pregunté, ¿había estado observándonos a través de una mirilla cuando estuvimos en el patio? Si lo había hecho, ¿lo que pensaba sobre Yuca Izquierda realmente había sido tan obvio en mi lenguaje corporal o qué?

—¿Y el clan Arpía es aún férreo, aún es verde? —preguntó. El modismo significaba: «¿Están los listones fuertemente atados a los postes, y está el techo de paja fresco?». Es decir, ¿están bien?

Contesté que el clan estaba bien.

—Pero tienen un importante partido de poktapok programado contra los Ocelotes —dijo.

Maldición, pensé. Durante el camino hasta aquí le había llegado el rumor de que estábamos en problemas. No importa lo rápido que viajes, las noticias siempre viajan más rápido. Ni que todo el mundo allí tuviera teléfono móvil. ¿Se había enterado de lo del fiasco del mul? ¿Había adivinado que mi visita tenía algo que ver con ello?

Chasqueé que sí, que el gran partido de poktapok iba a tener lugar. No me extendí.

—Y tú solías jugar al Juego de Pelota —dijo Koh—. Pero ya no lo haces. ¿Es correcto?

Joder. ¿Había adivinado todo eso sólo por la constitución grande de Chacal y su nariz rota? O quizá lo había descubierto por alguna pista de mi lenguaje corporal. O ella, o algún espía suyo, habían echado un vistazo a los puntos de mis rodillas y codos donde me habían eliminado los callos. De cualquier modo, yo no quería mentir más de lo necesario. Chasqueé que sí.

Koh hizo una pausa.

2CE y yo habíamos pasado horas repasando una y otra vez cómo iba yo a presentar nuestro caso. Y la idea era hacer un acercamiento tan suave como fuera posible. Hablaríamos del final de Teotihuacan. Si fuese necesario, le daría parte de mi información especial para convencerla de que el lugar estaba condenado. Entonces, intentaría llevar la conversación hasta una discusión sobre los problemas de la Hermandad del Cascabel. Idealmente, la traería a nuestro lado, la haría desear salir de la ciudad, y entonces veríamos si podía manipularla y hacer que nos pidiera que la ayudáramos. Y después le ofrecería asilo en Ix.

Por supuesto, para hacer eso tenía que convencerla de que podíamos protegerla. Pero 2CE era receloso en cuanto a contarle demasiado. Pensamos que podría hacer un par de truquillos para impresionarla... Hacer un barómetro, o una brújula flotante, por ejemplo, o dibujar una elipse con una cuerda, o introducirla en, por ejemplo, las fracciones. Asumiendo que fuera lo suficientemente empollona como para sentirse impresionada por cosas así, aunque, ya que era una contadora de soles, seguramente lo era. Y pensábamos que incluso podría intercambiar alguno de esos trucos, o algo de información, por las drogas y las recetas. Pero no le preguntaría por el Juego del Códex, porque eso nos guiaría a una discusión sobre la fecha del Ahau, en 2012, y si yo parecía especialmente preocupado por ello, Koh se preguntaría por qué. Después de todo, el decimotercer b'ak'tun estaba aún muy lejos. Y decidimos que no le contaría nada sobre Jed, ni de dónde venía yo realmente, ni nada de eso. Para empezar, porque seguramente la Dama Koh no lo creería. Y aunque fuera del tipo crédulo que se traga cualquier cosa, no sería capaz de visualizarlo. Sólo la gente que lo había experimentado, del modo en el que 2CE y yo lo habíamos hecho, podía saber de lo que yo estaba hablando. De otro modo, sería como si estuviera balbuceando en marciano sobre cosas marcianas.

Y si le mostraba demasiados trucos, o si le daba demasiada información sobre ciencia, o lo que fuera, empezaría a parecerle demasiado poderoso. Podría pensar que yo era algún tipo de lanzador de costras, o incluso un fumador, una deidad, con piel humana. O que era el representante de algún gran contador, trabajando a través de 2 Cráneo Enjoyado para disfrazar a mi señor real. O que realmente era yo mismo, un importante contador de nueve calaveras, uno del que ella nunca hubiera oído hablar, que estuviera disimulando sus habilidades. ¿Y si pensaba que era un espía de uno de los dos sínodos teotihuacanos (quienes, de acuerdo a la leyenda, lo sabían todo), intentando inducirla a un evidente acto de traición?

No podía saber lo que ella haría en ese caso. ¿Y si hablaba a su orden de mí? Después de todo, estaba hermanada con ellos. Seguramente tendría la habitual acción refleja: declarar que yo era una amenaza para el status quo y hacer que me asesinaran.

Como mucho, Koh se daría cuenta de que pretendíamos sacar algún provecho. Asumiría (y con cierta razón) que, tan pronto como yo consiguiera lo que quería, la dejaría en la estacada. Me presentaría a mí mismo como un contador novato que, sin embargo, tenía una perspicacia muy especial, y nada más. No le contaría demasiado sobre mis razones para estar en Teotihuacan. Le haría pensar que estaba en un viaje comercial rutinario. No tendría por qué saber que 2CE estaba en problemas en Ix. Aunque ya era demasiado tarde para eso. Tenía que hacerle pensar que 2CE tenía las cosas controladas, y que era el único clan de su territorio natal que iba a ofrecerle un puerto seguro. Necesitábamos hacerle creer que volver a Ix era idea suya. Y por supuesto, sobre todo, no debía preguntarle nada sobre los dos polvos. De hecho, ni siquiera debería mencionarlos. Si Koh llegaba a sospechar que era lo que queríamos, haría saltar todas las alarmas y me echarían a patadas de allí.

Koh hizo una señal con su diminuta mano. La Mujer Pingüino se acercó a mi espalda de nuevo y se deslizó entre nosotros. Llevaba una enorme cesta en sus pequeñas garras. Se arrodilló junto al brasero, se sentó y tomó dos cuencos hexalobulados de terracota y dos vasos cilíndricos. Como la mayoría de los platos, vasos y cosas de ese tipo allí, en Teotihuacan, estaban bien hechos, pero eran feos... Como el Pyrex, tal como decía Esther Pasztory. Supuestamente, algunos de los fumadores más importantes de allí eran pobres, y cualquier ofrenda demasiado lujosa suponía un riesgo porque podía darles envidia. La enana mezcló granos de cacao molidos, miel y agua caliente, en ese orden, y, como por costumbre, vertió el líquido de cuenco a cuenco para que se levantara vapor. Dejó el cuenco vacío debajo y pasó el lleno a Koh. La mujer tomó un sorbo y devolvió el cuenco a la enana. Ella me lo pasó a mí. Yo hice un pequeño gesto de agradecimiento, me bebí la mitad, señalé que estaba bueno y me bebí el resto. Estaba especiado, con sabor a cardamomo. Dejé el cuenco y la Mujer Pingüino se lo llevó.

Y eso era lo máximo que entendían por aquí en cuanto a servir unas bebidas. Me di cuenta de que también tenía hambre. Cualquiera esperaría que trajeran una bandeja de cucarachas gigantes fritas, o algo así. Pero no se hacían ese tipo de cosas. Servir una bebida a un invitado era más por ritual que por sed. Generalmente, la gente no se sentaba a beber con otra gente. No era como la hora del té en el este, o como los cócteles en el oeste. Te tomabas la bebida, bebiéndola en el menor número de tragos posible, y se acabó. Y tomar tentempiés era algo que jamás se hacía. Era una de las cosas que me habría sacado de quicio totalmente si el cuerpo de Chacal no hubiera estado ya acostumbrado a ello. Incluso la gente que podía permitirse todo lo que quería rara vez comía dos veces al día. Y cada tres días o así, pasaban uno sin comer nada en absoluto. La mayoría de las veces podías ofrecer una tira de cecina de venado a, por ejemplo, Hun Xoc, y él te decía: «Oh, no, gracias, ya comí algo ayer». Y Hun Xoc era un jugador de poktapok que necesitaba mantener un peso alto. Pero cuando comían, se daban unos atracones fastuosos. En la mayoría de los festines, tres cuartos de la comida se malgastaban. Bueno, como fuera. ¿Dónde estaba?

Era el momento de decir algo.

—Nosotros, inferiores a ti, te hemos traído un fardo —dije. Fardo era un modo educado de decir regalo, u ofrenda, ya que significaba que no tenías que declinar el nombre, y que cedías sin más lo que había en el interior—. He intentado leer las calaveras para nosotros, para mi familia, y he fallado. Te pedimos que aceptes el fardo y leas nuestras calaveras.

—Ofrecéis demasiado —dijo.

Amenazó con otra insufrible pausa. Pregunté de nuevo. Maldición, pensé. Si decía que no, iba a comenzar a romper cosas. Aunque, en realidad, un contador no podía, o no debía, negarse a hacer una lectura para otro. Al menos no si estabas cara a cara con él. O quizá estaba confiando demasiado en la cortesía profesional.

La Mujer Pingüino encendió algo en un pequeño plato. Era una bola de incienso, del tipo que usaban como relojes en los alrededores de Palenque. Por el tamaño parecía que era de un cuarto de novena luz, es decir, de unos cuarenta y dos minutos. Mejor darse prisa, pensé. Pero la pausa se extendió. Por fin, Koh chasqueó la lengua dos veces, dando a entender que aceptaba la tarea. Desató dos lazos de su cayado, que resultó ser un tablero de juego enrollado. Lo extendió en el lado oeste del brasero. Tenía el mismo diseño que el que había usado 2CE, con el mismo número de casillas y todo eso, pero mayor. Abrió un tarro, tomó un pellizco de tabaco en polvo y, con bastante recato, lo frotó en el interior de su muslo.

«Vale —pensé—. Lánzale una bola baja».

Le pedí que me dijera la fecha de mi muerte.

Ella sacó un puñado de semillas del árbol tz'ite, y las esparció por el tablero.

Había algo superficial en su estilo, y me dio la sensación de que no estaba planeando darme nada excepto la sesión más corta posible. Cuatro corredores emboscaron a mi piedra álter ego en un callejón sin salida cercano. Después de un pequeño cálculo me dio el *Walc Ahau, Waxac Muan*, o 6 Cacique, 8 Búho Enjoyado (es decir, ciento treinta y dos luces a partir de ese día) como la fecha más probable. Sonaba razonable, para la muerte de aquel cuerpo, en cualquier caso. Dada la esperada progresión de mis tumores cerebrales, sólo me quedaban unos ciento diez días de claridad mental. Había, además, otros días antes de ése en los que mi muerte era posible, en este tun actual, especialmente *Kan Muluk, Wuklahun Xul*, es decir, 4 Lluvioso, 17 Final, y *Hun Eb, Mih Mol*, es decir, 1 Húmedo, 0 Reunión. Como sea, pensé. Chasqueé, dando a entender que aceptaba el diagnóstico.

Hasta ahora me estaba decepcionando. Aquello no era nada fuera de lo ordinario. Hice una segunda pregunta: ¿dónde iban a estar mis descendientes (y la palabra no se refería concretamente a mis descendientes personales, que no tenía, sino a los descendientes de mi familia, esto es, a los de 2CE) en 9 Noche, 1 Agua Oscura, durante el primer tun del decimoquinto k'atun del decimoprimer b'ak'tun? ¿Y cuántos de ellos estarían allí?

Era una pregunta muy común, excepto por el lapso de tiempo. La fecha era 1.522.313.285 días a partir de aquél. Era una de las fechas catastróficas recogidas en el Códex.

Koh no pareció reaccionar. Tomó cinco piedras y esparció sus granos de maíz sobre el tablero, los contó rápidamente y me dijo que, en ese día, unas quince veintenas de descendientes de los Arpías reintroducirían los hatos de huesos de sus fundadores en el «norte sin ríos». Eso debía de ser el Yucatán, pensé. Los demás, unas cien veintenas, estarían «repartidos por las selvas, por los bosques que cubrirán las ciudades joya».

Bueno, eso al menos es algo impresionante, pensé. Vale. Era el momento de la gran pregunta.

—¿Qué sol será el último de la Ciudad de las Cuchillas? —pregunté.

Koh hizo una pausa, como solía. Yo esperé. Finalmente, habló.

—Los Hijos —al decir esto se refería a los clientes— me han preguntado eso cuatrocientas veces.

Después me contó que, durante el último k'atun, un par de contadores inquietos habían, de hecho, fijado varias fechas para el final de la ciudad. Esas fechas habían pasado, y aquellos contadores habían huido, o habían sido asesinados. Aun así, dijo, había una creencia tácita de que el fin sería pronto, al menos entre los contadores de soles más importantes y sus clientes. Supuestamente, incluso algunos de los clanes gobernantes habían aceptado privadamente aquel hecho y estaban preparando a sus familias para una migración eventual.

Ahora bien, como estoy seguro de que ya he mencionado en alguna parte, yo no sabía cuánto más perduraría la ciudad. Y quizá nadie lo sabía. Los datos arqueológicos eran vagos. Y la caída de Teotihuacan no se mencionaba en el Códex Nürnberg, o al menos no en las páginas que teníamos.

Sin embargo, de acuerdo con Koh, esto no se había resuelto en ningún Juego conocido.

—Pero ¿tú no has encontrado una fecha? —pregunté.

—Ese escrito está demasiado cerca de nuestros ojos —dijo Koh.

Lo que quería decir... Bueno, es lo que Taro llamaba el problema del cono de sucesos. Lo que significa esto es que realmente no es posible predecir algo que tienes el poder de cambiar porque puedes estar cegado por la proximidad. A esto también se le llama el problema del observador participante. Y La Rochefoucauld lo llamó «*l'aveuglerie de l'oeil qui ne voit pas lui-meme*», es decir, «la ceguera de un ojo que no puede verse a sí mismo», y Stephen King lo llamó la Zona Muerta. Cualquiera pensaría que debería ser más sencillo predecir algo cercano en el tiempo, y más difícil predecir algo más alejado. Y esto, generalmente, es verdad, hasta cierto punto. Pero, pasado ese punto, nunca lo es. Es parecido a la idea de que siempre es más duro llevar a cabo tus propios consejos.

—Pero ¿puedes tú, superior a mí, jugar en el futuro hasta ese sol? —pregunté.

—Ese sol vive entre el humo —contestó Koh.

«Oh, joder —pensé—. Está pensando en echarme de aquí. Joder, esperaba que fuera un poco más curiosa. Tendría que estar preguntándose qué clase de contador era yo, cómo había sido capaz de ver todas las cosas de la carta... Bueno, como fuera. Vale. Intenta darle algo».

—Sé que la Ciudad de las Cuchillas sólo posee un par de puñados de luz solar —dije.

—Esta luz, la anterior y la siguiente —contestó ella—. Así ha sido desde que yo llegué aquí.

Era como decir: «Como siempre, ¿qué tiene eso de nuevo?». Realmente no era una respuesta educada y correcta, pero quizá pensaba que ella estaba por encima de los modales...

—*Ch'ak sac la hun Kawak, ka Wo* —dijo. Significaba: «No comiences nada el 10 Huracán, 2 Sapo». Pero el sentido era más fuerte, como: «Ni siquiera tomes decisiones ese día. Quédate encerrado en casa y aléjate de los problemas».

Chasqueé que sí.

—Bien —señaló.

Se incorporó.

Se tambaleó un poco y cojeó a mi alrededor hasta la cortina de la entrada. Oí un susurro.

Me había dejado solo. Me quedé sentado durante cuatrocientos latidos, y después durante otros cuatrocientos. Ella no volvió.

«¿Qué mierda es ésta?», me pregunté. ¿Eso había sido todo? ¿Se había pirado sin más? Nadie hace eso por aquí. ¿Qué mierda era aquélla? ¿Qué puta mierda era aquélla?

Permanecí sentado. Conté otros cuatrocientos latidos. Escuché. No oí una puta mierda. ¿Cómo conseguían ser tan silenciosos en aquel lugar? De algún modo, habían construido el complejo para bloquear el alboroto de la ciudad. No había corrientes de aire que yo pudiera sentir. El humo de la antorcha subía hacia el oculus en una línea casi recta. Seguí sentado un rato más.

Bueno, joder, pensé. Aquello era un desastre. Quizá habíamos hecho todo aquel viaje para nada. Quizá 2CE sólo pretendía librarse de mí. Quizá alguien iba a llegar por detrás y a estrangularme. Quizá la Dama Koh no era tan guay, después de todo. Maldita fuera, ¿por qué siempre me quedaba con los suplentes? Lo único que necesitaba era toparme con un pez gordo. Sólo una persona de por allí que pudiera llevar un poco la iniciativa.

Conté otros ochocientos latidos. Estaba empezando a sentirme un poco raro. Algo en ese chocolate me estaba poniendo en una especie de estado... No estaba seguro de qué estado era, pero era un estado.

Quizá debería haberle contado más cosas. Lo de la carta, en realidad, no había sido suficiente para captar su atención. Y si lo pensabas detenidamente, ¿por qué había querido 2CE que fuera tan reservado, en realidad? Quizá no quería que le diera algo demasiado impresionante porque pretendía que ella pensara que la información procedía de él. No quería impresionar a Koh más de lo necesario porque no le gustaba la idea de que me pusiera demasiado chulo. O de que me volviera demasiado autónomo.

Bueno, demasiado tarde.

Quizá debería escabullirme por donde había venido. Quizá incluso sería capaz de encontrar la salida solo. Quizá debería quedarme allí sentado durante otro par de horas, y ver lo que pasaba. Quizá...

A tomar por culo.

Generalmente no creo ser demasiado intuitivo, al menos no fuera de las fronteras de algo que pueda controlar, como el Juego. Pero, por la razón que fuera... O porque por un momento había tenido la sensación esa que tienes a veces cuando estás solo, por la noche, en una casa con todas las luces encendidas, una casa que no tiene la psicohigiénica provisión de persianas en cada ventana, y de repente te sobreviene la certeza de que estás siendo observado, y no por un amigo. O porque, sencillamente, me estaba empezando a sentir terriblemente frustrado. Fuera por la razón que fuera, extendí la mano, saqué la antorcha de su soporte y golpeé el suelo con ella. Se produjo un pequeño Vesubio de chispas. Como creo que ya he contado, estaba hecha con una gavilla de hojas del árbol de la cera mojadas en sebo de perro; las semillas en llamas se esparcieron sobre las esteras (que supongo que habían sido humedecidas ligeramente, como se hace con los tatami) y se extinguieron con un chisporroteo.

Me quedé sentado en la oscuridad. Ya no quedaba ni rastro de azul en el oculus.

«No hay suficiente crepúsculo aquí —pensé—. No existe el crepúsculo en las Cortes del Sol».

Seguí sentado en la oscuridad. Afróntalo, Jedster. Era el momento de emprender el camino. Miré las brasas de mirto desvanecerse una tras otra, como una galaxia muriendo.

Escuché. Nada. Continué sentado. Creí ver algo.

Aún quedaba algo de luz en la habitación. Estaba justo frente a mí. O mejor dicho, no estaba en la habitación, sino en el exterior de la habitación. Avancé de rodillas hacia delante, sobre el brasero, hasta donde Koh había estado sentada, y escudriñé la oscuridad. Era la luz de un brasero con carbón nuevo brillando a través de una mampara de lo que yo supuse que eran plumas. Había otra habitación al otro lado del muro. Aunque realmente no era un muro, sino una pantalla de tejido metálico, como la malla que se usa en los teatros para filtrar la luz. Fuera cual fuera la escala metálica con la que estaba hecha, parecía funcionar como un espejo de doble dirección. Y había alguien allí sentado, a apenas tres brazos de distancia. Comencé a discernir el contorno, y después las formas. Era una mujer joven, con la misma ropa y la misma pose que la anciana dama.

«Ella lo sabe —pensé—. Sabe que puedo verla. Relájate».

Inhalé, reuní fuerzas y exhalé. La mujer no se movió. Ahora podía ver algunos detalles. Su mano derecha parecía estar pintada de negro, y yo no podía verla bien, pero su mano izquierda estaba sin pintar y me concentré en ella. Tenía siete dedos. El más pequeño era afilado y no tenía articulaciones, como el tentáculo de una anémona marina, y era apenas del tamaño de una bala de rifle de calibre 22. Miré su rostro. La mitad superior estaba pálida, y la inferior era de color negro. El borde se extendía bajo su ojo izquierdo, sobre su labio superior, y a través de su mejilla derecha hasta el ángulo mandibular.

50

—¿Qué otros nombres usas? —preguntó la mujer. Su voz era la misma que la de la anciana mujer.

«Será mejor que le des algo», pensé.

—Mi nombre como jugador de poktapok era Chacal —dije.

—¿Y quiénes son tus otros padres, tus otras madres, tus otros hermanos mayores, tus hermanos menores?

Al principio, su voz tenía aún un graznido presenil pero, para cuando llegó a la palabra *na'ob* (madres), ya había empezado a atenuarse y suavizarse, como si estuviera envejeciendo al revés.

Le di el nombre del padre biológico de Chacal.

—¿Y de dónde eres?

Ahora su voz parecía tener su tono natural, un claro contralto, más grave que el de la mayoría de las mujeres mayas. ¿Qué demonios?, me pregunté. Así que, cuando la vieja dama estaba hablando, la lady Koh real había estado haciendo de ventrílocuo tras ella. ¿Por qué? ¿Y cómo sabía la impostora cuándo tenía que mover sus labios?, me pregunté. Con alguna señal. Una cuerda, o un palo en el suelo, quizá. Bueno, lo que fuera.

—De Ix.

—¿Y antes de eso?

—De Bolocac —dije. Era el nombre de la aldea de Chacal.

—¿Y de dónde eras antes de Bolocac? —preguntó Koh.

Estaba hablando con cierto tonillo cantarín, y eso parecía estar introduciéndome en un trance.

—De Yananekan —dije, sin pensar. El nombre de la zona alrededor de la actual Alta Verapaz, donde mucho más tarde crecería como Jed. Joder.

—¿Y después de eso, pero antes de Bolocac?

—Estoy a oscuras —dije, pausadamente. Era como decir: «No te comprendo».

«Maldición, Jed —pensé—. Estás dejando que esta *marimacha* te marque el ritmo. Relájate».

—Seguramente dejaste Yananekan antes de convertirte en un guerrero —dijo.

Chasqueé que sí. Podía sentir su mirada. Quizá no debería siquiera intentar jugar con aquella mujer. Como cualquier buen contador de soles, podía discernir una mentira incluso a través de un muro.

—¿Y qué sol alumbró tu partida?

Me inventé una fecha plausible.

—¿Y cómo te llamaba la gente entonces?

—Me llamaban Chacal.

—Pero ése no fue tu primer nombre.

Comencé a decir que sí lo era, y entonces me di cuenta de que había vacilado. Demasiado tarde, pensé. Aquello era tan bueno como un sí.

Koh hizo una pausa. Yo le eché otro vistazo. Cuando vi el busto-retrato que 2 Cráneo Enjoyado tenía de ella, había pensado que los dibujos de su piel eran sólo su maquillaje facial característico. Ahora parecían estar bajo su piel, tatuados en ella. En realidad, pensé, incluso con toda aquella mierda, no era totalmente mal parecida. Tenía una piel estupenda, cromáticamente hablando, un rostro simétrico y unas maneras femeninas. Es decir, era femenina en el sentido de que era compasiva, quizá, o maternal, o prematernal, como si algún día hubiera de ser amable con sus hijos, pero no aún. Miré abajo de nuevo rápidamente, y me concentré en un pétalo de geranio que había en la estera frente a mí.

—¿Y por qué has hecho este viaje?

—Porque 2 Cráneo Enjoyado quiere que proteja a su familia.

—2 Cráneo Enjoyado quiere las cosas que quiere. Pero tú ¿qué es lo que quieres? —Había algo un poco distinto en su tono, algo... Bueno, no estaba totalmente seguro de cómo interpretarlo. Era como si estuviera un poco ofendida, como si se hubiera dado cuenta de que no estaba confiándome a ella.

—Yo no quiero más que lo que él quiere —respondí.

—Aun así, pareces querer algo más que eso.

—Eso es lo que tú dices.

Pausa.

Conté cuarenta latidos.

—¿Y perteneces a este lugar? —preguntó, por fin.

No, pensé, definitivamente, no... Pero entonces me di cuenta de que no lo había pensado, sino que lo había dicho. Maldición. Rompiendo el protocolo, alcé la mirada. Koh estaba mirándome.

«Ella la ve —pensé—. Ella ve la soledad. Está en todo mi ser, como el azul en un pitufo». Miré el suelo de nuevo e hice otro gesto de «lo que tú digas».

—¿Y dónde estuviste antes de Bolocac?

—Estuve en el norte —dije.

«No tengo por qué responder todo esto —pensé—. Voy a cabrearme dentro de nada...»

—¿Muy lejos, al norte?

—Más lejos que desde aquí a Ix —dije. Ups, pensé. Eso no era lo que pretendía decir.

—¿Fuiste más allá del Océano de Huesos? —Se refería a los desiertos al norte de la región de los lagos.

Estaba a punto de gesticular un «lo que sea», de nuevo, y entonces pensé que estaba comportándome como un auténtico imbécil evasivo y llorica. Así que chasqueé «Sí».

—¿Aquello era como esto?

—Era diferente de este lugar, y de Ix —contesté.

—¿Cómo de diferente?

—Muy diferente. —Me oí a mí mismo como si estuviera muy lejos de allí.

—Pero era más diferente que muy diferente.

Hice una pausa. «¿Qué coño pasa?», pensé.

—Tienes razón —dije—. Era diferente de un modo que no se puede pintar. —Es decir, que es imposible imaginar.

Eso pareció contenerla por un momento.

—¿Y quién fue tu primer padre? —preguntó.

Pausa.

«Maldición —pensé—. Se está acercando demasiado».

Y no era de extrañar. Yo estaba parloteando como una adolescente risueña después de dos sorbitos de *banano*.

«Maldita seas, cabeza de Jed, cállate». Me las arreglé para no contestar.

La pausa se extendió. Ciento veinte latidos. Doscientos. Por fin, a pesar de lo que me indicaba el buen juicio, levanté la mirada.

Uh... oh. Bajé la mirada.

Creí haber visto una ráfaga de algo peligroso en su rostro. No es que estuviera furiosa, pero era peligrosa.

«Maldición. Sabe que estoy escondiendo algo. Algo importante. Quizá ha entendido alguna microexpresión de mi rostro. Cuidado». Podría desaparecer allí. El clan de los comerciantes Arpías era rico, pero no tenía demasiada influencia en Teotihuacan. Aunque los Tejedores del Orbe tuvieran problemas políticos, aún podrían aplastarnos como si fuéramos garrapatas.

—¿Quién fue el fumador que iluminó por primera vez el rostro de tu madre? —preguntó.

Le dije el nombre del día de la madre de Chacal. Sentía la necesidad de decirle más, pero usé la lengua para introducir el interior de mi labio superior en un hueco entre dos de mis dientes y empujarlo hasta que me dolió, y me quedé en silencio. Aquél era un truco de Chacal. Maldita fuera, ¿qué demonios había en aquella mierda? Tenía que ser un disociativo, algún derivado de la *salvia divinorum*, o *tetrodotoxina*, incluso, o... Bueno, fuera lo que fuese, no podía combatirse. Me obligué a recordar que, de ser un suero de la verdad, no había funcionado. Como mucho era sólo un suero que provocaba diarrea verbal. Mantente firme respecto a los puntos delicados. Y no tomes más chocolate especiado. Me mordí el labio de nuevo.

¡Ay!

La Mujer Pingüino se tambaleó hasta entrar en mi campo de visión. Deslizó uno de sus regordetes dedos a través de un lazo de cuerda en la red que me separaba de Koh y se puso a un lado. La red se fue con ella, doblándose como un acordeón. Ahora la Dama Koh y yo estábamos de verdad en el mismo espacio, y el cambio fue sorprendente, como si en lugar de apartar la cortina, la Mujer Pingüino me hubiera arrancado la ropa. Ahora podía ver que el lado oscuro del rostro de la Dama Koh no era un tatuaje, sino su color natural. Es decir, tenía vitíligo. El lado derecho era del color de la melatonina concentrada, como en un lunar, es decir, casi negro. La parte superior de su rostro no era azul, como en el modelo de 2CE. Era del color de la piel maya normal, aunque era pálido, como el de todas las mujeres de clase alta, dado que se preservaban del sol. Quizá había algo de tatuaje, pero sólo para mejorar el límite entre las dos zonas. La línea era quizá demasiado suave y sinuosa para ser natural. Ella había mostrado signos, había dicho 2CE. No me digas. Y había mencionado que era pariente de Janaab' Pacal, el ahau de Lakamha, es decir, Palenque. Y éste tenía once dedos, ¿verdad? Quizá el vitíligo, o lo que fuera que fuese aquello, estaba relacionado de algún modo con la polidactilidad. No eran cosas tan distintas. Y, en cualquier caso, era mejor que el prognatismo de los Habsburgo. O que la hemofilia de los Hannover. Koh inspiró y me pareció ver que, en los dos dientes delanteros, tenía incrustaciones de lo que parecían esmeraldas.

La enana anudó la redecilla doblada a la pared y entonces, o eso pareció, desapareció, seguramente en el interior de uno de sus agujeros de conejo. Los ojos de Chacal hicieron lo educado y miraron de nuevo hacia la estera.

Koh preguntó:

—¿Cuándo tocaste a tu padre por última vez? ¿Y cuándo tocaste a tu madre por última vez?

¿Quién fue el fumador que sopló las cenizas sobre ella?

¿Cuándo fue su oscuridad?

¿Por qué deambulas y no te quedas

a sus pies, junto al hogar?

Tenía una extraña sensación en la garganta. No, era en el pecho.

«Maldición —pensé—. Está leyéndome. Zorra empática».

Y yo que pensaba que la farsa me estaba saliendo bien. Me había pillado con la guardia baja, y ahora estaba sobre la pista.

«Vale. Tranquilízate. Primero, piensa; luego, piensa otra vez; y, entonces, habla».

—Hay montones de razones —dije.

—¿Dónde está tu madre? ¿Y dónde está tu padre?

¿Y dónde está tu jardín?

¿No me había preguntado eso ya antes?, me pregunté. Estaba empezando a notar un zumbido en los oídos.

«Estás metiendo la pata, Jedster —pensé—. Recomponte».

Me empujé el labio más fuerte. El anodino sabor de la sangre se extendió sobre mi lengua. No respondí.

—¿Cuándo viste por última vez a tus hermanas menores,

a tus hermanas mayores?

¿Cuándo viste por última vez a tus hermanos menores,

a tus hermanos mayores?

¿Cuándo se quemó por última vez tu milpa? ¿Está limpia?

¿Está sembrada y desmalezada?

¿Quién barre tu granero? ¿Está bien techado?

¿Está preparado para la cosecha?

¿Quién vigila a los grajos? ¿Quién guarda

tus montones de tortillas?

¿Quién canta tus nombres en la plaza, cuando los nietos

rodean la fogata?

Cuando llegas a casa con la espalda dolorida,
¿quién la frota con aceite de menta?
Cuando llegas a casa por la noche, y hace frío,
¿quién te espera en el patio?

No pude contestar.

Yo nunca había llorado, siendo Chacal, y, de hecho, no podía recordar ningún momento de la vida de Chacal en el que él hubiera llorado, no desde las primeras iniciaciones del Juego de Pelota, en cualquier caso. Cuando creces, si lloras, mueres. Pero no se puede evitar que los ojos lloren durante el resto de la vida. Estaba intentándolo con todas mis fuerzas. Pero tenía la sensación de que estaba a punto de ponerme a llorar, ese momento en el que el fluido alrededor de tus ojos mana, y la temperatura y la presión de tu rostro suben. «Maldición —pensé—. Recomponte». Miré el pétalo de geranio. Era mayor que los demás, y se sostenía sobre un extremo en espiral, como un caballito de mar.

—¿Quieres contarme algo? —dijo la voz de Koh. ¿O sólo había pensado que lo había dicho? «Recomponte».

Me senté más derecho y le eché una mirada. Si antes de verla me hubieran dado una fotografía de su rostro, me habría parecido vacío. Pero, en persona, de algún modo, a pesar de la inexpresividad, parecía estar mirándome con indulgencia, con compasión, casi con una sonrisa. Quizá estaba todo en sus ojos. O quizá era la ligera inclinación de la cabeza. O quizá estaba emitiendo intencionadamente algún tipo de feromona...

—Hay algo más en tu interior —dijo.

Me empujé el labio más fuerte.

—Como tú, superior a mí, has dicho —señalé. Levanté la mirada. Ella estaba mirándome directamente. Como creo que ya he contado, lo del contacto visual era un asunto peliagudo por aquí. Ocurría como en *Oficial y Caballero*, cuando Louis Gossett Jr. dice: «¡No me mires directamente, recluta! ¡Usa tu visión periférica!». Miré el suelo de nuevo.

—Las respuestas son, además, las bisnietas de las preguntas —dijo Koh. Creo que quería decir, básicamente, que, si yo no quería desvelarle nada, ¿cómo esperaba que ella contara mis soles?

—Yo, inferior a ti, no tengo demasiada práctica en la oratoria, pero quiero ver cómo los cuentas —dije. Es decir, no quiero charlar, quiero que empieces a jugar ya.

—Soy demasiado pobre para corresponder tu fardo con justicia —dijo. Básicamente: «Coge tus putas plumas, y todo lo demás, y sal de mi tienda». Miró a su izquierda, símbolo del pasado. Eso significaba: «Esta entrevista está en el pasado. Hemos terminado».

—Quiero que cuentes muy pocos soles —dije—. Y éstos te iluminan a ti también. —Es decir: «Estás condenada, zorra asquerosa. Tus días están contados con dígitos de una cifra y, si no consigo convencerte, los míos también lo estarán...».

Se produjo un sonido como si, en segundo curso, alguien a tu espalda estuviera golpeando su escritorio con un lápiz. Levanté los ojos. Koh estaba mirando atrás, pero, esta vez, de un modo distinto.

Los adiestradores de animales dicen que la diferencia entre los lobos y los perros es que los perros te miran a ti, y los lobos miran a través de ti. Un perro te mira a los ojos. Ella no estaba mirándome a los ojos. Ella estaba mirando a través de mí.

«Pretende hacerme daño —pensé—. Tengo que salir de aquí». Automáticamente me preparé para levantarme. Pero, en lugar de cambiar como debía, mi peso (mi centro de equilibrio, supongo que podríamos decir) se tambaleó pesadamente adelante y atrás, como una piscina inflable infantil llena de cieno verde. Se me habían quedado dormidas las piernas, y me dolían.

«Ostras, ya estoy harto —pensé—. Esta tía va a... Joder, quizá sería mejor que me lanzara hacia delante, la agarrara de la garganta e intentara... No. Seguramente hay guardias vigilando. Cálmate y márchate con una prisa digna».

Descrucé mis piernas dormidas tan lentamente como si estuviera intentando no hacer saltar una alarma de movimiento. Eché mi peso hacia delante y moví las manos hacia abajo para darme impulso con el suelo. Vale. A la de tres. A la una, a la...

Koh gritó.

Clavé los ojos en su rostro. Estaba congestionado en una sonrisa terrorífica. La esclerótica se mostraba alrededor de sus iris, y las incrustaciones esmeraldas de sus dientes brillaban como una hilera de ojos compuestos. El grito subió y bajó la escala, un alarido rompetímpanos de agonía y terror absolutos, al más puro estilo Fay Wray;* el sonido que harías cuando las mandíbulas de un jaguar se deslizaran en tu nuca. Retrocedí, o creí hacerlo, pero no me moví. Me di cuenta de que estaba sentado exactamente en la misma posición. Estaba paralizado.

Los policías aprenden a gritar «¡Alto!» con suficiente autoridad como para hacer que la gente se detenga. Pero el problema es que no siempre se detienen durante demasiado tiempo. En este caso era distinto. La combinación de la droga en el chocolate y el grito habían desencadenado algún tipo de inmovilidad tónica, una reacción instintiva como la que podría tener un marsupial que oyera a un depredador y no encontrara una ruta de escape.

—*Hain chama* —dijo Koh—. Toma esto.

Se inclinó hacia delante y extendió el brazo. Sostenía una semilla de árbol tz'ite entre sus dedos índice y pulgar, como si fuera una piedra de Go.

Mi puño derecho entró en mi campo de visión. Observé cómo se deslizaba lentamente hasta colocarse debajo de su mano, con la palma hacia arriba. Levanté la mirada. En alguna parte, dos de mis vértebras cervicales crujieron sonoramente.

Me reposicioné. Me sentía mareado. Bajé los ojos y la miré de nuevo. Su rostro había vuelto a su tranquilo estado por defecto. Y, aunque pueda parecer extraño, yo no me sentía furioso. Sólo deprimido.

—Cuando estás dormido, pueden hacerte muchas cosas —dijo. Se refería a que podría paralizarme de nuevo si quisiera, y que me torturaría, y que conseguiría que le dijera cualquier cosa que quisiera saber. Tenemos modos de hacer que un hombre hable, etcétera.

Nunca me tuve por una persona especialmente valiente.

* Actriz protagonista del primer *King Kong*. *(N. de los T.)*

Sin embargo... Quizá gracias a los nervios de acero de Chacal, o a que yo estaba cansado, sólo dije dos palabras:

—*Bin el.*

Es decir, «adelante». Y creo que me las arreglé para decirlo con una despreocupación convincente. Sentí que la dureza, o el valor, o el coraje, o lo que fuera, fluía de nuevo en mi interior. Vamos, cabrona. Como dicen en las barritas de muesli: «Adelante».

Koh ni siquiera pestañeó. Su rostro tenía la monstruosa inexpresividad de, digamos, Kenny Tran en el momento en el que se libró de mí con un farol en la mesa final del torneo *No Limit Hold'Em,* en el Commerce Casino, en el 2010.

—*Actan cha ui alal* —dijo, por fin. Es decir, más o menos: «Pírate».

Bueno, quizá lo haga, pensé, y entonces, casi en el momento en el que lo pensaba, todo pareció girar en mi cabeza y sentí una oleada de frustración cósmica. «Genial —pensé—. He estado en esta habitación durante horas y... Joder». Quiero decir, ¿adónde iba a ir, de todos modos? No puedes esconderte de un holocausto global. Y yo no podía esconderme de mis tumores cerebrales, tampoco. ¿Qué podía hacer, escabullirme a Teotihuacan e intentar gorronear las drogas de algún otro modo? ¿Entrar en el recinto del templo rojo e intentar sobornar a alguien para que me las diera? Ni mucho menos. La Stasi* Cola de Golondrina me cogería y me convertiría en carne picada. Joder, joder, joder. Algo me decía (y odiaba recurrir a la vieja intuición visceral, pero, al menos esta vez, algo de verdad, de verdad, me decía) que aquélla era la mejor oportunidad que iba a llegar a conseguir.

—Aquí estás condenada —dije—. Y yo he venido para ayudarte. Sé cosas que nunca serías capaz de descubrir por ti misma. Y sé que a la Ciudad de las Cuchillas le quedan muy pocos soles.

—¿Y cuál es tu nombre? —preguntó.

---

* La Stasi era la principal organización de policía secreta e inteligencia de la República Democrática Alemana. *(N. de los T.)*

Me recorrió un ligero escalofrío, por alguna razón, quizá sólo por su tono de voz, y creo que ella vio las olas de carne de gallina en mis brazos. Durante todo el tiempo que había estado allí, había tratado con gente que usaba constantemente lo que ellos pensaban que era magia. Y yo aún no había encontrado nada (a menos que cuente el Juego, que en realidad no cuenta) que pudiera llamarse magia de verdad, ni percepción extrasensorial, ni siquiera un nivel de coincidencia o intuición que fuera difícil de explicar. Y estoy seguro de que, aunque Koh me había paralizado, eso no podía contar como sobrenatural. Pero era suficiente para mantenerme en un estado de desvelo.

«Relájate, Jed —pensé por enésima vez—. No es una bruja».

Le eché una mirada. Si estaba sorprendida, no lo demostraba. Sus ojos me recorrieron de arriba abajo. Yo bajé los ojos al suelo de nuevo.

«Joder —pensé—. Tira de una vez el puto dado».

—*Caba ten* Joachim Carlos Xul Mixoc DeLanda —dije. El español sonaba raro allí. Creí ver un diminuto resplandor en lo más profundo de sus ojos, como si hubiera captado su atención.

—¿Y qué sol iluminaba tu nombramiento? —preguntó.

—El sol 11 Aullador, 4 Blancura, en el quinto uinal del primer tun del decimoctavo k'atun del decimotercer b'ak'tun.

Se produjo una pausa, pero no una tan larga como habría esperado.

—¿Quién fue tu madre? —preguntó—. ¿Y quién fue tu padre?

—Mi madre fue Flor Tizac María Mixoc DeLanda, de Ch'olan, y mi padre fue Bernardo Koyi Xul Simón DeLanda, de T'oxil.

—¿Y quiénes son tus fumadores, tus protectores?

Le dije los nombres de los dioses de Jed, santa Teresa y Maximón. Me referí a éste con su nombre maya, Mam.

—¿Y cuándo dejaste tu patio? —preguntó.

—El 13 Imix, 4 Mol, en el quinto uinal del decimoprimer tun del decimoctavo k'atun del decimoprimer b'ak'tun. —Es decir, el 2 de septiembre de 1984, el día que mis padres me enviaron al hospital de Xacan.

Pausa.

«Bueno, bien por ti, Jed —pensé—. Ésta es la segunda vez que esparces tus intestinos sobre alguien durante este viaje. Mezcla una cucharada de soledad, y una pizca de narcóticos de los que te sueltan la lengua, y olvídate de la cautela...».

—¿Y cómo llegaste aquí? —preguntó Koh.

—Cabalgué hasta aquí sobre una cascada de luz —dije—. O mejor dicho, yo era la cascada.

¿Qué demonios estaba farfullando?, me pregunté. Ésa ni siquiera era una buena metáfora. Oh, bueno, dejémoslo estar.

—Así que —dijo ella—, entonces, en tu tiempo,
¿no alimentabas a nuestros parientes?
¿Estaban pasando hambre nuestros fumadores?

En su voz había un toque de... Bueno, no sé si mencionarlo porque hace que suene como una persona deprimente, y, como mínimo, Koh era lo opuesto. De hecho, estar en la misma habitación que ella era extrañamente energizante, como sostener un machete afilado, o un arma de gran calibre. Pero su voz tenía un toque de increíble tristeza, como si hubiera visto más del mundo que cualquier otra persona, sobre todo alguien de su edad, como si hubiera observado millones de seres humanos pasar del entusiasmo de la infancia a las grandes decepciones y, finalmente, al terror antemórbido.

—¿Tu gente aún canta sus nombres?
¿Aún perfuman sus esqueletos?
¿Nuestros fumadores aún maman de la sangre de los
[esclavos?]
¿Y ellos os protegen?

—Es verdad que mis contemporáneos han olvidado parte de sus obligaciones —dije. Sonaba a excusa débil. De hecho, sonaba incluso más floja de lo que habría sonado en español—. Aun así, algunos de tus descendientes aún amamantan a vuestros fumadores en los altares, y en las colinas. Incluso aunque no recuerden sus nombres, intentan amamantarlos a todos.

—¿Y qué les dan de mamar?

«Bueno... —pensé—. Humanos no, en cualquier caso».

—La mayoría de ellos son pobres —dije.

—Eso suena a que dejan que sus ancestros pasen hambre.

—Hacen lo que pueden.

—Y por eso vuestro mundo se está pudriendo, justo bajo vuestros pies.

«Sí —pensé—, en el siglo xxi las cosas se están desintegrando. Ignoran al cetrero, se arrastran hasta Belén... es peor que la absoluta falta de creencias».

—Es posible —dije—. Pero no tiene por qué ser así.

—Entonces ¿por qué estás aquí? ¿De quién es el camino que estás explorando?

Se refería a para quién estaba yo trabajando. Estuve a punto de decir 2 Cráneo Enjoyado, pero entonces pensé que no había razón para pasar por todo eso otra vez, así que dije:

—Marena Park.

—Y entonces ¿por qué se decidió el Ix-ahau Maran Ah Pok a enviarte aquí? —preguntó Koh.

—Te vimos en un libro —dije—. Uno de los archivos que registraron el Juego que jugaste el 9 Cacique, 13 Reunión sobrevivió hasta nuestro k'atun. Vi el libro el 2 Jaguar, en el decimonoveno k'atun del decimotercer b'ak'tun.

—Dos soles antes de que el hechicero lanzara su fuego de obsidiana.

—Sí.

—¿Y ése fue el día en el que el Ix-ahau te pidió que vinieras aquí? —preguntó Koh.

—No, fue algunos días antes de eso —dije. Y, le conté que, incluso así, prácticamente tuve que suplicar a Marena para que me enviara.

—Pero ella te mostró el libro justo a tiempo.

Dije que no fue justo a tiempo porque era demasiado tarde para hacer algo, y que miles de personas habían muerto ya.

—Pero fue el momento oportuno para que tú supieras que el mal sol se estaba acercando.

—Sí.

—Y por eso, quizá, el Ix-ahau Maran Ah Pok estaba planeando enviarte aquí, antes de que ella te mostrara el libro.

—Tuve que suplicarle —dije de nuevo.

—¿Y cuánto tiempo te llevó convencerla? —preguntó Koh.

Intenté recordarlo.

—No demasiado —dije. En realidad, ahora que lo pensaba, supongo que fue aproximadamente un minuto y medio.

—Entonces quizá ésa es tu respuesta —dijo Koh.

Me senté y pensé en ello.

«¿Sabes, Jed? Supongo que podría tener razón. Eres idiota. Intentas parecer guay y sofisticado, pero por dentro eres un paleto ingenuo. Quizá Marena, Lindsay Warren, Michael Cara-de-polla, Taro y todos los demás, estaban aprovechándose de ti desde el principio. Quizá Sic ni siquiera quiso nunca venir al pasado. Eso fue sólo una estratagema para ponerte celoso».

«En realidad, no quiero creérmelo», pensé. Agité la cabeza un poco, discretamente, espero, para intentar despejarme.

—¿Y tú querías conocer al contador que jugó el Juego? —preguntó.

Yo contesté que no entendíamos completamente lo que iba a ocurrir en la última fecha.

—En ese sol los cuatrocientos bebés nos dirán lo que quieren —dijo Koh.

Pausa. «No digas nada. Espera», pensé.

Koh no dijo nada tampoco. A diferencia del interrogado. Finalmente, no pude contenerme.

—En el libro dice que habrá más que antes, pero aún no hay ninguno —dije.

—Correcto —chasqueó Koh.

—Y que ellos pedirán algo —dije—. ¿No es así?

—Pedirán algo que no podemos darles.

Pausa.

Vale, pensé. Quizá sería mejor que preguntara directamente.

—¿Y qué es el Gotero de Carne?

—No lo sé —señaló Koh.

—¿Y qué pasa con el total de soles de sus tormentos, y de soles de sus fiestas?

—Todos los seres vivos tienen más tormentos que fiestas.

—Eso es cierto —señalé—. ¿Y el lugar de la traición?

—Es el de los soles sin nombre —dijo. Literalmente, la expresión se refería a los cinco días sin nombre que están intercalados al final del año solar maya. Pero, en aquel contexto, era más parecido a decir «en mitad de la nada», excepto porque, en este caso, era en mitad del no-tiempo. Es decir, aquello no ocurriría en la misma línea temporal (o dimensión temporal, o lo que fuera) que el resto de la vida. Es una especie de limbo, como un tiempo muerto en un Juego de Pelota.

Pausa.

—¿Y tomando dos de doce conseguimos 1 Ocelote? —pregunté.

—No, eso es algo que 1 Ocelote hizo —dijo Koh.

—No lo comprendo.

—1 Ocelote no lo dejó claro.

—¿Qué viste en ese sol?

—No vi nada —dijo—. Lo escuché todo de 1 Ocelote.

—¿Estabas jugando contra 1 Ocelote? —pregunté. Como creo que he mencionado, 1 Ocelote era el ancestro del clan Ocelote, quien abrió la vena de agua dulce de Ix, y quien arrancó la carne de madera de los adormilados hombres mudos en los últimos días del tercer sol.

Koh chasqueó que sí.

—¿Estaba en el santuario del mul de los Ocelotes? —pregunté.

—Ellos lo llevaron hasta una corte secreta —contestó.

Se refería a que habían sacado su momia de la pirámide, y que ella había jugado el Juego contra él. Por supuesto, 1 Ocelote debía de haber hablado, y hecho sus movimientos, a través de un intérprete.

«Bueno, esto me viene bien para no tener que suponer nada más —pensé—. Si te paras a pensarlo, ese personaje del Códex parecía un poco extraño».

Como creo que he mencionado, aunque quizá no lo haya hecho, las momias eran muy importantes por estos lares. Aunque no eran como las momias egipcias. Generalmente, eran efigies de madera y pasta de maíz, construidas alrededor de un cráneo y de algunos, aunque no todos, de los huesos del esqueleto. A menudo llevaban una máscara hecha de la piel curtida del fallecido, y a veces vestían otras máscaras sobre esa primera. Estaban envueltos en todo tipo de ropajes y abalorios. Y, a diferencia de las momias egipcias, no se quedaban en las tumbas. Se sentaban en los festines, en las conferencias, y los sacaban en procesión en los festivales, incluso se llevaban a las batallas. Estaban siempre presentes. Y, por supuesto, hablaban un montón, a través de intermediarios.

—¿Y te dignarías tú, superior a mí, a contarme más? —pregunté.

—No hay más que decir de ese Juego. Tu libro está completo.

—Pero a veces uno puede conducir a la presa de nuevo por el mismo camino —dije. Era un modismo, pero quería decir: «Quizá podrías recuperar esa partida justo casi por el final, y jugar de nuevo, terminando de un modo distinto». Era parecido a, en el ajedrez, volver atrás al movimiento previo al movimiento ganador para ver si el lado perdedor tenía una oportunidad.

—Eso no ocurrirá —dijo Koh—. 1 Ocelote aún juega con pelotas vivas. —Como creo que ya he mencionado, «pelotas» puede referirse, además, a «corredores», o fichas—. Quizá nadie vuelva a jugar nunca un Juego tan largo. Hemos terminado.

Joder. Cuando alguien de por allí decía «terminado», significaba que no ibas a conseguir sacarle ninguna información más, ni siquiera bajo tortura; aunque podrías torturarlos de todos modos, era parte del protocolo.

Koh miró el reloj de incienso. Se había terminado. Se suponía que la sesión había acabado. Maldición. Había esperado que, en el pasado, la gente no fuera con tantas prisas. Ahora estaba intentando exprimir otro par de minutos, como un periodista de clase B entrevistando a Madonna. Koh se volvió hacia mí, con sus ojos mirando sobre los míos, como era correcto. Joder. Joderjoderjoderjoderjoder. Para ser sinceros, cualquiera habría esperado que esto fuera, como mínimo, un poco interesante. Es decir, todos los días del k'atun no conoces a Buck Rogers, pero, aun así, supongo que ella no podía hacerme una lectura justo ahora, porque el silencio habría de empezar pronto, había largas colas con otros suplicantes más ricos esperando en el exterior, los sínodos estaban empezando a cerrarse sobre la Casa del Cascabel...

«Vale. Reagrúpate. Intenta otra táctica».

—Sé el momento preciso en el que el Mascador atacará al sol, dentro de nueve días a partir de ahora —dije—, será ochocientas veintenas y nueve veintenas y un latido después del primer fragmento de amanecer —dije. Como creo que ya he mencionado, todos los contadores de soles de Mesoamérica sabían que iba a producirse un eclipse solar a primera hora del día. Pero ni siquiera los más doctos, los líderes de los clanes astrónomos de Teotihuacan, Ix, o Palenque, podían predecir el momento exacto. Ni siquiera estaban seguros de que fuera a ser total o parcial. Para esas cosas se necesitan telescopios y cálculos.

—El que sabe, sabe —dijo. Era una especie de modismo intraducible, pero, básicamente, era como decir: «Tendremos que esperar a verlo, ¿no?». Como: «Dime algo que pueda usar ahora mismo». Tenía algo de razón.

—Entonces, el sol será bloqueado durante diecinueve veintenas y ocho latidos —dije—, y más tarde, cuarenta y una veintenas y dieciocho latidos después, estará completo de nuevo.

Pausa. No me detuvo, así que continué.

—Excepto que, en realidad, nada mastica al sol —dije—. El Conejo de Sangre se interpone entre la Tierra y el Sol. —Koh chasqueó, nada impresionada, dando a entender que ella ya sabía eso—. Y el Conejo es una bola que siempre tiene el mismo lado hacia nosotros, y el Sol es una pelota en llamas, como una partida nocturna de poktapok, y el Vencedor del Sol y el Trompetista del Sol son el mismo ser. —Koh chasqueó ante eso, también—. Y ese ser es, además, una bola, y el nivel cero —es decir, la Tierra— es también una bola, y nos sostiene en ella del mismo modo en el que una gran magnetita sostiene a otras magnetitas menores. Y los fuegos de cigarro de Iztamna, Ixchel y 7 Hunaphu son también bolas, y todas giran alrededor del sol.

—Pero no se caen —dijo ella.

«¡Ja! —pensé—. Se le ha caído la máscara». La Emperatriz de Hielo estaba realmente interesada en algo.

—Están cayendo —dije—, pero aún les queda un largo camino antes de golpear el sol. Estarán cayendo durante otras cuatrocientas veces cuatrocientas veces cuatrocientas veces cuatrocientas veces cuatrocientas veces cuatrocientas veces cuatrocientos b'ak'tun.

«Será mejor que esto le esté volando el cerebro —pensé—. Es mi material de primera».

Me incliné hacia delante y recogí un cuenco redondo poco profundo de una bandeja con utensilios de barro que estaba junto al brasero. Me subí el cuello de la manta hasta la boca, rompí una de las redondas cuentas grises del borde de la misma, la saqué del hilo y la coloqué en el cuenco. Levanté el cuenco e hice girar la bola alrededor. Era una demostración un poco floja, pero seguí con mi rollo de todos modos:

—El centro de este cuenco es como el sol —dije—. Y nosotros estamos en un lado de la cuenta. Y mientras giramos a nosotros nos parece que el sol se está moviendo. Pero en realidad son los seres los que se mueven.

—Así que tú dices que el sol está en el fondo de un cuenco turquesa —me dijo ella.

—No, no existe ningún cuenco. No existe la concha celeste. El cielo es sólo viento subiendo hacia arriba. Y en realidad no nos movemos totalmente en círculo. Nos movemos con forma de huevo de ganso.

Me incliné hacia delante (bruscamente de nuevo, sin darme cuenta, pero esperaba que ya hubiéramos superado aquello de los gritos) y arrastré un montón de pétalos con mi poderoso antebrazo, exponiendo una media luna truncada de una pálida estera de juncos delicadamente tejida. Metí el dedo índice en la zona que parecía menos caliente del brasero, froté el hollín y dibujé un círculo en la estera.

—Este pequeño redondel es el Cuarto Sol —dije—. Esta bola que es tanto el Vencedor del Sol como el Heraldo del Sol

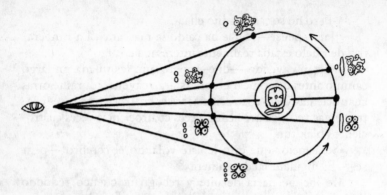

gira alrededor de él en este redondel más grande. —Tuve que volver a por más hollín seis veces antes de terminar el dibujo.

Por supuesto, mi boceto tenía un aspecto mucho más rudimentario, pero, aun así, era legible.

—Éste es el nivel cero —dije, dibujando el glifo de un ojo/ostra en el extremo izquierdo—. Y por aquí es por donde aparece el Vencedor del Sol después de la sala blanca. —Dibujé el glifo de la Estrella Venus a las 11.00, en el círculo mayor, y puse un único punto cerca de ella.

Pensé que Koh estaría a punto de decir algo, pero no lo hizo.

—Éste es el Vencedor del Sol durante la pasada noche —dije. Escribí el glifo más abajo y a la izquierda del primero. Coloqué dos puntos cerca de él.

Koh miró el dibujo. No dijo nada. Como creo que he mencionado en alguna parte, es verdad que el calendario maya era, de hecho, célebremente preciso, mejor en el conteo solar que el incorrecto gregoriano. Aún no conocían el heliocentrismo, aunque por el modo en el que Koh estaba tomándose aquella información, supongo que ella y los mejores astrónomos mayas podrían tener ya algunos indicios de ello.

—Y este tercer punto es la bola de la primera mañana, cuando es llamada Heraldo del Sol —dije, moviéndola por allí en sentido antihorario—. Éste es el de la mañana amarilla, y éste el de la mañana tardía. Éste está detrás del sol durante cincuenta días, y entonces aparece de nuevo como Vencedor del Sol, por aquí. Doce veintenas y cuatro días, y veinte veintenas y cinco latidos en total. —Escribí el número seis cerca del último glifo. No mencioné las conjunciones superiores e inferiores. ¿Para qué dar explicaciones innecesarias?

Hice una pausa.

La pausa se extendió.

«Ya lo pillo —pensé—. Con esta gente, si hay algo con lo que siempre puedes contar, es con una sólida base en astronomía a vista de ojo». Era una contadora de soles, después de todo. Y todos los contadores estaban siempre buscando una ventaja sobre los demás. Incluso si el progreso fruncía el ceño ante esto (es decir, lo que nosotros, los hombres blancos muertos podíamos llamar progreso) aún existía el aleatorio tipo de progreso que llega natural e irremediablemente de los intentos de llegar a ser el mejor. Los contadores eran estafadores, y siempre estaban buscando nuevas tácticas. Y no sólo para, digamos, predecir la primera lluvia con algo más de exactitud que el contador del pueblo de al lado, sino para comerciar con otros contadores. En el caso de Koh, por ejemplo, se suponía que debía compartir las cosas como aquélla con el resto de los Tejedores del Orbe, de modo que el grupo entero usara esa exactitud extra como moneda de cambio en sus disputas con los sínodos.

Por fin, Koh habló:

—Y cuando 2 Saino sale de la procesión, y vuelve a su cueva por el camino blanco, ¿dices que es lo mismo? —Se refería a Marte.

—No vuelve —dije—. Parece que lo hace porque el suelo bajo nuestros pies se está moviendo. Ocurre lo mismo con el Heraldo del Sol. Pero esto dura más porque 2 Saino está más lejos del sol de lo que estamos nosotros.

—Y el Heraldo del Sol está más cerca.

—El Heraldo del Sol está más cerca.

—Y dices que el Sol es mayor que el nivel cero —dijo.

—Más de cuatrocientas veces cuatrocientas veces mayor —dije—. Y si comenzaras a caminar hacia el Sol ahora mismo, aunque no podrías, pero digamos que fueras capaz de volar tan rápido como puedes caminar, no llegarías allí hasta dentro de novecientas veces cuatrocientos b'ak'tunob.

Koh miró fijamente el diagrama, calculando. Estaba atando algunos cabos. Es Copérnico en Warmia. Es Tycho Brahe congelándose la nariz por meterla en el espacio.* Es Johannes Kepler. Es el maldito Galileo.

«Espera a que te cuente algo sobre la relatividad general —pensé—. Vas a mearte en las bragas. E = nenas²».

—Entonces ¿tu gente lo sabe todo? —preguntó por fin Koh. Tuve que contener un brinco; había estado callada durante demasiado tiempo.

—No todo —señalé—. Están... Estarán trabajando para llegar a saberlo todo algún día.

—¿Y todos son acaudalados anfitriones? —Es decir: «¿Todos son ricos y poderosos?».

—No, muchos son aún choceros. Pero, aun así, la mayor parte de ellos son mucho más ricos que los choceros de ahora. Hay tanta comida que incluso los que no tienen hogar están gordos. Mucha gente vivirá más de tres k'atun. Cabalgaremos a través del cielo en el interior de canoas que son como pájaros de cobre. Tendremos antorchas frías que arderán durante cientos de veintenas de noches, y armas que matarán cientos de veintenas de personas a cientos de veintenas de jornadas de distancia. Hablaremos y veremos los rostros de los demás a pesar de cualquier distancia, a través de líneas de luz invisible. Antes de que yo naciera, doce hombres ya habían navegado hasta la bola de la Luna. Somos cuatrocientas veintenas de cuatrocientas veintenas de cuatrocientas veintenas de cuatrocientas veintenas de cuatrocientas veintenas de cuatrocientas veintenas de individuos. Veremos en nuestro propio interior sin cortarnos para abrirnos. Construiremos aparatos que serán más listos que nosotros mismos. Nos hundiremos hasta el fondo del mar salado, nos quedaremos allí durante días y volveremos con vida.

---

* Tycho Brahe es uno de los astrónomos que formularon teorías heliocentristas. Perdió parte de su nariz en un duelo con un compañero tras una disputa por los méritos como matemáticos de ambos. *(N. de los T.)*

—Pero habéis olvidado las cosas más importantes —dijo Koh—. Y por eso has venido hasta aquí. ¿Correcto?

Me detuve. Bueno, como fuera.

—Correcto —chasqueé.

—Porque los de vuestro tiempo habéis olvidado a vuestros abuelos y abuelas —dijo.

Hice un ademán de «no totalmente».

—Pero ¿sabes durante cuántos soles mantendrá la Ciudad de las Cuchillas sus ofrendas? —dijo. Es decir, cuánto perduraría Teotihuacan.

Maldición.

—No sabemos eso —dije.

Ella preguntó por qué, si yo venía del decimotercer b'ak'tun y sabía tanto, no conocía el sol exacto.

Le dije que, en la época en la que yo había nacido, casi todos los libros de su mundo habían sido destruidos, y que los pocos que habían sobrevivido no daban la fecha exacta. Intenté explicarle lo que eran los arqueólogos, y cómo databan las cosas, y le dije que calculaban el abandono de la ciudad en algún momento durante el decimoprimero, decimosegundo, o decimotercer k'atun de este b'ak'tun, es decir, aproximadamente entre el 650 y el 710 d. C., pero que no podía ser más preciso.

—El daño será demasiado amplio como para hacer una datación arqueológica mejor —intenté explicarle.

Una pausa de nuevo. Miró los dibujos.

Yo no dije nada. Al menos, era más fácil no hablar de lo que lo había sido antes. Los efectos del laxante mental estaban desapareciendo.

Koh tomó uno de los atizadores de moscas y lo sostuvo contra su muslo. Significaba que la lectura había terminado.

—Quizá tú y yo consultemos las calaveras de nuevo en una cesta de soles, después de que el Mascador se haya marchado —dijo.

Maldita sea, pensé. No, digamos que eso lo grité interiormente. Zorra. Quizá debería rendirme, quizá debería intentar comprar la droga en la calle, quizá sería mejor que estar perdiendo el tiempo aquí...

«No. Sé persistente. Quién sabe, quizá sólo está intentando negociar contigo para conseguir más cosas. Sube un nivel».

—La Casa de los Tejedores del Orbe no sobrevivirá mucho más —dije, rompiendo el protocolo desesperadamente—. No sabemos cuánto más durará, pero no será demasiado.

—Sé eso desde hace mucho tiempo.

—2 Cráneo Enjoyado te ofrece asilo en Ix, para ti y para tu orden.

Me pareció que Koh inclinaba la cabeza un poco, como si creyera haber escuchado algo en otra habitación, pero podría habérmelo imaginado, sin más. No contestó.

Joder, pensé. Bueno, con esto termina mi material de primera clase. 2CE me había dicho que debía esperar para hacer la oferta hasta que ella lo pidiera, y entonces, debía hacerlo parecer una concesión, ya que de otro modo Koh pensaría que era algún tipo de estratagema.

La mujer se movió. Por un momento, pensé que iba a levantarse y marcharse, y que eso sería todo. Pero en lugar de eso, dijo:

—Entonces ¿tú apuestas a que 2 Cráneo Enjoyado ganará el Juego de Pelota contra los Ocelotes? —Quería decir que pensaba que los Arpías iban a perder (justamente, o de otro modo), y que tendrían que huir de Ix.

—*Ma'lo'yanil* —dije. «No hay problema»—. Ganemos o perdamos, los Arpías permanecerán. Y serán los Ocelotes los que huyan. —La idea era dejarla creer que mi conocimiento sobrehumano había proporcionado a 2CE suficiente poder armamentístico para contener a los Ocelotes.

Como adivinarás, se produjo otra interminable pausa. Bueno, al menos no parloteaba como una *chica perica*.

—Has venido aquí por el Timonel, no por mí —dijo.

No supe qué decir.

«Bueno, quizá esto ha sido todo —pensé—. Estoy retrocediendo. De vuelta a la casilla cero».

Pero en lugar de ofenderse, Koh dijo:

—Tu gente ha olvidado cómo dar cabida a un ciclo.

Chasqueé que sí.

—Pero los ahaus a los que amamantáis podrían querer parir un linaje de nuevos soles. Después de que los soles del decimotercer b'ak'tun hayan muerto.

—Me gustaría ayudar a comenzar otro ciclo —dije.

—¿Y por qué? —me preguntó—. ¿Vas a volver?

—Quiero intentarlo —dije, medio evitando la pregunta. Pensé que iba a preguntarme cómo estaba planeando hacerlo, pero en lugar de eso, tomó la respuesta como un «sí», y preguntó:

—¿*Bax ten tex kaabet?* —Es decir: «¿Por qué quieres [pasar por todo esto]?».

—Todo el mundo quiere proteger a su familia.

—¿Y tú tienes familia allí?

—Tengo... gente a la que considero mi familia adoptiva. —O al menos tenía algunos medio amigos en internet, pensé. Supongo que Koh pensaba que me habían presionado. Aun así, no continuó con ese tema.

—Y si tu gente sobrevive,
  ¿aun así nos olvidarán?
¿Tendrán en cuenta los días de nuestros nombramientos,
    los días de nuestras muertes?
¿Olvidarán cómo sembramos, y asaltamos,
    y construimos, y damos a luz niños?
¿A veces cantarán alguna canción con nuestros nombres
    en ella?
¿Nos recordarán?

—Dispondré que se recuerde vuestro linaje, y que amamanten vuestros uays en los días de vuestra muerte.

—Pero me has dicho que sólo ofrecen cosas pobres.

—No necesariamente —señalé.

—Y has dicho que tu gente son deshonrosos —dijo. En realidad, no había una palabra ix para «malvado», pero, incluso si la hubiera habido, «deshonroso» habría sido peor.

«¿Cuándo he dicho yo eso?», me pregunté.

—En muchos sentidos, serán peores de lo que la gente lo es ahora —dije—. Pero, en otros, tú dirías que son mejores.

—Entonces, quieres que juegue un Juego de nueve piedras. Y piensas que sólo por verme puedes aprender a jugarlo en dos luces. —«Dos luces» era un modismo, como decir: «Crees que puedes aprenderlo en una noche».

—Yo no pienso eso.

—En ese caso, ¿qué más tenemos que hacer tú y yo aquí?

—Yo, inferior a ti, solicito una lectura —dije.

—Pero ya he leído para ti.

—Pero quiero intercambiar algo mayor esta vez —dije. Le conté que podría decirle casi cualquier cosa que quisiera saber sobre cualquier cosa que pudiera ser explorada, o descubierta, o creada, durante los próximos cuatro b'ak'tun.

—Ya sé suficientes cosas para arrepentirme de saberlas —dijo. No estaba claro si se refería a las cosas que yo le había contado, a las cosas que ella ya sabía, o a ambas.

—Entonces, déjame contarte algo que te ayudará. Déjame darte algo.

—Ya me has dado la forma del sol.

—Déjame darte algo que pondrá miel en el ch'anac de tus seguidores. —Es decir, algo que podría ayudar a la gente normal.

—Yo... Nosotros podríamos construir un número ilimitado de instrumentos aún desconocidos —dije.

—¿Como qué? —señaló. Dejó el atizador de moscas en el suelo.

—¿Qué te parecen los rodillos prisioneros? —pregunté.

—¿A qué te refieres? —señaló.

Comencé a hablarle de las ruedas, le conté que eran como rodillos, pero con un palo a través del centro, y que eran unas carretillas estupendas. Comencé a dibujar una, pero entonces Koh me dijo que ya las tenían, y envió a la Pingüino a por un ejemplo. Yo no sabía qué pensar. Pero la enana trajo un pequeño jaguar de madera amarilla con una rueda en cada una de sus patas. Koh dijo que los juguetes con ese rasgo eran muy populares entre la élite, pero que no estaban permitidos fuera de las casas, donde el público pudiera verlos. Por lo que entendí, no era porque la gente normal pudiera pillar la idea de que las ruedas pudieran ser útiles, sino porque alguien podría copiarlas y usarlas para sacar provecho. Esa persona podría ir a alguna otra ciudad, impresionar a todo el mundo con sus aparatos, publicitarse a sí mismo como un gran hechicero y, por último, convertirse en un problema para la aristocracia. La rueda podía convertirse en otro objeto mágico de culto, en el centro de otra orden, como el cuchillo, o el fuego, o el secreto celosamente guardado del espejo cóncavo... o, por supuesto, las drogas del Juego. Y además, dijo Koh (y ahora estoy parafraseándola con bastante libertad), había tantos choceros por allí últimamente que no había necesidad de carretillas. Si querías mover algo pesado, lo único que tenías que hacer era ordenar a la plebe que lo arrastrara.

Era frustrante, pero dejé el tema. Fue como aquella vez que llevé a una chica muy pija hasta New Haven en mi caravana y le mencioné que debería aprender a conducir.

—¿Y si no hubiera podido llevarte hoy? —le pregunté.

—Habría llamado a cualquier otro chico y le habría pedido que me llevara él —dijo ella—. Y después me lo habría follado.

«Bueno, vale —pensé—, olvidemos las ruedas como medio de transporte. ¿Y el servicio de mesa?».

Comencé a hablarle de los tornos de alfarero. Cuando hablas de vajillas por aquí, quiero decir, aquí, en Mesoamérica, tienes que admitir que sí, algunas de las pinturas son increíbles, pero la forma de las cosas es siempre un poco tosca. Cualquiera capaz de crear cuencos absolutamente redondos causaría sensación. Pero en cuanto Koh empezó a pillar lo que yo le estaba contando, me salió con la misma objeción. Es decir, que los sínodos dirían que cualquiera que hubiera creado los nuevos cuencos era algún tipo de extraordinario y poderoso hechicero, e inmediatamente enviarían a sus patrullas para librarse de él. E incluso si eso no ocurriera, y lo del torno de alfarero calara en el mercado, esto condenaría a miles de familias de alfareros a la inanición, ya que nunca serían capaces de hacer el cambio. Supongo que bajo aquello subyacía la misma racionalidad por la que nosotros (quiero decir, nosotros los mayas, o los teotihuacanos, o cualquiera de las grandes ciudades de las civilizaciones mesoamericanas) no usábamos arcos y flechas, aunque los Demasiado-Altos los usaban. Era como lo del culto a la espada de los samuráis: Tokugawa pensó que si se introducían armas decentes en Japón harían que se tambaleara la estructura del poder, incluso aunque el shogunato se hiciera con ellas primero, así que, sus sucesores y él confiscaron las armas de fuego, echaron a los comerciantes portugueses de la mayor parte de las regiones japonesas y, básicamente, mantuvieron el lugar tan aislado como fue posible durante otros doscientos cincuenta años.

—No podemos usar esas cosas aquí —dijo—. He terminado.

Maldición, estaba quedándome sin ideas. Ésta era una eventualidad con la que no había contado.

—Entonces hazlo sólo para lanzar una bola nueva —dije. Era como decir: «Haz tu apuesta», en póquer, sólo para ver lo que tienen las otras manos. Hazlo por una apuesta, hazlo por el desafío, hazlo por el puro e inefable placer de hacerlo.

—¿Crees que no tengo curiosidad sobre tu nivel? —dijo. No contesté—. Tengo curiosidad. Sin embargo, la curiosidad es del bromista, del torturador. —Es decir, que el hecho de sentirse curiosa podía dañar a gente que no tenía necesidad de salir herida.

Bueno, al menos eso sugería que tenía algo de empatía conmigo. ¿No es así? La cuestión era que (aunque no quiero hacer afirmaciones dramáticas sobre la humanidad en general, no porque sean equivocadas, sino porque ya se han hecho todas) o eras una persona con capacidad para la empatía o, lo que ocurría mucho más a menudo, no lo eras. Y, o Koh era del primer tipo, o estábamos jodidos, y eso era todo.

Vale, piensa.

La empatía, como concepto, era demasiado abstracta para expresarlo en ix. Tenías que encuadrarlo en el lenguaje coloquial.

«Vale, aquí va».

—Sé... —dije—. Sé que si estuvieras en el camino y vieras a alguien estrangulando a un niño de tres años, querrías detenerlo. Incluso si fuera su hijo, incluso si el niño estuviera poseído por las costras, o si hubiera nacido en condiciones desfavorables, incluso si esa persona tuviera derecho a matarlo, querrías detenerlo, y si tuvieras el poder de hacerlo, es decir, si pudieras detenerlo, lo harías.

—Tu gente no está en nuestro camino —dijo Koh.

—Sí está. Para entonces, veintenas de veintenas de veintenas de veintenas de ellos serán tus descendientes, o descendientes de tus hermanas, de tus hermanos, porque... —Me detuve. La miré. Sus ojos estaban aún mirando más allá de mí, sobre mi cabeza—. Están muriendo —dije—, estarán muriendo, y justo antes de morir se preguntarán por qué nadie intentó ayudarlos, y si supieran que tú y yo pudimos haberlos salvado y que decidimos no hacerlo, se preguntarían por qué, y si, se lo dijéramos, no sería una razón lo suficientemente buena...

Me detuve de nuevo. Aquellas lágrimas que nunca habrían de nacer estaban de nuevo fluyendo en alguna parte tras mis globos oculares. Estaba jadeando, me estaba quedando sin aliento, y casi tartamudeaba como solía hacer en inglés cuando me asustaba de pequeño. «Maldita sea, Jed, tranquilízate, tranquili...».

Koh dijo:

—He tomado mi decisión.
Ya han nacido demasiados soles
y van a venir demasiados.
La gente con carne de maíz terminará con el sol
de 4 Cacique, 3 Amarillo.
Quizá algún día, después de eso, vendrá un nuevo
        heredero de Iztamna.
Quizá modelará nuevos linajes, de algún otro material,
quizá de jade.

Hizo una pausa y luego comenzó a decir: Ca'ek. «Terminado», pero la interrumpí.

—¡Espera! —dije (bueno, digamos que le grité)—. Espera, tú no tienes, tú... —«Baja la voz, Jed», pensé—. Tú no tienes la autoridad para decidir eso. Ni siquiera aunque tu decisión fuera correcta.

—No —contestó ella—, lo que no tengo es el derecho de prolongar sus tiempos en el nivel cero, ni siquiera aunque pudiera.

—No, si lo tienes, esto... Quieres salvarlos, pero crees que no debes, o mejor dicho, sabes que no debes, pero si lo que yo he visto puede añadir algo a lo que tú has visto... Es decir, yo he estado en ambos lugares, y he visto cosas que...

Maldición. Había perdido el hilo de lo que estaba diciendo. Empecé de nuevo:

—Si hay algo que sé... —comencé a decir, y esto ni siquiera es algo bueno, pero es cierto— es que puedes hacer cualquier cosa que quieras.

Como ya había roto casi el resto de las reglas del decoro, la miré a los ojos. Sus ojos se abrieron totalmente y sobresalieron... No, espera, eso no fue así. Cerró los ojos, pero sus párpados habían sido pintados de blanco, así que parecía que los tenía aún abiertos y sin pupilas, como si hubieran sido dibujados por Harold Gray en *La pequeña huérfana Annie*.

Guau. Eso me dejó sorprendido. Joder, ¿es que no había parpadeado en ningún momento, durante todo este rato? Bueno, si lo había hecho, yo no me había dado cuenta. Vale.

Yo no sabía qué hacer, así que miré sus ojos falsos. Me imaginé que ella no querría bajar la mirada, o arremeter contra mí, como tenía derecho a hacer, así que, en lugar de eso, sencillamente cerró los ojos.

«Vamos, Jed. Piensa en algo».

—Yo, inferior a ti, te desafío a mirarme —dije. Era como decir: «Te reto a golpearme». Aun así, sentía que lo necesitaba, que necesitaba un poco de contacto visual que no tuviera nada que ver con la dominación. En cualquier caso, quizá era cuestión de espíritu de lucha (como creo que he mencionado, por aquí hacer cualquier cosa era un riesgo), pero abrió los ojos y me miró.

51

Cuando estaba en Nephi k-12 (soy consciente de que en realidad ningún momento es bueno para romper el ritmo narrativo, y de que, incluso si lo hubiera, éste no lo sería, pero aun así, como suele decirse, querido e indulgente lector, vamos a hacer una pausa, sólo un momento), había una profesora sustituta que trabajaba con los cursos inferiores, una enorme mujer anciana que recordaba cuando los hijos de los pioneros iban a la escuela descalzos, y que lo sabía absolutamente todo sobre los entretenimientos anteriores a los medios de comunicación masivos. Sabía todo lo que había que saber sobre marionetas de trapo, sobre imaginativas labores de aguja y muñecos de papel y, especialmente, sobre juegos de sociedad (el juego de las prendas, el de la mímica, el terrible ritual de la manzana colgada, pasar-la-zapatilla, robar al dragón, y el juego de las sombras), un mundo perdido por completo en las eternas tardes en penumbra antes de la electrificación rural. Un sábado por la tarde recortó una fila de tres pares de pequeños agujeros para los ojos en una vieja sábana blanca, y nos hizo caminar bajo ella por el amplio pasillo hasta el trastero. La mitad de una clase de veinticuatro íbamos debajo de la sábana, y tres de ellos salían y miraban al resto de nosotros a través de los agujeros. Y cada uno de nosotros, por turnos, nos acercábamos a la sábana, mirábamos directamente a sus ojos, e intentábamos adivinar quién nos estaba mirando. Resultó que era casi imposible (excepto en el caso de Jessica

Gunnerson, una pelirroja casi albina cuyos iris eran del mismo violeta de anilina que la tinta metanolada) poder decir quién era quién. Sin ver más de su rostro, no podías saber si era tu mejor amigo o tu peor enemigo, no podías saber si esa persona podía estar haciéndote muecas divertidas, y ni siquiera podías saber si era un chico o una chica. Fue tan desconcertante que las siguientes décadas, siempre que miraba a los ojos de alguna chica intentando conectar en algún nivel superior (o para comunicar un compromiso o, en el peor de los casos, cierta honestidad) y sentía que sí, que ella estaba siendo sincera conmigo porque estaba mirando directamente en las limpias profundidades de sus ventanas hacia donde fuera, entonces, de repente, recordaba aquel estúpido juego de adivinar, y sus pupilas se convertían en dos agujeros recortados con una vacía vacuidad transgaláctica tras ellos. Esa sensación se extendía entre ambos, la sensación de ir a la deriva en el cosmos mecánico no sólo sin comunicación con otro ser, sino sin posibilidad de comunicación con otro ser ahora, o en el futuro, o incluso en el pasado. Y entonces todo se convertía en *mierditas refritos*. Y ahora (quiero decir justo ahora, en el año 664 d. C.) estaba en ello de nuevo, estaba mirando a los ojos de la Dama Koh y esperaba más que desesperadamente poder ver algo en ellos, algún jirón de magia, o espíritu, o al menos indeterminación, alguna señal de que ella y yo éramos ambos más o menos reales, y conscientes, y deliberadamente autónomos, en el mismo espacio al mismo tiempo. Como creo que he dicho, el rostro de la Dama Koh era el más inexpresivo de todos los que me había encontrado hasta ese momento, y eso que había visto muchos de piedra, al otro lado de unos diez mil tableros de ajedrez, Go, y mesas de Hold 'Em; pero sus ojos tenían algo más, algo vertiginoso, como los de Cléo de Mérode.* Sus iris eran tan oscuros que no podías ver dónde comenzaban las pupilas, pero aun así

---

* Bailarina belga nacida en París en 1875 famosa por su belleza y por sus célebres admiradores, entre ellos el rey Leopoldo II de Bélgica o el pintor Toulouse-Lautrec. (*N. de los T.*)

podías discernir dos tipos distintos de negro, como en una pintura de Ad Reinhardt, y que el ojo izquierdo era más frío y el derecho más cálido... Pensé que estaba lloviendo en el exterior, y me di cuenta de que estaba escuchando el borboteo de la sangre en mis oídos.

«Vamos —pensé—. Sé que estás ahí. Vamos».

Pasaron cuarenta latidos. Pensé que había visto algo en su rostro vacío, algo como si se estuviera mordiendo la lengua, una especie de dolor que no era totalmente disimulable, y entonces decidí que, seguramente, me lo había imaginado.

Ochenta latidos.

Esto no tiene por qué ser un momento de violación. Convirtámoslo en un momento de hacer el amor, ¿de acuerdo?

En el latido ciento veinte se produjo un chasquido en mi espalda, una vértebra recolocándose, y sentí la urgencia de apartar los ojos, aunque conseguí no hacerlo. «Sigue así, Jed». Ahora me sentía como si fuéramos una pareja de luchadores de sumo ejecutando una presión de media tonelada o así el uno sobre el otro, en mitad del dohyo. «Vamos —pensé—. No hay necesidad de luchar. Vamos. Mantenlo. Mantenlo. Por favor, Tipo Inexistente, sólo esta vez, deja que haya algo ahí. Por favor. Por favor».

—Debido a que me preocupo por ellos como si fueran mis hijos, no quiero que tengan que trabajar duro en el nivel cero —dijo la voz de Koh, y sonó a una media milla de distancia. No apartó la mirada.

—El nivel cero es el único nivel —jadeé.

—Si eso es cierto, mejor así —dijo.

—No, no, no, no, no es mejor así, porque la gente quiere... la gente quiere pasar tantos días como sea posible con los demás.

—Porque son avariciosos y asustadizos.

—No, no, no son... No, son como una familia que va junta a un festival.

—¿Y qué van a ver en el festival? —preguntó. Supongo que se refería a que la diversión desaparece siempre después de un tiempo.

—Por eso es por lo que quieren tener nuevos niños —dije—, para ver su lozanía, para... lo que estamos diciendo son *b'ach na tok*. —Es decir «todo esto es ridículo».

—Sí, lo es —chasqueó.

—Y si los soles siguen adelante —dije—, si una nueva raza de soles... ¿Quién sabe qué podría pasar después de eso? Tú y yo podríamos jugar el Juego cuatrocientas veintenas de veces, y no lo sabríamos. Quizá ocurrirá algo en el décimo b'ak'tun, o en el centésimo b'ak'tun, que hará que todo esto merezca la pena...

Retrocedí.

«Jesús —pensé—. Esto se está volviendo demasiado intenso para mí. Un billón de años de evolución, cinco millones de años de evolución humana, y todo se reduce a una decisión que hemos de tomar nosotros dos».

—Hay una tinaja en la montaña más negra —dijo Koh—. Todo el *yaj* —es decir, todo el dolor, o, en este caso, todas las lágrimas— de todos los seres de todos los lugares caen en la tinaja.

—Ya había oído hablar de eso —dije.

Ella dijo:

> —*Lai can h'tulnaac,*
> *Lail x nuc homoaa*
> *Cu tz'o, cu tz'a.*

> —Y cuando la gran tinaja
> se llene hasta el borde,
> terminará, se romperá.

—*X'tan boc ch'ana k'awal nab* —dije—. Esto es solidificar pasta de maíz con orina de saíno. —En ix, era lo más parecido que podías decir a: «Gilipolleces». Aunque supongo que suena más divertido si te has pasado todo el día arrastrando bloques de piedra caliza de doscientas libras por una pirámide de noventa pies de altura a ciento diez grados de temperatura.

694

—Como tú has dicho —señaló Koh.

Y, por alguna razón (y no creo que fuera uno de los truquitos de bruja asquerosa de Koh), después de eso me dio la sensación de haberme desmayado durante un segundo o dos, como si hubiera estado pensando en algo importante, y se me hubiera olvidado, y cuando recordé en lo que estábamos, ya no seguíamos mirándonos. Bajé la mirada. Koh se movió bajo su manta. Estábamos en otro espacio-tiempo.

—El Viejo Timonel no va a venir —dijo Koh. Se refería a que no tenía polvo del Viejo Timonel, el componente topolítico de las drogas del Juego.

—¿Jugarías sin él? —pregunté.

Koh señaló que no había otro remedio.

—Pero tú sigues al Timonel a veces, ¿no es cierto? —pregunté.

Ella chasqueó que sí.

Escuché a la Mujer Pingüino a mi espalda. Apareció y encendió una segunda bola de incienso. Bueno, eso era una buena señal. ¿No significaba un «sí»? Se tambaleó hasta Koh y se sostuvo de puntillas. Koh inclinó la cabeza, susurró unas cincuenta palabras a su oído y le entregó algo. La enana se escabulló.

«Va a ocurrir —pensé—. Va a coger un poco de esa mierda del Timonel y a ponerse a ello. Quizá podamos atrapar a ese bastardo justo ahora. Si conseguimos un nombre, podría dejarlo en la caja con la cruz de magnetita, y ni siquiera preocuparme por las drogas durante el tiempo que me quedara. Voy a por ti, Apocalíptico. Sí. No lo dudes».

Koh tomó una antorcha de mirto nueva y la acercó al brasero. Se encendió con una llama de color amarillo verdoso. La colocó en el soporte. La luz iluminó el lado oscuro de su rostro.

Si había existido un solo momento en el que Koh hubiera cambiado de opinión, yo no lo había notado. Y ahora que íbamos a ponernos a trabajar, no tenía la sensación de haberla convencido yo mismo. Tenía el pálpito de que aquello no tenía nada que ver conmigo, de que, como mucho, yo había sido capaz de entregar alguna nueva información, y de que ella había sido lo suficientemente fuerte para cambiar de idea basándose en eso. Me sentí debilitarme. Koh abrió una de las cestas, sacó un largo y delgado cigarro verde, mordió unos centímetros del extremo, lo encendió en la antorcha de mirto, dio una profunda bocanada, esparció el humo en cinco direcciones y dijo:

—Ahora el aliento de mi corazón es blanco.
Ahora el aliento de mi corazón es negro.
Ahora el aliento de mi corazón es dorado.
Ahora el aliento de mi corazón es rojo.
Señor Viejo Salinero, nosotros dos, inferiores a ti,
te pedimos que nos prestes tus ojos rápidos, tus ojos cautos.
Señor omnisciente y soberano, señor «omnividente».
He terminado.

Se inclinó y exhaló una bocanada de humo a través de la cesta. Esperó un momento, levantó la tapa y sacó una cesta ligeramente menor que había estado guardada dentro. Su malla estaba suelta, y pude ver movimiento en el interior, y una cosa blanca con forma de corazón colgando en el centro. Koh la dejó en el suelo y medio levantó la tapa con su mano derecha. La cosa blanca era el nido de papel de una pequeña colonia de avispas polybia. Con mayor rapidez de lo que yo pude seguir, Koh extendió la mano izquierda y agarró una enorme hembra de color dorado y verde con las largas uñas negras de su pulgar y sexto dedo. La dejó en el centro de un pequeño plato. La avispa tenía al menos dos pulgadas de largo, un abdomen grávido y un ovipositor extenso. Sus alas habían sido amputadas. Miró alrededor con sus enormes ojos. El dedo índice izquierdo de Koh bajó del cielo y aplastó a la avispa en el plato por la unión entre su tórax y su abdomen. Aunque estaba tranquilizada por el humo, la avispa se retorció para escapar, con las patas deslizándose sobre la suave superficie del plato. Koh usó las dos primeras uñas de su mano izquierda como tijeras y cortó la cabeza de la avispa. Rebotó en el plato, con las mandíbulas abriéndose y cerrándose. A continuación, agarró el aguijón y el ovipositor y lo arrancó del abdomen de la pobre cosa. Un grueso saco de toxinas, un par de huevos transparentes, y algunos pelos amarillos y trozos de quitina salieron con ellos. Koh dejó el grupo de mugre a un lado del plato. Finalmente, aún sosteniendo el abdomen con su mano izquierda, arrancó una de las seis patas (la frontal derecha, creo) y la dejó caer en un segundo pequeño plato. Empujó el plato hacia mí.

Koh levantó al insecto de cinco patas sin cabeza, se lo metió en la boca, masticó dos veces, y tragó.

Yo dudé.

«Vamos, Jed —pensé—. No seas marica». Levanté la pata y la hice rodar estúpidamente en mi mano, como si pensara que pudiera saltar y pincharme un ojo. Vale. Me la metí en la boca. Aún se retorcía sobre mi lengua. La mastiqué y la tragué tan rápido como pude. Koh me tendió el cigarro, supongo que para ayudar a bajarlo. Le di una buena bocanada. Estaba un poco seco, y extrañamente especiado, pero no sabía mal. No sabía qué hacer con él, así que lo sostuve. La enana volvió y dispuso una pequeña colección de cestas, tinajas y pequeños platos a cada lado del brasero, como si estuviéramos a punto de tomar el té de la tarde. En ese momento sentía la boca como si fuera más grande que mi cabeza.

Koh dijo:

—Ahora supongamos que juego un gran Juego aquí,
frente a ti, que eres igual a mí.
¿Me traicionarás ante casas hostiles,
o me nombrarás ante extraños?
¿Contarás en el exterior lo que ahora ocurre
en el interior de nuestra ciudadela,
aquí en nuestra montaña de jade, aquí bajo el cielo,
sobre el corazón de la tierra?
¿Hablarás sobre ello en el exterior, en los cien zócalos?
¿Abrirás el libro de mis líneas,
bajo el sol, a la luz del día?

Yo jadeé una respuesta alrededor de una lengua que sentía tan gruesa y lenta como un trozo de madera:

—¿Cómo iba a seguir siendo un guerrero
si repitiera un secreto?
Desde ese momento no podrían llamarme nunca más
Hijo del clan Arpía.
Los grajos se burlarían de mí, los avispones aguijonearían
mis dos labios, mis dos ojos,
y los armadillos lamerían mi cráneo
en las dunas, en la vastedad,
lejos de la cueva de la montaña sobre el cráter marino,
bajo la concha del cielo.

«¿Qué te parece? —me pregunté—. ¿Es suficientemente correcto para ti o además quieres escucharlo en latín?».

Lentamente, Koh señaló: «Entendido». Observé que su mano oscura caía sobre su muslo. Parecía caer, y caer, y no llegar allí nunca, y entonces pareció que ya no estaba cayendo, que ella estaba manteniéndola en el aire. «Qué raro», pensé. Miré el reloj, o mejor dicho, comencé a mirar hacia allí, porque mis ojos tardaron un rato en llegar.

«Esto es el polvo destroza-tiempo del Viejo Salinero, de nuevo —pensé—. Cronolítico».

Excepto que aquella vez era mucho más cronolítico que la anterior... Oh, eso es. Mis ojos habían llegado, por fin, a la bola de incienso; parecía estar a medio consumir, pero yo no podía verla bien porque la enana había colgado un trozo de bambula, o algo así, sobre ella... Oh, lo siento, no, era sólo una nube de humo, inmóvil, o aparentemente inmóvil a causa de las drogas. Escuché a la Pingüino susurrando algo. Volví a mirar a Koh. Sentía los ojos como si fueran enormes esferas de granito rodando en mis cuencas aceitadas. Koh me hizo un gesto de «espera» con la mano, el mismo gesto que el clan Arpía usaba en las cacerías, o en los asaltos, cuando alguien se suponía que debía detenerse.

Alguien en el exterior silbó. La enana se escabulló por la

puerta. Pareció que pasaban minutos entre cada diminuto paso. Koh se incorporó. Fue como ver a una montaña siendo empujada hacia arriba, lentamente, por la subducción de una placa tectónica bajo ella. Se volvió hacia mí y agitó su manta para recolocarla bien. Guau, pensé. Sorprendentemente, era mucho más alta que la mayoría de las mujeres mayas, quizá incluso era un poco más alta que yo, es decir, que yo tal como era ahora, y eso que Chacal era un tipo grande. Giré la cabeza bruscamente, observando. Bajo su quechquemitl parecía delgada. La mayoría de los contadores de soles eran delgados, pero ella era quizá demasiado delgada. Dio cuatro pasos hacia el centro de la habitación y se puso de rodillas, de cara a la puerta detrás de mí. No es que vaya a menudo al ballet, pero hace mucho tiempo vi a Rudolf Nureyev en *L'après-midi d'un faune*, y había cierta arrogancia en sus movimientos, algo como «Soy lo más, y tú eres un pringado», y la Dama Koh tenía algo muy parecido a eso. Excepto que, por aquí, aquello no era tan desmoralizador.

Me volví. Una cabeza y unos hombros aparecieron en el quicio y se tambalearon hacia arriba y hacia abajo mientras su propietario se incorporaba. Tuve que forzar los ojos pero, gradualmente, como una nebulosa en un gran telescopio, logré enfocarlo. Era un hombre alto. Vestía una ligera manta oscura. Tenía el cabello suelto como un nacom y la piel frotada con cenizas grises. No podía discernir sus marcas, pero olía a almizde, o, más bien, llevaba puesto algo del almizde artificial, hecho de *Mimulus inoschalus*, que los Ocelotes de Ix de clase baja también llevaban. Así que era del otro lado, del clan Puma, pero él mismo no era un felino. Seguramente era de algún clan adoptivo que sirviera a los Pumas como monjes. Recitó algo incomprensible con voz susurrante y Koh respondió en el mismo lenguaje.

«No lo entiendo —pensé—. Dilo en ostiaputistaní».

Caminó hacia Koh, dando cinco lentos y diminutos pasos. Koh no se movió.

Había algo en aquella escena que no me gustaba. De hecho, me daba mala espina. El Puma manejaba torpemente algo junto a su cintura. De ningún modo, pensé. Sacó una pequeña bolsa, la sostuvo junto a su rostro, desató lo que seguramente eran algunos de esos imposibles nudos secretos de marineros, la abrió y sacó algo. No vi qué era ese algo.

Koh se inclinó hacia delante y abrió la boca. El Puma puso aquel algo sobre su lengua. Ella cerró la boca, se echó hacia atrás y lo masticó.

Me sorprendió mucho, una especie de reliquia de mis días como católico preconfirmado. «¿Así fue como empezaron los rituales de la comunión? —me pregunté—. Tomad y alucinad, éste es mi ácido». Casi me asfixio intentando mantenerme en silencio.

Había algo patético en verla hacer eso tan común y tan humano que es comer. Había una especie de pena afectada en ello, como si la hubieras visto hacer eso miles de veces. De repente, parecía un ser humano, una chica que tal vez era divertido tener cerca. Aunque un poco chiflada, quizá.

El mensajero Puma se inclinó hacia delante, para escuchar cómo tragaba Koh. La enana le tendió una copa de, supongo, agua caliente, y él se la ofreció a Koh. Ella la tomó con el borde de su manta entre su mano y la copa, bebió lo que fuera que hubiera dentro y se lo devolvió. Él miró el interior, y después a ella. Koh abrió la boca totalmente. El mensajero la examinó un momento, y entonces extendió los brazos para mostrar que estaba satisfecho. A mí me parecía degradante para Koh, como si estuviera tomando tranquilizantes en una prisión. El Puma sacó otra pequeña cosa de una bolsa distinta de su cintura. La Mujer Pingüino levantó una bandeja y la colocó en el centro. En ella había una pequeña figura de Koh, con el rostro pintado a su característico modo. Quizá era lo que Koh le había dado antes a la enana. La Mujer Pingüino cantó un par de estrofas dando las gracias al invitado en ese mismo lenguaje.

El Puma susurró una respuesta dando las gracias al anfitrión, se agachó y retrocedió al interior del túnel. La Mujer Pingüino lo siguió.

«De modo que así es como lo hacen —pensé—. Koh y el resto de los Tejedores del Orbe ni siquiera tienen acceso directo a todos los componentes de las drogas del Juego».

En lugar de eso, era, básicamente, un sistema de doble llave. Sólo podías conseguir el efecto completo tomando dos compuestos distintos. Y los principales contadores del clan Campanilla sabían cómo hacer uno de ellos, y los contadores del clan Cola de Golondrina sabían cómo hacer el otro, y ninguno de ellos había conseguido el secreto de los otros, no en los cientos de años desde que el genio que fuera ideó el sistema.

«Bien. Jed, deberías haberlo adivinado».

No era de extrañar que aquella ciudad hubiera sido tan estable durante tanto tiempo. Joder, ¿por qué no se me había ocurrido antes?

Maldición. Aquello iba a ser difícil.

Qué frustración. En el interior de mis puños cerrados podía sentir mis largas uñas rompiendo la piel de mis palmas. «Relájate —pensé—. Tranquilízate. La verdadera fortaleza es ver todas las líneas de fin como el siguiente punto de partida. Respira».

Koh estaba inmóvil. Yo permanecí sentado. Pestañeé. Mis párpados bajaron como el crepúsculo y, después de una larga noche, como el amanecer. Todo estaba en silencio, excepto por los susurros en el túnel más allá de la puerta. Entonces, se oyó un suave silbido, como el arrullo de una paloma. Koh se incorporó, caminó hasta la malla, la traspasó, se inclinó sobre mí (yo no había tenido la oportunidad de volver a mi lugar) y me agarró por el cabello; no por mi trenza, que era falsa, sino por la coronilla. Me besó, violentamente, empujando su suave lengua en el interior de mi boca, retorciéndola alrededor de la mía, frotándola contra mis mejillas, contra mi paladar, entre mis afilados dientes, y la fresca laceración y las viejas cicatrices del interior de mis labios, por mis amígdalas, por todas partes...

52

No sabía a nada que hubiera probado antes, ni en el noveno b'ak'tun, ni en el decimoprimero, aunque quizá se parecía un poco al melancólico sabor del uni, erizo de mar crudo, pero más fuerte, más añejo y más metálico. Guau, un beso de primera, pensé, justo lo último que esperaba en este contexto; los nativos americanos no tenían en realidad una cultura del beso.

Empezaba a pensar que Koh estaba esperando que le rasgara los malditos ropajes y fuera al lío, y estaba pensando en intentar meterle mano por alguna parte (si es que podía encontrar un punto que pudiera ser sobado), cuando dejó escapar mi cabello, se apartó de mí con un húmedo pop y se sentó de nuevo en su lugar, en el lado opuesto de la hoguera. La enana, que evidentemente había vuelto, dejó en el suelo una cesta llena de tarros y tinajas, y tendió a Koh una copa de algo. Ella se lo bebió como si quisiera eliminar mi sabor de su boca. Yo me acomodé de nuevo en mi estera, intentando tranquilizar mi respiración. Koh se comportaba como si no hubiera ocurrido nada digno de mención. Era extraño, pero me sentía como si estuviera siendo infiel a Marena, aunque ella y yo seguramente no éramos pareja, en realidad.

«Baja a la tierra, Goofus. Estás soñando. Todo eso está fuera de tu alcance».

Guau. En mi boca comenzó a crecer un adormecedor gusto posterior. Me balanceé un poco y me senté derecho de nuevo.

«Bueno, así que ése era el trato —pensé—. Koh me ha dejado probar la droga. Ha sido una maniobra estrictamente profesional. Enfríate».

De modo que, al parecer, la colonia de avispas producía un químico X (quizá las alimentaban con algo concreto y ellas lo refinaban en el interior de sus cuerpos), y eso era el polvo del Viejo Salinero. Y ese proceso era propiedad de los Tejedores del Orbe. Y después, si lo combinabas con el polvo del Timonel (es decir, la droga topolítica, el químico Y que el mensajero Puma le había dado a la Dama Koh), eso te daba el efecto completo que te permitía establecer el juego con las nueve piedras.

Bueno, joder. Qué desilusión. 2CE creía que Koh tenía un alijo de la mercancía a mano. En lugar de eso, tenía que rellenar una receta y tomar las dosis completas bajo supervisión felina. Y, por el modo en el que hablaba antes, sonaba a que, incluso eso, era algo extraordinario, que no les daban nada si no lo pedían, a menos que fuera capaz de conseguir pequeñas dosis pidiéndolas como favor. Maldición y maldición.

Vaya...

«¿Preparado?», señaló Koh.

Me senté más derecho.«Preparado», señalé. Koh tomó una profunda bocanada de su cigarro.

—Mi aliento es rojo, mi aliento es blanco —dijo.

Cuando arraigas en algún lugar, te convences a ti mismo de que estás en el centro del universo. Pero esta vez no tuve que hacer nada para creérmelo. Estaba totalmente seguro de ello. El mordisco de la gravedad era más fuerte de lo que nunca había sido, pero, al mismo tiempo, parecía que yo estaba alimentándome de él, construyendo una montaña de energía. Pensé que podía sentir cada una de las distintas capas de material que había debajo de mí: algodón, junco, arcilla, tierra, piedra, piedra fundida, y así hasta el cristalino y ardiente corazón de la tierra. Los mundos submarinos y los supramundos giraban alrededor de nosotros. Yo era el hogar.

La enana deslizó una garra a través de un lazo de cuerda en la tapadera del brasero, levantó el cuadrado de madera y lo deslizó a un lado. Parecía pesado, pero ella no parecía estar esforzándose. En el espacio que había debajo, en lugar de un foso para la fogata había una depresión casi perfectamente cuadrada, de unas quince pulgadas de profundidad y cuarenta de largo. En su fondo plano pude discernir los hendidos bordes de un tablero de juego, un cuadrado de trece por trece. Koh estaba sentada en el suroeste, y yo estaba al noreste. La enana colocó antorchas en los lados noroeste y sudeste del hueco de piedra, iluminándolo. La piedra era una especie de oscura gneis de grano fino, y tenía esa pátina que sólo puedes conseguir a través de la piel, de generaciones completas de manos acariciándola y frotándola, deslizándose sobre ella y puliéndola; y cuando Koh tocó el muro suroeste cinco veces con la culata de su atizador de moscas, supe, por la resonancia, o por la falta de resonancia, o por algo así, que el foso había sido tallado en la roca, y que estábamos sentados en la cima de una montaña enterrada que atravesaba la planicie del valle y las raíces de la Sierra Madre Oriental. Koh dijo:

—*Ya'nal Wak Kimi.*
Ahora en 6 Muerte, en 14 Venado,
en el decimoprimero tun, contando;
Cerca del final de los once k'atuns del décimo b'ak'tun,
contando.
Ahora tomaré prestado el aliento de este sol,
ahora tomaré prestado el de mañana.
Ahora tomaré prestado el viento de los soles que continuarán mañana.

Sacó un pellizco de tabaco húmedo de una de las pequeñas cestas y metió la mano en el interior de su quechquemitl para poder frotar aquella cosa en su muslo. Yo no tenía demasiada idea de lo que podía estar pasando debajo de todos aquellos ropajes, pero fue un gesto muy sensual.

Me eché un poco hacia atrás. Me sentía extremadamente mal. Estaba seguro de que iba a vomitar, y no sólo el contenido de mi estómago, sino mi sistema digestivo al completo. Iba a expulsarlo todo por la boca, desde el esófago hasta el colon, y se iba a amontonar sobre el tablero. Me lo tragué todo de nuevo y me senté un par de grados más derecho. «Relájate, Joaquinito. Tú has querido jugar con los niños grandes. Así que juega».

—Ahora mi propio aliento es un viento amarillo.
Ahora mi propio aliento es un viento rojo.
Ahora mi propio aliento es un viento blanco.
Un viento negro, un viento verde esmeralda.
Tú, de la casa de mi tío.
Tú, tan lejano, y ahora tan cercano a mí.
Aquí estamos, sentados juntos
entre las cuatro cúspides, los cuatro volcanes.
Aquí, en el volcán verde azulado.
A cinco soles desde la montaña blanca al noroeste.
A cinco de tus cúspides del sureste.
Desde la montaña roja de tu familia.
A cinco soles del volcán amarillo al suroeste.
Y a cinco soles
de distancia de la oscuridad,
del volcán negro al noroeste.

La enana entregó algo a Koh. Era una piedra negra, un cono redondeado de unas siete pulgadas de diámetro en la base y dos en la parte de arriba, pulida hasta conseguir brillo. Koh la dejó en el cuadrante rojo (aunque sólo quedaban rastros del pigmento en la superficie del tablero, se sabían cuáles eran los colores), en el hueco, o mejor dicho, en la tenue depresión que correspondía al día de hoy. Su fondo encajaba con la concavidad de modo que se mantenía de pie y estable. La Mujer Pingüino entregó a Koh otro, y otro, hasta que hubo nueve pilares elevándose del tablero, formando un mapa de estrellas de aquel día en concreto con la colocación de las Pléyades, de la Luna y, a continuación, de Venus, que se elevaba en el lado este. Después añadió cinco piedras, las cuales, supuse, hacían de las cinco montañas de Teotihuacan, es decir, que establecían nuestro lugar exacto en la Tierra.

Koh levantó su mano oscura y la abrió lentamente, dando a entender: «Bien, ¿cuál es tu pregunta?».

«Vale —pensé—. Será mejor que formules esto bien».

Aún no estaba seguro de lo convencida que estaba ella. Tenía que conseguir que lo hiciera. Si aquello no era suficiente para identificar al Apocalíptico en aquel momento, entonces tendría que enseñarme a jugar con nueve piedras. Y si necesitaba reunir las drogas del Juego para hacer eso, tendría que contarme cómo hacerlo también. De acuerdo.

—Dime, por favor —dije—, ¿cómo puedo preservar los linajes de mi gente a través del último sol del decimotercer b'ak'tun y durante los trece b'ak'tuns que seguirán a ese sol?

Koh no reaccionó. Pero la pausa se extendió de un modo que me hizo estar seguro de que estaba molesta.

«Bueno, no me está echando», pensé.

Pausa. Pausa. Pausa.

Por fin, la Mujer Pingüino (que observaba para obtener pistas de Koh telepáticamente, como una especie de homúnculo) se arrastró hasta nosotros con otro conjunto de cajas de mimbre. Sacó un tarro y una brocha de uno de ellos y pintó las paredes del tablero hundido con algún tipo de grasa, o aceite. Tenía un olor extraño. A continuación, extendió aquella cosa en los laterales de las rocas...

Guau. Mareo.

Para entonces, el gusto de aquel beso había llenado mi cuerpo por completo. Era parecido a la carne de cangrejo, y amargo (aunque no tan amargo como una hormiga), y entonces, por debajo de aquello, provocaba un zumbido que me recordaba a la cocaína, y aún más abajo, y más tarde en el gusto posterior, había un sabor artificial que quizá me recordaba a algún tipo de bebida suave que solían hacer cuando era niño, alguna futurística novedad química de droguería, anterior a la cultura de la comida natural, de la que he olvidado el nombre, cómo era, algo...

¿Por dónde iba?

La enana entregó una cesta a Koh. Ella sacó una pequeña cosa marrón rosada que no dejaba de moverse y la colocó sobre el punto verde azulado del centro del tablero de juego. Se quedó allí, en cuclillas, volvió la cabeza y parpadeó ante la luz. Era un mono bebé, menor que una rata de laboratorio (quizá de dos pulgadas de altura si se pusiera en pie, lo que no era posible) y totalmente desnudo. Sus ingles estaban pintadas o teñidas de negro, para simular un taparrabos, y tenía una especie de gorrito negro pintado en la cabeza, supongo que para hacerlo parecer más humano. No parecía un bebé humano en miniatura. Tenía las proporciones de un adulto. No sé a qué especie pertenecía, pero, por su aspecto alargado y desnutrido, y por su cola en espiral, supuse que debía de ser un mono araña, un *Ateles*, una de esas pequeñas criaturas oscuras que comen un montón de fruta y que casi nunca bajan al suelo de la jungla. Crecen rápidamente, así que aquél tenía que ser casi un recién nacido, aunque ya tenía una capa de pelusa marrón, y, mientras correteaba por el perímetro del tablero, parecía tan móvil como un adulto. Intentó trepar por el borde del pulido muro, y después intentó impulsarse entre dos piedras que estaban cerca la una de la otra, pero siguió escurriéndose, escarbando contra la aceitosa piedra. Entonces intentó saltar, y casi pensé que podría llegar al borde, pero no tenía los músculos ni la coordinación que hubiera tenido un adulto, y no podía saltar unas dos veces su propia altura. Finalmente, se detuvo y orinó en el centro del cuadrante rojo. No se veía demasiado (habría necesitado una lupa de joyero), pero me dio la impresión de que era un macho. Nos miró, aunque por supuesto no podía vernos, con aquellos diminutos ojos que aún no habían aprendido a enfocar. Reptó hasta la esquina roja y negra y se agazapó allí, temblando. Koh puso una de las tazas de chocolate seco sobre el mono, y lo deslizó sobre las casillas hasta el cuadrado en el cuadrante blanco que correspondía al día de hoy, a cuatro líneas desde el Día del Eclipse por el borde del cuadrante negro.

Se produjo una pausa. Me di cuenta de que estaba escorando ligeramente. Lo que fuera que me hubiera pasado en aquel beso me había revuelto el estómago, primero, y me había llevado a un estado donde ni siquiera podría decir quién era... Aunque, si te paras a pensarlo, eso era realmente lo normal. Y yo sólo había tomado un rastro de lo que ella había tomado. Debía de tener suficiente de aquella cosa en su organismo como para matar a una ballena azul. Y era mucho más delgada que yo. No es de extrañar que los contadores de nueve piedras tuvieran que empezar a acostumbrarse a las drogas cuando tenían cinco años de edad. Yo seguramente tenía la típica sonrisa de drogado. La Dama Guay debía de estar pensando que era un auténtico alcornoque. Bueno, eso es lo que pasa la primera vez.

La Mujer Pingüino entregó a Koh una segunda caja. Tenía forma de cuadrado pequeño y una sarta de cuerdas encima. Esta vez la dejó en el centro del cuadrante negro, desató el pequeño nudo y tiró de una de las cuerdas. Una de las paredes de la caja se deslizó hacia arriba como la puerta de una jaula para grillos china.

Koh extendió su mano abierta frente a la puerta abierta.

Esperamos. «¿Ahora qué?», me pregunté.

Un par de largas antenas segmentadas salieron de las sombras, se detuvieron, rotaron en el sitio y se detuvieron de nuevo, y entonces un blanco jirón de dientes subió a la mano de Koh. Era un ciempiés, pero no uno que yo pudiera clasificar, sino una mutación cavernícola, una especie albina sin ojos de la que lo único que se sabía es que llevaban viviendo en el mismo sumidero sin luz desde que lo más novedoso en vertebrados era el celacanto. No tenía pigmento, era casi transparente en los lugares blandos, pero tenía los bordes de sus placas de quitina marrones, como las cumbres chamuscadas de un pastelito de merengue. Medía unas doce pulgadas de largo, lo que era más que suficiente para captar la atención. Se sostenía en alto lo suficiente para que viera que tenía veintiún pares de patas, y que no tenía ojos, sólo cuatro muñones donde deberían haber estado los ojos. Los colmillos, o mejor dicho, las pinzas venenosas, eran largas y curvadas, como sables de caballería. Y el setae (es decir, las cerdas que recogen el movimiento) de sus antenas era gigantesco, como espinas en un cactus ocotillo. Era como una cremallera con el universo dolorosamente atrapado en ella.

Koh extendió la mano izquierda (la heptadigital) con mayor rapidez de la que pude seguir y agarró aquella cosa por el segundo tergito, el que había justo debajo de su cabeza. Lo colocó en el centro de un pequeño plato y lo sostuvo con el pulgar. Aquello (o vamos a llamarlo Ella, ya que Koh lo hizo así) intentó liberarse, levantando la cola y arañando la muñeca de Koh con su frenético tarso.

—Tiene un k'atun y un tunob de edad —dijo Koh—. Es muy sabia.

Koh apartó su pulgar.

Moví mis piernas cruzadas. Nunca había visto ni oído hablar de aquello antes. En realidad, esperaba que Koh sacara sus piedras y semillas y que comenzara a jugar sin más. Bueno, uno nunca sabe.

Koh dio unos golpecitos con las uñas junto al ciempiés, comunicándose, aparentemente, en su propio lenguaje vibratorio. Aquella cosa pareció inclinar un sensillum para escuchar. Por fin, se destensó un poco y me miró sin verme. Me dio la escalofriante impresión de que podía saborearnos. Se deslizó dos veces alrededor de la palma de la mano de Koh y se curvó en una espiral suelta. Koh le habló en una nueva y más suave voz, y en una lengua distinta, formada sólo de vocales cerradas y sibilantes. Me incliné un poco más cerca y el bicho se volvió y, con un par de chasquidos dobles, tanteó con sus palpos labiales la calidez de mi rostro.

—Tu espina debe moverse al noroeste —dijo Koh. Se refería a que debía sentarme un poco más atrás. Lo hice. Casi pensé que estaba sonriendo un poco ante mi pequeño problema con las drogas. Seguramente tenía los mismos ojos que un niño de doce años después de su primera calada. Muy divertido.

Koh dejó la mano junto al extremo sureste del tablero. El ciempiés bajó de la palma de su mano como un reguero de mercurio y tomó posesión de la esquina. Se reorientó. Se posicionó. Parecía conocer el tablero.

—Perdóneme y guíeme, brillante invitado —dijo Koh. Con un rápido movimiento cubrió al ciempiés con una segunda taza de chocolate. Era un desagradable recordatorio de los pequeños entretenimientos que mis hermanastros preparaban en Utah: combates de gladiadores en el interior de armazones de televisión entre lagartijas y ratas de laboratorio. Koh posó su mano derecha en la taza sobre el ciempiés y su mano izquierda sobre la taza con el mono.

—Mi aliento es negro, mi aliento es amarillo.
Mi aliento es rojo, mi aliento es blanco, mi aliento
es ahora azul verdoso... —dijo Koh.

Levantó ambas tazas.
Nada se movió. Observé al ciempiés durante semanas, meses y años. Por fin, sus antenas se tensaron y se balancearon lentamente en un ángulo de ciento cincuenta grados, dando golpecitos como los mazos de un músico en una marimba, mientras discernían o probaban la superficie. Se detuvo. «Está notando algo», pensé. ¿Sería el tablero alguna especie de sismógrafo? ¿Podía estar sintiendo el ciempiés los flujos y reflujos de las corrientes de lava dos millas bajo nosotros? ¿Estaría calculando la fuerza de atracción de la Luna?

Las dos criaturas estaban tan lejos sobre el tablero como era posible, y debido al montón de piedras del centro, no podían verse la una a la otra. Pero, lentamente, el ciempiés se retorció, orientándose, y entonces se movió tres cautelosos pasos al este, perpendicular al mono, palpando la superficie del cuadrante rojo. Por el modo en que avanzaba por las poco profundas casillas, parecía que estaba acostumbrada al terreno. El mono se tensó. Algo estaba en marcha.

En términos de tamaño, el ciempiés tenía ventaja. Pero yo había visto a monos aulladores matar a serpientes mayores que ellos mismos. E incluso si el mono decidía que no quería luchar contra el ciempiés, siempre podía apartarse de un salto. Y el ciempiés estaba ciego. Así que mi apuesta era que, de nuevo, para los invertebrados las cosas pintaban mal.

El mono giró la cabeza ligeramente a la izquierda, y el centípedo inclinó su propio cefalotórax en la misma dirección. Era difícil creer que hubiera escuchado algún sonido.

Pero los ancestros del ciempiés habían vivido bajo tierra durante mucho tiempo, y habían aprendido a sentir las más nimias vibraciones. Se produjo otra larga pausa. Luego, el mono se inclinó ligeramente a la izquierda, comprobando una posible ruta en el sur. El centípedo reaccionó inmediatamente. El mono se detuvo y avanzó hacia delante. Conté cuatro latidos, y entonces el ciempiés comenzó a moverse, primero sólo rozando el tablero desde el sitio, y después reptando *au pas de loup* en dirección sur, perpendicular al mono, con sus pinzas arañando la superficie en olas. Pensé que casi podía oír el sonido de la quitina sobre la piedra, y las diferencias entre los golpes. La *Scolopendra* llegó al borde de la piedra que simbolizaba el día de hoy. Sus antenas tantearon el borde, rodeando la esquina. Pensé en Marena, en aquella fotografía en la que subía aquella pared rocosa, buscando hendiduras sobre su cabeza. El mono se acercó un poco más. El ciempiés comenzó a deslizarse hacia delante; se movía de tal modo que parecía que iba masticando su camino a través del espacio, y entonces se detuvo en posición, probando el aire con sus antenas. Parecía una boca abierta con los dientes en el exterior, una sangrienta sonrisa de jaguar de Cheshire. El mono dio un pequeño salto a la izquierda, fuera del hueco de la piedra.

El centípedo se tensó.

El mono la vio. Se quedó paralizado.

¿Sabía lo que era? Todos los mamíferos, instintivamente, temen a las cosas segmentadas. Por otra parte, los monos, incluso los frugívoros como este chico, comen un montón de bichos. Y este mono no sólo parecía hambriento. Estaba realmente subalimentado. Sus ojos se entornaron, y supe por la avaricia que había en ellos que lo habían sometido a una dieta de hambre y que atacaría cualquier cosa que tuviera carne. ¿Iba a agarrarla por la cola y a aplastarle la cabeza contra la piedra? O la patearía una y otra vez hasta que la reventara, como hacen los zorros con los escorpiones?

La examinó. El centípedo reptó hacia delante de nuevo, cautelosamente, hasta el interior del amarillo, y en el sentido de las agujas del reloj, hasta el rojo. El tenso cuerpo del mono no se movió, pero sus ojos la siguieron. Ella cruzó a la zona roja. El mono cambió su peso. De repente, demasiado rápido para que el ojo lo siguiera, el ciempiés se abalanzó hacia delante. El mono saltó y brincó hacia un lado, casi hacia atrás, y se agazapó detrás de una de las piedras obstáculo. El centípedo aminoró la velocidad y giró.

Se había producido un empate. Conté cinco latidos, y después diez. El mono gateó hacia atrás, manteniendo la piedra entre ambos. A los cuarenta latidos, las tablas se disolvieron y se reanudaron los movimientos. Los combatientes rebotaron por la superficie demasiado rápido para seguirlos, como una bola de *pinball* entre los parachoques, o un vídeo de partículas subatómicas botando por todas partes en el interior de una cámara atómica. Me dio la sensación de que era el mono el que daba caza al ciempiés. Después, parecía que era el centípedo quien estaba persiguiendo al mono en sentido antihorario, a través del cúmulo de piedras que hacían de aquello algo parecido a una carrera de obstáculos. En cada vuelta, el centípedo se acercaba más al mono de lo que había estado antes. En ese momento, el mono estaba en el interior del rojo, y entonces el ciempiés entró al rojo, y subió al blanco, y el mono saltó por el tablero, hasta el negro, con el ciempiés siguiéndole; pero luego dejó de seguirlo, se giró y se dirigió hacia atrás, como si estuviera intentando suponer hacia dónde iba a ir el mono, y antes de que pudiera ver lo que había pasado, el ciempiés lo acorraló contra una de las rocas. Entonces el mono se giró hasta ponerse detrás ella. «La ha engañado», pensé. El centípedo se detuvo. El mono pareció reunir su valor. Saltó, agarró el último segmento del ciempiés, y lo elevó para golpearlo contra la roca, pero antes de que pudiera levantarla del suelo, la cabeza del ciempiés se giró tras la nuca del mono. Me dio la sensación de que el ciempiés había planeado aquello, de que lo había anticipado. Se aferró a su torso y hundió sus patas de cuchillo en la carne del cuello del mono.

El mono se apartó, saltó hacia atrás y se tambaleó. Estaba claro que había sido envenenado. Se retorció en dirección oeste, arrastrándose a cuatro patas, pero para cuando llegó a 8 Junco sus manos estaban ya escurriéndose sobre la piedra. Se tambaleó alrededor de Venus y retrocedió en dirección norte. Llegó hasta 13 Viento. Después de décadas de jugar al Juego podía sentir, sin saber por qué, que su terror era la clave de algo básico sobre el trazado del tablero.

Miré a Koh. Ella estaba concentrada en la escena con lo que yo llamaría una atención abrasadora, leyendo el pánico del mono.

El centípedo esperó. Noté que estaba en el mismo centro del tablero, en la verde fecha cero, que además representaba a Teotihuacan en el aspecto del tablero que se refería al mapa del mundo. Después de treinta segundos, el mono se movía con mayor rigidez, arrastrándose hacia delante, lejos del centípedo.

«No debe de sentir demasiado dolor —pensé—, sólo un frío terrible».

Dos minutos más tarde estaba en el lado opuesto del cuadrante negro. Se derrumbó hacia delante, como una pequeña figurita, descansando sobre el rostro. Aún podía flexionar las manos. Por lo demás, parecía estar paralizado de cuello para abajo. El centípedo se aproximó a él, más despreocupado esta vez, con las patas avanzando sin prisa como los remos de un galeón. Cuando lo alcanzó, lo tocó con sus antenas con largos y delicados roces. Se plegó a su alrededor. El mono se giró rígidamente y sus manos consiguieron curvarse alrededor de dos de las espinosas patas del ciempiés, intentando apartarse. Eran animales pequeños, pero la escena era titánica, como si estuviéramos viendo la verdadera e inédita historia de san Jorge y el dragón. El mono comenzó a chillar.

El sonido era casi demasiado agudo para ser oído, tan estridente como un cortador de diamante a través de una lámina de Pyrex. Era un sonido débil, pero tan penetrante que yo estaba seguro de que Hun Xoc y el resto de las personas que estaban en el patio podían escucharlo, que 14 Herido podía oírlo, al otro lado del pueblo, que podían escucharlo en los eriales, en Ix, en el Polo Norte y en Marte. Después de ciento cuatro latidos, el cristal pareció hacerse añicos, y el grito se detuvo, pero comenzó de nuevo y se rompió de nuevo, y finalmente el mono comenzó a gritar en silencio, con la boca congelada abierta, y los labios retraídos mostrando sus diminutos dientes. Después de trescientos latidos, estaba hinchándose por los jugos digestivos, pero aun así se retorcía. El centípedo comenzó a alimentarse, con sus pequeñas mandíbulas y sus palpos moviéndose sobre el mono, adelante y atrás, como un niño comiendo maíz directamente de la mazorca, lamiéndolo sin lengua, hilvanándolo con saliva gelatinosa. Los centípedos son comedores poco educados, y pronto el mono estuvo brillando con aquella cosa, y había un charco transparente de ello bajo su cuerpo. Después de seis mil latidos, las enzimas del ciempiés habían disuelto los músculos y los órganos internos del mono en gran medida, y parecía más una piel rellena de agua que una criatura que hubiera estado viva recientemente. El centípedo royó la base de su cuello, y entonces subió a través del suave cráneo hasta el cerebro, y después bajó hasta el torso. Koh y yo observamos en el sofocante silencio. Las pupilas de Koh estaban tan dilatadas que el marrón de sus iris era como una aureola alrededor de un sol eclipsado. El ciempiés giró el torso del mono con sus rápidos y delicados movimientos de arpista, y comenzó a cubrir su estómago. Yo calculaba que sólo había necesitado una hora y cuarenta minutos para reducir al mono a un montón de piel y dientes.

Eché una mirada a Koh. Ella estaba mirándome con un ojo, pero mantenía el otro en el ciempiés. Guau. Debe de ser desconcertante hablar con gente bizca. Pero, a diferencia de alguien con esa condición médica, Koh, aparentemente, podía controlar sus ojos independientemente. Miré de nuevo el tablero. No ocurrió nada durante otra eternidad, o dos. Justo cuando parecía que todo había terminado y que estábamos momificados en nuestros sitios, Koh se movió. La miré. Nada. Miré de nuevo al centípedo. Algo iba mal.

El centípedo se tensó, como si sintiera enemigos. Giró la cabeza a la izquierda y luego a la derecha, golpeó su maxillae dos veces y pareció entrar en pánico. Corrió en sentido horario, y después antihorario, sobre la tierra roja, sobre la tierra amarilla, hasta el octavo b'ak'tun. Entonces giró a la derecha y se apresuró a entrar en la tierra negra, y después corrió hacia atrás de nuevo sobre la tierra blanca y la tierra amarilla, lejos, lejos esta vez, hasta el decimotercer b'ak'tun, y adelante y atrás, hacia el pasado, hacia el futuro, cruzando el presente una y otra vez hasta que, finalmente, en el centro del cuadrante norte, en 14 Noche, cavó y giró alrededor una y otra vez en sentido antihorario. Por alguna razón, una palabra cruzó mi mente: LOCURA. En la vuelta vigesimoctava pareció tomar una decisión y se detuvo, con la cola aún levantada. Sus antenas temblaron. Sus patas tamborilearon preternaturalmente rápido. Había un dicho de Ix que decía que nunca te mueves más rápido que cuando te estremeces en la hora de tu muerte.

El centípedo dio cuatro dudosos pasos al norte, después seis pasos lentos al sureste y se detuvo en una casilla que, con las piedras numéricas, significaba 12 Movimiento, 5 Turquesa, en el séptimo k'atun del decimosegundo b'ak'tun, o 3 de diciembre de 1773. Era el año del terremoto que destruyó Antigua, cuando ésta era la capital de Guatemala. ¿Debería mencionarlo? ¿O Koh ya lo sabría? Decidí no entregar nada gratis. El ciempiés se movió hacia delante de nuevo, tambaleándose, si es que puedes tambalearte con cuarenta y dos patas, hasta que llegó a 2 Etz'nab, 1 K'ank'in, 2 Cuchilla, 1 Amarillo, a dos días de la fecha final.

Evidentemente, había sido envenenada por el mono, o por lo que fuera con lo que hubieran criado al mono. Se retorció, se curvó, se dobló, giró sobre su espalda, enroscándose y desenroscándose, y cayó sobre su estómago. Mordió la base de su decimoctava pata. Trocitos de carne blanca cayeron a través de las grietas de su exoesqueleto. Un rocío de saliva se esparció de sus mandíbulas mientras lanzaba neurotoxinas al aire. Se giró sobre su espalda de nuevo, agarrándose a sí misma. Se abrió una hendidura en su espalda y se amplió, con la cutícula abriéndose segmento por segmento. Estaba mudando.

Los artrópodos realizan la muda usando ondas peristálticas. Una araña en plena muda es como una mano saliendo poco a poco, sin ayuda, de un guante. Los insectos tienden a rasgar una pieza cada vez. Un centípedo se flexiona y extiende, como un pie forcejeando para salir de una zapatilla. Generalmente, la muda revela un exterior completamente nuevo, y es como si la criatura hubiera renacido. Recordé que alguien (quizá mi madre, o quizá la madre de Chacal) había dicho que si pudiéramos cambiar nuestras pieles, seríamos capaces de vivir para siempre.

«Sin embargo —pensé—, este centípedo está intentando mudar cuando aún no está preparado. No hay un nuevo exoesqueleto debajo del que está abandonando, sólo una funda de células rezumando burbujas de líquido hemolinfático. Básicamente, está despellejándose viva».

Se retorcía contra la roca, evidentemente agonizando. Jirones de quitinoso armazón se separaban y caían sobre la piedra con trozos de carne blanca pegada a la parte de abajo. Los lados ventrales de sus dos últimos segmentos parecían estar moviéndose, o amasándose, quizá, y entonces se cayeron... Pero los trozos estaban moviéndose; no, eran pequeñas cosas moviéndose, ¿gusanos, quizá? No, eran centenares de diminutos centípedos casi transparentes, cada uno apenas del tamaño de un trocito de coco rallado de algún postre a la antigua con bolas de helado. Creía recordar que la Scolopendra pone huevos, pero, evidentemente, este tipo era distinto. Los pequeños individuos reptaban y se extendían y se reunían alrededor de los restos de carne de su madre, succionando el pus. Finalmente, la madre se retorció hasta formar un anillo, mordiéndose a sí misma hasta que fue sólo una maraña empapada en 9 Calavera, 11 Viento, en el cuadrante blanco del tablero. Al final, sólo seguían moviéndose sus antenas, dibujando lentos ochos en el aire. En otro millar de latidos, los chicos se habían detenido también. Los dedos de Koh bajaron del cielo. Sus uñas se cerraron sobre el centípedo destrozado. Lo levantó (el ciempiés estaba tan tieso como una tira de beicon quemada) y puso la ficha de ópalo en su lugar. Limpió los trozos del mono y los fragmentos sueltos del centípedo con un trozo de tela de algodón. La enana le tendió una caja de arcilla. Koh envolvió los restos de ambos animales con la tela, dejó el bulto en la caja, y habló brevemente en dos lenguas. La enana se llevó la caja, presumiblemente para un enterramiento digno. Antes de que supiera lo que estaba haciendo, Koh ya había apartado las enormes piedras y había comenzado a esparcir las calaveras, esto es, los guijarros, en los huecos donde las criaturas habían estado, contando de nuevo en aquella antigua lengua. Parecía que se detenía durante varios minutos entre una piedra y la siguiente, y yo tuve que seguir recordándome a mí mismo que se estaba moviendo a velocidad normal, y que lo que pasaba era que yo estaba pensando más rápido.

Incluso así, el combate real entre las criaturas había ocurrido tan rápido que yo había tenido dificultades para verlo. Pero Koh no sólo lo había visto todo, sino que recordaba el enredo completo de rutas que habían seguido el centípedo y el mono, y los recordaba perfectamente. Lo trazó con una cadena de marcas, usando piedras de distintas formas en los puntos de los distintos sucesos, una plana y ovalada en el hueco donde el centípedo había atacado por primera vez, una cuña donde murió el mono, y una esfera casi perfecta en el lugar de la muerte del centípedo. Era una de las proezas más singulares que había visto nunca, y eso que había visto unas pocas. Para mí, el asunto había sido, en un ochenta por ciento, algo borroso. Apostaría a que Koh podría haber visto un vídeo de diez minutos de bolas rebotando sobre una mesa de billar y, después, abocetar cada fotograma.

Finalmente, Koh dio cinco golpecitos al tablero y vació una bolsa de piedras pequeñas. Todas eran distintas. Algunas eran planas en un lado, como gominolas. Cada una representaba a un planeta, o a una estrella importante. Seleccionó el grupo de personajes que estaban en ese momento sobre nosotros y apartó el resto. Esparció el mapa nocturno de aquella noche sobre el tablero, ligeramente distinto esta vez, con el Último Señor de la Noche en el oeste, y el nacimiento del Vencedor del Sol, es decir, Venus, en el este. La piedra que usó para representar la Luna era un suave esferoide, un ópalo de agua. En Europa, en la Edad Media, lo llamaban el Ojo del Mundo.

Koh dijo:

—Ahora, en dirección negro, saludo la cueva de la muerte,
ahora, en dirección amarillo, saludo la cueva del aliento,
ahora, en dirección rojo, saludo la cueva del nonato,
ahora, en dirección blanco, saludo la cueva de nunca jamás.
Ahora estoy esparciendo semillas amarillas, semillas negras.
Y ahora estoy esparciendo
calaveras blancas y calaveras rojas.
Y ésta es tu propia calavera azul verdosa,
tu propio tocayo,
Y ahora nos estamos moviendo.

Sacó una piedra verde y avanzó con ella hacia delante, bajando hacia el oeste, subiendo hacia el este, y de nuevo atrás hasta la encrucijada, sobre el lateral del Árbol Cocodrilo, más allá de los Cuatrocientos Chicos, es decir, las Pléyades, y a lo largo de la larga carretera blanca del estómago de la serpiente, pasando los hogares, es decir, el Cinturón de Orión, y después al sur, hacia Sirius y Mirzam, lo que nosotros llamábamos el Segundo Señor de la Noche, donde dejó un rastro de piedras a través de la maraña del tiempo. Se movía rápido, pero yo la seguía sin problemas. De hecho, incluso aunque el cerebro de Chacal no tenía la conexión con el Juego que mi propio cerebro de Jed había tenido, estaba consiguiendo entender cosas en las que la había pifiado en mis juegos anteriores. Y ni siquiera me sentía exactamente como si estuviera pensando con mayor claridad. Era algo distinto, una sensación específica de la droga topolítica. No era como volar a través del espacio, sino como tener todo el espacio consolidado, o el mundo entero en la palma de la mano, de modo que si lo girabas ligeramente, podías estar en cualquier parte... O quizá era más como si el mundo fuera una baraja de cartas, de modo que podías acercar espacios alejados sólo volviendo a barajar, como si pudieras poner Sri Lanka en el centro de Oklahoma, o verter la nebulosa Trífida en esta habitación.

Koh colocó nueve guijarros y comenzó a cazar con ellos al corredor. Éste llegó al sol que estaba a ocho días a partir de hoy, el día del eclipse. Koh dijo que había un tenue olor gris allí, y que ese día había además un *k'ii* para mí. La palabra significaba un complot o estrategia, un modo de cambiar las cosas a mi favor. El kii tenía un nombre de dos partes: «*Chaat ha' anachan*».

La primera palabra, *chaat*, se refería al Viento del Noroeste, que era seco, cálido y estaba cifrado en negro. O podía significar también viento, en general. La segunda palabra, *anachan*, se refería a un pueblo mortuorio, es decir, una ciudad de los muertos en miniatura, al estilo mexicano. Habíamos pasado junto a cientos de ellas en el largo y penoso camino por las tierras del interior desde San Martín. Aparte de eso, el polvo era demasiado espeso, como ella misma dijo, para que pudiera ver algo más claramente.

«Viento en un cementerio...», pensé.

—Cinco soles, catorce soles, y treinta soles.

Cincuenta y cinco soles, noventa y un soles, cien soles...

Cuando hizo veinte emplazamientos, Koh levantó el primero y continuó, del mismo modo en el que un montañero sólo coloca una línea de seguridad para subir, la pasa, coloca otra, y entonces baja un poco para quitar la primera. Pensé que Koh usaría tenacillas para mover las piezas en el lado más alejado del tablero, pero, en lugar de eso, se inclinó sobre él. Conseguí un vistazo de escote. Humm. Algunas cosas nunca cambian. Comenzaba a pensar que no me importaría nada eso de la Mujer Araña. Quizá lo de la piel blanca y oscura tenía su atractivo, en cierto modo. ¿Qué le pasaba? ¿Sería sólo hiperpigmentación? Podías desarrollar trastornos de la melanina a partir de desequilibrios hormonales. ¿Era realmente vitíligo? ¿Melasma? ¿La enfermedad de Addison? ¿Hemocromatosis? ¿Angina? ¿*Xeroderma pigmentosum*?

—Cero soles —dijo Koh. Había llegado a la fecha que correspondía al punto donde el mono había sido asesinado. Pero no se detuvo. En lugar de eso, y sin vacilar, siguió colocando piedras, como si el ciempiés estuviera aún persiguiendo al mono en una dimensión Kaluza-Kleinian. Colocó guijarros en algunas de las casillas cercanas. Si hubiera habido sólo una, o dos fichas, podría haberlo seguido. Pero, como creo que he dicho, cada nuevo corredor incrementa la dificultad varias veces. Un juego de nueve piedras no es sólo una piedra más difícil que un juego de ocho piedras. Ni siquiera es nueve veces más difícil. Es 9!, es decir, $9 \times 8 \times 7 \times 6 \times 5 \times 4 \times 3 \times 2$, o 362.880 veces más difícil.

—14, 51, 124, 245 —susurró Koh.

Leyó hacia delante y después volvió atrás. Deshizo todo el camino hasta 5 Kaban, 15 Chen, 8.14.17.7.17, la fecha identificada en el Códex como la caída de A'K'aakan, es decir, El Mirador, y entonces giró y continuó por el camino hasta el futuro, moviéndose 394 días hacia delante, hasta el borde del cuadrante rojo y la fecha de fundación de Ix. Había algo en el patrón del camino que había tomado, en el modo en el que se retorcía hacia atrás y hacia delante, y de punto a punto, como una rosa Maurer, y en el modo en el que seguía repitiéndose a sí mismo en distintas escalas mientras se expandía hasta ángulos más y más amplios... Pero siempre tenía la misma curva, una especie de gancho, y había algo en aquella curva en forma de garfio que parecía rebanar la nube atómica de efectos y golpear, como un cuchillo en el hueso de un melocotón, en las causas.

—Cuando lleguemos a un lugar y un sol que sean desconocidos para mí —dijo Koh—, te diré las cosas que lea allí, y tú me dirás sus nombres.

Chasqueé que lo haría así. El sistema del que estaba hablando no era nada inusual. De hecho, había ya precedentes en el protocolo del Juego. Por ejemplo, un cliente podía pedir al contador que le dijera qué iba a ocurrir en un viaje que fuera a hacer. Si estaba preguntando por un lugar que él hubiera visitado, pero que el contador no, el contador podía intentar intuir las siluetas, pero pediría al cliente que clarificara los detalles durante el juego.

—395, 506 —dijo.

Se movió hacia delante cincuenta y dos años solares, y luego otra vez, y otra, y otra. Tzam lic crujió bajo mi piel, como voltaje estático alrededor de un generador de Van de Graaff. Koh describió las Ciudades Joya explosionando en el interior de la jungla, y me las imaginé como una antigua película de silenciosos cohetes rojos chinos contra un cielo verde. Ix, Axcalamac, Yaxchilán, Bonampak, Palenque, Kaminaljuyú, Ti ak'al, Uaxactun, y Tonil, todas disueltas en la ola de disolución que se extendía desde las ruinas del Imperio teotihuacano. Sus dedos saltaron hacia delante, colocando una calavera en el siguiente cuadrado a cada silencioso latido, dejando una estela cada vez más amplia, pero era una estela que iba por delante de la línea de semillas, como si los cabellos de pluma del tablero tejieran cristales de historia. Las nuevas ciudades brotaron en el norte, Kan Ec, la Montaña Rosa, Tula, la Laguna del Pedernal, Chichén, Kabah, Pozo Estrecho, Uxmal, y Mayapán. Más tarde, después del comienzo del décimo b'ak'tun, nuevos grupos de pirámides se cristalizaron en el lago, de nuevo, cerca del centro del tablero, pero al sur y al oeste de las ruinas de Teotihuacan: Tlaxcala, Tenochtitlán y un centenar de pueblos de la Triple Alianza. Hileras de soldados corrían como hormigas guerrero fuera de las capitales, y sobre Mesoamérica. Eché una mirada a Koh. Estaba haciendo un esfuerzo, portándome a través de la historia como si estuviera navegando un río de lava conmigo subido a su espalda. Si alguna vez has jugado una competición de ajedrez o de Go, o incluso si alguna vez has jugado a Neo-Teo, o a algún otro juego de ordenador que no sea trivial, debes conocer la sensación, la agonía mental que supone mantener tantas bolas en el aire. Aunque seas un atleta, es lo mismo. Haces un esfuerzo final y piensas que no puedes hacerlo pero lo haces, atraviesas esa pared y llegas arriba, pero entonces no hay modo de bajarla, y entras en pánico, y gritas pidiendo una ayuda. Koh mantenía miles de eventualidades en su mente y las observaba, extendidas ante su piedra álter ego, y en cada movimiento elegía una de ellas. Canoas del tamaño de pueblos salían del mar en el lado rojo del tablero. Vio a los hombres-tarpón de nuevo, y vio furúnculos de color morado erupcionando en miles de pieles bronceadas, pulmones llenos de pústulas, cuerpos muriendo y pudriéndose demasiado rápido para ser enterrados. Se movió hasta 1518, el año en el que Hernán Cortés llegó a México, sólo a un par de millas de las ruinas de Teotihuacan. Las ciudades blancas del centro del lago temblaron en una oleada de fuego. Se movió de nuevo.

—9 Viento, 10 Pensamiento, decimosexto k'atun —dijo. Eso era cuatro de febrero de 1525 d. C. El lago se secó y se convirtió en un lodazal, y después desapareció en una tormenta de arena.

—Casi nos destruye —dijo.

—¿Quién? —pregunté.

Ella describió un tarpón gigante con barba naranja.

Yo contesté que sabía quién era.

—¿Quién es? —señaló Koh.

—Pedro de Alvarado.

53

Koh repitió el nombre. Había algo escalofriante en el hecho de escucharlo de su boca en ese lugar y ese momento.

—Ahora somos esclavos —dijo.

Me concentré de nuevo en el tablero, que en ese momento era tan grande como el hemisferio occidental por completo. La población se extendía sobre los continentes como abalorios sueltos en el interior de una fuente. Describió ciudades que duplicaban su tamaño cada pocas estaciones de paz, como hongos silvestres, y oscuras raíces dobles con gigantes gusanos húmedos deslizándose sobre ellas. Le dije lo que suponía que estaba visualizando y ella repitió la palabra: «Ferrocarril». Se movió hasta el 24 de diciembre de 1917, hasta 1918, a las fechas de los terremotos que habían destruido Ciudad Guatemala. Describió que las raíces se multiplicaban, enroscaban, germinaban y rezumaban betún. Oscuras garrapatas se posaban sobre ellas, succionando la sangre de las divinidades de la tierra, y los árboles se marchitaban con sus alientos. Después del noveno k'atun del último b'ak'tun, las apestosas garrapatas se multiplicaron en amplios rebaños esmaltados, de color rojo, azul y amarillo, y de algunas de ellas brotaron alas. Le dije que pensaba que estaba visualizando carreteras, coches y aviones. Me describió grupos de cristales de cuarzo que «crecían durante la noche, y vomitaban moscas blancas sobre un cuenco azul verdoso». No estaba seguro de a qué se refería con eso. Dejó su zafiro en 11 Aullador, 4

Blancura, en el quinto uinal del primer tun del decimoctavo k'atun del decimotercer y último b'ak'tun.

—El día de tu nombre —dijo.

«Correcto», chasqueé yo.

Se movió hasta cuatro de febrero de 1976 (el día del último gran terremoto), y después más allá, adentrándose en el último b'ak'tun.

—Décimo primer movimiento —dijo Koh—. Una serpiente-cerbatana con la boca y el ano unidos vomita una mota de polvo en el fuego del Dios del Cero, y las arenas se fusionan formando cuchillos de cristal. —La fecha maya correspondía al 2 de junio de 2009, el día que el acelerador explotó en Huajapan de León. Comencé a contarle un poco sobre ello, pero Koh siguió adelante, colocando su ópalo guía en 6 Cuchilla, 6 Amarillo—. Ahora combaten entre ellos —dijo—, en la ciudad-juego en las llanuras de coral del norte.

—Disney World —dije.

—¿Y qué ocurrirá exactamente en ese sol?

Le describí aquel día lo mejor que pude.

Ella siguió adelante. Llegó al límite del mundo, en el extremo oeste del tablero, y a la casilla llamada 4 Cacique, 3 Amarillo, es decir, 21 de diciembre del 2012, en el límite del tiempo.

—Un ahau oculto vuelve a sus hombres contra sí mismos —dijo—. Tiene el cráneo torcido.

Chasqueé que sí. Aun así, eso no era demasiada información.

—No, espera —dijo—. No es un ahau. Sólo está usando la voz de un ahau. Su nombre es Trompeta Trepadora.

Guau, pensé. Bueno, eso es bastante concreto, a su modo. El único problema era que nunca había oído hablar de nadie llamado Trompeta Trepadora.

Humm.

El término en ix que había usado, *t'aal chaconib*, significaba algo parecido a «flor de chocolate del colibrí». Y esto, definitivamente, se refería a la «Trompeta Trepadora», la *Campsis radicaras*. Pero la cuestión era que la palabra era más común como adjetivo, donde era usada como modismo por el color rosa salmón. Es decir, las trompetas trepadoras que yo conocía eran rojas, pero las especies silvestres que teníamos aquí eran rosas, o de color salmón. Así que quizá sólo había querido decir «rojo suave».

—¿Puedes tú, superior a mí, decirme dónde está? —pregunté, pero ella ya había seguido adelante, moviendo su corredor hasta el último día, hasta el tiempo sin nombre. Maldición. Le eché una mirada. Los jugadores aprenden a esconder la fatiga mental, así que, aunque Koh no mostraba más que una pizca de esa sequedad que provoca concentrar la vista durante mucho tiempo, y quizá una ligera hinchazón en una o dos delgadas venas visibles en el lado libre de melanina de su rostro, me dio la impresión de que podía desmayarse de un momento a otro. Una única gota de sudor se deslizó desde su aceitado cabello. En el tablero y (eso parecía) a nuestro alrededor, multitud de siluetas rudimentarias tropezaban y aullaban con un sonido como el que produciría alguna tribu de mamíferos gigantes no humanos en una enorme sala de piedra. Ante nosotros había algo como un precipicio, y más allá, una zona que no era niebla ni oscuridad, sino algo como el área que queda fuera de tu campo de visión, el ochenta por ciento de la circunferencia alrededor de tu cabeza donde no sólo no puedes ver, sino que ni siquiera puedes visualizar realmente cómo sería ver. Te incorporas para mirar, por ejemplo, más allá del pico de viuda sobre tu nariz, y hay algo como un banco de niebla marrón, pero después, más allá, ni siquiera hay oscuridad, sino una especie de nada que tu cerebro no es capaz de procesar.

—Y esto es la ladera del precipicio —dijo Koh. Se refería a que no había nada más.

Pausa.

«Bueno, eso es un coñazo», pensé.

Contuve un hipido. Me sentía mareado. La enana se acercó y quitó las piedras grandes y los guijarros. Hubo una última y larga pausa mientras Koh miraba el tablero vacío. Mis ojos estaban tan cansados que mi visión comenzaba a emborronarse. Cuando Koh apartó la mirada, la enana lavó el tablero con b'alche', sal y agua, dio cinco golpecitos para dejar que su uayob supiera que íbamos a marcharnos, volvió a colocar la cubierta y esparció pétalos frescos de geranio sobre ella. Sacó un trapo mojado de una de sus tinajas y apagó las velas de junco.

Yo pestañeé. Aún había luz en la habitación. Era la luz azul que yo había pensado que estaba en mis ojos. Era débil, pero lo suficientemente fuerte para que viera que la cosa cerosa que cubría las paredes, los separadores y el techo, y que me había parecido negra a la luz del fuego, no era papel, ni hojas, ni plumas. Era un mosaico hecho con las alas de mariposas morfo azul. Eran pequeñas secciones circulares, laboriosamente recortadas del centro de las alas, y cosidas en el lienzo, decenas de miles de iridiscentes discos de un azul lapislázuli meciéndose en corrientes de aire que, de otro modo, serían indetectables. Supuestamente, en ese lugar, en el noroeste, las morfos eran el uayob de los guerreros asesinados, y sólo podían ser recogidas después de que murieran naturalmente. A veces los recolectores seguían a las moribundas durante días. ¿Cuánto tiempo habían tardado en hacer aquello?, me pregunté. ¿Cuántas horas de la vida de los hombres habían sido gastadas en aquella habitación? La luz aumentó. Parecía estar cayendo desde el oculus como nieve, tan lentamente que pensé que podía ver los fotones individuales. El azul se hizo más profundo, hasta ese inimaginable color ultramarino, ese azul estructural que no es un pigmento, sino que resulta de la interferencia de sus billones de escamas en ángulo. Un azul que desaparece bajo una gota de agua y se hace más rico después, como si se empapara en un océano tropical y se saturase tanto que era como si nunca hubiera visto el color azul antes.

La enana dejó de hacer lo que estaba haciendo y se escabulló, como si hubiera recibido otra de sus señales telepáticas.

«Supongo que es eso», pensé.

Tomé aliento para comenzar el habitual discurso de gracias, pero Koh me interrumpió con un ademán de «espera ahí».

Cerró los ojos. Me pareció lo más íntimo que había hecho desde que yo había llegado allí.

Permanecimos sentados.

Así que, me pregunté, ¿contamos eso como un fracaso? Koh nos llevó hasta allí, supongo... Pero aun así, aquello no era suficiente para ir a por nadie... ¿no? Yo no...

—Necesito jugar esa parte de nuevo —dijo Koh—. Con una medida completa de polvos de Salinero y Timonel.

No sabía qué decir ante eso, así que, como hago tan poco habitualmente, me callé.

Vale, parece que ella misma lo consideraba un fracaso. Sin embargo, al menos parecía segura de sí misma. Es como cuando Taro decía que necesitábamos otra capa de 10^{20} para estar seguros de que traíamos al Apocalíptico dentro de nuestro campo de alcance. No pudimos hacerlo, por supuesto, porque no existía tal capacidad informática en el planeta, pero al menos sabíamos que no era imposible.

Bueno, quizá podamos hacerlo así. Ella piensa...

Escuché algo tenue y alcé la mirada. La Mujer Pingüino había vuelto, y estaba susurrando algo en el oído de Koh.

Permanecí sentado.

El susurro siguió y siguió. Mi sentido del tiempo no había vuelto aún a la normalidad, pero estaba seguro de que habían pasado más de diez minutos. Koh preguntó un par de cosas con señales de una sola mano que yo no comprendí. Me miraba de un modo que me ponía un poco nervioso. Finalmente, la enana se marchó. Koh se sentó de nuevo, en posición formal, y me miró de un modo que hizo que bajara la mirada hacia el lugar donde había estado el tablero.

Era como cuando en las tragedias griegas toda la acción ocurre fuera de escena y lo único que ocurre sobre el escenario es, por ejemplo, que un mensajero llega y dice algo como: «¡Mi reina! ¡Los tesalonicenses han sido derrotados!». Bueno, estoy seguro de que lo entiendes. La primera vez que leí esas obras de teatro pensé que era todo muy teatral y poco realista. Pero, cuanto más veía del mundo y de las cosas, especialmente de las cosas aquí, es decir, aquí, en los Viejos Tiempos, más me daba cuenta de que aquello, en realidad, era muy realista. Las reinas, los duques y los ahauob, toda esa gente, realmente pasaban la mayor parte de su tiempo sentados en sus oficinas, obteniendo informes de tercera mano, enviando mensajeros y, generalmente, manteniéndose lejos de la acción.

—Me han dicho que el complejo del Arpía 14 Herido ha sido asaltado —dijo Koh. No me miró, exactamente, pero había una inexpresividad en su tono de voz que me pareció que no sólo era por el cansancio por el Juego. Estaba enfadada.

—¿B'aach? —pregunté—. ¿Qué?

Era un modo imperdonablemente brusco de hablarle, pero supongo que estaba retrocediendo hasta nuestra falta de modales del siglo XXI.

—14 Herido está fuera, en el patio, con tus hombres.

—¿Qué ha ocurrido con el resto de los guerreros ixian? —pregunté.

—Por lo que sabemos están también de camino hacia aquí —dijo.

Comencé a descruzar mis piernas.

—Yo, inferior a ti, debería...

Ella giró la mano, dando a entender «Cállate» antes de que yo pudiera decir: «Salir y hablar con ellos».

—Me han dicho que fue el clan Cola de Golondrina el que entró en la casa —dijo.

«Son esos bastardos Jaguar de Oxwitzan», pensé.

Aquellos botes que habían estado siguiéndonos en el golfo. Seguramente llegaron aquí justo después de nosotros, contaron su caso frente a sus primos adoptivos en el sínodo del Puma y los convencieron para quitarse de en medio a 14. Y había aproximadamente un cien por ciento de probabilidades de que los Ocelotes de Ix estuvieran al tanto de ello. Maldición.

—Me han dicho que vienen más de camino —dijo. Aparentemente, los Arpías estaban intentando pedir asilo temporal allí, en las instalaciones del Cascabel.

«Maldición, está enfadada», pensé. Y no era sólo porque los hijos del Cascabel no estuvieran ansiosos por aceptar más refugiados, que no lo estaban, a pesar del hecho de que la regla de hospitalidad universal (de la que todo esto de la festividad de la vigilia era una especie de extensión rimbombante) prácticamente los obligaba a ello. El problema era que este incidente iba a echar por tierra cualquier oportunidad de reparar las relaciones entre los del Cascabel y los dos sínodos.

«Bueno, vale. Cambio de planes. No te desanimes. No es importante lo lejos que esté tu objetivo... sólo que estás moviéndote hacia él —pensé—. Aún tenemos algo de tiempo. 14 es un don nadie. ¿Cierto? Los sínodos podrían ir tras algunos comerciantes menores extranjeros justo antes de la Gran Semana Santa, pero no buscarán problemas con los del Cascabel hasta que la vigilia haya pasado, ¿no? Vale. Piensa».

No había manera de escapar sin ser vistos. Tendríamos que quedarnos en las instalaciones del Cascabel hasta después del eclipse, y entonces encontrar alguna manera de salir de allí.

Y sería mejor que Koh mordiera el anzuelo de la oferta de asilo.

«La aceptará —pensé—. Tiene que hacerlo».

—Te suplico que vengas a Ix —dije—. Mi padre, 2 Cráneo Enjoyado, te ofrece...

54

Ocho días más tarde, al comienzo de la segunda novena del día (10.32 a. m.), todos los humanos que habitaban el valle sagrado de Teotihuacan estaban en el exterior, mirando hacia arriba, esperando que el Mascador emboscara al sol. Las únicas superficies que no estaban ocupadas eran los taludes y los tableros del mulob. Guerreros, esclavos, comerciantes, artesanos, peregrinos, porteadores, esclavos, niños, ancianas, mujeres jóvenes y bebés (e incluso gente que no podía ver, o mantenerse en pie, incluso los moribundos, de hecho, incluso los muertos recientes) estaban reunidos en sus rangos y órdenes y comprimidos en el interior de las plazas y de los jardines superiores. Los viejos se sentaban en los hombros de sus hijos, y los jóvenes vestían sandalias parecidas a zancos, o se tambaleaban sobre altos taburetes. Todos los hombres iniciados sostenían el instrumento que era tradicional en su clan y que se les permitía según su antigüedad... Tambores, cuernos, maracas, ocarinas, campanas de arcilla, campanas de piedra, castañuelas, palillos, tarrañuelas, pitos, escofinas, silbatos, flautas y un centenar de objetos, todos recién construidos.

No había luces en el valle. De hecho, no había luces en todo el altiplano. E incluso más allá del límite más alejado del imperio, las fogatas habían sido apagadas. En la mayor parte del hemisferio occidental, y seguramente en toda Mesoamérica, todas las antorchas, las velas de juncos, los carbones, los cigarros y las llamas varias habían sido extinguidos. La noche anterior había estado nublada, y no había habido luna, y mientras hacíamos nuestros últimos preparativos en uno de los patios del Cascabel, era como... Bueno, a pesar del hecho de que estábamos en el centro de lo que era en aquel momento la más densa concentración de gente en el mundo, podíamos haber estado bajo tierra, en una amplia caverna sin fósforo. Entre el desierto de Sonora y los Andes, el continente estaba tan oscuro como lo había estado antes de que los homínidos lo infectaran, trescientos mil años atrás.

Todo, excepto un par de vasijas y tarros, había sido perforado o hecho añicos. Las sábanas y la ropa habían sido manchadas, rasgadas o destejidas. Las inscripciones pictográficas habían sido canceladas con franjas de tinta azul. El ganado y los esclavos habían sido asesinados, y miles de viejos, enfermos o tan sólo gente pía se habían suicidado. Todo el mundo, o al menos todo el mundo excepto yo, y quizá otro puñado de escépticos, pensaba, aterrorizado, que aquélla podría ser la muerte definitiva de su Sol. Y yo estaba aterrorizado también, por supuesto, pero no por aquello.

Desde nuestro puesto, arriba, en el morro del mul del Cascabel (es decir, a medio camino en la parte delantera de la pirámide, mirando al este hacia el mercado de los fetiches, al otro lado del extremo sur del eje principal) podíamos sentir el calor que se elevaba de los cuerpos, la mezcolanza de sus respiraciones, el aire agrio de las gargantas ulceradas de los cautivos en el interior de sus jaulas de mimbre, el aire negro de los pulmones cancerados por el tabaco de los ancianos. El cielo estaba claro y, afortunadamente para nosotros, sólo había una pequeña brisa. Era un día perfecto para el fin del mundo. Cambié el peso de un pie al otro. Un extremo suelto del cordón de mi sandalia estaba clavándose en la piel de mi espinilla, pero no quería inclinarme para ocuparme de eso. Ese tipo de cosas no se hacían allí arriba. Me tambaleé hacia delante. Hun Xoc sostuvo mi brazo y me ayudó a enderezarme de nuevo.

Estábamos en el centro de nuestro grupo de guerreros Arpías, mirando al oeste. Hun Xoc estaba a mi izquierda, y Mierda de Armadillo estaba detrás de mí. Su trabajo era, literalmente, vigilar mi espalda. Estábamos en el corazón de un grupo compuesto por otros once guerreros Arpías y veintidós Arpías que no eran guerreros. 12 Caimán estaba en la vanguardia, preparado para moverse hasta el fondo en caso de ataque.

Todos nosotros vestíamos mantas azules que nos identificaban como aspirantes de la Hermandad del Cascabel. Debajo llevábamos tantas armas como habíamos podido esconder sin levantar sospechas. Es decir, cada uno de nosotros llevaba protectores de mimbre para los brazos y las espinillas, y un chaleco hecho con dos capas de grueso lienzo enguatado, cada una de ellas rellena de esquirlas de madera que podían detener la mayoría de las espadas. Todos llevábamos una maza corta, o un garrote atado al interior de un muslo, y un escudo de mimbre enrollado anudado al otro. Además teníamos una lanza en tres partes, colgando de unos hilos fácilmente rompibles en el centro de nuestras espaldas, debajo de nuestras mantas. Junto a ella teníamos un escudo de mimbre, también enrollado, que habíamos hecho especialmente para ese momento. Estaba formado por tres piezas que se doblaban, y un par de fuertes cintas ocultas que permitían que lo sostuvieras con ambas manos. Aun así, deseé que los escudos fueran mayores. Podrían ser nuestro punto débil.

Los guerreros Pumas, en el mul frente a nosotros, llevaban una armadura completa y portaban largas jabalinas que, a pesar de sus excéntricas puntas ornamentales, podían hacer un montón de daño. Como creo que he mencionado, los Pumas odiaban a los Hijos del Cascabel, y a la primera señal de tumulto aprovecharían la oportunidad para acabar con tantos Hijos del Cascabel como fuera posible. Y los Pumas aún tenían alojados a algunos Ocelotes de Ix. ¿Quién sabía si no lo habían escuchado ya todo? Las palabras viajan mucho más rápido que la gente. Alguien, en Ix, podría haberse dado cuenta de que 2CE estaba tramando algo, haber enviado un mensaje aquí y puesto a los Pumas sobre aviso para que localizaran a los Arpías de Ix. Además de todo eso, podría haberse puesto precio a nuestras cabezas sin que lo supiéramos.

—Mira —señaló Hun Xoc, dándome un golpecito en el brazo izquierdo.

Seguí sus ojos, hacia delante y abajo. Tres veintenas de guerreros con jabalina del clan Cola de Golondrina, con armaduras de color rojo, acababan de abrirse paso entre la multitud y se habían colocado entre la plaza y el mercado de fetiches, bloqueando la mayor parte de la entrada a los ejes principales.

«Maldición —pensé—. Bueno, eso complica un poco nuestra agenda. Koh debe de estar viéndolos, ¿no?».

Eché una mirada sobre mi hombro. Detrás de nosotros, el tercio superior del adornado mul del Cascabel de Estrellas se alzaba hacia el cielo. Su escalera estaba abarrotada de conversos y aspirantes. Sesenta brazos sobre nosotros, en la entrada del santuario, los cincuenta y dos amamantadores y contadores de mayor rango del Cascabel de Estrellas, se mantenían en una hilera inmóvil. Todos estaban vestidos, casi idénticamente, como hombres, con antifaces azules de Chaakish, que eran como enormes gafas protectoras sin lentes, para ayudarlos a ver a través del aliento del Mascador Negro, y grandes cascos y sandalias de plataforma. Sobre ellos, en el vértice del mul, encuadrado por la boca del santuario, se atisbaba un alto tocado que pertenecía a la Dama Amarilla, la contadora de soles más importante del sínodo de los Tejedores del Orbe. Supongo que era una especie de madre superiora. Supuestamente, tenía ciento ocho años de edad.

Conté cinco figuras frente a la esquina norte y vislumbré a la Dama Koh. Estúpidamente, sentí una ráfaga de orgullo al verla en primera fila. Su rostro, o lo que podía ver de él, estaba impávido.

Era difícil creer que realmente fuéramos a seguir adelante con aquello. ¿Cómo sabía Koh que todo aquello no era una especie de trampa? Bueno, al menos sabía, por el examen que me había hecho, que yo no estaba mintiendo. De hecho, apostaría a que consideraba que yo estaba bajo su control. Bueno, quizá lo estaba. Aun así, ella no podía saber lo que iba a pasar cuando llegara a Ix.

¿O sí podía? Quizá sabía más de su propio futuro de lo que dejaba entrever.

Quizá quería hacerse cargo de la operación de las drogas del Juego para poder empezar su propio imperio.

Bueno, igual eso estaría bien. ¿Por qué no? Adelante, pon tus objetivos un poco más altos. Sea como sea, no te preocupes por eso ahora. Vale. Una cosa cada vez. A, B, C. Y A, justo ahora, es la patrulla de Cola de Golondrina.

«Ella debe de verlos», pensé. ¿Deberíamos intentar pasar junto a ellos de todos modos? ¿O deberíamos cambiar la ruta? Y si lo hacíamos, ¿seríamos capaces de avisar a Koh?

«No, no lo hagas. Es mejor seguir el plan. Llega al primer punto de encuentro en la farmacopea, y después haz cambios si tienes que hacerlos».

Hun Xoc tocó mi brazo de nuevo. Miré a mi alrededor. Vista al frente, soldado.

¿Sabes?, de cualquier modo, lo más espeluznante de todo aquello era que, a pesar de la tentación, ni un solo miembro de la multitud hizo un sonido prematuro.

«Bueno, han estado practicando durante cinco días —pensé—. He estado silbando tanto tiempo que me pregunto si mis cuerdas vocales aún funcionarán». Durante los últimos cinco días parecía que la única cosa viviente que se oía eran los pájaros.

Podía sentirse cómo temblaba la multitud. Podía olerse la anticipación en su sudor. Aquella masa de vida crepitaba y crujía, como una jungla en esa fase de silencio durante la noche justo antes del coro del amanecer. Sus manos se cernían sobre sus instrumentos. Pero nadie silbaba, ni daba golpecitos, ni siquiera movía un cascabel. Me pregunté si alguna otra ciudad de aquel tamaño, en la historia del mundo, habría creado alguna vez ese tipo de unidad en su población. Incluso los animales parecían impresionados por el silencio, así que, el ocasional chillido de una gaviota, o de un mirlo, o el ladrido de un perro en un corral, parecía poco entusiasta, casi rutinario. De vez en cuando gritaba un niño e, inmediatamente, era atenuado. Y seguramente sofocado, pensé.

Bastardos. A pesar de los colores, de la novedad y de la buena voluntad colectiva, aún era un día horrible y funesto. Incluso si no supieras nada sobre aquel lugar (digamos que acababas de salir de un teletransportador), instintivamente sentirías que la ciudad estaba en un punto de inflexión. Era como estar en la sala de espera del médico, como si todos nosotros estuviéramos esperando a que la recepcionista dijera nuestros nombres y afirmara, con un tono de voz tan neutral como fuera posible, que tenían los resultados de nuestro examen.

Por supuesto, desde la perspectiva del siglo XXI, supongo que todo aquello era realmente muy tonto. Después de todo, era sólo otro eclipse. Pero en otro nivel (e incluso si intentaba cultivar cierta distancia emocional) seguía sintiendo que había algo de cordura en todo aquello. En el siglo XXI la gente va disparada hacia delante, y, cuando ocurre algo malo, no pueden creérselo. Aquí, al menos, la gente no pretendía que todo fuera siempre bien.

Eché una mirada a la derecha, hacia el centro de la ciudad. El gran eje principal se estrechaba hacia el norte. La ciudad bullía con banderines recién tejidos y largas tiras de plumas de espátula elevadas en unas cien mil varas de bambú, todas naranja, para atraer al sol, arremolinándose en la débil brisa como los pólipos de los octocorales. Bajo las banderas, cada uno de los miles de guerreros que pertenecían al estado real del distrito teocali tenía un pequeño escudo circular sobre su hombro izquierdo, y cada escudo tenía un diseño trabajado en plumas, brillante, sencillo, geométrico y ligeramente distinto de todos los demás. Todos miraban en la misma dirección (oeste), como un campo de girasoles. El efecto era tan heráldico que parecíamos guerreros medievales reunidos para un torneo. No había una sola persona con la cabeza descubierta, o el rostro desnudo. Incluso los esclavos llevaban trozos de tela cubriendo sus labios. Los miembros de las clases superiores estaban tan cubiertos de jade y de conchas de *Spondylus*, y llevaban tales tocados de plumas, que parecían tener exoesqueletos y antenas. Era como si la gente de aquella ciudad hubiera podido ser clavada en el sitio con chinchetas y metida en cajones marcados con Linaje de Clanes Importantes, Clanes Dependientes, Sub-clan, Sub-subclan, Clan Sirviente, Clan de Esclavos, y después de eso cada individuo en ese Clan de Esclavos. Diría que todo estaba reglamentado excepto que, a diferencia de los uniformes en las revisiones militares actuales, no había dos personas que llevaran unas marcas exactamente iguales.

Dejé que mi vista vagara al norte, a lo largo del eje, hasta que encontró dos plazas que reflejaban el azul mate del cielo. Las cortes hundidas junto al mul de los Ocelotes habían sido llenadas de agua, como piscinas. Una estaba adornada con *axolotl*, nenúfares y cigüeñas, que estaban consagradas a la Bruja de Jade. El agua de la otra piscina estaba desnuda. Su-puestamente, le habían echado ololiuqui, de modo que los cautivos que serían arrojados allí más tarde se ahogaran sin forcejear. Había una hilera de plataformas de ofrendas rodea-da de soldados a lo largo del lado oeste, y en una de ellas se podía discernir un toque de turquesa que debían de ser los cinco Ocelotes de Ix que componían la delegación de 9 Coli-brí Dentado en el festival. Al menos nos habíamos arreglado para evitarlos hasta el momento.

En el centro del eje principal, la hinchada silueta del mul del Huracán empequeñecía todo lo demás. Su cima estaba a unas dos veces la altura a la que nos encontrábamos nosotros, que estábamos sobre la plaza. Era lo suficientemente alto para que, en un día nublado, o durante la ofrenda de humo, pudie-ras creer realmente que los amamantadores sobre él estaban siendo tragados por las nubes hambrientas. Pero hoy los agu-dos ojos de Chacal podían discernir la escena completa: los miembros menores del sínodo en el segundo nivel empezan-do desde la cima, con una hilera de gigantes megáfonos, como trompas de los Alpes, de veinte brazos de largo, descansando sobre sus hombros, y a continuación, en el nivel más alto, los altos tocados rojos anaranjados del sínodo del Puma.

La multitud susurró. La distorsionante perspectiva de los niveles más bajos de la pirámide hacía que el sínodo pareciera formado por gigantes inaccesibles que estuvieran mucho más lejos que la concha del cielo. Teotihuacan no tenía reyes, y los oficios arcónticos se repartían entre los distintos miembros de los dos consejos. Cuando aparecían en público, llevaban grandes máscaras, y se suponía que nadie fuera del propio consejo podía saber quiénes eran. Pero Koh sabía de buenas fuentes que el arconte actual de los Colas de Golondrina era un anciano Puma llamado Zurullo Enrollado. Además, nos había dicho que vigiláramos a la persona que seguramente iba a ser el sucesor de Zurullo Enrollado, un guerrero Puma llamado Mano Derecha Amputada. Supuestamente, sólo tenía trece años de edad... pero ya se le consideraba muy prometedor. Decían que había nacido con pelo y colmillos, y que siempre había sabido, sin que nadie le hubiera enseñado, transformarse en su ser felino. Decían que sólo comía humanos, prisioneros más jóvenes que él, pero eso seguramente era sólo propaganda. Koh decía que sus colores eran el amarillo y el lila.

Seguí el ángulo de la escalera del gran mul hasta abajo, donde se encontraba con un mul de madera recién construido. Cincuenta y dos sacrificios, cada uno de exactamente nueve años y veintinueve días, habían estado manteniendo una vigilia en su interior durante cinco días. Cuando le prendieran fuego ayudarían a portar el resto de las ofrendas, y las presentarían al Sol recién nacido. A unos doscientos brazos al suroeste de la pagoda había un pequeño mul menor con una especie de patrón de tablero de ajedrez naranja y negro. La farmacopea de los Pumas, el jardín monástico donde los Pumas criaban y destilaban sus componentes de la droga del Juego. Nuestro objetivo.

De acuerdo con Koh, los amamantadores Colas de Golondrina sabían exactamente cuánto duraría la totalidad del eclipse (unos dieciocho minutos y medio), y habían intentado incrementar la ilusión de su poder acotándolo con la mayor precisión que fuera posible. Esperarían hasta que faltaran apenas cien, o doscientos latidos, antes de que el Sol resurgiera, y entonces, Zurullo Enrollado daría la señal. En el nivel inferior, cincuenta y dos de sus amamantadores comenzarían a hacer sonar silbatos hechos con los fémures de sus predecesores. Un nivel más abajo, doscientos sesenta acólitos soplarían sus cuernos gigantes, y en los niveles inferiores, y expandiéndose a través del mundo conocido, los hombres tocarían sus instrumentos, y las mujeres y los niños gritarían o cantarían *Marhóani, marhóani*, «Vete, vete», y echarían polvo de chili en los ojos de los bebés para hacerlos llorar, e incluso los perros se llevarían patadas en las costillas, y todo el mundo haría tanto ruido como fuera posible hasta que el Mascador fuera alejado. Entonces, los amamantadores principales encenderían el nuevo fuego del mismo Sol, usando un enorme e impresionante espejo cóncavo de hematita pulida. Enviarían el fuego mul abajo hasta el pabellón del nuevo Sol (la fogata), encenderían sus antorchas y llevarían el fuego nuevo e historias de la grandeza de la capital de vuelta a sus tierras natales. Y la gran mayoría creería que habían sido capaces de rescatar al Sol gracias al liderazgo del sínodo Puma.

O ése era el plan de los Colas de Golondrina. Koh y yo teníamos otras ideas.

Dos días antes, Koh había hecho su movimiento. Justo antes del mediodía, sin notificárselo a sus compañeros contadores, había llamado a cuarenta y ocho de sus seguidores más cercanos y les había hecho una advertencia sobre el eclipse. La Anguila Celeste, dijo, le había dicho que aquella vez el Mascador Negro no sería persuadido para que regurgitara ese Sol, sino que «robaría la bola», es decir, que se tragaría el Sol. La Anguila, es decir, el Cascabel de Estrellas, daría a luz un nuevo Sol, dijo, y como ese Sol no tendría relación con los linajes felinos, en el siguiente k'atun, los hijos de la Anguila Celeste tendrían privilegios sobre todos los demás. Pero antes de eso, para poder limpiar el mundo moribundo, el Cascabel estaba planeando abrir un agujero en las nubes y liberar un ejército de lo que ellos llamaban *dadacanob*, «abejas largas» (es decir, avispas, *Vespula squamosa*, un incordio mayor y un asesino menor por estos lares) para que aguijonearan los ojos de todos los de Teotihuacan que no siguieran al Cascabel. Todo el mundo, excepto los Hijos del Cascabel, estaría condenado a la oscuridad. Después de eso, la Anguila Celeste diría a Koh adónde guiar a sus seguidores, y extendería su protección a una nueva ciudad Cascabel en la Tierra Roja, es decir, en el sureste. Mientras tanto, los mensajeros habían visitado a los líderes de veinticuatro clanes afiliados a Koh y les habían dado la localización del punto de encuentro: la Colina Desollada. Tan pronto como oyeran la voz de las avispas, debían reunir a sus familias y sus posesiones más valiosas, y comenzar a marchar hacia el este.

La última parte me ponía un poco nervioso. De algún modo, habíamos pasado de decírselo a su propia hermandad y a un par de seguidores, a cerca de cinco mil personas. ¿Habría suficiente comida para ellos en las ciudades Arpías? Más aún, ¿habría suficiente comida y agua para ellos durante el camino? ¿Cuántos morirían durante la caminata?

«No te preocupes por eso —me dije a mí mismo—. No llames la atención, consigue las drogas, envíalas de vuelta a Ix y saca el culo de aquí».

Koh había sido llamada inmediatamente a la presencia de la Dama Amarilla, que era algo así como la madre superiora. Eso quería decir que al menos uno de sus cuarenta y ocho compañeros la había traicionado. La Dama Amarilla le dijo a Koh que la hermandad estaba planeando votar sobre su membresía. Si Koh era boicoteada, tendría que ahogarse a sí misma. Más tarde, un informante del sínodo Campanilla le había mandado decir que los sínodos estaban considerando invitarla a presentarse ante ellos... Es decir, obligarla a exponerse para lo que inevitablemente sería tortura y ejecución.

A mediodía, durante el día del silencio, la gente normal estaba repitiendo en las fuentes y los mercados de Teotihuacan lo que ella había contado en confianza. Era un rumor, una orden, un gemido que congregaba a todo el mundo: «El siguiente sol es del Cascabel de Estrellas». Todos los de la ciudad, y seguramente todos los del valle de México, habían oído hablar de ello, del Zurullo Enroscado al recogedor de heces menos importante. Y, como suele ocurrir con esas cosas, ya se estaba exagerando. El mundo se estaba disolviendo. El cielo estaba cayendo. La ciudad iba a hundirse en un agujero de la capa cero. Y cada vez más cosas.

Aun así, nadie quería hacer nada que pudiera provocar problemas antes del eclipse. En parte era porque sería mostrar signos de debilidad, pero, además, porque todo el mundo, desde la cima hasta la base, se tomaba el periodo de silencio muy en serio. Además, cuando el Sol reapareciera, Koh sería desacreditada y fácil de atacar.

Por supuesto, los sínodos sabían que el Sol iba a salir de nuevo. Casi lo sabían todo sobre los eclipses solares, no sólo los intervalos de dieciocho años y once días y un tercio, sino si sería parcial o total y cuánto podían durar. E intentaban asegurarse de que la masa supiera tan poco como fuera posible. Como los psiquiatras, la clase gobernante te hacía creer que gracias a ellos te sentías mejor, pero que la situación seguía siendo lo suficientemente grave como para que tuvieras que volver.

Cuando el eclipse terminara, los Pumas vendrían a por nosotros... Matarían a Koh y a la mayoría de los nuestros, si podían. Antes de que llegaran hasta nosotros, yo tenía que robar su componente de las drogas del Juego, y todo el mundo tenía que llegar al punto de encuentro. Oh, y entonces, si todos sobrevivíamos, aprendería a jugar con nueve calaveras, y haría que metieran mis notas sobre todo aquello en una tumba de Ix. Aún no sabía cómo había destruido Trompeta Trepadora Disney World, pero ese problema tendría que solucionarlo otro día. Digamos que esto era una apuesta arriesgada.

55

Algo no encajaba en el espacio. Era como si el exterior estuviera haciéndose cada vez más pequeño, encogiéndose hasta tener el tamaño de una única habitación abarrotada.

«No, no es el espacio, es la luz», pensé.

Todo parecía un poco más sólido, un poco más cercano. Las sombras eran más nítidas. Las colinas, la multitud y un mechón suelto de mi aceitado cabello tenían demasiado relieve. Era como si todo estuviera amortiguado, como si se hubieran colocado todas las sordinas en un órgano de catedral de miles de tubos. Eché una mirada al Sol. A las dos en punto, aún le faltaba un mordisco. Nunca había visto nada que me hiciera pensar que existían los poderes extrasensoriales. Pero, aun así, no podía imaginar que alguien pudiera haber estado en algún lugar de la ciudad (incluso cegado con los oídos tapados y metido en una doble caja en algún lugar insonorizado) sin sentir el temor de aquel momento. Rezumaba a través de los muros de piedra. Resonaba en la propia tierra.

Tan clara como un ataque al corazón, la voz de Zurullo Enroscado rompió el silencio:

—*Charhápiti sini, chá jucha phumuári...*
Tú, el de los dientes rojos, ¿nos desollarás y dispersarás sobre tu oscuridad?
Ahora, ¿ya jamás volverás al corazón del lago, de la concha celeste? Tú...

El valle de Teotihuacan tenía eco, como un desfiladero. Cuando los edificios enyesados cubrieron las colinas, la resonancia se había hecho mucho más fuerte. No había duda de que todos los seres del valle lo habían oído. Pero no hubo respuesta. Y no se suponía que tuviera que haberla. Eso era lo único que diría Zurullo Enroscado, y las últimas palabras que oiríamos hasta que diera la orden de hacer ruido.

Me concentré en el tocado de plumas de Arpía de Hun Xoc, a unas doce pulgadas de distancia. Había algo raro en el entramado de fibras. Estaban cambiando, agudizándose. El Mascador Negro, que era mucho más poderoso que el mismo Sol, había dentado los bordes de todos los objetos, en todas partes. Dirigí la mirada hacia la multitud que había en los peldaños bajo nosotros. Todo tenía la misma encrespada y rizada dolencia arrugada en los bordes, como si cada fibra suelta, cada proyección, estuviera encorvándose y afilándose hasta formar un garfio, una especie de uña retorcida. Me estremecí.

Escuché. El canto de los pájaros se había detenido. No se escuchaba ni el zumbido de una mosca.

«Vamos a dejarlo correr, chicos».

Cerré mi ojo izquierdo y eché otra mirada al Sol. Ya se había encogido hasta una delgada tajada, como un filamento de tungsteno. En el lado derecho, las Perlas de Baily* aparecieron entre las montañas, bordeando el cráter de Humboldt en el horizonte de la invisible Luna. *Viel besser wäre, wenn sie auf der Erde so wenig, wie auf dem Monde, hätte das Phänomen des Lebens hervorrufen können,* como dijo Júpiter Tonante. La persona más cuerda de la historia, pensé. Bueno, no hagamos hincapié en ello. En las plazas, y en las colinas, las apiñadas multitudes parecían nerviosas y amenazadoras. Ahora, el Sol estaba rodeado por el espirácu-

* Antes de que la Luna cubra totalmente el Sol, y de nuevo, cuando el Sol comienza a aparecer, surgen de repente pequeñas áreas con luz solar de forma intermitente a modo de cadena de puntos brillantes de tamaño variable y separados por zonas oscuras. Esto es llamado Perlas de Baily o Anillo de Diamantes. *(N. de los T.)*

lo de luz, lo que se denomina el Anillo de Diamantes. Los límites entre las luces y las sombras en las escarificadas mejillas de Hun Xoc eran tan bruscos como si la luz llegara a ellos a través de un agujerito. Su piel, untada de aceite rojo, parecía marrón, y sus diademas azules parecían grises, casi como si estuviéramos bajo una luz de sodio en alguna *distópolis* futura. La corona brotó y se extendió alrededor del agujero en el cielo como los tentáculos cardiotóxicos de una medusa *Chironex*.

«Houston, hemos alcanzado la totalidad», pensé.

Una inseguridad, o cierto temblor, creció en la multitud. Podía notarse cómo se contenía el aliento en millones de pulmones, podía olerse la tensión histérica, el terror a que la fuente de calor nunca escapara del estómago del Mascador Negro. Yo, o vamos a decir, «incluso yo», ya que creo que es justo decir que yo era la persona menos supersticiosa en aquel lugar, tuve que recordarme a mí mismo que aquello era sólo una fase. Las cosas volverían a ser como habían sido.

¿No?

Escuché. Sólo se oía el mismo impreciso y espeso silencio. Levanté la vista al gemelo cegado, otra vez. Todavía era total. Quedaban menos de dos minutos. Vale, venga.

Vamos.

Joder.

Cerré mi ojo derecho para dejarlo descansar y concentré el izquierdo en el horizonte de las colinas del oeste. Nada.

Escuché.

Nada.

Vamos. Hacedlo...

Algo flotó sobre el valle desde el este, un tenue sonido como el que produciría una larga cinta de poliéster. Era un sonido sin nombre. Creo que, al principio, la gente del valle ni siquiera estuvo segura de que fuera un sonido. Entonces, mientras continuaba y crecía un poco más, supuse que la mayoría de ellos pensaban que era una cigarra, lo más parecido a aquel sonido en la naturaleza. El sonido se extendió, o el mismo sonido creció en otros lugares. Incluso con todos aquellos cuerpos humanos amortiguando el ruido, los coros rebotaron en los planos de los cientos de mulob. Al principio parecía venir del este, y después, quizá del sur, y a continuación, quizá de algún sitio cercano, y cuantas más invisibles fuentes se unían a él, más fuerte y sonoro se volvía, hasta hacerse más estridente de lo que yo mismo había esperado, y más reverberante, con un zumbido reactivo como si el mismo Dios estuviera jugueteando con un montón de viejos amplificadores Fender Twin.

Mis reclutas, abajo, en el polvoriento sótano, entre excrementos de rata y con las paredes cubiertas de mazorcas de maíz, se habían quedado más que sorprendidos cuando escucharon el sonido. Al principio se asustaron, después se quedaron fascinados, y sólo entonces llegaron a dominarlo. Imagínate que nunca has oído un violín antes, que, de hecho, nunca has oído un instrumento de cuerda, de ningún tipo, que ni siquiera has hecho sonar una única cuerda con un dedo. ¿Cómo te sonaría? Sería algo parecido a una cigarra, un poco como una sierra con hoja de piedra pómez, un poco como un gato y un poco como un enjambre de abejas.

El sonido de las cuerdas era un milagro tecnológico. No había nada que fuera tan asombroso y tan hipnótico, que combinara en tan grande medida la agudeza con la amplitud. No había nada parecido a la estridencia de su onda de sonido serrando el interior de tu oído. Incluso los perros se asustaban del sonido de los instrumentos de cuerda hasta que se acostumbraban a él. Era paralizador.

Por supuesto, mis reclutas (Los Quince Violinistas, como me gustaba pensar en ellos) no lo habían pillado totalmente. Lo que estábamos escuchando estaba muy lejos de Fritz Kreisler y de la Filarmónica de Berlín. De hecho, aquello era un sindiós. Y, por supuesto, los instrumentos no sonaban como violonchelos, ni como violines, dilrubas o violas. Aun así, eran instrumentos de cuerda decentes, con voces potentes, estables, y cuerdas bien engrasadas, tocadas con un arco. Y mis chicos lo estaban haciendo lo suficientemente bien para provocar el escalofrío que se siente al escuchar esto por primera vez:

56

La quinta vez que repitieron la estrofa, noté un hedor a orina y heces que se elevaba de la multitud, y ese rancio y agrio tipo de sudor que excreta la gente cuando está aterrorizada.

«Supongo que hay gente que no puede soportar la presión —pensé—. Ah, el dulce aroma del miedo».

Olía a... Apocalipsis. Se podía sentir cómo las cuerdas atrapaban su miedo y lo sacaban al exterior como hebras de caramelo masticable que se hicieran cada vez más delgadas, y más, y más, y más, hasta que por fin se cristalizaban y se rompían en un sencillo y rudimentario pánico invertebrado.

Me sentía orgulloso de mi equipo. Todos habían trabajado duro durante los últimos seis días. Habíamos tenido a veinte artesanos trabajando casi sin pausa en los patios interiores de un enorme complejo de carpinteros en el norte del barrio Aura. Dependían del clan Gila y eran leales a Koh. Eran realmente buena gente. Y aun así, no había sido fácil. A pesar de que en el valle había un urgente ajetreo, aunque enmudecido y sin fuegos (la preparación para la festividad que seguiría al eclipse), nosotros habíamos tenido que andar escondiéndonos. Sólo nos movíamos después del anochecer, ya que se suponía que no se debían hacer negocios durante el silencio. Cada vez que salíamos, teníamos que pagar sobornos por nuestro paso junto a distintos escuadrones de guardias Colas de Golondrina de clase baja. Pensaban que estábamos pasando copal de contrabando, ya que podían olerlo en nuestras manos. Tras probar con distintos tipos de calabazas secas, esperar la llegada de los intestinos de gato montés, conseguir que se tallaran los cuellos de cedro, encargar la realización de las clavijas de cuerno, descubrir que el cabello humano se rompía después de un par de toques y averiguar cómo podría ser acordonado hasta hacer delgadas hebras que funcionaran con un arco; después de intentar cincuenta tipos de caucho hasta encontrar un sustituto decente de la colofonia, y conseguir que todo quedara ensamblado apenas dos días antes del día D, fue definitivamente el proyecto más difícil en el que he trabajado durante mucho tiempo, más duro que mantener mi pecera de *Chromodoris marislae*.

Algunos de aquellos hombres eran flautistas muy hábiles, de hecho, a su modo. Todos eran personas entusiastas y estaban muy excitados por el proyecto, ansiosos por ayudar al Cascabel a reclamar el Sol, y preparados para hacer cualquier cosa por la Dama Koh. Y aprendieron muy rápido, ensayando en la oscuridad. Aun así, igual que cuando intenté tararear algunas melodías para Hun Xoc, no pillaron la música occidental inmediatamente. Era como si realmente no pudieran oír una melodía con estrofas, estribillos y un desenlace. Supongo que, si no has sido educado para ello, si nunca has oído un acorde antes, no es de extrañar. De todos modos, una vez que pillaron la armonía, no podían dejar de tocarla. Y cuando intentamos el pasaje en cuestión, las escalas piramidales de la *Sonata para violín número uno* que Prokofiev dijo que debía sonar como el viento en un cementerio, afectaron a todo el mundo. Evidentemente, los dioses del Juego tenían razón.

Para cuando hubieron repetido el pasaje diez veces, los niños ya estaban llorando, y sus agudas voces se mezclaban con las cuerdas. La multitud que abarrotaba las plazas estaba moviéndose, pero aún no avanzaba. Sólo estaban retorciéndose los unos contra los otros, como moléculas de aire comprimido, buscando salidas.

«En cualquier momento —pensé—. Vamos. Es la hora de la segunda fase».

Escuché a un par de personas en la escalera, por debajo de

nosotros, gimoteando. Me volví y miré hacia las plazas del norte. Los niños y las ancianas estaban frotándose los ojos. Los hombres estaban moqueando. Bien.

A mi alrededor, los guerreros se agitaron y se sorbieron la nariz. Yo sentí lo que pensé que era el primer aguijón en mis propios ojos. ¡Ay! Bien.

Olí algo fuerte. Algo me dolía cerca de las amígdalas. Bien.

Miré alrededor. Los guerreros a mi espalda estaban ocultando sus rostros. Eso significaba que nuestro segundo equipo de confederados había encendido sus fogatas ocultas.

Había treinta y seis. Estaban repartidos en una amplia semicircunferencia en el lado este de la ciudad, en las cocinas y los patios de catorce edificios distintos. Las capas superiores de las fogatas eran montones secos de una especie de hiedra venenosa tropical, de ocote, y zumaque venenoso seco, que era un potente lacrimógeno. Al principio, el humo era casi invisible. No era que no tuviera aroma, pero no tenía ningún olor característico. Vi que la gente caía retorciéndose en los patios de los ejes principales, lo que significaba que el humo había llegado al nivel inferior. Bien.

Koh lo sabía todo sobre la climatología local. Dos noches antes había afirmado que la brisa sería débil, y que llegaría desde el este, como era habitual, así que de aquel modo el humo pendería sobre el valle. Los conspiradores habían movido tanto combustible como habían podido de los sitios en el lado oeste a los sitios en el este. Y todo estaba funcionando como ella había dicho. Habían hecho un buen trabajo. Habían tenido que comprar madera, resina de baja graduación y, con mayor disimulo, zumaque, hiedra y montones de hojas de cecropia. Luego lo habían pasado todo de contrabando a través de grupos de peregrinos, en pequeños lotes. Además, habían tenido que esconder los carbones que usarían para encender los fuegos, de modo que no los descubrieran los guerreros Campanillas, que eran como la policía religiosa del lugar.

El guerrero que había frente a mí dejó caer su manta. Era la señal para prepararse. Yo me quité la mía y saqué la jabalina de mi espalda. Desenvolví la punta de obsidiana y uní las tres partes de la vara. Incluso sin encajes de metal, las partes chasquearon al unirse de ese modo tan eficiente que da una sensación (falsa, en este caso) de hábil poder, como un marine ensamblando un M16 en no-sé-qué punto no-sé-cuántos segundos. Con una inclinación tan pequeña como fue posible, saqué el escudo de mi pierna, lo desenrollé y anudé las dos piezas a los postes. Era parecido, en cierto modo, a montar una cometa. El resultado final era ligero pero bastante rígido. Me abroché la cinta de cuero, até la lanza a mi mano derecha y el escudo a la izquierda y me incorporé. Encontré mi diadema verde debajo de mis testículos y la até alrededor de mi frente con una mano. Fue un movimiento que jamás habría sido capaz de ejecutar como Jed. Todos los del bando del Cascabel debían llevar cintas verdes en el cabello, para la IAE. Esto es, Identificación Amigo o Enemigo.

Tenía los ojos llorosos. Cerré el izquierdo.

«¿Cuánta atención hemos atraído?», me pregunté.

Miré las plazas. La multitud estaba retorciéndose y escabulléndose en una especie de movimiento browniano, buscando salidas.

¡Ay! Me latía el ojo. Ahora, definitivamente, había humo negro sobre mi cabeza. La segunda capa de las fogatas se suponía que debía hacer tanto humo como fuera posible, para bloquear, o al menos oscurecer, el Sol emergente.

Cerré mi ojo derecho y abrí el izquierdo de nuevo. Hundí mi mano izquierda en una pequeña bolsita a través de mis cinturones y de mi taparrabos. Todos los participantes en el complot tenían una igual. Estaba llena de una especie de bálsamo hecho de ámbar de copal, de jalea real, ageratina y huevos de colibrí. Cogí un pellizco con mi dedo limpio, el meñique, y lo restregué en mi párpado derecho. De acuerdo con el médico de Koh, si vas cambiando de ojo, salvaguardando el cerrado, puedes caminar a través del humo durante mucho tiempo, y aun así seguir viendo. En alguna parte había oído que los bomberos de antaño solían hacer algo parecido. Sin embargo, por ahora no parecía demasiado efectivo. Nota para mí mismo: Recuerda llevarte un poco de vuelta para venderlo a The Body Shop.

Eché una mirada rápida a la cima del mul del Huracán.

Algo estaba pasando allí arriba.

El archimago de Zurullo Enroscado no podía encender el fuego apropiadamente con la luz del sol bloqueada por el humo, pero estaban fingiendo que lo hacían de todos modos, con un juego de manos. Alguien encendió la antorcha gigante en la cúspide del mul del Huracán, y el corredor de fuego, un atleta entrenado específicamente para ello que vestía un pesado y voluminoso traje de plumas empapadas en sebo, sostuvo su brazo sobre el fuego, como estaba planeado. Luego se volvió y rebotó por la escalera, como estaba planeado. Y cuando el fuego lo aplastó, su cuerpo en llamas rodó hacia delante entre los guerreros Pumas. Los soldados golpearon y guiaron su cuerpo hacia abajo, hacia el morro del grandioso mul (que estaba en el mismo nivel donde nos encontrábamos Hun Xoc y yo, pero separado por un golfo de humanos) y continuó hacia abajo por los peldaños inferiores, hasta el interior de la pagoda de la plaza que había de ser incendiada, casi como si nada fuera mal.

Pero la pagoda ya había comenzado a arder. Alguien, quizá uno de los hombres de Koh, debía de haber tirado un carbón escondido en su interior. Ya había salido ardiendo antes de que el corredor de fuego alcanzara siquiera el morro. En ese momento, la mayor parte del público no estaba mirando el ritual del mul, de todos modos. La gente estaba mirando al cielo, buscando al Cascabel, e intentando correr, o luchar, o esconderse. Escuché a los cantores del sínodo Puma en el santuario, llamando a través de sus trompas: *«Hac ma'al, hac ma'al»* («El nuevo Sol, el nuevo Sol»), pero el canto tenía ese tono que repta a la voz de la gente cuando saben que están siendo ignorados. Era demasiado tarde.

El movimiento de la multitud era más rápido en ese momento, como la gente en una calle abarrotada justo antes de una tormenta, cuando todo el mundo camina velozmente buscando resguardarse aunque no caigan gotas todavía. Una ola de humo gris amarillento reptó hasta nosotros. La música había degenerado; cada vez era menos Prokofiev y más rasgueo al azar, pero parecía más estridente que nunca. Generalmente, no se cataloga a los instrumentos de cuerda como instrumentos escandalosos, pero ahora componían un chirrido global. En alguna parte, escuché a uno de los confederados de Koh gritando una frase que habían ensayado: «*A'ch dadacanob, a'ch dadacanob*», («¡Las avispas están aquí, las avispas están aquí!»). Otra voz tomó el relevo, la de una anciana. No creo que fuera una agitadora infiltrada, pero ya se sabe que la gente grita lo que gritan sus jefes. Otros dos de los conversos de la Hermandad del Cascabel lo gritaron, y después más, y después lo empezó a gritar gente que no era del Cascabel. Las voces eran roncas, quizá por los días de silencio durante los que no las habían usado, y el canto se extendió entre la multitud con un sonido que era como una granizada cayendo en un maizal. La gente de Koh la enfatizaba, como animadoras, e insertaban otras frases junto a ellas: «El sol ha muerto, estamos muriéndonos, hemos muerto», y «*Ak a'an, ak a'an*» («Esto es el final, esto es el final»). Algunas risas se mezclaban con el cántico... risas histéricas, supongo. Un par de músicos habían comenzado a tocar los tambores y las flautas; su sonido no tenía fuerza, y sus esfuerzos se esfumaron mientras los gritos de terror crecían en los zócalos. La cacofonía de ruidos y gritos, que yo casi había estado esperando, nunca llegó. La multitud de las plazas y los tejados se revolvió. Bajo nosotros, la abarrotada plaza del mercado comenzó a enturbiarse.

La mayoría no tenía duda de que se trataba del ejército de avispas (invisibles o no) que Koh había predicho, y de que aguijonearían a todo el mundo hasta dejarlos ciegos. Vi a mujeres ancianas, guerreros, esclavos y niños pequeños mirando el cielo, señalando y gritando: «*Ha k'in, ha k'in*» («El Cascabel, el Cascabel»), e, involuntariamente, yo mismo alcé la mirada. Las volutas de humo formaban espirales y se ondulaban, y apostaría a que, si hubiera mirado un poco más, habría captado la onda de la alucinación consensuada yo mismo, y habría visto al Cascabel de Estrellas enroscado en el cielo, con su lengua hinchada, sus plumas onduladas y sus colmillos rociando pus sagrado.

«Ha k'in, ha k'in, ha k'in, ak a'an, ak a'an, ak a'an...».

El terror se abrió paso entre la gente. Parecía alguna clase de imperativo «feromonal»: ¡Escapad! ¡Vais a morir!

Cuando la gente salió en estampida, yo sentí que la piedra sobre la que me encontraba temblaba. Me tambaleé un poco y recuperé el equilibrio. Compartido, el terror multiplicado puede arrojar a una ola de ingravidez. Si hubieras estado allí el 11 de Septiembre, o en el océano Índico durante el tsunami, o en Florida durante el Domino Star, o en cualquier otro de los grandes desastres, sabrías que hay un momento en esas situaciones en el que todo el mundo se siente totalmente inseguro. Miradas de los unos hacia los otros, todos pueden ver que nadie sabe nada, que todos los demás están pensando las mismas cosas que el otro piensa, que todos podrían estar a punto de morir, que el resto del mundo podría haber sido destruido ya. La sociedad genera una clase de gravidez que se siente incluso cuando se está en una crisis personal. Pero en una crisis global esa gravidez desaparece. Hay cierta sensación de absurdo. Por supuesto, el absurdo es la corriente dominante hoy día, así que uno tiende a ignorarlo. Pero cuando el absurdo real aparece, tiene dientes.

En aquel momento, la turba estaba en movimiento. Giré la cabeza a la izquierda y eché una última mirada a Koh. Estaba flotando hacia nosotros. No, espera, estaban portándola. Parecía como si estuviera sobre una especie de funicular humano. Oí un ladrido nasal y, ahora que veía la escena, sabía que era la Dama Amarilla, la madre superiora, gritando a Koh. Sonaba a delito capital.

Hun Xoc dio tres golpecitos en mi brazo.

Pasaron unos segundos antes de que pudiera darme cuenta de lo que me había señalado: «Nos vamos». Extendí la mano a mi espalda e hice la misma señal en el brazo de Mierda de Armadillo.

Los guerreros que estaban debajo de mí se movieron hacia delante.

Bajé de un salto un peldaño de catorce pulgadas. Otro peldaño. Otro.

Catorce escalones más por delante. Un par de mujeres, abajo, en el patio lateral, habían comenzado a cantar la canción del Cascabel, y ahora más y más gente se les estaba uniendo, y el canto y las risas se combinaban con los gritos y los violines hasta crear un sonido que yo realmente pensaba, a pesar del hecho de que ya nada sorprendía a nadie, que podría volver loco a cualquiera.

Peldaño. Peldaño.

Supe, por los adoquines azules a mis pies, que estábamos en el nivel de la plaza. Los guerreros situados frente a mí se detuvieron. Se movieron. Yo caminé, o mejor dicho, me arrastré, hacia delante.

La señal de «parar» llegó desde la vanguardia. Vale.

Me detuve. Esperamos.

Un golpe en el pecho. Quería decir: «En formación». Golpeé el pecho de Mierda de Armadillo.

Elevé mi escudo. Los guerreros se agruparon más apretados a mi alrededor.

12 Caimán había resultado ser un tipo abierto de mente, especialmente en lo que se refería a las técnicas militares. Le hablé del testudo clásico, esto es, de la tortuga, la formación de infantería inventada por Alejandro Magno que fue usada por los primeros césares contra los ejércitos peor organizados, desde Escocia hasta Pakistán. Le gustó la idea y la implementó. Estaba diseñada para empujar a través de una multitud con las mínimas pérdidas. Básicamente, la patrulla se agrupa y sostiene los escudos para formar una coraza. Los soldados de los bordes de la formación sostienen los escudos con ambas manos, y los de la segunda fila meten sus lanzas entre los escudos para herir a cualquiera que se acerque demasiado. Desafortunadamente, nosotros no usábamos los enormes escudos de madera que tenían los romanos. No se puede tener todo.

Levanté mi escudo sobre mi cabeza y lo encajé entre los de los demás.

Yo estaba en la posición más protegida del testudo. De estar jugando al billar con nueve bolas, yo sería la bola número cinco, en el centro del diamante. Así que no podía ver demasiado, pero los principales sonidos eran de pies arrastrándose, respiración agitada y el crujido de las armaduras de mimbre.

Avanzamos hacia delante, arando la muchedumbre. El pavimento estaba cubierto por las hojas escarlata de la flor de Pascua, y al deslizarnos sobre ellas levantábamos una ventisca roja. No podía ver nada por delante y por detrás, lo único que podía discernir era el humo que se levantaba del lugar donde había estado la casa de Koh.

«Joder. Si el incendio se extiende, estaremos en problemas».

Continuamos hacia el lado oeste del patio lateral y bajamos los peldaños en el norte que dirigían al eje principal.

Nuestra esperanza era que, aunque los guerreros Pumas encontraran a sus comandantes y se agruparan en patrullas, no estarían preparados para un pequeño asalto concentrado en una parte poco convencional de su edificio. Quizá incluso habían dejado la farmacopea relativamente desprotegida. Bueno, ya lo veríamos cuando llegáramos allí.

¡Ay! ¡Ay!

Dos golpes en mi hombro derecho; eso quería decir que íbamos a girar a la derecha.

Extendí mi brazo hacia atrás y golpeé el hombro del guerrero a mi espalda.

Doblamos a la derecha.

El testudo se reformó y avanzamos a lo largo del eje principal, que se extendía de norte a sur, y después por el que iba de este a oeste. Entonces, 12 Caimán, que había estado a cuatro puestos de distancia a mi derecha, se colocó a tres puestos por delante de mí, guiándonos desde la vanguardia de la formación. La señal para marchar hacia delante pareció extenderse a través de nuestro escuadrón tan rápidamente como grietas en un cristal.

Yo estaba tan presionado entre aquellos tallos humanos que apenas podía respirar. Podría haber descansado con sólo elevar mis pies y dejarme llevar en el centro de la tortuga. Sentí una oleada de... bueno, podríamos llamarlo valor, o valor colectivo. Supongo que eso era lo que sentían los legionarios.

«Joder —pensé—. Somos imparables».

Subimos el eje principal. Avanzamos un cuarto de milla en dirección norte y entonces, justo cuando íbamos a alcanzar la esquina suroeste del mul del Huracán, giramos bruscamente a la derecha, hacia el este, y nos abrimos paso al interior de la farmacopea de los Pumas. Habíamos planeado la ruta sobre un modelo de la ciudad, y habíamos hecho que los guerreros memorizaran el trazado hacia delante y hacia atrás.

Además de la tortuga, yo había introducido una innovación más al escuadrón: el requerimiento de que no intentaran tomar prisioneros. Esto había resultado ser una de las cosas que les resultaba más difícil aceptar. Por estos lares, los prisioneros, y no el territorio, eran el objetivo de la guerra. El botín era secundario. Pero les dijimos que en este asalto, si alguno de nuestros guerreros rompía la formación para tomar un prisionero, ese guerrero, y su familia dependiente, sería desclasificado y desterrado. Su único objetivo tenía que ser que nos moviéramos tan rápido como fuera posible. 12 Caimán era un instructor dotado, y hasta el momento parecían haberlo entendido.

Recibimos la señal de detenernos. Esperamos.

Otra señal más complicada llegó en el lenguaje de signos de cacería de los Arpías: «Los Gilas están aquí».

Sentí que el escuadrón se movía a mi alrededor y conseguí entrever los ropajes azules de los Gilas a través de la presión de los cuerpos. Acabábamos de encontrarnos con seis veintenas, es decir, con un contingente de ciento veinte hombres, de guerreros Gilas. Nos absorbieron como una ameba tragándose un paramecio, y la agrandada criatura se movió hacia delante. Entre una multitud en pánico, aquél podía ser un modo realmente fácil de avanzar, ya que la gente se apresuraba a abrirse paso contigo. Hasta ahora, todo bien.

Pronto estuvimos en la Calzada de los Muertos. Con el gentío pasando en tropel a nuestro alrededor, tuvimos que introducir nuestro cuerpo colectivo a través de estrechos huecos, subir y bajar tramos de escaleras, arriba y abajo, y de nuevo arriba otra vez. Cada vez que cruzábamos la parte de arriba del muro que separaba una plaza de otra, en ese momento, justo al pasar sobre el obstáculo, conseguía al menos echar un vistazo a lo que estaba pasando. Cuando marchamos sobre el siguiente muro, me quedé atrás un segundo para ver mejor lo que pasaba a mi alrededor.

Guau. Qué mal.

57

Un enjambre humano bajaba en tropel el mul del Huracán en dirección a los fuegos que habían prendido de las hojas en llamas, de las banderolas y de las ofrendas de papel. Las personas que se acercaban al fuego con cargas de paja, ropa y leña se abrían paso a través del círculo de gente y tiraban las cosas a las llamas. Observé a un guerrero Campanilla, un poco mayor que yo, que sostenía a un niño pequeño lejos de las llamas mientras intentaba abrirse paso hasta los peldaños en el muro del patio. Era un acto heroico, pensé. Al menos, alguien estaba salvando a alguien. La gente no era tan mala. Pasó junto a un círculo de ancianas. Estaban sentadas sobre cadáveres chamuscados, masticando flores y pimientos de las guirnaldas del festival mientras, justo a su lado, sus nietos estaban estrangulándose los unos a los otros y sacando trofeos a hachazos de los cuerpos caídos.

Estaban riéndose.

Y no sólo se estaban riendo, estaban ayudando a matarse los unos a los otros. Por ejemplo, vi a un tipo que extendía su brazo y retaba a otro, que pensé que era su hermano, a que se lo cortara. Y su hermano lo desmembró con un hacha de batalla. Fueron necesarios tres golpes para sacar el antebrazo del húmero y para cortar el tendón extensor. A continuación, su hermano le tendió el hacha y fue su turno de intentar cortar el brazo del otro, pero estaba ya demasiado débil para hacerlo. Era el espeluznante acto de una burda comedia, como la escena del Caballero Negro en *Los caballeros de la mesa cuadrada*, pero aquí veías que la gente sufría dolor después de ser mutilada, aunque siguieran riéndose. Vi un grupo de acólitos haciendo turnos para saltar desde el muro hasta la escalera. Después no se levantaban. Un chico corrió a través de un círculo de músicos, hacia el fuego. Pensé que iba a intentar saltarlo. «No lo conseguirá —pensé—, es imposible». Pero, en lugar de saltar, siguió corriendo y se adentró en el corazón del fuego, con una ráfaga de chispas. Sus amigos lo vitorearon. Era como si estuvieran jugando a hacer esas cosas.

Ciertamente, aquello no era una revuelta popular, al menos en el sentido en el que se usa esa expresión en el siglo XXI. Nadie estaba planeando establecer un estado del pueblo. Respecto a eso en concreto, no creo que nadie, de ninguno de los clanes inferiores, hubiera esperado o anhelado hacerse cargo de nada. Era muy sencillo saber si la gente estaba emparentada, por sus ropas y marcas, y ahora podíamos ver a hermanos, padres, tíos y niños asesinándose y mutilándose los unos a los otros, reunidos en pequeños grupos y prácticamente golpeándose las cabezas juntos, cogiendo a la abuela, por ejemplo, y lanzándola al aire, o mordiéndose las nucas los unos a los otros. Ahora, gente que antes ni siquiera se habría rozado estaba mezclada. Las distinciones sociales se estaban disolviendo. Las mujeres bailaban con hombres de los clanes rivales. Los porteadores, con taparrabos de papel, estaban dándose hostias con los guardias Pumas, con sus estrafalarios atuendos. Una hilera de veinte esclavos casi desnudos, que habían soltado su cuerda del anda pero que aún seguían unidos por la cintura, se deslizaron como un ciempiés entre nosotros y el fuego, cogiendo trocitos de comida de los bultos de ofrendas que se habían caído y metiéndoselos en la boca. Una hora antes, aquello habría sido un delito castigado con la pena de muerte. La ciudad había estado sostenida por una frágil pirámide jerárquica, y al quitar un par de elementos, todo se había desmoronado.

No era lo que nosotros entendemos por un disturbio. Se parecía más a un Mardi Gras que se hubiera vuelto loco, a la corrupción de la peste negra, a una gradual disolución en el caos que yo asociaba con el último día del curso en el instituto Jubal, cuando las papeleras salían volando por las ventanas y los chicos se subían a los pupitres y rasgaban y lanzaban los libros desde las escaleras. O a cuando una multitud se desmadra después de un evento deportivo, y todos empiezan a cometer vandalismos. Todo eso era en una escala muy pequeña, por supuesto, pero la sensación era la misma, y eterna. Nada parecía más liberador que el permiso para destruir, para rendirse ante el odio a la vida y dejarlo escapar todo en un gesto dramático a lo Sardanápalo.* Se negaban a rendirse al fin del mundo.

«La gran puta», pensé.

La idea había sido crear una distracción para conseguir que la gente comenzara a armar jaleo y nosotros pudiéramos entrar, coger las cosas y salir. No queríamos que el asunto se saliera tanto de control.

«En realidad no pueden querer quemar sus propias casas, ¿no?», pensé.

Quizá esto podía ocurrir en cualquier situación, si conseguías la mezcla correcta de estresantes. Ellos tenían esa mortífera combinación de desesperación económica y convicción religiosa, igual que, por ejemplo, la OLP.** Pero, como con los terroristas suicidas, creo que su motivación principal era cierta sensación de ofensa. No estaban demasiado dispuestos a hacer lo que Koh había dicho, pero estaban tan enfadados con los clanes felinos que terminarían haciendo casi cualquier cosa. Para los seguidores del Cascabel de Estrellas, este oscuro día recuperaría su *baach*... es decir, su dureza, su atractivo, *macho, soldatentum*, honor, hombría, coraje, o como sea que se quiera traducir. Aquélla era su oportunidad de saldar viejas rencillas.

---

* Sardanápalo es un rey legendario que, asediado en su ciudad e intuyendo la derrota inminente, decide suicidarse con todas sus mujeres y sus caballos e incendiar su palacio y la ciudad para evitar que los enemigos se apropiaran de sus bienes. *(N. de los T.)*

** Organización para la Liberación de Palestina. *(N. de los T.)*

Bueno, al menos hasta ahora, los Pumas no habían comenzado siquiera a venir tras nosotros. La distracción había funcionado, ¿no?

Me di cuenta de que el guardia Campanilla se había dado la vuelta de nuevo hacia el fuego. Sostenía al niño con ambas manos, una en el cabello del chico, y otra en la parte de atrás de su cinturón. Balanceó al chiquillo hacia delante y hacia atrás para coger velocidad, y entonces, justo como si estuviera tirando un saco de abono en una camioneta, lanzó a su hijo hacia el infierno. El chico gritó en el aire, dejó de gritar cuando golpeó los carbones y gritó de nuevo, en un tono cada vez más agudo, hasta que sus pequeños pulmones se llenaron de humo.

Hun Xoc me agarró con dos dedos de la mano con la que sostenía la lanza y me empujó hacia delante. Allí arriba estábamos expuestos a un ataque de dardos. Bajé torpemente la escalera hasta la plaza. Formamos de nuevo y nos movimos hacia delante.

Estábamos a medio camino a través de la plaza cuando me di cuenta de que la muchedumbre se había espesado delante de nosotros. Los guerreros de la vanguardia cargaban contra la gente. Yo tropecé hacia delante y me apoyé en el guerrero que estaba frente a mí, que resultó ser 4 Lluvia con Sol, el curandero de la piel. Bien. Siempre es bueno tener a un médico cerca. ¡Ay!

No podía ver.

Me volví, tanteé alrededor y encontré el hombro de Mierda de Armadillo. Tenía una cicatriz de quemadura, así que sabía que era el suyo. Le señalé mis ojos. Mierda de Armadillo se inclinó hacia delante, casi empujándome, cogió mi cabeza entre sus manos, abrió mis párpados con sus dedos y lamió mis globos oculares.

Aquél era un movimiento que todos habíamos ensayado, para complementar el ungüento. A un observador ajeno podría haberle parecido que estábamos aprovechando el barullo de la batalla para enrollarnos. Y de hecho, incluso a través de la guata, no pude evitar notar que Mierda de Armadillo tenía una erección de piedra.

«Es sólo estrés —pensé decirle—. No te hagas ideas raras».

Abrí los ojos. Ah. Mejor. Algo empujó nuestra parte de la tortuga. Era uno de los guerreros Gila, casi sin vida. Había sido gravemente herido en el exterior de la formación y había pasado al centro. Lo dejaron en el suelo una hilera frente a nosotros. No pudimos evitar pasar sobre él. Nuestro nacom, nuestro ejecutor, lo mató degollando las arterias axilares bajo sus brazos.

El problema era que todo el mundo quería llevar a los muertos con el grupo. No querían que los enemigos consiguieran los cadáveres de los miembros de nuestra familia. Pero 12 Caimán y yo les habíamos dicho que no podíamos permitirnos hacer algo así. Sin embargo, los guerreros no habían sido capaces de aceptar la idea de dejarlos sin más. Y no queríamos que pensaran que, si los mataban, íbamos a abandonarlos, ya que en ese caso tendrían que trabajar como esclavos en las montañas de las almas de nuestros enemigos. Así que habíamos llegado a un acuerdo: el nacom cortaría la trenza y los testículos del guerrero, para llevarlos de vuelta a su familia, y estropearía el cuerpo, cancelando los tatuajes con una escofina y espantando el aliento del guerrero, su nombre, y su uay con un pequeño mayal de zapa. Incluso así, 12 Caimán tuvo que ordenar a los guerreros que había alrededor del cuerpo que lo dejaran caer. Pero fue como decirle a un par de perros que soltaran un pez muerto en la playa.

Esperamos. La sangre del guerrero estaba pegajosa bajo las suelas de goma de nuestras sandalias. Intentamos avanzar empujando hacia delante y encontramos resistencia, como si fuéramos un perro pequeño empujando la puerta de su jaula.

Quizá no podríamos avanzar más. ¿Qué estaba pasando? 4 Lluvia con Sol dio un paso hacia delante. Yo hice lo mismo, pasando sobre las piernas del cadáver. Más resistencia. Maldición... y entonces noté cómo se liberaba, como si algo se rompiera, y comenzamos a avanzar cada vez más rápido. Puse los pies en el suelo. Sentía suaves impactos en los cuerpos a mi alrededor. La multitud estaba dándonos paso frente a nosotros. Elevé la cabeza, intentando ver dónde estábamos, pero lo único que pude ver fue el tocado del guerrero que estaba delante de mí y el borde amarillo oscuro del mul del Huracán cerniéndose detrás. Escuché gritos cifrados yendo de adelante a atrás, no eran de ninguno de nosotros. Pumas, seguramente. Maldición. Sentí la señal para girar a la derecha pasando a través de nuestro cuerpo colectivo. Tropecé y caí sobre el cuerpo del guerrero que estaba delante de mí hasta que estuve prácticamente chupándole el lóbulo de su oreja tatuada en azul. Nos filtramos, lentamente, en un callejón estrecho entre dos plazas. La vanguardia sólo podía introducir en él a un par de personas cada vez. Me di cuenta de que una mano estaba agarrando mi muñeca libre, y entonces noté que estaban haciéndome una señal con golpecitos: «Mantente cerca». Era Hun Xoc. La rodeé con mis dedos y apreté indicando que estaba bien. Se podía oír una trifulca en los laterales de nuestro escuadrón. No había repiqueteo de armaduras, por supuesto. El combate con hachas de sílex y lanzas de punta de obsidiana sonaba a pies arrastrándose, y cristales rotos, con un par de insultos, alaridos, crujidos y gritos añadidos.

Terminó y comenzamos a movernos de nuevo. El escuadrón supuró hacia delante como masa saliendo de una amasadora, y yo me dejé arrastrar bajo un arco, y luego bajé hasta un patio hundido. En ese momento mis pies estaban tocando el suelo de verdad, o mejor dicho, la capa de cuerpos temblorosos sobre los que estábamos caminando. Subimos cuatro peldaños y entramos en otro patio, lo cruzamos y bajamos dieciséis escalones más hasta otra plaza.

«Dieciséis escalones —pensé—. Bien. Eso significa que casi hemos llegado».

Tropecé y bajé tres peldaños de rodillas. Entonces 2 Mano y Mierda de Armadillo me elevaron. Entre el ruido provocado por la aglomeración de gente, oí que 12 Caimán nos gritaba que mantuviéramos la tortuga unida.

Todo aminoró su velocidad. Nos detuvimos. La multitud se apiñaba en nuestro perímetro. Vaya. Ahora se me estaba cegando el ojo izquierdo. Joder. Se suponía que la hiedra venenosa debía haberse quemado en un minuto, o dos. Nos apoyamos los unos en los otros, intentando mantener la estructura entramada de nuestra formación, como un cristal bajo compresión, estirando las cabezas hacia arriba para intentar conseguir aire fresco. Dimos otros tres pasos hacia delante, aplastando cuerpos. Era como caminar sobre lasaña viviente. Algo agarró mi rodilla derecha. Era una mano. Le di una patada con mi otro pie y estuve a punto de caerme. El guerrero situado delante de mí me empujó hacia atrás, de mal humor. Recuperé el equilibrio de nuevo y clavé la lanza en la muñeca de la mano que me agarraba. Reaccionó, pero no me soltó. Seguí el brazo hasta la cabeza. Ésta estaba mordiéndome el tobillo izquierdo. Joder. Le clavé la punta de obsidiana en la mejilla. La atravesé y arañé un diente. Me liberó y tomó aire para morderme de nuevo, mirándome con una expresión salvaje, llena de odio y somnolienta, todo al mismo tiempo. Presioné el mango contra su ojo, lo saqué y se lo metí en la boca. Su mano dejó escapar mi tobillo. Saqué la jabalina y nos movimos hacia delante.

«Maldición. Ese tío está jodido. Tú lo has jodido. Maldición. Hay demasiados», pensé distraídamente.

Podrían aplastarme hasta matarme, y nadie sabría nunca qué había pasado. Y Marena pensaría que la había cagado. Ni siquiera sabría nunca que había llegado hasta allí, que había hecho todo ese buen trabajo, que lo había intentado con todas mis fuerzas.

«Lo tengo bien merecido, por relacionarme con fanáticos. Toda esa gente piensa que puede caminar sobre la lava. Todo por mi culpa. Joder, estoy cansado. Sí. Cansado. Descansa un segundo. Mira a ver qué pasa».

Sentí que me desmayaba justo cuando comenzábamos a movernos de nuevo.

«Muévete. Vale. Muévete. Hacia delante. Media legua, media legua, media legua ante ellos.* Un, dos».

* Primeros versos del poema «La carga de la Brigada Ligera», de lord Alfred Tennyson: «Media legua, media legua, / media legua ante ellos. / Por el valle de la Muerte / cabalgaron los seiscientos». (N. de los T.)

Llegamos a otra escalera. Arriba. Abajo. Agarré a Hun Xoc y me apoyé en él como si fuera el borde de nuestra canoa mientras bajábamos los rápidos de aquella aglomeración de sudor y aceite.

Adelante. Empuja. Empuja. Una vez más. Arriba. Sobre el borde, soldados. Aquel muro era el doble de alto que el último por el que habíamos pasado y, cuando llegué a la parte de arriba, arriesgué otra mirada alrededor. Desde allí podíamos ver las plazas, así como echar una buena mirada a los suburbios del norte y el oeste, y a las colinas cubiertas de adobe más allá. Penachos de humo crecían y se ampliaban, inclinándose sólo un poco hacia el oeste en el aire inmóvil. Tras ellos, ríos de peregrinos fluían sobre la cresta de la colina, bajando el valle. Se arremolinaban y se enroscaban, presionándose lentamente hacia el distrito teocali.

Me llevó un minuto que mi cabeza entendiera lo que estaba pasando. En lugar de huir del incendio, la multitud estaba apresurándose hacia él, hacia el interior de la ciudad, hacia los ejes principales, empujando hacia delante, hacia las llamas.

Bien, últimamente había visto un par de cosas espeluznantes. Pero en ese momento realmente estaba horrorizado. Toda esa gente iba a entrar, a agruparse y a aplastarse los unos a los otros como pavos en una tormenta. Y el holocausto no había hecho más que empezar. Era como observar un tren dirigiéndose hacia un puente derrumbado. Escuchamos los primeros gritos de la gente que estaba siendo aplastada hasta la muerte, pero aquello era sólo el principio. Una muerte en masa venía de camino. Joder. Joder.

Habíamos asumido que, una vez que el incendio comenzara, la gente huiría. Es decir, que correrían para salir de la ciudad. Incluso Koh había pensado eso, ¿no?

Mierda de Armadillo me agarró y me empujó hacia las escaleras de la plaza. Yo me zafé de sus manos. «Venga, ya lo hago yo solito». Caminé sobre una valla de varas de ofrenda derrumbada y entré en la amplia plaza. Formamos y continuamos adelante.

Entramos en la plaza de los Pumas. Una hoguera rugía en

su centro, a unos cuatrocientos brazos por delante de nosotros. A la derecha se elevaba la escalera del mul del Huracán. Los guardias Pumas, armados con jabalinas, bajaban por ella, silueteados contra el resplandeciente vapor de las abarrotadas plazas del norte. La hoguera estaba sólo a cincuenta brazos de distancia del punto por donde los Pumas entrarían en la plaza, así que, tan pronto como bajaran, estarían en peligro de resultar quemados. Evidentemente, no había otro modo de abandonar el mul. Es decir, no había una escalera interior, y aunque suponía que podría bajarse escalando por la parte de atrás, o por los laterales, eso no sería sencillo. Entre los distintos niveles había veinte brazos de altura, y en realidad tampoco es que fueran niveles, sino cuestas, y lo suficientemente resbaladizas para que resultara difícil mantenerse sobre ellas. Pero de todos modos los incendios estaban haciéndose más fuertes en los barrios orientales, detrás del mul. Así que, aparentemente, la gente que había arriba había decidido que su mejor opción era bajar por el acceso normal y, una vez abajo, subir por el eje principal hacia el mul de la Bruja de Jade, donde aún no había ningún incendio, para, a continuación, subir las carreteras comerciales hasta Cerro Gordo.

Una señal atravesó nuestro escuadrón: dos golpes en el pecho con la mano abierta. Significaba que éramos libres de romper la formación y de avanzar a lo largo del muro en doble fila.

Lo hicimos. Presioné mi espalda contra el yeso trabajado. Estaba cálido y pegajoso.

Caminamos, lentamente, deslizándonos al norte a lo largo del muro este, hacia el callejón que conducía a la farmacopea. ¿Dónde estaba Koh?, me pregunté. Debería haberse unido ya a nosotros en algún lugar. Habíamos estado haciendo llamadas en código, pero resultarían poco discretas. «Bueno, aguanta un poco más, Jed. ¡Ay!». Me di cuenta de que tenía calor. Mucho calor. La piel del costado que daba a la hoguera se me estaba secando rápidamente, y estaba a punto de escamarse. Encontré a 4 Lluvia con Sol y me mantuve en su sombra. Tenía un trozo de tela de manta atada alrededor del rostro, como un bandido del Oeste americano. Buena idea. Arranqué uno de los amplios lazos de mi cabello, y lo anudé sobre mi rostro.

Dos golpecitos en mi hombro. Gira a la derecha. Nos estrechamos y nos introducimos en una especie de callejón ceremonial entre altísimos muros con pilastras con forma de felino gruñéndonos desde cada lado. No había guerreros Pumas en el callejón. Quizá no iban a molestarnos. Entraríamos, saldríamos y nos iríamos. Sin problemas. Ahora que estaba a dos guerreros del borde de nuestra doble línea (que era la izquierda de la formación de tortuga), podía ver el interior de las casas junto a las que pasábamos. Vi atisbos de familias que, agazapadas en su interior, cantaban canciones de expiación.

Llegamos a una puerta grande, no un trapezoide alto como la mayoría de las puertas mayas, sino un rectángulo bajo en un muro de dos pisos cubierto de máscaras negras y rojas de gatos con colmillos.

12 Caimán dividió las fuerzas. La mayor parte de los guerreros iban a esperar allí, asegurando la entrada. Abrirían paso a la Dama Koh y su escolta, si llegaban hasta allí. Treinta de nosotros dejamos nuestros escudos y lanzas y entramos de dos en dos. Me arranqué la pequeña maza del muslo izquierdo y anudé sus correas ocultas alrededor de mi mano. Una maza es algo terrible que blandir. Hun Xoc y yo pasamos sobre los porteros muertos, sobre peldaños húmedos y bajamos un amplio y oscuro pasillo. *Lasciate ogni speranza*. No teníamos antorchas, pero la humeante luz del día se filtraba a través de las lucernas del tejado. El pasillo iba directamente al este durante sesenta pasos y después se bifurcaba. Fuimos a la derecha, como Koh había dicho. El pasillo se estrechaba en un túnel trapezoidal que goteaba condensación. El lugar olía a secretismo y exclusión, y al esporífero aroma de los hongos. La luz desapareció. Hun Xoc se detuvo. Había ruidos de lucha delante de nosotros. El túnel se curvaba un poco, así que no podíamos ver nada. Maldición. Esperábamos no encontrarnos con demasiada gente, dado que absolutamente todo el mundo tenía que estar en el exterior durante la vigilia. Pero,

evidentemente, los Pumas no eran estúpidos. Algunos de ellos habían vuelto al edificio cuando las cosas habían comenzado a ir mal. Joder. Podrían retenernos durante horas... espera. La primera línea de guerreros se movió de nuevo. Habíamos ganado. Vaya... Había hablado demasiado pronto. Nos detuvimos. Nos movimos. Nos movimos, nos detuvimos, nos movimos. Estaba totalmente oscuro. Hun Xoc y yo reanudamos nuestro camino sobre lo que parecían cuerpos. Uno estaba aún resollando y, cuando me arrodillé sobre él, sentí el mango de una maza. Tanteé su longitud. Sobresalía de su boca. Lo saqué y seguí adelante. Frente a nosotros había luz. Llegamos a un patio cerrado con un extraño olor a alcanfor y altos muros vacíos que se elevaban hasta un rectángulo de sol a unos dos pisos sobre nosotros. Los gritos de la ciudad sumida en el pánico parecían lejanos. El suelo era suave. Era de tierra. De una rica tierra negra, de hecho. El patio estaba lleno de árboles, parecidos al árbol del caucho que en las islas llaman «Indio desnudo». Tenían una madera roja que seguramente sería tóxica y había veinte en cuatro ordenadas hileras, cada uno de diez brazos de alto. Estaban cubiertos de pequeños frutos que crecían directamente de las ramas, como los caquis. Miré una rama de cerca. Las frutas eran caracoles. O mejor dicho, la rama estaba abarrotada de caracoles naranjas y negros. Eran algún tipo de *Liguus*, pero yo nunca había visto esa especie. No conseguí verlos bien antes de que Hun Xoc me empujara alrededor del perímetro del jardín hasta una puerta baja. Agaché la cabeza y me arrastré detrás de Hun Xoc, hundiendo los nudillos en el cálido barro y el agua estancada. Hun Xoc me ayudó a incorporarme en la habitación que había al otro lado. Era la farmacopea.

58

Era el espacio interior más grande en el que había estado. Quiero decir en los viejos buenos tiempos. Era amplio y extrañamente largo; se extendía y se extendía. Una doble hilera de antiguos pilares de madera sostenía el techo. Estaban tallados con forma de guardias, como en el llamado Templo de los Guerreros de Chichén, y recientemente habían sido pintados con los colores de los Pumas. La débil luz diurna se filtraba a través de lucernas en la parte de arriba de los muros. Las paredes de piedra tenían hileras de nichos, y el lugar estaba abarrotado de enormes cestas, mesas bajas, rodillos, tinajas de agua del tamaño de hombres, barreños, cazos, coladores, tapones, morteros, almirez, botes, viales, etcétera. Evidentemente, allí se hacían un montón de cosas, además de las drogas del Juego. Seguramente, sólo remedios de curandero. Aceite de serpiente y elixir de locura. Había pequeños canales de agua cortados en los altos muros, y una enorme tina de piedra, como el *jacuzzi* de una película porno, con patos en ella. Junto al olor a corral de los patos, y el horrible hedor a estanque de estiércol, el lugar incluso tenía una pizca de ese asqueroso olor a vela aromatizada y popurrí de tienda de pueblo. Contadores y acólitos correteaban por allí, sacando frenéticamente cuencos de los nichos y rompiéndolos contra el suelo.

Los guerreros Arpías entraron, agarraron al personal e intentaron inmovilizarlos en el suelo antes de que pudieran tragar veneno o rasgarse una arteria. La habitación se llenó de los sonidos de las roturas y de humo. No, no era humo. Polvo. Los mezcladores, o las mezcladoras (uno de ellos, que estaba muerto a mi lado, era una mujer vestida de hombre, así que quizá Koh tenía razón), estaban cogiendo cuencos de polvo narcótico de las estanterías y tirándolos al suelo. Nubes de polvo amarillo subían en espiral por los agujeros para el humo sobre las frías chimeneas. Podía oír a nuestros hombres asfixiándose y tambaleándose entre el polvo. Hun Xoc les gritó que se cubrieran la cara. Las punzantes partículas se cernieron sobre mí y, a pesar de la tela que llevaba sobre mi rostro y respirando a través de mi nariz, conseguí un chutecillo de aquella mierda. Era como si me hubiera esnifado una raya de curry en polvo.

Me senté en las sanguinolentas baldosas, estornudando. Virutas de luz rosada y blanca y siete acordes espantosos de ruido sinestésico parpadearon en mi visión. Fuera lo que fuese lo que había inhalado, no estaba aprobado por la FDA.*

Seis de nuestros guerreros habían capturado a cuatro mezcladoras y las sujetaban sobre un montón de utensilios rotos en el centro de la habitación. Vi que dos de ellas estaban vomitando sangre, seguramente de los bichos que se habían tragado. Me di cuenta de que la lucha aún seguía en el extremo opuesto de la habitación, pero parecía estar ocurriendo sin sonido, e incluso a cámara lenta. Había otra pequeña puerta en el muro más alejado, una escotilla de salida. Un par de las mezcladoras estaban escabulléndose a través de ella.

—*Y okol paxebalob' ah yan yan tepalob' ah ten* —gritó 12 Caimán. Básicamente, lo que dijo fue: «Que alguien bloquee esa puerta, u os arrancaré los testículos». Uno de los guerreros Arpías se abalanzó contra la puerta, agarró a las mezcladoras que estaban a medio camino de la salida y tiró de ellas de vuelta a la habitación. Hubo una ráfaga de luz anaranjada y durante un par de segundos pensé que estábamos en llamas, hasta que me di cuenta de que era sólo yo.

* Food and Drug Administration: Departamento de Control de Alimentos y Medicamentos de Estados Unidos. (*N. de los T.*)

«Maldición —pensé distraídamente—. Soy un desastre».

Me quedé sentado durante diez latidos, y después veinte latidos. Algo me hizo pensar que estábamos de nuevo en el exterior, en un bosque tranquilo, y entonces me di cuenta de que eran los sonidos de la noche, los coros de grillos y de gordas y jugosas langostas, de cigarras y de ranas. Joder. Había un montón de bichos distintos allí, en un montón de cestas distintas. ¿Y si no podíamos encontrar las correctas? ¿Tendríamos tiempo de hacer que una de las mezcladoras hablara? ¿Y si no podíamos hacerlas hablar? Como ya he dicho, la gente de aquel lugar estaba dispuesta a morir antes de abandonar el barco...

—Hac' ahau-na-Koh a'an.

Era la voz de Hun Xoc en mi oído. Se había enviado un mensaje a través del túnel: la Dama Koh estaba de camino.

E incluso antes de que lo dijera, yo pensé que había olido algo, el aroma del patio interior de Koh, ese toque a orilla del mar que no podía identificar, la fragancia del aliento del Cascabel. Parecía más fuerte de lo que había sido en sus habitaciones, y más áspero. Más enfadado.

Dos de los escoltas de Koh, acólitos masculinos de su orden, vestidos como guerreros y con largas mazas, se agazaparon, miraron alrededor, se colocaron a cada lado de la puerta e hicieron una señal.

Koh caminó entre ellos, lentamente, de ese gracioso modo suyo, mirando a la derecha y a la izquierda. ¿Cómo había conseguido llegar hasta allí tan rápido?, me pregunté. Quizá tenía otra ruta y otros confederados de los que no me había hablado. Bueno, no me extrañó. Estaba vestida como un guerrero Cola de Golondrina, con una amplia armadura enguatada y una máscara de rostro completo tallada en una delgada madera ligera y cubierta con diminutos motivos turquesa. Lo único que podías ver de ella eran sus manos, sus tobillos (uno claro, el otro oscuro) y quizá un poco de sus inquisitivos ojos.

Me puse en pie de nuevo. Aún teníamos las telas sobre nuestros rostros, pero ella nos reconoció (me refiero a Hun Xoc, a 12 Caimán, a 1 Gila y a mí) por nuestras marcas y nos saludó. Le devolvimos el saludo. Koh prestó especial atención a 1 Gila. ¿He olvidado mencionar que su familia era un clan teotihuacano independiente que era leal a Koh? Bueno, aunque lo haya olvidado, vamos a dejarlo aquí. Además, 1 Gila era el tipo fornido de la nariz rota a quien habíamos visto en el patio de los Tejedores del Orbe con el que pensé que era su hijo, cuyo nombre era... bueno, ahora he olvidado el nombre de su hijo. Joder, todo era confuso. De cualquier modo, yo pensaba que Koh le había hecho esperar mientras ella y yo teníamos nuestra primera charla pero, o no se enfadó, o estaba allí para algo más, o esas cosas no funcionaban de aquel modo, o lo que fuera, porque allí era nuestro mejor aliado. Vale, volvamos a lo que estaba ocurriendo.

Dos escoltas epicenos más entraron detrás de la Dama Koh. Ambos estaban vestidos como guerreros, pero uno de ellos, creo, era una mujer, y en lugar de una maza estaba sosteniendo a la enana de Koh, la Mujer Pingüino.

La Dama Koh atravesó una especie de pasillo entre las mesas y la hilera sur de pilares. Pasó junto a un trío de guerreros Gilas que estaban atando a uno de los contadores Puma que estaba aún vivo y que seguía inclinando su cabeza hacia delante, intentando asfixiarse contra sus manos. Se sentaron sobre él y la saludaron como a alguien muy superior a ellos.

Koh los reconoció y siguió adelante. Yo la seguí, caminando detrás de la porteadora de la enana.

Fue hasta el muro opuesto y seleccionó una enorme tinaja de terracota del tercer nicho a la izquierda. Su ayudante la sacó, levantó la tapa y se la acercó. Koh buscó en su interior.

Incliné la cabeza sobre el hombro del ayudante. Koh sacó la mano. Goteaba, y parecía haber contraído, de repente, una enfermedad pustular. Pero, cuando la miré más de cerca, pude ver que su piel oscura estaba plagada de diminutos sapos. Eran como sapos de Surinam, planos, con cabezas triangulares y con los ojos en el lugar equivocado a los lados del triángulo. Pero eran más pequeños que ésos, y su piel tenía un tenue tono azul grisáceo, casi lila. Sus lomos estaban tuberculados con huevos naranja, medio enterrados.

59

Cuando volvimos al zócalo, la situación había degenerado gravemente. Los hombres de 12 Caimán se separaron para dejarnos pasar al centro de la tortuga, o lo que quedaba de ella. Las jabalinas pasaban silbando sobre mi cabeza. Una de ellas golpeó a uno de los escoltas de Koh. Habían apuntado alto, sobre las cabezas de la primera hilera de guerreros, para intentar matar en el centro de la formación. Eso significaba que estábamos siendo atacados por soldados reales, y que tenían armas de verdad, no las lanzas ceremoniales que se suponía que debían llevar para el festival. Alzamos nuestros escudos, pero la formación se había deshecho. Llegó otra descarga de lanzas. Hun Xoc me hizo agacharme y me dijo que me mantuviera abajo. Intenté mirar a Koh, pero estaba rodeada por sus propios guardias. Éstos eran altos y, en lugar de escudos, tenían unos cuadrados grandes de tela azul enguatada que sostenían sobre ella. A mí aquellos acolchados me parecían un poco tontos, algo parecido a los elegantes edredones que comprarías en Missoni Home. Pero supongo que eran efectivos...

Mis pulmones aún tenían problemas. ¿Estoy drogado o sólo sin aliento? ¿Qué pasaba con todos los demás? ¿Estaban bien? Miré alrededor.

Sobre mi cabeza el cielo estaba aclarándose, podía incluso atisbar el sol a través del humo. Pero aquello no parecía afectar en el pánico. Cuando la gente está atrapada en el frenesí, nada la disuade. La mayoría de los músicos habían parado, o los habían parado, pero un par de ellos aún seguían rasgando las cuerdas aleatoriamente. Todavía había gente riéndose por todas partes, cientos de voces carcajeándose, desternillándose y cacareando.

«Está allí», señaló Hun Xoc sobre mi brazo. 12 Caimán se había abierto camino, de nuevo, hasta el centro de la formación.

Estaba furioso. Y tenía derecho a estarlo. Habíamos estado allí dentro al menos veinte minutos. Unos diecinueve minutos más de la cuenta. Entendí, por sus gritos, que cuatro veintenas de guerreros Pumas los habían encontrado y rodeado. Y por cómo sonaba aquello, estábamos perdiendo.

Ni siquiera intenté excusarme. Temía que me arrancara la nariz de un mordisco, algo que había hecho a otros más de un par de veces, si la mitad de las historias que había oído eran reales. De cualquier modo, ¿qué iba a decir? ¿Que habíamos perdido a tres guerreros que habían respirado ese polvo y que yo mismo me había llevado un chute, así que quizá no me quedaba demasiado tiempo tampoco? ¿Que nos había llevado algo de tiempo acorralar a los sapos? Y a los caracoles. Y a los patos. Y a un árbol. Me despellejaría vivo. Y eso era algo que podía hacer en unos treinta segundos. Podría haberle dicho que aquello había sido como arriar gatos, pero no tenían una expresión parecida a ésa por allí.

La cuestión (hasta donde yo entendía) era que los caracoles se comían el árbol, y entonces los sapos se comían a los caracoles, y a continuación los patos se comían a los sapos. Parecía algo sacado del Dr. Seuss. Así que teníamos que asegurarnos de conseguir todas aquellas cosas. Koh había dicho que los árboles crecerían a partir de esquejes, lo cual era bueno, pero aun así, hice que los guerreros sacaran uno pequeño de raíz y que lo embolsaran. Además, no estaba seguro de si en la tierra había algo, así que insistí en que llenaran dos bolsas con ella. Además, habíamos tenido que ocuparnos de los prisioneros, y ellos no nos lo habían puesto fácil. De modo que, cuando salimos por la puerta, aquello parecía una pequeña caravana gitana formada por porteadores con cestas, fardos, tinajas, el árbol envuelto y el resto de las cosas sin las que Koh parecía no poder vivir. Y nos las habíamos arreglado para atar a cuatro de las mezcladoras Pumas, y a dos de sus contadores de ocho piedras, para que supervisaran la producción de las drogas. El resto se había suicidado, o estaban lo suficientemente jodidos para que no tuviéramos que preocuparnos de ellos. De modo que, con seis prisioneros y unos veinte porteadores cargados hasta los topes, no éramos, exactamente, una fuerza ofensiva móvil.

Y, por lo que podía decir leyendo entre las líneas de 12 Caimán, los seguidores de Koh no estaban ayudando demasiado. Había traído un contingente de al menos un centenar de guardias y acólitos, que era mucho más de lo que yo esperaba. No es de extrañar que no quisiera viajar con nosotros, pensé. Yo habría intentado que redujera su séquito. Nos había dicho que enviaría a casi todos sus criados, o lo que fueran, hacia el punto de encuentro. Quizá Koh era un pez más gordo de lo que yo había pensado. Aun así, la mayor parte de su gente no eran luchadores entrenados, y estaban estorbando más que ayudando.

Cuando trabajaba en investigación, enviábamos animales vivos alrededor del mundo todo el tiempo, generalmente por DHL. Había enviado y recibido peces, tarántulas, gasterópodos, serpientes y más animales de los que podía recordar, y sólo había tenido un par de muertes durante el trayecto. A los animales de un montón de especies, si los empaquetas envueltos en algo suave y los mantienes en la oscuridad, en lugar de volverse locos como lo haría un mamífero, se tranquilizan y lo único que hacen es esperar a que ocurra algo mejor. Habíamos empaquetado cuatro fardos lo mejor que habíamos podido, un paquete para cada uno de los cuatro corredores. Así que quizá lo conseguiríamos.

El mensajero jefe nos aseguró que volverían a Ix en menos de ocho días. Sonaba imposible, pero 12 Caimán había dicho que sabían lo que estaban haciendo y que eran absolutamente fiables. Eran de un clan de las colinas dependiente de los Arpías, así que eran leales. Habían sido elegidos en una competición. Eran lo mejor de lo mejor. Estaban preparados para marcharse, con sus peticiones preliminares anudadas en el cabello y sus cuchillos suicidas atados en los antebrazos. Se reunieron a mi alrededor y repasamos cómo mantener a los animales tranquilos, cómo cambiar los trapos húmedos cada medio día y cómo añadir un poco de esto, o un poco de aquello. Cuidados básicos para mascotas. Si un bicho se moría, tenían que ponerlo en una bolsa de sal inmediatamente. Incluso si las criaturas no sobrevivían, 2CE las enterraría junto con mis notas sobre el Juego y el patrón correcto de magnetitas. Y eso debía ser suficiente para Marena y el equipo. O eso esperaba.

Tenían que abrirse camino a través de un montón de Pumas irritados. Y tenían que mantenerse alejados de cualquier vigilante de las ciudades que hubiera escuchado lo que había pasado ese día a través de la red de señales. De modo que tendrían que robar comida y agua.

Aun así, el robo era su segunda profesión, después de la velocidad. Quizá lo conseguirían. Y algunos de los animales deberían sobrevivir al viaje. No era imposible.

Los miré a los ojos, intentando actuar como un líder, intentando calibrar su entereza del modo en el que un comandante de verdad como 12 Caimán lo haría. Ellos me devolvieron la llamada, ansiosos, bruscos, intentando complacer. Realmente creían que yo era una persona superior, y estaban contentos de morir por mí. Me sentí gilipollas.

«No es por ti, Jed —pensé—. Es por el futuro. ¿Te acuerdas del futuro?».

Sonaba fantasmagórico.

Los corredores salieron a través del abarrotado callejón, hacia el este, hacia la calzada que subía la falda de la montaña.

«Mucha mierda», pensé.

Joder.

12 Caimán dio la orden de salir de allí. Avanzamos hacia el oeste, hacia el eje principal. Ochenta pasos después, estábamos fuera del callejón, moviéndonos hacia la esquina sureste de la plaza de los Pumas. Nuestro plan A era dirigirnos al norte, subir el eje principal y girar al este justo antes de alcan-

zar el mul de la Bruja de Jade. En el lado noroeste estaríamos entre Auras, que eran aliados de Koh y de los Gilas. Y así podríamos tomar la amplia carretera comercial hasta el lago.

Cincuenta pasos después, yo sabía que no íbamos a llegar mucho más lejos. La pagoda en llamas que estaba frente a nosotros emanaba demasiado calor. Sus tres plantas superiores se habían derrumbado y había carbones y ramas ardiendo por todas partes sobre los adoquines. Más allá de la hoguera había más problemas. En los barrios del lado oeste del eje principal, el fuego se había extendido mucho más rápido de lo que habíamos pensado que lo haría. No había modo de que escapáramos en esa dirección. Y tampoco podíamos ir por donde habían salido los corredores, al menos no sin dejar toda nuestra carga y a la mayoría de nuestra gente detrás. Los cuatro corredores eran como practicantes de parkour,* que saltaban sobre los cuerpos y las cabezas de las personas, las ramas y los toldos, y que se subían a los tejados, y todo eso. Éramos un ejército, uno pequeño, pero uno al fin y al cabo, y un ejército tenía que usar las calles y las calzadas. Aminoramos la marcha hasta casi detenernos. Un par de exploradores de avanzada habían vuelto de una misión de observación. En realidad, era sólo un explorador, porque el otro, que iba sobre sus hombros, estaba casi muerto tras haber recibido un dardo envenenado. Subieron el muro y, desde allí, a uno de los grandes andamios de ofrendas. Lo que habían visto era descorazonador. El callejón hacia el este, que era la ruta de escape de nuestro plan B, estaba abarrotado de cuerpos. Algunos estaban vivos y otros muertos. No había manera de que nuestra gente pudiera salir por ahí. Los tejados en los edificios del este estaban

---

* Parkour, también conocido como *l'art du déplacement* (en español: el arte del desplazamiento), es un deporte que consiste en desplazarse de un punto a otro lo más fluidamente posible, usando principalmente las habilidades del cuerpo humano. Esto significa superar obstáculos que se presenten en el recorrido, tales como vallas, muros, paredes, en ambientes urbanos, e incluso árboles, formaciones rocosas y ríos, en ambientes rurales. *(N. de los T.)*

ya en llamas, y algunas de las pasarelas se habían derrumbado. Los escudos de nuestros hombres en el exterior de la formación no iban a aguantar mucho más. En resumen, estábamos atrapados. Sencillamente, no había modo de salir de la ciudad. Teníamos que esperar a que el fuego se extinguiera. Pero si hacíamos eso, moriríamos quemados, si es que los Pumas no nos mataban antes.

Como un acróbata, Hun Xoc saltó sobre los hombros de Lluvia con Sol para mirar alrededor. Comencé a hacer lo mismo con Mierda de Armadillo, pero 12 Caimán se acercó y me ordenó que me quedara abajo. Evidentemente, 2 Cráneo Enjoyado no había pretendido librarse de mí, así que le había dicho a 12 Caimán que me mantuviera con vida. Bueno, es agradable saber que eres querido. Hun Xoc saltó sobre mí, y yo lo cogí automáticamente. Me echó una mirada que decía: «Estamos jodidos».

1 Gila y la Dama Koh se abrieron paso hasta mí y unimos los brazos para hacer un círculo de espacio abierto. En sentido horario desde el norte, el consejo estaba formado por Hun Xoc, yo, 12 Caimán, 1 Gila y la Dama Koh.

Se produjo una pausa embarazosa.

Miramos adelante y atrás. Teníamos que decidir algo, al menos, y llevarlo a cabo.

—Tenemos que llegar hasta el mul del Huracán —dijo Koh a través de su máscara.

Todo el mundo la miró.

—Las llamas no alcanzarán el teocali —dijo. Pensé que iba a decir algo más, pero no lo hizo.

1 Gila dijo que aquello iba a ser incluso más duro que lo que estábamos haciendo en ese momento. No sería fácil abrirse camino colina arriba. Además, los Pumas del mul estaban intentando bajar. Ellos no pensaban que el mul fuera a protegerlos del fuego, así que, ¿por qué deberíamos hacerlo nosotros? Además, dijo, la fachada ardería cuando estuviera lo suficientemente caliente. Así que, incluso si conseguíamos subir hasta el santuario Puma, moriríamos allí en lugar de aquí abajo.

Nadie contestó.

«Koh es muy lista —pensé—. Tiene que tener razón. ¿Cierto? Cierto. Será mejor que des tu opinión, Jed».

Yo dije (o más bien, grazné) que la fachada del mul del Huracán estaba cubierta de madreperla, no pintada y aceitada como los otros mulob. No ardería, de hecho, debería reflejar el calor, y a aquellas alturas íbamos a morir allí abajo, de cualquier modo. Los Pumas bajaban porque estaban asustados, no porque hubieran pensado algo así. Además, si algunos habían conseguido bajar, eso significaba que habría sitio en la parte de arriba para nosotros. Allí arriba teníamos una oportunidad, aquí abajo no, y punto. Koh tenía razón.

Se produjo otra pausa. Quizá todo el mundo estaba escuchando los gritos en código de los capitanes en los bordes de la formación, esperando que el combate se volviera a nuestro favor. Sin embargo, eso no iba a ocurrir. Los únicos gritos que oíamos eran alarmas, llamadas de cuervo de los hombres de 1 Gila que significaban «No podremos aguantar mucho más». Otra ráfaga de jabalinas se acercó y cayó sobre los guerreros justo un poquito al este de nosotros.

Vamos, pensé.

No votamos. Todo el mundo hizo un gesto que significaba «de acuerdo».

12 Caimán, 1 Gila y Koh dieron tres versiones de la orden. Pasó a través del escuadrón: «Atacad el mul del Huracán».

Eso significaba que tendríamos que romper la formación a la derecha y ponernos en marcha luego en dirección norte. 12 Caimán volvió a su posición de mando cerca de la vanguardia. Dijo a sus hombres que mantuvieran la formación. Si nos alargábamos demasiado, y los Pumas nos cortaban en dos, podía ser nuestro fin.

Hubo otro difícil minuto de espera. Intenté imaginar el aspecto que tendría nuestra formación desde arriba. Seguramente parecería un chupete, con una larga hilera de hombres apretándose en el callejón y una porción redondeada intentando salir a la plaza de los Pumas. Además, tendría que haber un anillo de guerreros Pumas rodeando el caramelo, y más allá, la multitud de peregrinos y ciudadanos abarrotando la plaza.

«Adelante», señaló Hun Xoc.

Elevé mi escudo.

Nuestra marcha de serpiente se detuvo, como si estuviéramos enroscándonos, y entonces, cuando 12 Caimán dio la orden de cargar, salimos hacia la plaza. Inmediatamente giramos a la derecha y nos deslizamos a lo largo del alto muro este de la plaza. Al menos, éste nos protegía por ese lado. Mi costado izquierdo estaba aún caliente de la hoguera.

Avanzamos. Los Pumas nos atacaban por el flanco, a sólo tres personas a mi izquierda. Algunos de nuestros guerreros cayeron y nadie recogió sus cuerpos... lo que era como dar a nuestros enemigos vía libre para maldecirnos hasta la enésima generación, y eso debería dar una idea de lo desesperada que era la situación. Joder. Qué calor. El hombro se me estaba despellejando. Hacía demasiado calor. Pero estábamos intentando apartarnos de la hoguera. ¿Cómo podía soportar aquella gente estar tan cerca?

«Adelante. Adelante. No puedo ver nada. ¿Qué está pasando? Qué calor. Joder. Puedo oír señales de lucha en el límite de la tortuga. ¿Qué está pasando?».

Miré atrás pero no pude ver a la gente de Koh. «Y los bichos. Tenemos que movernos o los bichos se asarán en sus conchas. Maldita sea».

Dejé de pensar. En cierto punto giramos a la derecha, hacia el río de gente que se apresuraba a bajar las escaleras. No eran luchadores, al menos. Era gente elegante, oficiales. Viejos. Nos abrimos paso a través de ellos. Se arremolinaron a nuestro alrededor, sorprendidos ante nuestro ataque, pero más dispuestos a apartarse que a pelear. Llegamos hasta la escalera, que tenía los peldaños inferiores medio cubiertos de cuerpos. Un par de los guerreros Arpías de 12 Caimán comenzaron a subir los primeros escalones, clavando sus jabalinas a los ancianos Pumas que estaban aún bajando. Y el resto de nuestra formación debería haber cargado hacia delante detrás de ellos.

Pero sentí vacilación en los guerreros a mi alrededor. Los Gilas, especialmente, estaban quedándose atrás, murmurando. Levanté la mirada.

Sobre el hombro de 4 Lluvia con Sol, las estancias del santuario de tres pisos en la parte de arriba del mul nos miraban ceñudamente a través de la neblina marrón. Parecía estar muy lejos, pero había algo sobrecogedor en su expresión. Dos enormes ventanas superiores con forma de T eran sus ojos, y las cuatro entradas al santuario inferior conformaban una sonrisa con dientes de menos. Quizá podía decirse que su expresión era demente, o inhumana. Aquello parecía estar tan lejos sobre nosotros como la cima del Eiger en Interlaken. Era un gigante maléfico. «Nunca llegarás aquí arriba», decía. Se reía.

En un día normal, escalar aquella roca significaría la muerte instantánea para cualquier persona que no fuera Puma. Y no sólo muerte por ejecución, sino muerte por lo que incluso la gente del siglo XXI llamaría medios sobrenaturales. Sería como si un campesino medieval atravesara la nave de San Pedro y se cagara en el altar. Cualquiera esperaría que fuera atravesado por un rayo celestial, o algo así. El mul era una colmena titánica de poderosos y malvados gatos gigantes, transmortales depredadores cósmicos que matarían sin pensarlo, gobernantes del nivel cero desde el nacimiento de este tiempo. Nadie le tocaba los cojones a los Pumas, ni a los vivos ni, especialmente, a los muertos.

De algún modo, sin embargo, Koh se había abierto paso a través de la formación y, con sus guardias flanqueándola, había comenzado a caminar sobre los cuerpos del peldaño cero, el escalón más bajo. Después subió al peldaño número uno, y al peldaño número dos. Los escalones eran altos, de modo que tenía que subir cada tramo con una pierna y después con la otra, dar dos pasos a través y empezar de nuevo. Pero lo hacía con estilo. En el tercer peldaño se tambaleó un poco, pero el guardia de su izquierda sólo tuvo que sujetarla un segundo antes de que recuperara el equilibrio. Mientras tanto, los guerreros Pumas gritaban de alborozo tras nosotros. Una jabalina voló sobre nuestras cabezas y golpeó los escalones cinco brazos a su derecha. Koh dio otro paso.

Quizá Koh no habría hecho aquello diez días antes. Quizá no se habría vuelto escéptica si no me hubiera conocido.

O quizá sí lo habría hecho. De cualquier modo, a veces sólo era necesaria una persona para desafiar la autoridad y que todo el mundo la siguiera. Cuando vieron a Koh subiendo aquella cosa, manteniéndose firme, sin tambalearse, sin dudar, nuestro escuadrón al completo, los acólitos del Cascabel, los Gilas, e incluso nuestros guerreros Arpías, parecieron decidir que su protector estaba con ella, que el Cascabel de Estrellas había ganado la batalla en los cielos, así que comenzaron a subir detrás de ella, gritando sus frases de batalla como si el día no hubiera hecho más que empezar. En aquel momento, seguramente, no se habrían sorprendido si hubieran visto a la Dama Koh caminando sobre las aguas, o creciendo hasta convertirse en un gigante de cien brazos de altura, o transformándose en el mismísimo Cascabel y tragándose la ciudad y las estrellas. En cualquier caso, los Gilas cargaron hacia delante y subieron las escaleras. Los guerreros del Cascabel y los acólitos los siguieron, y mi propio equipillo de Arpías se unió a ellos. Estaba excitado, y casi subí correteando los primeros escalones, sobre una pequeña colina de cadáveres lujosamente designados. Era como escalar una cascada de gelatina. En el octavo peldaño aminoré la velocidad. «Vamos, Jed. Muévete. Muévete». Al final, sentí el pegajoso enlucido de la escalera bajo mi mano. Me arrastré hasta el siguiente peldaño. Ja. Estábamos en las escaleras. Arriba. Hacia delante, con los hombros ampollados. Arriba.

«Arriba. Vamos. Peldaño. Arriba. Vamos. Peldaño.

Arriba. Estoy cansado. Vamos.

Un peldaño más. Bueno, trescientos sesenta y dos más. No hay problema. Arriba».

Me di cuenta de que había dejado caer mi escudo y de que estaba a cuatro patas. Qué más daba.

«Arriba. Vamos. No tienes que preocuparte por el lugar de donde sacarás las fuerzas, sólo del sitio adonde te van a llevar. Arriba. Vamos. Arriba».

Los guerreros Arpías empujaban a los ancianos Pumas para sacarlos de su camino sólo dos peldaños por delante, las chispas volaban a nuestro alrededor, los perros aullaban, ruidos de explosiones atronaban a través de los techos que se derrumbaban en los edificios, un cadáver cubierto de jade repiqueteó al caer por la escalera desde la parte de arriba y se aplastó al detenerse. Yo estaba teniendo algunos problemas para avanzar sobre los nudillos de mi mano derecha, ya que aún sostenía mi maza. Me llevó un segundo quitármela con la otra mano, pero mi puño parecía haberse quedado paralizado alrededor de ella. Tiré de las cuerdas con los dientes y conseguí desatarlas, pero la cosa aún no salía de mi mano. Joder. ¡Ay! La brisa cambió un poco y una ola de aire caliente de los incendios rodó sobre nosotros. Subí ocho peldaños más. Sobre mi cabeza, escuché a 12 Caimán diciéndole a Koh que se detuviera un momento. Se paró en el centro de la escalera, y Hun Xoc y yo pasamos junto a ella por la derecha. Podía haber extendido la mano y haberla tocado mientras avanzaba, pero ahora sus guardias la rodeaban con sus almohadillas azules. Seguí adelante. Hacia delante y hacia arriba. Catorce peldaños. Ocho peldaños.

Uf.

Presioné las manos contra las pegajosas superficies de la escalera, e intenté subir mis pies sin lacerar mis espinillas con el afilado borde.

«Cuatro peldaños.

Vamos.

Dos peldaños. Uf. Estás jodido, hermano».

Si Chacal estuviera allí, se sentiría muy cabreado. Había tenido el mejor cuerpo de la liga, pero un par de días de malos tratos lo habían convertido en un enclenque de noventa y ocho libras.

«Un peldaño más.

Lo he logrado. Uno más.

Lo he logrado. Vale.

Guau».

Quienes hayan visitado ese sitio, sabrán que lleva bastante tiempo subir esa pirámide, incluso aunque no vayas cargado con una armadura y armas, ni estés exhausto por el combate y la pérdida de sangre, ni luchando con la gente que está ya arriba. Debería mencionar que las partes verticales de los peldaños eran realmente mucho más altas que las que se colocaron en la reconstrucción más tarde. Los escalones eran más altos, nosotros éramos más bajos, y estábamos agotados.

«Vale, vamos. Un peldaño más».

Esas escaleras no habían sido construidas para ser subidas. Habían sido construidas para intimidar.

«Uno más.

Lo conseguí.

Uno más. Peldaño. Bien. Uno más. Peldaño. Uf.

Peldaño.

Uf. Vamos. Peldaño».

Lo intenté de nuevo. No funcionó. Mi pecho se presionó contra el afilado ángulo. Me deslicé hacia atrás y presioné mis rodillas contra la escalera.

«No puedo más. Déjame descansar aquí un minuto. ¿Qué está pasando, de todos modos?». Eché una mirada hacia arriba.

Las escaleras eran lo suficientemente amplias para dar cabida a veinte personas, y habíamos tenido que dispersarnos para cubrir toda su amplitud, así que nuestra línea frontal, con 12 Caimán y su tropa de vanguardia, estaba a sólo tres peldaños de mí. La gente que ya estaba en la pirámide y que había estado intentando bajar antes de que nosotros subiéramos estaba atacando a nuestros guerreros con sus lanzas del desfile e intentando echarlos de las escaleras. Pero los Pumas eran, principalmente, tipos viejos, y estaban cargados con los pesados ropajes del festival y los gigantescos tocados, que, extrañamente, no se habían quitado. Quedaban sólo cinco o seis tramos (digamos ciento veinte escalones) y, más allá, las escaleras se estrechaban para dar paso al teocali.

Mientras observaba, 12 Caimán ladró un nuevo lote de órdenes a sus capitanes, y ellos las derivaron a los guerreros. Lentamente, se reorganizaron. Desde donde yo estaba agazapado vi cómo 12 Caimán había ubicado a los mejores soldados en el lado izquierdo de las escaleras, es decir, en el norte, y a los más débiles a la derecha. A continuación hizo que el flanco izquierdo subiera un par de escalones, mientras los de la derecha, en el lado sur, retrocedían un poco, y al retroceder cambiaron algunos de sus hombres hacia el centro. Entonces, la línea completa subió dos escalones, con los hombros en sus escudos, y embistió contra la desordenada hilera de Pumas ancianos. Un par de Pumas cayeron por el lado derecho de las escaleras. Sólo se oyeron golpes sordos hasta que llegaron al mar de cadáveres en la plaza de abajo.

12 Caimán ordenó otro cambio. Nuestra línea subió otros dos peldaños, y otro par de Pumas cayeron, o fueron empujados, por el lado derecho de los escalones. Y me di cuenta de que 12 Caimán había hecho algo muy inteligente. Había formado su vanguardia en ángulo... es decir, nuestra formación estaba unos ocho peldaños más arriba en el lado izquierdo de las escaleras de lo que lo estaba en el lado derecho. Y si los guerreros de nuestra línea delantera mantenían los escudos alzados, se movían hacia delante y mantenían un ángulo consistente, barrerían a los Pumas de la escalera, desplazándolos desde uno de los lados, golpeándolos o empujándolos hacia el sur a lo largo de la hilera y lanzándolos en la otra. Era como un cepillo de carpintero inclinándose sobre una tabla y extrudiendo un remolino de madera de la parte de arriba».

«Joder —pensé—. Vamos a conseguirlo». Subimos otros dos peldaños.

¿Qué estaría pasando allí abajo?, me pregunté.

Sabía que era mejor que no mirara alrededor, pero de todos modos lo hice. Error.

Aunque estaba a menos de un tercio de la escalera, el espacio atrajo mi cabeza hacia delante y sentí que me deslizaba sobre la escalera, que lo único que tenía que hacer era relajarme y dejarme llevar por la gravedad, que todo sería fácil y estaría bien. Clavé mis largas uñas artificiales en el sanguinolento estuco.

Arriba se produjeron algunos preocupantes gruñidos. Los Pumas habían retrocedido y estaban haciendo rodar piedras y cadáveres sobre nosotros. Un enorme trozo de algo rebotó hacia abajo, tomó a uno de los guerreros de nuestra línea delantera y embadurnó el suelo con él hasta detenerse a dos peldaños de mí. Maldición. «Si perdemos la oportunidad y comenzamos a retroceder, estamos perdidos. Una persona puede desplazar a varias». Los guerreros de la línea delantera absorbieron a su aplastado camarada y bajaron los escudos hasta colocarlos más cerca de las escaleras. 12 Caimán les dijo que inclinaran los escudos un poco más hacia el sur. Lo hicieron, y las rocas y los cuerpos comenzaron a rebotar mejor. Nuestra formación avanzó hacia arriba, primero dos peldaños, después cuatro y después ocho. Los guerreros Gilas me rodearon. Seguramente pensaron que me habían golpeado. Una o dos veces, uno de ellos intentó ayudarme a que me levantara, y yo le indiqué que me dejara. Estoy bien, tío. Sólo estoy descansando aquí un segundo.

Apoyé la frente en el borde de la escalera. Ahh. Me di cuenta de que la maza se me había caído. Aun así, seguía teniendo la mano derecha cerrada en un puño, y no podía abrirla por mí mismo. Me ayudé con la mano izquierda, la abrí y la presioné contra el cálido revestimiento del suelo. Aaaahhhh. Qué felicidad. Sólo un segundo más. Los guerreros del Cascabel pasaron junto a mí por el otro lado. Observé los brazaletes de conchas que llevaban en los tobillos y que repiqueteaban como panderetas. ¿Dónde estaba Hun Xoc?, me pregunté. ¿Dónde estaba Mierda de Armadillo? Bueno, los encontraré en un minuto.

Cerré los ojos. Joder. Aún veía esas estúpidas ráfagas de color anaranjado psicodélico provocadas por la droga en polvo que había inhalado. Respiré un poco de aire. Había cierto tufillo a grasa quemada, ese olor a barbacoa del demonio. Eso desencadenó un conocimiento animal en mí que me decía que aquél era un lugar de muerte del que tenía que escapar inmediatamente. Aun así, todavía había aire de verdad allí arriba. Al menos estábamos escapando del humo.

«Lleva a los bichos ahí arriba —pensé—. Los anfibios son sensibles. No pueden respirar humo y sobrevivir».

Una mano se cerró sobre mi muñeca. Abrí un ojo y miré.

Mierda de Armadillo y otros dos guerreros Gilas habían bajado y me habían encontrado. Me levantaron por los brazos y me arrastraron hacia el santuario. Intenté ayudar, pero mis pies, en realidad, sólo estaban flotando sobre los peldaños, sin hacer nada. Uno de los Gilas sostenía un escudo envuelto en una manta húmeda para protegerme del calor.

«Apartaos. Aquí llegan los VIP», pensé.

Llegamos a la plataforma de la cima, es decir, a la pirámide de techo plano que emergía de la pirámide principal, y nos abrimos camino hacia delante.

El cadáver de un Puma de tamaño medio bajó botando hacia nosotros, como una piedra rodando por una zanja marina. Mierda de Armadillo se colocó en una posición de bloqueo de jugador de poktapok, lo detuvo e hizo que el cadáver se desviara a la derecha con dos patadas.

«Bien hecho —pensé—. Hacedle un contrato a este chico».

Tiraron de mí hacia delante y hacia arriba.

Creo que incluso me quedé dormido un par de segundos. Cualquiera diría que debería ser difícil quedarse dormido en mitad de una batalla, pero, en realidad, a los soldados les ocurría todo el tiempo. La adrenalina se esfumaba y ¡zas!, se caían sobre los rifles, roncando.

En cierto momento, Mierda de Armadillo me dejó en el suelo.

Casi tenía frío allí. Abrí los dos ojos.

Estaba a cuatro patas, mirando un suelo enlosado de conchas plateadas. Había brillantes fragmentos dorados esparcidos sobre el suelo plateado. Cuando elevé la cabeza vi que había decenas de miles de ellos, en montones grandes. Supuse que era pirita pulida, piezas del gigante espejo cóncavo de los Pumas. Debían de haber roto aquella cosa antes de que llegáramos allí, para que no pudiéramos hacernos con ella.

Me di cuenta de que lo habíamos conseguido.

«Esto es. La cima del mundo, Ma».

Si te crees la publicidad del imperio, en ese momento estábamos directamente sobre el corazón, ombligo y vientre del universo. La cueva lobulada debajo del mul era el *omphalos* original, el lugar donde los fumadores se reunían al final del último sol, cuando el Chico de las Costras saltó al fuego y se convirtió en el sol que había muerto hacía poco.

Finalmente, levanté la cabeza. Miré alrededor.

Me habían dejado cerca del borde del porche del templo, a unos veinte brazos al norte de la cima de las escaleras, de modo que estuviera menos expuesto a los ataques desde abajo. Estaba, además, protegido del calor directo de los incendios, y aunque el día estaba aún en calma, estábamos lo suficientemente alto para captar una ligera brisa. Quizá sobreviviríamos, pensé. Al menos durante un tiempo.

Repté hasta el borde de la plataforma y eché un vistazo sobre él. Qué mareo. Moverse desde ese mundo abarrotado, casi bajo tierra, hasta esa altura... supongo que era parecido a lo que debía de sentirse al transformarse de un ser en tres dimensiones a uno en cuatro. Debajo de mí se abrían las plazas interiores y los patios privados, como un paciente anestesiado, seccionado, diseccionado y reseco sobre una mesa. A mi izquierda, la enorme escalera daba paso al patio de los Pumas. Era un hervidero de cabezas. La hoguera estaba en un anillo de cuerpos ennegrecidos, pero, más allá, cerca del punto en el cual, me imaginaba, el calor tenía que ser de unos ciento cuarenta grados, al menos doce personas se abarrotaban, atrapadas entre el calor de la pagoda en llamas y los altos muros. Estaban muy lejos y me llevó un minuto conseguir que mis mareados ojos enfocaran. Pero cuando lo hice, conseguí una nítida imagen de todos ellos, y pude ver que la gente estaba bailando en el calor, o bailando por el calor, saltando y botando en un disco gigante de dolor.

Los gusanos, es decir, los gusanos de maguey, son un manjar en Latinoamérica. Una vez, cuando tenía tres o cuatro años (es uno de mis primeros recuerdos), entré en el ripio donde mi abuela estaba cocinando, y miré el interior de la sartén. Estaba lleno de lo que me parecieron blancos bebés sin ojos retorciéndose en la chisporrotearte grasa, una masa de muerte que se retorcía, y creo que lloré, o grité, o algo, y Tío Generoso se rió de mí. Por supuesto, más tarde llegué a adorar aquellas cosas. Pero en ese momento, al mirarlos, tuve una visión de aquel primer momento, cuando recogí su dolor a través de la empatía no verbal, y fue como si todas las cosas entre aquel momento y éste fueran completamente triviales. Lo único que importaba era que esos seres, y casi un cuatrillón más, habían sido, o serían, cósmicamente jodidos, y que, por tanto, la totalidad de la creación había sido tan sólo un error.

Matar a una o dos personas podía provocar una sensación extraña al principio, pero matar a un montón se siente raro de un modo distinto. Especialmente si lo ves ocurrir. No era mi intención, pensé. O al menos, fue por una razón. Exacto. Las mismas frases estúpidas seguían dando vueltas en mi cabeza: yo no quería que murieran, yo no quería que murieran, no teníamos otra opción, no había otra opción, ninguna otra opción.

«Para. Estás revolcándote en la culpa para hacerte pensar que eres una buena persona. Pero no eres buena persona. Eres un mierda».

Aun así, lo habíamos conseguido. Dijimos: «Tomad el mul», y lo hicimos. ¿Cómo lo conseguimos?

Gracias al ungüento y al sistema de compañeros que ensayamos, en el que lamíamos los ojos de los demás, la mayoría de nosotros podíamos ver. Y mucha otra gente no podía. Además, la simple sorpresa, seguramente, había contado mucho. Una pequeña organización, planificación, y el hecho de estar preparados para lo que iba a pasar, había supuesto mucho.

Y entonces, como colofón, los Pumas de la plaza se habían sentido demasiado acobardados por el mulob sagrado como para subir a donde no se les permitía, incluso aunque estuvieran quemándose. En realidad, lo principal era, simplemente, que yo no creía, y que Koh... bueno, ella aún creería en esas cosas un poco, pero no tanto como antes de conocerme. La superstición puede ser el arma más poderosa del mundo, pero la duda puede ser la segunda más poderosa. Cortés no creía, y eso le vino bien. Si te paras a pensarlo, cuando le cerraron el paso y lo rodearon en Tenochtitlan, él y sus hombres hicieron lo mismo que nosotros estamos haciendo. Subieron al mul de Huitzilopochtli. Quizá los locales no los siguieron hasta allí...

Guau. Allí está.

60

Koh subió el último peldaño y entró en el porche del templo. Sus guardias bajaron las almohadillas que les servían de escudo y se apartaron de ella. Koh llevaba aún la máscara verde, pero sus brazos estaban desnudos, uno pálido y el otro del sólido color negro azulado de su vitíligo. Su ayudante le había anudado un tocado de plumas (y me impresionaba que hubiera encontrado tiempo para redefinir su estilismo, aunque supongo que las chicas son así), y la luz de los incendios detrás de ella proyectaba un nimbo de luz alrededor de las plumas verdes y doradas. El grupo de guerreros Arpías, Gilas y Cascabeles que estaban sobre la plataforma se apartaron. Ella caminó a través de ellos, sin vacilación, como Juana de Arco a través del portal norte de Reims. Los ancianos Pumas que estaban aún haciendo ruido sobre la parte de arriba del mul giraron las cabezas para mirarla. Dio nueve pasos. Estaba caminando del modo en el que caminan los lagartos, deliberada, alerta y, aparentemente, sin emoción alguna. Dos plumas de quetzal extralargas cruzaban el aire tras su cabeza en una retardada duplicación de sus movimientos, como antenas olfateando el pasado. Su enana, la Mujer Pingüino (quien, por cierto, supuestamente tenía una gaviota como uay y, a causa de una tormenta eléctrica, se había detenido a medio camino en el proceso de desechar su piel humana y convertirse en un animal), se colocó frente a ella, elevó sus pequeñas garras un momento, las bajó, miró a la derecha y a la izquierda, y habló:

—Ahora, todos los del sureste, noroeste, nordeste, sureste, atended —cantó con su gutural quejido—. Todos los de arriba, abajo y el centro, atended. Todos los que han estado antes que nosotros, todos los que vendrán después, y todos los de ahora, atended, atended.

Se produjo un silencio en la plataforma, y después un sonido característico. Fue casi imperceptible, debido a los ruidos del horror que llegaban de abajo. Pero los guerreros que estaban junto a mí lo oyeron con sus oídos entrenados, y yo lo oí, y Koh lo oyó.

Uno de los Pumas en el extremo izquierdo de la línea no había entregado su atlatl, su cerbatana (debía de haber estado escondiéndola en su manta), y metió un corto dardo envenenado en ella, como si fuera a lanzarlo. O quizá estaba intentando provocar que uno de nosotros le lanzara un dardo a él para que aquella acción comenzara una pelea. Con aquella gente había un problema: preferían ser asesinados a caer prisioneros. En cualquier caso, con un cambio rápido de posición, los guerreros que se encontraban a mi lado dirigieron sus jabalinas contra él y se prepararon para lanzarlas. Pero Koh se encogió de hombros (era nuestro equivalente a elevar un dedo indicando «Esperad»), y no dispararon.

Tampoco lo hizo el guerrero Puma. Koh se quedó inmóvil un momento, sin mirarlo y sin hablar, desafiándolo a lanzar el dardo.

No sé si tenía miedo, pero ella sabía que, si mostraba miedo, estaba acabada. En cualquier caso, no se rajó.

Pasaron cinco latidos, y después diez. Finalmente, el guerrero Puma... Bueno, no bajó la cerbatana, pero se relajó, o cambió su postura de un modo que indicaba que no iba a lanzarlo.

Koh habló. Su voz era lenta, fría y heráldica. Era suya, pero a la vez era distinta de todas las voces que había usado antes. Solía usar una forma sacerdotal de teotihuacano, y yo sólo entendía una palabra de cada tres. Pero, por supuesto, conseguí una traducción más tarde:

—Vosotros, en el mismo nivel que nosotros,
pero despojados
de mazas, de jabalinas.
Pumas, acobardados en vuestra ciudadela.
Ahora habéis sido vencidos, rodeados,
y estáis al alcance de nuestras jabalinas,
sosteniendo vuestros cuchillos suicidas.
Ahora nuestro ahau, nuestra anguila tragadora de soles,
nuestro Cascabel de Estrellas emplumado con jade
habla a través de la Ahau-na Koh de los Tejedores del Orbe,
Koh de los Auras.
Ella, que está a su nivel, viene a hablar con el Puma.
El Caudillo.

Se produjo una pausa. Los Pumas se movieron un poco.

Uno de los Pumas ancianos caminó hacia delante, agoni-
zantemente despacio. Caminaba dando pasitos, sin que su pie
izquierdo pasara nunca por delante del derecho, lo que significaba que aún no era su prisionero y que, por lo tanto, no tenía prisa. Vestía una máscara de rostro completo de color naranja y una capa de plumas rojas increíblemente hinchada.
Así que debía ser el jefe del sínodo, supuse.

—Yo, en el mismo nivel que la Ahau-na Koh, puedo llamarlo, o no —dijo.

Koh no respondió. La Mujer Cachorro, que era quizá un
poco hiperactiva, se balanceó de pie a pie. Después de diez
latidos más, el anciano hizo una señal con la mano a su espalda, y el grupo de Pumas ancianos se dividió por el centro, y
desapareció por las puertas del teocali.

Las cuatro puertas guiaban directamente a cuatro largas ce-
llas del templo, una cueva tripartita que supuestamente era un
espejo de la que había bajo tierra, justo bajo ella. Desde donde
estaba agachado no podía ver demasiado, pero podía ver que la
cámara de la izquierda, la que estaba más al norte, tenía mosai-
cos o paneles de madreperla. La cámara de la derecha estaba
alineada con jade verde claro y la del medio era de pirita pulida.
Las habitaciones parecían estar llenas de gente, pero un poco

después resultó que la mayoría de las siluetas eran momias. Cuatro ayudantes sacaron al dios viviente de la cámara central. Zurullo Enroscado estaba sentado, con las piernas cruzadas pero recostado contra cojines de piel de puma, en un pequeño palanquín cubierto. Estaba rodeado de plumas de un rojo anaranjado y llevaba una máscara de plumas de color naranja. Las únicas partes visibles de su cuerpo eran sus óseas manos, pintadas de rojo cinabrio, y una sección de pierna marchita por encima de su tobillo derecho. Parecía... bueno, parecía un dios moribundo, uno que fuera incluso más poderoso por el hecho de estar cerca de la muerte. Y no parecía uno benigno, la verdad. Si me hubieran enviado a mí a tratar con él, ya estaría golpeándome la frente con los adoquines y murmurando: «Te ruego que me ejecutes con piedad, oh, Grandioso».

Se detuvieron justo a diez brazos de ella. No lo colocaron en el suelo, aunque eso lo habría situado al mismo nivel en el que estaba ella, lo que hubiera sido el protocolo. Koh, sencillamente, ignoró el insulto.

—Tú, en mi mismo nivel, ¿aceptarías una cuerda amarilla? —preguntó Koh.

—Yo hablaré por el Huracán —dijo. Su voz era como el sonido de alguna maquinaria colocada en el interior de una mina—. Cuando vuelva de la cacería, pronto, ¿qué pasará entonces?

—En ese sol todos vosotros reacomodaréis vuestro linaje —dijo Koh—. En ese sol, la nidada del Cascabel de Estrellas hará su nido muy lejos.

Básicamente, lo que Zurullo Enroscado estaba diciendo era que el Huracán, el anciano de la Tormenta, estaba tomándose sólo unas pequeñas vacaciones, y que por eso era por lo que el Cascabel de Estrellas había podido tragarse el día. En otras palabras, estaba aduciendo que su propio dios había planeado todo aquello. Lo que Koh había dicho, básicamente, era que, en una fecha del futuro próximo (que sería negociada próximamente), liberaría a Zurullo Enroscado y al resto de los prisioneros, y que ella y sus seguidores estarían de camino hacia otro lugar.

Se produjo otra pausa. Como era habitual, mi lado del siglo XXI frunció el ceño un poco. Menuda sarta de tonterías.

Toda esa pobre gente estaba luchando, gritando y siendo incinerada bajo nosotros, y aún teníamos tiempo para pasar por todo aquel elaborado protocolo. Por otra parte, mi lado nativo se daba cuenta de que la gente no sólo lleva a cabo sus estúpidos rituales. La gente es sus estúpidos rituales. Si no pasábamos por los movimientos correctos, quizá sería como si nada hubiera ocurrido realmente.

Y, tengo que decirlo, Koh estaba manteniendo la cabeza fría en una situación tensa. Aún nos sobrepasaban ampliamente en número, y estábamos en el centro de un grupo de gente que nos odiaba de verdad. Si se ponían de acuerdo, podían atraparnos. Si el fuego no lo hacía primero.

Finalmente, se produjo algo parecido a un voto en silencio, y los ancianos Pumas dejaron caer sus cuchillos de suicidio de obsidiana. Al caer al suelo hicieron sonidos repiqueteantes, como adornos de Navidad cayendo del árbol. Quizá sólo fuera fatalismo. Quizá, incluso, la mayoría de los Pumas creían que todo aquello se suponía que debía haber pasado, que todo lo que los ancianos hacían era inevitable y que tenían un nuevo señor.

Dos de los guerreros Gilas ataron una cuerda amarilla alrededor del pecho de Zurullo Enroscado, el símbolo de un rehén que podía ser asesinado, o intercambiado. Lo llevaron hasta el inicio de las escaleras y lo exhibieron ante los Pumas que había debajo.

Dos de los hombres de Koh arrastraron un megáfono descartado hasta la plataforma. Elevaron a la Mujer Pingüino hasta la pieza bucal. Cuando habló a través de ella, su aguda voz cantarina surgió enorme e inhumana:

—Vosotros, seres inferiores, vosotros,
Colas de Golondrina, Pumas,
al alcance de nuestras jabalinas...

Ordenó a los guerreros Pumas que se detuvieran donde estaban. Si avanzaban aunque fuera un solo paso hacia el mul, dijo, comenzarían a matar a los rehenes y tirarían los huesos de sus ancestros fuera del santuario.

Los sonidos del combate que tenía lugar debajo de nosotros se disolvieron. Un par de guerreros Cascabeles de aspecto maltrecho subieron a la plataforma. Evidentemente, los atacantes Pumas se estaban tomando todo aquello muy en serio. Una pequeña multitud de inválidos se había agrupado a mi alrededor, guerreros Gilas y Cascabeles que estaban demasiado malheridos para hacer cualquier trabajo útil. Hun Xoc se abrió paso entre ellos y se agachó a mi derecha.

Me preguntó si estaba bien. Le dije que estaba bien pero a punto de desmayarme. Dijo que mi nariz sangraba y me ayudó a limpiarla. Le pregunté si aún éramos fuertes. Me dijo que habíamos perdido a ocho guerreros Arpías. Los Gilas habían perdido a cuarenta y un guerreros, y Koh había perdido a sesenta. En general, nuestros números eran casi un tercio más bajos que el resto. Joder. Teniendo en cuenta lo que aún teníamos que hacer, era suficiente para hundir la campaña completa. Incluso dejando a un lado la tragedia humana, por supuesto. Como suele decirse.

Además, ahora teníamos doscientos ochenta y seis rehenes, incluyendo a Zurullo Enroscado, a dos de sus esposas, a otros seis miembros de la familia imperial, a cuarenta y ocho miembros del sínodo Puma, y a cincuenta y nueve Colas de Golondrina, en su mayoría ancianos. No estaba mal. Lo principal era que Mano Derecha Amputada, el heredero más probable, no estaba en ninguna parte del mul.

Además, 4 Lluvia con Sol estaba muriéndose, dijo Hun Xoc. Justo a cinco peldaños de la cima, había sido corneado por un dardo de los defensores. Yo no me había dado cuenta.

Me incorporé con una pequeña ayuda y di veinte tambaleantes pasos al este, hacia donde lo habían dejado. Me senté a su lado. Debajo de su aceite corporal rojo se había puesto pálido, y esto le daba un extraño tono rosado, como carne seca sin cocinar. Una punta de sílex se había clavado profundamente a la altura de su intestino delgado.

«Eso sólo saldrá en trocitos», pensé.

Jugos gástricos de olor agrio y heces que sólo habían pasado por dos tercios del proceso digestivo se le estaban saliendo.

En aquel lugar no te recobrabas de una herida tan grave como aquélla. Maldición, pensé. Era un buen tipo. Estaba respirando, un poco, y bajé la cabeza y dije su nombre en su oído, pero estaba casi inconsciente por la pérdida de sangre.

Comencé a levantarme de nuevo, pero no pude.

Koh tomó su puesto en la piedra del altar frente a la cella central. Uno a uno, los ancianos Pumas pasaron junto a ella, y cada uno de ellos dejó algo (un carrete para la oreja, un peine de boca, un brazalete para el cabello, o lo que fuera) en el suelo frente a ella, ofreciendo su lealtad. Ante cada regalo, ella daba un golpecito con su mano derecha en su hombro izquierdo, saludando ligeramente al dador. Aún llevaba la máscara, pero estoy seguro de que, si hubiera podido ver su rostro, éste habría tenido una regia serenidad, como si siempre hubiera sabido, desde su nacimiento, que esto iba a ocurrir.

«Genial, he creado un monstruo. Una Elsa Lanchester. Cuidado con esas bobinas de Tesla, chica».*

Yo nunca había creído demasiado en las teorías de la escuela de historia del Gran Hombre,** pero ahora que veía la historia más de cerca, tenía que decir que el carisma tenía importancia. A veces, lo único que había que hacer era tomar el mando. Y supongo que eso era también lo que los demás habían hecho.

«Bueno, está bien, dejémosla disfrutar de su día —pensé—. Dejémosla deleitarse con todo ese rollo de la victoria. Esas cosas gustan por aquí. Olvídalo, Jed —pensé—. Esto no es totalmente culpa tuya».

---

* Actriz británica conocida principalmente por su papel en la película *La novia de Frankenstein*, de ahí la referencia a las bobinas de Tesla. *(N. de los T.)*

** La teoría del Gran Hombre es una teoría filosófica que pretende explicar la historia a través del impacto de los Grandes Hombres, o los héroes: individuos tremendamente influyentes que, debido a su carisma personal, a su inteligencia, a su sabiduría, o a su maquiavelismo, usaron el poder de un modo que había tenido un impacto histórico decisivo. *(N. de los T.)*

61

Una oleada de cenizas barrió mi rostro, y por un minuto no pudimos ver nada, pero entonces el viento se giró y la ciudad en llamas se aclaró de nuevo.

«Nosotros no queríamos que pasara esto —pensé—. Este tipo de cosas ocurren, a veces».

Esto había ocurrido (¿ocurrió?) a los xhosa, en 1856, cuando quemaron sus cosechas y dejaron morir al ganado y a cuarenta mil personas de hambre. Ocurrió en 1890, con los Bailarines Fantasma. Solía ocurrir cada año en el festival Rath Yatra en Puri, Orissa, cuando la gente se sumergía bajo las ruedas de Jagannath. Había ocurrido en Jonestown. Había ocurrido en Orlando. Ocurría.

Pero, por supuesto, esto había sido totalmente por nuestra culpa. Mi culpa. Todo por mi culpa. Mi culpa, mi culpa.

Miré al oeste. Abajo, en las cuatrocientas plazas, las corrientes de calor arremolinaban el humo y las lluvias de chispas en gordos cables, como las cuerdas de hilos dorados de las cortinas de los viejos teatros, pero con la longitud y la amplitud de trenes de carga. Se enrollaban alrededor y por los lados de las pirámides, y subían en espiral hacia la cima. Una de esas gigantes cometas redondas flotó bajo nosotros, rodando lentamente como una planta rodadora en llamas. Miré al sur. Más allá de las ruinas del mul del Cascabel de Estrellas, podía verse que los ciclones de fuego se estaban procesando en sentido antihorario alrededor de la ciudad, como si estuviéramos en el ojo de un huracán en el mismo Sol.

62

Caminé, o mejor dicho, trastabillé, hacia Koh. Se había quitado su máscara y la sostenía en su mano oscura mientras acariciaba a la Mujer Pingüino con la mano clara. Acariciaba su cuello, debajo del fino cabello, y después pasaba la mano por su mejilla y por el resto de su cuerpo, escarbando con los dedos como si estuviera rascando a un gato. La enana se le arrimó, se estiró y, finalmente, escapó de los brazos de Koh y volvió hasta su guardián. Koh se incorporó y dio cuatro pasos hasta el borde de la terraza. Miró abajo, al humo y a los cadáveres de los zócalos. Alzó la mirada y miró en mi dirección, al norte. Su mirada se cruzó con la mía, pero habíamos acordado que no me destacaría frente a los Pumas, de modo que se volvió hacia el sur, hacia el complejo del Cascabel. Estaba ya en la última fase de su cremación, y emanaba humo negro hacia el cielo marrón. Pensé que vería una extraña expresión abriéndose paso a través de su inexpresividad, incluso de perfil. Un gesto cerca de las comisuras de su boca estaba comunicando algo cercano a la duda. Remolinos de chispas que se parecían más a copos de pan de oro que a gotitas de hierro fundido volaron hacia ella. La máscara turquesa de Koh colgaba de su mano oscura, y ella me miraba directamente. Tenía la extraña sensación de que podía verme a través de sus impasibles ojos. Pero no movió su regia cabeza. Se mantuvo allí, con la curva de su mandíbula iluminada por las llamas, elevándose sobre las Cortes del Sol como una estatua gigante de basalto en algún tipo de desierto de Ozymandias, pulida por eones de tormentas de arena. En alguna parte debajo de nosotros, el fuego llegó a un pantano, y una vaharada de vapor subió hasta el vértice. Los ojos de Koh la siguieron, y después, sin prisa, bajó la mirada de nuevo hasta la ardiente simetría que ya no sería nunca más el eje del mundo. Al principio pensé que Koh me recordaba a alguna pintura de Helena en la cubierta del barco de Menelao, mirando Troya mientras ésta ardía, y después pensé que quizá estaba pensando en Greta Garbo al final de *La reina Cristina de Suecia*. O quizá era Marena, de pie en el paso elevado, mirando el golfo vidrioso por el aceite. O quizá era esa araña nephila en el centro de su orbe. De repente, vi algo bajo su ojo oscuro, y me di cuenta de que eran lágrimas, pero entonces decidí que, seguramente, sólo estaban provocadas por el humo. Koh volvió a colocarse su máscara, la anudó detrás de su cabeza con un lazo y se volvió.

CUATRO

Los Sucesores

63

—¿Quién era la voz de Mickey Mouse? —preguntó Marena.

—Espera un segundo —dije. Tenía que toser. Tosí.

—¿Jed? ¿Quieres un poco más de Squirt?*

—No, gracias —dije—. Estoy bien, eh, la voz original del ratón era el propio Walt.

—Exacto. Vale. ¿Cuál es la raíz cuadrada de cinco?

Se lo dije.

—¿Cuál es el nombre de tu último...? Espera. —Hizo una pausa—. Ana está en línea, quiere que terminemos ya.

—Con eso debería ser suficiente por ahora —dijo la voz de la doctora Lisuarte, muy cerca de mí, en aquella diminuta habitación. Se detuvo—. Espera. No, tengo que hablar antes con el laboratorio —dijo, hablando, evidentemente, con Ana a través de su comunicador—. Vale, hasta luego. ¿PTC? Soy Akagi, tenemos un tres-nueve-ocho de Keelorenz. —Me llevó algo de tiempo recordar que, cuando decía «PTC», se refería al laboratorio de Protocolo de Transferencia de Consciencia en el Asentamiento, y que Akagi era el nombre en clave de Ana Vergara. No sabía qué era un tres-nueve-ocho—. Vale, compruébalo —siguió. Pausa—. Dicen que ya tienen suficiente —dijo. Me imaginé que la última frase estaba dirigida a Marena y a mí, y que significaba que el laboratorio ya tenía

---

* Bebida gaseosa con sabor a cítricos. *(N. de los T.)*

suficientes escaneados de mis procesos de pensamiento para detener la transmisión.

—¿Así que vais a desenchufarme ya? —pregunté, aturdido.

Dijeron que sí. Lisuarte apagó la taza de váter, es decir, el enorme anillo PET/MRI alrededor de mi cabeza. Podía oír los imanes arrastrándose mientras deceleraban. La luz anterior al amanecer apareció en el quicio de la puerta. Marena comenzó a quitarme los electrodos, y no de manera sensual. Bueno, ya está. La versión de mí mismo que había aparecido bajo aquel interrogatorio estaba de camino. De hecho, había hecho el camino, había llegado, había hecho lo que tuviera que hacer y había muerto, hacía mucho tiempo.

Me sacaron apresuradamente del nicho del ahau. El cielo era de un color gris oscuro, y las estrellas habían desaparecido. Michael y Hitch, el cámara, estaban aún fuera, y ellos y Marena me subieron por la desmoronada escalera, pasándome sobre los peldaños de veintiséis pulgadas de altura. Pareció llevarles casi un mes.

—Puedo caminar —dije.

—Sí, pero no con precisión —dijo Marena.

Había un área despejada en la base del mul con un camino que guiaba colina abajo, pasando el palacio, hasta el río. Tropecé. Ana y Grgur estaban esperando en la playa donde Marena y yo habíamos tenido nuestro pequeño escarceo catorce horas antes. Ana estaba hablando al aire con la mano sobre su oído.

—¿Qué está pasando? —preguntó Marena a Michael después de que éste contuviera la respiración. De acuerdo con la información que teníamos, allí era donde el Hipogrifo nos recogería si teníamos que hacer una salida de improviso.

—Ana cree que tendríamos que salir ahora —dijo Michael. A diferencia de Marena, Lisuarte y yo, él había estado escuchando la conversación completa por radio.

—¿Por qué? —preguntó.

—Hay una patrulla de camino. Creen que puede pasar por aquí.

—Mierda —dijo Marena—. Si no pasan por aquí, volveremos más tarde.

Esperamos. Ana siguió hablando. No explicó nada más.

—¿Dónde está Ni Hablar? —pregunté. Michael dijo que no lo sabía. Chico Comando tampoco parecía estar por allí. Encontré la cosa de mi oreja, me la puse y la encendí.

—... dieciséis kilómetros —estaba diciendo la voz de Ana—. Ey, ¿adónde vais? —preguntó, más fuerte.

—Necesito volver al palacio y coger mis cosas —dijo Marena.

—Negativo, Asuka —dijo Ana—. Nadie va a ir a ninguna parte.

—¿Por qué no nos escondemos en alguna parte de la jungla con el resto de la gente de SE? —pregunté, aprovechando que Ana estaba en línea.

—Porque si encontraran todo nuestro equipo, no nos quitarían el ojo de encima —dijo Ana—. Tendremos que cargar con él durante todo el camino hasta la Ruta 14. E incluso entonces podrían atraparnos. Estamos en su terreno.

—Debo de haberme perdido esa clase —dije.

—De cualquier modo, la sonda sigilosa del Hipo nos sacará de aquí sin problemas.

—¿Y si...? —comencé a preguntar.

—Si circunvalan el sitio, estaremos de vuelta en dos días y comenzaremos a excavar entonces —dijo—. No más preguntas, por favor.

Me callé. Lo que ella no había dicho era que, si la patrulla encontraba nuestro equipo y todo eso, pasaría muchísimo tiempo antes de que fuéramos capaces de volver aquí. E Ix era el lugar donde Jed2 se había enterrado. O donde debería haberlo hecho, mejor dicho. Si no excavábamos las tumbas reales, no llegaríamos a saber si había conseguido hacerlo.

Y en ese caso tampoco se subirían los recuerdos de Jed2 de nuevo en mi cerebro. Fuera lo que fuese lo que había visto en el pasado, iba a quedarse para mí mismo. Y en mí mismo, a ver si me entiendes... Maldición. Por otra parte, en cierto modo debería sentirme aliviado, porque, si aquello hubiera pasado, sus recuerdos habrían borrado los míos, es decir, los que he formado en los últimos minutos, o desde el punto en el que la descarga de nuestras consciencias se había dividido, lo que habría...

—Vale, está aquí —dijo Ana—. En dos minutos.

Asentí. Me preocuparía por todas esas cosas más tarde.

Una enorme sombra afilada parpadeó sobre nosotros. Se oyó una explosión y el rugir de un enorme motor al encenderse, y tras la erupción de nenúfares, las tranquilas aguas se volvieron agitadas. Sobre nosotros, parecía que aquella cosa acababa de salir de un pliegue del aire, un nudo de blanco en el centro de un único y largo brazo que giraba lentamente hacia delante y hacia atrás, como la aguja de una enorme brújula.

«Es el Hipogrifo —pensé distraídamente—. Debe de tener algún tipo de sistema de ignición rápida».

Planeaba sin motores. Ana se colocó bajo aquella cosa con ese movimiento de GI Jane sacado del libro de estilo de las fuerzas especiales. Los militares se toman a sí mismos demasiado en serio. Extendió la mano y, en el aire, agarró una jaula con capacidad para dos hombres. Marena cogió mi brazo y ambos nos colocamos en el ojo del pequeño tornado del agua. Ana comenzó a atarnos en el interior de la jaula. Dobló mis piernas debajo de mí, de modo que quedé arrodillado en el aparato. Había correas de color naranja por todas partes. Alcé la mirada. La enorme aeronave, de aspecto extraño, estaba suspendida en su burbuja de aire descendiente a unos cincuenta pies sobre nuestras cabezas, haciendo ajustes de último minuto. No quería bajar más, y quizá enredar sus rotores en un árbol. Sus ventiladores de distorsión salían de los respiraderos dorsales como los espiráculos de un tiburón.

—Espera, ¿dónde está Ni Hablar? —pregunté.

—Carga uno, izad —dijo Ana.

Nos elevamos hacia una enorme abertura en el vientre de la nave. Intenté localizar el palacio para ver si Ni Hablar o alguien estaba allí, pero estábamos girando demasiado rápido. Busqué en mis bolsillos. «¿Dónde está mi teléfono?», me pregunté. Será mejor que no lo hayan dejado por ahí. Un par de manos con guantes anaranjados guiaron la jaula hasta el interior de la oscura cloaca. Allí se sentía el olor a macho del aceite de motor, del cloruro de vinilo y del cuero viejo. El tipo de los guantes desató las correas, nos sacó a Marena y a mí hasta el suelo acolchado, y envió la jaula abajo de nuevo. Yo me repanchingué sobre la alfombra y seguí las manos hasta ver a su propietario. Era un tipo grande. Vestía un casco con vídeo, pero tenía el visor levantado y lo reconocí como el copiloto (o más correctamente, de acuerdo con las lecturas, el OSO, el Oficial del Sistema Ofensivo, incluso aunque nuestra aeronave no estuviera armada) de nuestro vuelo desde el Asentamiento hasta Pusilha. Era una tripulación de dos hombres.

—Por favor, tomad los mismos asientos del vuelo anterior —dijo, como si estuviéramos en Virgin Air.

Estaba muy oscuro, pero había constelaciones de LED por todas partes, para que pudieras saber dónde estaban las cosas. Si ya lo sabías de antes, claro. Me incorporé y, antes de que Marena pudiera agarrarme, me golpeé la cabeza con la espuma tapizada en vinilo. Ella me ayudó a colocarme en el asiento. Era como una enorme sillita de seguridad para niños. Una barra azul de aspecto infantil bajó sobre mí con una etiqueta fácil de leer en letras anaranjadas: COMPROBAR EL CIERRE DE SEGURIDAD. Había un pequeño teclado QWERTY en él. Marena se sentó frente a mí para que ambos estuviéramos lo más cerca posible de la cabina del piloto. Miré alrededor. Las ventanas de los pasajeros habían sido cubiertas, y yo suponía que era porque se trataba de una operación militar, pero podía ver parte de la visera parabrisas de la cabeza del piloto y, más allá, comenzando cerca de mi tobillo, un trozo de la ventanilla izquierda. Cuando los rotores dispersaron parte de la niebla, pude ver un tramo del río. Michael y la doctora Lisuarte subieron a través de la puerta de abajo y pasaron junto a nosotros. A Michael le habían asignado el asiento junto a la cola, para distribuir el peso. Hitch fue el siguiente en subir, y después Grgur. Éste subió con más agilidad de la que yo le suponía. Se inclinó sobre Marena un momento y le susurró algo antes de dirigirse a la popa para sentarse frente a Michael. El OSO se acomodó en su asiento a la derecha del piloto. Ana llegó la última, y subió la jaula. Supuse que Chico Comando se quedaría fuera, en el monte. Sacó una especie de asiento de detrás del piloto y el OSO. Comenzó a ponerse las correas, pero entonces buscó detrás, y alrededor, como si fuera a abrazarme. Sus manos se cernieron sobre mi cabeza.

Sentí una suave presión sobre mis oídos y me adentré en un profundo silencio, un suave zumbido, como si hubiera un enorme colibrí a mi lado, con apenas un tenue siseo y el pitido de sistema abierto repitiéndose cada dos segundos como la llamada de un saltamontes en celo. Había colocado un casco sobre mi cabeza. Había un visor regular en él, pero tenía ese tipo de lentes en su interior que se deslizaban hacia abajo y que te daban una vista de vídeo aumentada. La primera vez que usé ese tipo de avión, en Belice, nos recomendaron que «desplegáramos las lentes AVRV en todo momento», por si alguien nos atacaba con armas deslumbrantes. Al principio lo veía todo borroso, pero cuando aquella cosa se adaptó a mis ojos, comencé a ver de un modo distinto. Era más nítido que la vida real, como escuchar un violín en el teléfono en lugar de en un añejo vinilo viejo. Además, todo era más brillante y tenía más contraste (se adaptaba a la oscuridad) y, como las cámaras estaban más alejadas en el casco que los ojos propios, exageraba el espacio entre las cosas, como en las viejas películas en 3D, donde todo está o arañándote la frente, o lejos, en la fila Z. Finalmente, sólo para complicar la experiencia, había texto flotando. Éste enlazaba con distintos puntos clave de la aeronave para que pudiéramos catalogar las características de seguridad y las lecturas, e incluso la tripulación y los pasajeros. Y, por supuesto, tenía un texto en la parte de abajo que se desplazaba y que mostraba un montón de datos que yo no podía entender. Había un pequeño mapa con el plan de vuelo en la esquina derecha, eso estaba claro. Mostraba nuestro recorrido desde el norte, por el noroeste, hasta Belice, cruzando el río Sarstoon, es decir, la frontera sur, en su desembocadura. Bueno, eso parecía correcto. No hay problema.

¿Estaría Ni Hablar aún ahí fuera?, me pregunté de nuevo. ¿Estaría en problemas? Yo lo había metido en todo aquello.

Instintivamente, mi mano derecha encontró el pequeño tecla-do en mi barra de seguridad y se movió por los botones hasta que encontró el audio activo. Una capa distinta de sonido chasqueó en el silencioso mundo, como si hubiera cambiado de mono a cuadrofónico.

—Ey, espera un momento, espera —dije, pero no oí mi voz. Encontré el botón del micrófono y lo encendí.

Cambié al canal personal de Marena.

—¿Marena? —pregunté.

—Jed, hola, ¿estás bien? —preguntó.

—Sí —dije, aturdido.

—¿Entiendes esas cosas?

—Sí. Estoy bien. Estoy bien. Estoy bien. ¿Todavía está Ni Hablar ahí?

La voz de Ana entró en el canal.

—Todos los pasajeros en el aire —dijo su voz.

«Que te follen», pensé. La voz de Marena volvió.

—Jed, no hemos podido encontrarlo —dijo—. Debe de haber despegado.

—Eso no es posible —dije, pero para cuando dije «no», Ana ya había cortado mi micrófono. Comencé a quitarme el casco, probé lo oscuro y ruidoso que era todo sin él, y pensé que sería mejor que me lo dejara puesto. Me concentré en el pequeño mensaje de MENÚ AUDIO en la esquina superior izquierda de mi campo visual virtual, puse el cursor en el ca-nal de audio del piloto y cambié.

—... Por las cimas de los árboles —dijo una voz.

—Vale, estamos todos, vamos, vamos, vamos —dijo la voz de Ana.

Me sentí caer, succionado a través de una abertura en el asiento, hundiéndome en las profundidades, mientras el Hipo se elevaba de ese mareante modo, con la parte de atrás hacia arriba como las aletas de las ballenas. Hubo un repentino in-cremento en la presión del aire mientras las puertas se cerraban. Por la ventanilla, el follaje se alejó y desapareció cuando pasa-mos por una nube de lluvia baja. La voz de Marena volvió.

—Jed, si necesitas algo, usa el canal cuatro —dijo.

Lo encontré y lo encendí.

—Ni Hablar no se habría ido —dije.

—Jed, puede haber sido retenido por esa patrulla —dijo Marena.

—No lo creo —dije.

—De cualquier modo, él nunca confió en nosotros. Vamos...

—Quiero decir...

—Lo llamaremos cuando hayamos vuelto —dijo—. No es el momento de discutir eso.

Golpeamos una bolsa de aire y nos inclinamos hacia los lados. El vómito subió a mi garganta. Más allá del parabrisas la niebla se separó y el espacio pareció curvarse a nuestro alrededor como si estuviéramos en el interior de una lente cóncava. Estábamos volando más bajo de lo que yo había esperado. Miré a Marena, pero ella tenía el mismo aspecto que La Mosca, así que entré en MENÚ VISTAS, señalé MONITOR TRIPULACIÓN, y pulsé OSO. Fue como si hubiéramos intercambiado las cabezas; estaba sentado en el asiento del copiloto, viendo exactamente lo que estaba viendo él. Supongo que la idea era que cualquier casco pudiera tener acceso al punto de vista de cualquier otro casco, de modo que la tripulación al completo pudiera mirar por los ojos del piloto para que todos pudieran aprender sobre pilotaje a la vez. O el piloto podía ver lo que veía el observador de la cola, o lo que fuera. Un mundo entero de información flotaba sobre nosotros: vectores, lectores de velocidad, de presión y de temperatura, ventanas con VELOCIDAD 248 KH, ELEVACIÓN SOBRE EL NIVEL DEL MAR 381 M, ELEVACIÓN SOBRE EL NIVEL TERRESTRE 28.2 M, y textos en desplazamiento repitiendo advertencias como TRANSMISIÓN CERRADA, ESTO NO ES UN VISUALIZADOR EN FUNCIONAMIENTO, e incluso avisando que no debías mirar si eras epiléptico. La vista cambió al frente e intenté girar mi cabeza hacia abajo, pero, por supuesto, no pasó nada. Estaba a disposición del tipo, y él estaba concentrado en el falso horizonte dibujado en azul contra las nubes. Encontré el canal que me daba el audio del OSO.

—... *no te preocupes, amorcita, éste es el caballo* —estaba diciendo.* Era la línea final de algún chiste.

—*Sí, pues* —respondió una voz con acento guatemalteco. Parecía que el OSO estaba charlando por la radio con el controlador local como si fueran viejos amigos. Quizá eso iba a hacer que todo saliera bien. Debían de haberlo arreglado con los guates. Pero, entonces, ¿quién nos había empujado en aquel sitio? ¿Alguna patrulla que no estaba en el ajo? Quizá no habían querido meter a mucha gente en nómina.

Nos dirigimos casi hacia el este, bajando sobre los rápidos, y entonces viramos al este por el sureste mientras el Chisay se curvaba en el río Cahabón. Una ladera de creta gris apareció ante nosotros y, en lugar de saltar sobre ella, el piloto se hundió e hizo un giro a su alrededor, manteniéndose bajo sobre el centro del río, de modo que parecía que estábamos esquiando más que volando. El follaje pareció envolvernos y, justo después, lo habíamos rodeado y estábamos en un amplio valle.

Una voz distinta entró en el principal canal de comunicaciones.

—¿*Es éste el vuelo 465-BA del Poptún?* —preguntó la voz. El lector de identificación decía que estaba llamando desde la base Guzmán, el aeropuerto militar de Ciudad de Guatemala.

—*Correcto* —dijo el OSO.

—*Perdone la molestia, mas el OC dice qué pasa.*

—Hay algunos problemas al sur de Chisec —dijo el OSO en español—. El cabo Olaquiaga de la base Poptún nos dijo que respondiéramos.

—De acuerdo. Pero parece que vais fuera del horario programado.

—No bromee, por eso es por lo que estamos volviendo.

Oh-oh, pensé. Está fingiendo que somos un avión de las fuerzas aéreas de Guatemala. Intenta engañar a los controla-

* Durante la conversación que tiene lugar a continuación, el texto en cursiva señala que estaba escrito en castellano en el original. (*N. de los T.*)

dores de tráfico aéreo tanto tiempo como sea posible. Eso significa que no tenemos apoyo en el interior del ejército guatemalteco.

El Hipo subió un millar de pies mientras pasábamos sobre Oxec, entre Cerro Tabol, a la izquierda, y el flanco oeste de la enorme sierra de Santa Cruz, a la derecha.

—¿... Esa identificación de nuevo? —dijo la voz guatemalteca.

—GAG 465 BA, 20380-8211809-234874211 —dijo el OSO.

—Tenemos que comprobarlo —dijo la voz—, de otro modo os darán problemas en la frontera.

—Los llamaré —dijo el OSO.

—¿Por qué no esperáis donde estáis durante un segundo? Aminorad la velocidad.

Cambié al canal de Marena, el canal 4, y la llamé. Ella respondió. Le conté que los guates sonaban como si se estuvieran mosqueando.

—Seguramente no es un problema —dijo—. Están buscando vuelos que entren, no que salgan.

—... Pero ¿por qué esa prisa? —preguntó otra voz guate.

—Hay posibilidades de que algunos de los terroristas se hayan marchado en camión esta mañana temprano —mintió el OSO—. Quieren que comprobemos si podemos localizarlos en la frontera.

—Sí, vale, pero tenemos que dar parte de todos los vuelos cerca del DMZ —dijo el controlador.

—Deberías llamar a Olaquiaga —dijo el OSO. Comenzó a dar una sucesión de números de teléfono.

—No está en esa base, tienes que llamar al CO allí.

—¿Puedes conectarnos? —preguntó el OSO.

—Tienes que llamarlo desde tu propia línea.

—Lo haré —dijo el OSO.

Cortó el canal de radio. El piloto (que yo suponía que no hablaba a menos que fuera necesario) entró en el canal TODAS LAS PÁGINAS. Es decir, estaba hablándonos a nosotros, no a nadie en el exterior del Hipo.

—Vale, preparaos —dijo—. Vamos a incrementar la velocidad.

Antes de que hubiera terminado, mi cabeza se encajó en el ala derecha del asiento y pude sentir la piel suelta de mis mejillas retrocediendo por la velocidad. Plegó los rotores y encendió los propulsores delanteros.

«Supongo que eso termina con nuestros intentos de no llamar la atención», pensé.

—Espera un momento en el aire —dijo la voz del controlador.

La voz de Ana entró en el canal.

—Entonces ¿tú qué piensas? —preguntó.

—No saben lo que están haciendo —dijo la voz del piloto—. Vamos a mantenernos a esta velocidad. —Su mano derecha empujó delicadamente el mando entre sus piernas.

Los guatemaltecos graznaron de nuevo.

—465 BA, aquí la base Guzmán, ¿qué estás haciendo?

No respondimos.

—Tienes que conseguir una nueva orden, o anular el vuelo y el aterrizaje aquí —dijo el controlador—. Lo siento.

—*No me quiebres el culo* —dijo el OSO—. Nos estás diciendo que retrocedamos.

—Lo siento.

—*Olaquiaga se va a cagar* —dijo el OSO.

—*Yo no te puedo asegurar que llegues salvo* —dijo la voz—. *Te van a chingar por el culo. Agarra la onda.*

El copiloto hizo una pausa.

—*Bueno, reconocido,* Guzmán.

—*Bueno* —dijo la voz. Y cortó la comunicación.

Pero seguimos adelante. En mi pequeño mapa el plan de vuelo había cambiado. Ahora iba al sur, por el lago de Izabal, y después se adentraba en el mar de las Antillas, es decir, el mar Caribe. Supongo que la idea era hacerles pensar que estábamos retrocediendo, y entonces bajar sobre el agua, donde no habría ninguna gran instalación antiaérea.

El controlador guate volvió a la radio.

—465 *Barcelona Antonio, aterrice en seco* —dijo.

—*Somos responsables de seguridad del cabo Olaquiaga* —mintió el OSO.

—*No contestes. Pararse en seco desde ahora.*

El OSO cortó.

—Vale, no se lo están creyendo —dijo en el *canal* PÁGINA.

—465 *BA, tomar tierra a Poptún* —gritó el controlador guate—. *Esto es el último apelar.*

—*No puedo* —dijo el copiloto—. Por favor, llama a tu oficial al mando. —Cortó y volvió a PÁGINA—. Bueno, esto está jodido —murmuró.

El piloto aminoró la velocidad, bajamos y giramos el morro alrededor, como si fuéramos a volver tierra adentro.

La voz de Marena entró.

—¿Qué estás haciendo?

—Uh, prácticamente nos han pillado —dijo el OSO.

—Tenemos que decidir —dijo Ana—. O dejamos que nos hagan aterrizar, o volvemos al plan B.

—Vale —dijo Marena.

—¿Vale qué? —preguntó la voz de Ana. Pausa—. Ésa es tu llamada. —Habló un poco más claramente de lo normal, asegurándose de que el grabador del vuelo pillaba cada palabra.

—Plan B, evadir y entregar —dijo Marena.

—Entendido —dijo Ana. Otra pausa—. Vale, vamos a hacerlo, ¿de acuerdo? ¿Alguien tiene algo que objetar?

«Esto se nos está escapando de las manos —pensé—. Quizá debería objetar».

Nadie dijo nada.

—De acuerdo, entonces, recordad que soy la única al mando aquí —dijo Ana—. Nadie atiende órdenes ni de Marena, ni de nadie más.

—*Huec* —dijo la voz del piloto.

—*Joec* —dijo el OSO. ¿Qué era aquello?, me pregunté. Oh. Estaban diciendo OEC, Oído, Entendido y Comprendido.

—Vale, esperad —dijo el copiloto. Abrió un canal de radio distinto—. Zepp a la base NERV.

—Hola, Zepp —dijo una voz que sonaba blanca. Era el jefe de tráfico aéreo en el Asentamiento—. Aquí la base NERV, adelante.

—Estamos cambiando al plan B —dijo el piloto—. Solicitamos MD4.

—Recibido, un segundo —dijo NERV—. Parece que estáis en problemas.

—Bien jodidos.

Nuestra velocidad cayó incluso más, hasta que estuvimos prácticamente planeando. Miré a través de la cámara a un cuadrado de bosque ardiendo. Tecleé «¿MD4?» en el teclado de mi asiento. La silueta de un misil de crucero apareció. Era una cosa esbelta, de apenas seis pies de largo, con largos alerones. Decía que iba rápido y que estaba armado con una cabeza aire-aire.

«Joder. Joder. Estamos jodidos. Vamos a hacer que nos derriben. Bueno, eso al menos, seguramente, no dolerá...».

—Vale, Zepp —dijo la voz de NERV—. Vemos tu baliza, y se están preparando para lanzar cuatro MD4.

—Gracias, NERV.

—Diles que estamos aterrizando —dijo Ana.

—De acuerdo, Guzmán. Vamos a volver a Puerto Barrios —mintió el copiloto.

Mi mapa giró alrededor mientras hacíamos una brusca pirueta.

—*No Puerto* —dijo la voz—. *Pop...* —Chasquido.

—Vale, Zepp —dijo la voz de NERV—, los MD4 están arriba, y en camino.

—Vale, gracias, NERV —dijo el copiloto—, en ésos ¿hay un ETA?

—Estarán junto a vosotros en dos minutos cuarenta y cinco. Vira hacia el sur otros veinte grados y no tendrán que girar.

—OEC.

—Chicos, tened cuidado, ¿me escucháis?

—Lo haremos, gracias, NERV —dijo el OSO.

—Subiendo cuarenta grados —dijo el piloto. Giró a la izquierda y quitó su pie izquierdo del propulsor, ladeándonos en un giro que parecía rasgar el aire. Giramos al sur a lo largo de un estrecho riachuelo entre desfiladeros, y sobre el río Moxela.

—Ahí está la interceptación —dijo el OSO.

64

Miré alrededor, pero no pude ver ninguna aeronave. Supongo que se refería a que eran visibles en el mapa. Hice clic sobre él y amplié. Estaba empezando a pillarle el tranquillo a la interfaz. Justo delante de nosotros, la frontera de Belice estaba salpicada de instalaciones antiaéreas activas, como una hilera de luces de Navidad. Oh, allí estaban. Un par de puntos rojos estaban dirigiéndose hacia nosotros a trescientos diez grados. Puse mi cursor sobre ellos y tecleé IAE, por «Identificación Amigo o Enemigo». Apareció una pantalla y se desplazó a través de los perfiles de radar de varias naves, hasta que encontró una que se correspondía. 2 COMANCHE H-18 (?) AERO-TRANSPORTADO A+?, decía. Supongo que A+? significaba que parecían estar armados, pero que aún no estaban seguros de con qué. Encontré PROBABILIDAD DE INTERCEP-TACIÓN en el menú, y esto dibujó dos círculos de rango, uno verde alrededor de nosotros y uno rojo alrededor de ellos. Parecían estar demasiado cerca para que la situación fuera cómoda para nosotros.

—No quieren derribarnos —dijo el OSO—. Quieren conseguir un Hipo. Intentarán obligarnos a aterrizar.

—No estés tan seguro de ello —dijo la voz de Ana.

«La gran puta. ¿Cómo me he metido en esto otra vez?», me pregunté.

Una hora antes estábamos todos cómodos y felices en el nicho del rey, tomándonos nuestro tiempo, y ahora estába-

mos arriesgando la vida frente alas fuerzas aéreas guatemaltecas. ¿Por qué no dejaba Ana que nos arrestaran? Warren nos
sacaría de allí en una semana. No. En dos días. Nuestro horario no podía ser tan importante. Quiero decir, lo era, pero aun
así... Joder. Es sólo que no me entraba en la cabeza que esos
tipos estuvieran dispuestos a llevarlo todo al siguiente nivel.

«Maldición. Idiota. La cuestión es, Jeddo, que querías
pensar que te estabas yendo a la cama con matones empresa-
riales, y en realidad te estabas yendo a la cama con matones
bélicos. Y, hablando honestamente, en realidad lo sabías desde el principio. Así que no...»

Nos lanzamos hacia el centro de sierra de Santa Cruz, subiendo a dos mil pies por minuto, y pasamos rápidamente
junto a una colina verde con un estrecho desfiladero de creta
blanca. Había una depresión en la cadena que se extendía casi
directamente al sur, y la seguimos a unas trescientas cuarenta
millas por hora, abrazando las colinas. En el mapa, los dos
círculos reptaron uno hacia el otro, a punto de conectar.

Bueno, demasiado para un par de tumbas reales, pensé.
No íbamos a visitar pronto, de nuevo, las ruinas de Ix. Ni
nunca, seguramente. Lo único que podíamos hacer ahora (si
conseguíamos volver al Asentamiento, lo que cada vez parecía menos y menos probable) era buscar la cruz de magnetita.
Es decir (y creo que ya he mencionado esto), el lugar donde
Jed2, supuestamente, había enterrado una caja con una segunda copia de todas sus notas sobre el Juego. Y ahora, además, teníamos que esperar que resultara estar lo suficientemente lejos de Ix para que pudiéramos volver sigilosamente y
excavar sin que nos atraparan los guates. Bueno, si Jed2 había
conseguido hacerlo. ¿De cuántos condicionantes dependía-
mos?, me pregunté. De un montón...

Un nuevo grupo de puntos en el radar entró en el mapa
desde el norte.

—Vale, ésos son los MD4 —dijo el OSO.

—Uh, entendido, Zepp, estamos liberando las conexiones. Hazte cargo de ellas.

—Gracias —dijo el OSO—. Lo tengo. Escucha, Keelo-

renz quiere asegurarse de que has puesto a los Patos en línea.
—Se refería a los botes de recogida.

—Los Patos están donde tienen que estar.

—Vale —dijo el OSO.

Desplacé el plan de vuelo hasta que pude ver la hilera de embarcaciones. Podíamos elegir entre cuatro puntos de recogida: dos en el mar de las Antillas y dos en el golfo de México. Me preguntaba si tendríamos que saltar en paracaídas. Por alguna razón, me estremecí.

«No, *ni modos*. Nos bajarán. Y después de eso, supongo que esos dos tipos aterrizarán el Hipo en los Cayos, responderán un montón de preguntas, harán algo de tiempo y serán generosamente compensados».

—Los veo, los veo —dijo el OSO.

Pasé el cursor sobre los dos puntos enemigos. El IAE dijo: «(2) US-B/CAH#220?». Eso significaba que eran dos helicópteros Comanche guatemaltecos. Tenían misiles.

—Deberíamos esperar un lanzamiento —dijo el OSO—. Ahora. En serio.

Pasamos a través de una nube opaca, como si estuviéramos acolchados en algodón durante un segundo, y luego salimos de ella hacia el azul del cielo.

—Están llamándonos —dijo el OSO.

Entré en el canal común aire-aire.

—... *No me friegues* —dijo el Comanche guate—. Aterriza y ríndete.

—*Diles que nos la mamen* —dijo Ana.

«En este caso no podemos seguir el manual», pensé.

Generalmente, se suponía que debías hablar con la otra parte. Quizá las Soluciones Ejecutivas habían empezado a obviar esa regla desde que se habían vuelto privadas.

—Escuchad, Comanches, quitaos de en medio —dijo el OSO en el canal común.

—*Pela las nalgas* —dijo uno de los helicópteros guates.

—*No les hables* —lo interrumpió el controlador guate.

—*Vete* —dijo el OSO—. Estás muy por encima de tu altura.

—¡*Mejor ándate a la mierda!*

—Hemos conseguido un poco de mierda pesada, sí —dijo el OSO—. Vais a hundiros.

—*Chíngate* —dijo el piloto guate.

—Yo no quiero joderos —dijo el OSO—. Piraos. Es vuestra última oportunidad. —Cortó y pasó al CANAL TODAS LAS PÁGINAS—. Vale, equipo, escuchad —dijo—. Por si acaso...

Una aguda nota Mi, la alarma de focalización.

«Oh, joder», pensé.

—Oh, joder —dijo el piloto.

Ave María... ¡Lanzamiento! —dijo el OSO—. ¡Mierda puta! No os preocupéis, esto es una rutina para la que estamos preparados...

—Intenta el cincuenta y cinco —dijo la voz de NERV—. Cuatro en seis punto cuarenta y dos.

Una ráfaga creciente rebotó a través de la cabina mientras el láser focalizador guate nos barría. Contuve una bola de vómito.

—Estamos jodidos —murmuré inaudiblemente a mi visor—. No puedo creer que esté metido en esto, no puedo creérmelo, no puedo creérmelo, no puedo creérmelo.

Me golpeé el muslo.

—Comprendido —dijo el piloto—, vectorizaremos a noventa y cinco en el extremo más bajo.

—El radio bajo debería ser ochenta.

—Vamos a hacerlo en setenta. —Un punto rojo señalizando peligro apareció en mi pantalla, pero no parecía moverse, como hacen las cosas cuando en realidad se aproximan hacia ti—. ¡¡¡*Mierdita!!!*

—A por él. Vale, contando hasta diez.

—De acuerdo, marca. —El piloto giró las posiciones del carenado del motor y del rotor simultáneamente, lanzando el Hipo casi marcha atrás. Notaba la cabeza como si fuera a retorcer mi médula espinal. De repente, nuestras turbinas redujeron su energía y la posición del rotor cambió de nuevo, prácticamente deteniéndonos en mitad del aire, y todo eso mientras el interior estaba extrañamente silencioso. Una sensación de oh-mierda-el-suelo-se-está-cayendo se inflamó y explotó mientras caíamos.

«Está bien —me grité a mí mismo—, relájate, todavía hay un jodido montón de aire a nuestro alrededor, y nos está sosteniendo muy bien».

Estábamos bajo las nubes de nuevo, y sólo se veía la luz roja del faro de Punta de Amatique, a una milla al este. Volamos hacia el noroeste sobre la bahía.

—Vale, todavía lo tengo cerca —dijo el OSO—. Uh, noventa. Ochenta y cinco.

—De acuerdo, estamos haciendo un U49 —dijo el piloto—. Marca.

Nuestros motores aminoraron la velocidad de nuevo y, para mí, casi parecía que nos habíamos detenido.

A nuestro lado, uno de los MD4 encendió su motor, imitándonos. Caímos. A unos dos mil pies, el piloto inclinó los rotores de vuelta hacia donde habían comenzado a atrapar algo de aire de nuevo, pero nos mantuvo casi cayendo hacia la niebla de la punta de la península, bajando hacia el aire más denso que disminuiría las posibilidades de un impacto ATA. Era como si estuviéramos cavando en mantequilla de cacahuete sin aditivos. En mi vista del mapa, el misil parecía estar colgando junto a nuestro punto permanente en el centro de la pantalla, acercándonos un poco más cada poco tiempo, y después alejándose. A menos de veinte pies sobre el nivel del mar, el piloto nos elevó en una suave parábola. Sentí que mis testículos se elevaban a través de mi canal inguinal y de mi tracto digestivo hasta mi boca, y me los tragué de nuevo. Juro que pude sentir realmente los dos, el izquierdo un poco mayor que el derecho, y que tuve que tragármelos separadamente. Se oía un PFRROOOOSH debajo de nosotros, como una válvula de seguridad burbujeando en una máquina de capuchino gigante. El punto rojo pasaba junto a nosotros, siguiendo el señuelo y bajando hacia el pantano. No vi ningún impacto, pero el misil debía de haber golpeado el punto a unos cien pies sobre nosotros, cerca del faro. Se produjo una onda expansiva en la cabina y un *staccato* desde todas partes a la vez mientras el armazón compuesto del Hipo se expandía por el calor. La ventanilla se combó por la presión y volvió a su forma normal, llena de grietas. Los guijarros repiquetearon sobre nuestro tren de aterrizaje, se produjo un levantamiento y todo volvió de nuevo a la normalidad. Cambié a la cámara de cola. Lo único que podía ver eran las gaviotas dispersándose y una burbuja de vapor del tamaño de una montaña de diez pisos de puré de patatas instantáneo. Por alguna razón, seguía pensando en todos los peces loro muertos. Bajamos de nuevo y nos dirigimos directamente al noroeste, hasta el golfo de Honduras, y nos elevamos de nuevo.

—Vamos —dijo el OSO—, aún les quedan pepinos. Larguémonos de aquí.

Nos elevamos hasta las nubes y subimos a través de ellas. «Esto es una mierda», pensé. Si hubiera querido jugar con juguetes GI Joe, habría jodido intencionadamente mi puntuación SAT, me habría unido a los marines, habría falsificado el físico y me habrían vaporizado en Irak. Llamé por el canal cuatro.

—¿Marena? —pregunté—. ¿Estás bien? —No podía verla con la cámara de mi casco.

—Estoy bien —dijo su voz después de unos segundos—. Tengo a Max en línea, te llamaré luego.

Cortó.

Noté un fuerte olor a vómito, con una nota final de orina, y quizá algunas heces. Alguien se había asustado lo suficiente para dejarlo escapar todo. Seguramente Michael, pensé. Menudo marica.

—Retrocede —dijo el OSO sobre la radio—. Voy a joderte vivo. Voy a joderte vivo.

—*Muéranse, huecos* —dijo el piloto guate.

Nuestro sistema de focalización pitó de nuevo. Mierda. Sentí otra oleada de pánico y me acurruqué en la seguridad absolutamente engañosa de mi asiento de gomaespuma.

—Ana, arráncale los cojones ahora mismo —dijo el piloto.

—Vale —dijo Ana—. Que les den. Apunta.

En mi panel de lectura apareció una discreta caja de texto

que decía que el Apache más cercano era objetivo del MD4 número dos. Como había leído en su tabla de especificaciones, los MD4 eran UAV multiusos. Podían desviar misiles, como había hecho el último, pero también podían actuar como misiles. Eran tan lentos como los misiles ATA, como los Sidewinders o como se llamasen, pero también podían seguir una aeronave, acoplarse a ella y detonar. Observé el MD4 número dos alejándose de nosotros y virando hacia los Comanches.

—Estás muerto, bastardo —dijo el OSO por la radio.

—*Métetela, hueco* —respondió el piloto guatemalteco.

Mientras tanto, el segundo ATA se estaba acercando a nuestra cola.

—Voy a joder los planes de ése —dijo el OSO en TODAS LAS PÁGINAS.

Amplié nuestra vista de la cámara de cola. Hilos de lo que parecían miles de chispas brotaron en nuestra parte trasera, como si estuviéramos dando a luz una población de medusas cromadas. Cada chispa era, en realidad, un pequeño globo autoinflable de Mylar, con una estela de largos flecos y una única llama. En la capa de radar de mi mapa, una enorme mancha de interferencia apareció entre nosotros y el misil. En la capa infrarroja se parecía más a un millar de puntos de calor. De cualquier modo, el primitivo cerebro a bordo lo encontró confuso y desvió la ruta. Al mismo tiempo, el piloto hizo un movimiento de evasión en forma de S. Nos elevamos, y después descendimos mientras otro misil aparecía debajo de nosotros. Debía de haber detonado en alguna parte, porque no intentamos evadirlo de nuevo. En lugar de eso, descendimos y nos dirigimos establemente en dirección noroeste. Hubo una pausa, como si no estuviéramos luchando, sólo viajando por placer. En el mapa, sin embargo, los dos Comanches estaban poniéndose lentamente delante de nosotros, por el este, entre nosotros y el sol en descenso. Supongo que la idea era que, si se acercaban lo suficiente, lanzarían dos misiles a la vez, y no habría manera de que pudiéramos desviarlos, o evadirlos, a ambos.

La tregua en la acción se extendió más y más.

—Mamá te quiere mucho, mucho —dijo Marena a Max—. Eres el mejor chico del mundo.

Observé los dos puntos enemigos de color naranja, acercándose. Vi las lecturas de profundidad de agua bajo nosotros. Observé el punto verde que representaba nuestro MD4 acercándose cada vez más al Comanche más cercano. En la pantalla de la cámara de mi nariz la nube que nos protegía era como un campo de hielo corrugado. Un único grupo de cúmulos se levantó sobre el avión bastante lejos, hacia el este, como las cúpulas de las Noches Árabes, marcando el arrecife de Cuba bajo nosotros. Aún no podía ver ninguna aeronave. Por fin, el punto que representaba el Comanche más cercano viró bruscamente al suroeste. Se había dado cuenta de lo que estaba pasando. El misil subió lentamente tras él. Se lanzó en una parábola cerrada, intentando mantener los motores lejos del agua, pero era demasiado tarde. En la pantalla de vídeo sólo se vio un pequeño resplandor amarillo cuando el MD4 detonó, y después una estela de color mandarina, el combustible ardiendo, que se extendió en una hélice horizontal.

—*Dio perro* —dijo el piloto—. Jodidos incompetentes.

—Ey, adivina lo que ha pasado en el lacrosse —dijo Max.

Ahora estábamos lo suficientemente cerca para ver cómo el helicóptero pasaba casi rozando el agua, lentamente, en una bola de vapor, rociando pequeños trozos resplandecientes. Uno de los eyectores se materializó entre el humo y el vapor como un estambre saliendo de un lirio que floreciera en un vídeo con un lapso de tiempo de diez minutos por segundo. Salió disparado hacia arriba, pero el paracaídas no se abrió completamente, y el cuerpo del piloto guatemalteco comenzó a bajar en espiral como un volador enrollado, atado al enorme asiento, en una estela de flecos rosados de plástico en llamas.

—*Dios mío* —dijo el OSO. Por su voz, sabía que estaba santiguándose.

—¿El otro se ha eyectado? —preguntó Ana.

—No lo creo. De todas formas, esas cosas son una completa mierda —dijo el OSO—, nunca funcionan.

—Joder. Es mi responsabilidad —dijo.

Pasamos sobre los restos. El agua estaba borboteando. Ahora podíamos ver al segundo Comanche en vídeo. Pensé que iba a disparar, pero, en lugar de eso, parecía estar retrocediendo. O estaba asustado, o sus mandos le habían dicho que no lo hiciera.

Nos ladeamos hacia el norte de nuevo y nos dirigimos a veinticinco grados hacia el golfo de Honduras. Pasamos lo más cerca posible del segundo Comanche. No ocurrió nada. Seguimos adelante.

Quizá todo iba a salir bien.

Nadie estaba diciendo nada en el canal principal, así que pulsé TODOS LOS MONITORES. Nadie estaba hablando allí tampoco. Cualquiera pensaría que la gente estaría celebrándolo y felicitándose los unos a los otros, pero no era así. Sin embargo, no pensaba que fuera porque aquellos tipos estuvieran aturdidos por las bajas causadas. Era que aquello, de repente, había pasado de ser un incidente internacional, a un incidente internacional realmente grave. De repente, éramos candidatos a un montón de tiempo entre rejas. Y todavía no estábamos en casa. Me di cuenta de que nuestra velocidad había vuelto a subir a los 600 km/h. Sintonicé con el casco del OSO. Estaba buscando entre las bandas de comunicación. Había docenas de voces de gente indignada chillando en español, y al menos un par en inglés. Pillé la frase «Codificar todos los disponibles», que no sonaba nada bien.

—¿Qué está pasando? —le preguntó la voz de Ana.

—Esto no es bueno —dijo—. Creo que Tyndall está enviando algunos exploradores de avanzada. Quizá ya han hablado con la base de Belice.

—Mierda.

—Todos piensan que estamos en el otro bando.

—Genial —dijo—. Vale, ¿tú qué crees?

—Creo que van a hacernos una foto —dijo.

—Mierda.

Evidentemente, todavía planeaban llevar la nave de vuelta al Asentamiento.

—Dame un segundo —dijo Ana—. ¿A qué distancia estamos del bote A?

—A unos... uh... a un minuto y medio. Está en el Cayo Noroeste.

Amplié la pantalla de mi mapa. Me mostró al menos doce aviones y helicópteros más acercándose, incluyendo dos Cazas F-22 británicos procedentes de Belice.

—Tenemos unos cuatro minutos y medio —dijo el OSO. Se refería hasta la siguiente intercepción hostil.

Hubo una breve pausa.

—Vale —dijo Ana. Entró en TODAS LAS PÁGINAS—. Muy bien, escuchad todos. Vamos a hundir esta nave.

—Espera un segundo —dijo el piloto. Por una vez, sonó un poco nervioso. Seguramente no estaba acostumbrado a dejar tirado por ahí material del bueno.

—Esto no va a afectar al salario de nadie, a los bonos de combate, ni al resto de los beneficios —dijo Ana—. De cualquier modo, es la única opción que tenemos; de otro modo tendríamos que aterrizar en Miami, y ver si quieren dejarnos salir de la cárcel por Navidad.

—No, a este paso podemos olvidarnos de todo. Jed tiene que estar en el Asentamiento para interpretar los datos. Llama a LW por teléfono, él te dirá lo mismo.

—Vamos —dijo Ana al piloto.

—Vale —dijo el piloto—. Hagámoslo.

—De acuerdo.

—Estamos recibiendo señales desde el Pato Alfa, ¿es que quieres ir a la cárcel?

—Llámalos y diles que vayan a por los radio-localizadores de la balsa. No de esta nave. Y ésa va a ser nuestra última transmisión. Ellos nos encontrarán. ¿De acuerdo?

—De acuerdo.

—Escucha, aun así, tiene que parecer un impacto.

—¿Por qué, por el seguro? —preguntó.

—Exacto. ¿Por qué lo preguntas, vas a decírselo a alguien?

—No, no...

—Estupendo —dijo Ana.

Nos dirigimos al noroeste sobre Laurence Rock, y después sobre Cayo Ranguana, un par de nodos con forma de paramecio en una larga cadena de esos arrecifes vivos de color verde.

—No tenemos un mecanismo de autodestrucción —dijo el OSO.

—Pero tienes detonadores, ¿verdad? —preguntó Ana.

—Sí. Dos.

—Entonces usa uno de ésos para liberar algo de gas.

—No hay cédulas de combustible aquí —dijo el OSO—. Uh... quizá pueda hacer un agujero en el depósito del lubricante.

—Eso es una idea genial —dijo—. Vale. De acuerdo. ¿Cómo está el oleaje?

—Cinco pies —dijo el copiloto.

—¿Temperatura del aire?

—Setenta y cuatro. El viento es de quince cuarenta.

—¿Temperatura del agua?

—Sesenta.

—De acuerdo. ¿Gendo?

—¿Oficial?

—Prepare el piloto automático para que nos baje lentamente sobre el bote A.

—OEC —dijo el piloto, cuyo nombre en clave, como había resultado al final, era Gendo.

—No dejes que el bastardo entre en espacio aéreo cubano.

—Sí, sí.

—Ah, y asegúrate de que no cae sobre nadie —dijo Marena.

—Haremos lo que podamos —contestó. Aminoró nuestra velocidad doscientos kilómetros por hora. Cruzamos sobre Cayo Seda, en el mar de las Antillas, hacia la línea violeta oscura de la corriente del Golfo en el horizonte de cerámica.

—Todo el mundo arriba y preparado —dijo Ana—. Cascos fuera.

Me quité aquella cosa. Tenía un ventilador, pero incluso así sentía la cabeza empapada de sudor, y notaba el aire helado en mi semicalvicie. Marena, Lisuarte, Michael, Hitch, Grgur y yo nos miramos los unos a los otros, preguntándonos cuál de nosotros había vomitado. Estábamos decelerando rápidamente. Ana pasó junto a nosotros desde la parte de atrás. Había sacado un pequeño Sawzall inalámbrico de una taquilla, y saltó hacia delante, hacia la cabina junto al OSO.

—Asegúrate de borrar el resto de los discos —le dijo.

No podía ver nuestra velocidad sin el casco, la busqué en el panel de instrumentos, pero no pude encontrarla. Aun así, parecía que estábamos bajando a menos de veinte millas por hora.

—Todo el mundo fuera de sus arneses —dijo Ana por un altavoz—. Y poneos los chalecos. Y aseguraos de que tenéis los auriculares puestos.

—Vamos, Jed, adelante, ¿vale? —dijo Marena.

Después de un par de intentos conseguimos liberarme de mi asiento. Me ayudó a meterme en un delgado chaleco amarillo. Me sentía como si estuviera cambiándome el pañal. Me tendió un par de gafas de agua. Finalmente, encontró una especie de casco de bicicleta con una pequeña luz sobre él y me lo puso. Vi que todos los demás ya tenían puesto el suyo.

—Déjate los auriculares puestos, ¿de acuerdo? —dijo Marena—. Y deja el canal abierto para que puedas hablar con el resto del equipo. ¿Vale?

—De acuerdo —dije—. Con el equipo.

Me di cuenta de que, aunque estaba entendiendo las cosas con mayor claridad de lo que lo había hecho nunca, no estaba moviéndome demasiado bien.

«Supongo que sólo estoy cansado —pensé—. Sexo, subidas, bajadas, una noche en vela, un montón de estrés. Bueno, echaré un sueñecito en la balsa. No hay problema».

Michael (quien ahora parecía que sabía algo sobre aviones) pasó junto a mí, arrastrando dos enormes fardos amarillos que se expandirían hasta convertirse en balsas salvavidas de lujo con remos plegables, e incluso pequeños motores de a bordo con capacidad de combustible para una milla. Ana volvió de la cabina de mando con lo que parecía un trozo de aislamiento gris. Supuse que era el disco duro del archivo de vuelo. Se sentó en el suelo, encorvándose sobre él, sacó una pequeña caja de plástico del centro y comenzó a forzarla con un destornillador. Michael colocó los fardos de las balsas en la jaula de descarga y la arrastró para colocarla frente a la puerta lateral, que supuse que era por donde íbamos a salir.

Ana se levantó.

—De acuerdo —dijo—, ¿me oye todo el mundo?

Todo el mundo lo hacía.

—¿Preparados para saltar? ¿Auriculares listos? De acuerdo. El orden va a ser, balsa uno, Gendo. A continuación, Asuka y Pen-Pen. Después, Akagi y Kozo. En la balsa dos irá Zepp. Después, Marduk y Shiro. Después yo. Cinco personas en la balsa uno y cuatro en la balsa dos. ¿Entendido?

Supongo que todo el mundo lo había entendido. El OSO pasó junto a nosotros, hacia la popa. Se agachó, arrancó un panel del suelo y comenzó a juguetear con algo.

—Vale —dijo Ana—. Recordadlo, incluso después de que estemos todos a bordo, vamos a transferirnos al bote C tan pronto como podamos —dijo—. Así que no os quitéis los auriculares. ¿Comprendido?

Sí, indicó todo el mundo, más o menos.

—Vuestros chalecos se inflarán automáticamente cuando se mojen. Si no lo hacen, soplad por el pequeño orificio. ¿Todos sabéis saltar hacia atrás?

Silencio.

—Como hacía Jacques Cousteau —dijo—. ¿Alguien tiene problemas con eso? ¿Pen-Pen?

—Yo buceo —dije.

—Estará bien —dijo Marena.

—¿Alguien ha dejado algún tipo de identificación rastreable a bordo? ¿Alguien está aún atado? ¿Pen-Pen?

Todo el mundo parecía preparado.

—De acuerdo. Recordad, sólo dejaos flotar. No pataleéis. Nosotros os recogeremos.

—Vamos a ver el bote en unos ochenta segundos —dijo el piloto—. ¿Quieres llamarlos?

—No más transmisiones, de ningún tipo —dijo Ana—. Verán las balizas.

Golpeó un panel del techo con el puño y la enorme puerta lateral se abrió. La presión se incrementó como si estuviéramos en el interior de un globo demasiado inflado.

«Joder, hay demasiada luz ahí fuera», pensé.

Estábamos a menos de diez pies sobre las olas. En el horizonte, justo por encima de las nubes bajas sobre el Cayo Noroeste, la blanca luna era digitalmente clara contra el Conejo Sangriento que correteaba alejándose de los Señores de la Noche. Ana lanzó el archivo de vuelo por la puerta.

Se produjo un siseo desde la parte de atrás, junto con una oleada de aquel olor a WD-40. Miré alrededor. Había un pequeño géiser de un fino rocío en el suelo, cerca del OSO. Había abierto una de las arterias de lubricante y estaba toqueteando algo que parecía un reloj digital barato.

«Un detonador —pensé—. Joder. Es el momento de largarse. Ahora».

—¡De acuerdo! vamos —dijo Ana.

Gendo (que ahora, gracias al piloto automático, no tenía nada más que hacer a bordo) liberó la primera balsa, dio unos golpecitos a la puerta y se sumergió tras ella.

—¡De acuerdo! —gritó Ana.

Marena agarró mis hombros y me obligó a agacharme.

—Bien. Tres, dos, uno. Vamos.

—Espera —dije, pero no me salió la voz.

El agua turbia parecía estar en una lijadora de bandas. Marena me empujó hacia atrás con ella y ambos caímos por la puerta, como una taza y su platillo cayendo de una mesa de té hacia un suelo de baldosas.

65

Viajamos, en una esfera de Cyrolon, sobre Oaxaca. El CH-138 Kiowa era pequeño, lento y abierto, lo contrario del Hipogrifo. A mil quinientos pies por debajo nosotros, las granjas daban paso a los bosques, y después a la maleza, a medida que el suelo subía hacia el altiplano. Eran las 9.40 a. m. del 29 de febrero, una fecha sin nombre y sin santo que tenía lugar cada mil cuarenta días, y que a mí siempre me había parecido de buena suerte, en un sentido que no tenía nada que ver con los mayas. Habían pasado cinco días desde nuestro pequeño problemilla en el golfo, y estaba soleado. Estábamos a sesenta y ocho grados, y a unos refrescantes ocho mil cuatrocientos pies sobre el nivel del mar. Dieciséis horas antes habíamos recibido la noticia de que uno de los satélites con sensores magnéticos había localizado la cruz de magnetita.

Estaba profundamente escondida en una de las zonas que habíamos designado como localizaciones seguras para el alijo, pero también estaba terriblemente lejos de Ix. ¿Por qué demonios se había (o me había) alejado tanto? Quizá Jed2 había tenido que ir a Teotihuacan por alguna razón. O había intentado hacerlo. En ese caso debió de haber enterrado sus notas sobre el Juego allí porque temía no ser capaz de regresar a Ix.

O porque sabía que no iba a regresar.

Bueno, en cualquier caso, había hecho el trabajo, ¿no? Eso ya era mucho. Quizá conseguiríamos librarnos de aquella pesadilla, después de todo.

Viramos hacia el oeste y bajamos hacia el centro de una meseta baja en las tierras altas justo al norte de Coixtlahuaca. Era todo de pinos y ocotillos. Un buen sitio para las tarántulas. Cuatro enormes tipos de SE, de Ciudad de México, vestidos como rancheros en Stetsons demasiado nuevos y demasiado caros, nos saludaron desde un pequeño campamento. Tenían dos burros con grandes fardos, un radar parabólico de penetración terrestre sobre un trípode, un pequeño generador y un compresor colocados cerca de un pulcro agujero cuadrado de cuatro pies de profundidad. Bajamos, reuniéndonos con la sombra de nuestro equipaje en una nube de gravilla. Ana, Michael, Marena y yo saltamos. Ana charló con aquellos tipos durante un minuto. El resto de nosotros miramos el interior del agujero. Habían conseguido excavar cinco pies de profundidad con un martillo neumático y palas. Habían abordado los dos últimos pies con más cuidado, utilizando palas de plástico. Michael dijo que no nos preocupáramos demasiado y que los dejáramos terminar. Les llevó cuarenta minutos conseguir sacar lo que parecía un enorme nudo de suciedad medio petrificada. Lo subieron y lo limpiaron con una brocha. Era un cuenco bajo y amplio de terracota, de unas veinte pulgadas de ancho y cuatro de alto, con un tirador en la tapadera que tenía forma de rana. Estaba resquebrajado por todas partes, y un par de trozos se habían caído, revelando el duro bulto de cera marrón que había en el interior. Era mucho más grande de lo que sería necesario para contener sólo una carta. Lo cargamos en una enorme caja de plástico hermética en la parte de atrás del Kiowa y despegamos. Repostamos de nuevo en Nochixtlán (que, a propósito, no estaba demasiado lejos del lago de Cristal Verde, el lugar de la explosión de 2010), y volamos de vuelta a Ciudad Oaxaca, desde donde cambiamos a un Cessna. Ashley2 (¿te acuerdas de la ayudante favorita de Taro?) estaba a bordo. Tenía una bandeja de cartón con tazas de espuma de poliestireno pasadas de moda. Nos rodeaba el característico y chamuscado pestazo del café Bustelo (joder, qué bueno era poder tomar el verdadero líquido de mi tierra natal en lugar de esa mierda hecha de granos de café Kona a la que te acostumbrabas en Estados Unidos). Yo cogí dos. Giramos al este, en dirección suroeste, hacia el Asentamiento.

—Entonces ¿por qué pensáis que es la única cruz que dejó? —nos preguntó A2—. Se supone que tenía que decirnos si iba a estar en esa tumba, o no.

—Quizá no consiguió volver a Ix —dijo Michael. Me miró—. Lo siento.

—No pasa nada —dije.

Sí, ¿qué demonios había pasado?, me pregunté. Aparte de todas las buenas razones para tener curiosidad, quería saber qué había pasado, porque, en cierto modo, me había pasado a mí.

—Además, de todos modos no parece que vayamos a tener la oportunidad de abrir las tumbas. Seguramente hay soldados por todas partes.

—Sí, pero, aun así, vamos a tener que ocuparnos de ello —dijo Marena—. Quizá consiguió que el enterramiento de la segunda cruz se preparara correctamente, pero fue desenterrada, o dañada. O tenía alguna razón para no dejar un segundo mensaje. O quizá hay algo sobre eso en este paquete. ¿No es así? Quizá no lo dejó él mismo, quizá envió a otra persona para que lo hiciera. Por alguna razón.

—Bueno, me aseguraré de que descubramos eso muy pronto, de todos modos —dijo Michael.

Y estaba dispuesto a cumplir su promesa. Seis de sus estudiantes graduados habían convertido un sótano del Asentamiento en un laboratorio arqueológico, y una hora después de que volviéramos estábamos ya mirando las vistas tomográficas y de rayos X mientras los chicos trabajaban en grupos de dos personas en una caja de manipulación con guantes de Lucite, con el interior recubierto de argón, raspando la capa de cera para eliminarla. Había siete objetos en la tinaja. Seis de ellos eran pequeños tarros de arcilla con tapadera. No pudimos descubrir demasiado del contenido por la tomografía, pero en tres de ellos se veían huesos de un par de animales pequeños. El otro objeto era una caja de arcilla sin hornear del tamaño de un grueso libro en tapa dura. En su interior había tres códices mayas, empaquetados en sal de roca de aspecto sucio. Michael dijo que, posiblemente, podrían sacar el texto de ellos sin abrir el libro, igual que habían hecho con el Códex Nürnberg, pero que no iba a ocurrirles nada en el interior de la caja de argón, de modo que sería más fácil sacarlos y leerlos normalmente. Dijo que aquello les llevaría unas ocho horas.

Excepto Michael, todos los demás volvimos a nuestros dormitorios. Entre una cosa y otra nadie parecía tener cuerpo para celebraciones. Pensé en llamar a la puerta de Marena pero decidí que estaba demasiado desilusionado, o mejor dicho, que tenía poca confianza en aquello, a pesar de que parecía que, finalmente, íbamos a tener algo que podía considerarse un éxito. Había una investigación policial internacional en marcha, por lo del incidente del Hipogrifo, y era difícil creer que no nos fueran a encontrar. Y aquella patrulla había, de hecho, encontrado todo nuestro equipo en las ruinas de Ix, así que nuestras esperanzas de volver allí e intentar revivir a Jed2 parecían poco probables. Y Ni Hablar seguía desaparecido.

Ana Vergara había afirmado en el parte de la misión que pensaba que Ni Hablar era quien había dado el aviso a los guatemaltecos sobre nosotros.

—Aquella patrulla vino directamente a por nosotros —había dicho—. Es imposible que estuvieran por allí de casualidad. Y todos nuestros enlaces en la zona eran sólidos.

Además, nos mostraron archivos de una gran transferencia, y su retirada posterior, de su cuenta bancaria en Nicaragua. Pero, como les dije, cualquiera podría haber hecho eso. Podrían haberme mostrado un vídeo de él sacando el dinero, y eso tampoco habría probado nada. No era posible que Ni Hablar hubiera hecho algo así, les dije. No sólo porque no lo haría, sino porque iba a recibir un bono nuestro más tarde. Tenía que haber sido uno de los llamados enlaces sólidos del SE, alguien de la aldea. Habían repartido demasiado dinero por ahí, pensé. Cuanta más gente supiera algo, más posibilidades tenías de ser agarrado. Con cada nueva persona que entraba en el asunto, el desastre se volvía diez veces más probable. De hecho, pensaba, aunque no lo dije, que quizá SE había puesto el dinero en la cuenta de Nacho sólo para hacer que pareciera el villano, para cubrir su propia ineptitud.

De cualquier modo, incluso aunque no lo dijeran, todos me echaban a mí la culpa del fracaso. Yo había insistido en traer con nosotros a un extraño, y mira lo que había pasado. Se preguntaban si, además de avisar a los guates, no estaría en ese mismo momento cantando todos los detalles del Proyecto Chocula. Seguí diciendo que necesitaba ver alguna prueba real de que él nos hubiera vendido, antes de creer nada. Y no quisieron cabrearme demasiado, porque aún tenía que ayudarlos a entender el Juego. Pero fue una de esas veces en las que la gente te mira como si hubieras dicho algo gracioso. Incluso Marena tenía dudas. Y yo no podía culparla.

Di vueltas en la cama durante dos horas, me rendí y dejé de intentar dormir. Atravesé el patio con mis Crocs regaladas hasta la oficina de seguridad, comprobé uno de sus encriptados y permanentemente apagados portátiles y ojeé un PDF de 335 páginas que contenía un informe DHI sobre su investigación del rastro del dinero en el Horror de Disney World. Estaba mal organizado y peor escrito, con estampaciones por todas partes en las que se leía «SECRETO» y «NIVEL DE CONFIDENCIALIDAD GRIS», como si fuera atrezzo de una película de espías. Pero la conclusión era que tanto los isótopos de polonio 209 como los 210 que fueron dispersados en el ataque habían sido producidos, definitivamente, en la Unión Soviética durante la década de los ochenta. Como el ántrax letal, las partículas habían sido pulverizadas en un polvo tan fino que se comportaban como si fueran casi tan ligeras como el aire. Además, un delgado hidrocarburo cubría las partículas, y eso había permitido que se mezclasen con las gotas de agua de la niebla de aquel día... lo que, incidentalmente, también podría haber sido provocado artificialmente. Todo aquello sugería que era un producto profesional militar. El sistema de dispersión-regulación seguramente había sido elaborado incluyendo al menos dos tanques de presión de cien galones y, seguramente, válvulas reguladoras controladas a distancia con alguna clase de medidor de reacción. Hasta ahora, sin embargo, nadie había encontrado los tanques, y ni siquiera habían conseguido señalar el centro exacto de la emisión, aunque estaba, seguramente, en algún sitio cerca del lago Buena Vista.

El informe decía, además, que actualmente las refinerías de Rusia y Kazakh producían un centenar de gramos de polonio 210 al año, principalmente para aplicaciones médicas y antiestáticas. Al menos treinta veces esa cantidad había sido liberada sobre Orlando, una cantidad que, en el mercado comercial, costaría más de dos billones y medio de dólares. Y eso sin contar siquiera la enorme cantidad del isótopo 209 (más barato) que había sido liberado al mismo tiempo. Alguien por ahí tenía que haber estado produciendo mucho más polonio de lo que la gente sabía. E incluso si lo habían producido barato o había sido canjeado en lugar de pagado en efectivo, o incluso si el Doctor X era, digamos, un heredero directo o sucesor del productor original, una enorme cantidad de riqueza había cambiado de manos en alguna parte a lo largo de la línea.

Por supuesto, aquello no era mucho más de lo que nosotros ya sabíamos, sólo un poco más detallado. Y, por supuesto, el DHS y docenas de servicios de inteligencia de Estados Unidos y de sus aliados, estaban ya siguiendo el mismo rastro. Pero eso no significaba que no fuera correcto que nosotros trabajáramos en ello también. Lo único que teníamos que hacer era hacerlo mejor.

Y lo haríamos, pensé. La ventaja que teníamos (además del Juego del Sacrificio) era que realmente estábamos intentando encontrar al verdadero perpetrador, algo que al resto de las agencias no les importaba demasiado. Lo único que estaban tomándose en serio era el incremento de sus propios fondos. Necesitaban contratar a tanta gente nueva como fuera posible, tardar tanto como fuera posible y, sobre todo, gastar tanto dinero como fuera posible. Nosotros éramos pocos y eficientes. Quizá el Doctor X había estado moviendo algo de oro, pensé. Oro sin acuñar. Sería mejor repasar todas esas compañías mineras de nuevo, pensé. Quizá alguna de África.

Me encorvé sobre el portátil (insistía en comprobar mi impresión de iris incluso para dejarme apagarlo) y puse la CNN.

Las noticias no eran buenas. En Estados Unidos, la tasa de desempleo había alcanzado el veinticinco por ciento. La administración había realizado un comunicado oficial en el que se afirmaba que Dios estaba castigando nuestra inmoralidad y nuestro secularismo. Estados como Texas y Kentucky habían declarado estado de silencio en la mañana y el anochecer, durante las sesiones de rezo dirigidas por el presidente en el jardín sur de la Casa Blanca. Ese mismo día, treinta millones de personas se habían unido a él a través del vídeo. La semana anterior, el ejército y la marina se habían reestructurado en un único servicio que respondería a un único comando del brazo ejecutivo, y las fuerzas aéreas y la NASA iban a «ser acogidas pronto en el nuevo sistema». Cerca de doscientos mil miembros de los servicios armados habían sido dispensados, y sus puestos se habían derivado a contratistas privados externos. La depresión había devaluado los bonos del Tesoro del Estado, y el oro había subido hasta alcanzar los cinco mil dólares por onza. El día anterior, en Chester, Illinois, los internos habían tomado el centro correccional de Menard, y en lugar de intentar negociar, un equipo SWAT había lanzado granadas incendiarias. Los edificios habían ardido con todo el mundo en su interior. Hasta ahora, la decisión de la policía había recibido la aprobación de un noventa por ciento en TuCuentas. gov. Dearborn, en Michigan, estaba bajo la ley sharía. En la escena internacional, más de dos millones de refugiados habían cruzado desde Bangladesh hasta la India. Nuestros viejos amigos Guatemala y Belice estaban a lo suyo de nuevo, aunque yo ya lo sabía, porque ahora, la mayoría de los días, podías escucharlos bombardeando las supuestas posiciones de la tropa del otro a lo largo de la frontera. Los bioingenieros de Zion-Tech, en Haifa, afirmaban haber reproducido el novillo rojo sin defecto. Y el Huracán Twinkie* (y me doy cuenta de

* Twinkie es una marca comercial de bollería. Se trata de pastelitos alargados rellenos de crema. (N. de los T.)

que resulta casi cómico, a estas alturas, al menos para aquellos de corazón tan duro como el mío) se estaba fortaleciendo sobre Cuba.

Por supuesto, las buenas noticias para nosotros eran que, con tanto improperio borrado en marcha, el incidente del Hipogrifo podría perderse entre el barullo. Laurence había dicho que las agencias estadounidenses (y por supuesto los servicios de inteligencia de Belice, Guatemala, México y el Protectorado británico) estaban trabajando en tantos casos en ese momento que, seguramente, no podían dedicar más de un par de personas para examinarlo. Sobre todo si se imaginaban que podía tratarse sólo de un narcotraficante millonario saliendo de Guatemala con prisa. Por muy bizarro que sonara, podríamos salir impunes. Quizá incluso las compañías aseguradoras nos gratificarían por el Hipogrifo.

Justo antes del amanecer caminé de vuelta al laboratorio. Marena y Taro estaban ya allí. Y Michael olía como si no hubiera salido de allí. Es decir, no había dormido. Laurence Boyle (ahora que habíamos tenido cierto éxito aparente) parecía haber vuelto a ser el mismo tacaño empresario de siempre. En el interior del brillante mundo blanco de la caja de manipulación con guantes, habían extendido las seis últimas páginas de uno de los tres códices. Fue espeluznante descubrir que las líneas de texto codificado estaban escritas con mi propia letra. Las páginas habían sido fotografiadas por las distintas cámaras agrupadas sobre la tapadera de la caja, y la última carta de Jed2 (las habían tomado en orden inverso) ya había sido descifrada. Mientras tanto, en el otro lado de la caja, uno de los vasos canopos había sido abierto, y unas manos enguatadas estaban raspando muestras de la masa de resina que había en su interior. En una hora habrían sido enviadas a Laboratorios Lotos, en el lago Salado, para que las analizaran.

—¿Quieres leer tu nota? —preguntó Michael.

Intenté pensar en algo sarcástico que decir, pero al final lo único que hice fue asentir. Puso el texto descifrado en la pantalla.

Era una sensación muy extraña. Podía imaginar mi propia voz pero no demasiado de lo que mi gemelo había hecho y visto. Por una parte, me sentía avergonzado por no haber conseguido hacerlo todo, pero, por otra, a duras penas podía creer que él (o yo) hubiera conseguido llegar tan lejos como lo había hecho, y no podía evitar sentirme orgulloso de mí mismo, a pesar de que personalmente no había tenido que hacer nada del trabajo, o precisamente por eso...

[Descifrado]

NUEVA PALABRA CLAVE: JBNNUIIDSXJWNNQ OBEOOFLCOPRTXSVQCD-FEHJRMR

Jed DeLanda
Camino de la Colina Desollada
[Monte Alban, Oaxaca]
Equipo Chocula
Ruinas de Ix, Alta Verapaz, RG

Miércoles, 31 de marzo del año 664 d. C.,
sobre las 11.00 a. m.

Queridos Marena, Taro, Michael, Jed1 y los demás:

Cuarenta y seis de nosotros, los únicos que quedamos de nuestra división, conseguimos atravesar los suburbios de Teotihuacan y hace dieciocho soles alcanzamos a los hombres de 14 Herido en el punto de encuentro. 14 ha perdido casi a la mitad de su división, y sus exploradores de avanzada dicen que los supervivientes de los clanes Pumas, que se han reorganizado bajo el mando de Mano Derecha Amputada, asaltaron y degollaron a todos los Arpías e Hijos del Cascabel que estaban aún en el valle de Teotihuacan. Ahora vienen a por nosotros. Un círculo de destrucción y fuego, la mayor parte de él aparentemente autoinfligido, parece estar extendiéndose desde las ruinas de la metrópolis, como un sumidero en expansión. Hemos pasado por aldeas que se han dejado morir de hambre porque creían que, como el mundo había terminado, no había razón para comer.

Sin embargo, aún hay gente viva por todas partes. Muchos de ellos han perdido sus casas, o no están interesados en volver a sus hogares, y se unen a nuestra caravana por voluntad propia. Así que nuestro número continúa creciendo.

La mayoría de ellos no son guerreros. Pero esta mañana, la Dama Koh ha enviado casi un centenar de heraldos (uso esa palabra para referirme a un puesto de trabajo que combina «corredores», «reclutadores» y «misioneros») para reunir algunas veintenas en edad de combatir de los grupos de peregrinos del Cascabel de Estrellas que estuvieran aún en las zonas sin incendiar de la región de los lagos. Además están comunicando a los líderes de un par de ciudades que se han convertido en masa al camino del Cascabel que la Dama Koh quiere reunirse con ellos en Akpaktapec, una ciudad del Cascabel ubicada en Oaxaca dos días al oeste. Reuniremos a nuestro alrededor a tantas familias convertidas como sea posible, para que hagan de amortiguador, y entonces marcharemos al este, hacia la Colina Desollada, donde el clan Nube nos ha ofrecido santuario en calidad de camaradas enemigos de los Pumas. Desde allí, si es posible, tomaremos una ruta interior, lejos de los caminos, por el este y el sur hacia Ix.

Supongo que todo esto es para decir que mis oportunidades de volver a Ix son escasas. Así que he decidido poner la primera cruz aquí, antes de lo planeado, y antes de que ocurra algo peor. Aún no he conseguido dominar lo que he venido a aprender. Pero espero (obviamente) que haya suficiente información en las notas para que podáis reconstruir el Juego, y que los componentes de las drogas del Juego hagan su camino a través de los años lo suficientemente intactos para que podáis reconstruirlos químicamente, o incluso clonarlos. Suena vergonzantemente cursi pero, si lo hacéis, quizá todo esto habrá merecido la pena, a pesar del aspecto que tienen las cosas desde aquí. De cualquier modo, siento el tono lúgubre... Escribiré más tarde, si es posible...

Os deseo lo mejor,

JDL2
Adjunto

P.D. Jed... ¿podrías recoger algunas más de esas Pirámides de Maximón? Gracias, J2.

66

—Ahora, ésta es la quema, la purificación —dije en ch'olan.

Tomé una pizca de tabaco, la mastiqué y froté un poco sobre la mancha del interior de mi muslo.

—Ahora, estoy tomando prestado el aliento de hoy, de Ox la hun Ok, Ox la uaxac K'ayab, 13 Perro, 18 Tortuga, en el décimo sol del tercer tun del decimonoveno uinal del decimonoveno k'atun del decimosegundo b'ak'tun, al anochecer del octavo día de abril del año 2012 de Nuestro Señor, en el sesenta y un aniversario del nacimiento de mi madre, y doscientos cincuenta y siete soles tras el último sol del último b'ak'tun. Ahora, pido al santo de este día, santa Constantina, y pido a san Simón, cuyo nombre para nosotros, que somos sus amigos, es Maximón, que protejan este trozo de tierra, que vigilen este campo.

Me coloqué en el centro de las palabras giratorias.

—*Quinchapo wa 'k'ani, pley saki piley* —dije—. Ésta es la siembra, la plantación, y ahora estoy esparciendo las calaveras rojas, las calaveras blancas.

Pulsé ESPARCIR. Trescientas sesenta semillas virtuales cayeron repiqueteando sobre los 2,8 millones de píxeles OLED que cubrían un muro de la oscura y ergonómicamente lujosa cámara aislada, que estaba a cuarenta pies bajo el campo de juego del Asentamiento. MAON dudó, perdido en sus pensamientos.

Me eché hacia atrás en el nuevo, cómodo, hortera y carísimo sillón reclinable de shiatsu. Empezó a picarme la zona donde estaba la banda que medía la presión sanguínea en mi brazo izquierdo, y me rasqué.

«Bueno, aquí estamos de nuevo —pensé—. Debería haber sabido que, al final, todo se reduciría al mundo on-line».

Después de todo, yo seguía siendo sólo un informático raro. Todos nosotros lo éramos. Trabajábamos duro en las minas de datos. Debería haber sido yo quien consiguiera verlo. Nuestro antiguo mundo, quiero decir. Sí, había sido Jed2. Bastardo con suerte. Él lo había visto todo. Las joyas y los mulob. Los pavos ocelados, y los ocelotes turquesa. Cañones de plumas cada...

MAON emitió un pitido.

Había movido una calavera roja un tun en dirección norte, hasta el 28 de abril, y la había etiquetado como *k'ak'ilix*. Es decir, una especie de día en el que Todo Puede Ocurrir. Como en el Mouse Club.* TU TURNO, ponía en la ventana de archivo.

Humm.

Durante las últimas tres semanas habíamos programado a MAON para que pudiera funcionar como un motor de búsqueda. Es decir, además de la pantalla del Juego, podían abrirse ventanas con los datos que sus motores autodidácticos estaban consultando, y podías usar tus propios movimientos para dirigir sus búsquedas. Los chicos de Taro, además, habían mejorado la interfaz, así que, cuando jugábamos contra MAON, la sensación de jugar contra un oponente humano era mayor. Aun así, como mucho, lo que MAON podía hacer eran los movimientos correctos. Es decir, no hacía los movimientos intuitivos, ni siquiera los mejores movimientos, sólo los correctos, lo que se podría denominar «movimientos de manual», si es que hubiera un manual. Y la cuestión era que, en

---

* *The Mickey Mouse Club* fue un show de variedades estadounidense, creado por Walt Disney y emitido en la ABC desde el año 1955. (*N. de los T.*)

un juego cualquiera de alto nivel (ajedrez, Go), el movimiento de manual no siempre era distinto de un mal movimiento. A veces, era incluso el movimiento que llevaba a la derrota.

Taro había estado visiblemente disgustado por el rumbo que habían tomado las cosas, por que no hubiera un algoritmo, o una fórmula secreta, algo que pudiera enseñar a un ordenador y que solventara todos nuestros problemas. Taro había esperado una especie de cierre. MAON era su creación. Deseaba que aquel paquete contuviera algunas soluciones a sus ecuaciones, y lo había deseado con tanta fuerza que casi lo esperaba. En lugar de eso, lo único que habíamos conseguido era un montón de parafernalia del Juego y estrategias, y esas cinco tinajas con drogas y partes de bichos. Lo que no incrementaría la capacidad informática de MAON más que verter café sobre su disco duro. Intenté decirle que jugar el Juego no era algo que pudiera enseñarse, que era un completo modo de ser, que no había secretos en ello, como no había secretos para tocar el violonchelo, pero él no estaba de humor para escucharme. Era un científico absoluto. Si un problema no tenía una solución que pudieras escribir en una pizarra, no era parte de su *Welterklärungsmodell*.

Y en realidad, ¿por qué habíamos pensado siquiera que aquello funcionaría con un ordenador? El Juego había sido diseñado como una lente para la mente, no para un instrumento que ni siquiera había sido inventado aún. Para conseguir que un ordenador lo jugara del modo en el que lo haría un humano, tenías que construir una computadora tan ampliamente paralela como un cerebro humano. E incluso MAON estaba muy lejos de ese nivel. No importa la cantidad de información que tengan los ordenadores por encima de nosotros, y no importa lo rápido que la procesen, para ellos todo siguen siendo sólo ceros y unos.

Naturalmente, tan pronto como hubimos leído lo de las drogas, y antes incluso de que hubieran empezado a analizarlas, yo estaba ya intentando comerme aquella cosa directamente de la tinaja, como si fuera crema de malvavisco. Y, naturalmente, no me dejaron.

No esperaba que fueran a ponerse tan nerviosos con aquello. Yo seguía diciendo que debíamos seguir las instrucciones de Jed2, estimando las dosis que él había tomado, y darle una oportunidad. Pero los buenos tipos de Laboratorios Lotos (el brazo psicofarmacéutico del Grupo de Investigación Warren) querían examinar esa cosa primero. Y concluyeron que los dos componentes activos de la «experiencia tzam lic» eran una triptamina parecida a la bufotenina y un compuesto de benzamida que era parecido a los ampakines como el CX717. Juntos, de algún modo, establecían un amplio incremento de la sinapsis neuronal en ciertas partes de la corteza cerebral. Y lo que quizá era más importante: los primeros exámenes tomográficos en gusanos de mar archivaron un «crecimiento sin precedentes en la plasticidad de la sináptica», es decir, un enorme incremento en el número de conexiones nuevas, y en los tipos y longitudes de las nuevas conexiones, hechas en el cerebro durante el periodo de biodisponibilidad de las drogas. Con el tiempo, aquella cosa podía cambiar, de verdad, la forma del cerebro.

El día siete ya habían sintetizado suficiente para poder hacer pruebas con animales. La primera observación fue que parecía haber distintas fases a medida que las drogas se abrían camino a través del organismo. Durante la primera fase se incrementaba ampliamente la memoria geográfica y el sentido de la orientación. Giraban los gusanos de mar en tornos de alfarero en una habitación a oscuras y después los ponían en un nuevo tanque sin luz. Tras un minuto o dos dejaban de dar vueltas y se dirigían a la esquina este, donde estaba el alimentador en el viejo tanque. Observamos vídeos de ratones nadando a través de laberintos de agua, y, en su segundo intento, los pequeños bastardos recordaban el camino a través de los laberintos más complicados que el laboratorio había podido construir. Los monos hacían cosas incluso más increíbles. Los macacos normales podían caminar sobre cuerdas flojas, pero los dopados podían caminar sobre cuerdas flojas en movimiento, en la oscuridad, y después, a la orden, saltar sobre otra cuerda floja por la que habían caminado más de una hora antes. Lisuarte decía que los efectos sobre los músculos y el equilibrio le recordaban a los producidos por el propanolol, que es un bloqueador beta que toman un montón de profesionales de la música clásica antes de los conciertos. Durante esta fase, el CI aumenta lentamente, hasta una desviación estándar sobre la línea basal del individuo. Esto ocurría incluso con los gusanos... que tenían CI, por cierto, aunque ninguno de ellos estaba al nivel de Goethe. Los macacos aprendían docenas de nuevas señales con la mano. Hacían rompecabezas que habrían dejado perplejos a la mayoría de los niños de cinco años. Organizaron una huida en masa de sus jaulas, cuando uno pulsó una alarma de fuegos durante el día del baño. Fue una escena totalmente sacada de *NIMH, el mundo secreto de la señora Brisby*.

Pero, cuando la fase de la inteligencia llegaba a su punto álgido, la acción comenzaba a incrementarse en otras áreas más extrañas, en habilidades que no estaban cubiertas por los tests de CI. Por ejemplo, los monos se hacían hipersensibles al color. En general, la gente sólo puede distinguir y recordar un par de miles de colores. La gente que trabaja en, por ejemplo, la industria de impresión textil, puede manejar unos diez mil. Los macacos sólo distinguen un par de cientos. Pero, en la tercera hora de exposición a las drogas, ese número se cuadruplicaba. Otra cosa era que los gusanos y, en menor pero significante medida, los mamíferos se volvían mucho más sensibles a las vibraciones subsónicas, e incluso a las corrientes eléctricas en el agua a su alrededor, o en los suelos de sus jaulas. Cuando se lavaban los unos a los otros, una chispa de estática podía hacerlos gritar. Al incrementar las dosis, la gente del laboratorio comenzó a ver también efectos negativos... es decir, además de la usual y esperada náusea, sudores fríos y goteo nasal. «En el *Macaca mulatta*, la onicofagia y la tricofagia progresaron hasta hacerse crónicas», decía el informe. En otras palabras, comenzaron a comerse las uñas y el pelo. Y «en *Aplysia californica*, la repetición de grandes dosis condujo a casos de severa autosarcofagia». Es decir, que los gusanos se comían a ellos mismos hasta que morían.

La doctora Lisuarte y la gente de Lotos estaban en una posición incómoda. Seguramente no eran ajenos al lucrativo mundo de la sintetización y mejora de drogas. De hecho, se decía que deberíamos haber hecho alguna bioexploración involuntaria. Quizá una rebajada versión de aquella cosa podía tener un brillante futuro como medicación para los civiles. Pero, como un montón de grandes compañías, el Grupo Warren había invertido mucho dinero en la estafa de la ilegalización de las drogas, hasta el punto de que la mayoría de ellos seguramente creían en eso de verdad. Y todo aquello de los mormones no ayudaba, tampoco. Prácticamente, eran tan cuadrados como la mierda de robot. Y todo esto era a pesar del hecho de que, por allí, todo el mundo era un auténtico drogata. Michael Weiner se metía el OxyContin como si fueran caramelos Pez, eso cuando no estaba bebiendo Bundy de la petaca. Tony Sic todavía tomaba esteroides y androstediona, a pesar de que había dejado de jugar al fútbol semiprofesional hacía cuatro años, y los internos del laboratorio fumaban sativa landrace y hacían fiestas de éxtasis de frikis gordos seis noches a la semana. Incluso Taro tomaba modafinilo. Marena se limitaba a un paquete de tabaco al día. Los obreros iban de anfetas hasta las cejas, los hijos de los obreros aspiraban tolueno y al menos la mitad del personal mormón le pegaba al vodka y al Red Bull cuando pensaban que nadie los veía. Así que cualquiera pensaría que habría algo de escepticismo en la línea oficial. Pero no era así.

Marena (hablándome desde Colorado, a través de un nuevo conjunto de teléfonos móviles encriptados de los que decía que la empresa no sabía nada) me contó que también preferiría que nos relajáramos un poco, pero que yo no debía intentar forzar el asunto y arriesgarme a que me echaran del proyecto.

—Boyle y esos tipos son sólo un puñado de contables —dijo—. Colectivamente, tienen casi tanta curiosidad intelectual como un bote de kimchi añejo.

—Oh, sí —respondí.

—Pero cuando Lindsay vea los informes se inclinará sobre ellos y todos los demás se pondrán alrededor. —También dijo que estaba preocupada por mi salud, por si se me ocurría comenzar a meterme aquella cosa sin supervisión.

Yo le dije que era muy dulce por su parte, pero que estaba llevando a cabo una tarea propia de Sísifo.

—Lo único que tienes que hacer es seguir así —dijo.

En cualquier caso, el 10 de marzo los resultados llegaron a través de unos tests de toxicidad realizados sobre unos minicerdos transgénicos de Yucatán. Se habían vuelto muy listos con aquella cosa, pero hasta el momento, no habían manifestado ningún problema de salud grave.

—Y bioquímicamente, son casi medio humanos —había dicho Lisuarte.

Parecía cierto, al menos en lo que al comportamiento se refería, que los humanos eran medio cerdos. Por supuesto, mi apuesta era que Lotos estaba haciendo ya pruebas con humanos, seguramente en la India, pero que no querían que nadie fuera del laboratorio lo supiera. Especialmente no un bala perdida como yo. En cualquier caso, decían que nos darían el visto bueno en una semana.

Pero no lo hicieron. El calendario avanzaba sin tregua hacia el 4 Ahau sin que nosotros, ni nadie más, se acercara a ningún apocalíptico. Y fuera de nuestro pequeño enclave el mundo estaba degenerándose.

El día 11 la gente de Lotos, por fin, nos envió casi medio litro de cada componente de la droga del Juego.

—Te dije que lo harían —dijo Lisuarte—. Están tan preocupados como nosotros.

Y ella tenía razón. Eran corporativistas, tenían aversión al riesgo, eran un puñado de aburridos, fundamentalistas, inútiles, tacaños y unos cabrones republicanos, pero, al fin y al cabo, eran personas. Tenían familia, inversiones, tenían ambiciones, tenían necesidades médicas... y, como nosotros, comprendían las consecuencias.

Vinieron algunos médicos de la central del lago Salado y me examinaron y, supongo, se cubrieron las espaldas por si todo se iba a tomar por culo. Me pusieron papeles delante, y yo los firmé. Seguramente no debería haberlo hecho, pero no había tiempo para sutilezas. El día 11, Lisuarte me dio luz verde. Podía tomar treinta miligramos de las drogas cronolíticas y topolíticas combinadas siempre que me mantuvieran en observación desde el domingo anterior. Y cuando llegó el momento, la primera vez que me dieron la dosis, estaba demasiado colocado para jugar.

Los síntomas incluían vértigo, náuseas, halos centelleantes (como en una migraña), pérdida de consciencia, taquicardia y depresión presuicida. Cuando entraron en la cámara de aislamiento me había caído de la silla y, de acuerdo con la doctora Lisuarte, me había mordido el labio inferior y estaba intentando abrirme la pantorrilla derecha con un ratón Logitech. Me llevaron a la enfermería. Les dije que aquellos síntomas no eran nada fuera de lo normal para mí, que, de hecho, había pasado por todos ellos un par de veces al día en una época buena, y que sólo necesitaba tomar otra dosis y volver al trabajo. Pero, en lugar de eso, sacaron la sustancia de mi organismo y no me dejaron acercarme al laboratorio.

Estaba muy alterado. Es decir, incluso después de que la mierda desapareciera de mi organismo y mi estado de ánimo hubiera vuelto a la normalidad, estaba aún muy alterado. Había pasado a través de fuego, agua, viento y excrementos humanos para conseguir aquello (bueno, en realidad había sido Jed2 quien había recibido la mayor parte del maltrato, pero aun así) y ahora no era ni siquiera capaz de usarlo. Lisuarte supuso que el componente alcaloide podría haber interactuado con mi medicación. Concretamente, había bloqueado la reabsorción de ácido glutámico, lo que había provocado un exceso de nitrógeno, excitotoxicidad, pensamientos autolesivos y un montón de desagradables efectos más. Durante la siguiente semana reemplazó mi fiable vieja tropa de modificadores del comportamiento con un cóctel de nuevos y geniales modificadores del comportamiento. Cuando repasé la lista de dosis no fui capaz de encontrarles sentido, así que se la pasé a mi médico habitual en Miami. Dijo, con su campechano estilo, que sonaba como «golpear un clavo de dos céntimos con un ariete», pero yo quería portarme como un hombre, así que seguí con ello de todos modos. Sorprendentemente, la nueva medicación parecía funcionar. Sólo un par de días más tarde estábamos obteniendo el efecto que queríamos: parecía que no quedaba mucho del viejo Jed. En lugar del ansioso y vengativo troglodita que solía disfrutar siendo, había un individuo prudentemente optimista, y bastante soso también, llamado Jed. De hecho, el nuevo yo era casi imperturbable. Por ejemplo (sólo lo cuento como ejemplo), Marena se había marchado a Estados Unidos el día 10 para ver a Max y había dicho que iba a volver en una semana, pero había pasado casi un mes y aún no estaba aquí. Había dicho que era porque no era seguro viajar. Y era verdad que las cosas estaban seriamente jodidas. La gente estaba abandonando algunas ciudades y abarrotando otras. Las aduanas tenían colas de espera de más de diez horas. Las aerolíneas estaban acaparando el combustible. La mayor parte de los aeropuertos habían convertido un tercio de sus hangares en impuestos campos de cuarentena. Pero, aun así, me había sonado a excusa. Si Marena le daba al equipo de Warren una oportunidad para llevar a cabo su magia, estaría de vuelta en un periquete. De hecho, parecía impropio de ella estar lejos mientras el resto de nosotros llevábamos a cabo su proyecto. Quizá sabía algo que yo no sabía. Quizá no podía soportar la idea de seguir viéndome. Quizá sólo era que no quería sacar a Max del colegio. Casi nos habíamos ido a vivir juntos, si es que dormir en la misma habitación prefabricada cuenta, y creía que nos habíamos hecho muy íntimos, pero cuando se largó, ya no estaba tan seguro. Normalmente habría estado furioso y desvariando, y habría volado hasta allí y me habría arrastrado tras ella como un perro acobardado. Pero ahora, cuando pensaba en ella, me ponía nostálgico un segundo y después volvía apesadumbrado de vuelta a lo que estaba haciendo, como cualquier otra persona normal aceptando sumisamente su ración diaria de desesperanza. Además, Ni Hablar aún no había aparecido. Al principio me había puesto histérico y había intentado volver para encontrarlo, pero ahora estaba bastante tranquilo y simplemente esperaba a ver qué había pasado. Quizá había sido succionado por un agujero negro, como me había pasado a mí.

Además, no estaba seguro de mi estado legal. Al menos seis agencias distintas estaban aún investigando el Caso del Hipogrifo (vaya, buen título para una nueva y póstuma novela de Robert Ludlum) y, finalmente, habían hecho la conexión hasta Soluciones Ejecutivas, lo que significaba que el resto de nosotros sería, finalmente, relacionado con aquello. Y para culminar todo aquello, habían dejado que Sic y un par de ayudantes más probaran las drogas del Juego, y en ellos estaban funcionando bien. Sic había estado estudiando las notas de Jed2 y lo habían introducido en el nuevo trazado del Juego, y entonces, como un puto rayo, se había puesto por delante de mí. Normalmente me habría vuelto loco de celos, con apocalípticos o sin ellos, pero ahora seguía trabajando sin más.

Mi segunda cita con las drogas fue mejor. Jugué dos partidas con aquella cosa y resistí. En mi quinta dosis ya era tan bueno con cuatro piedras como lo había sido con dos. Pedí que me subieran la dosis. Lisuarte dijo que no. Nueve días antes había completado una partida usando cinco piedras. Ahora estaba haciendo progresos con seis, y había incluso atisbado el salvaje mundo de las siete piedras. Pero, como creo que he contado ya, siete piedras no es sólo el doble de difícil que seis, ni siete veces más difícil, ni cuarenta y nueve veces más difícil. Es 7!, es decir, 5.040 veces más difícil. Así que, siendo realista, no podía imaginarme que a ese ritmo pudiera conseguir jugar, alguna vez, con ocho piedras, y menos con nueve, ni en toda mi vida, así que menos aún en un par de meses. A veces, cuando leía cosas en las cartas de Jed2 sobre lo que la Dama Koh podía hacer, no sólo jugar con nueve piedras, sino usando animales vivos en lugar de los corredores, y después haciendo lo que fuera que hizo con la telaraña... casi pensaba que debía estar exagerando. Pero ¿por qué iba a hacerlo? ¿O por qué iba a hacerlo yo?

El día 22, Laurence dijo que él, y se refería a Lindsay, quería que trabajara en el Horror de Disney World. Le dije que había planeado ir directamente a por el Apocalíptico, y apelé a

Taro y a Marena. Decidimos que, en dos días, buscaríamos al Doctor X. Si lo entregábamos, dijeron, escribiríamos nuestro propio billete con el DHS. Después de eso, cualquier cosa que dijéramos sobre 4 Ahau sería inmediatamente tomada en serio, sin importar lo extraña que pudiera parecer. Sonaba plausible, aunque estaba seguro de que había más entre manos. Aun así, ya había repasado las notas de Jed2 sobre el Doctor X, de su partida con la Dama Koh, y éstas habían provocado en mí algunas asociaciones. Sin embargo, leyéndolas de nuevo, empecé a sentirme muy enfadado con él. Tenían una extensión de sólo cuatro mil palabras, y eso no es demasiado cuando estás intentando recordar cada pequeño detalle porque posiblemente podría resultar ser importante más tarde. Y después estaba el estilo. Había una suficiencia vagamente pomposa en la prosa que hacía que se me pusieran los pelos de punta. Aunque era consciente de que él/yo había trabajado bajo condiciones difíciles... Bueno, por lo general uno se enfada consigo mismo a menudo, incluso si no se ha dividido en dos. De cualquier modo, seguí leyendo una y otra vez la partida del Horror de Disney World, sobre cómo él, o vamos a decir yo, había tenido la fuerte sensación de que el Doctor X podría ser alguien cuyo nombre yo conocía bien, pero a quien no había conocido en persona, alguien que estaba aún vivo, alguien que había estado en alguna parte y había vuelto dos veces, quizá alguien a quien ya había descartado, o quizá alguien a quien no había considerado siquiera porque parecía demasiado obvio. Y como Jed2 había dicho, era alguien «que había estado casi en la luz, una vez, pero ahora estaba de nuevo en la oscuridad».

Uh.

Aquel día llegué a mi cubículo un poco tarde y esparcí la primera hornada de semillas al anochecer. Intenté integrar el Juego con los motores de búsqueda de MAON. Contratos secretos, pensé. Bancos en las islas Caimán. Funcionarios viviendo por encima de sus posibilidades. Jets, yates y Bugatti apareciendo en los patios equivocados. Ganancias en las apuestas. Esposas que, de repente, heredan cien veces más de lo que nadie esperaba que heredaran. Antigüedades, arte, joyas antiguas con piedras nuevas. Cualquier cosa. Vamos. *Quid bonum?* Sigue la pasta...

Maldición. Estaba bloqueado.

Pasé por todo el proceso de nuevo, tamizando un ciclópeo bloque de datos tras otro, y después siguiendo los puntos donde se cruzaban. Saltando sobre la estela del dinero. Vamos. Adelante. Hacia el Valor del Dinero. Mamon* a la derecha de ellos. Preguntándome, preguntándome. Hacia delante.

«Definitivamente, tiene que haber una persona a cargo», pensé.

Todo había sido demasiado coherente para que fuera un pensamiento grupal. Y sobre quién se beneficiaba... bueno, eso era fácil, en cierto modo. Todos los contratistas militares del mundo se beneficiaban. Digamos que éste es uno de ellos. ¿Cuál es? ¿Qué acciones han subido más? O las segundas que más lo han hecho, digamos. Vamos. Digamos que es la Corporación A. Pero la Corporación B posee la mayor parte de la Corporación A. Aunque quizá es la Corporación C la que realmente se va a beneficiar, porque van a comprar la parte de la Corporación B. O quizá es la Corporación D, que va a hacer un trato para comprar a todas las demás. Por aquí. Por allí. Por allí. Por aquí. Hop, hop. Cadenas de causas. Cadenas de efectos. Muñecas rusas con muñecas rusas en su interior. Fábricas de muñecas rusas llenas de muñecas siamesas. Con muñecas triamesas y tetramesas en su interior. Vamos. Cada cadena es un enlace horrible...

Humm.

Definitivamente, aquí había dinero, y estaba enroscándose alrededor de algo, la silueta de una forma... una cabeza, quizá... y casi podía verla emocionalmente, es decir, no era realmente una visualización, sino que noté una sensación de odio a su alrededor, quizá no de la forma en sí misma, sino...

Sí. El odio de otra gente.

Es un paria.

Vamos. Piensa.

* Dios de la codicia. (*N. de los T.*)

Alguien rico y poderoso que a nadie le gusta. Alguien despreciado incluso por la gente de su propio bando. Alguien a quien daban palizas en el recreo. Alguien con la cara torcida. Alguien que confirmaría mis peores sospechas. Alguien que ya es considerado realmente malvado. Por la mayoría de la gente, en cualquier caso. ¿Algún imán exiliado? ¿Aquel tipo de Myanmar? No, no es eso. Maldita sea, ¿estoy volviéndome idiota a mi edad?

Quizá no puedo verlo porque es mucho más de lo que esperaba. Quizá ya lo he descartado, como cuando estás buscando las llaves del coche por todas partes porque ya has comprobado todos tus bolsillos, y después de poner la casa patas arriba las encuentras en tu bolsillo porque, en los primeros diez segundos de búsqueda, las habías confundido con, por ejemplo, las llaves de la casa, en lugar de las del coche, y eso había bastado... bueno, ya sabes lo que quiero decir. Vale, vamos. Adelante. MAON mueve, yo muevo. Cadenas de sucesos. Cadenas, cadenas, cadenas, cadenas de restaurantes. MAON mueve, yo muevo. MAON mueve...

Guau. Ahí está.

Dieciocho billones de euros. Y, en realidad, había sido sólo una transacción. Los detalles encajaron a regañadientes en su lugar, como los pestillos de una vieja y oxidada cerradura. La puerta rugió al abrirse...

No Richard. La compañía.

Te pillé.

67

En cierto modo, esperaba que el DHS y el resto de las agencias recibieran una liquidación generosa, y que no ocurriera nada después de que señaláramos al culpable, excepto que, quizá, intentaran acabar con nosotros. Pero, al parecer, el gobierno aún no era tan monolítico, porque, sorprendentemente, el día 28 por la mañana, el FBI llevó a cabo asaltos simultáneos en las oficinas de Halliburton en Houston y Bakersfield, en el edificio KBR en el condado de Harris, y en doce despachos y ciento diez servidores propiedad de Dyn-Corp, o de firmas subsidiarias controladas por el Grupo Carlisle. Fueron arrestadas doscientas cuarenta y tres personas. Y de acuerdo con Laurence, que se había enterado por Lindsay, quien sin duda lo había escuchado de alguien que estaba muy metido en el ajo, o del propio Dios, habían encontrado documentos relacionados con el polonio pulverizado en cuatro de las redadas, y había un memorando en uno de los servidores que hablaba de cómo la centralización de los militares era «nuestra prioridad número uno». Supongo que el rastro del dinero sería concluyente cuando tuvieran todos los detalles. La versión resumida era que habían usado un sistema hawala, lo que básicamente significaba que todo el mundo era miembro de algún clan islámico importante, que todos confiaban en los demás y que no se dejaba registro de nada. No se había enviado dinero real a ninguna parte. Años antes (en el 2006, de hecho) un par de propietarios de hotel en Dubai habían contratado a algunos contratistas moscovitas para construir algunas carreteras privadas y pistas de aterrizaje, y les habían permitido cobrarles un poco de más. Los contratistas usaron el dinero para liquidar sus deudas con otra empresa (seguramente una de las compañías que se habían fusionado con Lukoil) que había heredado el polonio 210 indocumentado de su productor original. Y entonces, la gente de Carlisle había cobrado un poco de menos a la cadena hotelera por la construcción de urbanizaciones en Jordania y el Líbano. Y esto se extendía a docenas de tratos no documentados. Así que, con algo así, cualquiera pensaría que lo habrían mantenido todo bajo la alfombra de Isfahan. Pero el hecho era que dieciocho billones era un montón de dinero, incluso hoy en día, y la mayor parte de ello, finalmente, se vio representado en algunos depósitos en distintos sitios. Y con las nuevas leyes bancarias y los mejorados sistemas de búsqueda, se estaba volviendo cada vez más fácil buscar cantidades depositadas que concordaran con la estimación de las cantidades perdidas. Una vez que MAON y sus homólogos en el DHS supieron lo que estaban buscando, sólo tuvieron que calcular los datos hasta que, por fin, consiguieron dos patrones (una especie de huellas dactilares) que encajaban lo suficiente para convencer al juez.

Incluso así, no habían extendido una orden contra el propio Cheney (todavía era sólo un «posible sospechoso») y, como era de esperar, aparentemente había salido por patas y no estaba localizable.

«Y no va a estarlo», pensé.

El gato tenía más escondites ocultos que el Programa de Misiles Atlas. Incluso si trabajáramos en él a tiempo completo, seguiría moviéndose y, seguramente, siempre estaríamos un paso por detrás de él. Bueno, yo hice mi trabajo. Aquello era insatisfactorio, pero las cosas son así. De todos modos, seguramente saldrían a la luz más cosas después. Y eso traería a un montón de gente más a la palestra, y quizá alguien los pondría en su pista. Hasta ahora la respuesta de los medios a las detenciones había sido sólo especulación, pero, supuestamente, iba a producirse una enorme filtración durante la semana.

O yo mismo daría el chivatazo, pensé. Tan pronto como algunos problemas más inmediatos me dieran un respiro.

Las cosas en el mundo entero se habían vuelto cada vez más raras. Bangladesh estaba casi sin electricidad, comida, agua y ley. La Espada de Alá estaba atacando las bases americanas en Pakistán. FEMA había dicho que se había subestimado el número de casos terminales en Florida, y que se esperaban unas sesenta mil víctimas mortales durante los próximos años, lo que elevaría la cuota total de fallecidos por el Horror de Disney World a un poco más de cien mil personas. Unas 124.030 personas, pensé, más o menos. No había suficientes instalaciones para ocuparse de todos ellos en Estados Unidos, así que los casos más avanzados se estaban enviando al extranjero, aunque el estado de Florida ya estaba construyendo el mayor y más avanzado parque hospitalario para enfermos terminales del mundo. Hasta ahora se habían producido catorce alarmas en las principales ciudades imitando el ataque de Orlando. Todas ellas habían resultado ser falsas, es decir, sin polonio real, pero las evacuaciones habían costado miles de millones. Los explosivos convencionales, sin embargo, estaban disfrutando de un resurgimiento. Hacía dos días, ochenta personas habían sido asesinadas en un segundo ataque suicida en DeKalb, Illinois. Como muchos de estos nuevos ataques, el incidente de DeKalb se había producido en dos partes... es decir, había una bomba grande que había eliminado casi por completo una residencia de estudiantes, a la que el perpetrador había vigilado a través de binoculares, y cuando eso hubo terminado, se había detonado a sí mismo con algo del tamaño de una granada de mano. Los investigadores estaban muy seguros de que había sido lo que ellos llamaban «independiente», es decir, que no seguía una ideología, sino que era parte de una corriente en alza de ataques suicidas llevados a cabo por gente normal, personas que estaban hartas y que querían llevarse con ellos a tantos compañeros de clase, oficiales locales y compañeros de trabajo como fuera posible, y quienes, pocos años antes, se habrían sentido satisfechos con el puñado de gente a la que hubieran sido capaces de disparar. Y lo peor de todo es que era evidente, por los datos obtenidos en el Juego del Sacrificio, que el Apocalíptico estaba en el movimiento.

El último día de marzo, los motores de probabilidad de MAON indicaban que el mundo (más o menos) había alcanzado un estado crítico permanente. Es decir, que la historia humana estaba en un punto en el que cualquier pequeño disturbio podría desencadenar una avalancha que lo mandaría todo a tomar por culo. En términos de progresión del Apocalíptico, la implicación era que, incluso si identificábamos y deteníamos al primer (y aún hipotético) Apocalíptico, muy pronto habría otro como él. Y después habría más, y a una velocidad creciente, quizá uno cada dos o tres años, por ejemplo, durante un tiempo, y después uno cada mes, y después uno cada día, y así hasta lo inevitable. Y por eso, incluso si las acciones del primer Apocalíptico no eran un éxito total (incluso si sólo afectaban a un continente, por ejemplo), un suceso así, en esa escala, era «responsable de reducir la funcionalidad de todas las sociedades hasta el punto de que serán gravemente vulnerables a tensiones posteriores». O, como Ashley2 había dicho: el sistema inmunitario del mundo estaba drásticamente comprometido, y un resfriado podía ser fatal.

Yo seguía diciendo que teníamos que tomarnos más en serio la dosificación. Lisuarte seguía echándose atrás. Sobre el 4 de abril comencé a tener la sensación de que podría ser ya demasiado tarde. O de que lo sería dentro de poco. Era sólo una sensación, pero no me gustaba la fecha que MAON había marcado, el 20 de abril. Aquélla no era la primera vez que esa fecha aparecía. Y siempre me parecía que tenía un halo gris alrededor. Y no era porque fuera el día de la masacre del instituto Columbine. Me daba la sensación de que era un punto de no retorno. Quizá el Apocalíptico iba a usar otro virus programado, establecido para volverse sintomático en 4 Ahau, e iba a liberarlo entre la población el 28. O quizá era una bomba convencional, o alguna otra reacción en cadena que se desencadenara ese día. Fuera lo que fuese, tenía la sensación de que nuestra hora cero sería justo ahora. Podría haber sido ayer, incluso. Era el momento de la palabra D. Drástico.

Es fácil robar a alguien que confía en ti. Engañar a la doctora Lisuarte habría sido difícil. Pero Taro también tenía acceso al frigorífico donde se guardaban las drogas, y su laboratorio no era exactamente el lugar más hermético del mundo. Y ahora Ashley2 y yo teníamos, bueno, teníamos algo entre manos, con la ausencia de Marena y el marido de A2 atrapado en la provincia de Beijing, y el resto del mundo interpretando *Dawn of the Dead* para nosotros y todo eso. Era una especie de unión de conveniencia. A2 no era el tipo de persona en quien uno se fijaría, ni nada de eso, pero si le quitabas las gafas y la bata del laboratorio, y la ponías en una habitación en penumbras, podía pasar por la gemela regordeta de Ziyi Zhang. Estaba intentando aprender a jugar el Juego (era la peor jugadora de aquel lugar), y yo estaba dándole clases particulares con beneficios. No era un gran negocio, pero me estaba guardando fracciones de las drogas del Juego de sus propias dosis. Hasta ahora había reunido cuatrocientos ochenta miligramos extra (el componente topolítico tenía que estar en forma líquida, de modo que la sustancia estaba en diminutos viales de escintilación de cuarenta miligramos), y yo había metido trescientos, diez de mis dosis normales, en un tubo de helio. En la cámara de aislamiento no había videocámaras... al menos yo no había podido encontrarlas y, de todos modos, las cosas no estaban tan tensas por aquí. Aún. Saqué el pequeño cilindro de acero de mi axila, lo deslicé bajo mi cinturilla elástica hacia el interior de mi muslo derecho y apreté el botón. Se produjo un sonido como si estuviéramos descorchando lentamente una botella de Shasta fría, y una sensación como si hubiera una aguja de hielo materializándose en mi vena safena y después desapareciendo.

Si lo había dosificado correctamente, en veinte minutos me suministraría un quinto de la cantidad que había calculado que la Dama Koh había tomado durante su última partida con Jed2. Por supuesto, ella había tenido toda una vida para entrenar su tolerancia. En Lotos habían dicho que esta cantidad sería fatal, o que podría hacer explotar mi hipocampo. Pero ellos se preocupaban por todo. De cualquier manera, si comenzaba a tener una apoplejía, el equipo de Lisuarte se apresuraría a entrar, y me sedarían y cuidarían en la enfermería hasta que volviera a la normalidad. Hoy en día podían hacer cualquier cosa, ¿no? En cualquier caso, teníamos problemas mayores. «Concéntrate».

Moví la primera de mis nueve calaveras hasta el 28 de abril y desplacé la semilla de MAON. Chúpate ésa, cerebro de metal. PENSANDO, dijo su ventana de archivo. Desde mi nueva ubicación, miré alrededor. O quizá «miré» era una palabra que podía malinterpretarse, porque, ahora que sentía relámpagos de sangre chisporroteando a través de mis arterias, yo realmente veía, si quieres llamar así a esa sensación de que cada átomo de mi cuerpo tenía una partícula emparejada en el tablero de juego. Quizá es así como la gente ciega, a través de las cámaras implantadas y de los electrodos glosofaríngeos, llega a ver con la lengua...

PITIDO.

MAON movió dos hacia delante, hacia el centro.

Humm.

Moví mi calavera hacia delante. Era como si estuviera subiendo una escalera, sentía la contracción y la expansión. Es difícil describirlo pero, emocionalmente, era como lo que sentirías si hubieras pasado toda tu vida en una pequeña ciudad y supieras llegar caminando a cualquier parte, pero nunca hubieras visto un mapa aéreo del lugar. Si subieras a una altísima torre en el centro del pueblo y miraras hacia abajo por primera vez, en apenas unos segundos comprenderías cosas que ni siquiera imaginabas que hubiera que comprender. Te darías cuenta de que lugares que parecían estar muy lejos los unos de los otros estaban en realidad cerca. Que las calles que habías pensado que eran perpendiculares estaban en realidad en ángulo. Descubrirías que los parques que creías que eran cuadrados eran en realidad trapezoides irregulares, y que algunos edificios que pensabas que eran enormes eran más pequeños que otros que creías que eran menores. Todo estaría dentro de un orden distinto de comprensión, a raíz de ese nuevo conocimiento que no habrías podido adquirir tan sólo por vivir allí, aunque hubieras pasado en ese lugar toda tu vida.

El problema con este ejemplo, sin embargo, es que suena como si la sensación tuviese que ser estimulante, o incluso divertida. Pero no lo es; es aterradora. Era especialmente aterradora esta vez, por supuesto. Pero siempre da miedo. La aprensión se incrementa con la percepción. Y, de hecho, tiene que hacerlo.

Cuando leí lo de los animales de la Dama Koh, no me sorprendió tanto como parecía haber sorprendido a Jed2. En realidad, yo había estado usándome a mí mismo como mono durante todo este tiempo. Para jugar de verdad con el corredor, es decir, con las calaveras, tienes que tener algo de miedo. Incluso si juegas para un cliente que realmente no te importa demasiado, tienes que temer por ti mismo. Es necesario que mires alrededor del modo en el que lo haría una presa, viendo un depredador en cada sombra. Y a medida que se amplía tu campo de entendimiento, en lugar de sentirte más poderoso, tu miedo se incrementa. Se convierte en un temor no sólo por ti mismo, sino por tus compañeros, que también son presas, los miembros de tu manada, que ahora ves que están a tu alrededor, y que son demasiado numerosos para contarlos. En lugar de localizar rutas de escape, cuentas cuántos animales te rodean y tomas nota de lo lejos que están de algún refugio seguro. Comienzas a comprender lo insólita y contingente que es tu conciencia, y cuanto más subes en esa escalera, más crece esa sensación de inseguridad. Comienzas a ver más del presente, y más del pasado, y después incluso parte del futuro, y entonces más posibles futuros y posibles pasados (todos los trillones de veces que no naciste, por ejemplo), y después incluso los presentes imaginarios, y los futuros que no existen, y los mundos imposibles, universos donde la luz es lenta y local, y la gravedad es rápida y de alcance lejano, donde dos más dos es igual a uno, o incluso donde dos más dos es igual a pomelo. Y esto no es fascinante. Es aterrador.

Pero si puedes sobreponerte al vértigo de todo eso, comienzas a darte cuenta de algunos patrones.

Minimicé la ventana del tablero de juego en la pantalla y eché un vistazo a los enjambres de información cruda en desplazamiento. Justo en ese momento, MAON estaba tamizando los datos relacionados con gente con los mismos nombres, y asegurándose de que eran asignados al individuo correcto. Y por datos, me refiero a todos los datos... ocupaciones, genealogías, informes de crédito, compras, registros escolares, cumpleaños, fotos, aficiones conocidas, historiales de navegación, haplotipo estimado, referencias cruzadas, datos médicos... Un Iguazú de hechos y falsedades en todos los lenguajes de la tierra, humanos y mecánicos. Estaba viendo lo más parecido a lo que Dios podía ver, incluso más cercano de lo que Google ve, ya que lo que Google ve está determinado por lo que todos estos seres humanos, no demasiado brillantes, están buscando. Cualquier búsqueda de datos significativos tiene que ser mucho más selectiva. Tienes que concentrarte. Y no me refiero a concentrarte en algunos pequeños detalles, como en una búsqueda de palabras. Es más como esas imágenes Magic Eye, donde tienes que concentrarte a un par de pies por debajo de la superficie del papel, y si consigues evitar distraerte por todos los pequeños garabatos, comienzas a ver una forma (o quizá es más preciso llamarlo un espacio, mejor que una forma, ya que lo único que estás viendo es el espacio, es decir, si sólo usaras un ojo no podrías ver nada), y si puedes seguir concentrado en esa forma, ésta se fusiona, se vuelve más redondeada, profunda y nítida, y en cierto momento empiezas a darte cuenta de lo que es. A medida que el polvo de Timonel se filtraba en mi sistema nervioso, fue como si lentamente hubiera abierto mi segundo ojo; estaba comenzando a discernir la silueta de algo en el este, y ahora los músculos de mi iris estaban concentrándose lentamente más allá de la catarata de nombres, fechas, cantidades, y todos los demás quintillones de granos de basura que constituían el monstruoso mundo. Estaba casi comenzando a ver lo que era, algo construido con todas esas cosas pero, en realidad, ajeno a ellas, algo funesto amenazándonos más adelante.

68

MAON movió. Yo moví. Él movió. Yo moví, hacia la silueta. Parecía ser una pirámide en ruinas, o un volcán muerto, pero estaba terriblemente erosionado, lleno de fisuras y de escombros en movimiento. Y había algo raro justo un poco por debajo de la cima, una protuberancia que era como una gigantesca verruga. MAON movió.

Humm.

Yo moví, caminando hacia la ventisca de datos. Tanto ruido y tan pocas señales, pensé. Era como tener interferencias de televisión en tus propios ojos. Se movió. Humm. Eso no. Esto no. Sentir mi camino hacia delante cada vez se hacía más difícil. Cada vez había menos puntos sólidos en el suelo de la ciénaga.

Se movió. Movimientos hipotéticos salieron y entraron de la claridad justo frente a mí. Me moví. Ahora era como si estuviera subiendo altos e irregulares peldaños erosionados. Había enormes siluetas a mi alrededor, pero no podía verlas, o mejor dicho, no podía visualizarlas, ya que, en realidad, no puedes ver el escenario del Juego, es más parecido a desarrollar un mapa interior del mismo. Quizá es así como ese escalador de montaña ciego sigue estableciendo todos esos récords en el Tíbet. Como no puede obtener una vista global de las cosas, tiene que ir agarrando trocitos de información secuencialmente, tanteando su camino mientras atraviesa alturas sin forma y huecos desconocidos, y entonces establece un modelo interior de la ruta, laboriosa y monodimensional, como perlas ensartadas. Los peldaños crecieron hacia 4 Ahau. Él se movió. Yo me moví. Arriba, arriba. Vamos. Un sonido, o más bien una sensación que era como el recuerdo de un sonido, llegó de algún sitio cerca del vértice, un tenue e irregular murmullo que me recordaba a algo que había oído hacía mucho tiempo, algo... Humm. El recuerdo estaba en la punta de mi lengua mental, pero no podía sacarlo a la luz totalmente. «No te preocupes por eso. Concéntrate». Ahora estaba comenzando a sentir que había un hueco cerca de la cima del cono, algo como lo que llamamos *k'otb'aj* en ch'olan, una cueva en el cielo. MAON movió, intentando obligarme a bajar la pendiente. Llevé otra calavera y la coloqué. Él contrarrestó el movimiento. Humm. Él va, yo voy, él va... vale. Subí la pendiente.

Él movió, yo moví. Arriba, arriba. Sentí como si hubiera una piedra de color rojo oxidado, como piedra pómez de las tierras baldías, desmenuzándose bajo mis pies. Arriba. Ya tenía la sensación de estar muy por encima de las copas de los árboles. Movió. Moví. Arriba. Ahora estaba tan alto que ni siquiera los cóndores llegaban hasta allí. Estaba en la ladera oeste de la montaña, donde había aún cierta calidez otorgada por el ajado sol. Era el sol del b'ak'tun, el sol de ciento ochenta y cuatro años, que no alcanzaría su cenit hasta el 4 Ahau. Y, como estábamos al otro lado del mundo (en el lado reflejado, podríamos decir), estaba elevándose por el oeste.

Arriba, arriba. Él va, yo voy. Moví.

Aaa.

Hubo una pausa.

Era como si estuviera en un rellano, o una platea, o lo que llamaríamos *tablero* si interpretáramos el monte como un mul del estilo de los de las ruinas de Teotihuacan. No muy lejos había una amplia abertura, un desigual óvalo asimétrico con una especie de profundo pozo que bajaba al interior de la montaña, y justo más allá, el siguiente pico de la montaña, el *talud*, subía en un ángulo suave... Y entonces, en el borde del siguiente *tablero*, fue como si acabara de discernir una gibosa roca gigantesca, de color naranja oscuro bajo la débil penumbra. Caminé hacia delante. Él movió. Yo moví. De acuerdo.

El sonido se hizo más fuerte, o debería decir que la sensación del sonido se intensificó. Era un profundo balido, un carnoso sonido de trompeta y, definitivamente, salía del pozo. Y, de algún modo, yo sabía, por la curvatura de su resonancia, que la cueva era mayor en su interior de lo que lo era la montaña en el exterior, y aun así estaba abarrotada de seres. Eran como murciélagos, pero no eran murciélagos. Podrían estar colgados en grupos familiares, parecía, como los murciélagos, o al menos agrupados por familias, y sabía que había tantos de ellos como murciélagos hay en una cueva grande, de hecho más, incontables trillones de ellos. Pero no sonaban como murciélagos. Eran más grandes. Y, de algún modo, tuve la sensación de que no tenían pelo. ¿Qué eran? El sonido me recordaba a algo, a algo de mi infancia, pero no era algo de Guatemala, era algo... oh, vale. Ya lo sé.

Eran *Eumetopias jubatus.* Durante el tercer año en que viví con la familia Ødegårds, me llevaron con ellos a un viaje de la iglesia a San Francisco, y después a Seatle. Durante el regreso, el autobús se detuvo en las cuevas del León Marino, que es una atracción de carretera privada situada junto a un pueblo llamado Florence, en la costa de Oregón. En primavera, unos trescientos leones marinos de Steller se reunían en las rocas para aparearse. Se bajaba en ascensor por el acantilado, y después había que pasar por un pasillo excavado en la piedra caliza hasta una especie de balcón de roca con vistas a la gruta, con las olas al equivalente de casi tres pisos por debajo de nosotros, y el techo de la cueva a unos diez pisos por encima. Una vez allí intentabas encontrarles sentido a todos aquellos montones de grasa y hueso en movimiento. Las leonas chillaban mientras los leones de dos mil libras de peso las montaban y los leones solteros y dominantes se rugían los unos a los otros durante horas, y todos esos rugidos resonaban en la piedra húmeda. Hoy en día, al pensar en un «sonido atronador y aterrador», se piensa en cosas hechas por el hombre, en martillos neumáticos desmantelando la cumbre de una montaña, en monstruosos aviones calentando sus motores, en artillería, explosiones y cosas así. Pero, aunque el sonido de aquella cueva era cien por cien natural (de hecho, seguramente, no había cambiado durante millones de años; de hecho, seguramente, no era demasiado distinto de los estruendosos chillidos de, digamos, los gastornis o los anquilosauros, o de las manadas de pentaceratops), era más aterrador que cualquier otro sonido que hubiera oído nunca, algo que casi no se podía soportar, y que, ciertamente, no se podía olvidar.

Avancé. Algo en el sonido hizo que me diera cuenta de que aquellas cosas estaban despertándose, extendiendo sus alas, preparándose para salir en tropel cuando este sol fuera enterrado en 4 Ahau. Saldrían en una bandada casi interminable, a través de tunobs y k'atunobs y montones y montones de b'ak'tunob, y se extenderían sobre el mundo, criarían y vivirían. Si no has visto a los murciélagos abandonando una cueva grande, no puedo describírtelo; y, si lo has hecho, no hay necesidad de describirlo. Pero lo que más miedo da es lo interminables que parecen. Podría pensarse que en el interior de la tierra no había más que murciélagos.

Tanteé el camino hasta la abertura. Por ahora, podía decir que todos aquellos balidos y rugidos tenían demasiadas variaciones y repeticiones para ser aleatorios, y me detuve en aquella casilla por un minuto, intentando descubrir lo que estaban diciendo.

Bueno, era algún idioma, muy bien. Pero no uno que hubiera escuchado antes, de hecho, apuesto a que no era siquiera un lenguaje humano. Algunas de las sílabas me recordaban al rudo lenguaje que los monos aulladores usan cuando... Humm.

«Si pudiera escucharlo con un poco de más claridad, si pudiera quedarme aquí un poco más, casi creo que podría descubrirlo...».

Pero MAON movió de nuevo, y no dejaba de pensar mientras mi reloj estaba corriendo, y el sol estaba avanzando al oeste hacia 4 Ahau.

«Tengo que mover —pensé, y empujé mi octava calavera dos casillas adelante, intentando no responder demasiado a la defensiva—. No dejes que MAON recupere la iniciativa».

Ahora estaba más allá del pozo, en un punto donde parecía que podía mirar la roca que colgaba sobre mí. Desde allí no podía creer que estuviera sostenida por algo. Si se deslizaba de su percha y bajaba rodando, me aplastaría como a una garrapata bajo una bota de suela de acero. Y, lo que era más importante, podría cerrar la entrada de la cueva, y aquellos individuos nunca jamás conseguirían salir. MAON movió una casilla hacia atrás. Yo moví una casilla hacia delante y tuve la sensación de que estaba extendiendo la mano, tanteando su base.

Guau.

La roca se movió. Terror. Retrocedí en mi butaca, contrayéndome hasta formar una pequeña bola, como si la piedra estuviera a punto de caer sobre mí. Entonces, después de un momento, cuando estuvo claro que estaba a salvo, busqué la roca de nuevo. Estaba aún allí, donde quiera que fuese. La gigantesca roca estaba equilibrada en su centro de gravedad, y sólo se balanceaba lentamente en su diminuto fulcro, movida por el viento. Era una piedra rocosa, como la Pagoda de la Colina de Oro en Kyaiktiyo, Myanmar, que parecía estar deslizándose de su lugar. De hecho, es difícil de creer que no se haya caído todavía. Pero llevaba allí más de dos mil años, y eso usando sólo los archivos históricos. Podía sentir que la roca estaba tan sólo un poco desequilibrada, que se estaba inclinando una chispita hacia ese lado, el oeste, y que quería caer en la entrada de la cueva y bloquearla para siempre. Mientras me acercaba a tientas, fue como si pudiera sentir un único guijarro metido en la hendidura entre la montaña y la base de la roca. Y a continuación fue como si sintiera que, atado alrededor del guijarro, había un filamento, o un hilo, que se extendía, tan tenso como una cuerda de piano, hacia el espacio vacío a mi izquierda, y comprendí que todo aquello era una trampa mortífera, una estratagema a lo Coyote, como las trampas que los paiutes usaban para aplastar topos y zorros del desierto. Y, por alguna razón, entendí que era como si alguien, muy lejos, estuviera sosteniendo el extremo opuesto del cable y preparándose para tirar de él, sacar el guijarro y provocar que la roca cayera sobre la abertura. Y el único modo de evitar que aquello ocurriera, que lo que fuera que hubiera en el interior pudiera dejar la cueva a tiempo, era encontrar al bastardo que sostenía aquella cuerda (el Apocalíptico) y evitar que tirara de ella.

Me recosté en la butaca ergonómica y tiré de un mechón de mi cabello, que gracias a Dios estaba volviendo a crecer. Apenas podía sentirlo. Intenté tocarme la nariz, pero no podía decir si estaba tocándomela sin mirar.

«Me estoy entumeciendo —pensé—. Maldición, estoy jodido».

Me incliné hacia delante de nuevo, y fue como si pudiera extender la mano y tocar el cable. Era demasiado delgado para poder verlo, o para imaginar que lo veías, pero había un tono gris en él que significaba que estaba extendiéndose hasta el norte, o el noroeste, fuera del cuadrante negro pero cerca del blanco. Me froté la cabeza de nuevo, retrocedí, y fue como si casi pudiera ver el cable extendiéndose sobre mi cabeza hasta el punto de la niebla sobre el Pacífico en el que desaparecía. ¿Alaska?, me pregunté. No puedo asegurarlo desde aquí. Lo sentí de nuevo. No había manera de ponerle una polea, ni de deslizarse a lo largo de la cuerda, ni nada por el estilo, y no porque la cuerda fuera imaginaria (aunque lo era, por supuesto, por muy convincente que me pareciera en aquel momento), sino porque el Juego no funcionaba así. Es como decidir, de repente, que tu torre puede saltar en diagonal. Tenía que ir por tierra, por así decirlo. Me apresuré a bajar la escalera del norte, y torcí al noroeste a través de la llanura. MAON me siguió. Salté hacia delante de nuevo. Me siguió. A veces pensaba que podía sentir el cable sobre mi cabeza. Aquello significaba que, hasta el momento, la última corazonada había sido correcta, y que nuestro chico (y, por cierto, habíamos decidido asumir ya que era un chico, porque a las chicas, generalmente no les suele dar por el genocidio) tenía alguna conexión con el Pacífico noroeste. No es que esas cosas fueran suficientes, por supuesto. Era demasiado general, como decir, «comida asiática». Los buscadores reunieron otros mil terabytes de datos. Maldición, necesito un cálculo más firme sobre esta cosa. Más estocásticos. Encajar mejor las curvas. De todos modos, él tenía que estar allí. En aquel momento, no había apenas nadie que estuviera totalmente fuera de la parrilla. Para estar totalmente indocumentado en el universo on-line, casi tenías que ser un niño aún no nacido de alguna tribu de cazadores/recolectores de las montañas de Nueva Guinea. Y en ese caso no podrías ser el Apocalíptico, de todos modos. Nuestro chico tenía que tener algunas habilidades técnicas. Era casi imposible que no hubiera estado en un instituto medio decente durante los últimos cuarenta años. Incluso si hubiera sido educado en casa, estaría registrado en el departamento provincial de educación, o en el departamento estatal de educación. Así que eso ya establecía el límite en unos miserables mil millones, más o menos, de almas, de una población mundial de seis mil ochocientos millones. Con lo del Pacífico noroeste se reducía a unos, digamos, treinta millones. No hay problema.

Moví tres casillas al este, adentrándome más en el futuro, hasta noviembre. Los datos se arremolinaron en nombres, direcciones, números de la seguridad social, registros del servicio militar, ocupaciones, inversiones, nombres de dominio, códigos postales, archivos policiales, archivos de arrestos juveniles supuestamente cancelados, listas de empleados asalariados, lista de empleados gubernamentales, asociaciones profesionales, uniones, gremios, clubes sociales, sociedades secretas, membresías eclesiásticas, suscripciones de revistas, alertas de Google, matrículas de vehículos, grabaciones telefónicas, compras de recetas, incluso equipos de *paintball*, un intangible enredo de referencias cruzadas tan confuso como un mechón de rastas enmarañadas. Moví. MAON tamizó los datos, los evaluó, descartó un 0,00001 por ciento de ellos y movió.

Nada. Bien. Moví de nuevo, hasta diciembre. Otra carga de información comenzó a llegar. Esperé. La red era lenta en ese momento. Algún nuevo tipo de gusano troyano había estado tirando servidores, no sólo locales, sino las estaciones que asignaban las rutas en las líneas T3. La gente decía que era el tipo de cosas de las que sólo podía ser responsable el gobierno de Estados Unidos.

«O eso —pensé—, o un inteligente niño de doce años con un teclado y un sueño».

MAON procesó todo aquello, considerando cada bit de información por la probabilidad de su intersección con el hipotético Apocalíptico. Movió. Moví. Otros 3×10^{12} bits. Sin protestar, MAON los escudriñó. Esta vez, los comparó contra las conocidas religiones milenaristas y los cultos apocalípticos. Había un montón (el fin del mundo siempre había sido popular), y Taro había insistido en que preparáramos el sistema para comprobarlos cada pocos movimientos. Aun así, yo suponía que nuestro sospechoso sería un independiente o, como mucho, alguien sólo ligeramente relacionado con alguno de estos movimientos. Quizá era un musulmán étnico, o un ex testigo de Jehová, o incluso un renegado de la Orden del Templo Solar, o algo así; pero, incluso si lo estaba en alguna de ellas, apostaría cinco contra uno a que no sería un miembro activo. Sería un solitario. Y no un cabeza de turco al estilo de Oswald. Un solitario de verdad.

MAON movió. Maldición. Nada.

Humm.

Vale. Más despacio. Respira.

Restríngelo. Supón que ha estado alardeando. Quizá sólo un poco. Retrocedí un poco, hasta lo que vamos a llamar el Espacio del Fanfarrón. Era una galaxia compuesta por servicios de alojamiento, sitios para establecer contactos y cualquier otro tipo de comunidad on-line, además de un trillón de correos electrónicos, mensajes de texto, llamadas de teléfono transcritas por ordenador, y todo eso. Recibimos unos gigantescos 2×10^{13} por milisegundo. Toma eso, MAON, cariño.

Lo hizo. Estableció referencias cruzadas entre todo lo que habíamos hecho hasta ahora y el paquete completo: Twitter, Facebook, Bebo, Orkut, Flickr, MySpace, Blogger, Technorati, y un centenar más de sitios menores y más escondidos, activos, recogidos en caché o abandonados. Buen perro, pensé. Imagínate, a eso suele llamársele la Superautopista de la Información. El Sitio Supercontaminado, mejor dicho, el vertedero más grande y maloliente del mundo, el basurero del Staten Island de la mente. Sin embargo, MAON se ocupó de ello. Está bien.

Recórtalo de nuevo. Me moví hasta un espacio llamado «Lemas». Básicamente, eran listas de palabras clave («Arrebatamiento», «Dajjal», «milenarismo», «Abaddon», «Kali Yug»), frases clave («Tengo una bomba», «Odio a toda la humanidad», «El mundo debe ser destruido»), y otras palabras y/o frases clave que recordaban los cada vez más intuitivos motores de búsqueda autodidácticos de MAON. Le dije que siguiera comprobando los errores de ortografía, pero que estaba bien que ignorara idiomas poco probables. Tómate un par de segundos libres. Te los has ganado.

MAON pensó. MAON movió.

Humm.

Diez mil cuatrocientos cuarenta.

Es decir, por ahora (era el movimiento trescientos ochenta y cinco del Juego) yo, o quizá debería decir «MAON y yo», habíamos identificado diez mil cuatrocientos cuarenta apocalípticos potenciales.

Por supuesto, habíamos descartado a un montón. Nuestro chico podría haber sido arrojado afuera junto con el agua de sentina.

«Aun así —pensé—, apostaría tres a uno a que nuestro chico sigue aquí. No está mal. Sigue con eso por ahora. Vale».

Moví. MAON movió. El cable estaba aún sobre mi cabeza, pero se estaba acercando al suelo cada vez más. Ocho calaveras. Perdí una calavera. Siete calaveras. No está en Alaska. Ja. Ahora vamos a otro sitio. Humm. California no...

¡JA!

No está en Estados Unidos.

Es canadiense.

«Y contra todo pronóstico, está aún en Canadá. Y apuesto a que está en BC, o Alberta. Dejemos a un lado el norte, por ahora. Sí. Voy a atraparte, jodido canadiense con el culo lleno de jarabe de arce».

Moví. Era como si estuviera en alguna parte cerca de Vancouver, y estábamos en el 10 de diciembre, once días antes del 4 Ahau, y yo estaba mirando a mi alrededor, en la niebla. No podía ver demasiado, pero aun así, me daba la sensación de que la niebla estaba desapareciendo, de que las cosas se estaban aclarando. MAON movió.

«Vale. No está aquí —pensé—. Allí. No. Aquí no. Aquí no. Éste no. Ése no».

Ojeé los perfiles. Un montón de ellos eran sólo nombres, con un par de asociados de las redes sociales. Algunos de ellos eran sólo asociados sin nombre. Otros eran sólo nombres de usuario.

«Compruébalos de todos modos —pensé—. No te portes como un mendigo exigente. Vale. Allí. Allí no. Él no. Él no».

Ahora era casi como si pudiera tocar el cable de nuevo, pero, en ese momento, estaba girando de un lado a otro, apartándose de mí en la tormenta. Allí. Lo agarré. Bits irrelevantes cayeron como copos de nieve derritiéndose en mitad del aire. Lo perdí. Vamos. Me moví. Vale. Las cosas estaban aclarándose de verdad. O mejor dicho... Humm. No eran más claras en cuanto a lo que la forma se refiere, sólo en lo que se refería a la luz, la luz...

Vaya... Había un resplandor justo delante, un color, un rojo claro brillante, como el color de la laca de las uñas de Maximón en San Cristóbal Verapaz.

«Qué raro —pensé. El rojo es una cosa del sureste—. ¿Qué está haciendo aquí, en una región Gris?».

¿Estaba yendo en la dirección equivocada? Quizá...

Pitido. MAON movió.

Oh.

Rojo claro. Vale.

Moví. Siete calaveras. Movió. Seis calaveras. Dudé. Moví. Bajé a cinco calaveras. Movió. Cuatro calaveras. Comencé a mover. No, espera. Retrocedí.

«Maldición. No pienses de un modo tan convencional. Tómate un respiro».

Eché una mirada a la pantalla del tiempo. Eran las tres de la tarde. Así que llevaba jugando casi ocho horas de reloj, más de lo que había sido capaz de jugar hasta ahora. Por otra parte, me sentía peor de lo que me había sentido nunca antes. Los síntomas incluían desequilibrio, ritmo cardíaco deprimido y dificultad para recordar mi propio nombre. Me apoyé en los bordes del teclado, como si pudiera ser usado como salvavidas en el improbable suceso de un aterrizaje en el agua.

«Tranquilízate, Jed. Es el final del juego».

En alguna parte, los últimos sedimentos del polvo de Timonel se hicieron biodisponibles justo antes de que mis supraestimuladas sinapsis colapsaran hasta Alfa. Me las arreglé para preguntarme si el color podría ser una pista hacia algo más, una forma, un animal, algo asociado con el color, algo que había visto antes, un número, quizá, o incluso una palabra, o una frase.

Moví. Movió. Tres calaveras, dos calaveras.

¿Una palabra, quizá? No, dos palabras cortas. Era algo que había visto antes, algo que no parecía tener demasiado sentido, qué era, qué era...

Moví.

Una calavera...

Hell Rot.*

---

* El alias significa, en castellano, «Infierno Podrido». *(N. de los T.)*

69

En la primera pantalla, un frente frío de ochocientas millas, representado con un colérico amarillo contra el azul marino del golfo de Alaska, avanzaba hacia el oeste a doce millas por hora. De acuerdo con el panel de texto que lo acompañaba, alcanzaría las costas de la Colombia Británica a las 5.30 a. m., aproximadamente. PST, cincuenta minutos a partir de ahora. El amanecer sería a las 5.22 a. m., veinte minutos después de la hora estipulada para el asalto. En la segunda ventana, en una vista sin ampliar de un satélite de reconocimiento Ikon KH-13, podía verse el oscuro estrecho de Georgia a la izquierda, el ennegrecido río que atravesaba las luces de sodio naranja de Vancouver y, a la derecha, la larga estela de luces blancas que señalizaban la carretera transcanadiense que se dirigía al este en una amplia U paralela al curso del río Fraser. Al final de la hilera, en el extremo derecho de la pantalla, podía verse solamente un borrón de luces que señalaban la ciudad de Chilliwack. El panel de texto enumeró algunos hechos clave: Vancouver tenía el segundo centro de biotecnología más grande de Norteamérica y el de crecimiento más rápido de Canadá, estaba consistentemente incluida entre las cuatro ciudades del mundo con mayor calidad de vida, el coeficiente intelectual de sus ciudadanos se estimaba en un sólido 98, y (esto quizá era contradictorio, aunque relevante) tenía además la tasa de suicidio per cápita más alta que cualquier otra ciudad de Occidente.

La tercera ventana mostraba unas dos millas cuadradas de Chilliwack. No parecía tan peligrosa. Había dos entramados de calles, uno que iba de norte a sur, y otro en el cuadrante noroeste, rotado veinte grados en sentido horario. En el lado sur, las calles eran largas y curvas, lo que quería decir que aquéllas eran las mejores y más nuevas zonas residenciales. El lado este era una zona residencial, también con casas enormes, pero en manzanas más cercanas y pequeñas, cortas en el eje norte-sur, y largas en el este-oeste. La avenida Marguerite corría de este a oeste en el centro del área, y el número 820 estaba en el centro de la calle. Esta pantalla estaba acompañada por un texto que decía que Chilliwack era una comunidad de setenta y ocho mil personas, que aunque la economía de la ciudad se basaba principalmente en la agricultura, muchos de sus residentes trabajaban en la gran ciudad, a sesenta millas al oeste, y que habían establecido estos largos viajes diarios como un modo de vida basado en la compensación; que la media de ingresos del pueblo era de cuarenta y ocho mil dólares canadienses, y que la tasa de nacimiento era de 9,8 por cada mil personas y la de fallecimientos de 7 por cada mil, al año. Pronto sería 0 y 1.000, respectivamente, pensé.

—¿Por qué no lo han detenido cuando ha salido de la casa? —susurró A2 en mi oído derecho. Acababa de entrar.

—No ha salido desde hace cuatro días —dije.

—Oh.

—De todos modos, ahora creen que tiene la Cabra allí, en algún lugar. Por eso es por lo que quieren hacerlo así.

—Oh —dijo de nuevo.

Se sentó junto a mí y miró la pantalla de vídeo. Estábamos todos en una enorme sala de conferencias en las instalaciones temporales cerca del Hyperbowl... Con todos me refiero a Taro, a la doctora Lisuarte, a Larry Boyle, a Tony Sic, a los internos de Taro, a Michael Weiner (que ocupaba la silla a mi izquierda) y prácticamente la totalidad de los involucrados en el Proyecto Parcheesi, excepto Marena, quien, por alguna razón que yo no comprendía, estaba viéndolo desde su casa en Colorado. Todo aquel asunto tenía cierto regustillo a *gemüt-*

lich, y yo podía casi imaginarme que éramos un montón de estudiantes reunidos espontáneamente en la sala de vídeo para ver una elección presidencial, o *El Grinch*. «Pero no lo eres, Blanche —pensé—. No lo eres».*

—Éste es el segundo tanque —dijo Laurence Boyle. Señaló la siguiente ventana, la número cuatro, con un láser azul. Mostraba una vista por satélite con visión nocturna a tiempo real de unas cuatro calles, con la casa de Czerwick en el centro. Se podía ver que la casa tenía dos gabletes, que había un garaje de dos plazas con un techo plano añadido, y un bonito porche grande en el largo y estrecho patio trasero. El techo, desafortunadamente, estaba construido con una aleación metálica de cobre, lo que hacía difícil que se pudiese traspasar con lecturas de infrarrojos desde arriba. El tanque que Boyle había señalado parecía una lata de Red Bull, deslizándose sin luces delanteras detrás de un Twin aparcado en la calle Emerald, a dos calles al sur de Marguerite.

Me levanté para echar un vistazo, sobre la cabeza de Tony Sic, a la ventana número cinco. Tenía una buena telefoto desde una torre de radio cinco manzanas más allá, con una vista estupenda de las ochocientas manzanas desde un ángulo de cuarenta y cinco grados. Desde allí podías ver que la casa era de cuatro habitaciones, con el suficiente estilo para identificarse como colonial. Había cuatro peldaños que dirigían a la puerta en uno de los lados de un pequeño porche con barandilla, y eso podría disminuir la velocidad del equipo un segundo, o dos. Pero el lugar no era enorme (el edificio había sido construido en 1988, justo antes de la era McMansión) y el capitán del ERT había estimado que lo limpiarían en menos de ocho segundos. Las casas a cada lado eran un poco distintas pero, en general, lo mismo. Había un par de arces de mediana edad en el patio delantero. Aún no tenían hojas. Todo parecía muy normal. La definición de normal, incluso. Podría habéroslo dicho, pensé. Todo el mundo ha sabido durante décadas que los suburbios son una mala idea, pero seguían

* Cita de la película ¿*Qué fue de Baby Jane*? (N. de los T.)

construyéndolos de todos modos, y ahora parecía que era de allí de donde iban a salir las Bestias de Siete Cabezas.

Mamá y papá (a sus treinta y seis años, Madison Czerwick aún vivía con sus padres) estaban, casi seguramente, en la habitación principal de la segunda planta, y había alguien más, seguramente el hermano menor, en una habitación en la parte trasera. Madison seguramente estaría en su habitación. Todas las demás lecturas habían mostrado lo que llamaban un «patrón consistente de sueño nocturno». Es decir, que no había televisiones ni luces encendidas en la planta baja, ni en la segunda planta. No se habían producido movimientos de ratón en ninguno de los ordenadores desde hacía una hora. Los teléfonos, las PDA y el resto de los instrumentos electrónicos con acceso a internet estaban inactivos. El consumo de electricidad era continuo, y eso significaba que algo, aunque no algo enorme, podría estar en funcionamiento en el sótano. Seguramente, todo el mundo estaba ya en la cama. Mientras, visiones de genocidio bailaban en sus cabezas. En su cabeza.

—Están hablando sobre retrasar el momento cinco minutos —dijo la voz de Ana en el micrófono colectivo. Se oyeron voces armando barullo de fondo—. Para preparar las mangueras.

—Gracias, señorita Vergara —dijo Boyle.

Señorita, ¿eh? Cualquier otro día, todos nos habríamos reído por lo bajo. Pero hoy nadie lo hizo. Ana (que había resultado ser menos gruñona y más jugadora de lo que yo había pensado) era uno de los treinta invitados en el remolque de un elegante semiconvertible a diez manzanas de distancia del 820.

—De acuerdo, allí están —dijo Ana.

Su cursor se deslizó hasta la ventana número cinco y se movió alrededor de un grupo de cuatro personas que estaban uniendo largas mangueras blancas a la parte de atrás de dos tanques de cromo. Tendieron las mangueras en dos pulcros caminos que terminaban a cincuenta pies del 820, y dejaron un par de cientos de pies de manguera floja en cada extremo. Se produjo una pausa. Entonces, alguien abrió una válvula, y ambas mangueras se inflaron hasta llegar a la sección laxa, donde supongo que había otra válvula. Ya podía verse el vapor de agua condensándose alrededor de las mangueras. Estaban llenas de nitrógeno líquido, lo que, esperábamos, podría contener a la Cabra.

Durante su primer día de investigación, los detectives habían descubierto que Madison había podido acceder a una reproducción de población de una cepa criada a propósito de la *Brucella abortus*. Al final de su segundo día, habían confirmado que su actividad en internet, especialmente los mapas de haplotipos que había descargado, indicaban que estaba modificando activamente su ADN. La *Brucella* es una venerable y leal bacteria, algo que pillarías, digamos, asistiendo en el parto de un búfalo de agua, o bebiendo leche cruda de cabra con Zorba el Griego. Con el paso de los años recibió el nombre de fiebre de Malta, o fiebre caprina, aborto contagioso, fiebre de Bang y un centenar de nombres más. Nosotros lo llamábamos la Cabra, a secas. Comparado con el virus de Disney World, los síntomas no eran nada elegantes: sudores repentinos y olor a heno húmedo, dolores musculares, desfallecimientos y, por supuesto, la muerte. Era bastante aterrador, especialmente por lo de los sudores. Mejor asegurarse de pillar un desodorante orgánico antes de caer inconscientes. La primera reivindicación de la Cabra a la infamia era que había sido el primer bacilo usado como arma por el gobierno de Estados Unidos. En 1953 lo habían probado en animales, usando las mismas bombetas del tamaño de pomelos que más tarde usarían para el ántrax. Las fuerzas aéreas lo habían elegido porque, a diferencia de la mayoría de los bacilos, podía sobrevivir en el aire durante horas y, lo que era aún más excitante, podía penetrar la piel humana intacta, de modo que, aunque llevaras máscaras de gas NBC, y las rotaras en cabinas selladas, si tenías un trozo de piel al aire en alguna parte, eras historia.

Aun así, en 1970, lo que quedaba de esas cepas había sido decomisado y almacenado en dos iglús en el Pine Bluff Arsenal de Arkansas. Y en 1980 se suponía que había sido todo destruido. Pero parece que alguien había estado jugando con ellas desde entonces, o para desarrollar defensas contra el bacilo, o para venderlo, o para, seguramente, ambas cosas.

En los dieciséis meses desde que había sido despedido por reducción de plantilla en su trabajo en las instalaciones en Vancouver de CellCraft, Madison había mejorado enormemente la Cabra. La Cepa Czerwick (al menos, tal como el CDC la había proyectado, basándose en los datos que habían obtenido remotamente desde el disco duro de Madison) tenía ahora todas las características de moda: reproducción ultra-rrápida, resistencia a los desinfectantes, infección asintomática y una precisión nanocronometrada. Pero la mejora más notable era lo que llamaban flexibilidad vectorial. Las cepas clásicas de *Brucellis* podían saltar de algunas especies animales a los humanos y, posiblemente, de los humanos de vuelta a los animales. Pero la mayoría de los animales no se infectaban debido a que su vida útil o su estilo de vida no eran vectores adecuados para la trasmisión humana.

El trabajo de Madison había ampliado en gran medida el grupo de vectores potenciales. La nueva cepa mutaría más rápido, y en más direcciones adaptativas, que cualquier bacilo natural. Sería como si estuviera ajustando constantemente su propio ADN para acomodarse a los distintos perfiles de proteínas de los centenares de especies de animales, no sólo de los primates. El *B. Czerwicki* podía saltar la barrera entre especies una y otra vez, hacia delante y hacia atrás, a través de la biosfera. Generalmente, las epidemias se vuelven menos virulentas a medida que se extienden (ya que de otro modo no quedaría ningún animal vector), pero, con tantas especies susceptibles a la Cabra, pasaría mucho tiempo antes de que eso ocurriera. Algunas de las proyecciones del CDC decían que, seguramente, erradicaría todas las especies de primates, y todas, o la mayoría, del resto de los mamíferos. Con lo que puedes hacerte una idea del pequeño bastardo enfadado que era Czerwick. Cuando vas detrás de Bonzo, es cuando realmente te das cuenta de lo jodido que estás.

Como sus ancestros, la Cabra probablemente podía ser tratada con inyecciones intramusculares de estreptomicina.

Pero, con una sintomaticidad simultánea y programada, no habría suficientes antibióticos para lidiar con ello, aunque hubiera suficiente gente capaz de administrarlos. Por supuesto, el CDC estaba ya trabajando en una vacuna, pero les llevaría al menos una semana más terminar de desarrollarla, y más de un año producirla en esa cantidad. Las proyecciones del CDC, o al menos de las que se nos había informado, sugerían que alguna gente, en las zonas polares, podría sobrevivir. Pero, teniendo en cuenta la resistencia al frío de la Cabra, no serían demasiadas.

—¿Cuánto de esa cosa creen que tiene allí? —preguntó A2. Me di cuenta de que estaba de puntillas para poder acercarse a mi oído. Supongo que era demasiado educada, o que estaba demasiado nerviosa, para agarrar mi hombro y arrastrar mi cabeza hacia abajo. Me agaché un poco.

—Ana cree que tiene unos dos galones —dije—. Ha estado fabricando la suspensión coloidal bovina como si fuera salsa de frijoles.

—¿Eso es suficiente?

—¿Te refieres a... suficiente para todo el planeta?

—Sí...

—Bueno, tienes que pensar que, en cada galón, hay unos tres trillones de microbios —dije—. Así que digamos que tiene, por ejemplo, una tasa de división del diez por ciento al día, y con un veinte por ciento de extinciones por día, consigues unos, eh... dos por diez a la decimoprimera potencia de bichos en una semana, y eso es mucho más de lo que tienen la mayoría de las enfermedades que se consideran epidémicas.

—Oh —dijo.

—Sí. Sí, dependiendo del número de factores añadidos... en un mes, más o menos, podría ser tan común como, por ejemplo, el estafilococo.

—Jesús —dijo Michael Weiner en mi otro oído.

—Gracias —dije—. No hay nada como el humor negro.

Michael asintió.

—Al menos, parece que ya lo saben todo sobre eso —dijo A2.

—Eso espero —dije.

En realidad ella tenía razón, o más razón que yo. Por lo que yo había visto, al menos, los detectives estadounidenses y canadienses habían hecho un buen trabajo, sorprendentemente. Había pensado que tardarían semanas en construir un caso contra Madison, pero estuvieron preparados en un par de días. Aunque supongo que pudieron conseguir pruebas suficientes de su sitio web. De hecho, había dejado suficientes pistas en su blog para pensar que debería haber ido a por él directamente hacía mucho tiempo. El modo en el que se había expresado sobre lo de Disney World había sido más propio de alguien que tuviera miedo de perder la primicia o de que un adolescente perturbado fuera a robarle su lugar en su historia, que de alguien que realmente se preocupara por el problema.

«Deberíamos habernos dado cuenta entonces —pensé por enésima vez—. Idiota. Podíamos haber evitado todo esto».

Pero no era tan fácil, ¿no? Sobre todo para alguien como yo, para quien la empatía supone bastante esfuerzo. De cualquier modo, no tenía que ser tan duro conmigo mismo. Hell Rot no era una página importante, pero miles de personas la habían visto, incluyendo los criminólogos de DHS, y ninguno de ellos lo había señalado, a pesar del hecho de que incluía perlas como éstas:

> La gente ha estado haciendo películas, juegos y relatos sobre el FIN DEL MUNDO durante CUATRO MIL AÑOS. La razón es que SABEN que es la ACCIÓN CORRECTA. Y, por fin, Ahora es *halcanzable** [sic].

Quizá no se le había identificado sencillamente porque Madison no había dicho nada concreto. No había mencionado ningún nombre, ni lugar, ni fecha. Hablando de eso, algo extraño era que, al menos por lo que decía en el blog, parecía que había escogido la fecha del 21 de diciembre arbitraria-

---

* La falta de ortografía es intencionada, expresa el modo en que el texto fue difundido en internet. (*N. de los T.*)

mente. No había ninguna mención al calendario maya, ni a cosas precolombinas, ni a nada. Era como si hubiera sacado un papelito de un sombrero. Aunque estaba seguro de que no lo había hecho.

—Doscientos segundos —dijo Ana.

Todos los de la habitación nos tensamos un poco. Michael Weiner comenzó a toser, pero se detuvo. Nadie se levantó. Todo el mundo encendió el audio de la operación general y escuchamos a los oficiales al mando haciendo la comprobación final.

—Unidad A de Material Peligroso —dijo su voz.

—En su puesto —dijo una mujer de la Unidad A de Material Peligroso.

—Unidad B de Material Peligroso —dijo el oficial.

Pasaron lista a un montón de gente en los siguientes sesenta segundos: un equipo de material químico peligroso, un especialista en veneno, un equipo de reducción de riesgo biológico que usaba aerosoles antivirales y antibacterianos, dos especialistas en inhalación, dos camiones de gas comprimido, un camión lleno de perros de rastreo, una unidad antibombas, un robot de desactivación de artefactos explosivos... A continuación, pasaron lista a los tres equipos de asalto, compuestos cada uno por cinco personas. Aunque los llamaron «elementos», y no equipos. Cada elemento tenía un capitán, dos asaltantes, un observador y una persona más como retaguardia. Dos elementos entrarían por la puerta delantera y cubrirían las habitaciones de la planta baja y las escaleras. El otro iría por la parte de atrás, comprobaría la cocina y se dirigiría al sótano.

—Observador A —dijo el oficial.

—En su puesto —contestó la voz del observador.

Otros seis observadores pasaron lista tras él. Cada uno tenía un puesto distinto en un tejado o un poste de teléfonos. Normalmente, algunos de ellos serían francotiradores, pero hoy estaban desarmados. De hecho, la Operación Cabra difería de la mayoría de los asaltos porque no había armas en ninguna parte cerca de la zona de asalto. Y no era porque no existiera la posibilidad real de que les devolvieran el fuego (¿a quién le importaba eso cuando estábamos todos jodidos, de cualquier modo?) sino porque «entregar al sospechoso vivo y coherente [estaba] por encima de la supervivencia de los oficiales». Por último, se mostraron los vehículos señalados. Dos ambulancias entraron en Marguerite y se detuvieron a una manzana de la casa. Un coche de bomberos normal aparcó en Emerald. Unos veinte coches patrulla se materializaron de la nada y formaron un perímetro que abarcaba cuatro manzanas con su centro en el 820.

—¿Alguna pregunta? —preguntó la voz del oficial—. Bien. Estamos a veinte segundos de la hora H. Quiero una comprobación de los preparativos en el 820.

—Todos los preparativos están listos —dijo una voz con acento británico.

Quería decir que estaban preparados para cortar el suministro eléctrico principal justo cuando los equipos de asalto abrieran las puertas para que no hubiera ninguna luz cegando la visión nocturna de nadie, que la alarma de la puerta de los Czerwick había sido cortada por el proveedor del servicio y que la señora Czerwick todavía tenía dos gatos y ningún perro. Ana había dicho que seis perros de los vecinos que habían sido juzgados peligrosos para la misión habían sido ligeramente sedados. No estaba claro cómo, pero no habían querido avisar a nadie de las casas de los alrededores, así que seguramente habían enviado rateros con diazepam envuelto en beicon. Los preparativos incluían, además, lo que llamaban un retraso programado. Es decir, a las 2.00 a. m. habían movido la casa entera sesenta segundos atrás en el tiempo. Habían reseteado el enlace al reloj atómico de los ordenadores de Madison, habían puesto un retraso de sesenta segundos en los indicadores del teléfono móvil y de internet, e incluso habían enviado una nueva señal retrasada a la parabólica de televisión por satélite del tejado, y a las radios que cualquiera podría encender. Por supuesto, todos los relojes de pulsera o despertadores sin conexión estarían desajustados, pero ¿quién mira ya esas cosas? Así que, si algún bocazas se daba cuenta de algo de lo que estaba pasando (y a mí me parecía una concentración de fuerzas suficiente para invadir un país entero) y comenzaba a hablar de ello en internet, o en televisión, atraparían la señal antes de que nadie la viera.

—De acuerdo —dijo el oficial—. Equipo Marrón, quiero...

El audio se cortó. Todo se quedó en silencio.

Me daba la sensación de que todo el mundo (es decir, todo el mundo en nuestra sala de conferencias) estaba agitándose, incómodo. Era el equivalente auditivo a observar un rotulador negro redactando una línea de texto en algún documento de la CIA.

—Apuesto a que está comprobando las FAE —dijo la voz de Ana.

Se refería a las bombas termobáricas. Y eso era una parte de la información que nosotros, y seguramente los tipos del remolque VIP, e incluso el mismo Lindsay Warren (quien sin duda estaba observando la misma selección de pantallas que nosotros en su segura habitación a prueba de patógenos en el Hyperbowl) no debíamos tener.

Ya en las primeras discusiones de la Operación Cabra, más de una persona había mencionado la posibilidad de eliminar el pueblo entero. Aparentemente, hoy en día, ese tipo de acciones se hacían con un anillo de bombas termobáricas, que eran colocadas para incinerar cualquier partícula viva del área. Ana había dicho que Estados Unidos lo había hecho dos veces en Afganistán, y ninguna amenaza biológica había conseguido salir de las fábricas objetivo cada vez que lo hicieron. En cualquier caso, a medida que la Operación Cabra avanzaba, esta opción había sido rechazada rápidamente, y no por reparo moral, sino porque, a pesar de que su perfil psicológico decía que era poco probable, aún era posible que Madison estuviera trabajando con otros, o que otros supieran de él, o que él supiera de otros, o que hubiera enviado por correo parte de su trabajo de investigación a otros, o que otros le hubieran mandado material a él, o, y esto era lo más horripilante de todo, que él ya hubiera empezado la dispersión. No estaba del todo claro cómo planeaba llevarlo a cabo, pero podía ser tan fácil como enviar pequeños paquetes a direcciones de todo el mundo.

Dos días antes, Ana nos había dicho que suponía que, aun así, había FAE fusionadas y colocadas a las afueras de la ciudad, y que alguien de Victoria las detonaría si determinaban que había una liberación incontrolable en proceso. Dijo que parte de la cuestión era que los peces gordos de D. C. y Ottawa (los directores del CSIS y el FBI, por ejemplo) no querían meterse en el ajo. Si los expertos en guerra biológica decían que había una incontrolable liberación en proceso, debíamos esperar que todo aquel lugar desapareciera, y después que el calor hubiera matado a la mayoría de los bichos. En la llamada durante la conferencia, Michael le había preguntado por qué estaba aún allí, en la zona de la explosión, y Ana había eludido la pregunta. Supongo que era demasiado marimacho para pensar en cosas de chicas, como la supervivencia personal.

La voz del oficial apareció de nuevo.

—... Menos veinte segundos —dijo—. ¿Todos preparados?

Nuestra sala de conferencias estaba en absoluto silencio. En el micrófono de Ana, la caravana estaba en silencio. En las ventanas de vídeo del 820 de Marguerite, todo parecía tranquilo. Alguien había abierto un canal de audio en uno de los micrófonos parabólicos sobre Marguerite, y podíamos oír el arrullo de las palomas y una pequeña ráfaga de brisa en las ramas desnudas, pero nada más.

—Esperad —dijo la voz del oficial—. Estamos conteniendo la cuenta atrás.

Se produjo una pausa. Era incómoda al principio, y después se volvió más incómoda, y después insoportable. La gente se movió a mi alrededor. Podía oler el sudor en la habitación. Oí algo raro junto a mí, y me di cuenta de que eran los dientes de A2, castañeteando.

«¿Le paso un brazo alrededor? No. Si algo la roza ahora mismo, seguramente le dé un ataque al corazón».

—Ventana seis —dijo la voz de Ana—. No es nada, es un vecino.

Su cursor señaló a una pelirroja con el cabello revuelto y vestida con un albornoz gris. Era la señora del 818, la casa de al lado. Trastabilló hasta su coche, que estaba en la entrada de su casa, como siempre, abrió la puerta lenta y deliberadamente, buscó algo en el asiento delantero, no lo encontró, y dio la vuelta hasta el lado del conductor. Pensé que iba a arrancarme el cuero cabelludo. Con un retraso de doce segundos en el momento más crítico de la Tierra desde el meteorito Chicxulub, estábamos esperando a que Endora encontrara su Dulcolax. La señora abrió la puerta del conductor, encontró lo que fuera que buscase, la cerró y, arrastrando los pies dentro de sus zapatillas de paño, volvió a su casa. A esas alturas estaba seguro de que alguno de nosotros iba a vomitar, o a perder el control de sus intestinos, o, al menos, a desmayarse. Sin embargo, nadie lo hizo. Supongo que todos éramos duros como rocas. O que estábamos lo suficientemente medicados.

La puerta del 818 se cerró.

—De acuerdo —dijo la voz del oficial. Incluso él sonaba un poco nervioso—. ¿Todo el mundo está aún en su puesto? Bien. Reseteando a la hora H en veinte segundos.

Una gota de algo cayó sobre mi mejilla, y me di cuenta de que era sudor de mi frente. Me sequé la cara con la manga de mi chaqueta (era aquella misma Varvatos gris que había llevado en aquel paseo en Jeep con Marena y Max, hacía unos setenta millones de años), me quité el sombrero, me pasé la mano por el pelo que aún no estaba allí y volví a ponerme el sombrero. Bueno. *De todos modos.*

—Siete, seis —dijo la voz del oficial—. Preparados. Tres, dos, adelante.

En la ventana número cinco, los diez miembros de los Elementos A y B cruzaron el césped como sombras de cuervos volando sobre el tejado. Parecían tener llaves funcionales para ambas puertas, y éstas se abrieron sin ningún sonido que nosotros pudiéramos oír. Entraron. Les llevó unos cuatro segundos atravesar el pasillo, dispersarse en la sala de estar y el comedor, y subir la escalera cubierta de alfombra acrílica. En una de las cámaras del casco vimos un atisbo de las fotos enmarcadas en plástico de la pared, viejas graduaciones y viejas bodas, y Madison aceptando un trofeo en el concurso de ciencias del instituto. Generalmente, los equipos SWAT hacen tanto ruido como es posible cuando entran, pero este asalto había sido diseñado asumiendo que Madison podría tener un dedo en un detonador, así que sólo se oía el crujir de la madera del suelo y el zumbido del viejo frigorífico de la cocina. Las sombras hacían que pareciera que la casa era una pajarera, y que los cuervos estuvieran volando hacia el interior de sus pequeños nidos. Los asaltantes entraron simultáneamente en cada una de las tres habitaciones. Oh, Cristo. Una cara. Era un horrible y depredador rostro con colmillos, embistiendo contra nosotros en la cámara del casco número seis. Se oyeron jadeos a mi alrededor, y Lisuarte, por una vez, retrocedió visiblemente. Era uno de los gatos de los Czerwick. Desapareció de cuadro. Para cuando nos repusimos de aquello, podíamos ver en otras dos cámaras de casco del Elemento A que mamá y papá estaban siendo amablemente inmovilizados sobre su cama. Recibimos una buena y estable imagen de una mano enguantada cubriendo la boca de la señora Czerwick. En la cámara del casco número nueve sólo podíamos ver que estaban poniendo una caperuza restrictiva sobre el hermano menor de Madison (que tenía veintiocho años), que estaba pataleando y revolviéndose sin conseguir ir a ninguna parte. Y en la cámara seis, el que se había ocupado del gato, estaba ahora en la habitación de Madison, en la que...

Oh, vaya. Madison no estaba en su habitación.

—Oh, *coño* —dijo Tony Sic.

—Está en la número dieciséis —dijo Larry Boyle. Su voz era artificialmente aguda—. En la número dieciséis.

Todos miramos la ventana número dieciséis. Era la cámara del casco de uno de los asaltantes del Elemento C. Vimos un poco de lo que debía de ser la escalera del sótano, y después un brillante montón de formas en el centro de un campo oscuro, y entonces, durante menos de medio segundo, un sofá, en el que había un regordete torso desnudo. Había una cara sobre el torso. Había una enorme boca abierta en el centro de la cara. Era la cara de Madison. Se produjo un sonido como un viejo amplificador emitiendo su espiral de voz, y la cámara del elemento se volvió gris.

—Eso ha sido un NFDD —dijo la voz de Ana sobre una especie de grito, o gemido de fondo.

—¿Qué es eso? —preguntó Michael Weiner. El procesador de vídeo de las cámaras del casco había empezado a reajustarse, y un par de imágenes incompletas volvieron a la pantalla.

—Un instrumento de distracción que utiliza el ruido y la luz —dijo.

Uno de los asaltantes había lanzado lo que ellos llamaban un doble golpe al interior del sótano. Aquella cosa parecía un par de pelotas de *squash* de color amarillo, unidas. Una bola era una granada de luz normal con una potencia de ocho millones de candela y un estallido de ciento ochenta decibelios. La otra era una granada de fragmentación que había liberado unas doscientas diminutas pelotas de goma dura. Era apropiada para la debilitación, especialmente si el sujeto se las había arreglado para cerrar los ojos y cubrirse los oídos durante la explosión.

—Correcto —dijo Michael.

—Sssh, queremos oír esto —dijo Larry Boyle.

Escuchamos, pero lo único que pudimos oír fue un chillido caprino. Se marchitó, y entonces, de repente, Madison pareció haber recuperado la voz.

—¿Cuáles son los cargos? —preguntó. Su alto tenor me resultaba familiar por los pinchazos telefónicos que había escuchado, pero era espeluznante oírla en tiempo real, sobre todo porque sonaba sorprendentemente tranquila.

En las cámaras del casco, los asaltantes habían encendido por primera vez sus linternas, y conseguimos otro primer plano poco favorecedor de los mofletes de Madison. Creo que comenzó a decir la palabra «oficial», pero a mitad de la palabra ya había una mano enguantada sobre su boca. Se suponía que los asaltantes no le tenían que dejar decir nada, por si tenía un interruptor con activación por voz en alguna parte. Vimos otros dos segundos de abstractas formas en las pantallas, y luego la cámara del casco número trece se resolvió en un par de manos abriendo la boca de Madison y una tercera buscando alrededor de su lengua, como si fuera un agente SMERSH de la década de los sesenta a punto de tragarse una cápsula de cianuro. Finalmente, lo empujaron por la escalera. De nuevo en la ventana cinco, el césped de los Czerwick y la avenida Marguerite estaba, con una rapidez que me recordaba a la escena de la trepadora en *Los pájaros*, plagada de oficiales vestidos de uniforme negro. Alguien había cambiado el audio de nuevo a un alimentador exterior, de modo que podíamos oír helicópteros y sirenas. En menos de treinta segundos, Madison había sido atado a una camilla y cargado en su propia ambulancia. La otra estaba ya saliendo con el resto de su familia. Todos nos concentramos en la cámara del casco número trece, cuyo propietario iba en el interior de la ambulancia. Parecía que estaba a punto de darnos otra extraña imagen de Madison, pero, de repente, su imagen se volvió gris.

—¿No tenemos una cámara ahí? —preguntó Michael.

—No, ésa es otra de las cosa que no nos van a enseñar —dijo la voz de Ana—. Lo siento.

Una vez más, nuestra información estaba siendo restringida. «No te lo tomes como algo personal», pensé.

Los tipos de la caravana VIP, los directores de las capitales y supongo que incluso Lindsay necesitaban preservar su denegabilidad si había algún tipo de tortura durante el interrogatorio. Quizá podríamos conseguir algunos vídeos más tarde, pero aun así habría algunas cosas que nadie fuera de la tienda de los horrores iba a ver nunca.

«No te preocupes por eso ahora, de todos modos», pensé. Pregúntale a Marena cuando vuelva. Ella tenía un don para sacarle mierda a la gente. Miré de nuevo la vista general, en la ventana cinco. Enormes SUV negros avanzaban por detrás y por delante de la ambulancia de Madison. Las motocicletas de la policía maniobraron hasta colocarse en los flancos de los vehículos. Lentamente, la caravana condujo en dirección este por la calle Marguerite. Desaparecieron por el sur en Young Road, hacia la Ruta 1.

«¿Qué ha sido eso?», me pregunté.

Nos miramos los unos a los otros. En el sótano habían colocado cinco cámaras remotas, y nos dieron una hilera de nuevas ventanas. Los técnicos caminaban con cautela entrando y saliendo de las pantallas, barriendo el lugar en busca de trampas. La televisión estaba aún reproduciendo la escena de Lucifer en *Janine Loves Jenna* con la que Madison había estado, evidentemente, masturbándose. Nadie tocó el ratón, ni los teclados, ni los teléfonos móviles, ni las PDA, ni los mandos a distancia, ni nada.

—Arriba, dos sospechosos primarios, sección Delta —dijo la voz del oficial al mando.

—¿Qué es eso? —preguntó alguien.

—Se refiere a dos refrigeradores —dijo la voz de Ana—. En el garaje. Comprobad la cámara treinta y cuatro.

La pantalla mostraba a un par de trabajadores con trajes cromados de pie sobre el techo de la furgoneta de los Czerwick. Estaban agitando largas varillas de spray frente a un par de refrigeradores a la altura de sus cinturas. Según lo que los vecinos habían declarado, los usaba el padre de Madison para la carne de venado.

—Están regándolos —dijo la voz de Ana. Se refería a que estaban rociándolos con el nitrógeno líquido de los tanques de gas. Incluso si la Cabra se había escapado de su envoltorio, no podría pasar a través del hielo.

—Eso es estupendo —dijo Larry Boyle—. Buen trabajo, chicos.

«¡Cállate! —pensé (yo lo pensé, y seguramente todos los demás también)—. Lárgate a Kobol».*

Un grupo de la unidad B de Materiales Peligrosos estaba en el tejado de los Czerwick, desenrollando enormes sábanas de vinilo azul. Otros equipos estaban clavando varas de acero en el suelo de las esquinas del césped. La idea era sellar el lugar y después establecer un recinto mayor, como la carpa de

---

* Kobol es un planeta del universo de la serie de televisión *Galáctica, estrella de combate. (N. de los T.)*

un circo, sobre la casa y el garaje. Entonces colocarían un sistema doble de mangueras y llenarían la zona entre la casa y la carpa de CO_2. Todo el aire de la casa sería succionado al interior de un camión y presurizado para analizarlo. Sería reemplazado con argón. Finalmente, cuando la presión de los sistemas de gas fuera estable, el equipo de armas biológicas empezaría a poner patas arriba la casa. Una carretilla elevadora avanzó por el camino hasta el garaje, preparada para cargar los bloques de nitrógeno en herméticos camiones contenedores. Como todos los demás sospechaban, humanos e inanimados iban a ir a parar al complejo de contención de Vancouver, donde el aire entra pero no sale. Ahora había algo de grisácea luz diurna incrementando la luz eléctrica. Comenzó a lloviznar. El frente frío había llegado. Sólo otro día más en el Gran Norte Blanco.

Permanecimos sentados. Como cada vez había menos que ver, la gente comenzó a salir del centro de mando. Michael Weiner me dio una palmadita en la espalda cuando se marchaba, como diciendo: «Buen trabajo, Colombo». Un par de internos parecían prepararse para salir a celebrarlo prematuramente. El resto de nosotros se quedó allí. No podíamos creer que hubiera terminado, y seguíamos esperando que alguien nos dijera que todo había acabado, de verdad. Finalmente, salí y tomé un ascensor de servicio hasta el ala este del Hyperbowl. El día era gris y húmedo, pero parecía que la lluvia matinal había cesado. Un conductor de una de las lanzaderas me preguntó si quería que me llevara al dormitorio, pero le dije que no. Estaba a menos de dos millas, y caminar era casi el único ejercicio que hacía últimamente.

—Hola —dijo A2.

Me rozó el acromion. Le dije hola. Me di cuenta de que había otro par de obreros caminando a unas cincuenta yardas detrás de ella, seguramente otro elemento más del contingente que había estado siguiéndome por el complejo. Incluso ahora que había entregado a Madison, aún tenía algunos problemas por lo de mi sobredosis con el polvo de Timonel.

«Ignóralos —pensé—. Están ahí por tu bien. Exacto».

A2 quería entrar en mi habitación, pero le dije que necesitaba descansar. Se marchó. Realmente era una buena chica. Me tragué dos píldoras azules de Valia y me metí en el saco. Joder, estaba realmente molido. No me relajaba de verdad desde... No lo sé. Desde octavo curso, más o menos. Entré y salí de la consciencia durante las siguientes veinte horas. De vez en cuando, comprobaba el informe de situación del equipo. No había noticias nuevas. Tony Sic me contestó con un mensaje diciéndome que todo el mundo estaba pasando el rato junto a las máquinas de bebidas, sentados sobre chinchetas y agujas, o mejor dicho, sobre puñales y picahielos. A las 2.08 a. m. del día 22 me tomé otras dos azules. Recuerdo la hora porque, cuatro minutos más tarde, A2 llamó a mi puerta. Ana había telefoneado. Durante la segunda entrevista, Madison había contado a los interrogadores que la semana anterior había distribuido casi un cuarto del *Brucellis*, que sus pruebas en los miembros de su familia y «un par de amigos» habían mostrado que ya estaban desarrollando niveles contagiosos del bacilo, y que, en su propias y cursis palabras, «todo había terminado, excepto la muerte».

70

El Lagarto Mojado solía estar abarrotado siempre, pero en ese momento estaba dos tercios vacío, a la 1.00 p. m., y me dio la sensación de que me dejarían quedarme sentado allí durante todo el día con dos Mai Tai. No sabía por qué Marena había querido reunirse conmigo allí, a menos que fuera porque estaba cerca del aeropuerto de Belice. Quizá quería convencerme para que me subiera a su avión y me fuese con ella de vuelta al Asentamiento. Me senté en una tambaleante mesa demasiado pequeña en una especie de galería de la segunda planta, mirando la calle Fort e intentando adivinar cuál de los coches aparcados pertenecería a la gente de Soluciones Ejecutivas que estaba siguiéndome. Había uno que estaba sucio por fuera, pero tenía las ventanillas nuevas y tintadas. Seguramente habría otro par de tipos en la barra, cerca de la escalera, por si pretendía salir corriendo a pie. Debería intentar descubrir quiénes eran. Pero ¿a quién le importaba, en realidad? Lindsay había puesto mucho dinero en mí. Si quería sentir que estaba protegiendo su inversión, yo lo dejaría. Miré la enorme pantalla de mi nuevo teléfono. 1.39 p. m. El fondo del monitor (bueno, era demasiado pequeño para llamarlo monitor, pero ya sabes a lo que me refiero) era una nueva reconstrucción del desmoronado mural que habíamos visto en el palacio de las ruinas de Ix, aquel con todos aquellos murciélagos y aquel tipo subiendo hasta el mul de las divinidades de la tierra. Michael había puesto a su imaginero digital a trabajar en ello, y ahora parecía casi nuevo. Sin embargo, aún era difícil descifrar qué era cada cosa. Una avispa *Sphecius* aterrizó en la pantalla. Toqué el botón que hacía que aquella cosa vibrara, y el bicho salió volando por el aire húmedo. Había llovido, y ahora que el sol había salido de nuevo, la calle iba a convertirse en una sauna. Un buen medio para el crecimiento de la nueva bacteria, pensé. Bacilo de diseño...

Pero eso no iba a ocurrir. Por ahora (estábamos a 28 de marzo) estaba bastante claro que, cuando Madison había dicho que ya había liberado a la Cabra, se estaba echando un farol. Lo que había en los refrigeradores había sido lo que esperábamos, por supuesto. Pero Madison no había dejado de cambiar su declaración. Primero había dicho que estaba ya dispersándose, y después había dicho que tenía asociados que planeaban su liberación, y después que había enviado algunos paquetes con explosivos temporizador que estallarían en algún momento de noviembre. Pero (hasta ahora, por lo que podíamos leer de los lacónicos informes del DHS), cuanto más lo presionaban, menos probable parecía todo aquello. La Cabra no viviría demasiado sin cuidados, de cualquier modo. Y, basándonos en las cantidades de soluciones coloidales y otros instrumentos que había comprado, el día del asalto aún tenía todo lo que había preparado. Además, el Juego estaba respaldando la teoría de DHS. Es decir, las partidas del Juego del Sacrificio sobre aquel asunto (dos mías, y un montón de Tony y los demás) sugerían que la Cabra no había salido al exterior, y que, probablemente, nunca lo haría.

Y a medida que la fecha del 4 Ahau se acercaba... bueno, eso era un poco extraño. Hasta ahora, lo único que Madison había dicho sobre por qué había escogido aquella fecha era: «La gente está obsesionada con todo eso del 2012. Lo único que hice yo fue darles lo que querían». Por lo demás, no había dicho nada sobre los mayas. Y si lo había hecho, los espectros no nos habían hablado sobre ello.

Me mimé con otro sorbo de expreso. Humm. Añadí medio chupito de ron en la taza, saqué una esponjita de una bolsa de mi bolsillo, la eché dentro, lo revolví todo y lo probé de nuevo. Mejor.

Jodido Madison. No se conformaba con ser el mayor perdedor de todos los tiempos. Como había perdido el premio gordo, había tenido que darnos a todos los demás (y con todos me refiero a las doscientas o trescientas personas, como mucho, que sabían lo de la Cabra) un par de días de agitación más, sólo para explotar la poca credibilidad que le quedara. Bastardo.

Bueno, al menos lo habían pillado, pensé por enésima vez. En cuanto a mí, aún me sorprendía que el gobierno, o mejor dicho los dos gobiernos (que uno, naturalmente, asumía que siempre lo hacían casi todo mal) hubieran actuado conjuntamente, y de verdad. Aunque sin nosotros no habrían encontrado a ese tipo. Por otra parte, ahora decían que el asunto de Madison tenía que permanecer clasificado (para siempre, sospechaba) para evitar inspirar a los imitadores. Inusitadamente, yo casi estaba de acuerdo con ellos. O, al menos, quería pensar en ello antes de dar el chivatazo. Por supuesto, si querían que mantuviéramos el secreto, eso significaba que comenzarían a matarnos a sangre fría. A todos los que sabíamos lo de Madison, me refiero. La vieja perogrullada sobre que ser paranoico no significa que la gente no te persiga... bueno, la experiencia me decía que era una perogrullada que tenía razón. Así que, naturalmente, había querido alejarme del Asentamiento durante un tiempo. Quizá usaría la identidad de Martín Cruz una temporada, y después cambiaría a alguna de mis inscripciones de Jed... Miré a mi alrededor de nuevo. Nadie.

Humm.

Por extraño que pueda parecer, el hecho de que el mundo fuera a permanecer durante un tiempo más me producía cierta desilusión, después de todo el...

—Hola —dijo Marena.

Llevaba una gorra de béisbol Magic y una especie de cosa como camiseta. Parecía un poco menos delgada y un poco más pálida, pero en buena forma.

—Hola —dije. Mi voz se quebró a lo Henry Aldrich. Eso

no había sonado nada guay. Me levanté. Me besó, pero fue casi un beso al aire.

—Por favor, *nehmen Sie Platz* —dijo—. Jed, eres un caballero.

Me senté. Se sentó. Yo tenía una caja de esos Cohiba Pirámides colocada en su lado de la mesa (no había encontrado a Maximón por allí todavía), así que aparté otra silla y la coloqué sobre ella.

—Tienes buen aspecto —dije—. Mejor.

—Gracias.

—Sí. —Pausa—. Ey, ¿qué te parece si pedimos un Zombie Kon-Tiki? Creo que los sirven en una cáscara del fruto del árbol del pan vacía, con un parasol y mucho hielo, y una enorme y brillante varilla de cóctel, y todo.

—¿Estás diciendo que pueden convertirme en zombi?

—O... oh. Je, je.

—Hola, bienvenidos al Lagarto Mojado —nos interrumpió una camarera—. El especial del día es el Bikini Atoll Mai Tai, que está hecho con el ron de coco de la casa...

Marena levantó una mano y la cortó.

—¿Podría pedir sólo una botella de Fiji y un chupito de Glen Moray? —preguntó—. Gracias.

La camarera se fue dando saltitos.

—¿Cómo está Max? —pregunté.

—Dice que su nuevo colegio es demasiado «artístico».

—¿Artístico?

—Sí, ponen a los chicos a hacer impresiones con hojas, centros de mesa con piñas y mierdas así.

—Menudo infierno.

—Sí. Sin embargo, es un buen chico. Me pidió que te dijera hola.

—Devuelve a Máximun el saludo.

—Claro.

La camarera volvió con el whisky y el agua.

—Oye, ¿qué te parece si pedimos una hamburguesa?

—Lo siento, no tengo mucha hambre —dijo Marena.

—Ni yo —dije—. Lo siento.

La camarera se marchó. Marena miró la calle. Había un BMW X1 SUV de color granate parado en el carril derecho, no demasiado lejos del Econoline.

—¿Ése es tu coche? —pregunté.

—Sí. —Volvió a mirarme y se echó hacia atrás en su silla.

—¿Tienes un cigarrillo? —pregunté.

—No, no fumo desde el día Madison —dijo.

—Genial.

—Pero puedo ofrecerte un chicle de nicotina.

—Oh, no, gracias. ¿Quieres una esponjita?

—¿Sabes? Odio tener que ser yo quien te lo diga, pero a la mayoría de la gente no le gustan las esponjitas. Al menos, no comérselas tal como salen de la bolsa.

—¿De verdad? Pues se venden por toneladas.

—La gente las compra para... no importa.

—¿Crees...?

—¿Así que todavía estás en...? Lo siento —dijo—. ¿Qué ibas a decir?

—¿Qué? Oh, lo siento. Nada.

—No, adelante.

—No, no iba a decir nada. ¿Qué ibas a preguntar?

—Aún estás en nómina, ¿no?

—Sí —dije—. Sólo me he cogido unos días de vacaciones.

—Bueno, ya sabes que no es exactamente el Plaza Athénée, pero si quieres venir, sería genial.

—¿Al Asentamiento?

—Sí. Al Complejo Olímpico. No es nada excitante, sólo una inauguración del Hyperbowl.

—¿Ya? ¿Está terminado?

—No, pero están grabando algo allí para el COI, así que supongo que quieren añadir algo de pompa.

—Bueno, apareceré por allí muy pronto —dije. ¿Sería cierto que quería que yo estuviera en el Asentamiento? ¿O lo único que pretendían era tenerme allí para poder tenerme vigilado? Algo no marchaba bien en aquella conversación. Había una especie de distancia incómoda entre nosotros. Quizá debería dejarlo estar. Pero si ella de verdad me quería allí, digamos, de ese modo, me habría rozado el pie por debajo de la mesa o algo así, ¿no? Maldita sea, en esto de las relaciones todavía me sentía como si estuviera en el instituto. Por eso es por lo que odio interpre...

—Además, ya sabes, Lindsay está trabajando en la recuperación de esos soldados de Ix —dijo—. Así que deberían tener las tumbas abiertas para nosotros muy pronto. Legalmente, incluso.

—¿De verdad? —pregunté—. ¿Aunque el conflicto de Belice no haya terminado todavía? De acuerdo con la CNN, esta mañana estaban aún bombardeándose a través del río Sarstún.

—Eso es lo que Larry me ha dicho —dijo—. Sí, ahora que somos los héroes del momento.

—Bueno, por supuesto, a eso sí iré.

—Excelente.

Terminé mi mejunje de café. Me retorcí en mi silla y miré alrededor. Ella se retorció en su silla y miró alrededor. Un perro que me sonaba familiar comenzó a ladrar en alguna parte. El día empezaba a sentirse pegajoso, y lleno de dióxido de carbono.

—Bueno, ¿qué tienes planeado hacer? —preguntó—. A largo plazo, digo.

—No lo sé. Moveré algunas fichas hoy. Todavía tengo que pasar por el Go y recoger doscientos mil millones de dólares.

—¿Por qué no te metes en el negocio de los viajes en el tiempo?

—Bueno, he pensado en esperar un poco, para salir el último y poder llegar el primero.

—Je, je. Sí.

—Sí. Pero, ya sabes, si eso fuera a ocurrir, ya lo sabríamos.

—¿Y cómo es eso?

—Si alguna vez fuera a haber viajes en el tiempo, de cualquier tipo, a gran escala, en cualquier momento del futuro, ya habría visitantes del futuro aquí, ahora mismo. Ya sabríamos de ellos.

—Quizá será demasiado caro —dijo.

—Bueno, pero ya sabes. Los televisores solían ser caros. La proyección en agujeros de gusano puede ser cara ahora, pero dentro de veinte años será barata, y todo el mundo querrá probarlo. La tecnología es así.

—Uh. Bueno, quizá... quizá están aquí, pero no pueden decírselo a nadie.

—¿Por qué? ¿No sería mejor si nos prepararan para lo que está por venir?

—Pero Taro dijo, ya sabes, ¿no dijo algo sobre que no se podían hacer cosas así por lo del problema del tío?

—La paradoja del abuelo.

—Eso.

—Bueno, sí, lo dijo —dije—. Pero ¿sabes?, cuanto más atrás vayas, menos problemático será eso. Así que la gente de un futuro muy, muy lejano podría volver aquí, y no nos causarían demasiados problemas.

—Quizá ilegalizarán tomar las cabezas de la gente. Porque es prácticamente un asesinato, ¿no?

—Claro, pero no creo... Quiero decir, incluso aunque tuviéramos una ley contra volver y borrar la mente de otra persona, incluso aunque eso se considerara asesinato, una cosa así nunca detendría a nadie, ¿no? Especialmente porque van a estar fuera del alcance de la ley, de cualquier modo. Estarán de vuelta en el pasado.

—Supongo —dijo.

Se bebió de un trago la primera mitad de su escocés. Estaba empezando a fijarme en las bocinas de los coches. Me pregunté si la gente pensaría que sonaban de un modo hermoso si sonaran como algún pájaro. Seguramente no.

—O se meterían en la cabeza de la gente que de otro modo estuviera a punto de morir, y entonces ayudarían a sus familias, o lo que fuera, para hacer... No, no creo que sea un problema sin solución.

—De modo que todavía crees que la razón por la que no están aquí es porque no hay futuro.

—Bueno... no lo sé —dije.

Tomó un sorbo de Fiji. Se produjo una pausa.

—Lo siento —dije—. Quizá estás pensando en Max.

—Sí.

—Quizá hay alguna otra buena explicación. De hecho, seguramente la hay. Lo siento.

—No, yo lo siento —dijo—. Me estoy comportando como una madre idiota.

—Eso es bueno.

—¿Sabes? La cuestión es —dijo— que cuando tienes un hijo todo lo demás no importa. Alguien... Algún alienígena, o dios, o lo que fuera, podría plantarse ante ti y decirte: «Oye, si nos entregas a tu hijo curaré el cáncer, y haré que el resto de la gente viva para siempre, e incluso eliminaré todo el sufrimiento del universo», pero tú dirías: «No, gracias».

—Exacto.

—Es una especie de cambio químico. Te conviertes en un sistema de soporte vital de otro ser.

—Eso es bueno —dije—. De todos modos, siento haberlo mencionado.

—No, está bien —dijo. Se terminó el Glen Moray.

—Quizá el viejo Juego nos dará una pista sobre ello —dije.

—Sí —dijo—. Hablando de eso, todavía hay cosas de las que ocuparse con el Juego, ¿no? Madison no va a ser el último Apocalíptico con el que nos encontremos.

—No.

—Tienes que seguir trabajando en ello. Eres como el de aquel relato de Philip Dick, el del Gabinete de Precrímenes.

—¿Tengo que hacerlo?

—Bueno, sé que no soy tu jefe justo ahora. Pero quiero decir, ya sabes, que eres como James Bond. Pero tú no tienes que salir de la oficina.

—Gracias.

—Lo siento.

—No pasa nada, sólo quería decir que, ya sabes, ya no soy el único —dije—. Creo que Tony y los chicos lo están haciendo muy bien, así que, ya sabes. Pueden ocuparse de ello.

—Ajá.

—Y MAON está mejorando —dije—. Esa cosa empezará a correr sola en un par de años. Nosotros ni siquiera sabremos lo que hace, será demasiado complicado para que los humanos lo comprobemos.

—Entonces sólo tenemos que confiar en MAON, ¿no?

—Bueno, ése es otro tema —dije.

Miré alrededor. El sol estaba volviéndose realmente beligerante. En alguna parte, en uno de los callejones, alguien estaba vomitando. Ruidosamente.

—¿Esto no es demasiado cutre para una elegante dama como tú? —le pregunté.

—Sí, después de un rato empieza a deprimir bastante, ¿verdad?

—Después de unos diez segundos.

—Entonces ¿por qué estás aquí? —me preguntó.

—Yo no soy elegante.

Pausa. La vomitona disminuyó hasta desaparecer.

—Escucha —dijo—. Quería verte en persona porque he descubierto algo que no es demasiado bueno y que va a cabrearte mucho.

—No pasa nada, no te preocupes.

—Pero tendrías derecho a cabrearte. Te han jodido mucho, mucho.

—¿Cómo? Apuesto a que estoy a punto de ser arrestado.

—No, no es eso... Vale, mira, sabes que en la composición de las drogas había dos partes, y que una de ellas te pegaba un viaje que era como una especie de liberación espacial, o algo así. Eso que sonaba a *aftershave*.

—Viejo Timonel.*

—Eso —dijo—. Bueno, hemos indagado en ello un poco.

—¿Y?

—Y los tipos de Lotos no fueron... Quiero decir, alguien nos dijo, a ti y a mí, a ambos, algo distinto de la realidad.

—¿Y cuál es la realidad?

---

* Juego de palabras entre la palabra inglesa en el original, «steersman», y el nombre de una famosa marca de higiene masculina. *(N. de los T.)*

—Que no es sólo un químico.

—¿Qué es?

—Un parásito.

Pausa.

—¿Disculpa? —dije.

—Es un bicho, produce una especie de psicoactivo... es como esas cosas, los caracoles zombis, con los gusanos en los ojos, ya sabes, que hacen que los caracoles se suban a las cosas para que los pájaros se los coman...

—Leucochloridium.

—Sí. O como, ¿sabes?, esa cosa que hace que los ratones dejen de tener miedo de los gatos.

—Toxoplasmosis.

—Exacto. Por eso es por lo que tenía que ser líquido, porque había bichos realmente pequeños nadando en él.

—A... já —dije. Me sentía un poco mareado pero no creía que me estuviera tambaleando visiblemente.

—Y por eso es por lo que se tardó tanto en preparar aquella cosa, porque tenían que clonarlos de otra cosa, o algo así.

—Bueno, vale, ¿qué aspecto... cómo son, exactamente?

—¿Los bichos?

—Sí, ¿son trematodos, son protozoos, son...?

—No lo sé —dijo—. Supongo que, si tardaron tanto en tenerlo listo, fue, o porque tenía que combinarse con algún neurotransmisor humano, o... no lo sé. Tú sabes más de ese tipo de...

—Bueno, vale, entonces ¿cuáles son los síntomas, cuál es su ciclo de vida, cuáles son los efectos a corto y largo plazo, cuál es el pronóstico...?

—Dicen que están trabajando en una cura.

—¿En una cura o en un tratamiento? Ni siquiera hay aún una cura para la malaria.

—Quizá es sólo un tratamiento.

—Joder.

—Si puedes resistir el impulso de largarte... Bueno, no sé qué es lo que quieres hacer, pero me temo que podrías intentar interrogar a la doctora Lisuarte, o algo...

—Ésa es una buena idea.

—Si puedes evitarlo, tan pronto como yo llegue allí —se refería al Asentamiento—, voy a descubrir todo lo que pueda, y entonces te llamaré...

—Podrías hacer que se pusieran nerviosos.

—No lo haré. Confía en mí.

—¿Qué pasa con Ashley2 y el resto de la gente que ha tomado la droga?

—No lo sé. Voy a trabajar en ello y vamos a descubrirlo, a documentar todo lo que podamos y a llevárselo todo a Lindsay. Estoy segura de que él no sabe nada, porque toda esa gente siempre ha intentado decirle tan poco como fuera posible. Después tú y yo nos ocuparemos de ello. Pero lo siento mucho, mucho.

—No te disculpes. Nos apañaremos.

«Coño, coño, coño —pensé—. Estoy muy, muy jodido».

—Lo siento.

—No pasa nada.

Pausa.

—Bueno, por otra parte, tienes buen aspecto —dijo. Había una nota baja de cierre inmediato en su tono de voz.

—¿Tienes que irte?

—Bueno, estoy segura de que ya han terminado el reportaje.

«No lo fuerces —pensé—. Olvídalo. No te engañes a ti mismo, no te vuelvas loco, no supliques, no hagas ninguna de esas cosas. Está ocupada. Realmente tiene que trabajar. Tiene un hijo. Tiene un imperio que gobernar. Es una asalariada. Tiene una agenda apretada. Está viviendo a lo grande».

—Ey, ¿estás seguro de que estás bien? —preguntó Marena.

—Estoy bien —dije—. Puedo dejarlo en cualquier momento.

—Muy divertido.

Como era de esperar, se produjo otra pausa incómoda. ¿Estaba oliendo el vomito del callejón, o era sólo mi paisaje interior?

—Me estoy sintiendo un poco incómodo.

—Lo siento. —Bajó la mirada hasta la mesa de formica azul.

—No pasa nada. —Joder, Jed. Date la vuelta, separa las piernas y di: «Por favor, sé dura». Mariquita. Cursi, estúpido y patético mariquita...

—Muy bien, mira —dijo ella—. Hay algo más. No iba a mencionarlo ahora, pero debería decirte que estoy pensando en casarme. Otra vez.

Pausa.

—Y eso sería con otro que no soy yo —dije.

—Sí. Sí, tú no lo conoces, es un vecino de Woody Creek.

—Oh. Oh, bueno, felicidades.

—Ahórratelas, mira, ya sabes... Yo creo que la cuestión es... creo que lo nuestro fue de verdad algo genial. Pero no creo que vayas a sentar la cabeza, ¿no?

—Bueno, no, yo sentaré... quiero decir, no voy a hacerlo, no.

—Las mujeres necesitan estabilidad —dijo—. Sé que es ridículo, pero es sólo cuestión de plazos de tiempo. Las mujeres tienen una fecha de caducidad muy corta, y todo esto del Apocalipsis ha provocado que... Quiero decir, mira, las mujeres necesitan todas esas estúpidas... Ya sabes, no se preocupan por quién sea siempre que, por ejemplo, vista pantalones cortos de color caqui, entrene al equipo de lacrosse de Max, se mantenga despierto durante el día y se vaya a la cama por la noche, y sea aburrido... De todos modos, tú ya sabes todo eso.

—El aburrimiento es sexy —dije.

—Sí, para las mujeres de cierta edad, definitivamente lo es.

—Bien.

Estúpidamente, estaba sintiendo una especie de alivio, en el mal sentido. Y quizá la mayor parte tenía que ver con mi nuevo status como anfitrión infectado.

—En cualquier caso... Mira, ven y hablaremos de ello cuando tengamos tiempo para hablar de ello. ¿Vale?

—Vale.

—¿Estás bien?

—Estoy bien.

—Vale. Será mejor que me vaya. Te juro que voy a hacer bien todo esto. Llámame.

—Lo haré —le dije.

—Mañana, quiero decir —dijo. Se incorporó.

—Lo haré —dije. Me levanté.

Me besó de nuevo. Yo no le devolví el beso totalmente. Se volvió y caminó hacia la parte interior del restaurante. Yo miré por el balcón.

Joder, pensé.

La cuestión era que, cuando nos conocimos, Marena me pareció alguien que venía de un planeta más frío y fresco cerca del brillante centro imaginario del universo. Y yo pensé: «Ni siquiera fantasees con eso, Jed. Ni en un quintillón de años». Y más tarde pensé que, debajo del brillo, era un poco como yo, y que estábamos desarrollando una relación, y que toda la frialdad era sólo una pose. Y ahora ella había vuelto a la frialdad, y yo estaba empezando a pensar que quizá era la relación lo que había sido sólo una pose. O ambas cosas eran mentira, pero ella sólo interpretaba la obra de teatro de la relación en representaciones bajo órdenes expresas. Zorra. Lo que necesitas... Oh, ahí está.

Salió por la puerta veinte pies por debajo de mí y caminó hasta la calle Fort. No levantó la mirada. Ups, no, sí lo hizo. Saludó con la mano. La saludé con la mano. Se volvió y se metió en la parte de atrás del X1. Arrancó. Me eché hacia atrás en la incómoda silla.

«Bueno, ha sido... increíblemente incómodo», pensé.

Joder.

Polilla buena.

Estúpidamente, intolerablemente, inevitablemente, empecé a pensar en aquel momento... Fue después del incidente del Hipogrifo y antes de que recogiéramos la cruz de magnetita... Yo estaba leyendo, y Marena estaba dormida, soñando con los ojos revoloteando debajo de sus suaves párpados. La ventana había estado abierta y había una esfinge colibrí de tamaño medio-grande en la habitación, revoloteando alrededor de la pantalla de mi teléfono, que aterrizó en su frente.

—Araña —dijo, aún dormida en un noventa por ciento, pero un poco alarmada—. Vete.

—Es sólo una amistosa polilla —le dije al oído.

—Oh —dijo en su inconsciente tono aniñado—. Polilla buena. Amistosa.

Se dio la vuelta hacia mí. Era como tener una hija, alguien que confiaba en ti totalmente...

Joder.

Consigues un momento o dos de absoluta intimidad, y entonces, cuando todo vuelve a los sucios asuntos de la vida, como siempre, te desilusiona que no estén aún allí, y entonces intentas encontrarlos de nuevo, y sigues repitiendo el ciclo, una y otra vez, sin aprender. Había intimidad y distancia, y la antigua, perenne, indisoluble y cataclísmica disyunción entre ella y tú... Joder. Conoces el interior de una persona, descubres cómo es cuando tiene un orgasmo, y cómo duerme, y a la mañana siguiente sois sólo un par de folladores sucios, de nuevo, y os odiáis a vosotros mismos, y al otro, por ello. Eres patético. ¿Qué esperabas? ¿Que ibas a cabalgar con ella hacia el atardecer en un X1 granate? Fue sólo un polvo de una noche. ¿O fueron ocho?

«Quizá debería volver allí —pensé—. Quizá debería volver a aquel mismo ritmo de nuevo. Soledad, nada que hacer, compañeros con mal aspecto. Volverías a acostumbrarte enseguida. No era para tanto. Pero no. No te engañes a ti mismo. Ella sólo ha estado jugando contigo para hacerte trabajar más duro. Para que te presentaras voluntario para aquella misión suicida y llegaras a pasar la última noche antes del despliegue con Miss Seúl. Idiota».

Y lo peor de todo era lo convencional que había sido todo. La pequeña aventura, las estúpidas emociones, las inevitables últimas conversaciones incómodas, su cursilería y mediocridad.

«Eres peor que dañino, inestable y semiautista, Jed, tío. Eres mediocre. Con habilidades o sin ellas. Con dinero o sin dinero. Con el Juego o sin el Juego. E incluso, cuando jugabas el Juego, en realidad no estabas jugándolo. Era él quien jugaba contigo. Como lo hizo ella. Como lo hace todo el mundo. Perdedor».

Me quité el sombrero y me sequé el sudor de la frente. Vientos de un glacial plasma interestelar susurraron sobre mi bóveda.

«Bueno, quizá te lo mereces —pensé—. Ni siquiera eres tan bueno en el Juego. Ni siquiera puedes llegar a jugar con nueve piedras. Ni con la asistencia de un ordenador con un cerebro del tamaño de la constelación Orión. Ni siquiera puedes terminar una partida con ocho piedras».

Volví a ponerme el sombrero.

Maldita sea.

¿Qué demonios eran esas cosas, de todos modos?

Humm.

«Sólo una pequeña partida en solitario —pensé—. Media hora. Jugando desde aquella última posición. No es gran cosa. Puedo dejarlo cuando quiera. Adelante, eleva tus expectativas un poco más».

Saqué dos puñados de tabaco de la pequeña bolsa de mi otro bolsillo, me los metí en la boca y los mastiqué hasta formar un bolo. Vale. Me levanté, atravesé la segunda planta del ruidoso bar, bajé la escalera, me metí en el baño (en la puerta ponía CHICOS MALOS) y saqué una dosis de mi alijo clandestino de *hatz' k'ik*. Escupí el bolo de tabaco.

«Dios, es asqueroso —pensé—. Es un hábito idiota. El tabaco de mascar es de pueblerinos».

Me froté el jugo del tabaco en la mancha de mi muslo, me eché agua en la cara y volví a mi minimesa.

Abrí mi teléfono. Aquel mural ixita estaba aún allí. Maldita fuera, ¿qué era aquella cosa? ¿Caracol, ciempiés, ambas cosas, o ninguna? Bueno, lo que fuera. Pulsé SACRIFICIO. El tablero de juego apareció. Sólo para sentirme independiente, cerré la conexión a internet. De todos modos, esta vez no la necesitaba. Por ahora, ya sabía lo que había en el exterior. Tenía hechos en las puntas de mis dedos. Demasiados hechos. Lo duro era comprender el peso de aquellos hechos en relación a los demás, como «Hay una avispa *Sphecius* en el borde de mi vaso de ron» y «El universo contiene unos cuatro por diez a la septuagésima novena potencia de átomos». Ambos eran hechos, pero uno era mucho más importante que el otro. Aunque no estoy diciendo cuál.

Comencé a sentir las punzadas, que se extendían por mi muslo izquierdo hasta mis pies y subían después hasta mi garganta.

—Ahora, ésta es la quema, la purificación —murmuré.

Coloqué la última posición de mi última partida buena, aquella que había identificado a Madison. Ni siquiera estaba seguro de que fuera posible volver a ella, pero sabía que, a veces, podías terminar de jugar una línea alternativa, para descubrir quién habría ganado. No importa lo poco que disfrutes del espectáculo, después de cierto momento te quedas en el teatro para ver cómo termina.

—Ahora estoy tomando prestado el aliento de hoy —dije—. *La hun Kawak, ka Wo*, 10 Huracán, 2 Sapo, el decimonoveno sol del quinto uinal del decimonoveno k'atun del decimotercer b'ak'tun.

Moví mi octava calavera hacia delante, hacia 4 Ahau, hacia la ladera oeste de aquella erosionada montaña de polvo oxidado, hacia la cueva en el cielo de los aullidos que resonaban.

71

Uno de los efectos característicos de las drogas del Juego era que parecían crear un lugar separado en tu mente. Podías tomarte un respiro en una partida y seguir con tu vida normal durante días o semanas. Durante todo ese tiempo, no pensabas en el Juego en absoluto, pero cuando te metías otro chute de aquella cosa, volvías directamente al lugar donde lo habías dejado, y seguías jugando sin tener que reorientarte. Supongo que no era demasiado diferente a ver el episodio semanal de una serie de televisión, o continuar con un libro por donde lo habías dejado, o jugar al Warcraft desde tu móvil, o lo que fuera, excepto que esto tenía magnitudes más intensas. En cualquier caso, incluso sabiendo que estaba sentado en la desvencijada mesa de una terraza de la ciudad de Belice, cuando me concentré en el tablero fue como si de nuevo estuviera en el mismo lugar en el que había estado cuando buscaba a Madison, en la ladera oeste de aquella erosionada montaña.

Sin ningún esfuerzo, pude imaginar la calidez del viejo sol a mi espalda y escuchar el susurro de las nubes de polvo de ladrillo rojo a mi alrededor, y cuando moví mi octava calavera hacia delante, la lucidez se incrementó, y fue casi como si pudiera sentir la piedra bajo mis pies y oler el humo de los huesos en el viento.

«Por aquí —pensé—. Él mueve. Yo muevo. Por allí».

Continué subiendo, hasta dejar atrás el polvo y sumergirme en nubes de vapor, para después dejarlas también atrás e introducirme en una capa de nubes de ceniza. Tropecé. Las escaleras habían envejecido desde la última vez que pasé por allí y estaban demasiado agrietadas y agujereadas para sostener mi peso, pero en la equivalencia mental de avanzar a cuatro patas seguí subiendo, hasta que conseguí salir de las cenizas y atravesar las nubes de agujas de hielo, hasta llegar a la zona congelada, justo debajo de la concha del cielo, en la erosionada terraza. La resonancia y los gritos eran más estridentes que antes. La roca había desaparecido. Por un segundo, intenté echar un vistazo a los mundos que se aproximaban por el este, pero estaban aún escondidos detrás de la montaña, y me agaché de nuevo. La boca del pozo que había frente a mí se había ampliado desde 13 Perro 18 Tortuga, y mientras tanteaba mi camino hasta su interior, la piedra se desmoronó a mi alrededor, el abismo se abrió mientras descendía, sabiendo que era demasiado profundo para la octava calavera.

«Sigue adelante, pensé. No hay problema».

Saqué mi novena calavera y la moví. El abismo se amplió. Era más grande que ninguna otra cueva sobre la tierra. Era como descender con una cuerda por un glacial de metano hacia una de las burbujas de kilómetros de amplitud en el interior de alguna luna de Saturno. Aun así, la novena piedra tenía una sólida conexión con la octava, y yo bajé, y bajé, hacia el centro de la esfera, por el rugiente vórtice. Los seres dieron vueltas mi alrededor, sin llegar nunca a rozarme, como cuando los murciélagos pasan junto a ti si te quedas de pie en la entrada de una cueva al atardecer. Podías oler su agrio olor a guano, podías sentir el aire arremolinándose, y oías el suave estruendo de sus alas, como una tormenta de hojas de cuero, y nunca, nunca, te rozaban siquiera... pero las cosas que había a mi alrededor eran más grandes que los murciélagos, más lentos, y, de algún modo... más cuidadosos, supongo, y no tenían alas... y, por supuesto, para nosotros, en cualquier caso, los murciélagos eran mudos, y estas cosas eran ensordecedoramente ruidosas.

Quizá ése era el lugar al que había viajado la mente de Dante cuando imaginó a los *luxuriosi* en su huracán infernal.

A medida que mis ojos interiores se adaptaban a la penumbra, las presencias se hicieron más nítidas, y aún sin ver a los individuos, comencé a discernir sus movimientos, que eran parecidos a los de las criaturas marinas, aunque no tenían el aspecto de leones marinos. Eran más parecidos a las belugas, con sus frentes redondeadas y su tensa piel blanca... pero sus columnas curvadas les hacían parecer jorobados, o quizá eran más parecidos a enanos, con cuerpos cortos y cabezas enormes... pero a continuación tenían cortas y gruesas colas, y sólo unos rudimentarios brotes a modo de brazos (como renacuajos, quizá, metamorfoseándose en sapos), pero tenían orejas, y corazones que latían visiblemente a través de su traslúcida piel, y ojos hinchados que sobresalían tras sus párpados cerrados, como...

Eran embriones.

Eran los *a'aanob*, los sucesores, los espíritus de los no nacidos. No era de extrañar que fueran millones, quintillones, casi infinitos. Toda la población del futuro estaba ahí, todos los hombres y mujeres que nacerían después del 4 Ahau, y que nunca habrían nacido si esa roca hubiera caído bloqueando la entrada. Ahora, cuando el sol del b'ak'tun alcanzara su cenit en el 4 Ahau, caería por el abismo hasta esta cueva e iluminaría a las multitudes de a'aanob. El éter de la enorme cueva se calentaría y expandiría, e inexorablemente, irresistiblemente, subirían y saldrían de la cueva, y oleada tras oleada de ellos se extenderían sobre la tierra. Recordé lo que Jed2 había dicho sobre lo que la Dama Koh le había contado, que la gente del nivel cero tenía tres cuevas: la Cueva de la Muerte, que estaba al otro lado del mundo, al oeste; la Cueva del Aliento, que es, por supuesto, lo que podríamos llamar el mundo; y ésta, la Cueva de los Nonatos.

Observé. Escuché. De repente, me di cuenta de algo sobre ellos: eran felices.

Las sombras de las potenciales conciencias estaban jugando. O, usando una palabra obsoleta, estaban retozando. Nadaban en grupos, persiguiéndose los unos a los otros, como nutrias. Saltaban como bailarines en una discoteca de los años setenta. Giraban alrededor, deleitándose en el movimiento.

Lentamente, como mis ojos interiores, mis oídos internos se adaptaron, y la cacofonía de aullidos casi comenzó a cobrar sentido. Lo primero que descubrí fue que no estaban bramándose los unos a los otros. Estaban llamándome a mí, a mí en concreto, en el primitivo lenguaje que los bebés usan, y ahora podía discernir lo que estaban diciendo:

¡DÉJANOS AQUÍ!
POR FAVOR, ¡DÉJANOS AQUÍ!
¡NO QUEREMOS MARCHARNOS!
¡NO QUEREMOS VIVIR EN EL SOL!
¡CÚBRENOS!
¡DEJA CAER LA ROCA SOBRE NOSOTROS!
¡PROTÉGENOS!
¡ESCÓNDENOS!
¡TIRA LA ROCA!

No había ni uno sólo de ellos que quisiera nacer.

Aun así, no podía quedarme allí. En cierto momento, incluso en un juego solitario, tienes que hacer un movimiento, y fue como si mi novena calavera estuviera empujando los bordes de su casilla. Subí cuatro casillas por el eje verde azulado, a través de los estriados años, hasta salir de la cueva y alcanzar el aire frío, sacudiéndome el rocío amniótico como si fuera un perro. Todavía podía oír los gritos de los a'aanob a mi espalda, suplicándome que los ayudara a permanecer nonatos, lejos del mundo de dolor. Mi última calavera subió y subió y llegó a un pequeño bloque llano de jade verde, más o menos del tamaño de un felpudo, y me di cuenta de que ahora no había nubes. Me incorporé y miré alrededor. Los planos de tiempo rotaban debajo de mí, blanco, negro, amarillo y rojo. Había alcanzado la cumbre.

—¿Puedo traerte algo más, cariño? —me preguntó la camarera con su suave voz.

—Oh, ¿podría traerme otro expreso triple? —pregunté—. ¿Y otro chupito de Cruzan?

—Claro, cielo —dijo mientras se alejaba.

Yo me desperecé y me reacomodé. El perro estaba aún ladrando allí fuera, aullando como el perro de la caja. Observé la escena girando en mi mente un par de veces, los últimos minutos de la última noche que me había escabullido hasta su caja, cuando sabía que mis hermanastros iban a torturarlo hasta la muerte a la mañana siguiente. Le había dado agua y lo había acariciado un rato a través de los barrotes, y después, finalmente, cuando estuvo claro que el sol no esperaría, saqué de mi mochila una correa y una varilla de metal cromado de algún coche, até la correa alrededor de su cuello con la varilla atravesándolo y giré. La correa se hundió profundamente en su abundante pelo, pero el perro estaba sorprendentemente tranquilo, temblando pero sin forcejear, así que estuve totalmente seguro de que sabía lo que estaba haciendo. Murió en menos de un minuto, hecho un ovillo, con una expresión de gratitud congelada. La camarera volvió. Tomé un sorbo de ron, un trago de café y, sólo para fastidiar a Marena, una esponjita.

Aah. Mejor.

Miré de nuevo el tablero, donde estaba aún de pie sobre la casilla turquesa central, en la cumbre de la montaña invertida. Miré alrededor. Por debajo de mí, las tormentas se habían calmado y el polvo estaba asentándose sobre las llanuras. Cuatro escaleras, o caminos, o arterias, o lo que fueran, bajaban desde aquel bloque. El camino noroeste se extendía por las costas salpicadas de corroídos pueblos y a través de los acantilados y los golfos plateados sobre cañones marinos, debajo de hileras de gigantescas aeronaves de aluminio y sobre ciudades de piedra caliza coloreada, hasta el hielo rápido, y después los témpanos de hielo, y después los campos de hielo. El aroma a alquitrán caliente del pasado reciente llegó por mi izquierda, y giró noventa grados en sentido antihorario, hacia el noroeste. Allí había dunas de rescoldos y nubes de ceniza radiactiva, y más allá, los desiertos estaban salpicados de torres de perforación y valles secos que eran como cuencos de gas ácido sobre oscuros carbones encendidos, con marañas de asfalto extendidas sobre ellos y a su alrededor. Más allá podía ver las columnas de humo del carbón de las locomotoras a vapor, e hileras de familias hambrientas arrastrando trineos a través de las praderas, y a continuación, más allá de eso, bandadas de gaviotas que se alimentaban de basura sobre las oscuras aguas, y tundras de grasiento hielo en la penumbra permanente. Miré al suroeste, sobre las coléricas marismas saladas plagadas de malacostraca y las llanuras con manadas de gigantes pájaros carnívoros de color amarillo canario persiguiendo enjambres de polillas. Vi un armadillo cobrizo del tamaño del Cherokee de Marena pudriéndose en un barranco seco, y después una formación de *Quetzalcoatlus northropi*, con alas de cuarenta pies de envergadura, cubiertos de oro, girando imperturbablemente sobre los cadáveres de los cocodrilos gigantes de la orilla izquierda del mar del Cretácico, y más allá de eso había más y más criaturas y lugares y tiempos, instantes del pasado que eran como acetatos de animación impresos sobre cañones estriados, hasta el punto donde tuve que girar a la izquierda de nuevo. En el suroeste, el amanecer extendía sus sanguinolentos dedos sobre mundos de potencial puro que se expandían más y más, sobrepasando el lugar donde el horizonte estaría en una tierra esférica, como si estuviera en un planeta del tamaño de Júpiter, o ni siquiera eso, sino en una llanura plana e infinita. Debido a que el aire era totalmente claro, o quizá porque no había aire, era como si pudiera ver los detalles de los sucesos más lejanos con tanta nitidez como los que tenía justo delante de mí. Demasiados detalles, de hecho. Demasiados.

Giré alrededor de nuevo, lentamente, en sentido antihorario, como el reflejo de la amplia segunda manecilla del Oyster Perpetual de Lindsay Warren. La fase final del Timonel estaba actuando ahora, cuando empiezas a sentir lo que la Dama Koh había llamado los «otros vientos». Jed2 había explicado que se refería a algo como «los elementales», fuerzas invisibles personificadas. Yo al primero que solía ver era al calor. Se parecía un poco a una fotografía de infrarrojos, pero, como el calor que irradiaban los cuerpos y los motores y la tierra, era marrón fluorescente, y tenía un olor a ron y guindilla. Después, aparecieron otras cosas, como destellos de diamante de erupciones solares saliendo a borbotones, girando alrededor de la Tierra y cayendo de nuevo en el interior del Sol, ondas de radio de un lúgubre granate deletreando oleadas de terabytes de datos inútiles, microondas de un color parecido al que resultaría si el naranja y el violeta pudieran mezclarse sin convertirse en gris, y, en uno de los límites de la mancha en expansión de mi consciencia, vi ciclones cian de rayos gamma pasando a través de mi cuerpo, como disparos a través de un enjambre de tábanos. Pensé que podía oír los asteroides crujiendo en su camino hacia la Tierra, y que podía sentir la fricción entre las capas tectónicas, la energía formándose en resortes de relojes de granito, y podía observar la gravedad (que era de color morado) extendiéndose desde la Tierra y agrupándose en el interior de oscuras estrellas, drenándose en el interior de los abscesos que existían. E incluso los agujeros negros eran visibles, silueteados contra las agrupaciones de polvo interestelar. Comencé a distinguir fuerzas más pequeñas, o digamos más humildes: los poderes de las cosas vivas, la transpiración vegetal emitiendo destellos verdes y ocres, la crueldad naranja de los árboles estrangulando a sus vecinos, los rastros de feromonas que arrastraban los animales a su alrededor, como collares de perlas. Finalmente, comencé a discernir las fuerzas humanas. La compulsión sexual tenía un resplandeciente halo de color cereza, y arrastraba los poblados residuos como ondas en un tanque de aceite, esparciendo destellos orgásmicos que pensaba que podía saborear incluso a distancia, y que creía que tenían un sabor como los erizos marinos. Chispas blancas y arcos de temor crepitaban a través del paisaje, agrupándose y formando bolas de fuego sobre los colegios y los hospitales y las zonas de guerra. *Yaj* (dolor, o el humo del dolor) se elevaba desde la llanura como niebla matinal de un sangriento rocío hirviente. Era de ese lívido color gris, casi lavanda, pero no en el buen sentido. Se reunía formando espirales y bancos de niebla y nubes. Tenía el mismo sabor que Jed2 había dicho que podía notarse en los animales que habían sido torturados hasta la muerte, esa acidez extraterrena que era justo lo contrario de la canela. Era la esencia a la que los fumadores eran adictos.

Como creo que he mencionado antes, la palabra yaj significa «dolor» en ch'olan, pero más en el sentido de «humo de dolor», o «dolor como ofrenda» o, podría decirse, «dolor místico». La palabra opuesta sería *je'elsaj*, que podría traducirse como «placer» o «felicidad», pero que realmente significa algo más pasivo, como «descanso» o «tranquilidad». Pero incluso después de estar durante lo que me habían parecido horas escudriñando el horizonte este, el yaj era como un techo de nubes que cubría el paisaje completo, y los momentos de je'elsaj eran como picos de montañas de color verde lima alzándose aquí y allí a través del nublado.

«Esto no es un combate —pensé—. Si tomas a cualquier individuo y totalizas sus instantes de dolor contra sus instantes de felicidad, el resultado es un galón contra una gota».

Y cuanto más lejos miraba... bueno, había pensado que las cosas serían mejores en el futuro, que se librarían de las guerras y curarían todos los males, o al menos drogarían a todo el mundo con píldoras de la felicidad y lo colocarían frente a pantallas de dos millones de píxeles; pero en lugar de eso, el dolor se había hecho incluso más omnipresente, y ni uno solo de los millones de posibles mundos tenía más de un par de islas dispersas de je'elsaj brotando entre las nubes. Por una u otra razón, las cosas iban a ponerse cada vez peor.

A pesar de eso, intenté hacer mi parte y comparé ambas. Pero cuanto más contaba y calculaba y comparaba, más me sentía como si fuera, por ejemplo, Marie Curie, y alguien me hubiera dado nueve toneladas de pechblenda de las que tenía que extraer todo el radio, para después de tres años conseguir un residuo en el fondo del último mortero de refinado, tan delgado que nadie habría podido percatarse siquiera de que estaba allí si no fuera porque brillaba como un hijo de puta.

Finalmente, me rendí.

«En realidad no es una sorpresa —pensé—. El valor del dolor es sólo n elevado a la jodida potencia más poderoso».

Cualquier persona que haya experimentado el verdadero dolor sabe que entregarías más de una hora de cualquier clase de placer (como poco) para evitar un minuto de verdadero dolor. Seguí pensando en aquella niña del vídeo de los Milk Duds, con el rostro aplastado y derramando lágrimas, y que apenas unos minutos antes estaba feliz, llena de vida y optimismo y pasándoselo bien, posiblemente el mejor día de su vida hasta el momento. Y de repente todo se fue al garete. Sólo echando un vistazo a la infranqueable distancia entre su estado en el vídeo y su estado un poco después, y cómo para ella esa distancia estaba en todas partes y para siempre... bueno, ver eso es llegar a la conclusión de que lo único que podía hacerse era provocar que el universo completo desapareciera inmediatamente, en un montón de trocitos, porque todo era terriblemente injusto, y no había felicidad posible que pudiera compensar algo así. Incluso si dentro de una semana alguien encontrara una cura contra el envejecimiento y todas las enfermedades, y ese mismo día alguien más inventara la fusión fría, la teletransportación y un delicioso donut que no engordara; incluso si después de eso hubiera un trillón de años de felicidad, aun así no merecería la pena mantener el mundo durante tanto tiempo, porque mientras tanto otro chico podría sufrir el mismo estado de desilusión, y nada de lo que viniera después podría siquiera acercarse a llegar a equilibrar la magnitud de esa desilusión. Si tienes aunque sólo sea un poco de empatía, sabes que eso invalida todo lo bueno del mundo. Si no tienes empatía, entonces es necesario que el dolor lo sufras tú mismo, para que captes el mensaje. Y la gente que piensa que no sienten de esa manera... bueno, pueden ser buena gente, pero son adictos a la negación. Son como niños que pasan junto a un grupo de vacas y hablan sobre lo monas que son mientras se comen una hamburguesa. El dolor no puede ser aliviado, no puede ser paliado, no puede ser recompensado y no puede ser condonado. Y, sobre todo, no debe repetirse.

Esto es un cliché, por supuesto. Quiero decir, la magnitud del dolor. Es como decir «la velocidad de la luz». Es algo que uno sabe y de lo que habla a veces con un nivel cero de comprensión. Pero, a diferencia de la velocidad de la luz, hay una buena razón para la incomprensión, porque en el momento en el que comienzas a comprenderlo, te rindes. Uno sale de la habitación y se esconde en una bañera vacía. Y sólo a través del autoengaño consigue volver a hacer algo de nuevo.

Bueno, ese engaño puede haber sido necesario hasta ahora. Pero ahora el fin está al alcance de la mano. Y sabemos que lo correcto es...

Ups.

Estaba tambaleándome. Aparté los ojos del horizonte y recuperé el equilibrio. Mejor.

Maldición. Aún podía oír los gritos de los nonatos.

Y no me extrañaba. Los lanzamos al mundo, les ponemos nueve toneladas de mierda nociva en una mano y medio gramo de una cosa brillante en la otra, y entonces les pedimos que actúen como si hubieran conseguido un buen trato. La gente está de acuerdo con el aborto de un feto cuya vida será inevitablemente una miseria, que va a nacer con ictiosis arlequín, por ejemplo, pero se niegan a abortar a los que nacerán con quotidalgesia, un síndrome que supone una agonía diaria.

La cuestión es que ni siquiera tienes la obligación de darle a alguien algo agradable, sobre todo a alguien que aún no ha nacido. Pero tienes la obligación de no dañarlo. Y hacerlos conscientes es, definitivamente, dañarlos. La consciencia debe de ser uno de los muchos trucos sucios que usa el ADN para replicarse, pero eso no significa que tengamos que estar de acuerdo. Para nosotros, la consciencia no es más que una equivocación.

Tomé un sorbo de Cruzan.

En 4 Ahau, 8 Oscuridad, 0.0.0.0.0, 13 de agosto del 3113 a. C., los antiguos hicieron un pacto con sus ancestros para darles descendientes. Habría descendientes que los alimentaran, que les rezaran, que los recordaran y, sobre todo, que les dieran el licor del dolor. Je'elsaj es para nosotros, y yaj es para los fumadores. Lo adoran del mismo modo en que los enólogos adoran un Haut-Brion del 47, del mismo modo en que la mariposa adora el agua con azúcar, del mismo modo en que los aficionados al NASCAR adoran un accidente.

Pero esto sólo duraría un tiempo. Tenías que darles a los fumadores (o ancestros, o dioses, o lo que fueran) exactamente lo que les debías, pero ellos no tenían que darte nada más que eso.

Así que los Grandes Contadores, los Conocedores, habían calculado que el 4 Ahau era el día que el espantoso trato terminaría por fin. Era el momento de hacer lo correcto, por los Sucesores.

Me eché hacia atrás. Me crují los nudillos y miré alrededor. El perro que aullaba como el perro de la caja había dejado de ladrar. En un par de minutos, la luz solar comenzaría a arrastrarse sobre mi mesa. Llamé a la camarera.

«Lo más importante cuando eres un contador —pensé—, no es que seas capaz de jugar el Juego, ni que seas capaz de hacer tratos con el Salinero y el Timonel. La responsabilidad real es ser capaz de evaluar el mundo sin verte asaltado por el sentimentalismo, sin malgastar toda tu energía haciéndote ilusiones, o buscando panaceas, o negando selectivamente la realidad, o haciendo todas esas cosas que suelen hacerse. Tu deber es ver las cosas sin niebla, comprender lo suficiente para ser capaz de discernir lo que es realmente correcto, y entonces hacer esto, y no lo que te haría sentir bien. Haz caso a los a'aanob. Ellos saben de lo que hablan. *K'a'oola'el, k'a'oltik.* El que sabe sabe».

Los sabios que escribieron el Códex no estaban diciéndonos lo que pasaría, sino lo que debería ocurrir.

0

La camarera se acercó sigilosamente. Por primera vez, la miré de verdad. Tenía la piel de color capuchino, un peinado punky y un rostro sincero. Supuse que tendría unos quince años. A pesar de que la partida ya había terminado, podía ver un halo alrededor de su cintura de aquel horrible color yaj, aquel gris amoratado que era como peltre ardiente. Algún tipo de dolor abdominal. ¿Un embarazo difícil? No, no veía algo así. ¿Una úlcera? O un quiste uterino, quizá.

«No le preguntes. Te estás volviendo más listo, pero no eres médico». Pagué. Ella se alejó contoneándose.

Sin embargo, había una cosa que estaba aún atormentándome. ¿Cómo era posible que Koh no hubiera sabido que el Códex estaba diciéndome lo que tenía que hacer? O mejor dicho, por supuesto que ella lo sabía, pero ¿por qué no me lo había dicho, o por qué no se lo había dicho a Jed2?

Supongo que sólo quería que nosotros, o yo, entendiéramos el mensaje. Bueno, así que no le había dicho nada a Jed2. Eso no era ninguna novedad. Pero ¿cómo podíamos haber estado tan perdidos?

Yo había tenido ese tipo de problema habitualmente, con un montón de cosas. Quiero decir, a veces puedo ser muy ingenuo, sobre todo si hay una joven atractiva involucrada.

Bueno, en cualquier caso, él nunca lo supo. Me refiero a Jed2.

Me tomé el penúltimo trago de ron. Qué buena suerte tuvo. Bastardo.

Saqué mi cartera de nuevo y dejé una propina del quinientos por ciento, porque, ya sabes, ¿qué más daba? Me terminé el café. Me comí una esponjita.

Parásitos, ¿eh? *Mierditas.* Oh, bueno. Quizá puedan aguantar el alcohol. Me bebí lo que quedaba del ron. Me eché hacia atrás en la silla.

«Yo invito», pensé.

Tenía una sensación de... bueno, me embargaba un gigantesco sentido del deber. Pero no era abrumador. Era energizante.

De cualquier modo, como ya he dicho, el encargado tenía que ser alguien que hubiera observado el mundo, y que lo desestimara completamente, ¿no? Alguien que pudiera captar la magnitud de lo que tenía que ocurrir, alguien que aceptara esa obligación y pudiera llevarla a cabo.

Está bien. No hay problema.

Tenía los medios. Tenía la voluntad. Tenía la indignación, y la desesperanza. Y lo mejor de todo, no era un jodido friki del ADN como Madison. Él, de todos modos, seguramente habría hecho una chapuza. Habría quedado alguna zona libre de virus en la Antártida, o donde fuera, y al final todo habría empezado de nuevo, y aquello habría sido para nada. Bueno, eso no va a ocurrir esta vez. No en mi turno.

Era una enorme responsabilidad, pero podía ocuparme de ella.

De hecho, pensé, iba a ser fácil. Ellos me habían enviado el mensaje de lo que tenía que hacerse, pero, y esto era más importante, me habían enviado también la herramienta para llevarlo a cabo.

Cerré el tablero del Juego y me levanté. Finalmente, y sin equívoco, sabía lo que tenía que hacer.

Fin del Libro 1

GLOSARIO

Ahau: señor, cacique.

Ahau-na: señora, dama.

Bacab: «el que soporta el mundo», uno de los cuatro ahauob locales sometidos al k'alomte'.

B'ak'tun: periodo de 144.000 días, unos 394,52 años.

B'alche': cerveza de lilo.

B'et-yaj: captor, torturador.

Ch'olan: la versión del siglo XXI del idioma hablado por los habitantes de Ix, entre otros.

Grandeza: una bolsa de guijarros.

H'men: un sacerdote o chamán calendárico. También traducido como «contador de soles», o «guardián del día».

Hun: «uno», o «a» como artículo determinado.

K'atun: periodo de 7.200 días (veinte años, aproximadamente).

K'iik: guerrero, un hombre que pertenece a una sociedad bélica.

K'in: sol, día.

Koh: diente.

Kutz: un pavo ocelado neotropical.

Milpa: un campo de maíz sembrado con métodos tradicionales, de unos 21 × 20 metros, que generalmente era despejado con incendios provocados.

Mul: montaña; por extensión «pirámide», o «volcán».

Nacom: sacrificador.

Pitzom: el juego de pelota maya, también traducido como poktapok.

Popol na: casa del consejo.

Quechquemitl: zarape triangular usado por las mujeres mexicanas.

Sacbe: «camino blanco», un paso elevado sagrado.

Sinan: escorpión.

Tablero: el elemento horizontal de una pirámide de estilo mexicano.

Talud: el elemento en pendiente de una pirámide de estilo mexicano.

Teocali: término nahuatl para «casa buena», o templo.

Tun: 360 días.

Tu'nikob': sacrificadores o sacerdotes de ofrendas, o, literalmente, «amamantadores».

Tzam lic: «rayo en la sangre», una comezón bajo la piel.

Tz'olk'in: el año ritual de 260 días.

Uay: la co-esencia animal de una persona.

Uinal: periodo de veinte días.

Waah: tortilla.

Xib'alb'a: el Inframundo, gobernado por los Nueve Señores de la Noche.

Xoc: tiburón.

Yaj: dolor, humo del dolor.

Yucatec: el idioma que se habla hoy día en el Yucatán maya, una versión del que se hablaba durante el Periodo Clásico.

AGRADECIMIENTOS

Hay personas que merecen un reconocimiento por su trabajo en este libro, entre las que se incluyen Anthony D'Amato, Barbara D'Amato, Julie Doughty, Janice Kim, Prudence Rice y Deborah Scheneider.

Gente que aportó sus conocimientos en al menos una parte del texto, y que ayudó de múltiples maneras, como Jacqueline Cantor, Lisa Chau, Brian DeFiore, Michael Denneny, Molly Friedrich, Marissa Ignacio, Erika Imranyi, James Meyer y Brian Tart.

Gente que realizó comentarios en al menos una parte del texto y ayudó en otros aspectos, como, Amy Adler, Janine Cirincione, Sheryl D'Amato, Michael Ferraro, Jonny Geller, Karin Greenfield-Sanders, Sherri Holman, Francis Jalet-Miller, Ellen Kim, Diana MacKay, Bill Massey, Julie Oda, Bruce Price, David Rimanelli, Rebecca Stone-Miller, Susan Chulman, Micahel Siegel, Brian Tart, Caroline Trefler y Joan Tuchik.

Gente que ayudó de otras maneras, como Laurie Anderson, Steve Arons, Jack Bankowsky, Eric Banks, Barbara y Ken Bauer, Mary Boone, Peter Coe, Anne-Marie Corominas, Paul, Emily y Adam D'Amato, Christy Ennis, Stanley Fish, Patrick Garlinger, Sherrie Gelden, Cathy Gleason, Justin Gooding, Stacy Goodman, Wendy Goodman, Timothy Greenfield-Sanders, John Habich, Peter Halley, Sylvia Heisel, Bryan Huizienga, Nick Jones, Barbara y Justin Kerr, Malachi Kim-Price, Kily Kosner, John Byron Kuhner, Mad P.,

Jamie McDonald, Annetta Massie, Jamie McDonald, Mary Ellen Miller, Barbara Mundy, Pablo y Shana Pastrana, Helmut Pesch, Rober Pincus-Witten, Marlón Quinoa, Alexis Rockman, Sarah Rogers, Eric S. Rosenthal, M. D. Dietmar Schimdt, Deb Sheedlo, Pamela Singh, Michael Spertus, Stephane Theodore, Jack Tilton, Jane Tompkins, Andrew Solomon, Brian Vandenberg, Marshall Weir, «Tony Xoc», «Flor Xul», Alice Yang, Eric Zimmerman y Sergej Zoubok.

Las ecuaciones del capítulo 20 han sido tomadas del texto escrito por Joaquín P. Noyola, de la Universidad de Arlington, en Texas, *Relatividad y agujeros de gusano*, 2006, y del texto de S. V. Kranikov *A través de un agujero de gusano transversal*, 2008.

Debo también agradecer a la Fundación para el Avance de los Estudios Mesoamericanos, pauahtun.org, a la Universidad de Illinois y a la Universidad de Yale la ayuda aportada. Las ilustraciones han sido realizadas usando software de las compañías Adobe, Autodesk, Microsoft y Wacon.

Para la bibliografía utilizada, por favor, visite briandamato.com